ROGER ZELAZNY

as crônicas de BAR

TOMO I

Tradução de
LEONARDO ALVES

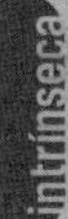

TÍTULO ORIGINAL
The Chronicles of Amber – Books 1-5

EDIÇÃO
Gabriela Peres

PREPARAÇÃO
Cristiane Pacanowski
Juliana Pitanga

REVISÃO
Flavia Midori
Flora Pinheiro
Renato Ritto

DESIGN DE CAPA, PROJETO GRÁFICO
E DIAGRAMAÇÃO
Anderson Junqueira

ILUSTRAÇÃO DE CAPA
Marc Simonetti

CIP-BRASIL. CATALOGAÇÃO NA PUBLICAÇÃO
SINDICATO NACIONAL DOS EDITORES DE LIVROS, RJ

Z51c

Zelazny, Roger
As crônicas de âmbar / Roger Zelazny ; tradução Leonardo Alves. - 1. ed. - Rio de Janeiro : Intrínseca, 2025. (As Crônicas de Âmbar ; 1)

Tradução de: The chronicles of amber
ISBN 978-85-510-1231-4

1. Ficção americana. I. Alves, Leonardo. II. Título. III. Série.

25-98098.0 CDD: 813
CDU: 82-3(73)

Gabriela Faray Ferreira Lopes - Bibliotecária - CRB-7/6643

[2025]

EDITORA INTRÍNSECA LTDA.
Av. das Américas, 500, bloco 12, sala 303
22640-904 – Barra da Tijuca
Rio de Janeiro – RJ
Tel./Fax: (21) 3206-7400
www.intrinseca.com.br

as crônicas de
ÂMBAR

ÂM

SUMÁRIO

LIVRO 1

OS NOVE PRÍNCIPES DE ÂMBAR

UM

Estava finalmente acabando, depois do que me pareceu quase uma eternidade.

Tentei mexer os dedos dos pés. Consegui. Estava esparramado em um leito de hospital, com as pernas engessadas, mas pelo menos ainda eram minhas.

Pisquei com força, três vezes.

Minha visão ficou mais nítida e pude ver o quarto.

Onde eu estava?

As brumas foram se dissipando aos poucos, e parte daquilo que as pessoas chamam de memória voltou. De repente me lembrei de noites, enfermeiras e agulhas. Sempre que minha mente começava a clarear, alguém entrava no quarto e me espetava com alguma coisa. Foi o que aconteceu. É, foi, sim. Mas, a essa altura, eu me sentia quase bem. Eles teriam que parar com isso.

Certo?

O pensamento me tomou de supetão: *Talvez não.*

Um ceticismo natural quanto à pureza das motivações humanas surgiu e se instalou no meu peito. De súbito, tive consciência de que havia sido drogado além da conta. Não havia nenhum motivo para isso, já que me sentia bem, e nenhuma razão para que parassem, se tinham sido pagos para continuar. *Então relaxe e aja como se estivesse dopado*, disse aquela voz, que era minha pior versão, ainda que a mais sábia.

Obedeci.

Uma enfermeira enfiou a cabeça pelo vão da porta uns dez minutos depois, e eu, claro, ainda estava na terra dos sonhos. Ela foi embora.

A essa altura, eu já compreendia um pouco o que tinha acontecido.

Tinha a vaga lembrança de ter me envolvido em algum tipo de acidente. O que veio depois ainda era um borrão, e eu desconhecia os acontecimentos de antes. Mas sabia que primeiro tinha sido levado para um hospital e só depois trazido para o lugar em que estava. Por quê? Disso eu não fazia ideia.

No entanto, minhas pernas pareciam boas o bastante para ficar de pé, embora eu não soubesse quanto tempo se passara desde a fratura.

Então me sentei. Tive que fazer bastante esforço, pois meus músculos estavam exauridos. Era noite lá fora, e vi algumas estrelas brilhando pela janela. Depois de admirá-las um pouco, joguei as pernas pela beirada da cama.

Fiquei tonto, mas logo a sensação diminuiu e eu me levantei, apoiado na grade da cabeceira, e dei o primeiro passo.

Certo. As pernas aguentaram.

Então, teoricamente, eu estava em condições de ir embora andando.

Voltei para a cama, me alonguei e fiquei pensativo. Eu suava e tremia, vendo pontos pretos e tudo o mais.

Havia algo apodrecido no reino da Dinamarca...

Lembrei que tinha sido um acidente de carro. Um dos feios...

E então a porta se abriu, deixando a luz entrar. Estreitei os olhos. Pelas frestas sob os cílios vi uma enfermeira segurando uma seringa.

Ela se aproximou da cama: tinha quadris largos, cabelo escuro e braços grossos.

Assim que a mulher chegou perto, eu me sentei e disse:

– Boa noite.

– O quê... Boa noite.

– Quando eu vou ter alta?

– Preciso perguntar ao doutor.

– Faça isso, então.

– Por favor, arregace a manga.

– Não, obrigado.

– Você precisa tomar a injeção.

– Não preciso, não.

– Lamento, mas são ordens médicas.

– Então o traga aqui. Enquanto isso, não vou permitir.

– Só estou cumprindo ordens.

– Eichmann também estava, e veja só o que aconteceu com ele – rebati, balançando a cabeça.

– Pois bem – respondeu ela. – Preciso comunicar isso...

– Por favor, comunique – retruquei. – E aproveite para dizer ao médico que decidi ir embora amanhã de manhã.

– Isso é impossível. Você não está em condições nem de andar... e sofreu ferimentos internos...

– Veremos. Boa noite.

A enfermeira saiu sem falar mais nada.

Então fiquei lá, matutando. Aquela parecia ser uma clínica particular, o que significava que alguém estava pagando as contas. Quem eu conhecia? Não consegui pensar em nenhum parente. Nem amigo. O que me restava? Inimigos?

Pensei por um tempo.

Nada.

Ninguém que pudesse me fazer uma caridade dessas.

De repente, eu me lembrei de estar em um carro, caindo de um penhasco e indo parar dentro de um lago. E mais nada.

Eu estava...

Forcei a memória e comecei a suar de novo.

Não sabia *quem* eu era.

Para me manter ocupado, me sentei e tirei todas as ataduras. Por baixo, eu parecia bem, e arrancar tudo aquilo era a coisa certa a fazer. Com uma das barras de metal da cabeceira, quebrei o gesso da perna direita. Senti que devia me apressar, que havia algo que eu precisava fazer.

Testei a perna direita. Estava boa.

Espatifei o gesso da perna esquerda, me levantei e fui até o armário.

Nenhuma roupa ali.

Foi quando ouvi os passos. Voltei para a cama e cobri os pedaços de gesso e as ataduras removidas.

A porta se abriu de novo.

Alguém acendeu a luz, e vi um sujeito corpulento de jaleco branco com a mão no interruptor.

– Que história é essa de você dificultar o trabalho da enfermeira? – perguntou ele.

Eu não podia mais fingir que estava dormindo.

– Não sei. O que aconteceu?

A testa franzida revelou que minha resposta o confundiu por um ou dois segundos.

– Está na hora da sua injeção.

– Você é médico?

– Não, mas tenho autorização para lhe dar uma injeção.

– E eu não aceito, o que é um direito meu. Que diferença faz para você?

– Você vai tomar a injeção – insistiu ele, parando do lado esquerdo da cama.

Segurava uma seringa na mão, que até então estivera escondida.

Desferi um golpe baixo, eu diria que uns dez centímetros abaixo da cintura, que o fez cair de joelhos.

– _____ __ ____! – exclamou ele, depois de algum tempo.

– Chegue perto de mim de novo para ver o que acontece – ameacei.

– Temos métodos para lidar com pacientes como você – rebateu ele, arfando.

Então eu soube que estava na hora de agir.

– Cadê as minhas roupas? – perguntei.

– _____ __ ____! – repetiu o homem.

– Vou ter que pegar as suas, pelo jeito. Pode ir passando para cá.

Na terceira repetição da frase, começou a ficar chato, então joguei os lençóis em cima da cabeça dele e o nocauteei com a barra de metal.

Alguns minutos depois, eu já estava todo de branco, a cor de Moby Dick e de sorvete de baunilha. Horrível.

Enfiei o sujeito no armário e olhei pela janela gradeada. Vi a lua minguante trazendo a lua nova, pairando acima de uma fileira de choupos. O gramado reluzia em tons de prata. A noite negociava sem muito vigor com o sol. Nada que me indicasse onde ficava aquele lugar. Mas parecia que eu estava no terceiro andar do prédio; mais para baixo e à esquerda havia um quadrado de luz projetado no chão, indicando que alguém poderia estar acordado no primeiro andar, atrás daquela janela.

Saí para o corredor. À esquerda, ele acabava em uma parede com janela gradeada, e havia outras quatro portas, duas de cada lado. Provavelmente davam em quartos como o meu. Fui até a janela e vi mais gramado, mais árvores, mais noite... nada novo. Dei meia-volta e segui na outra direção.

Portas, portas e mais portas, nenhuma luz por baixo delas, e o único som vinha dos meus passos com aqueles sapatos emprestados e grandes demais.

O relógio de pulso com o valete de ouros indicou 5h44. A barra de metal estava presa no meu cinto, por baixo do jaleco do enfermeiro de plantão, e resvalava no osso do quadril conforme eu andava. Mais ou menos a cada seis metros, havia uma lâmpada no teto que emitia cerca de quarenta watts de luz.

Cheguei a uma escada à direita, que levava ao térreo. Desci. Era acarpetada e silenciosa.

O segundo andar parecia idêntico ao meu, com mais fileiras de quartos, então continuei descendo.

Quando cheguei ao primeiro andar, virei para a direita, procurando a porta com a fresta iluminada.

Eu a encontrei quase no final do corredor, e não me dei ao trabalho de bater.

Dentro estava um sujeito de roupão extravagante, sentado diante de uma escrivaninha grande e lustrosa, conferindo uma espécie de livro-caixa. Não era uma enfermaria. Quando me viu, o homem arregalou os olhos ardentes e abriu a boca para dar um grito que não chegou a se concretizar, talvez por causa da minha expressão determinada. Ele se levantou rápido.

Fechei a porta, avancei pela sala e disse:

– Bom dia. Você está com um problemão.

As pessoas devem adorar falar sobre problemas, porque, passados os três segundos que levei para atravessar o cômodo, a resposta dele foi:

– Como assim?

– Quero dizer que você está prestes a tomar um processo por me manter incomunicável, e outro por negligência médica por causa do uso indiscriminado de narcóticos. Já estou com sintomas de abstinência e talvez tenha um surto violento...

Ele se empertigou e bradou uma ordem:

– Dê o fora daqui.

Vi um maço de cigarros na escrivaninha, peguei um e continuei:

– Sente-se e cale a boca. Temos assuntos a tratar.

O homem se sentou, mas não se calou.

– Você está infringindo várias regras.

– É melhor deixar que o juiz decida quem deve ser punido – retruquei. – Devolva minhas roupas e meus pertences. Estou indo embora.

– Você não está em condições...

– Ninguém lhe perguntou nada. Obedeça agora mesmo, ou vai se entender com a lei.

Ele fez menção de apertar um botão na mesa, mas eu bati em sua mão.

– Vamos logo! Você deveria ter apertado isso quando eu entrei. Agora é tarde.

– Sr. Corey, não seja irracional...

Corey?

– Eu não me internei aqui, mas tenho todo o direito de ir embora. E agora é a hora. Então vamos logo com isso.

– O senhor claramente não está em condições de sair desta instituição – insistiu ele. – Não posso permitir. Vou chamar alguém para acompanhá-lo de volta ao quarto e colocá-lo na cama.

– Nem tente, ou vai descobrir em que condição estou – ameacei. – Tenho algumas perguntas. A primeira é: quem me colocou neste lugar e quem está pagando a conta?

– Muito bem.

O homem soltou um suspiro, e seu bigodinho louro murchou visivelmente.

Em seguida abriu uma gaveta e pegou algo lá dentro. Fiquei tenso.

Derrubei a arma antes que ele tivesse liberado a trava de segurança: uma pistola Colt calibre .32, muito polida. Eu mesmo soltei a trava quando peguei a arma de cima da escrivaninha. Apontei para ele e disse:

– Agora você vai responder as minhas perguntas. Está na cara que me considera perigoso. Talvez tenha razão.

Ele esboçou um sorriso fraco e acendeu um cigarro. Se a intenção era demonstrar calma, foi um erro, pois suas mãos tremiam.

– Tudo bem, Corey... se isso o deixa feliz. Sua irmã o internou.

Hã?, pensei.

– Que irmã?

– Evelyn.

Nenhuma lembrança.

– Isso é ridículo. Não vejo Evelyn há anos. Ela nem sabia que eu estava nesta região do país.

Ele deu de ombros.

– Ainda assim...

– Onde ela está? Quero ligar para ela.

– Não tenho o contato aqui.

– Pois dê um jeito de encontrar.

Ele se levantou, foi até um arquivo, abriu a gaveta, remexeu, tirou um cartão.

Olhei para o papel. *Sra. Evelyn Flaumel*... O endereço de Nova York também não me era familiar, mas guardei na memória. Segundo o cartão, meu nome era Carl. Ótimo. Mais informações.

Enfiei a arma no cinto ao lado da barra, a trava de segurança ativada, claro.

– Certo – falei. – Onde estão minhas roupas, e quanto você vai me pagar?

– Suas roupas foram destruídas no acidente, e preciso avisar que sofreu fraturas graves nas pernas... a esquerda em dois pontos. Para ser sincero, não sei como você está de pé. Só faz duas semanas...

– Eu sempre me recupero rápido – interrompi. – Agora, quanto ao dinheiro...

– Que dinheiro?

– O acordo de conciliação para minha queixa por negligência médica, e pela outra queixa também.

– Não seja ridículo!

– Quem está sendo ridículo? Eu aceito mil, em espécie, agora mesmo.

– Isso está fora de cogitação.

– Bom, é melhor você reconsiderar... Ganhando ou perdendo, pense na má fama que este lugar vai ter se eu conseguir bastante publicidade antes do julgamento. Com certeza vou entrar em contato com o Conselho de Medicina, os jornais, a...

– Chantagem pura – acusou ele –, e eu não tenho nada a ver com isso.

– Pode pagar agora ou depois, com a decisão do tribunal. Não faz diferença para mim. Acho que assim vai sair mais barato.

Se ele topasse, confirmaria minha suspeita de que havia alguma tramoia envolvida.

O sujeito me olhou irritado, não sei por quanto tempo.

– Não tenho mil aqui – retrucou, por fim.

– Diga um valor aceitável.

Mais uma pausa.

– Isso é roubo.

– Não se for à vista, meu chapa. Então, diga.

– Talvez eu tenha quinhentos no cofre.

– Vá buscar.

Após verificar o conteúdo de um pequeno cofre na parede, ele anunciou que tinha quatrocentos e trinta dólares, e eu não queria deixar impressões digitais lá só para conferir. Aceitei e enfiei as notas no bolso do jaleco.

– Agora, onde consigo arranjar um táxi?

Ele me respondeu o nome da empresa, e procurei na lista telefônica. Foi assim que descobri que estava no norte do estado.

Fiz o homem discar e pedir um táxi, porque eu não sabia o nome do estabelecimento e não queria que ele descobrisse o estado da minha memória. Uma das ataduras removidas estivera na cabeça, afinal.

Durante a ligação, eu o ouvi falar o nome do lugar: Clínica Particular Greenwood.

Apaguei o cigarro, peguei outro e tirei uns cem quilos de peso dos meus pés ao me acomodar em uma poltrona marrom ao lado da estante de livros.

– Vamos esperar aqui, e depois você vai me acompanhar até a porta – determinei.

Nunca mais ouvi nenhuma palavra vinda dele.

DOIS

Eram por volta de oito horas quando o táxi me deixou em uma esquina qualquer na cidade mais próxima. Paguei a corrida e caminhei por uns vinte minutos, até encontrar uma lanchonete. Escolhi uma mesa e pedi suco, ovos, torradas, bacon e três xícaras de café. O bacon estava gorduroso demais.

Depois de uma hora de digestão, retomei a caminhada, achei uma loja de roupas e esperei até ela abrir, às nove e meia.

Comprei uma calça, três camisas, um cinto, roupas de baixo e um par de sapatos do meu tamanho. Escolhi também um lenço, uma carteira e um pente de bolso.

Em seguida, fui até a rodoviária e peguei um ônibus para Nova York. Ninguém tentou me impedir. Não parecia ter ninguém à minha procura.

Sentado ali, vendo a paisagem rural toda pintada em tons de outono sob um céu claro açoitado por ventos frios, pensei em tudo o que eu sabia sobre mim mesmo e as circunstâncias em que me encontrava.

Tinha sido internado em Greenwood sob o nome Carl Corey por minha irmã, Evelyn Flaumel. Isso tinha sido cerca de quinze dias antes, depois de um acidente de carro em que sofri fraturas que já não me incomodavam. Não me lembrava de Evelyn. As pessoas da clínica tinham recebido instruções para me manter dopado e haviam ficado com medo de um processo quando me libertei e ameacei acionar a justiça. Certo. Por algum motivo, alguém tinha medo de mim. Eu tentaria tirar o máximo proveito disso.

Obriguei a mente a se recordar do acidente e ruminei o assunto até a cabeça doer. Não tinha sido acidente. Fiquei com essa sensação, mas não sabia por quê. Eu ia descobrir, e alguém ia pagar por isso. E ia pagar muito, muito caro. Uma raiva terrível inflamou meu corpo. A pessoa que tentou me ferir, me usar, fez isso por sua própria conta e risco, e teria que arcar com as consequências, quem quer que fosse. Senti um forte desejo de matar, de destruir o responsável, e eu sabia que não era a primeira vez que esse sentimento tomava conta de mim. Também sabia que tinha levado o desejo a cabo no passado. Mais de uma vez.

Olhei pela janela, observando as folhas mortas caírem.

Quando cheguei à cidade grande, entrei na primeira barbearia que vi pela frente e fiz a barba e o cabelo, depois troquei a camisa e a regata de baixo no banheiro masculino, porque nunca suportei fios de cabelo caindo nas costas. A pistola automática do sujeito de Greenwood estava no bolso direito do casaco. Se o pessoal da clínica ou minha irmã quisessem me pegar, poderiam tirar proveito da infração ao porte de armas, mas decidi ficar com ela. Primeiro teriam que me encontrar, e eu queria um motivo para agir. Almocei rápido, andei de metrô e de ônibus por uma hora e depois peguei um táxi até o endereço de Evelyn, minha suposta irmã e possivelmente a pessoa que me ajudaria a recuperar a memória.

Antes de chegar, eu já havia decidido qual seria minha tática.

Então, quando a porta daquele lugar imenso e antigo se abriu depois de meros trinta segundos de espera, eu já sabia o que dizer. Tinha planejado como agir enquanto avançava pela trilha comprida e sinuosa de cascalho branco que levava à casa, por entre os carvalhos escuros e os bordos lustrosos, esmagando as folhas com os pés, sentindo o vento frio no pescoço recém-raspado abrigado pelo colarinho do casaco. O cheiro do pós-barba se misturava ao odor almiscarado dos ramos de hera que cobriam as paredes daquela construção antiga de alvenaria. Nenhuma sensação de familiaridade. Fiquei com a impressão de que nunca havia pisado ali.

Ao bater, ouvi um eco.

Enfiei as mãos nos bolsos e esperei.

Quando a porta se abriu, sorri e curvei a cabeça para a empregada de sardas e pele escura, com sotaque porto-riquenho.

– Pois não? – disse ela.

– Eu gostaria de ver a sra. Evelyn Flaumel, por favor.

– Quem devo anunciar?

– O irmão dela, Carl.

– Ah, entre, por favor.

Adentrei o saguão, onde o piso era um mosaico de minúsculos ladrilhos cor de salmão e turquesa, com paredes de mogno e uma canaleta cheia de coisas verdes com folhas grandes em uma divisória à esquerda. Do alto, um cubo de vidro esmaltado projetava uma luz amarela.

A mulher foi embora, e olhei à minha volta em busca de algo familiar.

Nada.

Então esperei.

A empregada logo voltou, sorriu e indicou o caminho com a cabeça, dizendo:

– Por favor, me acompanhe. Ela vai receber o senhor na biblioteca.

Eu a segui por três lances de escada e ao longo de um corredor com duas portas fechadas. A terceira à minha esquerda estava aberta, e a empregada fez um gesto para que eu entrasse. Obedeci e parei sob o batente.

Como toda biblioteca, estava cheia de livros. Também tinha três quadros, sendo duas paisagens terrestres plácidas e uma cena marítima pacífica. O piso estava coberto por um carpete verde grosso. Um globo terrestre grande repousava ao lado da enorme escrivaninha, com a África voltada para mim, e logo atrás uma janela ocupava toda a parede, com oito colunas de vidro. Mas não foi nada disso que me deixou paralisado.

A mulher atrás da escrivaninha usava um vestido azul-esverdeado com decote em V; seu cabelo comprido com franja era de uma cor que mesclava nuvens ao pôr do sol com a chama de uma vela em um cômodo escuro, e de alguma forma eu sabia que era natural. Os olhos por trás dos óculos, que eu duvidava de que ela precisasse, eram azuis como o lago Erie às três da tarde de um lindo dia de verão; e o tom de seus lábios, esticados num sorrisinho, era igual ao do cabelo. Mas não foi nada disso que me fez parar.

Eu a conhecia de algum lugar, só não sabia de onde.

Dei um passo à frente, abrindo um sorriso.

– Olá – cumprimentei.

– Sente-se, por favor – instruiu ela, indicando uma cadeira de espaldar alto e braços grandes, abaulada e laranja, do tipo ligeiramente inclinada em que eu adorava relaxar.

Eu me sentei, e ela me observou.

– Fico feliz de vê-lo recuperado.

– Eu também. Como tem passado?

– Bem, obrigada. Devo dizer que não esperava sua visita.

– Eu sei – menti –, mas aqui estou, para agradecer por sua gentileza e cuidado fraternos.

Deixei um ligeiro toque de ironia na frase, só para observar a reação dela.

Nesse momento, um cachorro enorme entrou no cômodo, um galgo irlandês, e se aconchegou diante da escrivaninha. Logo surgiu outro, que contornou o globo duas vezes antes de se deitar.

– Bem – retomou ela, rebatendo a ironia –, era o mínimo que eu podia fazer. Você devia dirigir com mais cuidado.

– Prometo que, no futuro, serei mais precavido.

Eu não sabia que tipo de jogo era aquele, mas como ela não estava ciente da minha confusão, decidi tentar arrancar o máximo possível de informações.

– Imaginei que estaria curiosa para saber em que condições eu estava, então vim visitar.

– Estava. Estou. Já comeu?

– Fiz um almoço leve há algumas horas.

Ela chamou a empregada e pediu comida.

– Imaginei que tentaria sair de Greenwood quando estivesse apto – comentou, depois de um tempo –, mas não achei que seria tão cedo, nem que você viria até aqui.

– Eu sei. Foi por isso que vim.

Ela me ofereceu um cigarro, e eu aceitei. Acendi o dela, depois o meu.

– Você sempre foi imprevisível – declarou, por fim. – Isso já o ajudou muitas vezes, mas eu não contaria com essa sorte agora.

– Como assim?

– Os riscos são grandes demais para um blefe, e acho que essa é sua estratégia, vindo aqui desse jeito. Sempre admirei sua coragem, Corwin, mas não seja idiota. Você sabe como são as coisas.

Corwin? Arquivei esse nome junto com "Corey".

– Talvez eu não saiba. Passei um tempo dormindo, lembra?

– Quer dizer que você não entrou em contato?

– Não tive chance desde que acordei.

Ela inclinou a cabeça para o lado e estreitou aqueles olhos maravilhosos.

– Imprudente da sua parte. Mas é possível. Bem possível. Talvez seja verdade. Talvez. Vou fingir que é, por enquanto. Nesse caso, pode ter sido uma atitude inteligente e segura da sua parte. Deixe-me pensar.

Traguei o cigarro, na esperança de que ela falasse algo mais. Não falou, então decidi aproveitar o que me parecia uma vantagem tática nesse jogo que eu não compreendia, com participantes desconhecidos e riscos indeterminados.

– O fato de eu estar aqui indica algo – comentei.

– Sim. Eu sei. Mas você é inteligente, então pode indicar mais de uma coisa. Vamos esperar para ver.

Esperar o quê? Ver o quê? Que coisa?

Chegaram bistecas e uma jarra de cerveja, então me vi temporariamente livre da necessidade de fazer declarações misteriosas e genéricas para ela analisar como se fossem sutis ou cautelosas. A carne estava boa, rosada no meio e bastante suculenta, e mordi um naco do pão fresco de casca dura e entornei a cerveja com muita fome e sede. Ela riu ao me observar, cortando pedaços pequenos de sua própria bisteca.

– Adoro a energia com que você ataca a vida, Corwin. Por essas e outras eu detestaria vê-lo se despedir dela.

– Eu também... – murmurei.

Enquanto eu comia, analisei aquela mulher. Lembrei dela usando um vestido decotado, de saia rodada, verde como o mar. Atrás de nós havia música, dança, vozes. Eu usava roupas pretas e prateadas e... A lembrança sumiu. Eu sabia que tinha sido um fragmento verdadeiro da minha memória; por dentro, praguejei por ter perdido o resto. O que ela havia falado, em seu verde, para mim, de preto e prata, naquela noite, em meio a músicas, danças e vozes?

Servi mais cerveja da jarra para nós dois e decidi pôr a lembrança à prova.

– Eu me recordo de uma noite, quando você estava de verde e eu vestia minhas cores. Tudo parecia tão bom... e a música...

O rosto dela assumiu uma expressão ligeiramente nostálgica e pareceu relaxar.

– Sim. Bons tempos, não? Você realmente não entrou em contato?

– Palavra de honra – respondi, fosse lá o que isso significasse.

– A situação piorou muito, e os mundos de Sombra contêm mais horrores do que qualquer um havia imaginado...

– E...?

– Ele ainda tem seus problemas – concluiu ela.

– Ah.

– Sim. E vai querer saber sua posição.

– Bem aqui – falei.

– Está dizendo...

– Por enquanto – acrescentei, e talvez tenha me precipitado, a julgar por seus olhos arregalados. – Ainda não sei de todos os detalhes da situação.

Fosse qual fosse.

– Ah.

Terminamos as bistecas e a cerveja e demos os ossos para os cachorros.

Depois, tomamos um pouco de café, e comecei a sentir um certo afeto fraternal, mas me contive.

– E os outros? – perguntei.

Aquilo podia se referir a qualquer coisa, mas tentei demonstrar segurança.

Por um instante, fiquei com receio de que ela me perguntasse o significado daquela pergunta. Mas minha irmã apenas se recostou na cadeira, olhou para o teto e disse:

– Como sempre, não houve notícia de ninguém novo. Talvez o seu jeito fosse o mais sensato. Eu mesma estou aproveitando. Mas como me esquecer... da glória?

Baixei os olhos, porque não sabia bem o que deveriam mostrar.

– Não dá para esquecer. Nunca.

Houve um longo silêncio desconfortável, e então ela indagou:

– Você me odeia?

– Claro que não. Como eu poderia, depois de tudo?

Ela pareceu feliz com a resposta e sorriu, mostrando os dentes muito brancos.

– Que bom, e obrigada. Você continua um cavalheiro.

Fiz uma mesura e abri um sorrisinho.

– Assim vou ficar convencido.

– Duvido. Ainda mais depois de tudo.

Fiquei incomodado.

A raiva estava lá, e me perguntei se ela sabia a quem eu deveria dirigi-la. Tive a impressão de que sabia. Reprimi o desejo de perguntar diretamente.

– Bom, o que você propõe? – perguntou ela, por fim.

Como minha situação era delicada, respondi:

– Obviamente, você não confia em mim...

– Como nós poderíamos confiar?

Decidi me lembrar desse *nós*.

– Certo. Por enquanto, estou disposto a me submeter à sua vigilância. Será um prazer continuar aqui, para você ficar de olho em mim.

– E depois?

– Depois? Veremos.

– Esperto. Muito esperto. Assim você me coloca em uma situação complicada.

Eu só tinha sugerido aquilo porque não tinha para onde ir, e o dinheiro da chantagem não ia durar muito.

– Sim, claro que você pode ficar. Mas preciso avisar... – retomou, e nesse momento segurou o que me parecera um simples pingente em seu pescoço. – Isto aqui é um apito ultrassônico para cães. Donner e Blitzen aqui têm quatro irmãos, todos treinados para lidar com pessoas desagradáveis e responder ao meu apito. Então não se meta em caminhos indesejáveis. Basta um ou dois sopros, e eles podem derrubar até você. Sabe bem que é por causa dessa raça que não existem mais lobos na Irlanda.

– Eu sei – respondi, percebendo que sabia mesmo.

– Bem, Eric vai gostar de saber que você é meu hóspede. Assim, pode ser que ele o deixe em paz, como deseja, *n'est ce pas*?

– *Oui.*

Eric! Isso significava algo! Eu *conhecia* um Eric e, por algum motivo, essa informação era muito importante. Nada recente. Mas o Eric que eu conhecia ainda existia, e isso era relevante.

Por quê?

Eu o odiava, essa era uma das razões. Eu o odiava a ponto de considerar matá-lo. Talvez até tivesse tentado.

Além disso, eu sabia que havia algum vínculo entre nós.

Parentesco?

Sim, era isso. Nenhum de nós gostava de ter um irmão... eu lembrava, eu lembrava...

O grande e poderoso Eric, com a barba emaranhada e úmida, e os olhos... iguais aos de Evelyn!

Fui acometido por uma nova onda de lembranças; as têmporas começaram a latejar e a nuca esquentou de repente.

Não deixei nada transparecer no meu rosto, mas me obriguei a dar mais uma tragada no cigarro e tomar outro gole de cerveja, enquanto percebia que Evelyn de fato era minha irmã! Só que esse não era o nome dela. Eu não imaginava qual podia ser, mas não era Evelyn. Decidi que tomaria cuidado. Não usaria nenhum nome ao me dirigir a ela, pelo menos até lembrar.

E quanto a mim? O que estava acontecendo à minha volta?

De repente, fiquei com a sensação de que Eric tivera alguma relação com o acidente. Deveria ter sido fatal, mas eu havia sobrevivido. Tinha sido *ele*, não tinha? Sim, responderam meus sentimentos. Só podia ter sido Eric. E Evelyn era cúmplice, pagando para me manter em coma naquela clínica. Melhor do que estar morto, mas...

Percebi que, ao ir até Evelyn, eu me colocara ao alcance de Eric. Minha irmã me tornaria prisioneiro dela; eu estaria vulnerável a outro ataque, se permanecesse ali.

Mas ela tinha insinuado que minha condição de hóspede o levaria a me deixar em paz. Ponderei. Não podia dar nada como certo naquela situação. Teria que permanecer sempre alerta. Talvez fosse melhor ir embora, deixar minha memória voltar aos poucos.

Só que sentia uma terrível sensação de urgência. Precisava descobrir a história completa o mais rápido possível e agir o quanto antes. Era como uma compulsão. Se o perigo era o preço a pagar por minha memória, e o risco, o custo da oportunidade, então que fosse. Eu ficaria.

– Eu me lembro... – retomou Evelyn, e percebi que já falava havia algum tempo, mas eu não tinha prestado atenção. Talvez fosse o tom reflexivo que usou, que quase dispensava resposta... ou talvez fosse a urgência dos meus pensamentos. – Eu me lembro de quando você venceu Julian no jogo preferido dele, e ele atirou uma taça de vinho na sua cara e o xingou. Mas você venceu. E de repente ele ficou com medo de ter passado dos limites. Você apenas riu e bebeu vinho com ele. Acho que Julian ficou constrangido com o próprio descontrole, já que é sempre tão equilibrado, e talvez tenha sentido inveja de você. Lembra? Acho que, até certo ponto, ele imita seu jeito, desde então. Mas ainda o odeio e espero que ele morra logo. Acredito que...

Julian, Julian, Julian. Sim e não. Algo a ver com um jogo e eu ter ludibriado um homem e destruído seu autocontrole quase lendário. Sim, soava um tanto familiar; e não, já não saberia afirmar quais tinham sido as circunstâncias.

– E como você tapeou Caine! Ele ainda odeia você, sabe...

Concluí que muitas pessoas não gostavam de mim. Por algum motivo, isso me agradava.

Caine também parecia familiar. Muito.

Eric, Julian, Caine, Corwin. Os nomes dançavam na minha cabeça, e era custoso manter todos ali.

– Faz tanto tempo... – comentei, quase sem querer, e parecia verdade.

– Corwin, chega de rodeios. Você quer mais do que segurança, eu sei. E ainda é forte o bastante para tirar proveito dessa história, se der a cartada certa. Não faço ideia do que está planejando, mas talvez nós possamos firmar um acordo com Eric.

O *nós* claramente tinha mudado. Percebi que ela havia chegado a alguma conclusão quanto ao meu valor nessa situação, fosse qual fosse. Sem dúvidas havia vislumbrado uma chance de tirar vantagem daquilo. Esbocei um sorriso.

– Foi por isso que veio até aqui? – perguntou minha irmã. – Tem alguma proposta para Eric e precisa de um intermediário?

– Talvez, mas preciso refletir mais um pouco. Minha recuperação ainda é recente, então tenho muito a pensar. Mas queria um lugar estratégico, onde poderia agir depressa, se decidisse que meus interesses estão alinhados aos de Eric.

– Cuidado. Sabe bem que tenho a obrigação de comunicar tudo.

– Claro – respondi, sem saber de nada disso e tentando buscar uma saída. – A menos que nossos interesses estejam alinhados.

Ela franziu a testa, e rugas minúsculas apareceram entre as sobrancelhas.

– Não sei se entendi a proposta.

– Por enquanto, não estou propondo nada. Só quis ser franco, pois não sei o que decidi. Não tenho certeza quanto a um acordo com Eric. Afinal...

Deixei as palavras no ar de propósito, já que não tinha nada para acrescentar. Só achei que seria melhor assim.

Evelyn se levantou de repente, agarrando o apito.

– Ofereceram alguma alternativa para você? Foi Bleys! Claro!

– Sente-se, não seja ridícula. Acha que eu me entregaria de bandeja assim tão fácil, com tanta calma, só para virar comida de cachorro se você por acaso pensasse em Bleys?

Ela relaxou, pareceu até murchar um pouco, e voltou a se sentar.

– É, acho que não – admitiu, por fim. – Mas sei que você gosta de brincar com o perigo, de fazer jogadas arriscadas, e sei que é traiçoeiro. Se veio aqui para tentar se livrar de um oponente, nem se dê ao trabalho. Não sou tão importante assim. Você já devia saber disso. Além do mais, sempre achei que gostasse de mim.

– Sempre gostei, e ainda gosto. Não tem motivos para se preocupar, então fique tranquila. Mas é interessante que tenha mencionado Bleys.

Isca, isca, isca! Havia tantas coisas que eu queria saber!

– Por quê? Ele entrou em contato com você?

– Prefiro não dizer – desconversei, na esperança de conseguir alguma vantagem, uma vez que descobrira o gênero de Bleys. – Se ele tivesse me procurado, minha resposta teria sido igual à que daria a Eric: "Vou pensar."

– Bleys – repetiu ela.

Bleys, pensei. *Bleys. Eu gosto de você. Não lembro por quê, e sei que há motivos para não gostar de você... mas gosto. Tenho certeza.*

Ficamos sentados por um tempo. Eu me sentia cansado, mas não queria demonstrar. Tinha que ser forte. Sabia que precisava ser forte.

Abri um sorriso e falei:

– Bela biblioteca.

– Obrigada.

Depois de um tempo, ela retomou o assunto:

– Bleys. Acha mesmo que ele tem alguma chance?

Dei de ombros.

– Quem sabe? Eu não, com certeza. Talvez tenha. Ou talvez não.

Evelyn me encarou, arregalando os olhos, e abriu a boca.

– Você não? Está insinuando que vai tentar também?

Dei risada na hora, com o único objetivo de me contrapor à emoção dela.

– Não seja boba – falei, quando parei de rir. – Eu?

Mas eu sabia que havia tocado em um ponto sensível, alguma coisa enterrada bem lá no fundo, que respondeu com um poderoso "Por que não?".

De repente, senti medo.

No entanto, ela pareceu aliviada com a minha recusa, seja lá o que eu estivesse recusando. Depois sorriu e apontou para um bar embutido à minha esquerda.

– Eu tomaria um pouco de Irish Mist.

– Acho que eu também – respondi, e me levantei para servir duas doses. Quando voltei para a cadeira, continuei: – Sabe, é bom ficar com você aqui, mesmo que seja por pouco tempo. São muitas lembranças.

Ela sorriu, e foi um belo sorriso.

– Com certeza – concordou, bebericando o licor. – Quase me sinto em Âmbar, com você aqui.

E eu quase derrubei a bebida.

Âmbar! A palavra desencadeou um calafrio por minha espinha!

Evelyn começou a chorar de repente, e eu me aproximei, envolvendo seus ombros para consolá-la.

– Não chore, pequena. Por favor. Assim eu também fico triste.

Âmbar! Havia algo lá, alguma coisa elétrica e potente!

– Os bons tempos vão voltar – acrescentei com delicadeza.

– Acredita mesmo nisso?

– Sim. Sim, acredito!

– Você é doido. Talvez seja por isso que sempre foi meu irmão preferido. E eu quase acredito em tudo que diz, mesmo sabendo que é maluco.

Ela chorou um pouco mais, depois parou.

– Corwin, se você conseguir... se por algum acaso bizarro da Sombra você conseguir... vai se lembrar da sua irmãzinha Florimel?

– Claro – respondi, sabendo que esse era o nome dela. – Claro que vou me lembrar de você.

– Obrigada. Vou contar a Eric apenas os detalhes essenciais... e não vou dizer nada sobre Bleys nem sobre minhas últimas suspeitas.

– Muito obrigado, Flora.

– Mas não confio nem um pouco em você – acrescentou ela. – Não se esqueça disso.

– Nem precisa dizer.

Em seguida, ela chamou a empregada para me levar a um quarto de hóspedes, onde tirei a roupa, desabei na cama e dormi por onze horas.

TRÊS

Na manhã seguinte, ela não estava em casa, e não tinha deixado nenhum recado. A empregada me serviu o café na cozinha e foi cuidar de seus afazeres. Descartei a ideia de tentar extrair informações da mulher, pois ou ela não saberia ou não me contaria nada, e ainda revelaria minhas intenções a Flora. Então, como tinha a casa inteira só para mim, decidi voltar à biblioteca e ver o que poderia descobrir lá. Além do mais, sempre gostei de bibliotecas. Da sensação de conforto e segurança ao estar cercado por paredes de palavras, belas e sábias. Sempre me sinto melhor quando sei que existe algo para afastar as sombras.

Donner ou Blitzen, ou um dos irmãos deles, apareceu de repente e me seguiu pelo corredor, avançando com passos rígidos a farejar meu rastro. Tentei fazer amizade com ele, mas foi como trocar gentilezas com o guarda que manda o carro parar no acostamento. Espiei o interior de alguns cômodos no caminho e todos me pareciam completamente inócuos.

Então entrei na biblioteca, e a África ainda estava virada para mim. Fechei a porta quando passei, para manter os cachorros do lado de fora, e perambulei pelo ambiente, lendo os títulos nas estantes.

Havia muitos livros de história. O assunto parecia dominar o acervo. Vi também muitos livros de arte, daqueles grandes e caros, e folheei alguns. Geralmente eu raciocino melhor quando estou pensando em outras coisas.

Tentei imaginar as fontes da evidente fortuna de Flora. Se éramos parentes, será que eu também desfrutava de certa riqueza? Tentei recordar minha posição social e econômica, minha profissão, minhas origens. Tinha a sensação de que nunca havia precisado me preocupar com dinheiro, que sempre tivera o bastante, ou ao menos tivera meios de conseguir o necessário para me satisfazer. Será que também era dono de uma casa grande como aquela? Não lembrava.

O que eu fazia?

Sentado à escrivaninha, vasculhei a mente em busca de qualquer resquício de conhecimento. Não era fácil examinar a si mesmo como se fosse um desconhecido. Talvez fosse por isso que não estava dando certo. O que nos pertence faz parte de nós, e deve permanecer assim, lá dentro. Nada mais.

Médico? Essa imagem me veio à mente enquanto eu observava alguns dos desenhos anatômicos de Da Vinci. Quase por reflexo, tinha começado a visualizar as etapas de diversos procedimentos cirúrgicos. Nessa hora entendi que já havia operado pessoas.

Mas não era isso. Embora tivesse me dado conta de que tinha formação médica, sabia que era parte de outra coisa. Entendia, de alguma forma, que não era cirurgião. O que eu era, então? O que mais eu fazia?

Um objeto chamou minha atenção.

Ali da escrivaninha, dava para ver a parede do outro lado da biblioteca, de onde, entre outras coisas, pendia um antigo sabre de cavalaria, no qual eu não havia reparado até então. Fui até lá e tirei o sabre do suporte.

Lamentei o estado da espada. Desejei ter um pano cheio de óleo e uma pedra de amolar, para deixá-la perfeita. Entendia um pouco de armas antigas, em especial as que tinham lâmina.

O sabre parecia leve e útil na minha mão, e eu me sentia habilidoso com ele. Fiquei na posição de guarda. Ensaiei alguns ataques e defesas. Sim. Eu sabia manejar a arma.

Então, que passado era esse? Dei uma olhada em volta, procurando mais coisas para avivar a memória.

Nada me ocorreu, então recoloquei o sabre no suporte e voltei para a escrivaninha. Sentado ali outra vez, decidi vasculhar o móvel.

Comecei pelo meio e fui subindo pelo lado esquerdo e descendo pelo direito, uma gaveta de cada vez.

Papéis de carta, envelopes, selos, clipes, lápis gastos, elásticos... todos artigos típicos de escritório.

Eu havia tirado as gavetas inteiras e as colocado no colo para examinar o conteúdo. Não foi só uma ideia que me ocorreu; fazia parte de algum treinamento antigo, algo que me dizia para verificar as laterais e o fundo também.

Quase deixei passar um detalhe: a parte de trás da gaveta inferior à direita não tinha a mesma altura das outras.

Devia ter algum motivo para tal, e quando me ajoelhei para olhar o vão, vi um objeto pequeno preso na parte de cima.

Era mais uma gaveta, pequena e bem no fundo, e estava trancada.

Passei mais ou menos um minuto revirando a fechadura com clipes, alfinetes e, por fim, uma calçadeira de metal que eu tinha visto em outra gaveta. Foi o que resolveu.

Dentro da gavetinha havia um baralho.

E o baralho exibia uma figura que me deixou paralisado, ajoelhado ali, com a respiração acelerada e a testa coberta de suor.

Ostentava um unicórnio branco exuberante em um campo verde, virado para o flanco direito.

Eu conhecia aquela figura, e me doía não me lembrar de seu nome.

Abri o baralho e tirei as cartas. Estavam na ordem do tarô, com bastões, pentáculos, taças e espadas, mas os arcanos maiores eram bem diferentes.

Recoloquei as duas gavetas no lugar, tomando o cuidado de não trancar a menor, antes de voltar para o baralho.

Os arcanos maiores tinham um aspecto quase vivo, como se estivessem prestes a pular para fora daquelas superfícies lustrosas. As cartas pareciam bastante frias ao toque, e segurá-las me proporcionava um prazer distinto. De repente, eu soube que também já tivera um baralho daquele.

Comecei a espalhar as cartas no mata-borrão à minha frente. A primeira continha a figura de um homenzinho com ar malicioso, de nariz reto, boca sorridente e cabeleira cor de palha. Usava um traje laranja, vermelho e marrom que parecia uma fantasia renascentista, com calções compridos e um gibão justo e bordado. E eu o conhecia. Seu nome era Random.

Depois veio a representação apática de Julian, com longos cabelos negros, olhos azuis desprovidos de emoção e compaixão. Trajava uma armadura branca de escamas, que não era prateada nem metálica, e sim esmaltada. De alguma forma eu sabia que era terrivelmente robusta e resistente a impactos, apesar do aspecto decorativo. Ele era o homem que eu derrotara em seu jogo preferido, o responsável por atirar uma taça de vinho em mim. Eu o conhecia e o odiava.

Em seguida surgiu a representação de Caine, de olhos negros, todo vestido de cetim preto e verde, com um chapéu tricórnio escuro inclinado em um ângulo extravagante e um penacho verde descendo pelas costas. Estava de pé, virado de perfil, com uma das mãos apoiada na cintura, a ponta das botas curvada para cima e uma adaga cravejada de esmeraldas presa ao cinto. Ao ver a figura, senti um conflito interior.

E depois veio Eric. Com sua beleza clássica e cabelos quase azuis de tão escuros. A barba exuberante rodeava a boca sempre risonha, e seus trajes eram simples: gibão de camurça e calça de montaria, manto liso, botas pretas de cano alto e cinto vermelho, onde estava preso um sabre prateado comprido adornado com um rubi. O colarinho alto do manto tinha contorno vermelho do mesmo tom da barra das mangas. As mãos, com os polegares presos no cinto, eram extremamente fortes e proeminentes. Um par de luvas pretas se projetava da lateral do cinto. Não tive dúvidas de que era o responsável pelo acidente, a pessoa que tentara me matar. Examinei-o e senti um pouco de medo.

Em seguida veio Benedict, alto, magro e taciturno; corpo esguio, rosto fino, mente vasta. Usava trajes em laranja, amarelo e marrom; me fazia lembrar de fardos de feno, abóboras, espantalhos e *A lenda do cavaleiro sem cabeça*. Tinha um queixo pronunciado e forte, olhos cor de avelã e cabelo castanho bem liso. Estava ao lado de um cavalo baio e se apoiava em uma lança rodeada por um cordão de flores. Ria pouco. Eu gostava dele.

Hesitei ao virar a carta seguinte, e meu coração deu um salto, bateu no esterno e implorou para sair do corpo.

Era eu.

Conhecia aquele eu barbeado, o sujeito no reflexo do espelho. Olhos verdes, cabelo preto, com roupas pretas e prateadas. Eu usava um manto que estava ligeiramente enfunado, como se balançasse ao vento. Calçava botas pretas, como as de Eric, e também portava uma espada, só que a minha era mais pesada, embora não tão longa quanto a dele. Estava de luvas, e eram prateadas e revestidas de escamas. O broche que prendia o manto na altura do pescoço tinha o formato de uma rosa de prata.

Eu. Corwin.

Um homem grande e poderoso me observava da carta seguinte. Era muito parecido comigo, com exceção do maxilar mais robusto, e eu sabia que era maior do que eu, embora mais lento. Sua força era lendária. Usava uma veste azul e cinza com um cinto preto largo na cintura, e estava rindo. No pescoço, um cordão grosso sustentava uma trombeta de caça prateada. Tinha uma barba estreita sob o maxilar e um bigode fino. Na mão direita, segurava um cálice de vinho. Senti uma súbita afeição por ele. Seu nome logo me veio à mente: Gérard.

Em seguida veio um homem de barba rubra, coroado com chamas. Vestia apenas vermelho e laranja, quase tudo de seda, e segurava uma espada na mão direita e uma taça de vinho na esquerda; o próprio diabo dançava atrás de seus olhos, azuis como os de Flora e os de Eric. Seu queixo era fino, mas a barba o cobria. A espada era decorada com uma filigrana rebuscada de tons dourados. Usava dois anéis imensos na mão direita e um na esquerda, incrustados com uma esmeralda, um rubi e uma safira. E eu soube que esse era Bleys.

E depois surgiu uma figura que se parecia tanto com Bleys quanto comigo. Tinha meus traços, embora fosse menor; meus olhos; o cabelo de Bleys, mas nada de barba. Usava um traje verde de cavalgada e montava um cavalo branco, virado para o lado direito da carta. Transparecia um ar tanto de força quanto de fraqueza, de valentia e desamparo. Por ele eu sentia ao mesmo tempo aprovação e rejeição, apreço e repulsa. Seu nome, eu sabia, era Brand. Lembrei assim que pus os olhos nele.

Aliás, percebi que conhecia todos muito bem, que me lembrava de seus pontos fortes, suas fraquezas, suas vitórias e derrotas.

Eram, afinal, meus irmãos.

Acendi um cigarro que surrupiei da caixa de Flora na escrivaninha, recostei-me na cadeira e refleti sobre minhas lembranças.

Eles eram meus irmãos, aqueles oito homens estranhos com trajes esquisitos. E eu sabia que era perfeitamente adequado que se vestissem daquele jeito, assim como era apropriado que eu usasse preto e prata. Então dei uma risada ao perceber o que vestia: a roupa que tinha comprado naquela cidadezinha por onde passara depois de sair de Greenwood.

Estava de calça preta, e as três camisas que havia escolhido na loja eram de um tom cinzento, quase prateado. O casaco também era preto.

Voltei às cartas, e lá estava Flora com um vestido verde como o mar, exatamente como a memória da noite anterior; e depois vi uma garota de cabelos negros e compridos, com os mesmos olhos azuis. Vestia preto dos pés à cabeça, com um cinturão prateado. Meus olhos se encheram de lágrimas, mas eu não sabia por quê. O nome dela era Deirdre. Em seguida veio Fiona, cujo cabelo era parecido com o de Bleys e Brand, mas tinha meus olhos, e pele que lembrava madrepérola. Eu a detestei no instante em que virei a carta. Depois veio Llewella, com as madeixas do mesmo tom de seus olhos cor de jade, vestida com um traje cinzento e verde cintilante, adornado com cinto lavanda; ela parecia triste. Por algum motivo, sabia que ela não era como eu e os outros. Mas também era minha irmã.

Fui tomado por uma terrível sensação de afastamento de todas aquelas pessoas. Porém, de alguma forma, ainda permaneciam próximas em presença.

As cartas pareciam tão geladas aos meus dedos que as coloquei na mesa, embora sentisse certa relutância em abrir mão do toque.

Mas não havia mais ninguém. Todas as outras cartas eram arcanos menores. E eu sabia, de alguma forma (lá estava aquele *de alguma forma* de novo, ah, de alguma forma!), que várias estavam faltando.

Não tinha a menor ideia do que representavam os arcanos ausentes.

Senti uma tristeza estranha com a constatação, por isso peguei o cigarro e me pus a refletir.

Por que todas as lembranças tinham voltado com tanta facilidade quando vira as cartas, mas sem trazer a reboque os respectivos contextos? Quanto aos nomes e rostos, eu sabia mais do que antes. Mas não passava disso.

Não conseguia inferir a importância de estarmos todos ilustrados nas cartas. Apenas sentia um desejo arrebatador de possuir um baralho daquele também. Se eu pegasse o de Flora, sabia que ela logo perceberia, e eu me veria em apuros. Por isso o guardei de volta na gavetinha secreta e a tranquei. Depois, por Deus, como revirei o cérebro! Mas de nada adiantou.

Até que me lembrei de uma palavra mágica.

Âmbar.

Tinha me abalado profundamente na noite anterior, a tal ponto que havia evitado de pensar nela desde então. De repente, eu a buscava. E a rodopiava pela mente e examinava todas as associações que brotavam.

A palavra carregava uma saudade poderosa e uma nostalgia colossal. Continha, em seu íntimo, a ideia de beleza perdida, grandes conquistas e uma terrível sensação de poder quase absoluto. De alguma forma, a palavra pertencia ao meu vocabulário. De alguma forma, eu fazia parte dela, e ela, de mim. Soube então que era o nome de um lugar. Era o nome de um lugar que eu conhecera. Mas não me veio nenhuma imagem, apenas as emoções.

Não sei quanto tempo fiquei ali. O tempo, de alguma maneira, havia se dissociado dos meus devaneios.

De súbito percebi, em meio a meus pensamentos, que houvera uma leve batida na porta. A maçaneta se virou lentamente e a empregada, Carmella, entrou e me perguntou se podia servir o almoço.

Parecia uma boa ideia, então a acompanhei até a cozinha, onde comi meio frango assado e bebi quase um litro de leite.

Voltei para a biblioteca com um bule de café, evitando os cães no caminho. Estava tomando a segunda xícara quando o telefone tocou.

Senti vontade de atender, mas imaginei que devia haver extensões telefônicas pela casa inteira, e Carmella provavelmente atenderia em outro lugar.

Eu estava enganado. Continuou tocando.

Por fim, não consegui resistir.

– Alô, residência Flaumel.

– Posso falar com a sra. Flaumel, por gentileza?

Era uma voz masculina, rápida e ligeiramente nervosa. O homem parecia sem fôlego, e suas palavras eram cortadas pelo zumbido fraco e pelas linhas cruzadas que indicavam uma ligação interurbana.

– Desculpe, ela não está. Quer deixar um recado, ou peço para ela retornar a ligação?

– Com quem estou falando?

Hesitei, e por fim respondi:

– Meu nome é Corwin.

– Santo Deus! – exclamou o homem, seguido por um longo silêncio.

Comecei a desconfiar que o sujeito tinha desligado, e disse "alô" na mesma hora em que ele perguntou:

— Ela ainda está viva?

— Claro que ainda está viva. Quem é que está falando, hein?

— Não reconheceu minha voz, Corwin? Aqui é Random. Escuta, estou na Califórnia e me meti numa enrascada. Liguei para pedir refúgio. Você está hospedado aí?

— Temporariamente.

— Entendo. Você me daria sua proteção, Corwin? — Ele fez uma pausa e completou: — Por favor?

— Tanto quanto eu puder, mas não posso falar em nome da Flora sem consultá-la.

— Você me protegeria dela?

— Sim.

— Então para mim já basta, rapaz. Vou para Nova York agora. Devo seguir por um caminho um tanto sinuoso, então não sei quanto tempo vou levar. Se conseguir evitar as sombras erradas, verei você em breve. Deseje-me sorte.

— Boa sorte.

Ouvi um clique, e restou só o zumbido distante das linhas cruzadas.

Então Random, aquele atrevidinho, estava em apuros! Eu tinha a sensação de que não devia ficar particularmente incomodado com isso, mas ele era uma das chaves para o meu passado, e possivelmente para o meu futuro. Por isso, tentaria ajudá-lo no que pudesse até satisfazer minha curiosidade. Sabia que não havia muito amor fraterno entre nós. Também sabia que, por um lado, ele não era nenhum trouxa — era perspicaz, astuto e estranhamente sentimental com as maiores besteiras — e, por outro, sua palavra não valia uma gota de cuspe, e ele provavelmente venderia meu cadáver para alguma faculdade de medicina se isso lhe rendesse um bom dinheiro. Eu me lembrava muito bem do pilantrinha, com apenas um toque de afeto, talvez por alguns momentos agradáveis que tínhamos partilhado. Mas confiar nele? Nunca. Decidi que só revelaria a vinda dele para Flora no último instante. Random talvez pudesse me servir como um ás, ou pelo menos um valete, na manga.

Completei a xícara com um pouco mais de café quente e bebериquei devagar.

De quem Random estaria fugindo?

Não de Eric, com certeza, ou não teria ligado para cá. Depois pensei na pergunta que ele havia feito sobre Flora estar morta à mera sugestão da minha presença. A aliança dela com o irmão que eu sabia que odiava seria tão forte assim? A ponto de a família toda acreditar que eu daria cabo dela se tivesse chance? Parecia estranho, mas era a desconfiança dele.

E quais eram os termos dessa aliança? Qual era a fonte dessa tensão, dessa oposição? Por que Random estaria fugindo?

Âmbar.

Essa era a resposta.

Âmbar. De alguma forma, eu sabia que a resposta para desvendar esse mistério residia em Âmbar. O segredo dessa confusão toda estava em Âmbar, em algum acontecimento que transcorrera por lá, e eu diria que fora um caso relativamente recente. Eu precisaria avançar com cuidado. Precisaria fingir ter conhecimentos de que carecia enquanto tentava extrair informações de quem as tinha, um pedacinho por vez. Estava confiante de que conseguiria. Todos andavam desconfiados, tamanha era a suspeita no ar. Eu tiraria proveito da situação. Conseguiria o que fosse preciso e pegaria o que quisesse, me lembraria dos que tinham me ajudado e passaria por cima de todos os outros. Pois essa, eu sabia, era a lei que regia nossa família; e eu era mesmo filho do meu pai...

A dor de cabeça voltou de repente e quase rachou meu crânio.

Alguma coisa que pensei ou senti sobre meu pai, supunha eu, a provocara. Mas eu não sabia como nem por quê.

Depois de algum tempo a sensação passou, e eu adormeci bem ali, na cadeira. Após um intervalo muito maior, a porta se abriu, e Flora entrou. Lá fora já era noite de novo.

Usava uma blusa verde de seda e uma saia comprida de lã cinza, além de tênis e meias grossas. Seu cabelo estava preso para trás, e o rosto parecia ligeiramente pálido. O apito para cães ainda pendia ao redor do pescoço.

– Boa noite – falei, já de pé.

Ela não respondeu. Em vez disso, atravessou a biblioteca até o bar, serviu-se de uma dose de Jack Daniels e bebeu de um gole só, que nem homem. Depois serviu outra dose e trouxe o copo até a poltrona.

Acendi um cigarro e lhe entreguei.

Minha irmã assentiu e disse, por fim:

– A Estrada para Âmbar... é difícil.

– Por quê?

Flora olhou para mim com uma expressão muito confusa.

– Quando foi a última vez que você tentou usá-la?

Encolhi os ombros.

– Não me lembro.

– Que seja, então. Só queria saber até que ponto isso era obra sua.

Fiquei calado, porque não sabia do que ela estava falando. Mas de repente me lembrei de que havia um jeito mais fácil de chegar a Âmbar. Obviamente, Flora não tinha essa opção.

— Você perdeu alguns arcanos — comentei de súbito, em uma voz que era quase a minha.

Ela pulou da cadeira e entornou metade da bebida.

— Devolva! — gritou, pegando o apito.

Avancei e a segurei pelos ombros.

— Não estão comigo. Foi só um comentário.

Flora relaxou um pouco e começou a chorar, e eu a ajudei a se sentar na poltrona.

— Achei que era uma forma de dizer que tinha pegado os que me restaram — explicou-se. — Não um comentário desagradável e óbvio.

Não pedi desculpas. Não parecia certo.

— Até onde você chegou? — perguntei.

— Nada longe.

Ela riu e me encarou com um brilho novo no olhar.

— Agora entendi o que você fez, Corwin.

Para evitar ter que responder, me ocupei em acender um cigarro.

— Algumas dessas coisas foram obra sua, não foram? Você impediu meu acesso a Âmbar antes de vir para cá, pois sabia que eu iria até Eric. Mas agora estou de mãos atadas. Tenho que esperar que ele venha a mim. Esperto. Você quer atraí-lo para cá, não é? Só que ele vai enviar um mensageiro. Não virá pessoalmente.

Havia um tom de admiração curioso na voz daquela mulher, que admitia abertamente ter tentado me entregar para meu inimigo, e parecia disposta a tentar de novo, se tivesse a chance, enquanto externava suas suspeitas de que eu havia atrapalhado seus planos. Como alguém podia admitir tamanho maquiavelismo na presença da própria vítima? A resposta logo surgiu das profundezas da minha mente: nossa família era assim. Não havia necessidade de sermos sutis uns com os outros. Se bem que, a meu ver, faltasse a ela a destreza de um verdadeiro profissional.

— Acha que sou idiota, Flora? Acha mesmo que eu viria até aqui só para você me entregar ao Eric? Seja lá qual tenha sido o seu problema, foi bem merecido.

— Tudo bem, não sou esperta como você! Mas você também foi exilado! Isso mostra que não foi tão esperto assim!

Por algum motivo, as palavras dela me irritaram, e eu sabia que estavam equivocadas.

— Exilado? De jeito nenhum!

Ela riu de novo.

— Ah, eu sabia que você ia ficar bravo. Certo, então você caminha em Sombra por vontade própria. Só pode ser maluco.

Dei de ombros.

– O que quer? – insistiu Flora. – Por que veio até aqui?

– Eu estava curioso para saber o que você andava fazendo. Só isso. Não pode me prender aqui contra a minha vontade. Nem Eric conseguiria me segurar. Talvez eu só quisesse fazer uma visita. Talvez a idade esteja me deixando sentimental. Seja como for, agora vou ficar mais um pouco e depois vou embora de vez. Se não tivesse sido tão afobada, talvez tivesse lucrado mais, mocinha. Pediu para eu me lembrar de você um dia, se certa coisa acontecesse...

Ela levou alguns segundos para entender a insinuação que eu acreditava ter feito.

– Você vai tentar! – exclamou, enfim. – Vai mesmo tentar!

– Com toda a certeza – afirmei, sabendo que eu tentaria, fosse o que fosse –, e pode contar ao Eric se quiser, mas não esqueça que eu posso conseguir. Considere que, se der certo, talvez seja bom ter a minha amizade.

Adoraria saber de que raios estava falando, mas já havia assimilado uma quantidade suficiente de termos e intuído a importância associada a cada um, então podia lançar mão deles mesmo sem saber o significado. E *pareciam* certos, muito certos...

De repente, ela me cobriu de beijos.

– Não vou contar. Juro que não vou, Corwin! Acho que você tem boas chances. Bleys não vai ser fácil, mas Gérard provavelmente ajudaria, e talvez até Benedict. Depois Caine viria para o seu lado, quando entendesse a situação...

– Posso fazer meus próprios planos – interrompi.

Flora se afastou. Serviu duas taças de vinho e me entregou uma.

– Ao futuro – propôs.

– Sempre aceito esse brinde.

E bebemos.

Ela encheu minha taça de novo e ficou me olhando.

– Tinha que ser Eric, Bleys ou você. São os únicos com coragem e inteligência o bastante. Mas você ficou fora de cena por tanto tempo que desconsiderei suas chances.

– Nunca se sabe o que vai acontecer.

Beberiquei o vinho e desejei que ela calasse a boca só por um instante. Tive a impressão de que Flora estava sendo muito descarada nos seus esforços para jogar dos dois lados. Algo me incomodava, e eu queria entender.

Quantos anos eu tinha?

Tal pergunta, eu sabia, fazia parte da resposta para o terrível sentimento de isolamento que eu nutria em relação a todas as pessoas representadas nas cartas. Era mais velho do que parecia. (O reflexo no espelho mostrava um homem de quase trinta anos, mas a essa altura eu sabia que as sombras mentiam para mim.) Era muito, muito mais velho, e já fazia bastante tempo que não via meus irmãos e minhas irmãs, todos reunidos e amigáveis, coexistindo lado a lado como no baralho, sem tensões ou atritos.

Ouvimos a campainha, seguida dos passos de Carmella indo atender a porta.

– Deve ser nosso irmão, Random – avisei, sabendo que só podia ser isso. – Ele está sob minha proteção.

Flora arregalou os olhos, depois sorriu, como se reconhecesse que aquela tinha sido uma jogada inteligente.

Claro que eu não tinha feito nada de caso pensado, mas fiquei feliz de deixá-la acreditar que sim.

Assim, eu me sentiria mais seguro.

QUATRO

Esse sentimento durou no máximo três minutos.

Corri para chegar à porta antes de Carmella.

Random entrou aos tropeços antes de fechar a porta atrás de si e passar o trinco. Havia olheiras sob seus olhos claros, e a barba estava por fazer. Em vez do gibão colorido e dos calções compridos, usava um terno de lã marrom. Em um dos braços, trazia um sobretudo de gabardina, e calçava sapatos escuros de camurça. Mas era o mesmo Random do baralho, embora a boca risonha parecesse cansada e as unhas estivessem sujas.

– Corwin! – exclamou, e me abraçou.

Apertei seu ombro.

– Parece que uma bebida lhe cairia bem.

– Sim, sim. Sim...

Eu o conduzi para a biblioteca.

Cerca de três minutos depois, já sentado, com um copo em uma das mãos e um cigarro na outra, ele anunciou:

– Estou sendo seguido. Logo vão chegar aqui.

Flora reclamou, mas a ignoramos.

– Quem? – perguntei.

– Gente de Sombra. Não sei quem são nem quem os enviou. São quatro ou cinco, talvez seis. Estavam no avião comigo. Vim de jatinho. A perseguição começou perto de Denver. Mudei a rota do avião algumas vezes para despistá-los, mas não deu certo... e eu não queria desviar muito do rumo. Consegui me livrar deles em Manhattan, mas é só uma questão de tempo. Acho que vão chegar aqui a qualquer momento.

– E você não faz ideia de quem os enviou?

Ele hesitou.

– Bom, acho que podemos suspeitar de alguém da família. Bleys ou Julian, talvez Caine. Até você, quem sabe, para me obrigar a vir para cá. Mas espero que não. Não foi você, foi?

– Infelizmente não. Eles pareciam muito fortes?

Meu irmão deu de ombros.

– Ah, se fossem só dois ou três, eu teria arriscado uma emboscada. Mas não com aquele bando todo.

Random era um sujeito pequeno, com pouco menos de um metro e setenta de altura e sessenta quilos, mas parecia convicto de sua capacidade de enfrentar dois ou três brutamontes sozinho. De repente, pensei na minha própria força física. Eu me sentia razoavelmente forte, e sabia que estaria disposto a encarar qualquer um em uma luta justa, sem medo de nada em particular. Qual era a extensão da minha força?

De súbito, percebi que teria a chance de descobrir.

Alguém bateu à porta da casa.

– O que vamos fazer? – perguntou Flora.

Random riu, afrouxou a gravata e a largou em cima do casaco na escrivaninha. Depois tirou o paletó e passou os olhos pela biblioteca. Avistou o sabre, e em um instante já estava do outro lado do cômodo, com a arma na mão. Senti o peso da pistola no bolso do casaco e soltei a trava de segurança.

– Fazer? – repetiu Random. – Como existe a possibilidade de conseguirem uma brecha, eles vão entrar. Quando foi a última vez que se envolveu numa batalha, irmã?

– Foi há muito tempo.

– Então é melhor começar a se preparar depressa, porque é só uma questão de tempo. Eles têm um guia, isso eu garanto. Nós somos três, e eles estão com no máximo o dobro de gente. Por que a preocupação?

– Porque não sabemos o que eles são – respondeu ela.

Outra batida.

– E daí?

– Não faz diferença – interrompi. – Devo convidá-los a entrar?

Os dois empalideceram um pouco.

– É melhor esperar.

– Posso chamar a polícia – sugeri.

Os dois riram alto, quase histéricos.

– Ou Eric – acrescentei, com um olhar furtivo para Flora.

Ela negou com a cabeça.

– Não vai dar tempo. Nós temos o arcano, mas vai demorar para ele responder... isso se ele quiser responder.

– E isso pode até ser obra dele, não pode? – questionou Random.

– Duvido muito – discordou ela. – Não é seu estilo.

– Verdade – comentei, só para ter o que dizer e mostrar que estava por dentro.

A batida ecoou outra vez, muito mais alto.

– E Carmella? – perguntei, de supetão.

Flora tornou a menear a cabeça.

– É pouco provável que ela atenda.

– Vocês não sabem o que estão enfrentando! – gritou Random, saindo do cômodo de repente.

Fui atrás dele, seguindo-o pelo corredor até o hall a tempo de impedir que Carmella abrisse a porta.

Pedimos que ela voltasse ao quarto e a instruímos a trancar a porta.

– Isso mostra a força da oposição – comentou Random. – Onde é que estamos, Corwin?

Dei de ombros.

– Eu diria, se soubesse. Pelo menos por enquanto, estamos juntos nessa. Agora, para trás!

Abri a porta.

O primeiro homem tentou me empurrar para o lado, e eu o afastei com o braço.

Deu para ver que eram seis.

– O que vocês querem? – perguntei.

Ninguém respondeu, e avistei as armas.

Dei um pulo para trás, bati a porta e passei o trinco.

– Certo, eles estão aqui mesmo – falei. – Mas como posso ter certeza de que você não está envolvido?

– Não tem como saber, mas eu queria muito estar envolvido. Eles parecem durões.

Nisso eu tinha que concordar. Os sujeitos eram parrudos e usavam chapéus, ocultando os olhos e mantendo o rosto mergulhado nas sombras.

– Ah, queria saber onde estamos – retomou Random.

Senti uma vibração arrepiante nos tímpanos. Naquele instante, soube que Flora tinha soprado o apito.

Ouvi uma janela se quebrar à direita e não me surpreendi ao escutar rosnados e latidos à esquerda.

– Ela chamou os cachorros, seis bichos ferozes e bravos, que em outras circunstâncias poderiam vir para cima de nós.

Random assentiu, e juntos seguimos na direção do vidro quebrado.

Na sala de estar, encontramos dois homens já dentro da casa, ambos armados.

Derrubei o primeiro e me joguei no chão, atirando no segundo. Random pulou por cima de mim, brandindo a espada, e vi a cabeça do outro se separar do resto do corpo.

A essa altura, outros dois haviam entrado pela janela. Descarreguei a pistola neles, ouvindo o rosnado dos cães de Flora misturado com o estrondo de tiros disparados por outro alguém.

Vi três homens caídos no chão, junto com três dos cachorros de Flora. Fiquei satisfeito de pensar que tínhamos acabado com metade deles, e quando os outros atravessaram a janela, me surpreendi ao matar mais um.

Com um rompante abrupto e impensado, peguei uma poltrona enorme e arremessei pela sala até uns dez metros de distância. Ela quebrou as costas do homem que atingiu.

Pulei na direção dos dois atacantes que tinham sobrado, mas antes de alcançar a extremidade da sala, Random já havia perfurado um deles com o sabre, deixando que os cães terminassem o serviço, e estava se virando para o outro.

O sujeito foi abatido antes que Random pudesse agir, e ainda conseguiu matar mais um dos cachorros antes de ser estrangulado por meu irmão.

No fim, dois cachorros estavam mortos e um tinha sofrido ferimentos graves. Random sacrificou o cão ferido com um golpe rápido, e voltamos a atenção para os invasores.

Havia algo estranho na aparência deles.

Flora chegou para ajudar a definir o que era.

Todos os seis tinham os olhos muito, muito injetados. Neles, porém, isso parecia normal.

Além disso, todos tinham uma falange a mais em cada dedo e esporões afiados e curvados para a frente no dorso das mãos.

Seus maxilares eram salientes, e, ao abrir a boca de um, contei quarenta e quatro dentes, quase todos mais pontiagudos do que o normal, e alguns pareciam bem mais afiados. A pele era cinzenta, dura e quitinosa.

Certamente havia outras diferenças, mas essas já bastavam.

Pegamos as armas deles, e fiquei com três pistolas pequenas e retangulares.

– Eles saíram rastejando de Sombra, tenho certeza – afirmou Random, e eu assenti em concordância. – Tive sorte. Pelo jeito, não imaginavam que eu conseguiria ajuda de um irmão guerreiro e um monte de cachorros.

Foi até a janela quebrada para dar uma olhada lá fora, e decidi deixá-lo se encarregar disso sozinho.

– Nada – anunciou, passado um tempo. – Pegamos todos.

Depois fechou as pesadas cortinas alaranjadas e empurrou vários móveis altos na frente das janelas. Enquanto isso, vasculhei os bolsos de todos os invasores.

Não fiquei exatamente surpreso por não encontrar nada que pudesse identificar aqueles homens.

– Vamos voltar para a biblioteca – sugeri. – Quero terminar minha bebida.

Antes de se sentar, Random limpou a lâmina da espada cuidadosamente e a devolveu ao suporte. Enquanto isso, servi uma bebida para Flora.

– Bem, acho que por enquanto estou seguro – comentou ele –, agora que nós três estamos no mesmo time.

– É o que parece – concordou Flora.

– Ótimo, pois não como nada desde ontem! – anunciou ele.

Flora saiu para avisar a Carmella que o perigo havia passado, bastava evitar a sala de estar, e pedir que levasse muita comida para a biblioteca.

Assim que nossa irmã saiu, Random me perguntou:

– Como estão as coisas entre vocês?

– Não dê as costas para ela.

– Ela ainda está com Eric?

– Até onde sei, sim.

– Então o que está fazendo aqui?

– Tentei atrair Eric para cá. Ele sabe que é o único jeito de me pegar de verdade, e quis ver até onde estava disposto a se arriscar.

Random meneou a cabeça.

– Acho que ele não vai fazer isso. Não tem a menor chance. Enquanto você estiver aqui e ele lá, para que correr o risco? Ele está na vantagem. Se o quiser, vai ter que ir atrás.

– Eu estava prestes a chegar à mesma conclusão.

Os olhos dele brilharam, e seu velho sorriso apareceu. Random passou a mão no cabelo cor de palha e ficou me encarando.

– Você vai tentar? – perguntou.

– Talvez.

– Desembucha. Está estampado na sua cara. Quase me animo de ir também, sabe. O que mais gosto na vida é sexo, e o que mais detesto é Eric.

Acendi um cigarro enquanto ponderava. Meu irmão logo retomou:

– Você deve estar pensando: "Será que posso confiar em Random desta vez? Ele é ardiloso, cruel e caótico, e sem dúvida vai me passar a perna se alguém lhe oferecer um acordo melhor." É ou não é?

Confirmei com um aceno.

– Bem, caro irmão Corwin, embora eu nunca tenha facilitado a sua vida, não esqueça que também nunca lhe causei nenhum mal. Ah, admito, houve algumas brincadeirinhas de mau gosto, mas, no geral, poderíamos dizer que nos damos melhor do que o resto da família... ou seja, pelo menos não ficamos no caminho um do outro. Pense bem. Acho que estou ouvindo Flora ou a empregada chegando, então vamos mudar de assunto... Coisa rápida: você por acaso não teria à mão um baralho do jogo preferido da família, teria?

Neguei com a cabeça.

Flora entrou na biblioteca e anunciou:

– Carmella já vem trazer a comida.

Brindamos a isso, e Random me deu uma piscadela pelas costas da nossa irmã.

Na manhã seguinte, os corpos já tinham desaparecido da sala de estar, o carpete estava livre de manchas e a janela parecia ter sido consertada. Random explicou que tinha "cuidado de tudo", e achei melhor não pedir mais detalhes.

Pegamos o carro de Flora emprestado e saímos para passear. A paisagem rural parecia estranhamente diferente. Não consegui identificar o que havia de novo ou o que estava faltando, mas as coisas pareciam ter mudado. Pensar nisso também me deu dor de cabeça, então decidi suspender tais reflexões por um tempo.

Eu estava ao volante, com Random no banco do carona. Comentei que gostaria de voltar a Âmbar, só para ver a reação dele.

– Bem que me perguntei se você tinha ido embora só por vingança ou por algo mais.

Meu irmão devolveu a bola para mim, para que eu respondesse se quisesse.

E eu quis. Usei a expressão consagrada:

– Também tenho pensado nisso, para avaliar minhas chances. Sabe, é bem capaz que eu "tente".

Com isso, ele afastou o olhar da janela e se virou para mim.

– Acho que todos nós já tivemos essa ambição, ou no mínimo essa ideia... – comentou. – Eu já, pelo menos, mesmo tendo me retirado ainda no começo do jogo... acho que vale a pena tentar. O que você quer saber é se eu vou ajudar. A resposta é sim. Eu topo, só para sacanear os outros.

Depois de uma pausa, Random acrescentou:

– E quanto a Flora? Acha que ela ajudaria?

– Duvido muito. Ela só entraria se estivesse tudo garantido. Mas o que está garantido a esta altura?

– Ou em qualquer outro momento.

– Exatamente – concordei, para que ele achasse que eu já sabia a resposta de antemão.

Eu tinha medo de revelar o estado da minha memória. Também tinha medo de confiar nele, então não confiei. Havia tantas coisas que eu queria saber, mas não podia recorrer a ninguém. Pensei um pouco enquanto dirigia.

– Bom, quando quer começar? – perguntei.

– Quando você estiver pronto.

Ali estava a oportunidade, bem debaixo do meu nariz, e eu não sabia como aproveitar.

– Que tal agora? – sugeri.

Random ficou em silêncio. Acendeu um cigarro, acho que para ganhar tempo.

Fiz o mesmo.

– Pode ser – respondeu, por fim. – Quando foi a última vez que você voltou?

– Já faz tanto tempo que nem sei se ainda lembro o caminho.

– Tudo bem. Então vamos começar pelo começo. Como está a gasolina?

– Temos três quartos de tanque.

– Vire à esquerda na próxima esquina e vamos ver o que acontece.

Fiz isso, e enquanto avançávamos, as calçadas começaram a cintilar.

– Droga! – praguejou Random. – Faz uns vinte anos que não venho por aqui. Estou me lembrando das coisas certas cedo demais.

Seguimos em frente, e eu não parava de me perguntar que merda era aquela. O céu tinha adquirido um tom esverdeado antes de mudar para rosa.

Mordi o lábio para conter as perguntas.

Passamos embaixo de uma ponte, e quando saímos do outro lado, o céu já estava da cor normal, mas havia moinhos espalhados por todos os cantos, grandes e amarelos.

– Não se preocupe – ele se apressou em dizer –, podia ser pior.

Percebi que as pessoas lá fora usavam roupas esquisitas, e a estrada era feita de paralelepípedos.

– Vire à direita.

Virei.

Nuvens roxas cobriram o sol, e começou a chover. Relâmpagos se espalharam no horizonte enquanto o céu rugia. Liguei o limpador do para-brisa no máximo, mas não ajudou muito. Acendi os faróis e reduzi ainda mais a velocidade.

Eu poderia jurar que tínhamos passado por um homem a cavalo, trotando no sentido contrário e todo vestido de cinza, com a gola levantada e a cabeça abaixada por causa da chuva.

As nuvens se dissiparam, e de repente estávamos em uma estrada no litoral. As ondas quebravam alto, e gaivotas imensas voavam baixo. A chuva tinha parado, por isso desliguei os faróis e o limpador de para-brisa. A estrada era de macadame, mas não reconheci nada do lugar. O retrovisor não mostrava nenhum sinal da cidade de onde havíamos acabado de sair. Agarrei o volante com mais força quando passamos por uma forca com um esqueleto suspenso pelo pescoço, balançando de um lado para outro ao sabor do vento.

Random se limitou a fumar e olhar pela janela enquanto a estrada se afastava da orla e contornava uma colina. Um gramado se estendia à direita, e vários morros se erguiam à esquerda. O céu assumira um tom de azul mais intenso, como uma lagoa profunda e límpida, protegida e sombreada. Eu não me lembrava de já ter visto um céu como aquele.

Meu irmão abriu a janela para jogar a guimba do cigarro, e uma brisa gelada circulou pelo carro antes de ele fechar o vidro. Senti o cheiro salgado e pungente de maresia.

– Todas as estradas levam a Âmbar – comentou Random, como se fosse um axioma.

De repente me lembrei de algo que Flora dissera no dia anterior. Não queria parecer um imbecil ou alguém que omite informações cruciais, por isso, assim que percebi do que se tratava, decidi contar a Random, tanto para o meu próprio bem quanto para o dele:

– Sabe, quando você ligou no outro dia e eu atendi porque Flora não estava em casa, tive a impressão de que ela tentou chegar a Âmbar, mas percebeu que o caminho estava bloqueado.

Ele desatou a rir.

– Aquela mulher tem pouca imaginação. É claro que o caminho estaria bloqueado em um momento como esse. Com certeza teremos que andar, e sem dúvida vamos precisar de toda a nossa força e sagacidade para conseguir, se é que vamos conseguir. Será que ela achou que poderia voltar como uma princesa cheia de pompa, percorrendo uma trilha de flores do começo ao fim? Flora é uma baita imbecil. Não devia ter o direito de viver, mas não cabe a mim decidir isso… ainda.

Em seguida, ele avisou:

– Vire à direita no cruzamento.

O que estava acontecendo? De alguma forma, Random era responsável pelas mudanças exóticas à nossa volta, mas eu não conseguia determinar como ele fazia isso, nem para onde estava nos levando. Precisava descobrir o segredo, mas não podia perguntar, senão ele perceberia que eu não sabia, o que me deixaria à sua mercê. Ele não parecia fazer nada além de fumar e encarar, mas, depois de uma descida, entramos em um deserto azul com o sol rosado no meio do céu cintilante. No retrovisor, quilômetros e quilômetros de deserto se estendiam a nossas costas até onde a vista alcançava. Belo truque.

De repente o motor tossiu, engasgou, estabilizou-se e repetiu o processo.

O volante mudou de formato, deixando de ser um círculo e virando uma lua crescente. O banco parecia mais recuado; o carro, mais perto da estrada; e o para-brisa, um pouco mais inclinado.

Não falei nada, nem quando fomos atingidos por uma tempestade de areia cor de lavanda.

Quando ela passou, porém, eu arquejei de surpresa.

À nossa frente, havia um engarrafamento horroroso de quase um quilômetro. Um fileira de carros parados, embalados por uma sinfonia de buzinas.

– Vá devagar – avisou Random. – É o primeiro obstáculo.

Reduzi a velocidade, e outra nuvem de areia nos cobriu.

Foi embora antes que eu pudesse acender os faróis, e pisquei os olhos algumas vezes.

Todos os carros tinham desaparecido, suas buzinas, silenciadas. A estrada cintilava como as calçadas de antes, e ouvi meu irmão murmurar um xingamento.

– Com certeza mudei exatamente o que o responsável por armar aquele bloqueio queria, seja lá quem for – reclamou. – Odeio agir como ele esperava.

– Eric?

– Provavelmente. O que devemos fazer agora? Parar e tentar um pouco do jeito difícil, ou seguir em frente e ver se aparecem mais bloqueios?

– Vamos seguir mais um pouco. Foi só o primeiro.

– Certo. Bem, quem sabe qual vai ser o segundo?

O segundo era uma coisa, não há nenhuma outra palavra para aquilo, parecida com um crisol com braços, agachado no meio da estrada, pegando os carros no chão e os engolindo.

Pisei no freio.

– Qual é o problema? – perguntou Random. – Vá em frente. Senão, como é que vamos passar por ele?

– Fiquei um pouco abalado.

Meu irmão me lançou um olhar estranho de soslaio ao mesmo tempo que outra tempestade de areia nos engolia.

Percebi que aquela tinha sido a resposta errada.

Quando a areia baixou, estávamos passando em alta velocidade por outra estrada vazia, com algumas torres ao longe.

– Acho que agora consegui sacanear o cara – comentou Random. – Combinei várias em uma só, e acho que isso ele não tinha previsto. Afinal, ninguém consegue vigiar todas as estradas para Âmbar.

– Verdade – concordei, na esperança de me redimir da gafe de antes.

Avaliei meu irmão. Um sujeito pequeno de aspecto frágil que, assim como eu, poderia muito bem ter morrido na noite anterior. Qual era o poder dele? E que história era essa de sombras? Algo me dizia que, seja lá o que fossem, estávamos passando por elas naquele mesmo instante. Como?

Random parecia ser o responsável, e como estava fisicamente em repouso, com as mãos à vista, concluí que era uma habilidade mental. Mas qual?

Bom, eu o tinha ouvido falar sobre "adicionar" e "subtrair", como se o universo em que nos deslocávamos fosse uma grande equação.

Decidi, com uma certeza súbita, que ele de alguma forma adicionava e subtraía itens no mundo e do mundo visível à nossa volta, tentando nos alinhar cada vez mais com aquele lugar estranho. Âmbar.

Era algo que eu já soubera fazer. E o segredo, percebi, era me lembrar de Âmbar.

Mas eu não conseguia.

A estrada fez uma curva abrupta, e o deserto acabou. Em seu lugar surgiram campos de capim alto, azulado e pontudo. Depois de um tempo, o terreno se tornou um pouco acidentado, e ao sopé do terceiro morro, a estrada de asfalto desembocou em uma estreita faixa de terra batida, que avançava sinuosa por entre morros altos, onde começavam a despontar pequenos arbustos e espinheiros que pareciam baionetas.

Depois de mais ou menos meia hora, os morros desapareceram, e adentramos uma floresta de árvores atarracadas e grossas com folhas em formato de losango e tons outonais de laranja e roxo.

Uma chuva leve começou a cair, e havia muitas sombras. Uma névoa fina brotava dos mantos de folhas úmidas. Ouvi um uivo de algum lugar à direita.

O volante mudou de formato outras três vezes, e a última versão era um troço octogonal de madeira. O carro estava bem alto, e no capô aparecera um ornamento aos moldes de flamingo. Evitei fazer qualquer comentário sobre essas mudanças, determinado a me ajustar a todas as posições que o banco assumia e aos mecanismos operacionais novos que eram acrescentados ao veículo. Random, por sua vez, olhou para o volante assim que ouvimos outro uivo, com um meneio da cabeça. De repente as árvores ficaram muito mais altas, mas recobertas de trepadeiras e algo que parecia um véu azul de barba-de-velho, e o carro quase voltou ao normal. Dei uma olhada no medidor de combustível e vi que já estávamos com meio tanque.

— Estamos avançando — comentou meu irmão, e eu apenas assenti.

A estrada se tornou mais larga e se revestiu de concreto, com valas cheias de água lamacenta dos dois lados. Folhas, gravetos e penas coloridas deslizavam pela superfície.

Fiquei atordoado e tonto, mas antes mesmo de tecer qualquer comentário, Random recomendou que eu respirasse fundo e devagar.

— Pegamos um atalho, e a atmosfera e a força da gravidade vão ficar um pouco diferentes por um tempo. Acho que tivemos bastante sorte até aqui e quero aproveitar ao máximo... chegar o mais perto possível, o mais rápido que pudermos.

– Boa ideia.

– Talvez seja mesmo. Mas acho que é uma boa apos... Cuidado!

Estávamos subindo uma ladeira quando um caminhão apareceu no alto e começou a descer a toda velocidade na nossa direção, seguindo pela contramão. Desviei para me esquivar, mas ele desviou também. No último segundo, tive que sair da estrada e invadir o acostamento de terra à esquerda, indo quase até a vala para evitar a batida.

À direita, o caminhão cantou pneu e parou. Tentei sair do acostamento e voltar para a estrada, mas ficamos atolados na terra macia.

Ouvi uma porta bater. O motorista desceu do lado direito da boleia, então provavelmente estava dirigindo na faixa certa, e nós estávamos errados. Eu tinha certeza absoluta de que não se dirigia na mão-inglesa em nenhum lugar dos Estados Unidos, mas àquela altura eu já havia percebido que estávamos bem longe da Terra que eu conhecia.

Era um caminhão-tanque. Na lateral estava escrito ZUÑOCO em letras garrafais vermelho-sangue, e embaixo vinha o slogan "Cubrimus u mundu". O caminhoneiro me cobriu de xingamentos assim que abri a porta, contornei o carro e tentei pedir desculpas. Era do meu tamanho, mas largo como um barril de cerveja, e segurava uma chave de roda.

– Olha, já pedi desculpa. O que você quer que eu faça? Ninguém se machucou, e não houve prejuízo.

– Gente como você nem devia poder dirigir! – berrou ele. – Você é um perigo na estrada!

Random saiu do carro com a arma na mão, dizendo:

– Senhor, é melhor você ir embora!

Mandei meu irmão guardar a arma, mas ele soltou a trava de segurança e apontou.

O sujeito se virou e começou a correr, o medo o deixando de olhos arregalados e boca aberta.

Random ergueu a pistola e mirou com cuidado nas costas do homem, mas consegui desviar seu braço assim que ele apertou o gatilho.

O projétil bateu no chão e ricocheteou para longe.

Meu irmão se virou para mim, com o rosto quase lívido.

– Seu idiota! O tiro podia ter acertado o tanque!

– Também podia ter acertado aquele cara.

– E quem liga para isso? Nós nunca mais vamos passar por aqui, não nesta geração. Aquele babaca se atreveu a insultar um príncipe de Âmbar! Era *sua* honra que eu estava defendendo.

– Eu posso cuidar da minha própria honra – respondi, e algo frio e poderoso se apoderou de mim, me fazendo ser consumido pela fúria. – A morte dele cabia a mim, se eu quisesse, não a você.

Random abaixou a cabeça. A porta da boleia bateu com força, e o caminhão arrancou pela estrada.

– Sinto muito, irmão. Não era minha intenção decidir no seu lugar, mas fiquei ofendido ao ver um deles falar com você daquele modo. Sei que devia ter esperado que você se livrasse dele como bem entendesse, ou pelo menos devia tê-lo consultado.

– Bom, agora já foi. Vamos voltar para a estrada e seguir viagem. Isso se ainda der.

As rodas traseiras estavam atoladas até a calota, e enquanto eu tentava decidir qual seria a melhor forma de agir, Random gritou:

– Seguinte, eu seguro o para-choque dianteiro. Você segura o traseiro, e levamos o carro de volta para a estrada. Melhor ir para a pista da esquerda.

Meu irmão não estava brincando.

Tinha comentado algo sobre força da gravidade menor, mas *eu* não me sentia tão leve. Sabia que era forte, mas tinha minhas dúvidas quanto a ser capaz de levantar a traseira de uma Mercedes.

Só me restava tentar, já que pelo jeito ele esperava isso de mim, e eu não podia deixar transparecer nenhuma lacuna na memória.

Então me abaixei, flexionei os joelhos, segurei a carroceria e comecei a me levantar, esticando as pernas. Com um barulho de sucção, as rodas traseiras se soltaram da terra molhada. Eu estava erguendo metade do carro a mais de meio metro do chão! Era pesado (nossa, como era pesado!), mas eu conseguia!

A cada passo avançado, eu afundava uns quinze centímetros no chão. Random fazia o mesmo na dianteira.

Recolocamos o carro na estrada, e as suspensões balançaram ligeiramente. Depois, tirei os sapatos e espanei a sujeira que entrara neles, limpei tudo com pedaços de capim, torci as meias, esfreguei as barras das calças, joguei os sapatos e as meias no banco traseiro e me sentei de novo ao volante, descalço.

Random entrou pelo lado do carona, dizendo:

– Olha, eu queria pedir desculpas mais uma vez...

– Deixa para lá. Já passou.

– Sim, mas não quero que você guarde rancor.

– Não vou guardar. Só contenha esse seu jeito impetuoso quando pensar em tirar a vida de alguém na minha frente.

– Vou me conter – prometeu ele.

– Então vamos embora.

E fomos mesmo.

Atravessamos um vale rochoso e cruzamos uma cidade que parecia toda feita de vidro ou de algum material semelhante, com edifícios altos e estreitos de aspecto frágil, cheia de pessoas de pele translúcida. A luz do sol rosado iluminava seus órgãos internos e os restos das refeições mais recentes. Elas olharam para nós quando passamos, aglomeradas nas esquinas, mas ninguém tentou nos impedir ou cortar nosso caminho.

– Os Charles Forts daqui com certeza vão citar esta ocorrência por muitos anos – comentou meu irmão.

Assenti.

De repente a estrada sumiu, e estávamos dirigindo pelo que parecia um manto eterno de silício. Depois de um tempo, o manto ficou mais estreito e se transformou de volta na estrada. Passado mais alguns minutos havia brejos à esquerda e à direita, baixos, marrons e fétidos. Vi o que jurava ser um diplodoco erguer o pescoço e olhar para nós das alturas. Mais adiante, um vulto enorme com asas de morcego passou voando acima do carro. O céu era de um azul resplandecente, e o sol tinha cor de ouro velho.

– Temos menos de um quarto de tanque – avisei.

– Certo. Pare o carro.

Fiz isso e esperei.

Random passou bastante tempo calado, e por fim anunciou:

– Pode ir.

Depois de uns cinco quilômetros, chegamos a uma barreira de troncos, e comecei a contorná-la. Em uma das pontas surgiu um portão, e Random mandou:

– Pare e buzine.

Obedeci. Pouco depois o portão de madeira se abriu para dentro com um rangido das imensas dobradiças de ferro.

– Pode entrar – disse meu irmão. – É seguro.

Avancei com o carro. À esquerda, vi três bombas de combustível com o topo ovalado, e o pequeno prédio atrás delas era como outros que eu já vira inúmeras vezes em circunstâncias mais comuns. Parei ao lado de uma das bombas e esperei.

Da construção saiu um sujeito de mais ou menos um metro e meio de altura, com a cintura avantajada, ombros muito largos e nariz protuberante como um morango.

– O que vai ser? – perguntou o frentista. – Quer encher o tanque?

Confirmei com a cabeça.

– Gasolina comum.

– Pode encostar – instruiu ele.

Cheguei o carro para a frente e perguntei a Random:

– Meu dinheiro serve aqui?

– Dê uma olhada.

Minha carteira estava repleta de notas amarelas e alaranjadas, com algarismos romanos nos cantos, junto das letras "D.R.".

Meu irmão abriu um sorriso quando examinei o maço.

– Viu? Já cuidei de tudo.

– Ótimo. Aliás, estou ficando com fome.

Olhamos à nossa volta e vimos uma placa enorme, com o velhinho do KFC nos encarando lá do alto.

Nariz de Morango esguichou um pouco de combustível no chão para tirar o ar da mangueira, pendurou o bocal, chegou perto da janela e disse:

– Deu oito Drachae Regums.

Paguei com uma nota laranja estampada com "V D.R." e outras três com "I D.R.".

– Obrigado. Quer que eu complete o óleo e a água?

– Pode ser.

Ele colocou um pouco de água, avisou que o nível do óleo estava bom e esfregou o para-brisa com um trapo sujo. Depois, deu um aceno e voltou para a lojinha.

Dirigimos até o KFC e compramos um balde cheio de lagarto a passarinho e um copo de cerveja aguada e salgada.

Por fim, lavamos as mãos e a boca, demos uma buzinada na frente do portão e esperamos até que um homem com uma alabarda apoiada no ombro o abrisse.

Voltamos para a estrada.

Um tiranossauro pulou na frente do carro, hesitou por um instante e foi embora, seguindo para a esquerda. Outros três pterodáctilos passaram voando.

– Detesto abandonar o céu de Âmbar – comentou Random, fosse lá o que significasse, ao que respondi com um grunhido. – Mas tenho medo de tentar tudo de uma vez. Podemos ser destroçados.

– Concordo.

– Mas não gosto daqui.

Apenas assenti, e seguimos em frente até a planície de silício acabar e nos vermos cercados por rocha nua.

– O que está fazendo agora? – arrisquei.

– Agora que consegui o céu, vou tentar o solo.

Conforme avançamos, as rochas da paisagem foram virando pedra bruta, com terra preta entre elas. Depois de um tempo, havia mais terra do que pedras. Por fim, avistei vegetação. Primeiro, um pouco de grama aqui e ali. Era um verde muito, muito intenso, parecido com o verde dos campos da Terra que eu conhecia, mas também muito diferente.

Pouco depois, estávamos cercados de verde.

Mais adiante, árvores começaram a pipocar pelo caminho.

De repente, adentramos uma floresta.

E que floresta!

Nunca tinha visto árvores como aquelas, imponentes e majestosas, de um verde vívido e com um ligeiro toque de dourado. Assomavam ao nosso redor, e se erguiam às alturas. Eram enormes pinheiros, carvalhos, bordos e muitas outras espécies que eu não conseguia distinguir. Quando baixei um pouco o vidro, senti que por entre as árvores fluía uma brisa de fragrância deliciosa e fantástica. Decidi deixar a janela aberta.

– Ah, a Floresta de Arden – comentou meu irmão, e eu sabia que ele estava certo.

Eu o amava e o invejava por sua sabedoria, por seu conhecimento.

– Irmão, você está indo bem. Melhor do que eu esperava. Obrigado.

Random pareceu um pouco surpreso com meu comentário. Foi como se nunca tivesse ouvido um elogio vindo de um parente.

– Estou fazendo o melhor que posso. E juro que vou até o fim. Veja isso! Conseguimos o céu e a floresta! É quase bom demais para ser verdade! Já passamos da metade do caminho, e sem grandes problemas. Acho que tivemos muita sorte. Você me dará uma regência?

– Claro – respondi, sem saber o que significava, mas disposto a conceder, se tivesse poder para tanto.

Ele assentiu e falou:

– Você é um bom homem.

Random era um pilantrinha homicida que sempre tinha sido um tanto rebelde, disso eu me lembrava. Sabia que nossos pais haviam tentado discipliná-lo no passado, mas nunca com bons resultados. Com isso, eu me dei conta de que éramos filhos dos mesmos pais, e de repente soube que esse não era o caso com Eric e Flora, ou com Caine, Bleys e Fiona. E provavelmente com outros, mas desses que eu me lembrava, tinha certeza.

Seguimos por uma estrada de terra através de uma catedral de árvores imensas. Parecia não ter fim. Ali, eu me sentia em segurança. De vez em quando, assustávamos um cervo, surpreendíamos uma raposa que atravessava a estrada ou repousava ali perto. Em alguns lugares, o chão estava cheio de marcas de cascos. A luz do sol vazava por entre as folhas, caindo como fios dourados de um instrumento musical hindu. A brisa era úmida e recendia a vida. Então me ocorreu que eu conhecia aquele lugar, que já havia percorrido aquela estrada muitas vezes. Cavalgara pela Floresta de Arden, caminhara por suas trilhas, caçara nas matas, me deitara sob algumas daquelas grandes copas, com a cabeça apoiada nos braços, olhando para o céu. Escalara os galhos de algumas daquelas árvores gigantescas e contemplara o mundo verde abaixo de mim, em constante transformação.

– Adoro este lugar – declarei, quase sem perceber que tinha falado em voz alta.

– Você sempre gostou daqui – observou Random, e acho que havia um traço de divertimento em sua voz, mas eu não tinha certeza.

E então, ao longe, escutei o soar de uma trombeta de caça.

– Acelere! – exclamou Random, de repente. – Parece a trombeta de Julian.

Obedeci.

O som reverberou de novo, mais perto.

– Aqueles cães desgraçados de Julian vão destroçar este carro, e os pássaros dele vão devorar nossos olhos! – alertou Random. – Eu odiaria dar de cara com ele, ainda por cima tão preparado para o combate. Seja lá o que ele estiver caçando, tenho certeza de que abriria mão em troca de dois de seus irmãos.

– Ultimamente, meu lema tem sido "viva e deixe viver" – comentei.

Random deu risada.

– Que noção peculiar. Aposto que vai durar uns cinco minutos.

A trombeta de caça soou outra vez, ainda mais perto, e ele exclamou:

– Merda!

O velocímetro marcava cento e vinte quilômetros por hora em numerais rúnicos peculiares, e eu estava com medo de acelerar mais naquela estrada.

Logo veio o som de novo, bem mais perto. Foram três toques longos, seguidos por latidos de cães à nossa esquerda.

– Agora estamos muito perto da Terra Verdadeira, mas ainda longe de Âmbar – explicou meu irmão. – Será inútil fugir pelas sombras adjacentes, já que ele pode nos perseguir, isso se estiver mesmo vindo atrás de nós. Ou mandar uma sombra dele em nosso encalço.

– O que vamos fazer?

– Acelere, e torça para não sermos suas presas.

Mais um toque da trombeta, dessa vez quase ao nosso lado.

– Como ele está se deslocando, afinal? – perguntei. – Com uma locomotiva?

– Eu diria que Julian está cavalgando o poderoso Morgenstern, o cavalo mais veloz que já criou.

Deixei que essa última palavra rondasse minha mente em meio aos pensamentos. Sim, uma voz interior me dizia que era verdade: Julian criara

Morgenstern a partir de Sombra, imbuindo o animal com a força e a velocidade de um furacão e de um bate-estacas.

Lembrei que tinha motivo para temer aquele animal.

Morgenstern entrou no meu campo de visão: era seis palmos mais alto do que qualquer cavalo que eu já tinha visto na vida, os olhos da cor pálida de um cão weimaraner, a pelagem cinza-claro e cascos que pareciam aço polido. Ele corria como o vento, acompanhando o ritmo do carro, e Julian estava agachado na sela: o Julian da carta, com longos cabelos pretos e olhos muito azuis, vestido com sua armadura de escamas brancas.

Sorriu para nós e acenou. O cavalo agitou a cabeça, a crina magnífica se sacudindo ao vento como uma bandeira. Suas patas eram um borrão.

Lembrei-me de que, certa vez, Julian mandara um homem usar minhas roupas velhas e atormentar Morgenstern, o que levou o animal a tentar me escoicear durante uma caçada, quando apeei para esfolar um cervo na frente dele.

Como eu havia fechado o vidro, acho que Morgenstern não me farejou dentro do carro. Mas Julian tinha me visto, e as implicações me pareciam óbvias. À sua volta corriam os Cães da Tormenta, todos muito, muito fortes e com dentes de aço. Também tinham saído de Sombra. Nenhum cachorro normal conseguiria correr daquele jeito. Eu sabia, com toda a certeza, que a palavra "normal" não se aplicava a nada ali.

Julian fez sinal para que parássemos, e Random assentiu quando o encarei.

– Se não pararmos, ele vai passar por cima de nós – explicou.

Pisei no freio, reduzi a velocidade e parei.

Morgenstern empinou, escoiceou o ar, bateu no chão com os quatro cascos e trotou até o carro. Os cães começaram a nos rodear, com a língua para fora, ofegantes. O cavalo estava lustroso por conta do suor.

– Que surpresa! – exclamou Julian, naquele jeito arrastado, quase como se tivesse um problema de dicção.

Um grande gavião preto e verde traçou um círculo no ar e pousou em seu ombro esquerdo.

– É verdade, não é? – respondi. – Como você tem passado?

– Ah, estou ótimo, como sempre. E como estão você e o irmão Random?

– Estou bem.

Random assentiu e comentou:

– Achei que fosse preferir se deleitar com outros esportes, em um momento como este.

Julian inclinou a cabeça e o observou com um olhar malicioso.

– Gosto de abater feras. E isso me ajuda a não pensar tanto nos meus parentes.

Um ligeiro calafrio percorreu minha espinha.

– O som do seu motor me distraiu da caçada. Na hora, não imaginei que encontraria passageiros tão ilustres. Imagino que não estejam apenas a passeio, não? Devem ter um destino em mente... Âmbar, talvez?

– Isso mesmo – concordei. – Posso perguntar por que você está aqui, e não lá?

– Eric me mandou vigiar esta estrada.

Enquanto ele falava, pousei a mão em uma das pistolas no cinto. Tinha a sensação, porém, de que uma bala não penetraria aquela armadura. Considerei atirar em Morgenstern.

– Bom, irmãos – continuou ele, com um sorriso –, sejam bem-vindos de volta, e façam boa viagem. Certamente nos veremos em Âmbar em breve. Tenham uma boa tarde.

Com isso, Julian se virou e cavalgou na direção da floresta.

– Vamos dar o fora daqui – alertou Random. – Julian deve estar planejando uma emboscada ou uma perseguição.

Ao dizer isso, tirou uma pistola do cinto e a deixou no colo.

Saí dirigindo a uma velocidade razoável.

Depois de uns cinco minutos, quando já estava começando a me sentir aliviado, ouvi a trombeta de caça. Pisei fundo no acelerador. Sabia que Julian nos alcançaria de qualquer jeito, mas tentei ganhar tempo e distância. Derrapamos em curvas e disparamos por ladeiras e vales. Quase atropelei um cervo, mas conseguimos desviar sem bater nem perder velocidade.

A trombeta parecia cada vez mais próxima. Random murmurava xingamentos.

Tive a impressão de que ainda faltava bastante para sairmos da floresta, e isso não me deixou nada animado.

Chegamos a um trecho reto e comprido, onde pude pisar fundo por quase um minuto. A trombeta de Julian foi ficando mais distante. Precisei reduzir a velocidade quando entramos em uma parte sinuosa da estrada, e ele voltou a se aproximar.

Passados uns seis minutos, Julian apareceu no retrovisor, galopando pela estrada, cercado por sua matilha, que ladrava e babava.

Random abaixou a janela e, depois de um minuto, inclinou-se para fora do carro e começou a atirar.

– Armadura maldita! Tenho certeza de que o acertei duas vezes, mas de nada adiantou.

– Odeio a ideia de matar aquele bicho, mas tente acertar o cavalo – sugeri.

– Já tentei – respondeu Random, jogando a pistola descarregada no chão do carro antes de sacar a outra. – Ou minha mira é pior do que eu pensava, ou o que dizem é verdade: só uma bala de prata pode matar Morgenstern.

Ele abateu seis dos cães com os cartuchos que restavam, mas ainda tinham sobrado quase vinte.

Entreguei-lhe uma de minhas pistolas, e ele deu cabo de outros cinco.

– Vou guardar as últimas balas para a cabeça de Julian – avisou Random. – É só ele chegar perto!

A essa altura, o bando estava a uns quinze metros de distância, cada vez mais perto. Pisei no freio. Alguns cachorros não conseguiram parar a tempo, mas Julian sumiu de repente, e uma sombra escura passou por nós.

Morgenstern tinha saltado por cima do carro, depois deu meia-volta. Quando cavalo e cavaleiro estavam de frente para nós, pisei fundo no acelerador.

Com um salto magnífico, Morgenstern saiu do caminho. Pelo retrovisor, vi dois cachorros soltarem o para-choque que haviam arrancado e retomarem a perseguição. Alguns estavam caídos na estrada, mas quinze ou dezesseis ainda corriam atrás do carro.

– Boa ideia – comentou Random –, mas foi sorte os cachorros não terem abocanhado os pneus. Deve ser a primeira vez que caçam um carro.

Entreguei a ele minha última pistola e falei:

– Acerte mais cachorros.

Ele atirou com cuidado e pontaria perfeita, abatendo outros seis.

Julian alcançou o carro, brandindo uma espada na mão direita.

Buzinei com tudo, na esperança de assustar Morgenstern, mas não deu certo. Joguei o carro na direção deles, mas o cavalo esquivou. Random se abaixou no banco e apontou para a minha janela, segurando a pistola com a mão direita e a apoiando no antebraço esquerdo.

– Não atire ainda – avisei. – Vou tentar derrubá-lo.

– Você é louco – rebateu meu irmão quando tornei a pisar no freio.

Mas baixou a arma.

Assim que o carro parou, abri a porta com tudo e pulei para fora. Droga! Ainda estava descalço!

Eu me esquivei da lâmina, agarrei Julian pelo braço e o arranquei da sela. Ele me acertou na cabeça com o punho esquerdo revestido de cota de malha, e uma dor terrível me deixou cercado por fogos de artifício.

Julian ficou caído no chão, atordoado. Os cachorros me atacavam, e Random os chutava. Peguei a espada de Julian do chão e encostei a ponta no pescoço dele.

– Mande-os parar! – gritei. – Ou vou cravar você no chão!

Ele gritou comandos para os cachorros, que recuaram. Random segurava os arreios de Morgenstern e tentava controlar o cavalo.

– Agora, caro irmão, o que tem a dizer em sua defesa? – perguntei.

Os olhos dele ardiam com um fogo azul gelado no rosto impassível.

– Se vai me matar, então acabe logo com isso.

– Tudo a seu tempo – respondi, sentindo prazer ao ver sua armadura impecável suja de terra. – Enquanto isso, o que sua vida vale para você?

– Tudo o que tenho, claro.

Dei um passo para trás.

– Levante-se e entre no banco de trás do carro – ordenei.

Ele obedeceu, mas primeiro tirei sua adaga. Random voltou para o banco do carona, mantendo a pistola com a última bala apontada para a cabeça de Julian.

– Por que não o matamos logo? – insistiu.

– Acho que ele vai ser útil. Há muita coisa que eu desejo saber, e ainda temos uma longa viagem pela frente.

Dei partida no carro. Os cães ficaram parados, mas Morgenstern começou a trotar em nosso encalço.

– Receio que não terei muito valor para vocês como prisioneiro – argumentou Julian. – Ainda que me torturem, só posso lhes contar o que sei, e não é muito.

– Então comece com o que sabe – mandei.

– Eric parece ter a maior vantagem, visto que estava em Âmbar quando a coisa toda desandou. Pelo menos foi assim que me pareceu, então lhe ofereci meu apoio. Se tivesse sido qualquer um de vocês, eu provavelmente teria feito o mesmo. Eric me encarregou de vigiar Arden, já que é uma das rotas principais. Gérard controla as vias marítimas ao sul, e Caine cuida das águas do norte.

– E Benedict? – perguntou Random.

– Não sei. Não tive notícias. Pode ser que esteja com Bleys. Talvez esteja em algum outro lugar em Sombra e nem tenha ficado sabendo de tudo ainda. Ou pode até ter morrido. Faz anos que não temos notícias dele.

– Quantos homens você tem em Arden? – indagou Random.

– Mais de mil. E deve ter alguns de olho agora mesmo.

– E não vai passar disso, se quiserem que você continue vivo – retrucou Random.

– Sem sombra de dúvida – concordou ele. – Preciso admitir, Corwin foi inteligente ao me capturar, em vez de me matar. É bem possível que assim consigam sair da floresta.

– Só diz isso porque quer continuar vivo – retrucou Random.

– É claro que quero continuar vivo. Vocês vão deixar?

– Por que deixaríamos?

– Em retribuição às informações que dei a vocês.

Random riu.

– Você nos deu muito pouco, e tenho certeza de que podemos arrancar mais. Veremos, assim que tivermos chance de parar. Não é, Corwin?

– Veremos – concordei. – Onde está Fiona?

– Acho que em algum lugar ao sul – respondeu Julian.

– E Deirdre?

– Não sei.

– Llewella?

– Em Rabma.

– Certo, acho que já contou tudo o que sabe – comentei.

– Contei, sim.

Seguimos viagem em silêncio, até que a floresta enfim começou a minguar. Morgenstern sumira de vista havia muito tempo, mas eu às vezes ainda avistava o gavião de Julian nos acompanhando. Pegamos uma subida e avançamos rumo a um desfiladeiro entre duas montanhas arroxeadas. Ainda nos restava pouco mais do que um quarto de tanque. Uma hora depois, passamos entre dois barrancos rochosos altos.

– Aqui seria um bom lugar para armar um bloqueio – comentou Random.

– É verdade – concordei. – E aí, Julian?

Ele suspirou.

– Sim, e daqui a pouco encontraremos um. Vocês sabem como passar.

Sabíamos mesmo. Quando chegamos ao portão e o guarda com trajes verdes e marrons de couro avançou com a espada desembainhada, apontei o polegar para o banco traseiro e perguntei:

– Entendeu ou tenho que explicar?

O homem entendeu, e também nos reconheceu.

Tratou de levantar a cancela e prestou continência quando passamos.

Encontramos outros dois bloqueios pelo desfiladeiro, e em algum ponto do caminho, pareceu que tínhamos despistado o gavião. Estávamos a milhares de metros de altitude, e parei o carro em uma estrada que contornava o penhasco. À direita, não havia nada além de uma longa descida.

– Saia – ordenei. – Você vai dar uma volta.

Julian ficou lívido.

– Não vou me humilhar. Não vou suplicar pela minha vida.

Ele saiu do carro.

– Raios, não vejo uma boa humilhação há semanas! – reclamei. – Bom... vá ficar ali na beirada. Um pouco mais perto, por favor.

Random manteve a pistola apontada para a cabeça de Julian.

– Um tempo atrás – retomei –, você disse que provavelmente teria apoiado qualquer um que estivesse na posição de Eric.

– Isso mesmo.

– Olhe para baixo.

Ele olhou. A queda era vertiginosa.

– Certo, então lembre-se disso, no caso de haver uma reviravolta súbita na situação – avisei. – E não se esqueça de quem foi que poupou sua vida, quando outro a teria tirado. Vamos lá, Random. Vamos embora.

Deixamos Julian para trás, ofegante, com a testa franzida.

Quando chegamos ao topo da montanha, o tanque estava quase vazio. Deixei o carro em ponto morto, desliguei o motor e comecei a longa descida.

– Você não perdeu nada da sua velha astúcia – elogiou Random. – Eu provavelmente o teria matado ali mesmo. Mas acho que você fez bem. Julian vai nos apoiar, acho, se conseguirmos uma vantagem. Até lá, claro, vai contar *tudo* para Eric.

– Com certeza.

– E de todos nós, você é quem tem mais motivos para o querer morto.

Abri um sorriso.

– Problemas pessoais não servem para boa política, decisões jurídicas ou acordos comerciais.

Random acendeu dois cigarros e me passou um.

Olhando para baixo através da fumaça, tive meu primeiro vislumbre daquele mar. Sob o céu azul-escuro, quase noturno, com o sol dourado pairando lá no alto, o mar era de uma cor tão intensa, densa como tinta, com uma textura que me lembrava tecido, um azul quase roxo, que a visão me incomodava. De repente, reparei que falava em um idioma que eu não sabia que conhecia. Estava recitando "A balada dos cruzadores d'água", e Random ouviu até o último verso, depois perguntou:

– Dizem que você compôs isso. É verdade?

– Já faz tanto tempo que nem lembro mais.

O penhasco se curvava mais e mais para a esquerda, e continuamos a descer a estrada, contornando a face rochosa rumo a um vale arborizado conforme o mar adentrava nosso campo de visão.

– O Farol de Cabra – disse Random, indicando uma enorme torre cinzenta que se erguia das águas, a quilômetros de distância mar adentro. – Já quase tinha me esquecido dele.

– É, eu também – respondi. – É uma sensação muito estranha... estar de volta.

Percebi que já não falávamos inglês, e sim uma língua chamada thari.

Depois de quase meia hora, chegamos à base do penhasco. Continuei em ponto morto até onde foi possível, então dei partida. Com o barulho, um bando de pássaros escuros se assustou e levantou voo do mato à nossa esquerda. Um animal cinzento com aspecto lupino saiu de seu esconderijo e correu na direção de um matagal próximo; o cervo que ele estava caçando, até então oculto, foi pulando para longe. Estávamos em um vale verdejante, e embora a vegetação não fosse tão cerrada e imponente quanto a da Floresta de Arden, estendia-se em um declive suave e contínuo rumo ao mar distante.

Imponentes, e ainda mais altas daquele lado, as montanhas assomavam-se ao longe. Quanto mais avançávamos pelo vale, maior a imersão na natureza e a imensidão das rochas colossais de uma das encostas menores que havíamos descido. As montanhas se estendiam até o mar, cada vez mais vultosas, revestindo-se de um manto irregular colorido de verde, lilás, roxo, dourado e índigo. O costado voltado para o mar era invisível para nós, no vale, mas a parte de trás daquele último cume, o mais alto, estava cercada por um leve véu de nuvens fantasmagóricas, e vez ou outra o sol dourado as inflamava. Estimei que estávamos a uns cinquenta quilômetros daquele ponto luminoso, e o combustível estava quase no fim. Por saber que nosso destino era aquele último cume, fui ficando ansioso. Random olhava na mesma direção.

– Ainda está lá – comentei.

– Quase me fugiu da memória... – respondeu ele.

E, quando mudei de marcha, percebi que minha calça estava mais lustrosa. Além disso, tinha se estreitado consideravelmente perto dos tornozelos, já livre de bainha. Depois, passei a analisar a camisa.

Meu tronco estava coberto por um gibão preto com detalhes em prata, e meu cinto se alargara consideravelmente. Com um olhar mais atento, vi que uma linha prateada substituíra a costura nas laterais das pernas da calça.

– Estou com os trajes adequados – observei, para ver qual seria a reação.

Random deu risada, e só então percebi que estava vestido com calças marrons com linhas vermelhas e uma camisa laranja e marrom. Um chapéu marrom com borda amarela repousava ao seu lado, no banco.

– Estava me perguntando quando você ia perceber. Como se sente?

– Muito bem – respondi. – Aliás, a gasolina está quase no fim.

– Agora já não tem o que fazer. Estamos no mundo verdadeiro, e seria um esforço terrível manipular Sombra. Além disso, não passaria despercebido. Teremos que continuar a pé quando o carro morrer, receio.

Quatro quilômetros depois, foi exatamente isso que aconteceu. Guiei o carro até a beira da estrada e parei. O sol já se encaminhava para o derradeiro crepúsculo, e as sombras já se alongavam.

Estiquei a mão até o banco de trás, onde meus sapatos tinham se transformado em botas pretas, e algo chacoalhou quando as alcancei.

Puxei uma espada de prata pesada que se encaixava perfeitamente na bainha em meu cinto. Havia também um manto preto com fecho em formato de rosa prateada.

– Achou que estavam perdidos para sempre? – perguntou Random.

– Praticamente.

Saímos do carro e começamos a caminhar. A noite estava fresca e exalava uma fragrância revigorante. Já havia estrelas no leste, e o sol mergulhava em seu leito.

Conforme avançávamos pela estrada, Random comentou:

– Estou com um péssimo pressentimento.

– Como assim?

– Tudo tem sido fácil demais. Não estou gostando nada disso. Chegamos até a Floresta de Arden sem grandes problemas. Julian tentou nos emboscar ali, verdade... mas não sei. Foi tão fácil avançar nessa longa jornada, então desconfio que alguém nos deu permissão.

– Isso também passou pela minha cabeça – menti. – Qual sua opinião?

– Acho que estamos prestes a cair numa armadilha.

Seguimos em silêncio por alguns minutos. E então:

– Uma emboscada? – perguntei. – Estas matas parecem curiosamente quietas.

– Não sei.

Avançamos por mais três quilômetros, e depois o sol se foi. A noite estava escura e cravejada de estrelas brilhantes.

– Não é assim que dois homens da nossa estirpe deveriam se deslocar – comentou Random.

– É verdade.

– Mas tenho medo de arranjar garanhões.

– Sim, também tenho.

– Como você avalia nossa situação? – perguntou Random.

– Não é das melhores. Sinto que vão nos alcançar em breve.

– Acha que devemos abandonar a estrada?

– Estava pensando nisso – menti de novo. – Acho que não faria mal avançarmos um pouco pela margem.

Foi o que fizemos.

Caminhamos entre as árvores, passando pelos vultos escuros de pedras e arbustos. A lua se erguia lentamente, grande e prateada, iluminando a noite.

– Sinto que não vamos conseguir – confessou meu irmão.

– E esse pressentimento é confiável?

– Bastante.

– Por quê?

– Fomos muito longe muito rápido. Nada disso me cheira bem. Agora estamos no mundo verdadeiro, então é tarde demais para voltar. Não podemos manipular Sombra, precisamos contar apenas com nossas espadas.

Ele também tinha uma, curta e polida.

– Sinto, portanto, que talvez só tenhamos avançado até este ponto por vontade de Eric – continuou. – Agora não há muito a fazer. Teria sido melhor, acho, que tivéssemos precisado batalhar por cada passo do caminho.

Andamos por mais um quilômetro e meio e fizemos uma pausa para fumar.

– A noite está linda – comentei, sentindo a brisa fresca.

– É, está... O que foi isso?

Ouvimos um farfalhar suave na vegetação a nossas costas.

– Algum animal?

Random já estava com a espada na mão.

Esperamos por alguns minutos, porém não ouvimos mais nada.

Meu irmão embainhou a arma e retomamos a caminhada.

Não ouvi mais nenhum som atrás de nós, mas depois de um tempo escutei algo adiante.

Random assentiu quando o encarei, e começamos a avançar com mais cautela.

Ao longe avistamos um brilho suave, como o de uma fogueira.

Não ouvimos mais nada, mas com um gesto Random acatou minha ideia de seguir naquela direção em meio às árvores, pela direita.

Levou quase uma hora até chegarmos ao acampamento. Quatro homens estavam sentados em volta da fogueira, e dois dormiam na penumbra. Havia uma garota amarrada a uma estaca, com o rosto virado para o outro lado, mas senti meu coração acelerar quando observei a silhueta.

– Será que aquela é...? – sussurrei.

– Sim. Talvez seja.

E então ela virou a cabeça, e eu soube que era mesmo.

– Deirdre!

– O que aquela vaca andou aprontando? – praguejou Random. – Pelas cores das vestes desses sujeitos, me atrevo a dizer que vão levá-la de volta para Âmbar.

Vi que os soldados usavam preto, vermelho e prata, o que pelos arcanos e por alguma outra fonte eu me lembrava de que eram as cores de Eric.

– Como Eric a quer, não podemos deixar que seja levada até ele – argumentei.

– Nunca gostei muito de Deirdre – disse Random –, mas sei que você gosta, então...

Ele desembainhou a espada.

Fiz o mesmo.

– Prepare-se – avisei, flexionando os joelhos.

Em seguida, atacamos.

A luta não durou mais do que dois minutos.

Deirdre nos observava com atenção, o rosto transformado em uma máscara distorcida pela luz da fogueira. Ela gritava e ria e dizia nossos nomes, atemorizada. Cortei suas amarras e a ajudei a se levantar.

– Saudações, irmã. Quer se juntar a nós na Estrada para Âmbar?

– Não. Obrigada por terem me salvado, mas pretendo continuar viva. Por que vão para Âmbar, se me permitem a pergunta?

– Há um trono para ser conquistado – respondeu Random, o que era novidade para mim –, e somos candidatos.

– Se forem espertos, vão ficar longe de lá e viver mais – aconselhou ela.

Meu Deus! Como era linda, ainda que parecesse um pouco suja e cansada. Tive vontade de a sentir mais perto, então a abracei. Random achou um odre de vinho, e nós todos bebemos.

– Eric é o único príncipe de Âmbar – informou Deirdre –, e os soldados são leais a ele.

– Não tenho medo de Eric – retruquei, embora não tivesse certeza dessa afirmação.

– Ele nunca vai deixar vocês dois entrarem lá. Eu mesma era prisioneira, até que consegui escapar por um dos caminhos secretos dois dias atrás. Achei que poderia me esconder em Sombra até tudo acabar, mas não é tão fácil quando estamos perto da Terra Verdadeira. Os soldados dele me encontraram hoje de manhã, e estavam me levando de volta. Desconfio que Eric estivesse pretendendo me matar quando eu chegasse a Âmbar... mas não tenho certeza. De qualquer forma, eu ainda seria uma marionete na cidade. Eric deve estar louco... mas também não tenho certeza.

– E Bleys? – indagou Random.

– Ele sempre ataca, manda coisas saídas das sombras, e Eric se incomoda muito. Mas Bleys nunca atacou com sua força verdadeira, por isso Eric está abalado. A posse da coroa e do cetro permanece incerta, embora Eric já tenha uma vantagem.

– Entendo. Ele já falou de nós?

– De você, não, Random. Mas de Corwin, sim. Ele ainda teme o retorno de Corwin a Âmbar. O caminho ainda é relativamente seguro por mais uns dez quilômetros, mas depois disso, cada passo será repleto de perigos. Cada árvore e cada pedra será uma armadilha e uma emboscada. Por causa de Bleys e de Corwin. Eric queria que vocês chegassem pelo menos até aqui, para que não tivessem como manipular Sombra nem pudessem escapar com facilidade do poder dele. É impossível que consigam alcançar Âmbar sem cair em uma de suas armadilhas.

– Mas você escapou...

– Foi diferente. Minha intenção era sair, não entrar. Talvez ele não tenha me vigiado com o mesmo cuidado com que vigiaria um de vocês, já que sou mulher e não tenho ambição. E como podem ver, não tive sucesso.

– Agora teve, irmã – declarei –, e terá sempre que minha espada tiver liberdade para ser brandida em sua defesa.

Ela me beijou na testa e apertou minha mão. Sempre adorei isso.

– Tenho certeza de que estamos sendo seguidos – alertou Random.

Com um gesto, nós três desaparecemos na escuridão.

Ficamos escondidos sob um arbusto, vigiando nosso rastro.

Depois de um tempo, nossos sussurros indicaram que eu precisava tomar uma decisão. A pergunta era bastante simples: qual o próximo passo?

Eu não podia mais adiar a resposta. Sabia que não podia confiar neles, nem na querida Deirdre, mas se fosse necessário abrir o jogo com alguém, Random pelo menos estava metido naquilo comigo até o pescoço, e Deirdre era minha irmã favorita.

– Caros irmãos, tenho uma confissão a fazer.

A mão de Random logo alcançou o cabo de sua espada. Essa era a extensão da confiança que tínhamos um pelo outro. Eu já conseguia ouvir a mente dele girando, repetindo para si mesmo: *Corwin me trouxe aqui para me trair.*

– Se me trouxe até aqui para me trair, não vai me levar com vida.

– Ficou maluco? – rebati. – Quero sua ajuda, não sua cabeça. Minha confissão é a seguinte: não faço a menor ideia do que está acontecendo. Tenho alguns palpites, mas na verdade não sei onde diabos estamos, o que é Âmbar, ou por que estamos agachados aqui, no meio do mato, nos escondendo dos soldados de Eric. Aliás, também não sei quem eu sou.

Houve um silêncio terrivelmente longo, e depois Random sussurrou:

– Como assim?

– Sim, explique-se – acrescentou Deirdre.

– Quero dizer que consegui enganar você, Random. Não achou estranho que eu não tenha feito nada além de dirigir durante a jornada?

– Você era o líder, e imaginei que estivesse planejando. Fez algumas coisas bastante astutas no caminho. Sei que você é Corwin.

– Eu mesmo só descobri isso há alguns dias – contei. – Sei que sou o homem que vocês chamam de Corwin, mas sofri um acidente algum tempo atrás. Bati a cabeça... quando não estiver tão escuro eu mostro as cicatrizes. E estou com amnésia desde então. Não entendo nada dessa história de

Sombra, nem me recordo muito de Âmbar. Só me lembro da minha família, e do fato de não poder confiar muito nela. Essa é a minha história. E agora, o que fazemos?

– Santo Deus! – exclamou Random. – Sim, agora entendo. Todos os detalhes que me intrigaram durante o caminho agora fazem sentido… Como enganou Flora tão bem?

– Foi sorte. E acho que uma dissimulação inconsciente. Não! Não foi isso! Ela foi burra. Mas agora eu realmente preciso de vocês.

– Acha que vamos conseguir entrar em Sombra? – perguntou Deirdre, mas não foi dirigida a mim.

– Acho – respondeu Random –, mas não quero ir por lá. Eu gostaria de ver Corwin em Âmbar, e adoraria ver a cabeça de Eric em uma estaca. Estou disposto a correr alguns riscos para testemunhar essas duas coisas, então não vou voltar para Sombra. Você pode ir, se quiser. Todo mundo acha que eu sou um fracote, uma fraude. Agora vão descobrir quem sou de verdade. Vou seguir até o fim.

– Obrigado, irmão – agradeci.

– Que infeliz é este nosso encontro ao luar – comentou Deirdre.

– Você ainda poderia estar amarrada a uma estaca – retrucou Random, e ela não respondeu.

Ficamos escondidos ali um pouco mais. Três homens entraram no acampamento e observaram os arredores. Dois deles se abaixaram e farejaram o chão.

E então olharam para o local onde estávamos.

– *Weir* – sussurrou Random, quando vieram na nossa direção.

Vi acontecer, mesmo na penumbra. Os sujeitos ficaram de quatro, e o luar criou ilusões com seus trajes cinzentos. De repente surgiram os seis olhos luminosos de nossos perseguidores.

Empalei o primeiro lobo com minha espada de prata e ouvi um uivo humano. Random decapitou outro com apenas um golpe e, para meu espanto, vi Deirdre erguer um oponente no ar e quebrar a coluna dele no joelho com um estalido seco.

– Rápido, sua espada! – pediu Random.

Atravessei o corpo das duas vítima, e ouvimos mais gritos.

– É melhor irmos rápido – alertou meu irmão. – Por aqui!

Fomos atrás dele.

– Para onde estamos indo? – quis saber Deirdre, depois de cerca de meia hora de corrida furtiva em meio à vegetação rasteira.

– Para o mar – respondeu Random.

– Por quê?

– O mar contém a memória de Corwin.

– Onde? Como?

– Rabma, óbvio.

– Eles vão matar você e dar seu cérebro para os peixes.

– Não vou até o fim. Você vai ter que assumir o controle na praia e conversar com a irmã de sua irmã.

– Quer que ele percorra o Padrão de novo?

– Isso.

– É arriscado.

– Eu sei... Olhe, Corwin – começou Random –, você tem sido bem decente comigo nos últimos tempos. Se por acaso não for mesmo Corwin, vai morrer. Mas tem que ser. Não tem como ser outra pessoa. Não pelo jeito como tem agido, mesmo sem memória. Então, eu aposto a sua vida. Você precisa percorrer o Padrão, que pode restaurar sua memória. Topa?

– Acho que sim, mas o que é o Padrão?

– Rabma é uma cidade fantasma. É o reflexo de Âmbar dentro do mar. Lá, tudo de Âmbar é duplicado, como se fosse um espelho. O povo de Llewella vive lá como se estivesse em Âmbar. Eles me odeiam por alguns pequenos deslizes do passado, então não posso ir junto. Se você falar com eles com o devido respeito e talvez der a entender sua missão, contudo, acredito que lhe permitirão percorrer o Padrão de Rabma. Apesar de ser o inverso daquele em Âmbar, deve produzir o mesmo efeito. Isto é: dá aos filhos de nosso pai o poder de caminhar em Sombra.

– E como esse poder vai me ajudar?

– Deve fazer você descobrir sua essência.

– Bom, então eu topo.

– Ótimo. Nesse caso, vamos continuar rumo ao sul. Levaremos alguns dias para chegar à escadaria... Você pode ir com ele, Deirdre?

– Sim, posso acompanhar meu irmão Corwin.

Eu sabia que ela ia concordar, e fiquei feliz. Estava com medo, mas feliz.

Passamos a noite inteira caminhando. Evitamos três grupos de soldados armados e, ao amanhecer, dormimos em uma caverna.

CINCO

Durante duas noites, avançamos rumo à areia rosa e zibelina do grande mar. Foi na manhã do terceiro dia que chegamos à praia, após evitarmos um pequeno grupo que nos perseguia, no entardecer da véspera. Só queríamos sair para o descampado quando encontrássemos o local exato, Faiella-bionin, a Escadaria para Rabma, e pudéssemos chegar rápido até lá.

O sol nascente lançava milhares de lascas brilhantes nas ondulações espumosas da água, e ficamos tão deslumbrados pela dança que éramos incapazes de enxergar abaixo da superfície. Fazia dois dias que ingeríamos apenas frutas e água, mas minha fome voraz foi esquecida com a visão da vasta praia rajada, repleta de curvas súbitas e saliências de coral, alaranjados, rosados e vermelhos; o depósito abrupto de conchas, madeira e pedrinhas polidas; e o mar adiante, com o ir e vir embalado pelo som suave de arrebentação, coberto de dourado, azul e roxo intenso, projetando a melodia viva de suas brisas como bênçãos sob o firmamento violeta da alvorada.

A montanha da frente, Kolvir, que sustentou Âmbar por toda a eternidade como uma mãe a ninar o filho, assomava a uns trinta quilômetros ao norte, e o sol a cobria de ouro e transformava em arco-íris o véu acima da cidade. Random contemplou a montanha, trincando os dentes, depois desviou o olhar. Talvez eu também tenha repetido o gesto.

Deirdre tocou minha mão, indicou o caminho com a cabeça e começou a andar para o norte, margeando a orla. Random e eu a seguimos. Ela parecia ter visto algum ponto de referência.

Tínhamos avançado por uns quatrocentos metros quando a terra pareceu tremer ligeiramente.

– Cascos! – chiou Random.

– Vejam! – exclamou Deirdre, com a cabeça jogada para trás enquanto apontava para cima.

Meus olhos acompanharam sua mão.

Um gavião voava em círculos no céu.

– Quanto falta? – perguntei a Deirdre.

– Fica logo atrás daquele moledro.

O local ficava a uns cem metros de distância: uma pilha de quase dois metros de altura, no formato de uma pirâmide com o topo achatado. Era toda erigida com pedras cinzentas do tamanho de cabeças, erodidas pelo vento, pela areia e pela água.

O som dos cascos ficou mais alto, e ouvimos o toque de uma trombeta, mas não era a de Julian.

– Corram! – gritou Random.

E corremos.

Depois de uns vinte passos, o gavião mergulhou. Avançou para cima de Random, que empunhava a espada e revidou com uma estocada. A ave voltou a atenção para Deirdre.

Tirei minha própria espada da bainha e desferi um golpe. Penas voaram. O gavião subiu e voltou a mergulhar, e dessa vez minha lâmina atingiu algo duro. Senti que havia abatido a ave, mas não soube dizer com certeza, porque não quis me deter para averiguar. O som dos cascos avançava em ritmo alto e constante, e a trombeta parecia quase em nossos calcanhares.

Quando chegamos às pedras, Deirdre se virou e seguiu diretamente para o mar.

Decidido a não discutir com alguém que parecia saber o que estava fazendo, fui atrás. Pelo canto do olho, avistei os homens a cavalo.

Ainda estavam longe, mas cavalgavam com tudo pela praia. Cães latiam, trombetas rugiam e Random e eu corríamos em disparada para entrar na arrebentação atrás de nossa irmã.

Estávamos com água salgada batendo na cintura quando Random disse:

– Se eu ficar, eu morro, mas também morro se continuar.

– Uma morte é iminente – argumentei –, a outra é negociável. Vamos em frente!

E assim fomos. Avançávamos sobre uma superfície rochosa que descia mar adentro. Não sabia como íamos respirar mais adiante, mas como Deirdre não parecia preocupada, também tentei manter a calma.

Mas não consegui.

Quando a água se agitou e molhou nossa cabeça, a preocupação tomou conta de mim. Deirdre seguia em frente sem hesitar, descendo, e eu ia atrás, com Random em meu encalço.

De tantos em tantos metros, a descida ficava mais íngreme. Percorríamos uma escadaria imensa, e eu sabia que ela se chamava Faiella-bionin.

Com mais um passo, a água cobriria minha cabeça. Deirdre já estava sob a superfície.

Então respirei fundo e mergulhei.

Havia mais degraus, por isso continuei descendo. Não entendia por que meu corpo não boiava. Ainda andava ereto e a cada passo descia mais, como se estivesse em uma escadaria normal, embora meus movimentos fossem ligeiramente mais lentos. Comecei a me perguntar o que faria quando não conseguisse mais prender a respiração.

Vi bolhas em volta da cabeça de meus irmãos. Tentei observar o que os dois estavam fazendo, mas não consegui descobrir. Pareciam respirar normalmente.

A uns três metros de profundidade, Random me olhou de relance, e ouvi sua voz. A sensação era a de estar com a orelha pressionada ao fundo de uma banheira, e cada palavra soava como um chute desferido na lateral dela.

Mas dava para entender:

– Acho que não vão conseguir convencer os cachorros a virem atrás de nós, mesmo se vierem com os cavalos – dizia ele.

– Como está conseguindo respirar? – tentei perguntar, e minhas palavras pareceram distantes.

– Relaxe. Se estiver prendendo a respiração, pode soltar. Não se preocupe. Vai conseguir respirar, é só não sair da escadaria.

– Como é possível?

– Se tivermos sucesso, você vai entender.

Em meio ao frio e ao verde à nossa volta, sua voz era melódica.

A essa altura, já estávamos a uns seis metros de profundidade. Expeli uma pequena quantidade de ar e tentei inalar por mais ou menos um segundo.

Não era uma sensação incômoda, então persisti. Saíram mais bolhas, mas, fora isso, a experiência não me abalou.

Não senti aumento de pressão ao longo dos três metros seguintes, e pude enxergar a escadaria como se estivesse dentro de uma neblina esverdeada. Descemos, descemos, descemos. Reto. Direto. Avistei uma luz no fundo.

– Se conseguirmos passar pelo arco, estaremos em segurança – avaliou minha irmã.

– *Vocês* estarão em segurança – corrigiu Random, e me perguntei o que ele havia feito para ser tão odiado naquela tal de Rabma. – Se os sujeitos de antes estiverem com cavalos que nunca percorreram esse trajeto, vão ter que nos seguir a pé – acrescentou. – Nesse caso, vamos conseguir.

– Então talvez não nos sigam... se for o caso – argumentou Deirdre.

Apertamos o passo.

Quando já nos encontrávamos a quinze metros de profundidade, a água ficou bastante escura e fria, mas a luminosidade à frente aumentou. Depois de uns dez degraus, consegui distinguir a fonte da luz.

À direita havia uma coluna. No topo, brilhava algo que lembrava um globo. Uns quinze passos além, à esquerda, havia outra formação semelhante. Depois disso, parecia que havia outra à direita, e assim sucessivamente.

Quando nos aproximamos da coluna, a temperatura da água aumentou, e a própria escadaria ficou mais nítida: era branca e manchada de rosa e verde, com aparência de mármore. Apesar de estar submersa, não era escorregadia. Tinha uns quinze metros de largura, e de cada lado erguia-se um corrimão largo feito do mesmo material.

Peixes nadavam à nossa volta. Quando me virei e olhei para trás, não vi nenhum sinal de perseguição.

A claridade aumentou. Entramos nas cercanias da primeira luz, e não havia nenhum globo no topo da coluna. Minha mente deve ter acrescentado esse detalhe para tentar racionalizar minimamente o fenômeno. Parecia uma chama, com cerca de sessenta centímetros de altura, tremulando como se fosse o topo de uma tocha gigantesca. Decidi perguntar sobre aquilo mais tarde e poupei meu fôlego, com o perdão do trocadilho, para a descida.

Depois que entramos na via de luz e passamos por outras seis tochas, Random avisou:

– Eles estão atrás de nós.

Tornei a olhar para trás e avistei figuras distantes em plena descida, quatro delas a cavalo.

Foi uma sensação curiosa rir debaixo d'água e se escutar.

– Que venham – declarei, tocando o punho da espada. – Agora que chegamos aqui, sinto um poder dentro de mim!

Mesmo assim apertamos o passo, e a água dos dois lados ficou escura como nanquim. Só os degraus estavam iluminados. Em nossa fuga desenfreada escadaria abaixo, avistei ao longe o que parecia ser um arco imponente.

Deirdre saltava dois degraus por vez, e sentíamos a vibração das batidas aceleradas dos cascos dos cavalos a nossas costas.

O bando de homens armados, ocupando toda a largura da escadaria, ainda estava bem distante, mas os quatro cavaleiros haviam se aproximado. Seguimos Deirdre em sua corrida desesperada, e minha mão não largou a espada um só minuto.

Passamos três, quatro, cinco luzes, e só então voltei a olhar para trás, percebendo que os cavaleiros estavam a uns quinze metros de distância. Os homens a pé estavam quase fora de vista. O arco se erguia à nossa frente, a uns sessenta metros. Era uma estrutura grande, brilhante como alabastro e decorada com tritões, ninfas do mar, sereias e golfinhos. E parecia haver pessoas do outro lado.

– Devem estar se perguntando por que viemos para cá – teorizou Random.

– E vai ser só uma pergunta retórica se não conseguirmos chegar – respondi, apressado, enquanto dava outra olhada.

Os cavaleiros estavam ainda mais perto, constatei. Saquei a espada, que refletiu a luz das tochas. Random também sacou a dele.

Depois de mais vinte degraus, as vibrações em meio ao verde ficaram terríveis, e nos viramos para não sermos atropelados durante a fuga.

Eles estavam quase chegando. Os portões ficavam trinta metros à frente, e tanto faria se fossem trinta quilômetros, se não déssemos cabo dos quatro cavaleiros.

Eu me agachei na mesma hora em que o homem no meu encalço brandiu a espada. Havia outro cavaleiro à sua direita, um pouco mais para trás, então naturalmente me desloquei para a esquerda, na direção do corrimão. Com isso, ele precisou dar um golpe cruzado, já que a arma estava na mão direita.

Quando o cavaleiro atacou, desviei e dei uma estocada.

Como ele estava bastante inclinado na sela, a ponta da minha lâmina penetrou seu pescoço pela direita.

Uma grande nuvem de sangue ergueu-se e rodopiou em meio à luz esverdeada, como fumaça carmesim. Estranhamente, desejei que Van Gogh estivesse ali para ver.

O cavalo avançou a esmo, e ataquei o segundo cavaleiro pelas costas.

Ele se virou para aparar o golpe, e conseguiu, mas o ímpeto de sua velocidade e a força da minha lâmina o derrubaram da sela. Quando ele caiu, dei um chute que o mandou flutuando para longe. Ataquei de novo enquanto o homem pairava acima de mim, e apesar de ele ter aparado o golpe, despencou por cima do corrimão. Escutei seu grito quando a pressão da água o atingiu. E depois ele se calou.

Voltei a atenção para Random, que havia matado tanto cavalo quanto cavaleiro e duelava com um segundo oponente. Quando os alcancei, meu irmão tinha matado o homem e estava rindo. O sangue pairava à sua volta, e de repente me dei conta de que *eu conhecera* o louco, triste e terrível Vincent van Gogh, e era realmente uma pena que ele não pudesse pintar aquela cena.

Os soldados a pé estavam a uns trinta metros de distância, então apenas nos viramos e seguimos para o arco. Deirdre já havia atravessado.

Quando chegamos lá, muitas espadas surgiram ao nosso redor, e os soldados deram meia-volta. Embainhamos nossas armas, e Random disse:

– Acabou.

Fomos nos unir ao grupo que se posicionara em nossa defesa.

Meu irmão logo recebeu a ordem de entregar a espada, e obedeceu, encolhendo os ombros. Dois homens o cercaram, um de cada lado, com um terceiro a suas costas, e continuamos a descida.

Perdi a noção do tempo naquele ambiente subaquático, mas tenho a sensação de que caminhamos entre quinze e trinta minutos.

Os portões dourados de Rabma despontavam à nossa frente. Passamos por eles, entrando na cidade.

Víamos tudo através de uma névoa verde. As construções eram todas frágeis, a maioria de edifícios altos, distribuídos em padrões e cobertos de cores que penetraram meus olhos e invadiram minha mente, tentando reavivar as lembranças. Fracassaram, e o único resultado daquela perscrutação foi a já familiar dor que acompanhava o que era parcialmente lembrado, mas ainda esquecido. Sabia, no entanto, que já havia caminhado por aquelas ruas, ou por ruas muito parecidas.

Random não dissera sequer uma palavra desde a captura. Deirdre se limitara a perguntar sobre nossa irmã, Llewella, motivada pelo boato de que estaria em Rabma.

Examinei nossa escolta. Eram homens de cabelo verde, roxo e preto, e todos tinham olhos verdes, exceto por um sujeito de olhos cor de avelã. Todos trajavam apenas calções com escamas e mantos, com tiras cruzadas no peito. Portavam espadas curtas nos cintos feitos de conchas. Eram praticamente desprovidos de pelos no corpo. Nenhum se dirigiu a mim, embora alguns tenham me olhado, muitos com raiva. Tive permissão para continuar armado.

Dentro da cidade, fomos conduzidos por uma avenida larga, iluminada por chamas de colunas posicionadas a intervalos ainda menores do que na Faiella-bionin. Pessoas nos observavam por trás de janelas octogonais escurecidas, e peixes de barriga colorida nadavam à nossa volta. Quando dobramos uma esquina, uma corrente fresca nos envolveu como uma brisa. Depois de alguns passos, veio uma mais quente.

Fomos levados ao palácio no centro da cidade, e eu o conhecia como a palma da minha mão. Era idêntico ao palácio de Âmbar, obscurecido apenas pela névoa verde e distorcido pelos inúmeros espelhos posicionados em locais estranhos nas paredes. Uma mulher estava sentada no trono, em uma sala de vidrita que eu quase reconhecia. O cabelo dela era verde, com listras prateadas, e seus olhos eram redondos como luas de jade. As sobrancelhas, arqueadas como asas de gaivotas cor de oliva. A boca e o queixo eram pequenos, e as maçãs do rosto eram altas, largas e arredondadas.

Um diadema de ouro branco repousava sobre sua cabeça, e um colar de cristal pendia do pescoço. Uma safira cintilava entre os belos seios desnudos, de mamilos verde-claros. Ela usava calções azuis com textura escamosa e um cinto prateado. Carregava um cetro de coral rosado na mão direita, e usava um anel por dedo, cada um incrustado com uma pedra de um tom diferente de azul. A mulher não sorria.

– O que buscam aqui, párias de Âmbar? – perguntou, com uma voz sibilante, suave, fluida.

Deirdre se adiantou.

– Fugimos da ira do príncipe que reside na cidade verdadeira... Eric! Para ser sincera, gostaríamos de tirá-lo do trono. Se ele for amado aqui, estamos perdidos, pois caímos nas mãos de nossos inimigos. Mas sinto que não é o caso. Viemos buscar auxílio, gentil Moire...

– Não lhes darei soldados para atacar Âmbar – interrompeu Moire. – Como bem sabem, o caos de uma guerra seria refletido nos meus próprios domínios.

– Não é isso o que desejamos, querida Moire – continuou Deirdre. – Queremos apenas algo pequeno, que pode ser obtido sem dores ou custos a você ou aos seus súditos.

– Diga! Pois, como sabe, Eric é quase tão odiado aqui quanto esse traidor ao seu lado.

Em seguida apontou para Random, que a encarava com um olhar franco e insolente de apreciação, um sorrisinho insinuante em seus lábios.

Se fosse obrigado a pagar por seu crime, seja lá qual fosse, percebi que ele o faria como um verdadeiro príncipe de Âmbar. Assim como, eu me lembrei de repente, nossos três irmãos já falecidos haviam feito, séculos antes. Random pagaria o preço enquanto debochava de todos, aos risos conforme sua boca se enchia de sangue. Antes de morrer, ele pronunciaria uma maldição irrevogável, que viria a se concretizar. De repente soube que eu também tinha esse poder, e que o usaria se as circunstâncias exigissem.

– O pedido que tenho a fazer é para meu irmão Corwin, que também é irmão de lady Llewella, residente de Rabma – retomou Deirdre. – Acredito que ele nunca a tenha ofendido...

– É verdade. Mas por que ele não fala por si mesmo?

– Isso é parte do problema, lady Moire. Corwin permanece em silêncio, pois não sabe o que perguntar. Perdeu boa parte da memória depois de um acidente em Sombra. Viemos aqui para restabelecer suas lembranças, para recuperar sua memória dos velhos tempos, de modo que ele possa se opor a Eric em Âmbar.

– Prossiga – disse a mulher no trono, me analisando por entre os olhos semicerrados.

– Neste edifício, existe um cômodo onde poucos adentram – explicou Deirdre. – Lá, traçado no piso com contornos flamejantes, repousa uma duplicata daquilo que chamamos de Padrão. Apenas um filho ou uma filha do falecido soberano de Âmbar pode percorrer esse Padrão e sobreviver, e com isso ganhará poder sobre Sombra.

Moire começou a piscar, e especulei quantos de seus súditos ela havia enviado por aquele trajeto na intenção de obter tal poder para Rabma. Ao que parecia, havia fracassado.

– Acreditamos que a caminhada pelo Padrão deve restaurar a memória de Corwin como príncipe de Âmbar – prosseguiu Deirdre. – Ele não pode ir a Âmbar para tal propósito, e este é o único lugar que conheço com uma duplicata... além de Tir-na Nog'th, para onde, claro, não podemos ir.

Moire voltou seu olhar para minha irmã, depois o pousou em Random antes de me encarar.

– Corwin está disposto a se lançar a esse intento? – perguntou.

Fiz uma mesura.

– Estou, milady – respondi, e ela sorriu.

– Muito bem, tem minha permissão. Entretanto, não posso garantir sua segurança fora de meus domínios.

– Quanto a isso, majestade – interveio Deirdre –, não esperamos nenhum favor. Cuidaremos pessoalmente dessa questão quando partirmos.

– Vão seguir caminho sem Random – decretou Moire. – Ele permanecerá sob minha proteção.

– Perdão, majestade? A que se refere? – perguntou minha irmã, pois Random certamente não falaria por si mesmo naquelas circunstâncias.

– Decerto deve se lembrar de quando o príncipe Random veio aos meus domínios como amigo, e depois partiu às pressas com minha filha, Morganthe.

– Ouvi tal relato, lady Moire, mas não estou ciente da veracidade ou da vileza da história.

– É verdade. Trinta dias depois, ela foi escoltada de volta. E se suicidou meses após o nascimento do filho, Martin. O que tem a dizer quanto a isso, príncipe Random?

– Nada – respondeu ele.

– Por ter sangue Âmbar, Martin decidiu percorrer o Padrão quando atingiu a maioridade. Foi o único do meu povo a conseguir. No fim, Martin entrou em Sombra e nunca mais foi visto. O que tem a dizer quanto a isso, lorde Random?

– Nada – repetiu ele.

– Portanto, será punido. Deverá se casar com a mulher que eu escolher e permanecerá com ela em meus domínios por um ano, ou será executado. O que tem a dizer quanto a isso, Random?

Meu irmão não respondeu, apenas fez um gesto abrupto de anuência com a cabeça.

Moire bateu o cetro no braço de seu trono turquesa.

– Muito bem. Que assim seja.

E foi.

Depois nos recolhemos às acomodações que lady Moire nos concedeu, para nos restabelecermos. Ela apareceu à minha porta.

– Ave, Moire – saudei.

– Lorde Corwin de Âmbar. Inúmeras vezes desejei conhecê-lo.

– Digo o mesmo – menti.

– Seus feitos são lendários.

– Agradeço, embora mal me lembre dos destaques.

– Posso entrar?

– Certamente.

Dei um passo para o lado.

Ela adentrou a suíte ricamente mobiliada e se sentou na beirada do sofá laranja.

– Quando pretende percorrer o Padrão?

– Assim que possível.

Depois de um instante de ponderação, indagou:

– Onde esteve em Sombra?

– Muito longe daqui, em um lugar que aprendi a amar.

– É estranho que um príncipe de Âmbar tenha tal capacidade.

– Que capacidade?

– De amar.

– Talvez eu tenha escolhido a palavra errada.

– Duvido – retrucou Moire. – As baladas de Corwin de fato tocam as cordas do coração.

– A senhora está apenas sendo gentil.

– Mas não estou equivocada.

– Um dia lhe dedicarei uma balada.

– O que fazia quando residia em Sombra?

– Acredito que eu era um soldado profissional, senhora. Lutava para quem me pagasse. E também compus versos e melodias para muitas canções populares.

– Duas atividades bem típicas da sua natureza.

– Por obséquio, pode ao menos me dizer o que será feito do meu irmão Random?

– Ele se casará com uma de minhas jovens súditas, Vialle. Ela é cega e não tem pretendentes de nossa raça.

– Tem certeza de que será o melhor para ela?

– Isso trará bom status a Vialle – explicou Moire –, ainda que Random a deixe após um ano e nunca mais volte. Não importa o que se diga de seu irmão, ele é um príncipe de Âmbar.

– E se ela se apaixonar por ele?

– Alguém seria capaz disso?

– A meu modo, eu amo meu irmão.

– Pois esta é a primeira vez que um filho de Âmbar diz tal coisa, e atribuo isso a seu temperamento poético.

– Seja como for, ao menos se certifique de que esta é a melhor decisão para a jovem.

– Já refleti sobre o assunto, não tenho dúvidas. Vialle se recuperará de qualquer sofrimento que ele vier a lhe infligir. E após a partida de Random, ela será uma importante dama em minha corte.

– Assim seja, então – respondi, e logo desviei o olhar, sentindo uma onda de tristeza… pela jovem, claro. – O que mais posso lhe dizer? Talvez a senhora esteja fazendo algo bom. É minha esperança.

Beijei a mão dela.

– Você, lorde Corwin, é o único príncipe de Âmbar a quem eu poderia apoiar, com exceção de Benedict, quem sabe. Contudo, ele se foi nesses vinte e dois anos, e só Lir sabe onde seus ossos devem estar. Uma pena.

– Não sabia disso. Minha memória está muito prejudicada. Por favor, tenha paciência. Sentirei falta de Benedict, e ele está morto. Era meu Mestre de Armas e me ensinou como manejar cada uma delas. Sempre foi um homem gentil.

– Assim como você, Corwin – declarou ela, pegando minha mão e me puxando para junto de si.

– Não, não muito – rebati, enquanto me sentava ao seu lado no sofá.

– Temos muito tempo até o jantar.

Ela pressionou o ombro contra o meu. Era macio.

– Quando vamos comer? – perguntei.

– Quando eu decidir – determinou Moire, e me encarou com lascívia.

Eu a puxei para mim e encontrei o fecho da fivela que cobria a maciez de sua barriga. Para baixo, havia mais maciez, com pelos verdes.

No sofá, eu lhe dediquei sua balada. Os lábios dela responderam sem palavras.

Depois de comermos, e depois que peguei o jeito de comer debaixo d'água, o que posso explicar em detalhes mais tarde, se as circunstâncias exigirem, nós nos levantamos de nossas cadeiras no grande salão de mármore, decorado com redes e cordas vermelhas e marrons, e seguimos por um corredor estreito até uma escada reluzente em espiral. Descemos, e descemos, abaixo do fundo do próprio oceano, penetrando a escuridão absoluta. Depois de uns vinte degraus, meu irmão exclamou:

– Dane-se!

E, saindo da escada, começou a nadar para baixo, bem ao lado do corrimão.

– É o jeito mais rápido – afirmou Moire.

– Sim, e vamos descer bastante – comentou Deirdre, que sabia a distância da escada que ficava em Âmbar.

Abrimos mão dos degraus e nadamos em meio à penumbra, ao lado daquela coisa luminosa e retorcida.

Levamos quase dez minutos para chegar ao fundo, mas quando nossos pés tocaram o chão, ficamos parados sem flutuar. Estávamos envolvidos por uma luminosidade, vinda de algumas chamas fracas instaladas dentro de nichos nas paredes.

– Por que esta parte do oceano, dentro da réplica de Âmbar, é tão diferente de outras águas? – perguntei.

– Porque é assim que as coisas são – respondeu Deirdre, o que me deixou irritado.

Adentramos uma caverna enorme, com túneis que seguiam em todas as direções. Seguimos por um deles.

Depois de percorrer sua extensão por um bom tempo, começamos a encontrar passagens laterais, algumas com portas ou grades, outras sem nada.

Na sétima, paramos. Era uma porta cinza imensa, feita de algum material parecido com ardósia, com armações de metal e o dobro da minha altura. Enquanto a observava, eu me lembrei de algo a respeito do tamanho dos tritões. Moire abriu um sorriso só para mim, retirou uma chave grande de um aro preso ao seu cinto e a inseriu na fechadura.

Mas não conseguiu fazer a chave girar. Talvez a fechadura tivesse emperrado com a falta de uso.

Random bufou e afastou a mão dela, girando a chave por conta própria.

Ouvimos um estalo.

Ele empurrou a porta com o pé, e espiamos para além do vão.

O Padrão repousava em um cômodo do tamanho de um salão de baile. O solo era preto e parecia liso como vidro. E, no chão, estava o Padrão.

Reluzia como a chama fria que era, tremulava, fazia o salão todo parecer etéreo. Era um rendilhado complexo de poder brilhante, composto principalmente de curvas, embora houvesse algumas linhas retas perto do meio. A estrutura me lembrava de uma versão incrivelmente intrincada em tamanho real de um daqueles labirintos desenhados em papel, para percorrer com um lápis (ou uma caneta, se fosse o caso). Eu quase conseguia ver as palavras "Comece Aqui" em algum lugar lá no fundo. O complexo devia ter noventa metros de largura no ponto mais estreito e cento e quarenta metros de comprimento.

A cena quase me trouxe lembranças, e então vieram as palpitações latejantes. Minha mente se retraiu. Se eu era mesmo um príncipe de Âmbar, esse padrão estava gravado em algum lugar do meu sangue, do meu sistema nervoso, dos meus genes, e eu responderia adequadamente, e conseguiria percorrer a porcaria toda.

– Eu adoraria um cigarro – comentei.

As mulheres riram, embora um pouco alto demais e talvez com um toque de histeria.

Random segurou meu braço e aconselhou:

– É uma provação, mas não é impossível. Ou não estaríamos aqui. Vá devagar e não se distraia. Não se assuste com as faíscas que vão aparecer a cada passo. Elas não machucam. Você vai sentir uma corrente suave atravessar seu corpo, e depois de um tempo vai começar a se sentir um pouco entorpecido. Mas mantenha o foco e não se esqueça: continue andando! Aconteça o que acontecer, não pare e não saia do labirinto, ou provavelmente vai acabar morto.

Seguimos perto da parede à direita e contornamos o Padrão, indo para a outra extremidade. As mulheres vieram atrás de nós.

– Tentei convencer Moire a desistir desse castigo que ela planejou para você – sussurrei para ele. – Mas não consegui.

– Imaginei que você fosse tentar – admitiu Random. – Não se preocupe. Eu aguento passar um ano fazendo malabarismo, e eles talvez até me libertem antes da hora... se eu for insuportável o bastante.

– A jovem escolhida se chama Vialle. Ela é cega.

– Ótimo. Ótima piada.

– Lembra quando conversamos sobre aquela regência?

– Sim.

– Seja bom para ela, fique o ano inteiro, e serei generoso com você.

Nada.

De repente, apertou meu braço.

– Ficaram amiguinhos, é? – debochou ele, com uma risadinha. – Como ela é?

– Temos um acordo? – perguntei, em voz baixa.

– Sim, temos.

Paramos no lugar onde o Padrão começava, perto do canto do salão.

Dei um passo à frente e observei a linha de chamas incrustadas que começava perto de onde estava meu pé direito. O Padrão era a única fonte de luz do cômodo. A água à minha volta estava fria.

Avancei, colocando o pé esquerdo na trilha. Ele foi cercado por faíscas brancas e azuladas. Quando pisei com o direito, senti a corrente que Random havia mencionado. Dei outro passo.

Ouvi um estalido e senti o cabelo arrepiar. Avancei mais um passo.

Ali, o labirinto começou a fazer uma curva abrupta para dentro de si mesmo. Dei outros dez passos, sentindo uma certa resistência. Foi como se uma barreira escura tivesse surgido à minha frente, feita de alguma substância que me empurrava para trás a cada tentativa de dar um novo passo.

Eu a enfrentei. De repente, soube que era o Primeiro Véu.

Superá-lo seria uma conquista, um bom sinal, a prova que eu de fato fazia parte do Padrão. De súbito, tive que fazer um esforço terrível para erguer e baixar o pé, e faíscas brotaram de meu cabelo.

Mantive a atenção voltada para a linha flamejante. Caminhei por ela, respirando com dificuldade.

A pressão cedeu. O Véu se descortinara diante de mim de forma tão abrupta quanto havia surgido. Ao fazer a travessia, recebi algo em troca.

Ganhei uma parte de mim mesmo.

Vi as peles frágeis e os ossos salientes e esquálidos dos mortos de Auschwitz. Eu sabia que havia presenciado Nuremberg. Ouvi a voz de Stephen Spender ao recitar "Vienna", vi a Mãe Coragem atravessar o palco em uma noite de estreia de Brecht. Vi os foguetes saltarem de lugares duros e manchados, Peenemünde, Vanderberg, Kennedy, Kyzyl Kum, no Cazaquistão, e toquei a Muralha da China com minhas próprias mãos. Bebi cerveja e vinho em uma noite de verão, e Shaxpur disse que estava bêbado e foi vomitar. Certo dia, entrei nas florestas verdejantes da Reserva Ocidental e arranquei três escalpos. Cantarolei uma melodia enquanto marchávamos, e ela pegou; acabou se tornando "Auprès de ma blonde". Eu me lembrava, eu me lembrava... Minha vida naquela sombra que seus habitantes chamavam de Terra. Outros três passos e eu segurava uma espada ensanguentada e via três homens mortos e o cavalo, que usei para fugir da revolução na França. E mais, muito mais, até...

Dei outro passo.

Até...

Os mortos. Estavam por todos os lados. Senti um fedor horrível, o cheiro de carne em decomposição, e escutei os ganidos de um cachorro sendo espancado até a morte. Nuvens de fumaça negra dominavam o céu, e um vento gelado me envolveu, trazendo algumas gotas de chuva. Minha garganta estava seca, minhas mãos tremiam, e minha cabeça pegava fogo. Eu cambaleava sozinho, vendo tudo através da névoa febril. As sarjetas estavam entulhadas de lixo, de gatos mortos e do que antes jazia no fundo de penicos. Aos solavancos e ao som das badaladas de um sino, a carroça de morte passou com um estrondo, banhando-me de lama e água fria.

Vaguei não sei por quanto tempo, até que uma mulher me pegou pelo braço, e eu vi o anel da Cabeça da Morte em seu dedo. Ela me levou para seus aposentos, mas lá descobriu que eu não tinha dinheiro, apenas delírios. Um olhar de medo cruzou suas feições aflitas, apagando o sorriso em seus lábios pintados. Ela fugiu, e eu desabei em sua cama.

Mais tarde, outra vez tendo perdido a noção do tempo, um homem grande, o cafetão da garota, apareceu, me deu um tapa no rosto e me obrigou a ficar de pé. Agarrei seu bíceps direito e me segurei ali. Ele me arrastou, quase me carregando, na direção da porta.

Quando percebi que ia ser atirado ao frio da rua, apertei minha mão em seu braço para protestar. Usei toda a força que me restava, balbuciando súplicas incoerentes.

Através do suor e das lágrimas em meus olhos, vi o rosto dele se alarmar e ouvi o grito que surgiu por entre seus dentes sujos.

O osso de seu braço tinha se quebrado sob meu aperto.

Ele me afastou com a mão esquerda e caiu de joelhos, aos prantos. Sentei-me no chão, e minha mente ficou lúcida por um instante.

– Eu... vou... ficar aqui até me sentir melhor. Saia. Se você voltar... vou matá-lo.

– Você está com a peste! – gritou o sujeito. – Vão vir recolher seus ossos amanhã!

Depois cuspiu no chão, levantou-se e foi embora aos tropeços.

Fui até a porta e a tranquei. Em seguida, me arrastei de volta para a cama e adormeci.

Se alguém foi recolher meus ossos no dia seguinte, teve seu intento frustrado. Pois dez horas mais tarde, no meio da noite, acordei empapado de suor e percebi que a febre havia cedido. Eu estava fraco, mas tinha recobrado a razão.

Percebi que tinha sobrevivido à peste.

Vesti um manto que encontrei no armário e peguei o pouco de dinheiro que achei em uma gaveta.

Saí para a noite de Londres, em pleno ano da peste, em busca de algo...

Não me recordava de quem era ou do que estava fazendo ali.

Foi assim que começou.

A essa altura, eu já estava embrenhado no Padrão, e as faíscas saltavam sem parar ao redor dos meus pés, chegando aos joelhos. Já não sabia para que lado estava virado, nem onde estavam Random, Deirdre e Moire. As correntes percorriam meu corpo, e meus olhos pareciam vibrar. Senti um formigamento nas bochechas e um frio na nuca. Travei a mandíbula para não bater o queixo.

Não tinha sido o acidente de carro que me causara amnésia. Eu já estava com problemas de memória desde que Isabel I era rainha da Inglaterra. Flora sabia do meu estado. Devia ter concluído que o acidente trouxera tudo à tona outra vez. De súbito, me ocorreu que ela estava naquela Terra de Sombra para ficar de olho em mim.

Desde o século XVI, então?

Isso eu não tinha como saber. Mas pretendia descobrir.

Dei mais seis passos rápidos, chegando ao fim de um arco e ao início de uma linha reta.

Pus um dos pés nela, e a cada passo outra barreira começava a se erguer diante de mim. Era o Segundo Véu.

Cruzei uma curva em ângulo reto, e outra, e mais outra.

Eu era um príncipe de Âmbar, isso era verdade. Éramos quinze irmãos, mas seis estavam mortos. Eu tinha oito irmãs, e duas estavam mortas, talvez quatro. Passávamos grande parte do tempo perambulando por Sombra, ou em nossos próprios universos. Apesar de válido, seria vão o questionamento filosófico quanto à possibilidade de alguém com poder sobre Sombra criar seu próprio universo. Qualquer que fosse a resposta, em termos práticos, éramos capazes de empreender tal façanha.

Outra curva começou, e a sensação era a de avançar lentamente por um oceano de cola.

Um, dois, três, quatro... Ergui as botas flamejantes e abaixei em seguida.

Minha cabeça latejava, meu coração parecia se despedaçar e fibrilar.

Âmbar!

O caminho ficou fácil outra vez, conforme eu me lembrava de lá.

Âmbar era a cidade mais grandiosa que jamais havia existido ou um dia existirá. Âmbar sempre foi e sempre seria, e todas as outras cidades, em todos os lugares que existiam, eram um mero reflexo, uma sombra de alguma fase de Âmbar. Âmbar, Âmbar, Âmbar... eu me lembrava. Jamais me esqueceria dela novamente. Acho que, em meu âmago, nunca a esqueci de fato, nem durante todos aqueles séculos vagando pela Terra de Sombra. Em muitas noites, meus sonhos eram abalados por visões de suas amplas varandas e colunas verdes e douradas. Eu me recordava das largas passarelas e dos pátios de flores, tudo em dourado e vermelho. Eu me lembrava da doçura de seu ar, e dos templos, palácios e jardins que ali existiam, existem e sempre existirão. Âmbar, cidade imortal cuja forma inspirou todas as outras, não consigo esquecê-la, mesmo a essa altura, nem me esquecer daquele dia no Padrão de Rabma, quando me lembrei de ti entre tuas paredes refletidas, pouco após satisfazer uma fome desesperada e o amor de Moire, mas nada se compara ao prazer e ao amor por me lembrar de Âmbar. E, mesmo aqui, ao contemplar as Cortes do Caos e contar esta história ao único presente para ouvi-la, para que ele talvez a repita, para que ela não morra depois que eu morrer por dentro; mesmo aqui, eu me lembro de ti com amor, cidade que eu nasci para governar.

Dez passos, e uma filigrana de fogo rodopiante me confrontou. Avancei através dela, e meu suor desaparecia nas águas no instante em que brotava.

Era complicado, diabolicamente complicado, e as águas do salão de repente pareciam se transformar em uma poderosa correnteza que ameaçava me arrancar do Padrão. Lutei, resisti. Por instinto, sabia que sair do Padrão antes de completar a travessia seria a minha ruína. Não me atrevi a afastar os olhos dos pontos de luz à frente para ver quanto já havia percorrido, quanto ainda tinha a percorrer.

A correnteza diminuiu e mais lembranças voltaram, memórias de minha vida como príncipe de Âmbar... Não, não cabe a você ouvi-las; são minhas, algumas terríveis e cruéis, outras talvez nobres, lembranças que remontavam à minha infância no grande palácio de Âmbar, com o estandarte verde de meu pai, Oberon, tremulando no topo, o unicórnio branco exuberante voltado para o flanco direito.

Random havia atravessado o Padrão. Até Deirdre o concluíra. Portanto, eu, Corwin, terminaria a travessia, qualquer que fosse a resistência.

Emergi da filigrana e marchei pela Grande Curva. As forças que moldavam o universo se abateram sobre mim e me forjaram à sua imagem.

Tinha, no entanto, uma vantagem em relação a qualquer outra pessoa que arriscasse o percurso. Eu sabia que já o completara antes, então tinha certeza de que conseguiria. Isso me ajudou a conter temores sobrenaturais que assomavam como nuvens escuras e desapareciam, para então voltar com força redobrada. Caminhei pelo Padrão e me lembrei de tudo, de todos os dias antes dos séculos passados na Terra de Sombra, e me lembrei de outros lugares de Sombra, muitos dos quais me eram especiais e caros, e um que eu amava acima de todos, com exceção de Âmbar.

Percorri mais três curvas, uma linha reta e uma série de arcos fechados, e retive novamente uma consciência das coisas que nunca havia perdido de fato: era meu o poder sobre as sombras.

Dez curvas que me deixaram tonto, outro arco curto, uma linha reta e o Último Véu.

Cada movimento era uma agonia. Tudo tentava me repelir. As águas eram frias, depois ficavam ferventes. Pareciam me empurrar a todo instante. Resisti, um passo por vez. As faíscas já chegavam até a cintura, ao peito e aos ombros. Alcançavam meus olhos. Estavam por todos os lados. Eu mal conseguia enxergar o próprio Padrão.

Então veio um pequeno arco, que terminou em escuridão.

Um, dois... Dar o último passo foi como tentar abrir caminho por um muro de concreto.

Consegui.

Depois, me virei lentamente e olhei para o trajeto que havia percorrido. Não me permitiria o luxo de despencar de joelhos. Eu era um príncipe de Âmbar e, por Deus, nada me humilharia na presença de meus semelhantes. Nem mesmo o Padrão!

Dei um aceno confiante na direção que me parecia a certa. Se eu podia ser visto com clareza, já era outra história.

Parei por um instante e pensei.

Já conhecia o poder do Padrão, então refazer o caminho não seria nada difícil.

Mas para que me dar ao trabalho?

Não estava com minhas cartas, mas o poder do Padrão poderia me servir da mesma forma...

Estavam à minha espera, meu irmão, minha irmã e Moire, das coxas que pareciam colunas de mármore.

Deirdre poderia cuidar de si mesma dali em diante, e tínhamos salvado sua vida, afinal. Eu não me sentia na obrigação de a proteger dia após dia. Random ficaria preso em Rabma por um ano, a menos que tivesse a coragem de percorrer o Padrão até este centro estável de poder e, quem sabe, escapar. Quanto a Moire, tinha sido bom conhecê-la, talvez voltássemos a nos encontrar algum dia, e talvez eu até gostasse. Fechei os olhos e abaixei a cabeça.

Antes de ir além, vi uma sombra efêmera.

Seria Random tentando avançar? De nada adiantava, ele não saberia para onde eu estava indo. Ninguém saberia.

Abri os olhos e me vi no meio do mesmo Padrão, só que invertido.

Eu exausto e trêmulo de frio, mas em Âmbar, no salão de verdade, não no reflexo que eu havia acabado de atravessar. Do Padrão, eu poderia me transportar para qualquer lugar de Âmbar que desejasse.

A volta, no entanto, seria um problema.

Fiquei parado, gotejando, e ponderei.

Se Eric estivesse na suíte real, talvez eu pudesse encontrá-lo por lá. Ou talvez na sala do trono. Depois, eu precisaria dar um jeito de voltar ao lugar de poder. Teria que percorrer o Padrão de novo para alcançar o ponto de fuga.

Transportei-me para um esconderijo de que me lembrava no palácio. Era um cubículo sem janelas, onde um pouco de luz se infiltrava por fendas de observação no alto. Tranquei o único painel deslizante por dentro, espanei a poeira de um banco de madeira junto da parede, estendi meu manto em cima dele e me deitei para tirar um cochilo. Se alguém viesse descendo às cegas, eu escutaria muito antes que me alcançasse.

Assim, adormeci.

Acordei depois de um tempo. Fiquei de pé, sacudi o manto e o vesti de volta. Em seguida, comecei a escalar as saliências que subiam palácio adentro.

Pelas marcações na parede, sabia onde ficava o terceiro andar.

Aterrissei em um pequeno patamar e procurei pela fresta na parede. Achei e dei uma olhada. Nada. A biblioteca estava vazia, então afastei o painel e entrei.

Lá dentro, fiquei encantado pela vasta quantidade de livros. Sempre sou dominado por essa sensação. Admirei tudo, incluindo as prateleiras, e por fim caminhei até o lugar onde um mostruário de cristal continha a receita para um banquete de família, uma piadinha nossa. Dentro havia quatro baralhos das nossas cartas, e comecei a procurar uma forma de pegar um deles sem disparar qualquer alarme que pudesse me impedir de usá-lo.

Depois de uns dez minutos, consegui dar um jeito no mostruário. Foi complicado. Com o baralho em mãos, encontrei um assento confortável para avaliar a situação.

As cartas eram iguais às de Flora, com nossas figuras preservadas sob redomas de vidro, e frias ao toque. A essa altura, eu já sabia por quê.

Embaralhei o monte e as distribui à minha frente do jeito certo. Li o jogo, e vi que havia coisas ruins no futuro de toda a família. Por fim, juntei o baralho de volta.

Exceto por uma carta.

A que retratava meu irmão Bleys.

Guardei as outras de volta na caixa, que enfiei no cinto. Em seguida, pensei em Bleys.

Foi mais ou menos nesse momento que ouvi um rangido na fechadura da imensa porta da biblioteca. O que eu podia fazer? Agarrei o punho da espada e esperei, mas me escondi atrás da escrivaninha.

Ao dar uma olhada, vi que era um sujeito chamado Dik, que obviamente tinha ido até ali para fazer a limpeza, pois começou a esvaziar cinzeiros e lixeiras e a espanar prateleiras.

Como seria humilhante ser flagrado no esconderijo, revelei minha presença. Levantei-me e falei:

– Olá, Dik. Está lembrado de mim?

Ele ficou branco feito papel, fez que ia fugir e respondeu:

– Claro, senhor. Como poderia me esquecer?

– Parece-me bem possível, depois de tanto tempo.

– Nunca, lorde Corwin.

– Estou aqui sem autorização oficial, receio, e envolvido em uma pequena pesquisa ilícita. Se Eric se incomodar quando você disser que me viu, por favor, explique que eu estava apenas exercendo meu direito, e que ele me verá pessoalmente... em breve.

– Farei isso, milorde – respondeu o homem, com uma reverência.

– Venha se sentar comigo por um instante, amigo Dik, e lhe contarei mais.

Ele veio, e eu contei.

– Houve um tempo – comecei, encarando sua face idosa – em que fui considerado morto e abandonado para sempre. Como ainda estou vivo, no entanto, e em posse de minhas faculdades mentais, me parece inevitável contestar a reivindicação de Eric ao trono de Âmbar. Não é algo a ser resolvido de forma simples, contudo, visto que ele não é o primogênito, e tampouco acredito que possa dispor de apoio popular se houver outro à vista. Por esses e outros motivos, quase todos pessoais, estou prestes a me opor a ele. Ainda não decidi como, nem com base em quais argumentos, mas, por Deus, ele merece oposição! Pode lhe contar isso. Se Eric desejar me procurar, diga-lhe que resido entre as sombras, mas outras que não as de antes. Pode ser que entenda a que me refiro. Não será fácil me destruir, pois eu me revestirei da mesma proteção e segurança de que ele dispõe aqui. Eu o enfrentarei do inferno à eternidade, e não vou desistir até que um de nós pereça. O que me diz disso, velho criado?

Ele pegou minha mão e a beijou.

– Ave, Corwin, lorde de Âmbar – declarou, e uma lágrima brotou em seus olhos.

Uma fresta de luz surgiu atrás do homem, e a porta se abriu.

Eric entrou.

– Olá, irmão – cumprimentei, já de pé, adotando um tom extremamente pedante. – Eu não esperava encontrá-lo tão cedo no jogo. Como estão as coisas em Âmbar?

Os olhos dele se arregalaram de espanto, e sua voz se encheu daquilo que os homens chamam de sarcasmo, na falta de uma palavra melhor, ao responder:

– Vão bem em alguns aspectos, Corwin. Mas ruins em outros.

– Uma pena. Como podemos melhorar?

– Conheço um jeito.

E lançou um olhar furioso para Dik, que saiu depressa e fechou a porta atrás de si.

Ouvi o ruído do trinco.

Eric descansou a mão no punho da espada.

– Você quer o trono – declarou.

– Não queremos todos?

Ele suspirou.

– É, acho que sim. É verdade aquele ditado de que pesada é a fronte coroada. Não sei por que somos impelidos a lutar por essa posição ridícula. Mas deve recordar que o derrotei duas vezes, e na última ocasião, fui misericordioso e lhe concedi sua vida em um mundo de Sombra.

– Não foi tão misericordioso assim. Sabe muito bem que me largou para morrer da peste. Na primeira vez, pelo que me lembro, foi praticamente um empate.

– Então agora é entre nós dois, Corwin. Sou mais velho e melhor do que você. Se deseja me testar em combate, encontro-me devidamente equipado. Mate-me, e o trono provavelmente será seu. Tente. Porém, acho que não é capaz. E eu gostaria de aniquilar sua pretensão agora mesmo. Então venha. Vamos ver o que aprendeu na Terra de Sombra.

Em instantes, ele segurava a espada, e eu também.

Contornei a mesa.

– Quanta insolência a sua – rebati. – Por que se acha melhor do que todos nós e mais apto a governar?

– Porque eu consegui ocupar o trono, simples assim. Agora tente tomá-lo de mim.

E eu tentei.

Desferi-lhe um golpe na cabeça, que ele bloqueou; e interceptei sua revanche dirigida ao meu coração com uma estocada no pulso.

Eric se esquivou e chutou uma banqueta entre nós. Lancei-a para cima com o pé direito, na esperança de atingir seu rosto, mas errei, e fui surpreendido por um novo ataque.

Aparei seu golpe, e ele, o meu. Depois avancei, fui bloqueado e fiquei a um triz da lâmina, de que também desviei.

Tentei um ataque muito elaborado que tinha aprendido na França e que consistia em uma finta em quarta, uma finta em sexta e uma flecha desviando para lhe acertar o pulso.

Atingi a pele, e o sangue verteu do corte.

– Ah, irmão maldito! – exclamou ele, recuando. – Dizem que você está acompanhado de Random.

– É verdade. Mais do que um de nós se uniu contra você.

Eric avançou, e de repente senti que, por mais que me esforçasse, ele ainda era superior. Talvez fosse um dos maiores espadachins que já enfrentei. Tive a súbita sensação de que não ia conseguir derrotá-lo, por isso me defendi loucamente enquanto ele me forçava a recuar, passo a passo. Nós dois havíamos treinado com os maiores mestres espadachins por séculos. O maior de todos, ainda vivo, eu sabia, era Benedict, mas meu irmão não estava por perto para ajudar a nenhum dos dois. Com a mão esquerda, peguei objetos de cima da escrivaninha e os joguei em Eric, que se esquivou de todos e atacou com força. Desviei para a esquerda e avancei, mas não conseguia afastar a ponta de sua lâmina do olho esquerdo. E eu estava com medo. O homem era magnífico. Se eu não o odiasse tanto, teria aplaudido sua destreza com a espada.

Continuei recuando, e o medo e a certeza me dominaram: eu sabia que ainda não conseguia derrotá-lo, pois Eric era mais habilidoso no manejo da arma. Praguejei, mas não podia ignorar o fato. Arrisquei outros três ataques elaborados e fui derrotado em cada um. Ele me bloqueava e me fazia recuar com seus próprios golpes.

Não me entenda mal: eu sou muito bom. Mas Eric era melhor.

Ouvi alarmes e burburinhos lá fora no corredor. Os criados de Eric se aproximavam, e se ele não me matasse antes que chegassem, eu tinha certeza de que interromperiam a luta, provavelmente com uma seta de besta.

Sangue gotejava do seu pulso direito. A mão ainda estava firme, mas eu tinha a impressão de que, em outras circunstâncias, eu talvez conseguisse exaurir suas forças com a ajuda daquele ferimento no pulso, e superar suas defesas no momento certo, quando ele começasse a ficar lento.

Murmurei um xingamento, e Eric riu.

– Foi muita tolice sua vir aqui – bradou.

Quando meu irmão se deu conta das minhas intenções, já era tarde demais. Aos poucos, eu havia recuado até estar com as costas quase coladas à porta. Foi um risco me encurralar desse jeito, mas era melhor do que a morte certa.

Com a mão esquerda, consegui descer o ferrolho. Era uma porta grande e pesada, e os criados precisariam derrubá-la para entrar. A façanha me garantia alguns minutos a mais. Também me deu um ferimento no ombro, de um ataque que só pude bloquear parcialmente. Foi no lado esquerdo, porém, e o braço da espada continuava intacto.

Sorri, para disfarçar.

– Talvez tenha sido tolice *sua* entrar *aqui* – retruquei. – Está ficando meio lento, sabe?

Lancei um ataque brutal, rápido e violento.

Eric aparou o golpe, mas recuou dois passos.

– O ferimento o afetou – acrescentei. – Seu braço está ficando pesado. Já consegue sentir a força se esvaindo...

– Cale a boca! – gritou Eric, e percebi que tinha se abalado.

Concluí que minhas chances tinham aumentado drasticamente e investi contra ele o máximo possível, ciente de que não conseguiria manter o ritmo por muito tempo.

Mas meu irmão não sabia disso.

Eu havia plantado a semente do medo, e ele recuou diante de minha arremetida súbita.

Ouvi uma batida à porta, mas já não precisava me preocupar com a entrada dos criados, ao menos por um tempo.

– Vou derrotar você, Eric – declarei. – Estou mais forte do que antes, e você já era, irmão.

Vi o medo brotar em seus olhos e se espalhar pelo rosto, e seu estilo mudou de acordo com o sentimento. Começou a lutar apenas na defensiva, recuando de meus ataques. Dava para ver que não estava fingindo. Tive a sensação de que o havia enganado com o blefe, porque ele sempre fora melhor do que eu. E se parte da culpa, porém, também fosse do meu psicológico? E se eu tivesse quase derrotado a mim mesmo com essa postura, que Eric ajudou a nutrir? E se eu tivesse me enganado esse tempo todo? Talvez eu fosse tão bom quanto ele. Com uma curiosa sensação de confiança, arrisquei o mesmo ataque que havia usado antes, e dessa vez acertei, deixando outro rastro de sangue em seu antebraço.

– Quanta estupidez, Eric – debochei. – Caiu no mesmo truque duas vezes.

Ele recuou para trás de uma poltrona larga, e lutamos por cima dela por um tempo.

As batidas à porta cessaram, e as vozes que antes gritavam indagações se calaram.

– Foram buscar machados – anunciou meu irmão, ofegante. – Vão entrar aqui a qualquer momento.

Não me abalei. Mantive o sorriso no rosto e respondi:

– Isso vai levar alguns minutos... mais do que o suficiente para encerrar a luta. Mal consegue manter a guarda, Eric, e não para de verter sangue... Veja!

– Cale-se!

– Quando entrarem aqui, haverá apenas um príncipe de Âmbar, e não será você!

Com o braço esquerdo, ele derrubou uma fileira de livros da prateleira, que me acertaram e caíram à minha volta.

Mas Eric não aproveitou a oportunidade para me atacar. Correu até o outro lado do cômodo e pegou uma cadeira pequena, segurando-a na mão esquerda.

Recuou para um canto e manteve a cadeira e a espada erguidas diante de si.

Passos rápidos ecoaram pelo corredor lá fora, e os machados começaram a golpear a porta.

– Vamos! – provocou Eric. – Tente me derrotar agora!

– Está com medo, eu sei.

Ele riu.

– Isso é irrelevante. Não vai conseguir me derrotar antes que derrubem aquela porta, e então será o seu fim.

Só me restava concordar. Eric poderia resistir aos meus ataques naquela posição, pelo menos por uns bons minutos.

Atravessei o cômodo às pressas, em direção à parede oposta.

Com a mão esquerda, abri o painel por onde tinha entrado.

– Tudo bem, parece que você vai viver... por enquanto. Sorte a sua. Da próxima vez que nos encontrarmos, não haverá ninguém para ajudá-lo.

Ele cuspiu e me xingou com os termos vis habituais, e até abaixou a cadeira para fazer um gesto obsceno enquanto eu recuava para dentro do painel e o fechava atrás de mim.

Ouvi um baque, e vinte centímetros de aço reluziram pela fenda do painel quando o encaixei no lugar. Eric havia arremessado a espada. Uma decisão arriscada, caso eu decidisse retomar a luta. Mas meu irmão sabia que eu não voltaria: a porta parecia prestes a desabar.

Desci pelas saliências na parede o mais rápido possível, até chegar ao lugar onde havia dormido mais cedo. Durante a descida, refleti sobre minhas habilidades aprimoradas com a espada. A princípio, durante a luta, eu ficara assombrado pelo homem que me derrotara antes. Ponderei, no entanto, que talvez aqueles séculos na Terra de Sombra não tivessem sido um desperdício. Talvez eu realmente tivesse melhorado nesse período. Acreditava que poderia derrotar Eric, e a ideia me agradava. Se nos encontrássemos de novo, e eu sabia que nos encontraríamos, e não houvesse interferências...

quem podia saber? Mas eu buscaria a oportunidade. O encontro na biblioteca o assustara, disso eu tinha certeza. Tal receio talvez retardasse sua mão e provocasse a hesitação necessária no próximo duelo.

Eu me soltei da parede nos últimos quatro metros, flexionando os joelhos ao aterrissar. Estava a meros cinco minutos da tropa, mas sabia que poderia aproveitar a vantagem para escapar.

Pois eu levava as cartas comigo.

Puxei a que representava Bleys e a estudei com atenção. Meu ombro doía, mas esqueci o incômodo quando o frio me envolveu.

Havia duas formas de sair de Âmbar diretamente para Sombra...

Uma era atravessar o Padrão, raramente usado para esse propósito.

Outra era um arcano de algum irmão de confiança.

Pensei em Bleys. Quase podia confiar nele. Era meu irmão, afinal, mas estava em apuros e talvez aceitasse minha ajuda.

Olhei para ele, coroado com chamas, vestido de vermelho e laranja, com uma espada na mão direita e uma taça de vinho na esquerda. O diabo dançava em seus olhos azuis, a barba flamejava, e de repente me dei conta de que os arabescos em sua lâmina cintilavam com uma parte do Padrão. Seus anéis brilhavam. Ele parecia se mexer.

O toque surgiu como um vento gelado.

A imagem na carta parecia em tamanho real, e mudou de posição para qualquer que fosse a dele naquele momento. Seus olhos não me encararam, mas seus lábios se mexeram.

– Quem é? – perguntou.

– Corwin – respondi.

Bleys estendeu a mão esquerda, que já não sustentava o cálice de vinho.

– Então venha a mim, se quiser.

Estendi a mão, e nossos dedos se tocaram. Dei um passo.

Ainda segurava a carta na mão esquerda, mas de repente estava junto de Bleys em um penhasco. De um lado havia um abismo, do outro, uma grande fortaleza. O céu se tingia em chamas logo acima.

– Olá, Bleys – cumprimentei, guardando a carta no cinto com as outras. – Obrigado pelo auxílio.

Senti uma fraqueza súbita, e percebi que ainda escorria sangue do corte no meu ombro esquerdo.

– Está ferido! – exclamou ele, e me envolveu com um dos braços.

Comecei a assentir, mas acabei desmaiando.

— ❁ —

Mais tarde, à noite, eu estava acomodado em uma poltrona grande na fortaleza e bebia uísque. Fumamos, partilhamos a garrafa e conversamos.

– Então, estava mesmo em Âmbar?

– Sim, isso mesmo.

– E feriu Eric em combate?

– Feri.

– Droga! Quem dera você o tivesse matado!

Depois de ponderar um pouco, acrescentou:

– Bom, talvez não. Assim, o trono seria seu. E pode ser que eu tivesse mais chance contra Eric do que contra você. Não sei. Quais são seus planos?

Decidi responder com total honestidade:

– Todos nós queremos o trono, então não há motivo para mentiras. Não pretendo matar você por isso... seria insensato. Por outro lado, não vou renunciar à minha pretensão porque estou desfrutando de sua hospitalidade. Random gostaria, mas praticamente já saiu de cena. Faz algum tempo que não temos notícias de Benedict. Gérard e Caine parecem ter tomado o partido de Eric, em vez de defenderem as próprias ambições. O mesmo vale para Julian. Com isso, restam Brand e nossas irmãs. Não faço ideia do que Brand tem tramado, mas sei que Deirdre está com as mãos atadas, a menos que ela e Llewella consigam fomentar algo em Rabma. Flora está entregue a Eric. Não sei o que Fiona tem feito.

– E sobramos nós – concluiu Bleys, servindo mais uma dose para cada. – Sim, tem razão. Não sei o que se passa na cabeça dos outros, mas sou capaz de avaliar nossos pontos fortes, e acho que estou na vantagem. Foi sábia sua decisão de vir até mim. Se me der seu apoio, eu lhe darei uma regência.

– Bondade sua – respondi. – Veremos.

Bebericamos nossos uísques.

– O que mais podemos fazer? – indagou ele, e percebi que a pergunta era importante.

– Pretendo reunir um exército para sitiar Âmbar.

– Onde está seu exército? Em Sombra?

– Isso, claro, é problema meu – rebati. – Acho que não vou me opor a você. Quando se trata de monarcas, gostaria de ver você, eu, Gérard ou Benedict, se ele ainda estiver vivo, no trono.

– De preferência você, claro.

– Sim, claro.

– Então estamos entendidos. Creio que podemos trabalhar juntos, por enquanto.

– Concordo. Ou não teria me colocado em suas mãos.

Bleys abriu um sorriso em meio à barba farta.

– Você precisava de alguém, e eu era o menor dos problemas.

– Isso mesmo.

– Quem dera Benedict estivesse aqui. Quem dera Gérard não tivesse se vendido.

– Quem dera, quem dera... Ponha a vontade em uma das mãos e a determinação na outra. Depois aperte as duas para ver qual delas se concretiza.

– Bom conselho – respondeu.

Fumamos em silêncio por um tempo.

– Até que ponto posso confiar em você? – perguntou Bleys.

– Até o ponto em que eu posso confiar em você.

– Então vamos fazer um trato. Para ser sincero, achei que tivesse morrido muitos anos atrás. Nem em sonho imaginava que apareceria em um momento crucial, quanto mais para defender sua própria coroação. Mas agora você está aqui. Vamos formar uma aliança, unir nossas forças e sitiar Âmbar. Quem sobreviver fica com o trono. Se nós dois chegarmos ilesos ao fim, bom... Sempre podemos decidir em um duelo!

Considerei a proposta. Parecia a melhor que eu conseguiria naquelas circunstâncias.

– Gostaria de pensar com calma. Respondo pela manhã, pode ser?

– Tudo bem.

Terminamos nossas bebidas e passamos a falar do passado. Meu ombro ainda doía um pouco, mas o uísque ajudou, assim como o unguento que Bleys me ofereceu. Depois de um tempo, estávamos quase sentimentais.

Parece-me estranho, acho, ter irmãos sem nenhum pingo de amor fraternal, pelo tempo que nossas vidas nos levaram por caminhos diferentes. Céus! Conversamos tanto que a lua se cansou da noite antes que nos cansássemos. Por fim, Bleys apertou meu ombro ileso, avisou que estava começando a sentir o peso do dia e que um criado me serviria o café na manhã seguinte. Assenti, nos abraçamos e ele se recolheu.

Fui até a janela. De lá, podia enxergar as profundezas do abismo.

As fogueiras abaixo ardiam como estrelas. Havia milhares delas. Dava para ver que meu irmão havia reunido um vasto exército, e senti uma pontada de inveja. Por outro lado, era uma boa notícia. Se alguém podia derrotar Eric, provavelmente era Bleys. Não seria um mau governante para Âmbar; o único detalhe era que eu preferia me ver no trono.

Passei mais um tempo a observar os vultos estranhos que se deslocavam por entre as luzes. Com isso, fiquei curioso quanto à natureza daqueles soldados.

De qualquer jeito, era mais do que eu dispunha.

Voltei à mesa e me servi de uma última dose.

Antes de virar o copo, porém, acendi uma vela. Sob a luz fraca, puxei o baralho que havia roubado.

Espalhei as cartas diante de mim e encontrei a que representava Eric. Deixei-a no centro da mesa e guardei as outras.

Depois de algum tempo, ela ganhou vida. Vi Eric em vestes de dormir, e ouvi as palavras "Quem é?". O braço dele estava enfaixado.

– Sou eu, Corwin. Como está o braço?

Ele me xingou, e dei risada. Aquele era um jogo perigoso, e talvez o uísque tivesse contribuído, mas continuei:

– Só queria dizer que estou muito bem. Também aproveito para avisar que tinha razão ao dizer sobre o peso da fronte coroada. Mas não vai usar a coroa por muito tempo, então tenha ânimo, irmão! Meu retorno a Âmbar marcará o dia da sua morte! Achei por bem avisar... já que esse momento não está muito distante.

– Venha – esbravejou ele –, e não me faltarão graças no instante de seu falecimento.

Os olhos dele pousaram em mim, e nos aproximamos um do outro.

Com uma careta de desdém, passei a mão espalmada por cima da carta.

Foi como desligar um telefone, e misturei Eric ao restante do baralho.

Conforme eu me acercava do sono, ponderei sobre aquelas tropas de Bleys no desfiladeiro abaixo e pensei nas defesas de Eric.

Não seria fácil.

SEIS

A região era conhecida como Avernus, e as tropas reunidas não eram formadas exatamente por homens. Inspecionei todas elas na manhã seguinte, andando atrás de Bleys. Eram indivíduos de dois metros de altura, pele muito vermelha, poucos pelos, olhos felinos e seis dedos em cada pé e mão. Vestiam trajes leves como seda, mas eram feitos de outro material e tingidos principalmente de cinza ou azul. Cada um portava duas espadas curtas, com um gancho na ponta. As orelhas eram pontudas e os dedos tinham garras.

Fazia calor, as cores estavam confusas e todos acharam que éramos deuses.

Bleys havia encontrado um lugar onde a religião incluía irmãos-deuses que se pareciam conosco e tinham seus próprios problemas. Invariavelmente, segundo os termos desse mito, um irmão maligno tomaria o poder e tentaria oprimir os irmãos bondosos. Havia ainda a lenda de um apocalipse em que eles mesmos seriam convocados para se juntar aos irmãos bons que ainda estivessem vivos.

Com o braço esquerdo sustentado por uma tipoia preta, eu me pus a observar aqueles que estavam prestes a morrer.

Parei diante de um soldado e levantei a cabeça para encará-lo.

– Sabe quem é Eric? – perguntei.

– O Senhor do Mal.

Assenti, elogiei a resposta e segui em frente.

Bleys tinha arranjado buchas de canhão feitas sob medida.

– São quantos em seu exército?

– Por volta de cinquenta mil – respondeu ele.

– Saúdo aqueles que estão dispostos a Dar Tudo de Si – declarei. – Não se pode tomar Âmbar com cinquenta mil soldados, mesmo que todos consigam chegar intactos ao pé da Kolvir... e não vão conseguir. É ridículo sequer considerar usar esses pobres coitados contra a cidade imortal, com essas espadinhas de brinquedo.

– Sei disso – admitiu Bleys –, mas eles não são minha única arma.

– Vai precisar de muito mais.

– O que acha de três marinhas, então, quase o dobro da frota somada de Caine e Gérard? Tenho meus meios.

– Ainda não é o bastante. Na verdade, mal dá para começar.

– Eu sei. Ainda estou me preparando.

– Bom, ainda temos muito a fazer. Eric vai esperar sentado em Âmbar e nos matar enquanto estivermos marchando por Sombra. Quando as tropas remanescentes enfim alcançarem o pé da Kolvir, ele nos dizimará. E depois haverá a escalada até Âmbar. Quantas centenas restarão quando chegarmos à cidade? Um punhado capaz de ser liquidado em cinco minutos, a um custo quase nulo para Eric. Se essas são as suas melhores apostas, meu irmão, tenho minhas dúvidas a respeito dessa empreitada.

– Eric anunciou que sua coroação será realizada daqui a três meses – argumentou ele. – Até lá, triplicarei minhas forças... no mínimo. Talvez consiga até juntar duzentos e cinquenta mil soldados de Sombra para marchar contra Âmbar. Existem outros mundos como este, e vou chegar a eles. Reunirei um exército de guerreiros sagrados de uma proporção que nunca foi vista em Âmbar.

– E nosso irmão terá o mesmo tempo para reforçar suas defesas. Não sei, Bleys... é uma missão quase suicida. Não estava familiarizado com a situação quando vim para cá...

– E o que trouxe a reboque? Nada! Dizem que você já teve tropas sob seu comando. Onde estão?

Dei as costas para ele.

– Não existem mais – declarei. – Tenho certeza.

– Não conseguiu encontrar uma Sombra de sua Sombra?

– Não tentei – respondi. – Sinto muito.

– Então de que você me serve?

– Vou embora, então. Já que era só isso que pretendia, era só isso que queria de mim... mais cadáveres.

– Espere! – gritou Bleys. – Fui leviano em meu julgamento. Não quero perder seus conselhos, ainda que seja só isso que me possa oferecer. Fique comigo, por favor. Eu até pedirei desculpas.

– Isso não será necessário – avisei, ciente do que esse ato significava para um príncipe de Âmbar. – Eu fico. Acho que posso ajudar.

– Ótimo!

Ele me deu uma palmada no ombro ileso.

– E vou lhe arranjar mais soldados – acrescentei. – Não se preocupe.

E assim fiz.

Andei por Sombra e encontrei uma raça de criaturas peludas, escuras e dotadas de garras e presas; tinham um aspecto razoavelmente hominídeo e a capacidade intelectual de um estudante do ensino médio. Sinto muito, jovens, mas com isso quero dizer que eram criaturas leais, dedicadas, honestas e ingênuas a ponto de serem facilmente enganadas por canalhas como eu e meu irmão. Eu me sentia um astro do rock.

Cerca de cem mil daquelas criaturas nos idolatravam tanto que estavam dispostas a pegar em armas para nos defender.

Bleys ficou impressionado e calou a boca. Em uma semana, meu ombro estava curado. Depois de dois meses, tínhamos os duzentos e cinquenta mil soldados, e mais a caminho.

– Corwin, Corwin! Ainda é o mesmo de antes! – exclamou meu irmão, e bebemos mais.

Mas eu me sentia um tanto estranho. O destino da maioria daqueles soldados era a morte, eu era o responsável por grande parte disso. Sentia remorso mesmo sabendo a diferença entre Sombra e Substância. Ainda assim, cada morte seria verdadeira, e eu sabia disso também.

Em algumas noites, eu examinava as cartas. Os arcanos ausentes tinham sido restituídos ao meu baralho. Um deles era um retrato da própria Âmbar, e eu sabia que a carta poderia me levar de volta à cidade. Os outros representavam nossos parentes mortos ou desaparecidos. Um era do meu pai, e o guardei depressa. Ele estava morto, afinal.

Observei cada rosto por muito tempo, refletindo sobre o que poderia obter de cada um. Li as cartas algumas vezes, sempre com o mesmo resultado.

Virei a de Caine.

Ele usava roupas de cetim verde e preto e um chapéu tricórnio escuro com penacho verde que caía por trás. Em seu cinto havia uma adaga cravejada de esmeraldas.

– Caine – chamei.

Depois de algum tempo, veio a resposta:

– Quem é?

– Corwin.

– Corwin! Por acaso é piada?

– Não.

– O que você quer?

– O que você tem a oferecer?

– Já sabe muito bem.

Os olhos dele cintilaram e pousaram em mim, mas fiquei atento à sua mão, bem próxima à adaga.

– Onde você está? – perguntou.

– Com Bleys.

– Ouvi boatos do seu retorno a Âmbar… e fiquei curioso com as ataduras no braço de Eric.

– Eis aqui o motivo – admiti. – Qual é o seu preço?

– Como assim?

– Sejamos francos e diretos: por acaso acredita que Bleys e eu conseguiríamos derrotar Eric?

– Não, por isso estou ao lado dele. E não vou vender minha esquadra, se é isso que tem em mente… e imagino que seja.

Dei um sorriso.

– Muito sagaz da sua parte – comentei. – Bom, foi um prazer conversar, irmão. Nós nos vemos em Âmbar… quem sabe.

Ergui a mão, e ele gritou:

– Espere!

– Por quê?

– Ainda não sei qual é a sua proposta.

– Sabe, sim. Já adivinhou, e não está interessado.

– Não falei isso. A questão é que eu sei onde está o capital.

– O poder, você quer dizer.

– Certo, o poder. O que tem a me oferecer?

Conversamos durante mais ou menos uma hora, e ao final desse tempo as vias marítimas do norte se abriram para três frotas-fantasma de Bleys, que poderiam fazer a travessia e ainda contar com a possibilidade de reforços.

– Se você fracassar – avisou Caine –, três cabeças serão decapitadas em Âmbar.

– Mas não acredita nessa possibilidade, não é mesmo?

– Não, acho que não tardará para que você ou Bleys ocupem o trono, e eu ficarei satisfeito em servir ao vencedor. Essa regência seria ótima. Mas ainda gostaria da cabeça de Random como parte do pagamento.

– Nada feito. Aceite essas condições, ou pode esquecer.

– Eu aceito.

Sorri e coloquei a palma da mão sobre a carta, e ele desapareceu.

Eu lidaria com Gérard no dia seguinte. Caine me deixara exausto.

Em seguida, deitei-me na cama e dormi.

Quando ficou a par da nova situação, Gérard concordou em nos deixar em paz. Acima de tudo porque o pedido veio de mim, pois ele considerava Eric o menor dos males.

Fechei o acordo sem demora, prometendo-lhe tudo o que pedia, já que não envolvia a cabeça de ninguém.

Depois, inspecionei as tropas de novo e lhes contei mais sobre Âmbar. Curiosamente, os soldados se davam bem entre si. Os grandalhões vermelhos conviviam em harmonia com os pequenos peludos.

Apesar de triste, era verdade:

Nós éramos seus deuses.

Vi a frota avançar por um grande oceano cor de sangue. Ponderei. Muitos se perderiam nos mundos de Sombra por onde navegavam.

Pensei sobre as tropas de Avernus e meus recrutas daquele lugar chamado Ri'ik. Sua missão seria marchar para a Terra Verdadeira e para Âmbar.

Embaralhei as cartas e as espalhei. Peguei a de Benedict. Por muito tempo o procurei, mas encontrei apenas frio.

Depois, peguei a de Brand. Por mais um longo período, também encontrei apenas frio.

E então veio um grito. Era um som horrível, atormentado.

– Socorro!

– Como eu posso ajudar? – perguntei.

– Quem é? – quis saber a voz, e vi seu corpo se contorcer.

– Corwin.

– Por favor, me tire daqui, irmão! Em troca o que desejar será seu!

– Onde está?

– Eu...

De súbito surgiu um turbilhão de coisas que minha mente se recusou a conceber, depois outro grito, mergulhado em agonia, e silêncio.

O frio voltou.

Percebi que estava trêmulo. O motivo, não sabia.

Acendi um cigarro e fui até a janela para admirar o céu noturno, deixando as cartas na mesa do quarto na fortaleza.

As estrelas eram minúsculas e enevoadas, e não havia nenhuma constelação que eu reconhecesse. Uma diminuta lua azul avançava depressa pela escuridão. A noite havia chegado com um frio súbito e gélido, e me envolvi no manto. Recordei-me do inverno de nossa campanha desastrosa na Rússia. Inferno! Quase morrera congelado! E a troco de quê?

Do trono de Âmbar, claro.

Isso bastava como justificativa para qualquer coisa.

Mas e Brand? Onde estava? O que se passava com ele, e quem era o responsável?

Respostas? Nenhuma.

Conforme admirava a paisagem e acompanhava a trajetória descendente daquele disco azul, eu me entregava aos questionamentos. Será que estava ignorando algum detalhe do panorama geral, algum fator que não cheguei a captar?

Nenhuma resposta.

Voltei à mesa com um copo na mão.

Deslizei o dedo pelo baralho e encontrei a carta do meu pai.

Oberon, lorde de Âmbar, repousava diante de mim, vestido em verde e ouro. Alto, largo e forte, com a barba e o cabelo negros salpicados de prata. Usava anéis verdes em detalhes de ouro e uma espada dourada. Antigamente, eu acreditava que nada seria capaz de destronar o soberano imortal de Âmbar. O que havia acontecido? Eu ainda não sabia. Mas ele se fora. Como meu pai tinha encontrado seu fim?

Estudei a carta, concentrado.

Nada, nada...

Algo?

Algo.

Houve um movimento de resposta, ainda que extremamente fraco, e a imagem na carta se revirou e se retorceu até se tornar uma sombra do homem que ele havia sido.

– Pai? – chamei.

Nada.

– Pai.

– Sim...

A voz era muito fraca e distante, como se ouvida através de uma concha.

– Onde está? O que aconteceu?

– Eu...

Uma longa pausa.

– O quê? Aqui é Corwin, seu filho. O que transcorreu em Âmbar para desencadear seu desaparecimento?

– Meu tempo – respondeu ele, soando ainda mais distante.

– Quer dizer que abdicou? Nenhum dos meus irmãos me contou a história, e não confio neles o bastante para perguntar. Eric detém a cidade, e Julian guarda a Floresta de Arden. Caine e Gérard protegem os mares. Bleys deseja se opor a todos, e eu me aliei a ele. Quais são seus desejos nessa questão?

– Você foi o único... que... perguntou – murmurou meu pai. – Sim...

– "Sim" o quê?

– Sim, oponha-se... a eles...

– E o senhor? Como posso ajudar?

– Eu... não posso ser ajudado. Assuma o trono...

– Eu? Ou Bleys e eu?

– Você!

– Sim?

– Você tem minha bênção... Assuma o trono... e não... demore!

– Por quê, pai?

– Estou sem fôlego... Assuma!

Então ele também se foi.

Meu pai estava vivo, afinal. Interessante. O que fazer?

Beberiquei de meu copo e refleti.

Ele continuava vivo em algum lugar, ainda era o rei de Âmbar. Por que havia partido? Para onde tinha ido? Como, quando, por quê? Assim.

Quem sabia? Eu não. Por ora, então, não havia mais nada a fazer.

Porém...

Não conseguia me esquecer do assunto. Preciso deixar claro que meu pai e eu nunca nos demos muito bem. Eu não o odiava, como Random ou alguns dos outros, mas com certeza não tinha motivos para gostar muito dele. Meu pai sempre tinha sido grande, poderoso e presente. E mais nada. Também representava a maior parte da história de Âmbar, ao menos a que conhecíamos, e a história de Âmbar se estende por tantos milênios que nem adiantava contar. Então, o que fazer?

Decidi apenas terminar a bebida e ir para a cama.

Na manhã seguinte, compareci a uma reunião do estado-maior geral de Bleys. Contava com quatro almirantes, cada um responsável por cerca de um quarto da frota, e um monte de oficiais do exército. Ao todo, devia haver trinta membros do alto escalão militar reunidos ali, grandes e vermelhos ou pequenos e peludos, a depender da origem.

A reunião durou quase quatro horas, e depois fizemos um intervalo para almoçar. Foi decidido que marcharíamos dali a três dias. Como seria necessário que alguém de sangue abrisse caminho rumo a Âmbar, eu lideraria a frota a bordo do navio capitânia, e Bleys levaria a infantaria por terras de Sombra.

Fiquei incomodado com a situação e perguntei o que teria acontecido se eu não tivesse aparecido para prestar apoio. Bleys me deu duas respostas: se tivesse partido sozinho, teria atravessado com a frota e a deixado a uma grande distância da costa para então voltar até Avernus em uma embarcação solitária e liderar os soldados a pé até reunir as tropas; depois buscaria uma Sombra onde um irmão pudesse aparecer em seu auxílio.

Tive algumas dúvidas quando ouvi a segunda justificativa, embora soubesse que não tinha sido influenciado para me juntar a ele. A primeira me pareceu um tanto impraticável, já que a frota estaria muito embrenhada no mar para receber qualquer sinal da terra, e a chance de atraso, levando-se em conta os imprevistos que podiam ocorrer com um exército tão vasto, era grande demais, a meu ver, para instilar muita fé nesse plano.

Como estrategista, porém, eu sempre o considerei genial. E quando Bleys estendeu os mapas de Âmbar e dos territórios periféricos que ele mesmo havia traçado e explicou as táticas que seriam usadas, tive certeza de que meu irmão era mesmo um príncipe de Âmbar, com astúcia quase inigualável.

O único problema era que enfrentaríamos outro príncipe de Âmbar, um que tinha a vantagem do terreno. Apesar das minhas preocupações, a coroação iminente parecia fazer daquela a nossa única opção. Decidi seguir com o plano até o fim. Em caso de fracasso, seríamos esmagados, mas era a maior ameaça a Eric e tinha um cronograma praticável, e eu não.

E assim vaguei pela região conhecida como Avernus, admirando os vales e abismos enevoados; as crateras fumegantes; o sol muito, muito brilhante no meio do céu estranho; as noites gélidas e os dias escaldantes, as muitas pedras e a abundância de areia escura; os animais minúsculos, mas ferozes e venenosos; e as grandes plantas roxas, como cactos sem espinhos. Na tarde do segundo dia, parado acima de um penhasco diante do mar, sob uma torre de nuvens rubras, decidi que gostava do lugar, apesar de tudo. Caso seus filhos perecessem nas guerras dos deuses, eu os imortalizaria em uma canção, se me fosse possível.

Com esse leve bálsamo para os temores em minha mente, juntei-me à frota e assumi o comando. Em caso de sucesso, eles seriam celebrados por toda a eternidade nos salões dos imortais.

E me regozijei em saber que eu era o guia e o desbravador de caminhos.

Zarpamos no dia seguinte, e conduzi a frota a partir do navio principal. Guiei as embarcações para dentro de uma tempestade, e emergimos um tanto mais perto de nosso destino. Depois nos levei para além de um redemoinho enorme, e saímos muito melhores. Atravessamos lugares rasos e repletos de corais, e a sombra das águas se aprofundou depois, as cores cada vez mais similares às de Âmbar. Então eu ainda tinha aquela habilidade; ainda podia influenciar nosso destino no tempo e no espaço. Ainda podia nos levar para casa. Quer dizer, para a minha casa.

Liderei a frota por ilhas estranhas, onde pássaros verdes grasnavam e macacos do mesmo tom pendiam como frutas nas árvores, e às vezes se balançavam e jogavam pedras ao mar, sem dúvida mirando em nós.

Avançamos mar adentro, depois nos levei de volta na direção do litoral.

A essa altura, Bleys marchava pelas planícies dos mundos. De alguma forma, eu sabia que ele conseguiria superar quaisquer defesas que Eric tivesse preparado. Mantivemos contato por meio das cartas do baralho, e tomei ciência do que ele enfrentou pelo caminho: dez mil homens mortos em batalhas com centauros nas planícies, cinco mil baixas em consequência de um terremoto de proporções assustadoras; mil e quinhentos perdidos para uma praga tormentosa que dizimou os acampamentos; dezenove mil mortos ou perdidos em ação, enquanto cruzavam as selvas de um lugar que eu não reconhecia, quando o napalm foi lançado por objetos estranhos que zumbiam ao voar no céu; seis mil desertores em um lugar que parecia o paraíso que lhes fora prometido; quinhentos desaparecidos durante a travessia de um mar de areia, onde uma nuvem em forma de cogumelo ardia e assomava ao longe; oito mil e seiscentos perdidos através de um vale de máquinas militares que avançavam em esteiras e disparavam chamas; oitocentos doentes e abandonados; duzentos mortos em enchentes súbitas; cinquenta e quatro abatidos em duelos internos, trezentos mortos ao comerem frutas nativas venenosas; mil pisoteados em um estouro gigantesco de criaturas parecidas com búfalos; setenta e três perdidos quando suas barracas pegaram fogo; mil e quinhentos levados por enchentes, dois mil mortos pelos ventos que desceram das colinas azuis.

Fiquei satisfeito por ter perdido apenas cento e oitenta e seis navios nesse meio-tempo.

Dormir, talvez sonhar... Sim, aí está o obstáculo. Eric nos matava a cada centímetro, a cada hora. Faltavam apenas algumas semanas para sua suposta coroação, e ele obviamente sabia que estávamos a caminho, porque morríamos aos montes.

Está escrito que apenas um príncipe de Âmbar pode caminhar por Sombra, embora, claro, ele possa liderar ou conduzir quantos desejar por essas rotas. Lideramos nossas tropas e as vimos morrer, mas tenho algo a dizer sobre os caminhos trilhados: existe Sombra e existe Substância, e essa é a raiz de tudo o que há. De Substância, existe apenas Âmbar, a cidade verdadeira, localizada acima da Terra Verdadeira, que tudo contém. De Sombra, existe uma infinidade de coisas. Todas as possibilidades existem como uma sombra da essência verdadeira. Apenas por existir, Âmbar lançou tais sombras em todas as direções. E o que se pode dizer do que há além? Sombra se estende desde Âmbar até o Caos, e tudo o que é possível reside entre ambos. Existem apenas três formas de atravessá-las, e todas são difíceis.

No caso de um príncipe ou de uma princesa de Âmbar, seria possível caminhar através de Sombra, obrigando o entorno a se transformar durante a travessia até que esteja no formato desejado, e então parar. O mundo de Sombra, então, será dele ou dela, salvo intrusões da família, para ser usado como bem desejar. Residi em um lugar assim por séculos.

As cartas são a segunda opção, criadas por Dworkin, Mestre da Linha, que as concebera à nossa imagem para facilitar a comunicação entre os membros da família real. Era um artista para quem espaço e perspectiva nada significavam. Tinha criado os arcanos da família, que nos permitiam encontrar nossos irmãos onde quer que estivessem. Eu tinha a sensação de que as cartas não eram usadas de acordo com a intenção de seu criador.

A terceira alternativa era o Padrão, também traçado por Dworkin, que só podia ser percorrido por um membro da nossa família. A travessia iniciava a pessoa no sistema das cartas, digamos, e concedia ao caminhante o poder de transitar por entre as sombras.

As cartas e o Padrão proporcionavam transporte instantâneo de Substância para Sombra. O outro modo, por caminhada, era mais difícil.

Eu sabia o que Random fizera ao me trazer para o mundo verdadeiro. Durante a jornada, meu irmão foi adicionando tudo o que se lembrava de Âmbar e subtraindo tudo o que não combinava. Quando a paisagem correspondeu àquela de suas memórias, ele soube que havíamos chegado. Não foi nenhum grande truque, pois, dotado de conhecimento, qualquer um de nós poderia chegar à sua própria Âmbar. Mesmo a essa altura, Bleys e eu poderíamos encontrar nossas próprias versões da cidade em Sombra e passar o resto da eternidade como soberanos. Mas não seria a mesma coisa. Nenhuma delas seria a verdadeira Âmbar, a cidade em que nascemos, a cidade que todas as outras espelham.

Seguíamos, portanto, pela rota mais difícil: a caminhada através de Sombra. Queríamos invadir a Âmbar original, e qualquer um que soubesse disso e tivesse o poder poderia inserir obstáculos. Eric fizera isso, dizimando nossas tropas. O que aconteceria? Ninguém poderia dizer.

Se Eric fosse coroado, contudo, isso geraria reflexos e sombras em todos os lugares.

Tenho certeza de que todos os irmãos sobreviventes preferiam, cada um a seu próprio modo, conquistar essa posição e depois permitir que as sombras caíssem em seus devidos lugares.

Passamos pelas frotas-fantasma de Gérard, os Holandeses Voadores daquele mundo, e vimos que estávamos chegando perto. Usei-os como ponto de referência.

No oitavo dia da jornada, já estávamos próximos de Âmbar. Foi quando a tormenta nos atingiu.

O mar escureceu, as nuvens se aglomeraram no céu e as velas ficaram inertes com a calmaria que se seguiu. A face do sol, azul e enorme, se ocultou, e senti que Eric finalmente havia nos encontrado.

E então os ventos se precipitaram sobre a minha embarcação.

A situação ficou tempestuosa, como dizem ou diziam os poetas. Minhas entranhas deram um nó quando as primeiras ondas nos atingiram. Fomos arremessados de um lado para o outro, como dados na mão de um gigante. As águas do mar e as águas do céu nos açoitaram. O mundo escureceu, e o granizo se misturava às cordas translúcidas que badalavam os trovões. Todos gritavam, tenho certeza, e eu mesmo gritei. Arrastei-me pelo convés revolto até agarrar o timão abandonado. Eric nos bloqueara de Âmbar, disso não me restavam dúvidas.

Uma, duas, três, quatro horas sem trégua. Cinco horas. Quantos homens nós havíamos perdido? Eu não fazia ideia.

Senti e ouvi um formigamento e um tinido, e vi Bleys do outro lado de um túnel comprido e cinzento.

– O que houve? – perguntou ele. – Eu estava tentando entrar em contato faz tempo.

– A vida é cheia de vicissitudes. Estamos enfrentando uma agora mesmo.

– Tempestade?

– Pode apostar. É a mãe de todas as tempestades. Acho que estou vendo um monstro a bombordo. Se tiver um mínimo de inteligência, vai tentar atingir o fundo do casco... Ah, ele acabou de acertar.

– Passamos por tormento semelhante há pouco – contou Bleys.

– Monstro ou tempestade?

– Tempestade. Duzentos mortos.

– Mantenha a fé. Aguente firme e fale comigo mais tarde. Tudo bem?

Bleys assentiu, e vi relâmpagos atrás dele.

– Eric está ciente do plano – acrescentou, antes de interromper o contato.

Fui obrigado a concordar.

Passaram-se mais três horas até que tudo se acalmasse. Mais tarde, descobri que havíamos perdido metade da frota (na minha embarcação, a capitânia, morreram quarenta dos cento e vinte tripulantes). Foi uma chuva implacável.

De algum modo, conseguimos chegar até o mar de Rabma.

Peguei as cartas e segurei a de Random diante de mim.

Quando percebeu com quem falava, ele me mandou dar meia-volta, e eu lhe perguntei o motivo.

– Porque, segundo Llewella, Eric tem plena capacidade de dizimar suas forças. O conselho dela é esperar um pouco até ele baixar a guarda e só então atacar... daqui a um ano, mais ou menos.

Neguei com a cabeça.

– Sinto muito. Não dá para esperar. Tivemos perdas demais para chegar até aqui. É agora ou nunca.

Random deu de ombros, como se dissesse "Bom, eu avisei".

– Mas por quê? – perguntei.

– Acima de tudo, porque acabei de descobrir que ele é capaz de controlar o clima.

– Ainda assim, precisamos tentar.

Outro gesto resignado.

– Só não diga que eu não avisei.

– Eric sabe mesmo que estamos indo?

– O que você acha? Ele é idiota?

– Não.

– Então ele sabe. Se eu consegui perceber daqui de Rabma, então nosso irmão sabe em Âmbar... E eu *adivinhei* a partir de um reflexo de Sombra.

– Infelizmente, tenho minhas dúvidas quanto a esta expedição, mas é ideia de Bleys.

– Recue e deixe Bleys se lascar sozinho.

– Sinto muito, mas não posso arriscar. Talvez ele vença. Estou levando a frota.

– Conversou com Caine e Gérard?

– Sim.

– Então deve achar que tem alguma chance nas águas. Mas escute: Eric descobriu um jeito de controlar a Joia do Julgamento, pelo que pude perceber das fofocas na corte sobre a duplicata. Ele *pode* usá-la para controlar o clima aqui. A verdade é essa. Só Deus sabe o que mais pode fazer.

– É uma pedra no caminho, mas vamos ter que resistir. Não posso deixar que algumas tempestades nos desmoralizem.

– Corwin, devo confessar que falei com o próprio Eric, três dias atrás.

– Por quê?

– Ele me chamou, e eu aceitei porque estava entediado. Nosso irmão fez questão de detalhar as próprias defesas.

– Claro, porque Julian avisou que viemos juntos. Eric tem certeza de que essa conversa vai chegar a mim.

– Provavelmente. Mas não muda os fatos.

– Não – concordei.

– Então deixe que Bleys trave sua própria guerra. Você pode atacar Eric mais tarde.

– Ele está prestes a ser coroado em Âmbar.

– Sim, eu sei, eu sei. Mas atacar um rei é tão difícil quanto atacar um príncipe, não? Que diferença faz o título, desde que você o derrote? Ainda será Eric.

– De fato, mas eu prometi.

– Então quebre a promessa.

– Lamento, mas não posso fazer isso.

– Pois então só pode ser maluco.

– É, devo ser.

– Bem, boa sorte, acho.

– Obrigado.

– Até mais.

E foi isso. A conversa me incomodou.

Será que caminhava direto para uma armadilha?

Eric não era nenhum idiota. Talvez tivesse preparado um verdadeiro aparato letal. Por fim, deixei o assunto de lado e me apoiei no guarda-corpo, devolvendo as cartas ao cinto.

É cheia de orgulho e solidão a vida de um príncipe de Âmbar, incapaz de confiar em ninguém. Não me agradava muito naquele momento, mas lá estava.

Aquela tempestade de antes tinha sido obra de Eric, claro, e isso parecia coerente com sua condição de mestre do clima de Âmbar, conforme os relatos de Random.

Por isso, decidi tentar algo por conta própria.

Conduzi a frota rumo a uma Âmbar coberta de neve. Foi a nevasca mais terrível que consegui conjurar.

Os flocos grandes começaram a cair lá no meio do mar.

Queria ver se Eric conseguiria interromper minha própria tempestade.

E conseguiu.

Em questão de meia hora, a nevasca havia passado. Âmbar ficou praticamente incólume, e era de fato a única cidade que poderia ser atingida. Não quis me desviar da rota, então deixei para lá. Eric era mesmo o mestre do clima em Âmbar.

O que fazer?

Continuamos navegando, claro. Direto para as garras da morte.

O que dizer?

A segunda tempestade foi ainda pior, mas dessa vez mantive o controle do timão. Era uma tormenta com raios que se concentrava exclusivamente na frota. Além de nos dispersar, afundou outras quarenta embarcações.

Tive medo de contatar Bleys em busca de notícias.

– Restam uns duzentos mil soldados – informou ele. – Enchente súbita.

Contei o que Random tinha me revelado.

– Acredito nele – falou meu irmão. – Mas não devemos chorar sobre o leite derramado. Com ou sem controle do clima, nós vamos derrotar Eric.

– Espero que sim.

Acendi um cigarro e me apoiei na proa.

Sabia que Âmbar ficaria à vista a qualquer momento. Eu já me lembrava dos caminhos de Sombra e sabia chegar lá.

No entanto, todo mundo podia se enganar.

Bem, nunca haveria um dia perfeito...

Seguimos viagem. A escuridão nos envolveu como uma onda repentina, e a pior tempestade de todas se abateu sobre nós.

Conseguimos escapar das chicotadas negras, mas fiquei assustado. Era tudo verdade, e estávamos nas águas do norte. Se Caine tivesse sido fiel à sua palavra, ótimo. Se pretendesse nos expor, estava em uma posição excelente.

Por isso, presumi que ele havia nos traído. Por que não? Quando o vi se aproximar, preparei as setenta e três embarcações restantes para a batalha. Ou as cartas haviam mentido, ou acertado em cheio, quando o apontaram como uma peça central dessa trama.

O navio principal avançou na direção do meu, e me adiantei ao seu encontro. Posicionamos as capitânias a barlavento e, lado a lado, encarei meu irmão. Poderíamos ter nos comunicado por arcanos, mas Caine não quis, e ele estava com a vantagem. Portanto, a etiqueta da nossa família lhe dava o direito de escolher seu próprio canal. Obviamente, Caine queria que sua posição ficasse registrada quando gritou, usando um amplificador:

– Corwin! Faça a gentileza de entregar o comando da sua frota! Com essa desvantagem numérica, nunca conseguirá passar!

Observei meu irmão acima das ondas, e levei meu próprio amplificador aos lábios:

– E quanto ao nosso acordo?

– Foi anulado. Seu exército é pequeno demais para ferir Âmbar, então poupe vidas e se renda agora.

Por cima do ombro esquerdo, fitei o sol.

– Irmão Caine, rogo que me ouça e me conceda sua licença para conferenciar com meus comandantes até o sol atingir seu ápice no céu.

– Muito bem – respondeu ele, sem hesitar. – Seus homens certamente estão cientes da posição em que se encontram.

Dei as costas e ordenei que o navio voltasse para junto da frota.

Se eu tentasse fugir, Caine me perseguiria por Sombra e destruiria os navios um a um. A pólvora não se incendiava na Terra Verdadeira, mas se fôssemos muito longe, também seria usada para trazer nossa ruína. Caine encontraria um pouco. Além disso, se eu partisse, a frota não conseguiria navegar pelos mares de Sombra e ficaria completamente vulnerável. De um jeito ou de outro, a tripulação seria morta ou capturada.

Random tinha razão.

Puxei o arcano de Bleys e me concentrei até ele se mexer.

– O que foi? – perguntou, em tom agitado.

Quase pude escutar os sons da batalha à sua volta.

– Estamos com problemas. Setenta e três navios conseguiram fazer a travessia, e Caine exigiu que nos rendêssemos até o meio-dia.

– Maldito seja! – exclamou Bleys. – Não cheguei tão longe quanto você. Estamos no meio de uma luta, sendo estraçalhados por uma enorme cavalaria, então não posso lhe dar conselhos. Tenho meus próprios problemas. Faça como achar melhor. Eles estão voltando!

O contato foi interrompido.

Peguei o arcano de Gérard e tentei contato.

Da última vez que tínhamos nos falado, pensei ter visto uma orla a suas costas. Parecia familiar. Se meu palpite estivesse certo, ele devia estar nas águas do sul. Eu não gostava de me lembrar dessa conversa. Perguntei se ele poderia me ajudar contra Caine e se estaria disposto a isso.

– Concordei apenas em conceder passagem – esquivou-se ele. – Por isso me retirei para o sul. Não conseguiria alcançar sua frota a tempo, nem se quisesse. Não aceitei ajudá-lo a matar nosso irmão.

E, antes que eu pudesse responder, ele se foi. Gérard tinha razão, claro. Estivera disposto a me dar uma oportunidade, não a travar minhas batalhas.

Em que pé isso me deixava?

Acendi outro cigarro e caminhei pelo convés. Já não era mais manhã; as brumas tinham se dissipado havia muito, e o sol queimava meus ombros. Logo seria meio-dia. Talvez mais duas horas…

Folheei as cartas e senti o peso do baralho. Poderia travar uma disputa de determinação com elas, a partir de Eric ou Caine. Esse poder existia, e talvez outros que ainda me eram desconhecidos. As cartas haviam sido criadas assim em alguma Sombra distante, por ordem de Oberon, forjadas pelas mãos do artesão louco Dworkin Barimen, aquele corcunda vesgo cujas lendas se alternavam em evocar como feiticeiro, sacerdote ou psiquiatra. Meu pai o salvara de uma desastrosa sina autoinfligida. Ninguém sabia os detalhes, mas o artesão ficara um tanto descompensado desde o ocorrido. Ainda assim, Dworkin foi um grande artista, e indiscutivelmente dotado de algum poder estranho. Tinha desaparecido tempos antes, após criar as cartas e traçar o Padrão em Âmbar. Com frequência especulávamos sobre seu paradeiro, sem sucesso. Talvez Oberon o tivesse executado para preservar o segredo de seus segredos.

Caine estaria preparado para um ataque desses, e eu provavelmente não conseguiria derrotá-lo, embora talvez fosse capaz de resistir. Mesmo assim, seus comandantes sem dúvida haviam recebido ordens para atacar.

Eric certamente estaria pronto para qualquer situação, mas se não me restasse outra alternativa, eu poderia muito bem arriscar. Não tinha nada a perder além da minha alma.

Por fim, havia a carta da própria Âmbar. Eu poderia me transportar para lá e tentar cometer homicídio, mas estimei que teria uma chance em um milhão de sobreviver a tempo de concretizar o assassinato.

Estava disposto a morrer lutando, mas não havia sentido em levar todos aqueles homens comigo. Talvez meu sangue estivesse contaminado, apesar do meu poder sobre o Padrão. Um verdadeiro príncipe de Âmbar não deveria sentir tais escrúpulos. Só então concluí que meus séculos na Terra de Sombra tinham me transformado, talvez me abrandado; feito algo comigo e me tornado diferente de meus irmãos.

Decidi entregar a frota, me transportar até Âmbar e desafiar Eric para um último duelo. Seria insensatez, mas, diabos... não me restava escolha.

Preparei-me para comunicar tais intenções aos meus oficiais, e o poder de repente se abateu sobre mim, e me deixou sem palavras.

Senti o contato e enfim consegui balbuciar uma pergunta entre os dentes cerrados:

– Quem é?

Não houve resposta, mas alguma coisa retorcida invadia minha mente aos poucos, e eu a enfrentei.

Depois de algum tempo, ao perceber que eu não seria vencido sem um esforço prolongado, a voz de Eric me alcançou no vento:

– Como tem passado, irmão? – perguntou.

– Mal – respondi, ou pensei.

Ele riu, embora sua voz parecesse denunciar o desgaste de nossa disputa.

– Que pena. Se tivesse me oferecido seu apoio, teria ficado sob meus cuidados. Agora, claro, é tarde demais. Vou comemorar apenas quando tiver abatido você e Bleys.

Não respondi de imediato, mas resisti a ele com todo o meu poder. Eric recuou um pouco, mas conseguiu me manter preso.

Se qualquer um de nós ousasse se distrair por um instante, chegaríamos a um contato físico ou ganharíamos vantagem no plano mental. Eu o via claramente em seus aposentos no palácio. Aquele que cometesse o erro de se distrair se sujeitaria ao controle do outro.

Então nos encaramos e lutamos internamente. Bom, ele tinha resolvido um dos meus problemas ao me atacar primeiro. Eric segurava meu arcano na mão esquerda, a testa franzida com o esforço. Procurei uma brecha, mas não encontrei. Pessoas me chamavam, mas eu não escutava nada ali, apoiado no guarda-corpo.

Que horas eram?

Toda a noção de tempo havia desaparecido desde o início da disputa. Teriam se passado duas horas? Era isso? Eu não tinha como saber.

– Posso sentir sua inquietação – declarou Eric. – Sim, meu ataque foi coordenado com Caine. Ele me procurou após sua negociação. Posso mantê-lo preso aqui enquanto sua frota é destruída e enviada para apodrecer em Rabma. Seus homens vão servir de comida para os peixes.

– Espere! Eles são inocentes. Foram enganados por mim e por Bleys, e acreditam que temos razão. A morte deles de nada adiantaria. Eu estava me preparando para entregar a frota.

– Não devia ter demorado tanto. Agora é tarde demais. Não posso chamar Caine para revogar minhas ordens sem libertar você, e no instante em que o soltar, ficarei sujeito à sua dominação mental ou sofrerei agressão física. Nossas mentes estão próximas demais.

– E se eu lhe der minha palavra de que vou me abster?

– Qualquer homem cometeria perjúrio em troca de um reino – rebateu Eric.

– Não consegue ler meus pensamentos? Não é capaz de sentir a verdade em minha mente? Serei fiel à minha palavra!

– Sinto que há uma estranha compaixão por esses homens que você manipulou. Não sei o que pode ter causado tal vínculo, mas não. Mesmo se estiver sendo sincero, e é bem possível que esteja, sabe muito bem que a tentação será grande demais quando a oportunidade surgir. Sabe, sim. Não posso correr esse risco.

E eu sabia mesmo. Âmbar ardia forte em nossas veias.

– Seu domínio da espada teve uma melhoria considerável – comentou Eric. – Percebo que, nesse aspecto, o exílio lhe fez bem. Está mais próximo de se igualar a mim do que qualquer outro. Com exceção de Benedict, que a essa altura já deve estar morto.

– Não seja convencido – retruquei. – Sei que sou capaz de derrotá-lo. E por falar nisso...

– Nem se dê ao trabalho. Não duelarei com você agora, com a batalha quase ganha.

Ele sorriu como se lesse meus pensamentos, que ardiam com perfeita clareza.

— Quis muito que você tivesse permanecido ao meu lado — continuou. — Teria sido mais útil para mim do que todos os outros. Julian é desprezível. Caine não passa de um covarde. Gérard é forte, mas estúpido.

Decidi fazer o único apelo possível.

— Escute, eu manipulei Random para se juntar a mim. Ele não estava muito animado com a ideia. Acho que teria ficado ao seu lado, se você tivesse pedido a ele.

— Aquele miserável! Eu não confiaria nele nem para esvaziar meus penicos, temendo um dia encontrar uma piranha ao me sentar. Não, obrigado. Eu poderia ter perdoado Random, não fosse essa sua recomendação. Por acaso espera que eu o traga para meus braços e o chame de irmão? Ah, não mesmo! Você foi muito afoito em sua defesa. Diz muito sobre a verdadeira postura de Random, a qual sem dúvida ele lhe revelou. Vamos deixar nosso irmão cumprir sua pena.

Senti cheiro de fumaça e ouvi o clangor de metal contra metal, um indício de que Caine nos alcançara e se lançara ao ataque.

— Excelente — disse Eric, ao perceber o que se passava na minha cabeça.

— Impeça-os! Por favor! Meus homens não têm a menor chance contra tantos inimigos!

— Nem se você se rendesse...

Eric se interrompeu e praguejou.

Captei o pensamento no mesmo instante. Ele poderia ter pedido que eu me rendesse em troca da vida dos meus soldados, e depois permitir que Caine continuasse o massacre. E teria gostado de fazer isso, mas deixara escapar as primeiras palavras no calor do momento.

Sua irritação me fez rir.

— Logo você será capturado — continuou Eric. — Assim que tomarem o navio capitânia.

— Até lá, tome isto!

E em seguida o atingi com toda a minha força, penetrando sua mente, ferindo-o com meu ódio. Sentir a dor dele só serviu para aumentar minha motivação. Eu o fustiguei por todos os meus anos de exílio, buscando uma reparação, por menor que fosse. Por ele ter me submetido à peste, afligi as barreiras de sua sanidade, sedento por vingança. Pelo acidente de carro, cuja responsabilidade eu sabia ser dele, desferi vários golpes, querendo infligir alguma angústia para compensar meu sofrimento.

Eric começou a perder o controle conforme meu vigor aumentava. Lancei-me sobre ele, e seu poder sobre mim fraquejou.

— Seu demônio! — gritou, cobrindo a carta que segurava.

O contato foi interrompido, e fiquei ali, tremendo.

Eu tinha conseguido. Vencera Eric em uma disputa de determinação. Nunca mais temeria meu irmão tirano em qualquer forma de combate individual. Eu era mais forte do que ele.

Respirei fundo algumas vezes e endireitei o corpo, pronto para a frieza de um novo ataque mental. Mas eu sabia que não sofreria outra tentativa, não de Eric. Senti que ele temia minha fúria.

Observei os arredores e vi a batalha em curso. Já havia sangue no convés. Um navio se emparelhara ao nosso e começava a nos abordar. Outra embarcação tentava a mesma manobra do outro lado. Uma seta de besta passou zunindo perto da minha cabeça.

Empunhei a espada e me lancei à luta.

Não sei quantos matei. Perdi a conta depois de doze ou treze, mas foi mais do que o dobro disso só naquele embate. A força natural de um príncipe de Âmbar, que me permitiu levantar uma Mercedes, foi muito útil durante a batalha. Consegui até erguer um homem com uma das mãos e o atirar ao mar.

Matamos todos os invasores de ambos os navios, abrimos suas escotilhas e os mandamos para Rabma, onde Random se divertiria com a carnificina. Metade da minha tripulação tinha sido abatida, e eu havia sofrido inúmeros cortes e arranhões, mas nada sério. Fomos ao resgate de outro navio de nossa frota e derrubamos mais um dos agressores de Caine.

Os sobreviventes da embarcação resgatada vieram para o meu navio, e mais uma vez me vi com uma tripulação completa.

– Sangue! – gritei. – Tragam-me sangue e vingança, meus guerreiros, e serão lembrados em Âmbar por toda a eternidade!

A um só brado, eles ergueram as armas e berraram:

– Sangue!

E litros de sangue, ou melhor, rios, correram naquele dia. Destruímos outros dois navios de Caine, repondo nossas fileiras com os sobreviventes de nossa própria frota. Conforme avançávamos na direção de um sexto, subi no mastro principal e tentei fazer uma contagem rápida.

Ao que parecia, estávamos em desvantagem de três para um. Devíamos ter entre quarenta e cinco a cinquenta e cinco embarcações.

Arrebanhamos o sexto navio, e não precisamos ir atrás do sétimo e do oitavo: eles vieram até nós. Tomamos ambos, mas a batalha nos causara diversos ferimentos e, mais uma vez, reduzira minha tripulação à metade. Estava com cortes profundos no ombro esquerdo e na coxa direita, e o talho no lado direito do quadril doía.

Enquanto mandávamos os navios para o fundo do mar, outros dois avançaram contra nós.

Fugimos e recuperamos um dos navios da frota, um aliado que havia saído vitorioso de sua própria batalha. Voltamos a unir nossas tripulações, dessa vez transferindo o estandarte para a outra embarcação, menos danificada, pois a nossa já havia começado a encher de água e estava adernando para estibordo.

Não tivemos nenhum espaço de manobra, pois outro navio se aproximou para tentar nos abordar.

Meus homens estavam cansados, e minhas próprias forças começavam a se exaurir. Por sorte, a outra tripulação não estava muito melhor. Antes que o segundo dos navios de Caine viesse em seu auxílio, nós o derrotamos, tomamos e transferimos outra vez o estandarte. Essa embarcação encontrava-se em um estado ainda melhor.

Abordamos o navio seguinte, e me vi com uma embarcação boa, quarenta homens e pouco fôlego.

Não havia mais ninguém à vista para nos prestar socorro. Todos os outros navios da minha frota enfrentavam pelo menos um dos de Caine. Um atacante vinha em nossa direção, então fugimos.

Com isso, abrimos uma vantagem de vinte minutos. Tentei navegar para dentro das Sombras, mas o processo se tornava ainda mais difícil e vagaroso com a proximidade de Âmbar. Era muito mais fácil chegar perto do que se afastar, porque Âmbar sempre foi o centro, o nexo. Se tivéssemos mais dez minutos, eu teria conseguido.

Mas não tínhamos.

À medida que o navio se aproximava, vi outro virar ao longe, em nossa direção. Trazia o estandarte verde e preto sob as cores de Eric e o unicórnio branco. Era o navio de Caine, que queria participar do abate.

Tomamos a primeira embarcação. Mal tivemos tempo de abrir as escotilhas antes que Caine nos alcançasse. De repente me vi no convés ensanguentado, com uma dúzia de homens à minha volta. Caine foi até a proa de seu navio e cobrou minha rendição.

– Vai poupar a vida dos meus homens se eu me render? – perguntei.

– Sim, vou. Eu mesmo perderia alguns tripulantes se não os poupasse, e isso não é necessário.

– Dá sua palavra como príncipe?

Caine pensou por um instante, depois assentiu.

– Muito bem – continuou. – Ordene que seus homens abaixem as armas e venham para meu navio quando eu me aproximar.

Embainhei a espada e me dirigi aos soldados.

– Todos aqui lutaram bem, e eu os amo por isso. Mas nós perdemos esta batalha.

Enxuguei as mãos no manto enquanto falava, esfregando-as com cuidado; odiaria manchar uma obra de arte.

– Abaixem as armas – instruí. – Saibam que suas ações de hoje jamais serão esquecidas. Um dia, eu os celebrarei diante da corte de Âmbar.

Os homens, os nove grandalhões vermelhos e os três pequenos e peludos que restavam choraram ao largar as armas.

– Não temam a derrota na luta pela cidade – continuei. – Perdemos uma batalha, mas a guerra continua em outro lugar. Meu irmão Bleys está abrindo caminho rumo a Âmbar neste mesmo instante. Caine será fiel à sua promessa de poupar suas vidas quando eu me juntar a Bleys, em terra, pois não teria conhecimento de que foi enganado no caminho para Âmbar. Lamento por não poder levá-los comigo.

Com isso, peguei o arcano de Bleys e o segurei diante de mim, fora da vista do outro navio.

Assim que Caine se aproximou, percebi um movimento sob aquela superfície fria como gelo.

– Quem é? – perguntou Bleys.

– Corwin. Como vai?

– Vencemos a batalha, mas perdemos muitos homens. Paramos para descansar antes de retomar a marcha. E por aí?

– Acho que afundamos quase metade da frota de Caine, mas foi ele quem saiu vitorioso. Está prestes a abordar meu navio. Preciso de uma rota de fuga.

Bleys estendeu a mão. Eu a toquei e caí em seus braços.

– Isso está se tornando um hábito – murmurei.

Percebi que ele também estava ferido, com um corte na lateral da cabeça e ataduras na mão esquerda.

– Tive que segurar o lado errado de um sabre – explicou, quando me viu observar o ferimento em sua palma. – Está ardendo um pouco.

Recuperei o fôlego, e juntos caminhamos até a barraca, onde Bleys abriu uma garrafa de vinho e me ofereceu pão, queijo e um pouco de carne-seca. Ele ainda tinha muitos cigarros, e fumei um enquanto um médico cuidava das minhas feridas.

Meu irmão ainda comandava cento e oitenta mil homens. Quando subi no topo de um morro e vi a noite cair à minha volta, tive a sensação de contemplar todos os acampamentos em que já estivera, estendendo-se por quilômetros e séculos infindáveis. Senti os olhos tomados por lágrimas repentinas, pelos homens que não eram como os lordes de Âmbar, que só viviam por um breve instante e logo se tornavam poeira. Por que tantos deles precisam encontrar o fim nos campos de batalha do mundo?

Voltei à barraca de Bleys, e juntos terminamos a garrafa de vinho.

SETE

Uma tempestade pesada caiu naquela noite. O clima não melhorou quando a alvorada penou para tingir de prata a palma do mundo, sem dar trégua durante o dia de marcha.

Era muito desmoralizante caminhar sob a chuva, e ainda por cima uma chuva fria. Sempre odiei lama, e ainda assim parecia ter passado séculos marchando sobre ela!

Buscamos um caminho livre do temporal entre as sombras, mas nada adiantava.

Podíamos marchar até Âmbar, mas faríamos isso com a roupa colada no corpo, sob as batidas dos trovões e rodeados pelos lampejos dos raios.

Na noite seguinte, a temperatura despencou; ao amanhecer, ignorei as bandeiras congeladas e contemplei um mundo embranquecido sob o céu acinzentado, açoitado por rajadas de vento. Minha respiração condensava.

Os soldados não estavam equipados para tal clima, exceto os peludos, e fizemos todos avançarem mais depressa, para evitar geladuras. Os grandalhões vermelhos sofreram, pois vinham de um mundo bem quente.

Fomos atacados por tigres, ursos-polares e lobos. O tigre que Bleys matou media mais de quatro metros da ponta do rabo até o focinho.

Marchamos noite adentro, e o degelo começou. Bleys pressionou as tropas para tirar todos dos mundos frios de Sombra. O arcano de Âmbar indicava que lá predominava um outono seco e quente, e estávamos nos aproximando da Terra Verdadeira.

À meia-noite do segundo dia, já havíamos marchado por lama e gelo, chuva fria e chuva quente, e entrado em um mundo seco.

Foram dadas ordens para montar acampamento, com três cordões de segurança. Dada a exaustão dos homens, estávamos vulneráveis a ataques. Mas as tropas estavam cambaleantes e não conseguiriam avançar muito mais.

O ataque veio algumas horas depois. A julgar pela descrição dos sobreviventes, mais tarde eu soube que foi liderado por Julian.

Ele avançou com tropas de choque para os pontos mais vulneráveis do acampamento. Se eu soubesse de antemão que tinha sido Julian, teria usado o arcano dele para tentar impedir o ataque.

Já havíamos perdido quase dois mil homens no inverno súbito, e eu ainda não sabia quantos tinham sido abatidos por Julian.

Os soldados pareciam cada vez mais desmoralizados, mas obedeceram quando demos ordens para que seguissem em frente.

O dia seguinte foi uma emboscada constante. Uma tropa daquela magnitude não conseguia se desviar para combater os grupos de ataque que Julian enviava contra nossos flancos. Derrubamos alguns de seus homens, mas não o bastante... morria um soldado dele a cada dez dos nossos.

Ao meio-dia, estávamos atravessando o vale que margeava o litoral. A Floresta de Arden ficava ao norte, em um ponto à nossa esquerda. Âmbar estava bem à frente. Com a brisa vinha um ar fresco e carregado de odores da terra e suas doces criaturas. Folhas caíam das árvores. Âmbar se estendia a cento e trinta quilômetros de distância, um mero vislumbre acima do horizonte.

À tarde, quando as nuvens culminaram em uma leve garoa, os raios passaram a cair do firmamento. Quando a tempestade cessou, o sol retornou para secar tudo.

Passado um tempo, sentimos o cheiro da fumaça.

Momentos depois, vimos as chamas tremularem em direção ao céu.

As labaredas começaram a subir e descer, avançaram para cima de nós com um passo constante e esmagador; conforme se aproximavam, passamos a sentir o calor, e um pânico se iniciou em algum ponto de nossas fileiras. Houve gritos, e as colunas se agitaram e avançaram.

Começamos a correr.

Partículas de cinzas caíam à nossa volta, com a fumaça cada vez mais espessa. Desatamos a correr, e as chamas chegaram ainda mais perto. Os lampejos de luz e calor crepitavam com estrondos contínuos e crescentes em nossa fuga, e as ondas cálidas nos afligiam, nos inundavam. Logo nos cercaram. As árvores escureceram, as folhas caíram, e alguns brotos jovens começaram a balançar. Até onde a vista alcançava, nosso caminho era uma alameda de chamas.

Corremos mais rápido, sabendo que logo a situação tendia a piorar.

E não estávamos enganados.

Grandes troncos começaram a desabar à nossa frente. Pulamos por cima deles, os contornamos. Pelo menos estávamos em uma trilha.

O calor se tornou insuportável, e respirávamos com dificuldade. Cervos, lobos, raposas e coelhos passaram correndo, também em fuga, ignorando nossa presença e a de seus inimigos naturais. O ar acima da fumaça parecia cheio de pássaros escandalosos. As fezes deles caíam entre nós, despercebidas.

Incendiar aquele bosque ancestral, venerável como a Floresta de Arden, parecia quase um sacrilégio. Mas Eric era príncipe em Âmbar, e logo seria rei. Em seu lugar, acho que eu teria feito o mesmo...

Minhas sobrancelhas e meu cabelo ficaram chamuscados. Minha garganta parecia uma chaminé. Quantos homens aquele ataque nos custaria?

Havia cento e dez quilômetros de vale arborizado no caminho para Âmbar, e outros cinquenta atrás de nós, até o fim da floresta.

– Bleys! – chamei. – A trilha se divide daqui a uns cinco quilômetros. O lado direito chega mais rápido ao rio Oisen, que desemboca no mar. Acho que é a nossa única chance! O Vale de Garnath inteiro vai ser incendiado! Nossa única esperança é chegar ao mar.

Ele assentiu.

Avançamos depressa, mas as chamas nos superavam.

Conseguimos chegar à bifurcação, apagando as chamas em nossas roupas fumegantes, limpando as cinzas de nossos olhos, cuspindo as partículas que entravam pela boca e passando as mãos pelo cabelo quando labaredas brotavam nos fios.

– Só mais uns quatrocentos metros! – avisei.

Já tinha sido atingido por vários galhos caídos. Todas as áreas expostas da minha pele ardiam com uma dor mais do que febril, assim como muitas das áreas cobertas. Corremos por matagais em chamas, descemos um grande barranco e, ao chegarmos ao final, vimos a água. Marchamos ainda mais depressa, embora não parecesse possível. Mergulhamos e deixamos que a umidade fria nos envolvesse.

Bleys e eu demos um jeito de boiar o mais perto possível um do outro quando a correnteza nos pegou. Fomos arrastados pelo leito sinuoso do Oisen. Os galhos entremeados das árvores acima lembravam as vigas de uma catedral de fogo. Quando se partiam e caíam, precisávamos nadar para longe ou mergulhar para os trechos mais profundos, a depender da distância. As águas à nossa volta se encheram de destroços carbonizados, e logo atrás vinham os soldados sobreviventes, com as cabeças boiando feito uma trilha de cocos.

O rio estava frio e escuro. Sentíamos as feridas começarem a arder, e tremíamos e batíamos o queixo.

Avançamos por vários quilômetros antes de sair do bosque incendiado e adentrar uma planície descampada que levava ao mar. Seria o lugar perfeito para Julian nos emboscar com arqueiros. Mencionei a hipótese para Bleys, e apesar de reconhecer a possibilidade, ele argumentou que não havia muito que pudéssemos fazer quanto a isso. Fui obrigado a concordar.

O bosque ardia conforme avançávamos à deriva.

Tive a sensação de que várias horas se passaram, mas deve ter sido menos, antes que meus receios começassem a se concretizar, e a primeira saraivada de flechas riscasse o céu.

Mergulhei e nadei por uma boa distância debaixo d'água. Como estava sendo levado pela correnteza, consegui avançar bastante no rio antes de precisar voltar à superfície.

Quando emergi, mais flechas caíram à minha volta.

Só os deuses sabiam por quanto tempo aquele corredor mortal se estenderia, mas não quis esperar para descobrir.

Enchi os pulmões de ar e mergulhei de novo.

Cheguei ao fundo do rio e continuei avançando por entre as rochas.

Segui reto até onde dava e fui para a margem direita, soltando o ar pelo caminho.

Emergi de repente, respirei fundo e afundei de volta, sem esperar para contemplar os arredores.

Nadei até meus pulmões pegarem fogo, e só então retornei à superfície.

Dessa vez não tive tanta sorte, e acabei por levar uma flechada no bíceps. Consegui mergulhar e quebrar a haste no fundo do rio. Arranquei a ponta da flecha e segui nadando apenas com a mão direita. Quando tornasse a emergir, sabia que estaria vulnerável.

Por isso, me obriguei a continuar até os olhos se encherem de clarões vermelhos e a mente começar a escurecer. Devo ter ficado submerso por uns três minutos.

Quando voltei à superfície, nada aconteceu.

Ofeguei e me debati, nadando até a margem esquerda para me agarrar à grama. Vasculhei os arredores. Não havia muitas árvores por perto, e o fogo não se alastrara até ali. As duas margens pareciam vazias, tal como o rio. Será que eu era o único sobrevivente? Não parecia possível; éramos muitos no começo da última marcha.

Eu estava quase morto de cansaço, com o corpo inteiro tomado por dor e angústia. Cada centímetro de pele parecia chamuscado, mas as águas eram tão frias que eu estava trêmulo e provavelmente azulado. Se quisesse continuar vivo, precisava sair logo do rio. Senti que ainda me restava fôlego e decidi fazer algumas expedições submersas antes de abandonar o abrigo das profundezas.

Consegui dar mais quatro mergulhos e fiquei com a sensação de que não voltaria para a superfície se forçasse um quinto, então me segurei em uma pedra e parei para recuperar o fôlego, depois me arrastei até a margem.

Rolei de costas e olhei à minha volta. Não reconheci a área, mas o incêndio ainda não tinha chegado ali. Havia arbustos à minha direita, e rastejei para o abrigo deles, me esparramei no chão e dormi.

Quando acordei, desejei ter continuado adormecido. Cada centímetro do meu corpo ardia, e eu me sentia muito mal. Passei horas ali, meio delirante, antes de finalmente conseguir cambalear até o rio para beber um pouco de água. Depois, me arrastei de volta para o mato e tornei a dormir.

Ainda estava dolorido quando recobrei a consciência, mas me sentia um pouco mais forte. Fui até o rio e voltei. Graças ao arcano gelado, descobri que Bleys continuava vivo.

– Onde está? – perguntou ele, quando consegui fazer contato.

– Não faço a menor ideia. Tenho é sorte de ainda estar por aqui. Mas é perto do mar. Dá para ouvir as ondas e sentir o cheiro de maresia.

– Está perto do rio?

– Estou.

– Qual margem?

– Esquerda, no sentido que segue para o mar. A norte.

– Fique aí, então, e vou mandar alguém buscá-lo. Estou reagrupando nossas forças. Já reuni mais de dois mil soldados, e Julian nem vai querer chegar perto de nós. Mais homens se juntam a nossas fileiras a cada minuto.

– Tudo bem – respondi.

E foi isso.

Fiquei ali esperando. Aproveitei para dormir.

Ouvi alguém no mato e fiquei alerta. Afastei alguns ramos e dei uma olhada.

Eram três dos grandalhões vermelhos.

Ajeitei meu equipamento e alisei os trajes, arrumei o cabelo, fiquei de pé aos cambaleios, respirei fundo algumas vezes e dei um passo à frente.

– Estou aqui – anunciei.

Dois deles levaram um susto e sacaram as espadas.

Mas logo se recompuseram, sorriram, fizeram uma mesura e me conduziram de volta ao acampamento, a três quilômetros de distância. Consegui chegar lá sem me apoiar em ninguém.

Bleys apareceu e já logo anunciou:

– Estamos com mais de três mil.

Depois chamou um médico para cuidar de mim.

Passamos a noite inteira sem incidentes, e o que restava de nossos homens apareceu no decorrer do dia seguinte.

Por fim, contávamos com cinco mil homens. Âmbar assomava ao longe.

Dormimos mais algumas horas e, na manhã seguinte, levantamos acampamento.

À tarde, já havíamos percorrido vinte e cinco quilômetros. Marchamos pela praia, e não havia nem sinal de Julian.

A dor das queimaduras começou a diminuir. Minha coxa estava quase curada, mas o ombro e o braço ainda doíam como o diabo.

Continuamos em marcha e logo nos vimos a sessenta e cinco quilômetros de Âmbar. O clima continuou ameno, e a floresta à nossa esquerda não passava de uma ruína negra e desolada. O incêndio havia destruído a maior parte das árvores no vale, então, finalmente, tivemos alguma vantagem. Nem Julian nem ninguém poderia nos pegar de surpresa, pois veríamos sua aproximação de longe. Avançamos mais quinze quilômetros até o sol se pôr, e então armamos um bivaque na praia.

No dia seguinte, lembrei que a coroação de Eric se aproximava e chamei a atenção de Bleys para o fato. Quase havíamos perdido a noção dos dias, mas percebemos que ainda tínhamos tempo.

Fizemos uma marcha acelerada até o começo da tarde e depois descansamos. A essa altura, estávamos a quarenta quilômetros do pé da Kolvir. Ao anoitecer, a distância tinha caído para quinze.

E assim avançamos. Marchamos até a meia-noite e armamos outro bivaque. Já voltava a me sentir razoavelmente vivo. Experimentei dar alguns golpes com a espada e quase consegui aguentar. No dia seguinte, estava me sentindo ainda melhor.

Marchamos até o pé da Kolvir, onde nos vimos diante de todas as tropas de Julian, combinadas com muitos da frota de Caine, que a essa altura atuavam como soldados de infantaria.

Bleys se pôs a praguejar, como Robert E. Lee na Batalha de Chancellorsville, e os confrontamos.

Depois de enfrentarmos tudo o que Julian lançou sobre nós, restavam cerca de três mil soldados em nossas fileiras. Ele, claro, fugiu.

Mas tínhamos vencido. Houve festa naquela noite. Tínhamos vencido.

Revelei a Bleys meus temores quanto a marchar contra a Kolvir com apenas três mil homens.

Eu tinha perdido a frota, e Bleys perdera mais de noventa e oito por cento de sua infantaria. Para mim, nada disso era motivo de deleite.

A situação não me agradava nem um pouco.

No dia seguinte, começamos a avançar por uma escadaria na qual dois homens podiam subir lado a lado. Logo ela se estreitaria, obrigando-nos a seguir em fila única.

Cem metros Kolvir acima, então duzentos, e trezentos.

Uma tempestade veio do mar, e nos seguramos e resistimos.

Perdemos duzentos homens para o temporal.

Em meio a chuvas e percalços, seguimos em frente. A subida se tornou mais íngreme, mais escorregadia. A um quarto do caminho, topamos com uma coluna de homens armados em plena descida. Os que vinham à frente trocaram golpes com os líderes da nossa vanguarda, e dois homens caíram. Avançamos dois passos, e outro homem caiu.

A situação se prolongou por mais de uma hora; ao final, estávamos a um terço do caminho, e nossa fileira minguava conforme se aproximava de Bleys e de mim. Era bom que nossos guerreiros grandes e vermelhos fossem mais fortes do que os soldados de Eric. De tempos em tempos, vinha um choque de armas, um grito e um homem era jogado. Às vezes era alguém vermelho, em outras, era um peludo, mas na maioria das vezes quem caía trajava as cores de Eric.

Chegamos à metade do caminho, lutando a cada degrau. Quando alcançássemos o topo, veríamos a escadaria larga que era refletida na de Rabma. Conduziria até o Grande Arco, a entrada leste de Âmbar.

Faltavam chegar cinquenta homens da nossa vanguarda. Quarenta, trinta, vinte, dez...

Estávamos a dois terços do caminho, e a escadaria subia pela Kolvir de um lado para o outro em zigue-zague. A escadaria oriental praticamente não era usada, a ponto de ser quase decorativa. A princípio, nossos planos consistiam em atravessar o vale, a essa altura carbonizado, e contornar as montanhas ocidentais para entrar em Âmbar por trás, mas o incêndio de Julian mudara tudo. Jamais teríamos conseguido escalar e contornar as montanhas. Seria um ataque frontal ou nada. E não podia ser nada.

Mais três guerreiros de Eric caíram, e conquistamos outros quatro degraus. De repente, o líder da nossa vanguarda mergulhou para o nada; perdemos mais um.

O vento do mar vinha cortante e frio, e os pássaros se aglomeravam no sopé da montanha. O sol despontou por entre as nuvens. Ao que parecia, Eric havia parado de controlar o clima ao perceber que estávamos combatendo seus homens.

Conquistamos seis degraus e perdemos mais um guerreiro.

Era estranho, triste, confuso...

Bleys estava à minha frente, e logo seria a vez dele. E depois a minha, caso ele perecesse.

Restavam seis da vanguarda.

Dez passos...

Restavam cinco.

Continuamos a subir devagar, e havia sangue em cada degrau até onde a vista alcançava. Devia haver alguma moral para essa história.

Antes de cair, o quinto homem matou quatro, conquistando mais um zigue... ou zague.

Seguindo em frente e para cima, nosso terceiro homem lutava com uma espada em cada mão. Era bom que estivesse travando uma guerra santa, pois havia um verdadeiro fervor em cada golpe. Ele derrubou três antes de morrer.

O seguinte não era tão fervoroso, nem tão habilidoso com a espada. Foi abatido de imediato.

E então restavam apenas dois.

Bleys desembainhou a espada longa e trabalhada, e a lâmina reluziu ao sol.

– Irmão, em breve veremos do que eles são capazes contra um príncipe.

– Só um príncipe, espero – respondi, e ele riu.

Eu diria que estávamos a três quartos da subida quando finalmente chegou a vez de Bleys.

Com um salto à frente, derrubou o primeiro homem. A ponta de sua espada atingiu o pescoço do segundo, e a lateral bateu na cabeça do terceiro, que também caiu. Depois de duelar por um instante com o quarto, também o eliminou.

Fiquei de espada em punho, a postos, enquanto observava e prosseguia.

Bleys era bom, ainda melhor do que eu me lembrava. Avançava como um furacão, brandindo sua espada iluminada. Os homens caíam diante da lâmina... e como caíam, meu amigo! Pense o que quiser de Bleys, mas naquele dia ele se provou digno de seu título. Eu me perguntava por quanto tempo meu irmão conseguiria avançar.

Tinha uma adaga na mão esquerda e a usava com uma eficiência brutal sempre que iniciava um corpo a corpo. Deixou-a enfiada na garganta de sua décima primeira vítima.

Dali, eu não conseguia enxergar o fim da coluna que nos enfrentava. Estimei que se estendia até o topo. Tinha esperança de que minha vez nunca chegasse. Por pouco não acreditei.

Mais três homens despencaram à minha frente, e alcançamos um pequeno patamar curvado. Bleys limpou o espaço e começou a subir. Observei durante meia hora, enquanto ele dizimava os oponentes. Ouvi os murmúrios de admiração dos homens atrás de mim. Parecia que meu irmão conseguiria chegar ao topo.

Em seu avanço, Bleys usou todos os truques na manga. Confundiu espadas e olhos com seu manto. Fez guerreiros tropeçarem. Segurou e torceu punhos com toda a força.

Alcançamos outro patamar. Havia um pouco de sangue na sua manga, mas ele sorria sem parar, e os guerreiros que vinham suceder os mortos por ele pareciam apavorados. Isso também o ajudava. E talvez o fato de eu estar ali, a postos para preencher a lacuna, também os enchesse de medo e nervosismo, atravancando seu avanço. Mais tarde eu soube que eles tinham ouvido falar do combate naval.

Bleys abriu caminho até o patamar seguinte, limpou a área, deu as costas e começou a subir. Nunca imaginei que ele fosse conseguir chegar tão longe. Duvidava de que eu mesmo fosse capaz de chegar até ali. Jamais tinha visto tamanha demonstração de habilidade e resistência desde que Benedict protegera a passagem acima de Arden contra os Cavaleiros da Lua de Ghenesh.

Eu também percebia, porém, que ele estava ficando cansado. Se houvesse alguma forma de aliviar seu fardo, de tomar seu lugar por um tempo...

Mas não havia. Então o segui, temendo que cada golpe fosse o último.

Sabia que ele estava perdendo as forças. Àquela altura, faltavam menos de trinta metros até o topo.

Senti uma onda de pesar repentina por Bleys. Era meu irmão, e me ajudara. Duvido que se achasse capaz de sobreviver, mas continuava lutando... na prática, ele me oferecia a chance de tomar o trono.

Matou mais três homens, e os golpes da espada ficavam cada vez mais lentos. Precisou de cinco minutos para enfim derrotar o quarto oponente, e ali tive certeza de que esse seria o último.

Mas não foi.

Enquanto meu irmão aniquilava o homem, troquei a espada de mão, saquei a adaga e a arremessei.

A lâmina se enterrou completamente no pescoço do quinto.

Bleys saltou dois degraus e cortou o tendão da perna de mais um, arremessando-o pelo desfiladeiro.

Em seguida, fez uma finta e rasgou a barriga do sujeito logo atrás.

Corri para preencher a lacuna e ficar a postos atrás dele. Mas Bleys ainda não precisava de mim.

Abateu outros dois com ímpeto renovado. Pedi outra adaga aos homens a minhas costas.

Com a lâmina em riste, esperei meu irmão demonstrar novos sinais de cansaço, e então a cravei no seu oponente.

O homem se contorceu quando a joguei, então foi atingido pelo cabo da adaga, em vez da lâmina, bem na cabeça. Bleys aproveitou a brecha e o empurrou pelo ombro, mas o oponente seguinte se lançou para a frente. Embora tenha se empalado na espada do meu irmão, o sujeito o acertou com tudo no ombro, e os dois desabaram lá de cima.

Por reflexo, quase sem perceber o que fazia, mas de forma perfeitamente deliberada, como em uma daquelas decisões tomadas em milésimos de segundos e justificadas só mais tarde, minha mão esquerda voou até o cinto, puxou o baralho de arcanos e o jogou para baixo, onde Bleys parecia se segurar por um instante, tamanha a rapidez com que meus músculos e minha percepção reagiram.

– Pegue, idiota!

E ele pegou.

Não tive tempo de ver o que aconteceu depois, pois comecei a defender e golpear.

Entramos na reta final de nossa jornada Kolvir acima.

Digamos apenas que dei conta da última parte, apesar de ter ficado sem fôlego e ter precisado da ajuda dos meus soldados bem lá no topo.

Consolidamos nossas forças e seguimos em frente.

Levamos uma hora para alcançar o Grande Arco.

Passamos por ele. Entramos em Âmbar.

Eric, seja lá onde estivesse, com certeza nunca teria imaginado que chegaríamos tão longe.

Onde estaria Bleys? Será que tinha conseguido pegar um arcano antes de atingir o chão? Imaginei que nunca saberia.

Havíamos subestimado a situação como um todo. Estávamos em menor número, e nossa única opção era continuar lutando até não aguentarmos mais. Por que eu fizera a besteira de jogar meus arcanos para Bleys? Sabia que ele não tinha nenhum, e isso servira de estopim para minha reação, talvez condicionada pelos anos passados na Terra de Sombra. Mas eu podia ter usado as cartas para escapar, se tudo desse errado.

E deu.

Lutamos até o anoitecer, quando só restava um punhado de nós.

Fomos cercados a novecentos metros de Âmbar, e ainda longe do palácio. Lutávamos na defensiva e morríamos um a um. Fomos dominados.

Llewella ou Deirdre teriam me acolhido. Por que eu tinha feito aquilo?

Matei outro homem e parei de remoer o assunto.

O sol se pôs, e a escuridão tomou conta do céu. Estávamos reduzidos a algumas centenas e mal tínhamos nos aproximado do palácio.

De repente, avistei Eric e o ouvi gritar ordens. Ah, se eu conseguisse alcançá-lo!

Mas não conseguiria.

Eu provavelmente teria me rendido para salvar os últimos dos meus soldados, que haviam me servido com tanta lealdade.

Só que não havia ninguém para aceitar minha rendição, ninguém pedindo que eu me rendesse. Eric nem me ouviria se eu gritasse. Estava afastado, dando ordens.

Então lutamos, e me restavam apenas cem homens.

Vamos direto ao ponto:

Mataram todo mundo, menos eu.

Em mim, jogaram redes e dispararam flechas de ponta chata.

Por fim, caí. Fui espancado e amarrado, e então tudo desapareceu, exceto um pesadelo que não quis me soltar de jeito nenhum.

Tínhamos perdido.

Acordei em uma masmorra nas profundezas de Âmbar, lamentando ter chegado tão longe.

O fato de ainda estar vivo significava que Eric tinha planos para mim. Imaginei armações e correntes, chamas e pinças. Jogado ali na palha úmida, previ minha degradação iminente.

Havia passado quanto tempo inconsciente? Não sabia.

Procurei algum meio de me matar naquela cela. Não encontrei nada que pudesse ser útil.

Todos os meus ferimentos ardiam como sóis, e eu estava terrivelmente cansado.

Deitei e dormi de novo.

Quando acordei, ninguém veio me buscar. Não havia ninguém para subornar, ninguém para me torturar.

Também não havia nada para comer.

Fiquei lá, enrolado no meu manto, ocupado em relembrar tudo o que tinha acontecido desde que eu despertara em Greenwood e rejeitara aquela injeção. Teria sido melhor, talvez, se a tivesse aceitado.

Conhecia bem a angústia, o desespero.

Em pouco tempo, Eric seria coroado rei de Âmbar. Talvez a cerimônia já tivesse até acontecido.

Mas o sono era uma bênção maravilhosa, e eu estava muito cansado.

Foi minha primeira chance de descansar e esquecer minhas feridas.

E assim o fiz, naquela cela escura, fétida e úmida.

OITO

Não sei quantas vezes acordei e voltei a dormir. Em duas ocasiões, encontrei pão, carne e água em uma bandeja na porta, e a esvaziei. Minha cela era fria, quase toda mergulhada em penumbra. Esperei e esperei.

Por fim, vieram.

A porta se abriu, deixando entrar uma luz fraca. Pisquei contra a claridade quando me chamaram.

O corredor lá fora estava abarrotado de homens armados, para que eu não tentasse nada.

Cocei a barba por fazer e me deixei conduzir.

Depois de uma longa caminhada, chegamos ao salão da escada em espiral e começamos a subir. Não fiz perguntas conforme avançávamos, e ninguém me deu nenhuma informação.

Quando chegamos ao topo, fui conduzido palácio adentro. Lá, me levaram a um cômodo quente e limpo e me mandaram tirar as roupas. Obedeci. Entrei em uma banheira fumegante, e uma criada apareceu, me esfregou, me barbeou e cortou meu cabelo.

Depois que me sequei, recebi trajes novos, pretos e prateados.

Vesti um por um, e em seguida um manto preto foi pendurado em meus ombros, com um fecho de rosa prateada.

– Está pronto – anunciou o sargento dos guardas. – Venha por aqui.

Acompanhei-o, e os guardas me seguiram.

Fui conduzido até os fundos do palácio, onde um ferreiro prendeu algemas nos meus pulsos e grilhões nos meus tornozelos, com correntes grossas demais para serem quebradas. Se eu tivesse resistido, sei que teria sido espancado até desmaiar, e o resultado seria o mesmo. Não tinha nenhuma vontade de ser açoitado de novo até perder a consciência, então obedeci.

Alguns dos guardas pegaram as correntes, e fui levado de volta até a frente do palácio. Não dei atenção para a magnificência que me cercava. Era um prisioneiro, afinal, e provavelmente seria morto ou torturado em breve.

Não havia nada que eu pudesse fazer. Uma olhada pela janela me revelou que era o começo da noite, e não havia espaço para nostalgia quando passei pelos cômodos onde brincávamos na infância.

Fui arrastado por um longo corredor, e entramos no grande salão de jantar. Havia mesas por todos os lados. Vi pessoas sentadas, muitas das quais eu conhecia.

Todos os belos vestidos e trajes de Âmbar ardiam à minha volta no corpo dos nobres, e havia música por trás das luzes e da comida já servida nas mesas, embora ninguém tivesse começado a se fartar com o banquete.

Reconheci alguns rostos, como Flora, e vi alguns desconhecidos. Lá estava o menestrel, lorde Rein (sim, eu que fizera dele cavaleiro), que eu não encontrava havia séculos. Ele desviou o olhar quando o encarei.

Fui levado até a extremidade da imensa mesa central, onde me fizeram sentar.

Os guardas permaneceram atrás de mim. Prenderam as pontas das correntes em argolas recém-instaladas no chão. A cabeceira ainda estava vazia.

Não reconheci a mulher à minha direita, mas o homem à esquerda era Julian. Ignorei-o e contemplei a mulher, uma loura miúda.

— Boa noite, acredito que ainda não fomos apresentados. Meu nome é Corwin.

Ela olhou para o homem ao lado em busca de apoio, um sujeito ruivo corpulento e sardento, que virou o rosto e desatou a travar uma conversa animada com a mulher à sua direita.

— Não tem problema se dirigir a mim, prometo — tranquilizei-a. — Não é contagioso.

Ela esboçou um sorriso e respondeu:

— Eu sou Carmel. Como vai, príncipe Corwin?

— Um nome muito doce. E eu vou bem. O que uma moça boa como você está fazendo em um lugar como este?

Ela se apressou em tomar um gole d'água.

— Corwin — interrompeu Julian, mais alto do que o necessário. — Acredito que a senhorita o acha ofensivo e desagradável.

— Por acaso ela já lhe dirigiu a palavra?

Em vez de ruborizar, meu irmão ficou pálido.

— Basta.

Eu me espreguicei e sacudi as correntes de propósito. Sem contar o efeito visual, o gesto também serviu para me mostrar até onde eu podia me mexer. Não era o suficiente, claro. Eric fora cuidadoso.

— Chegue mais perto para externar suas reclamações, irmão — desafiei.

Julian não quis se aproximar.

Eu tinha sido o último a ser acomodado à mesa, então sabia que a hora já estava quase chegando. E chegou.

Seis trombetas soaram cinco vezes, e Eric entrou no salão.

Todo mundo se levantou.

Menos eu.

Os guardas tiveram que me puxar pelas correntes e me obrigar a ficar de pé.

Eric sorriu e desceu pela escadaria à minha direita. Eu mal conseguia ver suas cores por baixo do manto de pele de arminho.

Meu irmão foi até a ponta da mesa e parou diante de seu lugar à cabeceira. Um criado se aproximou e se postou logo atrás, e os escanções passaram pelas mesas e serviram o vinho.

Quando todas as taças estavam cheias, Eric ergueu a dele.

– Que todos residam para sempre em Âmbar – começou –, que persistirá pela eternidade.

Todo mundo brindou.

Menos eu.

– Erga a sua taça! – ordenou Julian.

– Não – retruquei. – Pode enfiar ela no rabo.

Ele não enfiou, só me fulminou com o olhar. Mas eu logo me curvei para a frente e ergui a taça.

Havia cerca de duzentas pessoas entre nós, mas minha voz foi longe. E os olhos de Eric permaneceram grudados em mim quando brindei:

– A Eric, que se senta ao pé da mesa!

Ninguém fez menção de encostar em mim enquanto Julian esvaziava a própria taça no chão. Segundo mandava a tradição, todos seguiram seu exemplo, mas eu ainda consegui beber a maior parte do vinho antes que alguém derrubasse a taça da minha mão.

Eric se acomodou e os nobres o acompanharam, me deixando cair de volta na cadeira.

O banquete começou. Estava com fome, então comi tão bem quanto as outras pessoas, melhor do que a maioria.

A música não parou em um só instante, e o festim durou mais de duas horas. Ninguém sequer me dirigiu a palavra nesse tempo todo, e eu também não me pronunciei. Minha presença se fazia sentir, contudo, e nossa mesa era a mais silenciosa do salão.

Caine estava sentado mais afastado de mim, à direita de Eric. Concluí que Julian perdera prestígio. Random e Deirdre não estavam lá. Reconheci muitos dos outros nobres, alguns que eu já havia considerado amigos, mas nenhum deles ousou retribuir meu olhar.

Percebi, então, que faltava uma mera formalidade para Eric ser coroado rei de Âmbar.

E isso não tardou a acontecer.

Após o jantar, não houve discursos. Eric simplesmente se levantou.

Veio outro brado das trombetas, e um estrépito encheu o ar.

Uma procissão avançou até o trono de Âmbar.

Eu sabia o que viria depois.

Meu irmão parou diante do trono, e todos se curvaram. Menos eu, claro, mas fui obrigado a me ajoelhar mesmo assim.

Era o dia de sua coroação.

Silêncio. Caine trouxe a almofada que sustentava a coroa de Âmbar. Depois se ajoelhou e ficou imóvel, oferecendo-a.

Fui forçado a me levantar e arrastado para a frente. Eu sabia o que estava prestes a acontecer. O pensamento me ocorreu de súbito, e resisti, mas fui derrotado e largado de joelhos ao pé da escadaria diante do trono.

A música aumentou delicadamente, as notas melódicas de "Greensleeves", e de algum lugar atrás de mim Julian anunciou:

– Contemplem a coroação de um novo rei de Âmbar!

Para mim, ele sussurrou:

– Pegue a coroa e entregue a Eric. Ele vai coroar a si mesmo.

Observei a coroa de Âmbar na almofada carmesim que Caine segurava.

Era de prata com sete pontas altas, cada qual incrustada com uma joia. A coroa era cravejada de esmeraldas, e havia dois rubis enormes em cada têmpora.

Permaneci imóvel, pensando em todas as vezes em que a tinha visto na fronte de nosso pai.

– Não – respondi, apenas.

Senti um golpe no lado esquerdo do rosto.

– Pegue a coroa e entregue-a para Eric – repetiu Julian.

Tentei bater nele, mas fui impedido pelas correntes. Levei outro golpe.

Contemplei os picos pontiagudos da coroa.

– Tudo bem – concordei, enfim, e a peguei.

Segurei a coroa com as duas mãos por um instante, depois a coloquei rapidamente na minha própria cabeça e declarei:

– Eu coroo a mim mesmo, Corwin, rei de Âmbar!

Em um instante, removeram a coroa da minha cabeça e a devolveram à almofada. Vários golpes açoitaram minhas costas. Depois, um burburinho se espalhou pelo salão.

– Pegue a coroa e tente de novo – ordenou Julian. – Entregue para Eric. Mais um golpe.

– Certo – respondi, sentindo a camisa ficar úmida.

Dessa vez, eu a joguei para cima de Eric, na esperança de lhe furar um dos olhos.

Ele a pegou com a mão direita e sorriu enquanto eu era espancado.

– Obrigado – disse. – Agora, ouçam-me todos aqui presentes e aqueles que escutam em Sombra. No dia de hoje, assumo a coroa e o trono, e tomo posse do cetro do reino de Âmbar. Conquistei o trono de forma justa e o assumo e o mantenho por direito de sangue.

– Mentiroso! – gritei, e alguém cobriu minha boca.

– Eu me coroo Eric I, rei de Âmbar.

– Vida longa ao rei! – clamaram os nobres, três vezes.

Eric se inclinou para a frente e me sussurrou:

– Seus olhos jamais testemunharão beleza maior do que esta que acabaram de ver... Guardas, levem Corwin à forja e queimem os olhos dele! Que meu irmão se lembre das imagens de hoje como as últimas que verá na vida! Depois, lancem-no na escuridão da masmorra mais profunda de Âmbar e deixem que seu nome seja esquecido!

Cuspi no rosto dele e fui espancado.

Resisti ao ser retirado do salão, e ninguém olhou para mim enquanto era arrastado para longe. Minha última lembrança era a visão de Eric sentado no trono, proclamando suas bênçãos sobre os nobres de Âmbar com um sorriso no rosto.

As ordens dele foram cumpridas, e felizmente desmaiei antes que acabassem.

Não tenho ideia de quanto tempo se passou até que eu acordasse em meio à escuridão absoluta, sentindo dores terríveis na cabeça. Talvez tenha sido nesse momento que pronunciei a maldição, ou quem sabe tenha acontecido no instante em que o ferro incandescente me atingiu. Não me lembro, e no entanto sabia que Eric jamais ficaria confortável no trono, pois a maldição de um príncipe de Âmbar, pronunciada no auge da fúria, sempre vem dotada de força.

Agarrei-me à palha, na penumbra completa da cela, e não consegui verter nenhuma lágrima. Esse era o horror da situação. Depois de um tempo, de que apenas eu e os deuses temos ciência, o sono voltou.

Quando acordei, ainda sentia dor. Fiquei de pé. Medi as dimensões da cela. Quatro passos de largura, cinco de comprimento. Havia um buraco de latrina no chão e um catre de palha em um dos cantos. A porta continha uma pequena abertura na parte inferior, e atrás estava uma bandeja com um pedaço de pão velho e uma garrafa d'água. Comi e bebi, mas não recuperei as forças.

Meu coração pesava, e não havia nem resquício de paz em mim.

Dormia o máximo possível, e ninguém vinha me visitar. Acordava e percorria minha cela, tateando em busca de comida; só me alimentava quando achava. E ainda dormia o máximo possível.

Depois de sete períodos de sono, parei de sentir dor nas órbitas. Eu odiava meu irmão, rei de Âmbar. Teria sido melhor se ele tivesse me matado.

Eu me perguntava qual teria sido a reação do povo, mas não tinha como saber.

Quando a escuridão atingisse Âmbar, contudo, eu sabia que Eric se arrependeria. Disso eu tinha certeza, e essa convicção era um consolo.

Assim começaram meus dias de escuridão, sem ter meios para medir a passagem do tempo. Mesmo com a visão perfeita, teria sido impossível distinguir o dia da noite naquele lugar.

O tempo continuou a correr, alheio à minha presença. Houve ocasiões em que fiquei agitado e estremeci. Quanto tempo tinha passado ali? Meses? Apenas horas? Ou semanas? Ou teriam sido anos?

Perdi a noção do tempo. Dormi e andei, ciente de onde colocar os pés e onde me virar, e refleti sobre o que eu havia feito ou deixado de fazer. Às vezes, eu me sentava de pernas cruzadas e respirava fundo, esvaziando a mente, e permanecia assim até não aguentar mais. Isso ajudava, não pensar em nada.

Eric tinha sido esperto. Embora o poder permanecesse dentro de mim, era inútil. Um cego não pode caminhar entre as sombras.

Minha barba cresceu até bater no peito, e meu cabelo estava comprido. No início vivia com fome, mas depois de um tempo o apetite diminuiu. Às vezes ficava tonto se me levantasse rápido demais.

Ainda conseguia enxergar nos meus pesadelos, mas isso me dilacerava ainda mais ao acordar.

Passado um tempo, porém, eu parecia me distanciar dos eventos que tinham culminado naquela ruína. Foi quase como se tudo tivesse acontecido com outra pessoa. E não deixava de ser verdade.

Tinha perdido muito peso. Conseguia me imaginar pálido e magro. Não era capaz nem de chorar, embora em alguns momentos tenha sentido vontade. Havia algum problema com minhas vias lacrimais. Era horrível que a vida de alguém chegasse àquele ponto.

Certo dia, ouvi um leve arranhão na porta. Ignorei.

Rasparam de novo, e mais uma vez não respondi.

Em seguida, ouvi meu nome sussurrado.

Atravessei a cela.

– Sim?

– Sou eu, Rein. Como você está?

Dei risada.

– Ótimo! Fantástico! Bife e champanhe todas as noites, e dançarinas. Céus! Devia se juntar a mim qualquer dia!

– Sinto muito por não poder fazer nada para ajudar.

A dor em sua voz era nítida.

– Sim, eu sei – respondi.

– Eu faria se pudesse.

– Também sei disso.

– Trouxe algo para você. Aqui.

A portinhola na base da porta rangeu de leve ao ser aberta.

– O que é? – perguntei.

– Roupas limpas e três pães ainda quentes, um pedaço de queijo, carne, duas garrafas de vinho, cigarros e um monte de fósforos.

Minha voz ficou embargada.

– Obrigado, Rein. Você é um homem bom. Como conseguiu trazer isso?

– Conheço o guarda que está de serviço agora. Ele não vai abrir o bico, pois me deve muito.

– Bem, o guarda pode tentar anular a dívida ao dedurar sua traição – argumentei. – Então não faça isto de novo... por mais que eu esteja grato. Nem preciso dizer que vou me livrar das provas.

– Queria que as coisas tivessem sido diferentes, Corwin.

– É, somos dois. Obrigado por pensar em mim quando lhe deram ordens para fazer o contrário.

– Essa parte foi fácil – garantiu Rein.

– Há quanto tempo estou aqui?

– Quatro meses e dez dias.

– E quais são as novidades em Âmbar?

– Eric é rei. Só isso.

– Onde está Julian?

– Voltou para a Floresta de Arden com sua guarda.

– Por quê?

– Algumas coisas estranhas conseguiram atravessar por Sombra.

– Entendo. E Caine?

– Ainda está em Âmbar, aproveitando a vida. Com mulheres e bebidas, principalmente.

– E Gérard?

– É o almirante da frota.

Dei um suspiro, um pouco aliviado. Tive medo de que sua retirada durante o combate naval pudesse lhe custar caro.

– E Random?

– Está um pouco mais adiante, neste mesmo corredor.

– O quê? Ele foi capturado?

– Foi. Percorreu o Padrão de Rabma e apareceu aqui com uma besta. Conseguiu ferir Eric antes de ser detido.

– É mesmo? Por que não foi morto?

– Bom, dizem que ele se casou com uma nobre de Rabma. Eric não queria provocar incidentes diplomáticos. Moire tem um reino e tanto, e há quem diga que Eric está até considerando fazer dela sua rainha. Meros boatos, claro. Mas não deixa de ser interessante.

– É, de fato.

– Ela gostava de você, não?

– Um pouco. Como descobriu essas coisas?

– Eu estava presente quando Random foi condenado. Conseguimos conversar por um instante. Lady Vialle, que diz ser a esposa dele, pediu para se juntar ao marido na prisão. Eric ainda não decidiu como responder a esse pedido.

Pensei na moça cega, a quem eu nunca havia conhecido, e ponderei.

– Há quanto tempo isso tudo aconteceu? – perguntei.

– Hum... Trinta e quatro dias – respondeu Rein. – Foi quando Random apareceu. Uma semana depois, Vialle fez o pedido.

– Deve ser uma mulher estranha, se de fato ama Random.

– Foi o que pensei. Não consigo imaginar outra combinação mais peculiar.

– Se tiver a chance de vê-lo outra vez, mande minhas lembranças e meus sentimentos.

– Sim.

– Como vão minhas irmãs?

– Deirdre e Llewella continuam em Rabma. Lady Florimel tem prestígio junto a Eric e ocupa uma posição elevada na corte. Não sei o paradeiro de Fiona.

– E teve notícias de Bleys? Tenho certeza de que ele morreu.

– Deve ter morrido, mas nunca encontraram o corpo.

– E Benedict?

– Ausente como sempre.

– Brand?

– Nem sinal.

– Acho que já cobrimos o paradeiro da família inteira, por enquanto. Por acaso compôs alguma balada nova?

– Não – disse Rein. – Ainda estou nos ajustes de "O cerco a Âmbar", mas vai ser no máximo um sucesso modesto.

Estendi a mão pela portinhola.

– Por favor, eu gostaria de apertar sua mão – declarei, e senti a palma dele tocar a minha. – Foi muita bondade o que fez por mim. Mas que não se repita. Não seria sensato provocar a ira de Eric.

Rein apertou minha mão, murmurou alguma coisa e foi embora.

Encontrei as iguarias deixadas por ele e me refestelei com a carne, o item mais perecível do pacote. Comi um monte de pão para acompanhar. Tinha quase me esquecido de como a comida podia ser boa. Depois, fiquei sonolento e dormi. Acho que não foi por muito tempo. Quando acordei, abri uma das garrafas de vinho.

Naquele estado enfraquecido, a embriaguez demorou menos a vir. Acendi um cigarro, sentei-me no colchão, apoiei as costas na parede e me entreguei aos pensamentos.

Eu me lembrava de quando Rein ainda era pequeno. Àquela época eu já era adulto, e ele era candidato a bobo da corte. Um garoto sábio e magricela. As pessoas debochavam dele, inclusive eu. Mas eu escrevia músicas, compunha baladas, e ele arranjara um alaúde e aprendera a tocar por conta própria. Em pouco tempo, formamos um duo. Logo passei a gostar dele, e começamos a trabalhar juntos, treinando artes marciais. Ele era péssimo, mas eu sentia um pouco de remorso pelo jeito como o tinha tratado antes, considerando que gostávamos das mesmas coisas, então lhe impus falso prestígio e o tornei um espadachim razoável. Nunca me arrependi, e acho que ele também não. Não demorou até que Rein se tornasse menestrel da corte de Âmbar. Enquanto isso, convoquei-o para ser meu pajem. Na ocasião das guerras contra as coisas obscuras saídas de Sombra, os weirmonken, fiz dele meu escudeiro, e juntos cavalgamos para a batalha. Eu o consagrei cavaleiro no campo de batalha em Jones Falls, e ele fez por merecer o título. Depois disso, Rein veio a me superar no domínio das palavras e da música. Sua cor era o carmesim, e suas palavras eram ouro. Eu o amava, como um dos meus dois ou três amigos em Âmbar. Mas nunca imaginei que ele correria o risco de me trazer uma refeição decente. Nem ele, nem ninguém. Bebi um pouco mais e fumei um cigarro em sua honra. Rein era um bom homem. Eu me perguntava quanto tempo duraria na corte.

Joguei todas as guimbas na latrina, e depois de um tempo, a garrafa vazia. Não queria deixar indícios dos "prazeres" que me haviam sido concedidos, no caso de qualquer inspeção repentina. Devorei todas as iguarias e me senti saciado pela primeira vez desde o confinamento. Reservei a última garrafa para encher a cara e esquecer a vida em meio à embriaguez.

E, depois desse período, voltei ao ciclo de recriminação.

Minha maior esperança era que Eric não conhecesse a força de nossos poderes. Sim, ele era rei de Âmbar, mas não sabia de tudo. Ainda não. Não do jeito que nosso pai sabia. Havia uma mísera chance de que essa lacuna ainda pudesse me ajudar. Uma chance tão distinta que pelo menos serviu para me proporcionar uma pequena parcela de sanidade enquanto estava ali, preso nas garras do desespero.

Talvez eu tenha enlouquecido por algum tempo, não sei. Alguns dias ainda permanecem confusos na minha memória mesmo hoje, aqui, à beira do Caos. Só Deus sabe como transcorreram essas horas perdidas, e nunca falarei com um terapeuta para descobrir.

E não faria diferença, pois nenhum de vocês, caros doutores, seria capaz de tratar minha família.

Repousei e caminhei em meio à escuridão acachapante. Minha audição se tornou mais aguçada. Escutava o chiado dos ratos através da palha, o grunhido distante de outros prisioneiros, o eco dos passos de um guarda que se aproximava com uma bandeja de comida. Comecei a estimar distâncias e direções a partir dos sons.

Acho que o olfato também se desenvolveu, mas tentei não pensar muito no assunto. Tirando os cheiros nauseantes já esperados, por um bom tempo senti um odor que me parecia de carne em decomposição. E nessas horas vinha o questionamento: se eu morresse, quanto tempo levaria até que alguém percebesse? Quantos pedaços de pão e tigelas de lavagem se acumulariam até que o guarda decidisse conferir se eu ainda respirava?

A resposta para essa pergunta podia ser muito importante.

O cheiro de morte perdurou. Tentei contar outra vez a passagem do tempo, e pareceu que o odor persistiu por mais de uma semana.

Embora eu tivesse racionado com muito cuidado, resistindo ao máximo à compulsão, à tentação fácil, finalmente cheguei ao último maço de cigarros.

Peguei um e acendi. Eu tinha uma caixa de Salem e já havia fumado onze maços. Isso totalizava duzentos e vinte cigarros. Certa vez, calculei o tempo que levava para fumar um: sete minutos. No total, então, havia passado mil quinhentos e quarenta minutos fumando, ou vinte e cinco horas e quarenta minutos. Devo ter deixado pelo menos uma hora de intervalo entre um cigarro e outro, talvez mais. Se eu dormisse de seis a oito horas por noite, me restavam de dezesseis a dezoito horas de vigília. Estimei que fumava dez ou doze cigarros por dia. Portanto, deviam ter se passado três semanas desde a visita de Rein. Conforme havia me falado, fazia quatro meses e dez dias desde a coroação, então a essa altura deviam ter se passado cinco meses.

Acariciei meu último maço, apreciando cada cigarro como um amante. Quando acabou, fiquei deprimido.

Depois disso, deve ter se passado um bom tempo.

Comecei a pensar em Eric. Como estaria se saindo como soberano? Que problemas vinha enfrentando? O que andava fazendo? Por que não viera me atormentar? Será que eu poderia mesmo ser esquecido em Âmbar, por decreto imperial? Não, nunca.

E meus irmãos? Por que nenhum deles havia entrado em contato? Seria muito fácil pegar meu arcano e infringir o decreto de Eric.

Mas ninguém me procurou.

Dediquei muitos dos meus pensamentos a Moire, a última mulher que amei. Por onde andava? Será que pensava em mim? Provavelmente não. Talvez fosse amante de Eric, ou sua rainha. Será que falava de mim para ele? Também não era provável.

E minhas irmãs? Fodam-se. Vacas, todas elas.

A cegueira já havia me acometido antes, durante uma explosão de canhão no século XVIII, na Terra de Sombra. Durara apenas um mês, no entanto. Eric, ao ordenar que me cegassem, tinha pensado em algo mais permanente. Eu ainda suava e tremia, e às vezes acordava aos gritos, sempre que me vinha a lembrança do ferro incandescente parado diante dos meus olhos... e então o contato!

Aos grunhidos, continuava a caminhar.

Não havia absolutamente nada que eu pudesse fazer. Essa era a parte mais horrível. Sentia-me tão indefeso quanto um embrião. Estava disposto a entregar minha alma em troca de uma nova vida de visão e fúria. Mesmo se fosse só por uma hora, com uma espada em punho, para um novo duelo contra meu irmão.

Deitado no catre, adormeci. Quando acordei, havia comida, então me alimentei de novo e caminhei. Minhas unhas tinham crescido. A barba estava muito comprida, e o cabelo caía nos olhos o tempo todo. Eu me sentia imundo, e tudo coçava. Cheguei a cogitar que estava com pulgas.

Uma emoção terrível despontava no meu âmago ao pensar que um príncipe de Âmbar pudesse ser condenado a tal condição. Fui levado a acreditar, durante toda a vida, que éramos entidades invencíveis, puros e frios, duros feito diamantes, como nossos retratos nos arcanos. Obviamente, não éramos.

Pelo menos éramos parecidos o bastante com outros homens para dispor de certos recursos.

Eu me distraía com jogos mentais, contava histórias para mim mesmo, revivia lembranças agradáveis... tinha muitas assim. Relembrei as intempéries: vento, chuva, neve, o calor do verão, as brisas frescas da primavera. Eu tivera um pequeno avião na Terra de Sombra, e gostava da sensação quando o pilotava. Recordei o panorama cintilante de cores e distâncias, a miniaturização de cidades, o vasto manto azul do céu, os rebanhos de nuvens (onde estariam?) e a superfície lisa do mar sob minhas asas. Pensei nas mulheres que eu havia amado, em festas, em combates militares. E quando eu esgotava todo o resto e não conseguia mais evitar, pensava em Âmbar.

Em uma dessas vezes, minhas vias lacrimais voltaram a funcionar. Enfim chorei.

Depois de um tempo interminável, cheio de escuridão e sonhos, ouvi o cessar de passos diante da cela, seguido de uma chave girando na fechadura.

Tão longínqua tinha sido a visita de Rein que eu já me esquecera do sabor do vinho e dos cigarros. Não tinha como estimar o tempo passado desde então, mas era muito.

Havia dois homens no corredor. Percebi pelos passos, antes mesmo de ouvir as vozes.

Uma delas eu reconheci.

A porta se abriu, e Julian me chamou.

Não respondi de imediato, e ele repetiu:

– Corwin. Venha cá.

Como não me restava muita escolha, tratei de endireitar o corpo e avancei. Parei quando senti que estava perto dele.

– O que você quer? – perguntei.

– Venha comigo – disse Julian, segurando meu braço.

Avançamos pelo corredor, com meu irmão em silêncio, e eu me recusava a perguntar qualquer coisa.

Pelos ecos, percebi quando entramos no grande salão. Logo depois, ele me conduziu pela escadaria.

Seguimos para cima, palácio adentro.

Fui levado até um cômodo, onde me fizeram sentar em uma cadeira. Um barbeiro começou a cortar meu cabelo. Não reconheci sua voz quando me perguntou se eu preferia que ele aparasse ou raspasse a barba.

– Tire tudo – determinei, e alguém se encarregou de cortar minhas unhas, todas as vinte.

Em seguida me deram banho, e tive ajuda para vestir trajes limpos. As roupas ficaram folgadas no corpo. Também cataram meus piolhos, mas deixe isso para lá.

Depois, fui conduzido para outro ambiente escuro repleto de música, cheiro de comida boa, vozes e risos. Reconheci o lugar como o salão de jantar.

As vozes diminuíram um pouco conforme Julian me conduzia para dentro do salão e me sentava em uma cadeira.

Fiquei ali até os toques das trombetas, quando me obrigaram a levantar.

Ouvi o brinde anunciado:

– A Eric I, rei de Âmbar! Vida longa ao rei!

Não levei a bebida aos lábios, mas ninguém pareceu notar. O brinde tinha sido proposto por Caine, de uma posição mais afastada na mesa.

Comi o máximo possível, porque era a melhor refeição que me ofereciam desde a coroação. Pela conversa ao redor, entendi que era o aniversário da coroação de Eric, o que significava que eu passara um ano inteiro na masmorra.

Ninguém se dirigiu a mim, e também não puxei assunto. Estava ali como um fantasma. Para me humilhar, e para lembrar aos meus irmãos, sem dúvida, qual era o preço de desafiar o soberano. E todo mundo tinha recebido a ordem de me esquecer.

O festim se prolongou noite adentro. Alguém me manteve abastecido de vinho, o que já era uma vantagem, e fiquei ali ouvindo a música de todas as danças.

A essa altura, as mesas já haviam sido retiradas, e me deixaram sentado em um canto.

Fiquei completamente bêbado e fui arrastado e carregado de volta para minha cela na manhã seguinte, quando a festa acabou e só restou a arrumação. Só lamentei não ter passado mal o bastante para emporcalhar o chão ou os trajes bonitos de alguém.

Assim se encerrou meu primeiro ano de escuridão.

NOVE

Não vou encher seus ouvidos com repetições tediosas. Meu segundo ano foi bastante parecido com o primeiro, com o mesmo final. O terceiro seguiu a mesma fórmula. Rein veio duas vezes naquele segundo ano, trazendo uma cesta de iguarias e um bocado de fofoca. Nas duas vezes, eu o proibi de voltar. No terceiro ano, ele veio seis vezes, mês sim, mês não, e em todas elas eu o proibia de novo, devorava a comida e ouvia o que ele tinha a me dizer.

Havia algum problema em Âmbar. *Coisas estranhas* atravessavam Sombra e se apresentavam com violência. Eram destruídas, claro. Eric ainda tentava descobrir a origem. Não mencionei minha maldição, ainda que depois tenha desfrutado do fato de que ela se concretizara.

Random, como eu, ainda era um prisioneiro. Sua esposa de fato se juntara a ele. O paradeiro de meus outros irmãos e irmãs permaneceu inalterado. Essas informações me deram forças para suportar o terceiro aniversário de coroação, e aquilo quase fez eu me sentir vivo de novo.

Aquilo...

Aquilo! Um dia, estava lá, e aquilo me deixou tão feliz que na mesma hora abri a última garrafa de vinho e o último maço de cigarros trazidos por Rein, que eu estava poupando.

Fumei os cigarros, beberiquei o vinho e aproveitei a sensação de ter, de alguma forma, derrotado Eric. Se ele descobrisse, poderia ser fatal. Mas eu sabia que meu irmão sequer desconfiava.

Então comemorei, fumei, bebi e me deliciei à luz do que havia acontecido.

Sim, a *luz*.

Tinha descoberto uma porção minúscula de luminosidade em algum lugar à direita.

Bom, digamos que eu tenha acordado em uma cama de hospital e descoberto que havia me recuperado antes da hora. Captou?

Consigo me curar mais depressa do que as outras pessoas. Todos os nobres de Âmbar têm essa habilidade em alguma medida.

Eu tinha sobrevivido à peste, à marcha para Moscou...

Nunca conheci alguém que pudesse se regenerar tão bem e tão depressa.

Napoleão chegara a comentar sobre isso, assim como o general MacArthur.

Com tecido nervoso demora um pouco mais, só isso.

Minha visão estava voltando, e a prova era aquela linda porção de luminosidade, em algum ponto à minha direita.

Depois de um tempo, entendi que vinha da grade na porta da cela.

Com a ajuda dos dedos, descobri que meu corpo tinha gerado novos olhos. Levou mais de três anos, mas eu conseguira. Foi aquela mísera chance já mencionada, aquilo que nem mesmo Eric conseguiria entender, dada a variação de poderes entre os integrantes da família. Eu o havia derrotado no seguinte: tinha descoberto a capacidade de gerar novos olhos. Sempre soube que, com o tempo, poderia regenerar tecido nervoso. Uma lesão na coluna durante as guerras franco-prussianas me deixara paraplégico. Passados dois anos, eu estava curado. Minha esperança – desesperada, admito – havia sido ser capaz de repetir o feito com os olhos queimados. E eu tinha razão. Eles pareciam intactos, e a visão aos poucos retornava.

Quanto tempo faltava até o aniversário da coroação de Eric? Parei de caminhar, e meu coração acelerou. Assim que percebessem que eu havia recuperado os olhos, eu os perderia de novo.

Seria necessário escapar, portanto, antes que se completassem os quatro anos de confinamento.

Como?

Não tinha pensado muito no assunto até então, porque, mesmo se conseguisse fugir da cela, não conseguiria escapar de Âmbar, nem do palácio, aliás, sem visão ou ajuda, duas coisas de que carecia.

E então...

A porta da minha cela era grande, pesada e reforçada com uma escotilha minúscula de onde era possível espiar o interior e ver se eu ainda estava vivo, caso alguém se importasse. Mesmo se eu conseguisse removê-la, não alcançaria a fechadura do outro lado. Havia também a portinhola na parte inferior, com tamanho só para deixar passar a comida. As dobradiças ficavam do lado de fora ou entre a porta e o batente. Dali, não dava para afirmar com certeza. De um jeito ou de outro, eram inalcançáveis. Não havia nenhuma janela nem outra porta.

Era quase como se ainda estivesse cego, exceto por aquele fiapo de luz que entrava pela escotilha. Minha visão não tinha voltado por completo, eu sabia bem. Ainda faltava muito. Mesmo que tivesse voltado, porém, a escuridão era quase total ali dentro. Eu sabia disso porque conhecia as masmorras nas profundezas de Âmbar.

Acendi um cigarro, andei mais um pouco e remexi meus pertences, em busca de algo que me pudesse ser útil. Havia roupas, um colchão e toda a palha úmida de que eu desejasse. Também tinha fósforos, mas logo rejeitei a ideia de atear fogo na palha. Duvidava que alguém viria me socorrer. O mais provável era que o guarda viesse rir da minha cara, isso se aparecesse. Por fim, eu tinha uma colher, afanada durante o último banquete. A intenção tinha sido pegar uma faca, mas Julian percebeu e a tirou de mim. Meu irmão não sabia, porém, que aquela tinha sido minha segunda tentativa. Eu já havia enfiado a colher na bota.

E de que ela adiantava?

Já havia escutado histórias de gente que fugira de suas celas usando os objetos mais absurdos, como fivelas de cinto (que eu não tinha), entre outros. Mas não tinha tempo para bancar o Conde de Monte Cristo. Só me restavam poucos meses para sair dali, senão meus olhos novos não adiantariam de nada.

A porta era de madeira sólida. Carvalho. Era presa por quatro tiras de metal. Uma envolvia a parte de cima, outra, a parte de baixo, logo acima da portinhola, e as outras duas se estendiam de cima a baixo, passando pelos dois lados da escotilha, que tinha uns trinta centímetros de largura. Eu sabia que a porta se abria para fora, e a fechadura ficava à minha esquerda. Pelo que eu me lembrava, devia ter cinco centímetros de espessura. Consegui me recordar da posição aproximada da fechadura, o que confirmei ao me apoiar na madeira e sentir a tensão naquele ponto. Também sabia que a porta era fechada por uma barra, mas poderia me preocupar com isso mais tarde. Talvez pudesse levantar a barra se empurrasse o cabo da colher para cima, entre a beirada da porta e o batente.

Ajoelhado no colchão, usei a colher para traçar um quadrado sobre a área que continha a fechadura. Fiz isso por algumas horas, até ficar com a mão dolorida. Depois, passei a unha pela superfície da madeira. Não estava muito marcada, mas era um começo. Passei a colher para a mão esquerda e continuei até machucar.

Torcia para que Rein aparecesse. Tinha certeza de que, se insistisse bastante, conseguiria convencê-lo a me dar sua adaga. Mas ele não apareceu, então continuei raspando.

Trabalhei dia após dia até escavar mais ou menos um centímetro da madeira. Sempre que escutava os passos de um guarda, levava o colchão de volta para o fundo da cela e me deitava de costas para a porta. Depois que ele ia embora, eu retomava o trabalho. A contragosto, precisei interromper os esforços por um tempo. Embora tivesse enrolado um trapo nas mãos, elas ficaram cheias de bolhas, que estouraram, ficaram em carne viva e, depois de um tempo, começaram a sangrar. Por isso, descansei até tudo cicatrizar. Decidi usar o tempo para planejar o que faria quando saísse.

Assim que houvesse um talho profundo o bastante na porta, eu levantaria a barra. O estrépito da queda provavelmente atrairia um guarda. Só que, até lá, eu já teria saído. Um ou dois bons chutes quebrariam a parte onde eu estava trabalhando, e a fechadura não precisaria sair de onde estava. A porta se abriria e eu enfrentaria o guarda, que estaria armado. Teria que derrotá-lo de qualquer jeito.

Ficaria confiante demais, talvez, por acreditar que eu não conseguiria vê-lo. Ou então amedrontado, caso me recordasse da minha chegada a Âmbar. De um jeito ou de outro, o guarda morreria, e eu tomaria sua arma. Envolvi meu bíceps direito com a mão esquerda, e as pontas dos dedos se encostaram. Céus, como eu estava magro! Não importava, eu tinha sangue de Âmbar, e mesmo naquele estado, sentia que conseguiria enfrentar qualquer homem comum. Talvez estivesse enganado, mas só me restava tentar.

E então, se conseguisse uma espada, nada me impediria de chegar ao Padrão. Eu o percorreria e, quando chegasse ao centro, poderia me transportar para qualquer mundo das Sombras que quisesse. Lá eu me recuperaria, sem pressa. Mesmo se levasse um século, só avançaria contra Âmbar de novo quando tivesse tudo preparado à perfeição. Pois, tecnicamente, eu era o soberano. Não havia me coroado diante de todos, afinal, antes que Eric o fizesse? Eu faria valer minha pretensão ao trono!

Quem dera fosse possível adentrar Sombra a partir da própria Âmbar! Assim, não seria necessário perder tempo no Padrão. Mas minha Âmbar é o centro de tudo, e não se escapa dela tão facilmente.

Depois de um mês, creio, minhas mãos cicatrizaram e começaram a desenvolver calos por causa de toda aquela raspagem. Ouvi os passos de um guarda e me recolhi para o fundo da cela. Após um breve rangido, minha comida foi empurrada por baixo da porta. Os passos recomeçaram, ficando mais baixos com a distância.

Voltei à porta. Mesmo sem ver, adivinhei o conteúdo da bandeja: um pedaço de pão velho, uma tigela de água e, com sorte, um naco de queijo. Ajeitei o colchão, me ajoelhei nele e apalpei o buraco. Faltava mais ou menos metade do caminho.

De repente, ouvi uma risada.

Veio de trás de mim.

Dei meia-volta e não precisei dos olhos para saber que havia mais alguém ali. Um homem estava parado junto à parede do lado esquerdo, aos risos.

– Quem é? – perguntei, e minha voz soou estranha.

Só então percebi que tinham sido minhas primeiras palavras em muito tempo.

– Fugir – disse ele. – Tentando fugir.

E riu de novo.

– Como entrou aqui?

– Andando.

– De onde? Como?

Risquei um fósforo, e meus olhos doeram com a chama, mas o ergui.

Era um sujeito pequeno. Miúdo talvez fosse uma descrição melhor. Era corcunda e tinha mais ou menos um metro e meio de altura. O cabelo e a barba eram densos como os meus, e os únicos traços perceptíveis naquele aglomerado de pelos eram o grande nariz curvo e os olhos quase pretos, que ele estreitava por causa da luz.

– Dworkin! – exclamei.

Ele riu de novo.

– Esse é o meu nome. Qual é o seu?

– Não me reconhece, Dworkin?

Risquei outro fósforo e aproximei a chama do rosto.

– Olhe bem. Esqueça a barba e o cabelo. Acrescente uns cinquenta quilos à minha silhueta. Você me desenhou, com riqueza de detalhes, em alguns baralhos.

– Corwin – disse ele, enfim. – Eu me lembro de você. Sim.

– Achei que estivesse morto.

– Mas não estou. Viu?

O homenzinho rodopiou na minha frente, depois acrescentou:

– Como está seu pai? Por onde anda? Foi ele quem pôs você aqui?

– Oberon se foi – respondi. – Meu irmão Eric é rei em Âmbar, e eu sou seu prisioneiro.

– Então eu sou mais antigo – contou Dworkin –, pois sou prisioneiro de Oberon.

– Prisioneiro? Nenhum de nós sabia que nosso pai havia mandado prender você.

Ouvi um choramingo

– Sim – confirmou, depois de algum tempo. – Ele não confiava em mim.

– Por que não?

– Contei que tinha pensado em uma forma de destruir Âmbar. E descrevi tudo para seu pai, e ele me prendeu.

– Isso não foi muito legal.

– Eu sei – concordou Dworkin –, mas pelo menos me deu aposentos bonitos e muito material para pesquisar. Só que parou de me visitar depois de um tempo. Antigamente seu pai levava homens que me mostravam borrões de tinta e me faziam contar histórias sobre elas. Era divertido, até o dia em que contei uma história que não me agradou e transformei o sujeito em sapo. O rei ficou bravo porque eu não o transformei de volta, e já faz tanto tempo que não vejo ninguém que até devolveria a forma habitual do sujeito, se ele ainda quisesse. Uma vez...

– Como você entrou aqui, na minha cela? – perguntei de novo.

– Já disse. Andando.

– Atravessando a parede?

– Claro que não. Atravessando a parede de sombra.

– Ninguém é capaz de cruzar as sombras em Âmbar. Não existem sombras em Âmbar.

– Bom, eu trapaceei – admitiu Dworkin.

– Como?

– Desenhei um arcano novo e o atravessei. Queria ver o que tinha deste lado da parede. Puxa! Acabei de me lembrar... Não posso voltar sem ele. Vou ter que fazer outro. Tem alguma coisa aí para comer? E algo com que desenhar? E alguma superfície em que desenhar?

– Tome um pedaço de pão – ofereci, entregando a ele –, e aqui está um naco de queijo para acompanhar.

– Obrigado, Corwin.

Dworkin engoliu tudo e bebeu toda a minha água.

– Agora, se puder me arranjar uma pena e um pedaço de pergaminho, voltarei para minha própria acomodação – continuou. – Quero terminar um livro que estava lendo. Foi bom conversar com você. Uma pena essa história com Eric. Passo aqui de novo algum dia, para conversarmos mais. Se por acaso encontrar seu pai, por favor, diga para ele não ficar bravo comigo, porque vou...

– Não tenho pena nem pergaminho – avisei.

– Minha nossa – espantou-se ele –, isso não é nada civilizado.

– É, eu sei. Eric não é lá muito civilizado.

– Bom, o que tem por aqui, então? Prefiro meus próprios aposentos. Lá é mais iluminado.

– Partilhamos uma refeição, e agora vou lhe pedir um favor. Se atender a esse meu pedido, prometo que farei todo o possível para resolver a situação entre você e meu pai.

– Qual o pedido?

– Admiro suas obras há tanto tempo – contei –, e sempre desejei ver algo feito por suas mãos. Por acaso se lembra do Farol de Cabra?

– Claro. Já estive lá muitas vezes. Conheço Jopin, o faroleiro. Costumava jogar xadrez com ele.

– Por quase toda a minha vida adulta, um dos meus maiores desejos sempre foi ver um de seus desenhos mágicos daquela grande torre cinzenta.

– Uma paisagem muito simples e bastante atraente também. Já fiz alguns esboços iniciais, mas nunca fui além disso. Outros trabalhos sempre apareciam para atrapalhar. Posso buscar um para você, se quiser.

– Não. Eu gostaria de algo mais duradouro, para me fazer companhia aqui na cela... para me consolar, e a qualquer outro que venha a ocupar este lugar.

– Admirável. O que sugere como suporte?

Àquela altura, a colher já estava razoavelmente afiada, então respondi:

– Tenho um cinzel aqui... Gostaria que o desenho fosse entalhado na parede do fundo, para que eu possa admirá-lo durante o repouso.

Dworkin ficou em silêncio por um instante antes de dizer:

– A iluminação é bastante ruim.

– Tenho algumas cartelas de fósforos – ofereci. – Posso acender alguns e segurar para você. Podemos até queimar um pouco de palha, se necessário.

– Essas condições não são nada ideais para o trabalho...

– Sim, eu sei. E peço desculpas por isso, grande Dworkin, mas são o melhor que posso oferecer. Uma obra de arte criada por sua mão traria graça imensurável à minha humilde existência.

Ele deu outra risada.

– Pois bem. Mas deve me prometer que depois me dará a luz necessária para desenhar um caminho de volta para meus próprios aposentos.

– Prometo – respondi, e enfiei a mão no bolso.

Ainda tinha três cartelas de fósforos cheias e parte de uma quarta.

Coloquei a colher na mão dele e o levei até a parede.

– Consegue sentir o instrumento? – perguntei.

– Sim, é uma colher afiada, não?

– Isso mesmo. Vou acender a chama assim que me disser que está pronto. Desenhe rápido, porque meu estoque de fósforos é limitado. Vou reservar metade para o farol e a outra metade para seu próprio desenho.

– Certo, entendido.

Risquei um fósforo, e ele começou a traçar linhas na parede cinza úmida.

Primeiro fez um retângulo vertical para emoldurar o desenho. Depois, com vários traços precisos, o farol começou a surgir. Era incrível que, apesar do estado desvairado de Dworkin, seu talento permanecesse intacto. Segurei bem na base de cada fósforo, cuspia nos dedos da mão esquerda e, quando não conseguia mais segurar com a direita, pegava a ponta queimada e o invertia, até a chama arder por completo antes de acender outro.

Quando a primeira cartela de fósforos acabou, Dworkin já havia terminado a torre e entalhava o mar e o céu. Eu o incentivava, murmurava minha admiração a cada traço.

– Fantástico, magnífico – elogiei, quando me parecia quase no fim.

Então ele me fez desperdiçar mais um fósforo para assinar o desenho. A essa altura, eu já estava quase no fim da segunda cartela.

– Agora, vamos admirá-lo – determinou ele.

– Se quiser voltar para seu aposento, terá que deixar a admiração para mim – aconselhei. – Os fósforos são muito escassos para ficarmos bancando os críticos de arte.

Ele fez uma leve careta, mas foi para a outra parede e começou a desenhar assim que acendi um fósforo.

Traçou uma saleta minúscula, um crânio na escrivaninha, um globo ao lado, paredes repletas de livros por todos os lados.

– Agora está bom – anunciou, quando a terceira cartela tinha acabado e eu recorria à última, já pela metade.

Dworkin precisou de mais seis fósforos para concluir o desenho e um para assinar.

Admirou a própria obra com atenção enquanto o oitavo fósforo queimava. Só restavam dois. Por fim, deu um passo à frente e desapareceu.

O fogo já começava a chamuscar a ponta dos meus dedos, por isso o joguei na palha, onde se apagou com um chiado.

Fiquei ali, trêmulo e tomado por sentimentos conflitantes, e então ouvi a voz dele e senti sua presença ao meu lado. Dworkin estava de volta.

– Acabou de me ocorrer... Como vai conseguir ver o desenho nessa penumbra toda?

– Ah. Eu consigo enxergar no escuro – respondi. – Estou vivendo há tanto tempo na escuridão que já somos velhos amigos.

– Entendo. Só fiquei na dúvida. Agora, me dê um pouco de luz para eu voltar.

– Claro, aqui está – concordei, sem tirar os olhos do meu penúltimo fósforo. – Mas é melhor trazer sua própria iluminação na próxima visita. Este aqui é o último.

– Está bem.

Risquei o fósforo, e Dworkin examinou o desenho, andou até sua obra e desapareceu outra vez.

Virei as costas e examinei o Farol de Cabra antes que a chama se extinguisse. Sim, o poder estava lá. Dava para sentir.

Mas será que meu último fósforo serviria?

Não, eu duvidava. Eu precisaria de mais tempo de concentração para usar um arcano como portal.

O que eu poderia queimar? A palha estava úmida demais, e o fogo talvez não pegasse. Seria horrível ter o portal, meu caminho para a liberdade, bem ali e não poder aproveitar.

Eu precisava de uma chama que durasse algum tempo.

Meu colchão! Era um saco de tecido recheado de palha. Essa forragem devia estar mais seca, e o tecido também queimaria.

Liberei metade do espaço do chão, até deixar só pedra. Depois, procurei a colher afiada para cortar o tecido. Praguejei. Dworkin tinha levado a colher embora.

Torci e puxei o colchão.

O forro finalmente rasgou, e tirei a palha seca de dentro. Fiz um montinho e deixei o tecido por perto, para servir de combustível em caso de necessidade. Melhor fazer o mínimo de fumaça, para não chamar a atenção de um possível guarda. Se bem que não era muito provável, já que eu tinha acabado de receber comida, e isso só acontecia uma vez por dia.

Risquei o último fósforo e o usei para botar fogo na cartela de papelão. Quando pegou, aproximei a chama da palha.

Quase não queimou. A forragem estava mais úmida do que eu tinha imaginado, embora tivesse saído do colchão. Finalmente vi uma faísca, depois uma chama. Precisei usar mais duas cartelas vazias de fósforo, então foi bom que eu não as tivesse jogado na latrina.

Coloquei a terceira no fogo, segurei o tecido e me levantei para contemplar o desenho.

A luz se espalhava pela parede conforme as chamas subiam. Eu me concentrei e mentalizei a torre. Pensei ter escutado o grasnado de uma gaivota. Senti um cheiro que parecia maresia, e o lugar foi ficando cada vez mais real.

Joguei o tecido no fogo, e as chamas diminuíram por um instante, depois cresceram de novo. Não desgrudei os olhos do desenho em nenhum momento.

A magia ainda estava lá, na mão de Dworkin, pois em pouco tempo o farol me pareceu tão real quanto minha cela. Logo o lugar desenhado parecia a única realidade, e a cela, apenas uma Sombra atrás de mim. Ouvi o marulho das ondas e senti o calor do sol da tarde.

Quando dei um passo à frente, meu pé não aterrissou em chamas.

De repente me vi na orla rochosa e arenosa da pequena ilha de Cabra, lar do grande farol cinzento que iluminava o caminho dos navios de Âmbar à noite. Um bando de gaivotas assustadas voava e grasnava à minha volta, e meu riso se misturou aos estrondos da arrebentação e ao canto livre do vento. Virei a cabeça para trás, por cima do ombro esquerdo, e vi Âmbar, a setenta quilômetros de distância.

Eu tinha escapado.

DEZ

Fui até o farol e subi a escadaria de pedra que conduzia à porta da fachada ocidental. Era alta, larga, pesada e hermética. E estava trancada. Atrás de mim, a pouco menos de trezentos metros, havia um pequeno cais. Duas embarcações estavam atracadas ali, um barco a remo e um veleiro com cabine. Balançavam de leve ao sabor das ondas, e a água cintilava feito mica. Parei por um instante para admirar a cena. Depois de tanto tempo sem ver nada, por um segundo eles me pareceram mais do que reais, e um soluço tentou subir pela minha garganta, mas o contive.

Então me virei e bati à porta.

Depois do que me pareceu muito tempo, bati de novo.

Finalmente escutei um barulho vindo de dentro, e a porta se abriu, rangendo nas três dobradiças escuras.

Jopin, o faroleiro, me encarou com olhos injetados, e senti seu bafo de uísque. Devia ter um metro e sessenta de altura e era tão corcunda que lembrava um pouco Dworkin. Sua barba era tão comprida quanto a minha, então obviamente parecia maior no corpo encurvado, escura como fumaça, exceto por algumas manchas amareladas perto dos lábios secos. A pele era porosa como casca de laranja, e o clima a escurecera a ponto de se assemelhar a um belo móvel antigo. Os olhos escuros se estreitaram e focaram. Como muitas pessoas com audição ruim, ele falava bem alto:

– Quem é você? O que quer?

Se eu estava tão irreconhecível assim naquele estado esquálido e cabeludo, decidi que seria melhor manter o anonimato.

– Sou um viajante vindo do sul. Meu navio naufragou. Passei dias boiando em um pedaço de madeira até finalmente vir parar aqui na ilha. Fiquei a manhã inteira dormindo na praia. Só agora há pouco recuperei minhas forças o bastante para vir até seu farol.

Ele veio até mim e me segurou, passando o braço por cima dos meus ombros.

– Entre, entre. Apoie-se em mim. Vá com calma. Pode vir por aqui.

Jopin me levou às suas acomodações, entregues a uma bagunça extraordinária, cheias de livros velhos, cartas náuticas, mapas e equipamentos de navegação. O velho também não era muito estável, então não apoiei todo o meu peso nele, só o bastante para manter a impressão de fraqueza evocada ao me apoiar no batente da porta.

Ele me conduziu até uma espécie de sofá-cama, sugeriu que eu me deitasse e foi trancar a porta e buscar algo para eu comer.

Tirei as botas, mas meus pés estavam tão imundos que voltei a calçá-las. Se eu de fato tivesse passado tanto tempo à deriva, eles não estariam sujos. Não queria contradizer a história de antes, então estendi um cobertor em cima das pernas e me recostei para relaxar.

Jopin voltou logo depois, com uma jarra d'água, outra de cerveja, um pedaço grande de carne e meio pão em uma bandeja quadrada de madeira. Empurrou tudo de cima de uma mesinha e a arrastou com o pé até a lateral do sofá. Depois, serviu a bandeja e me mandou comer e beber.

Obedeci. Comi até me fartar. Comi até me entupir. Comi tudo o que via. Esvaziei as duas jarras.

Depois, senti um cansaço tremendo. Jopin fez um gesto com a cabeça quando percebeu e me falou para descansar. Antes que me desse conta, eu já estava dormindo.

Quando acordei, já era noite, e eu me sentia bem melhor do que nas últimas muitas semanas. Fiquei de pé e refiz o caminho de antes até sair do farol. Fazia frio lá fora, mas o céu estava límpido e parecia ter um milhão de estrelas. A lente no alto da torre brilhava, e se apagava, brilhava e se apagava. A água estava fria, mas eu precisava me limpar. Tomei banho, lavei meus trajes e os torci. Devo ter passado uma hora nessa missão. Depois, voltei para o farol, pendurei as roupas no encosto de uma cadeira velha para secar, me arrastei para baixo do cobertor e voltei a dormir.

De manhã, quando acordei, Jopin já estava de pé. Preparou um café da manhã reforçado, e o devorei da mesma forma como fizera com o jantar da noite anterior. Depois, peguei emprestados um espelho, uma navalha e uma tesoura para fazer a barba e cortar o cabelo. Tomei outro banho, e quando vesti meus trajes salgados, enrijecidos e limpos pela água do mar, me senti quase humano de novo.

Quando voltei, Jopin me encarava.

– Você me parece um tanto familiar, camarada – comentou.

Dei de ombros.

– Agora, me conte sobre seu naufrágio.

E assim o fiz. Um conto da carochinha. Que desastre eu detalhei! Incluindo até a quebra do mastro.

Ele me deu um tapinha no ombro, me serviu uma bebida e acendeu um charuto para mim.

– Pode ficar tranquilo aqui – garantiu. – Eu o levo para o continente quando quiser ou sinalizo se você reconhecer algum navio que passar.

Aceitei a hospitalidade oferecida. Era uma salvação boa demais para recusar. Comi e bebi tudo que ele me dava e aceitei quando me ofereceu uma camisa limpa que já não lhe servia. Tinha pertencido a um amigo que se afogara no mar.

Fiquei ali por três meses enquanto recuperava minhas forças. Ajudei a manter o lugar, cuidando do farol nas noites em que ele tinha vontade de encher a cara, além de limpar toda a casa, chegando até a pintar dois cômodos e trocar cinco vidraças quebradas, sempre observando o mar com ele em noites de tempestade.

Descobri que Jopin não tinha inclinações políticas. Não queria saber quem reinava em Âmbar. Na opinião dele, éramos todos podres até os ossos. Desde que pudesse cuidar de seu farol, desfrutar de boa comida e bebida e estudar suas cartas náuticas em paz, não dava a mínima para o que acontecia no continente. Passei a gostar bastante do faroleiro, e como também conhecia um pouco de cartas e mapas antigos, dedicamos boas noites a corrigir alguns. Eu havia explorado muito do norte em minhas navegações, anos antes, então lhe dei uma carta nova a partir do que me lembrava da viagem. O gesto pareceu agradá-lo imensamente, assim como a descrição que fiz daquelas águas.

– Corey – chamou, usando o nome com que me apresentei –, eu gostaria de navegar com você algum dia. Não tinha percebido que já teve seu próprio navio.

– Quem sabe? – respondi. – Você também já foi comandante, não?

– Como descobriu?

Na verdade, eu me lembrava, mas apenas indiquei nosso entorno.

– Esses objetos todos que você coleciona, seu apreço por cartas náuticas... Além do mais, você se porta como um homem que já viveu a experiência do comando.

Jopin sorriu.

– Sim, é verdade. Fui comandante por mais de cem anos. Parece tanto tempo atrás... Vamos beber mais um pouco.

Tomei um gole do meu copo e o deixei de lado. Devo ter engordado uns vinte quilos nos meses que passei ali. Esperava que a qualquer momento ele me reconhecesse como membro da família real. Talvez me entregasse para Eric, talvez não. Com o nível de camaradagem a que havíamos chegado, eu tinha a sensação de que ele não me jogaria aos lobos. Mas não queria correr o risco de descobrir.

Às vezes, enquanto cuidava do farol, eu me sentava e pensava: "Por quanto tempo devo ficar aqui?"

Decidi, conforme pingava um pouco de graxa no rolamento de um tornel, que não muito mais. Não mesmo. Estava chegando o momento de tomar meu rumo e caminhar outra vez por Sombra.

Certo dia, senti a pressão, a princípio delicada e hesitante. Não sabia dizer ao certo quem era.

Na mesma hora, fiquei completamente imóvel, fechei os olhos e esvaziei a mente. Demorou uns cinco minutos para que a presença que me sondava recuasse.

Comecei a andar de um lado para outro, perdido em pensamentos, e abri um sorriso quando me dei conta do meu percurso. De forma inconsciente, estava percorrendo as dimensões da minha cela em Âmbar.

Alguém tentara me contatar através do meu arcano. Teria sido Eric? Será que tinha enfim descoberto minha fuga e decidido tentar me localizar daquele jeito? Eu não sabia. Minha impressão era de que ele tinha medo de estabelecer outro contato mental comigo. Julian, então? Ou Gérard? Caine? Seja lá quem fosse, eu sabia que o bloqueara completamente. E rejeitaria contato com qualquer membro da minha família. Talvez perdesse alguma notícia importante ou informação útil, mas não podia correr o risco. A tentativa de contato e meus esforços para bloqueá-lo me deram um calafrio. Estremeci. Depois de passar o resto do dia matutando o assunto, decidi que era o momento certo para ir embora. Não seria bom ficar tão perto de Âmbar enquanto estivesse tão vulnerável. Tinha me recuperado o bastante para abrir caminho por Sombra, para procurar o lugar aonde eu precisava ir se pretendesse tomar Âmbar para mim. Os cuidados do velho Jopin tinham me proporcionado algo próximo da paz. Seria doloroso deixar o faroleiro, pois, em nossos meses de convívio, eu desenvolvera por ele certa afeição. Então, naquela noite, depois de terminarmos uma partida de xadrez, revelei meus planos de ir embora.

Ele nos serviu as bebidas, ergueu o copo e disse:

– Boa sorte, Corwin. Espero poder vê-lo de novo algum dia.

Não questionei o fato de ter me chamado pelo nome verdadeiro, e ele sorriu ao perceber que eu não havia deixado o detalhe passar.

– Você tem sido bom comigo, Jopin. Se eu tiver sucesso no que pretendo, não me esquecerei do que fez por mim.

Ele balançou a cabeça.

– Não quero nada. Estou bem feliz aqui, fazendo exatamente o que faço. Gosto de cuidar desta torre desgraçada. Ela é a minha vida. Se tiver sucesso no que pretende, seja lá o que for... Não, não me fale, por favor! Não quero saber! Só espero que apareça aqui qualquer dia para uma partida de xadrez.

– Vou aparecer – prometi.

– Pode zarpar com o *Borboleta* amanhã cedo, se quiser.

– Obrigado.

Era o veleiro dele.

– Antes de ir embora, sugiro que pegue minha luneta, suba a torre e dê uma olhada no Vale de Garnath.

– O que há para ver?

Jopin encolheu os ombros.

– Aí cabe a você decidir.

Assenti.

– Farei isso.

Em seguida, nos empenhamos em ficar agradavelmente bêbados e demos o dia por encerrado. Eu sentiria saudade do velho Jopin. Com exceção de Rein, ele tinha sido meu único amigo desde meu retorno a Âmbar. De súbito, comecei a pensar no vale, que era um mar de chamas na última vez em que o atravessei. O que poderia haver de tão estranho lá, depois de quatro anos?

Perturbado por sonhos de lobisomens e sabás, adormeci, e a lua cheia se ergueu sobre o mundo.

No alvorecer do dia, me levantei. Jopin ainda dormia, o que era bom, porque nunca gostei muito de despedidas, e estava com a sensação esquisita de que não o veria nunca mais.

Subi a torre até o espaço que abrigava o farol, com a luneta pendurada no corpo. Fui até a janela que ficava virada para a orla e apontei a luneta para o vale.

Uma névoa pairava acima do bosque. Era uma coisa fria, cinzenta e aparentemente úmida que recobria a copa das árvores pequenas e retorcidas. Os troncos eram escuros, e os galhos pareciam punhos fechados em pleno golpe. Coisas escuras esvoaçavam entre as árvores, e pelo padrão desses voos, percebi que não eram pássaros. Morcegos, provavelmente. Havia algo maligno naquele grande bosque, eu sabia, e foi então que o reconheci. Era eu mesmo.

Com minha maldição, eu havia transformado o pacífico Vale de Garnath naquilo que ele passara a representar: um símbolo de meu ódio por Eric e por todos os outros que nada haviam feito para impedi-lo de tomar o poder, de me cegar. O aspecto daquela floresta não me agradava, e ao olhar para ela percebi como meu ódio havia se tornado algo concreto. Aquilo fazia parte de mim.

Eu havia criado uma nova entrada para o mundo real. Garnath se tornara uma rota através das Sombras. Sombras escuras e tenebrosas. Apenas os perigosos e malignos poderiam percorrer esse caminho. Era essa a origem das *coisas* que Rein tinha mencionado, aquelas que perturbavam Eric. Ótimo, de certa forma, se isso o mantinha ocupado. Com a luneta nas mãos, porém, não consegui escapar da sensação de que tinha feito algo muito ruim. Na ocasião, sequer imaginava que voltaria a ver a luz do dia. E como a via, percebi que tinha desencadeado algo que daria muito trabalho de desfazer. Conforme eu olhava, parecia que formas estranhas se moviam naquele lugar. Tinha feito algo inédito, não alcançado nem mesmo durante todo o reinado de Oberon: abrira um novo caminho para Âmbar. E o abrira apenas para os piores. Chegaria o dia em que o soberano de Âmbar, quem quer que fosse, precisaria lidar com o problema de fechar aquele terrível caminho. Tive consciência disso ao observá-lo, ciente de que era fruto da dor, da fúria e do ódio que eu sentia. Se eu acabasse vitorioso em Âmbar, talvez precisasse lidar com minha própria criação, o que sempre é um esforço diabólico. Abaixei a luneta e suspirei.

Que fosse. Ao menos serviria para tirar o sono de Eric.

Depois de fazer uma refeição breve, preparei o *Borboleta* o mais rápido possível, estendi uma vela, soltei a amarração e zarpei. Jopin já costumava estar acordado àquela hora, mas talvez também não gostasse muito de despedidas.

Segui mar adentro, ciente do meu destino, mas sem muita certeza de como chegaria lá. Navegaria por entre Sombra e águas estranhas, e ainda assim seria melhor do que a rota terrestre, considerando o que eu criara no reino.

Zarpei para uma terra próxima, tão deslumbrante quanto a própria Âmbar, um lugar quase imortal que não existia de fato, não mais. Desaparecera no Caos tempos antes, mas certamente devia ter sobrevivido em alguma sombra. Só me restava encontrar tal lugar, reconhecê-lo e torná-lo meu novamente, tal como tinha sido em outros tempos. Depois, com o apoio de minhas próprias forças, eu faria outra coisa que Âmbar nunca vira. Ainda não sabia como, mas prometi a mim mesmo que, no dia de meu retorno, os canhões cuspiriam fogo na cidade imortal.

Quando naveguei rumo a Sombra, um pássaro branco de meu desígnio se aproximou e pousou no meu ombro direito. Escrevi um bilhete, o prendi em sua pata e o fiz voar. Dizia: "Estou chegando", e tinha minha assinatura.

Eu não descansaria até ter a vingança e o trono em minhas mãos, e boa noite, amado príncipe a quem se colocasse entre mim e essas intenções.

O sol estava baixo à minha esquerda, e os ventos insuflaram as velas e me impulsionaram adiante. Praguejei e ri.

Eu estava livre. Estava em fuga, mas tinha chegado até ali. E teria a chance que sempre quisera.

Um pássaro negro de meu desígnio pousou no meu ombro esquerdo, então escrevi um bilhete, prendi-o em sua pata e o fiz voar para o oeste.

Dizia: "Eric, eu voltarei", e tinha minha assinatura: "Corwin, lorde de Âmbar."

Um vento demoníaco me levou a leste do sol.

LIVRO 2

AS ARMAS DE AVALON

Para Bob e Phyllis Rozman

UM

— Adeus, *Borboleta* – falei ali, nas areias da praia, e o navio virou lentamente e zarpou rumo ao mar aberto.

Eu sabia que ele chegaria ao Farol de Cabra, pois ficava perto de Sombra.

Dei meia-volta e observei a linha negra de árvores mais adiante, ciente da longa caminhada que teria que enfrentar. Avancei naquela direção, fazendo os ajustes necessários pelo percurso. O ar frio que precedia a alvorada pairava sobre a floresta silenciosa, e isso era bom.

Eu devia estar uns vinte quilos abaixo do peso e minha visão ainda ficava turva vez ou outra, mas estava melhorando. Havia escapado das masmorras de Âmbar e me recuperado um pouco com a ajuda do louco Dworkin e do beberrão Jopin, nessa ordem. A essa altura, precisava encontrar um lugar para mim, algum que remetesse a outro local, que não existia mais. Encontrei o caminho e o segui.

Passado um tempo, parei diante de uma árvore oca que deveria estar lá. Pus a mão dentro do tronco, retirei minha espada prateada e a prendi na cintura. Não importava que ela antes estivesse em algum lugar de Âmbar. Estava ali naquele momento, pois a floresta que eu atravessava ficava em Sombra.

A caminhada se estendeu por horas e horas, com o sol oculto em algum ponto atrás do meu ombro esquerdo. Depois de descansar um pouco, segui viagem. Era bom ver as folhas e as pedras, os troncos mortos e os vivos também, e a grama e a terra escura. Era bom inspirar os pequenos aromas da vida e ouvir seus zumbidos, murmúrios e gorjeios. Céus! Como eu apreciava meus olhos! Faltavam-me palavras para descrever a sensação de tê-los de volta após quase quatro anos de escuridão. E caminhar em liberdade...

Assim avancei, com o manto esfarrapado se debatendo ao sabor da brisa matinal. Eu devia aparentar mais de cinquenta anos de idade, com o rosto enrugado e o corpo esquálido, mirrado. Quem poderia me reconhecer pelo que eu um dia tinha sido?

Conforme caminhava, avançava também por Sombra rumo a um lugar ao qual nunca cheguei. Devo estar ficando um tanto quanto sentimental. Eis o que aconteceu...

Topei com sete homens à beira da estrada, sendo que seis deles estavam mortos e jaziam em estágios variados de desmembramento escarlate. O sétimo se encontrava em uma posição quase reclinada, apoiado com as costas no tronco de um carvalho ancestral. Uma espada repousava em seu colo, e um ferimento grande e úmido vertia sangue no lado direito de seu corpo. Não vestia armadura, embora alguns dos outros a trajassem. Seus olhos cinzentos estavam abertos e desfocados. Os punhos estavam esfolados, e a respiração saía em lentos arquejos. Por baixo das sobrancelhas desgrenhadas, o moribundo observava os corvos que bicavam os olhos dos mortos. Aparentemente, não me viu.

Levantei meu capuz e abaixei a cabeça para ocultar o rosto. Cheguei mais perto.

Eu conhecia aquele homem, ou alguém muito semelhante, de outros tempos. Sua espada estremeceu, e a ponta se ergueu quando me aproximei.

– Venho em paz – declarei. – Gostaria de um pouco d'água?

Ele hesitou por um instante e então assentiu.

Abri meu cantil e entreguei a ele. O homem bebeu e tossiu, depois bebeu mais um pouco.

– Obrigado, senhor – agradeceu ao me devolver o cantil. – Só lamento que não seja um trago mais forte. Corte maldito!

– Tenho um pouco disso também. Se acha que aguenta.

O sujeito estendeu a mão, e destampei uma garrafinha para lhe entregar. Ele deve ter tossido por uns vinte segundos depois de um único gole daquele negócio que Jopin bebe.

Em seguida, deu um meio sorriso e uma leve piscadela.

– Bem melhor assim. Posso entornar um pouco no meu corte? Seria péssimo desperdiçar um bom uísque, mas...

– Pode usar tudo, se precisar. Aliás, pensando bem, sua mão parece trêmula. Talvez seja melhor eu cuidar disso.

Ele assentiu. Abri seu gibão de couro, e com minha adaga rasguei a camisa até expor o ferimento. Ficava alguns centímetros acima do quadril e estava muito feio, profundo, atravessando o corpo até o outro lado. Havia outros cortes de menor gravidade nos braços, no peito e nos ombros.

O sangue fluía sem parar do talho grande, e enxuguei um pouco o corte e o limpei com meu lenço.

– Certo. Agora, aperte os dentes e não olhe.

E despejei o uísque.

Seu corpo inteiro se sacudiu em um grande espasmo, e depois ele começou a tremer. Mas não gritou. Não achei que gritaria. Dobrei o lenço e fiz pressão no machucado. Arranquei uma tira comprida da barra do meu manto e a usei para deixar o lenço firme.

– Quer beber mais? – perguntei.

– Água – pediu ele. – Depois, acho que vou dormir.

O homem bebeu, e então sua cabeça pendeu para a frente até o queixo repousar no peito. Tão logo ele dormiu, improvisei-lhe um travesseiro e uma coberta com os mantos dos mortos.

Depois, sentei-me ao seu lado e observei os belos pássaros pretos.

Ele não havia me reconhecido. Mas quem reconheceria? Se eu tivesse me revelado, talvez soubesse quem eu era. Na verdade, creio que nunca chegamos a nos conhecer, eu e o homem ferido. Mas, em um sentido peculiar, nós nos conhecíamos.

Eu estava caminhando em Sombra, em busca de um lugar muito especial. Já havia sido destruído uma vez, mas eu tinha o poder de recriar tudo porque Âmbar projeta uma infinidade de sombras. Um filho de Âmbar pode caminhar entre elas, e essa era a minha herança. Pode chamar isso de mundos paralelos, se desejar, universos alternativos, se quiser, frutos de uma mente insana, se preferir. Eu chamo de sombras, assim como todos que têm o poder de caminhar por elas. Nós escolhemos uma possibilidade e avançamos até alcançá-la. Então, em certo sentido, nós a criamos. Deixemos assim, por enquanto.

Assim, eu navegara, começara aquela jornada rumo a Avalon.

Séculos antes, eu havia morado lá. Trata-se de uma história longa, complicada, orgulhosa e sofrida, e talvez eu revele mais detalhes posteriormente, se viver para contar esta até o final.

Estava me aproximando da minha Avalon quando deparei com o cavaleiro ferido e os seis homens mortos. Se tivesse optado por seguir caminho, poderia ter chegado a um lugar onde os seis homens jazessem mortos e o cavaleiro se encontrasse ileso; ou a algum outro onde ele estivesse morto, e os outros, rindo. Alguns diriam que não faria diferença, pois todos esses lugares eram possibilidades, e portanto todos existem em algum ponto de Sombra.

Nenhum de meus irmãos e irmãs se importaria, com exceção, talvez, de Gérard e Benedict. Meu coração, contudo, amolecera um pouco. Nem sempre fui assim, mas talvez a Terra de Sombra, onde passei tantos anos, tenha me deixado mais indulgente, e é possível que minha temporada nas masmorras de Âmbar tenha me lembrado um pouco das facetas do sofrimento humano. Não sei. Não, sei apenas que eu era incapaz de ignorar a dor de uma pessoa muito parecida com alguém que eu já chamara de amigo. Se pronunciasse meu nome ao ouvido daquele sujeito, talvez fosse coberto de insultos, decerto ouviria alguma história trágica.

Então, que assim fosse. Este era o preço que pagaria: eu o ajudaria a se recuperar e depois iria embora. Nenhum prejuízo, e talvez uma pequena bondade naquele mundo.

Fiquei sentado ali, vigiando seu sono, e após algumas horas ele acordou.

– Olá – saudei, abrindo o cantil. – Mais um gole?

– Obrigado.

Ele estendeu a mão. Depois bebeu, e ao me devolver o cantil, disse:

– Peço desculpas por não ter me apresentado. Eu não estava em condições...

– Eu já o conheço – respondi. – Pode me chamar de Corey.

O homem me olhou como se estivesse prestes a perguntar "Corey de quê?", mas pensou melhor e apenas assentiu.

– Perfeitamente, sir Corey – disse ele, me rebaixando. – Gostaria de lhe agradecer.

– Já fico grato por sua aparente melhora. Quer comer algo?

– Sim, por favor.

– Tenho aqui um pouco de carne-seca e um pão que já esteve mais fresco. Tenho também um pedaço grande de queijo. Coma tudo o que quiser.

Entreguei-lhe as iguarias, e ele comeu.

– Não quer um pouco, sir Corey?

– Já comi, durante seu cochilo.

O cavaleiro me observou com bastante atenção. E sorriu.

– ... e por acaso derrubou todos os seis sozinho? – perguntei.

Ele confirmou com a cabeça.

– Belo trabalho. O que eu faço com você agora?

O homem tentou olhar para o meu rosto, sem sucesso.

– Não compreendo sua pergunta.

– Para onde está indo?

– Tenho amigos a umas cinco léguas daqui, seguindo para o norte. Estava indo naquela direção quando tudo aconteceu. Duvido muito que qualquer homem, ou o próprio diabo, consiga me carregar nos ombros por uma légua que seja. Se eu pudesse me levantar, sir Corey, teria uma noção melhor do meu tamanho.

Fiquei de pé, saquei minha espada e derrubei um galho, de uns cinco centímetros de diâmetro, com um único golpe. Em seguida, desfolhei o tronco e o cortei até o tamanho adequado.

Repeti a ação com outro galho, e usei os cintos e os mantos dos mortos para construir uma maca.

O homem ficou me observando até eu terminar e, por fim, comentou:

– Uma espada letal essa que brande aí, sir Corey... e, de prata, ao que parece...

– Está disposto a viajar um pouco? – perguntei.

Cinco léguas são mais ou menos vinte e cinco quilômetros.

– E os mortos? – indagou ele.

– Gostaria de dar a eles uma sepultura cristã digna? Danem-se! A natureza cuida dos seus. Vamos sair daqui. Já estão fedendo.

– Eu gostaria de cobrir os mortos, ao menos. Eles lutaram bem.

Dei um suspiro.

– Como quiser, se vai ajudá-lo a dormir melhor à noite. Não tenho pá, então vou sepultá-los com pedras. Mas vai ser um túmulo comum.

– Já é o bastante – concordou.

Estendi os seis corpos. Ouvi o homem murmurar algo e imaginei que fosse alguma oração pelos mortos.

Alinhei pedras ao redor dos seis. Havia muitas nos arredores, de modo que avancei depressa, escolhendo as maiores para acelerar o trabalho. Foi nessa hora que cometi um erro. Uma das pedras devia pesar uns cento e cinquenta quilos, mas não a rolei. Levantei-a do chão e a coloquei no lugar.

Ouvi um arquejo vindo da direção do homem e me dei conta de que ele havia reparado.

Praguejei em voz alta.

– Quase quebrei a coluna com aquela! – exclamei, e em seguida me limitei a pedras menores.

Por fim, estava feito.

– Certo. Pronto para ir?

– Sim.

Levantei o sujeito nos braços e o deitei na maca. Ele trincou os dentes.

– Por onde vamos? – perguntei.

Ele apontou.

– Volte até a trilha. Siga por ela à esquerda até a bifurcação. Depois, continue pela direita. Como pretende...?

Levantei a padiola nos braços, segurando o homem como se fosse um bebê, com berço e tudo. E então me virei e andei até a trilha, carregando-o.

– Corey?

– Sim?

– Você é um dos homens mais fortes que já vi... e tenho a impressão de que devia reconhecê-lo.

Não respondi de imediato. E então:

– Eu tento me manter em forma. Levo uma vida saudável.

– E sua voz parece um tanto familiar.

O sujeito olhava para cima, ainda tentando ver meu rosto.

Decidi mudar de assunto.

– Quem são esses amigos para quem o estou levando?

– Estamos a caminho da Fortaleza de Ganelon.

– Aquele calhorda! – exclamei, quase derrubando a padiola.

– Embora eu não conheça essa palavra, presumo que seja uma expressão de opróbrio – teorizou o homem –, considerando seu tom de voz. Se for esse o caso, devo agir como defensor em nome dele e...

– Espere – interrompi. – Tenho a sensação de que estamos falando de dois sujeitos diferentes com o mesmo nome. Desculpe.

Pela maca, senti que parte da tensão dele se dissipou.

– Decerto é o que houve – confirmou.

E assim eu o carreguei até chegarmos à trilha, onde virei à esquerda.

O homem adormeceu de novo, e avancei melhor depois disso, saindo da bifurcação e correndo enquanto ele roncava. Comecei a pensar nos seis camaradas que tinham tentado dar cabo dele e quase obtido sucesso. Minha esperança era que eles não tivessem nenhum amigo escondido no meio daquele matagal.

Diminuí o ritmo quando a respiração dele mudou.

– Dormi...

– E roncou – acrescentei.

– Avançamos muito?

– Umas duas léguas, eu diria.

– E não está cansado?

– Um pouco – admiti –, mas não o bastante para precisar de descanso.

– *Mon Dieu!* – exclamou. – Fico contente de jamais termos sido inimigos. Tem certeza de que não é o próprio Diabo?

– Não está sentindo o cheiro de enxofre? E meu casco direito está me matando.

Ele chegou a dar umas fungadas no ar antes de rir, o que me magoou um pouco.

Na verdade, pelas minhas contas, havíamos percorrido mais de quatro léguas. Eu tinha esperanças de que ele voltasse a dormir e não se preocupasse tanto com as distâncias. Meus braços estavam começando a doer.

– Quem eram aqueles homens que você matou? – perguntei.

– Guardiões do Círculo, e não eram mais homens, senão possuídos. Agora reze a Deus, sir Corey, para que as almas deles estejam em paz.

– Guardiões do Círculo? Que Círculo?

– O Círculo sombrio, a morada da iniquidade e de monstros pavorosos...

O sujeito respirou fundo antes de acrescentar:

– É a origem da enfermidade que aflige a terra.

– Esta terra não me parece especialmente enferma.

– Estamos longe daquele lugar, e o domínio de Ganelon ainda é forte demais para os invasores. Mas o Círculo está se ampliando sem parar. Sinto que a última batalha será travada aqui.

– Isso despertou minha curiosidade.

– Sir Corey, se não sabe do que estou falando, seria melhor que esquecesse essa conversa, evitasse o Círculo e seguisse seu caminho. Embora muito me agradasse lutar ao seu lado, esta luta não é sua... e quem será capaz de prever seu resultado?

A trilha enveredou por uma subida íngreme. E então, por um vão entre as árvores, avistei ao longe algo que me fez parar e relembrar outro lugar semelhante.

– O quê...? – perguntou o homem nos meus braços, virando-se. – Ora, sir Corey, avançou muito mais depressa do que eu havia imaginado. Aquele é o nosso destino, a Fortaleza de Ganelon.

Nesse momento, pensei no *meu* Ganelon. Não queria, mas pensei. Ele tinha sido um assassino traidor, e eu o exilara de Avalon séculos antes. Na verdade, eu o expulsara através de Sombra para outro tempo e lugar, tal como meu irmão Eric mais tarde havia feito comigo. Minha esperança era que não fosse ali o destino para onde o mandara. Ainda que não fosse muito provável, era possível. Embora ele fosse um homem mortal, com tempo de vida limitado, e eu o tivesse exilado uns seiscentos anos antes, era possível que esse período correspondesse a menos tempo no mundo em que me encontrava. O tempo também é uma função de Sombra, e nem mesmo Dworkin conhecia todos os seus meandros. Ou quem sabe os conhecesse, e tenha sido essa a origem de sua loucura. O mais difícil em relação ao tempo, descobri, era criá-lo. De qualquer forma, tive a impressão de que aquele Ganelon não era meu velho inimigo e auxiliar de confiança, pois *ele* certamente não moveria um dedo contra a onda de iniquidade em expansão pela terra. Com certeza estaria lá no meio, atiçando os monstros pavorosos.

A dificuldade vinha do homem na minha padiola. Seu análogo estava vivo em Avalon na ocasião do exílio, de modo que a diferença de tempo podia estar mais ou menos certa.

Não era minha vontade encontrar o Ganelon do meu passado e ser reconhecido. Ele não sabia nada a respeito de Sombra. Sabia apenas que eu o punira com algum tipo de magia obscura como alternativa à morte, e embora ele tivesse sobrevivido à alternativa, talvez essa fosse a opção mais árdua.

Mas o homem em meus braços precisava de um lugar para lhe servir de repouso e abrigo, então segui em frente.

E me perguntava...

Parecia haver em mim algo que incitava o reconhecimento daquele homem. Se havia lembranças de uma Sombra minha naquele lugar que era semelhante a Avalon, porém diferente, que forma assumiriam? Como condicionariam uma recepção do meu eu verdadeiro caso eu fosse descoberto?

O sol começava a se pôr. Uma brisa fresca soprou, sugerindo a chegada de uma noite fria. Meu protegido roncava de novo, então decidi correr a última légua. Não gostava da sensação de que, após o anoitecer, aquela floresta podia se tornar um lugar ocupado por habitantes impuros de algum Círculo maldito do qual eu nada sabia, mas que parecia ganhar forças naquela área em particular.

E assim corri por entre sombras cada vez mais compridas, ignorando sensações crescentes de perseguição, emboscada, vigilância, até não conseguir mais. Elas haviam adquirido a força de uma premonição, e foi então que ouvi algo atrás de mim: um suave ruído de passos.

Abaixei a maca e saquei a espada enquanto me virava.

Eram dois. E eram gatos.

A pelagem deles era igual à dos gatos siameses, embora aqueles fossem do tamanho de tigres. Tinham olhos de um amarelo brilhante maciço, sem pupila. Eles se sentaram quando me virei, e me encararam sem piscar.

Estavam a uns trinta passos de distância. Posicionei-me de lado entre eles e a maca, com a espada em riste.

O da esquerda, então, abriu a boca. Eu não sabia se devia esperar um ronronar ou um rugido.

Mas ele falou:

– Homem, quase mortal.

A voz não parecia humana. Era aguda demais.

– No entanto, ainda vive – acrescentou o segundo, soando como o primeiro.

– Matá-lo, nós devemos – continuou o primeiro.

– E aquele que o protege com a lâmina que em nada me agrada?

– Homem mortal?

– Venham descobrir – respondi, em voz baixa.

– É magro, talvez velho.

– E no entanto carregou o outro do túmulo até aqui, rápido e sem descanso. Flanqueá-lo, nós devemos.

Lancei-me para a frente quando os animais avançaram, e o que estava à minha direita saltou na minha direção.

Minha espada rachou seu crânio e seguiu até o ombro. Enquanto eu me virava e a arrancava do cadáver, o outro passou direto por mim, correndo para a padiola. Golpeei a esmo.

A lâmina atingiu-o nas costas e atravessou-lhe o corpo. A criatura deu um grito estridente como o arranhar de um giz no quadro-negro enquanto caía em dois pedaços e começava a queimar. O outro também estava em chamas.

Mas o que eu havia partido ao meio ainda não estava morto. Sua cabeça se virou para mim, e aqueles olhos incandescentes fitaram os meus e prenderam meu olhar.

– Eu morro a morte final – declarou –, e assim o reconheço, Abridor de Caminhos. Por que nos mata?

E então as chamas consumiram sua cabeça.

Dei as costas, limpei a espada e a embainhei, peguei a maca, ignorei todas as perguntas e segui em frente.

Um pequeno conhecimento havia brotado em mim quanto à natureza daquela coisa e de suas palavras.

Às vezes ainda vejo aquela cabeça ardente de gato em meus sonhos, e acordo, suado e trêmulo, e a noite parece mais escura, repleta de formas que não consigo distinguir.

A Fortaleza de Ganelon era cercada por um fosso, e a ponte levadiça estava erguida. Uma torre se elevava em cada um dos quatro cantos da muralha. Do outro lado desses muros, havia muitas outras torres ainda mais altas, que cutucavam a barriga das nuvens baixas e pesadas e obscurecia as primeiras estrelas, projetando sombras de azeviche pela grande colina na qual se assentavam. Algumas das torres já estavam iluminadas, e o vento trazia o fraco som de vozes.

Parei diante da ponte levadiça, depositei a maca com o homem no chão, curvei as mãos em concha e gritei:

– Olá! Ganelon! Somos dois viajantes perdidos na noite!

Ouvi o tilintar de metal contra pedra. Senti que estava sendo observado de algum lugar acima de mim. Tentei olhar para o alto, mas minha visão ainda não tinha voltado ao normal.

– Quem vem lá? – soou uma voz do alto, forte e estrondosa.

– Lance, que está ferido, e eu, Corey de Cabra, que o trouxe até aqui.

Esperei enquanto o homem repassava a informação a outra sentinela e ouvi mais vozes à medida que a mensagem era transmitida adiante.

Passados alguns minutos, veio uma resposta de maneira semelhante.

O guarda gritou para baixo:

– Para trás! Vamos baixar a ponte! Podem entrar!

O rangido começou enquanto ele ainda falava, e em pouco tempo a ponte atingiu o solo do nosso lado do fosso. Ergui meu protegido outra vez e atravessei.

E assim levei sir Lancelot du Lac à Fortaleza de Ganelon, em quem eu confiava como um irmão. Ou seja, nem um pouco.

Houve uma agitação de pessoas à minha volta, e me vi cercado por homens armados. Não havia hostilidade nenhuma, apenas cautela. Estávamos em um pátio grande com calçamento de pedras, iluminado por tochas e repleto de leitos. Senti cheiro de suor, fumaça, cavalos e comida. Um pequeno exército tinha armado um bivaque ali.

Muitos se aproximaram de mim e me observaram, aos murmúrios, mas de repente surgiram dois homens completamente paramentados para batalha e um deles tocou meu ombro.

– Venha por aqui – instruiu.

Eu os acompanhei, cercado por ambos. O círculo de pessoas se abriu quando passamos. A ponte levadiça já estava rangendo de novo, voltando a subir. Andamos na direção da construção principal de pedra escura.

Lá dentro, percorremos um corredor, passamos pelo que parecia um salão para recepções e, por fim, chegamos a uma escadaria. O homem à minha direita indicou que eu deveria subir. No segundo andar, paramos diante de uma porta de madeira maciça, e o guarda bateu.

– Entrem – ordenou uma voz que, infelizmente, parecia muito familiar.

Obedecemos.

O homem estava sentado atrás de uma grande mesa de madeira perto da janela ampla com vista para o pátio. Usava um colete de couro marrom por cima de uma camisa preta, e seus calções também eram pretos. As barras da calça cobriam o cano de suas botas escuras, e o cinto largo portava uma adaga com punho em forma de casco. Uma espada curta repousava na mesa à sua frente. Tinha o cabelo e a barba ruivos, com alguns fios brancos. Os olhos eram escuros como ébano.

Ele olhou para mim e então voltou a atenção para os dois guardas que entraram com a padiola.

– Ponham-no na minha cama – ordenou, antes de acrescentar: – Roderick, cuide dele.

O médico, Roderick, era um sujeito idoso que não parecia capaz de causar muito estrago, o que me deixou um tanto aliviado. Eu não tinha carregado Lance por tanto tempo só para vê-lo ser abatido.

E então Ganelon tornou a olhar para mim.

– Onde o encontrou? – perguntou.

– A cinco léguas daqui, para o sul.

– Quem é você?

– As pessoas me chamam de Corey.

Ele me examinou com muita atenção, e seus lábios finos como minhocas se retorceram em um sorriso sob o bigode.

– Qual foi sua participação nessa história? – quis saber.

– Não sei a que se refere – respondi.

Eu tinha relaxado um pouco os ombros. Falava devagar, em tom baixo, e com um ligeiro titubear. Minha barba estava maior do que a dele, e clareada pela poeira. Imaginei que eu devia parecer um homem mais velho. A postura dele ao me avaliar parecia indicar que era essa sua impressão.

– Estou perguntando por que o ajudou – explicou.

– Irmandade entre homens... o que mais? – respondi.

– Por acaso é estrangeiro?

Fiz que sim com a cabeça.

– Será bem-vindo aqui pelo tempo que desejar.

– Obrigado. Provavelmente irei embora amanhã.

– Agora me acompanhe para uma taça de vinho e me conte as circunstâncias em que o encontrou.

Foi o que fiz.

Ganelon me deixou falar sem interrupções, e seus olhos penetrantes jamais deixaram meu rosto. Embora sempre tivesse considerado olhares cortantes como uma expressão clichê, não foi essa minha impressão naquela noite. Ele me apunhalava com os olhos. Eu me perguntava o que ele sabia e o que supunha a meu respeito.

E então a fadiga atacou. O esforço, o vinho, o cômodo abafado... tudo contribuiu, e de repente foi como se eu estivesse parado em algum canto e me escutasse, e me observasse de fora, e me senti desconectado. Embora fosse capaz de grandes esforços em breves rompantes, percebi que minha resistência ainda estava muito baixa. E também notei que minha mão tremia.

– Sinto muito – ouvi minha voz dizer. – As ações do dia começam a me alcançar...

– Claro – concordou Ganelon. – Conversaremos mais amanhã. Durma agora. Durma bem.

Em seguida chamou um dos guardas e deu ordens para que eu fosse conduzido a um aposento privado. Devo ter tropeçado em algum momento, porque me lembro da mão do guarda em meu cotovelo, como se me orientasse.

Naquela noite, dormi feito um defunto. Foi um sono profundo, escuro, e durou cerca de quatorze horas.

De manhã, todo o meu corpo doía.

Banhei-me. Havia uma bacia sobre a cômoda, e sabão e toalha que alguém tivera o cuidado de deixar ao lado dela. Minha garganta parecia cheia de serragem, e minha vista estava turva.

Sentado ali, eu me avaliei.

Já houve um tempo em que eu teria sido capaz de carregar Lance por toda aquela distância sem ficar todo quebrado. Já houve um tempo em que eu lutara Kolvir acima até chegar ao coração da própria Âmbar.

Mas esses dias tinham ficado para trás. De repente eu me senti tão destruído quanto devia aparentar.

Algo precisava ser feito.

Aos poucos estava ganhando peso e força. O processo deveria ser acelerado.

Decidi que uma ou duas semanas de vida saudável e exercícios intensos poderiam ser de grande ajuda. Ganelon não dera nenhum sinal de que havia me reconhecido. Pois bem. Então eu desfrutaria da hospitalidade que ele me oferecera.

Com essa intenção, procurei a cozinha e ingeri um farto desjejum. Bom, na verdade, estava quase na hora do almoço, mas chamemos as coisas pelo que são. Senti um desejo intenso de fumar, e foi com certa alegria perversa que me percebi desprovido de tabaco. As Parcas conspiravam para me preservar.

Saí para o pátio sob um dia claro e fresco. Fiquei um bom tempo assistindo ao treinamento dos homens ali aquartelados.

Na ponta mais afastada, arqueiros disparavam contra alvos amarrados em fardos de feno. Reparei que usavam dedeiras no polegar e puxavam a corda à moda oriental, em vez da técnica com três dedos de minha preferência. A cena me levou a refletir um pouco sobre aquele lugar de Sombra. Os espadachins usavam tanto o fio da lâmina quanto a ponta, e havia grande variedade de espadas e técnicas à mostra. Tentei calcular e estimei que devia haver cerca de oitocentos homens ali, e eu não fazia ideia de quantos talvez estivessem dentro da Fortaleza. A pele, o cabelo, os olhos variavam de claro para muito escuro. Ouvi diversos sotaques estranhos acima dos ruídos das cordas e do aço, ainda que a maioria falasse o idioma de Avalon, que vem da língua de Âmbar.

Conforme eu observava, um espadachim ergueu uma das mãos, abaixou a arma, enxugou a testa e deu um passo para trás. Seu adversário não parecia particularmente cansado. Era a minha chance de conseguir um pouco do exercício que buscava.

Adiantei-me, sorri e falei:

– Eu sou Corey de Cabra. Estava observando vocês.

Voltei minha atenção para o homem grande de compleição escura que sorria para o companheiro fatigado.

– Seria muito incômodo eu treinar com você enquanto seu amigo descansa? – perguntei.

Ainda sorrindo, ele apontou para a boca e o ouvido. Tentei algumas outras línguas, mas nenhuma funcionou. Então apontei para a espada, em seguida para ele e para mim, até o homem entender. O adversário pareceu achar uma boa ideia, já que me ofereceu a própria espada.

Olhei para a arma que tinha nas mãos. Era menor e muito mais pesada do que Grayswandir. (Esse é o nome de minha espada, e sei que é a primeira vez que o menciono. Trata-se de uma história por si só, e talvez eu a conte, ou não, antes de você descobrir o que me levou a esta situação. Mas, caso me ouça chamá-la pelo nome outra vez, já saberá a que me refiro.)

Brandi a lâmina algumas vezes para testar o peso, tirei o manto, joguei-o para o lado e fiquei na posição de guarda.

O grandalhão atacou. Aparei o golpe e revidei. Ele bloqueou e ripostou. Repeli a riposta, fintei e ataquei. E assim por diante. Depois de cinco minutos, eu sabia que ele era bom. E sabia que eu era melhor. Duas vezes ele pediu que eu lhe ensinasse uma manobra. E aprendeu as duas bem depressa. Ao cabo de quinze minutos, porém, o sorriso dele se alargou. Imagino que era mais ou menos nesse momento que ele derrubava a maioria de seus adversários com pura força bruta, se fossem bons o bastante para resistir a seus ataques até então. O sujeito tinha vigor, reconheço. Depois de vinte minutos, uma expressão confusa surgiu em seu rosto. Eu não parecia alguém capaz de persistir por tanto tempo. Mas como um homem comum poderia entender o que há por trás de um descendente de Âmbar?

Ao final de vinte e cinco minutos, apesar de estar coberto de suor, ele não desistiu. Meu irmão Random parece, e às vezes age, como um rufião adolescente asmático, mas certa vez travamos um duelo de esgrima por mais de vinte e seis horas para ver quem desistiria primeiro. (Se quer saber, fui eu. Tinha um encontro marcado no dia seguinte e queria comparecer em condições razoáveis.) Nós podíamos ter continuado. Embora não fosse capaz de repetir o feito naquele momento, eu sabia que poderia suportar mais do que meu adversário. Afinal, ele era um mero mortal.

Depois de mais ou menos meia hora, quando sua respiração saía arquejante e seus reflexos ficavam mais lentos, e eu sabia que em questão de minutos ele perceberia que eu estava contendo meus golpes, ergui a mão e abaixei a espada, como seu adversário anterior havia feito. Ele também parou, e então correu para mim e me abraçou. Não entendi o que disse, mas deduzi que estava satisfeito com o treino. Assim como eu.

O mais horrível era o cansaço que eu sentia. Percebi que estava com a cabeça ligeiramente pesada.

Mas eu precisava ir além. Prometi a mim mesmo que me mataria de tanto treinar naquele dia, me fartaria de comida à noite, dormiria um sono pesado, acordaria e faria tudo de novo.

Por isso, fui até onde os arqueiros praticavam. Depois de algum tempo, peguei um arco emprestado e, puxando a corda com três dedos, disparei umas cem flechas. Não me saí tão mal. Em seguida passei um tempo observando os homens a cavalo com lanças, escudos, maças. Segui em frente. Assisti a um pouco de combate desarmado.

Por fim, enfrentei três homens em sucessão. E fiquei esgotado. Absolutamente. Totalmente.

Fui me sentar em um banco à sombra, suado e ofegante. Pensei em Lance, em Ganelon, no jantar. Cerca de dez minutos depois, voltei até os aposentos que haviam me oferecido e me banhei de novo.

A essa altura, eu sentia uma fome voraz e parti em busca de comida e informações.

Antes de me afastar muito da porta, um dos guardas que eu reconhecia da noite anterior, aquele que me guiara até o quarto, se aproximou.

– Lorde Ganelon gostaria de sua companhia para o jantar em seus aposentos ao toque da sineta.

Agradeci, respondi que compareceria, voltei para o quarto e descansei na cama até dar a hora. E então parti outra vez.

Estava começando a sentir muitas dores e tinha alguns hematomas novos. Concluí que era bom, pois me ajudaria a parecer mais velho. Bati na porta de Ganelon e fui recebido por um menino, que correu até outro jovem que preparava uma mesa junto à lareira.

Ganelon usava camisa, calções, botas e cinto verdes, e estava sentado em uma cadeira de espaldar alto. Ele se levantou quando entrei e veio me cumprimentar.

– Sir Corey, fui informado de suas atividades de hoje – anunciou, apertando minha mão. – Agora é mais crível seu feito de ter carregado Lance até aqui. Devo dizer, e espero que não se ofenda, que é um homem mais vigoroso do que parece.

Dei risada.

– Não me ofendi.

Ele me conduziu a uma cadeira e me ofereceu uma taça de vinho branco que era um pouco doce demais para o meu paladar.

– Ao vê-lo aqui agora, eu pensaria que poderia derrubá-lo com uma só mão... e ainda assim carregou Lance por cinco léguas e matou dois daqueles gatos malditos no caminho. E ele me contou sobre o túmulo que você montou, com pedras grandes...

– Como Lance está se sentindo hoje? – interrompi.

– Tive que pôr um guarda dentro do quarto para garantir que ele descansasse. Aquele asno brutamontes queria se levantar e esticar as pernas. Mas, por Deus, vai ficar lá dentro a semana inteira!

– Então deve estar se sentindo melhor.

Ganelon assentiu e disse:

– Um brinde à saúde dele.

– Um brinde.

Bebemos.

– Se eu tivesse um exército de homens como você e Lance – continuou ele –, a história poderia ter sido outra.

– Que história?

– O Círculo e seus Guardiões. Não ouviu nada a respeito?

– Lance só comentou por alto.

Um menino assava um pedaço enorme de carne em um espeto sobre as brasas da lareira. De vez em quando, vertia um pouco de vinho na peça ao virar o espeto. Sempre que o cheiro me alcançava, meu estômago roncava e Ganelon ria. O outro garoto saiu do cômodo para buscar pão na cozinha.

Por um bom tempo, Ganelon permaneceu em silêncio. Terminou o vinho e se serviu de outra taça. Bebi devagar da minha primeira.

– Já ouviu falar de Avalon? – perguntou ele, enfim.

– Sim. Muito tempo atrás, ouvi uma estrofe de um bardo itinerante: "Para além do Rio dos Afortunados, lá sentamos, sim, e choramos quando nos relembramos de Avalon. Nossas espadas partidas nas mãos, nossos escudos pendurados no carvalho. As torres de prata caíram em um mar de sangue. Quantas milhas até Avalon? Nenhuma, eu digo, e todas. As torres de prata tombaram."

– Avalon caiu...? – espantou-se Ganelon.

– O homem estava louco, creio eu. Não conheço nenhuma Avalon. Mas esses versos ficaram na minha cabeça.

Ganelon virou o rosto e levou alguns minutos até voltar a falar. E, quando o fez, sua voz estava embargada.

– Existiu. Existiu, sim, tal lugar. Eu vivia lá, anos atrás. Não sabia que tinha caído.

– Como veio parar aqui? – questionei.

– Fui exilado pelo feiticeiro e senhor de lá, Corwin de Âmbar. Ele me fez atravessar trevas e loucura até chegar a este lugar para que eu sofresse e morresse aqui... e de fato sofri e em muitas ocasiões cheguei perto do repouso final. Tentei encontrar o caminho de volta, mas ninguém o conhece. Conversei com feiticeiros, e até com uma criatura capturada do Círculo antes de ser abatida. Mas ninguém conhecia a estrada para Avalon. É como o bardo disse: "nenhuma milha, e todas" – entoou ele, repetindo errado meu verso. – Por acaso se lembra do nome do bardo?

– Não, sinto muito.

– Onde fica essa Cabra de onde vem?

– Bem longe no leste, além das águas – respondi. – Muito distante. É um reino insular.

– Alguma chance de eles nos cederem alguns soldados? Posso pagar bem.

Neguei com a cabeça.

– É um lugar pequeno, com uma milícia pequena, e seriam meses de viagem de ida e volta, por terra e mar. Eles nunca combateram como mercenários, e também não são guerreiros treinados.

– Então parece que você se distingue muito dos seus compatriotas – retrucou, olhando mais uma vez para mim.

Tomei um gole do vinho.

– Eu era instrutor de armas – respondi. – Para a Guarda Real.

– Ora, por acaso consideraria oferecer seus serviços e ajudar a treinar meus homens?

– Ficarei algumas semanas e os treinarei.

Ele respondeu com um sorriso tenso antes de comentar:

– Muito me entristece ouvir esse indício de que a bela Avalon se foi. Se for o caso, porém, significa que o responsável pelo meu exílio provavelmente também está morto.

Ganelon esvaziou a taça, depois continuou:

– Até para o demônio chegou o derradeiro momento ao qual não conseguiu resistir. É um consolo. Significa que temos alguma chance aqui, contra estes demônios.

– Se me permite – comecei, arriscando-me por algo que eu acreditava ser um bom motivo –, se é a esse Corwin de Âmbar que se refere, ele não morreu em decorrência dos acontecimentos, sejam quais forem.

A taça se quebrou em sua mão.

– *Você conhece Corwin?*

– Não, mas já ouvi falar dele – respondi. – Há alguns anos, conheci um de seus irmãos, um sujeito chamado Brand. Ele me contou sobre um lugar chamado Âmbar e sobre a batalha em que Corwin e o irmão chamado Bleys lideraram um exército contra Eric, outro irmão, que controlava a cidade. Bleys despencou da montanha Kolvir e Corwin foi capturado. Os olhos de Corwin foram queimados após a coroação de Eric, e ele foi jogado nas masmorras de Âmbar, onde ainda deve estar, se não tiver morrido desde então.

Enquanto eu falava, a cor se esvaía do rosto de Ganelon.

– Todos esses nomes que mencionou... Brand, Bleys, Eric. Ouvi Corwin mencioná-los em um passado distante. Há quanto tempo soube dessas notícias?

– Há quatro anos.

– Ele não merecia isso.

– Depois do que lhe fez?

– Bom – disse Ganelon –, tive muito tempo para pensar, e não faltaram motivos para ele ter feito o que fez. Era um sujeito forte, mais até do que você e Lance, e inteligente. Mas também podia ser vivaz de vez em quando. Eric devia ter lhe dado uma morte rápida, não esse destino. Não tenho nenhum amor por Corwin, mas meu ódio arrefeceu um pouco. O demônio não merecia o castigo que recebeu, só isso.

O segundo garoto voltou com um cesto de pães. O que havia preparado a carne a retirou do espeto e a colocou em uma travessa no meio da mesa.

Ganelon fez um gesto com a cabeça para a comida.

– Vamos comer – disse.

E então se levantou e foi até a mesa.

Fui atrás. Não conversamos muito durante a refeição.

Depois de me empanturrar até não caber mais nada no estômago e tomar outra taça de vinho doce demais, comecei a bocejar. Ganelon reclamou depois da terceira vez.

– Maldito seja, Corey! Pare com isso! É contagioso!

E também reprimiu um bocejo.

– Vamos pegar um pouco de ar – sugeriu, levantando-se da cadeira.

Caminhamos ao redor da muralha, passando pelas sentinelas que faziam suas rondas. Cada homem se punha em posição de sentido e prestava continência para Ganelon assim que o via se aproximar, e ele respondia com um cumprimento, e então seguíamos em frente. Fomos até uma ameia, onde paramos para descansar, nos sentamos na pedra e inspiramos o ar noturno, fresco, úmido e carregado da floresta, e dali observamos as estrelas surgindo uma a uma conforme o céu escurecia. A pedra estava fria sob meu corpo. Muito ao longe, tive a impressão de avistar o bruxuleio do mar. Ouvi o pio de um pássaro de algum lugar abaixo de nós. Ganelon tirou um cachimbo e fumo de uma bolsa pendurada no cinto. Encheu o fornilho, socou o fumo e acendeu uma chama. À luz da fagulha, seu rosto teria parecido satânico, salvo por seja lá qual mistério que torcia sua boca para baixo e deixava os músculos da face retesados naquele ângulo formado pelo canto interno dos olhos e o contorno afilado do nariz. Um diabo deveria ter um sorriso maligno, e aquele parecia muito melancólico.

Senti o cheiro da fumaça.

– Eu me lembro de Avalon – disse Ganelon, em tom baixo e vagaroso, depois de um tempo. – Nasci em uma família abastada, mas a virtude nunca foi um dos meus pontos fortes. Esgotei minha herança rapidamente e passei a assaltar viajantes pelas estradas. Mais tarde, juntei-me a um bando de homens como eu. Quando percebi que era o mais forte e o mais apto a comandá-los, passei a liderá-los. Nossas cabeças estavam a prêmio. A recompensa pela minha era a maior de todas.

A essa altura, já falava mais rápido. Sua voz ficou mais refinada, e as palavras usadas pareciam um eco de seu passado.

– Sim, eu me lembro de Avalon – continuou –, um lugar de prata e sombra e água fresca, onde as estrelas ardiam como fogueiras à noite e o verde do dia era sempre o verde da primavera. Juventude, amor, beleza... eu os conhecia em Avalon. Corcéis orgulhosos, metal reluzente, lábios macios, cerveja escura. Honra...

Ele balançou a cabeça e prosseguiu:

– Um dia, mais tarde, quando a guerra se espalhou pelo reino, o soberano ofereceu perdão pleno para qualquer fora da lei que o seguisse na batalha contra os insurgentes. Era Corwin. Juntei-me a ele e parti para as guerras. Tornei-me um oficial e, depois, um de seus conselheiros. Vencemos batalha após batalha, reprimimos a rebelião. Corwin voltou a governar em paz, e continuei em sua corte. Foram bons anos. De tempos em tempos aconteciam alguns conflitos na fronteira, mas desses nós sempre saímos vitoriosos. Ele confiava em mim para resolver tais querelas. E então concedeu um ducado para dignificar a família de um nobre de pouca importância cuja filha ele desejava desposar. Eu queria aquele ducado para mim, e tempos antes Corwin havia insinuado que um dia poderia ser meu. Fiquei furioso e traí minhas ordens quando voltei a ser enviado para resolver uma disputa na fronteira sul, onde as agitações eram frequentes. Muitos dos meus homens morreram, e os atacantes invadiram o reino. Antes que pudessem ser rechaçados, o próprio lorde Corwin precisou pegar em armas novamente. Os invasores haviam atacado com grandes números, e acreditei que tomariam o reino. Era minha esperança. Mas Corwin, mais uma vez, com suas táticas astutas, venceu. Fugi, mas fui capturado e levado diante dele para receber minha sentença. Insultei-o e cuspi nele. Recusei-me a me curvar. Eu detestava o chão que ele pisava, e um homem condenado não tem motivos para não resistir ao máximo, para cair como homem. Corwin disse que, em nome de favores do passado, teria misericórdia comigo. Respondi onde ele podia enfiar essa misericórdia e só então me dei conta de que ele debochava de minha situação. Deu ordens para que me soltassem e então veio até mim. Eu sabia que ele era capaz de me matar com as próprias mãos. Tentei lutar, mas foi em vão. Ele me golpeou uma vez, e caí. Quando acordei, estava amarrado no lombo de seu cavalo. Ele cavalgava comigo, provocando-me o tempo todo. Não respondi a nada do que me dizia, mas atravessamos terras maravilhosas e lugares saídos de pesadelos, e isso me fez descobrir seus poderes como feiticeiro, pois jamais conheci um viajante que tivesse passado pelos lugares que vi naquele dia. Ele então anunciou meu exílio, libertou-me nestas terras, deu meia-volta e foi embora.

Ganelon fez uma pausa para reacender o cachimbo, que havia se apagado, deu umas baforadas e continuou:

– Socos, pauladas, mordidas e surras, muito apanhei neste lugar, pelas mãos de homens e feras, e foi por pouco que não morri. Corwin havia me deixado na parte mais terrível do reino. Certo dia, porém, minha sorte virou. Um cavaleiro de armadura ordenou que eu saísse da estrada para lhe dar passagem. A essa altura, já não me importava se ficaria vivo ou não, então o chamei de filho de uma puta bexiguenta e o mandei para o inferno. Ele avançou contra mim, e agarrei sua lança e prendi a ponta no chão, fazendo-o cair do cavalo. Usei sua própria adaga para lhe abrir um sorriso sob o queixo e assim obtive montaria e armas. Comecei a retribuir a todos que haviam me feito algum mal. Retomei meu antigo ofício nas estradas e montei outro bando de seguidores. Nós crescemos. Quando já existíamos às centenas, nossas necessidades eram consideráveis. Entrávamos em um vilarejo e o tomávamos para nós. A milícia local nos temia. Essa também foi uma boa vida, embora não tão esplêndida quanto a de Avalon, que nunca mais verei. Todas as estalagens de beira de estrada passaram a temer as trovejadas de nossos cavalos, e os viajantes se borravam de medo quando nos ouviam chegar. Rá! Isso durou alguns anos... Grandes grupos de homens armados eram enviados para nos encontrar e matar, mas sempre fugíamos ou os emboscávamos primeiro. E então o Círculo sombrio surgiu certo dia, e ninguém sabe realmente por quê.

Ele deu baforadas mais vigorosas no cachimbo, com o olhar perdido no horizonte.

– Segundo me contaram, começou como um pequeno círculo de cogumelos venenosos no oeste distante. Acharam uma criança morta bem lá no meio, e o homem que a encontrou, seu pai, morreu ao cabo de alguns dias, após sofrer convulsões. O lugar foi considerado amaldiçoado de imediato. Cresceu depressa nos meses seguintes, até alcançar meia légua de diâmetro. Dentro dele, o mato escureceu e ficou brilhante como metal, mas não morreu. As árvores se retorceram, e as folhas enegreceram. Elas balançavam mesmo na ausência de vento, e morcegos voavam entre seus galhos. Na hora do crepúsculo era possível distinguir formas estranhas se movendo, sempre *dentro* do círculo, veja bem, e por toda a noite luzes tremulavam como pequenas fogueiras. O Círculo continuou a crescer, e aqueles que moravam perto dele fugiram. A maioria. Alguns poucos permaneceram. Dizia-se que esses haviam firmado algum pacto com as criaturas sombrias. E o Círculo continuou a se alargar, expandindo-se como as ondulações causadas por uma pedra jogada em um lago. Cada vez mais gente escolhia ficar, e viver, dentro dele. Já conversei com essas pessoas, lutei contra elas, matei-as. É como se estivessem mortas por dentro. Suas vozes são desprovidas do ímpeto e das pausas de indivíduos que saboreiam as palavras antes de pronunciá-las. Os rostos raramente exibem qualquer expressão, são usados apenas como máscaras mortuárias. Essas pessoas começaram a se aventurar para fora do Círculo em grupos de saqueadores. Mataram a bel-prazer. Cometeram muitas atrocidades e profanaram templos. Incendiaram lugares após abandoná-los. Nunca roubaram objetos de prata. E, após muitos meses, outras criaturas não humanas começaram a emergir, em formas estranhas, como os gatos infernais que você matou. O crescimento do Círculo foi então reduzido, quase a ponto de parar, como se estivesse se aproximando de algum limite. Mas todo tipo de criatura passou a brotar dele, algumas se aventurando até durante o dia, e a assolar a região à sua volta. Quando terminaram de devastar toda a terra que o cercava, o Círculo voltou a se expandir. E assim o crescimento recomeçou, nesse ritmo. O antigo rei, Uther, que por muito tempo me caçou, esqueceu-se de mim e mandou suas forças patrulharem aquele Círculo maldito. A essa altura, eu também estava começando a me preocupar, já que não apreciava a ideia de ser capturado por algum sanguessuga infernal durante o sono. Assim, reuni cinquenta e cinco dos meus homens, todos voluntários, pois não queria nenhum covarde, e adentramos aquele lugar ao entardecer. Encontramos um bando daqueles homens de rosto morto queimando um bode vivo em um altar de pedra e atacamos. Capturamos um prisioneiro, o prendemos em seu próprio altar e o interrogamos. Ele nos revelou que o Círculo continuaria a crescer até cobrir toda a terra, de oceano a oceano, até o dia em que se fecharia no outro lado do mundo. Era melhor nos unirmos a eles se quiséssemos nos salvar. Um dos meus homens lhe cravou a espada, e ele morreu. Morreu de verdade, pois sei reconhecer quando um homem de fato está morto. Já tirei vidas o bastante para saber. Mas, quando o sangue dele caiu na pedra, a boca se abriu e emitiu a risada mais alta que já ouvi na vida. Foi como um trovão à nossa volta. O sujeito se sentou, sem respirar, e começou a arder em chamas. E, conforme ardia, sua forma mudava, até parecer o bode queimado, só que maior, ali sobre o altar. Em seguida ouvimos uma voz: "Pode correr, mortal! Mas nunca escapará deste Círculo!" E, pode acreditar, nós corremos! O céu escureceu, tomado por morcegos e outras... coisas. Ouvimos o som de cascos. Cavalgamos com as espadas em punho, matando tudo o que se aproximava. Havia gatos como os que você exterminou, e cobras e criaturas saltitantes, e só Deus sabe o que mais. Quando estávamos perto da fronteira do Círculo, uma das patrulhas do rei Uther nos viu e veio em nosso auxílio. Dos cinquenta e cinco que haviam partido comigo, apenas dezesseis sobreviveram. E a patrulha do rei perdeu cerca de trinta homens. Quando perceberam quem eu era, fui capturado e trazido à corte. Aqui. Este era o palácio de Uther. Contei ao rei o que eu fizera, o que tinha visto e escutado. Ele fez o mesmo que Corwin: ofereceu perdão pleno para mim e meus homens se nos unÍssemos em sua campanha contra os Guardiões do Círculo. Após passar por tudo aquilo, percebi que o Círculo precisava ser detido. Aceitei a proposta. Logo depois adoeci, e me disseram que delirei por três dias. Ao me recuperar, estava fraco como uma criancinha e soube que todos aqueles que tinham entrado no Círculo haviam sofrido do mesmo mal. Três morreram. Visitei o restante dos meus homens, contei-lhes a história e todos aceitaram. As patrulhas em torno do Círculo foram reforçadas. Porém, ele não foi contido. Nos anos seguintes, o Círculo continuou a crescer. Travamos muitas batalhas. Fui sendo promovido até me tornar o braço direito de Uther, tal como havia sido o de Corwin. E então os conflitos se tornaram mais do que isso. Grupos cada vez maiores emergiam daquele inferno, e começamos a perder muitos homens. Eles tomaram alguns de nossos postos avançados. Certa noite, um exército apareceu, uma horda tanto de homens quanto das outras criaturas que lá residiam. Enfrentamos naquele dia a maior força que já havíamos encontrado. O rei Uther cavalgou para a batalha, contrariando meus conselhos, pois era de idade avançada, e assim caiu. Naquela noite o reino perdeu seu governante. Meu desejo era que meu capitão, Lancelot, assumisse a regência, pois era um homem muito mais honrado do que eu... E isso é curioso.

Eu conhecia um Lancelot igual a ele em Avalon. Mas esse cavaleiro não me conhecia quando nos encontramos. É estranho, sim... De qualquer forma, ele recusou, e a função recaiu sobre mim. Detesto-a, mas aqui estou. Já faz três anos que resisto aos avanços dos Guardiões. Todos os meus instintos me dizem para fugir. Que satisfação eu devo para esses desgraçados? Que me importa se aquele Círculo maldito crescer? Eu poderia cruzar o mar até alguma terra que jamais seria alcançada por ele enquanto eu vivesse, e poderia me esquecer de tudo. Maldita seja! Eu não queria esta responsabilidade! Mas agora ela é minha!

– Por quê? – perguntei, e estranhei o som da minha própria voz.

Silêncio.

Ganelon esvaziou o cachimbo. Voltou a encher de fumo. Acendeu e tragou.

Mais silêncio.

– Não sei – respondeu ele, por fim. – Eu apunhalaria um homem pelas costas por um par de sapatos, se precisasse deles para que meus pés não congelassem. Sei disso porque já o fiz antes. Mas... dessa vez é diferente. É algo que aflige todo mundo, e eu sou o único que pode tentar resolver. Maldita seja! Eu sei que este lugar vai ser meu túmulo um dia, assim como o de todos os outros. Mas não consigo renunciar. Preciso resistir àquilo o máximo possível.

Minha cabeça ficou lúcida com o ar frio da noite, o que deu novo fôlego à minha consciência, por assim dizer, embora meu corpo parecesse ligeiramente anestesiado.

– Lance não poderia liderá-los? – questionei.

– Creio que sim. Ele é um bom homem. Mas há outro motivo. Tenho a impressão de que a criatura-bode do altar, seja lá o que for, sente um certo medo de mim. Eu entrei no Círculo e ela me disse que eu jamais conseguiria sair, mas eu saí. Sobrevivi à enfermidade que se seguiu. A criatura sabe que sou seu oponente desde então. Vencemos aquela grande batalha sangrenta na qual Uther morreu, e reencontrei a criatura sob outra forma, e ela me reconheceu. Talvez seja parte do motivo que a mantém contida agora.

– Que forma?

– Uma criatura humanoide com chifres de bode e olhos vermelhos. Estava montada em um garanhão malhado. Lutamos por algum tempo, mas fomos separados pela maré da batalha. E foi bom, porque ela estava ganhando. Conforme brandíamos as lâminas, ela voltou a falar, e eu reconheci aquela voz na minha mente. A criatura disse que eu era um tolo e que jamais venceria. Quando a manhã chegou, no entanto, a vitória era nossa e os repelimos até o Círculo, abatendo-os em plena fuga. A criatura no cavalo malhado escapou. Houve outras investidas desde então, mas nenhuma como a daquela noite. Se eu deixasse esta terra para trás, outro exército daqueles, que está se preparando agora mesmo, avançaria. De alguma forma, aquela criatura saberia de minha partida, assim como sabia que Lance estava me trazendo novas informações sobre a mobilização das tropas no interior do Círculo, e por isso enviou aqueles Guardiões para matá-lo antes que chegasse aqui. Ela agora já sabe da sua existência, e com certeza deve estar refletindo sobre a novidade. Deve estar se perguntando quem você é e considerando sua grande força. Continuarei aqui e lutarei até cair. Preciso fazer isso. Não me pergunte por quê. Só espero que, antes de esse dia chegar, eu pelo menos descubra como isso tudo começou, por que aquele Círculo está lá.

Ouvi algo esvoaçar perto da minha cabeça. Abaixei-me depressa para me esquivar da ameaça desconhecida. Mas não era necessário. Era apenas um pássaro. Um pássaro branco. Ele pousou no meu ombro esquerdo e ali ficou, arrulhando. Ergui meu punho, e ele pulou na minha mão. Havia um bilhete preso à sua pata. Soltei o papel, li seu conteúdo, amassei-o na mão. E então examinei alvos invisíveis ao longe.

– Qual é o problema, sir Corey? – urgiu Ganelon.

O bilhete, escrito de próprio punho e por mim previamente enviado ao meu destino, transmitido por um pássaro de meu desígnio, só poderia chegar ao local que seria minha próxima parada. Aquele não era exatamente o lugar que eu pretendia. Sabia, entretanto, ler meus próprios augúrios.

– O que houve? – insistiu ele. – O que é isso que tem na mão? Uma mensagem?

Assenti. Entreguei-lhe o papel. Não poderia simplesmente jogá-lo fora, já que ele tinha me visto pegá-lo.

Dizia "Estou chegando" e trazia minha assinatura.

Ganelon sugou do cachimbo e leu a mensagem à luz do fumo.

– *Ele* está vivo? E pretende vir até *aqui*? – perguntou.

– É o que parece.

– Isso é muito estranho – resmungou. – Não compreendo...

– Parece uma promessa de assistência – respondi, dispensando o pássaro, que piou duas vezes, voou em volta da minha cabeça e se foi.

Ganelon meneou a cabeça.

– Não entendo.

– Por que olhar os dentes de um cavalo dado? – argumentei. – Você mal tem conseguido conter aquela ameaça.

– É verdade – respondeu. – Talvez ele consiga destruir o Círculo...

– E pode ser que não passe de brincadeira – continuei. – Uma brincadeira de mau gosto.

Ele meneou a cabeça de novo.

– Não. Ele não é assim. O que será que pretende?

– Durma um pouco para clarear a cabeça – sugeri.

– Eu não conseguiria fazer muito mais além disso – respondeu Ganelon, reprimindo um bocejo.

E assim nos levantamos e caminhamos pelo muro. Depois de nos despedirmos, arrastei-me rumo ao poço de sono e nele mergulhei de cabeça.

DOIS

Dia. Mais dores. Mais sofrimento.

Alguém deixara para mim um manto novo, marrom, o que considerei um bom sinal. Principalmente se eu ganhasse peso e Ganelon se lembrasse de minhas feições. Não raspei a barba, porque ele me conhecera em uma condição ligeiramente menos hirsuta. Esforcei-me para disfarçar a voz sempre que ele estivesse por perto. Escondi Grayswandir debaixo da cama.

Durante toda a semana seguinte, fui implacável com meu corpo. Trabalhei, suei e penei até as dores diminuírem e meus músculos recuperarem a firmeza. Devo ter ganhado uns sete quilos naqueles dias. Aos poucos, bem aos poucos, comecei a me sentir como costumava ser.

Aquela terra se chamava Lorraine, e ela também. Se eu tivesse a disposição de lhe passar a perna, diria que nos conhecemos em uma campina atrás do castelo: ela colhia flores e eu caminhava ali para me exercitar e respirar um pouco de ar fresco. Balela.

Acho que um termo educado seria seguidora de acampamentos. Eu a conheci ao fim de um dia de trabalho pesado, dedicado sobretudo ao sabre e à maça. Quando a vi pela primeira vez, ela estava esperando o companheiro em um caminho lateral. Ela sorriu, e retribuí o sorriso e a cumprimentei com um gesto de cabeça, depois dei uma piscadela e passei direto. No dia seguinte eu a vi de novo e saudei quando passei. Só isso.

Bom, encontrei-a outras vezes. No final de minha segunda semana, quando as dores haviam desaparecido, meu peso ultrapassara os oitenta quilos e eu me sentia novo em folha, marquei de encontrá-la certa noite. A essa altura, já estava ciente de sua condição e não me incomodava. Mas não fizemos o costumeiro naquela noite. Não.

Em vez disso, conversamos, e então outra coisa aconteceu.

O cabelo dela tinha cor de ferrugem, com alguns fios grisalhos. Ainda assim, estimei que devia ter menos de trinta anos. Olhos muito azuis.

Queixo ligeiramente pontudo. Dentes limpos e retos em uma boca que sorria muito para mim. A voz era um tanto anasalada; o cabelo era comprido demais; a maquiagem, bastante exagerada por cima de tanto cansaço; a pele, sardenta em demasia; seu vestuário, colorido e muito justo. Mas gostei dela. Não achei que chegaria a me sentir assim quando a convidei para aquela noite, pois, como já disse, gostar dela não era o que eu tinha em mente.

O único lugar onde poderíamos nos encontrar era meu quarto, então fomos para lá. Eu havia me tornado capitão, então aproveitei a patente para mandar nos trazerem o jantar e uma garrafa de vinho a mais.

– Os homens têm medo de você – confessou ela. – Dizem que nunca se cansa.

– Eu me canso – respondi. – Pode acreditar.

– Claro – concordou, sacudindo os cachos longos demais e sorrindo. – Não ficamos todos cansados?

– Acho que sim.

– Qual a sua idade?

– Qual a *sua* idade?

– Um cavalheiro jamais perguntaria isso.

– Nem uma dama.

– Assim que o viram, acharam que tinha mais de cinquenta.

– E...?

– E agora já não fazem ideia. Quarenta e cinco? Quarenta?

– Não.

– Imaginei que não. Mas sua barba enganou todo mundo.

– Barbas têm esse poder.

– E parece mais disposto a cada dia. Mais forte...

– Obrigado. Eu me sinto melhor do que no dia em que cheguei.

– Sir Corey de Cabra – entoou ela. – Onde fica Cabra? O que é Cabra? Por acaso me levaria para lá, se eu pedisse com delicadeza?

– Eu diria que sim – respondi –, mas estaria mentindo.

– Sei disso. Mas seria bom ouvir.

– Tudo bem. Vou levá-la para lá. É um lugar horrível.

– Você é mesmo tão bom quanto os homens dizem?

– Receio que não. E você?

– Não muito. Quer ir para a cama agora?

– Não. Prefiro conversar. Tome um pouco de vinho.

– Obrigada... À sua saúde.

– À sua.

– Como ficou tão bom com a espada?

– Aptidão e bons professores.

– ... e carregou Lance por aquela distância toda e matou as feras...

– Quem conta um conto aumenta um ponto.

– Mas eu tenho observado de perto. É, sim, melhor do que os outros. Foi por isso que Ganelon lhe propôs um acordo, seja qual for. Ele sabe reconhecer quando alguma coisa é boa. Já tive muitos amigos espadachins e já os vi treinar. Você acabaria com todos eles. Os homens dizem que você é um bom professor. Gostam de sua pessoa, mesmo que os assuste.

– Por que eles têm medo de mim? É porque sou forte? Existem muitos homens fortes no mundo. É porque consigo permanecer de pé e brandir uma espada por bastante tempo?

– Eles acham que há alguma coisa sobrenatural.

Dei risada.

– Não, eu sou apenas o segundo melhor espadachim vivo. Quer dizer, talvez o terceiro. Mas sou o mais esforçado.

– Quem é melhor?

– Eric de Âmbar, talvez.

– Quem é ele?

– Uma criatura sobrenatural.

– Ele é o melhor?

– Não.

– Quem é?

– Benedict de Âmbar.

– Outra criatura sobrenatural?

– Se ainda estiver vivo, sim.

– Estranho, é isso que você é – comentou ela. – E por quê? Diga. Você também *é* uma criatura sobrenatural?

– Vamos tomar outra taça.

– Assim ficarei bêbada.

– Ótimo.

Servi o vinho.

– Vamos todos morrer – disse ela.

– Algum dia.

– Quis dizer aqui, em breve, lutando contra aquela coisa.

– Por que diz isso?

– É forte demais.

– Então por que continua aqui?

– Não tenho para onde ir. Foi por isso que perguntei sobre Cabra.

– E por isso veio aqui hoje?

– Não. Vim para ver como você era.

– Sou um atleta em treinamento. Você nasceu por aqui?

– Sim. Na floresta.

– Por que se juntou a esses soldados?

– Por que não? É melhor do que chafurdar os pés no esterco todos os dias.

– Nunca teve um homem para chamar de seu? Quer dizer, estável?

– Tive. Ele morreu. Foi o que encontrou... o Círculo Mágico.

– Sinto muito.

– Eu, não. Sempre que conseguia arranjar ou roubar um pouco de dinheiro, ele se embebedava, voltava para casa e me espancava. Fiquei feliz quando conheci Ganelon.

– Então acredita que a coisa é forte demais, que vamos perder?

– Sim.

– Talvez tenha razão. Mas acho que está errada.

Lorraine deu de ombros.

– Lutará ao nosso lado? – perguntou.

– Receio que sim.

– Ninguém sabia ao certo, senão falariam. Pode ser interessante. Gostaria de ver você lutar contra o homem-bode.

– Por qual razão?

– Porque ele parece ser o líder. Se você o matasse, nós teríamos mais chances. Talvez consiga.

– Não tenho escolha – declarei.

– Tem um motivo especial?

– Sim.

– É pessoal?

– Sim.

– Boa sorte.

– Obrigado.

Ela terminou o vinho, então lhe servi outra taça.

– Sei que *ele* é uma criatura sobrenatural – declarou.

– Vamos mudar de assunto.

– Tudo bem. Mas poderia me fazer um favor?

– Diga.

– Amanhã, vista sua armadura, pegue uma lança, arrume um cavalo e derrote aquele oficial brutamontes da cavalaria, Harald.

– Por quê?

– Ele me bateu na semana passada, como Jarl fazia antigamente. Pode fazer isso por mim?

– Posso.

– Vai fazer?

– Por que não? Considere-o derrotado.

Ela chegou mais perto e se aninhou em meu peito.

– Eu amo você – declarou.

– Balela.

– Tudo bem. Que tal "Eu gosto de você"?

– Serve. Eu...

E então um vento frio e entorpecedor percorreu minha coluna. Retesei o corpo e esvaziei a mente para resistir ao que estava prestes a acontecer.

Alguém estava me procurando. Sem dúvida era alguém da Casa de Âmbar que estava usando meu arcano ou algo muito parecido. A sensação era inconfundível. Se fosse Eric, então era mais corajoso do que eu imaginava, já que em nosso contato anterior eu quase derretera seu cérebro. Não podia ser Random, a menos que tivesse escapado da prisão, o que me parecia improvável. Se fosse Julian ou Caine, os dois podiam ir para o inferno. Bleys provavelmente estava morto. Benedict também. Assim, restavam Gérard, Brand e nossas irmãs. Desses, apenas Gérard talvez tivesse boas intenções. Portanto, tentei e consegui resistir a ser descoberto. Demorei uns cinco minutos, e, quando acabou, estava suado e trêmulo, e Lorraine me encarava com estranheza.

– O que aconteceu? Ainda não está bêbado, nem eu.

– É só uma crise que tenho de vez em quando – respondi. – Uma doença que peguei nas ilhas.

– Vi um rosto – contou ela. – Talvez tenha aparecido no chão, ou talvez tenha sido na minha mente. Era um velho. O colarinho da roupa era verde, e as feições se assemelhavam muito às suas, só que a barba era grisalha.

Dei um tapa nela.

– Mentirosa! Não poderia ter visto o...

– Estou apenas revelando o que vi! Não me bata! Não sei o que significa! Quem era ele?

– Acho que era meu pai. Céus, é estranho...

– O que aconteceu? – perguntou Lorraine de novo.

– Uma crise. Acontece de vez em quando, e as pessoas acham que viram meu pai na parede do castelo ou no chão. Não se preocupe. Não é nada contagioso.

– Balela – retrucou ela. – Está mentindo para mim.

– Eu sei. Mas, por favor, esqueça essa história.

– Por quê?

– Porque você gosta de mim – respondi. – Lembra? E porque eu vou enfrentar Harald a seu pedido amanhã.

– É verdade.

Comecei a tremer outra vez, então Lorraine pegou um cobertor da cama e colocou sobre meus ombros.

Em seguida me ofereceu uma taça de vinho, e eu bebi. Ela se sentou ao meu lado e apoiou a cabeça em meu ombro, então a abracei. Um vento diabólico começou a uivar, e ouvi as batidas rápidas da chuva que o acompanhava. Por um instante, parecia que algo se debatia na janela. Lorraine soltou um leve lamento.

– Não gosto do que está acontecendo hoje – comentou.

– Nem eu. Vá passar o trinco na porta.

Enquanto ela se encarregava disso, mudei nossas cadeiras de lugar para ficarmos de frente para a única janela do cômodo. Peguei Grayswandir embaixo da cama e a desembainhei. Depois, apaguei todas as luzes, exceto por uma vela na mesa à minha direita.

Voltei a me sentar e apoiei a espada nos joelhos.

– O que estamos fazendo? – quis saber Lorraine, ao vir se sentar à minha esquerda.

– Esperando – respondi.

– O quê?

– Não sei ao certo, mas com certeza esta é a noite para isso.

Ela estremeceu e se aproximou.

– Talvez seja melhor você partir.

– Eu sei – admitiu ela –, mas estou com medo de sair agora. Vai conseguir me proteger se eu ficar, não vai?

Meneei a cabeça.

– Não sei nem se conseguirei me proteger.

Ela tocou Grayswandir.

– Que linda espada! Nunca vi nada parecido.

– Não existe outra igual.

A cada movimento meu, a luz da vela se refletia de um jeito diferente na lâmina; uma hora, ela parecia banhada em um sangue alaranjado desumano, e depois era fria e alva como a neve ou o seio de uma mulher, trêmula em minhas mãos toda vez que um calafrio percorria meu corpo.

Eu me perguntava como Lorraine tinha visto algo que me escapara durante a tentativa de contato. Seria impossível que tivesse imaginado algo tão específico.

– Tem algo estranho a seu respeito – declarei.

Ela emudeceu por uns quatro ou cinco bruxuleios da vela, e então:

– Tenho o dom da segunda visão. O de minha mãe era mais forte. Dizem que minha avó era uma feiticeira. Mas não sou versada nessas artes. Bem, não muito. Não faço isso há anos. Sempre acabo perdendo mais do que ganhando.

Lorraine se calou de novo.

– Como assim? – perguntei.

– Usei um feitiço para conquistar meu primeiro homem – contou –, e veja como isso terminou. Se eu não tivesse feito isso, minha vida teria sido muito melhor. Eu queria uma filha bonita, então dei um jeito e...

Ela se interrompeu de repente, e percebi que estava chorando.

– Qual é o problema? Não compreendo...

– Achei que você soubesse.

– Não, acho que não.

– Ela era a criança no Círculo Mágico. Achei que você soubesse...

– Sinto muito.

– Quem me dera não ter esse dom. Nunca mais o usei. Mas não consigo me livrar dele. Ainda me faz ter sonhos e me dá sinais, mas sempre sobre coisas que não posso controlar. Quem me dera ele sumisse e fosse atormentar outra pessoa!

– Essa é a única coisa que ele não fará, Lorraine. Receio que esteja presa a ele.

– Como sabe?

– Já conheci pessoas como você no passado, só isso.

– Você também tem um dom, não tem?

– Tenho.

– Então sente que tem alguma coisa lá fora, não é?

– Sinto.

– Eu também. Por acaso sabe o que a coisa está fazendo?

– Sei. Está me procurando.

– É, também sinto isso. Mas por quê?

– Talvez seja para testar minha força. Já sabe que estou aqui. Se eu for o novo aliado de Ganelon, a coisa deve estar se perguntando o que represento, quem sou...

– É o próprio chifrudo?

– Não sei. Mas creio que não.

– Por que não?

– Se eu for mesmo aquele que o destruirá, seria muita insensatez vir me procurar na fortaleza de seu inimigo, sendo que estou cercado por nossos soldados. Acredito que seja um de seus lacaios à minha procura. Talvez, de alguma forma, seja isso que o fantasma do meu pai... Não sei. Se esse servo me encontrar e chamar meu nome, saberá quais preparativos deve fazer. Se me encontrar e me destruir, terá resolvido o problema. E se eu destruir o servo, revelarei muito sobre minha própria força. De um jeito ou de outro, o chifrudo vai estar com a vantagem. Sendo assim, por que ele arriscaria a própria cabeça cornuda a esta altura do jogo?

Esperamos ali na penumbra do cômodo enquanto o pavio consumia o tempo.

– A que se referiu naquela parte sobre ele o encontrar e chamar seu nome...? – perguntou Lorraine. – Que nome?

– O nome daquele que quase não veio para cá.

– Acha que talvez ele o conheça de algum lugar?

– Sim, creio que sim.

Ela se afastou um pouco de mim.

– Não tenha medo – tranquilizei-a. – Não vou machucá-la.

– Eu tenho medo, e você vai me machucar! – exclamou. – Eu sei! Mas quero você! Por que quero você?

– Não sei.

– Tem alguma coisa lá fora neste momento! – disse Lorraine, e parecia ligeiramente histérica. – Está perto! Está muito perto! Escute! Escute!

– Fique quieta! – disparei, e uma sensação gelada pousou na minha nuca e se enrolou em meu pescoço. – Vá para o outro lado do quarto, atrás da cama!

– Tenho medo do escuro!

– Vá, ou a farei desmaiar e a carregarei até lá. Vai me atrapalhar se continuar aqui.

Escutei uma revoada intensa em meio à tempestade, e então, enquanto Lorraine me obedecia, alguma coisa arranhou a parede de pedra.

E logo me vi diante de dois olhos vermelhos e ardentes, que encaravam os meus. Desviei o olhar depressa. A criatura estava empoleirada no peitoril da janela e me observava.

Tinha quase dois metros de altura, e uma grande galhada saía de sua testa. Estava nua, e sua pele era da cor das cinzas. Parecia não ter nenhum sexo, e de suas costas projetavam-se enormes asas cinzentas e coriáceas que se fundiam com a noite ao fundo. A mão direita segurava uma espada curta de metal escuro cuja lâmina era coberta de runas. Com a esquerda, a criatura segurava a treliça da janela.

– Entre por sua conta e risco – avisei, em alto e bom som, e apontei a lâmina de Grayswandir na direção de seu peito.

A criatura riu. Ficou parada ali, rindo e debochando de mim. Tentou fitar meus olhos outra vez, mas não permiti. Se os encarasse por muito tempo, me reconheceria, como o gato infernal tinha feito.

Quando enfim se pronunciou, foi como se as palavras estivessem saindo de um fagote.

– Você não é o escolhido – disse –, pois é menor e mais velho. Porém... Essa espada... Talvez seja dele. Quem é você?

– Quem é você? – perguntei.

– Strygalldwir é meu nome. Evoque-o, e comerei seu coração e seu fígado.

– Evocá-lo? Não consigo nem pronunciar direito – retruquei –, e minha cirrose vai lhe causar indigestão. Vá embora.

– Quem é você? – perguntou de novo.

– *Misli, gammi gra'dil, Strygalldwir* – declarei, e a criatura deu um pulo como se atingida por ferro em brasa.

– Está tentando me expulsar com um feitiço tão simples? – questionou ela, ao se recuperar. – Não sou um dos mais fracos.

– Pareceu ter incomodado um pouco.

– Quem é você? – insistiu.

– Não é da sua conta. Voa, passarinho, voa...

– Quatro vezes devo lhe perguntar, e quatro vezes me recusará, antes que eu possa entrar e tirar sua vida. Quem é você?

– Não vou dizer – respondi, e fiquei de pé. – Entre e arda!

A criatura então largou a treliça, e o vento que a acompanhou cômodo adentro apagou a vela.

Avancei contra ela, e faíscas voaram entre nós quando Grayswandir enfrentou a espada rúnica escura. Nossas lâminas se encontraram, e dei um pulo para trás. Meus olhos já estavam acostumados à penumbra, então não fiquei cego quando a vela se apagou. A criatura também enxergava bem. Era mais forte do que um homem, mas eu também sou. Circundamos um ao outro pelo espaço do quarto. Um vento gelado nos envolvia, e quando passei diante da janela, gotas frias fustigaram meu rosto. Na primeira vez que feri a criatura, com um talho comprido no peito, ela ficou em silêncio, e pequenas chamas dançaram pelas bordas do ferimento. Quando fiz o segundo corte, dessa vez no braço, ela soltou um grito e me insultou.

– Esta noite sugarei o tutano de seus ossos! – bradou para mim. – Eu os secarei e transformarei em belos instrumentos musicais! Sempre que os tocar, seu espírito vai se retorcer em etérea agonia!

– É lindo ver seu corpo consumido pelas chamas – devolvi.

A criatura hesitou por uma fração de segundo, e foi a minha oportunidade.

Com uma estocada perfeita, afastei aquela lâmina escura e atravessei-lhe o peito, meu alvo pretendido.

Ela uivou, mas não caiu. Grayswandir foi arrancada de minhas mãos, e a ferida expeliu chamas. A criatura continuou de pé, ornada de prata e fogo. Avançou um passo na minha direção, e usei uma cadeira pequena para manter a distância entre nós dois.

– Meu coração não está onde os homens os mantêm – declarou.

Em seguida deu uma investida, porém aparei o golpe com a cadeira e a acertei no olho direito com uma das pernas. Joguei a mobília para longe e, com um passo à frente, agarrei-lhe o pulso direito e a virei. Bati em seu cotovelo com a lateral da mão tão forte quanto pude. Ouvi um estalido alto, e a espada rúnica caiu no chão. A criatura me acertou a cabeça com a mão esquerda e me derrubou.

Quando tentou pegar a espada, eu a agarrei pelo tornozelo.

Tombou esparramada no chão, e me joguei para cima dela e apertei seu pescoço. Virei o rosto para o lado e apoiei o queixo no peito, enquanto a criatura tentava me arranhar com a mão esquerda.

Conforme meu aperto mortal aumentava, ela procurou meus olhos com os dela, e dessa vez não os evitei. Um breve choque no fundo do cérebro me indicou que nós dois entendemos tudo.

– É você! – exclamou ela, ofegante, antes que eu torcesse as mãos com força e a vida desaparecesse daqueles olhos vermelhos.

Fiquei de pé, pisei na carcaça e puxei Grayswandir.

Quando minha espada se soltou, a criatura irrompeu em chamas e continuou a arder até não restar nada além de uma mancha carbonizada no chão.

E então Lorraine se aproximou, e eu a abracei, e ela me pediu para levá-la para seus aposentos e para a cama. Mas não fizemos nada além de ficarmos deitados juntos enquanto ela chorava até dormir. Foi assim que conheci Lorraine.

Lance, Ganelon e eu montávamos nossos cavalos no topo de uma colina, com o sol do fim da manhã às nossas costas, e olhávamos para a paisagem lá embaixo. A aparência do lugar confirmava algumas de minhas suspeitas.

Era semelhante à floresta tortuosa que tomara o vale ao sul de Âmbar.

Ah, meu pai! O que foi que eu fiz?, pensei com meus botões, mas não obtive nenhuma resposta além do Círculo escuro abaixo de mim que se estendia até onde a vista alcançava.

Observei-o pela barbuda do meu elmo, uma terra queimada, desolada, impregnada de putrefação. Nos últimos dias, eu não tirava o elmo para nada. Os homens me julgavam petulante, mas meu posto me dava o direito de ser excêntrico. Já fazia duas semanas que eu o usava, desde a luta com Strygalldwir. Eu o colocara na manhã seguinte, antes de derrotar Harald como prometera a Lorraine, e decidi que seria melhor manter meu rosto oculto à medida que recuperava minhas forças.

A essa altura, devia estar pesando cerca de seis arrobas e já me sentia como antes. Se pudesse ajudar a resolver o caos instaurado em Lorraine, sabia que pelo menos teria uma chance de tentar o que eu mais queria, e talvez tivesse sucesso.

– Então é isso – declarei. – Não vejo nenhuma tropa reunida.

– Creio que teremos que cavalgar para o norte – conjecturou Lance –, e certamente só os veremos após o anoitecer.

– Cavalgar quanto?

– Três ou quatro léguas. Eles se afastam um pouco.

Havíamos cavalgado por dois dias para chegar até o Círculo. Tínhamos encontrado uma patrulha naquela manhã que nos havia informado que as tropas dentro daquela coisa continuavam se reunindo todas as noites. Faziam diversas sessões de treinamento e depois recuavam para o centro do Círculo assim que amanhecia. Uma nuvem de tempestade perpétua pairava acima da região, mas o temporal nunca desabava.

– O que acham de tomarmos o desjejum aqui antes de seguirmos viagem? – sugeri.

– Por que não? – comentou Ganelon. – Estou faminto, e temos tempo.

Então apeamos, comemos carne-seca e bebemos direto de nossos cantis.

– Ainda não compreendo o teor daquela mensagem – continuou Ganelon, depois de arrotar, bater na barriga e acender o cachimbo. – Ele lutará ao nosso lado na batalha final ou não? Onde está, se tem alguma intenção de ajudar? O dia do conflito se aproxima.

– Deixe isso para lá – aconselhei. – Provavelmente era uma troça.

– Não consigo, raios! – retrucou ele. – Tem algo estranho nessa história toda!

– Do que se trata? – perguntou Lance, e pela primeira vez percebi que Ganelon não dividira aquela informação com ele.

– Meu antigo senhor, lorde Corwin, enviou uma mensagem estranha avisando que está a caminho – explicou Ganelon. – Achei que estivesse morto, mas recebemos a tal mensagem. Ainda não sei o que pensar dela.

– Corwin? – repetiu Lance, e prendi a respiração. – Corwin de Âmbar?

– Sim, Âmbar e Avalon.

– Esqueça a mensagem.

– Por quê?

– É um sujeito sem honra, com promessas vazias.

– Por acaso o conhece?

– Já ouvi falar dele. Muito tempo atrás, Corwin reinava nesta terra. Não se lembra das histórias sobre o fidalgo demoníaco? São a mesma pessoa. Era Corwin, muito antes de eu nascer. A melhor coisa que fez foi abdicar e fugir quando a oposição a ele se tornou forte demais.

Não era verdade!

Ou será que era?

Âmbar projeta uma infinidade de sombras, e devido à minha presença Avalon também projetara muitas. Talvez eu fosse conhecido em terras onde nunca estivera, pois sombras minhas as percorreram, reproduzindo de maneira imperfeita minhas façanhas e meus pensamentos.

– Não – contestou Ganelon –, nunca dei atenção às velhas lendas. Eu me pergunto se *poderia* ter sido o mesmo homem. É interessante.

– Muito – concordei, para participar da conversa. – Mas se ele reinou há tanto tempo assim, com certeza já deve estar morto ou decrépito.

– Ele era um feiticeiro – esclareceu Lance.

– O homem que eu conheci com certeza era – corroborou Ganelon –, pois me baniu de uma terra impossível de ser encontrada a essa altura, seja por arte, seja por artifício.

– Nunca me contou isso antes – disse Lance. – Como aconteceu?

– Não é da sua conta – disparou Ganelon, e Lance se calou outra vez.

Peguei meu próprio cachimbo, arranjado uns dois dias antes, e Lance fez o mesmo. Era feito de barro, e a fumaça saía quente e forte. Ficamos os três fumando.

– Bom, ele foi esperto – admitiu Ganelon. – Vamos nos esquecer disso por ora.

Não nos esquecemos, claro. Mas evitamos tocar no assunto.

Se não fosse aquela floresta sombria, teria sido uma tarde muito agradável e relaxante. De repente, me senti à vontade com aqueles dois. Tive vontade de dizer algo, mas não conseguia pensar em nada.

Ganelon quebrou o silêncio ao voltar a falar sobre o Círculo.

– Então pretende atacar antes que nos ataquem? – perguntou ele.

– Isso mesmo – confirmei. – Levar a batalha para o território deles.

– O problema é ser no território *deles*. Por isso o conhecem melhor do que nós, e quem sabe que poderes terão chance de invocar lá dentro?

– Se matarmos o chifrudo, todo o resto vai ruir – indiquei.

– Talvez sim. Talvez não. Pode ser que você consiga – observou Ganelon. – E eu também, se a sorte estiver do meu lado. Mas não estou confiante. Aquela criatura é terrível demais para morrer com facilidade. Ainda acho que sou tão bom quanto era alguns anos atrás, mas posso estar enganado. Talvez tenha enferrujado. Nunca quis esse trabalho burocrático!

– Eu sei – dissemos Lance e eu, juntos.

– Lance, devemos fazer o que nosso companheiro sugere? – perguntou Ganelon. – Devemos atacar?

Ele poderia ter dado de ombros e se esquivado. Mas não o fez.

– Sim, devemos – respondeu. – Da última vez, quase nos derrotaram. Foi por muito pouco, e perdemos o rei Uther. Se não atacarmos agora, sinto que eles vão vencer a próxima batalha. Ah, não seria fácil, e causaríamos estragos em suas fileiras. Ainda assim, acho que eles sairiam vitoriosos. Vamos analisar as possibilidades agora para planejar um ataque.

– Pois bem – concordou Ganelon. – Também estou cansado de esperar. Se sua resolução permanecer depois que voltarmos à fortaleza, vou aceitar.

E foi o que fizemos.

Cavalgamos em direção ao norte naquela tarde e nos escondemos nas colinas para observar o Círculo. Lá dentro, eles realizavam ritos de idolatria, à sua maneira e treinavam combate. Estimei cerca de quatro mil soldados. Nós éramos dois mil e quinhentos. Havia também seres esquisitos que voavam, pulavam, rastejavam e faziam barulhos na calada da noite. Tínhamos corações fortes. Valentes.

Eu precisava de apenas alguns minutos a sós com o líder e, de um jeito ou de outro, a batalha seria decidida... para o bem ou para o mal. Embora não pudesse revelar aos meus companheiros, era a verdade.

Era, afinal, o responsável por toda aquela confusão. Aquilo era obra minha, e cabia a mim desfazer o mal, se pudesse.

Tive medo de não conseguir.

Em um rompante de emoção, uma combinação de fúria, horror e sofrimento, eu desencadeara aquilo, que se refletiu em todas as terras. Tal é a maldição de um príncipe de Âmbar.

Observamos os Guardiões do Círculo a noite toda e partimos logo pela manhã.

O veredito foi: atacar!

Cavalgamos de volta sem que nada nos seguisse. Quando chegamos à Fortaleza de Ganelon, começamos a planejar. Nossas tropas estavam preparadas, talvez até demais, e decidimos atacar dali a uma quinzena.

Contei tudo isso a Lorraine quando estávamos juntos na cama. Julguei que ela precisava saber. Eu tinha o poder de enviá-la para Sombra, naquela noite mesmo, caso aceitasse. Mas não aceitou.

– Quero ficar ao seu lado – insistiu.

– Tudo bem.

Nada revelei sobre a minha sensação de que o destino daquela terra estava em minhas mãos, mas me pareceu que ela já sabia e, por algum motivo, confiava em mim. Eu não teria confiado, mas isso era com ela.

– Sabe bem o que pode acontecer – alertei.

– Sim, eu sei – respondeu, e eu sabia que era verdade.

Voltamos nossa atenção para outros assuntos e, depois, dormimos.

Lorraine teve um sonho.

E decidiu me contar tudo pela manhã.

– Eu tive um sonho.

– Sobre o quê?

– A batalha iminente – disse ela. – Vi sua luta contra o chifrudo.

– Quem vai vencer?

– Não sei. Mas, enquanto você dormia, fiz algo que talvez ajude.

– Gostaria que não tivesse feito. Sei me cuidar.

– Depois, sonhei com a minha própria morte.

– Permita-me levá-la a um lugar que conheço.

– Não, meu lugar é aqui.

– Eu não quero obrigá-la a nada, mas posso salvá-la do destino de seu sonho, seja lá qual for. Isso está ao meu alcance, acredite.

– Eu acredito, mas não irei.

– Então é uma tola.

– Deixe-me ficar.

– Como queira... Escute, posso mandá-la para Cabra...

– Não.

– Tola, muito tola.

– Eu sei. Amo você.

– ... e ainda por cima é burra. A palavra é “gosto”. Esqueceu?

– Você vai fazer – disse ela.

– Vá para o inferno – disparei.

E então ela chorou, bem baixinho, até que a consolei outra vez.

Essa era Lorraine.

TRÊS

Certa manhã, comecei a pensar em tudo o que havia acontecido. Pensei em meus irmãos e irmãs como se fossem cartas de um baralho, embora soubesse que era errado. Pensei no sanatório onde eu havia acordado, na batalha em Âmbar, na minha caminhada pelo Padrão de Rabma e naquela noite que passara com Moire, que àquela altura já devia ser de Eric. Naquela manhã, também pensei em Bleys e Random, em Deirdre, Caine, Gérard e Eric. O dia da batalha tinha chegado, claro, e estávamos acampados nas colinas próximas ao Círculo. Tínhamos sido atacados algumas vezes ao longo do caminho, mas foram combates breves, de guerrilha. Eliminamos os inimigos e retomamos a marcha. Quando alcançamos a área escolhida, montamos acampamento, estabelecemos guardas e descansamos. Dormimos sem interrupções. Acordei me perguntando se meus irmãos e minhas irmãs pensavam em mim quando eu pensava neles. Era uma ideia muito triste.

Na privacidade de um pequeno arvoredo, com o elmo cheio de água e sabão, raspei a barba. Depois, sem me apressar, vesti roupas esfarrapadas nas minhas cores. Eu voltara a ser duro feito pedra, escuro feito terra e cruel feito o diabo. Aquele seria o dia. Baixei a barbuda do elmo, vesti a cota de malha, prendi o cinto e pendurei Grayswandir na cintura. Por fim, prendi o manto ao pescoço com uma rosa de prata. Pouco depois um mensageiro se aproximou para avisar que estava quase tudo pronto.

Beijei Lorraine, que insistira em me acompanhar. Depois, subi em meu cavalo, um ruão chamado Estrela, e cavalguei até a linha de frente.

Lá encontrei Ganelon e Lance.

– Estamos prontos – declararam os dois.

Chamei meus oficiais e os instruí. Depois de prestarem continência, eles partiram.

– Está quase na hora – disse Lance, acendendo o cachimbo.

– Como está seu braço?

– Agora está bem – respondeu ele –, depois de todo aquele treino de ontem. Perfeito.

Abri a viseira do elmo e acendi meu cachimbo.

– Você raspou a barba – comentou Lance. – Não consigo imaginá-lo sem ela.

– O elmo se ajusta melhor assim.

– Boa sorte para todos nós – disse Ganelon. – Não conheço deus nenhum, mas se algum estiver disposto a nos acompanhar, eu o receberei de bom grado.

– Existe um único Deus – insistiu Lance. – Rezo para que Ele esteja conosco.

– Amém – respondeu Ganelon, acendendo o cachimbo. – Para o dia de hoje.

– A vitória será nossa – afirmou Lance.

– Sim, será – concordei, enquanto o sol despontava no leste e os pássaros matinais despontavam no ar. – O dia está com essa energia.

Esvaziamos os cachimbos e os guardamos no cinto. E então fizemos os últimos ajustes nas armaduras.

– Vamos em frente – determinou Ganelon.

Os oficiais me passaram informações sobre o andamento das tropas. Meus soldados estavam prontos.

Descemos a colina e nos agrupamos diante do Círculo. Nada se movia lá dentro, e não víamos nenhum guerreiro.

– Não paro de pensar em Corwin – confessou-me Ganelon.

– Ele está conosco – respondi, e ele me lançou um olhar estranho, parecendo perceber a rosa pela primeira vez, e assentiu com gravidade.

– Lance – chamou, quando terminamos de nos agrupar. – Dê a ordem.

E Lance sacou a espada. Seu grito "Atacar!" ecoou à nossa volta.

Nada aconteceu até termos avançado por quase um quilômetro Círculo adentro. Éramos quinhentos na vanguarda, todos a cavalo. Apareceu uma cavalaria sombria, e a enfrentamos. Depois de cinco minutos, os combatentes se dispersaram e nós seguimos em frente.

E então ouvimos o trovão.

Vimos raios, e a chuva começou a cair.

A tempestade enfim desabou.

Uma infantaria esparsa, composta principalmente de lanceiros, bloqueava nosso caminho e nos aguardava em postura estoica. Talvez todos tenhamos pressentido a armadilha, mas atacamos mesmo assim.

E de súbito a cavalaria nos atingiu pelos flancos.

Demos meia-volta, e a luta começou de verdade.

E assim combatemos por vinte minutos, talvez mais...

Resistimos, esperando o exército principal nos alcançar.

E depois seguimos em frente, duzentos e tantos...

Homens. Eram homens aqueles que matávamos, e que nos matavam, com rostos cinzentos, semblantes sombrios. Eu queria mais. Mais um...

Os adversários deviam ter um problema quase metafísico de logística. Quantos poderiam ser direcionados por aquele Portal? Eu não sabia. Em pouco tempo...

Chegamos ao topo de uma elevação. Mais adiante, aos nossos pés, estendia-se uma cidadela escura.

Ergui a espada.

Fomos atacados enquanto descíamos a colina.

Sibilavam, coaxavam e esvoaçavam. Para mim, aquilo era sinal de que ele estava ficando sem gente. Grayswandir se tornou uma chama na minha mão, um raio, uma cadeira elétrica portátil. Matava-os assim que se aproximavam, e eles ardiam ao sucumbir. À minha direita, vi Lance traçar uma linha de caos semelhante, sempre aos murmúrios. Orações pelos mortos, com certeza. À minha esquerda, Ganelon fazia vítimas por onde passava, e um rastro de fogo seguia no encalço de seu cavalo. À luz dos relâmpagos, a cidadela crescia.

O restante de nós, cento e poucos guerreiros, avançava com fúria enquanto as abominações caíam pelo caminho.

Quando alcançamos o portão, fomos confrontados por uma infantaria de homens e monstros. Atacamos.

Eles estavam em maior número, mas não nos restava muita escolha. Talvez tivéssemos nos afastado muito de nossa própria infantaria. No entanto, não era assim que me parecia. O tempo, a meu ver, se tornara o fator mais importante.

– Preciso atravessar! – gritei. – Ele está lá dentro!

– Ele é meu! – exclamou Lance.

– Podem dividir! – exclamou Ganelon, atacando por todos os lados. – Atravessem quando possível! Eu os seguirei!

Matamos e matamos e matamos, e então a maré virou a favor do inimigo. Fizeram pressão sobre nós, todos aqueles seres horrendos que eram mais ou menos humanos, misturados aos soldados possuídos. Fomos empurrados para um aglomerado denso, defendendo-nos por todos os lados, quando nossa infantaria descompensada chegou e começou a retalhar. Avançamos rumo ao portão outra vez, apenas quarenta ou cinquenta dos nossos.

Atravessamos, e mais soldados nos interpelaram no pátio.

Mais ou menos uma dúzia conseguiu chegar à base da torre escura para enfrentar um último contingente de guardas.

– Vá! – gritou Ganelon, quando saltamos de nossos cavalos e nos embrenhamos nas linhas inimigas.

– Vá! – berrou Lance, e acho que os dois se referiam a mim, ou um ao outro.

Presumi que era a mim, então me desvencilhei da luta e corri escada acima.

Eu sabia que ele estaria lá, na torre mais alta, e que seria necessário enfrentá-lo e derrotá-lo. Não tinha certeza se conseguiria, mas precisava tentar, pois eu era o único que conhecia sua origem; e era o responsável por sua presença naquela terra.

Encontrei uma porta pesada de madeira no topo da escada. Tentei abrir a maçaneta, mas estava trancada por dentro. Desferi um chute com toda a força.

A porta tombou com um estrondo.

E ali o avistei, parado junto à janela, um corpo humano com armadura leve e uma cabeça de bode sobre aqueles ombros enormes.

Cruzei a soleira e parei a alguma distância dele.

O ser tinha se virado quando a porta caiu e no momento tentava enxergar meus olhos através da fresta no elmo.

– Chegou muito longe, mortal – declarou. – Ou será mesmo um homem mortal?

Uma espada apareceu em sua mão.

– Pergunte a Strygalldwir – rebati.

– Foi você que o matou – afirmou ele. – Strygalldwir descobriu seu nome?

– Talvez.

Passos soaram na escada atrás de mim. Posicionei-me à esquerda da porta.

Ganelon irrompeu no cômodo e, ao me ouvir gritar "Alto lá!", parou, virando-se para mim.

– Aí está a criatura – observou. – O que é?

– Meu pecado contra algo que eu amava – respondi. – Fique longe. Ele é meu.

– À vontade.

Ganelon ficou completamente imóvel.

– Está falando sério? – perguntou a criatura.

– Vamos descobrir – declarei, e dei um salto à frente.

Mas ele não lutou comigo. Em vez disso, fez o que qualquer espadachim mortal consideraria uma insensatez.

Jogou a espada como um raio na minha direção, com a lâmina afiada voltada para a frente. E o som de sua trajetória ribombou como um trovão. A tempestade lá fora ecoou uma resposta estrondosa.

Com Grayswandir, aparei o golpe como se fosse qualquer outro. A espada se cravou no chão e ardeu em chamas. Do lado de fora, os raios responderam.

Por um instante, a luz ficou ofuscante como magnésio em combustão, e naquele momento a criatura me atacou.

Segurou meus braços e usou os chifres para acertar meu elmo uma vez, duas...

Concentrei toda a minha força contra seu aperto, e a pressão começou a diminuir.

Soltei Grayswandir e, com um esforço deliberado, libertei-me das garras que me prendiam.

Nesse momento, porém, nossos olhares se cruzaram.

E então nós dois sentimos um choque e recuamos.

– Lorde de Âmbar – disse ele –, por que luta comigo? Foi você que nos deu esta passagem, este caminho...

– Estou arrependido e pretendo desfazer esse ato impensado.

– Tarde demais... e este é um lugar estranho para começar.

Ele atacou novamente, e com tanta velocidade que penetrou minha guarda. Fui jogado contra a parede. Era uma rapidez mortífera.

A criatura ergueu a mão e fez um sinal, e tive uma visão das Cortes do Caos. A cena bastou para me arrepiar a nuca e me gelar a alma, ao saber o que tinha feito.

– Entende agora? – perguntou. – Você nos deu este portal. Ajude-nos, e lhe devolveremos o que é seu por direito.

Por um momento, fiquei tentado. Era possível que ele cumprisse a promessa, se eu ajudasse.

No entanto, depois se tornaria uma eterna ameaça. Por um curto período seríamos aliados, e uma vez que atingíssemos nossos objetivos, logo nos voltaríamos um contra o outro. E aquelas forças sombrias estariam muito mais poderosas. Ainda assim, se a cidade fosse minha...

– Temos um acordo? – veio a pergunta brusca, quase um balido.

Pensei nas sombras, e nos lugares para além de Sombra...

Devagar, ergui meu elmo...

E o arremessei assim que a criatura pareceu relaxar. Ganelon parecia prestes a avançar naquele mesmo instante.

Lancei-me pelo cômodo e empurrei a criatura contra a parede.

– Não! – respondi.

Suas mãos alcançaram meu pescoço ao mesmo tempo que as minhas se enrolaram no dele.

Apertei com todas as forças e torci. Acho que ele fez o mesmo.

Ouvi o estalo de algo se partindo, como um graveto seco. Não sabia dizer qual pescoço tinha se quebrado. O meu doía.

Abri os olhos e lá estava o céu. Estava deitado de costas sobre um cobertor no chão.

– Receio que ele vá viver – disse Ganelon, e virei a cabeça devagar na direção de sua voz.

Ele estava sentado na beira do cobertor, com a espada apoiada nos joelhos. Lorraine também estava ali.

– O que aconteceu? – perguntei.

– Vencemos. Você cumpriu sua promessa. Quando matou aquele ser, tudo ruiu. Os homens ficaram inconscientes, as criaturas queimaram.

– Ótimo.

– Fiquei aqui me perguntando por que não o odeio mais.

– E chegou a alguma conclusão?

– Não, nenhuma. Talvez seja porque somos muito parecidos. Não sei.

Sorri para Lorraine.

– Ainda bem que não é muito versada em profecias. A batalha acabou e você continua viva.

– A morte já começou – respondeu ela, sem retribuir meu sorriso.

– Como assim?

– As pessoas ainda contam histórias de quando lorde Corwin mandou executar meu avô, eviscerado e esquartejado em praça pública, por liderar um dos primeiros levantes contra ele.

– Não fui eu – expliquei. – Foi uma das minhas sombras.

Mas ela meneou a cabeça e disse:

– Corwin de Âmbar, eu sou o que sou.

E foi embora.

– O que era aquilo? – perguntou Ganelon, ignorando a saída de Lorraine. – O que era aquela coisa na torre?

– Era minha – respondi. – Uma das criaturas que foram libertadas quando lancei minha maldição sobre Âmbar. Abri caminho para que as coisas que residem além de Sombra pudessem entrar no mundo real. Elas oferecem os caminhos de menor resistência através de sombras até Âmbar. Aqui, o caminho era o Círculo. Em outro lugar, pode ser algo diferente. Agora, selei o caminho deles nesta terra. Vocês podem ficar tranquilos.

– Foi por isso que veio para cá?

– Não – respondi. – Estava a caminho de Avalon quando encontrei Lance. Eu não podia deixá-lo ali para morrer, e depois que o levei até a fortaleza acabei me envolvendo nessa obra minha.

– Avalon? Então mentiu quando disse que ela foi destruída?

Neguei com a cabeça.

– Não é mentira. Nossa Avalon caiu, mas em Sombra eu posso encontrar sua semelhante.

– Leve-me junto.

– Por acaso enlouqueceu?

– Desejo rever a terra em que nasci, quaisquer que sejam os riscos.

– Não busco morada por lá – expliquei –, vou apenas me armar para a batalha. Em Avalon os joalheiros usam uma pasta rosada. Certa vez, acendi uma amostra dessa substância em Âmbar. Vou até lá apenas para obtê-la e construir as armas de que necessito para sitiar Âmbar e conquistar o trono que é meu por direito.

– E aquelas coisas de além de Sombra?

– Lidarei com elas depois. Se eu perder dessa vez, elas serão problema de Eric.

– Segundo disse, ele o cegou e o jogou nas masmorras.

– É verdade. Meus olhos se regeneraram. Escapei.

– Você é mesmo um demônio.

– Já ouvi isso muitas vezes. Não nego mais.

– E me levará junto, afinal?

– Se realmente quiser vir. No entanto, será diferente da Avalon que conheceu.

– Para Âmbar, eu digo!

– De fato enlouqueceu!

– Há muito tempo desejo pôr os olhos na cidade lendária. Depois de rever Avalon, vou querer explorar algo novo. Não fui um bom general?

– Sim, foi.

– Então me ensine sobre essas armas de que tanto fala, e eu o ajudarei na maior das batalhas. Não me restam muitos anos bons pela frente, eu sei. Leve-me junto.

– Seus ossos podem descansar ao pé da Kolvir, ao lado dos meus.

– Qual batalha é uma certeza? Prefiro arriscar.

– Como queira. Pode vir.

– Obrigado, senhor.

Acampamos ali durante a noite e voltamos para a fortaleza na manhã seguinte. E então saí à procura de Lorraine. Descobri que ela havia fugido com um de seus antigos amantes, um oficial chamado Melkin. Embora estivesse abalada, lamentei o fato de não ter me dado a oportunidade de explicar algo do qual ela conhecia apenas boatos. Decidi ir atrás dos dois.

Montado em Estrela, virei meu pescoço dolorido na direção que eles supostamente haviam seguido e saí em sua busca. De certa forma, não podia julgar seus atos. Na fortaleza, não fui recebido com a deferência que teria sido destinada a qualquer outro matador da criatura chifruda. As histórias sobre aquele Corwin persistiam, e todas estavam marcadas com o rótulo do demônio. Os homens com quem eu havia treinado, companheiros de luta, passaram a me dirigir olhares carregados de algo além de medo. Não duravam muito, pois logo baixavam os olhos ou os desviavam para outra coisa. Talvez temessem que eu desejasse ficar e assumir aquele reino. Sem dúvida todos se encheram de alívio, exceto Ganelon, quando parti em minha busca. Ele, creio eu, temia que eu não voltasse como havia prometido. E por isso mesmo, acredito, ofereceu-se para cavalgar comigo. Mas eu precisava resolver aquele assunto sozinho.

Surpreendeu-me a descoberta de que Lorraine adquirira certa importância para mim, e sua fuga muito me magoou. Sentia que ela devia ao menos ouvir minhas explicações antes de seguir seu caminho. Depois, se ainda assim preferisse seu capitão mortal, eu não teria objeções. Caso contrário, percebi que gostaria de mantê-la ao meu lado. A bela Avalon teria que esperar pelo tempo que fosse necessário para eu dar fim ou permanência àquela questão.

Cavalguei pela trilha, ladeada de árvores onde cantavam os pássaros. O dia brilhava com a paz no azul do céu e no verde das plantas, pois o flagelo fora expulso da terra. No meu coração, senti algo parecido com alegria por ter desfeito ao menos uma pequena parcela da perversidade que havia causado. Mal? Raios, já cometi mais males do que a maioria dos homens, mas também adquiri minha consciência no processo, então a deixei aproveitar um de seus raros momentos de satisfação. Quando conquistasse Âmbar, poderia lhe permitir um pouco mais de liberdade. Rá!

Eu avançava rumo ao norte, e aquele terreno era desconhecido para mim. Encontrei uma trilha que exibia sinais da passagem recente de duas pessoas a cavalo. Segui esse rastro durante o dia todo, pelo crepúsculo e noite adentro, e apeava de tempos em tempos para examinar o caminho. Por fim, quando meus olhos começaram a me pregar peças, encontrei um pequeno vale a algumas centenas de metros da trilha e ali acampei para passar a noite. Sem dúvida foram as dores em meu pescoço que me fizeram sonhar com a criatura chifruda e reviver aquela batalha. "Ajude-nos, e lhe devolveremos aquilo que é seu por direito." Acordei de repente, com um xingamento nos lábios.

Quando a manhã clareou o céu, montei no cavalo e segui em frente. Tinha sido uma noite fria, e o dia ainda me mantinha nas garras do norte. A grama cintilava com uma leve geada, e meu manto estava úmido por ter sido usado como cama.

Ao meio-dia, o mundo já havia recuperado parte do calor, e a trilha estava mais fresca. Eu estava chegando perto.

Quando a encontrei, saltei do cavalo e corri até onde ela jazia, sob uma roseira silvestre sem flores cujos espinhos lhe haviam arranhado o rosto e os ombros. Estava morta, e devia ser recente, pois o sangue ainda estava úmido onde a lâmina penetrara seu peito, e a pele continuava morna.

Não havia pedras para sepultá-la, por isso cavei o solo com Grayswandir e depositei o corpo de Lorraine ali. O sujeito havia retirado todos os anéis, braceletes e enfeites de cabelo cravejados com joias, que constituíam toda a fortuna que ela possuíra. Precisei fechar seus olhos antes de cobri-la com meu manto, e nesse instante minha mão fraquejou e meus próprios olhos se enevoaram. Permaneci ali por um bom tempo.

Voltei à trilha e não demorei muito para alcançar o culpado. Ele cavalgava como se fugisse do próprio diabo, o que era verdade. Não falei uma palavra quando o derrubei do cavalo, nem depois, e não usei minha espada, embora ele tivesse sacado a própria lâmina. Arremessei seu corpo quebrado em um grande carvalho e, quando olhei para trás, os corvos já se banqueteavam.

Devolvi os braceletes, os anéis, os enfeites e só então cobri o túmulo, e essa foi Lorraine. Tudo o que ela havia sido ou desejado ser terminara ali, e essa é a história completa de como nos conhecemos e como nos separamos, Lorraine e eu, na terra chamada Lorraine. E assim tudo acontece na minha vida, creio eu, pois um príncipe de Âmbar é parte inextricável de todas as perversidades do mundo, e por esse motivo, sempre que falo da minha consciência, outra parte dentro de mim precisa responder com "Rá!". Nos espelhos dos muitos julgamentos, minhas mãos têm cor de sangue. Sou parte do mal que existe no mundo e em Sombra. Às vezes me iludo com a ideia de ser um mal que existe para combater outros males. Destruo os Melkins quando os encontro, e naquele Grande Dia do qual os profetas falam sem acreditar, no dia em que o mundo for completamente purificado de todo o mal, também eu serei lançado à escuridão, engolindo maldições. Agora, creio que esse dia esteja cada vez mais próximo. Mas não importa... Até lá, não lavarei as mãos nem as deixarei ociosas.

Dei meia-volta e retornei para a Fortaleza de Ganelon, que sabia, mas jamais entenderia.

QUATRO

Cavalgamos, e cavalgamos, Ganelon e eu, pelos caminhos bravios e estranhos que levavam a Avalon, por trilhas de sonhos e pesadelos, sob a barca acobreada do sol e as ilhotas brancas e cálidas da noite, até que elas se tornassem ouro e lascas de diamante e a lua nadasse como um cisne. O dia prenunciou o verde da primavera; atravessamos um rio caudaloso e deparamos com montanhas congeladas pela noite. Disparei uma flecha de meu desígnio à meia-noite e ela queimou nas alturas e, como um meteoro, abriu um caminho de fogo em direção ao norte. O único dragão que encontramos era coxo e se apressou em fugir mancando, chamuscando margaridas à medida que arfava e silvava. Aves coloridas em migração guiavam nosso caminho, e vozes cristalinas de lagos ecoavam nossas palavras conforme passávamos. Eu cantava em nossa jornada, e depois de um tempo, Ganelon passou a me acompanhar. Fazia mais de uma semana que viajávamos, e a terra, o céu e a brisa me diziam que já estávamos perto de Avalon.

Quando o sol se escondeu atrás das pedras e o dia minguou e morreu, decidimos acampar em um bosque junto a um lago. Fui me banhar enquanto Ganelon desempacotava nossos pertences. A água estava fria e revigorante. Fiquei ali por um bom tempo.

Tive a impressão de ouvir gritos enquanto desfrutava do lago, mas não tive certeza. Era um bosque estranho, e eu não estava preocupado. Porém, vesti as roupas sem demora e voltei às pressas para o acampamento.

No caminho, ouvi de novo: um choro, um apelo. Conforme me aproximava, percebi que era uma conversa.

E então entrei na pequena clareira que havíamos escolhido. Nossas coisas estavam arrumadas, e havia o princípio de uma fogueira no centro.

Ganelon estava agachado sob um carvalho. O homem estava pendurado em um dos galhos.

Era jovem, de cabelo e pele clara. À primeira vista, era difícil determinar qualquer outra coisa além disso. Como logo descobri, não é nada fácil obter uma primeira impressão nítida quanto aos traços e ao tamanho de um homem quando ele está pendurado de cabeça para baixo a alguns metros do chão.

Com as mãos amarradas às costas, ele pendia de um galho baixo por uma corda enrolada ao tornozelo direito.

Falava depressa, respostas curtas e rápidas às perguntas de Ganelon, e estava com o rosto úmido de saliva e suor. Não estava inerte: o corpo balançava de um lado ao outro. Tinha uma escoriação na face e algumas manchas de sangue na frente da camisa.

Parei ali, contive por um instante o impulso de interromper e observei. Ganelon não o teria pendurado daquele jeito sem motivo, por isso não senti a menor compaixão pelo sujeito. Seja lá o que tenha levado Ganelon a interrogá-lo de tal forma, as informações obtidas também seriam do meu interesse. Também estava curioso para ver o que a cena me revelaria a respeito de Ganelon, que se tornara uma espécie de aliado. E mais alguns minutos de cabeça para baixo não provocariam muito mais dano...

Quando o corpo estava prestes a ficar imóvel, Ganelon apoiou a ponta da espada no peito do garoto e o empurrou para voltar a balançar com força. O gesto abriu um leve talho na pele, e outra mancha vermelha apareceu. O garoto gritou. Pela constituição, percebi então que era mais jovem do que imaginava. Ganelon estendeu a espada e manteve a ponta no caminho por onde a garganta do rapaz passaria no balanço. No último segundo, ele a afastou e riu enquanto o outro se retorcia e gritava:

– Por favor!

– O resto – exigiu Ganelon. – Conte-me tudo.

– É só isso. Não sei de mais nada!

– Por que não?

– Eles passaram direto por mim! Não consegui enxergar!

– Por que não os seguiu?

– Estavam a cavalo e eu estava a pé.

– Ora, e por que não os seguiu a pé?

– Fiquei atordoado.

– Atordoado? Ficou é com medo! E desertou!

– Não!

Ganelon estendeu a lâmina, mas a recolheu de novo no último segundo.

– Não! – gritou o rapaz.

Ganelon tornou a aproximar a espada.

– É verdade! – berrou o garoto. – Eu estava com medo!

– Por isso fugiu?

– Sim! Continuei correndo. Venho fugindo desde então...

– E não sabe o que aconteceu depois disso?

– Não.

– Mentiroso!

Ganelon levantou a espada mais uma vez.

– Não! – implorou o garoto. – Por favor...

Então me aproximei e disse:

– Ganelon.

Ele se virou para mim, sorriu e abaixou a arma. O menino buscou meu olhar.

– O que temos aqui? – perguntei.

– Rá! – exclamou Ganelon, dando um tapa na coxa do rapaz, fazendo-o gritar. – Um ladrão, desertor... com uma história interessante.

– Então o solte e me deixe ouvir.

Ganelon se virou e cortou a corda com um golpe da espada. O garoto caiu no chão e começou a chorar.

– Eu o flagrei tentando roubar nossos pertences e pensei em interrogá-lo sobre a região – explicou Ganelon. – Ele veio de Avalon... bem depressa.

– Como assim?

– Era soldado de infantaria em uma batalha que ocorreu lá duas noites atrás. Ele se acovardou durante a luta e fugiu.

O rapaz fez menção de negar, e Ganelon lhe deu um chute.

– Calado! – exclamou. – Vou contar a história exatamente como me contou!

O garoto se arrastou para o lado como um caranguejo e me encarou com olhos arregalados de súplica.

– Uma batalha? – perguntei. – Quem estava lutando?

Ganelon abriu um sorriso sombrio.

– Parece um pouco familiar – disse. – As forças de Avalon travaram o que parece ter sido o maior, e talvez o último, de uma longa série de confrontos com seres sobrenaturais.

– Como?

O rapaz baixou os olhos sob meu escrutínio, mas eu vi o medo estampado ali.

– Mulheres... – continuou Ganelon. – Fúrias descoradas saídas de algum inferno, belas e frias. Com armas e armaduras. Cabelos longos e claros. Montadas em corcéis brancos que soltam fogo pelas ventas e se alimentam de carne humana. À noite, elas emergiam de um labirinto de cavernas nas montanhas, que foram abertas por um terremoto anos atrás. Atacavam, capturavam homens jovens e matavam todos os outros. Muitos deles ressurgiram mais tarde como soldados desprovidos de alma, seguindo a vanguarda delas. Parece muito o que aconteceu com os homens do Círculo.

– Mas muitos daqueles sobreviveram quando foram libertados – argumentei. – Não pareciam desprovidos de alma, apenas de memórias, como eu mesmo já fiquei. É estranho que não cobrissem as entradas dessas cavernas durante o dia, já que as criaturas só saíam à noite...

– O desertor me contou que tentaram – explicou Ganelon –, porém elas sempre tornavam a emergir depois de algum tempo, mais fortes do que antes.

O menino estava pálido, mas assentiu ao meu olhar inquisitivo.

– O general deles, a quem se referiu como Protetor, as derrotou muitas vezes – continuou Ganelon. – Certa noite, chegou até a passar algumas horas com a líder das criaturas, uma cadela descorada chamada Lintra, embora eu não tenha certeza se foi um encontro romântico ou uma negociação. De nada adiantou. Os ataques continuaram, e as hordas dela ficaram ainda mais fortes. O Protetor enfim decidiu organizar um ataque decisivo, na esperança de destruí-las completamente. Foi durante essa batalha que o desertor aqui fugiu – contou ele, apontando para o jovem com a espada – e nos deixou sem o final da história.

– Foi desse jeito mesmo que aconteceu? – perguntei.

O garoto desviou o olhar da ponta da espada e encontrou o meu, depois assentiu devagar.

Voltei a atenção para Ganelon.

– Interessante, muito interessante. Tenho a sensação de que o problema deles está relacionado ao que acabamos de resolver. Queria saber como a batalha terminou.

Ganelon concordou com um aceno e ajustou a espada na mão.

– Bom, se já terminamos com esse aí... – retomou.

– Espere. Tentou roubar algo para comer, imagino?

– Isso mesmo.

– Desamarre as mãos dele. Vamos lhe dar comida.

– Mas ele tentou nos roubar.

– Certa vez não me confessou ter matado um homem por um par de sapatos?

– Sim, mas foi diferente.

– De que maneira?

– Eu não fui pego.

Comecei a rir. A resposta me desarmou completamente, e não consegui parar. Ganelon pareceu ficar irritado e, depois, confuso. Mas de repente se juntou ao riso.

O jovem nos observava como se fôssemos lunáticos.

– Tudo bem – disse Ganelon, por fim –, tudo bem.

Em seguida se agachou, virou o menino com um empurrão e cortou a corda que prendia seus pulsos.

– Venha, rapaz – chamou. – Vou lhe arranjar alguma coisa para comer.

Ganelon foi até nossas provisões e abriu alguns embrulhos de comida.

O garoto se levantou e mancou devagar atrás dele. Pegou a comida que lhe foi oferecida e começou a comer de forma rápida e ruidosa, sem tirar os olhos de Ganelon. As informações repassadas, se verdadeiras, traziam à tona algumas complicações, sendo a mais séria o fato de que provavelmente seria mais difícil conquistar meus objetivos em uma terra assolada pela guerra. Também reforçava meu receio quanto à natureza e à extensão das perturbações.

Ajudei Ganelon a acender uma pequena fogueira.

– Como isso afeta nossos planos? – perguntou ele.

Não havia muita escolha. Todas as sombras próximas do que eu desejava também estariam envolvidas em algo semelhante. Eu poderia traçar o curso para alguma desprovida de tal envolvimento, mas teria tomado o caminho errado. Aquilo que eu desejava não estaria disponível ali. Se as incursões do caos interferiam repetidamente na jornada de meu desejo através de Sombra, era porque estavam ligadas à natureza do desejo e precisariam ser resolvidas, de uma forma ou de outra, mais cedo ou mais tarde. Eram inevitáveis. Tal era a natureza do jogo, e não cabia a mim reclamar, pois eu mesmo estipulara as regras.

– Vamos seguir em frente – determinei. – É o lugar de meu desejo.

O rapaz soltou um grito e, talvez motivado por uma sensação de dívida por eu ter impedido Ganelon de lhe passar a lâmina, avisou:

– Não vá para Avalon, senhor! Lá não tem nada que possa desejar! Vai acabar morto!

Sorri para ele e agradeci.

– Vamos levá-lo de volta para que possa ser julgado como desertor – sugeriu Ganelon, dando risada.

Na mesma hora, o jovem se pôs de pé e começou a correr.

Sem parar de rir, Ganelon puxou a adaga e fez menção de arremessá-la. Bati no braço dele, e a arma errou o alvo. O rapaz desapareceu na floresta, mas Ganelon continuou rindo.

– Devia ter me deixado matá-lo – retrucou, depois de pegar a adaga de onde ela havia caído.

– Decidi não deixar.

Com ar indiferente, continuou:

– Se ele voltar na calada da noite para cortar a nossa garganta, pode ser que mude de ideia.

– Imagino que sim. Mas sabe muito bem que ele não vai voltar.

Ganelon deu de ombros, espetou um pedaço de carne e o aqueceu sobre as chamas.

– Bom, a guerra o ensinou a ser ligeiro – reconheceu ele. – Temos chance de acordar vivos amanhã.

Arrancou um naco de carne e começou a mastigar. Pareceu uma boa ideia, então me servi de uma porção.

Muito mais tarde, acordei de um sono agitado e me pus a admirar as estrelas através de uma trama de folhas. Alguma parte agourenta da minha mente havia dominado o jovem e maltratado nós dois. Demorei muito para voltar a adormecer.

De manhã, cobrimos as cinzas com terra e continuamos a jornada. Chegamos às montanhas naquela mesma tarde e as atravessamos no dia seguinte. De vez em quando víamos pegadas recentes na nossa trilha, mas não encontramos ninguém.

No dia seguinte, passamos por algumas casas rurais e cabanas e não paramos em nenhuma. Estava decidido a não trilhar o caminho demoníaco que havia usado ao exilar Ganelon. Embora fosse muito curto, eu sabia que ele teria ficado bastante incomodado. Dessa vez, queria tempo para pensar, e tal jornada não era necessária. No entanto, o longo trajeto já se aproximava do fim. Avistamos o céu de Âmbar naquela tarde, e eu o admirei em silêncio. Parecia até que cavalgávamos pela Floresta de Arden, embora não houvesse o grito da trombeta, nem Julian, nem Morgenstern, nem cães em nosso encalço, como na minha última passagem por Arden. Havia apenas o canto dos pássaros nas árvores grossas, o chiado de um esquilo, o regougo de uma raposa, o burburinho de uma cascata, os tons de branco, azul e rosa das flores à sombra.

As brisas da tarde eram suaves e frescas e me embalavam a tal ponto que não estava preparado para ver a fileira de túmulos recentes que despontaram na beira da trilha quando fizemos a curva. Mais adiante havia um pequeno vale arrasado e pisoteado. Paramos ali brevemente, mas não descobrimos nada além do que se encontrava imediatamente à vista.

Passamos por outro lugar semelhante mais à frente, e por alguns arvoredos chamuscados. Naquela área, a trilha estava bem marcada, e os arbustos de ambos os lados estavam pisoteados e quebrados, como se por ali tivessem passado muitos homens e animais. Vez ou outra o cheiro das cinzas pairava no ar, e nos apressamos para ultrapassar a carcaça parcialmente devorada de um cavalo em estado avançado de decomposição.

O céu de Âmbar já não me acalentava, embora dali em diante a estrada tenha ficado livre de percalços por um bom trecho.

O anoitecer se avizinhava e as árvores ficavam cada vez mais escassas quando Ganelon avistou sinais de fumaça a sudeste. Seguimos pela primeira trilha que parecia levar naquela direção, embora fosse um desvio de Avalon. Era difícil estimar a distância, mas certamente não chegaríamos ao local antes do cair da noite.

– O exército deles ainda estará acampado? – perguntou Ganelon.

– Sim, ou o que os derrotou.

Com um meneio da cabeça, ele afrouxou a espada na bainha.

Era quase crepúsculo quando saí da trilha para seguir o som de água corrente até descobrir a origem, um regato cristalino e límpido que descia das montanhas e ainda carregava algo do frio delas. Banhei-me em suas águas, aparei a barba e limpei também a poeira da viagem de minhas roupas. Conforme nos aproximávamos do fim da jornada, era meu desejo chegar com o máximo de esplendor que me fosse possível. Ciente disso, Ganelon até jogou água no rosto e assoou o nariz ruidosamente.

Na margem, piscando os olhos úmidos para o firmamento, vi a lua surgir com firmeza e nitidez, sem borrões nas beiradas. Foi a primeira vez que isso aconteceu. Prendi a respiração de repente e continuei a observar. Contemplei então as primeiras estrelas do céu, acompanhei os contornos das nuvens, as montanhas distantes, as árvores mais remotas. Olhei mais uma vez para a lua, e ela continuava nítida. Minha visão tinha voltado ao normal.

Ganelon levou um susto ao ouvir minha risada, porém nunca perguntou o motivo.

Reprimi o impulso de cantar, subi de novo em minha montaria e voltei para a trilha. As sombras ficavam mais densas conforme avançávamos, e os aglomerados de estrelas desabrochavam por entre os galhos acima de nós. Inspirei uma golfada da noite, prendi o ar por um instante, depois soltei. Eu havia recuperado minha antiga forma, e a sensação era boa.

– Com certeza vai haver sentinelas – avisou Ganelon em voz baixa, aproximando-se de mim.

– Sim.

– Então não seria melhor sairmos da trilha?

– Prefiro não parecer furtivo. Não importa se chegarmos sob escolta. Somos apenas dois viajantes.

– Talvez perguntem o motivo de nossa viagem.

– Então seremos mercenários que ouviram notícias de conflitos no reino e vieram em busca de trabalho.

– Sim, e até parecemos mercenários. Tomara que hesitem por tempo o bastante para reparar.

– Se não conseguirem nos ver direito, sinal de que não seremos bons alvos.

– De fato, mas esse pensamento não me traz muito consolo.

Ouvi o som de cascos de cavalo na trilha. Era um caminho sinuoso, e vagueava por um tempo antes de começar a subir. À medida que percorríamos o aclive, as árvores ficavam ainda mais escassas.

Chegamos ao topo de uma colina e nos vimos diante de uma área razoavelmente descampada. Durante o avanço, de repente deparamos com uma paisagem que se estendia por quilômetros. Puxamos as rédeas diante de uma descida abrupta de dez ou quinze metros, que depois se tornava um declive gradual e assim avançava até uma grande planície a talvez um quilômetro de distância, antes de desembocar em uma área acidentada com alguns trechos esparsos de floresta. Fogueiras salpicavam a planície, e mais para o centro havia algumas barracas. Uma grande quantidade de cavalos pastava nas proximidades, e estimei que devia haver centenas de homens sentados ao redor das fogueiras ou postados nas cercanias do acampamento.

– Pelo menos parecem homens normais – comentou Ganelon, depois de soltar um suspiro.

– Concordo.

– E se são soldados normais, provavelmente estamos sendo observados. É um lugar muito privilegiado para ser deixado desprotegido.

– Sim.

Ouvimos um barulho vindo de trás. Começamos a nos virar, mas uma voz próxima exclamou:

– Não se mexam!

Continuei a virar a cabeça e avistei quatro homens. Dois deles tinham bestas apontadas para nós e os outros empunhavam espadas. Um dos sujeitos deu dois passos à frente.

– Desçam do cavalo! – ordenou. – Do lado de cá! Devagar!

Apeamos das montarias e ficamos de frente para ele, com as mãos afastadas de nossas armas.

– Quem são vocês? De onde vieram? – interrogou.

– Somos mercenários de Lorraine – respondi. – Ouvimos falar dos conflitos nesta região e viemos em busca de trabalho. Estávamos a caminho daquele acampamento lá embaixo. Vieram de lá, presumo?

– E se eu disser que somos uma patrulha de um exército que está prestes a invadir aquele acampamento?

– Nesse caso, teria interesse em contratar dois homens? – perguntei com indiferença.

Ele cuspiu.

– O Protetor não precisa da sua laia – retrucou. – De que direção vieram?

– Do leste.

– E encontraram alguma... dificuldade... pelo caminho?

– Não. Deveríamos?

– Difícil dizer – desconversou ele. – Entreguem suas armas. Vou mandá-los para o acampamento. Lá, serão interrogados a respeito de qualquer coisa que tenham visto no leste, qualquer coisa incomum.

– Não vimos nada de estranho – respondi.

– De todo modo, provavelmente vão lhes oferecer comida. Mas duvido que sejam contratados. Chegaram um pouco tarde para a luta. Entreguem as armas agora.

Enquanto soltávamos as fivelas de nossas bainhas, ele chamou outros dois homens que estavam escondidos nas árvores e ordenou que nos escoltassem a pé até lá embaixo. Devíamos levar nossos cavalos pela rédea. Tivemos nossas armas confiscadas e, enquanto nos virávamos para descer, o sujeito que nos interrogou gritou:

– Esperem!

Olhei para ele.

– Você. Qual é seu nome? – perguntou para mim.

– Corey.

– Não se mexa.

Então se aproximou, até chegar bem perto, e me encarou por uns dez segundos.

– Qual é o problema? – questionei.

Em vez de responder, vasculhou a algibeira presa ao cinto. Tirou um punhado de moedas e as levantou até a altura dos olhos.

– Droga! Está escuro demais – reclamou –, e não podemos acender uma tocha.

– Para quê?

– Ah, nada muito importante – confessou. – Mas seu rosto me pareceu familiar, e queria descobrir o motivo. É muito semelhante à efígie estampada em nossas moedas antigas. Algumas ainda estão em circulação.

Depois se virou para o besteiro mais próximo e perguntou:

– Não parece?

O homem abaixou a besta e se aproximou. Parou a alguns passos de distância e ficou me encarando.

– É – concordou, por fim. – De fato parece.

– Quem era mesmo aquele sujeito?

– Um dos antigos. De antes da minha época. Não me lembro.

– Nem eu. Enfim... – voltou a dizer, resignado. – Não tem importância. Vá em frente, Corey. Responda às perguntas com honestidade e sairá ileso.

Dei meia-volta e o deixei ali ao luar, sem tirar os olhos de mim enquanto coçava a cabeça.

Para nossa sorte, os homens que nos acompanhavam não eram muito falantes.

Ao longo de toda a descida, pensei na história do menino e me perguntei qual teria sido o desfecho daquele conflito, pois eu obtivera o análogo físico do mundo que desejava e precisaria agir conforme as situações se apresentavam.

O acampamento tinha aquele cheiro agradável de homens e animais, fumaça de lenha, carne assada, couro e óleo, tudo entremeado pela luz das fogueiras ao redor das quais os soldados conversavam, afiavam as armas, consertavam os equipamentos, comiam, jogavam, dormiam, bebiam e nos observavam, conforme conduzíamos nossos cavalos por entre eles e éramos escoltados na direção de um trio de barracas surradas quase no centro. O silêncio se expandia à nossa volta a cada passo que dávamos.

Cessamos a marcha diante da segunda maior barraca, e um dos guardas de nossa escolta conversou com um dos responsáveis por vigiar a área. O sujeito meneou a cabeça algumas vezes e gesticulou na direção da maior barraca. A conversa durou alguns minutos, e então nosso acompanhante retornou e se dirigiu ao homem que esperava à nossa esquerda. Por fim, ele assentiu e veio até mim enquanto o outro ia buscar um soldado na fogueira mais próxima.

– Os oficiais estão todos reunidos na barraca do Protetor – contou ele. – Vamos levar seus cavalos para o pasto. Deixem suas coisas aqui. Vão ter que esperar para ver o capitão.

Acenei em concordância, e começamos a descarregar nossos pertences e escovar os cavalos. Dei uns tapinhas no pescoço de Estrela e vi um homem baixo e coxo conduzi-lo ao lado de Dragão, a montaria de Ganelon, em direção aos outros cavalos. Logo nos acomodamos com nossas coisas e esperamos. Um dos guardas nos trouxe um pouco de chá quente e aceitou um punhado do meu fumo para seu cachimbo. E então eles se sentaram em algum lugar atrás de nós.

Observei a maior das barracas, beberiquei o chá e pensei em Âmbar e em uma pequena casa noturna na Rue Chair et Pain, em Bruxelas, na Terra de Sombra onde eu havia morado por tanto tempo. Assim que pusesse as mãos na pasta de que precisava em Avalon, voltaria a Bruxelas para negociar mais uma vez com os vendedores do mercado de armas. Percebi que minha encomenda seria complicada e cara porque algum fabricante de munições teria que ser convencido a montar uma linha de produção especial. Eu conhecia outros negociantes na Terra além da Interarmco graças à minha experiência militar itinerante lá, e estimei que precisaria de alguns poucos meses para me abastecer. Mal vi o tempo passar conforme ponderava os detalhes da operação.

Depois de provavelmente uma hora e meia, as sombras se agitaram dentro da maior barraca. Passados mais alguns minutos, a aba da entrada foi afastada e os homens começaram a sair, sem pressa, conversando entre si e espiando por sobre o ombro. Os dois últimos se demoraram no limiar da barraca, ainda entretidos em uma conversa com alguém que permanecia lá dentro. Os demais foram para outras barracas.

Os dois da entrada se afastaram devagar, ainda voltados para o interior da barraca. Era possível ouvir o som de suas vozes, mas não consegui distinguir o que diziam. Conforme saíam, o homem com quem conversavam também andou, e pude vê-lo de relance. Embora ele estivesse contra a luz e parcialmente escondido pelos dois oficiais, percebi que era magro e muito alto.

Nossos guardas ainda não haviam se movido, sinal de que um daqueles dois oficiais era o capitão mencionado. Continuei observando, na esperança de que se afastassem mais e me permitissem um vislumbre de seu superior.

Depois de um tempo, enfim se afastaram, e na sequência o homem deu um passo à frente.

A princípio, não tive certeza se era apenas uma ilusão causada pelo truque de luz e sombra... Mas não! Ele avançou mais um pouco, e por um instante pude ver com clareza. Tinha perdido o braço direito, decepado logo abaixo do cotovelo. Os curativos numerosos indicavam que a amputação devia ser muito recente.

Em seguida, sua enorme mão esquerda fez um gesto amplo para baixo e parou a uma boa distância do corpo. O coto se mexeu ao mesmo tempo, bem como alguma coisa profunda de minha mente. O cabelo dele era comprido, liso e castanho, e reparei que seu maxilar era pronunciado...

Por fim saiu da barraca, e uma brisa agitou seu manto e o inflou. Por baixo, vi a camisa amarela e os calções marrons. O manto era alaranjado como uma chama, e ele agarrou a borda com um movimento extraordinariamente ágil da mão esquerda e a puxou para cobrir o coto.

Levantei-me depressa, e a cabeça dele se virou na minha direção.

Nossos olhares se cruzaram, e ambos permanecemos imóveis por alguns instantes.

Os dois oficiais se viraram para observar a cena, e então ele os afastou e caminhou até mim. Ouvi Ganelon grunhir e se levantar às pressas. Nossos guardas também foram pegos de surpresa.

Ele parou a alguns passos de distância, e seus olhos cor de avelã me fitaram. Raramente sorria, mas esboçou um pequeno sorriso naquele momento.

– Venha comigo – chamou, e deu as costas para voltar para a barraca.

Nós fomos atrás, deixando nossos equipamentos no chão.

Ele dispensou os dois oficiais com um olhar, parou ao lado da entrada da barraca e fez um sinal para que entrássemos. Logo depois nos seguiu e deixou a aba se fechar atrás de si. Meus olhos vagaram sobre seu catre, além de uma pequena mesa, bancos, armas e um baú. Havia uma lamparina a óleo na mesinha, e também livros, mapas, uma garrafa e algumas taças. Outra lamparina bruxuleava em cima do baú.

Ele pegou minha mão e sorriu de novo.

– Corwin, e ainda vivo.

– Benedict – respondi, também sorrindo –, e ainda respirando. Quanto tempo.

– Realmente. Quem é seu amigo?

– Ele se chama Ganelon.

– Ganelon – cumprimentou Benedict, fazendo um gesto com a cabeça na direção dele, mas sem oferecer a mão.

Foi até a mesa e serviu três taças de vinho. Passou uma para mim, outra para Ganelon e ergueu a terceira.

– À sua saúde, irmão – disse.

– À sua.

Bebemos.

– Sentem-se – instruiu Benedict, apontando para o banco mais próximo antes de se acomodar na mesa. – Sejam bem-vindos a Avalon.

– Obrigado... Protetor.

Meu irmão fez uma careta.

– A alcunha não foi indevida – declarou de forma categórica, ainda examinando meu rosto com gravidade. – Eu me pergunto se o antigo protetor desse povo poderia dizer o mesmo.

– Não era bem este lugar – expliquei –, e acredito que poderia, sim.

Benedict fez um gesto resignado.

– Claro, mas chega disso! Por onde tem andado? O que tem feito? Por que veio para cá? Fale de você. Já faz muito tempo.

Concordei com um aceno. Infelizmente, tanto a etiqueta familiar quanto o equilíbrio de poder exigiam que eu respondesse às perguntas dele antes de fazer as minhas. Era meu irmão mais velho, afinal, e eu havia invadido, mesmo que de forma acidental, sua esfera de influência. Não era que eu não quisesse lhe proporcionar essa cortesia. Dentre meus muitos parentes, Benedict era um dos poucos por quem nutria respeito e até apreço. A questão era minha avidez para interrogá-lo. Como ele mesmo dissera, já fazia muito tempo.

E quanto eu deveria revelar? Não fazia ideia de quais poderiam ser suas inclinações. Não desejava descobrir as causas de seu exílio autoimposto ao mencionar coisas erradas. Teria que começar com algo relativamente neutro e ir sentindo o clima ao longo da conversa.

– Deve existir algum começo – disse Benedict, por fim. – Não me importa que máscara você atribui a ele.

– Existem muitos começos. É difícil... Creio que seria melhor voltar para o início de tudo e partir de lá.

Tomei outro gole de vinho.

– Sim, essa me parece a melhor opção... embora eu só tenha relembrado grande parte dos acontecimentos há pouco tempo.

E comecei:

– Alguns anos após os Cavaleiros da Lua de Ghenesh serem derrotados e você desaparecer, Eric e eu tivemos um grande desentendimento. Sim, foi uma disputa pela sucessão. Nosso pai começara a fazer insinuações de que abdicaria outra vez, e se recusava a apontar um sucessor. Naturalmente, as velhas discussões quanto ao herdeiro legítimo foram retomadas. Você e Eric são mais velhos, claro, mas embora Faiella, minha mãe e de Eric, tenha sido esposa de Oberon após a morte de Cymnea, eles...

– Basta! – gritou Benedict, batendo o punho na mesa com tanta força que a rachou.

A lamparina oscilou e soltou faíscas, mas, por algum milagre, não tombou. A aba da entrada se abriu, e um guarda preocupado espiou o interior da barraca. A um olhar de Benedict, ele recuou.

– Não desejo retornar ao assunto de nossas respectivas origens bastardas – disse Benedict, em voz baixa. – Esse passatempo obsceno foi uma das razões pelas quais me ausentei do reino. Por favor, continue sua história sem as notas de rodapé.

– Certo... como queira – respondi, tossindo ligeiramente. – Como eu dizia, tivemos algumas discussões acaloradas quanto a essa questão. E, certa noite, fomos além das palavras. Lutamos.

– Um duelo?

– Nada tão formal. Eu diria que foi uma decisão simultânea de assassinarmos um ao outro. Enfim, lutamos por um bom tempo e, no fim das contas, Eric levou a melhor sobre mim e começou a me aniquilar. Talvez eu esteja me precipitando na história, mas devo acrescentar que só me lembrei disso tudo há uns cinco anos.

Benedict assentiu, como se compreendesse.

– Só posso especular o que aconteceu logo depois de ter perdido a consciência – continuei. – Mas Eric não me matou. Quando acordei, estava em uma Terra de Sombra, em um lugar chamado Londres. A peste negra estava descontrolada na época, e eu a contraíra. Consegui me recuperar, sem nenhuma lembrança da minha vida anterior. Passei séculos naquela sombra, em busca de pistas quanto à minha identidade. Viajei por todo aquele mundo, muitas vezes como parte de alguma campanha militar. Frequentei suas universidades. Conversei com alguns de seus homens mais sábios. Consultei médicos famosos. Mas jamais encontrei o segredo do meu passado. Para mim, estava óbvio que eu era diferente das outras pessoas, e fiz um esforço enorme para ocultar esse fato. Sentia-me furioso, porque podia ter tudo o que desejasse, exceto aquilo que eu mais desejava: minha própria identidade, minha memória. Os anos se passaram, mas essa raiva, esse anseio, não. Precisei sofrer um acidente e fraturar o crânio para desencadear as mudanças que levaram ao retorno de minhas primeiras lembranças. Aconteceu há mais ou menos cinco anos, e a ironia é que tudo me leva a crer que Eric foi o responsável pelo acidente. Ao que parece, Flora estava residindo naquela Terra de Sombra desde o começo para me vigiar. Voltando às especulações, Eric deve ter se contido no último instante, pois apesar de desejar minha morte, não queria ser responsabilizado por ela. Por isso me transportou por Sombra até um lugar onde minha morte seria quase certa, sem dúvida com a intenção de voltar e dizer que, após uma discussão, eu tinha ido embora contrariado e resmungado algo sobre fugir outra vez. Nós estávamos caçando na Floresta de Arden naquele dia... só nós dois, juntos.

– Acho curioso – interrompeu Benedict – que dois rivais tenham resolvido sair juntos para caçar nessas circunstâncias.

Beberiquei o vinho e sorri.

– Pode ter sido um pouco mais deliberado do que insinuei – respondi. – Talvez estivéssemos ambos interessados na oportunidade de caçarmos juntos... só nós dois.

– Compreendo. Então os papéis poderiam ter se invertido?

– É difícil saber – admiti. – Não acredito que eu teria ido tão longe. Mas digo isso com a cabeça de hoje, claro. As pessoas mudam. Naquela época...? Sim, talvez eu tivesse feito algo semelhante. Não posso dizer com certeza, mas é possível.

Ele assentiu outra vez, e senti uma onda de raiva que logo deu lugar a divertimento.

– Felizmente, não estou aqui para justificar meus próprios motivos para nada – continuei. – São apenas suposições, mas acredito que Eric tenha me vigiado depois disso, decerto decepcionado por eu ter sobrevivido, mas depois satisfeito ao constatar que eu era inofensivo. E assim providenciou para que Flora me vigiasse, e o mundo ficou pacífico por um bom tempo. E então, nosso pai supostamente abdicou e desapareceu sem que a questão sucessória tivesse sido resolvida...

– De jeito nenhum! – exclamou Benedict. – Não houve abdicação. Ele simplesmente desapareceu. Um dia, não estava mais no quarto. A cama ainda intacta. Nenhuma mensagem. Alguns o viram adentrar os aposentos na noite anterior, mas ninguém o viu sair. Por um bom tempo, tal questão não causou estranhamento. A princípio, acharam que ele tinha ido passar mais uma temporada em Sombra, talvez à procura de outra noiva. Demorou muito até alguém desconfiar de algo ilícito ou se atrever a interpretar o acontecido como uma forma atípica de abdicação.

– Eu não sabia – confessei. – Suas fontes parecem estar mais próximas do cerne da situação do que as minhas.

Benedict se limitou a assentir, alimentando suspeitas incômodas quanto ao seu contato em Âmbar. Era bem possível que ele fosse aliado de Eric a essa altura.

– Quando foi a última vez que esteve lá? – arrisquei.

– Foi há mais de vinte anos – respondeu ele –, mas eu mantenho contato.

Não com alguém que estivesse disposto a me contar! Ele devia saber disso, então será que pretendia me alertar? Ou ameaçar? Minha cabeça estava um turbilhão. Sem dúvida ele possuía um conjunto de arcanos maiores. Abri o baralho mentalmente e repassei as cartas feito um maníaco. Random declarara ignorância quanto ao paradeiro de Benedict. Brand estava desaparecido fazia muito tempo. Havia indícios de que ainda estava vivo, preso em algum lugar desagradável e sem condições de fornecer informações sobre os acontecimentos em Âmbar. Não poderia ser Flora, pois também estivera praticamente exilada em Sombra. Llewella morava em Rabma. Deirdre também estava em Rabma e, na última vez que a vi, não era bem-vinda em Âmbar. Fiona? Julian me dissera que ela estava "em algum lugar ao sul", mas não sabia dizer exatamente onde. Com isso, quem sobrava?

A meu ver, o próprio Eric, Julian, Gérard ou Caine. Tirei Eric da lista. Ele não teria passado os detalhes do desaparecimento do meu pai em termos que pudessem ser interpretados da forma como tinham sido narrados por Benedict. Julian apoiava Eric, mas tinha suas próprias ambições. Repassaria informações se pudesse tirar proveito do ato. O mesmo valia para Caine. Gérard, por outro lado, sempre me parecera mais interessado no bem-estar de Âmbar do que na questão da sucessão ao trono. Mas não gostava muito de Eric e chegara a se mostrar propenso a apoiar Bleys ou a mim em detrimento dele. Na minha opinião, Gérard teria tomado a ciência de Benedict quanto aos acontecimentos como uma espécie de garantia para o reino. Sim, eu tinha quase certeza de que era um desses três. Julian me odiava. Caine não gostava nem desgostava de mim. E com Gérard eu tinha boas lembranças que remontavam até a infância. Teria que descobrir o responsável o quanto antes, e Benedict ainda não estava pronto para me revelar a verdade, claro, visto que nada sabia das minhas intenções. Um contato em Âmbar poderia ser facilmente usado para me prejudicar ou me beneficiar, dependendo do desejo dele e da pessoa no outro lado. Servia-lhe, portanto, como espada e escudo, e fiquei um pouco magoado por ele ter decidido apresentar suas armas tão cedo. Preferi acreditar que seu ferimento recente o tivesse tornado excepcionalmente cauteloso, pois tenho certeza de que eu nunca lhe dei motivo para preocupação. Ainda assim, a questão também me deixou excepcionalmente cauteloso, uma triste constatação ao se reencontrar um irmão depois de tantos anos.

– É interessante – retomei, fazendo o vinho girar na taça. – Diante disso, então, parece que todos agiram de forma precipitada.

– Nem todos – retrucou.

Senti o rosto corar.

– Peço perdão.

Ele assentiu com um gesto abrupto da cabeça.

– Por favor, continue seu relato.

– Bom, voltando para minha série de suposições, quando Eric decidiu que o trono já havia passado muito tempo vazio e era chegada a hora de agir, também deve ter pensado que minha amnésia não era o bastante e, portanto, seria melhor anular de uma vez minha pretensão ao trono. Por esse motivo, ele tomou as providências para que eu sofresse um acidente naquela Terra de Sombra. Devia ter sido fatal, mas sobrevivi.

– Como sabe disso? Quanto dessa história é especulação?

– Flora praticamente admitiu tudo para mim ao ser interrogada, inclusive o papel dela nessa tramoia.

– Muito interessante. Prossiga.

– A concussão proporcionou o que nem mesmo Sigmund Freud fora capaz de fazer por mim – continuei. – Pequenos fragmentos de memória me voltaram aos poucos e se tornaram cada vez mais intensos, principalmente depois que encontrei Flora e fui exposto a inúmeros estímulos. Consegui convencer nossa irmã de que estava totalmente recuperado, e ela falou abertamente de pessoas e coisas. E então Random apareceu, fugindo de algo...

– Fugindo? De quê? Por quê?

– De criaturas estranhas saídas de Sombra. Nunca descobri o motivo.

– Interessante – disse Benedict, e eu tive que concordar.

Já havia pensado muito nessa questão, quando estivera preso nas masmorras, e me perguntado por que Random havia entrado em cena, perseguido pelas Fúrias. Desde o primeiro segundo de nosso reencontro até o momento da despedida, estivemos sempre em perigo; eu estava distraído por meus próprios problemas, e ele não fornecera nenhum detalhe sobre seu aparecimento súbito. A dúvida me ocorrera de imediato, claro, mas como na ocasião eu não fazia ideia se deveria ter tal conhecimento, decidi deixar o assunto de lado. Depois, os acontecimentos soterraram a questão, e só voltei a ela mais tarde, já nas masmorras, e de novo ao conversar com Benedict. Interessante? Deveras. E também preocupante.

– Consegui enganar Random quanto à minha condição – continuei. – Ele acreditou que eu almejava o trono, quando minha única intenção consciente era recuperar a memória. Ele concordou em me ajudar a voltar para Âmbar e conseguiu me levar até lá. Bem, quase – corrigi. – Acabamos em Rabma. A essa altura, eu já havia revelado para Random a verdade sobre a minha condição, e ele sugeriu que eu percorresse o Padrão de novo a fim de restaurá-la. A oportunidade estava lá, e aproveitei. Funcionou, e usei o poder do Padrão para me transportar para Âmbar.

Benedict sorriu.

– Random deve ter ficado muito infeliz.

– De fato não estava um poço de alegria – admiti. – Tinha aceitado a determinação de se casar com a escolhida de Moire, uma moça cega chamada Vialle, e permanecer lá com ela por um ano, no mínimo. Deixei-o para trás e, mais tarde, descobri que ele fizera a mesma coisa. Deirdre também estava por lá. Nós a encontramos pelo caminho, tendo fugido de Âmbar, e juntos nós três entramos em Rabma. Ela também ficou para trás.

Terminei meu vinho e Benedict indicou a garrafa com a cabeça. Como estava quase vazia, peguei outra no baú, e enchemos nossas taças. Tomei um bom gole. Esse era melhor do que o anterior. Devia ser de seu estoque pessoal.

– No palácio – retomei –, fui até a biblioteca, onde consegui um baralho de tarô. Essa foi a principal razão para eu ter me aventurado por lá. Fui surpreendido por Eric quase de imediato, então lutamos ali mesmo na biblioteca. Consegui feri-lo e acredito que teria vencido se os reforços não tivessem chegado. Assim, fui obrigado a fugir. Entrei em contato com Bleys, então, que me forneceu passagem até ele em Sombra. Você já deve ter ouvido o resto por suas próprias fontes. Bleys e eu nos unimos, atacamos Âmbar, perdemos. Ele caiu da Kolvir. Joguei meu baralho para ele, que o pegou. Soube que nunca encontraram o corpo. Mas era uma queda muito longa... embora, creio, a maré estivesse alta naquele dia. Não sei se ele morreu.

– Nem eu – disse Benedict.

– Então fui feito prisioneiro e Eric foi coroado. Fui forçado a comparecer à coroação, a despeito de minhas pequenas objeções. Mas consegui coroar a mim mesmo antes que aquele ilegítimo, em termos de genealogia, pegasse a coroa de volta e a colocasse na própria cabeça. Depois disso, ele ordenou que me cegassem e me mandou para as masmorras.

Benedict se inclinou para a frente e examinou meu rosto.

– Sim, ouvi falar disso. Como foi feito?

– Ferro em brasa – respondi, com uma careta involuntária, reprimindo o impulso de estreitar os olhos. – Desmaiei no meio do tormento.

– Houve contato direto com seus olhos?

– Sim, creio que sim.

– E quanto tempo levou a regeneração?

– Demorei cerca de quatro anos para enxergar de novo, e minha visão só voltou ao normal há pouco tempo. Então... eu diria que uns cinco anos ao todo.

Ele se recostou, suspirou e abriu um pequeno sorriso.

– Ótimo. Isso me deu um pouco de esperança. Outros já perderam partes do corpo e também as recuperaram, claro, mas eu nunca perdi nada importante... até agora.

– Ah, sim. De fato é um histórico impressionante. Revisitei-o várias vezes ao longo dos anos. Recuperamos uma verdadeira coleção de fragmentos variados, muitos dos quais, ouso dizer, são lembrados apenas pelos afetados e por mim: dedos de mãos e pés, pedaços de orelhas. Eu diria que há esperança para seu braço. Mas não por um bom tempo, claro... É uma sorte você ser ambidestro.

O sorriso de Benedict foi e veio, e ele bebericou o vinho. Não, ainda não estava pronto para me revelar o que havia acontecido.

Tomei outro gole da minha taça. Não queria lhe contar sobre Dworkin. Queria preservá-lo como uma espécie de carta na manga. Ninguém compreendia todo o seu poder, e o homem obviamente era louco. Mas podia ser manipulado. Até meu pai começara a temê-lo depois de um tempo, e por fim o prendera. O que foi mesmo que ele tinha me contado naquela cela?

Que Oberon o confinara ao saber que ele havia descoberto uma forma de destruir Âmbar. Se não fossem apenas os delírios de um homem louco, e sim a verdadeira razão de seu confinamento, então meu pai fora muito mais generoso do que eu teria sido. O homem era muito perigoso para continuar vivo. Por outro lado, no entanto, Oberon tentara curá-lo de sua loucura. Dworkin me contara sobre os médicos que ele espantara ou destruíra ao lhes dirigir seus poderes. Quase todas as minhas lembranças o retratavam como um velho sábio e gentil, muito dedicado ao meu pai e ao restante da família. Seria muito difícil destruir alguém assim enquanto houvesse esperança. Ele fora confinado ao que devia ser um aposento inescapável. No entanto, um dia se entediou e simplesmente saiu andando. Ninguém consegue andar pelas sombras em Âmbar, que era a perfeita ausência de Sombra, então ele fizera algo incompreensível, algo relacionado ao princípio que rege os arcanos, e saíra de seu confinamento. Antes que retornasse, consegui convencê-lo a me proporcionar uma saída semelhante da minha própria cela, e assim fui transportado para o Farol de Cabra, onde me recuperei um pouco antes de partir na viagem que me levou a Lorraine. O mais provável era que ninguém soubesse de Dworkin. Se entendi direito, nossa família sempre teve poderes especiais, mas foi ele quem os analisou e formalizou suas funções através do Padrão e das cartas de tarô. Muitas vezes tentara trazer o assunto à baila conosco, mas a maioria tinha achado tudo extremamente abstrato e tedioso. Raios, somos uma família muito pragmática! Brand era o único que parecia ter se interessado um pouco pelo assunto. E Fiona. Quase tinha me esquecido. Às vezes ela prestava atenção. E meu pai. Oberon sabia muitas coisas, mas nunca as discutia. Ele nunca teve muito tempo para nós, e havia tanto sobre ele que nós não sabíamos. Provavelmente conhecia os princípios daquilo tão bem quanto o próprio Dworkin. A principal diferença estava na aplicação. Dworkin era um artista. Não sei exatamente o que meu pai era. Ele nunca incentivou a intimidade, embora não fosse um pai indiferente. Sempre que se lembrava de nós, era muito generoso com presentes e entretenimentos. Mas deixou nossa criação aos cuidados de diversos membros da corte. Minha impressão era de que ele nos tolerava como consequências ocasionais e inevitáveis da paixão. Na verdade, muito me surpreende que a família não seja ainda maior. Nós treze, mais os dois irmãos e a irmã que eu sabia que já estavam mortos, representamos quase um milênio e meio de prole parental. Pelo que ouvi dizer, houvera outros, muito antes de nós, que não sobreviveram. Não era uma média de acertos extraordinária para um soberano tão lascivo, mas nenhum de nós se mostrou excessivamente fértil. Assim que aprendíamos a nos defender e andar em Sombra, Oberon nos incentivava a sair em busca de lugares onde fôssemos felizes para nos estabelecer. Essa era a minha relação com a Avalon que não existia mais. Até onde sabia, as origens do meu pai eram conhecidas apenas por ele próprio. Nunca conheci ninguém cuja memória se estendesse a uma época em que não houvesse Oberon. Estranho? Não saber de onde vem o próprio pai, depois de ter vivido e nutrido tal curiosidade por centenas de anos? Sim. Mas ele era reservado, poderoso e astuto, características que todos nós possuíamos, em menor ou maior grau. Oberon queria nos ver satisfeitos e bem posicionados, creio, mas nunca abastados a ponto de representar uma ameaça a seu reinado. Devia haver nele algum elemento de intranquilidade, uma cautela não sem motivo quanto a nosso conhecimento excessivo a respeito dele e de tempos idos. Duvido que jamais tivesse concebido uma época em que não fosse ele o soberano de Âmbar. Vez ou outra ele comentava, em tom de brincadeira ou de resmungo, sobre abdicar. Mas sempre me pareceu um movimento calculado para ver quais reações provocaria. Deve ter percebido a mudança de cenário que seu desaparecimento causaria, mas se recusava a acreditar que essa situação algum dia viria a acontecer. E nenhum de nós realmente estava a par de todas as suas obrigações e responsabilidades, de seus compromissos secretos. Por mais desagradável que fosse admitir, eu estava começando a acreditar que nenhum de nós estava de fato apto para assumir o trono. Teria sido bom culpar meu pai por essa inadequação, mas, infelizmente, eu estava demasiado familiarizado com Freud para não ficar constrangido por cogitar a hipótese. Ademais, passei a me perguntar sobre a validade de todas as nossas pretensões. Se não houve abdicação e ele de fato ainda estava vivo, então o máximo que cada um de nós podia almejar era uma regência. Não seria nada agradável vê-lo retornar e encontrar tudo diferente, muito menos sentado no trono. Verdade seja dita, eu tinha medo dele, e não era infundado. Apenas um tolo não teme um poder genuíno além de sua compreensão. Mas, fosse pelo título de rei ou regente, minha pretensão era superior à de Eric, e eu ainda estava determinado a conquistá-la. Se um poder originado no passado obscuro de Oberon, que nenhum de nós compreendia de fato, fosse capaz de ajudar a garanti-la, e se Dworkin representava tal poder, seria necessário mantê-lo escondido até que pudesse ser usado em meu favor.

E me perguntei: mesmo se o poder representado por Dworkin fosse aquele capaz de destruir a própria Âmbar e, assim, devastar os mundos de sombra e aniquilar toda a existência tal como a conhecíamos?

E me respondi: especialmente nesse caso. Afinal, a quem mais poderia ser confiado tamanho poder?

Somos mesmo uma família muito pragmática.

Mais vinho, e em seguida esvaziei, limpei e tornei a encher meu cachimbo.

– Essa, basicamente, é a minha história até o momento – concluí, admirando meu trabalho com o cachimbo, então me levantei e o acendi com a lamparina. – Depois de recuperar a visão, consegui escapar, fugi de Âmbar, passei um tempo em Lorraine, onde encontrei Ganelon, e vim para cá.

– Por quê?

Voltei a me sentar e olhei para Benedict.

– Porque fica perto da Avalon que eu conhecia – respondi.

Eu havia omitido de propósito qualquer menção anterior a Ganelon e esperava que ele fosse entender a dica. A sombra em que estávamos era próxima o bastante de nossa Avalon, e Ganelon provavelmente conheceria a topografia e a maior parte dos costumes. No mínimo, me pareceu prudente não revelar essa informação a Benedict.

Como imaginei, ele a ignorou, dando atenção a outras joias mais interessantes.

– E a sua fuga? – perguntou. – Como conseguiu escapar da cela?

– Tive ajuda, claro – admiti. – Depois que saí... bom, ainda existem algumas passagens que Eric desconhece.

– Entendo – respondeu ele, com um gesto da cabeça.

Decerto tinha esperança de que eu oferecesse o nome de meus aliados, mas estava ciente de que não adiantava perguntar.

Pitei meu cachimbo e me recostei com um sorriso no rosto.

– É bom ter amigos – continuou Benedict, como se concordasse com alguma ideia não verbalizada que eu pudesse estar considerando.

– Acho que todos temos alguns em Âmbar.

– Gosto de pensar que sim. Ouvi dizer que você deixou a porta da cela parcialmente escavada para trás, trancada, ateou fogo em sua cama e rabiscou desenhos na parede.

– Exatamente – confirmei. – Um confinamento prolongado perturba a mente de qualquer um. Pelo menos, perturbou a minha. Passei por longos períodos em que não estava totalmente são.

– Não invejo sua experiência, irmão. Nem um pouco. Quais são seus planos?

– Ainda incertos.

– Tem intenção de ficar por aqui?

– Não sei – respondi. – Qual é a situação?

– Estou no comando – declarou ele. Um mero fato, sem ostentação. – Acredito que tenhamos destruído a única grande ameaça para o reino. Se eu estiver certo, devemos estar prestes a viver um período razoavelmente tranquilo. Paguei um preço alto – admitiu, e olhou para o que restava do braço –, mas terá valido a pena... como descobriremos em breve, quando tudo voltar ao normal.

Em seguida começou a descrever a mesma situação relatada pelo rapaz capturado por Ganelon, com detalhes sobre como a batalha fora vencida. Com a morte da líder das donzelas infernais, suas cavalarias haviam debandado e fugido. A maioria acabou dizimada, e as cavernas tinham sido bloqueadas outra vez. Benedict decidira manter uma pequena força na região para arrematar pendências, enquanto seus batedores percorriam a área em busca de sobreviventes.

Não teceu comentários sobre o encontro com a líder, Lintra.

– Quem conseguiu matar a líder? – perguntei.

– Eu a derrotei – respondeu, fazendo um gesto repentino com o coto –, embora tenha hesitado um pouco antes do golpe.

Desviei o olhar, assim como Ganelon. Quando o fitei novamente, seu rosto tinha voltado ao normal e seu braço estava abaixado.

– Fomos atrás de você, Corwin, sabia? – perguntou. – Brand procurou você em muitas sombras, e Gérard também. Conseguiu acertar o que Eric nos disse após seu desaparecimento. Mas estávamos inclinados a desconfiar da palavra dele. Tentamos várias vezes nos comunicar pelo seu arcano, mas não tivemos resposta. Talvez danos cerebrais impeçam o uso. Uma hipótese interessante. Como você não reagiu ao arcano, acreditamos que estava morto. Então Julian, Caine e Random se juntaram às buscas.

– Todos eles? Sério? Estou surpreso.

Benedict sorriu.

– Ah – acrescentei, e também sorri.

Aqueles três não haviam se juntado às buscas movidos por uma preocupação genuína com meu bem-estar, mas pela possibilidade de obter provas de fratricídio contra Eric, com a intenção de destituí-lo ou chantageá-lo.

– Procurei por você nos arredores de Avalon – continuou Benedict – e encontrei este lugar, e fui conquistado por ele. Estava em condições lastimáveis na época, e por gerações me dediquei a restaurá-lo à antiga glória. Embora eu tenha começado em sua memória, acabei desenvolvendo um carinho pela terra e pelo povo. Eles passaram a me considerar seu protetor, e eu também.

O relato ao mesmo tempo me perturbou e me comoveu. Porventura Benedict insinuava que eu havia arruinado as coisas a tal ponto que ele fora obrigado a se demorar ali para pôr tudo em ordem, a fim de desfazer a bagunça do irmão caçula? Ou pretendia apenas dizer que sabia o quanto eu havia amado aquele lugar, ou seu semelhante, e se esforçara ao máximo para deixá-lo em ordem como eu talvez teria desejado? Acho que eu estava ficando sensível demais.

– É bom saber que me procuraram – admiti –, e melhor ainda saber que você é o defensor desta terra. Eu gostaria de explorar a região, pois me lembra a Avalon que eu conhecia. Faria alguma objeção à minha visita aqui?

– São suas únicas intenções? Visitar?

– Não tenho mais nada em mente.

– Saiba então que sua sombra que aqui reinou não é lembrada de forma favorável. Nenhuma criança nesta terra recebe o nome de Corwin, nem eu sou irmão de nenhum Corwin.

– Compreendo. Meu nome é Corey. Podemos ser velhos amigos?

Ele assentiu.

– Velhos amigos sempre serão bem-vindos aqui – declarou.

Sorri e imitei seu aceno. Achei insultante sua sugestão de que eu poderia nutrir planos para esta sombra de uma sombra: eu, que havia sentido, ainda que por um breve instante, o fogo frio da coroa de Âmbar em minha cabeça.

Imaginei qual teria sido sua postura se soubesse de minha responsabilidade, no fundo, quanto aos ataques. Aliás, creio que também era culpado pela perda de seu braço. No entanto, preferi deixar a culpa recair sobre Eric. Afinal, minha maldição tinha sido uma consequência direta de seus atos.

Ainda assim, esperava que Benedict jamais descobrisse.

Estava ávido por descobrir qual era seu posicionamento a respeito de Eric. Será que o apoiaria, somaria suas forças às minhas ou se limitaria a ficar de fora quando eu agisse? E eu tinha certeza de que ele, por sua vez, também se perguntava se minhas ambições haviam definhado ou ainda ardiam... e, se fosse este o caso, quais seriam meus planos para avivá-las. Então...

Quem seria o primeiro a abordar o assunto?

Dei algumas baforadas longas no cachimbo, terminei o vinho, servi um pouco mais, dei outra baforada. Ouvi com atenção os sons do acampamento, o vento, meu estômago...

Benedict bebericou o vinho.

– Quais são seus planos a longo prazo? – perguntou ele, por fim, de forma quase casual.

Eu poderia dizer que ainda não havia decidido, que estava simplesmente feliz por estar livre, vivo, por enxergar... Poderia dizer que isso bastava, por ora, que não tinha nenhum plano especial...

... e ele saberia que era tudo mentira. Pois me conhecia muito bem.

– Conhece meus planos – declarei, em vez disso.

– Se veio até aqui para pedir meu apoio, vou negar – avisou. – Âmbar já está com problemas sérios sem mais uma disputa de poder.

– Eric é um usurpador.

– Prefiro encará-lo apenas como um regente. A esta altura, qualquer um de nós que aspirar ao trono é culpado de usurpação.

– Então acredita que nosso pai ainda está vivo?

– Sim. Vivo e abalado. Ele fez algumas tentativas de comunicação.

Consegui evitar que meu rosto revelasse qualquer coisa. Então eu não era o único. Àquela altura, revelar minhas experiências pareceria hipocrisia, oportunismo ou pura mentira, visto que, em nosso aparente contato cinco anos antes, ele me dera permissão para ocupar o trono. Claro, na ocasião ele podia estar se referindo a uma regência...

– Você não apoiou Eric quando ele tomou o trono – continuei. – Apoiaria agora que ele o detém, no caso de uma tentativa de destroná-lo?

– É como eu disse – insistiu Benedict. – Considero-o um regente. Não digo que aprovo, mas não desejo mais conflitos em Âmbar.

– Então você o *apoiaria*?

– Não tenho mais nada a dizer sobre o assunto. É bem-vindo para visitar minha Avalon, mas não pode usá-la como base para uma invasão a Âmbar. Isso esclarece a questão a respeito de quaisquer planos que possa ter em mente?

– Sim, esclarece – respondi.

– Nesse caso, ainda deseja visitar este lugar?

– Não sei. Seu desejo de evitar conflitos em Âmbar também se estende a mim?

– Em que sentido?

– Se eu for levado a Âmbar contra a minha vontade, provocaria todos os conflitos ao meu alcance para não retornar à minha situação anterior.

As rugas sumiram de seu rosto, e ele abaixou os olhos lentamente.

– Não quis insinuar que o trairia. Acha que não tenho sentimentos, Corwin? Não desejo vê-lo aprisionado novamente, nem cego, nem nada do tipo. Sempre será bem-vindo aqui como visitante, e pode deixar seus temores, assim como suas ambições, na fronteira.

– Então eu ainda gostaria de visitar – determinei. – Não tenho exército, nem vim para cá em busca de um.

– Então saiba que você é muito bem-vindo.

– Obrigado, Benedict. Eu não esperava encontrá-lo aqui, mas estou feliz com esse desdobramento.

Ele ficou ligeiramente corado e assentiu.

– Também fiquei feliz – disse. – Fui o primeiro de nós que você viu desde a fuga?

Acenei em concordância.

– Foi, e estou curioso para saber como andam os outros. Alguma novidade importante?

– Nenhuma morte nova – respondeu.

Nós dois rimos, e percebi que precisaria descobrir por conta própria as fofocas da família. Mas valera a tentativa.

– Pretendo permanecer em campo por algum tempo – contou Benedict – e manter as patrulhas até me convencer de que toda a força invasora foi eliminada. Devemos retornar daqui a uma semana.

– Ah, é? Então não foi uma vitória completa?

– Creio que sim, mas não gosto de correr riscos desnecessários. Vale a pena dedicar um pouco mais de tempo para ter certeza.

– Prudente.

– Por isso, a menos que você tenha um grande desejo de permanecer aqui no acampamento, não vejo motivos para que não siga até a cidade. Mantenho algumas residências espalhadas por Avalon. Quero lhe oferecer um pequeno solar muito agradável, a meu ver. Não fica longe do centro da cidade.

– Mal posso esperar.

– Amanhã lhe darei um mapa e escreverei uma carta para meu administrador.

– Obrigado, Benedict.

– Vou encontrá-lo assim que terminar por aqui – avisou. – Nesse ínterim, tenho alguns mensageiros por lá. Manteremos contato por meio deles.

– Ótimo.

– Agora, arrumem algum canto confortável – instruiu. – Tenho certeza de que não vão querer perder o desjejum.

– Eu raramente perco – respondi. – Podemos dormir no lugar onde deixamos nossos equipamentos?

– Claro – concordou, e terminamos as taças de vinho.

Quando saímos da barraca, puxei uma das abas e consegui chegá-la alguns centímetros para o lado quando a afastei para passar. Benedict nos desejou boa-noite e se virou ao deixar a lona cair, sem perceber o vão de alguns centímetros que eu tinha criado em uma das laterais.

Estendi minha cama a uma boa distância à direita de nosso equipamento, virado para a barraca de Benedict, e empurrei as coisas um pouco para o lado enquanto as revirava. Ganelon me lançou um olhar intrigado, mas eu me limitei a gesticular com a cabeça e os olhos na direção da barraca. Ele se virou para lá, assentiu e começou a estender os próprios cobertores mais à direita.

Avaliei a distância, fui até ele e falei:

– Quer saber, eu gostaria muito de dormir aqui. Por acaso se incomoda de trocar de lugar?

Dei uma piscadela para reforçar.

– Para mim tanto faz – respondeu, dando de ombros.

As fogueiras já haviam se apagado ou estavam quase extintas, e a maior parte da companhia tinha se recolhido. O guarda só nos vigiou nas primeiras rondas. O acampamento estava muito tranquilo, e não havia nenhuma nuvem para ocultar o brilho das estrelas. Eu estava exausto, e os cheiros de fumaça e terra molhada me agradaram e me fizeram lembrar de outros momentos e lugares como aquele, e do descanso ao fim do dia.

Em vez de fechar os olhos, porém, peguei minha sacola e me recostei nela, em seguida enchi e acendi meu cachimbo de novo.

Ajeitei a posição duas vezes enquanto Benedict andava de um lado para o outro dentro da barraca. Em certo momento, ele sumiu do meu campo de visão e ficou oculto por alguns instantes. Mas então a lamparina mais afastada se mexeu, e percebi que ele havia aberto o baú. Em seguida reapareceu e limpou a mesa, depois recuou por um momento, voltou e se sentou de novo na posição de antes. Mudei de lugar para poder enxergar seu braço esquerdo.

Estava folheando um livro ou mexendo em algo mais ou menos do tamanho de um exemplar.

Cartas, talvez?

Claro.

Estaria disposto a abrir mão de muita coisa para ver qual arcano ele separou e segurou diante de si. E de mais ainda para ter Grayswandir à mão, caso outra pessoa aparecesse de repente na barraca sem passar pela entrada sob minha vigilância. Senti um formigamento nas mãos e nos pés, na expectativa de fugir ou lutar.

Mas Benedict permaneceu sozinho.

Ficou sentado lá dentro, imóvel, por cerca de quinze minutos, e quando enfim se mexeu, foi apenas para guardar as cartas de volta em algum lugar do baú e apagar as lamparinas.

O guarda continuou suas rondas monótonas, e Ganelon começou a roncar.

Esvaziei o cachimbo e me deitei de lado no chão.

Amanhã, falei para mim mesmo. Se eu acordar aqui amanhã, tudo ficará bem...

CINCO

Com um pedaço de capim na boca, eu observava a roda do moinho girar. Tinha me deitado de bruços na outra margem do regato e apoiado a cabeça nas mãos. Um pequeno arco-íris surgiu nas brumas logo acima da base espumosa da queda-d'água, e de vez em quando algumas gotas respingavam em mim. O barulho constante da água e os sons da roda abafavam todos os outros ruídos da floresta. O moinho estava deserto, e eu o contemplava porque fazia tempos que não via um daqueles. Observar a roda girar e ouvir a água cair era mais do que relaxante. Chegava a ser hipnótico.

Fazia três dias que estávamos hospedados na casa de Benedict, e Ganelon tinha ido até a cidade em busca de diversão. Eu o acompanhara no dia anterior e descobrira o que queria saber. Mas já não tinha tempo para passear. Precisava pensar e agir rápido. Não tivemos nenhuma dificuldade no acampamento. Benedict nos fornecera comida, além do mapa e da carta que havia prometido. Tínhamos saído ao amanhecer e chegado ao solar por volta do meio-dia. Fomos bem recebidos e, depois de nos instalarmos nos quartos, seguimos para a cidade, onde passamos o resto do dia.

Benedict pretendia permanecer no acampamento por mais alguns dias. Seria necessário terminar minha tarefa antes que ele voltasse. Portanto, seria preciso fazer uma viagem infernal. Não havia tempo para rotas prazerosas. Só me restava me lembrar das sombras certas e partir logo.

Teria sido agradável estar naquele lugar tão parecido com minha Avalon, mas meus objetivos frustrados já beiravam a obsessão. No entanto, ter ciência disso não era o mesmo que controlar tais impulsos. Paisagens e sons familiares haviam me distraído apenas por um breve instante, então voltei a me concentrar no planejamento.

Eu acreditava que meu plano funcionaria sem maiores percalços. Aquela jornada deveria resolver dois problemas de uma vez só, se eu conseguisse realizá-la sem levantar suspeitas. Portanto, eu definitivamente precisaria sair à noite, mas já tinha previsto isso e instruído Ganelon a cobrir minha ausência.

Com a cabeça a balançar com cada rangido da roda, desanuviei a mente e me empenhei em relembrar a textura da areia, a coloração, a temperatura, os ventos, o cheiro de sal no ar, as nuvens...

Adormeci e sonhei, mas não com o lugar que buscava.

Estava diante de uma grande roleta, e estávamos todos nela, meus irmãos, minhas irmãs, eu e outras pessoas que eu conhecia ou já havia conhecido, chegando ao topo e descendo, cada um em sua divisão. Todos torciam para que ela parasse no topo e berravam quando tornava a descer. A roda tinha começado a desacelerar, e eu estava quase chegando ao topo. Um rapaz de cabelos claros pendia de ponta-cabeça diante de mim, gritando súplicas e advertências que foram abafadas pela cacofonia de vozes. Seu rosto ficou escuro, retorcido, e se tornou algo horrível de se ver. Cortei a corda que lhe prendia o tornozelo, e ele caiu e desapareceu. A roda continuou a desacelerar conforme eu me aproximava do topo, e nesse instante vi Lorraine. Ela gesticulava para mim, acenava freneticamente e chamava meu nome. Inclinado em sua direção, eu a via com nitidez e a queria ao meu lado, queria ajudá-la. Mas a roda continuou girando, e ela sumiu de vista.

– Corwin!

Tentei ignorar seu grito, pois já estava quase no topo. Ela gritou de novo, mas tensionei o corpo e me preparei para o salto. Se a roleta não parasse para mim, eu tentaria enganar aquela coisa maldita, mesmo que a queda representasse minha ruína. Eu me preparei para saltar. Mais um pouco e...

– Corwin!

A cena recuou e se desvaneceu, e de novo eu olhava para a roda do moinho enquanto meu nome ecoava em meus ouvidos e se misturava, mesclava-se, fundia-se ao som do regato.

Pisquei e passei os dedos no cabelo. Alguns dentes-de-leão caíram sobre meus ombros, e ouvi uma risada atrás de mim.

Virei-me depressa para olhar.

Ela estava a uns poucos passos de mim, uma garota alta e magra com olhos escuros e cabelo castanho curto. Usava uma jaqueta de esgrima e segurava um florete na mão direita e uma máscara na esquerda. Olhava para mim e ria. Seus dentes eram brancos, retos e um pouco grandes; sardas cobriam seu nariz pequeno e parte das bochechas bronzeadas. O ar de vitalidade que ostentava era mais atraente do que a mera beleza. Especialmente, talvez, para quem via pela perspectiva de muitos anos.

Ela me saudou com a espada.

– Em guarda, Corwin! – alertou.

– Quem diabos é você? – perguntei, e só então percebi uma jaqueta, uma máscara e um florete ao meu lado na grama.

– Nada de perguntas, nada de respostas – declarou ela. – Só depois do duelo.

Então colocou a máscara na cabeça e esperou.

Fiquei de pé e peguei a jaqueta. Vi que seria mais fácil enfrentá-la do que discutir. O fato de a garota saber meu nome me intrigava, e, quanto mais eu pensava, mais ela me parecia familiar. Decidi que era melhor fazer suas vontades, então vesti e ajustei o traje.

Peguei a espada e coloquei a máscara.

– Está bem – respondi, fazendo uma rápida saudação e avançando. – Está bem.

A garota também avançou, e nos encontramos. Deixei-a atacar primeiro.

Lançou-se para a frente com um batida-finta-finta-estocada. Minha riposta foi duas vezes mais rápida, mas ela conseguiu bloquear e contra-atacar com a mesma velocidade. Comecei então a recuar lentamente, para atraí-la. Ela riu e veio, fazendo muita pressão. Era boa e sabia disso. Queria se exibir. E quase me acertou duas vezes do mesmo jeito, na linha baixa, e não gostei nem um pouco. Depois disso, acertei-a com uma parada e estocada na primeira oportunidade. Ela praguejou baixinho, com bom humor, ao admitir o golpe e contra-atacar de novo. Não costumo gostar de duelos de esgrima com mulheres, por melhores que elas sejam, mas dessa vez percebi que estava me divertindo. Dava-me grande prazer observar e reagir à habilidade e elegância com que ela executava e defendia os ataques, e comecei a contemplar a mente por trás daquele estilo. No começo, queria esgotá-la rapidamente no intuito de encerrar a disputa e interrogá-la. Mas de repente me dei conta de que desejava prolongar a luta.

A garota não se cansava tão facilmente, o que não era motivo de preocupação. Perdi a noção do tempo conforme avançávamos para cima e para baixo pela margem do regato, e nossas espadas se debatiam constantemente.

Deve ter se passado um bom tempo até ela enfim cravar o calcanhar e erguer a arma em uma última saudação. Tirou a máscara e abriu um sorriso.

– Obrigada! – exclamou, respirando com dificuldade.

Retribuí o sorriso e tirei minha máscara. Virei o corpo e mexi nas fivelas da jaqueta, e antes que eu pudesse perceber, ela se aproximou e me deu um beijo na bochecha. E não precisou ficar na ponta dos pés para me alcançar. Fiquei confuso por um instante, mas sorri. Mal tive tempo de dizer qualquer coisa, pois ela me pegou pelo braço e me virou na direção de onde tínhamos vindo.

– Trouxe uma cesta de piquenique para nós – comentou.

– Ótimo. Estou com fome. E também curioso...

– Contarei tudo o que quiser saber – disse ela, contente.

– Que tal me falar seu nome?

– Dara – respondeu. – Meu nome é Dara, em homenagem à minha avó.

Observou-me atentamente ao falar, como se esperasse por alguma reação. Quase detestei decepcioná-la, mas assenti e repeti seu nome, e então:

– Por que me chamou de Corwin? – perguntei.

– Porque é o seu nome – rebateu. – Eu o reconheci.

– De onde?

Ela soltou meu braço.

– Aqui está – anunciou, pegando uma cesta que estava apoiada nas raízes expostas de uma árvore. – Espero que as formigas não tenham chegado primeiro.

Em seguida, foi até uma área sombreada ao lado do regato e estendeu uma toalha no chão.

Pendurei o equipamento de esgrima em um arbusto.

– Sempre anda por aí com tanta coisa a tiracolo? – perguntei.

– Meu cavalo está logo ali.

E apontou com a cabeça para um ponto rio abaixo.

Depois, voltou a prender a toalha e esvaziar a cesta.

– Por que tão longe? – questionei.

– Para que eu pudesse pegar você de surpresa, claro. Se tivesse escutado um cavalo pisoteando o chão, com certeza teria acordado.

– É, creio que tem razão.

A garota ficou em silêncio por um instante, como se estivesse ponderando com muito cuidado, e então caiu na gargalhada.

– Mas você não acordou na primeira vez. Ainda assim...

– Primeira vez? – repeti, pois percebi que ela queria que eu perguntasse.

– Sim, quase o atropelei agora há pouco – contou. – Estava dormindo feito pedra. Quando eu vi quem era, fui buscar uma cesta de piquenique e o equipamento de esgrima.

– Ah, entendi.

– Agora venha se sentar. E pode abrir a garrafa, por gentileza?

Colocou uma garrafa perto do meu lugar, desembrulhou duas taças de cristal com todo o cuidado e as depositou no meio da toalha.

Fui até lá e me sentei.

– Este é o melhor cristal de Benedict – observei, enquanto abria a garrafa.

– Sim, mas cuidado para não trincar ao servir... e acho melhor não brindarmos.

– Não, melhor não – concordei, e servi.

Ela ergueu a taça.

– Ao reencontro – falou.

– Que reencontro?

– O nosso.

– Eu nunca a vi na vida.

– Não seja tão prosaico – declarou ela, tomando um gole.

Dei de ombros.

– Ao nosso reencontro.

A garota começou a comer, e eu também. Parecia tão satisfeita com o ar de mistério que havia criado que fiquei tentado a colaborar, só para seu agrado.

– Agora, de onde nos conhecemos? Foi em alguma grande corte – sugeri. – Um harém, talvez...?

– Talvez tenha sido em Âmbar – argumentou ela. – Lá estava você...

– Âmbar? – perguntei, e ao me lembrar de que estava com o cristal de Benedict na mão, limitei minhas emoções à voz. – Quem é você, afinal?

– Lá estava você, bonito, convencido, admirado por todas as mulheres – continuou ela –, e lá estava eu, uma menina tímida, admirando-o de longe. Cinza, ou talvez pastel, em nada vívida, a pequena Dara, que aliás demorou para se desenvolver, remoendo-se por sua causa...

Murmurei um xingamento e ela riu de novo.

– Não foi isso? – perguntou.

– Não, não foi – neguei, dando mais uma mordida no pão com carne. – O mais provável é que tenha sido naquele bordel onde dei mau jeito nas costas. Estava bêbado naquela noite...

– Você se lembra! – gritou ela. – Era um emprego de meio período. Durante o dia, eu domava cavalos.

– Desisto – avisei, e servi mais vinho.

O mais irritante era que de fato havia algo terrivelmente familiar na garota. A julgar pela aparência e pelo comportamento, porém, estimei que Dara devia ter uns dezessete anos. Isso praticamente eliminava a possibilidade de que nossos caminhos tivessem se cruzado.

– Foi com Benedict que você aprendeu esgrima? – perguntei.

– Sim.

– O que ele é para você?

– Meu amante, claro – respondeu Dara. – Ele me cobre de joias e peles... e luta esgrima comigo.

Ela riu outra vez.

Continuei examinando seu rosto.

Sim, era possível...

– Estou magoado – declarei, por fim.

– Por quê?

– Benedict não me deu nenhum charuto.

– Charuto?

– Para celebrar o nascimento. Você é filha dele, não é?

Dara corou, mas sacudiu a cabeça.

– Não. Mas está chegando perto.

– Neta?

– Bom... mais ou menos.

– Acho que não entendi.

– Ele prefere que eu o chame de avô. Mas, na verdade, ele é o pai da minha avó.

– Sim, compreendo. E existem outros como você na sua casa?

– Não, eu sou a única.

– E sua mãe, e sua avó?

– Mortas.

– Como elas morreram?

– De forma violenta. Nas duas ocasiões, ele estava em Âmbar. Deve ser por isso que ele não volta para lá há tanto tempo. Não gosta de me deixar desprotegida... embora saiba que consigo me virar sozinha. Você sabe que eu consigo, não sabe?

Acenei em concordância. Essa informação explicava muitas coisas, até o fato de Benedict ser o Protetor daquela Avalon. Ele precisava manter Dara em algum lugar, e definitivamente não a levaria para Âmbar. Se dependesse do meu irmão sequer saberíamos da existência dela. Seria fácil transformá-la em refém. E não fazia parte dos planos que eu a descobrisse assim tão rápido.

Então:

– Acredito que não deveria estar aqui, e tenho a sensação de que Benedict ficaria muito bravo se descobrisse.

– Ora, você é igualzinho a ele! Droga, eu já sou adulta!

– Por acaso neguei isso? Mas deveria mesmo estar em outro lugar, não é?

Ela mordeu o sanduíche em vez de responder. Também mordi o meu. Depois de alguns minutos de silêncio incômodo, resolvi mudar de assunto.

– Como me reconheceu? – perguntei.

Ela engoliu, bebeu um pouco de vinho, sorriu.

– Pelo seu retrato, óbvio.

– Que retrato?

— Da carta. Meu avô e eu jogávamos baralho quando eu era pequena. Conheci todos os meus parentes assim. Você e Eric são os outros bons espadachins, disso eu já sabia. Foi por isso que eu...

— Você tem um baralho de arcanos? — interrompi.

— Não — respondeu ela, fazendo beicinho. — Ele não quis me dar um, e sei que tem vários.

— É mesmo? E onde ele os guarda?

Dara estreitou os olhos e me encarou. Raios! Eu não queria ter soado tão ansioso.

— Ele carrega um baralho para todos os lados — revelou ela —, e não faço ideia de onde guarda os outros. Por quê? Ele não o deixa ver?

— Nunca pedi — expliquei. — Você entende qual é a importância dessas cartas?

— Eu não tinha permissão para fazer algumas coisas quando estava perto delas. Imagino que tenham algum uso especial, mas ele nunca me contou. São bem importantes, não são?

— Sim, são.

— É, imaginei. Meu avô é sempre muito cuidadoso com elas. Você também tem um baralho?

— Tenho, mas está emprestado por enquanto.

— Ah, entendi. E gostaria de usá-lo para alguma coisa complicada e sinistra, é isso?

Fiz um gesto indiferente.

— Não, quero usar para um fim muito simples e monótono.

— Qual?

Neguei com a cabeça.

— Se Benedict ainda não quer lhe contar a função dessas cartas, não serei eu a revelar.

Dara soltou um muxoxo e disse:

— Você tem medo dele.

— Tenho um respeito considerável por Benedict, e até um certo carinho.

A garota riu.

— Qual dos dois é melhor espadachim?

Desviei o olhar. Era provável que ela tivesse acabado de retornar de algum lugar remoto. Todos com quem eu havia interagido na cidade já sabiam sobre o braço de Benedict. Não era o tipo de notícia que demorava a se espalhar. Mas eu não queria ser o responsável por lhe contar a novidade.

— Pense como quiser — respondi. — Onde você estava?

— No povoado nas montanhas. Vovô me deixou lá com uns amigos dele chamados tecys. Você os conhece?

– Não, não conheço.

– Já estive lá antes. Meu avô sempre me leva para esse povoado quando acontece algum problema por aqui. O lugar não tem nome. Só o chamo de povoado. É tudo bem estranho... tanto as pessoas quanto o povoado. Parece até que nos idolatram. Todo mundo me trata como se eu fosse algum ser divino e nunca me contam o que me interessa saber. Não é longe, mas as montanhas são diferentes, o céu é diferente... tudo! E, quando estou lá, é como se não tivesse jeito de ir embora. Já tentei voltar sozinha antes, mas só acabei me perdendo. Quando o vovô voltava para me buscar, era fácil. Os tecys seguem todas as instruções dele em relação a mim. Eles o tratam como se fosse um deus.

– E é, para eles.

– Você disse que não os conhecia.

– Não preciso. Conheço Benedict.

– Como é que ele faz isso? Diga.

Meneei a cabeça.

– Como você fez? – perguntei para ela. – Como foi que voltou para cá dessa vez?

Dara entornou o resto do vinho e estendeu a taça. Quando terminei de servir e a observei, sua cabeça estava inclinada para a direita, com o cenho franzido e o olhar perdido no horizonte.

– Não sei bem – respondeu, erguendo a taça e bebericando em um gesto automático. – Não tenho muita certeza de como fiz...

Ela começou a mexer na faca com a mão esquerda, até enfim segurá-la.

– Eu estava brava, furiosa, por ter sido mandada para lá de novo – contou. – Falei que queria ficar e lutar, mas ele me levou e, depois de cavalgarmos por um tempo, chegamos ao povoado. Não sei como. Não foi uma viagem longa, e de repente lá estávamos. Conheço esta região. Nasci e fui criada aqui. Já cavalguei por todos os cantos, percorri centenas de léguas em todas as direções. Nunca consegui encontrar o povoado quando tentava procurá-lo. No entanto, em um piscar de olhos, parecíamos estar lá com os tecys de novo. Mas já haviam se passado alguns anos, e agora que cresci posso ser mais determinada. Decidi voltar sozinha.

Com a faca, ela começou a marcar e cavar o chão ao seu lado, aparentemente sem se dar conta.

Depois continuou:

– Esperei até anoitecer e estudei as estrelas para me orientar. Foi uma sensação irreal. Eram todas diferentes. Não reconheci nenhuma constelação. Voltei para dentro e refleti. Estava um pouco assustada e não sabia o que fazer. Passei o dia seguinte tentando arrancar mais informações dos tecys e das outras pessoas no povoado. Mas tudo parecia um pesadelo. Ou eram idiotas ou tentavam me confundir de propósito. A questão não se limitava a não haver um jeito de sair de lá e chegar até aqui: eles não faziam a menor ideia de onde "aqui" ficava, e também não tinham muita certeza quanto a "lá". Naquela noite, olhei para as estrelas outra vez, para confirmar o que eu tinha visto, e estava prestes a começar a acreditar neles.

Ela mexeu a faca de um lado para o outro, como se tentasse afiar o gume, alisando e compactando a terra. E então começou a traçar desenhos.

– Depois disso, passei alguns dias tentando descobrir o caminho de volta – retomou. – Acreditei que conseguiria encontrar nossos rastros e voltar pela mesma trilha, mas tinham sumido. Então fiz a única outra coisa em que consegui pensar. Toda manhã, eu saía em uma direção diferente, cavalgava até o meio-dia e voltava. Nunca encontrei nada familiar. Era muito esquisito. Todas as noites, eu ia dormir cada vez mais irritada e chateada com tudo o que estava acontecendo... e mais determinada a encontrar um caminho de volta para Avalon. Eu tinha que mostrar ao vovô que ele não podia mais me largar lá como se eu fosse uma criança e achar que eu ficaria parada.

"E então, depois de uma semana, mais ou menos, comecei a ter alguns sonhos. Estavam mais para pesadelos, na verdade. Alguma vez já sonhou que estava correndo sem parar, mas nunca chegava a lugar nenhum? Foi mais ou menos assim na teia de aranha em chamas. Não era bem uma teia de aranha: não tinha aranhas à vista e não estava pegando fogo de verdade. Mas eu estava presa naquela coisa, e ficava indo de uma lado para o outro e tentava atravessar. Mas não conseguia me mexer. Não era exatamente isso o que acontecia, mas não sei bem como descrever. E eu precisava continuar tentando sair dali... na verdade, eu queria. Quando acordei, estava exausta, como se realmente tivesse me esforçado a noite inteira. Isso aconteceu vários dias seguidos, e a cada noite parecia mais forte, mais duradouro e mais real.

"Hoje de manhã, eu acordei com o sonho ainda fresco na minha mente e logo soube que conseguiria voltar para casa. Quando saí, ainda parecia estar no meio do sonho. Cavalguei direto sem parar, e dessa vez não prestei nenhuma atenção especial aos meus arredores. Só pensei em Avalon... e, conforme avançava, as coisas foram ficando mais e mais familiares, até que cheguei aqui. Foi só nessa hora que tive a sensação de que estava completamente acordada. Agora, o povoado e os tecys, aquele céu, aquelas estrelas, a floresta, as montanhas, tudo parece um sonho para mim. Não tenho muita certeza de que conseguiria voltar para lá. Não é estranho? Você saberia me dizer o que aconteceu?"

Fiquei de pé, passei pelo que restara de nosso piquenique e me sentei ao lado dela.

– Por acaso se lembra do aspecto da teia que não era bem uma teia e não estava em chamas? – perguntei.

– Sim… mais ou menos.

– Passe-me a faca.

Ela me entregou.

Com a ponta afiada, comecei a complementar seu desenho na terra, aumentando linhas, apagando algumas, acrescentando outras. Dara não disse nada conforme eu trabalhava, mas observou cada gesto. Quando terminei, deixei a faca de lado e esperei bastante tempo, em silêncio.

– Sim, é isso – disse ela, por fim, bem baixinho, tirando os olhos do desenho para me encarar. – Como você sabe? Como sabe com o que eu sonhei?

– Porque sonhou com algo que está gravado nos seus genes. Por quê, como, não sei. Mas isso prova que você é de fato uma filha de Âmbar. O que fez foi andar em Sombra. Sonhou com o Grande Padrão de Âmbar. Por seu poder, aqueles de sangue real exercem domínio sobre as sombras. Compreende o que estou dizendo?

– Não sei bem. Acho que não. Já ouvi o vovô praguejar contra as sombras, mas nunca entendi o que ele queria dizer.

– Então você não sabe onde Âmbar realmente fica.

– Não, não sei. Ele sempre foi vago. Já me falou de lá e da família. Mas não sei nem para qual direção está. Só sei que é longe.

– Ela existe em todas as direções – expliquei –, ou em qualquer direção que se escolher. É preciso apenas…

– Sim! – interrompeu Dara. – Eu tinha me esquecido, ou achei que ele estivesse só dando um ar de mistério ou brincando comigo, mas Brand disse exatamente a mesma coisa muito tempo atrás. Mas o que isso significa?

– Brand! Quando Brand esteve aqui?

– Há anos, quando eu era pequena. Ele visitava com frequência. Eu era louca por ele e o importunava sem parar. Nessas ocasiões, sempre me contava histórias, me ensinava brincadeiras…

– Quando foi a última vez que você o viu?

– Ah, acho que faz uns oito ou nove anos.

– E já conheceu algum dos outros?

– Já, sim. Julian e Gérard vieram aqui não faz muito tempo. Poucos meses atrás.

De repente, eu me senti muito inseguro. Benedict realmente omitira várias coisas. Teria sido melhor receber informações ruins do que permanecer em completa ignorância. É mais fácil ficar bravo quando se descobre a verdade.

Benedict era honesto demais, esse era o problema. Ele preferia não me falar nada a mentir. Mas tive a impressão de que havia algo desagradável no meu horizonte e sabia que já não podia perder tempo, que precisaria avançar o mais rápido possível. Sim, eu teria que fazer uma viagem infernal até as pedras. Ainda assim, havia mais a descobrir ali antes de tentar. Tempo... Droga!

– Essa foi a primeira vez que os viu? – perguntei.

– Foi, e fiquei muito magoada.

Dara parou por um instante e suspirou.

– Vovô não me deixou contar que éramos parentes. Ele me apresentou como sua protegida. E se negou a me dizer por quê!

– Com certeza ele tinha ótimos motivos.

– Ah, eu sei. Mas isso não ajuda a diminuir a mágoa, depois de ter passado a vida inteira esperando para conhecer os familiares. Por acaso *sabe* por que ele me tratou assim?

– São tempos difíceis em Âmbar – declarei. – E as coisas vão piorar antes de tudo se resolver. Quanto menos pessoas souberem da sua existência, menores serão as chances de que seja afetada e se machuque. Benedict só agiu assim pensando na sua proteção.

A garota fez um barulho como se tivesse cuspido.

– Não preciso de proteção – retrucou. – Posso me cuidar.

– É uma boa esgrimista – admiti. – Infelizmente, a vida é mais complicada do que um duelo justo.

– Sei disso. Não sou criança. Mas...

– "Mas" nada! Benedict fez a mesma coisa que eu faria se você fosse minha bisneta. Serviu tanto para a proteção dele quanto a sua. Acho surpreendente que ele tenha revelado sua existência para Brand. Vai ficar furioso por eu ter descoberto.

Ela virou a cabeça de repente e me encarou, com olhos arregalados.

– Mas você não faria nada para nos machucar. Nós... nós somos parentes...

– Como sabe por que vim para cá ou o que planejo? – perguntei. – Pode ser que tenha acabado de enrolar a corda no pescoço dos dois.

– É brincadeira, não é? – questionou Dara, levantando a mão esquerda devagar entre nós.

– Não sei – respondi. – Não preciso... e eu não falaria se tivesse más intenções, não acha?

– Não... acho que não.

– Vou lhe dar um conselho que Benedict devia ter dado há muito tempo: nunca confie na família. É muito pior do que confiar em quem não conhece. Com desconhecidos sempre existe a chance de terem boas intenções.

– Está falando sério?

– Sim.

– E está incluído nisso?

Abri um sorriso.

– O conselho não se aplica a mim, claro. Sou o epítome da honra, da compaixão, da misericórdia e da bondade. Pode confiar em mim.

– Vou confiar.

Dei risada.

– Vou mesmo – insistiu Dara. – Sei que não nos machucaria.

– Conte sobre Gérard e Julian – pedi, pouco à vontade, como sempre fico na presença da confiança cega. – Qual foi o motivo da visita?

Ela ficou em silêncio por um tempo, ainda me observando.

– Já revelei muitas coisas, não acha? – disse, por fim. – Tem razão. Cuidado nunca é demais. Acredito que seja a sua vez de falar agora.

– Ótimo. Está aprendendo. O que quer saber?

– Qual a verdadeira localização do povoado? E de Âmbar? São semelhantes, não são? O que quis dizer sobre Âmbar existir em todas as direções, ou em qualquer uma? O que são as sombras?

Fiquei de pé e a olhei de cima. Estendi a mão. Parecia muito jovem e um tanto assustada, mas aceitou minha ajuda.

– Onde...? – perguntou, levantando-se.

– Por aqui – instruí.

Levei-a até o lugar onde eu havia dormido e observei a queda-d'água e a roda do moinho.

Dara começou a dizer algo, mas a interrompi.

– Observe. Só observe.

Então ficamos ali, vendo a água cair e a roda girar, enquanto eu colocava a minha mente em ordem.

– Venha – chamei, puxando-a pelo cotovelo na direção da floresta.

Conforme andávamos por entre as árvores, uma nuvem encobriu o sol, e as sombras aumentaram. Os pios dos pássaros se tornaram mais estridentes, e o solo começou a exalar umidade. As folhas das árvores foram ficando mais compridas e largas a cada passo. Quando o sol reapareceu, a luz estava mais amarela, e depois de uma curva encontramos trepadeiras suspensas. O canto dos pássaros ficou mais rouco e frequente. A trilha começou a subir, e guiei Dara por uma saliência rochosa até alcançarmos um platô. Atrás de nós, podíamos ouvir um murmúrio distante quase imperceptível. O azul do céu estava diferente quando atravessamos um descampado, e nossa presença assustou um grande lagarto marrom que tomava sol em uma pedra.

– Não conhecia este lugar – disse ela, quando contornamos outra rocha. – Nunca passei por aqui.

Continuei em silêncio, pois estava ocupado fazendo deslocamentos de Sombra.

De repente nos vimos diante de uma nova floresta, e a trilha tinha se transformado em um aclive. Havia gigantescas árvores tropicais, entremeadas de samambaias, e ouvíamos ruídos novos: latidos, chiados e zumbidos. O murmúrio ao redor foi ficando mais alto conforme seguíamos a trilha, e o próprio chão começou a tremer. Dara segurava meu braço em silêncio, observando tudo com atenção. Havia grandes flores claras e achatadas, e poças se formavam onde a umidade gotejava do alto. A temperatura aumentara consideravelmente, e estávamos suando em bicas. O murmúrio se tornou um rugido poderoso, e quando por fim voltamos a emergir da floresta, retumbava como um trovão. Conduzi Dara até a beira do precipício e apontei em direção ao fundo.

O abismo descia por centenas de metros. Uma catarata extraordinária fustigava o rio cinzento como se fosse uma bigorna. A correnteza era rápida e forte, levando bolhas e espuma por uma grande distância até finalmente se dissolverem. À nossa frente, a pouco menos de um quilômetro de distância, encoberta por arco-íris e brumas, como uma ilha golpeada por um titã, uma roda gigantesca girava lentamente, pesada e cintilante. Alto no céu, pássaros imensos pairavam nas correntes de ar como crucifixos à deriva.

Ficamos parados ali por um bom tempo. Era impossível conversar, e devia ser melhor assim. Depois de alguns minutos, quando Dara se virou para me encarar, com a testa franzida, gesticulei com a cabeça e indiquei a floresta com os olhos. E então nos viramos e voltamos pelo caminho de onde tínhamos vindo.

Nosso retorno foi o mesmo processo invertido, e consegui realizá-lo com mais facilidade. Apesar de ser possível conversar de novo, Dara permaneceu em silêncio, provavelmente porque percebera que eu integrava o processo de mudança em curso ao nosso redor.

Foi só quando retornamos ao nosso regato, olhando a pequena roda do moinho girar, que ela perguntou:

– Aquele lugar era como o povoado?

– Sim. Uma sombra.

– E como Âmbar?

– Não. Âmbar projeta Sombra. Para quem sabe como fazer, ela pode ser repartida em qualquer formato. Aquele lugar era uma sombra, seu povoado era uma sombra... *isto aqui* é uma sombra. Todos os lugares imagináveis existem em Sombra.

– E você, meu avô e os outros conseguem circular por essas sombras, alterando e selecionando tudo o que desejam?

– Exatamente.

– Foi isso que fiz, então, quando deixei o povoado?

– Sim.

Os olhos dela se arregalaram com a compreensão. As sobrancelhas quase pretas se franziram, e as narinas se dilataram com um arquejo.

– Eu também consigo... – declarou. – Ir para qualquer lugar, fazer o que eu quiser!

– A habilidade está dentro de você – respondi.

Dara me deu um beijo, um gesto súbito e impulsivo, e então virou as costas. Seu cabelo se agitava em volta do pescoço fino enquanto tentava olhar para tudo ao mesmo tempo.

– Posso fazer qualquer coisa – disse ela, parando enfim.

– Existem limitações, perigos...

– Faz parte da vida – interrompeu. – Como posso aprender a controlar esse poder?

– O segredo é o Grande Padrão de Âmbar. Deve percorrê-lo para obter a habilidade. Ele está gravado no piso de um salão sob o palácio de Âmbar. É enorme. Deve começar fora dele e caminhar até o centro sem hesitar. Há uma resistência considerável, e o processo é bastante árduo. Se parar, se tentar sair do Padrão antes de concluí-lo, será destruída. Mas, se conseguir chegar até o fim, poderá controlar seu poder sobre Sombra de forma consciente.

Dara correu até o lugar do nosso piquenique e examinou o padrão que eu desenhara no solo.

Fui mais devagar atrás dela.

– Preciso ir a Âmbar percorrê-lo! – exclamou, quando me aproximei.

– Com certeza Benedict tem planos para que isso ocorra no futuro.

– No futuro? Agora! Preciso percorrê-lo agora! Por que ele nunca me contou nada disso?

– Porque agora isso é impossível. A situação em Âmbar está complicada, seria arriscado para os dois se soubessem da sua existência. Por ora, não pode ir para Âmbar.

– Não é justo! – resmungou ela, lançando-me um olhar furioso.

– Claro que não. Mas é assim que as coisas são, por enquanto. A culpa não é minha.

As palavras saíram dos meus lábios com certo constrangimento. Claro que parte da culpa era minha.

– Quase seria melhor se não tivesse me contado nada – reclamou. – Pois nada disso está ao meu alcance.

– Não é tão ruim. A situação em Âmbar vai se estabilizar de novo, e não vai demorar muito.

– Como vou descobrir?

– Benedict saberá. E vai lhe contar.

– Ao que parece, meu avô não me contou muitas coisas!

– Para quê? Só para deixá-la chateada? Sabe que ele a trata bem, que gosta de você. Quando for a hora, vai agir em seu favor.

– E se não agir? Você vai me ajudar?

– Farei o que puder.

– Como posso encontrá-lo? Para avisar?

Sorri. A conversa tinha chegado a esse ponto sem exigir meu esforço. Não havia necessidade de contar a ela a parte realmente importante. Apenas o suficiente para talvez ter utilidade para mim depois...

– As cartas – revelei –, os arcanos da família. Não são apenas uma relíquia. São um meio de comunicação. Pegue a minha carta, olhe para ela, concentre-se, tente esvaziar a mente de qualquer pensamento, finja que sou eu de verdade e comece a conversar comigo. Vai perceber que sou eu mesmo, e que estou respondendo.

– São as coisas que vovô me proibiu de fazer quando seguro as cartas!

– Naturalmente.

– Como funciona?

– Isso pode ficar para outra ocasião – respondi. – Uma mão lava a outra: já lhe expliquei sobre Âmbar e Sombra. Agora é sua vez de me contar sobre a visita de Gérard e Julian.

– Sim – concordou ela. – Mas não há muito o que contar. Certa manhã, há uns cinco ou seis meses, vovô de repente ficou imóvel enquanto podava o pomar. Ele gostava de se encarregar do assunto pessoalmente, e na ocasião eu o ajudava. Quando ele estava no topo da escada, cortando ramos, de repente parou, abaixou a tesoura de poda e ficou alguns minutos sem se mexer. Achei que era uma simples pausa para descansar, por isso continuei trabalhando com o ancinho. Depois, ouvi-o falar, e não era só um murmúrio: falava mesmo, como se fosse uma conversa. A princípio, achei que fosse comigo, então lhe pedi que repetisse. Mas ele me ignorou. Agora que sei sobre os arcanos, imagino que estivesse conversando com um deles naquela hora. Provavelmente Julian. Enfim, depois disso ele desceu bem rápido da escada, avisou que teria que se ausentar por um ou dois dias e se dirigiu para o interior da casa. Mas, pouco depois, deu meia-volta. Foi aí que me disse que, se Julian e Gérard viessem visitar, eu seria apresentada como protegida dele, filha órfã de um criado leal. Saiu a cavalo pouco depois levando mais duas montarias. E a espada. Voltou no meio da noite e trouxe aqueles dois junto. Gérard estava quase inconsciente. Tinha quebrado a perna esquerda, e todo o lado esquerdo do corpo estava muito machucado. Julian também estava bastante ferido, mas não tinha nenhuma fratura. Ficaram conosco por quase um mês e se recuperaram rápido. Depois, pegaram cavalos emprestados e foram embora. Nunca mais os vi.

– O que comentaram sobre os ferimentos?

– Apenas que tinha sido um acidente. Não quiseram discutir o assunto comigo.

– Onde? Onde foi que aconteceu?

– Na estrada negra. Entreouvi essa parte em algumas conversas.

– Onde fica essa estrada negra?

– Não sei.

– Como se referiram a ela?

– Com muitos xingamentos. Nada mais.

Baixei o olhar e vi que ainda havia um pouco de vinho na garrafa. Agachei-me, servi duas últimas taças e passei uma para Dara.

– Ao reencontro – propus, sorrindo.

– Ao reencontro – ecoou ela, e bebemos.

Ajudei Dara a recolher as sobras do piquenique, novamente com aquela sensação de urgência.

– Quando devo entrar em contato? – perguntou ela.

– Em três meses. Preciso de três meses.

– Onde estará?

– Em Âmbar, espero.

– Por quanto tempo vai ficar aqui?

– Não muito. Na verdade, preciso fazer uma breve viagem agora. Mas devo estar de volta amanhã. E provavelmente vou ficar só mais alguns dias depois disso.

– Gostaria que ficasse mais tempo.

– Quem dera eu pudesse. Adoraria, agora que a conheci.

Ela corou e pareceu dedicar toda a atenção à organização da cesta. Recolhi o equipamento de esgrima.

– Vai voltar para o solar agora?

– Não, para o estábulo. Partirei imediatamente.

Ela pegou a cesta.

– Vamos juntos, então. Meu cavalo está perto daqui.

Assenti e a segui até a trilha à nossa direita.

– Seria melhor eu não mencionar nossa conversa a ninguém, muito menos ao vovô, certo?

– Sim, seria mais prudente.

O gorgolejo do regato em seu caminho em direção ao rio, rumo ao mar, foi se desvanecendo mais e mais até desaparecer. Por um bom tempo, apenas o rangido da roda do moinho que cortava seu leito permaneceu no ar.

SEIS

Na maioria dos casos, a constância do movimento é mais importante do que a velocidade. Enquanto houver uma sucessão regular de estímulos para manter a mente concentrada, sempre existirá espaço para movimentos laterais. Uma vez iniciado o avanço, o ritmo se torna uma questão de discernimento.

Por isso avancei de forma lenta e constante, usando meu discernimento. De nada adiantava cansar Estrela sem necessidade. Deslocamentos rápidos são exaustivos até mesmo para pessoas. Os animais, que não sabem se enganar tão bem, enfrentam mais dificuldade e às vezes sucumbem à loucura.

Atravessei o regato por uma pequena ponte de madeira e o margeei por um tempo. Minha intenção era contornar a própria cidade, seguindo mais ou menos na direção da correnteza até chegar ao litoral. Era quase fim de tarde. O caminho estava sombreado e fresco. Grayswandir pendia da minha cintura.

Segui para oeste, chegando enfim às colinas que se erguiam ali. Decidi começar os deslocamentos só depois de alcançar um lugar alto, onde poderia observar a cidade com a maior concentração populacional daquele reino tão parecido com minha Avalon. A cidade tinha o mesmo nome, e milhares de pessoas moravam e trabalhavam nela. Faltavam algumas das torres de prata, e o regato a atravessava por um ângulo um tanto distinto mais ao sul, no ponto em que se alargava, ou fora alargado, até ficar oito vezes maior. Um pouco de fumaça saía das forjas e construções públicas, agitada de leve pela brisa que soprava do sul; pessoas percorriam ruas estreitas, a cavalo, a pé, em carroças, em carruagens, entravam e saíam de lojas, hospedarias, residências; bandos de aves circundavam os lugares onde havia cavalos amarrados; alguns pendões e estandartes coloridos tremulavam de um lado ao outro; a água cintilava e uma neblina pairava no ar. Eu estava longe demais para escutar os ruídos das vozes. O som de paneladas, marteladas, serrotes, rodas e carroças chegava até meus ouvidos apenas como um zumbido indefinido. Embora não fosse capaz de distinguir odores específicos, mesmo se ainda estivesse cego eu saberia pelo cheiro do ar que estava perto de uma cidade.

Quando a observei dali de cima, fui tomado por certa nostalgia, um emaranhado melancólico de sonho e um vago sentimento de saudade do lugar que era homônimo daquele à minha frente, em uma sombra perdida no passado, onde a vida também era simples e eu era mais feliz.

Mas não se alcança tanto tempo de vida sem desenvolver o tipo de consciência capaz de extirpar sentimentos ingênuos no momento em que surgem e propensa a evitar tomar parte na criação de sentimentalismos.

Aqueles dias ficaram no passado, aquilo se acabou, e era Âmbar que prendia minha total atenção. Eu me virei e continuei seguindo para o sul, meu desejo de vencer renovado. Âmbar, não me esqueço...

O sol se tornou uma bolha deslumbrante e luminosa acima da minha cabeça, e o vento começou a rugir ao meu redor. À medida que eu avançava, o céu foi adquirindo um tom cada vez mais amarelado, até o horizonte parecer ter assumido ares de deserto. Os montes ficavam mais rochosos, exibindo formas grotescas e escuras esculpidas pelo vento. Uma tempestade de areia me cercou quando saí do sopé da colina, e fui obrigado a cobrir o rosto com o manto e quase fechar os olhos. Estrela relinchou, bufou várias vezes, mas persistiu. Areia, pedra, vento, o céu ficando mais alaranjado, uma massa de nuvens cor de ardósia no caminho do sol...

E as sombras se alongaram, e o vento parou, e tudo ficou imóvel... Só os estalos dos cascos na rocha e os sons de nossa respiração... Veio a escuridão, conforme tudo se unia e o sol era encoberto pelas nuvens... As paredes do dia, sacudidas por um trovão... A clareza sobrenatural de formas distantes... Uma sensação fria, azul e elétrica no ar... Outro trovão...

E com o avanço da chuva, uma cortina translúcida se formou à minha direita... Rachaduras azuis em meio às nuvens... A temperatura despencando, nosso ritmo constante, o mundo todo um cenário monocromático...

Trovões retumbantes, lampejos alvos, e a cortina se expandindo em nossa direção... Duzentos metros... Cento e cinquenta... Basta!

A trilha escavou, cravou, borbulhou... O cheiro úmido da terra... O relincho de Estrela... Um rompante de velocidade...

Pequenos filetes de água se espalharam, penetraram, mancharam o chão. Turvos, borbulharam e escorreram até formar um fluxo constante... Pequenos córregos à nossa volta, chapinhando...

Terreno elevado mais adiante, e os músculos de Estrela rijos e relaxados, rijos e relaxados conforme saltava os riachos e córregos d'água, conforme atravessava um lençol veloz e turbulento e alcançava a encosta, e seus cascos reluziam em meio às pedras enquanto subíamos mais e mais, e a voz da correnteza que se avolumava e gargarejava atrás de nós ia ficando mais grave até se tornar um rugido constante...

Mais alto, e seco, e paramos para torcer o meu manto... Abaixo, para trás e à direita, um mar cinzento e tormentoso fustigava a base do penhasco...

Longe da orla, perto de campos de trevos, ao anoitecer, com o estrondo da arrebentação às minhas costas...

Perseguindo estrelas cadentes no leste cada vez mais escuro, dando lugar ao silêncio e à noite...

Brilhantes estrelas e límpido céu, apesar de pequenos fiapos de nuvens...

O uivo de uma matilha de criaturas de olhos vermelhos, serpenteando pela nossa trilha... Sombra... Olhos verdes... Sombra... Amarelos... Sombra... Desapareceram...

Cumes negros com saias de neve, empurrando uns aos outros à minha volta... Neve congelada, seca como pó, erguendo-se em ondas pelo sopro gélido da altitude... Neve poeirenta feito farinha... Lembranças daqui, dos Alpes italianos, de esquiar... Ondas de neve pairavam por rostos de pedra... Uma chama branca na noite... Meus pés pouco a pouco ficando insensíveis nas botas molhadas... Estrela, confuso e bufando, hesitando a cada passo, sacudindo a cabeça como se não conseguisse acreditar...

Silhuetas além da rocha, um aclive suave, um vento seco, pouca neve...

Uma trilha sinuosa, uma trilha convoluta, um ádito para o calor... Descendo, descendo, descendo pela noite, sob as estrelas fugazes...

Distante estava a neve de uma hora antes, dando lugar a vegetação rasteira e terreno plano... Distante, e pássaros noturnos perambulavam pelo ar, circulando o banquete de carniça, despejando piados de protesto quando passamos...

Devagar outra vez, até o ponto onde o mato começava a ondular, soprado por uma brisa mais amena... O rosnar de um gato-selvagem... A fuga sombria de um animal saltitante parecido com um cervo... As estrelas se posicionaram, e a sensação voltou aos meus pés...

Estrela recuou, relinchou, disparou para escapar de um predador invisível... Um bom tempo dedicado a acalmar meu companheiro, e mais ainda até o fim dos tremores...

E pingentes de gelo caíam da lua minguante em árvores distantes... A terra úmida exalando uma bruma luminescente... Mariposas dançando à luz da noite...

O solo se retorceu e oscilou por um instante, como se as montanhas tentassem esticar os pés... Cada estrela com seu par... Uma auréola ao redor da lua... A planície, o ar acima dela, cheia de vultos efêmeros...

A terra, um relógio de corda, gira e para... Estabilidade... Inércia... As estrelas e a lua reencontraram seus espíritos...

Contornando a faixa cada vez maior de árvores, para o oeste... Impressões de uma selva adormecida: serpentes se retorcendo sob oleado...

Oeste, oeste... Em algum lugar, um rio largo com margens vazias facilitava minha viagem rumo ao mar...

Ribombar de cascos, vaivém de sombras... O ar da noite no meu rosto... Um vislumbre de seres luminosos sobre grandes muros escuros, torres brilhantes... O ar se adoçou... A visão oscilou... Sombras...

E nos fundimos como um centauro, Estrela e eu, em uma única pele úmida de suor... Colhemos o ar e o devolvemos em explosões mútuas de esforço... Pescoço revestido de trovão, a glória terrível das narinas infladas... Engolindo o chão...

Rindo, o cheiro da água nos alcançou, e as árvores estavam bem à nossa esquerda...

E entre elas... Cascas lustrosas, vinhas penduradas, folhas largas, gotículas de umidade... Teia de aranha ao luar, vultos vigorosos... Terra porosa... Fungos fosforescentes nos troncos caídos...

Espaço aberto... O mato alto se agitava...

Mais árvores...

De novo o cheiro de um rio...

Depois, sons... A gargalhada verdejante da água...

Mais perto, mais alto, enfim próximo... O firmamento escoiceou, e as árvores se afastaram para nos dar passagem... Águas límpidas, com uma nota fria e úmida... Seguimos à esquerda do rio... Tranquilo e fluido, avançamos...

Beber... Chapinhar na parte rasa, até o jarrete, cabeça abaixada, Estrela bebeu como uma bomba d'água, borrifando pelas narinas... Rio acima, a água batia em minhas botas... Escorria do meu cabelo, descia pelos meus braços... A cabeça de Estrela se virou, e a risada...

Voltamos a margear o rio, límpido, lento, sinuoso... E então reto, mais largo, mais vagaroso...

Árvores se adensaram, escassearam...

Longo, constante, lento...

Uma luz tênue a leste...

Um declive, e menos árvores... O caminho ficando mais pedregoso, e a escuridão se tornando completa de novo...

O primeiro indício do mar, breve, perdido com um novo odor... Trotando pelo frio que a noite trouxera... De novo, o cheiro da maresia...

Rochas, a escassez de árvores... Duro, íngreme, desolado... Um declive cada vez maior...

Vislumbres por entre muralhas de pedra... Seixos soltos perdidos na correnteza já veloz, e seus ruídos afogados pelos ecos do rugido... A garganta se aprofundando, se alargando...

Mais e mais...

E o leste outra vez claro, o declive mais suave... De novo, a maresia, agora mais intensa...

Xisto e saibro... Por uma curva, para baixo, e ainda mais claro...

Constante, o solo suave e instável...

A brisa e a luz, a brisa e a luz... Para além da saliência rochosa...

Puxei a rédea.

Diante de mim se estendia o litoral árido, onde fileiras e mais fileiras de dunas ondulantes, atormentadas pelos ventos do sudoeste, lançavam golfadas de areia no ar matinal, obscurecendo o contorno distante do mar.

Observei a película rosada se espalhar sobre a superfície da água a partir do leste. Aqui e ali, a areia revelava trechos escuros de cascalho. Rochas despontavam da arrebentação. Entre mim e as dunas imensas, de dezenas de metros de altura, bem perto daquela orla maligna, uma planície destroçada e esburacada de pedras angulosas e cascalho emergia, saída do inferno ou da noite à primeira luz da alvorada, e repleta de sombras.

Sim, aquele era o lugar certo.

Desmontei e vi o sol impor um dia sombrio e furioso sobre a terra árida. Era a luz branca e bruta que eu tanto procurara. Aquele era o lugar ideal, tal qual eu havia visto décadas antes na Terra de Sombra de meu exílio. Mas não havia humanos; nenhuma escavadeira, nem garimpeiros, nem pessoas negras com vassouras. Nada da segurança excessiva de Oranjemund. Nenhum aparelho de raios X, arame farpado ou guarda armado. Não havia nada disso ali. Não. Pois aquela sombra nunca conhecera sir Ernest Oppenheimer, nunca tivera uma Consolidated Diamond Mines of South West Africa, nem um governo que se colocasse a favor dos interesses das mineradoras. Aquele era o deserto chamado Namibe, que ficava a seiscentos e cinquenta quilômetros ao noroeste da Cidade do Cabo e consistia em uma faixa de dunas e rochas entre o mar e a cordilheira de Richtersveld, em cuja sombra eu me encontrava. Sua largura variava de dois a vinte quilômetros e se estendia por aquela orla erma ao longo de quase quinhentos quilômetros. Ali, ao contrário das minas convencionais, os diamantes estavam espalhados pela areia com a mesma displicência de fezes de pássaros. E eu levara um ancinho e uma peneira, claro.

Abri as rações e preparei meu desjejum. Seria um dia repleto de calor e areia.

—❀—

Enquanto trabalhava nas dunas, eu me lembrei de Doyle, joalheiro de Avalon, um sujeito baixinho de cabelo ralo, pele curtida feito tijolo e verrugas nas bochechas. Pasta de polimento? Para que eu queria tanta pasta de polimento, uma quantidade suficiente para abastecer um exército de joalheiros por dezenas de gerações? Que diferença fazia minha intenção de uso, desde que pudesse pagar por tudo? Ora, se existisse alguma aplicação nova e lucrativa para a pasta, seria loucura vender tudo aquilo... Em outras palavras, não poderia me fornecer a quantidade desejada no prazo de uma semana? O joalheiro deixara escapar pequenas risadinhas desajeitadas. Uma semana? Ah, não! Claro que não! Ridículo, nem pensar... Entendi. Bom, talvez o concorrente do outro lado da rua consiga produzir para mim, e talvez se interesse por alguns diamantes brutos que estou para receber em alguns dias... Diamantes? Calma... Ele também estava interessado em diamantes... Sim, era uma pena que a pasta de polimento estivesse em falta. Doyle levantara umas das mãos. Talvez tivesse se precipitado quanto à capacidade de produzir o material. A quantidade o assustara. Mas os ingredientes eram fáceis de se arranjar, e a fórmula, relativamente simples. Sim, conseguiria dar um jeito, não havia nenhum impedimento real. E em uma semana. Quanto aos diamantes...

Quando saí da loja, já tínhamos chegado a um acordo.

Conheci muitas pessoas convictas de que pólvora explodia, o que não passa, claro, de um equívoco. Apenas queima rapidamente, criando um aumento de pressão que expele o projétil da cápsula e o empurra pelo cano da arma. O que explode é a espoleta, que inicia a queima da pólvora ao ser atingida pelo pino de percussão. Ora, com a prudência típica da minha família, havia testado diversos materiais combustíveis ao longo dos anos. Minha decepção ao constatar que a pólvora não queimava em Âmbar, e que todas as espoletas testadas por lá eram igualmente inertes, só se mitigava pela certeza de que nenhum de meus parentes poderia levar armas de fogo para Âmbar. Apenas muito tempo depois, durante uma visita, descobri essa propriedade maravilhosa da pasta de Avalon, ao polir uma pulseira que levara de presente para Deirdre e jogar o pano usado em uma lareira. Felizmente, a quantidade era pequena e eu estava sozinho no cômodo.

Fiz uma espoleta excelente a partir da própria embalagem da pasta. Quando cortada com uma quantidade suficiente de material inerte, ela também podia queimar de forma estável.

Mantive essa informação em segredo, com a certeza de que um dia seria útil para decidir certas questões sucessórias em Âmbar. Infelizmente, Eric e eu tivemos nossa discussão antes que esse dia chegasse, e a informação se perdeu com o restante de minha memória. Quando tudo enfim clareou, minha sorte logo foi lançada com a de Bleys, que se preparava para atacar Âmbar. Minha ajuda não era essencial na ocasião, mas tenho a impressão de que ele me aceitou na investida para poder ficar de olho em mim. Se tivesse lhe proporcionado armas de fogo, Bleys teria sido invencível, e eu, desnecessário. Além disso, se nossa tentativa de tomar Âmbar tivesse rendido frutos, a situação teria ficado deveras complicada, já que seria dele o grosso das forças de ocupação, bem como a lealdade dos oficiais. Eu precisaria de algumas cartas na manga para equilibrar a divisão de poder. Bombas e armas automáticas, por exemplo.

Se estivesse em plenas condições um mês antes, as coisas teriam sido bem diferentes. Eu poderia estar sentado no trono, em vez de ser queimado, esfolado e espancado, e ainda sujeito a mais viagens infernais e um bocado de problemas para resolver mais tarde.

Cuspi areia para não engasgar com minha própria risada. Raios, de fato criamos nosso próprio destino. Eu tinha mais o que fazer, em vez de pensar no que poderia ter sido. Como Eric...

Porque eu me lembro daquele dia, Eric. Fui acorrentado e obrigado a me ajoelhar diante do trono. Já havia coroado a mim mesmo, para demonstrar meu escárnio por sua pessoa, e levado uma surra como castigo. Na segunda vez que puseram a coroa em minhas mãos, joguei-a na sua cabeça. Mas você sorriu. Fiquei feliz por não ter sido danificada na minha tentativa de ferir você. Tão bela... Toda de prata, com sete pontas altas e cravejada de esmeraldas capazes de superar qualquer diamante. Dois rubis grandes em cada têmpora... Coroou a si mesmo naquele dia, cheio de arrogância, pompa e afobação. Suas primeiras palavras como rei foram sussurradas para mim, antes que os ecos de "Vida longa ao rei!" se dissipassem no salão. "Seus olhos jamais testemunharão beleza maior do que esta que acabaram de ver", foi o que me disse. E, depois: "Guardas, levem Corwin à forja e queimem os olhos dele! Que meu irmão se lembre das imagens de hoje como as últimas que verá na vida! Depois, lancem-no na escuridão da masmorra mais profunda de Âmbar e deixem que seu nome seja esquecido!"

– Agora você reina em Âmbar – declarei, em voz alta. – Mas ainda tenho meus olhos, e não me esqueci, nem fui esquecido.

Não, pensei. Deixe-se envolver pelo reinado, Eric. Os muros de Âmbar são altos e grossos. Fique protegido atrás deles. Cerque-se do aço fútil das espadas. Assim como uma formiga, você se esconde e se embarreira.

Sabe que nunca estará em segurança enquanto eu viver, e já lhe avisei que vou voltar. Estou chegando, Eric. Vou levar as armas de Avalon, vou derrubar suas portas, vou destruir seus soldados. E então será como antes, rapidamente, outra época, antes que seus homens chegassem para salvá-lo. Naquele dia, só arranquei algumas gotas do seu sangue. Agora, ele será todo meu!

Desenterrei mais um diamante bruto, provavelmente o décimo sexto, e o enfiei na bolsa presa na minha cintura.

Diante do pôr do sol, pensei em Benedict, Julian e Gérard. Qual era a correlação entre os três? Qualquer que fosse, eu não confiava em nada que incluísse Julian. Gérard não era má pessoa. Naquela noite, no acampamento, eu conseguira dormir apesar das suspeitas de ele estar em contato com Benedict. Mas uma aliança entre Gérard e Julian era motivo de maior preocupação. Se havia alguém que me odiava mais do que Eric, era Julian. Se soubesse minha localização, eu estaria em grande perigo. Ainda não estava pronto para um confronto.

Imaginei que, àquela altura, Benedict já teria chegado a uma justificativa moral para me trair. Afinal, sabia que meus próximos passos, seja lá quais fossem, resultariam em conflitos em Âmbar. Eu compreendia sua posição e até a respeitava. Estava determinado a proteger o reino. Ao contrário de Julian, Benedict era um homem de princípios, e eu lamentava que houvesse qualquer desavença entre nós dois. Minha esperança era que meu golpe fosse rápido e indolor como uma extração de dente com anestesia, e que em breve pudéssemos lutar lado a lado. Desejava isso ainda mais depois de ter conhecido Dara.

A reticência dele em me revelar informações não me agradava. Por esse motivo, não tinha como saber se ele pretendia mesmo passar a semana inteira no acampamento ou se já estava conspirando com as forças de Âmbar para preparar minha armadilha, construir minha prisão, cavar meu túmulo. Precisava me apressar, embora desejasse aproveitar meu tempo em Avalon.

Que inveja eu sentia de Ganelon, bebendo, trepando ou brigando em alguma taverna ou bordel, caçando em uma colina. Ele retornara para casa. Seria melhor deixá-lo desfrutar de tais prazeres, apesar da oferta de me acompanhar até Âmbar? Não, ele seria interrogado quando eu partisse, e torturado, se Julian tivesse qualquer participação. Depois se tornaria um pária naquela terra tão parecida com a sua, isso se o soltassem. Sem dúvida se tornaria um fora da lei de novo, e a terceira vez provavelmente seria sua ruína. Não, eu cumpriria minha promessa. Ele viria comigo, caso ainda quisesse. Mas se tivesse mudado de ideia, bom... Eu tinha inveja até da perspectiva de uma vida bandida em Avalon. Teria adorado ficar mais tempo, cavalgar com Dara pelas colinas, vadiar pelos campos, navegar pelos rios...

Pensei na garota. Sua existência mudava um pouco as regras do jogo. Só ainda não sabia como. Apesar do ódio intenso e da animosidade mesquinha, nós, ambáricos, somos muito ligados à família, sempre ansiosos por notícias, interessados na posição de todo mundo naquele cenário em transformação. Um intervalo para fofocar certamente nos teria poupado de alguns golpes letais. Às vezes acho que parecemos uma gangue de senhorinhas cruéis em uma mistura de casa de repouso e pista de obstáculos.

Ainda não conseguia encaixar Dara no contexto geral porque ela mesma não sabia a qual lugar pertencia. Ah, mas com o tempo ela descobriria. Assim que sua existência se tornasse conhecida, teria um excelente professor. Como eu a ajudara a perceber como era especial, seria apenas questão de tempo até isso acontecer e ela se juntar aos jogos. Eu fizera o papel da serpente em alguns momentos da nossa conversa no bosque, mas, raios, Dara tinha o direito de saber. Estava fadada a descobrir mais cedo ou mais tarde, e, quanto antes, melhor e mais rápido poderia começar a reforçar suas defesas. Foi para o bem dela.

Claro, era possível, e até provável, que sua mãe e sua avó tivessem passado a vida inteira ignorantes de sua herança...

E de que isso lhes servira? Dara dissera que ambas tinham morrido de forma violenta.

Teria o longo braço de Âmbar se estendido de Sombra até elas? Será que atacaria de novo?

Benedict podia ser tão forte, cruel e terrível quanto qualquer um de nós, se quisesse. Até mais. Ele lutaria para proteger aqueles que amava, e certamente mataria um de nós se julgasse necessário. Deve ter imaginado que protegeria Dara se mantivesse sua existência em segredo e a deixasse no escuro. Ficaria furioso quando descobrisse o que eu tinha feito, e esse era outro motivo para eu ter dado no pé. Mas não foi só por perversidade pura que contei tudo aquilo a ela. Eu queria que Dara sobrevivesse, e não acreditava que a decisão de Benedict tinha sido a correta. Quando eu voltasse, ela teria tido tempo para pensar em tudo. Teria muitas perguntas, e eu aproveitaria a oportunidade para alertá-la devidamente e dar mais detalhes.

Cerrei os dentes.

Nada disso devia ser necessário. Quando Âmbar fosse minha, tudo seria diferente. Teria que ser...

Como nunca descobriram um jeito de mudar a natureza básica do homem? Até ter perdido toda a minha memória e começado uma vida nova em um mundo diferente haviam resultado no mesmo Corwin de sempre. Se eu não estivesse satisfeito com o que era, isso seria desesperador.

Em uma parte tranquila do rio, lavei a areia e o suor e tentei imaginar o que seria a estrada negra que causara tantos danos aos meus irmãos. Havia muitas coisas que eu precisava descobrir.

Enquanto me banhava, mantive Grayswandir por perto. Qualquer um de nós era capaz de seguir os passos dos outros através de Sombra, quando os rastros ainda estavam frescos. O banho em si transcorreu sem interrupções, mas usei Grayswandir três vezes no caminho de volta, em coisas mais mundanas do que irmãos.

Mas isso era de esperar, já que eu havia aumentado o ritmo consideravelmente...

Ainda estava escuro, embora não faltasse muito para o amanhecer, quando entrei no estábulo do solar de meu irmão. Cuidei de Estrela, que tinha ficado um pouco agitado; conversei com ele e o acalmei enquanto o afagava, deixando uma boa quantidade de feno e água na baia. O Dragão de Ganelon me saudou do outro lado do estábulo. Fui até a bomba nos fundos e lavei as mãos enquanto tentava decidir onde ia tirar um cochilo.

Precisava descansar. Algumas horas de sono já bastariam, embora eu me recusasse a passá-las sob o teto de Benedict. Não queria ser pego de surpresa, e sei que já falei muitas vezes que desejava morrer dormindo, mas na verdade meu conceito de morte ideal era, na velhice, ser pisoteado por um elefante enquanto estivesse fazendo amor.

Apesar de tudo, não me opunha a beber da birita de Benedict, e queria alguma coisa forte. O solar estava escuro; entrei sem fazer barulho e encontrei o aparador.

Servi uma boa dose, virei em um gole só, servi outra e fui com o copo até a janela. A casa ficava em um terreno inclinado, e Benedict fizera um bom trabalho de construção: eu tinha visão desimpedida de todo o terreno.

– “Branca ao luar é a estrada” – recitei, surpreso com o som da minha própria voz. – “A lua paira sem cor...”

– De fato. De fato, meu caro Corwin – ouvi Ganelon dizer.

– Não o vi sentado aí – respondi, baixo, sem desviar o olhar da janela.

– É porque estou muito quieto.

— Ah. Está muito embriagado?

— Quase nada... por enquanto — respondeu ele. — Mas, se puder fazer a gentileza de me arranjar um copo...

Eu me virei.

— Por que não pega o próprio copo?

— Meu corpo todo dói.

— Tudo bem.

Servi uma bebida e levei até lá. Ganelon ergueu o copo devagar, assentiu para agradecer e deu um gole.

— Ah, maravilha! — exclamou, com um suspiro. — Espero que alivie um pouco as coisas.

— Você se meteu em uma briga — concluí.

— Sim. Algumas vezes.

— Então pare de choramingar e me permita poupá-lo de minha compaixão.

— Mas eu venci!

— Por Deus! E onde escondeu os corpos?

— Ah, não ficaram tão mal. Foi uma garota que fez isto comigo.

— Deve ter valido o investimento.

— Não foi nada disso! Acho que criei um constrangimento para nós dois.

— Nós dois? Como?

— Eu não sabia que ela era a dona da casa. Cheguei todo alegre e achei que fosse uma criada qualquer...

— Dara? — perguntei, começando a me preocupar.

— Isso, a própria. Dei um tapa no traseiro dela e tentei roubar um ou dois beijos...

Ele soltou um grunhido, depois continuou:

— Aí a garota me levantou acima da cabeça, disse que era a dona da casa e me jogou no chão... Eu peso mais de cem quilos, mas foi como se fossem cem gramas, e a queda foi grande.

Ganelon tomou outro gole, e eu dei risada.

— Ela também riu — revelou ele, pesaroso. — Depois me ajudou a levantar e não me tratou com grosseria, e é claro que pedi desculpas... Aquele seu irmão deve ser um homem e tanto. Nunca conheci uma garota tão forte. O que ela poderia fazer com um homem...

Sua voz estava tomada de admiração. Ele balançou a cabeça devagar e virou o resto da bebida.

— Foi assustador, sem falar em vergonhoso — concluiu.

— Ela aceitou suas desculpas?

— Ah, sim. Foi muito gentil. Aconselhou-me a deixar essa história para lá e disse que faria o mesmo.

– E por que ainda não foi para a cama se recuperar?

– Decidi esperar, caso você chegasse muito tarde. Queria conversar o quanto antes.

– Bom, cá estou.

Ganelon se levantou lentamente e pegou o copo.

– Vamos lá para fora.

– Boa ideia.

Ele pegou a garrafa de conhaque a caminho da porta, o que também achei uma boa ideia, e juntos seguimos por uma trilha que atravessava o jardim nos fundos da casa. Por fim, ele se deixou cair em um banco de pedra velho sob um grande carvalho, onde encheu nossos copos e tomou um gole.

– Ah! Seu irmão também tem um excelente gosto para bebidas.

Sentei-me ao seu lado e enchi o cachimbo.

– Depois que pedi desculpas e me apresentei a ela, começamos a conversar por um tempo. Assim que descobriu que eu estava com você, ela quis saber um monte de coisa sobre Âmbar e sombras e você e o resto da sua família.

– Contou alguma coisa a ela? – perguntei, riscando um fósforo.

– Claro que não. Não sabia nenhuma das respostas.

– Ótimo.

– Mas isso me fez pensar. Duvido que Benedict revele muita coisa a ela, e dá para entender por quê. Eu tomaria cuidado com o que diz perto daquela garota Corwin. Ela parece ser curiosa.

Assenti, pitando o cachimbo.

– Há uma boa razão para isso – respondi. – De fato muito boa. Mas fico feliz de saber que não perde a cabeça nem quando está bêbado, Ganelon. Obrigado por me contar.

Ele encolheu os ombros e tomou outro gole.

– Uma boa surra deixa qualquer um sóbrio. Além do mais, sua gratidão é minha saúde.

– É verdade. Aprova esta versão de Avalon?

– Versão? Esta de fato *é* minha Avalon – insistiu ele. – Tem uma geração nova, mas é o mesmo lugar. Passei pelo Campo de Espinhos hoje, onde abati o bando de Jack Hailey sob suas ordens. Era o mesmo lugar.

– Campo de Espinhos... – repeti, rememorando.

– Sim, aqui é minha Avalon – continuou ele –, e voltarei para cá quando ficar velho, se sobrevivermos a Âmbar.

– Ainda quer me acompanhar?

– A vida inteira eu quis conhecer Âmbar... Bom, desde que ouvi falar nela pela primeira vez, da sua boca, em dias melhores.

– Não me lembro do que contei. Deve ter sido uma boa história.

– Estávamos maravilhosamente bêbados naquela noite, que pareceu passar em um instante enquanto você falava, às vezes chorando, da poderosa montanha Kolvir, e das colunas verdes e douradas da cidade, e das passarelas, dos pátios, das varandas, das flores, dos chafarizes... Pareceu passar em um instante, mas durou quase a noite toda... E, quando fomos aos tropeços para a cama, o dia já tinha raiado. Céus! Eu quase poderia lhe traçar um mapa do lugar! Preciso vê-la antes de morrer.

– Não me lembro dessa noite – admiti, devagar. – Eu devia estar muito, muito bêbado.

Ganelon riu.

– Nós nos divertimos muito nos velhos tempos. E as pessoas daqui se lembram de nós como figuras que viveram há muito tempo... Muitas das histórias contadas hoje estão erradas, mas quem se importa, diabos? Quem não tem a própria história distorcida ao longo do tempo?

Fiquei em silêncio, fumando, pensando.

– E tudo isso me leva a uma ou duas perguntas – continuou Ganelon.

– Pode perguntar.

– Seu ataque em Âmbar criará muitas desavenças com seu irmão Benedict?

– Eu adoraria saber a resposta. Creio que sim, a princípio. Mas minha iniciativa deve ser concluída antes que ele consiga responder a qualquer pedido de socorro. Isto é, ir até Âmbar com reforços. Ele mesmo poderia chegar lá em um instante, se alguém do outro lado ajudasse. Porém, não adiantaria. Não. Em vez de destruir Âmbar, Benedict apoiaria qualquer um que a preservasse, com certeza. Assim que eu depuser Eric, ele vai querer o fim imediato de qualquer conflito e vai me aceitar no trono só para encerrar a questão. Mas no começo não vai aprovar meu golpe, claro.

– Era aí que eu queria chegar. Ele vai ficar ressentido por causa disso?

– Acredito que não. É estritamente uma questão política, e nós dois nos conhecemos quase a vida inteira. Sempre nos demos melhor um com o outro do que individualmente com Eric.

– Sim, compreendo. Já que estamos juntos nessa e Avalon parece pertencer a Benedict, estive pensando no que ele acharia se eu voltasse para cá um dia. Será que vai me odiar para sempre por ter ajudado você?

– Duvido muito. Benedict nunca foi esse tipo de pessoa.

– Então me deixe ir um pouco além. Deus sabe que tenho bastante experiência militar, e, se conseguirmos tomar Âmbar, Benedict terá uma grande prova do meu valor. Com o braço direito ferido daquele jeito, acha que ele consideraria me acolher como o comandante de campanha de sua milícia?

Conheço muito bem a região. Poderia levá-lo ao Campo de Espinhos e descrever aquela batalha. Ora! Eu serviria bem a ele... tão bem quanto servi a você.

Ganelon riu e acrescentou:

– Perdão. Melhor do que servi a você.

Dei risada e bebi um gole.

– Seria complicado – admiti. – Gosto da ideia, claro. Mas não sei bem se você conseguiria conquistar a confiança dele. Pareceria um ardil óbvio demais da minha parte.

– Maldita política! Não era isso que eu tinha em mente! A vida de soldado é a única que conheço, e amo Avalon!

– Sim, eu acredito. Mas será que Benedict também acreditaria?

– Com um braço só, vai precisar de um bom homem por perto. Poderia...

Comecei a rir, mas logo me contive, pois o som das risadas pareceu ecoar por uma boa distância. Além do mais, não queria ferir os sentimentos de Ganelon.

– Sinto muito. Por favor, me desculpe. Não entende. De fato não compreende quem é aquele com quem conversamos na barraca. Pode ter parecido um homem comum, e com um braço a menor, ainda por cima. Mas não é. Eu tenho medo de Benedict. Ele é diferente de qualquer outro ser que existe em Sombra ou na realidade. É o Mestre de Armas de Âmbar. Consegue imaginar o que é um milênio? Mil anos? Milhares? Consegue compreender um homem que, em praticamente todos os dias de uma vida dessa magnitude, dedicou algum tempo ao trato com armas, a táticas e estratégias? Agora o vê em um reino minúsculo, no comando de uma pequena milícia, com um pomar bem-cuidado no quintal, mas não se deixe enganar. Tudo o que existe de ciência militar fervilha na cabeça dele. Muitas vezes Benedict viajou de sombra em sombra, observando variação atrás de variação da mesma batalha, com ligeiras alterações nas circunstâncias, para testar suas teorias de combate. Já liderou exércitos tão vastos que poderia passar dias a fio a observar suas colunas em marcha. Apesar da perda do braço, eu não gostaria de desafiá-lo, armado ou não. É uma sorte que não tenha qualquer ambição ao trono, caso contrário já seria dele. Se tivesse, acredito que eu desistiria de meus objetivos e lhe prestaria reverência. Eu tenho medo de Benedict.

Ganelon continuou em silêncio por um bom tempo, e bebi outro gole, pois minha garganta havia ficado seca.

– Jamais imaginei, claro – admitiu ele, por fim. – Ficarei satisfeito se me deixar retornar a Avalon.

– Benedict lhe dará permissão. Tenho certeza.

– Dara recebeu uma mensagem de Benedict mais cedo. Ele decidiu abreviar a estadia no acampamento. Provavelmente voltará amanhã.

– Droga! – exclamei, já de pé. – Temos que nos apressar. Espero que Doyle tenha encontrado o material. Precisamos ir vê-lo amanhã logo cedo e adiantar a questão. Quero sair antes que Benedict volte!

– Conseguiu as belezuras?

– Sim.

– Posso ver?

Soltei a bolsa do cinto e lhe entreguei. Ganelon retirou algumas pedras, segurando-as na palma da mão esquerda e virando-as lentamente com a ponta dos dedos.

– Não parecem grande coisa, olhando com esta luz. Espere! Tem um brilho! Não...

– Ainda estão em estado bruto. Tem uma fortuna nas mãos.

– Incrível – admirou-se, guardando-as de volta na bolsa. – Conseguiu com tanta facilidade.

– Nem tanto.

– Ainda assim, parece injusto acumular uma fortuna em tão pouco tempo.

Ele devolveu a bolsa.

– Vou lhe providenciar uma fortuna quando nossos esforços forem concluídos – prometi. – Pode servir de compensação, caso Benedict não lhe ofereça um posto.

– Agora que sei quem ele é, estou mais decidido do que nunca a lhe ser útil algum dia.

– Veremos o que pode ser feito.

– Sim. Obrigado, Corwin. Quando vamos partir?

– Quero que vá descansar um pouco, pois vou tirá-lo da cama logo cedo. Creio que Estrela e Dragão não vão gostar de serem usados como animais de carga, mas pegaremos emprestada uma das carroças de Benedict e seguiremos para a cidade. Primeiro, vou tentar levantar uma boa cortina de fumaça para partirmos sem contratempos. Depois, apressaremos o trabalho do joalheiro Doyle e seguiremos para Sombra com nossa encomenda o mais rápido possível. Quanto mais cedo partirmos, mais difícil será para Benedict nos seguir. Se eu conseguir meio dia de vantagem em Sombra, será praticamente impossível.

– Por que ele teria tanto interesse em vir atrás de nós?

– Benedict não confia em mim, e com razão. Está esperando que eu aja. Tem ciência de que preciso de alguma coisa daqui, mas não sabe do se trata. Quer descobrir para que possa anular outra ameaça a Âmbar. Assim que perceber que fui embora de vez, entenderá que conseguimos o que queríamos e virá nos procurar.

Ganelon bocejou, espreguiçou-se e terminou a bebida.

– Sim, sim. É melhor descansarmos um pouco, para estarmos em condições de correr. Agora que sei mais sobre Benedict, fico menos surpreso pela outra coisa que queria lhe contar... mas não menos nervoso.

– Que era...?

Ele se levantou, pegou a garrafa cuidadosamente e apontou para o caminho.

– Se seguir naquela direção, atravessar a cerca viva que delimita o fim do terreno e entrar na mata mais abaixo, depois de uns duzentos metros chegará a um lugar com um pequeno arvoredo à esquerda, em uma depressão súbita quase um metro e meio abaixo do nível da trilha. No fundo, pisoteada e coberta de folhas e gravetos, há uma cova recente. Eu a encontrei quando saí para tomar ar hoje mais cedo e parei para me aliviar.

– Como sabe que é uma cova?

Ganelon riu.

– Geralmente é assim que são chamados os buracos com corpos dentro. Era bem rasa, e cavei um pouco com um pedaço de pau. Tem quatro corpos lá: três homens e uma mulher.

– São recentes?

– Muito. Eu diria que alguns dias.

– Deixou tudo como estava?

– Não sou burro, Corwin.

– Desculpe. Mas isso me preocupa bastante, porque não sei o que significa.

– Obviamente irritaram Benedict e ele retribuiu o favor.

– Talvez. Como eram? Como morreram?

– Não havia nada de especial neles. Eram todos de meia-idade e estavam com a garganta cortada, exceto um sujeito que tinha um ferimento na barriga.

– Estranho. Sim, é melhor irmos embora logo. Nossos próprios problemas já bastam, não precisamos nos envolver nos problemas daqui.

– Concordo. Então vamos dormir.

– Pode ir na frente. Ainda não estou pronto.

– Siga o próprio conselho e descanse um pouco. Não fique parado aí, imerso em preocupações.

– Não vou.

– Boa noite.

– Até amanhã.

Eu o observei seguir a trilha para o solar. Ele tinha razão, claro, mas eu ainda não estava pronto para me render à inconsciência. Revi meus planos, para ter certeza de que não estava esquecendo nada, terminei minha bebida e deixei o copo no banco. Depois, comecei a caminhar, soltando fiapos de fumaça do meu cachimbo. A lua já estava baixa no céu, e estimei que faltavam algumas horas para o amanhecer. Estava determinado a passar o resto da noite ao ar livre e decidi arranjar um bom lugar para um cochilo.

Claro, acabei vagueando até encontrar a cova. Fuçando um pouco, percebi que alguém escavara a terra recentemente, mas não estava disposto a exumar corpos ao luar e acreditava na palavra de Ganelon quanto ao que tinha encontrado ali. Não sei o que me impeliu até lá. Curiosidade mórbida, talvez. Mas decidi não dormir ali perto.

Fui até o canto noroeste do jardim e achei um espaço fora de vista do solar. Alguns arbustos se elevavam ao redor, e a grama estava alta e macia e exalava um aroma adocicado. Estendi meu manto, sentei-me nele e tirei as botas. Coloquei os pés na grama fria e suspirei.

Não faltava muito. Primeiro os diamantes, depois as armas e, por fim, Âmbar. Eu estava a caminho. Um ano antes, apodrecia em uma cela, atravessando a fronteira entre a sanidade e a loucura tantas vezes que ela praticamente não existia mais. E lá estava eu, livre, forte, com a visão recuperada e um plano em mente. Era de novo uma ameaça em busca de satisfação, uma ameaça ainda mais mortífera do que antes. Dessa vez, meu destino não estava atado aos planos de outrem. Era o único responsável pelo meu próprio sucesso ou fracasso.

Era uma sensação boa, assim como a grama, assim como o álcool ingerido pouco antes, que me aquecia com uma chama agradável. Limpei e guardei o cachimbo, me espreguicei, bocejei e estava prestes a me deitar.

Avistei um movimento ao longe. Apoiei-me nos cotovelos e tentei detectá-lo de novo. Não precisei esperar muito. Uma figura seguia lentamente pelo caminho, parando com frequência, andando em silêncio. Desapareceu debaixo da árvore sob a qual Ganelon e eu estivéramos sentados e levou um bom tempo para reaparecer. Depois, continuou por alguns metros, parou e pareceu olhar na minha direção. E então começou a vir até mim.

Após passar por alguns arbustos e sair das sombras, de repente o rosto dela foi tocado pelo luar. Ciente disso, Dara sorriu para mim e parou na minha frente.

– Presumo que os aposentos não estejam de seu agrado, lorde Corwin.

– Não, nada disso. A noite está tão bonita que resolvi apreciar a natureza.

– Alguma coisa deve ter chamado sua atenção ontem à noite também, apesar da chuva.

Ela sentou-se ao meu lado no manto, e então prosseguiu:

– Dormiu ao ar livre ou em uma cama?

– Passei a noite fora, mas não dormi. Na verdade, não durmo desde nosso último encontro.

– Onde estava?

– Na costa, peneirando areia.

– Parece deprimente.

– Foi mesmo.

– Tenho pensado muito desde que caminhamos em Sombra.

– Imagino.

– Também não tenho dormido muito. Por isso ouvi quando chegou, ouvi os barulhos da conversa com Ganelon e soube que estava em algum lugar aqui fora quando ele retornou sozinho.

– Sim, acertou.

– Tenho que ir para Âmbar. E percorrer o Padrão.

– Eu sei. Um dia irá.

– Logo, Corwin. Logo!

– Ainda é jovem, Dara. Tem muito tempo pela frente.

– Ora, mas que droga! Passei a vida inteira esperando, mesmo sem saber! Não podemos ir agora?

– Não.

– Por que não? Basta me levar em uma viagem rápida por sombras até Âmbar e me deixar percorrer o Padrão…

– Se não nos matarem imediatamente, talvez tenhamos a sorte de ficar em celas vizinhas por um tempo, ou troncos, antes de sermos executados.

– Por quê? É um príncipe de Âmbar. Pode fazer o que quiser.

Dei risada.

– Eu sou procurado, querida. Se voltar a Âmbar e tiver sorte, serei executado. Se não tiver, farão algo muito pior comigo. Mas vendo como as coisas terminaram da última vez, creio que vão preferir uma morte rápida. Essa cortesia certamente seria estendida a meus companheiros.

– Oberon não faria nada disso.

– Se fosse provocado o bastante, acredito que faria, sim. Mas essa não é a questão. Oberon se foi, e meu irmão Eric ocupa o trono e se intitula soberano.

– Quando foi que isso aconteceu?

– Há alguns anos, no tempo medido em Âmbar.

– Por que ele quer matar você?

– Para me impedir de matá-lo, claro.

– E por acaso mataria?

– Sim, e matarei. Espero que em breve.

Ela se virou para mim.

– Por quê?

– O trono é meu por direito. Eric é um usurpador. Escapei há pouco de anos de prisão e tortura sob suas ordens. Porém, ele cometeu o erro de me manter vivo para que pudesse contemplar minha desgraça. Nunca imaginou que eu me libertaria e voltaria para desafiá-lo outra vez. Nem eu, aliás. Mas, como tive a sorte de receber uma segunda chance, não vou repetir esse erro.

– Mas ele é seu irmão.

– Garanto que poucas pessoas estão mais cientes desse fato do que ele e eu.

– Daqui a quanto tempo espera atingir... seus objetivos?

– Como disse no outro dia, se conseguir pegar os arcanos, entre em contato comigo daqui a três meses. Se não conseguir, e tudo correr de acordo com meus planos, entrarei em contato em relativamente pouco tempo após o início do meu reinado. Terá a oportunidade de percorrer o Padrão em menos de um ano.

– E se você fracassar?

– Nesse caso, terá que esperar mais. Eric precisará garantir a permanência no trono, e Benedict, reconhecê-lo como rei. O problema é que seu bisavô não está disposto a fazer tal coisa. Faz muito tempo que ele não põe os pés em Âmbar, e até onde Eric sabe nosso irmão não está mais entre os vivos. Se fizer uma aparição agora, terá que se posicionar a favor ou contra Eric. Se apoiá-lo, estará legitimando o reinado dele, e Benedict não quer ser o responsável por isso. Caso se oponha, haverá conflito, o que também não é de seu interesse. Ele não deseja a coroa para si. Para assegurar que a paz prevaleça, seu bisavô deve permanecer fora de cena. Se aparecesse e se recusasse a tomar partido, *talvez* não se comprometesse, mas seria um gesto claro de oposição ao reinado de Eric e isso também causaria problemas. Se aparecesse com você, ele se submeteria, pois Eric a usaria para pressioná-lo.

– Então, se você perder, eu talvez nunca consiga ir para Âmbar!

– Estou apenas descrevendo a situação como eu a vejo. Sem dúvida existem muitos fatores que desconheço. Estou fora de circulação há um tempo.

– Pois então *precisa* vencer! – exclamou Dara. E, de repente: – Vovô o apoiaria?

– Duvido muito. A situação seria bem diferente, sem dúvida. Estou ciente da existência dele, e da sua. Mas não pedirei o apoio dele. Fico satisfeito se ele não se opuser a mim, nada mais. E se eu for rápido, eficiente e vitorioso, ele não vai se opor. Não vai gostar de eu saber a verdade a seu respeito, mas quando entender que não vou lhe fazer mal, ficará tudo bem.

– Por que não quer me usar? Parece a coisa mais lógica a fazer.

– E é mesmo. Mas descobri que gosto de você, então já não é uma opção.

Ela riu.

– Consegui conquistar você!

Dei risada.

– A seu próprio modo delicado, com uma espada, sim.

Dara ficou séria de repente.

– Vovô volta para casa amanhã – disse. – Seu amigo, Ganelon, tinha contado?

– Sim, tinha.

– Como isso afeta seus planos?

– Pretendo dar o fora daqui o quanto antes.

– O que ele vai fazer?

– Antes de mais nada, vai ficar muito bravo por você estar aqui. Depois, vai querer saber como conseguiu voltar e quanto me revelou sobre si mesma.

– E o que devo responder?

– Diga a verdade sobre seu retorno. Isso vai lhe dar algo em que pensar. Quanto à sua relação com ele, sua intuição lhe disse que não sou confiável, e por isso adotou comigo a mesma postura com que lidou com Julian e Gérard. Quanto ao meu paradeiro, Ganelon e eu pegamos emprestada uma carroça e fomos para a cidade, e dissemos que voltaríamos bem tarde.

– E para onde realmente vão?

– Para a cidade, por um curto período. Mas não vamos voltar. Quero partir o mais rápido possível, porque Benedict pode tentar me seguir por Sombra, mas só conseguirá até certo ponto.

– Vou atrasá-lo tanto quanto possível. Por acaso ia embora sem antes me ver?

– Eu pretendia ter esta conversa pela manhã. Você antecipou as coisas com sua impaciência.

– Ainda bem que fui impaciente. Como planeja conquistar Âmbar?

Neguei com a cabeça.

– Não, querida Dara. Todo príncipe maquinador deve guardar alguns segredinhos. Esse é um dos meus.

– Estou surpresa que exista tanta desconfiança e conspiração em Âmbar.

– Por quê? Os mesmos conflitos existem em todas as partes, em diversas formas. Estão à sua volta, sempre, pois todos os lugares são formados a partir de Âmbar.

– É difícil entender...

– Um dia entenderá. Deixe estar, por enquanto.

– Então me responda outra coisa. Já que sou capaz de manipular sombras de alguma forma, mesmo sem ter percorrido o Padrão, explique-me como as atravessa. Preciso dos detalhes para melhorar.

– Não! – exclamei. – Não deixarei que brinque com Sombra antes de estar pronta. É perigoso até para quem percorre o Padrão. Fazer isso antes da hora é uma insensatez. Teve sorte, e não deve tentar de novo. Quero ajudá-la, mas não direi mais nada sobre o assunto.

– Tudo bem! Desculpe. Acho que posso esperar.

– Sim, acho que sim. Ficou magoada?

– Não. Bom...

Ela riu.

– Acho que não me faria bem. Deve saber do que está falando. Fico feliz que se preocupe comigo.

Soltei um grunhido, e Dara tocou minha bochecha. Quando virei a cabeça, seu rosto estava muito próximo do meu, sério, lábios entreabertos, olhos quase fechados. Quando nos beijamos, senti seus braços deslizarem pelo meu pescoço e ombros, e os meus assumiram uma posição semelhante em volta dela. Minha surpresa se perdeu na sua doçura e deu lugar a calor e certa empolgação.

Se Benedict descobrisse, ficaria mais do que apenas irritado comigo...

SETE

A carroça rangia de forma monótona, e o sol já estava bem adiantado em sua jornada para oeste, mas ainda nos banhava com sua luz quente. Ganelon roncava na parte de trás, entre as caixas, e sua ocupação ruidosa me enchia de inveja. Fazia algumas horas que estava dormindo, e eu não descansava havia três dias.

Estávamos a pouco menos de trinta quilômetros da cidade, viajando para nordeste. Doyle ainda não terminara a encomenda, mas Ganelon e eu o convencemos a fechar a loja e acelerar a produção. Isso resultou em um maldito atraso, e perdemos algumas horas de viagem. Estava ansioso demais para dormir na ocasião e também não conseguia naquele momento, conforme avançava por sombras.

Afastei a fadiga e a noite e achei algumas nuvens para me abrigar. Seguíamos por uma estrada de barro muito esburacada; a terra tinha um tom amarelado feio e rachava e se esfarelava debaixo da carroça. Dos dois lados havia mato seco, e as árvores eram pequenas e retorcidas, com casca grossa e irregular. Passamos por diversas formações de xisto.

Tinha sido generoso ao recompensar Doyle pelos compostos e também comprara uma bela pulseira para ser entregue a Dara no dia seguinte. Meus diamantes estavam no cinto, e Grayswandir, à mão. Estrela e Dragão caminhavam a passos firmes e compassados. Eu estava quase lá.

Fiquei me perguntando se Benedict já havia voltado para casa. Quanto tempo levaria até perceber que fora enganado? De forma alguma eu já poderia me considerar livre de perigo: meu irmão era capaz de seguir pegadas por uma boa distância através de Sombra, e eu estava deixando um belo rastro. Mas não tinha muita opção. Precisava da carroça, não podia aumentar nossa velocidade e não estava em condições de fazer mais uma viagem infernal. Mantive os deslocamentos espaçados, consciente dos meus sentidos embotados e do meu esgotamento cada vez maior, contando com o acúmulo gradual de mudanças e distâncias para criar uma barreira entre mim e Benedict, na esperança de que ela se tornasse impenetrável.

Ao longo dos três quilômetros seguintes passei do fim de tarde para o meio-dia, mas mantive o céu nublado, pois queria apenas a luz, não o calor. Consegui localizar uma pequena brisa. Isso aumentava a probabilidade de chuva, mas valia a pena. Não se podia ter tudo.

A essa altura, já lutava contra a sonolência, e era grande a tentação de acordar Ganelon e deixá-lo conduzir por alguns quilômetros enquanto eu cochilava. Mas tive medo de tentar isso tão cedo na viagem. Ainda havia muita coisa para fazer.

Queria mais luz do sol, mas também queria uma estrada melhor, não aguentava mais o maldito barro amarelo e precisava dar um jeito naquelas nuvens, e não podia me esquecer do nosso destino...

Esfreguei os olhos e respirei fundo algumas vezes. Minha cabeça começava a rodar, e o ritmo constante dos cascos dos cavalos e os rangidos da carroça eram quase soníferos. Tinha ficado insensível aos solavancos, e já havia cochilado uma vez e deixado as rédeas caírem. Felizmente, os cavalos pareciam ter uma boa ideia do que se esperava deles.

Depois de um tempo, subimos uma longa e suave ladeira até a manhã retornar. A essa altura o céu estava bem escuro e precisei percorrer vários quilômetros e muitas curvas na estrada para dissipar um pouco o céu nublado. Uma tempestade poderia rapidamente transformar aquela estrada em um lamaçal. Essa ideia me incomodou, então deixei o céu para lá e me concentrei na estrada.

Chegamos a uma ponte dilapidada que cruzava o leito seco de um rio. Do outro lado, a estrada era mais lisa, menos amarela. Conforme avançávamos, foi ficando mais escura, plana, dura, e o mato à sua volta tornou-se mais verde.

Mas a essa altura já havia começado a chover.

Lutei contra a tempestade por um tempo, determinado a não abrir mão do meu mato e da estrada tranquila e escura. Minha cabeça doía, mas a chuva parou depois de quinhentos metros e o sol voltou a brilhar.

O sol... ah, sim, o sol.

Avançamos aos sacolejos e enfim chegamos a uma depressão na estrada que levava a um caminho sinuoso entre árvores cada vez mais iluminadas. Atravessamos um vale fresco, onde acabamos encontrando outra ponte pequena, dessa vez com uma faixa estreita de água correndo no meio do leito. A essa altura, já tinha enrolado as rédeas no pulso, porque cabeceava de sono sem parar. Como se de muito longe, tentei me concentrar, ajeitando, organizando...

Pássaros saudavam o dia, ainda com certa timidez, no bosque à direita. Gotinhas cintilantes de orvalho pendiam do mato, das folhas. O ar ficou mais frio, e os raios do sol matinal mergulhavam inclinados por entre as árvores...

Mas meu corpo não foi iludido pelo despertar naquela sombra, e fiquei aliviado quando finalmente ouvi Ganelon se mexer e resmungar. Se ele tivesse demorado muito mais, teria sido necessário acordá-lo.

Já bastava. Dei uma leve puxada nas rédeas, e os cavalos entenderam e pararam. Prendi o freio, pois ainda estávamos em um aclive, e achei uma garrafa d'água.

– Ei! – exclamou Ganelon, enquanto eu bebia. – Deixe uma gota para mim!

Passei-lhe a garrafa.

– Assuma de agora em diante. Preciso dormir um pouco.

Ele bebeu por meio minuto e soltou um suspiro.

– Certo – concordou, descendo da carroça. – Mas aguente um instante. Preciso me aliviar.

Quando saiu da estrada, eu me arrastei até a parte traseira da carroça, deitei onde ele estivera antes e dobrei meu manto para servir de travesseiro.

Pouco depois, ouvi-o subir no assento do condutor, e um solavanco me indicou quando soltou o freio. Em seguida, escutei-o estalar a língua e sacudir de leve as rédeas.

– Já é manhã?

– Sim.

– Por Deus! Dormi o dia e a noite inteiros!

Dei risada.

– Não. Eu desloquei um pouco as sombras. Dormiu apenas umas seis ou sete horas.

– Ora, não compreendo. Mas tanto faz, acredito na sua palavra. Onde estamos agora?

– Ainda viajando para nordeste, a uns trinta quilômetros da cidade e uns vinte da casa de Benedict. E também atravessamos Sombra.

– O que faço agora?

– Basta manter a carroça na estrada. Precisamos ganhar distância.

– Benedict ainda pode nos alcançar?

– Creio que sim. Por isso ainda não podemos deixar os cavalos descansarem.

– Tudo bem. Preciso ficar alerta para algo em especial?

– Não.

– Quando quer ser acordado?

– Nunca.

Ele ficou em silêncio, e enquanto eu aguardava a chegada da inconsciência, pensei em Dara, claro. Tinha passado o dia inteiro pensando nela.

De minha parte, a situação não fora premeditada. Nem sequer pensara nela como mulher até Dara estar nos meus braços e me fazer repensar. No instante seguinte, meus instintos tomaram conta e meu intelecto foi reduzido ao básico, como Freud me explicara um dia. Não podia culpar o álcool, pois não ingerira tanto nem estava bêbado. Mas por que a necessidade de encontrar culpados? Ora, porque eu sentia uma parcela de culpa. Dara era uma parente distante demais para ser considerada família. Não era esse o problema. Também não achava que tinha me aproveitado dela, pois ela sabia o que estava fazendo quando me procurou. Eram as circunstâncias que me levavam a questionar meus próprios motivos, mesmo em meio àquilo tudo. Quando nos falamos pela primeira vez e fizemos o passeio por Sombra, minha intenção tinha sido mais do que apenas conquistar sua confiança e amizade: buscava minar um pouco da lealdade, confiança e afeição que ela nutria por Benedict e transferi-las para mim. Queria que Dara viesse para o meu lado, como uma possível aliada no que poderia se tornar um ambiente hostil. Tinha a esperança de usá-la caso houvesse necessidade e a situação degringolasse. Tudo isso era verdade. Mas não queria acreditar que fizemos o que fizemos apenas para reforçar esse objetivo. Desconfiava que houvesse algum fundo de verdade nesse pensamento, no entanto, e isso bastava para me causar desconforto e repugnância. Por quê? Tinha feito coisas muito piores nos velhos tempos, e esses atos não me incomodavam. Fiquei remoendo a questão, sem querer admitir, mas já ciente da resposta... Eu gostava dela. Simples assim. Era diferente da amizade que sentira por Lorraine, com aquele elemento de compreensão mútua entre dois veteranos fatigados, ou do ar de sensualidade casual que surgira rapidamente entre mim e Moire antes que eu percorresse o Padrão pela segunda vez. Era bem diferente. Conhecera Dara por tão pouco tempo que era quase ilógico. Apesar de ter centenas de anos de vida, não me sentia daquele jeito havia séculos. Tinha esquecido o sentimento. Não queria me apaixonar. Não naquele momento. Talvez mais tarde. Ou melhor, nunca. Ela era a pessoa errada para mim. Era uma criança. Tudo o que desejaria fazer, tudo o que acharia novo e fascinante, eu já havia feito. Aquilo era errado. Não tinha o direito de me apaixonar por ela. Não podia me permitir...

Ganelon cantarolava alguma melodia obscena. A carroça sacolejava e rangia conforme subíamos pela estrada. O sol bateu no meu rosto e cobri os olhos com o antebraço. Foi mais ou menos por aí que a inconsciência me envolveu.

Já passava de meio-dia quando acordei, e eu me sentia sujo. Tomei um grande gole d'água, molhei um pouco a mão e esfreguei os olhos. Alisei o cabelo com os dedos. Dei uma olhada em volta.

Estávamos rodeados de plantas, pequenos bosques e descampados revestidos de mato alto. Ainda avançávamos por uma estrada de terra relativamente plana. O céu estava limpo, com algumas poucas nuvens, e o sol aparecia e se escondia com alguma regularidade. Uma brisa suave soprava.

– De volta ao mundo dos vivos. Ótimo! – exclamou Ganelon, quando passei pela divisória e me sentei ao seu lado. – Os cavalos estão ficando cansados, Corwin, e eu gostaria de esticar um pouco as pernas. Além do mais, estou com fome. Também está?

– Sim, faminto. Vamos parar naquele canto sombreado à esquerda.

– Se possível, gostaria de seguir um pouco mais.

– Algum motivo especial?

– Sim. Quero lhe mostrar uma coisa.

– Vamos.

Continuamos o trote por oitocentos metros e então a estrada fez uma curva para o norte. Não demorou muito e chegamos a uma colina, e logo depois vimos outra bem maior.

– Até onde pretende ir? – perguntei.

– Vamos subir a próxima colina. Talvez dê para ver lá de cima.

– Certo.

Os cavalos subiram com dificuldade a ladeira íngreme da segunda colina, e desci para ajudar a empurrar a carroça. Quando finalmente alcançamos o topo, eu me sentia ainda mais sujo pela mistura de suor e poeira, mas totalmente desperto. Ganelon puxou as rédeas e prendeu o freio, depois pulou para a traseira da carroça e subiu em um caixote, protegendo os olhos com a mão.

– Venha aqui em cima, Corwin – chamou ele.

Escalei a carroceria e Ganelon estendeu a mão para me ajudar. Peguei-a, subi no caixote e olhei na direção indicada.

A pouco mais de um quilômetro de distância, uma larga faixa preta se estendia a perder de vista, dominando toda a paisagem. Estávamos a centenas de metros de altitude em relação a ela e conseguíamos ver pelo menos oitocentos metros de sua extensão com clareza. Estimei que teria cento e poucos metros de largura e, embora fizesse duas curvas até onde a vista alcançava, parecia não variar de tamanho. Lá dentro havia árvores, pretas da raiz às pontas, e a sensação de movimento. Não dava para saber de onde vinha. Talvez fosse apenas o vento balançando o mato escuro perto das bordas. Mas eu tinha a nítida impressão de que algo fluía no interior daquela paisagem, como a correnteza de um rio.

– O que é aquilo? – perguntei.

– Achei que soubesse – respondeu Ganelon. – Achei que fazia parte das suas feitiçarias de sombras.

Neguei com a cabeça.

– Eu estava bastante sonolento, mas me lembraria se tivesse providenciado algo tão estranho. Como sabia que estava lá?

– Passamos perto algumas vezes enquanto você dormia. Não gostei nem um pouco da sensação. Era muito familiar. Não lembra alguma coisa?

– Sim. Infelizmente.

Ganelon assentiu.

– É como aquele maldito Círculo em Lorraine. É o que parece.

– A estrada negra...

– O quê?

– A estrada negra – repeti. – Não sabia do que se tratava quando Dara a mencionou para mim, mas estou começando a entender. E não é nada bom.

– Outro mau augúrio?

– Receio que sim.

Ele praguejou e, então, perguntou:

– Vai nos causar algum problema imediato?

– É difícil ter certeza.

Descemos do caixote.

– Venha, vamos arranjar um pouco de forragem para os cavalos – sugeriu Ganelon –, e cuidar da nossa barriga vazia.

– Sim, vamos.

Voltamos para a frente da carroça, e ele pegou as rédeas. Achamos um lugar bom ao pé da colina.

Descansamos ali por quase uma hora, conversando principalmente sobre Avalon. Não voltamos a falar sobre a estrada negra, embora não me saísse dos pensamentos. Queria dar uma olhada mais de perto, claro.

Quando estávamos prontos para seguir viagem, peguei as rédeas outra vez. Os cavalos, mais descansados, avançaram em bom ritmo.

Ganelon sentou-se ao meu lado, ainda com disposição para conversar. Só então eu começava a perceber a importância que aquele estranho retorno ao lar tinha para ele. Ganelon tinha revisitado vários de seus antigos refúgios dos tempos de bandidagem, e também quatro campos de batalha onde havia alcançado grande distinção quando já era um homem respeitável.

Suas lembranças me comoveram em diversos sentidos. Aquele homem era uma mistura incomum de ouro e argila. Devia ter sido um filho de Âmbar.

Cobrimos uma grande distância e, quando nos aproximávamos outra vez da estrada negra, senti uma pressão familiar na cabeça. Entreguei as rédeas a Ganelon.

– Pegue! Conduza!

– O que houve?

– Depois eu explico! Apenas conduza!

– Devo acelerar?

– Não. Mantenha o ritmo. Não diga nada por um tempo.

Fechei os olhos e apoiei a cabeça nas mãos, esvaziando a mente e erguendo uma muralha ao redor do vazio. Propriedade privada. Fechada para almoço. Não permite visitas. Passo o ponto. Não perturbe. Proibida a entrada. Cuidado com o cão. Risco de deslizamento. Piso escorregadio. Somente pessoal autorizado...

A pressão suavizou, depois voltou com força, e bloqueei outra vez. Veio uma terceira onda. Também a contive.

E acabou.

Suspirei e massageei os olhos.

– Está tudo bem agora – avisei.

– O que aconteceu?

– Alguém tentou me contatar de uma forma muito especial. Tenho quase certeza de que era Benedict. Deve ter descoberto algumas coisas que despertaram nele o desejo de nos impedir. Vou assumir as rédeas de novo. Receio que ele estará em nosso encalço logo, logo.

Ganelon me entregou as rédeas.

– Temos chance de escapar?

– Eu diria que sim, agora que ganhamos mais distância. Vou manipular mais algumas sombras assim que minha cabeça parar de girar.

Retomamos a viagem, e nosso caminho deu voltas e voltas, seguindo em paralelo àquela estrada negra por um tempo antes de começar a se aproximar. Por fim, estávamos a poucas centenas de metros de distância.

Ganelon a examinou em silêncio por um bom tempo.

– É muito parecida com aquele outro lugar – comentou. – As linguetas de bruma capazes de obscurecer tudo, a sensação constante de ver alguma coisa se mexendo pelo canto do olho...

Mordi o lábio. Comecei a transpirar em profusão. Tentava nos afastar daquela coisa, mas enfrentava resistência. Não era a mesma sensação de imobilidade monolítica de se atravessar Sombra em Âmbar. Era bem diferente. Era uma sensação de... inexorabilidade.

Naquele momento atravessávamos Sombra, disso tinha certeza. O sol flutuou até seu ponto mais alto, recuando para o meio-dia, pois não me agradava a ideia de passar a noite ao lado daquela faixa preta, e o céu perdeu um pouco do azul, as árvores ficaram mais altas à nossa volta e montanhas despontaram ao longe.

Será que a estrada também percorria Sombra?

Devia ser isso. Por que mais Julian e Gérard a teriam encontrado e ficado intrigados o bastante para explorar?

Era lamentável, mas receava ter muito em comum com a tal estrada.

Maldição!

Avançamos ao lado dela por um bom tempo, cada vez mais próximos. Não demorou até que meros trinta metros nos separassem. Quinze...

E tal como havia pressentido, nossos caminhos finalmente se cruzaram.

Puxei as rédeas. Enchi meu cachimbo, acendi e fiquei fumando enquanto examinava a paisagem. Estrela e Dragão obviamente não aprovavam a área preta que atravessava nosso caminho. Relincharam e tentaram sair da trilha.

Se quiséssemos continuar na estrada, teríamos que atravessar o lugar escuro na diagonal. Era um trecho longo. Parte do terreno estava fora de nosso campo de visão, oculto atrás de alguns morros baixos. Um mato cerrado crescia na beira da área preta e em alguns pontos esparsos ao pé dos morros. Fiapos de bruma se deslocavam entre os matagais, e nuvens tênues e vaporosas pairavam em todos os vales. O céu, visto através da atmosfera que cobria aquele lugar, era bem mais escuro, com uma tonalidade quase manchada de fuligem. Um silêncio sem resquícios de placidez tomava conta do ambiente, quase como se alguma entidade oculta estivesse prendendo a respiração, prestes a dar o bote.

E então ouvimos um grito. Era uma voz feminina. O velho truque da donzela em perigo?

O som veio de algum lugar à direita, do outro lado dos morros. Parecia suspeito. Mas, ora! Podia ser genuíno.

Joguei as rédeas para Ganelon e saltei para o chão, sacando Grayswandir.

– Vou investigar – avisei, pulando por cima da vala na beira da estrada.

– Volte logo.

Abri caminho por alguns arbustos e escalei um barranco rochoso. Afastei mais galhos na descida e subi um barranco ainda mais alto. O grito soou de novo, e dessa vez ouvi também outros sons.

Finalmente cheguei ao topo e pude ver uma área ampla.

A região escura começava uns dez metros abaixo de mim, e a cena que me levara até ali acontecia cerca de quarenta metros mais para dentro.

Era uma paisagem monocromática, exceto pelas chamas. Uma mulher, toda de branco, cabelos pretos soltos até a cintura, estava presa a uma daquelas árvores sombrias, e seus pés estavam rodeados por amontoados de galhos ardentes. Meia dúzia de homens albinos, em diversos estados de nudez, andavam de um lado para outro, aos risos e resmungos, e cutucavam a mulher e o fogo com seus gravetos, segurando a virilha repetidamente. As chamas estavam altas o bastante para chamuscar a roupa da mulher, que começou a queimar. O rasgo no vestido longo era extenso a ponto de permitir um vislumbre da silhueta linda e voluptuosa, embora a fumaça a envolvesse de tal modo que era impossível ver seu rosto.

Corri adiante e entrei na área da estrada negra, pulei por cima do mato alto e retorcido e ataquei o grupo, decapitando o homem mais próximo e empalando outro antes que se dessem conta da minha presença. Os demais se viraram e me atacaram com seus gravetos, gritando o tempo todo.

Grayswandir arrancou grandes nacos de carne até todos desabarem em silêncio. O sangue deles era negro.

Dei as costas, prendi a respiração e apaguei aos chutes a parte da frente da fogueira. Depois, cheguei perto da mulher e cortei suas amarras. Ela caiu em meus braços, aos prantos.

Foi só nesse momento que reparei em seu rosto, ou melhor, na falta de um. A mulher usava uma máscara de marfim, oval e curva, sem nenhum traço além de duas pequenas fendas retangulares para os olhos.

Afastei-a da fumaça e da chacina. Ela se agarrou a mim, com a respiração ofegante, o corpo pressionado ao meu. Depois do que me pareceu um tempo aceitável, tentei me desvencilhar. Contudo, ela não quis me soltar e tinha uma força surpreendente.

– Já está tudo bem – declarei, ou algo igualmente clichê e adequado, mas não tive resposta.

Continuou agarrada ao meu corpo, com carícias agressivas de efeito um tanto desconcertante. Foi ficando mais e mais desejável. Percebi que comecei a alisar seu cabelo e o resto de seu corpo também.

– Está tudo bem – repeti. – Quem é você? Por que a estavam queimando? Quem eram eles?

A mulher, porém, não respondeu. Tinha parado de chorar, mas ainda respirava com sofreguidão, embora de um jeito diferente.

– Por que usa essa máscara?

Quando tentei tirá-la, a mulher afastou a cabeça com um solavanco.

Esse detalhe não me pareceu muito importante naquela hora. Embora a parte fria e racional de minha mente soubesse que era uma paixão irracional, eu estava tão impotente quanto os deuses dos epicuristas. Eu a desejava e estava pronto para possuí-la.

Então ouvi Ganelon gritar meu nome e tentei me virar na direção de sua voz.

Mas a mulher me segurou com uma força surpreendente.

– Filho de Âmbar – disse em uma voz quase familiar. – Teremos que retribuir tudo que nos fez, e agora será nosso por inteiro.

Ouvi a voz de Ganelon de novo, uma sequência constante de profanidades.

Usei todas as minhas forças contra aquele aperto e consegui soltar um dos braços. Rapidamente arranquei a máscara.

Um breve grito de raiva soou quando me libertei, e quatro palavras finais ecoaram quando a máscara saiu:

– Âmbar deve ser destruída!

Não havia nenhum rosto atrás da máscara. Não havia nada.

O vestido caiu, inerte e vazio, em meu braço. A mulher, ou criatura, tinha desaparecido.

Ao me virar, percebi que Ganelon estava caído na borda da área escura, com as pernas torcidas de forma nada natural. Sua espada subia e descia lentamente, mas não consegui ver o que ele tentava golpear. Corri até lá.

O matagal escuro sobre o qual eu havia pulado pouco antes estava enrolado nos tornozelos e nas pernas dele. Enquanto Ganelon cortava o mato que o prendia, outras folhas se agitavam como se tentassem capturar o braço que empunhava a espada. A perna direita tinha sido parcialmente libertada, por isso me estiquei para a frente e concluí a tarefa.

Posicionei-me atrás dele, longe do alcance do mato, e atirei longe a máscara que nem me lembrava de ainda ter em mãos. Ela caiu fora da área escura e imediatamente começou a pegar fogo.

Agarrei-o pelos braços e tentei puxá-lo para trás. Aquela coisa resistiu com ferocidade, mas finalmente consegui libertar Ganelon. Carreguei-o nos braços e saltei sobre o matagal escuro que ainda nos separava da versão mais dócil e verdejante fora da estrada.

Ganelon se pôs de pé e continuou apoiado em mim, encurvando o corpo para a frente e batendo nas pernas.

– Não sinto minhas pernas. Estão dormentes.

Ajudei-o a voltar para a carroça. Ele se apoiou na lateral e começou a bater os pés.

– Estão formigando – anunciou. – Está começando a voltar... Ai!

Por fim, foi mancando até a frente da carroça. Ajudei-o a subir no assento antes de me acomodar ao seu lado.

Ganelon suspirou.

– Estou melhor. Minhas pernas já estão voltando ao normal. Aquela coisa sugou toda a minha força. O que aconteceu?

– Nosso mau augúrio cumpriu a promessa.

– E agora?

Peguei as rédeas e soltei o freio.

– Vamos atravessar – respondi. – Preciso descobrir mais sobre essa coisa. Mantenha a espada à mão.

Ele grunhiu e apoiou a lâmina nos joelhos. Os cavalos não gostaram muito da ideia de seguir em frente, mas dei-lhes um toque ligeiro com o chicote no dorso e os dois começaram a trotar.

Avançamos na área escura, e a sensação era de ter adentrado um cinejornal da época da Segunda Guerra. Distante, mas quase ao alcance, severo, deprimente, soturno. Até os rangidos e o barulho dos cascos pareciam abafados, como se viessem de longe. Comecei a ouvir um apito baixo e persistente. A vegetação de beira de estrada se agitava à nossa passagem, mas mantive uma boa distância das margens. Atravessamos alguns trechos enevoados. A bruma não tinha cheiro, mas tivemos mais dificuldade para respirar. Conforme nos aproximávamos do primeiro morro, comecei o deslocamento que nos levaria através de Sombra.

Contornamos o morro.

Nada.

O panorama escuro e miasmático permanecia inalterado.

A raiva me consumiu. Visualizei o traçado do Padrão e sustentei a imagem flamejante em minha mente. Tentei nos deslocar de novo.

Minha cabeça começou a doer. A pontada se irradiou da testa para o fundo do crânio e persistiu ali como um ferro em brasa. Mas isso só avivou minha ira e meu empenho em deslocar a estrada negra para o nada.

As coisas oscilaram. As brumas se tornaram mais espessas e se despejaram pela estrada em nuvens. Os contornos ficaram difusos. Balancei as rédeas. Os cavalos se moveram mais rápido. Minha cabeça começou a latejar, e parecia que estava a ponto de rachar.

Por um instante, porém, o que rachou foi todo o resto...

O chão tremeu e fendas se espalharam pela terra, mas foi além. Tudo parecia sofrer um espasmo incontrolável, e as fendas não eram meras fraturas no solo.

Era como se, de repente, alguém tivesse chutado a perna de uma mesa na qual jaziam as peças de um quebra-cabeça mal montado. Lacunas dominaram a paisagem: um galho verde aqui, um reflexo de água ali, um vislumbre de céu azul, escuridão absoluta, vazio branco, a fachada de um prédio de tijolos, rostos atrás de uma janela, um pedaço de céu estrelado...

A essa altura os cavalos já estavam a pleno galope, e eu me contive para não berrar de dor.

Uma confusão de barulhos, animais, humanos, mecânicos, nos cercou. Tive a impressão de ouvir Ganelon xingar, mas não tinha certeza.

Senti que estava prestes a desmaiar de dor, mas decidi, por pura teimosia e raiva, persistir até o fim. Concentrei-me no Padrão como um homem moribundo a clamar por seu Deus e arremessei toda a minha força de vontade contra a existência da estrada negra.

De súbito, a pressão desapareceu e os cavalos corriam desabalados, arrastando-nos por um campo verdejante. Ganelon tentou agarrar as rédeas, mas puxei-as e gritei com os cavalos até cessarem o galope.

Tínhamos atravessado a estrada negra.

Na mesma hora, eu me virei e olhei para trás. A paisagem parecia tremular como algo visto através de águas turbulentas, mas o caminho por onde havíamos cruzado estava limpo e sólido, como uma ponte ou represa, e a vegetação em seu entorno era verde.

– Foi pior do que o trajeto pelo qual me exilou – disse Ganelon.

– Também acho.

Em seguida conversei com os cavalos, com delicadeza, até conseguir convencê-los a voltar para a estrada de terra.

O mundo era mais claro ali, e logo fomos cercados por grandes pinheiros, cuja fragrância enchia o ar. Esquilos e pássaros pulavam de galho em galho. O solo era mais escuro, mais fértil. Parecia que estávamos a uma altitude maior do que antes da travessia. Fiquei satisfeito de ver que de fato tínhamos nos deslocado, e na direção pretendida.

Nosso caminho fez uma curva, recuou um pouco, depois continuou em linha reta. Vez ou outra, víamos a estrada negra de relance. Ficava à nossa direita, não muito longe. Ainda estávamos mais ou menos paralelos a seu curso. Aquilo definitivamente atravessava Sombra. Pelo que podíamos ver, parecia ter voltado ao seu estado normal e sinistro.

Minha dor de cabeça diminuiu e meu coração se acalmou um pouco. Alcançamos um terreno elevado que nos proporcionou uma vista agradável de uma grande área cheia de colinas e florestas. A paisagem me fez recordar das regiões da Pensilvânia que eu tinha gostado de atravessar de carro anos antes.

Estiquei os braços para me espreguiçar.

– Como estão suas pernas?

– Estão bem – respondeu Ganelon, olhando para trás. – Consigo enxergar por uma boa distância, Corwin...

– Sim?

– E vejo um cavaleiro se aproximando muito depressa.

Fiquei de pé e olhei para trás. Acho que soltei um grunhido quando me sentei de novo e peguei as rédeas.

Ele ainda estava do outro lado da estrada negra, longe demais para eu ter certeza. Mas quem mais poderia ser, vindo naquela velocidade por nosso rastro?

Praguejei.

Estávamos nos aproximando do cume.

– Prepare-se para outra viagem infernal – avisei, virando-me para Ganelon.

– É Benedict?

– Creio que sim. Perdemos muito tempo lá atrás. Sozinho como está, pode se mover com uma velocidade absurda, especialmente através de Sombra.

– Acha que ainda consegue despistá-lo?

– Logo saberemos.

Estalei a língua para os cavalos e sacudi as rédeas de novo. Chegamos ao topo e fomos atingidos por uma rajada de vento frio. O terreno se nivelou, e a sombra de um pedregulho à nossa esquerda escureceu o céu. À medida que avançávamos, a escuridão permanecia e cristais de neve fina fustigavam nosso rosto e nossas mãos.

Em poucos instantes voltamos a um declive, e a geada se tornou uma nevasca intensa. O vento rugia em nossos ouvidos. A carroça se sacudia e derrapava, e logo a estabilizei. A essa altura, estávamos cercados de montes de neve, e a estrada se revestia de branco. Nossa respiração se condensava no ar, e as árvores e pedras cintilavam com gelo.

Movimentação e confusão temporária dos sentidos. Era o necessário...

Seguimos em frente, e o vento chicoteava, queimava e urrava. Os montes de neve começaram a cobrir a estrada.

Dobramos uma curva e saímos da nevasca. O mundo ainda parecia coberto de glacê, e um ou outro floco às vezes espiralava pelo ar, mas o sol havia se libertado das nuvens e despejava sua luz sobre a terra, e descemos mais uma vez...

... Atravessamos a neblina e emergimos em uma terra desolada repleta de pedras e buracos, mas sem neve...

... Viramos para a direita, recuperamos o sol e avançamos por um caminho meandroso em uma planície, serpenteando por entre blocos altos e indistintos de pedra cinzenta e azulada...

... À direita, bem ao longe, a estrada negra nos acompanhava.

Ondas de calor nos atingiram e a terra fumegou. Bolhas estalavam em caldos fervilhantes dentro das crateras e acrescentavam seus vapores ao ar pesado. Poças rasas se espalhavam como velhas moedas de bronze.

Quando gêiseres começaram a estourar ao longo da trilha, os cavalos dispararam, já quase ensandecidos. Jorros de água escaldante brotavam da estrada e quase nos acertavam, depois corriam em lençóis lisos e fumegantes. O céu era de bronze e o sol era uma maçã embolorada. O vento era um cachorro arfante com mau hálito.

A terra tremeu e, bem longe, à nossa esquerda, uma montanha lançou seu pico na direção do firmamento e despejou chamas para todo lado. Um estrondo avassalador nos ensurdeceu temporariamente, e nosso corpo foi atingido por uma sucessão de ondas de choque. A carroça balançou e trepidou.

O chão continuou a tremer e os ventos nos açoitavam com uma força quase de furacão conforme avançávamos na direção de algumas colinas de cume escuro. Abandonamos o que restava da estrada quando ela se virou na direção errada e seguimos, aos solavancos, pela própria planície. As colinas continuaram a crescer, dançando no ar turbulento.

Eu me virei quando senti a mão de Ganelon no meu braço. Gritava algo para mim, mas as palavras me escapavam. Ele apontou para trás, e segui seu gesto. Não vi nada diferente do esperado. O ar estava repleto de poeira, sujeira, cinzas. Dei de ombros e voltei a atenção para as colinas.

Uma escuridão mais fechada surgiu na base da colina mais próxima, e eu segui até lá.

O breu se avultou diante de mim à medida que o terreno se inclinou para baixo outra vez, e vimos a entrada de uma caverna enorme, coberta por uma cascata constante de poeira e cascalho.

Estalei o chicote no ar e corremos pelos últimos quinhentos e tantos metros até mergulharmos dentro dela.

Puxei as rédeas dos cavalos, fazendo-os desacelerar até um leve trote.

Continuamos descendo, dobramos uma curva e chegamos a uma gruta larga e alta. Um pouco de luz se infiltrava pelos buracos no teto, salpicava estalactites e recaía sobre poças verdes tremulantes. O solo ainda tremia, e minha audição melhorou quando vi uma estalagmite ruir e ouvi o pequeno tilintar de sua queda.

Atravessamos um abismo sem fundo por uma ponte que parecia ser feita de calcário, e a estrutura se quebrou atrás de nós logo que passamos.

Pedacinhos de rocha caíam do alto, e às vezes pedras grandes também. Aglomerados de fungos verdes e vermelhos brilhavam em cantos e frestas, veios de minérios cintilavam e cristais grandes e flores achatadas de pedra clara contribuíam para a beleza úmida e sinistra do lugar. Avançamos de caverna em caverna como se fossem uma sequência de bolhas e passamos por uma torrente branca até ela desaparecer por um buraco negro.

Uma longa galeria em espiral nos levou para cima de novo, e ouvi a voz de Ganelon ecoar ao nosso redor:

– Pensei ter visto algo se mover lá atrás... Talvez alguém a cavalo, no topo da montanha, mas só por um instante.

Adentramos uma câmara ligeiramente mais iluminada.

– Se for Benedict, ele vai ter dificuldade em nos acompanhar! – gritei, e recomeçaram os tremores e o som abafado de coisas caindo atrás de nós.

Seguimos em frente e para cima, até finalmente aparecerem aberturas no teto da caverna, revelando trechos de um céu azul sem nuvens. Os estalidos dos cascos e os rangidos da carroça aos poucos atingiram um volume normal, e começamos a ouvir também seus ecos. Os tremores pararam, pássaros pequenos voaram rápido no alto e a luz se tornou mais intensa.

Depois, outra curva no caminho e a saída apareceu diante de nós, uma abertura baixa e ampla. Tivemos que abaixar a cabeça quando passamos sob o lintel irregular.

Pulamos por cima de uma saliência de pedra coberta de musgo e demos com um leito de cascalho que corria como se tivesse sido ceifado na encosta da colina e passava por entre árvores gigantescas antes de sumir no meio da vegetação mais adiante. Estalei a língua para incentivar os cavalos.

– Estão muito cansados – comentou Ganelon.

– Sim, eu sei. Logo vão poder descansar, de um jeito ou de outro.

O cascalho estalava sob as rodas da carroça. O cheiro das árvores era agradável.

– Viu? Lá embaixo, à direita?

– O quê...? – perguntei, virando a cabeça. – Ah...

A estrada negra infernal continuava conosco, talvez a dois quilômetros de distância.

– Por quantas sombras deve passar? – ponderei.

– Ora, pelo jeito, por todas.

Dei um leve meneio de cabeça.

– Espero que não.

Continuamos descendo sob o céu azul e o sol dourado que seguia para o oeste em seu curso normal.

– Quase tive medo de sair daquela caverna – confessou Ganelon depois de um tempo. – Sem saber o que haveria do lado de cá.

– Os cavalos não aguentariam muito mais. Tive que diminuir um pouco o ritmo. Se foi mesmo Benedict que vimos, o cavalo dele devia estar em ótimas condições. Ele o estava forçando bastante. E ainda obrigar o pobre animal a encarar aquilo tudo... Achei que meu irmão recuaria.

– Talvez esteja acostumado – supôs Ganelon.

Em seguida, contornamos a trilha de cascalho por uma curva à direita e perdemos de vista a entrada da caverna.

– É sempre uma possibilidade – concordei, e mais uma vez pensei em Dara e me perguntei o que ela estaria fazendo naquele instante.

Traçamos um caminho sinuoso ladeira abaixo, com deslocamentos lentos e imperceptíveis. Nossa trilha se desviava para a direita o tempo todo e, quando percebi, estávamos nos aproximando da estrada negra.

– Raios! Como é insistente! – resmunguei, sentindo a raiva se transformar em algo parecido com ódio. – Quando for a hora, vou destruir aquele negócio!

Ganelon não respondeu. Estava tomando um longo gole d'água. Passou a garrafa para mim, e também bebi.

Por fim, chegamos a um terreno nivelado e seguimos por uma trilha sinuosa; os cavalos puderam ir com calma, e isso atrasaria a cavalgada de um perseguidor.

Depois de mais ou menos uma hora, comecei a ficar tranquilo, então paramos para comer. Tínhamos acabado de terminar a refeição quando Ganelon, que não tirara os olhos da encosta, ficou de pé e pareceu avistar algo ao longe.

– Não! – exclamei, e me levantei de um salto. – Não pode ser.

Uma figura solitária a cavalo tinha saído da entrada da caverna. Vi o cavaleiro parar por um instante antes de continuar trilha abaixo.

– O que vamos fazer agora? – perguntou Ganelon.

– Vamos recolher tudo e seguir viagem. Pelo menos podemos adiar o inevitável um pouco mais. Quero mais tempo para pensar.

Avançamos outra vez, ainda a um ritmo moderado, embora minha mente estivesse a mil. Tinha que haver uma maneira de deter seu avanço. De preferência, sem ser letal.

Mas eu não conseguia pensar em nada.

Não fosse pela estrada negra, que se aproximava lentamente de novo, aquela seria uma bela tarde em uma paisagem paradisíaca. Seria uma pena tingi-la de sangue, ainda mais porque podia ser o meu. Tinha medo de enfrentar Benedict, mesmo que ele usasse a espada com a mão esquerda. Ganelon não faria a menor diferença. Benedict mal perceberia sua presença.

Desloquei as sombras quando viramos em outra curva. Instantes depois, senti um leve cheiro de fumaça. Fiz um ligeiro deslocamento de novo.

– Ele está vindo depressa! – anunciou Ganelon. – Acabei de ver... Fumaça! Fogo! A floresta está em chamas!

Dei risada e olhei para trás. Metade da encosta estava envolta em fumaça, e chamas alaranjadas corriam pela vegetação, a crepitação começando a aumentar de volume. Os cavalos aceleraram por conta própria.

– Corwin! Foi obra sua...?

– Sim! Se fosse um lugar mais íngreme e descampado, eu teria tentado uma avalanche.

O céu se encheu de pássaros em fuga. Chegamos mais perto da estrada negra. Dragão sacudiu a cabeça e relinchou. Estava cheio de gotas de espuma no focinho. Tentou fugir, e de repente empinou e deu coices no ar. Estrela fez um barulho assustado e guinou para a direita. Lutei por um instante, recuperei o controle, decidi deixá-los correr um pouco.

– Ainda se aproxima! – gritou Ganelon.

Praguejei e começamos a correr. Depois de algum tempo, nosso caminho passou a margear a estrada negra. Estávamos em uma reta comprida, e uma olhada para trás me mostrou que a encosta inteira ardia em chamas. A trilha a cortava como uma cicatriz horrenda. Foi quando vi o homem a cavalo. Estava quase na metade da encosta e avançava com a velocidade de um jóquei. Céus! Que cavalo aquele devia ser! Eu me perguntei que sombra o havia gerado.

Puxei as rédeas, primeiro com delicadeza, depois com mais força, até finalmente diminuirmos o ritmo. A essa altura, estávamos a dezenas de metros da estrada negra, e eu havia estimado que um pouco mais adiante essa distância seria afunilada para cerca de quinze metros. Consegui parar os cavalos, que começaram a tremer. Entreguei as rédeas para Ganelon, saquei Grayswandir e me aproximei da estrada.

Por que não? Era um terreno bom, plano e aberto, e talvez aquela faixa preta miserável, tão destoante das cores vívidas das plantas ao redor, despertasse algum instinto mórbido em mim.

– E agora? – perguntou Ganelon.

– Não vamos conseguir despistá-lo. Se ele escapar do fogo, vai chegar aqui em questão de minutos. Não adianta fugir. Vou enfrentá-lo.

Ganelon amarrou as rédeas na lateral da carroça e levou a mão à própria espada.

– Não – determinei. – Isso não vai mudar nada. Quero que faça o seguinte: leve a carroça mais adiante pela estrada e espere lá. Se as coisas saírem como planejei, seguiremos viagem. Se não, renda-se imediatamente. Sou eu quem ele quer, e Benedict será o único em condições de levá-lo de volta para Avalon. E ele fará isso. Assim, pelo menos terá uma chance de retornar à sua terra natal.

Por um instante, hesitou.

– Vá – ordenei. – Faça o que mandei.

Ganelon olhou para o chão e desamarrou as rédeas.

– Boa sorte – despediu-se, atiçando os cavalos.

Saí da trilha, assumi posição perto de algumas árvores baixas e esperei. Mantive Grayswandir à mão, dei uma olhada na estrada negra e então voltei a me concentrar na trilha.

Não demorou até Benedict aparecer perto da linha das chamas, cercado de fumaça e fogo enquanto galhos queimados caíam à sua volta. Era ele mesmo, o rosto parcialmente coberto e o braço direito amputado erguido para proteger os olhos. Vinha com o afã de um demônio fugindo do inferno, e irrompeu por uma chuva de faíscas e brasas até o campo aberto antes de seguir pela estrada.

Em pouco tempo comecei a ouvir o som dos cascos. Seria cavalheiresco embainhar a espada enquanto esperava. Se fizesse isso, porém, talvez não tivesse chance de sacá-la de novo.

Comecei a me perguntar como Benedict teria prendido a espada no corpo e que tipo de arma seria. Reta? Curva? Longa? Curta? Meu irmão era igualmente habilidoso com todas elas. Tinha me ensinado esgrima...

Além de cavalheiresco, embainhar Grayswandir poderia ser mais prudente. Talvez Benedict estivesse disposto a conversar, e manter a espada em punho seria quase um convite para uma briga. Conforme o som dos cascos ficava mais alto, percebi que tinha medo de guardá-la.

Enxuguei a palma da mão apenas uma vez antes que Benedict entrasse no meu campo de visão. Havia desacelerado para fazer a curva e deve ter me visto no mesmo instante. Cavalgou direto para mim, mas não parecia disposto a interromper o galope.

Foi quase uma experiência mística. Não sei como descrever de outra forma. Meus pensamentos dispararam conforme ele se aproximava, e a sensação foi de ter recebido uma eternidade para ponderar a vinda daquele homem que era meu irmão. Estava com roupas imundas, o rosto enegrecido, o braço amputado erguido e agitando-se para todos os lados. Sua montaria era listrada de preto e vermelho, com crina e cauda rubras. Era mesmo um cavalo, e seus olhos saltavam, a boca espumava e a respiração emitia um ruído doloroso. A essa altura percebi que Benedict trazia a espada presa às costas, pois o cabo se projetava acima de seu ombro direito. Ainda desacelerando, com os olhos fixos em mim, ele saiu da estrada e seguiu por uma rota mais à esquerda, depois puxou as rédeas uma vez e as soltou, passando a controlar o cavalo com os joelhos. Ergueu o braço esquerdo como se fosse prestar continência, mas passou a mão por cima da cabeça e agarrou o cabo da arma. A espada saiu da bainha sem ruído, descrevendo um lindo arco antes de assumir a posição letal, como uma única asa de aço fosco com um fio minúsculo no gume que brilhava como um filamento espelhado. A imagem ficou gravada na minha mente com magnificência e esplendor estranhamente comoventes.

A lâmina era longa e curva como uma foice, e eu já o vira empunhá-la no passado. Naquela ocasião, porém, éramos aliados contra um inimigo mútuo que eu julgara ser invencível. Benedict havia provado o contrário. Ali, ao ver sua espada erguida contra mim, fui dominado pela percepção da minha própria mortalidade, algo que nunca sentira antes. Não daquele jeito. Foi como se o mundo tivesse se despido de um manto e me proporcionado uma compreensão súbita da morte.

O momento passou. Recuei em direção ao arvoredo, pois havia me posicionado ali para tirar proveito da vegetação. Avancei por três ou quatro metros e dei dois passos para a esquerda. O cavalo empinou no último segundo, bufando e relinchando, e suas narinas úmidas se dilataram. Virou-se de lado, arrancando mato do chão. O braço de Benedict se moveu com uma velocidade quase imperceptível, como a língua de um sapo, e sua espada atravessou uma arvorezinha que devia ter pouco menos de dez centímetros de largura. O tronco se manteve firme por um instante e então começou a tombar lentamente.

Benedict desmontou e veio na minha direção. Era outro motivo para eu ter escolhido aquele arvoredo, para que ele viesse me atacar ali, onde uma espada longa seria obstruída por galhos e troncos.

Conforme avançava, porém, ele brandia a arma com movimentos quase casuais, de um lado para outro, e as árvores desabavam à sua volta. Quem dera ele não tivesse uma habilidade tão infernal. Quem dera ele não fosse Benedict...

– Irmão – chamei, com uma voz normal –, ela já é adulta, e é capaz de tomar as próprias decisões.

Mas Benedict não deu nenhum sinal de ter escutado. Continuou avançando, agitando aquela espada imensa a esmo. A lâmina emitia um zunido conforme cortava o ar, seguido por um pequeno baque sempre que atingia mais uma árvore, perdendo só um pouco de velocidade.

Ergui Grayswandir e a apontei para o peito dele.

– Fique onde está. Não quero enfrentá-lo, Benedict.

Ele firmou a espada em posição de ataque e disse uma única palavra:

– Assassino!

Com um movimento veloz, minha espada foi afastada. Bloqueei a estocada seguinte, e ele defendeu meu contra-ataque e voltou a atacar.

Dessa vez, nem me dei ao trabalho de ripostar. Apenas aparei o golpe, recuei e fui para trás de uma árvore.

– Do que está falando? – perguntei, afastando sua espada quando ele a passou ao lado do tronco e quase me atravessou. – Não matei ninguém recentemente. E com certeza não em Avalon.

Outro baque, e a árvore começou a tombar em cima de mim. Saí do caminho dela e recuei, bloqueando.

– Assassino!

– Não sei a que se refere, Benedict.

– Mentiroso!

Mantive a posição e resisti. Raios! Não fazia sentido morrer pelo motivo errado! Ripostei o mais rápido possível, procurando qualquer abertura. Não havia nenhuma.

– Ao menos me dê uma explicação! – gritei. – Por favor!

Mas já não parecia ter disposição para conversas. Apenas continuou avançando, e precisei recuar outra vez. Era como se eu tentasse lutar com uma geleira. Logo me convenci de que Benedict perdera a cabeça, o que para mim não era de nenhuma ajuda. Se fosse qualquer outra pessoa, uma loucura desenfreada resultaria em certo descontrole durante a luta. Mas ele havia forjado seus reflexos ao longo de séculos, e eu acreditava piamente que mesmo sem o córtex cerebral seus movimentos continuariam perfeitos.

E assim fui obrigado a recuar e me esquivar de seus golpes por entre as árvores, que caíam uma atrás da outra. Cometi o erro de atacar e mal consegui impedir seu contra-ataque a centímetros do meu peito. Reprimi a primeira onda de pânico quando vi que meu irmão me direcionava para longe do arvoredo. Não demoraria até estarmos em campo aberto, sem galhos para atravancar seu avanço.

Minha atenção estava tão concentrada nele que nada percebi até já ter acontecido.

Com um grito poderoso, Ganelon surgiu de repente, envolveu Benedict com os braços e o impediu de brandir a espada.

Mesmo se eu quisesse, não teria conseguido matá-lo naquele momento. Benedict era rápido demais, e Ganelon não era páreo para sua força.

Meu irmão girou o corpo, colocando Ganelon entre nós dois, e ao mesmo tempo brandiu o toco do braço direito como se fosse um porrete, acertando meu companheiro na têmpora esquerda. Em seguida, libertou o braço bom, levantou Ganelon pelo cinto e o jogou em mim. Quando desviei, Benedict recolheu a espada do chão e lançou-se outra vez para cima de mim. Mal tive tempo de observar Ganelon cair alguns metros adiante, inconsciente.

Aparei os golpes e continuei recuando. Só me restava um truque. Era triste pensar que, se não desse certo, Âmbar seria privada de seu soberano legítimo.

É um pouco mais difícil lutar contra um canhoto habilidoso, e isso também era uma desvantagem. Decidi empreender um ataque ousado, apesar dos riscos. Dei um grande passo para trás, saindo do alcance dele por um instante, e então me inclinei para a frente e ataquei. Foi um gesto ligeiro e calculado.

Um resultado inesperado, em grande parte por pura sorte, foi que o ataque funcionou, embora tenha errado seu alvo. Por um instante, Grayswandir penetrou um dos bloqueios de Benedict e arrancou-lhe um talho da orelha esquerda. O golpe o fez diminuir ligeiramente o ritmo, mas não o bastante para fazer diferença. No máximo, só lhe serviu para reforçar a defesa. Continuei insistindo no ataque, mas era impossível acertar. Apesar de pequeno, o corte no lóbulo vertia sangue e escorria, algumas gotas de cada vez. Podia até ser uma distração, se eu me permitisse reparar nisso por mais do que um instante.

Embora temesse minha próxima ação, eu precisava arriscar. Deixei uma pequena abertura, só por um segundo, sabendo que Benedict viria com tudo para acertar meu coração.

Ele mordeu a isca, e bloqueei o golpe no último instante. Não gosto de pensar em como ele chegou perto de pôr um fim à minha vida naquela ocasião.

Comecei a recuar mais uma vez, perdendo terreno e saindo do arvoredo. Aparando e recuando, passei pelo lugar onde Ganelon estava caído. Recuei mais uns cinco metros, lutando sempre na defensiva.

De súbito, ofereci outra abertura para Benedict.

Ele atacou, tal como fizera antes, e consegui bloqueá-lo de novo. Passou a atacar com ainda mais vigor, empurrando-me até a beira da estrada negra.

Ali, parei e mantive a posição, deslocando-me para o lugar escolhido. Só precisaria resistir por mais alguns instantes, até ele estar na posição certa...

Foi muito difícil, mas lutei com fúria e me preparei.

Tornei a oferecer a mesma abertura.

Sabia que meu irmão atacaria do mesmo jeito. Minha perna direita estava cruzada atrás da esquerda e, quando Benedict desferiu o golpe, eu me endireitei. Afastei a espada com um leve toque da lâmina e saltei de volta para a estrada escura, estendendo o braço para impedir um contra-ataque.

Benedict reagiu como esperado. Bateu na minha espada e avançou normalmente quando voltei para a posição de guarda...

... e com isso pisou no matagal preto por cima do qual eu havia pulado.

A princípio, não me atrevi a olhar para baixo. Apenas continuei firme e dei uma chance à flora.

Demorou apenas um instante. Benedict percebeu a vegetação assim que tentou se mexer. Vi a confusão brotar em seu rosto, seguida pelo esforço. Eu sabia que ele estava preso.

Mas duvidava que permaneceria assim por muito tempo, então agi depressa.

Esquivei-me para a direita, fora do alcance de sua espada, corri e pulei sobre o matagal, para longe da estrada negra. Benedict tentou se virar, mas as folhas já haviam se entrelaçado em suas pernas até os joelhos. Ele se desequilibrou por um momento, mas não caiu.

Passei por trás dele, à sua direita. Bastaria uma simples estocada e ele seria um homem morto, mas já não havia motivo para isso.

Benedict agitou o braço por trás do pescoço e apontou a espada para mim. Começou a tentar libertar a perna esquerda.

Fiz uma finta para a direita, e quando ele se moveu para bloquear, acertei-lhe a nuca com a parte chata de Grayswandir.

Como estava atordoado com o golpe, consegui me aproximar e lhe dar um soco nas costas. O corpo dele se curvou para a frente. Bloqueei seu braço da espada e desferi outro golpe na nuca, dessa vez com o punho. Meu irmão tombou, inconsciente, e tirei a espada de sua mão e a joguei longe. O sangue do ferimento na orelha escorria pelo pescoço como se fosse um brinco exótico.

Deixei Grayswandir de lado, peguei Benedict pelas axilas e o arrastei para fora da estrada negra. O matagal resistiu com bravura, mas puxei com força e finalmente o soltei.

A essa altura, Ganelon já se recuperara e estava de pé. Veio mancando e parou ao meu lado, olhando para Benedict.

– Seu irmão é um grande homem – comentou. – Um grande homem... O que vamos fazer com ele?

Apoiei Benedict no ombro e me levantei.

– Por ora, vamos levá-lo de volta para a carroça. Pode buscar as espadas?

– Claro.

Subi a estrada com Benedict ainda inconsciente, o que era bom, porque não queria ser obrigado a bater nele de novo se pudesse evitar. Sentei-o na base de uma árvore resistente perto da carroça.

Guardei as espadas nas bainhas quando Ganelon chegou e dei ordens para que pegasse as cordas de algumas das caixas. Enquanto ele se encarregava da tarefa, revistei meu irmão e encontrei o que estava procurando.

Deixei Benedict amarrado na árvore. Ganelon foi buscar seu cavalo e o prendeu em um arbusto próximo, onde também pendurei sua espada.

Em seguida, subi no assento do condutor da carroça com Ganelon.

– Vai deixá-lo ali? – perguntou ele.

– Por enquanto.

Avançamos pela estrada. Não olhei para trás, ao contrário de Ganelon.

– Ele ainda não acordou – disse, e então acrescentou: – Ninguém nunca me deixou jogado na estrada desse jeito. E com um braço só.

– Por isso lhe disse para esperar na carroça e não lutar caso eu perdesse.

– E o que vai ser de Benedict agora?

– Tomarei providências para que alguém cuide dele.

– Mas ficará bem?

Assenti.

– Que bom.

Avançamos mais três quilômetros até eu parar os cavalos e descer da carroça.

– Não se assuste com o que está prestes a ver – alertei. – Vou chamar alguém para ajudar Benedict.

Saí da estrada e parei na sombra de uma árvore, segurando o baralho de arcanos de Benedict. Folheei as cartas, achei a de Gérard e a tirei do maço. Guardei o restante de volta no estojo de madeira forrado com seda.

Segurei o arcano de Gérard na frente do rosto e o observei.

Depois de um tempo, o retrato ficou mais quente, real, pareceu se mexer. Senti a presença concreta de Gérard. Ele estava em Âmbar. Caminhava por uma rua que eu reconhecia. Muito parecido comigo, apenas maior, mais pesado. Vi que ainda tinha barba.

Ele parou de andar.

– Corwin!

– Olá, Gérard. Está com uma cara ótima.

– Seus olhos! Voltou a enxergar?

– Sim, voltei.

– Onde está agora?

– Venha até mim e eu mostrarei.

Ele estreitou os olhos.

– Não sei se é uma boa ideia, Corwin. Estou muito ocupado...

– Tem a ver com Benedict. Você é a única pessoa em quem confio para ajudá-lo.

– Benedict? Ele está com problemas?

– Está.

– Por que ele mesmo não me chama?

– Não pode. Está preso.

– Por quê? Como?

– É uma história muito longa e complicada para contar agora. Acredite, é urgente.

Gérard coçou a barba com os dentes.

– Não consegue resolver sozinho?

– De jeito nenhum.

– E acha que eu vou conseguir?

– Tenho certeza.

Ele afrouxou a espada na bainha.

– Espero que não seja um de seus truques, Corwin.

– Garanto que não é. Tive bastante tempo para pensar, então certamente teria bolado um plano mais sutil.

Gérard suspirou e assentiu em concordância.

– Tudo bem. Estou a caminho.

– Estou esperando.

Ele hesitou por um instante e, então, deu um passo à frente.

Parou ao meu lado, estendeu a mão e segurou meu ombro. Sorriu.

– Corwin, fico feliz que tenha recuperado a visão.

Desviei o olhar.

– Eu também. Eu também.

– Quem é aquele na carroça?

– Um amigo. O nome dele é Ganelon.

– Onde está Benedict? Qual é o problema?

Apontei para a estrada.

– Ele está amarrado a uma árvore a três quilômetros daqui. O cavalo está preso perto dele.

– E por que você está aqui?

– Estou fugindo.

– De quem?

– Benedict. Fui eu quem o amarrou.

Gérard franziu a testa.

– Não estou entendendo...

Meneei a cabeça.

– Houve um mal-entendido. Não consegui fazer nosso irmão me ouvir, e acabamos lutando. Eu o nocauteei e o amarrei. Não posso soltar Benedict, pois creio que me atacaria de novo. Mas também não posso deixá-lo daquele jeito. Não quero que sofra até conseguir se soltar. Então chamei você. Por favor, vá até Benedict e o leve para casa.

– O que vai fazer enquanto isso?

– Dar o fora daqui, desaparecer em Sombra. Vai ser bom para nós dois se o convencer a não me seguir de novo. Não quero ter que lutar com ele pela segunda vez.

– Compreendo. E agora vai me contar o que aconteceu?

– Verdade seja dita, nem eu mesmo sei. Ele me chamou de assassino. Eu lhe dou minha palavra: não matei ninguém durante minha permanência em

Avalon. Por favor, diga isso a ele. Não tenho motivo para mentir, Gérard, e juro que é verdade. Tem outra questão que pode tê-lo perturbado um pouco. Se o assunto surgir, diga que ele precisará aceitar a explicação de Dara.

– E qual é?

Encolhi os ombros.

– Vai descobrir, se ele contar. Caso contrário, esqueça o assunto.

– Dara, é?

– Sim.

– Tudo bem. Farei como me pediu... Agora, quer me contar como conseguiu escapar de Âmbar?

Sorri.

– Mera curiosidade? Ou acha que pode vir a precisar da rota de fuga algum dia?

Ele deu risada.

– Talvez seja uma informação muito útil.

– Lamento, querido irmão, mas o mundo ainda não está pronto para descobrir. Se eu tivesse que contar a alguém, seria a você... mas de jeito nenhum isso o beneficiaria, ao passo que o segredo pode me servir no futuro.

– Em outras palavras, tem acesso pessoal para entrar e sair de Âmbar. O que está planejando, Corwin?

– O que acha?

– A resposta é óbvia. Mas tenho sentimentos conflitantes quanto à questão.

– Quer me contar por quê?

Ele apontou para o trecho da estrada negra que era visível de onde estávamos.

– Aquela coisa – declarou. – Ela se estende até o pé da Kolvir agora. Diversas ameaças viajam por ela para atacar Âmbar. Nós nos defendemos, e sempre vencemos. Porém, os ataques estão ficando mais poderosos e frequentes. Não é um bom momento para agir, Corwin.

– Ou talvez seja o momento perfeito.

– Para você, talvez. Mas não para Âmbar.

– Como Eric tem lidado com a situação?

– De forma adequada. Como disse, nós sempre vencemos.

– Não me refiro aos ataques. O problema inteiro. A causa.

– Já percorri a estrada negra pessoalmente, por uma grande distância.

– E?

– Não consegui ir até o fim. Sabe como as sombras ficam mais esquisitas conforme nos afastamos de Âmbar?

– Sei.

– ... e como nossa própria mente fica distorcida e começa a enlouquecer?

– Sei.

– Em algum lugar além desse ponto ficam as Cortes do Caos. A estrada negra continua, Corwin. Estou convencido de que vai até o fim.

– É o que eu temia.

– Assim, quer eu simpatize ou não com sua causa, não recomendo que aja no cenário atual. A segurança de Âmbar deve prevalecer acima de tudo.

– Entendo. Então não há mais nada para conversarmos.

– E seus planos?

– Como não os conhece, de nada adianta lhe dizer que não mudaram. Mas não mudaram.

– Não sei se lhe desejo sorte, mas quero que fique bem. Estou feliz que tenha recuperado a visão.

Gérard apertou minha mão, depois acrescentou:

– É melhor eu ir até Benedict agora. Não está muito ferido, imagino?

– Não por mim. Só o acertei algumas vezes. Não se esqueça de transmitir meu recado.

– Não esquecerei.

– E leve-o de volta para Avalon.

– Vou tentar.

– Adeus e até breve, Gérard.

– Adeus, Corwin.

Ele deu meia-volta e seguiu pela trilha. Antes de voltar para a carroça, fiquei observando até ele sumir de vista. Em seguida, guardei seu arcano com o restante do baralho e continuei minha viagem para Antuérpia.

OITO

Parei no topo da colina e, escondido entre os arbustos, olhei para a casa. Não sei bem o que esperava ver. Uma carcaça queimada? Um carro na garagem? Uma família esparramada em móveis de madeira na varanda? Guardas armados?

Reparei que o telhado precisava de telhas novas e que já fazia um bom tempo que o gramado tinha sido aparado. Fiquei surpreso de ver apenas uma janela quebrada nos fundos.

A intenção era que o lugar parecesse deserto. Curioso.

Estendi o casaco no chão e me sentei. Acendi um cigarro. Não havia nenhuma outra casa por perto.

Conseguira quase setecentos mil dólares pelos diamantes. Tinha levado uma semana e meia para fechar o negócio. De Antuérpia, havíamos seguido para Bruxelas e passado algumas noites visitando uma boate na Rue de Chair et Pain até ser encontrado pelo homem que eu buscava.

Arthur ficou bastante intrigado com o acordo. Grisalho e franzino, de bigodinho bem-cuidado, o ex-oficial da força aérea britânica havia começado a menear a cabeça nos primeiros dois minutos e não parava de me interromper com perguntas sobre o frete. Embora não fosse nenhum sir Basil Zaharoff, ficava genuinamente preocupado quando as ideias de um cliente pareciam improvisadas demais. Arthur se incomodava quando algo dava errado logo depois da entrega. Parecia achar que os problemas respingariam nele de alguma forma. Por isso, muitas vezes era mais prestativo que os concorrentes em relação ao frete. Estava preocupado com meus planos de transporte porque, aparentemente, eu não tinha nenhum.

O que geralmente se exige nesse tipo de negociação é um certificado de destinação final, que basicamente afirma que o país X encomendou tais e tais armas. Trata-se de um documento necessário para conseguir a licença de exportação no país do fabricante. Isso passa uma imagem de honestidade, mesmo se a carga acabar sendo clandestinamente levada para o país Y assim que cruzar a fronteira. Uma prática comum consiste em comprar o auxílio de um representante da embaixada do país X (de preferência alguém que tenha parentes ou amigos no Ministério de Defesa) a fim de se obter a papelada. Eles não são baratos, e acredito que Arthur sabia de cor todos os valores.

– Mas como pretende transportar? – perguntou ele várias vezes. – Como vai levar tudo para o destino?

– Isso é problema meu. Pode deixar que eu cuido disso.

Mas ele não parava de balançar a cabeça.

– Não é bom pular etapas desse jeito, coronel. – (Ele me chamava assim desde que nos conhecemos, doze anos antes. Nunca entendi bem por quê.) – Não mesmo. Se tentar economizar uns trocados assim, pode acabar perdendo todo o carregamento e arranjar problemas sérios. Posso fazer um acordo bem razoável para você com uma daquelas jovens nações africanas...

– Não. Só providencie as armas.

Durante a conversa, Ganelon se limitou a beber cerveja, com sua barba ruiva e aparência sinistra, e assentindo para tudo que eu dizia. Como não falava inglês, não fazia a menor ideia do andamento da negociação. Na verdade, tampouco se importava. Mas seguiu minhas instruções e, de tempos em tempos, falava comigo em thari, e aí conversávamos nesse idioma por alguns instantes sobre nada em particular. Pura perversidade. O coitado do Arthur era um bom linguista e queria saber o destino das peças. Deu para perceber que se esforçava para identificar o idioma. Por fim, começou a assentir como se tivesse entendido tudo.

Após mais alguns minutos de discussão, ele se arriscou e disse:

– Eu acompanho os jornais. Com certeza o pessoal dele consegue pagar o seguro.

Isso quase valeu o preço da entrada da boate.

– Não – respondi. – Pode acreditar, quando eu puser as mãos nesses fuzis automáticos, eles vão desaparecer da face da Terra.

– Vai ser um belo truque, considerando que eu ainda nem sei onde vamos arranjar tantos.

– Não importa.

– Confiança é ótimo. Mas insensatez... – insinuou Arthur. – Faça como quiser... O problema é seu.

Então lhe falei da munição, e isso deve tê-lo convencido de minha loucura. Apenas me encarou por um bom tempo, e dessa vez nem balançou a cabeça. Levei uns dez minutos só para conseguir lhe mostrar as especificações técnicas. Foi aí que ele começou a balançar a cabeça e resmungar sobre balas de prata e espoletas inertes.

No fim das contas, um mediador definitivo o convenceu a fazer as coisas do meu jeito: o dinheiro. Não havia problema algum com os fuzis ou os caminhões, mas convencer uma fábrica de armas a produzir minha munição não seria nada barato, segundo me disse, e nem sabia se conseguiria achar alguma disposta. Quando expliquei que o custo não era problema, Arthur pareceu ficar ainda mais preocupado. Se eu podia arcar com o luxo de uma munição experimental esquisita, um certificado de destinação final não seria tão difícil...

Não. Ou seria do meu jeito, ou de jeito nenhum.

Ele deu um suspiro e puxou a ponta do bigode. Por fim, assentiu. Muito bem, faríamos do meu jeito.

O preço foi superfaturado, claro. Como eu lhe parecia racional em todas as outras questões, a alternativa à psicose era que eu apreciava uma extravagância cara. Embora os desdobramentos provavelmente o intrigassem, estava determinado a não olhar muito a fundo aquela iniciativa questionável. Decidiu aproveitar qualquer oportunidade para se distanciar do projeto. Quando encontrou o pessoal disposto a produzir a munição, uma empresa suíça, por acaso, Arthur parecia bastante animado para me colocar em contato com eles e deixar todo o resto em minhas mãos, menos o dinheiro.

Ganelon e eu viajamos para a Suíça com documentos falsos. Ele era alemão, e eu, português. Não fazia muita diferença o que os documentos diziam, desde que a falsificação fosse de boa qualidade, mas escolhi o alemão como a melhor língua para Ganelon. Ele precisava mesmo aprender alguma, e turistas alemães pareciam uma constante por lá. Ficou fluente bem rápido. Caso algum alemão de verdade ou suíço perguntasse, eu o aconselhara a dizer que fora criado na Finlândia.

Passamos três semanas na Suíça até eu ficar satisfeito com a qualidade da munição. Como havia desconfiado, a substância era completamente inerte naquela sombra, mas eu tinha desenvolvido a fórmula, o que, àquela altura, era a única coisa que importava de fato. A prata foi cara, obviamente. Talvez fosse excesso de zelo de minha parte, ainda assim, era o melhor metal para se usar em Âmbar, e eu tinha dinheiro aos montes. Aliás, que melhor metal, além de ouro, para um rei? Se eu acabasse atirando em Eric, não haveria nenhuma questão de lesa-majestade. Permitam-me o luxo, irmãos.

Deixei Ganelon circulando sozinho por um tempo, já que ele havia mergulhado no papel de turista com um empenho genuinamente stanislavskiano. Mandei-o para a Itália com uma câmera no pescoço e um olhar distante, depois voltei para os Estados Unidos.

Voltei? Sim. Aquela casa decadente ao pé do morro tinha sido minha residência por quase uma década. Eu estava a caminho de lá quando fui jogado para fora da estrada naquele acidente que desencadeou tudo o que veio depois.

Traguei o cigarro e observei a casa. Não estava decadente naquela época. Sempre a mantivera em bom estado. O imóvel estava totalmente quitado, tinha seis cômodos e uma garagem para dois carros. Uns trinta mil metros quadrados; a encosta inteira, na verdade. Eu tinha morado sozinho lá a maior parte do tempo e gostava da casa. Passara muito tempo no escritório ou na oficina. Será que a gravura em madeira de Mori ainda estava pendurada no escritório? Chamava-se *Cara a Cara* e exibia dois guerreiros envolvidos em um combate mortal. Seria bom consegui-la de volta, mas tinha a sensação de que a obra havia desaparecido. Fora os itens roubados, todo o resto deve ter sido leiloado para cobrir impostos atrasados. Imaginei que o Estado de Nova York tomaria tais providências. Fiquei surpreso de ver que a casa propriamente dita não parecia ter recebido novos moradores. Continuei observando, para ter certeza. Ora, eu não estava com pressa. Não preferia estar em nenhum outro lugar.

Pouco depois de chegar à Bélgica, eu entrara em contato com Gérard. Havia decidido evitar Benedict por um tempo. Tinha medo de que ele desse um jeito de me atacar se eu tentasse.

Gérard me examinara com muito cuidado. Parecia estar sozinho em algum campo aberto.

– Corwin? Sim...

– Sou eu. O que aconteceu com Benedict?

– Eu o encontrei onde disse que estaria e o libertei. Ele estava determinado a seguir em seu encalço de novo, mas consegui convencê-lo de que já tinha se passado um bom tempo desde sua partida. Como me disse que Benedict estaria nocauteado, decidi que era a melhor desculpa. Além do mais, o cavalo estava exausto. Voltamos juntos para Avalon. Fiquei com ele durante os funerais e peguei um cavalo emprestado. Estou voltando para Âmbar agora.

– Funerais? Que funerais?

De novo o olhar avaliador.

– Não sabe mesmo?

– Caramba, eu não perguntaria se soubesse!

– Os criados de Benedict foram assassinados. Ele o acusou.

– Não, não. Isso é absurdo. Por que eu mataria os criados dele? Não estou entendendo...

– Benedict saiu à procura deles pouco depois de voltar, visto que não apareceram para recebê-lo. Descobriu que foram assassinados e que você e seu companheiro haviam desaparecido.

– Ah, agora entendo como deve ter parecido... Onde estavam os corpos?

– Enterrados em uma cova rasa no pequeno bosque nos fundos da casa, logo atrás do jardim.

Decidi não comentar que já sabia sobre o túmulo.

– Mas por que ele acha que eu seria capaz de fazer algo assim?

– Benedict está confuso, Corwin. Muito confuso. Não conseguia entender por que você não o matou quando teve a chance, nem por que me procurou quando podia só tê-lo deixado lá.

– Isso explica por que ele me chamou de assassino durante a luta, mas... Contou para ele o que eu disse, de não ter matado ninguém?

– Sim, contei. A princípio, ele ignorou, achou que era uma declaração vazia, só para se defender. Comentei que você parecia sincero, e também muito confuso. Acho que ele ficou um pouco incomodado pela sua insistência. E me perguntou algumas vezes se eu acreditava nas suas palavras.

– E acredita?

Gérard desviou o olhar.

– Mas que raio, Corwin! Em que eu devo acreditar? Fui jogado no meio dessa história. Nós passamos tanto tempo afastados... E tem outra coisa que gostaria de saber.

– O quê?

– Por que me chamou para ajudá-lo? Pegou um baralho completo. Podia ter chamado qualquer um de nós.

– É brincadeira, não é?

– Não, quero uma resposta.

– Está bem. É porque confio em você.

– Só isso?

– Não. Benedict não quer ter seu paradeiro revelado em Âmbar. Estou ciente de que apenas você e Julian sabem onde ele está. Não gosto de Julian, não confio nele. Então, pedi sua ajuda.

– Como sabia que Julian e eu sabíamos do paradeiro?

– Benedict ajudou os dois quando tiveram problemas na estrada negra um tempo atrás e os abrigou enquanto se recuperavam. Dara me contou.

– Dara? Quem é Dara?

– A órfã de um casal que trabalhava para Benedict. Ela estava por lá quando você e Julian apareceram.

– E você a presenteou com uma pulseira. E também falou dela para mim na estrada, quando me chamou.

– Exatamente. Qual é o problema?

– Nada. Só não me lembro dela. Diga, por que foi embora tão de repente? Precisa reconhecer que pareceu o ato de um homem culpado.

– Sim – admiti. – Eu tinha culpa, mas não por assassinato. Fui a Avalon para obter algo que eu queria, consegui e dei o fora. Viu a carroça, Gérard, e viu que ela estava carregada. Saí antes que Benedict voltasse para não responder a qualquer pergunta dele. Ora! Se eu quisesse fugir, não sairia arrastando uma carroça atrás de mim! Teria viajado a cavalo, rápido e leve.

– O que havia naquela carroça?

– Não quis contar para Benedict antes e não quero lhe contar agora. Ah, acho que ele consegue descobrir, mas, se fizer questão, vai ter que ser do jeito difícil. Saber que fui até lá em busca de algo, e consegui, já deve bastar. Não é nada especialmente valioso por lá, apenas em outro lugar. Assim está bom?

– Sim. Até que faz sentido.

– Então responda à minha pergunta. Acha mesmo que eu os assassinei?

– Não. Acredito em você.

– E Benedict? Em que ele acredita?

– Ele não vai atacá-lo sem tentar conversar antes. Está com a mente cheia de dúvidas, disso eu sei.

– Bom. Já é melhor que nada. Obrigado, Gérard. Preciso ir.

Fiz menção de interromper o contato.

– Espere, Corwin! Espere!

– O que foi?

– Como cortou a estrada negra? Destruiu parte dela quando a atravessou. Como fez aquilo?

– O Padrão. Se algum dia tiver problemas com aquela coisa, ataque-a com o Padrão. Sabe quando às vezes precisamos mantê-lo na mente se perdemos o controle sobre as sombras e as coisas começam a ficar estranhas?

– Sim, sei bem. Já tentei uma vez, mas não funcionou. Só serviu para me deixar com dor de cabeça. A estrada não é de Sombra.

– Sim e não. Você só não tentou o suficiente. Usei o Padrão até parecer que minha cabeça ia rachar ao meio, até eu ficar quase cego de dor e prestes a desmaiar. E foi então que a estrada rachou, em vez de mim. Não foi agradável, mas funcionou.

– Vou me lembrar disso. Vai conversar com Benedict agora?

– Não. Ele já sabe tudo o que discutimos hoje. Agora que está esfriando a cabeça, vai começar a apurar um pouco mais os fatos. Prefiro que ele faça isso por conta própria... e não quero correr o risco de outra luta. Quando partir agora, vou me ausentar por bastante tempo. E também vou resistir a todos os esforços de quem tentar se comunicar comigo.

– E Âmbar, Corwin? E Âmbar?

Desviei o olhar.

– Não se meta no meu caminho quando eu voltar, Gérard. Acredite, não vai ter a menor chance.

– Corwin... Espere. Eu gostaria de pedir que reconsiderasse sua decisão. Não ataque Âmbar agora. Ela está debilitada em todos os piores sentidos.

– Lamento, Gérard. Mas tenho certeza de que pensei mais no assunto durante os últimos cinco anos do que todos vocês juntos.

– Também lamento muito, então.

– Acho que é melhor eu ir agora.

Ele assentiu.

– Adeus, Corwin.

– Adeus, Gérard.

Depois de esperar algumas horas até o sol desaparecer atrás do morro, deixando a casa em uma penumbra prematura, apaguei o último cigarro, sacudi o casaco e o vesti. Não tinha visto nenhum sinal de vida por ali, nenhum movimento atrás das vidraças sujas, da janela quebrada. Lentamente, desci pelo barranco.

A casa de Flora em Westchester fora vendida alguns anos antes, o que não me surpreendeu. Eu havia conferido só por curiosidade, já que estava pelas redondezas. Tinha até passado de carro pela propriedade. Não havia mais motivo para Flora permanecer por lá. Após a conclusão satisfatória de sua longa vigília, ela recebera uma recompensa em Âmbar. Foi quando a vi pela última vez. Irritava-me saber que havia passado tanto tempo perto de minha irmã sem nem me dar conta de sua presença.

Cogitei entrar em contato com Random, mas achei melhor não. O único benefício que ele poderia me proporcionar seriam informações sobre o estado atual de Âmbar. Apesar de bem-vindas, não eram uma necessidade absoluta. Eu tinha quase certeza de que podia confiar nele. Afinal, ele me dera assistência no passado. Não havia um pingo de altruísmo em suas ações, verdade, mas, ainda assim, ele tinha ido um pouco além do necessário. No entanto, já fazia cinco anos desde então, e muita coisa acontecera nesse período. Random voltara a ser tolerado em Âmbar e estava casado. Talvez almejasse conquistar certo prestígio. Eu não tinha como saber. Mas, ao comparar os possíveis benefícios com as possíveis perdas, pensei que seria melhor esperar até nosso próximo encontro, quando eu voltasse para lá.

Tinha cumprido minha promessa e resistido a todas as tentativas de contato, que tinham sido quase diárias durante minhas duas primeiras semanas na Terra de Sombra. Mas já fazia vários dias que ninguém me incomodava. Por que eu daria a alguém a chance de entrar na minha mente? Não, obrigado, irmãos.

Avancei até os fundos da casa, cheguei cuidadosamente até uma janela e a limpei com o cotovelo. Já fazia três dias que eu vinha observando o terreno, e achei muito improvável que houvesse alguém lá dentro. Ainda assim...

Dei uma olhada.

Estava uma zona, claro, e muitas das minhas coisas tinham desaparecido. Tentei abrir a porta. Trancada. Ri baixinho.

Contornei a casa até a varanda. Nono tijolo a partir do canto, quarto tijolo a partir do chão. A chave ainda estava ali embaixo. Espanei a sujeira no casaco e voltei para os fundos. Abri a porta e entrei.

A poeira cobria tudo, mas tinha sido remexida em alguns pontos. Havia potes de café e embalagens de sanduíche no chão, além de restos de um hambúrguer petrificado na lareira. Muita sujeira tinha descido pela chaminé durante minha ausência. Fui até lá e a lacrei.

Percebi que a fechadura da porta da frente estava quebrada. Quando tentei forçar a abertura, descobri que a porta tinha sido pregada. Havia uma obscenidade rabiscada na parede do vestíbulo. Entrei na cozinha. Estava uma bagunça completa. Tudo o que sobrevivera à pilhagem estava jogado no chão. O fogão e a geladeira tinham sumido, e o chão estava arranhado por onde os dois tinham sido arrastados.

Fui conferir minha oficina. Sim, ela também tinha sido depenada. Segui em frente e fiquei surpreso de ver minha cama, ainda desfeita, e duas cadeiras caras, tudo intacto no meu quarto.

Meu escritório foi uma surpresa mais agradável. A enorme escrivaninha estava coberta de lixo e bagunça, o que não era nenhuma novidade. Acendi um cigarro e me sentei na cadeira atrás dela. Devia ser pesada e volumosa demais para alguém roubar. Todos os livros estavam nas prateleiras. Só amigos roubam livros. E ali...

Inacreditável. Fiquei de pé e atravessei o cômodo para ver de perto.

A bela gravura em madeira de Yoshitoshi Mori estava exatamente onde sempre estivera, limpa, forte, elegante, violenta. E pensar que ninguém tinha surrupiado um dos meus pertences mais estimados...

Limpa?

Observei atentamente. Passei o dedo pela moldura.

Limpa até demais. Não estava coberta pelas camadas de pó e sujeira que revestiam o resto da casa.

Procurei sinais de alguma bomba escondida, mas não achei nada, então a tirei do gancho.

Não, a parede não estava mais clara ali. Estava idêntica ao resto.

Apoiei a obra de Mori na janela e voltei para a escrivaninha. Eu estava abalado, o que sem dúvida era a intenção pretendida. Era óbvio que alguém removera e cuidara muito bem da gravura, fato pelo qual eu não deixava de estar grato, e só a devolvera pouco antes. Como se tivesse previsto meu retorno.

Deveria ser motivo de sobra para dar no pé. Mas isso era besteira. Se fosse parte de alguma armadilha, já teria sido ativada a essa altura. Tirei a pistola automática do bolso do casaco e a enfiei no cinto. Nem eu sabia que voltaria ali. Só decidira visitar a casa porque estava com um pouco de tempo livre, mas nem sabia ao certo por quais motivos.

Então aquilo era alguma espécie de medida de contingência. Se eu voltasse para a antiga casa, talvez fosse para obter a única coisa do lugar que valia o esforço. Então, preserve-a e a exiba de modo que eu repare. Tudo bem, eu tinha reparado. Não havia sido atacado ainda, então não parecia uma armadilha. O que era, então?

Uma mensagem. Algum tipo de mensagem.

Qual? Como? E de quem?

O lugar mais seguro da casa, se tivesse sido poupado, provavelmente ainda seria o cofre. Não era nada superior à inteligência de qualquer um dos meus irmãos. Fui até a parede dos fundos, apertei o painel para soltá-lo e o abri. Girei o mostrador pelas combinações, dei um passo para trás, usei meu velho bastão de exército para abrir a porta.

Nenhuma explosão. Ótimo. Não que eu tivesse esperado alguma.

Não deixara nada de muito valor ali dentro, apenas algumas centenas de dólares em dinheiro, alguns títulos ao portador, notas fiscais, correspondências.

Um envelope. Um envelope branco, novo, estava à vista. Eu não me lembrava dele.

Meu nome estava escrito com uma letra elegante, e não era à caneta.

Lá dentro, havia uma carta e um cartão.

Irmão Corwin, dizia a carta, *Se está lendo isto, então nós ainda pensamos de forma similar o bastante para que eu preveja algumas de suas ações. Obrigado por me emprestar a gravura, uma das duas razões possíveis, a meu ver, para que volte a esta sombra esquálida. Detesto abrir mão dela, visto que nossos gostos também são parecidos, e essa obra adornou meus aposentos por alguns anos. O tema remete a algo familiar. Considere sua devolução uma demonstração de minha boa vontade e um apelo à sua atenção. Como devo ser franco se desejo ter alguma chance de convencê-lo de qualquer coisa, não pedirei desculpas pelo que fiz. Na realidade, lamento apenas que não o tenha matado quando tive a chance. Vaidade, foi a vaidade que me passou a perna. Embora o tempo tenha curado seus olhos, duvido que venha a alterar de forma significativa o que sentimos um pelo outro. Sua carta – "Eu voltarei" – repousa em minha escrivaninha neste instante. Se eu a tivesse escrito, sei que* eu *voltaria. Havendo certas semelhanças entre nós, aguardo seu retorno, e não sem um pouco de apreensão. Como sei que não é nenhum ignorante, suponho que chegará à força. E é aqui que a vaidade do passado precisa ser paga com o orgulho do presente. Peço uma trégua, Corwin, pelo bem do reino, não pelo meu. Forças poderosas saídas de Sombra têm afligido Âmbar com regularidade, e não compreendo plenamente a natureza delas. Contra essas forças, as mais formidáveis a atacar Âmbar de que tenho lembrança, a família se uniu ao meu lado. Gostaria de ter seu apoio nesta luta. Se não for possível, peço que se abstenha de me invadir por algum tempo. Se decidir me auxiliar, não exigirei nenhuma deferência de sua parte, apenas o reconhecimento de minha liderança durante a crise. Você receberá as honrarias a que tem direito. É importante que entre em contato comigo para atestar a verdade de minhas palavras. Como não consegui alcançá-lo através de seu arcano, anexo o meu para seu uso. Embora a possibilidade de que eu esteja mentindo domine seus pensamentos, dou-lhe minha palavra de que não estou. Eric, Rei de Âmbar.*

Reli a carta e dei risada. Para que ele achava que serviam as maldições, afinal?

Desista, irmão. Foi muita gentileza sua pensar em mim nesse seu momento de necessidade, e acredito em você, não duvide, pois somos todos homens de honra, mas nosso encontro acontecerá conforme a minha conveniência, não a sua. Quanto a Âmbar, não ignoro as necessidades do nosso lar e lidarei com todas elas a meu tempo e modo. Cometeu o erro, Eric, de se considerar imprescindível. Os cemitérios estão cheios de homens que se julgavam insubstituíveis. Mas esperarei para lhe dizer isso cara a cara.

Guardei a carta e seu arcano no bolso do casaco. Apaguei o cigarro no cinzeiro sujo da escrivaninha. Depois, peguei uns lençóis do quarto para embrulhar meus combatentes. Dessa vez, eles esperariam por mim em um lugar mais seguro.

Conforme percorria a casa novamente, fiquei me perguntando por que decidira voltar. Pensei em algumas das pessoas que havia conhecido ao morar ali e me perguntei se tinham chegado a pensar em mim, se tinham ficado curiosas quanto ao que acontecera comigo. Eu jamais saberia, claro.

Quando saí da casa, a noite já havia chegado e as primeiras estrelas reluziam no céu limpo. Tranquei a porta e guardei a chave no mesmo lugar sob a varanda. Depois, subi o morro.

Ao olhar para baixo lá do alto, a construção parecia ter encolhido na penumbra e se tornado parte da desolação, como uma lata de cerveja vazia jogada na beira da estrada. Desci pelo outro lado e atravessei um campo na direção do lugar onde havia estacionado o carro, e desejei não ter olhado para trás.

NOVE

Ganelon e eu partimos da Suíça em dois caminhões. Tínhamos dirigido desde a Bélgica até lá, os fuzis armazenados no meu. Considerando cinco quilos por unidade, os trezentos somavam uma tonelada e meia, o que não era nada mal. Depois que carregamos as munições, ainda sobrou bastante espaço para o combustível e demais suprimentos. Tínhamos tomado um atalho por Sombra, claro, para evitar os guardas das fronteiras sempre à espreita para atrasar o trânsito. Partimos da mesma maneira: eu segui na frente para abrir o caminho, por assim dizer.

Levei-nos por uma terra de colinas escuras e povoados diminutos, onde os únicos veículos pelos quais passamos eram puxados por cavalos. Quando o céu assumiu uma tonalidade amarela intensa, os animais de carga tinham listras e penas. Dirigimos durante horas até encontrar a estrada negra, e dali seguimos paralelamente a ela por algum tempo antes de partir em outra direção. O céu passou por uma dúzia de deslocamentos, e os contornos da terra se desfizeram e se fundiram entre colinas e planícies e colinas outra vez. Progredimos devagar por estradas ruins e derrapamos em campos lisos e duros como vidro. Contornamos uma montanha e margeamos um mar cor de vinho. Atravessamos tempestades e nevoeiros.

Levei metade de um dia para encontrá-los de novo, ou uma sombra próxima o bastante para não fazer diferença. Sim, aqueles que eu já explorara antes. Eram baixinhos, muito peludos e escuros, com incisivos grandes e garras retráteis. Mas eram capazes de puxar o gatilho e me idolatravam. Ficaram extasiados com meu retorno. Pouco importava que cinco anos antes eu tivesse conduzido a nata de sua população masculina para morrer em uma terra estranha. Os deuses não devem ser contestados, apenas amados, honrados e obedecidos. Ficaram muito decepcionados quando só arrebanhei algumas centenas. Recusei milhares de voluntários. A moralidade da situação não me incomodou tanto dessa vez. Aquilo poderia ser encarado como uma oportunidade para que, ao empregar esse novo grupo, eu garantisse que os outros não tivessem morrido em vão. Eu, claro, não encarava assim, mas aprecio exercícios de sofística. Acho que também poderia considerá-los mercenários pagos com dinheiro espiritual. Que diferença fazia se lutavam por dinheiro ou por fé? Eu podia proporcionar ambos quando precisava de soldados.

Mas, na realidade, aqueles teriam mais chances, já que seriam os únicos dotados de poder de fogo. Minha munição ainda era inerte na terra deles, por isso marchamos por dias através de Sombra para chegar a uma terra parecida o bastante com Âmbar onde os fuzis funcionassem. O único problema era que sombras seguiam a lei da congruência, de modo que o lugar na verdade ficava perto de Âmbar. Essa proximidade me deixou um tanto nervoso durante o treinamento. Era improvável que algum irmão aparecesse perambulando por aquela sombra, mas já testemunhei coincidências piores.

Praticamos por quase três semanas até eu decidir que estávamos prontos. Então, em uma manhã clara e fresca, levantamos acampamento e entramos em Sombra, os caminhões à frente das colunas de soldados. Os veículos parariam de funcionar quando nos aproximássemos de Âmbar, e já começavam a dar problema, mas pelo menos poderiam ser usados para transportar o equipamento até onde desse.

Nessa ocasião, pretendia atravessar a Kolvir pelo norte, em vez de arriscar a face virada para o mar novamente. Todos os homens estavam cientes da configuração do terreno, e a disposição das unidades de fuzis já havia sido determinada e exercitada.

Fizemos uma pausa para o almoço, comemos bem e seguimos em frente, com as sombras se abrindo à nossa volta pouco a pouco. O céu adquiriu um tom azul-escuro e intenso: era o céu de Âmbar. A terra era preta entre as pedras e verdejante na grama. A folhagem das árvores e dos arbustos exibia uma luminosidade úmida. O ar era doce e puro.

Ao anoitecer, passamos por entre as imensas árvores às margens de Arden. Fizemos um bivaque ali, com uma guarda robusta. Ganelon, de uniforme cáqui e boina, me fez companhia noite adentro, estudando os mapas que eu havia traçado. Faltavam ainda sessenta e cinco quilômetros até chegarmos às montanhas.

Os caminhões pifaram na tarde seguinte. Passaram por algumas transformações, morreram algumas vezes e, por fim, se recusaram a funcionar. Empurramos os dois por um barranco e os escondemos com galhos. Distribuímos a munição e as rações restantes e voltamos a marchar.

Saímos da estrada de terra dura e abrimos caminho pela própria floresta. Como eu ainda a conhecia bem, a marcha não foi um problema.

Nosso ritmo diminuiu, claro, mas as chances de sermos surpreendidos por uma das patrulhas de Julian também. As árvores no meio de Arden eram enormes, e a topografia me veio à mente conforme avançávamos.

Nesse dia, não encontramos nada mais ameaçador do que raposas, cervos, coelhos e esquilos. Os aromas e os verdes, dourados e marrons da floresta me trouxeram lembranças de tempos mais felizes. Perto do pôr do sol, escalei uma árvore gigante e consegui distinguir a cordilheira que abrigava a Kolvir. Uma tempestade cobria o cume naquele instante, e as nuvens ocultavam os picos mais altos.

No dia seguinte, topamos com uma das patrulhas de Julian. Não sei quem surpreendeu quem, nem quem ficou mais surpreso. O tiroteio começou quase imediatamente. Berrei até ficar rouco para cessarem fogo, já que todos pareciam ansiosos para experimentar a arma nova em um alvo vivo. Era um grupo pequeno, uma dúzia e meia de homens, e matamos todos. Sofremos apenas uma baixa, de um de nossos soldados que foi ferido por outro, ou talvez por si mesmo. Nunca fiquei sabendo o que aconteceu de verdade. Apertamos o passo depois disso, porque tínhamos feito um barulho dos infernos e eu não tinha ideia da disposição de outras forças nos arredores.

Avançamos por uma distância e altitude consideráveis até o anoitecer, e as montanhas apareciam sempre que tínhamos um campo de visão desimpedido. As nuvens de tempestade continuavam pairando nos cumes. Meus soldados estavam agitados com a matança do dia e demoraram a pregar os olhos naquela noite.

Quando chegamos ao sopé, depois de evitar duas patrulhas, forcei a marcha em frente até alcançarmos um abrigo. Já era bem tarde quando paramos para dormir e, comparado à noite anterior, estávamos a uma altitude uns oitocentos metros maior. Estávamos abaixo das nuvens, mas não chovia, apesar de haver aquela tensão atmosférica típica das tempestades. Não dormi bem naquela noite. Sonhei com a cabeça de gato flamejante e com Lorraine.

Ao amanhecer, partimos sob um céu cinzento, e impeli a tropa sem remorso, subindo sem parar. Ouvimos o som de trovões ao longe, e o ar parecia vivo e elétrico.

Por volta do meio da manhã, conforme eu liderava nossa coluna por uma rota sinuosa e repleta de pedras, ouvi um grito atrás de mim, seguido por rajadas de tiros. Voltei imediatamente.

Um pequeno grupo de homens, entre os quais Ganelon, olhava para alguma coisa no chão e cochichava entre si. Abri caminho para passar.

Não conseguia acreditar. Não me lembrava de uma criatura daquelas ter sido vista tão perto de Âmbar. Com uns quatro metros de comprimento, e aquela paródia terrível de rosto humano, corpo de leão, asas de águia dobradas acima do corpo ensanguentado e cauda de escorpião ainda trêmula, a primeira vez que eu vira uma manticora tinha sido nas ilhas distantes ao sul, um monstro assustador que sempre ocupou uma posição elevada na minha lista de criaturas bizarras.

– Ela rasgou Rall ao meio, ela rasgou Rall ao meio – insistiu um dos homens.

A poucos passos de distância, vi o que havia sobrado de Rall. Nós o cobrimos com uma lona e prendemos com pedras. Não havia muito mais o que fazer. No mínimo, o episódio serviu para restabelecer um sentimento de cautela que parecia ter desaparecido depois da vitória fácil do dia anterior. Os homens permaneceram calados e atentos ao longo do caminho.

– Que baita criatura aquela – comentou Ganelon. – Será que tem a inteligência de um homem?

– Realmente não sei.

– Estou com um mau pressentimento, Corwin. Como se algo terrível estivesse prestes a acontecer. Não sei descrever de outra forma.

– Eu sei.

– Também está sentindo?

– Sim.

Ganelon assentiu.

– Talvez seja o clima – sugeri.

Ele repetiu o gesto, mais devagar.

O céu escurecia mais e mais conforme subíamos, e os trovões estrondeavam ao longe, incessantes. Clarões de relâmpagos apareciam entre as nuvens a oeste, e os ventos ficavam mais fortes. Ao olhar para cima, vi grandes massas de nuvens em torno do cume mais alto. Vultos pretos em forma de pássaro apareciam constantemente na frente delas.

Encontramos outra manticora, porém a eliminamos sem sofrer perdas. Cerca de uma hora depois, fomos atacados por um bando de enormes pássaros de bico afiado, uma espécie que eu nunca tinha visto. Conseguimos espantá-los, mas isso também me preocupou.

Continuamos subindo, imaginando quando a tempestade começaria. Os ventos ganhavam velocidade.

A escuridão avançava, mas eu sabia que o sol ainda não tinha se posto. O ar foi se tornando mais enevoado e turvo à medida que nos aproximávamos das nuvens. Uma sensação de umidade tomou conta de tudo, e as pedras ficaram mais escorregadias. Fiquei tentado a parar por um tempo, mas ainda faltava uma boa distância até a Kolvir, e não queria desperdiçar as rações, que havia calculado com muito cuidado.

Avançamos mais uns seis quilômetros e algumas centenas de metros de altitude antes de sermos obrigados a interromper a marcha. Já estava um breu completo, e a única iluminação vinha dos clarões intermitentes dos relâmpagos. Acampamos em um grande círculo naquela encosta dura e lisa, com sentinelas espalhadas por todo o perímetro. O trovão rugia como os floreios de uma marcha marcial. A temperatura despencou. Mesmo se eu tivesse permitido fogueiras, não havia nada por perto que pudesse ser queimado. Passamos uma noite fria, úmida e escura.

As manticoras surgiram algumas horas depois, em um ataque repentino e silencioso. Sete homens morreram, e matamos dezesseis monstros. Não faço ideia de quantos fugiram. Roguei uma praga para Eric enquanto tratava de meus ferimentos e me perguntei em que sombra ele havia encontrado aquelas criaturas.

Durante a suposta manhã, avançamos cerca de oito quilômetros na direção da Kolvir antes de embicar para o oeste. Era uma das três opções de rotas disponíveis, e sempre a considerei a melhor para um possível ataque. Os pássaros vieram nos atormentar de novo, dessa vez mais insistentes e numerosos. No entanto, bastou disparar em alguns para afugentar o bando todo.

Finalmente, depois de contornar a base de uma escarpa imponente, nosso caminho nos levou para cima, em meio a brumas e trovões, até nos vermos diante de uma paisagem súbita, uma vista que abarcava dezenas de quilômetros do Vale de Garnath, à direita.

Ordenei que todos parassem e avancei para observar.

Quando vi aquele lindo vale pela última vez, ele tinha se tornado uma terra devastada, distorcida. Estava ainda pior. A estrada negra atravessava o vale, terminando na base da própria Kolvir. Havia uma batalha em curso. A cavalaria avançava, atacava e recuava em seguida. Fileiras de soldados de infantaria se digladiavam. Eram iluminados pelo clarão constante dos relâmpagos que assolavam o vale. Pássaros escuros circulavam acima da cena como cinzas ao vento.

A umidade jazia como um cobertor frio sobre a terra. Os ecos dos trovões ribombavam pelos picos. Observei, intrigado, aquele conflito lá embaixo.

A distância era grande demais para ser possível distinguir os combatentes. A princípio, me ocorreu que talvez mais alguém estivesse tentando a mesma coisa que eu. Bleys poderia ter sobrevivido e voltado com um novo exército.

Mas não era isso. O exército invasor vinha do oeste, pela estrada negra. Percebi de repente que os pássaros escuros os acompanhavam, e vultos que não eram cavalos nem homens cruzavam o campo de batalha. Talvez manticoras?

Raios caíam conforme eles avançavam, dispersando-os, queimando-os, explodindo-os. Ao perceber que nunca atingiam as proximidades dos defensores, lembrei-me de que Eric aparentemente havia adquirido o controle sobre o dispositivo conhecido como Joia do Julgamento, com que nosso pai podia controlar o clima de Âmbar. Eric a empregara contra nós com uma eficácia considerável cinco anos antes.

Então as forças de Sombra das quais ouvira falar eram ainda mais fortes do que eu imaginara. Havia previsto escaramuças, não uma batalha cruenta ao pé da Kolvir. Contemplei as movimentações no vale penumbroso. A estrada parecia quase fervilhar de atividade.

Ganelon parou ao meu lado e ficou em silêncio por um bom tempo.

Não queria ouvir a pergunta, mas só me sentia capaz de pronunciar a ordem como resposta.

– E agora, Corwin?

– Vamos aumentar o ritmo. Quero chegar a Âmbar hoje à noite.

Partimos de novo. A trilha melhorou por um tempo, o que nos ajudou a avançar. A tempestade sem chuva continuava, e os relâmpagos e trovões estavam cada vez mais brilhantes e ruidosos. Seguimos envoltos por um eterno crepúsculo.

Quando chegamos a um lugar aparentemente seguro naquele fim de tarde, a oito quilômetros da periferia norte de Âmbar, ordenei mais uma vez que todos parassem para descansar e fizessem uma última refeição. Era preciso gritar para se fazer ouvir, então não pude me dirigir aos homens. Apenas pedi que espalhassem detalhes sobre nossa proximidade e reforcei a necessidade de prontidão.

Levei minhas rações comigo e explorei o caminho adiante enquanto os outros descansavam. Depois de avançar mais de um quilômetro, subi um barranco íngreme e alcancei o topo. Havia uma batalha em curso na encosta à frente.

Continuei escondido e observei. Uma tropa de Âmbar enfrentava uma força maior de atacantes, que deviam ter escalado a encosta antes de nós ou chegado por outra via. Eu suspeitava da segunda opção, pois não havia sinais de nenhuma passagem recente. O conflito explicava nossa sorte de não ter encontrado nenhuma patrulha defensiva ao longo da subida.

Avancei um pouco mais. Embora os atacantes pudessem ter chegado por outras rotas, vi mais indícios de que não era esse o caso. Continuavam se aproximando, e foi uma visão das mais temíveis, pois vinham pelos ares.

Voavam do oeste como uma grande rajada de folhas ao vento. O movimento aéreo que eu observara de longe era de uma espécie maior do que aqueles pássaros beligerantes. Os atacantes chegavam montados em criaturas aladas de duas patas parecidas com dragões, e o paralelo mais próximo que eu conseguia traçar era o símbolo heráldico da serpe. Nunca tinha visto uma serpe que não fosse decorativa, mas também nunca tive um grande desejo de procurá-las.

Entre os defensores havia vários arqueiros, que abatiam as criaturas em pleno voo. Torrentes de inferno também irrompiam das nuvens conforme raios caíam e estouravam, fazendo-as despencar em brasas. Mas ainda assim vinham e pousavam, e condutor e monstro podiam atacar as forças entrincheiradas. Procurei e encontrei a luminosidade pulsante emitida pela Joia do Julgamento. Estava no meio do maior grupo de defensores, encolhidos perto da base de um grande penhasco.

Observei com atenção, concentrando-me no portador da joia. Sim, não havia dúvida. Era Eric.

De bruços, arrastei-me mais para a frente. Vi o líder do grupo de defensores mais próximo decapitar uma das serpes com um único golpe de espada. Com a mão esquerda, o homem pegou a sela do condutor e o arremessou por mais de dez metros de distância, para fora da borda saliente do planalto. Quando se virou para gritar uma ordem, percebi que era Gérard. Ele parecia liderar um ataque ao flanco de uma massa de invasores em plena investida contra as forças ao pé do penhasco. Do outro lado, um grupo semelhante de soldados fazia o mesmo. Outro dos meus irmãos?

Tentei estimar quando aquela batalha havia começado, tanto no vale quanto ali em cima. Calculei que já devia fazer um bom tempo, considerando a duração da estranha tempestade.

Avancei para a direita e voltei minha atenção para oeste. A batalha no vale continuava intensa. Daquela distância, era impossível distinguir quem era quem, e muito menos quem estava ganhando. Mas dava para ver que nenhum reforço chegava para auxiliar o exército invasor.

Estava intrigado, sem saber qual seria a melhor forma de agir. Obviamente não poderia atacar Eric enquanto estivesse envolvido em algo tão crucial quanto a defesa da própria Âmbar. Talvez fosse mais sensato esperar para colher os frutos depois. Porém, já podia sentir os dentes da dúvida remoendo essa ideia.

Mesmo sem reforços, a força invasora era mais forte e estava em maior número, e o resultado da batalha não parecia nada claro. Eu não fazia ideia de qual seria a reserva de Eric. Naquele momento, era impossível determinar se títulos de guerra em Âmbar seriam um bom investimento. Se meu irmão perdesse, eu teria que enfrentar os invasores sozinho, com grandes partes das forças de Âmbar dizimadas.

Se avançasse naquele momento com armas de fogo, não tinha dúvidas de que destruiríamos as serpes rapidamente, bem como seus cavaleiros.

Aliás, pelo menos um ou mais de meus irmãos deviam estar lá no vale. Seria possível abrir uma passagem pelos arcanos para meus homens. Aquelas criaturas se surpreenderiam quando Âmbar aparecesse com fuzis.

Voltei minha atenção para o conflito mais próximo. Não, não estava indo bem. Especulei quanto aos resultados de minha intervenção. Eric certamente não estaria em posição de me atacar. Além de qualquer possível compaixão destinada a mim pelo que sofrera nas mãos dele, eu seria o responsável por salvar seu couro. Embora fosse ficar grato pelo reforço, meu irmão não ficaria muito feliz com o sentimento geral que isso despertaria. Não mesmo. Eu estaria de volta a Âmbar com uma guarda pessoal mortífera e uma ótima reputação. Uma ideia intrigante. Poderia me proporcionar uma rota mais suave para meu objetivo, em vez do ataque brutal e direto que culminaria em regicídio, como eu havia pensado.

Sim.

Abri um sorriso. Estava prestes a me tornar um herói.

Devo, contudo, me conceder uma pequena parcela de grandeza. Se tivesse que escolher entre Âmbar com Eric no trono e Âmbar derrotada, não há dúvidas de que minha decisão permaneceria a mesma, ou seja, atacar. A situação não estava boa o bastante e, embora salvar o dia pudesse me beneficiar, meu próprio benefício não era, em última instância, essencial. Meu ódio por ti, Eric, jamais superaria meu amor por Âmbar.

Recuei e corri de volta pela encosta, com os clarões dos relâmpagos a projetar minha sombra por todas as direções.

Parei na margem de meu acampamento. Na outra extremidade, Ganelon conversava aos gritos com uma pessoa a cavalo, e reconheci a montaria.

Avancei, e a um sinal da pessoa em seu dorso, o cavalo abriu caminho entre as tropas e veio na minha direção. Ganelon balançou a cabeça e veio junto.

Era Dara. Assim que se aproximou o bastante, gritei:

– O que diabos veio fazer aqui?

Sorrindo, ela desceu do cavalo e parou diante de mim.

– Eu queria vir para Âmbar. Então eu vim.

– Como chegou aqui?

– Segui o vovô – respondeu. – Percebi que é mais fácil seguir alguém por Sombra do que viajar sozinha.

– Benedict está aqui?

Dara assentiu.

– Lá embaixo. Está liderando as forças no vale. Julian também está lá.

Ganelon se postou ali perto.

– Ela me disse que nos seguiu até aqui! – exclamou. – Está em nosso encalço há alguns dias.

– É verdade? – perguntei.

Ela assentiu de novo, ainda sorrindo.

– Não foi difícil.

– Mas por que fez isso?

– Para entrar em Âmbar, claro! Quero percorrer o Padrão! É para lá que vai agora, não é?

– Claro que é. Mas, por acaso, tem uma batalha no meio do caminho!

– O que vai fazer a respeito?

– Vencer a guerra, é claro!

– Ótimo. Vou esperar.

Praguejei por alguns instantes para ter tempo de pensar.

– Onde estava quando Benedict voltou? – perguntei, enfim.

O sorriso dela desapareceu.

– Não sei. Depois que você foi embora, saí para cavalgar e passei o dia inteiro fora. Queria ficar sozinha para pensar. Quando voltei à noite, ele não estava lá. Saí de novo no dia seguinte. Percorri uma boa distância e, quando escureceu, decidi acampar. Faço isso com frequência. Na tarde seguinte, enquanto voltava para casa, estava no topo de uma colina quando o vi passar lá embaixo, rumo a leste. Decidi ir atrás. O caminho passava por Sombra, agora já sei, e você tinha razão quanto a ser mais fácil seguir alguém. Não sei quanto tempo levou. O tempo ficou todo confuso. Ele veio para cá, e reconheci o lugar do retrato em uma das cartas. Encontrou Julian em uma floresta ao norte, e os dois voltaram juntos para aquela batalha lá embaixo.

Dara apontou para o vale, depois retomou:

– Passei alguns dias na floresta, sem saber o que fazer. Tinha medo de me perder se tentasse voltar pelo mesmo caminho. E então vi sua tropa subindo as montanhas. Avistei você e Ganelon na frente. Eu sabia que Âmbar ficava naquela direção, então vim atrás. Esperei até agora para me aproximar, porque queria que estivessem perto demais de Âmbar para me mandar de volta quando eu aparecesse.

– Não acredito que esteja me contando toda a verdade – declarei –, mas não tenho tempo para me importar com detalhes. Vamos avançar agora, e vamos lutar. O mais seguro vai ser ficar aqui. Vou deixar alguns soldados para garantir sua proteção.

– Não quero!

– Não me importa se quer ou não. Vai ficar com eles e pronto. Mando chamá-la quando a luta acabar.

Eu me virei, escolhi dois homens ao acaso e ordenei que ficassem no acampamento e a protegessem. Eles não pareceram muito animados com a ideia.

– Que armas são essas que seus homens estão carregando? – quis saber Dara.

– Depois – respondi. – Estou ocupado.

Transmiti instruções vagas e organizei minhas unidades.

– Não parece ter muitos soldados…

Deixei-a para trás com os guardas.

Seguimos pelo caminho que eu tinha percorrido. Os trovões cessaram conforme avançávamos, e o silêncio me inspirou menos alívio do que suspense. A luminosidade do crepúsculo voltou a nos envolver, e transpirei sob a manta úmida do ar.

Ordenei uma parada antes de chegarmos ao primeiro ponto de onde eu havia observado o progresso da batalha. Em seguida me dirigi até lá, acompanhado de Ganelon.

Os cavaleiros das serpes estavam espalhados por todos os cantos, e lutavam ao lado de seus monstros. Forçavam os defensores contra a parede do penhasco. Procurei, mas não consegui avistar Eric, nem o brilho da joia.

– Quais são os inimigos? – perguntou Ganelon.

– Os cavaleiros das feras.

Como a artilharia celeste havia cessado, todos começaram a pousar. Atacavam assim que tocavam uma superfície sólida. Procurei em meio aos defensores, mas Gérard já não estava à vista.

– Traga as tropas – ordenei, erguendo meu fuzil. – Diga-lhes para abater os cavaleiros e os monstros.

Ganelon recuou e eu mirei em uma serpe que descia, disparei e observei seu ataque aéreo se transformar em um súbito rebuliço de asas. A criatura bateu na encosta e começou a se debater. Dei outro disparo.

O monstro começou a arder em chamas enquanto morria. Pouco depois, eu tinha criado três fogueiras. Rastejei até minha segunda posição anterior. Depois de me acomodar, mirei e atirei de novo.

Acertei outra, mas algumas delas já começavam a se virar para mim. Disparei o restante da minha munição e recarreguei às pressas. Várias se lançavam na minha direção com uma rapidez impressionante.

Consegui deter seu avanço e estava recarregando novamente quando o primeiro esquadrão de atiradores chegou. Abrimos fogo com os fuzis e começamos a avançar enquanto os outros chegavam.

Tudo acabou em dez minutos. Nos primeiros cinco, as criaturas pareceram entender que não teriam a menor chance e começaram a fugir para o precipício, lançando-se ao espaço de volta para o ar. Nós as abatemos em fuga até estarmos cercados de carne e ossos chamuscados.

A rocha úmida se erguia à nossa esquerda, com o cume perdido entre as nuvens parecendo se elevar ao infinito acima de nós. O vento ainda agitava a fumaça e as brumas, e as rochas estavam manchadas e sujas de sangue.

Quando nos viram atirando, as forças de Âmbar logo perceberam que éramos aliados e começaram a pressionar os invasores de sua posição ao pé do penhasco. Percebi que estavam sendo lideradas por meu irmão Caine. Por um momento, nossos olhares se cruzaram na distância, e então ele se lançou mais uma vez no combate.

Grupos dispersos de ambáricos se uniram em uma segunda força quando os invasores recuaram. Na verdade, eles limitaram nosso campo de fogo quando atacaram o outro flanco dos condutores distorcidos e suas serpes, mas eu não tinha como avisar. Chegamos mais perto, e nossos disparos foram certeiros.

Um pequeno aglomerado de homens permaneceu na base do penhasco. Tive a sensação de que protegiam Eric. Talvez ele tivesse se ferido, já que os efeitos da tempestade haviam cessado de repente. Abri caminho naquela direção.

O tiroteio já começava a diminuir quando me aproximei do grupo, e não percebi o que iria acontecer até que fosse tarde demais.

Alguma coisa grande me surpreendeu por trás e me alcançou em um instante. Caí no chão, rolei e apontei o fuzil com um movimento automático. No entanto, meu dedo não apertou o gatilho. Era Dara, que tinha acabado de saltar por cima de mim a cavalo. Ela se virou e riu quando gritei:

– Volte para lá! Maldita! Vai acabar morta!

– Nós nos vemos em Âmbar! – berrou de volta, e saiu em disparada através de rochas mórbidas até alcançar a trilha mais além.

Fiquei furioso. Mas não podia fazer nada naquele momento. Então me pus de pé, grunhindo, e segui em frente.

Conforme avançava na direção do grupo, ouvi meu nome ser chamado algumas vezes. Cabeças se viraram para mim. Pessoas se afastaram para me dar passagem. Reconheci muitas, mas não lhes dei atenção.

Devo ter visto Gérard mais ou menos na mesma hora que ele me viu. Estava ajoelhado no meio do grupo e se levantou e esperou. Seu rosto estava impassível.

Ao chegar mais perto, confirmei minhas suspeitas. Gérard estava ajoelhado para cuidar de um homem ferido caído ao chão. Era Eric.

Assenti para Gérard quando parei ao seu lado e olhei para Eric. Fui tomado por sentimentos bem conflitantes. O sangue de seus vários ferimentos no peito era vermelho vivo e jorrava em abundância. Vertia sobre a Joia do Julgamento, que ainda pendia de uma corrente em seu pescoço. A peça continuava a emitir aquela pulsação fraca e sinistra, como um coração por baixo da sanguinolência. Os olhos de Eric estavam fechados, e a cabeça repousava em um manto dobrado. Ele respirava com dificuldade.

Fiquei de joelhos, incapaz de tirar os olhos daquele rosto pálido. Tentei deixar o ódio de lado por um instante, pois era nítido que estava à beira da morte, para que assim pudesse ter mais chance de compreender aquele homem que era meu irmão durante os poucos momentos que lhe restavam. E me vi sentindo certa compaixão por Eric ao considerar tudo o que estava perdendo além da vida. Percebi que poderia ter sido eu ali se tivesse alcançado meus objetivos cinco anos antes. Tentei pensar em algo a seu favor, e só me ocorreram aquelas palavras de epitáfio: *Ele morreu lutando por Âmbar.* Pelo menos já era alguma coisa. A frase continuou a ecoar em minha mente.

Eric cerrou os olhos com força, e suas pálpebras se estremeceram e abriram. Seu rosto continuou impassível quando fitou meus olhos. Eu me perguntei se ele sequer me reconhecia.

Mas ele chamou meu nome e acrescentou:

– Eu sabia que seria você.

Ficou quieto para respirar algumas vezes, depois continuou:

– Ao menos lhe pouparam o trabalho, não foi?

Não respondi. Ele já sabia a resposta.

– Sua vez ainda vai chegar – prosseguiu. – E então seremos semelhantes.

Ele riu e, tarde demais, percebeu que não deveria ter feito isso. Começou a sofrer um espasmo desagradável de tosse molhada. Quando passou, lançou-me um olhar feroz.

– Pude sentir sua maldição. Em todos os lugares. O tempo todo. Você nem precisou morrer para ela vingar.

E então, como se tivesse lido meus pensamentos, esboçou um sorriso fraco e declarou:

– Não, não vou lançar minha maldição de morte em você. Ela está reservada para os inimigos de Âmbar... lá fora.

Fez um sinal com os olhos. Então a pronunciou, em um sussurro, e estremeci ao ouvir as palavras.

Eric voltou o olhar para meu rosto e me encarou por um instante. Depois, puxou a corrente em seu pescoço.

– A Joia... – disse ele. – Leve-a até o centro do Padrão. Segure-a para cima. Bem perto... de um olho. Encare-a por um tempo... e considere-a um lugar. Tente se projetar para... dentro. Não vai. Mas há... experiência... Depois, saberá como usá-la...

– Como? – comecei a perguntar, mas parei.

Ele já havia me contado como me alinhar a ela. Por que desperdiçar suas energias para saber como havia descoberto?

Mas ele entendeu e conseguiu dizer:

– Anotações de Dworkin... debaixo da lareira... meu...

Em seguida sofreu outro ataque de tosse e expeliu sangue pelo nariz e a boca. Respirou fundo e se esforçou para se sentar, revirando os olhos.

– Porte-se tão bem quanto eu... seu bastardo! – exclamou Eric, e então caiu em meus braços e deu seu último suspiro ensanguentado.

Segurei-o por um bom tempo, e depois o deixei descansar na posição de antes. Seus olhos ainda estavam abertos, então os fechei. De forma quase automática, juntei suas mãos por cima da joia, já sem vida. Não tive estômago para tirá-la dele naquele momento. Fiquei de pé, despi o manto e o cobri com ele.

Ao me virar, percebi que todos me observavam. Rostos conhecidos, muitos. Alguns estranhos no meio. Muitos deles haviam estado presentes naquela noite em que eu comparecera ao jantar acorrentado...

Não. Não era hora de pensar nisso. Afastei o pensamento da cabeça. O tiroteio havia cessado, e Ganelon estava reunindo a tropa e dando ordens para todos entrarem em formação.

Comecei a avançar.

Passei entre os ambáricos. Passei entre os mortos. Passei direto pelos meus homens e fui até a beira do penhasco.

A luta continuava no vale lá embaixo, a cavalaria se movia como um mar turbulento, fundindo-se, avançando, recuando, e a infantaria se espalhava como uma nuvem de insetos.

Peguei o baralho que eu havia tirado de Benedict. Puxei a carta dele. A superfície estremeceu diante de mim, e depois de um instante houve contato.

Ele estava montado no mesmo cavalo preto e vermelho com que havia me perseguido. Estava em movimento e cercado pela batalha. Ao ver que enfrentava outro cavaleiro, fiquei quieto. Ele disse uma única palavra.

– Aguarde.

Eliminou o adversário com dois movimentos rápidos da espada. Em seguida virou sua montaria e começou a se afastar do conflito. Reparei que as rédeas de seu cavalo tinham sido alongadas e estavam enroladas frouxamente em volta do que restava de seu braço direito. Benedict levou mais de dez minutos para se retirar até um lugar relativamente calmo. E então me observou, e vi que também estudava a cena atrás de mim.

– Sim, estou no planalto. Nós vencemos. Eric morreu na batalha.

Benedict continuou a me encarar, esperando que eu continuasse. Seu rosto não deixou transparecer nenhuma emoção.

– Vencemos porque eu trouxe homens armados com fuzis – expliquei. – Finalmente descobri um agente explosivo que funciona aqui.

Ele estreitou os olhos e assentiu com a cabeça. Tive a sensação de que logo entendeu qual era a substância e de onde viera.

– Gostaria de discutir muitos assuntos com você – continuei –, mas quero cuidar do inimigo primeiro. Se mantiver o contato, vou lhe mandar centenas de soldados com fuzis.

Ele sorriu.

– Ande logo.

Gritei para Ganelon, e ele respondeu a apenas alguns passos de distância. Mandei-o alinhar os soldados em fila única. Ele confirmou com a cabeça e saiu berrando ordens.

– Benedict – voltei a falar, enquanto esperava –, Dara está aqui. Ela o seguiu por Sombra quando veio de Avalon até aqui. Quero...

Ele mostrou os dentes e berrou:

– Quem diabos é essa Dara de quem tanto fala? Nunca ouvi falar dela antes de você aparecer! Por favor, me explique! Eu quero mesmo saber!

Abri um pequeno sorriso.

– Não adianta – declarei, abanando a cabeça. – Já sei tudo a respeito dela, mas não revelei a ninguém sobre sua bisneta.

Benedict entreabriu os lábios de forma involuntária e arregalou os olhos de repente.

– Corwin, ou enlouqueceu ou foi enganado. Até onde sei, não tenho nenhum descendente. Quanto a ter sido seguido por Sombra, eu vim pelo arcano de Julian.

Claro. Minha única desculpa para não ter percebido a contradição de Dara na hora era minha preocupação com o conflito. Benedict teria sido avisado da batalha através dos arcanos. Para que perder tempo com uma viagem quando havia um meio de transporte instantâneo à disposição?

– Droga! Ela já deve estar em Âmbar a essa altura! Preste atenção, Benedict! Vou mandar Gérard ou Caine até aí para organizar a transferência dos soldados. Ganelon vai passar também. Transmita suas ordens por ele.

Olhei em volta e vi Gérard conversando com alguns nobres. Gritei para ele com uma urgência desesperada, e sua cabeça logo se virou para olhar. Em seguida, ele começou a correr na minha direção.

– Corwin! O que foi?! – berrou Benedict.

– Não sei! Mas tem algo de muito errado!

Enfiei o arcano na mão de Gérard quando ele chegou.

– Mande os soldados para Benedict! Random está no palácio?

– Sim, está.

– Detido ou em liberdade?

– Em liberdade... mais ou menos. Deve estar cercado por alguns guardas. Eric ainda não confia... não confiava nele.

Virei o rosto.

– Ganelon! – chamei. – Faça o que Gérard lhe disser. Ele vai mandá-lo até Benedict... lá embaixo. Certifique-se de que os homens sigam as ordens de Benedict. Tenho que ir para Âmbar agora.

– Tudo bem – gritou ele em resposta.

Gérard foi até lá enquanto eu folheava os arcanos. Achei a carta de Random e tentei me concentrar. Naquele instante, finalmente começou a chover.

Fiz contato com ele quase imediatamente.

– Oi, Random – disse, assim que a imagem dele ganhou vida. – Está lembrado de mim?

– Onde está? – perguntou ele.

– Nas montanhas – respondi. – Acabamos de vencer esta parte da batalha, e estou mandando para Benedict a ajuda necessária para livrar o vale. Mas agora preciso da sua ajuda. Leve-me até aí.

– Não sei, não, Corwin. Eric...

– Eric morreu.

– Então quem está no comando?

– Adivinha? Leve-me até aí!

Ele assentiu com um gesto rápido e estendeu a mão. Peguei-a e dei um passo para a frente. Parei ao lado dele, em uma sacada com vista para um dos pátios. O parapeito era de mármore branco e não havia muita vida florescendo abaixo. Estávamos no terceiro andar.

Oscilei um pouco, e ele me segurou pelo braço.

– Está ferido! – exclamou.

Meneei a cabeça, percebendo naquele instante como estava cansado. Não havia dormido muito nas últimas noites. Isso, e todo o resto...

– Não – respondi, e olhei para minha camisa imunda de sangue. – Só cansado. O sangue é de Eric.

Random passou a mão pelo cabelo cor de palha e pressionou os lábios.

– Então você *finalmente* o pegou... – sussurrou, bem baixinho.

Tornei a negar com a cabeça.

– Não, não fui eu. Ele já estava morrendo quando o alcancei. Agora, venha comigo! Rápido! É importante!

– Ir para onde? Qual é o problema?

– Para o Padrão! – respondi. – Por quê? Não tenho certeza, mas sei que é importante. Vamos!

Entramos no palácio e corremos até a escadaria mais próxima. Havia dois guardas diante dela, mas prestaram continência quando nos aproximamos e não tentaram impedir nossa passagem.

– Fico feliz de confirmar que recuperou mesmo a visão – comentou Random enquanto descíamos. – Está enxergando bem?

– Estou. Ouvi dizer que você ainda está casado.

– Sim. Estou.

Quando chegamos ao térreo, corremos para a direita. Havia outro par de guardas ao pé da escadaria que tampouco tentou deter nosso avanço.

– Sim – repetiu Random, conforme avançávamos para o centro do palácio. – Ficou surpreso, não?

– Fiquei. Achei que fosse passar o ano e se livrar logo.

– Eu também. Mas me apaixonei por ela. De verdade.

– Não seria a coisa mais estranha do mundo.

Atravessamos o salão de jantar de mármore e entramos em um corredor longo e estreito que conduzia até os fundos, em meio a sombras e poeira. Reprimi um tremor quando pensei no meu estado da última vez que o percorri.

– Ela realmente gosta de mim – continuou Random. – Como ninguém nunca gostou antes.

– Fico feliz por você.

Chegamos à porta e, mais adiante, avistamos a plataforma que ocultava a longa escadaria em espiral. Estava aberta. Entramos e começamos a descer.

– Eu não fico – admitiu ele, conforme serpenteávamos escada abaixo. – Eu não queria me apaixonar. Não naquela hora. Nós fomos prisioneiros o tempo todo. Como ela pode ficar satisfeita com isso?

– Já passou. Só foi feito prisioneiro porque me seguiu e tentou matar Eric, não foi?

– Sim, foi. Depois, ela veio se juntar a mim.

– Jamais me esquecerei.

Seguimos às pressas. Era uma grande distância até a base, e só havia tochas a cada dez ou doze metros. Tratava-se de uma gigantesca caverna natural, e eu me perguntava se alguém sabia quantos túneis e corredores ela continha. De repente, fui tomado de compaixão pelos pobres coitados que apodreciam nas masmorras por qualquer motivo que fosse. Decidi libertar todos os prisioneiros ou lhes arranjar um propósito melhor.

Os minutos se arrastavam. Já conseguia ver o bruxuleio de tochas e lanternas no fundo.

– Estou procurando uma garota chamada Dara – expliquei. – Ela me disse que era bisneta de Benedict e me deu motivos para acreditar em suas palavras. Contei a ela algumas coisas a respeito de Sombra, realidade e o Padrão. Ela exerce algum poder sobre Sombra e estava ansiosa para percorrer o Padrão. Quando a vi pela última vez, estava vindo para cá. Mas Benedict jura que nem a conhece. Agora, estou preocupado e temeroso. Quero impedi-la de chegar ao Padrão. Quero interrogá-la.

– Estranho – comentou Random. – Muito estranho. Concordo com você. Acha que ela já deve estar lá?

– Se não estiver, deve chegar logo.

Finalmente alcançamos o fundo e comecei a correr pelas sombras na direção do túnel certo.

– Espere! – gritou Random.

Parei e me virei. Levei um segundo para encontrá-lo, pois ainda estava atrás da escada. Refiz meus passos.

A pergunta sequer chegou aos meus lábios. Avistei Random ajoelhado ao lado de um grande homem barbudo.

– Morto – anunciou. – Uma lâmina muito fina. Boa estocada. Muito recente.

– Vamos logo!

Nós dois corremos e avançamos pelo túnel até alcançarmos a sétima saída lateral. Saquei Grayswandir quando nos aproximamos, pois a grande porta escura com barras de metal estava entreaberta.

Lancei-me para dentro e Random veio logo atrás. O piso daquele cômodo imenso é preto e liso como vidro, embora não seja escorregadio. O Padrão arde nele, dentro dele, um labirinto intrincado e reluzente de linhas curvas, com uns cento e cinquenta metros de comprimento. Paramos bem na beira para examinar os arredores.

Havia alguém ali, caminhando por ele. Enquanto observava, senti aquele velho calafrio costumeiro. Era Dara? Mal dava para distinguir a figura no meio das cascatas de faíscas que jorravam sem parar à sua volta. Quem quer que fosse, devia ter sangue da realeza, pois qualquer outra pessoa seria destruída pelo Padrão, como todos bem sabiam, e aquela figura distante já havia passado da Grande Curva e estava percorrendo a complicada série de arcos que levava até o Último Véu.

Aquela silhueta luminosa parecia mudar de forma ao avançar. Por algum tempo, meus sentidos se recusaram a aceitar as fugazes visões subliminares que eu devia estar recebendo. Ouvi Random ofegar ao meu lado, e o som pareceu romper a barragem do meu inconsciente. Uma onda de impressões me inundou.

A forma parecia imensa naquele salão de aparência sempre etérea. E então ela encolheu, minguou, até quase sumir. Pareceu uma mulher esbelta por um instante... talvez Dara, com o cabelo clareado pelo brilho, fluindo, carregado de eletricidade estática. E de repente não era cabelo, mas grandes chifres curvos em uma cabeça larga e indefinida, cujo dono, com pernas tortas, penava para avançar com seus cascos pela trilha flamejante. E então outra coisa... Um gato enorme... Uma mulher sem rosto... Uma criatura alada de beleza indescritível... Uma torre de cinzas...

– Dara! – gritei. – É você?

Ouvi o eco da minha voz voltar, e nada mais. Quem quer que fosse, pessoa ou criatura, estava enfrentando o Último Véu. Meus músculos se flexionaram em um gesto involuntário de empatia pelo esforço.

E finalmente, a figura avançou.

Sim, era Dara! Alta e magnífica. Ao mesmo tempo bela e, de alguma forma, horrível. A visão rasgou o tecido da minha mente. Seus braços estavam erguidos em exultação e uma risada inumana irrompeu de seus lábios. Quis desviar os olhos, mas não consegui me mexer. Eu havia mesmo abraçado, acariciado, possuído... *aquilo?* Senti um asco tremendo e uma atração simultânea tal como nunca sentira antes. Não consegui entender essa ambivalência extraordinária.

E então ela olhou para mim.

A risada parou. Sua voz alterada reverberou pelo cômodo.

– Lorde Corwin, já é o soberano de Âmbar?

De algum jeito, consegui responder.

– Para fins práticos, sou – respondi.

– Ótimo! Então observe sua nêmese!

– Quem é você? *O que* é você?

– Nunca saberá – declarou ela. – Agora já é tarde demais.

– Não entendo. O que quer dizer?

– Âmbar será destruída.

E então ela desapareceu.

– Que diabos foi aquilo? – praguejou Random.

Balancei a cabeça.

– Não sei. Realmente não sei. E tenho a sensação de que descobrir é a coisa mais importante do mundo.

Ele me pegou pelo braço.

– Corwin. Ela... aquilo... falou sério. E talvez seja possível, sabe?

Assenti com um gesto.

– Sim, eu sei.

– O que vamos fazer agora?

Voltei a embainhar Grayswandir e me virei para a porta.

– Juntar os cacos – respondi. – Agora tenho ao meu alcance tudo o que sempre imaginei querer, e devo conquistá-lo. Mas não posso esperar o que está por vir. Preciso empreender buscas e impedir essa ameaça antes que chegue a Âmbar.

– Já sabe onde procurar? – perguntou Random.

Entramos no túnel.

– Acredito que esteja na outra extremidade da estrada negra – respondi.

Atravessamos a caverna até a escada onde estava o homem morto e subimos a espiral acima dele, mergulhados na escuridão.

LIVRO 3

O SINAL DO UNICÓRNIO

Para Jadawin e seu demiurgo, e não posso me esquecer de Kickaha

UM

Ignorei o olhar questionador do cavalariço quando peguei o embrulho pegajoso e deixei o cavalo aos seus cuidados. Meu manto não chegou a esconder a natureza do conteúdo quando joguei o corpo sobre o ombro e saí a passos largos rumo à entrada dos fundos do palácio. O inferno não ia demorar a cobrar essa dívida.

Contornei o pátio de exercícios e segui para a trilha que levava à extremidade sul dos jardins. Havia menos olhos por ali. Ainda me veriam, mas seria muito menos constrangedor do que tomar a entrada da frente, que estava sempre movimentada. Droga.

Droga, droga, droga. De problemas, eu já estava cheio. Parecia até que eu os atraía. Devia estar pagando meus pecados com juros.

Algumas pessoas conversavam perto do chafariz no jardim. Guardas caminhavam junto aos arbustos perto da trilha. Eles me viram chegar e, após uma rápida discussão, decidiram me ignorar. Prudentes.

Fazia menos de uma semana do meu retorno. A maioria dos assuntos ainda estava por resolver. A corte de Âmbar continuava cheia de suspeitas e inquietação. E, de repente, aquilo: uma morte para comprometer ainda mais o breve e infeliz pré-reinado de Corwin I, ou seja, eu.

Já era hora de tomar a atitude necessária desde o início. Mas havia tantos afazeres... Não era como se eu tivesse ficado à toa todo esse tempo. Tinha determinado prioridades e seguido a ordem. E então...

Atravessei o jardim sob os raios suaves do sol. Subi a escadaria ampla e curva e um guarda prestou continência quando entrei no palácio. Alcancei os degraus dos fundos e fui até o segundo andar. E depois ao terceiro.

À direita, meu irmão Random saiu de sua suíte.

– Corwin! – exclamou, estudando meu rosto. – O que aconteceu? Eu o vi da varanda e...

– Para dentro – interrompi, com um gesto de cabeça. – Precisamos conversar. Agora.

Ele hesitou, observando meu fardo.

– Vamos para outro lugar. Pode ser? Vialle está aqui.

– Tudo bem.

Random seguiu na frente e abriu a porta de um quarto vazio. Entrei na saleta e procurei por um lugar adequado para largar o corpo.

Enquanto isso, meu irmão não tirou os olhos do embrulho.

– O que você espera que eu faça? – perguntou.

– Desembrulhe o presente e dê uma olhada.

Ele se ajoelhou e abriu o manto. Voltou a fechá-lo.

– Está bem morto – comentou. – Qual é o problema?

– Preste mais atenção. Puxe uma das pálpebras. Abra a boca e veja os dentes. Sinta os esporões no dorso das mãos. Conte as falanges dos dedos. Depois me diga qual é o problema.

E assim o fez. Quando avaliou as mãos, parou e assentiu.

– Tudo bem. Já me lembrei.

– Lembre-se em voz alta.

– Foi na casa de Flora...

– Sim, foi lá que *eu* vi essas criaturas pela primeira vez – disparei. – Mas estavam atrás de você. Nunca cheguei a descobrir o motivo.

– É verdade. Não tive a chance de contar. Não ficamos juntos por tanto tempo. Estranho... De onde este saiu?

Hesitei, dividido entre arrancar a história dele e contar a minha. A segunda alternativa venceu, porque era muito urgente e me pertencia.

Dei um suspiro e desabei em uma cadeira.

– Acabamos de perder outro irmão: Caine morreu. Cheguei tarde demais. Foi esta coisa, este... ser. Eu queria trazer a criatura viva, claro, mas ela resistiu bastante. Não tive muita escolha.

Random soltou um assobio fraco e se acomodou no assento à minha frente.

– Entendo – disse, baixinho.

Examinei seu rosto. Seria um sorriso discreto que se insinuava ali, esperando o momento certo para se juntar ao meu? Bem possível.

– Se eu fosse culpado, teria providenciado para que minha inocência fosse bem menos duvidosa. Estou contando tal qual aconteceu.

– Certo. Onde está Caine?

– A alguns palmos do chão, perto do Bosque do Unicórnio.

– Isso parece bem suspeito. Ou vai parecer. Para os outros.

Assenti.

– Sim, eu sei. Mas tive que esconder o corpo e cobrir com terra por enquanto. Haveria muitas perguntas se o trouxesse para cá, e não queria responder aos questionamentos quando havia dentro de sua cabeça outros fatos importantes à minha espera.

– Entendi. Não sei se são mesmo importantes, embora sejam seus. Mas não me deixe no escuro. Como aconteceu?

– Foi logo no início da tarde – contei. – Gérard e eu almoçamos juntos no cais. Depois, voltei para o palácio pelo arcano de Benedict. Quando cheguei aos meus aposentos, encontrei um bilhete que parecia ter sido enfiado por baixo da porta. A mensagem pedia um encontro, mais tarde, no Bosque do Unicórnio. Estava assinado "Caine".

– Ainda está com esse bilhete?

– Sim, aqui está.

Tirei o papel do bolso e o entreguei a Random.

Ele leu o conteúdo e balançou a cabeça.

– Não sei. *Pode* ser a letra dele... se tivesse escrito com pressa... mas creio que não.

Dei de ombros e voltei a guardar o bilhete.

– Enfim, tentei fazer contato pelo arcano, para poupar a viagem. Mas Caine não respondeu. Imaginei que fosse para manter segredo quanto ao seu paradeiro, se o encontro era assim tão importante. Por isso, peguei um cavalo e fui até lá.

– Contou para alguém aonde estava indo?

– Não, a ninguém. Como decidi exercitar o cavalo, porém, avancei a um ritmo bem intenso. Não vi o que aconteceu, mas quando cheguei à mata reparei que nosso irmão estava caído, com a garganta cortada. Avistei uma movimentação nos arbustos ao longe. Cavalguei até lá e ataquei o culpado, travamos uma luta e eu o matei. Não trocamos uma palavra.

– E tem certeza de que pegou o cara certo?

– Tanta quanto as circunstâncias permitiram. Os rastros dele levavam até Caine. Seus trajes estavam sujos de sangue.

– Talvez fosse sangue da própria criatura.

– Observe o corpo com atenção: não há ferimentos. Quebrei o pescoço dele. Logo me lembrei de onde conhecia tal criatura, por isso o trouxe direto para você. Mas, antes que me conte sua história, há mais um detalhe, só para completar.

Tirei o segundo bilhete e entreguei ao meu irmão.

– A criatura estava com esse papel – acrescentei. – Imagino que tenha retirado de Caine.

Random leu, assentiu e devolveu.

– Um bilhete seu para Caine, pedindo para encontrá-lo ali. Sim, entendo. Nem preciso dizer...

– Não precisa dizer – interrompi. – E parece mesmo um pouco a minha letra… pelo menos à primeira vista.

– O que teria acontecido se você tivesse chegado lá antes?

– Nada, imagino. Pelo jeito, o responsável me queria vivo e com uma acusação de fratricídio nas costas… A ideia era nos atrair ao bosque na ordem certa, e não me apressei o bastante para perder o que estava fadado a acontecer.

Random tornou a assentir.

– Levando em conta o tempo apertado, só pode ter sido alguém do palácio. Alguma suspeita?

Dei uma risada e peguei um cigarro. Acendi e comecei a rir de novo.

– Acabei de voltar. É você quem esteve aqui esse tempo todo. Quem me odeia mais hoje em dia?

– Essa pergunta é constrangedora, Corwin. Todo mundo tem questões com você por um ou outro motivo. A princípio, eu diria que foi Julian. Mas isso não faz sentido.

– Por que não?

– Ele e Caine se davam muito bem… há anos. Os dois se ajudavam, passavam tempo juntos. Eram bem unidos. Julian continua o mesmo sujeito calculista, mesquinho e desagradável de sempre. Mas, se gostava de alguém, era de Caine. Duvido que faria isso com ele, mesmo se fosse para atacar você. Afinal, se essa fosse a intenção de Julian, ele provavelmente teria outras cartas na manga.

Soltei um suspiro.

– Quem mais?

– Não sei. Não sei mesmo.

– Certo. Como acha que vão reagir?

– Você está ferrado, Corwin. Todos vão pensar que a culpa foi sua, por mais que se explique.

Apontei para o cadáver. Random meneou a cabeça.

– Seria fácil dizer que esse aí era um coitado qualquer tirado de Sombra para levar a culpa.

– Eu sei. Engraçado como meu retorno a Âmbar aconteceu em um momento tão propício…

– Um momento perfeito – concordou Random. – Nem precisou matar Eric para conseguir uma posição de vantagem. Foi um golpe de sorte.

– É, de fato. Ainda assim, todo mundo sabe o que vim fazer aqui, e é só questão de tempo até meus soldados, estrangeiros e munidos de armas especiais, começarem a despertar nervosismo no povo. Apenas a presença de uma ameaça externa acalmou os ânimos até agora. Isso sem falar nos crimes atribuídos a mim antes do meu retorno, como o assassinato dos criados de Benedict...

– Pois é, percebi o que ia acontecer assim que me contou. Anos atrás, quando você e Bleys atacaram, Gérard posicionou parte da frota longe do seu caminho. Caine, por outro lado, avançou com as embarcações e afundou seus navios. Agora que ele se foi, imagino que vá indicar Gérard para o comando da frota toda.

– Quem mais? Ele é o único à altura do cargo.

– No entanto...

– Sim, eu reconheço: se fosse matar alguém para fortalecer minha posição, Caine seria a opção mais lógica. Essa é a verdade nua, crua e comprometedora.

– Como pretende lidar com a situação?

– Vou contar os fatos a todos e tentar encontrar o culpado. Tem alguma sugestão melhor?

– Tentei pensar em um bom álibi, mas nada parece muito promissor.

Neguei com a cabeça.

– Nós dois somos muito próximos. Por mais convincente que nossa história fosse, provavelmente causaria o efeito contrário.

– Já considerou assumir a culpa?

– Sim, claro. Mas alegar legítima defesa não vai funcionar. O corte na garganta evidencia um ataque-surpresa. E não tenho estômago para começar meu reinado com a alternativa: forjar provas de que Caine estava tramando algo sórdido e alegar que o matei pelo bem de Âmbar. Eu me recuso categoricamente a incriminar alguém nesses termos. Isso também acabaria me deixando mal.

– Mas passará a imagem de um rei forte.

– É o tipo errado de força para o jogo que tenho em mente. Não, isso não serve.

– Então não há outras opções... apenas uma.

– Uma? Qual?

Random semicerrou os olhos e examinou a unha do polegar.

– Bom, imagino que, se estiver ansioso para se livrar de alguém, agora é o momento de considerar a possibilidade de uma incriminação.

Refleti um pouco e joguei o cigarro fora.

– Não é má ideia, mas não posso perder mais nenhum irmão. Nem Julian. De qualquer forma, ele é o menos incriminável.

– Não precisa ser da família – argumentou Random. – Muitos nobres ambáricos com motivos plausíveis. Como Sir Reginald...

– Esqueça, Random. Incriminar também não serve.

– Tudo bem. Então exauri minhas poucas células cinzentas.

– Espero que não aquelas encarregadas da memória.

– Certo.

Random suspirou e se espreguiçou. Levantou-se, passou por cima do outro ocupante do quarto e foi até a janela. Depois de abrir as cortinas, admirou a paisagem lá fora por algum tempo.

– Certo – repetiu. – Tenho muito a dizer...

E então começou a contar a própria história.

DOIS

Embora sexo esteja no topo de muitas listas, todo mundo tem outras atividades favoritas para os momentos de ócio. Para mim, sempre foi tocar bateria, voar e fazer apostas, não necessariamente nessa ordem. Bom, talvez voar tenha uma pequena vantagem, já que permite certas variações, como planadores, balões, entre outros, mas o estado de espírito também tem grande importância. A resposta, afinal, pode variar a depender do dia. E das minhas vontades.

Enfim, alguns anos atrás, fui a Âmbar de visita e não fiz nada além de ser uma pedra no sapato. Meu pai ainda não tinha desaparecido, e, quando percebi que começou a ficar rabugento, decidi que era hora de dar no pé. Por um bom tempo. O carinho que Oberon sentia por mim tendia a ser indiretamente proporcional à minha proximidade. Ele me deu um chicote sofisticado como presente de despedida, talvez para acelerar o processo de afeição. Ainda assim, era um objeto refinado, com inscrições em prata, um belo trabalho. Fiz bom proveito. Já estava determinado a buscar uma coletânea de todos os meus pequenos prazeres em um recanto de Sombra.

Foi uma viagem demorada para bem longe de Âmbar, como costuma ser, por isso não vou entrar em detalhes. Dessa vez, não procurei um lugar onde eu fosse especialmente importante. Esse tipo de situação podia ficar chata ou difícil bem rápido, a depender do nível de responsabilidade assumida. Eu queria ser um irresponsável qualquer e aproveitar a vida, nada mais.

Texorami era uma cidade portuária grande, com dias abafados e noites longas, música boa, mesas de aposta para todo lado, duelos todas as manhãs e caos em plena tarde para quem não conseguia esperar. E as correntes de ar eram fabulosas. Algumas vezes por semana, eu usava um pequeno planador vermelho para desbravar os céus. Era uma vida boa. Tocava bateria até tarde em um bar subterrâneo à beira do rio, onde as paredes suavam quase tanto quanto os fregueses e a fumaça tomava o ambiente, envolvendo as lâmpadas com feixes leitosos. Quando já estava satisfeito, eu saía em busca de ação, mulheres ou carteado, geralmente, e me ocupava com isso pelo resto da noite. Aliás, maldito Eric! Acabei de me lembrar... Sabia que, certa vez, ele me acusou de roubar no carteado? Essa é praticamente a única situação em que eu não trapacearia. Levo carteado a sério. Sou bom e sortudo. Eric não era nem um nem outro. Era tão bom em tantas coisas que não conseguia admitir que outras pessoas pudessem ser melhores. Esse era o problema dele. Se alguém o vencesse mais de uma vez em qualquer disputa, só podia ser trapaça. Ele começou uma discussão por causa disso uma vez, e a coisa teria ficado feia se Gérard e Caine não tivessem interferido. Tenho que reconhecer: Caine tomou meu partido naquela ocasião. Coitado... Que jeito péssimo de morrer... A garganta degolada, sabe? Bom, enfim, lá estava eu em Texorami, curtindo a música e as mulheres, ganhando partidas e planando pelo céu. Na terra, palmeiras e rainhas-da-noite. No ar, os aromas característicos das cidades portuárias: especiarias, café, alcatrão, sal. Havia fidalgos, comerciantes e peões, como na maioria dos lugares. Marinheiros e viajantes diversos de chegada ou saída. Caras como eu vivendo isolados. Passei pouco mais de dois anos em Texorami, e fui feliz de verdade. Não tinha muito contato com os outros. Algumas mensagens pelos arcanos de vez em quando, e só. Âmbar estava bem longe dos meus pensamentos. Tudo mudou certa noite, quando eu estava com um *full house* na mão e o outro cara tentava decidir se eu estava blefando.

O valete de ouros falou comigo.

Sim, foi assim que começou. Minhas memórias estão um pouco embaralhadas. Tinha acabado de terminar algumas rodadas e ainda estava um pouco embriagado. Além disso, não havia pregado o olho na noite anterior e estava exausto depois de passar o dia nos ares. Mais tarde, decidi que nossa peculiaridade mental, combinada com os arcanos, devem ter sido os responsáveis por me fazer ver aquelas coisas quando tentaram se comunicar comigo. Normalmente, claro, recebemos a mensagem sem precisar segurar nada, a menos que a chamada parta de nós. Pode ser que meu subconsciente, que estava desfrutando de muita liberdade na época, tenha aproveitado os recursos disponíveis por puro hábito. Mais tarde, porém, tive motivos para duvidar. Não sei mesmo.

– Random – chamou o valete.

Em seguida, a imagem ficou desfocada e acrescentou:

– Socorro.

A essa altura, eu já tinha começado a identificar quem era, mas só um pouco. O contato estava muito fraco. O rosto se reorganizou e percebi que havia acertado: era Brand. Estava com um aspecto horroroso e parecia estar acorrentado ou amarrado.

– Socorro – repetiu.

– Estou aqui. O que aconteceu?

– ... prisioneiro – balbuciou, e depois acrescentou mais alguma coisa indecifrável.

– Onde?

Ele meneou a cabeça.

– Não dá para trazer você. Não tenho nenhum arcano, e estou fraco demais. Vai ter que vir do jeito mais difícil...

Não perguntei como ele conseguiu me encontrar sem meu arcano. Descobrir seu paradeiro parecia mais importante, por isso perguntei como poderia encontrá-lo.

– Observe com muita atenção – pediu Brand. – Lembre-se de cada detalhe. Talvez eu só consiga lhe mostrar uma vez. E venha armado...

Por cima do ombro dele, através da janela, vi a paisagem que se estendia além de uma ameia, talvez, não tenho certeza. Ficava longe de Âmbar, em algum lugar onde as sombras se distorciam. Mais distante do que gosto de me aventurar. Ermo, com cores inconstantes. Um céu flamejante e sem sol. Pedras deslizavam pela terra como veleiros no mar. Brand estava em uma torre, um pequeno ponto de estabilidade naquele cenário fluido. Ah, eu me lembrei, sim. E me lembrei da presença perto da base da torre. Brilhante. Prismática. Uma espécie de sentinela, alguma forma luminosa demais para ser possível distinguir os contornos, desvendar o tamanho. E, de repente, tudo desapareceu. Em um piscar de olhos. E lá fiquei, a encarar o valete de ouros, enquanto o sujeito na minha frente não sabia se devia ficar irritado com minha longa ausência ou preocupado com um possível surto.

Encerrei a partida com aquela mão e fui para casa. Desabei na cama e comecei a fumar, perdido em pensamentos. Quando fui embora de Âmbar, Brand ainda estava por lá. Mais tarde, porém, quando perguntei por ele, ninguém fazia ideia de seu paradeiro. Brand tivera um de seus períodos de melancolia, e um dia melhorou de súbito e partiu de Âmbar. Só isso. Não recebeu nem mandou mensagens.

Tentei considerar todas as possibilidades. Ele era inteligente, muito. Talvez tivesse a mente mais brilhante da família. Estava em maus lençóis e tinha pedido minha ajuda. Eric e Gérard eram tipos mais heroicos e provavelmente teriam apreciado a aventura. Caine teria ido por curiosidade. Julian, para parecer superior e ganhar alguns pontos com nosso pai. Ou, o que seria mais fácil, Brand poderia ter chamado o próprio Oberon. Ele teria tomado alguma providência. Mas recorreu a mim. Por quê?

Aí me ocorreu que talvez um dos outros fosse responsável pelas circunstâncias de Brand. Se, digamos, nosso pai tivesse começado a favorecê-lo...

Bom. Sabe como é. Eliminar o positivo. E, se Brand chamasse Oberon, teria parecido fraco.

Reprimi meu impulso de clamar por reforços. Ele havia me procurado, e era bem possível que acabasse morto se alguém em Âmbar descobrisse sobre a mensagem. Tudo bem. Mas o que eu ganhava com aquilo?

Se envolvia a sucessão e ele realmente era o favorito para o trono, imaginei que não seria nada mal dar esse motivo para Brand se lembrar de mim. E, caso contrário... Havia diversas possibilidades. Talvez ele tivesse topado com algo no caminho de volta para casa, alguma informação útil. Eu estava curioso até quanto ao meio empregado para contornar os arcanos. Movido pela curiosidade, eu diria, decidi ir resgatá-lo sozinho.

Tirei a poeira dos meus arcanos e tentei fazer contato de novo. Como seria de se esperar, não obtive resposta. Dormi uma boa noite de sono e tentei novamente pela manhã. Nada. Tudo bem, não adiantava esperar mais.

Limpei minha espada, comi um prato caprichado e vesti algumas roupas velhas. Por segurança, peguei também um par de óculos escuros. Não sabia se funcionariam lá, mas aquela sentinela tinha um brilho muito forte. Bem, melhor prevenir do que remediar. Aliás, também levei uma pistola. Tive a sensação de que seria inútil, e acertei. Como disse, é melhor estar prevenido.

A única pessoa de quem me despedi foi outro músico, porque lhe dei minha bateria antes de ir embora. Eu sabia que o rapaz cuidaria bem dela.

Depois, fui até o hangar, preparei o planador, subi no ar e peguei uma corrente boa. Esse me pareceu um jeito bom de me deslocar.

Não sei se já tentou voar por Sombra, mas... Não? Bom, segui rumo ao mar até a terra virar apenas uma linha indistinta no horizonte. Depois, fiz as águas adquirirem cor de cobalto, e as ondas lançavam gotículas cintilantes no ar. O vento mudou. Fiz uma curva e voei na direção do litoral sob o céu de fim de tarde. Texorami tinha desaparecido quando voltei à foz do rio, substituída por pântanos a perder de vista. Planei pelas correntes terra adentro, cruzando vez e outra o rio nas novas curvas e guinadas que ele tinha adquirido. Nada mais de píeres, trilhas, tráfego. As árvores se elevavam às alturas.

Nuvens se acumulavam no oeste, em tons perolados de rosa e amarelo. O sol se alternava do laranja para o vermelho e para o amarelo. Por que está balançando a cabeça, Corwin? O sol era o preço das cidades. Na pressa, sempre esvazio a população; ou melhor, vou pela rota mais fácil. Naquela altitude, construções teriam sido uma distração. Para mim, apenas as variações de luz e textura importam. Por esse motivo comentei sobre ser um pouco diferente com um planador.

Depois, segui rumo a oeste até a floresta ceder espaço para a vegetação rasteira, que rapidamente rareou e perdeu a cor, salpicando-se de marrom, ocre, amarelo. Um solo leve e quebradiço, depois marcado com manchas escuras. O preço para isso foi a tempestade. Aguentei firme até ver raios cada vez mais perto, e tive medo de que as rajadas de vento se tornassem muito intensas para meu pequeno planador. Precisei diminuir a intensidade da chuva, mas como resultado a vegetação voltou a dominar o solo lá embaixo. Ainda assim, emergi da tempestade com um sol amarelo brilhando atrás de mim. Depois de um tempo, consegui transformar a terra em deserto outra vez, uma planície árida e acidentada.

O sol perdeu intensidade e fiapos de nuvens encobriram sua superfície, escondendo-o um pedacinho de cada vez. Fazia muito tempo que eu não me afastava tanto de Âmbar, e esse atalho me levou para mais longe do que nunca.

A essa altura já não havia sol, mas a luz permanecia, igualmente forte, porém sinistra, sem origem. Enganava meus olhos, bagunçava a perspectiva. Diminuí a altitude para limitar meu campo de visão. Logo surgiram grandes rochas, e me esforcei para me recordar dos contornos mostrados por Brand. Pouco a pouco, foram tomando forma.

Era mais fácil obter o efeito ondulante e fluido naquelas condições, apesar de fisicamente desconcertante, deixando ainda mais difícil conduzir o planador. Desci mais do que o esperado e quase colidi com uma das pedras. Por fim, no entanto, a fumaça subiu e as chamas dançaram aos moldes das minhas lembranças, sem seguir nenhum padrão específico, apenas brotando aqui e ali em fendas, buracos, cavernas. As cores começaram a se descontrolar conforme eu as relembrava. Depois veio o movimento das rochas, que flutuavam como barcos à deriva em um lugar banhado por arco-íris.

A essa altura, as correntes de ar estavam insanas. Surgiam uma após a outra, como chafarizes. Resisti ao máximo, mas sabia que seria impossível continuar por muito tempo naquela altitude. Subi uma distância considerável e me esqueci de todo o resto por um momento enquanto tentava estabilizar o planador. Quando voltei a fitar o solo, foi como ver uma frota desordenada de icebergs escuros. As rochas corriam por todos os lados, colidiam umas com as outras, recuavam, chocavam-se outra vez, rodopiavam, atravessavam espaços vazios e se enveredavam. De repente fui sacudido, empurrado para baixo, para cima, e vi uma das barras de sustentação se soltar. Fiz uma última alteração nas Sombras e voltei a observar os arredores. A torre tinha aparecido no horizonte, e em sua base havia alguma coisa mais luminosa do que gelo ou alumínio.

Aquela última alteração rendeu frutos. A percepção me atingiu quando os ventos pioraram de vez. Alguns cabos se romperam e eu mergulhei em queda livre, como se tivesse sido levado por uma cachoeira. Consegui endireitar o nariz do planador, perdi altitude e pulei no último segundo. O pobre planador foi pulverizado por um daqueles monólitos gigantescos. Doeu mais do que os arranhões, cortes e hematomas que sofri.

Tive que me afastar depressa, porque uma colina deslizava na minha direção. Por sorte, nós dois desviamos para lados opostos. Eu não tinha ideia do que constituía a força motriz daquelas pedras e, a princípio, não identifiquei nenhum padrão nos movimentos. O chão aos meus pés variava de morno a escaldante, e além da fumaça e dos jatos de fogo ocasionais, gases malcheirosos escapavam de inúmeras aberturas no solo. Avancei e desviei dos obstáculos conforme corria na direção da torre.

Demorei muito para chegar lá. Não sabia ao certo quanto tempo, pois não tinha como medir as horas. Mas já começava a perceber algumas regularidades interessantes. Primeiro, as rochas maiores se moviam mais rápido do que as menores. Segundo, pareciam orbitar umas às outras, ciclos dentro de ciclos, maiores em torno de menores, sem nunca deixar de se mover. Talvez o precursor do movimento fosse apenas uma partícula de poeira ou uma única molécula. Não tive tempo nem vontade de chegar ao cerne do fenômeno. Com isso em mente, porém, consegui observar o bastante para prever uma série de colisões com antecedência.

E assim o pequeno lorde Random chegou à torre escura, sim, com a pistola em uma mão e a espada na outra. Óculos escuros pendurados no pescoço. No meio de toda aquela fumaça e luminosidade enganosa, eu só pretendia proteger os olhos se fosse absolutamente necessário.

Por algum motivo, as pedras evitavam a torre. Embora a construção parecesse estar no alto de uma colina, ao me aproximar percebi que a verdade era outra: as rochas tinham escavado um fosso imenso ao redor dela. De onde eu estava, porém, não dava para saber se a ação tinha produzido uma ilha ou uma península.

Corri em meio à fumaça e aos detritos, desviando dos jatos de fogo que surgiam de rachaduras e buracos. Finalmente consegui alcançar a encosta e sair do caminho das pedras. Por alguns instantes, eu me detive logo abaixo da linha de visão da torre. Inspecionei as armas, acalmei a respiração e coloquei os óculos. Com tudo pronto, terminei a subida e me aproximei com cautela.

Sim, os óculos funcionaram. E sim, a fera estava esperando.

Era assustadora porque, em alguns aspectos, chegava a ser bonita. Tinha um corpo de serpente largo como um barril, a cabeça no formato de um martelo gigantesco, com uma parte mais estreita na ponta do focinho, e olhos verdes muito claros. A pele era translúcida feito vidro, com linhas muito sutis e finas que sugeriam escamas. O fluido que corria por suas veias também era quase transparente, e todos os órgãos eram visíveis, opacos ou enevoados, conforme o caso. A possibilidade de ver aquele organismo funcionar era quase uma distração por si só. A fera tinha uma juba espessa, como farpas de vidro, ao redor da cabeça e do pescoço. Quando me viu e rastejou adiante, o movimento lembrava água corrente, como um rio sem leito nem margens. A visão do seu estômago quase me fez paralisar, pois lá dentro havia um homem parcialmente digerido.

Ergui a pistola, mirei no olho mais próximo e apertei o gatilho.

Como já lhe contei, não funcionou. Larguei a arma, pulei para a esquerda e ataquei pelo flanco direito do monstro, tentando acertar o olho com minha espada.

Sabe como é difícil matar seres com aspecto reptiliano. De cara, decidi tentar cegar a criatura e decepar sua língua. Depois, com certa agilidade, eu teria uma boa chance de acertar alguns golpes perto da cabeça para decapitar a criatura e a deixar se contorcendo até morrer. Minha esperança era que o processo de digestão, ainda em andamento, tornasse a fera mais lenta.

Se aquela era sua versão entorpecida, fiquei feliz por não ter chegado antes. A criatura desviou da lâmina e atacou enquanto eu ainda estava desequilibrado. O focinho passou de raspão no meu peito, e a sensação foi de ter sido atingido por um martelo gigante. Desabei com tudo no chão.

Rolei para fora do alcance e parei na beirada da encosta. Recuperei o equilíbrio enquanto a fera se desenrolava, arrastava o corpo monstruoso na minha direção e erguia a cabeça de novo, uns cinco metros acima de mim.

Sei muito bem que Gérard teria escolhido esse momento para atacar. Aquele maldito grandalhão teria avançado com a espada gigante em riste e cortado a criatura ao meio. Depois, ela provavelmente teria caído em cima dele, toda retorcida, e ele teria ficado com alguns hematomas. Talvez com o nariz quebrado. Benedict não teria errado o olho. Já teria enfiado um em cada bolso e começado a fazer embaixadinhas com a cabeça enquanto redigia uma nota de rodapé para o tratado de guerra de Clausewitz. Mas os dois são verdadeiros heróis. Já eu fiquei lá com a espada apontada para cima, com as duas mãos no cabo, os cotovelos pressionados contra o quadril e a cabeça jogada para trás. Para mim teria sido muito mais fácil dar meia-volta e bater em retirada. Mas eu sabia que, se tentasse fugir, aquela cabeça me esmagaria na hora.

Gritos vindos da torre indicavam que eu tinha sido avistado, mas não era hora de desviar o olhar para descobrir do que se tratava. Então comecei a xingar aquela criatura. Queria que ela atacasse e acabasse logo com aquilo, de um jeito ou de outro.

Quando finalmente se lançou na minha direção, dei alguns passos para o lado, virei o corpo e apontei a espada para o alvo.

Todo o lado esquerdo do meu corpo ficou parcialmente paralisado pelo golpe, e a sensação era de ter afundado uns trinta centímetros no chão. De alguma forma, consegui continuar de pé. Sim, a manobra tinha sido um sucesso, executada à perfeição.

Exceto no que dizia respeito à criatura. Ela não cooperou com a devida falta de vida esperada.

Na verdade, já estava começando a se reerguer.

E levou minha espada junto. O cabo se projetava do olho esquerdo, a ponta emergia atrás da cabeça, como mais uma farpa na juba espessa. Fiquei com a sensação de que minha investida tinha ido para o ralo.

Naquele momento, figuras começaram a emergir, de forma lenta e cautelosa, de uma abertura na base da torre. Estavam armadas e eram feias como o diabo, e tive a impressão de que não estavam do meu lado naquela briga.

Tudo bem. Sei quando é hora de admitir a derrota e torcer para receber cartas melhores no futuro.

– Brand! – gritei. – É Random! Não consigo avançar! Sinto muito!

Dei meia-volta, corri e pulei da beira da encosta para o lugar onde as pedras se entregavam àquele vaivém inquietante... E me perguntei se teria escolhido o momento mais propício para a descida.

Como em muitas circunstâncias, a resposta era sim e não.

Além da morte certa, dificilmente haveria outros motivos que me levariam a dar um salto daqueles. Cheguei vivo lá embaixo, mas tal descrição não parecia chegar nem perto da realidade. Fiquei atordoado e por um bom tempo achei que tinha quebrado o tornozelo.

O que me colocou em movimento foi um farfalhar vindo do alto e o barulho de cascalhos caindo ao redor. Quando ajeitei os óculos e olhei para cima, percebi que o monstro estava decidido a descer para terminar o serviço. Rastejava feito um fantasma pela encosta, com a área em volta da cabeça mais escura e opaca depois do golpe.

Fiquei de joelhos. Tentei mexer o tornozelo, sem sucesso, e nada ao redor poderia me servir de muleta. Tudo bem. Comecei a rastejar para longe. O que mais poderia fazer? Avançar o máximo possível e, no processo, pensar muito.

A salvação foi uma pedra em movimento, uma das menores, mais lentas, mais ou menos do tamanho de um caminhão. Conforme se aproximava, ocorreu-me que seria o meio de transporte perfeito. E, além disso, talvez me trouxesse uma certa segurança. As maiores, também mais rápidas, pareciam sofrer os maiores danos.

E assim observei as grandes rochas que acompanhavam minha escolhida, estimei as trajetórias e velocidades, tentei aferir o movimento do sistema inteiro e me preparei para o salto. Também prestei atenção na aproximação da fera, ouvi os gritos dos soldados na beira do penhasco e me perguntei se alguém lá em cima estaria calculando a probabilidade de sucesso na fuga e, se estivesse, quais seriam minhas chances.

Na hora certa, avancei. Desviei da primeira rocha sem grande dificuldade, mas tive que esperar a seguinte passar. Tentei me arriscar e atravessar a trajetória da última. Era necessário, para chegar a tempo.

Alcancei a pedra certa no último segundo, agarrei os apoios observados de antemão e fui arrastado por uns cinco metros até conseguir me içar para cima. Depois, escalei até o topo desconfortável da rocha, fiquei esparramado e olhei para trás.

Tinha escapado por um triz. Ainda não estava a salvo, no entanto, pois o monstro me seguia, acompanhando a trajetória das pedras com o olho bom.

Ouvi um lamento decepcionado vindo de cima. Em seguida, os guerreiros começaram a descer a encosta, gritando o que interpretei como um incentivo para a criatura. Comecei a massagear o tornozelo. Tentei relaxar. A fera atravessou, passando por trás da primeira rocha conforme ela completava mais uma órbita.

Até onde seria possível me deslocar em Sombra antes de ser alcançado pelo monstro? Sim, havia mesmo o movimento constante, as texturas mutáveis...

A criatura esperou a segunda pedra, deslizou por trás, seguiu meu rastro, chegou mais perto.

Sombra, Sombra, na brisa...

A essa altura, os homens estavam quase na base da encosta. O monstro esperava a oportunidade de atravessar a próxima leva de rochas. Era capaz de se elevar o bastante para me arrancar ali de cima, disso eu tinha certeza.

... ganhe vida e esmague a inimiga!

Enquanto rodopiava e deslizava, eu me agarrei à sensação de Sombra, modelei as texturas, transformei o possível em provável e por fim em realidade, senti a forma se aproximar com um ajuste levíssimo, dei aquele empurrãozinho necessário no momento certo...

Avançou pelo lado cego da criatura, claro. Um baita pedregulho, acelerando feito uma carreta desgovernada...

Teria sido mais elegante esmagar a fera entre duas pedras, mas não havia tempo para sutilezas, por isso apenas a atropelei e a deixei ali, estrebuchando entre os bólidos de granito.

Alguns momentos depois, inexplicavelmente, o enorme corpo mutilado e alquebrado se alçou do solo e flutuou para o céu, agonizando. Subiu e subiu, impulsionado pelos ventos, depois diminuiu e minguou até sumir por completo.

Minha rocha me levou para longe a um ritmo lento, constante. Todo o traçado ficou à deriva. Os guerreiros saídos da torre se agruparam e decidiram me perseguir. Afastaram-se da encosta e começaram a atravessar a planície. Não encarei a aproximação como uma ameaça séria. Apenas conduziria minha montaria rochosa através de Sombra e os deixaria a mundos de distância. Essa era, de longe, minha melhor opção. Sem dúvida, teria sido mais difícil surpreender os guerreiros do que a fera. Afinal, além de estarem atentos e ilesos, aquela era a terra deles.

Tirei os óculos e tentei ficar de pé, apesar do tornozelo machucado. Estava muito dolorido, mas sustentou meu peso. Voltei a me sentar e comecei a refletir sobre os últimos acontecimentos. Além de ter perdido a espada, já não estava na minha melhor forma. Em vez de continuar a investida naquelas condições, o mais sensato e seguro seria dar o fora dali. Eu havia adquirido conhecimento suficiente do cenário para que minhas chances fossem mais favoráveis na segunda tentativa. Tudo bem...

O céu clareou, as cores e tonalidades perderam um pouco de sua aparência oscilante e arbitrária. As chamas começavam a diminuir ao meu redor. Ótimo. Nuvens brotavam no céu. Excelente. Pouco depois, um brilho surgiu atrás de algumas delas. Sublime. Quando se dissipassem, um sol voltaria a arder no horizonte.

Olhei para trás e, para minha surpresa, ainda havia perseguidores no meu encalço. Era bem possível, porém, que eu não tivesse lidado devidamente com seus análogos naquela parte de Sombra. Afinal, a pressa é inimiga da perfeição.

Desloquei de novo. A rocha alterou o a trajetória gradualmente, mudou de formato, perdeu as pedras que a orbitavam e seguiu em linha reta na direção do que viria a se tornar o oeste. No céu, as nuvens se dispersaram e um sol fraco iluminou a terra. Ganhamos velocidade. A mudança devia ter resolvido a situação de uma vez por todas. Com certeza havia chegado a um lugar diferente.

Mas não resolveu. Quando olhei para trás, os guerreiros continuavam na minha cola. Claro, eu tinha me distanciado um pouco. Mas o grupo ainda marchava atrás de mim.

Bom, tudo bem. Às vezes esse tipo de coisa podia acontecer. Havia duas possibilidades, claro. Como minha mente ainda estava abalada pelos últimos acontecimentos, meu desempenho não fora o ideal e eu os trouxera junto comigo. Ou mantive uma constante em vez de reprimir uma variável, ou seja, desloquei para um lugar e, de forma inconsciente, preservei o elemento de perseguição. Sujeitos diferentes, então, mas ainda no meu encalço.

Massageei um pouco mais o tornozelo. O sol clareou até ficar laranja. Um vento do norte levantou uma nuvem de poeira e areia atrás de mim, tirando o bando de vista. Corri para o oeste, onde uma cordilheira acabava de emergir. O tempo estava em uma fase de distorção. O tornozelo parecia um pouco melhor.

Descansei por alguns instantes. Em matéria de pedra, a minha era razoavelmente confortável. Não fazia sentido me lançar em uma viagem infernal quando tudo parecia transcorrer sem grandes percalços. Estiquei as mãos atrás da cabeça para me espreguiçar e observei as montanhas cada vez mais próximas. Pensei em Brand e na torre. Aquele era o lugar certo. Tudo parecia idêntico ao breve vislumbre fornecido por ele. Menos os guardas, claro. Decidi que atravessaria a parte certa de Sombra, onde recrutaria minha própria coorte, e depois voltaria e tocaria o terror. Sim, e aí tudo voltaria ao normal...

Depois de um tempo, voltei a me espreguiçar, deitei de bruços e observei os arredores. Malditos fossem, ainda estavam no meu encalço! Tinham até se aproximado.

Naturalmente, fiquei bravo. Dane-se a fuga! Já que estavam pedindo, logo teriam o que tanto buscavam.

Fiquei de pé. Meu tornozelo não estava muito dolorido, apenas dormente. Levantei os braços e procurei as sombras desejadas. Encontrei.

Lentamente, a pedra se desviou da trajetória reta e fez um arco para a direita. A curva se estreitou. Contornei uma parábola e comecei a voltar na direção dos guerreiros, aumentando a velocidade aos poucos. Não tive tempo de agitar uma tempestade às minhas costas, o que teria sido um belo detalhe.

Quando avancei para cima dos perseguidores, duas dúzias ou mais, tiveram a prudência de se dispersar. Mas alguns não escaparam. Fiz outra curva e retornei assim que possível.

Fiquei abalado ao ver inúmeros cadáveres em pleno ar, vertendo sangue e tripas, dois deles já bem acima de mim.

Quando eu quase os alcançava pela segunda vez, percebi que alguns tinham pulado na pedra na outra investida. O primeiro a escalar sacou a espada e me atacou. Aparei o golpe, peguei a arma e o empurrei de volta para baixo. Foi quando avistei os esporões no dorso das mãos das criaturas, pois os dele me cortaram.

A essa altura, eu estava na mira de alguns mísseis de formato curioso vindos de baixo, outros dois indivíduos alcançavam o topo e vários outros pareciam ter escalado a rocha.

Ora, até mesmo Benedict recua de vez em quando. Pelo menos eu havia oferecido um embate memorável aos sobreviventes.

Soltei as sombras, arranquei um disco cravejado da lateral do corpo, outro da coxa, cortei fora o braço de um oponente e o acertei com um chute na barriga, depois me ajoelhei para desviar do golpe amplo do próximo e o atingi nas pernas com minha riposta. A investida também o derrubou.

Outros cinco tentavam subir a bordo conforme avançávamos rumo a oeste outra vez, deixando uma dúzia de sobreviventes reagrupados na areia atrás de mim, sob um céu repleto de cadáveres gotejantes.

Tive vantagem contra o oponente seguinte, porque o acertei em plena escalada. Ele dançou, e sobraram quatro.

Enquanto eu lidava com o sujeito, porém, outros três conseguiram subir a bordo por pontos distintos.

Corri até o mais próximo e o eliminei, mas os outros dois alcançaram o topo da pedra e vieram me atacar ao mesmo tempo. Enquanto eu me defendia, o último emergiu e se juntou aos dois.

Não eram bons lutadores, mas o espaço era limitado e havia muitas pontas e lâminas afiadas ao meu redor. Continuei em movimento, aparando os golpes e os confundindo para atacarem uns aos outros. Tive algum sucesso, e quando estavam na melhor posição possível, parti para o ataque. Sofri um ou dois cortes, pois precisei me expor um pouco, mas rachei um crânio como recompensa. O guerreiro despencou da beirada, arrastando um companheiro em um emaranhado de membros e armas.

Infelizmente, o idiota desaforado levara também minha lâmina, cravada no osso escolhido para aparar meu golpe. Ao que parecia, aquele era um dia propício para perder espadas, e questionei se meu horóscopo teria me avisado caso eu o tivesse consultado antes de partir.

Por fim, com um movimento rápido, consegui evitar o golpe do último atacante. Escorreguei em uma poça de sangue durante o processo e derrapei até a beirada frontal da pedra. Se eu caísse por ali, ela teria me esmagado como um rolo compressor, e não restaria nada além de um Random muito achatado, como um tapete exótico, para divertir e intrigar futuros viajantes.

Busquei algum apoio conforme escorregava, e o guerreiro avançou depressa na minha direção, com a espada em riste para acabar comigo tal como eu fizera com seu companheiro.

Consegui agarrar o sujeito pelo tornozelo, um ótimo apoio para desacelerar a queda, e... maldição! Alguém escolheu aquele exato momento para tentar contatar meu arcano.

– Estou ocupado! – gritei. – Chame mais tarde!

E desacelerei enquanto o atacante tropeçava, caía e escorregava para fora da pedra.

Tentei aparar a queda antes que ele virasse tapete, mas não fui rápido o bastante. Minha intenção era tirar algumas informações do sujeito, mas já estava mais do que satisfeito de não bater as botas. Voltei ao lugar de antes para observar os arredores e refletir sobre os próximos passos.

Os sobreviventes continuavam no meu rastro, mas eu tinha assumido uma boa dianteira. Por um tempo, não precisaria me preocupar com outra abordagem. Já bastava. Mais uma vez avançava a caminho das montanhas. O sol que eu havia conjurado começava a me torrar. Eu estava encharcado de suor e sangue. Meus ferimentos me incomodavam. Sentia sede. Logo, logo precisaria invocar a chuva. Seria a primeira providência a ser tomada.

Comecei os preparativos para deslocar naquela direção: nuvens cada vez mais profusas, grandiosas, escuras...

A certa altura, dei uma cochilada e tive um sonho desconexo no qual alguém tentava se comunicar comigo, sem sucesso. Doce escuridão.

Acordei com uma chuva forte e repentina. Não sabia se a escuridão no céu era por causa da tempestade, da noite, e ou de ambos. Estava mais fresco, porém, então abri o manto e fiquei deitado ali, com a boca aberta. De vez em quando eu torcia o tecido para tirar a água. Uma vez saciada a sede, comecei a me sentir limpo de novo. A pedra parecia tão escorregadia que não me atrevi a cruzar a superfície. As montanhas estavam muito mais próximas, os cumes iluminados por relâmpagos constantes. A direção contrária estava tomada pelo breu, então era impossível saber se a perseguição continuava. Teria sido uma viagem muito perigosa para aqueles guerreiros, mas quase nunca é prudente confiar em suposições quando se viaja por sombras desconhecidas. Fiquei um pouco irritado por ter adormecido, mas como nada de ruim aconteceu, apenas me envolvi no manto encharcado e decidi me perdoar. Procurei os cigarros nos bolsos e descobri que metade tinha sobrevivido. Na oitava tentativa, manipulei as sombras o bastante para conseguir fogo. E então fiquei ali sentado, fumando e aproveitando a chuva. Foi uma sensação boa, e passei horas sem mudar mais nada.

A tempestade finalmente passou e o céu clareou, dando lugar a uma noite repleta de constelações estranhas. Era linda, porém, como as noites podem ser no deserto. Muito mais tarde, avançamos por um aclive suave e a pedra passou a desacelerar. As coisas começaram a acontecer segundo as leis de física que regiam a situação, seja lá quais fossem. A subida, afinal, não parecia tão acentuada a ponto de reduzir nossa velocidade daquela forma tão dramática. Eu não queria manipular Sombra em uma direção que poderia me afastar do caminho escolhido. Queria retornar a um território familiar o mais rápido possível, para encontrar um lugar onde minhas intuições arraigadas dos acontecimentos físicos teriam mais chances de estarem certas.

Assim, deixei a pedra perder velocidade, saltei do topo e continuei a caminhar pelo aclive. Conforme avançava, fiz aquela brincadeira de Sombra que todos nós aprendemos na infância. A cada obstrução do caminho, seja uma árvore mirrada ou um pedregal, modificar o céu de cada lado. Aos poucos, restaurei constelações conhecidas. Sabia que desceria por uma montanha diferente daquela que eu havia escalado. Meus ferimentos ainda latejavam um pouco, mas o tornozelo não doía mais, só estava um pouco rígido. Eu me sentia descansado. Sabia que poderia andar por um bom tempo. Tudo parecia ter voltado ao normal.

Foi uma longa caminhada, por uma subida cada vez mais íngreme. Depois de um tempo, surgiu uma trilha para facilitar minha vida. Avancei a um ritmo constante debaixo de céus já familiares, determinado a seguir em frente e chegar ao outro lado pela manhã. No processo, meus trajes se alteravam para se adequar à Sombra. De repente me vi de calça jeans e casaco, com um poncho seco no lugar do manto encharcado. Ouvi uma coruja não muito longe, e de outro lugar, bem afastado, veio o que talvez fosse o uivo de um coiote. Esses sinais de um ambiente mais conhecido me transmitiram certa segurança, exorcizaram qualquer vestígio de desespero remanescente da minha fuga.

Cerca de uma hora depois, cedi à tentação de manipular Sombra, apenas um pouco. Não era muito improvável que um cavalo perdido estivesse vagando por aquelas bandas e, naturalmente, eu o encontrei. Depois de uns dez minutos conquistando sua confiança, montei nele sem sela e avancei com mais conforto. O vento semeava a geada em nosso caminho. A lua apareceu e conferiu vida ao gelo.

Para resumir, cavalguei a noite inteira, atravessei o cume e comecei a descida bem antes do amanhecer. Conforme eu avançava, a montanha ficava cada vez mais vultosa atrás de mim, e não poderia haver momento melhor para tal mudança. A paisagem era verde daquele lado da cordilheira, cortada por rodovias planas, pontuadas por uma ou outra residência. Portanto, tudo acontecia de acordo com meus desejos.

De madrugada, eu estava no sopé da montanha e meu jeans tinha se transformado em calças cáqui e camisa colorida. Trazia uma jaqueta leve pendurada no braço. Bem alto no céu, um jato perfurava o ar, voando de um horizonte ao outro. Pássaros cantavam à minha volta, e o dia estava ameno e ensolarado.

Foi mais ou menos nessa hora que ouvi meu nome ser chamado e senti o toque do arcano outra vez. Interrompi o galope e respondi.

– Pois não?

Era Julian.

– Random, onde você está?

– Bem longe de Âmbar. Por quê?

– Teve contato com algum dos outros?

– Não recentemente. Alguém tentou me contatar ontem, mas eu estava ocupado.

– Fui eu. Preciso lhe contar sobre uma certa situação.

– E você, onde está?

– Em Âmbar. Muitas coisas aconteceram.

– Coisas? Quais?

– Nosso pai está desaparecido há muito tempo, mais do que o normal. Ninguém sabe onde ele está.

– Oberon já fez isso antes.

– Mas sempre deixava ordens e delegava funções. No passado, ele sempre preparava tudo.

– É verdade – admiti. – Mas faz tanto tempo assim?

– Bem mais de um ano. Não sabia de nada?

– Estava ciente da partida de Oberon. Gérard comentou algum tempo atrás.

– Bem, faz mais tempo ainda.

– Entendi. Como vão as coisas por aí?

– O problema é esse. Temos lidado com as situações conforme elas surgem, nada mais. Gérard e Caine já comandavam a marinha, por ordens de Oberon. Na ausência dele, os dois têm tomado as próprias decisões. Assumi a patrulha em Arden outra vez. Mas não existe uma autoridade central para arbitrar, tomar decisões políticas, falar em nome de toda a Âmbar.

– Então precisamos de um regente. Acho que podemos tirar na sorte.

– Não é tão simples assim. Suspeitamos que nosso pai tenha morrido.

– Morrido? Por quê? Como?

– Tentamos contato pelo arcano dele todos os dias há mais de seis meses. Nada. Qual sua opinião?

Assenti com a cabeça.

– Pode mesmo estar morto – concordei. – Talvez tenha topado com alguma coisa. Ainda assim, a possibilidade de que ele esteja em apuros, como prisioneiro em algum lugar, não pode ser descartada.

– Nenhuma cela é capaz de bloquear os arcanos. Nada é. Oberon poderia pedir socorro no instante em que fizéssemos contato.

– É, não tenho como discordar – admiti, e logo pensei em Brand. – Mas talvez ele tenha recusado as tentativas de contato deliberadamente.

– Por quê?

– Nem imagino, mas é uma possibilidade. Sabe muito bem como nosso pai pode ser reservado.

– Não, não faz sentido – argumentou Julian. – Ele teria deixado algumas instruções provisórias.

– Bom, sejam quais forem os motivos, seja qual for a situação, o que pretende fazer?

– Alguém precisa ocupar o trono.

Tive a sensação de que viria desde o início da conversa, claro, aquela oportunidade que não parecia chegar nunca.

– Quem? – perguntei.

– Eric parece ser a melhor opção. Na verdade, ele tem desempenhado esse papel há meses. É apenas uma questão de formalizar a escolha.

– Não apenas como regente?

– Não, não apenas como regente.

– Entendo... Sim, pelo jeito muita coisa aconteceu durante minha ausência. E se escolhêssemos Benedict?

– Ele parece feliz onde está, em Sombra.

– Qual a opinião dele a respeito do assunto?

– Não está muito a favor. Mas não deve oferecer qualquer resistência. Causaria muito tumulto.

– Entendo – repeti. – E Bleys?

– Bem, teve algumas discussões muito acaloradas com Eric sobre o assunto, mas o exército não recebe ordens de Bleys. Ele foi embora de Âmbar há uns três meses. Pode criar problemas mais tarde. Pelo menos já estamos avisados.

– Gérard? Caine?

– Vão concordar com Eric. Mas quero saber de você.

– E as meninas?

Julian deu de ombros.

– Elas tendem a aceitar tudo passivamente, sem causar problemas.

– E imagino que Corwin não...

– Nenhuma novidade. Ele está morto. Todo mundo sabe. O mausoléu dele vem acumulando poeira e ervas daninhas há séculos. Se não estiver morto, então decidiu romper laços com Âmbar para sempre. Então paramos aí. Quero saber qual é a sua posição.

Dei risada.

– Não estou em condição de determinar assuntos tão importantes.

– Precisamos saber agora.

Concordei com um aceno.

– Sempre fui capaz de reconhecer para onde o vento sopra – declarei. – Não remo contra a maré.

Julian sorriu e retribuiu meu gesto.

– Excelente.

– Quando vai ser a coroação? Imagino que eu esteja convidado.

– Claro, claro. Mas ainda não definimos uma data. Falta resolver alguns detalhes. Assim que a cerimônia estiver marcada, um de nós entrará em contato outra vez.

– Obrigado, Julian.

– Adeus, por enquanto, Random.

Fiquei ali por um bom tempo, com a mente atribulada, antes de retomar a descida. Há quanto tempo Eric vinha orquestrando tudo? Em Âmbar, grande parte da politicagem era resolvida bem depressa, mas os preparativos pareciam demandar muito raciocínio e planejamento. Desconfiei, claro, do envolvimento dele nos problemas de Brand. Também não pude descartar a possibilidade de sua participação no desaparecimento do nosso pai. Teria sido um estratagema trabalhoso, com direito a uma armadilha realmente infalível. Quanto mais eu pensava nisso, porém, menos disposto ficava a descartar a hipótese. Cheguei até a relembrar várias especulações antigas sobre a participação dele na sua suposta morte, Corwin. Mas, naquele momento, não consegui pensar em absolutamente nada que eu pudesse fazer a respeito. Resolvi seguir a correnteza, se era dali que fluía o poder. Continuar bem visto aos olhos dele.

Ainda assim... Sempre há mais de um lado na história. Tentei decidir quem poderia me fornecer outros pontos de vista. Enquanto refletia, virei o rosto para apreciar as alturas das quais ainda descia, e algo chamou minha atenção.

Havia vários cavaleiros perto do cume. Ao que parecia, tinham refeito meus passos, seguindo pela mesma trilha. Era impossível estimar quantos eram a essa distância, mas eram quase uma dúzia, o que despertou minhas suspeitas. Um grupo numeroso demais para estar bem ali, naquele exato momento. Ao ver que eles continuavam a descer pelo mesmo caminho, senti um calafrio na base da nuca. E se...? E se fossem os mesmos guerreiros? Porque eu tinha a sensação de que eram mesmo.

Individualmente, eles não eram páreo para mim. Não seriam grande coisa nem se me atacassem dois de cada vez. O problema não era esse. O mais assustador era saber que, se fosse mesmo verdade, não éramos mais os únicos capazes de manipular Sombra com destreza. Era um sinal de que mais alguém tinha a habilidade que durante a vida inteira acreditei pertencer apenas à nossa família. E ainda por cima eram os carcereiros de Brand, então suas intenções em relação à nossa linhagem, ou pelo menos uma parte dela, não pareciam muito benevolentes.

Comecei a suar com a ideia de haver inimigos capazes de se igualar ao nosso poder mais grandioso.

A distância ainda não me permitia determinar se eram eles de fato. Mas precisamos explorar todas as facetas se quisermos manter a vitória no jogo da sobrevivência. Por acaso Eric teria encontrado, treinado ou criado seres especiais capazes de suprir essa necessidade específica? Além de você e Eric, Brand era um dos que tinha mais pretensão ao trono... droga, não que eu queira questionar seus direitos! Você entendeu, né? Mencionei isso apenas para demonstrar meu raciocínio na hora. Nada mais. Enfim, Brand poderia ter sido um ótimo candidato ao trono, se estivesse em condições de defender sua pretensão. Como você estava fora de cena, ele era o principal rival de Eric, quando avaliamos a legalidade da situação. Essa perspectiva, somada ao suplício dele e à capacidade daquelas criaturas de atravessar Sombra, deixou Eric cada vez mais sinistro aos meus olhos. Esse pensamento me assustou mais do que os próprios guerreiros, embora eles também não me enchessem de alegria. O melhor, decidi, era agir depressa e me comunicar com mais alguém em Âmbar e pedir transporte via arcano.

Bem, a decisão foi rápida. Gérard parecia a opção mais segura. Ele é razoavelmente aberto e imparcial. Sincero na maioria das vezes. E, de acordo com os relatos de Julian, o papel de Gérard naquela história parecia um tanto passivo. Ou seja, não pretendia confrontar as decisões de Eric. Não ia querer criar tumulto. Não era sinal de que aprovava a situação. Provavelmente só estava sendo o Gérard cauteloso e conservador de sempre. Já decidido, fui pegar meu baralho de arcanos e quase dei um berro. As cartas tinham sumido.

Procurei em todos os bolsos das roupas. Estava comigo quando parti de Texorami. Podia ter perdido no dia anterior, durante alguma luta. Afinal, eu tinha sido muito espancado e empurrado para cima e para baixo. E o dia tinha sido favorável à perda de itens valiosos. Compus uma litania complicada de xingamentos e cravei os calcanhares nos flancos do cavalo. Seria necessário acelerar o passo e os pensamentos. A primeira coisa a fazer era encontrar um lugar civilizado e cheio de gente, onde um assassino mais primitivo se encontraria em desvantagem.

Enquanto eu corria encosta abaixo, na direção de uma das estradas, manipulei a matéria da Sombra, dessa vez com toda a habilidade e sutileza ao meu alcance. Naquele momento, eu só tinha dois desejos: um último ataque contra meus possíveis perseguidores e acesso rápido a um refúgio.

O mundo tremulou e deu um último solavanco antes de se transformar na Califórnia que eu pretendia. Um som áspero e rangente chegou aos meus ouvidos, dando os retoques finais aos meus preparativos. Virei o rosto e vi um pedaço do penhasco se soltar, quase em câmera lenta, e deslizar bem na direção dos cavaleiros. No instante seguinte eu já havia desmontado do cavalo e avançava pela estrada, com trajes ainda melhores. Não sabia ao certo qual era a estação do ano era e queria saber como estaria o clima em Nova York.

Pouco depois, o ônibus planejado apareceu e eu fiz sinal para o motorista. Encontrei um lugar vazio perto da janela e fumei um pouco enquanto admirava a paisagem. Depois de um tempo, peguei no sono.

Só acordei no começo da tarde, quando o ônibus parou em um terminal. Estava faminto a essa altura, então decidi comer alguma coisa antes de pegar um táxi para o aeroporto. Comprei três cheeseburguers e algumas cervejas com os trocos que me restavam de Texorami. Levei uns vinte minutos entre fazer o pedido e terminar de comer. Ao sair da lanchonete, avistei alguns táxis parados no ponto. Antes de pegar um, resolvi fazer uma visita importante ao banheiro.

No pior momento possível, seis portas das cabines reservadas se escancararam atrás de mim e os ocupantes me atacaram. Eram inconfundíveis os esporões no dorso das mãos, as mandíbulas enormes, os olhos flamejantes. Não apenas me alcançaram, como também vestiam roupas tão comuns quanto todos os outros à nossa volta. Lá se foram as últimas dúvidas quanto ao poder daquelas criaturas sobre Sombra.

Felizmente, um deles era mais rápido do que os outros. Além disso, talvez por causa do meu tamanho, ainda não estavam cientes da minha força. Agarrei o primeiro pelo braço, fora do alcance das baionetas em suas mãos, depois o puxei para mim e o ergui no ar antes de atirar seu corpo em cima dos outros. Em seguida, dei meia-volta e bati em retirada. Quebrei a porta na saída. Nem tive tempo de fechar a braguilha da calça antes de entrar no táxi e mandar o motorista sair cantando pneu.

Não, já não precisava de um simples refúgio. Minha vontade era pegar um baralho de arcanos e contar sobre aquelas criaturas para outro membro da família. Se fossem servos de Eric, os outros precisavam saber de sua existência. Se não fossem, então Eric também precisava ser informado. Se eram capazes de atravessar Sombra, outros poderiam ter a mesma habilidade. Seja lá o que fossem, poderiam representar uma ameaça para a própria Âmbar. E se, apenas uma suposição, ninguém da família estivesse envolvido? E se Oberon e Brand fossem vítimas de um inimigo completamente desconhecido? Nesse caso, uma enorme ameaça se aproximava, e eu havia me colocado bem no olho do furacão. Essa seria uma explicação excelente para aquela perseguição tão intensa. Estariam loucos para me pegar. Minha mente correu solta. Talvez até estivessem me conduzindo para alguma armadilha. Poderia haver outros inimigos por perto, ainda ocultos.

Controlei minhas emoções. Seria necessário enfrentar as situações conforme surgiam, uma por vez. Nada mais. Separar os sentimentos das suposições, ou pelo menos garantir que não se misturassem. Aquela era a sombra da irmã Flora. Ela morava na outra extremidade do continente, em um lugar chamado Westchester. Minha primeira providência seria achar um telefone, pedir informações e ligar para ela. Explicar a gravidade da situação e pedir refúgio. Ela não poderia negar, por mais que me odiasse. E então, bastava pegar um avião e ir logo para lá. Poderia especular à vontade no caminho, mas naquele momento precisava manter a calma.

Então telefonei do aeroporto e você atendeu, Corwin. Foi a variável que desmontou todas as equações possíveis em minha mente, o fato de você ter aparecido bem naquela hora, naquele lugar, naquele ponto crucial dos acontecimentos. Aceitei na hora quando me ofereceu proteção, e não foi por mera segurança. Provavelmente poderia ter lidado com aqueles seis guerreiros sozinho. Mas essa já não era a questão. *Achei que fossem seus servos.* Imaginei que você estivesse à espreita o tempo todo, esperando o momento certo para dar o bote. E, ao que parecia, enfim estava pronto para agir. Isso explicava tudo. Você tinha levado Brand e estava prestes a usar seus zumbis atravessadores de Sombra para pegar Eric de calça arriada. Eu queria ficar do seu lado porque sabia da sua capacidade de traçar bons planos e alcançar seus objetivos, e porque eu odiava Eric. Mencionei a perseguição dos caras de Sombra para ver qual seria sua reação. O seu silêncio, porém, não provou nada. Ou tinha agido por pura cautela, ou não sabia das minhas últimas andanças. Também considerei a possibilidade de cair em uma armadilha sua, mas já estava cheio de problemas e não me considerava uma peça tão importante na disputa de poder a ponto de precisar ser eliminado. Especialmente se eu lhe oferecesse meu apoio, algo que eu estava muito disposto a fazer. Por isso, peguei o avião. E, maldição, os seis embarcaram logo depois e me seguiram. Cheguei a pensar: seria uma espécie de escolta fornecida por ele? Mas era melhor não começar a fazer suposições. Quando aterrissamos, despistei as criaturas outra vez e fui para a casa de Flora. Lá, agi como se não tivesse pensado em nenhuma daquelas hipóteses, e apenas esperei por sua reação. Quando você me ajudou a eliminar os guerreiros, fiquei realmente confuso. Teria sido surpresa genuína da sua parte, ou havia sacrificado alguns de seus soldados como artifício para me enganar? Tudo bem, decidi bancar o ignorante, colaborar, descobrir quais eram suas intenções. Eu fui a vítima perfeita para aquela sua jogada de disfarçar a perda de memória. E, quando descobri a verdade, já era tarde demais. Estávamos a caminho de Rabma, e as informações não fariam qualquer sentido para você. Mais tarde, depois da coroação, não quis revelar nada para Eric. Àquela altura, eu era prisioneiro dele e não nutria muito apreço por nosso irmão. Até me ocorreu que minhas informações poderiam se tornar valiosas, pelo menos para comprar minha liberdade, se aquela ameaça chegasse a se concretizar. Quanto a Brand, duvido que alguém teria acreditado em mim; e, mesmo se acreditassem, eu era o único que sabia como alcançar aquela sombra. Consegue imaginar Eric aceitando isso como motivo para me libertar? Ele teria caído na gargalhada e me aconselhado a inventar uma história mais plausível. E nunca mais tive notícias de Brand. Ao que parece, mais ninguém teve. O mais provável é que ele esteja morto a essa altura, creio eu. E essa é a história que nunca cheguei a contar. Cabe a você descobrir o significado por trás.

TRÊS

Observei Random com atenção, ciente de que ele era um ótimo jogador de cartas. Era difícil determinar se estava mentindo, em parte ou completamente, só de olhar para seu rosto, da mesma forma que seria impossível aferir qualquer coisa de, digamos, um valete de ouros. E esse foi um belo detalhe. Havia muitos pormenores plausíveis em sua história para passar uma impressão de verossimilhança.

– Parafraseando Édipo, Hamlet, Lear e todos os outros, teria sido bom saber disso há mais tempo – declarei.

– Foi a primeira oportunidade que tive para contar.

– É verdade. Infelizmente, longe de esclarecer, essa história complica ainda mais o quebra-cabeça. O que não é pouca coisa. Estamos com uma estrada negra que se estende até a base da Kolvir. Como passa por Sombra, criaturas vieram por ela para acossar Âmbar. Não sabemos a verdadeira natureza das forças por trás disso, mas são claramente malignas e parecem estar mais poderosas. Já faz um tempo que me sinto culpado por essa mudança, porque me parece estar relacionada à minha maldição. Sim, lancei uma contra nós. Mas, com ou sem maldição, tudo se resume a algo tangível que pode ser combatido. E assim devemos agir. No entanto, durante toda a semana tentei entender o papel de Dara nessa história. Quem ela é? O que ela é? Por que estava tão ansiosa para atravessar o Padrão? Como conseguiu fazer a travessia? E aquela ameaça final… "Âmbar será destruída", declarou. Não parece mera coincidência tais desdobramentos terem surgido no mesmo momento do ataque pela estrada negra. Para mim, não são elementos separados, mas parte da mesma trama. E tudo parece estar interligado à existência de um traidor em algum lugar de Âmbar. A morte de Caine, os bilhetes… Alguém daqui tem colaborado com um inimigo de fora ou planejou tudo sozinho. E ainda temos o desaparecimento de Brand, relacionado a esta criatura – acrescentei, e cutuquei o cadáver com o pé. – Dá a impressão de que a morte ou ausência de nosso pai também faz parte do estratagema. Se for mesmo isso, há uma grande conspiração em andamento, e cada mínimo detalhe foi planejado cuidadosamente ao longo de anos.

Random vasculhou o armário do canto, pegou uma garrafa e dois cálices. Serviu duas doses e me deu uma das taças, depois voltou para sua cadeira. Fizemos um brinde silencioso à futilidade da existência.

– Bom, complôs são o passatempo preferido por essas bandas, e todo mundo teve tempo de sobra, entende? – argumentou ele. – Nós dois somos jovens demais para nos lembrar dos nossos irmãos Osric e Finndo, mortos pelo bem de Âmbar. Mas a impressão que tenho depois da conversa com Benedict...

– Sim, eu sei. Eles não estavam satisfeitos em cobiçar o trono e foi necessário que morressem bravamente por Âmbar. Já ouvi essa versão da história. Talvez seja verdade, talvez não. Nunca vamos saber ao certo. Ainda assim... É, o argumento faz bastante sentido, embora seja quase desnecessário. Não tenho dúvidas de que já tentaram algo do tipo antes. Qualquer um de nós seria capaz de tal coisa. Mas quem? Enquanto não descobrirmos, estaremos em séria desvantagem. Qualquer ato direcionado ao exterior provavelmente servirá apenas para atacar uma faceta do monstro. Pense em outra solução.

– Corwin, para ser sincero, eu poderia acusar qualquer um de nós, inclusive eu mesmo, até na condição de prisioneiro. Na verdade, seria uma excelente fachada. Eu teria adorado parecer impotente quando, na verdade, fosse o responsável por mexer os pauzinhos e fazer todo mundo dançar. Mas o mesmo vale para todos nós. Todos temos nossos motivos, nossas ambições. E, ao longo dos anos, todos tivemos tempo e oportunidade para preparar o terreno. Não, procurar suspeitos não é a melhor forma de abordar o problema. Todos aqui se enquadram na categoria. Vamos analisar, em vez disso, o que distinguiria tal indivíduo, além de motivos, além de oportunidades. Eu diria que precisamos analisar os métodos.

– Tudo bem. Então pode começar.

– Algum de nós tem mais conhecimento sobre as complexidades de Sombra, os detalhes, os meandros, as sutilezas. Essa pessoa também tem aliados, vindos de algum lugar distante. Essa combinação foi infligida a Âmbar. Ora, não temos como adivinhar, só com uma olhada, se tal pessoa detém conhecimentos e habilidades especiais. Mas podemos considerar onde tais informações poderiam ter sido obtidas. Pode ser que o responsável simplesmente tenha aprendido em algum lugar de Sombra, por conta própria. Ou pode ter estudado o assunto aqui, enquanto Dworkin ainda estava vivo e disposto a dar aulas.

Baixei o olhar para a taça. Talvez Dworkin ainda estivesse vivo. Afinal, ele me fornecera os meios necessários para escapar das masmorras de Âmbar... quanto tempo fazia? Eu não havia revelado esse encontro a ninguém, e não pretendia. Em primeiro lugar, Dworkin estava completamente insano, o que aparentemente motivara sua prisão a mando de Oberon. Além disso, havia demonstrado poderes que eu não compreendia, sinal de que poderia ser um homem muito perigoso. Ainda assim, depois de um mínimo de adulação e reminiscências, ele tinha me tratado com gentileza. Se ainda estivesse vivo, parecia-me possível contorná-lo com um pouco de paciência. Por esse motivo, eu havia mantido a história escondida nos recantos da mente, como uma arma secreta. E não vi motivos para mudar de opinião naquele momento.

– Brand passava muito tempo com Dworkin – concordei, finalmente entendendo o raciocínio de Random. – Nosso irmão tinha interesse nesse tipo de coisa.

– Sim, exato. E Brand obviamente sabia mais do que todos nós, já que conseguiu enviar aquela mensagem sem usar um arcano.

– Acha que ele fez um acordo com os forasteiros, mostrou o caminho para Âmbar e depois descobriu que não tinha mais serventia quando acabou largado para trás?

– Não necessariamente. Embora também seja uma possibilidade. Meu raciocínio tende a seguir por outro caminho, e não nego meu viés favorável: acredito que Brand tenha aprendido tanto sobre o assunto a ponto de detectar quando alguém fazia algo peculiar relacionado aos arcanos, ao Padrão ou à região de Sombra mais próxima de Âmbar. E aí cometeu um erro. Talvez tenha subestimado o responsável e o confrontado pessoalmente em vez de consultar nosso pai ou Dworkin. E depois? O culpado o derrotou e o aprisionou naquela torre. Das duas, uma: ou o responsável não quis matar Brand por respeito, ou planejava fazer uso dele mais tarde.

– Da forma como explica, também parece bem plausível – comentei.

Teria acrescentado "e se encaixa muito bem na sua história" para ver sua expressão inescrutável de novo, não fosse por um detalhe. Quando estive com Bleys, antes de nosso ataque em Âmbar, tive um vislumbre momentâneo de Brand enquanto explorava os arcanos. Na ocasião, ele me transmitiu certo ar de angústia, aprisionamento, e depois o contato se desfez. Não havia furos na história de Random, até esse ponto. Por isso, limitei-me a dizer:

– Se ele puder nos apontar o culpado, devemos ir ao seu resgate e descobrir tudo de uma vez.

– Eu estava torcendo para você dizer isso – admitiu Random. – Detesto deixar assuntos inacabados.

Fui buscar a garrafa e enchi de novo os cálices. Tomei um gole. Acendi outro cigarro.

– Antes de começarmos, porém, preciso encontrar a forma mais apropriada de anunciar a morte de Caine. Onde está Flora, aliás?

– Na cidade, se não me engano. Esteve aqui hoje cedo. Posso ir atrás dela, se quiser.

– Faça isso, então. Flora é a única outra pessoa que já viu uma dessas criaturas, quando invadiram a casa dela em Westchester. Pode ser útil ter mais alguém para confirmar a brutalidade das feras. Além do mais, tenho outras perguntas para nossa irmã.

Random esvaziou a taça e se levantou.

– Tudo bem. Vou atrás dela. Para onde eu a levo?

– Aos meus aposentos. Se eu não estiver lá, me esperem.

Ele assentiu, então fiquei de pé e o acompanhei até o corredor.

– Tem a chave deste cômodo? – perguntei.

– Está pendurada lá dentro.

– Bem, vá buscar e tranque a porta. Não seria bom entregar a verdade antes da hora.

Random trancou a porta e me entregou a chave. Seguimos juntos até o primeiro patamar da escada, depois me despedi.

Do meu cofre, tirei a Joia do Julgamento, um pingente de rubi que havia proporcionado a Oberon e a Eric o poder de controlar as condições atmosféricas nos arredores de Âmbar. Antes de morrer, Eric me explicara o procedimento necessário para usufruir do artefato. Não tive muito tempo desde então, e assim continuava. Durante a conversa com Random, contudo, decidi que seria necessário resolver a situação. Já havia encontrado as anotações de Dworkin escondidas sob uma pedra, perto da lareira de Eric, conforme suas instruções antes daquele último suspiro. Mas teria sido bom saber de onde ele tinha tirado aquelas anotações, pois estavam incompletas. Retirei os papéis do fundo do cofre e dei mais uma olhada. Os escritos coincidiam com a explicação de Eric quanto ao processo de sintonização da Joia do Julgamento.

Mas também indicavam que a pedra preciosa tinha outros usos, que o controle dos fenômenos meteorológicos era quase uma demonstração incidental, embora impressionante, de um conjunto de princípios responsáveis por reger o Padrão, os arcanos e a integridade física da própria Âmbar, fora de Sombra. Infelizmente, não havia tantos detalhes. Ainda assim, quanto mais eu vasculhava a memória, mais indícios encontrava. Nosso pai quase não recorria à joia; e embora se referisse a ela como um artefato capaz de alterar o clima, nem sempre parecia atingir tais fins. Com frequência a levava consigo em suas pequenas viagens. Por essas e outras, eu estava disposto a acreditar que a joia detinha outros poderes. Eric deve ter seguido o mesmo raciocínio, mas também não conseguira decifrar os outros usos. Ele se limitara a tirar proveito dos poderes óbvios quando Bleys e eu atacamos Âmbar; e a usara da mesma forma naquela última semana, quando as criaturas tinham avançado a partir da estrada negra. A joia o ajudara nas duas ocasiões, embora não tivesse bastado para salvar sua vida. Portanto, decidi que seria imprescindível dominar os poderes da Joia do Julgamento. Até a menor vantagem faria diferença. E poderia ser vantajoso ostentar tal símbolo. Especialmente naquele momento.

Guardei as anotações de volta no cofre e coloquei a joia no bolso. Depois, saí dos meus aposentos e desci as escadas. Tal como antes, andar por aqueles corredores me deu a sensação de nunca ter estado ausente. Aquele era meu lar, a realização dos meus desejos. E eu me tornei seu defensor. Mesmo sem usar a coroa, todos os problemas haviam recaído sobre mim. Irônico. Eu havia voltado para reivindicar a coroa, para arrancá-la de Eric, para conquistar a glória, para reinar. De repente, tudo parecia prestes a desabar. Não demorei muito para perceber que Eric havia cometido um erro. Se tivesse mesmo assassinado nosso pai, não tinha direito ao trono. E, se tivesse sido o responsável, então suas ações haviam sido prematuras. De qualquer forma, a coroação só tinha servido para inflar seu ego já obeso. Quanto a mim, eu queria a coroa, e sabia que estava ao meu alcance. Mas seria igualmente irresponsável da minha parte, tendo meus soldados aquartelados em Âmbar, a suspeita do assassinato de Caine prestes a cair sobre mim, a revelação súbita dos primeiros sinais de uma conspiração fantástica e a possibilidade persistente de que nosso pai ainda estivesse vivo. Em várias ocasiões, pareceu que havíamos feito contato por um breve instante, e, em uma delas, anos antes, ele havia aprovado minha pretensão ao trono. No entanto, eu estava cercado por tantas armações e mentiras que já não sabia em que acreditar. Oberon não havia abdicado. Além disso, eu tinha sofrido um ferimento na cabeça e estava bem ciente das minhas próprias ambições. A mente é um lugar curioso. Não confio nem na minha. Será que eu tinha inventado a história toda? Muita coisa havia acontecido desde então. O preço de ser um filho de Âmbar, suponho, é perder a confiança em si mesmo. O que Freud teria dito sobre o assunto? Embora não tenha conseguido resolver minha amnésia, chegara a fazer ótimas suposições quanto à minha relação com meu pai, ainda que no momento eu não tivesse percebido. Teria sido bom fazer mais uma sessão com ele.

Atravessei o salão de banquetes de mármore e adentrei o corredor escuro e estreito logo atrás. Acenei para o guarda antes de cruzar a porta. Avancei pela plataforma e desci a escadaria espiral interminável até as entranhas da Kolvir. Degraus a perder de vista. Luzes aqui e ali. Escuridão além.

Era como se o equilíbrio tivesse sido alterado durante a jornada, pois já não era eu quem agia, mas sofria ações, era forçado a avançar, a reagir. Guiado de um lado ao outro. E cada movimento levava ao seguinte. Onde havia começado? Talvez já fizesse anos, e só então eu começava a me dar conta. Talvez todos fôssemos vítimas, de formas e intensidades que nunca chegamos a perceber. Ponderações, mórbidas ponderações. Sigmund, onde está? Ser rei sempre havia sido meu maior desejo, ainda era. No entanto, quanto mais eu descobria, quanto mais refletia sobre tais descobertas, mais todas as minhas ações pareciam se resumir a Peão de Âmbar para Rei Quatro. Percebi então que já fazia algum tempo que eu nutria esse sentimento, cada vez maior em meu íntimo, e não gostei nem um pouco. No entanto, não se pode viver sem errar, então me consolei com a ideia. Se minha impressão traduzisse corretamente a realidade, meu Pavlov pessoal se aproximava de minhas garras a cada toque da sineta. Logo, logo, e não poderia demorar, seria necessário trazê-lo para bem perto. E então caberia a mim garantir que nunca mais desaparecesse ou voltasse.

De curva em curva, de degrau em degrau, luz aqui, luz ali, tais eram meus pensamentos, que também se enrolavam ou desenrolavam, como fio de carretel. Abaixo de mim, o som de metal contra pedra. A bainha de uma espada, o guarda a postos. Uma onda de clareza de uma lamparina levantada.

– Lorde Corwin...

– Jamie.

Na base, peguei uma lamparina da prateleira. Acendi o pavio e segui na direção do túnel, afastando a escuridão conforme avançava, um passo de cada vez.

Depois me embrenhei túnel adentro, contando as passagens laterais. Estava em busca da sétima. Ecos e sombras. Bolor e poeira.

Quase lá. Outra curva. Mais alguns passos.

Por fim, aquela imensa porta escura, com barras de metal. Eu a destranquei e a empurrei com força. Ela rangeu, resistiu, depois cedeu aos meus esforços.

Acomodei a lamparina no chão, bem à direita, no lado de dentro. Não precisava mais dela, pois o Padrão fornecia luz suficiente para meus intentos.

Por um momento, contemplei o Padrão, um aglomerado de linhas curvas que pregava peças nos olhos de quem tentava acompanhar seus meandros, incrustado ali, em sua enormidade, na escuridão escorregadia do piso. Ele me dera poder sobre Sombra, restaurara a maior parte de minha memória. E me destruiria em um segundo se eu o explorasse de forma errada. A gratidão que a perspectiva suscitava em mim, portanto, não era desprovida de medo. Era uma relíquia familiar, antiga, esplêndida e misteriosa, escondida bem onde deveria estar, no porão.

Alcancei o ponto onde o traçado começava. Ali, acalmei a mente, relaxei o corpo e posicionei o pé esquerdo no Padrão. Sem perder tempo, dei um passo adiante e senti a corrente começar. Faíscas azuis delineavam minhas botas. Outro passo. Dessa vez os estalos foram audíveis e a resistência começou. Entrei na primeira curva, apressado, com a intenção de chegar logo ao Primeiro Véu. Quando enfim o alcancei, meu cabelo se agitava e as faíscas estavam mais fortes, mais longas.

A tensão aumentou. Cada passo exigia mais esforço do que o anterior. Os estalos foram ficando mais altos e a corrente se intensificou. Meu cabelo se levantou e precisei espanar as faíscas. Mantive os olhos nas linhas flamejantes e não interrompi o avanço.

De repente, a pressão cedeu. Cambaleei, mas segui em frente. Cruzei o Primeiro Véu e fui tomado pela sensação de conquista proporcionada pela travessia. Relembrei da última passagem pelo mesmo caminho, em Rabma, a cidade submarina. Na ocasião, a completude daquela manobra havia desencadeado o retorno das minhas lembranças. Sim. Avancei cada vez mais, e as faíscas aumentaram, e as correntes se intensificaram de novo, e minha pele formigou.

O Segundo Véu... Os ângulos... Sempre parecia levar alguém até os limites da força, para ser inteiramente transformado em Vontade pura. Era uma sensação poderosa, implacável. Naquele momento, nada mais importava além de concluir a travessia. Eu sempre estivera lá, lutando, nunca longe, sempre lá, batalhando, minha força de vontade contra o labirinto de poder. O tempo havia desaparecido. Apenas a tensão persistia.

As faíscas alcançavam minha cintura. Entrei na Grande Curva e penei para percorrer seu caminho. Eu era destruído e renascido a cada passo, consumido pelo fogo da criação, congelado pelo frio do fim entrópico.

Para a frente, cada vez mais distante, às voltas. Outras três curvas, uma linha reta, alguns arcos. Tontura, uma sensação de desvanecimento, depois de intensificação, como se eu oscilasse entre a existência e o nada. Curva atrás de curva atrás de curva atrás de curva... Um arco curto e estreito... A linha que levava ao Último Véu... A essa altura já devia estar ofegante, coberto de suor. Nunca consigo me lembrar direito. Mal conseguia mexer os pés. As faíscas chegavam aos meus ombros. Entraram nos olhos e, entre as piscadas, perdi o Padrão de vista. Dentro, fora, dentro, fora... Lá estava. Arrastei meu pé para a frente, sabendo como Benedict deve ter se sentido, com as pernas presas no mato preto, logo antes de eu lhe atingir a nuca. Também me senti golpeado, por todo o corpo. Pé esquerdo, para a frente... Tão devagar que era difícil saber se ainda avançava. Minhas mãos eram chamas azuis, minhas pernas, colunas de fogo. Um passo. Mais um. Depois outro.

A sensação era de ter me tornado uma vagarosa estátua animada, um boneco de neve derretido, uma viga envergada... Mais dois passos... Três... Glaciais, meus movimentos, mas eu, que os executava, tinha toda a eternidade e uma força de vontade perfeitamente constante a ser realizada...

Passei pelo Véu. Um breve arco se seguiu. Três passos para alcançar a escuridão e a paz. Era a pior parte.

Um intervalo para Sísifo tomar café! Esse foi meu primeiro pensamento ao emergir do Padrão. *Consegui de novo!* Esse foi o segundo. E: *Nunca mais!* O terceiro.

Permiti a mim mesmo o luxo de respirar fundo e estremecer. Depois, tirei a joia do bolso e a ergui pela corrente. Mantive a pedra diante dos olhos.

Vermelho por dentro, claro, uma tonalidade viva de cereja, com traços de fumaça, fulgente. Parecia ter capturado um pouco mais de luz e brilho durante a travessia do Padrão. Continuei a observar, conforme refletia sobre as instruções e as comparava com o que eu já sabia.

Depois de percorrer o Padrão e chegar a esse ponto, dá para usá-lo como transporte para qualquer lugar que puder visualizar. Basta apenas o desejo e um ato de vontade. Como era o caso, não fui privado de um instante de trepidação. Se o processo fosse realizado normalmente, eu correria o risco de cair em uma armadilha peculiar. Mas Eric havia conseguido. Não fora aprisionado no coração de uma joia em algum lugar de Sombra. O Dworkin responsável por escrever aquelas anotações tinha sido um grande homem, e eu confiara nele.

Recuperei a compostura e intensifiquei o escrutínio quanto ao interior da pedra.

Lá dentro, avistei o reflexo distorcido do Padrão, cercado por pontos de luz inconstantes, clarões e lampejos minúsculos, curvas e trajetórias diferentes. Tomei a decisão, concentrei minha vontade...

Vermelhidão e câmera lenta. Como afundar em um oceano extremamente viscoso. Bem devagar, a princípio. À deriva, na escuridão, todas as belas luzes muito, muito distantes. De forma sutil, minha velocidade aparente aumentou. Lampejos de luz, distantes, intermitentes. Um pouco mais rápido. Sem escalas. Eu era um ponto de consciência de dimensões indefinidas. Ciente do movimento, ciente da configuração para a qual avançava, a essa altura quase depressa. A vermelhidão havia desaparecido quase por completo, assim como a consciência de toda a matéria. A resistência se dissipou. Eu avançava a toda velocidade. Tudo parecia ter levado apenas um instante, ainda levava o mesmo instante. A situação apresentava uma qualidade peculiar, atemporal. Minha velocidade relativa ao que parecia meu alvo era enorme. O pequeno labirinto retorcido crescia, transformava-se em uma aparente variação tridimensional do próprio Padrão. Pontilhado por clarões de luzes coloridas, cresceu diante de mim, ainda reminiscente de uma galáxia bizarra quase emaranhada no miolo da noite eterna, com um halo brilhante de poeira pálida, os raios compostos de incontáveis pontos bruxuleantes. E ou ele crescia, ou eu encolhia, ou ele avançava, ou eu disparava, e estávamos próximos, quase juntos, e ele ocupava todo o espaço, de cima a baixo, de um lado a outro, e minha velocidade pessoal parecia, se possível, aumentar ainda mais. Fui tomado, dominado pelas chamas, e avistei um raio saliente que eu sabia ser o começo. Estava muito perto, perdido, na verdade, para compreender a configuração geral, mas a curvatura, o bruxuleio, o entrelaçamento de tudo ao meu redor, todas essas coisas me fizeram duvidar se três dimensões bastavam para acomodar as complexidades que me confrontavam e deturpavam meus sentidos. Em vez da analogia galáctica, parte da minha mente mudou para o outro extremo, sugerindo dimensões infinitas do espaço de Hilbert na escala subatômica. Mas não passava de uma metáfora nascida do desespero. A verdade nua e crua era que eu simplesmente não entendia nada daquilo. Tinha apenas a sensação crescente, talvez motivada pelo Padrão ou por puro instinto, de que precisava atravessar também aquele labirinto para alcançar o novo grau de poder almejado.

E eu não estava enganado. Fui arremessado para dentro dele sem qualquer redução da minha velocidade aparente. Girei e rodopiei por trilhas flamejantes, passando por nuvens etéreas de cintilância e brilho. Não havia pontos de resistência, como no Padrão propriamente dito, e o impulso inicial parecia suficiente para me conduzir. Um passeio vertiginoso pela Via Láctea? Um homem afogado levado pela correnteza entre recifes de corais? Um pardal insone sobrevoando uma noite regada a fogos de artifício? Foram esses meus pensamentos ao recapitular minha passagem recente naquela versão transformada.

E enfim emergi, atravessei, trespassei em uma explosão de luz rubra onde me vi segurando o pingente ao lado do Padrão, em seguida observando o pingente, o Padrão no interior dele, no meu, tudo dentro de mim, eu dentro dele, a vermelhidão atenuada, dissipada, desvanecida. E depois, só eu, o pingente, o Padrão, sozinho, relações sujeito-objeto restabelecidas, apenas uma oitava maiores, como me pareceu a melhor forma de descrever. Pois certa empatia havia brotado. Era como se eu tivesse adquirido um sentido adicional, um novo meio de expressão. Foi uma sensação peculiar, satisfatória.

Ansioso para prosseguir com os testes, reuni minha determinação mais uma vez e ordenei que o Padrão me transportasse para outro lugar.

Logo estava no cômodo redondo, no topo da torre mais alta de Âmbar. Atravessei o ambiente e saí para uma varanda estreita. O contraste era intenso, acompanhando de perto a viagem supersensorial que eu acabara de fazer. Por um bom tempo permaneci imóvel, observando.

O mar se estendia em uma imensidão de texturas, pois o céu parcialmente nublado dava lugar ao crepúsculo. As próprias nuvens exibiam padrões de brilho suave e ligeira penumbra. O vento soprava em direção ao mar, de modo que fui temporariamente privado do cheiro de maresia. Pássaros escuros pontilhavam o céu, oscilando e pairando a uma grande distância das ondas. Lá embaixo, os jardins e pátios do palácio se abriam em persistente elegância até as bordas da Kolvir. As pessoas pareciam minúsculas nas ruas, seus movimentos, insignificantes. Senti uma grande solidão.

E então toquei o pingente e invoquei a tempestade.

QUATRO

Quando retornei, Random e Flora me aguardavam em meus aposentos. Os olhos dele recaíram primeiro sobre o pingente antes de encontrar os meus. Confirmei com um aceno.

Fiz uma ligeira reverência para Flora.

– Irmã, já faz muito tempo… tempo demais.

Ela parecia um pouco assustada, o que era ótimo. Mas sorriu e segurou minha mão.

– Irmão Corwin, percebo que manteve sua palavra.

O cabelo dela parecia ouro claro. Estava mais curto, mas ainda tinha uma franja. Não consegui decidir se gostava do corte novo. Era um cabelo estonteante. Olhos azuis também, com um bocado de vaidade para garantir sua perspectiva favorita.

Às vezes ela parecia se portar de forma muito estúpida, mas em outros momentos eu não tinha tanta certeza.

– Peço perdão por esse olhar tão demorado – declarei – mas não a vi direito em nosso último encontro.

– Muito me alegra saber que a situação foi corrigida. Foi bem… Hum, eu estava de mãos atadas, você sabe.

– Sim, eu sei.

Recordei o trinado ocasional da risada dela, vindo até mim do outro lado da escuridão em um dos aniversários do evento.

Cruzei o cômodo e abri a janela, ciente de que a chuva não entraria. Sempre adorei o cheiro de tempestade.

– Random, descobriu algo interessante a respeito de um possível mensageiro?

– Nada muito concreto. Andei perguntando por aí. Ao que parece, ninguém foi visto no lugar certo e na hora certa.

– Entendi. Obrigado. Pode ser que eu o procure mais tarde.

– Tudo bem. Estarei em meus aposentos a noite toda, então.

Assenti e me recostei no peitoril da janela, com o olhar voltado para Flora. Random fechou a porta em silêncio ao sair. Escutei a chuva cair por um minuto, talvez mais.

– O que pretende fazer comigo? – questionou Flora, por fim.

– Fazer?

– Está em posição de exigir um acerto de contas. Imagino que esteja prestes a começar.

– Pode ser – respondi. – Muitas coisas dependem de outras. Com esta não é diferente.

– Como assim?

– Basta me fornecer o que desejo, e veremos. Dizem que às vezes eu sou bonzinho.

– O que você quer?

– A história toda, Flora. Comecemos com isso. A história de como você se tornou minha pastora naquela sombra, Terra. Todos os detalhes pertinentes. Qual foi o acordo que firmou? Qual foi o arranjo? Quero saber tudo. Só isso.

Ela suspirou.

– O começo... Sim, foi em Paris, uma festa na casa de um tal monsieur Focault. Isso foi uns três anos antes do Terror...

– Espere. O que estava fazendo lá?

– Devia estar há uns cinco ou seis anos naquela região de Sombra, de acordo com o calendário deles. Perambulei sem rumo, em busca de algo novo, alguma coisa que me agradasse. Encontrei aquele lugar, naquele momento, do mesmo jeito que sempre achamos algo. Deixei que meus desejos me conduzissem e segui meus instintos.

– Uma coincidência peculiar.

– Não em vista de todo o tempo envolvido e da quantidade de viagens que fazemos. Era, por assim dizer, a minha Avalon, minha substituta para Âmbar, meu segundo lar. Chame como quiser, mas eu estava lá, naquela festa, naquela noite de outubro, quando você apareceu acompanhado da ruivinha... acho que o nome dela era Jacqueline.

Isso trouxe de volta uma recordação esquecida havia muito tempo. Eu me lembrava de Jacqueline com mais clareza do que da festa de Focault, mas a ocasião de fato existira.

– Prossiga.

– Como já mencionei, eu estava lá. Você apareceu um tempo depois. E logo chamou minha atenção, claro. Ainda assim, em uma vida longa o bastante, com uma quantidade considerável de viagens, às vezes acontece de toparmos com uma pessoa muito parecida com alguém do passado. Essa foi minha primeira explicação depois do espanto inicial. Com certeza devia ser um sósia seu. Ficamos sem notícias suas por tanto tempo. Porém, todos nós temos segredos e bons motivos para guardá-los. Poderia ser seu caso. Por isso, fiz questão de que fôssemos apresentados e depois tive uma dificuldade tremenda para desgrudar aquela criaturinha ruiva de você por mais do que alguns minutos. E você insistiu que seu nome era Fenneval... Cordell Fenneval. Fiquei insegura. Já não sabia se era um sósia ou apenas uma de suas jogadas. Por fim, uma terceira possibilidade cruzou minha mente: você havia passado tempo o bastante em alguma área de Sombra adjacente a ponto de projetar sombras de si mesmo. Eu poderia ter ido embora sem descobrir a verdade se Jacqueline não tivesse se gabado de sua força para mim mais tarde. Ora, tal assunto não é muito comum em uma conversa entre mulheres, e o jeito como falou me levou a crer que realmente havia ficado impressionada com alguns de seus atos. Dei um pouco de corda para ela e percebi que você era capaz de todos aqueles feitos. Isso eliminou a hipótese de um sósia. Só podia ser você ou uma sombra sua. E mesmo se Cordell não fosse Corwin, ao menos era uma pista, um indício de que você estava ou estivera naquela vizinhança suspeita. Era a primeira pista concreta quanto ao seu paradeiro. Tive que investigar mais a fundo. Comecei a seguir seu rastro para averiguar seu passado. Quanto mais pessoas eu interrogava, mais confusa ficava. Na verdade, meses depois, eu ainda não estava convencida da verdade. Havia períodos nebulosos o bastante para atestar tal possibilidade. Mas tudo se resolveu no verão seguinte, quando voltei a Âmbar por um tempo. Comentei sobre o caso peculiar com Eric...

– Sim?

– Bom, ele estava um tanto... ciente da possibilidade.

Flora hesitou e ajeitou as luvas no assento ao lado.

– Hum, claro. E o que ele disse?

– Explicou que talvez fosse você mesmo. Mencionou um certo... acidente.

– É mesmo?

– Bom, não – admitiu ela. – Não um acidente. Eric contou sobre uma briga na qual lhe causou ferimentos graves. Achou que você fosse morrer e não quis levar a culpa. Por isso, ele o transportou para Sombra e o deixou lá, naquele lugar. A certa altura, depois de muito tempo, decidiu que já devia estar morto, que a rixa entre os dois finalmente havia chegado ao fim. Minha notícia o deixou muito abalado. Então me fez jurar segredo e me mandou vigiar seus passos. Eu tinha uma boa desculpa para estar por lá, pois todos sabiam o quanto eu gostava do lugar.

– Você não prometeu ficar quieta a troco de nada, Flora. O que Eric lhe ofereceu?

– Ele me deu sua palavra de que, se algum dia ascendesse ao poder aqui em Âmbar, não se esqueceria de mim.

– Um pouco arriscado. Afinal, isso ainda a deixaria com certa vantagem sobre ele, pois conhecia o paradeiro de um pretendente rival, bem como a participação dele no caso.

– É verdade. Mas as coisas estavam equilibradas, porque eu precisaria me entregar como cúmplice caso revelasse a verdade.

Assenti com a cabeça.

– Um pouco fraco, mas não impossível – concordei. – Mas achou mesmo que Eric me deixaria vivo se tivesse a chance de conquistar o trono?

– Nunca discutimos esse assunto. Nunca.

– Mas deve ter passado pela sua cabeça.

– Sim, algum tempo depois, e concluí que ele provavelmente não faria nada. Afinal, parecia cada vez mais provável que você tivesse perdido a memória. Não havia motivo para ataques enquanto permanecesse inofensivo.

– E você ficou para me vigiar, para ver se eu continuaria inofensivo?

– Isso mesmo.

– O que teria feito se percebesse que eu estava recuperando a memória?

Flora me encarou, depois desviou o olhar.

– Eu teria avisado a Eric.

– E o que ele teria feito?

– Não sei.

Dei uma breve risada, e ela corou. Eu não me lembrava da última vez que a tinha visto corar.

– Não vou insistir no óbvio – declarei. – Tudo bem, você ficou lá, me vigiando. E depois? O que aconteceu?

– Nada de importante. Você seguiu sua vida, e eu continuei observando.

– Todos os outros sabiam do seu paradeiro?

– Sim. Não escondi de ninguém. Na verdade, todos eles foram me visitar, uma vez ou outra.

– Inclusive Random?

Ela crispou o lábio.

– Sim, algumas vezes.

– Por que a careta?

– É tarde demais para eu começar a fingir que gosto de Random. Sabe como é, não tolero as pessoas com quem ele se envolve. Criminosos, músicos de jazz... Eu o recebia com cortesia familiar quando visitava minha sombra, mas ele me torrava a paciência, sempre acompanhado daquela gente... sessões de jazz, jogatinas de pôquer. Depois das visitas, a casa fedia por semanas a fio, e era sempre uma alegria quando ele ia embora. Sinto muito. Eu sei que você gosta dele, mas me pediu para contar a verdade.

– Certo, ele ofendia suas sensibilidades delicadas. Agora, por favor, volte sua atenção para o breve período em que fui seu hóspede. Random se juntou a nós de forma um tanto repentina, perseguido por meia dúzia de sujeitos desagradáveis, todos eliminados em sua sala de estar.

– Sim, eu me lembro bem.

– Por acaso também se lembra dos responsáveis, das criaturas que tivemos que enfrentar?

– Claro.

– O bastante para reconhecer outro, caso visse mais algum?

– Acho que sim.

– Ótimo. Já tinha visto aquelas criaturas antes?

– Não.

– Depois?

– Não.

– Já ouvira falar delas em algum lugar?

– Não que eu me lembre. Por quê?

Meneei a cabeça.

– Ainda não. Esta inquisição é minha, não se esqueça. Agora, volte a um período anterior àquela noite. Ao evento que me mandou para Greenwood. Talvez até um pouco antes. O que aconteceu, e como descobriu? Quais foram as circunstâncias? Qual foi a sua participação nessa história?

– Sim, já imaginava que me perguntaria isso cedo ou tarde. Eric ainda estava em Âmbar quando me procurou no dia seguinte, a partir do arcano.

Flora voltou a olhar para mim, sem dúvida para observar minha reação, para examinar minha postura. Permaneci impassível.

– Eric me contou que você tinha sofrido um acidente grave na noite anterior e estava no hospital. Pediu que eu o transferisse para uma instituição particular, onde eu pudesse ter mais controle sobre seu tratamento.

– Em outras palavras, Eric queria me manter em estado vegetativo.

– Queria manter você sedado.

– Por acaso admitiu ser responsável pelo acidente?

– Embora não tenha admitido que havia mandado alguém atirar no seu pneu, estava ciente desse detalhe. De que outra forma ele saberia? Depois, quando descobri os planos dele de assumir o trono, imaginei que finalmente havia decidido eliminar a concorrência de vez. Com a tentativa frustrada, a próxima ação parecia lógica: garantir que você ficasse fora do caminho até depois da coroação.

– Eu não sabia que tinham atirado no pneu.

O rosto de Flora mudou. Depois, ela recuperou a compostura.

– Bem, quando conversamos, você parecia convencido de que não tinha sido um acidente, que alguém tinha tentado tirar sua vida. Imaginei que já estivesse ciente dos detalhes.

Pela primeira vez em muito tempo, eu me vi em território nebuloso. Ainda tinha traços de amnésia e imaginava que a condição me acompanharia para sempre. Minhas lembranças dos últimos dias antes do acidente ainda eram cheias de buracos. O Padrão havia restaurado as memórias perdidas da minha vida inteira até aquele momento, mas o trauma parecia ter destruído algumas mais recentes. Não era incomum. Danos orgânicos, provavelmente, em vez de simples distúrbio funcional. Eu já estava feliz de ter recuperado todo o resto, então aquelas perdas não pareciam especialmente lamentáveis. Quanto ao acidente propriamente dito, tive a impressão de que tinha sido algo além, e de fato me lembrava dos tiros. Tinham sido dois. Talvez tenha até avistado o vulto com o fuzil, de relance, tarde demais. Ou talvez fosse pura fantasia. Mas parecia verdade para mim. Tal impressão me acompanhou quando saí rumo a Westchester. E mesmo a essa altura, quando detinha poder em Âmbar, eu relutava em reconhecer essa única fraqueza. Eu já tinha enganado Flora com jogadas bem inferiores. Decidi manter uma estratégia vencedora.

– Não consegui sair para ver o que tinha sido atingido. Ouvi os disparos. Perdi o controle do carro. Imaginei que tinha sido um pneu, mas nunca soube ao certo. Só levantei essa questão porque fiquei curioso... Como você sabia que era um pneu, afinal?

– Eric me contou, já disse.

– Foi sua forma de se expressar que me incomodou. Como se já soubesse de todos os detalhes antes que Eric entrasse em contato.

Flora negou com a cabeça.

– Então peço que me perdoe o palavreado. Coisas assim podem acontecer quando se analisa o passado. Preciso negar suas insinuações. Não tive nada a ver com isso e não tinha conhecimento prévio do acidente.

– Como Eric não está mais aqui para negar ou confirmar nada, vamos deixar o assunto de lado... por ora.

Expressei dessa forma para incentivar Flora a tomar ainda mais cuidado com a própria defesa, para distrair sua atenção de qualquer possível deslize, em minhas palavras ou expressões, que pudesse levá-la a inferir meu pequeno lapso de memória.

– Em algum momento descobriu a identidade da pessoa armada? – questionei.

– Nunca. Deve ter sido algum capanga contratado. Não sei.

– Tem ideia de quanto tempo fiquei inconsciente antes de ser encontrado e levado ao hospital?

Flora negou outra vez.

Alguma coisa me incomodava, e eu não conseguia definir o que era.

– Eric contou a que hora fui levado ao hospital?

– Não.

– Quando estávamos juntos, por que tentou retornar a Âmbar por conta própria em vez de usar o arcano de Eric?

– Não consegui estabelecer contato.

– Poderia ter procurado outra pessoa para fazer a travessia – argumentei. – Flora, acho que você está mentindo para mim.

Na verdade, foi só um teste, para observar as reações dela. Por que não?

– Sobre o quê? Não consegui chamar ninguém. Todo mundo estava ocupado. Era a isso que se referia?

Flora me observou.

Levantei o braço e apontei o dedo para ela, e um relâmpago estourou atrás de mim, além da janela. Senti um formigamento, um leve choque. O trovão também foi impressionante.

– Você peca por omissão – arrisquei.

Ela escondeu o rosto entre as mãos e começou a chorar.

– Não sei o que você está querendo dizer! – exclamou. – Respondi a todas as suas perguntas! O que você quer? Não sei para onde estava indo, quem atirou em você ou que horas aconteceu! Só sei os fatos que já contei, droga!

Estava sendo sincera, decidi, ou não cederia daquela forma. De um jeito ou de outro, continuar o interrogatório seria perda de tempo. Não conseguiria obter mais nada ali. Além disso, era melhor mudar de assunto antes que Flora se perguntasse por que eu dava tanta importância ao acidente. Se me faltava alguma informação, eu queria ser o primeiro a encontrar.

– Venha comigo.

– Para onde vamos?

– Tenho algo para lhe mostrar. Vou explicar o motivo mais tarde.

Flora se levantou e me acompanhou pelo corredor. Eu a levei para ver o corpo antes de lhe contar a história sobre Caine. Ela observou o cadáver com bastante indiferença e assentiu com a cabeça.

– Sim, sim. Mesmo se eu não reconhecesse, com certeza diria o contrário, por você.

Respondi com um murmúrio vago. Lealdade familiar sempre me comove em algum nível. Era impossível determinar se ela acreditava na minha história sobre Caine. Como estávamos em pé de igualdade, porém, isso não parecia ter muita importância. Não revelei nada sobre Brand, e Flora parecia não ter nenhuma informação nova a seu respeito. Quando terminei de lhe contar tudo, ela fez apenas um comentário:

– A joia lhe cai bem. E a coroa?

– Ainda é muito cedo para considerar tal hipótese.

– Se meu apoio valer de algo...

– Eu sei, eu sei.

Meu túmulo é um lugar pacífico. Fica isolado em uma encosta rochosa, protegido das intempéries por três lados e cercado de solo sedimentar, onde um par de árvores raquíticas, arbustos diversos e grandes cordões de hera fincaram raízes. Está localizado no costado da Kolvir, a uns três quilômetros do cume. O monumento é comprido e atarracado, com dois bancos na frente, e a hera teve a gentileza de cobrir uma boa porção da superfície e esconder a maior parte de uma frase controversa gravada logo abaixo do meu nome. Como seria de esperar, o lugar está quase sempre deserto.

Naquela noite, entretanto, Ganelon e eu nos encaminhamos para lá, fartamente abastecidos de pães, vinhos e frios.

– Ora, então não era mentira! – espantou-se ele, depois de desmontar, ir até o monumento e afastar a hera, para que a luz da lua lhe permitisse ler as palavras marcadas ali.

– Claro que não – respondi, descendo e cuidando dos dois cavalos. – É meu túmulo mesmo.

Depois de prender as montarias em um arbusto, peguei as sacolas de suprimentos nas selas e as levei até um dos bancos. Ganelon veio se sentar comigo quando abri a primeira garrafa e enchi duas taças com o líquido escuro.

– Ainda não entendo – admitiu, aceitando a bebida.

– O que falta entender? Estou morto e enterrado ali. É meu cenotáfio, o monumento erigido quando o corpo não foi encontrado. Faz pouco tempo que descobri que tinha um. Foi construído há alguns séculos, quando decidiram que eu não voltaria mais.

– Bastante macabro – comentou Ganelon. – Então, o que tem ali dentro?

– Nada, mas tiveram a precaução de incluir um nicho e um caixão, caso meus restos mortais aparecessem algum dia. Pelo sim, pelo não.

Ganelon preparou um sanduíche para si.

– De quem foi a ideia? – perguntou.

– Random acha que foi Brand ou Eric. Ninguém se lembra com certeza. Na época, todos acharam que seria uma boa ideia.

Ele deu risada, um barulho terrível que combinava perfeitamente com aquela figura enrugada, de barba ruiva e cheia de cicatrizes.

– O que vai ser do túmulo agora?

Encolhi os ombros.

– Alguns deles devem achar uma pena desperdiçar o espaço e prefeririam me ver ali. Enquanto isso, porém, é um bom lugar para se embebedar. Eu ainda não tinha vindo prestar minhas condolências.

Preparei dois sanduíches e devorei ambos. Foi minha primeira chance de descansar desde meu retorno, e talvez a última por um bom tempo. Era impossível saber. Mas eu não tivera nenhuma oportunidade de conversar direito com Ganelon naquela última semana, uma das poucas pessoas em quem eu confiava. Queria contar tudo a ele. Era necessário. Precisava falar com alguém que não estivesse envolvido na situação da mesma forma que o resto de nós. Por isso, revelei tudo.

A lua avançou por uma distância considerável, e os cacos de vidro se multiplicaram dentro da minha cripta.

– Como os outros reagiram? – quis saber Ganelon.

– Dentro do esperado. Deu para ver que Julian não acreditou em uma palavra sequer, embora tivesse dito o contrário. Ele conhece minha opinião a seu respeito e não está em posição de me desafiar. Acho que Benedict também não acredita em mim, mas ele é bem mais difícil de decifrar. Está esperando o momento certo e, enquanto isso, espero que me conceda o benefício da dúvida. Quanto a Gérard, tenho a sensação de que essa foi a gota d'água, responsável por tirar qualquer confiança que ainda pudesse ter em mim. Ainda assim, ele retornará para Âmbar amanhã cedo, para me acompanhar ao bosque e buscar o corpo de Caine. Não há necessidade de transformar a cena em um safári, mas eu queria estar acompanhado de outro membro da família. Quanto a Deirdre... ela parecia satisfeita. Com certeza não acreditou em nada. Mas não tem importância. Ela sempre esteve ao meu lado e nunca gostou de Caine. Eu diria até que ficou feliz ao ver minha posição mais consolidada. Não sei se Llewella acreditou em mim. Até onde sei, não dá a mínima para nossas intrigas entre irmãos. Quanto a Fiona, simplesmente pareceu achar graça da história. Mas ela sempre teve esse jeito superior e indiferente. É impossível determinar suas verdadeiras opiniões.

– Já contou a eles sobre Brand?

– Não, falei apenas de Caine e expressei o desejo de que todos viessem para Âmbar até amanhã à noite. Só então mencionarei o assunto de Brand. Quero experimentar uma ideia que me ocorreu.

– Entrou em contato com todos eles por meio dos arcanos?

– Isso mesmo.

– Tenho uma pergunta a esse respeito. Lá no mundo de sombra onde fomos buscar as armas, havia telefones...

– Sim?

– Quando estávamos lá, ouvi falar de grampos e escutas telefônicas. Acha que seria possível grampear os arcanos?

Comecei a rir, e logo me contive ao pensar nas implicações daquela hipótese.

– Não sei, não mesmo. Muitas partes das obras de Dworkin ainda são um mistério... essa ideia nunca me ocorreu. Eu mesmo nunca tentei. Mas fico pensando...

– Sabe quantos baralhos existem?

– Bom, cada membro da família tem um ou dois conjuntos, e havia mais ou menos uma dúzia na biblioteca. Não sei se existem outros.

– Seria possível descobrir muita coisa ouvindo conversas alheias.

– Sim. O baralho do meu pai, o de Brand, o meu original, o que Random perdeu... Raios! Muitos foram perdidos. O que fazer? Criar um inventário e fazer algumas experiências, talvez. Obrigado por tocar nesse assunto.

Ganelon assentiu e bebemos em silêncio por um tempo.

– O que pretende fazer, Corwin?

– A respeito de quê?

– De tudo. Para onde vamos dirigir o próximo ataque, e de que maneira?

– Minha intenção original era seguir a estrada negra até a origem assim que a situação estivesse mais estável aqui em Âmbar – expliquei. – Agora, porém, revi minhas prioridades. Quero trazer Brand de volta o mais rápido possível, se ainda estiver vivo. Caso contrário, pretendo descobrir o que aconteceu com ele.

– Mas o inimigo lhe dará esse respiro? Pode estar preparando uma nova ofensiva agora mesmo.

– Sim, claro. Já cogitei a hipótese. Sinto que teremos uma trégua momentânea, pois foram derrotados há pouco tempo. Vão ter que se reorganizar, incrementar as forças, reavaliar a situação à luz de nossas armas novas. Por ora, minha ideia é estabelecer uma série de postos de vigia ao longo da estrada para ficarmos a par de qualquer movimentação do inimigo. Benedict aceitou se encarregar da operação.

– Será que teremos o tempo necessário?

Enchi a taça dele, pois foi a única resposta que me ocorreu.

– Nunca tivemos nada tão complicado em Avalon... quer dizer, na *nossa* Avalon.

– É verdade – concordei. – Não é o único que sente saudade daquela época, Ganelon. Pelo menos, aqueles tempos parecem mais simples em retrospecto.

Quando assentiu, eu lhe ofereci um cigarro, mas ele preferiu o cachimbo. À luz da chama, examinou a Joia do Julgamento, ainda pendurada em meu pescoço.

– Pode mesmo controlar o clima com esse artefato? – perguntou.

– Sim, posso.

– Como sabe?

– Já tentei. Funciona.

– O que você fez?

– A tempestade desta tarde... Foi obra minha.

– Fico me perguntando...

– Sim?

– O que eu teria feito com tamanho poder? Como o usaria?

– A primeira coisa que me passou pela cabeça – contei, apoiando a mão na superfície da tumba –, foi destruir este monumento com um raio, uma porção deles até ser reduzido a pó. Para não deixar dúvidas sobre minhas pretensões, meu poder.

– E por que mudou de ideia?

– Refleti um pouco mais sobre o assunto e, ora, o lugar pode se mostrar útil em breve, se me faltar a inteligência, a força ou a sorte necessárias. Se for esse o caso, tentei decidir onde gostaria que meus ossos fossem colocados. Percebi, então, que este lugar é de fato excelente... bem elevado, limpo, onde as forças da natureza ainda circulam desimpedidas. Nada à vista além de rochas e céu. Estrelas, nuvens, sol, lua, vento, chuva... companhia melhor do que um monte de defuntos. Não sei por que eu deveria jazer ao lado de outra pessoa cuja presença não me agrada em vida, e poucos se enquadram em tal requisito.

– Está ficando mórbido, Corwin. Ou bêbado. Ou um pouco dos dois. Amargurado também. Você não precisa disso.

– Quem pensa que é para me dizer do que preciso?

Senti Ganelon se retesar ao meu lado, depois relaxou.

– Não sei. Digo apenas o que vejo.

– Como está o moral das tropas?

– Acho que os soldados ainda estão atordoados, Corwin. Vieram travar uma guerra santa nas encostas do paraíso. Assim enxergam o tiroteio da semana passada. Então, por esse lado, estão felizes, pois saímos vitoriosos. Mas todos esses dias de espera, em plena cidade... Eles não entendem o lugar. Alguns dos que eram vistos como inimigos se tornaram amigos. Eles estão confusos. Sabem que precisam estar de prontidão para o combate, mas não fazem a menor ideia de quais são os adversários, nem de quando vão travar uma nova batalha. Como permaneceram confinados nos alojamentos esse tempo todo, ainda não perceberam o ressentimento que a presença deles desperta no exército e na população como um todo. Mas provavelmente não vão demorar a entender. Já faz dias que eu quero discutir esse assunto, mas você tem estado tão ocupado...

Continuei fumando em silêncio.

– É melhor conversar logo com eles – respondi, por fim. – Não terei tempo amanhã, mas precisamos resolver a situação o quanto antes. Talvez seja mais adequado transferir as tropas para uma área de bivaque na Floresta de Arden. Amanhã, sim. Mostrarei a localização no mapa quando voltarmos. Diga que é para manter os guerreiros perto da estrada negra. Avise que pode acontecer outro ataque ali a qualquer momento, o que não deixa de ser verdade. Garanta que continuem a treinar, mantenha o espírito de luta. Passarei por lá em breve para conversar com todos.

– Isso o deixará sem uma tropa pessoal em Âmbar.

– É verdade. Mas pode ser um risco válido, tanto uma demonstração de confiança quanto um gesto de respeito. Sim, acho que vai ser benéfico. Caso contrário...

Com um dar de ombros, esvaziei e joguei outra garrafa dentro da tumba.

– A propósito, Ganelon, sinto muito.

– Por quê?

– Acabei de perceber que estou mesmo mórbido, bêbado e amargurado. Não preciso disso.

Ele riu e brindou a taça com a minha.

– Sim, eu sei. Eu sei.

Continuamos ali até a lua dominar o céu e a última garrafa ser sepultada junto das companheiras. Conversamos um pouco sobre o passado. Por fim, ficamos em silêncio e meus olhos se voltaram para as estrelas acima de Âmbar. Foi bom ter passado tantas horas naquele lugar, mas a cidade me chamava de volta. Como se adivinhasse meus pensamentos, Ganelon se levantou e se espreguiçou, depois foi buscar os cavalos. Eu me aliviei ao lado da minha tumba e fui atrás dele.

CINCO

O Bosque do Unicórnio fica em Arden, a sudoeste da Kolvir, perto daquela saliência de terra onde o solo começa sua última descida para o vale chamado Garnath. Embora Garnath tenha sofrido maldições, incêndios, invasões e batalhas em anos recentes, os planaltos ao redor permaneciam ilesos. O bosque onde Oberon afirmava ter avistado um unicórnio séculos antes e vivenciado as circunstâncias peculiares que o levaram a adotar o animal como patrono de Âmbar e emblema de seu brasão de armas era, até onde podíamos ver, um recanto ligeiramente escondido da vista extensa do vale de Garnath e do mar, a vinte ou trinta passos da crista superior. Uma clareira assimétrica onde uma pequena nascente fluía da elevação rochosa, formava um lago cristalino, escoava para um córrego minúsculo e descia para Garnath e além.

Foi para esse lugar que Gérard e eu cavalgamos no dia seguinte, partindo em um horário que nos permitisse percorrer metade do caminho a partir da Kolvir antes que o sol arremessasse seus raios sobre o oceano e inundasse o céu inteiro. Gérard puxou as rédeas de repente. Depois apeou e indicou que eu fizesse o mesmo. Obedeci, deixando Estrela e o cavalo de carga que eu guiava ao lado de seu imenso corcel malhado. Eu o segui por uma dúzia de passos até uma depressão parcialmente coberta de cascalho. Ele parou, e fui até lá.

– O que foi? – perguntei.

Gérard se virou e me encarou, com os olhos semicerrados e o maxilar retesado. Soltou o fecho do manto, dobrou o tecido e o colocou no chão. Desafivelou o cinto da espada e a acomodou em cima do traje.

– Tire a espada e o manto – instruiu. – Só vão atrapalhar.

Percebi o que viria a seguir e decidi entrar na dança. Dobrei o manto, coloquei a Joia do Julgamento ao lado de Grayswandir e me virei para meu irmão. Fiz uma única pergunta:

– Por quê?

– Já faz muito tempo, e pode ser que você tenha se esquecido.

Gérard avançou na minha direção sem pressa, e eu posicionei os braços na frente do corpo e recuei. Não tentou me acertar. Sempre fui o mais rápido. Estávamos ambos recurvados, e ele traçava movimentos lentos com a mão esquerda, a direita mantida junto ao corpo, com leves contrações.

Se a decisão coubesse a mim, aquele não teria sido o lugar escolhido para lutar contra Gérard. Meu irmão, claro, sabia disso. Eu também não teria optado por um combate desarmado. Sou melhor do que ele com espada ou cajado. Qualquer confronto que envolvesse velocidade e estratégia, além da oportunidade de desferir alguns golpes a distância, seria ideal para cansar meu oponente e conseguir aberturas para ataques cada vez mais pesados. Ele, claro, também sabia disso. Foi por isso que me encurralou daquele jeito. Mas eu entendia meu irmão, assim como a necessidade de jogar de acordo com as suas regras.

Afastei a mão dele algumas vezes quando intensificou os movimentos, cada vez mais perto. Por fim, arrisquei uma investida, esquivei e desferi um golpe rápido e forte de esquerda, acertando-o mais ou menos na altura das costelas. Teria quebrado uma tábua grossa ou rompido os órgãos internos de um mortal inferior. Infelizmente, o tempo não havia amaciado Gérard. Soltou um grunhido, mas bloqueou meu soco de direita, passou a mão por baixo de meu braço esquerdo e agarrou meu ombro por trás.

Avancei depressa, antecipando o aperto do qual talvez não conseguisse me livrar. Girei o corpo, dei um passo à frente, retribuí o aperto em seu ombro esquerdo, enganchei a perna atrás do joelho dele e o derrubei de costas no chão.

Gérard não me soltou, porém, e desabei com tudo em cima dele. Afrouxei o aperto durante a queda e consegui lhe dar uma cotovelada no flanco ao aterrissar. O ângulo não era o ideal, e sua mão esquerda subiu em direção ao meu pescoço para se juntar à direita.

Consegui me esquivar, embora ele ainda segurasse meu braço. Tive a chance momentânea de acertar um golpe de direita na virilha, mas me contive. Não foi por escrúpulos quanto a um golpe baixo. Se fizesse isso com Gérard, porém, os reflexos provavelmente o levariam a deslocar meu ombro. Raspando o cotovelo no cascalho, consegui passar o braço esquerdo por trás de sua cabeça enquanto deslizava o direito entre suas pernas e o prendia pela coxa esquerda. Rolei o corpo para trás, tentando me levantar tão logo recuperei o equilíbrio. Queria tirar Gérard do chão e depois o empurrar de volta, o ombro fincado em seu abdômen só por garantia.

Mas ele cruzou as pernas e rolou para a esquerda, obrigando-me a dar uma cambalhota por cima de seu corpo. Afrouxei o aperto na cabeça e liberei meu braço esquerdo. Em seguida, virei no sentido horário, afastei o braço e tentei uma chave de pé.

Gérard nem quis saber. Já estava com os braços escondidos por baixo do corpo. Com um impulso poderoso, ele se libertou, torceu o corpo e se levantou. Endireitei a postura e saltei para fora do caminho. Quando deu uma investida ligeira na minha direção, percebi que ele me arrebentaria todo se eu insistisse no combate corpo a corpo. Precisava me arriscar.

Observei o movimento dos pés e, no momento ideal, mergulhei por baixo de seus braços estendidos conforme ele apoiava o peso do corpo na perna esquerda e levantava a direita. Consegui agarrar seu tornozelo e o levantei a um metro de altura, em direção a suas costas. Gérard tombou para a frente, envergado para a esquerda.

Logo tentou se levantar, e eu o acertei no queixo com um golpe que o jogou de volta ao chão. Com um meneio de cabeça, protegeu o corpo com os braços e tornou a se levantar. Arrisquei um chute na barriga e errei, pois ele se esquivou e recebeu o impacto no quadril. Manteve o equilíbrio e avançou outra vez.

Desferi socos rápidos no rosto dele enquanto o rodeava. Acertei mais dois na barriga e recuei. Ele sorriu. Percebeu meu receio em chegar mais perto. Lancei um chute no abdômen e acertei. Por uma brecha em sua defesa, consegui dar um golpe forte no pescoço, logo acima da clavícula. Porém, nesse momento, ele esticou os braços e prendeu minha cintura. Acertei-lhe o queixo com o dorso da mão, mas isso não o impediu de me intensificar o aperto e me tirar do chão. Tarde demais para desferir outro golpe. Aqueles braços imensos já começavam a esmagar meus rins. Procurei as carótidas dele com os polegares e apertei.

De nada adiantou, pois continuou me levantando, até me passar por cima da cabeça. Meus dedos perderam força e o soltaram. Em seguida, ele me jogou de costas no cascalho, como camponesas batendo roupa nas pedras.

Cheguei a ver estrelas conforme o mundo se transformava em um lugar trepidante e quase irreal enquanto Gérard me forçava a ficar de pé. Vi seu punho...

O nascer do sol estava lindo, mas o ângulo parecia errado... Uns noventa graus...

De repente, fui acossado pela vertigem. A sensação sobrepujou a consciência incipiente das estradas de dor que percorriam minhas costas e chegavam até a metrópole em algum ponto nos arredores de meu queixo.

Eu estava suspenso no ar. Ao virar um pouco a cabeça, avistei a imensidão ao longe, mais abaixo.

Senti garras poderosas fincadas em mim, no ombro e na coxa. Quando me virei para averiguar a origem, percebi que eram mãos. Estiquei um pouco mais o pescoço e vi que eram as mãos de Gérard. Ele me segurava com os braços estendidos acima da própria cabeça. Estava bem na beirada da trilha, de onde era possível avistar Garnath e o fim da estrada negra lá embaixo. Se ele me soltasse, parte do meu corpo se juntaria aos excrementos de pássaros espalhados pela fachada rochosa do precipício e o resto acabaria parecido com as águas-vivas que eu já tinha visto encalhadas nas praias.

– Isso, olhe para baixo, Corwin – disse Gérard, ao sentir meus movimentos e encontrar meu olhar. – Só preciso abrir as mãos.

– Eu sei.

Enquanto falava, eu buscava maneiras de arrastá-lo junto na queda.

– Não sou inteligente – continuou. – Mas me ocorreu algo, uma coisa terrível. Não conheço outra forma de lidar com a situação. Você passou muito tempo longe de Âmbar. E, conforme me ocorreu, não tenho como saber se a história sobre sua perda de memória é verdadeira. Simplesmente voltou para cá e assumiu o controle de tudo, mas ainda não é o governante legítimo. A morte dos criados de Benedict me perturbou, tal qual a de Caine. Eric também morreu recentemente, e Benedict está mutilado. Não é tão fácil lhe atribuir a culpa por essas duas ocorrências, mas me ocorreu que talvez seja possível... se por acaso for um aliado secreto de nossos inimigos da estrada negra.

– Não sou.

– É irrelevante para o que eu tenho a dizer. Só fique quieto e me escute. O que tiver que ser, será. Se tiver planejado essa situação durante sua longa ausência, talvez até eliminando nosso pai e Brand como parte dos planos, então presumo que esteja disposto a destruir toda a resistência familiar contra sua usurpação.

– Por acaso eu teria me entregado para Eric, para ser preso e cegado, se essa fosse minha intenção?

– Fique quieto! – repetiu ele. – Pode ser que seus erros tenham levado a esse destino. Não importa mais. Talvez seja tão inocente quanto alega, ou tão culpado quanto possível. Olhe para baixo, Corwin. Só isso. Olhe para baixo, para a estrada negra. A morte é o fim da sua jornada caso tudo isso seja obra sua. Dei novas mostras da minha força, para que nunca se esqueça. Posso acabar com sua vida, Corwin. Nem a espada vai garantir sua proteção quando eu colocar as mãos em você. E farei isso para cumprir minha promessa. Pois, se for mesmo culpado, prometo que o matarei assim que descobrir. Saiba também que minha vida está assegurada, Corwin, pois agora está ligada à sua.

– Como assim?

– Todos os outros nos acompanharam neste momento, por meio do meu arcano. Vieram para observar, para ouvir. Por isso, não poderá orquestrar minha morte sem revelar suas intenções para a família inteira. Assim, se eu morrer antes da hora, minha promessa ainda será cumprida.

– Ah, certo, entendi. E se for assassinado por outra pessoa? Assim me eliminam também. Com isso, sobram Julian, Benedict, Random e as meninas para guarnecer as barricadas. Cada vez melhor... para seja lá quem for. De quem foi essa ideia, afinal?

– Minha! Só minha!

Senti seu aperto aumentar, seus braços flexionarem e contraírem.

– Como sempre, você tenta semear dúvidas e confusão! – continuou a resmungar. – As coisas só pioraram depois do seu retorno! Maldito seja, Corwin! Acho que é culpa sua!

Em seguida me jogou para o alto, e mal tive tempo de gritar:

– Sou inocente, Gérard!

E então ele me pegou, com um aperto tão forte que esmagou meus ombros, e me puxou do precipício. Foi para longe da beira e me colocou de pé. Depois se afastou de imediato, em direção ao trecho de cascalho onde tínhamos lutado. Fui atrás dele, e recolhemos nossas coisas.

Enquanto afivelava o cinto largo, Gérard me encarou e depois desviou o olhar.

– Não voltaremos a tocar no assunto – determinou.

– Tudo bem.

Dei as costas e fui buscar os cavalos. Montamos e continuamos a descer a trilha.

No bosque, a nascente entoava uma suave melodia. O sol, mais alto no céu, estendia fios de luz por entre as árvores. Gotículas de orvalho ainda revestiam o chão. A terra onde eu havia cavado a sepultura de Caine estava úmida.

Peguei a pá e abri a cova. Sem dizer nada, Gérard me ajudou a colocar o corpo sobre o tecido levado para esse fim. Enrolamos a mortalha e costuramos com pontos frouxos e grosseiros.

– Corwin! Olhe!

Gérard fechou a mão em volta de meu cotovelo ao sussurrar.

Segui a direção de seu olhar e fiquei imóvel. Nenhum de nós se mexeu enquanto contemplávamos a aparição: uma brancura suave e trêmula a envolvia, como se estivesse coberta de penugem, em vez de pelo e crina;

os cascos fendidos eram diminutos e dourados, assim como o delicado chifre espiralado que se projetava da cabeça estreita. A criatura estava no topo de uma elevação rochosa, mordiscando o líquen que crescia ali. Seus olhos, quando os ergueu em nossa direção, eram de um verde-esmeralda intenso. Em instantes, ela também partilhou de nossa imobilidade. E então fez um movimento rápido e nervoso com as patas dianteiras, golpeando o ar e acertando a pedra, três vezes. Em seguida ficou desfocada e desapareceu como um floco de neve, em silêncio, talvez entre as árvores à nossa direita.

Endireitei os ombros e caminhei até a pedra. Gérard me acompanhou. Ali, no musgo, encontrei as marcas minúsculas dos cascos.

– Então não foi imaginação – comentou Gérard.

Concordei com um aceno.

– De fato estava ali. Por acaso já tinha visto isso antes?

– Não. E você?

Neguei com a cabeça.

– Julian jura que viu um desses uma vez, de longe – contou ele. – Disse que os cães dele se recusaram a perseguir o animal.

– Era lindo. Aquela cauda longa e sedosa, aqueles cascos brilhantes...

– Sim, nosso pai sempre o considerou um bom presságio.

– Espero que seja mesmo.

– Momento estranho para aparecer um... Depois de todos esses anos...

Assenti outra vez.

– Existe alguma cerimônia especial a seguir? – questionou Gérard. – Por ser nosso patrono... precisamos fazer alguma coisa?

– Nosso pai nunca mencionou nada do tipo, ao menos para mim.

Toquei a pedra em que ele havia aparecido, depois acrescentei:

– Se veio prenunciar uma virada em nossa sorte, se veio nos oferecer alguma bênção... somos muito gratos, unicórnio. E mesmo se não for o caso, agradecemos por nos proporcionar a luz de sua companhia nesse momento sombrio.

Depois, fomos beber da nascente e prendemos nosso embrulho mórbido no lombo do terceiro cavalo. Por fim, conduzimos nossas montarias pela trilha e deixamos para trás aquele lugar, onde só se ouvia o sibilar do riacho.

SEIS

As incessantes cerimônias da vida dão saltos perenes, os humanos nascem eternos no peito da esperança e panelas sem fogo muitas vezes são raras: o somatório de sabedoria de minha longa vida naquela noite, proporcionada por um estado de ansiedade criativa, respondida por Random com um gesto de cabeça e uma obscenidade amistosa.

Estávamos na biblioteca, eu empoleirado na beira da grande mesa, Random sentado na cadeira à minha direita. Gérard estava do outro lado do cômodo, inspecionando algumas armas penduradas na parede, ou talvez a gravura de unicórnio feita por Rein. Fosse o que fosse, assim como nós, ele também ignorava Julian, que se encontrava largado na poltrona ao lado dos mostruários, no centro à direita, de pernas estendidas e tornozelos cruzados, braços dobrados, ocupado em admirar as escamas das próprias botas. Fiona, com pouco menos de um metro e sessenta de altura, mantinha os olhos verdes fixos nos azuis de Flora enquanto conversavam, bem ao lado da lareira vazia, seus cabelos flamejantes servindo como uma bela compensação pela ausência de fogo, fazendo-me lembrar, como sempre, de uma obra da qual o artista se afastava, com as ferramentas deixadas de lado, conforme perguntas eram lentamente formuladas por trás de seu sorriso. O lugar na base do pescoço dela, onde o polegar dele tinha entalhado a clavícula, sempre atraía meu olhar como se fosse a assinatura de um grande artesão, especialmente quando ela levantava a cabeça, intrigada ou imponente, para olhar para nós, os mais altos. Esboçou um sorriso sutil naquele instante, sem dúvida ciente de meu olhar, uma habilidade quase clarividente cuja aceitação nunca privara ninguém da capacidade de se desconcertar. Llewella, parada em um canto, fingindo estudar um livro, estava de costas para todos nós, suas madeixas verdes balançando alguns centímetros acima da gola escura. Eu nunca soube ao certo se tal isolamento era motivado por hostilidade, constrangimento pela alienação ou simples cautela. Provavelmente um pouco dos três. A presença dela não era muito familiar em Âmbar.

...E o fato de constituirmos um conjunto de indivíduos em vez de um grupo, de uma família, em uma época em que eu buscava alcançar uma identidade excessiva, um desejo de colaboração, foi o que levou às minhas observações e à resposta de Random.

Senti uma presença familiar, ouvi um "Olá, Corwin", e lá estava Deirdre, com a mão estendida. Imitei o gesto, aceitei a dela e a levantei. Ela deu um passo à frente, como se no primeiro esforço de alguma dança formal, e se aproximou, bem de frente. Por um instante, a cabeça e os ombros foram emoldurados por uma janela gradeada, e a parede à esquerda foi adornada por uma suntuosa tapeçaria. Uma pose planejada, claro. Mesmo assim, eficaz. Ela segurava meu arcano na mão esquerda. Sorria. Os outros se viraram para acompanhar sua chegada, e ela os metralhou com aquele sorriso de Mona Lisa, virando-se lentamente.

– Corwin – chamou, dando-me um beijo leve antes de se afastar. – Acho que cheguei cedo.

– Nunca.

Olhei para Random, que havia acabado de se levantar e se antecipou a mim por questão de segundos.

– Posso lhe oferecer uma bebida, irmã? – ofereceu ele, pegando-a pela mão e gesticulando na direção do aparador.

– Ah, sim. Obrigada.

E ele a conduziu para lhe servir uma taça de vinho, com a intenção de evitar, ou pelo menos adiar, presumo, o confronto habitual entre ela e Flora. A maioria dos antigos conflitos continuava viva tal como eu me lembrava. Então, embora me custasse a companhia dela por um instante, também mantinha o índice de tranquilidade doméstica, tão importante naquele momento. Quando quer, Random se sai muito bem nesse tipo de situação.

Tamborilei com os dedos na lateral da mesa, massageei o ombro dolorido, cruzei e descruzei as pernas, cogitei acender um cigarro...

De repente, ele estava lá. Na outra ponta do cômodo, Gérard tinha se virado para dizer alguma coisa e estender a mão. No instante seguinte, cumprimentava a solitária mão esquerda de Benedict, o último integrante de nosso grupo.

Tudo bem. O fato de Benedict ter escolhido chegar pelo arcano de Gérard em vez do meu era sua forma de expressar seus sentimentos em relação a mim. Seria também uma forma de indicar uma aliança para me manter acuado? De um jeito ou de outro, tinha a intenção de me intrigar. Teria sido ideia de Benedict os exercícios combativos com Gérard naquela manhã? Provavelmente.

Nesse momento, Julian se levantou, atravessou o cômodo e foi dizer algo a Benedict enquanto lhe apertava a mão. A movimentação chamou a atenção de Llewella. Ela se virou, fechou o livro e o colocou de lado. Com um sorriso, avançou e cumprimentou Benedict, assentiu para Julian e sussurrou algo a Gérard. A conferência improvisada ficou amistosa, animada. Bom, muito bom.

Quatro e três. E duas no meio...

Esperei ali, observando o grupo do outro lado da biblioteca. Estávamos todos presentes, e eu poderia ter pedido a atenção deles para dizer o que tinha em mente. Porém...

Era tentador demais. Todos ali podiam sentir a tensão, disso eu tinha certeza. Como se dois polos magnéticos tivessem sido ativados no meio do cômodo. Eu estava curioso para ver onde as limalhas cairiam.

Flora me lançou um olhar rápido. Eu duvidava que ela tivesse mudado de ideia da noite para o dia, a menos, claro, que houvesse algum novo desdobramento. Não, ainda estava confiante em minhas previsões.

E não me enganei. Eu a ouvi mencionar que estava com sede e adoraria uma taça de vinho. Logo se virou e deu um passo na minha direção, como se esperasse a companhia de Fiona. Como isso não aconteceu, ela hesitou por um instante, de repente tornando-se o centro das atenções de todos, e percebendo esse fato, tomou uma decisão rápida, sorriu e se aproximou de mim.

– Corwin, acho que eu aceitaria uma taça de vinho.

Sem virar a cabeça, sem tirar os olhos da cena diante de mim, falei por cima do ombro:

– Random, pode fazer a gentileza de servir uma bebida para Flora?

– Com prazer – respondeu ele, e ouvi o tilintar da taça.

Flora assentiu, desfez o sorriso e posicionou-se à direita.

Quatro e quatro, o que deixou a querida Fiona bem à vista no meio do recinto. Ciente da posição, e encantada, ela imediatamente se virou para o espelho oval com moldura escura repleta de detalhes intrincados, pendurado entre as duas estantes mais próximas. Começou a ajeitar uma mecha de cabelo solta na têmpora esquerda.

O movimento produziu um lampejo de verde e prata em meio às geometrias vermelhas e douradas do carpete, perto do lugar onde estivera seu pé esquerdo.

Tive desejos simultâneos de praguejar e sorrir. A cadela insolente nos enredava em seus joguinhos outra vez. Não deixava de ser impressionante, claro... Nada havia mudado. Sem praguejar nem sorrir, avancei em sua direção, como ela sabia que eu faria.

Julian também se aproximou, um pouco mais rápido do que eu. Estava mais perto e deve ter percebido uma fração de segundo antes de mim.

Pegou o objeto do chão e o ergueu com delicadeza.

– Sua pulseira, irmã – disse ele, com simpatia. – Parece que esta insensata abandonou seu braço. Aqui, permita-me.

Fiona estendeu a mão e ofereceu um daqueles seus sorrisos de olhos baixos enquanto Julian recolocava a corrente de esmeraldas. Terminado o processo, ele segurou a mão dela entre as suas e começou a se virar na direção de seu canto, de onde os outros lançavam olhares de esguelha e fingiam estar ocupados com outra coisa.

– Acredito que acharia graça de um chiste que estamos prestes a presenciar.

O sorriso dela ficou ainda mais adorável quando soltou a mão.

– Obrigada, Julian. Tenho certeza de que vou rir muito quando escutar. Por último, receio, como sempre.

Depois se virou e enlaçou meu braço antes de acrescentar:

– Estou ávida por uma taça de vinho.

Assim, eu a levei comigo e atendi seu desejo. Cinco e quatro.

Julian, avesso a exibir emoções fortes, decidiu-se depois de alguns instantes e nos acompanhou. Logo se serviu de uma taça, bebericou, observou-me por uns dez ou quinze segundos e, por fim, disse:

– Acredito que já estamos todos aqui a essa altura. Quando pretende nos revelar o que tem em mente?

– Não vejo motivos para esperar mais, agora que todos já tiveram sua chance – respondi, depois levantei a voz e me dirigi para o resto do espaço. – Chegou a hora. Vamos nos acomodar.

Os outros se aproximaram. Cadeiras foram arrastadas e usadas. Mais vinho foi servido. Um minuto depois, tínhamos uma plateia.

Quando a comoção diminuiu, retomei o discurso:

– Muito obrigado. Tenho muitas coisas a dizer, e algumas delas podem até ser compartilhadas esta noite. Tudo dependerá do que vier antes, e entraremos nisso agora. Random, conte para eles o que me disse ontem.

– Claro, tudo bem.

Random se acomodou na beira da mesa enquanto eu recuava para a cadeira mais afastada. Recostei-me para ouvir novamente a história de sua comunicação com Brand e sua tentativa de resgate. Foi uma versão resumida, desprovida das especulações ainda arraigadas em minha mente desde que Random as colocara ali. Apesar das omissões, todos os outros vivenciavam uma consciência tácita das implicações do relato. Eu sabia. E tal conhecimento motivara meu desejo de que Random falasse primeiro. Se eu tivesse tentado legitimar minhas suspeitas, os outros certamente acreditariam se tratar do velho truque de desviar a atenção de mim mesmo, o que de imediato teria levado a diversos estalos metálicos das mentes se fechando contra mim. Dessa forma, mesmo se achassem que Random repetiria palavras escolhidas por mim a dedo, estariam dispostos a ouvir até o fim, intrigados. Refletiriam sobre as ideias, tentariam antever meu objetivo ao convocar aquela reunião. Permitiriam o tempo necessário para que as premissas fincassem raízes, enquanto aguardavam corroboração posterior. E se perguntariam se seríamos capazes de apresentar as provas. Essa também era minha dúvida.

Enquanto esperava e ponderava, observei os outros, um exercício inútil, e ainda assim inevitável. A simples curiosidade, mais do que a desconfiança, exigia que eu explorasse aqueles rostos em busca de reações, pistas, indícios, feições que eu conhecia melhor do que quaisquer outras, dentro dos limites de minha compreensão. E naturalmente foi uma tentativa infrutífera. Talvez seja verdade a máxima de que só olhamos de verdade para as pessoas quando as conhecemos, e depois as reduzimos a um pequeno atalho mental a cada novo encontro. Meu cérebro sempre foi preguiçoso demais para confirmar a possibilidade de tal aforismo, apelando aos seus poderes de abstração e à força do hábito para evitar esforços sempre que possível. Dessa vez, porém, eu me obriguei a prestar atenção, e ainda assim não adiantou. Julian manteve sua máscara de leve tédio, leve diversão. Gérard parecia se alternar entre surpresa, raiva e melancolia. Benedict permaneceu lúgubre e desconfiado. Llewella ostentava a expressão triste e inescrutável de sempre. Deirdre parecia distraída, Flora estava aquiescente, e Fiona observava todos os outros, inclusive a mim, compondo o próprio catálogo de reações.

A única coisa perceptível, depois de um tempo, foi a impressão causada pelo relato de Random. Embora ninguém tivesse se entregado, vi o tédio desaparecer, as velhas suspeitas arrefecerem para dar lugar a outras. O interesse cresceu entre os membros da família. Beirou o fascínio. E de repente todos tinham perguntas a fazer. Poucas, no começo, e depois uma saraivada.

– Esperem – interrompi, por fim. – Deixem-no terminar a história. Algumas questões vão se responder sozinhas. O resto pode vir depois.

Houve acenos e murmúrios de anuência, e então Random continuou o relato até o fim. Ou seja, incluiu até mesmo nossa luta contra os homens bestiais na casa de Flora, indicando que eram da mesma raça do responsável pela morte de Caine. Flora confirmou essa parte da história.

E então, quando as perguntas vieram, observei todos com ainda mais atenção. Enquanto se referissem aos eventos narrados por Random, não haveria problema. Mas eu queria restringir as especulações quanto à possibilidade de que um de nós fosse o responsável. Se tal hipótese viesse à tona, também brotariam questionamentos sobre mim e insinuações de pistas falsas. O que poderia levar a palavras desagradáveis e ao surgimento de um estado de espírito que eu não estava disposto a engendrar. Era melhor ir primeiro às provas, poupar recriminações posteriores, encurralar o culpado de imediato, se possível, e consolidar minha posição sem mais delongas.

Por isso, observei e esperei. Quando senti que o momento vital estava muito próximo, parei o relógio.

– Tais discussões e especulações não seriam necessárias se tivéssemos todos os fatos à mão. E talvez exista uma forma de revelar tudo agora mesmo. É por isso que estão todos aqui.

Funcionou. Consegui capturar a atenção de todos. Atentos. Prontos. Talvez até dispostos.

– Sugiro que tentemos alcançar Brand e trazê-lo para casa neste exato momento – declarei.

– Como? – perguntou Benedict.

– Os arcanos.

– Já tentamos essa estratégia – argumentou Julian. – Não conseguimos estabelecer contato. Não tivemos resposta.

– Não me referi ao uso habitual – expliquei. – Pedi que trouxessem baralhos completos de arcanos. Acredito que os tenham trazido, certo?

Sinais afirmativos.

– Ótimo. Agora vamos todos pegar o arcano de Brand. Sugiro que tentemos estabelecer contato com ele ao mesmo tempo, todos os nove.

– Uma ideia interessante – observou Benedict.

– Sim, de fato – concordou Julian, folheando o baralho. – Vale a tentativa, pelo menos. Pode aumentar o poder. Não sei.

Encontrei o arcano de Brand. Esperei até os outros terem localizado. E então:

– Vamos coordenar nossas ações. Estão todos prontos?

Oito respostas afirmativas.

– Então podem começar. Tentem contato. Agora.

Observei a ilustração na carta. Os traços de Brand eram semelhantes aos meus, embora ele fosse mais baixo e esguio. Os cabelos eram como os de Fiona. Usava um traje verde de montaria. Cavalgava um cavalo branco. Fazia quanto tempo? Quantos anos haviam se passado desde então? Sonhador, místico, poeta, Brand sempre fora desiludido ou eufórico, cínico ou completamente crédulo. Não parecia haver meio-termo para suas emoções.

Maníaco-depressivo é uma definição muito pobre para explicar seu caráter complexo, embora possa fornecer um ponto de partida, apesar das inúmeras ramificações desse caminho. De acordo com tais circunstâncias, devo admitir que muitas vezes o achava tão encantador, atencioso e leal que o estimava mais do que todos os meus outros irmãos. Em outras ocasiões, contudo, ele podia ser tão amargo, sarcástico e brutal que eu evitava sua companhia por receio de lhe causar ferimentos graves. Em suma, nosso último encontro aconteceu em uma dessas épocas pouco antes do desentendimento que tive com Eric, o motivo de ter sido exilado de Âmbar.

...Tais eram meus pensamentos e emoções ao contemplar seu arcano, esforçando-me para alcançar Brand, em espírito, com toda a força de vontade, abrindo o lugar vazio que eu desejava que ele ocupasse. À minha volta, os outros vasculhavam suas próprias lembranças e faziam o mesmo.

Lentamente, a carta assumiu um aspecto onírico e adquiriu a ilusão de profundidade. Veio então aquele borrão familiar, com a impressão de movimento que prenunciava o contato com o indivíduo. O arcano ficou mais frio em meus dedos, e de repente a imagem fluiu e se formou, alcançando uma veracidade súbita de visão, persistente, dramática, plena.

Brand parecia estar dentro de uma cela. Uma parede de pedra erguia-se a suas costas. Palha no chão. As mãos estavam presas com grilhões, e a corrente passava por uma argola imensa presa no topo da parede mais além. Era bem longa, permitindo certa margem de movimentos, e naquele momento ele aproveitava a oportunidade para permanecer estirado sobre um catre feito de palha e trapos. Seu cabelo e a barba estavam muito compridos, e eu nunca tinha visto seu rosto tão magro. As roupas estavam esfarrapadas e imundas. Parecia estar adormecido. Recordei-me de meu próprio período como prisioneiro, os cheiros, o frio, a comida pavorosa, a umidade, a solidão, a loucura intermitente. Ao menos Brand ainda tinha os olhos, pois tremelicaram e se abriram quando alguns de nós chamaram seu nome; eram verdes, com um ar vazio, perdido.

Por acaso estava sob efeito de drogas? Ou acreditava não passar de uma alucinação?

De repente, seu espírito voltou. Ele se levantou. Estendeu a mão.

– Irmãos! – exclamou. – Irmãs...

– Estou indo! – anunciou um grito que abalou a biblioteca.

Gérard levantou-se de um salto e derrubou a cadeira. Correu pelo cômodo e arrancou um enorme machado de guerra dos suportes na parede. Passou a tira ao redor do pulso, na mesma mão com que segurava o arcano. Permaneceu imóvel por um instante, observando a carta. E então esticou a mão vazia e, de repente, lá estava, abraçado com Brand, que escolheu esse momento para desmaiar de novo. A imagem vacilou. O contato foi interrompido.

Com um xingamento, procurei o arcano de Gérard no baralho. Alguns dos outros pareciam fazer o mesmo. Quando o encontrei, tentei contato. Lentamente presenciei o borrão, a virada, a reconstrução. Lá estava!

Gérard havia esticado a corrente contra as pedras da parede e a golpeava com o machado. O metal era pesado e resistiu aos ataques poderosos por um bom tempo. Aos poucos, vários elos foram amassados e rompidos, mas os retinidos metálicos ao longo de dois minutos haviam alertado os carcereiros.

Outros ruídos vieram da esquerda, um som de chocalho, um ferrolho deslizando, dobradiças rangendo. Embora meu alcance de visão não chegasse a tanto, parecia óbvio que a porta da cela estava sendo aberta. Brand se levantou mais uma vez. Gérard ainda atacava a corrente.

– Gérard, a porta! – gritei.

– Eu sei! – bradou ele, enrolando a corrente no braço, mas ela não cedeu.

Então ele a soltou e brandiu o machado quando um dos guerreiros com esporões nas mãos avançou em sua direção, a espada em riste. O atacante caiu e foi substituído por outro. E um terceiro e um quarto vieram depois. Outros estavam logo atrás.

Houve um movimento indistinto e Random se ajoelhou dentro do cenário, a mão direita pousada na de Brand enquanto a esquerda empunhava a cadeira diante do corpo como um escudo, com as pernas voltadas para a frente. Com um salto, ele avançou contra os agressores, empurrando a cadeira como um aríete. Os carcereiros recuaram. Random levantou a cadeira e a fez rodopiar. Um dos guerreiros estava morto no chão, abatido pelo machado de Gérard. Outro tinha se recolhido no canto, agarrando o toco que restava de seu braço direito. Random sacou uma adaga e a fincou na barriga de uma criatura, arrebentou a cabeça de outros dois guerreiros com a cadeira e afastou o último soldado. À medida que os eventos se desenrolavam, o cadáver se ergueu do chão e começou a flutuar lentamente para o teto, gotejando sem parar. Aquele golpeado pela adaga caiu de joelhos, segurando a lâmina.

Nesse ínterim, Gérard tinha agarrado a corrente com as duas mãos. Com um pé apoiado na parede, começou a puxar. Seus ombros se elevaram quando os músculos poderosos de suas costas se contraíram. A corrente resistiu. Dez segundos, talvez. Quinze...

E então, com um estalo e um estrondo, ela se partiu. Gérard cambaleou para trás e usou uma das mãos para recuperar o equilíbrio. Olhou para trás, talvez para Random, a essa altura fora do meu campo de visão. Parecendo satisfeito, ele se virou, abaixou o corpo e levantou Brand, inconsciente outra vez. Com nosso irmão nos braços, Gérard nos encarou e estendeu a mão por baixo do corpo inerte. Random reapareceu ao lado deles, sem cadeira, e também acenou para nós.

Tentamos alcançar os três, e no instante seguinte eles surgiram entre nós, rodeados por toda a família.

Uma espécie de alegria nos invadiu conforme corremos para tocar, para ver nosso irmão, desaparecido por tantos anos e enfim resgatado de seus captores misteriosos. E finalmente, algumas respostas também veriam a luz do dia. Mas Brand parecia tão fraco, tão magro, tão pálido...

– Para trás! – ordenou Gérard. – Vou levá-lo para o sofá! Depois todos podem olhar o quanto...

Silêncio mortal. Todos recuaram, petrificados, ao ver o sangue que vertia de Brand. Havia uma faca cravada na lateral esquerda de seu corpo, fincada por trás. Não havia nada ali segundos antes. Algum de nós tentara lhe perfurar o rim, talvez com sucesso. Não fiquei nada aliviado ao constatar que minhas conjecturas com Random, de que um de nós estava por trás de tudo, havia acabado de ganhar uma confirmação considerável. Tive um instante para concentrar todas as minhas energias na tentativa de memorizar a posição de todos. E então o feitiço se desfez. Gérard carregou Brand para o sofá conforme nos afastávamos, todos cientes não apenas dos fatos, mas das implicações por trás.

Gérard o acomodou de bruços e rasgou a camisa imunda.

– Tragam água para limpar os ferimentos – instruiu. – E toalhas. Preparem uma bolsa de soro fisiológico e glicose e um suporte para pendurar tudo. E arranjem um kit de primeiros socorros.

Deirdre e Flora caminharam na direção da porta.

– Meus aposentos são os mais próximos – avisou Random. – Uma de vocês encontrará os itens de primeiros socorros lá. Mas o único aparato para a solução intravenosa está no laboratório do terceiro andar. Eu as acompanharei.

Os três saíram juntos.

Todos nós tínhamos recebido treinamento médico em algum momento da vida, tanto em Âmbar quanto em outros lugares. Os aprendizados vindos de Sombra, porém, precisavam passar por mudanças em Âmbar. Por exemplo, quase todos os antibióticos usados nos mundos de Sombra eram ineficazes ali. Por outro lado, nossos sistemas imunológicos parecem muito diferentes se comparados aos de outros povos que estudamos, pois infecções mal nos afligem e, nas raras ocasiões contrárias, conseguimos nos recuperar bem mais depressa. Além disso, temos grande capacidade regenerativa.

Tudo tal como deve ser, claro, visto que o ideal necessariamente é superior às suas sombras. E, sendo filhos de Âmbar, cientes desses fatos desde tenra idade, todos estudamos medicina relativamente cedo na vida. Apesar do senso comum a respeito de quem prefere tratar das próprias feridas, a prática decorre de nossa desconfiança justificada de quase todos à nossa volta, sobretudo daqueles indivíduos em cujas mãos poderíamos entregar nossa vida. Por essas e outras, não me apressei para afastar Gérard e assumir o tratamento de Brand, apesar de ter cursado medicina na Terra de Sombra algumas gerações antes. E teria sido impossível agir de outra forma, pois Gérard não deixaria mais ninguém se aproximar de Brand. Julian e Fiona haviam tentado, talvez com a mesma intenção, e deram com o braço esquerdo de Gérard estendido como uma cancela em uma travessia ferroviária.

– Não – protestara ele. – Sei que não fui o responsável pelo ferimento, e nada mais. Ninguém terá outra chance.

Se qualquer outro de nós tivesse sofrido tal ferimento em plenas condições de saúde, seria razoável afirmar que sobreviveríamos se resistíssemos aos primeiros minutos críticos. Mas Brand... naquele estado... Era impossível prever.

Quando os outros voltaram com os materiais e equipamentos, Gérard limpou Brand, suturou a ferida e fez um curativo. Preparou a bolsa de soro, quebrou os grilhões com o martelo e o cinzel levados por Random, cobriu nosso irmão com um lençol e uma manta e mediu a pulsação dele de novo.

– Como está? – perguntei.

– Bem fraca – respondeu ele, puxando uma cadeira para se sentar ao lado do sofá. – Alguém busque minha espada... e uma taça de vinho. Ainda não tomei nada. E, se tiver sobrado um pouco de comida, estou faminto.

Llewella foi até o aparador e Random buscou a espada no suporte atrás da porta.

– Vai ficar de vigília? – questionou Random, entregando-lhe a arma.

– Sim, vou.

– E se levássemos Brand para uma cama mais confortável?

– Ele está bem assim. Eu decidirei quando estiver apto a ser transportado daqui. Por ora, porém, acendam a lareira. E apaguem algumas das velas.

Random assentiu.

– Eu cuido disso.

Em seguida, pegou a faca que Gérard havia tirado das costas de Brand, um punhal estreito, com pouco menos de vinte centímetros, e a exibiu na palma da mão.

– Alguém reconhece a arma? – perguntou.

– Eu não – disse Benedict.

– Nem eu – ecoou Julian.

– Não – declarei.

Nossas irmãs menearam a cabeça.

Random examinou o punhal.

– Fácil de esconder... em alguma manga, uma bota, um espartilho. Foi preciso muito sangue frio para agir dessa forma...

– Desespero – sugeri.

– E uma previsão muito certeira de nossa afobação coletiva. Quase inspirada.

– Pode ter sido obra dos guardas? – questionou Julian. – Lá na cela?

– Não, de forma alguma – respondeu Gérard. – Nenhum deles chegou assim tão perto.

– Parece bem balanceada para arremesso – observou Deirdre.

– E é mesmo – concordou Random, equilibrando a faca na ponta dos dedos. – Mas nenhum dos guardas teve ângulo, nem oportunidade. Tenho certeza.

Llewella voltou com uma bandeja cheia de fatias de carne, meio pão, uma garrafa de vinho e um cálice. Esvaziei uma mesinha e a coloquei ao lado da cadeira de Gérard.

Depois de acomodar a bandeja na mesa, Llewella perguntou:

– Mas por quê? Dessa forma, só sobramos nós. Por que um de nós faria isso?

Soltei um suspiro.

– De quem você acha que ele era prisioneiro?

– De um de nós?

– Se Brand tinha informações capazes de levar alguém a um ato tão extremo, apenas para impedir que fossem compartilhadas, o que lhe parece? E por esse mesmo motivo ele foi trancafiado naquela cela e mantido lá.

Llewella pareceu confusa.

– Essa explicação também não faz sentido. Por que não o mataram de uma vez, então?

Encolhi os ombros, incerto.

– Ainda devia ter alguma utilidade para o responsável. Na verdade, contudo, só um de nós pode fornecer uma resposta adequada. Quando descobrir quem é, pergunte a ele.

– Ou a ela – acrescentou Julian. – Irmã, uma superabundância de ingenuidade parece ter se abatido sobre você de repente.

Os olhos de Llewella encontraram os dele, duas geleiras dotadas de frieza infinita.

– Se bem me lembro, Julian, você se levantou quando os três voltaram, virou à esquerda, contornou a mesa e ficou ligeiramente à direita de

Gérard. E se inclinou para a frente. Suas mãos estavam fora de vista, acho, um tanto abaixadas.

– E se bem me lembro – retrucou ele –, você também estava ao alcance, à esquerda de Gérard... e curvada para a frente.

– Nesse caso, teria sido necessário usar a mão esquerda... e eu sou destra.

– Talvez a pouca vida que restou a Brand se deva a esse fato.

– Ora, parece muito ansioso em apontar culpados, Julian. Por que será?

– Chega, já basta! – exclamei. – Sabem muito bem que isso não vai levar a nada. Um de nós foi o responsável, e não é assim que vamos descobrir o traidor.

– Ou a traidora – acrescentou Julian.

Gérard se levantou, furioso, com um olhar ameaçador.

– Não vou tolerar que perturbem meu paciente – vociferou. – E você, Random, disse que acenderia a lareira.

– Agora mesmo.

E assim o fez.

– Vamos para a sala de estar no térreo, ao lado do grande salão – sugeri. – Gérard, vou colocar alguns guardas para vigiar a porta.

– Não, prefiro lidar com qualquer um que se atreva a entrar aqui. Entregarei a cabeça do sujeito logo cedo.

Concordei com um aceno.

– De qualquer forma, se precisar de alguma coisa, pode tocar a sineta ou nos chamar com os arcanos. Se tivermos alguma informação nova, repassaremos a você pela manhã.

Gérard afundou na cadeira com um grunhido e começou a comer. Random acendeu a lareira e apagou algumas velas. A manta de Brand subia e descia a movimentos lentos, mas estáveis. Saímos em silêncio da biblioteca e seguimos para a escadaria, deixando os dois ali na companhia das chamas e do crepitar do fogo, entre tubos e garrafas.

SETE

Muitas vezes me aconteceu de acordar, com frequência trêmulo, sempre assustado, depois de ter sonhado com minha antiga cela, cego de novo, nas masmorras de Âmbar. Mesmo antes, já era familiarizado com a condição de prisioneiro. Fui detido muitas vezes por períodos variados. Mas a solidão, somada à cegueira com pouca esperança de recuperação, representava um acréscimo pesado ao setor de privação sensorial nos mercados da mente. A experiência, assim como a sensação de finalidade associada a ela, haviam deixado marcas. Geralmente, consigo afastar essas lembranças durante as horas de vigília, mas à noite elas às vezes se libertam para dançar pelos corredores e brincar em volta dos contadores de ideias, uma, duas, três. Quando vi Brand naquela cela, todas as memórias voltaram à tona, trazendo um calafrio atípico a reboque. Aquela apunhalada final serviu para estabelecer para elas uma residência mais ou menos permanente. Ali, entre meus irmãos, no cômodo decorado com escudos suspensos, eu não conseguia afastar o pensamento de que um ou mais deles tinham feito com Brand o que Eric fizera comigo. Embora a possibilidade não tenha sido uma descoberta surpreendente, a ideia de ocupar a mesma sala que o culpado sem ter a mínima ideia de sua identidade me era bastante perturbadora. Meu único consolo era saber que, à sua maneira, todos os outros também deviam estar inquietos. Incluindo o culpado, uma vez que a teoria de sua existência havia sido comprovada. Minhas esperanças, percebi, sempre atribuíam a culpa aos forasteiros. E de repente... Por um lado, eu me sentia ainda mais limitado quanto ao que seria possível revelar. Por outro, parecia o momento certo para obter informações, enquanto todos estavam naquele estado de espírito anormal. O desejo de colaborar para combater a ameaça poderia se mostrar útil. E até o culpado desejaria se comportar como os demais. Em seu desespero, poderia até mesmo cometer alguns deslizes.

– Bom, tem algum outro experimento interessante a conduzir? – perguntou Julian para mim, as mãos entrelaçadas atrás da cabeça conforme se recostava em minha poltrona preferida.

– No momento, não.

– Que pena. Tive esperanças de que fosse sugerir que procurássemos nosso pai do mesmo jeito. Aí, com sorte, conseguiríamos encontrá-lo e alguém o mataria de forma mais definitiva. Depois disso, todos nós poderíamos jogar roleta-russa com aquelas belas armas novas que você trouxe... ao vencedor, as batatas.

– Escolheu mal suas palavras.

– Pelo contrário. Cada uma foi escolhida a dedo – declarou ele. – Nós passamos tanto tempo destilando mentiras, por isso decidi que seria divertido falar a verdade. Só para ver se alguém perceberia.

– Bem, percebemos, como pode ver. Também percebemos que sua versão verdadeira não apresenta melhorias em relação à antiga.

– Seja como for, estamos os dois pensando se você tem a menor ideia do que pretende fazer agora.

– Tenho, claro. Pretendo obter respostas para uma série de perguntas relacionadas aos infortúnios que têm assolado nossa família. Podemos começar com as desgraças de Brand.

Olhei para Benedict, ocupado em contemplar as chamas da lareira, e acrescentei:

– Quando estive em Avalon, você me disse que Brand tentou me procurar depois do meu desaparecimento.

– É verdade – reiterou Benedict.

– Todos nós procuramos – declarou Julian.

– Não a princípio – corrigi. – Primeiro, foram apenas Brand, Gérard e você, Benedict. Não foi isso que me contou?

– Sim, mas os outros tentaram mais tarde. Também mencionei essa parte.

Concordei com um aceno, depois perguntei:

– Brand relatou algo inusitado na época?

– Inusitado? Em que sentido?

– Não sei. Quero encontrar alguma ligação entre a sina dele e a minha.

– Pois saiba que está procurando no lugar errado – aconselhou Benedict. – Brand voltou e disse que não teve sucesso nas buscas. E permaneceu aqui por muito tempo, sem ser perturbado.

– Até então eu já tinha entendido. – De acordo com os relatos de Random, porém, o desaparecimento de Brand ocorreu cerca de um mês antes da minha recuperação e retorno. Quase me soa peculiar. Se ele não relatou nada especial quando voltou da busca, por acaso disse algo antes de desaparecer? Ou no intervalo? Qualquer coisa? Para qualquer um? Se alguém souber, diga!

Passaram a trocar olhares entre si. As expressões, no entanto, pareciam mais curiosas do que desconfiadas ou apreensivas.

Por fim, Llewella se pronunciou:

– Bom, não sei. Quer dizer, não sei se é relevante.

Todos os olhos se voltaram em sua direção. Ela começou a torcer e destorcer as pontas do cinto, com movimentos lentos, enquanto falava.

– Foi quando esteve aqui, e pode não ter nenhuma relação, mas me pareceu peculiar. Brand foi a Rabma há muito tempo…

– Quando? – perguntei.

Ela pareceu pensativa.

– Cinquenta, sessenta, setenta anos atrás… não tenho certeza.

Tentei aplicar o fator de conversão aproximado que desenvolvi durante meu longo período de cárcere. Um dia em Âmbar parecia equivaler a cerca de dois dias e meio na Terra de Sombra onde fui exilado. Sempre que possível, eu buscava associar os acontecimentos em Âmbar à minha própria escala de tempo, para o caso de haver alguma correspondência peculiar. Então Brand visitara Rabma na época que, para mim, correspondia ao século XIX.

– Qualquer que tenha sido a data, Brand foi me visitar por algumas semanas – continuou Llewella, depois lançou um olhar para Random. – Quis saber de Martin.

Random estreitou os olhos e inclinou a cabeça antes de perguntar:

– Ele explicou o motivo?

– Não exatamente. Deu a entender que tinha encontrado Martin durante suas viagens e tive a impressão de que gostaria de retomar o contato com ele. Depois de sua partida, demorei um tempo a perceber que o intuito da visita não poderia ser outro senão descobrir tudo o que pudesse sobre Martin. Sabem bem como Brand pode ser sutil e pescar informações sem demonstrar o menor interesse no assunto. Depois de muitas conversas com outras pessoas visitadas por ele, enfim comecei a entender o que havia acontecido. Mas nunca descobri o motivo.

– Um relato muito… peculiar – comentou Random. – Pois me lembra de algo a que nunca dei muita importância. Uma vez, Brand fez uma série de perguntas sobre meu filho, e pode muito bem ter acontecido na mesma época. Mas nunca deu a entender que o havia conhecido, nem que pretendia conhecê-lo. Tudo começou com um pouco de deboche sobre bastardos. Como fiquei ofendido, ele pediu desculpas e fez várias perguntas mais decentes sobre o rapaz, por pura educação, assim me pareceu à época, apenas para não me deixar contrariado. Como você mesma disse, porém, Brand sempre teve o dom de extrair confissões sem alarde. Por que nunca me contou isso antes?

Llewella abriu um sorriso adorável.

– Por que eu deveria contar? – perguntou.

Random assentiu devagar, seu rosto impassível.

– Bom, o que você disse a Brand? O que ele descobriu? O que você sabe de Martin que eu não sei?

Ela balançou a cabeça, e seu sorriso se desfez.

– Na verdade, nada. Até onde sei, ninguém em Rabma teve notícias de Martin desde que ele percorreu o Padrão e desapareceu. Brand deve ter ido embora com as mesmas informações de quando chegou.

– Estranho... – comentei. – Ele mencionou o assunto com mais alguém?

– Não me lembro – disse Julian.

– Nem eu – concordou Benedict.

Os outros negaram com a cabeça.

– Então vamos deixar o assunto de lado, por ora – sugeri. – Ainda preciso averiguar outras coisas. Julian, fui informado de sua expedição pela estrada negra com Gérard algum tempo atrás, na qual ele foi ferido. Depois, se não me falha a memória, vocês dois passaram algum tempo com Benedict enquanto Gérard se recuperava. Eu gostaria de mais detalhes sobre a expedição.

– Parece que já está bem informado – respondeu Julian. – Acabou de relatar tudo o que aconteceu.

– Como soube disso, Corwin? – questionou Benedict.

– Em Avalon.

– Quem lhe contou?

– Dara.

Ele se levantou e se posicionou na minha frente, com um olhar furioso.

– Ainda insiste nessa história absurda daquela garota!

Suspirei.

– Já voltamos a essa questão muitas vezes. A esta altura, já revelei tudo o que sei sobre o assunto. Pode acreditar em mim, ou não. Mas foi ela que me contou.

– Então, pelo jeito, ainda não me revelou tudo. Nunca tinha mencionado esse detalhe.

– É verdade ou não? A parte sobre Julian e Gérard?

– Sim, é verdade – admitiu.

– Por ora, vamos nos esquecer da fonte e nos ater aos fatos

– Certo, tudo bem – concordou Benedict. – Posso falar abertamente, agora que o motivo do segredo não está mais entre nós. Eric, claro.

Não estava ciente do meu paradeiro, assim como a maioria dos outros. Gérard era minha principal fonte de notícias de Âmbar. Eric ficou cada vez mais apreensivo em relação à estrada negra e, por fim, decidiu enviar batedores para percorrê-la através de Sombra até sua origem. Escolheu Julian e Gérard para a tarefa. Os dois foram atacados por um grupo muito forte daquelas criaturas, bem perto de Avalon. Gérard pediu ajuda por meio do arcano, por isso eu saí em seu socorro. O inimigo foi derrotado. Como Gérard havia fraturado a perna durante a luta e Julian também estava um pouco ferido, levei ambos para casa comigo. Rompi meu silêncio com Eric para lhe contar onde estavam e o que tinha acontecido. Ele ordenou que os dois interrompessem a missão e, uma vez recuperados, retornassem a Âmbar. Julian e Gérard ficaram comigo até estarem curados e, depois, foram embora.

– Só isso?

– Só isso.

Mas não era só isso. Dara me contara algo a mais. Mencionara outro visitante. Eu me lembrava muito bem. Naquele dia, junto ao regato, um pequeno arco-íris na bruma acima da cascata, a roda do moinho girando sem parar, trazendo sonhos antes de moer um por um, naquele dia em que lutamos esgrima e conversamos e caminhamos por Sombra, passamos por uma floresta primordial, chegamos a um ponto próximo a uma torrente poderosa onde girava uma roda digna do celeiro dos deuses, naquele dia em que fizemos um piquenique, flertamos, fofocamos, Dara me contou muitas coisas, algumas certamente falsas. Mas não havia mentido a respeito da jornada de Julian e Gérard, e parecia plausível que também tivesse falado a verdade sobre as visitas de Brand a Benedict em Avalon. Uma ocasião frequente, segundo dissera.

Ora, Benedict não escondia sua desconfiança em relação a mim. E isso me pareceu razão suficiente para ele não revelar informações que julgasse delicadas demais para meus ouvidos. Raios, se a situação fosse invertida, eu também não teria confiado em mim. No entanto, apenas um tolo teria insistido no assunto naquele momento. Por causa das outras possibilidades.

Era possível que ele pretendesse me contar mais tarde, em particular, sobre as circunstâncias relativas às visitas de Brand. Poderiam muito bem envolver algo que ele não desejava discutir na frente do grupo, especialmente diante do pretenso assassino de Brand.

Ou então... Havia, claro, a possibilidade de que o próprio Benedict estivesse por trás de tudo. Nesse caso, eu preferia nem pensar nas consequências. Tendo servido sob o comando de Napoleão, Lee e MacArthur, eu reconhecia tanto o tático quanto o estrategista. Benedict era ambos, e o melhor que eu conhecia.

A perda recente do braço direito não afetara em nada seus talentos, nem sua habilidade pessoal em combate. A pura sorte me impediu de ser feito em pedaços após nosso desentendimento. Não, eu não queria que fosse Benedict, e não pretendia especular às cegas sobre os assuntos que ele talvez preferisse ocultar naquele momento. Minha única esperança era que pretendesse me contar tudo mais tarde.

Por isso, aceitei sua resposta vaga e decidi avançar para outras questões.

– Flora, quando a visitei pela primeira vez, depois do acidente, você me disse algo que ainda não consegui entender. Como tive tempo de sobra para refletir sobre as coisas pouco depois, essa lembrança me voltou à mente e me intriga de vez em quando. Ainda não compreendo. Então, por gentileza, poderia me explicar por que disse que as sombras continham mais horrores do que qualquer um havia imaginado?

– Ora, não me lembro de ter mencionado tal coisa – alegou Flora. – Mas deve ser verdade, se o deixou tão impressionado. Sabe muito bem a qual efeito me referi: Âmbar parece agir como uma espécie de ímã nas sombras adjacentes, das quais atrai muitas coisas. Quanto mais perto de Âmbar, mais fácil o caminho se torna, até para criaturas de Sombra. Embora sempre pareça haver certa troca entre sombras adjacentes, o efeito é ainda mais potente e pronunciado em Âmbar, quase um processo unilateral. Estamos sempre em alerta para a chegada sorrateira de coisas peculiares. Bom, por vários anos antes da sua recuperação, esse tipo de coisa parecia acontecer com mais frequência do que o normal nos arredores de Âmbar. Perigosas, em quase todos os casos. Muitas eram criaturas reconhecíveis de domínios vizinhos. Mas, com o tempo, começaram a chegar coisas de lugares cada vez mais distantes. Por fim, surgiram algumas completamente desconhecidas. Não descobrimos nenhuma explicação para essa aparição súbita de ameaças, embora tenhamos procurado bem longe os problemas que poderiam motivar a vinda de tais criaturas para cá. Em outras palavras, estavam ocorrendo invasões altamente improváveis de Sombra.

– Tal fenômeno já existia quando nosso pai ainda estava aqui?

– Ah, sim. Como eu disse, começou alguns anos antes da sua recuperação...

– Entendo. Alguém considerou a possibilidade de haver uma ligação entre essa situação e a partida do nosso pai?

– Com certeza – respondeu Benedict. – Ainda acho que esse foi o motivo. Oberon partiu para investigar, ou para encontrar uma solução.

– São apenas conjecturas, claro – contrapôs Julian. – Sabe como era nosso pai. Nunca dava explicações para nada.

Benedict endireitou os ombros.

– Não deixa de ser um palpite razoável – argumentou. – Sei que, mais de uma vez, ele chegou a mencionar o quanto o preocupavam essas... migrações de monstros.

Tirei minhas cartas do estojo, tendo adquirido o hábito de sempre levar comigo um baralho de arcanos. Peguei o arcano de Gérard e o examinei. Os outros me observaram em silêncio. Logo depois, consegui estabelecer contato.

Gérard ainda estava na cadeira, a espada apoiada sobre os joelhos, ocupado em devorar alguma coisa. Ao sentir minha presença, engoliu a comida e perguntou:

– Pois não, Corwin? O que você quer?

– Como Brand está?

– Ainda adormecido. A pulsação está um pouco mais forte. A respiração continua regular. Ainda é muito cedo para determinar sua condição...

– Eu sei. Quero apenas averiguar uma coisa: perto do fim, por acaso teve a impressão, por suas falas ou atitudes, de que nosso pai pode ter desaparecido graças ao aumento de criaturas de Sombra infiltradas em Âmbar?

– Isso é o que se chama de pergunta capciosa – comentou Julian.

Gérard limpou a boca.

– Pode ter havido alguma relação, sim. Oberon parecia inquieto, preocupado com alguma coisa. E realmente falava das criaturas. Mas nunca chegou a dizer que eram sua maior preocupação... nem se havia outro motivo completamente distinto.

– Como o quê?

Ele meneou a cabeça.

– Qualquer coisa. Eu... sim, sim, há algo que você deveria saber, mesmo que não tenha relevância. Algum tempo depois do desaparecimento de Oberon, tentei descobrir um detalhe: se fui mesmo a última pessoa a ver nosso pai antes de ele ir embora. Tenho quase certeza de que sim. Eu estava no palácio desde a tarde e me preparava para voltar ao navio capitânia. Nosso pai tinha se recolhido aos próprios aposentos cerca de uma hora antes, mas eu permaneci na sala da guarda, jogando damas com o capitão Thoben. Como íamos zarpar na manhã seguinte, decidi escolher um livro para a viagem. Por isso, vim à biblioteca. Oberon estava sentado à escrivaninha. Conferia uns livros antigos, ainda com os mesmos trajes de antes. Acenou para mim quando entrei, e eu lhe disse que tinha ido apenas buscar um livro. Ele respondeu "Então veio ao lugar certo" e retomou a leitura. Enquanto eu examinava as estantes, ele comentou algo sobre a insônia que vinha tendo. Escolhi um livro, dei boa-noite, ouvi seus desejos de boa viagem e fui embora.

Gérard desviou o olhar.

– Agora, tenho certeza de que ele estava com a Joia do Julgamento naquela noite. Na ocasião, eu a vi com tanta clareza quanto a vejo em você neste momento. Também estou certo de que ele não a estivera usando mais cedo naquele dia. Por um bom tempo, acreditei que Oberon a tivesse levado junto para onde quer que tivesse ido. Nos aposentos dele não havia qualquer sinal de que havia trocado de roupa antes de partir. Só voltei a ver a joia quando você e Bleys foram derrotados no ataque que fizeram em Âmbar. Estava com Eric. Quando o questionei, ele alegou que a encontrara nos aposentos de nosso pai. Na falta de provas do contrário, só me restou aceitar essa versão da história. Mas nunca me desceu. Graças à sua pergunta, Corwin, e à visão da joia em seu pescoço, essa lembrança veio à tona. Então achei melhor revelar tudo a você.

– Obrigado, Gérard.

Outra pergunta me ocorreu, mas decidi guardar para um momento mais oportuno. Em prol dos outros, encerrei com o questionamento:

– Acha que Brand precisa de mais cobertores? Ou de mais alguma coisa?

Gérard ergueu a taça na minha direção e tomou um gole.

– Certo, continue a cuidar bem dele – respondi.

Em seguida, passei a mão por cima da carta e me dirigi aos outros:

– O irmão Brand parece estar bem, e Gérard não se lembra de nosso pai ter dito nada que pudesse estabelecer uma ligação entre seu desaparecimento e as invasões de Sombra. Será que Brand vai se lembrar de algo, quando acordar?

– *Se* acordar – retrucou Julian.

– Estou confiante. Todos nós já passamos por maus bocados. Nossa vitalidade é uma das poucas coisas em que aprendemos a confiar. Amanhã, creio, já será capaz de falar.

– Como devemos proceder se Brand nos revelar o culpado?

– O primeiro passo seria interrogar o acusado.

– Então eu gostaria de cuidar do interrogatório. Tenho a impressão de que você pode estar certo desta vez, Corwin. O responsável por apunhalar Brand pode mesmo estar por trás de nosso estado de sítio intermitente, pelo desaparecimento de Oberon e pela morte de Caine. Por isso, eu ficaria feliz de interrogar o culpado antes de lhe cortarmos a garganta, e também gostaria de me oferecer para essa última tarefa.

– Vamos levar isso em consideração.

– Não está livre do acerto de contas, Corwin.

– Sei bem.

– Tenho algo a dizer – anunciou Benedict, abafando a réplica de Julian. – Estou apreensivo tanto com a força quanto com o objetivo aparente dos inimigos. Já os encontrei em diversas ocasiões, e sei que estão sedentos por sangue. Aceitando sua história sobre a tal Dara por um instante, Corwin, as últimas palavras dela parecem resumir a atitude dos inimigos: "Âmbar será destruída." Não conquistada, subjugada ou humilhada. Destruída. Diga-me, Julian, por acaso não se recusaria a governar aqui, certo?

Julian sorriu.

– Quem sabe no ano que vem, mas hoje não, obrigado.

– A questão é a seguinte: consigo imaginar você, ou qualquer um de nós, recorrendo a mercenários ou aliados para tomar o poder à força. Mas não disposto a empregar uma força tão poderosa a ponto de desencadear problemas graves mais tarde. Não uma força dedicada a destruir, em vez de conquistar. Não consigo imaginar você, eu, Corwin e os outros determinados a destruir Âmbar ou a apostar contra forças com esse propósito. Essa é a parte que me desagrada na teoria de Corwin sobre um de nós estar por trás de tudo.

Tive que concordar. Não estava alheio àquele elo fraco na minha corrente de especulações. Ainda assim, havia tantas incógnitas... Eu poderia oferecer alternativas, como Random acabou por fazer, mas palpites não provavam nada.

– Pode ser que um de nós tenha feito um acordo e subestimado os aliados – sugeriu Random. – O culpado pode estar sofrendo tanto quanto nós com a situação. Pode já não ser capaz de voltar atrás, nem se quisesse.

– Poderíamos oferecer a oportunidade de ele trair os próprios aliados em nosso benefício agora mesmo – propôs Fiona. – Se Julian estiver disposto a não lhe cortar a garganta e o resto de nós prometer o mesmo, ele talvez se apresente... se o palpite de Random estiver correto. O culpado não teria direito ao trono, mas obviamente também não o teria conquistado antes. Continuaria vivo e poderia poupar Âmbar de muitos problemas. Alguém aqui está disposto a se comprometer com esse arranjo?

– Eu estou – anunciei. – Pouparei a vida do responsável se ele confessar seus crimes, ciente de que sua vida será passada em exílio.

– Também concordo com os termos – declarou Benedict.

– Eu também – acrescentou Random.

– Com uma condição – interveio Julian. – Estou disposto a aceitar, desde que ele não seja pessoalmente responsável pela morte de Caine. Caso contrário, nada feito. E isso teria que ser provado.

– Vida em exílio – ecoou Deirdre. – Tudo bem. Concordo.

– Eu também – respondeu Flora.

– E eu – acrescentou Llewella.

– Gérard provavelmente concordará com a maioria – teorizei. – Mas eu me pergunto qual vai ser o posicionamento de Brand. Tenho a sensação de que talvez não compartilhe de nossa decisão.

– Primeiro, vamos perguntar a Gérard – sugeriu Benedict. – Se Brand sobreviver e se mostrar o único contrário, o culpado saberá que só precisará evitar um inimigo... e os dois podem definir seus próprios termos quanto ao assunto.

– Está decidido, então – declarei, embora ainda tivesse algumas ressalvas.

Restabeleci contato com Gérard, que também concordou.

Em seguida, todos nos levantamos e juramos em nome do Unicórnio de Âmbar, com uma cláusula adicional no caso de Julian, e prometemos exilar qualquer um de nós que violasse o juramento. Para ser sincero, não achava que adiantaria de muita coisa, mas é sempre bom ver famílias unidas em prol do mesmo objetivo.

Depois disso, todos fizeram questão de mencionar que passariam a noite no palácio, sem dúvida para indicar que ninguém temia as possíveis revelações de Brand na manhã seguinte e, especialmente, para mostrar que ninguém pretendia sair da cidade, algo que não seria esquecido, mesmo se Brand batesse as botas durante a noite.

Como eu não tinha mais perguntas a fazer e ninguém se apresentou para assumir a culpa sob o véu do juramento, recostei-me na cadeira e me contentei em ouvir a conversa alheia. A reunião degringolou e virou uma série de burburinhos e discussões, ocupada por uma tentativa de reconstituição da cena na biblioteca, cada um descrevendo seu respectivo lugar e, sem exceção, as razões pelas quais todos os outros, exceto o interlocutor da vez, estariam em condições de cometer tal ato. Apenas fumei, sem participar do debate. Mas Deirdre levantou uma possibilidade interessante: Gérard poderia ter esfaqueado Brand enquanto estávamos aglomerados ao redor dos dois, e seus esforços heroicos teriam sido motivados não por um desejo de salvar o pescoço de Brand, mas sim para se colocar em posição de impedir que falasse. Nesse caso, Brand certamente não passaria daquela noite. Um palpite engenhoso, mas não acreditei nele. Nem os outros. Pelo menos ninguém se ofereceu para subir e expulsar Gérard da biblioteca.

Depois de algum tempo, Fiona veio se sentar ao meu lado.

– Bom, tentei a única ideia que me ocorreu – declarou. – Espero que resulte em algo bom.

– É possível – respondi.

– Percebi que você acrescentou um ornamento peculiar ao seu vestuário – observou, examinando a Joia do Julgamento entre o polegar e o indicador.

Em seguida, encontrou meu olhar.

– Consegue fazer truques com ela? – perguntou.

– Alguns.

– Então já sabia como sintonizar a pedra. Tem a ver com o Padrão, não é?

– Tem, sim. Pouco antes de morrer, Eric me explicou o processo.

– Entendi.

Fiona soltou a joia, recostou-se na cadeira e contemplou as chamas.

– Ele deu alguma advertência quanto ao uso?

– Não.

– Será que foi de propósito ou por acidente?

– Bom, Eric estava muito ocupado morrendo na hora. Esse detalhe impôs um limite considerável à nossa conversa.

– Sim, eu sei. Só fiquei me perguntando se o ódio de Eric por você era mais forte do que as esperanças dele para o reino, ou se apenas ignorava alguns dos princípios em jogo.

– O que sabe sobre o assunto?

– Pense na morte de Eric, Corwin. Eu não estava lá quando aconteceu, mas cheguei cedo para o funeral. Estava presente quando lavaram, barbearam e vestiram o corpo... e examinei os ferimentos. Nenhum deles parecia letal por si só. Havia três ferimentos no peito, mas um parecia ter atravessado o mediastino...

– Basta um para...

– Espere – interrompeu ela. – Apesar da dificuldade, tentei avaliar o ângulo da punção com uma haste fina de vidro. Eu queria ter feito uma incisão, mas Caine não deixou. Mesmo assim, não acredito que o coração ou as artérias tenham sido danificados. Ainda estamos em tempo de pedir uma autópsia, se quiser que eu investigue mais a fundo. Com certeza os ferimentos e o cansaço generalizado contribuíram para a morte, mas estou convencida de que a joia foi determinante.

– Por que motivo?

– Por causa de algumas coisas ditas por Dworkin quando eu era sua aluna... e outros detalhes que percebi mais tarde. Ele deu a entender que, embora concedesse habilidades incomuns, a joia também extraía a vitalidade de seu mestre. Quanto mais se usa a joia, mais ela exige da pessoa. Passei a prestar mais atenção e percebi que nosso pai raramente a usava, e nunca por períodos longos.

Meus pensamentos se voltaram para Eric, para o dia em que ele jazia moribundo na encosta da Kolvir, enquanto a batalha se desenrolava à sua volta. Lembrei-me de sua aparência, o rosto pálido, a respiração entrecortada, o peito ensanguentado... E a Joia do Julgamento, presa na corrente, pulsando como um coração, entre as dobras úmidas de seus trajes. Eu nunca tinha visto a joia se portar daquela forma antes, nem depois. O efeito se tornara cada vez mais suave, mais fraco. E quando ele morreu e eu cruzei suas mãos sobre a joia, o fenômeno tinha parado.

– O que sabe sobre as funções dela? – perguntei.

Fiona fez um meneio com a cabeça.

– Dworkin considerava isso um segredo de Estado. Sei apenas o óbvio, o domínio das condições climáticas. A partir de alguns comentários de nosso pai, deduzi que tem relação com percepção intensificada, ou percepção mais alta. Dworkin tocara no assunto, acima de tudo, como um exemplo da permeação do Padrão em tudo o que nos confere poder. Até os arcanos contêm o Padrão, se observarmos de perto e por tempo o suficiente... E ele citou isso como um exemplo do princípio de conservação: todos os nossos poderes especiais têm um preço. Quanto maior o poder, maior o investimento. Os arcanos são uma questão menor, mas mesmo seu uso causa certa fadiga. Caminhar através de Sombra, um exercício da imagem do Padrão enraizada dentro de nós, envolve um dispêndio ainda maior. Percorrer fisicamente o próprio Padrão esgota muita de nossa energia. Mas a joia, segundo Dworkin, representa uma oitava ainda mais alta do mesmo caso, e o custo ao usuário é exponencialmente maior.

E tal relato, se verdadeiro, fornecia mais uma visão ambígua sobre o caráter do meu falecido e menos apreciado irmão. Se Eric se apossara da joia e a usara por tempo prolongado em defesa de Âmbar mesmo sabendo desse fenômeno, era uma espécie de herói. Por outro lado, vendo por esse ângulo, a entrega da joia a mim, sem advertências, constituía uma última tentativa moribunda de vingança. Ao menos havia me isentado de sua maldição, conforme dissera, para concentrá-la em nossos inimigos. Isso, claro, só provava uma coisa: Eric os odiava mais do que a mim e empregou suas últimas forças na melhor defesa estratégica para Âmbar. Voltei a pensar nas anotações incompletas de Dworkin, retiradas por mim do esconderijo indicado. Será que Eric as recebera intactas e destruíra as partes referentes às advertências necessárias, um esforço deliberado para condenar seu sucessor? A ideia não me pareceu muito plausível, pois ele não tivera como saber que eu voltaria naquele momento, daquele jeito, nem que a batalha teria tomado aquele rumo, nem que eu de fato me tornaria seu sucessor. Teria sido perfeitamente possível que um de seus favoritos o sucedesse no poder, e nesse caso ele certamente não teria deixado para trás um legado de armadilhas. Não, não mesmo. A meu ver, ou Eric realmente desconhecia essa propriedade específica da joia, tendo recebido apenas instruções parciais quanto ao uso, ou alguém encontrara aqueles papéis antes de mim e removera material suficiente para me deixar em uma desvantagem letal. Poderia muito bem ter sido, mais uma vez, obra de nosso verdadeiro inimigo.

– Sabe qual é o fator de segurança? – perguntei.

– Não, mas posso lhe dar duas dicas, caso sirvam de ajuda. A primeira é que não me lembro de ver nosso pai usar a joia por períodos prolongados. A segunda, inspirada por uma série de coisas ditas por ele, a começar pelo seguinte comentário: "Quando as pessoas se transformam em estátuas, ou você está no lugar errado, ou está em perigo". Insisti muito para que ele me explicasse o significado, e por fim tive a impressão de que o primeiro sinal de uso excessivo da joia é uma espécie de distorção da sensação temporal. Parece começar com uma aceleração do metabolismo, de tudo, resultando na sensação de que o mundo desacelerou à sua volta. Deve ser um fardo muito exaustivo. Não sei mais nada sobre o assunto, e admito que grande parte dessa segunda é palpite. Há quanto tempo está em posse da joia?

– Já faz um tempo.

Em pensamentos, medi minha pulsação e observei os arredores para ver se alguma coisa parecia mais lenta.

Não consegui distinguir, embora não estivesse me sentindo muito bem. Tinha atribuído essa condição, porém, ao combate matutino com Gérard. Não pretendia arrancar a joia do pescoço, claro, apenas porque uma parente tinha sugerido, mesmo que fosse a inteligente Fiona, em um de seus momentos mais amigáveis. Perversidade, birra... Não, independência. Era isso. Somado a uma desconfiança estritamente formal. De qualquer forma, eu a tinha pendurado no pescoço poucas horas antes, naquela noite. Preferia esperar.

– Bom, já deixou claro que pretende usar a joia – continuou Fiona. – Minha intenção foi apenas aconselhar que evite exposição prolongada até descobrir mais sobre ela.

– Obrigado, Fi. Vou tirar em breve, e agradeço por ter me contado. A propósito, que fim levou Dworkin?

Ela tamborilou a própria têmpora.

– A mente dele finalmente cedeu à loucura, coitado. Gosto de acreditar que nosso pai o colocou em algum retiro tranquilo em Sombra.

– Entendo, claro. É, vamos pensar assim. Pobre Dworkin.

Julian se levantou, concluindo uma conversa com Llewella. Depois se espreguiçou, despediu-se dela com um aceno e veio em nossa direção.

– Corwin, pensou em mais alguma pergunta para nós?

– Nenhuma que eu queira fazer por ora.

Ele esboçou um sorriso.

– Mais alguma coisa que queira nos contar?

– No momento, não.

– Mais alguma experiência, demonstração, charada?

– Nada.

– Ótimo. Nesse caso, vou dormir. Boa noite.

– Boa noite.

Ele fez uma reverência para Fiona, acenou para Benedict e Random e assentiu para Flora e Deirdre ao passar por elas a caminho da porta. Parou no limiar, virou-se e acrescentou:

– Agora já podem falar de mim.

E foi embora.

– Pois bem, vamos falar mesmo – sugeriu Fiona. – Eu acho que ele é o culpado.

– Por quê? – perguntei.

– Darei minha opinião, por mais subjetiva, intuitiva e tendenciosa que seja. Benedict, a meu ver, está acima de qualquer suspeita. Se ele quisesse o trono, já o teria tomado por métodos militares diretos. Com todo o tempo que teve, poderia ter realizado um ataque bem-sucedido, até mesmo contra nosso pai. Ele é forte o bastante para tal façanha, e todo mundo sabe. Você, por outro lado, cometeu uma série de descuidos que poderia ter evitado se estivesse em pleno domínio de suas capacidades mentais. Por isso acredito na sua história, incluindo a amnésia. Ninguém se deixaria ter os olhos cegados por mera estratégia. Gérard está a ponto de estabelecer a própria inocência. Chego a pensar que pode ser o motivo principal para ele estar lá na biblioteca, mais do que por qualquer vontade de proteger Brand. Em todo caso, não vai demorar muito até sabermos a verdade, ou até termos suspeitas novas. Random foi vigiado com muito cuidado nos últimos anos e não teve oportunidade de orquestrar tantos acontecimentos. Portanto, está fora de suspeita. Dentre as mais delicadas, Flora não tem inteligência, Deirdre não tem coragem, Llewella não tem interesse, pois só é feliz quando não está aqui, e eu, claro, sou inocente de tudo, menos malícia. Assim, resta Julian. Ele é capaz? Sim. Quer o trono? Claro. Teve tempo e oportunidade? Mais uma vez, sim. Pronto, achou seu culpado.

– Mas teria matado Caine? – questionei. – Os dois eram amigos.

Fiona torceu o lábio.

– Julian não tem amigos – retrucou. – Aquela personalidade fria dele só se aquece quando pensa no próprio umbigo. Ah, sim, nos últimos anos ele *parecia* mais próximo de Caine. Mas até isso... até isso pode ter sido parte do plano. Forçar uma amizade por tempo suficiente para parecer genuína, só para não parecer suspeito, é algo que Julian poderia muito bem ter feito, pois não o vejo como alguém capaz de formar vínculos emocionais fortes.

Neguei com a cabeça.

– Não sei se concordo. A amizade dele com Caine começou durante minha ausência, então só sei dela indiretamente. Ainda assim, se Julian buscava se associar a pessoas de personalidades afins, consigo entender. Os dois eram muito parecidos. Tendo a acreditar que era real porque não me parece possível forjar uma amizade durante anos. A menos que a parte enganada seja extremamente estúpida, o que Caine nunca foi. E fora isso… bem, você mesma disse que seu raciocínio era subjetivo, intuitivo e tendencioso. O meu também, de certa forma. Não tolero a ideia de existir alguém tão desprezível a ponto de se aproveitar do único amigo. Por isso me parece ter algo de errado nessa lista.

Fiona suspirou.

– Para alguém com tanto tempo de estrada, Corwin, você parece dizer muitas besteiras. Por acaso mudou tanto assim durante sua permanência prolongada naquele lugarzinho curioso? Anos atrás, você também teria visto o óbvio.

– Talvez eu esteja mesmo mudado, porque essas questões já não me parecem óbvias. Ou talvez tenha sido você quem mudou, Fiona? Um pouco mais cínica do que a garotinha que conheci. Anos atrás, provavelmente não teria achado isso tão óbvio.

Ela deu um pequeno sorriso.

– Nunca diga a uma mulher que ela mudou, Corwin. A menos que seja para melhor. Você também sabia disso. Será que não passa de uma das sombras de Corwin, enviado de volta para sofrer e intimidar em nome dele? E enquanto isso o Corwin verdadeiro está em outro lugar, rindo de nós?

– Estou aqui, e não estou rindo.

Fiona soltou uma risada.

– Sim, é isso! Acabei de decidir que você foi substituído!

Em seguida se levantou de um salto e gritou:

– Tenho um anúncio importante! Acabei de perceber que este não é o Corwin verdadeiro! Deve ser uma das sombras dele! O impostor aqui acabou de proclamar sua crença na amizade, dignidade, nobreza de espírito e todas aquelas coisas tão destacadas em romances populares! Pelo jeito, desvendei um grande mistério!

Os outros a encararam. Ela riu outra vez e voltou a se sentar.

Flora murmurou um "bêbada" antes de retomar a conversa com Deirdre. Random disse "Um brinde às sombras" e voltou a uma discussão com Benedict e Llewella.

– Viu? – perguntou Fiona.

– O quê?

– Você é irrelevante – explicou, com um tapa no meu joelho. – E, pensando bem, eu também sou. Hoje foi um dia ruim, Corwin.

– Eu sei. Também me sinto péssimo. Achei que a ideia de resgatar Brand seria ótima. E ainda por cima funcionou. Como pode ver, deu muito certo para ele.

– Não despreze seus pequenos méritos. A culpa não foi sua.

– Obrigado, Fiona.

– Acho que Julian teve uma boa ideia. Não estou com vontade de continuar acordada.

Nós dois nos levantamos, e eu a acompanhei até a porta.

– Estou bem, Corwin. De verdade.

– Tem certeza?

Ela assentiu com um gesto brusco.

– Até amanhã, então.

– Espero que sim. Agora, já podem falar de mim.

Com uma piscadela, ela foi embora.

Ao me virar, percebi que Benedict e Llewella se aproximavam.

– Já vão dormir? – perguntei.

Benedict fez que sim.

– Parece a melhor opção – respondeu Llewella, e me deu um beijo no rosto.

– Por que isso?

– Por muitos motivos. Boa noite, Corwin.

– Boa noite.

Random atiçava o fogo, agachado na frente da lareira. Deirdre se virou para ele e disse:

– Não jogue mais lenha só por nossa causa. Flora e eu também estamos indo embora.

Random guardou o atiçador e se endireitou, despedindo-se conforme elas saíam.

– Certo. Durmam bem.

Deirdre me ofereceu um sorriso sonolento, e Flora, um nervoso. Acrescentei meu boa-noite e observei a partida das duas.

– Descobriu alguma novidade útil? – quis saber Random.

Neguei com um aceno.

– E você?

– Opiniões, conjecturas. Nenhum fato novo. Estávamos tentando decidir quem seria o próximo da lista.

– E...?

– Para Benedict, é cara ou coroa: você ou ele. Desde que você não seja o culpado, claro. Ele também acha que seu amigo Ganelon devia tomar cuidado por onde anda.

– Ganelon... Sim, boa ideia, e devia ter sido minha. Acho que ele tem razão quanto a ser um de nós dois. E pode ser um pouco mais perigoso para ele, pois todos sabem que estou em alerta por causa da tentativa de incriminação.

– Agora todo mundo sabe que Benedict também está em alerta. Ele deu um jeito de alardear sua opinião para todos. Acho até que gostaria de um atentado.

Dei risada.

– A moeda está equilibrada outra vez. De fato é cara ou coroa.

– Foi o que Benedict comentou. Naturalmente, ele já sabia que eu contaria tudo a você.

– E, naturalmente, eu adoraria que ele voltasse a falar comigo. Bem... não posso fazer nada quanto a isso. Dane-se tudo! Vou me deitar.

Ele assentiu com a cabeça.

– Dê uma olhada embaixo da cama antes de dormir.

Saímos porta afora e seguimos pelo corredor.

– Corwin, quem dera lhe tivesse ocorrido a brilhante ideia de trazer um pouco de café junto com as armas – comentou Random. – Uma xícara cairia bem.

– Não atrapalha seu sono?

– Nem um pouco. Eu gosto de algumas xícaras à noite.

– Sinto falta de tomar de manhã. Vamos ter que importar um pouco quando essa confusão estiver resolvida.

– Não serve de muito consolo, mas é uma boa ideia. Aliás, o que deu em Fiona?

– Ela acha que Julian é o culpado.

– Pode ser que tenha razão.

– E Caine?

– Talvez não tenha sido um indivíduo sozinho – teorizou ele, conforme subíamos a escada. – Digamos que fossem dois, como Julian *e* Caine. Por fim, houve um desentendimento, Caine perdeu, Julian se livrou dele e usou a morte para complicar sua situação. Velhos amigos são os piores inimigos.

– Não adianta – rebati. – Minha cabeça começa a girar quando penso em todas as possibilidades. Só nos resta aguardar novos desdobramentos ou fazer acontecer por conta própria. Provavelmente a segunda opção. Mas não esta noite...

– Ei! Vá mais devagar!

Parei no patamar.

– Desculpe. Não sei o que deu em mim. Um rompante final, talvez.

– Energia nervosa – sugeriu ele, enfim me alcançando.

Continuamos a subir e me esforcei para acompanhar seu ritmo e reprimir o desejo de me apressar.

– Certo, durma bem – despediu-se, enfim.

– Boa noite, Random.

Conforme ele seguia escada acima, eu avancei pelo corredor rumo aos meus aposentos. A essa altura, eu me sentia um pouco irrequieto, e deve ter sido por isso que deixei a chave cair.

Estendi a mão e a peguei no ar antes que atingisse o chão. Ao mesmo tempo, fui tomado pela sensação de que o movimento dela estava um pouco mais lento do que o esperado. Eu a inseri na fechadura e a girei.

O cômodo estava escuro, mas decidi não acender nenhuma vela ou lamparina. A escuridão já me era familiar havia anos. Fechei a porta e passei o ferrolho. Meus olhos já estavam parcialmente acostumados à penumbra, graças ao corredor pouco iluminado. Dei meia-volta. Um pouco de luz das estrelas se infiltrava por entre as cortinas. Atravessei o cômodo e afrouxei a gola.

Ele me esperava no quarto, à esquerda da entrada. Estava posicionado perfeitamente e não fez nada para se entregar. Caí direto na armadilha. Ele estava no lugar ideal, com a adaga em punho e o elemento surpresa a seu favor. Para ser justo, eu deveria ter morrido, não na minha cama, mas bem ali, ao pé dela.

Percebi um leve movimento e tomei consciência de sua presença e de suas intenções assim que cruzei o limiar.

Levantei o braço para aparar o golpe, embora soubesse que era tarde demais. Uma peculiaridade me atingiu antes mesmo da lâmina: o agressor parecia se mover devagar demais. Depressa, com toda a tensão acumulada antes do golpe, era assim que deveria ter acontecido. E eu só entenderia a cena transcorrida quando tudo acabasse, se tanto. Não deveria ter tido tempo de me virar parcialmente e estender tanto o braço. Uma névoa avermelhada encobriu minha visão, e senti meu antebraço atingir o braço agressor no momento em que o aço perfurou minha barriga. Dentro da vermelhidão, tive a impressão de avistar um vago traçado daquela versão cósmica do Padrão percorrido no começo do dia. Conforme eu me curvava e caía, incapaz de pensar, mas ainda consciente, o desenho foi ficando mais nítido, mais próximo. Eu queria fugir, mas meu corpo cedeu. Fui arremessado.

OITO

Toda vida deve verter um pouco de sangue. Infelizmente, foi minha vez novamente e tive a sensação de não ter sido assim tão pouco. Estava deitado de lado, em posição fetal, com os dois braços ao redor do tronco. Estava molhado, e de vez em quando algo escorria pelas dobras da minha barriga. No lado esquerdo, logo acima da cintura, eu me sentia como um envelope aberto com displicência. Essas foram minhas primeiras impressões quando a consciência voltou. E o primeiro pensamento foi: "O que ele está esperando?" Obviamente, o golpe de misericórdia não se concretizara. Por quê?

Abri os olhos. Tinham aproveitado o tempo decorrido para se ajustar à escuridão. Virei a cabeça. Não vi mais ninguém no quarto. Algo peculiar havia acontecido, porém, embora eu não conseguisse entender. Fechei os olhos e deixei a cabeça cair no colchão de novo.

Havia algo de errado, mas ao mesmo tempo era certo...

O colchão... Sim, estava deitado na minha cama. Duvidei da minha capacidade de ter subido ali sem ajuda. Mas teria sido absurdo me esfaquear e depois me acomodar no colchão.

Minha cama... Era minha cama, mas não era.

Fechei os olhos com força. Trinquei os dentes. Não entendia nada. Seria impossível raciocinar direito quando eu me encontrava à beira do choque, conforme o sangue se acumulava na minha barriga e vazava para fora. Tentei me obrigar a pensar com clareza. Não foi fácil.

Minha cama. A primeira consciência ao despertar, antes de mais nada, é saber se dormimos em nossa própria cama. E eu dormi, mas...

Reprimi uma vontade violenta de espirrar, porque tive a sensação de que isso me rasgaria todo. Apertei as narinas e puxei o ar pela boca. O gosto, cheiro e toque de poeira estava por todos os lados.

O ataque nasal cedeu, e abri os olhos. Só então descobri onde estava. Não entendia os motivos, mas eu havia voltado a um lugar que não esperava ver nunca mais.

Abaixei a mão direita e a usei para me levantar no colchão.

Era meu quarto na minha antiga casa. A residência que me pertencera quando eu era Carl Corey. Eu tinha sido enviado de volta a Sombra, para aquele mundo cheio de poeira. A cama estava desarrumada desde minha última noite passada ali, mais de meia década antes. Estava ciente do estado da casa, pois a visitara poucas semanas antes.

Fiz força para me erguer mais, consegui deslizar os pés pela beirada da cama até o chão. Depois, me curvei de novo e fiquei sentado ali. Não estava nada bem.

Embora me sentisse temporariamente seguro contra novos ataques, sabia que precisava de mais do que segurança naquele momento. Precisava de ajuda e não estava em condições de me virar sozinho. Não conseguia nem estimar por quanto tempo ainda permaneceria consciente. Por isso, precisava levantar da cama e ir embora dali. O telefone estaria mudo, a casa mais próxima ficava muito longe. Seria necessário chegar até a estrada, pelo menos. Com certo pesar, refleti sobre um dos motivos para ter escolhido aquela casa: ficava em um lugar isolado, com pouco movimento. Sempre gostei de solidão, pelo menos em alguns momentos.

Com a mão direita, puxei o travesseiro mais próximo, tirei a fronha e a virei do avesso. Tentei dobrar com cuidado, desisti e embolei tudo, depois a enfiei por baixo da camisa e a pressionei contra o ferimento. Continuei sentado por um instante, segurando a fronha no lugar. O esforço havia me exaurido, e doía respirar muito fundo.

Porém, depois de um tempo, alcancei o segundo travesseiro, deitei-o em cima dos joelhos e o deixei deslizar para fora da fronha. A intenção era agitar o tecido para chamar a atenção de algum motorista de passagem, já que meus trajes, como sempre, eram escuros. Antes de prender a fronha no cinto, contudo, fiquei intrigado com o comportamento do travesseiro. Ainda não havia atingido o chão. Eu tinha soltado, nada o sustentava, e ele estava em movimento. Mas era muito devagar, descendo com uma morosidade onírica.

Pensei na queda da chave diante de meus aposentos no palácio. Pensei na minha rapidez involuntária ao subir as escadas com Random. Pensei nas palavras de Fiona e na Joia do Julgamento, ainda pendurada em meu pescoço, que pulsava em sincronia com a sensação latejante no meu flanco. Talvez tenha sido a responsável por salvar minha vida, pelo menos por enquanto. Sim, não havia outra explicação, se as ideias de Fiona estivessem corretas. Deve ter me proporcionado um instante a mais no momento do ataque, permitindo que eu me virasse e estendesse o braço. Talvez, de alguma forma, também tenha sido responsável pelo meu transporte súbito. Mas essas eram conjecturas para outra hora, caso eu conseguisse manter um relacionamento firme com o futuro. Por enquanto, eu precisava me livrar da joia, caso os receios de Fiona também estivessem certos, e ir embora dali.

Guardei a segunda fronha e tentei me levantar, apoiado no pé da cama. Não adiantou! Muita tontura, muita dor. Tentei escorregar até o chão, com medo de desmaiar no caminho. Consegui. Descansei. Depois, comecei a engatinhar, bem devagar.

A porta da frente, se eu bem me lembrava, estava fechada com tábuas. Certo. Pelos fundos, então.

Cheguei à porta do quarto e parei, escorado no batente. Enquanto recuperava o fôlego, tirei a Joia do Julgamento do pescoço e enrolei a corrente em volta do pulso. Seria necessário escondê-la em algum lugar, e o cofre no escritório ficava muito fora de mão. Além disso, estava deixando um rastro de sangue. Qualquer um que o encontrasse e o seguisse provavelmente ficaria curioso a ponto de investigar e descobrir o pequeno objeto. E eu não tinha tempo nem energia...

Consegui sair do quarto e atravessar a casa, mas ainda precisava me levantar para abrir a porta dos fundos. Cometi o erro de não descansar antes.

Quando recuperei a consciência, estava caído na soleira. Nuvens cobriam o céu da noite fria. Um vento forte agitava os galhos acima da varanda. Senti algumas gotas de umidade no dorso da mão estendida.

Com um impulso, rastejei para o lado de fora. Uma fina camada de neve revestia o solo. O ar gelado ajudou a me reanimar. Quase em pânico, percebi que minha mente estivera embotada durante grande parte do trajeto desde o quarto. Corria o risco de desmaiar a qualquer momento.

Avancei em direção ao canto mais afastado da casa, fazendo um desvio apenas para alcançar a pilha de compostagem, revirar seu conteúdo, enfiar a joia ali e cobrir com um punhado de grama seca. Joguei neve por cima e segui meu caminho.

Quando consegui contornar a casa, fui abrigado do vento e desci por um declive suave. Alcancei a parte da frente da construção e descansei de novo. Um carro tinha acabado de passar, e vi a luz das lanternas encolher. Era o único veículo à vista.

Cristais de gelo atingiram meu rosto quando avancei de novo. Meus joelhos estavam molhados e ardiam por causa da neve. O jardim da frente tinha uma inclinação suave, depois descia abruptamente até a estrada. Cerca de cem metros à direita, havia uma depressão pequena, onde os motoristas normalmente pisavam no freio. Parecia um bom lugar para ser visto à luz dos faróis, um daqueles pequenos consolos que a mente sempre busca em situações críticas, uma aspirina para as emoções. Depois de três pausas para descansar, alcancei o acostamento e parei diante do pedregulho que exibia o número da casa. Fiquei sentado nele e me recostei no barranco gelado. Peguei a segunda fronha e a estendi na frente dos joelhos.

Esperei. Sabia que estava com a mente turva. Devo ter perdido e recuperado a consciência algumas vezes. Quando me flagrava prestes a divagar, tentava impor certa ordem aos meus pensamentos, avaliar os acontecimentos à luz de todas as outras ocorrências, formular outras medidas de segurança. Mas esse esforço se mostrou além do meu alcance. Era muito difícil pensar além das reações às circunstâncias. No entanto, com uma espécie de iluminação embotada, ocorreu-me que ainda estava em posse de meus arcanos. Podia entrar em contato com alguém e ser transportado de volta para Âmbar.

Mas quem? Minha mente não estava tão fragilizada a ponto de ignorar o risco de entrar em contato com a pessoa responsável pelo ataque. Seria melhor correr o risco ou tentar a sorte ali mesmo? Ainda assim, Random ou Gérard...

Tive a impressão de escutar um carro. Fraco, distante... Mas o vento e meus batimentos acelerados competiam com minha audição. Virei a cabeça e me concentrei.

Lá estava... Outra vez. Sim. Era um motor. Fiquei a postos para agitar o tecido.

Mesmo assim, minha mente continuava a divagar. Um pensamento me ocorreu: talvez me faltasse a concentração necessária para manipular os arcanos.

O ronco do motor ficou mais alto. Levantei a fronha. Logo depois, um filete de luz tocou um ponto visível da estrada, mais ao longe, à minha direita. E então avistei o carro no alto da elevação. Sumiu de meu campo de visão conforme descia a pista. Depois voltou a emergir e se aproximou, iluminando flocos de neve com os faróis.

Comecei a acenar quando estava quase na depressão da estrada. Fui iluminado pelos faróis, sem dúvida bem na mira do motorista. Mas o homem passou direto, a bordo do sedã de modelo recente, com uma mulher no banco do carona. A passageira se virou e olhou para mim, mas o motorista nem diminuiu a velocidade.

Alguns minutos mais tarde, outro carro apareceu, um pouco mais antigo, dirigido por uma mulher, sem outros passageiros à vista. Esse chegou a desacelerar, mas só por um instante. A motorista não deve ter gostado da minha aparência, pois pisou no acelerador e sumiu pela estrada.

Relaxei o corpo e descansei. Um príncipe de Âmbar não poderia invocar a fraternidade humana para proferir condenações morais. Pelo menos não a sério, e naquele momento rir doeria muito.

Sem forças, sem concentração, sem plena capacidade de movimento, meu poder sobre Sombra era inútil. Decidi que o usaria, antes de mais nada, para ir a algum lugar quente... Será que conseguiria subir de novo o barranco, até a pilha de compostagem? Não tinha me ocorrido usar a joia para alterar o clima. Mas provavelmente também não teria forças para tal truque. E o esforço poderia muito bem acabar me matando. Ainda assim...

Balancei a cabeça. Estava cochilando, praticamente sonhando. Precisava me manter acordado. Aquilo era outro carro? Talvez. Tentei agitar a fronha e a deixei cair. Quando me abaixei para pegar o tecido, precisei apoiar a cabeça nos joelhos. Deirdre... eu chamaria minha querida irmã. Se alguém fosse me ajudar, seria Deirdre. Eu pegaria o arcano dela e a chamaria. Logo, logo. Quem dera ela não fosse minha irmã... Precisava descansar. Sou um canalha, não um idiota. Talvez até sinta remorso quando descanso. E me arrependa de algumas coisas. Quem dera estivesse mais quente... Mas não estava muito ruim, encurvado daquele jeito... Aquilo era um carro? Eu queria levantar a cabeça, mas não conseguia. Mas não faria tanta diferença se eu fosse visto.

Vislumbrei a luz através das pálpebras e ouvi o motor. Não avançava nem recuava. Apenas uma rotação constante de roncos. E de repente ouvi um grito. E o estalo e a batida de uma porta sendo aberta e fechada. Senti que podia abrir os olhos, mas não queria. Tive medo de encontrar apenas a estrada escura e vazia, de voltar a ouvir apenas o sibilar do vento e as batidas do meu coração. Era melhor preservar a ilusão do que correr o risco.

– Ei! Qual é o problema? Você está machucado?

Passos... Não era minha imaginação.

Abri os olhos e me forcei a ficar de pé.

– Corey! Meu Deus! É você mesmo!

Esbocei um sorriso e tentei acenar com a cabeça, mas me detive para não cair.

– Sou eu, Bill. Como vai?

– O que aconteceu?

– Estou ferido – respondi. – Talvez seja grave. Preciso de um médico.

– Consegue andar com a minha ajuda? Ou prefere ser carregado?

– Vamos tentar andar.

Ele me ajudou a manter o equilíbrio e eu me apoiei nele. Começamos a ir para o carro. Só me lembro dos primeiros passos.

Quando aquela doce carruagem oscilante tornou a subir, tentei levantar o braço, percebi que estava preso, acatei a condição do tubo preso nele e concluí que sobreviveria. Senti o cheiro de hospital e consultei meu relógio interno. Tendo chegado até ali, só me restava seguir em frente. Enfim estava aquecido e tão confortável quanto a situação permitia. Tudo resolvido, fechei os olhos, deitei a cabeça e dormi de novo.

Mais tarde, quando acordei outra vez, já me sentia bem melhor. Uma enfermeira se aproximou para avisar que eu tinha sido internado sete horas antes e que em breve o médico passaria para falar comigo. Ela também me ofereceu um copo d'água e contou que já tinha parado de nevar. Estava curiosa quanto à origem de meu ferimento.

Decidi que era melhor começar a inventar uma história. Quanto mais simples, melhor. Certo. Tinha voltado para casa depois de um longo período no exterior. Cheguei de carona, entrei em casa e fui atacado por algum vândalo ou vagabundo de tocaia. Saí me arrastando e pedi ajuda. Fim.

Quando contei para o médico, não deu para saber se ele acreditou. Era um sujeito corpulento cujo rosto tinha despencado sobre a papada havia muito tempo. Chamava-se Morris Bailey e assentia com a cabeça conforme eu falava. Depois, me perguntou:

– Conseguiu ver o agressor?

Fiz que não.

– Estava escuro.

– Foi roubado?

– Não sei.

– Estava com a carteira?

Decidi que seria melhor confirmar.

– Bom, você chegou aqui sem nada, então ele deve ter levado.

– Deve mesmo – concordei.

– Por acaso se lembra de mim?

– Acho que não. Deveria?

– Você me pareceu vagamente familiar. Foi só isso, a princípio...

– E...?

– Que trajes eram aqueles que você estava usando? Pareciam uma espécie de uniforme.

– Última moda por lá. Você disse que eu parecia familiar?

– Sim, mas por lá onde? De onde você veio? Onde estava?

– Eu viajo muito. O que você queria me dizer agora há pouco?

– Ah, sim. Nossa clínica é bem pequena, e algum tempo atrás um vendedor cheio de lábia convenceu a diretoria a investir em um sistema computadorizado de prontuários médicos. Se essa área fosse mais desenvolvida e os negócios tivessem se expandido muito, talvez valesse a pena. Mas nada disso aconteceu, e o sistema é caro. Até deixou o pessoal administrativo mais preguiçoso, entende? Arquivos antigos não são descartados como antigamente, nem os da emergência. Tem muitos registros inúteis por lá. Enfim, quando o sr. Roth me disse seu nome e eu fiz uma busca de rotina, encontrei um prontuário e descobri por que você me parecia tão familiar. Eu estava de plantão no pronto-socorro naquela noite, há uns sete anos, quando você sofreu o acidente de carro. Eu me lembrei de ter cuidado de você na época, achei até que não fosse sobreviver. Mas você me surpreendeu naquela ocasião, e ainda me surpreende. Não consegui achar nem as cicatrizes que *deviam* estar aí. Você se recuperou muito bem.

– Obrigado. Eu diria que é mérito do cirurgião.

– Pode me dizer sua idade, para o prontuário?

– Trinta e seis.

Sempre uma resposta segura.

O médico anotou no papel apoiado no próprio colo.

– Sabe, depois que o examinei e me lembrei daquela época, eu poderia jurar que você não envelheceu nada.

– Levo uma vida saudável.

– Sabe qual é seu tipo sanguíneo?

– É um exótico. Mas, na prática, pode considerar AB positivo. Posso receber qualquer coisa, mas não posso doar para ninguém.

Ele assentiu com a cabeça.

– Sabe que vai precisar fazer um boletim de ocorrência por causa do ataque, certo?

– Eu tinha imaginado.

– Achei que você gostaria de se preparar.

– Claro, obrigado. Então, você cuidou de mim naquela noite? Interessante. Por acaso se lembra de mais alguma coisa?

– Como assim?

– Em que circunstâncias cheguei ao hospital daquela vez? Tenho um grande lapso de memória desde o momento do acidente até minha transferência para outra clínica, Greenwood. Você se lembra de como eu cheguei?

O médico fechou a cara, pensativo, logo quando eu já tinha decidido que estava fazendo a mesma expressão para todas as ocasiões.

– Nós mandamos uma ambulância – respondeu.

– Por quê? Quem avisou do acidente? Como?

– Ah, agora entendi a pergunta. Foi a Polícia Estadual que chamou a ambulância. Pelo que me lembro, alguém viu o acidente e ligou para a delegacia. De lá, eles mandaram uma viatura. Os policiais foram até o lago, confirmaram o relato, prestaram os primeiros socorros e chamaram a ambulância. E foi isso.

– Existe algum registro de quem avisou do acidente?

Ele fez um gesto resignado.

– Não acompanhamos esse tipo de coisa. Sua seguradora não investigou? Não houve um aviso de sinistro? Eles provavelmente...

– Tive que sair do país pouco depois de ter alta – interrompi. – Nunca me aprofundei na questão. Mas devem ter feito um boletim de ocorrência, certo?

– Com certeza. Só não faço ideia se eles guardam esses arquivos por muito tempo – respondeu, com uma risada. – A menos, claro, que o mesmo vendedor tenha passado por lá também... Mas é um pouco tarde para reviver o assunto, não? Tenho a impressão de que esse tipo de coisa prescreve. Seu amigo Roth vai poder dizer com certeza...

– Não estou em busca de uma indenização – expliquei. – Só queria saber o que aconteceu de fato. Já faz alguns anos que tenho pensado nisso. Veja bem, estou com uma ligeira amnésia retrógrada.

– Já procurou um psiquiatra?

Por algum motivo, a pergunta me incomodou. Tive um daqueles lampejos de intuição: por acaso Flora me arranjara um atestado de insanidade antes da transferência para Greenwood? Tais informações constavam no meu prontuário? E será que eu ainda era considerado fugitivo da clínica? Já fazia muito tempo e eu não tinha conhecimento dos aspectos jurídicos da situação. Se fosse verdade, porém, imaginei que não teriam como saber se eu tinha recebido alta da insanidade em outra instituição. Motivado por mera prudência, resolvi inclinar o corpo para a frente e dar uma olhada no pulso do médico. Tinha a vaga lembrança de ele ter consultado um relógio com agenda ao aferir minha pulsação. Sim, isso mesmo. Observei o mostrador. Dia e mês: 28 de novembro. Fiz um cálculo rápido com a minha taxa de conversão de dois e meio para um e cheguei ao ano. Já fazia sete anos, como ele havia indicado.

– Não, não consultei ninguém – respondi. – Imaginei que fosse um distúrbio orgânico, não funcional, e aceitei a lacuna como memórias perdidas.

– Entendi. Você usa essas expressões com naturalidade. Costuma acontecer com pessoas que fizeram terapia.

– Eu sei. Já li muito sobre o assunto.

O médico deu um suspiro. Ficou de pé.

– Escute, vou chamar o sr. Roth e avisar que você acordou. Provavelmente é melhor assim.

– Em que sentido?

– Como seu amigo é advogado, talvez seja melhor conversar com ele antes de falar com a polícia.

Em seguida abriu a pasta onde tinha anotado minha idade, levantou a caneta, franziu a testa e perguntou:

– Que dia é hoje, mesmo?

Eu precisava dos arcanos. Imaginei que meus pertences estariam na gaveta ao lado da cama, mas teria que me esforçar muito para alcançar a mesa e não queria forçar os pontos. Não era tão urgente assim. Oito horas de sono em Âmbar equivaleriam a umas vinte horas ali, então todos ainda deviam estar em seus aposentos no palácio. Sentia, porém, a necessidade de conversar com Random e inventar uma história para justificar minha ausência pela manhã. Cuidaria disso mais tarde.

Eu não queria levantar suspeitas naquela situação, e estava ávido para descobrir o que Brand tinha a dizer. Queria estar em condições de tomar alguma atitude. Fiz um rápido malabarismo mental. Se enfrentasse a parte crítica da recuperação ali em Sombra, seriam menos horas perdidas em Âmbar. Teria que administrar meu tempo com muito cuidado e evitar complicações daquele lado. Esperava que Bill chegasse logo. Estava ansioso para saber qual era minha situação naquela clínica.

Bill era nativo da região, estudara em Buffalo, voltara, se casara, entrara para a firma da família e ponto final. Ele me conhecia como um oficial reformado do exército que às vezes viajava para tratar de negócios indefinidos. Nós dois éramos sócios do clube de campo local, onde fomos apresentados. Por mais de um ano, trocamos apenas algumas palavras e nada mais. E então, certa noite, por acaso o encontrei no bar e descobri seu interesse por história militar, especialmente as Guerras Napoleônicas. Passamos horas conversando e, quando nos demos conta, o bar já estava prestes a fechar. Nós nos tornamos bons amigos depois disso, até a época dos meus infortúnios. Desde então, eu havia pensado nele vez ou outra. Na verdade, só não o visitara da última vez por receio das inúmeras perguntas que certamente faria a meu respeito, e na ocasião me pareceu impossível responder a todas elas com educação e ainda me divertir. Eu tinha até cogitado fazer uma visita quando a situação se estabelecesse em Âmbar. Era uma pena que, além de não ter sido nessas circunstâncias, o reencontro não tivesse acontecido na sala de convivência do clube.

Ele chegou uma hora depois, baixo, atarracado, vermelho, um pouco mais grisalho nas têmporas, sorridente, balançando a cabeça. Tentei me levantar um pouco na cama, respirei fundo algumas vezes e concluí que ainda era cedo. Ele apertou minha mão e se sentou na cadeira ao lado. Estava com a maleta de trabalho.

– Você quase me matou de susto ontem à noite, Carl. Achei que estava vendo um fantasma.

Confirmei com um aceno.

– Por pouco não virei um – respondi. – Obrigado pela ajuda. Como você tem passado?

Bill suspirou.

– Ocupado. Sabe como é. O mesmo de sempre, só que mais.

– E Alice?

– Está bem. Temos dois netos novos, de Bill Júnior. São gêmeos. Espere, só um minuto.

Ele pescou uma foto na carteira.

– Aqui.

Examinei a imagem e percebi a semelhança familiar.

– Difícil de acreditar.

– Parece que os anos não o maltrataram muito.

Dei risada e toquei meu abdômen ferido.

– Sem contar isso, claro – acrescentou. – Onde você esteve?

– Céus! Mais fácil perguntar onde eu não estive! Tantos lugares que já perdi a conta.

Ele permaneceu impassível, sem tirar os olhos de mim.

– Carl, em que tipo de enrascada você se meteu?

Esbocei um sorriso.

– Se você se refere a problemas com a lei, a resposta é nenhum. Meus problemas na verdade têm a ver com outro país, e terei que voltar para lá em breve.

A expressão dele ficou um pouco mais descontraída, e havia um ligeiro brilho por trás das lentes bifocais.

– Você é uma espécie de conselheiro militar nesse país?

Assenti.

– Pode me dizer onde é?

Neguei com a cabeça.

– Sinto muito.

– Até que é compreensível. O médico contou suas impressões sobre o incidente da noite passada. Cá entre nós, tem alguma relação com o que você tem feito?

Assenti outra vez.

– Isso esclarece um pouco as coisas – disse ele. – Não muito, mas o suficiente. Não vou perguntar qual é a agência, nem se existe uma. Eu sempre soube que você era um cavalheiro e, acima de tudo, sensato. Foi por isso que fiquei curioso na época do seu desaparecimento e dei uma investigada. Senti certa vergonha, com receio de ter passado dos limites. Mas seu estado civil era bastante peculiar, e eu queria saber o que tinha acontecido. Acima de tudo, porque estava preocupado com você. Espero que isso não o incomode.

– Ora, me incomodar? Quase ninguém se importa com o que acontece comigo. Fico grato, isso sim. E também curioso quanto às suas descobertas. Nunca tive tempo de examinar o caso, de acertar tudo. Que tal você me contar o que sabe?

Ele tirou uma pasta da maleta. Depois a abriu sobre o colo, remexeu algumas folhas de papel amarelo cobertas com uma caligrafia apurada, levantou a primeira, observou-a por um instante e disse:

– Depois que você escapou do hospital de Albany e sofreu o acidente, Brandon aparentemente sumiu de cena e...

– Espere! – exclamei, com a mão erguida enquanto tentava me sentar.

– O que foi?

– Você errou a ordem e o lugar. Primeiro sofri o acidente, e Greenwood não fica em Albany.

– Sim, eu sei. Estava me referindo ao Sanatório Porter onde você passou dois dias antes de escapar. O acidente aconteceu no mesmo dia, e você foi trazido para cá. Depois, sua irmã Evelyn apareceu e providenciou sua transferência para Greenwood, onde você ficou por algumas semanas até sair de novo por conta própria. Certo?

– Em parte. Quer dizer, o final. Como expliquei para o médico mais cedo, perdi a memória de alguns dias anteriores ao acidente. Essa história de Albany até me soa familiar, mas muito vagamente. Tem mais algum detalhe?

– Ah, sim. Pode até estar relacionado à sua perda de memória. Você foi internado a partir de uma ordem fraudulenta...

– Emitida por quem?

Ele sacudiu o papel e leu com atenção.

– "Irmão, Brandon Corey; médico responsável, Hillary B. Rand, psiquiatra"... Essa parte também soa familiar?

– Bem possível. Prossiga, por favor.

– Bom, a ordem de internação foi assinada com base nisso. Emitiram um atestado formal de insanidade, depois o levaram sob custódia para o sanatório. Já em relação à sua memória...

– Sim?

– Não sei muito sobre os efeitos do tratamento nas capacidades cognitivas, mas você foi submetido à terapia de eletrochoque durante sua internação em Porter. Depois, como mencionei, o arquivo indica que você fugiu no segundo dia. Ao que parece, conseguiu encontrar seu carro em algum local indeterminado e estava voltando para esta região quando sofreu o acidente.

– Parece bem plausível, sim.

Enquanto ele falava, ocorreu-me a possibilidade de ter sido enviado à sombra errada, onde tudo era semelhante, mas não congruente. Descartei a hipótese ao ouvir o resto da história, porém, pois me parecia familiar.

– Bem, quanto àquela ordem de internação – retomou Bill. – Ela tomou informações equivocadas como base, mas o tribunal não tinha como saber disso na época. O verdadeiro dr. Rand estava na Inglaterra na ocasião e, quando o procurei mais tarde, ele nunca tinha ouvido falar de você. Mas seu consultório tinha sido invadido durante sua ausência. Além disso, curiosamente, o primeiro sobrenome dele não começa com "B". E ele também nunca tinha ouvido falar de Brandon Corey.

– Que fim levou Brandon?

– Sumiu do mapa. Tentaram entrar em contato com ele na época de sua fuga de Porter, mas ninguém o encontrou. Depois, você sofreu o acidente e foi trazido para cá. Na ocasião, uma mulher chamada Evelyn Flaumel, que se apresentou como sua irmã, entrou em contato com esta clínica, informou que você havia sido declarado são e que a família queria realizar a transferência para Greenwood. Na ausência de Brandon, até então nomeado seu guardião legal, cumpriram as instruções dela, visto que era a única parente mais próxima disponível. E assim você foi enviado para aquele outro lugar, do qual fugiu de novo, algumas semanas depois, e é aí que minha cronologia termina.

– Qual é minha situação jurídica?

– Ah, você foi liberado. Depois da minha conversa com o dr. Rand, ele foi ao fórum e esclareceu os fatos em uma declaração juramentada. A ordem foi invalidada.

– Então por que o médico daqui age como se eu fosse maluco?

– Por Deus! É mesmo possível. Não tinha me ocorrido. Só devem ter seus registros antigos, quando tudo levava a crer que era verdade. É melhor eu ter uma palavrinha com o médico antes de ir embora. Tenho uma cópia da página do Diário Oficial aqui também. Posso mostrar para ele.

– Depois que saí de Greenwood, quanto tempo levou para tudo ser regularizado?

– Foi no mês seguinte – respondeu Bill. – Só fui bancar o intrometido algumas semanas mais tarde.

– Nem imagina como estou feliz por ter feito isso. E, ainda por cima, forneceu informações que, acredito, serão de suma importância.

– É sempre bom poder ajudar um amigo – declarou, fechando a pasta e guardando tudo de volta na maleta. – Só uma coisa... Quando terminar sua missão, seja lá qual for, e se tiver permissão para falar, eu gostaria de ouvir a história.

– Não posso prometer nada.

– Eu sei. Só quis deixar claro. A propósito, o que pretende fazer com a casa?

– A minha? Ainda está no meu nome?

– Está, sim. Se não tomar as devidas providências, porém, provavelmente vai ser vendida este ano para pagar impostos atrasados.

– Estou surpreso por isso ainda não ter acontecido.

– Você outorgou uma procuração ao banco para o pagamento de dívidas.

– Nem foi minha intenção. Era apenas para cuidar das contas da casa e despesas pessoais. Esse tipo de coisa.

– Bom, a conta já está quase vazia – informou ele. – Conversei com McNally um dia desses. Se não fizer nada, sua casa vai ser vendida ano que vem.

– Não preciso mais dela. Podem fazer o que bem entenderem.

– Bom, nesse caso, talvez seja melhor vender e liquidar o que puder.

– Não pretendo ficar aqui por muito tempo.

– Posso cuidar disso, se quiser. Enviarei o dinheiro para onde você determinar.

– Tudo bem, só preciso assinar a papelada. Pague a conta do hospital com a venda e pode ficar com o resto.

– Não posso aceitar uma coisa dessas.

Fiz um gesto indiferente.

– Faça o que achar melhor, mas não deixe de levar uma boa comissão.

– Vou depositar o saldo na sua conta.

– Certo, obrigado. A propósito, antes que eu me esqueça, poderia dar uma olhada na gaveta e ver se tem um baralho ali dentro? Não consigo alcançar, e vou precisar dele mais tarde.

– Claro.

Bill estendeu a mão e a abriu.

– Um envelope pardo grande – anunciou. – Bem volumoso. Devem ter guardado tudo o que estava nos seus bolsos.

– Abra, por gentileza.

– Sim, tem um baralho aqui. Uau! Que estojo bonito! Posso?

– Hum...

Não sabia como responder.

Ele abriu o estojo.

– Maravilhoso – murmurou. – Parece um tarô... São cartas antigas?

– Sim.

– Frias como gelo... Nunca vi nada parecido. Ei, é você! Vestido como se fosse um cavaleiro. Para que elas servem?

– São parte de um jogo muito complicado.

– Como pode ser você retratado aqui, se elas são antigas?

– Nunca disse que era eu. Foi você quem disse isso.

– É verdade. Algum parente distante?

– Mais ou menos.

– Ora, mas que bela garota! Essa outra ruiva também...

– Acho...

Bill juntou o baralho, guardou de volta no estojo e o passou para mim.

– O unicórnio também era lindo – acrescentou. – Eu não devia ter olhado, não é?

– Não tem problema.

Com um suspiro, ele se recostou na cadeira, entrelaçando as mãos atrás da nuca.

– Não consegui me conter. Tem alguma coisa muito estranha a seu respeito, Carl, mais do que suas atividades secretas... e mistérios me intrigam. Eu nunca cheguei tão perto assim de um enigma de verdade.

– Só porque acabou de manusear um baralho frio de cartas de tarô?

– Não, isso só aumenta a aura de mistério. Suas andanças dos últimos anos não são da minha conta, claro, mas um acontecimento recente chamou minha atenção. E não consigo compreender.

– Qual?

– Ontem à noite, depois de trazer você para a clínica e levar Alice embora, eu voltei para sua casa, na esperança de ter alguma ideia quanto ao seu estado. A essa altura, já havia parado de nevar, embora tenha recomeçado mais tarde, e seu rastro ainda estava visível no quintal e na lateral da casa.

Assenti com a cabeça.

– Mas não havia pegadas perto da porta da frente, nada que indicasse sua chegada. E também não havia rastros de saída, nada que mostrasse a fuga do agressor.

Dei risada.

– Acha que eu mesmo me feri?

– Não, claro que não. Nem havia armas à vista. Segui as manchas de sangue até o quarto, até a cama. Só tinha a luz da lanterna para me guiar, claro, mas o que vi me passou uma impressão sinistra. Parecia que você tinha surgido de repente ali na cama, sangrando, e depois se levantado e saído.

– Impossível, claro.

– Ainda assim, estranhei a ausência de pegadas.

– Devem ter sido cobertas pela neve.

Bill meneou a cabeça.

– Só algumas? Não, acho que não. Só quero deixar registrado meu interesse por essa resposta também, se um dia você quiser me esclarecer o mistério.

– Vou me lembrar disso.

– Sim, mas tem outra coisa... Estou com a sensação esquisita de que nunca mais o verei. Como se eu fosse um daqueles personagens secundários de um melodrama que são tirados de cena sem saber como a história termina.

– Conheço bem a sensação – declarei. – Às vezes, meu próprio papel me dá vontade de estrangular o autor da obra. Mas veja por este lado: histórias de bastidores raramente fazem jus às expectativas. Quase sempre, quando a verdade vem à tona, não passam de mesquinharias medíocres reduzidas às motivações mais banais. Conjecturas e ilusões costumam ser artigos melhores.

Ele sorriu.

– Seu jeito de falar não mudou, e ainda assim já o vi ser tentado pela virtude. Mais de uma vez...

– Como passamos das pegadas a mim? – perguntei. – Eu estava prestes a contar que me lembrei de ter entrado em casa pelo mesmo caminho que saí. Sem dúvida, minha partida apagou os vestígios da minha chegada.

– Nada mal – admitiu ele. – E seu agressor seguiu o mesmo caminho?

– Deve ter seguido.

– Excelente. Você tem o dom de suscitar dúvidas plausíveis. Mas ainda acho que a preponderância de indícios aponta para algo esquisito.

– Esquisito? Não. Peculiar, talvez. Uma questão de interpretação.

– Ou de semântica. Já leu o boletim de ocorrência do seu acidente?

– Não. E você?

– Sim, claro. E se o acidente tiver sido mais do que peculiar? Nesse caso, vai me deixar usar a palavra que escolhi, "esquisito"?

– Tudo bem.

– E vai responder a uma pergunta?

– Não sei...

– Basta dizer sim ou não como resposta.

– Tudo bem, combinado. O que dizia?

– De acordo com o boletim, a polícia recebeu o aviso do acidente e uma viatura seguiu para o local. Lá, encontraram um homem com trajes estranhos prestando primeiros socorros à vítima. O sujeito alegou que tinha tirado você dos destroços do carro no lago. Parecia verossímil, já que ele também estava encharcado. Altura mediana, corpo esguio, cabelo ruivo. Usava uma roupa verde que, segundo um dos policiais, parecia algo saído de um filme do Robin Hood. Não quis se identificar, nem acompanhar a polícia ou prestar qualquer depoimento. Quando os policiais insistiram, o homem assobiou e um cavalo branco chegou trotando. Ele pulou no lombo do animal e foi embora. Ninguém nunca mais o viu.

Comecei a rir. Doeu, mas não consegui evitar.

– Quem diria! – exclamei. – As coisas estão começando a fazer sentido.

Por um bom tempo, Bill apenas me encarou em silêncio. Enfim, perguntou:

– Sério?

– É, acho que sim. Com o que descobri hoje, talvez tenha valido a pena ser esfaqueado e voltar para cá.

– Colocou os dois em uma ordem peculiar – comentou ele, coçando o queixo.

– Sim, é verdade. Mas comecei a distinguir uma certa ordem onde antes não via nada. Pode mesmo ter valido o preço da vinda, ainda que não fosse a intenção.

– Tudo por causa do sujeito no cavalo branco?

– Em parte, em parte... Bill, vou sair daqui em breve.

– Não vai a lugar nenhum tão cedo.

– Ainda assim, aqueles documentos que você mencionou... Acho melhor eu assinar a papelada hoje mesmo.

– Tudo bem, você os receberá hoje à tarde. Mas não quero que faça nenhuma besteira.

– Estou cada vez mais cauteloso, pode acreditar.

– Assim espero – disse ele, fechando a maleta e se levantando. – Bom, descanse. Vou explicar tudo para o médico e mandar alguém trazer os documentos hoje.

– Mais uma vez, muito obrigado.

Apertei a mão dele.

– A propósito, Carl, você aceitou responder a uma pergunta.

– Aceitei, não foi? Qual é?

Sem soltar minha mão, com o rosto inexpressivo, Bill perguntou:

– Você é humano?

Comecei a esboçar um sorriso, mas o descartei.

– Não sei. Eu... gosto de acreditar que sim. Mas no fundo... Ora, claro que sou! Isso é uma bobagem... Ah, dane-se! Foi uma pergunta séria, não foi? E eu prometi que seria sincero...

Mordi o lábio e pensei por um instante.

– Acho que não – declarei, enfim.

– Eu também não – respondeu ele, e sorriu. – Não faz nenhuma diferença para mim, mas pensei que, para você, poderia ser importante saber que outra pessoa está ciente de sua condição diferente e não dá a mínima.

– Vou me lembrar disso também.

– Bom... a gente se vê por aí.

– Adeus.

NOVE

Aconteceu no fim da tarde, logo depois da saída do policial estadual... Fiquei deitado ali, sentindo que a melhora no estado de saúde também havia melhorado meus ânimos. Comecei a refletir sobre os riscos de viver em Âmbar. Brand e eu tínhamos sido vítimas da arma preferida da família. Eu me perguntava quem tinha levado a pior. Provavelmente ele. O golpe talvez tivesse perfurado o rim, e meu irmão já estava em péssimas condições antes.

Depois de eu já ter cambaleado pelo quarto e voltado para a cama duas vezes, o assistente de Bill enfim chegou com os documentos para eu assinar. Era necessário reconhecer meus próprios limites. Sempre. Como eu tendia a me curar bem mais rápido do que outras pessoas naquela sombra, achei que devia ser capaz de me levantar e andar um pouco, para agir como os outros pacientes depois de um ou dois dias. A primeira tentativa doeu e me deixou tonto, mas a tontura melhorou na segunda. Já era um avanço. Então fiquei deitado lá, me sentindo melhor.

Eu tinha espalhado os arcanos dezenas de vezes, jogado partidas de paciência, lido sortes ambíguas em rostos familiares. E, em cada ocasião, eu me controlara, reprimira o desejo de recorrer a Random para explicar a situação e perguntar sobre as novidades de lá. Durante todo o tempo, eu insistia para mim mesmo: Mais tarde. Cada hora dormida lá equivale a duas e meia aqui. Cada duas horas e meia para você aqui são sete ou oito para mortais inferiores. Tenha paciência. Pense. Cure suas feridas.

E foi assim que, pouco depois do jantar, quando o céu começava a escurecer, fui derrotado na espera. Eu já havia contado a um jovem policial engomado tudo o que estava disposto a revelar. Não fazia ideia se o rapaz acreditara em mim ou não, mas fora educado e não ficara muito tempo. Na verdade, as coisas começaram a acontecer logo depois da saída dele.

Deitado ali, já mais forte, eu esperava o dr. Bailey vir me examinar. Estirado ali, avaliava todas as informações deixadas por Bill, tentando encaixar tudo com o que eu já sabia ou imaginava...

Contato! Alguém agiu antes de mim. Alguém em Âmbar gostava de acordar cedo.

– Corwin!

Era Random, agitado.

– Corwin! Saia da cama! Abra a porta! Brand acordou e está pedindo para ver você.

– Por acaso estava batendo nessa porta, tentando me acordar?

– Sim.

– Está sozinho?

– Estou.

– Ótimo. Não estou aí dentro. Você me alcançou em Sombra.

– Não entendi.

– Nem eu. Estou ferido, mas vou sobreviver. Mais tarde eu conto toda a história. Quero detalhes sobre Brand.

– Ele acordou agora há pouco. Falou para Gérard que precisava conversar com você imediatamente. Gérard chamou um criado e o mandou para seus aposentos. Como o sujeito não conseguiu despertá-lo, veio me buscar. Acabei de despachá-lo de volta para Gérard para avisar que eu o levaria logo.

Sentei-me na cama e me espreguicei devagar.

– Certo, entendi. Vá para algum lugar escondido, e aí eu atravesso. Vou precisar de um roupão ou algo do tipo. Estou sem meus trajes.

– Então é melhor eu voltar para meus aposentos.

– Tudo bem. Pode ir.

– Só um minuto.

E silêncio.

Mexi as pernas devagar. Sentei-me na beira da cama. Recolhi meus arcanos e os guardei de volta no estojo. Senti que seria importante esconder meu ferimento quando voltasse para Âmbar. Mesmo em tempos normais, não devemos revelar nossa vulnerabilidade.

Respirei fundo e fiquei de pé, usando a cama de apoio. Os exercícios tinham compensado. Puxei o ar e relaxei a mão. Nada mal, se eu não fizesse movimentos bruscos, se não arriscasse nenhum esforço além do mínimo necessário para manter as aparências... Assim, talvez eu conseguisse seguir em frente até recuperar minhas forças.

Nesse instante, ouvi passos, e uma enfermeira simpática apareceu no batente da porta, impecável, simétrica, e só não poderia ser um floco de neve porque eles são todos idênticos.

– Já para a cama, sr. Corey! Ainda não está bem para se levantar!

– Senhora, é essencial que eu me levante. Afinal, estou prestes a ir...

– Se queria ir ao banheiro, podia ter pedido para trazerem o papagaio hospitalar – interrompeu ela, já dentro do quarto.

Balancei a cabeça, esgotado, enquanto a presença de Random me alcançava de novo. Tentei imaginar como a enfermeira descreveria a cena, e se mencionaria minha imagem prismática quando eu desaparecesse através do arcano. Mais uma lenda a ser acrescentada ao folclore que costumo deixar para trás.

– Pense por este lado, minha querida. Nossa relação foi estritamente física desde o princípio. Haverá outras... muitas outras. *Adieu!*

Fiz uma mesura e lhe soprei um beijo antes de avançar para Âmbar, e ela ficou a ver arco-íris enquanto eu me apoiava, cambaleante, no ombro de Random.

– Corwin! Que diabos...

– Se sangue é o preço do almirantado, acabei de adquirir uma patente – declarei. – Preciso de trajes limpos.

Random colocou um manto comprido e pesado sobre meus ombros, e eu penei até conseguir prender o fecho em volta do pescoço.

– Tudo pronto. Leve-me até Brand.

Escorado a meu irmão, fui conduzido porta afora, até o corredor, na direção da escada.

– Foi muito grave?– perguntou ele.

– Uma facada – respondi, com a mão sobre a ferida. – Fui atacado dentro do meu quarto ontem à noite.

– Por quem?

– Bem, não poderia ter sido você, porque tínhamos acabado de nos despedir – argumentei. – E Gérard estava na biblioteca com Brand. Descarte esses três do resto e comece a especular. Por ora, é o máximo que podemos fazer.

– Julian...

– A batata dele definitivamente está assando. Fiona destilou críticas contra ele ontem à noite, e, claro, não é nenhum segredo que ele nunca foi meu preferido.

– Corwin, ele foi embora. Fugiu na calada da noite. Um criado me contou sobre sua partida. O que acha disso?

Chegamos ao topo da escada. Mantive uma das mãos apoiada em Random e descansei um pouco.

– Não sei – respondi. – Às vezes, conceder o benefício da dúvida pode ser tão prejudicial quanto não confiar em ninguém. Mas se Julian quisesse mesmo se livrar de mim, teria sido melhor continuar aqui e fingir surpresa com a notícia do que ir embora em plena madrugada. Essa, sim, parece uma atitude suspeita. Estou inclinado a acreditar que talvez ele tenha fugido por medo do que Brand diria quando acordasse.

– Mas você sobreviveu, Corwin. Escapou de seu agressor misterioso, e Julian não tinha como saber se o ataque seria fatal. Se fosse eu, já estaria a mundos de distância a essa altura.

– Pode ser – admiti, e retomamos a descida. – Sim, talvez tenha mesmo razão. Vamos tratar isso como algo hipotético, por enquanto. E ninguém pode saber que fui ferido.

Ele assentiu.

– Como preferir. Silêncio é melhor do que penico em Âmbar.

– Como assim?

– É ouro, senhor, melhor que porcelana.

– Seu humor me dói tanto nas partes feridas quanto nas ilesas, Random. Poupe saliva e use seus miolos para descobrir como o agressor entrou em meus aposentos.

– Seu painel não foi forçado?

– Estava trancado por dentro. Eu o mantenho assim agora. E a fechadura da porta é nova. Complexa.

– Certo, já sei. Minha resposta exige que também seja um membro da família.

– Diga.

– Alguém estava disposto a enfrentar o Padrão outra vez só para ter uma chance de atacar você. A pessoa foi lá embaixo, fez a travessia, projetou-se para dentro do seu quarto e atacou.

– Seria a explicação perfeita, tirando um detalhe. Todos saímos da reunião familiar mais ou menos na mesma hora. O ataque aconteceu assim que entrei em meus aposentos, não no fim da noite. Não haveria tempo necessário para um de nós descer até a câmara, que dirá percorrer o Padrão. O agressor já estava à minha espera. Então, se foi algum de nós, entrou ali de outro jeito.

– Então ele arrombou sua fechadura, complexa ou não.

– Sim, é possível – concordei, quando chegamos ao patamar da escada. – Vamos descansar no canto para que eu possa entrar na biblioteca sem ajuda.

– Pode deixar.

E assim fizemos. Reuni minhas forças, fechei o manto em volta do corpo, endireitei os ombros, avancei e bati na porta.

– Só um minuto – anunciou a voz de Gérard.

Passos se aproximando da porta...

– Quem é?

– Corwin. Estou com Random.

Atrás da porta, eu o ouvi perguntar:

– Quer ver Random também?

E em seguida um "não" sussurrado em resposta.

A porta se abriu.

– Entre sozinho, Corwin – determinou Gérard.

Assenti com a cabeça e me virei para Random.

– Até mais tarde.

Ele retribuiu meu gesto e foi embora na direção oposta. Entrei na biblioteca.

– Abra seu manto, Corwin – ordenou Gérard.

– Não é necessário – interveio Brand.

Percebi que ele estava recostado em uma pilha de almofadas e exibia um sorriso de dentes amarelos.

– Sinto muito, não sou tão crédulo quanto Brand – insistiu Gérard. – Não quero desperdiçar meus esforços. Deixe-me dar uma olhada.

– Já falei que não é necessário – repetiu Brand. – Não foi ele que me esfaqueou.

Gérard se virou de repente.

– Como você sabe que não foi ele?

– Porque eu sei quem foi, oras. Não seja tolo, Gérard. Eu não o teria chamado se tivesse alguma razão para temer.

– Mas estava inconsciente quando foi resgatado. Não tem como saber quem foi.

– Tem certeza?

– Bem... Então por que não me contou?

– Tenho meus motivos, e são válidos. Agora, eu gostaria de falar com Corwin a sós.

Gérard abaixou a cabeça.

– Espero que não esteja delirando.

Foi até a porta e a abriu de novo. Antes de sair, acrescentou:

– Estarei por perto se precisar de mim.

Eu me aproximei e apertei a mão estendida de Brand.

– Bom ver você de volta – declarou.

– Digo o mesmo – respondi, e então me sentei na cadeira de Gérard, tentando não cair. – Como está se sentindo?

– Acabado, em certo sentido. Mas melhor do que estive em anos, em outro. É tudo relativo.

– A maioria das coisas é.

– Não Âmbar.

Dei um suspiro.

– Tudo bem. Foi só jeito de falar. O que raios aconteceu?

O olhar de Brand se tornou mais intenso conforme me observava, procurando alguma coisa. O quê? Conhecimento, talvez. Ou melhor, ignorância. Como o lado negativo era sempre mais difícil de avaliar, a mente dele devia estar acelerada, provavelmente desde o instante em que havia recobrado a consciência. Se eu o conhecia bem, devia estar mais interessado no que eu ignorava, não no que eu sabia. Ele não entregaria nada, se pudesse evitar. Tentaria descobrir qual era o mínimo de luz que precisava fornecer a fim de obter o que desejava. Não estaria disposto a gastar um watt sequer além do necessário. Pois Brand era assim, e certamente queria algo. A menos que... Nos últimos anos, tenho tentado me convencer de que as pessoas mudam, de que a passagem do tempo não serve apenas para reforçar algo que já existe, pois às vezes transformações qualitativas ocorrem graças ao que as pessoas fizeram, viram, pensaram e sentiram. Tal pensamento me proporcionava um pequeno conforto em momentos como aquele, quando todo o resto parecia dar errado, sem mencionar o quanto impulsionava minha filosofia mundana. E Brand provavelmente tinha sido responsável por salvar minha vida e minha memória, sabe-se lá por quê. Tudo bem, decidi lhe dar o benefício da dúvida sem me deixar vulnerável. Uma pequena concessão ali, minha ação contra a simples psicologia de humores que geralmente rege os movimentos iniciais de nossos jogos.

– As coisas nunca são o que parecem, Corwin – começou ele. – Seu amigo de hoje será seu inimigo amanhã e...

– Chega! Está na hora de botar as cartas na mesa. Agradeço pelo que Brandon Corey fez por mim, e fui eu quem pensou no truque para encontrar e trazer você de volta.

Ele assentiu com a cabeça.

– Imagino que havia boas razões para esse ressurgimento do afeto fraterno depois de tanto tempo.

– Também suponho que você tinha outros bons motivos para me ajudar.

Brand sorriu de novo, levantou a mão direita e a abaixou.

– Nesse caso, ou estamos quites ou em dívida, dependendo do ponto de vista. Como parece que agora precisamos um do outro, seria bom nos tratarmos da forma mais favorável possível.

– Chega de enrolação, Brand. Está tentando me sondar. E arruinou meu esforço diário de idealismo. Você me tirou da cama por algum motivo. Fique à vontade.

– O mesmo Corwin de sempre – comentou, aos risos, antes de desviar o olhar. – Será mesmo? Tenho minhas dúvidas... Será que mudou muito com a experiência? Tanto tempo passado em Sombra? Sem saber quem era? Como parte de alguma outra coisa?

– Talvez. Não sei. Mas sim, acho que mudou. Sei que minha paciência para política familiar ficou mais curta.

– Direto, curto e grosso? Assim, perde-se um pouco da diversão. Por outro lado, essa novidade também tem seu valor. Deixar todos desequilibrados... reverter quando menos esperam... Sim, pode se mostrar valioso. Revigorante, também. Certo! Nada a temer. Aqui se encerram minhas preliminares. Todas as gentilezas já foram trocadas. Vou revelar os elementos básicos, selar a Fera Irracional e extrair do mistério lamacento a pérola do mais belo sentido. Mas, antes, um favor. Tem algo fumável por aí? Já faz muitos anos, e eu gostaria de uma erva qualquer, para celebrar meu retorno.

Comecei a negar. Mas tinha certeza de que havia deixado alguns cigarros na escrivaninha. Embora não estivesse muito disposto a fazer tal esforço, respondi:

– Só um minuto.

Tentei me movimentar com agilidade, em vez de rigidez, conforme me levantava para atravessar o cômodo. Tratei de passar a impressão de que apenas encostara a mão com naturalidade no tampo da mesa enquanto revirava os objetos, não de que estava me apoiando com tanta força. Usei o corpo e o manto para disfarçar meus movimentos.

Encontrei o maço e voltei do mesmo jeito, parando para acender dois cigarros na lareira. Brand aceitou o dele com gestos vagarosos.

– Sua mão está um pouco trêmula – comentou. – Qual é o problema?

– Bebi demais ontem à noite – desconversei, já de volta ao meu lugar.

– Eu não tinha pensado nisso. Era inevitável, não? Claro. Todos reunidos no mesmo cômodo... O sucesso inesperado ao me encontrar, me trazer de volta... Uma tentativa desesperada por parte de uma pessoa muito nervosa, muito culpada... Sucesso parcial aí. Eu ferido e silenciado, mas por quanto tempo? E depois...

– Disse que sabia quem foi. Era brincadeira?

– Não, não era.

– Então quem foi?

– Tudo a seu tempo, querido irmão. Tudo a seu tempo. Sequência e ordem, tempo e realce... coisas de extrema importância neste quesito. Permita-me saborear o drama da circunstância na segurança do retrospecto. Vejo meu corpo perfurado e vocês todos reunidos à minha volta. Ah! O que eu não daria para presenciar aquela cena! Será que você poderia me descrever a expressão no rosto de cada um?

– Os rostos, receio dizer, eram o menor dos meus problemas naquele momento.

Brand deu um suspiro e soltou fumaça.

– Ah, como é bom! Não se preocupe, consigo ver os rostos. Tenho uma imaginação vívida, sabia? Choque, angústia, confusão... dando lugar a desconfiança, medo. E, depois, fiquei sabendo que todos saíram e o doce Gérard permaneceu como meu enfermeiro.

Ele se calou, observou as nuvens de fumaça e abandonou o tom de deboche ao acrescentar:

– Gérard é o único decente de nós, sabia?

– Sim, ele ocupa um lugar alto na minha lista.

– Cuidou muito bem de mim. Sempre cuidou de todos nós – continuou, e soltou uma risada repentina. – Para ser sincero, não sei por que ele se importa tanto. Enquanto eu ponderava, no entanto, inspirado pela sua própria recuperação, vocês devem ter se reunido para conversar. Mais uma reunião de família que lamento ter perdido. Tantas emoções e desconfianças e mentiras ricocheteando entre si... e ninguém disposto a ser o primeiro a ir embora. Com o tempo, deve ter ficado escandaloso. Todos se comportando da melhor forma possível, tentando queimar o resto. Tentativas de intimidar a única pessoa culpada. Talvez algumas pedras arremessadas em bodes expiatórios. Mas, no geral, nenhum resultado concreto. Acertei?

Assenti, ciente da forma como sua mente funcionava e resignado a deixar que contasse como quisesse.

– Sabe muito bem que acertou, Brand.

Ele me lançou um olhar penetrante e continuou:

– Por fim, todos foram embora, para uma noite em claro cheia de preocupações, ou para um encontro com um cúmplice, para tramar. Houve inquietações ocultas na noite. Fico lisonjeado de saber que todos se preocupavam com meu bem-estar. Alguns, claro, torciam a favor, outros, contra. E, no meio de tudo, eu me recompus, não, prosperei, determinado a não decepcionar meus apoiadores. Gérard passou um bom tempo me atualizando sobre os eventos recentes. Quando me satisfiz com a história, mandei chamar você.

– Caso não tenha percebido, estou aqui. O que tem a me dizer?

– Paciência, irmão! Paciência! Considere todos os anos que você passou em Sombra, sem se lembrar nem... disto – declarou, e fez um gesto amplo com o cigarro. – Considere todo aquele tempo que você esperou, ignorante, até que eu o encontrasse e tentasse sanar seu suplício. Certamente, por contraste, alguns instantes agora não são tão inestimáveis.

– Ouvi dizer que você tentou me procurar. A notícia me intrigou, pois nossa separação não foi exatamente amistosa na última vez que nos vimos.

Brand acenou com a cabeça.

– Não posso negar. Mas, com o tempo, eu sempre acabo esquecendo esse tipo de coisa.

Abafei uma risada.

– Eu estava decidindo quanto lhe contar, sem saber se acreditaria – continuou Brand. – Pois me parece improvável que você aceite se eu lhe disser que, salvo por raras exceções, meus motivos atuais são quase totalmente altruístas.

Outra risada abafada.

– Mas é verdade – insistiu ele. – E, para dissipar suas suspeitas, acrescento que é porque não tenho muita escolha. Começos são sempre difíceis. Não importa onde eu comece, sempre há algo por trás. Você esteve ausente por muito tempo. Porém, se for necessário mencionar um único elemento, que seja o trono. Pronto. Admiti. Nós havíamos pensado em uma forma de tomar o poder. Foi logo após seu desaparecimento. Em alguns sentidos, acho até que foi suscitado por ele. Nosso pai desconfiava que Eric tivesse matado você. Mas não havia provas. Contudo, trabalhamos com essa impressão... uma palavra aqui e ali, de tempos em tempos. Anos se passaram e ainda era impossível contatar você por qualquer meio, e a hipótese de sua morte parecia cada vez mais provável. Nosso pai via Eric com crescente desagrado. E então, certa noite, após uma discussão iniciada por mim sobre um assunto totalmente neutro, enquanto a maioria de nós estava ao redor da mesa, Oberon declarou, sem tirar os olhos de Eric, que um fratricida jamais tomaria o trono. Sabe como eram os olhares dele. Eric ficou vermelho como o pôr do sol e demorou bastante para engolir a comida. E então nosso pai foi muito mais além do que esperávamos ou desejávamos. Para ser sincero, não sei se a declaração foi genuína ou motivada apenas pela necessidade de expressar seus sentimentos. Mas Oberon anunciou que estava praticamente decidido a escolher você como sucessor, de modo que encarava como um ataque pessoal qualquer infortúnio que pudesse ter sido infligido a você. Não admitiu, mas estava convencido de seu falecimento. Nos meses que se seguiram, erigimos um cenotáfio para fornecer alguma solidez a essa conclusão e tomamos o cuidado de não esquecer os sentimentos de Oberon em relação a Eric. Nós sempre imaginamos que, depois de você, Eric seria nosso maior obstáculo para alcançar o trono.

– Nós! Quem eram os outros?

– Paciência, Corwin. Sequência e ordem, tempo e realce! Acento, ênfase... Escute.

Brand pegou outro cigarro, acendeu-o com o final do anterior e golpeou o ar com a ponta incandescente.

– Para o próximo passo, era necessário tirar Oberon de Âmbar. Esse era o ponto mais crítico e perigoso, e foi aí que discordamos. Não gostei da ideia de nos aliarmos a uma força sobre a qual eu não tinha plena compreensão, sobretudo uma aliança que lhes dava certo poder sobre nós. Usar sombras é uma coisa, permitir que elas nos usem é imprudente, em qualquer circunstância. Fiz oposição, mas a maioria discordou – revelou ele, e sorriu. – Dois contra um. Sim, éramos três. Então seguimos em frente. A armadilha foi preparada, e nosso pai mordeu a isca...

– Ele ainda está vivo?

– Não sei – admitiu Brand. – Tudo deu errado depois disso, e tive que me preocupar com meus próprios problemas. Mas, após a partida de Oberon, nossa ideia era consolidar nossa posição enquanto esperávamos um período respeitável até que a hipótese de morte parecesse uma certeza. O ideal era que pudéssemos contar com a colaboração de uma pessoa. Caine ou Julian, tanto fazia qual. Afinal, Bleys já havia partido para Sombra e estava no processo de organizar uma grande força militar...

– Bleys! Ele era um dos três?

– Certamente. Pretendíamos que ele assumisse o trono... com certas condições, claro, para que na prática fosse um triunvirato. Então, como eu dizia, Bleys partiu para reunir tropas. Esperávamos uma tomada de poder sem derramamento de sangue, mas precisávamos estar preparados para o caso de palavras não bastarem para vencer nossa causa. Se Julian nos abrisse o caminho por terra, ou Caine pelo mar, poderíamos ter transportado as tropas com celeridade e conquistado o controle pela força das armas, caso se mostrasse necessário. Infelizmente, escolhi o homem errado. Na minha opinião, Caine era superior a Julian em termos de corrupção. Assim, com delicadeza calculada, eu o sondei sobre a questão. A princípio, ele pareceu muito disposto a aceitar. Mas ou mudou de ideia mais tarde, ou me enganou desde o início com grande habilidade. Naturalmente, prefiro acreditar que foi a primeira hipótese. De qualquer forma, ele concluiu que poderia se beneficiar mais se apoiasse um pretendente rival. Eric, no caso. As esperanças de Eric tinham sido um pouco frustradas pela postura de Oberon em relação a ele, mas nosso pai havia desaparecido e nossa iniciativa oferecia a Eric a chance de agir como defensor do trono. Para nosso azar, essa posição também o deixaria a um passo do trono em si. E, para piorar, Julian se uniu a Caine e jurou a lealdade de suas forças a Eric, como defensor. Assim se formou outro trio. Eric jurou publicamente que defenderia o trono, e assim as linhas foram traçadas. Naturalmente, nesse momento me vi em uma posição constrangedora. Sofri o maior peso da animosidade, pois eles não sabiam quem eram meus aliados. Porém, não puderam me aprisionar ou torturar, pois eu escaparia imediatamente com um arcano. E se me matassem, sabiam que talvez sofressem represálias de alguma fonte desconhecida. Assim, foi preciso que se estabelecesse um impasse. Eles perceberam que eu não poderia mais tomar uma ação direta e me mantiveram sob vigilância constante. Por esse motivo, traçamos uma rota mais convoluta. Mais uma vez discordei, e mais uma vez perdi, dois contra um. Empregaríamos as mesmas forças usadas para lidar com Oberon, mas dessa vez para desacreditar Eric. Se o trabalho de defender Âmbar, assumido com tanta confiança, se provasse excessivo para ele e Bleys entrasse em cena para resolver a situação com presteza, ora, então Bleys contaria até com apoio popular quando assumisse o papel de defensor e, depois de um período apropriado, aceitasse o fardo da soberania, pelo bem de Âmbar.

– Uma pergunta – interrompi. – E Benedict? Eu sei que ele estava entregue ao descontentamento em Avalon, mas se houvesse uma ameaça real contra Âmbar...

– Sim, sim – concordou Brand, reforçando com a cabeça. – Por esse motivo, parte de nosso plano era deixar Benedict muito preocupado com os próprios problemas.

Pensei nas investidas das donzelas infernais contra a Avalon de Benedict. Pensei em seu braço direito decepado. Abri a boca para dizer outra coisa, mas Brand levantou a mão.

– Deixe-me terminar do meu jeito, Corwin. Não estou alheio à linha de raciocínio por trás de suas palavras. Sinto a dor em seu corpo, idêntica à minha. Sim, eu sei disso e muito mais.

Os olhos dele arderam com um brilho estranho quando alcançou outro cigarro, que se acendeu sozinho. Brand deu uma longa tragada e, entre as baforadas de fumaça, continuou:

– Rompi com os outros por causa dessa decisão. Considerei que ofereceria muitos perigos e colocaria a própria Âmbar em risco. Rompi com eles...

Brand observou a fumaça por alguns instantes antes de retomar o relato.

– Mas a situação estava encaminhada demais para me permitir um simples afastamento. Precisei me opor a eles, a fim de defender tanto Âmbar quanto a mim mesmo. Era tarde demais para me juntar à causa de Eric. Ele não teria me protegido, mesmo se pudesse... e, além do mais, eu tinha certeza de que ele perderia. Foi aí que decidi recorrer a certas habilidades que eu havia adquirido. Muitas vezes me questionei sobre a relação estranha entre Eric e Flora, naquela Terra de Sombra da qual ela fingia gostar tanto. Eu tinha uma leve suspeita de que Eric poderia ter negócios a tratar por lá, e que Flora talvez fosse sua agente naquele lugar. Embora não me fosse possível chegar perto o bastante para colher informações de Eric, tinha certeza de que não envolveria um grande esforço de investigação, direta ou indireta, para descobrir mais sobre as andanças de Flora. E foi o que fiz. E então, de repente, o ritmo apertou. Meus próprios aliados estavam preocupados com meu paradeiro. Assim, quando encontrei você e despertei algumas de suas memórias, Eric soube por Flora que havia algo errado. Como resultado, os dois lados logo se interessaram por mim. Acreditei que seu retorno frustraria os planos de todos e me tiraria da armadilha em que me encontrava, apenas por tempo suficiente para me permitir encontrar uma solução para o rumo da situação como um todo. Mais uma vez, a pretensão de Eric ao trono seria comprometida, você teria seus próprios apoiadores, meus aliados teriam perdido o propósito de toda a manobra, e eu acreditava que você não receberia com ingratidão meu papel nessa história. Mas você fugiu de Porter, e tudo se complicou de vez. Estávamos todos à sua procura, como mais tarde descobri, por diferentes razões. No entanto, meus antigos aliados tinham uma grande vantagem. Eles descobriram o que estava acontecendo, encontraram você e chegaram lá primeiro. Havia uma maneira muito simples e óbvia de preservar o estado das coisas, na qual eles manteriam o controle sobre a iniciativa. Foi Bleys quem disparou os tiros que o fizeram perder o controle do carro e despencar no lago. Cheguei bem na hora do acidente. Ele foi embora quase de imediato, pois acreditava ter concluído o trabalho. No entanto, eu o tirei da água e percebi que ainda havia salvação. Em retrospecto, foi frustrante não saber se o tratamento tinha mesmo funcionado, se você acordaria como Corwin ou Corey. E continuou frustrante, mais tarde, ainda não saber... Fugi o mais rápido que pude quando a ajuda chegou. Meus aliados me alcançaram pouco depois e me aprisionaram naquele lugar de onde vocês me resgataram. Conhece o resto da história?

— Apenas em partes.

— Então me avise quando devo parar. Eu mesmo só descobri o resto mais tarde. Os aliados de Eric ficaram sabendo do acidente, descobriram seu paradeiro e providenciaram sua transferência para uma clínica particular, onde você estaria mais seguro e seria mantido sob forte sedação, para que eles próprios pudessem se proteger.

— Por que Eric me protegeria, especialmente quando consideramos que minha presença tinha o potencial de arruinar seus planos?

— Àquela altura, sete de nós já sabíamos que você ainda estava vivo. Gente demais. Eric já não poderia agir como pretendia. Ainda se esforçava para rechaçar as acusações de Oberon. Se algo acontecesse a você sob os cuidados dele, sua pretensão ao trono seria anulada. Se Benedict descobrisse, ou Gérard... Não, ele não teria conseguido. Depois, sim. Antes, não. Assim, o fato de quase todos estarem cientes de sua condição, ainda vivo, obrigou Eric a agir. Ele marcou a data da coroação e decidiu manter você fora do caminho até depois da cerimônia. Uma decisão extremamente precipitada, mas não vejo como ele poderia ter agido de outra forma. Acho que já sabe o resto dos acontecimentos, pois você mesmo os vivenciou.

– Juntei forças com Bleys quando ele estava prestes a agir. Sem muita sorte.

Brand encolheu os ombros.

– Ah, poderia ter sido um sucesso... se tivessem ganhado, e se você tivesse conseguido fazer algo a respeito de Bleys. Mas nem chegou a ter chance. Nesse ponto começo a me perder nas motivações alheias, mas acredito que, na verdade, o ataque não passou de uma finta.

– Por quê?

– Como eu disse, não sei. Eric, porém, já estava posicionado bem onde eles queriam. Não seria necessário realizar aquele ataque.

Eu me limitei a menear a cabeça. Muitas informações, muito depressa... Vários dos fatos pareciam verdadeiros, quando eu desconsiderava o viés do narrador. E ainda assim...

– Não sei, Brand...

– Claro que não. Mas, se me perguntar, eu conto.

– Quem era o terceiro integrante de seu grupo?

– A mesma pessoa que me apunhalou, claro. Quer tentar adivinhar?

– Diga logo.

– Fiona. Foi tudo ideia dela.

– Por que não me contou antes?

– Ora, porque você não teria ficado para ouvir o resto da história. Teria corrido para impedir nossa irmã, e assim descobriria que ela havia fugido, despertaria os outros, começaria uma investigação e perderia um tempo precioso. Talvez ainda faça isso, mas pelo menos me deu atenção suficiente para se convencer de que estou a par dos fatos. Agora, se eu lhe disser que o tempo é crucial e que precisa ouvir o resto do relato o quanto antes, para dar a Âmbar ao menos uma chance, talvez concorde em me ouvir em vez de correr atrás de uma maluca.

A essa altura, eu já tinha me levantado da cadeira.

– Então não devo ir atrás dela? – perguntei.

– Dane-se Fiona, por enquanto. Você tem problemas maiores. É melhor se sentar de novo.

E assim o fiz.

DEZ

Uma jangada de raios de luar... a luminosidade fantasmagórica das tochas, como as fogueiras de filmes antigos... estrelas... alguns filamentos tênues de bruma...

Debruçado sobre a balaustrada, eu contemplava o mundo... Um silêncio absoluto dominava a noite, a cidade imersa em sonhos, o universo inteiro descortinado daquele ponto. Coisas distantes, o mar, Âmbar, Arden, Garnath, o Farol de Cabra, o Bosque do Unicórnio, meu túmulo no topo da Kolvir... O silêncio, bem lá embaixo, mas nítido, distinto... O ponto de vista de um deus, eu diria, ou de uma alma solta que flutua nas alturas... No meio da noite...

Eu tinha chegado ao lugar onde os fantasmas brincam de ser fantasmas, onde os augúrios, presságios, sinais e desejos animados percorrem as avenidas noturnas e os grandes salões palacianos de Âmbar no céu, Tir-na Nog'th...

Dei as costas para a balaustrada e para os vestígios do mundo diurno e fitei as avenidas e os balcões escuros, os salões dos nobres, as acomodações da plebe... O luar é intenso em Tir-na Nog'th, tinge de prata as superfícies expostas de todos os nossos lugares refletidos... De cajado na mão, eu avançava, e criaturas estranhas circulavam à minha volta, apareciam em janelas, em varandas, em bancos, em portões... Percorria tudo sem ser visto, pois naquele lugar eu era o fantasma para qualquer substância ali reinante...

Silêncio e prata... Apenas o som abafado de meu cajado... Mais brumas a caminho do centro de tudo... O palácio, uma fogueira branca... Orvalho, como gotas de mercúrio nas pétalas e caules delicados nos jardins junto das passarelas... A lua passageira, dolorosa para a vista como o sol do meio-dia, as estrelas ofuscadas, apagadas por sua luz... Prata e silêncio... O brilho...

Não tinha sido minha intenção chegar ali, pois seus augúrios, se de fato o são, iludem, as semelhanças com as vidas e os lugares abaixo perturbam, e o espetáculo muitas vezes desconcerta. Ainda assim, eu fui... Uma parte da minha barganha com o tempo...

Depois de deixar Brand aos cuidados de Gérard para prosseguir em sua recuperação, eu havia percebido que também precisava de mais descanso, e assim o busquei sem revelar minha fraqueza. Fiona realmente havia fugido, e não era possível alcançar nem ela nem Julian por meio dos arcanos. Se eu tivesse compartilhado o relato de Brand com Benedict e Gérard, certamente teriam insistido que tentássemos encontrar os dois fugitivos. E tais esforços, certamente, teriam sido em vão.

Depois de convocar Random e Ganelon, eu me recolhera aos meus aposentos, deixando clara minha intenção de passar o dia em repouso antes de ocupar a noite em Tir-na Nog'th, um comportamento razoável para qualquer filho de Âmbar enfrentando sérios problemas. Ao contrário dos outros, eu não depositava muita fé na prática. Como era o momento perfeito para tal retiro, imaginei que tornaria verossímil meu isolamento durante o dia. Claro, isso me colocava na obrigação de cumprir o anunciado naquela noite. Mas também foi uma coisa boa. Proporcionou-me um dia, uma noite e parte do dia seguinte para recuperar forças suficientes para tornar meu ferimento suportável. Não seria um desperdício de tempo.

No entanto, era sempre necessário contar para alguém. Assim, contei para Random e Ganelon. Apoiado nos travesseiros da cama, revelei aos dois todos os planos de Brand, Fiona e Bleys, bem como a aliança de Eric, Julian e Caine. Repeti a história de Brand sobre meu retorno e sua própria captura pelos outros conspiradores. Os dois entenderam por que os sobreviventes de cada conluio, Fiona e Julian, haviam fugido: sem dúvida para reunir suas forças e, na melhor das hipóteses, lançar uma contra a outra, embora não fosse provável. Pelo menos não de imediato. Era mais plausível que um dos dois fosse tentar tomar Âmbar primeiro.

– Se for isso mesmo, vão ter que pegar senha e entrar na fila, como todos os outros – dissera Random.

– Não necessariamente – lembrei-me de responder. – Os aliados de Fiona e as criaturas vindas da estrada negra são os mesmos.

– E o Círculo em Lorraine? – perguntara Ganelon.

– Também. Foi assim que tudo se manifestou naquela sombra. Vieram de muito longe.

– Cretinos onipresentes – praguejara Random.

Com um aceno de cabeça, eu tentara explicar o resto.

...E por fim cheguei a Tir-na Nog'th. Quando a lua subiu e Âmbar surgiu debilmente no firmamento, translúcida sob as estrelas, com as torres envoltas por um halo sutil e os movimentos tênues em suas muralhas, esperei, esperei com Ganelon e Random, esperei no pico mais alto da Kolvir, ali onde os três degraus ásperos são escavados na pedra...

Quando o luar os tocou, os contornos da escadaria começaram a tomar forma, expandindo-se pelo vasto golfo até aquele ponto acima do mar onde persistia a visão da cidade. Quando o luar a banhou, a escadaria adquiriu o máximo de substância que jamais teria, e posicionei o pé sobre a pedra... Random trazia um baralho completo de arcanos, e eu tinha o meu dentro do bolso. Grayswandir, forjada naquela mesma pedra ao luar, detinha o poder na cidade do céu, por isso a levei comigo. Depois do dia passado em repouso, eu levava um bastão para me apoiar. Ilusão de distância e tempo... de alguma forma, a escadaria crescia pelo céu ignorante da presença de Corwin, pois uma vez que o movimento começa, a progressão na subida já não é uma questão de simples aritmética. Eu estava cá, estava lá, estava a um quarto do caminho quando meu ombro esqueceu o toque da mão de Ganelon... Se eu olhasse com muita atenção para qualquer parte da escada, ela perdia a opacidade bruxuleante e me permitia ver o oceano lá embaixo como se fosse através de uma lente translúcida... Perdi a noção do tempo, embora depois nunca parecesse muito longo... Tão profunda sob as ondas quanto eu logo estaria elevado acima delas, à minha direita, cintilante e trêmula, a silhueta de Rabma apareceu no mar. Pensei em Moire e me perguntei como ela estaria. O que seria de nossa duplicata submarina caso Âmbar caísse? A imagem permaneceria ilesa no espelho? Ou os tijolos e ossos também seriam tomados e lançados como dados no cassino dos vales submarinos sobre os quais nossas frotas sobrevoam? Nenhuma resposta nas águas que afogam os homens e confundem Corwin, mas senti um aperto no flanco.

No topo dos degraus, adentrei na cidade fantasma como alguém alcança Âmbar depois de escalar a grande escadaria da face marítima da Kolvir.

Apoiado na balaustrada, contemplei o mundo.

A estrada negra seguia rumo ao sul, quase indistinguível contra a escuridão da noite. Não que importasse. Eu já sabia até onde se estendia. Ou melhor, até onde Brand me dissera que se estendia. Como ele parecia ter esgotado todos os motivos da vida para mentir, eu acreditava saber até onde a estrada se estendia.

Até o fim.

Desde o brilho de Âmbar e o esplendor luminoso da Sombra adjacente, passando pelas fatias cada vez mais escuras de imagens que se afastavam em todas as direções, e ainda mais longe, por paisagens retorcidas, e mais longe ainda, por lugares vistos apenas sob a influência da embriaguez, do delírio ou de devaneios febris, e ainda mais, correndo além do lugar onde eu paro... Onde *eu* paro...

Como descrever de forma simples algo desprovido de simplicidade...? Devemos começar com o solipsismo, acredito, com a ideia de que nada mais existe além do eu, ou pelo menos, de que não podemos ter consciência de mais nada além de nossa própria existência e experiência. Em algum lugar de Sombra, sou capaz de encontrar qualquer coisa que possa visualizar. Todos nós somos. Tal capacidade, para ser sincero, não transcende os limites do ego. A maioria de nós pode argumentar, e muitas vezes o faz, que criamos as sombras visitadas a partir de nossa própria psique, que somos os únicos a existir de fato, que as sombras atravessadas nada mais são do que projeções de nossos próprios desejos... Quaisquer que sejam os méritos desse argumento, e há vários, ajuda a explicar muito da postura da família em relação a pessoas, lugares e objetos fora de Âmbar. Somos fabricantes de brinquedos e tudo aquilo é nossa criação, às vezes perigosamente animada, claro, mas tal aspecto também faz parte do jogo. Somos artistas por natureza e tratamos uns aos outros como tal. Embora o solipsismo costume resultar em um ligeiro constrangimento com perguntas sobre etiologia, a questão pode ser facilmente evitada: basta não admitir a validez das perguntas. Como já observei muitas vezes, a maioria de nós é quase pragmática ao conduzir nossos próprios assuntos. Quase...

Porém... porém, ainda há um elemento perturbador no quadro. Existe um lugar onde as sombras enlouquecem... Quando alguém se voluntaria a atravessar cada camada de Sombra, cedendo, ainda de forma voluntária, um pedaço da própria consciência a cada passo, enfim se chega a uma camada de loucura intransponível. Então por que arriscar tal viagem? Na esperança de ganhar conhecimento, eu diria, ou talvez descobrir um novo jogo... Mas quando chegamos a esse ponto, e todos já chegamos, percebemos que alcançamos o limite de Sombra, ou o fim de nós mesmos, termos sinônimos, como sempre pensamos. Mas agora...

Agora eu sei que não é assim, agora, enquanto espero diante das Cortes do Caos, enquanto lhe conto como foi, sei muito bem que não é assim. Mas eu já tinha certeza naquela noite, em Tir-na Nog'th, e antes disso, quando enfrentara o homem-bode no Círculo Preto de Lorraine, e naquele dia no Farol de Cabra, depois de fugir das masmorras de Âmbar, quando havia contemplado a ruína de Garnath... Eu sabia que não era só isso. Porque a estrada negra prosseguia muito além daquele ponto. Atravessava a loucura, entrava no caos e continuava. As criaturas que a percorriam vinham de algum outro lugar, mas não eram minhas. De alguma forma, eu tinha ajudado a abrir o caminho, mas elas não foram geradas pela minha versão da realidade. Pertenciam a si mesmas, ou a outra pessoa, o que fazia pouca diferença, e abriam buracos naquela pequena metafísica que havíamos tecido ao longo dos séculos. Adentravam nossos domínios, sem ser parte deles, e os ameaçavam, assim como ameaçavam a todos nós. Fiona e Brand tinham buscado para além de tudo e encontrado algo que nenhum de nós acreditou que existisse. Até certo ponto, o perigo deflagrado quase valia a prova obtida: nós não estávamos sozinhos, e as sombras não eram nossos brinquedos. Qualquer que fosse nossa relação com Sombra, eu nunca mais a veria sob a mesma luz de antes...

Tudo isso porque a estrada negra se estendia para o sul e ultrapassava o fim do mundo, onde eu paro.

Silêncio e prata... Afasto-me da balaustrada, apoio o peso no cajado, passo pelos fios de neblina, pelas tramas de bruma, pela visão nebulosa e tingida pelo luar dentro da cidade perturbadora... Fantasmas... Sombras de sombras... Imagens de probabilidade... Possibilidades futuras, esperanças passadas... Probabilidade perdida... Probabilidade recuperada...

Caminho, atravesso a alameda... Figuras, rostos, alguns familiares... O que fazem? Difícil saber... Os lábios se mexem, os rostos exibem animação. Ali não há palavras para mim. Passo entre todos, ignorado.

Ali... Uma silhueta... Solitária, mas à espera... Dedos desvelam minutos, expulsam-nos... Rosto virado, cujas feições eu queria ver... Um sinal de meu porvir ou porventura... Ela se senta no banco de pedra sob uma árvore nodosa... Tem o olhar voltado na direção do palácio... Sua forma é bastante familiar... Eu me aproximo e vejo que é Lorraine... Ainda contempla um ponto distante atrás de mim, não escuta quando digo que vinguei sua morte.

Mas tenho o poder de me fazer ouvir ali... Ele aguarda na bainha presa à cintura.

Empunho Grayswandir, ergo a lâmina acima da cabeça, onde o luar produz uma ilusão de movimento em seus padrões. Acomodo a espada no chão entre nós.

– Corwin!

A cabeça dela se vira de repente, o cabelo se enferruja ao luar, os olhos ganham foco.

– De onde veio? Chegou cedo.

– Estava me esperando?

– Claro. Você pediu...

– Como chegou a este lugar?

– Ao banco?

– Não, a esta cidade.

– Âmbar? Não estou entendendo. Você mesmo me trouxe. Eu...

– Você é feliz aqui?

– Sabe que sou, enquanto estiver com você.

Eu não havia me esquecido de seus dentes retos, da sugestão de sardas sob o véu da luz suave...

– O que aconteceu? É muito importante. Por um momento, finja que não sei e me conte tudo o que nos aconteceu depois da batalha do Círculo Preto em Lorraine.

Ela franziu o cenho. Ficou de pé. Deu as costas.

– Nós brigamos – contou. – Você me seguiu, expulsou Melkin, e nós conversamos. Percebi que estava errada e o acompanhei até Avalon. Lá, seu irmão Benedict o convenceu a falar com Eric. Embora não tenham se reconciliado, aceitaram uma trégua por causa de algo que ele lhe contou. Eric jurou não lhe causar mal, e você jurou defender Âmbar, e Benedict serviu de testemunha para ambos. Continuamos em Avalon enquanto você obtinha produtos químicos, e depois fomos para outro lugar, onde você adquiriu armas estranhas. Vencemos a batalha, mas Eric está ferido.

Nesse momento, Lorraine parou e se virou para mim.

– Está pensando em romper a trégua, Corwin? É isso?

Neguei com um aceno e, mesmo sabendo que seria em vão, fiz menção de abraçá-la. Queria segurar Lorraine em meus braços, embora um de nós não existisse, não pudesse existir, quando aquele pequeno espaço vazio entre nossas peles fosse atravessado, para lhe dizer tudo o que havia acontecido ou aconteceria...

O choque não foi severo, mas me fez cambalear. Tombei em cima de Grayswandir... Meu cajado caiu na grama, a alguns passos de distância. Fiquei de joelhos e vi que toda a cor havia sumido do rosto dela, dos olhos, do cabelo. Sua boca formava palavras fantasmas conforme a cabeça se virava, à procura. Embainhei Grayswandir, peguei o cajado e me levantei de novo. A visão dela passou por mim e se concentrou. Com a expressão suavizada, ela sorriu, começou a andar. Dei um passo para o lado e me virei, observando-a correr na direção do homem que se aproximava, vendo os braços dele a envolverem, captando um vislumbre do rosto quando ele se curvou na direção do dela, fantasma sortudo, com uma rosa prateada na gola do traje, beijando-a, aquele homem que eu nunca conheceria, prata sobre silêncio, e prata...

Indo embora... Sem olhar para trás... Atravessando a alameda...

A voz de Random:

– Corwin, está tudo bem?

– Sim, está.

– Aconteceu alguma coisa interessante?

– Mais tarde, Random.

– Desculpe.

E, de repente, a escadaria reluzente diante do palácio... Degraus acima, uma curva à direita... Devagar, com calma, para o jardim... Flores fantasmagóricas palpitam nos caules à minha volta, arbustos fantasmas despejam botões como explosões paralisadas de fogos de artifício. Tudo desprovido de cor... Apenas o contorno essencial, graus de luminosidade em prata determinam as condições de demanda do olhar. Apenas o essencial ali. Poderia Tir-na Nog'th ser uma esfera especial de Sombra no mundo real, influenciada pelos impulsos do id, apenas uma imagem em escala real projetada no céu, talvez até um recurso terapêutico? Apesar do resplendor prateado, se esse for um pedaço da alma, a noite é muito escura... E silenciosa...

Sempre em frente... Por chafarizes, bancos, bosques, alcovas engenhosas nos labirintos da folhagem... Ao longo de passarelas, um ou outro degrau, por cima de pequenas pontes... À beira de lagos, entre as árvores, em frente a uma curiosa escultura, um pedregulho, um relógio solar (lunar, ali?), e então à direita, sempre em frente, para depois contornar a parte norte do palácio, virar à esquerda, chegar a um pátio cercado de varandas, mais fantasmas ali, e mais adiante, e logo atrás, e dentro...

Passar pelos fundos, só para ter outro vislumbre dos jardins desse jeito, pois são lindos à luz normal da lua na Âmbar verdadeira.

Figuras imóveis, de pé, entretidas em conversas... Nenhum movimento aparente além do meu.

...E me sinto atraído para a direita. Como nunca se deve recusar um oráculo gratuito, sigo em frente.

...Na direção de uma cerca viva alta, com uma pequena área aberta no meio, se não estiver cheio de mato... Muito tempo antes havia...

Lá dentro, duas figuras abraçadas. Elas se separam quando começo a me afastar. Não é da minha conta, mas... Deirdre... Uma delas é Deirdre. Eu sei quem será o homem antes mesmo de ele virar a cabeça. Uma piada cruel dos poderes desconhecidos que regem aquele prata, aquele silêncio... Para trás, para trás, para longe da cerca viva... Eu me viro, tropeço, levanto de novo, saio, me afasto, depressa...

A voz de Random:

– Corwin? Está tudo bem?

– Mais tarde, droga! Mais tarde!

– Não falta muito para o amanhecer, Corwin. Achei que seria melhor avisar...

– Considere-me avisado!

Para longe, depressa... O tempo também é apenas um sonho em Tir-na Nog'th. Pouco consolo, mas melhor que nada. Depressa, já, bem longe, avance, de novo...

...Na direção do palácio, arquitetura luminosa da mente ou do espírito, uma imagem mais nítida do que o verdadeiro jamais teve... Julgar a perfeição é proferir um veredito inútil, mas preciso ver o que jaz lá dentro...

Deve ser uma espécie de final, pois me sinto impelido adiante. Não parei para recolher meu cajado, dessa vez caído em meio às folhagens cintilantes. Sei para onde devo ir, o que devo fazer. Está tão óbvio, embora a lógica que me dominou não pertença a uma mente desperta.

Às pressas, subo até o portal traseiro... A dor aguda no flanco aparece de novo... Atravesso o limiar, entro...

Na ausência de luz das estrelas e da lua. A iluminação carece de direção, quase à deriva e acumulada, sem rumo. Onde ela não alcança, as sombras são absolutas, ocultam grandes partes de cômodos, corredores, armários, escadas.

Entre elas, através delas, já quase correndo... Monocromático de meu lar... A apreensão me envolve... Os pontos pretos parecem buracos naquele pedaço de realidade... Tenho medo de passar muito perto. De cair e me perder...

Contorno... Atravesso... Finalmente... Entro... A sala do trono... Alqueires de escuridão acumulados nos caminhos do olhar até o próprio trono...

E ainda assim, há movimento.

Conforme avanço, algo paira à minha direita.

Ao mesmo tempo, algo se eleva.

Botas calçadas em pernas e pés despontam à frente enquanto me aproximo do pedestal.

Grayswandir salta para minha mão, encontra uma porção iluminada, renova sua extensão ilusiva, metamorfa, adquirindo um brilho próprio...

Posiciono o pé esquerdo no degrau, repouso a mão esquerda no joelho. Doloroso, mas suportável, o latejar de minha ferida em cura. Espero até a escuridão, o vazio, se recolher, uma cortina adequada para o teatro que me sobrecarrega esta noite.

E ela se abre, revelando uma mão, um braço, um ombro, outro braço reluzente, metálico, seus planos como as facetas de uma joia, o pulso e o cotovelo, filigranas maravilhosas de fios de prata, salpicadas de fogo, a mão estilizada, esquelética, um brinquedo suíço, um inseto mecânico, funcional, mortífero, belo a seu próprio modo...

E a cortina se abre ainda mais, revelando o restante do homem...

Benedict está parado junto ao trono, com a postura relaxada, a mão esquerda, humana, apoiada levemente na superfície. Ele se inclina na direção do trono. Seus lábios se mexem.

E a cortina enfim se desvela, revelando a pessoa que ocupa o trono...

— Dara!

Virada para a direita, ela sorri, acena com a cabeça para Benedict, mexe os lábios. Dou um passo à frente e estendo Grayswandir até encostar a ponta afiada na concavidade sob o esterno de Dara...

Lentamente, muito lentamente, ela vira a cabeça e encontra meu olhar. Ganha cor e vida. Os lábios tornam a se mexer, e dessa vez suas palavras me alcançam.

– O que você é?

– Não. Essa pergunta é minha. Responda. Agora.

– Sou Dara. Dara de Âmbar, rainha Dara. Este trono é meu por direito de sangue e conquista. Quem é você?

– Sou Corwin. Também de Âmbar. Não se mexa! Não perguntei *quem* você é...

– Corwin morreu há muitos séculos. Eu vi seu túmulo.

– Vazio.

– Não. O corpo jaz lá dentro.

– Diga-me qual é sua linhagem!

Os olhos dela se deslocam para a direita, onde o vulto de Benedict ainda permanece. Uma espada surgiu em sua nova mão, quase uma extensão do membro, mas ele a segura com uma postura frouxa, descuidada. A mão esquerda repousa no braço de Dara. Os olhos dele me procuram a partir do cabo de Grayswandir. Sem sucesso, voltam para a parte visível, Grayswandir, reconhecem o traçado...

– Eu sou a bisneta de Benedict e da donzela infernal Lintra, a quem ele amou e depois matou.

Benedict esboça uma careta ao ouvir isso, mas Dara continua:

– Nunca a conheci. Minha mãe e minha avó nasceram em um lugar onde o tempo não flui como em Âmbar. Sou a primeira da linhagem de minha mãe a apresentar todas as características de humanidade. E você, lorde Corwin, não passa de um fantasma de um passado morto há eras, embora seja um vulto perigoso. Não sei como veio para cá. Mas não deveria ter vindo. Volte para seu túmulo. Não perturbe os vivos.

Minha mão oscila. Grayswandir mal se desloca, menos de um centímetro. Porém, isso basta.

A estocada de Benedict acontece abaixo do meu limiar de percepção. Seu novo braço movimenta a nova mão empunhando a espada que golpeia Grayswandir, enquanto o braço antigo ergue a mão antiga e alcança Dara sobre a lateral do trono... Essa impressão subliminar chega até mim instantes depois, enquanto recuo, cortando o ar, e me recomponho e me coloco em guarda, por reflexo... É ridículo que dois fantasmas lutem. O jogo não é equilibrado aqui. Benedict não consegue nem me alcançar, ao passo que Grayswandir...

Mas não! A espada muda de punho quando ele solta Dara e vira o corpo, unindo as duas mãos, a antiga e a nova. O pulso esquerdo gira ao ser posicionado à frente do corpo, avançando para o que seria um *corps à corps*, se estivéssemos enfrentando corpos mortais. Por um instante, nossas guardas se encaixam. Esse instante basta...

Aquela mão mecânica avança, um objeto de luar e fogo, escuridão e suavidade, angulosa, sem curvas, os dedos ligeiramente flexionados, a palma gravada em prata por um traçado quase familiar, e avança, avança para tentar pegar meu pescoço...

Os dedos erram o alvo e me agarram pelo ombro, e o polegar tenta se enganchar, não sei se na clavícula ou na laringe. Dou um soco com a mão esquerda, na direção do tronco dele, e não há nada ali...

A voz de Random:

– Corwin! O sol está prestes a nascer! Você precisa descer agora!

Não consigo responder. Mais um ou dois segundos e aquela mão rasgaria qualquer coisa a seu alcance. Aquela mão... Grayswandir e aquela mão, curiosamente semelhantes, são as duas únicas coisas que parecem coexistir em meu mundo e na cidade de fantasmas...

– Estou vendo, Corwin! Afaste-se e venha até mim! O arcano...

Com um movimento do pulso, liberto Grayswandir e a deslizo para baixo em um arco longo cortante...

Só um fantasma teria sido capaz de derrotar Benedict ou o fantasma de Benedict com aquela manobra. Nossa proximidade o impede de bloquear a lâmina, mas seu contragolpe, perfeitamente executado, teria decepado meu braço, se houvesse um de verdade.

Como não há, apenas concluo o movimento, desferindo o golpe com toda a força de meu braço direito, no alto daquele dispositivo letal de luar e fogo, escuridão e suavidade, perto do ponto onde se junta ao corpo.

Com um puxão violento no meu ombro, o braço se solta de Benedict e fica inerte... Nós dois caímos.

– Levante-se! Pelo unicórnio, Corwin, levante-se! O sol está nascendo! A cidade vai se desfazer ao seu redor!

Sob meus pés, o chão oscila para uma transparência turva. Vislumbro uma superfície clara e escamosa de água. Rodopio de lado e me levanto, evitando por pouco o esforço súbito do fantasma para recuperar o braço perdido. Ele se agarra como um parasita morto, e sinto outra pontada no flanco...

De repente fico pesado, e a visão do oceano não se desfaz. Começo a afundar no chão. O mundo se enche de cores, em faixas onduladas de rosa. O chão engolidor de Corwin se abre e o golfo matador de Corwin surge...

Despenco...

– Por aqui, Corwin! Agora!

Random me estende a mão do alto de uma montanha. Eu estico a minha...

ONZE

...E panelas sem fogo muitas vezes são raras...

Nós nos afastamos e ficamos de pé. Voltei a me sentar imediatamente, no degrau mais baixo. Soltei a mão de metal do meu ombro, sem vestígios de sangue, apenas a promessa de hematomas futuros, e então a larguei com o braço no chão. A claridade do amanhecer não diminuiu a aparência sofisticada e ameaçadora do mecanismo.

Ganelon e Random estavam ao meu lado.

– Você está bem, Corwin?

– Estou. Só preciso recuperar o fôlego.

– Trouxe comida – avisou Random. – Podemos tomar café aqui mesmo.

– Boa ideia.

Enquanto meu irmão começava a desembrulhar os mantimentos, Ganelon empurrou o braço com a ponta da bota.

– Que diabos é isso? – perguntou.

Meneei a cabeça.

– Arranquei do fantasma de Benedict. Por motivos que não compreendo, essa coisa conseguiu me pegar.

Ganelon se abaixou e recolheu o braço, depois o examinou.

– Bem mais leve do que eu imaginava – observou, agitando-o no ar. – Daria para fazer um belo estrago com uma mão dessa.

– Sim, eu sei.

Ele mexeu nos dedos.

– Talvez o Benedict de verdade possa usar.

– Quem sabe? Tenho sentimentos conflitantes quanto a oferecer esse braço para ele, mas talvez você tenha razão...

– Como está a dor?

Toquei no meu flanco com cuidado.

– Nada mal, dadas as circunstâncias. Se formos com calma, vou conseguir andar a cavalo depois de comer.

– Ótimo. Olhe, Corwin, enquanto Random prepara tudo, quero fazer uma pergunta. Pode ser inapropriada, mas a dúvida está me incomodando há algum tempo.

– Pois pergunte.

– Bem, é o seguinte: estou totalmente do seu lado, caso contrário eu não estaria aqui. Vou lutar para que você conquiste seu trono de qualquer jeito. Mas, sempre que se toca no assunto da sucessão, alguém se irrita e vai embora ou desconversa. Como Random fez, enquanto você estava lá em cima. Acho que não é uma necessidade absoluta eu saber dos fundamentos da sua pretensão ao trono, nem das reivindicações alheias, mas não consigo evitar uma certa curiosidade quanto ao motivo para tanto atrito.

Soltei um longo suspiro e fiquei em silêncio por um tempo. Por fim, dei uma risada e decidi responder:

– Tudo bem, tudo bem. Se a própria família não consegue entrar em acordo, imagino que deva parecer confuso para alguém de fora. Benedict é o mais velho. A mãe dele era Cymnea. Ela gerou outros dois filhos de Oberon: Osric e Finndo. Depois... como posso dizer? Faiella deu à luz Eric. Depois disso, nosso pai encontrou algum defeito no casamento com Cymnea e o dissolveu, *ab initio*, como diriam em minha antiga sombra, desde o início. Foi uma bela jogada. Mas, afinal, ele era o rei.

– Os outros filhos não passaram a ser ilegítimos?

– A situação deles se tornou incerta. Osric e Finndo ficaram bastante irritados, pelo que sei, mas morreram pouco tempo depois. Benedict ficou ou menos irritado ou mais diplomático com relação à história toda. Ele nunca criou caso. Nosso pai, então, se casou com Faiella.

– E com isso Eric se tornou o herdeiro legítimo?

– Teria se tornado, se Oberon tivesse reconhecido Eric como filho. Ele o tratava como se fosse, mas nunca chegou a tomar providências formais nesse sentido. O objetivo era colocar panos quentes na situação com Cymnea, pois a família dela se tornara mais poderosa naquela época.

– Ainda assim, se Oberon o tratava como um filho...

– Ah, sim! Mas depois ele de fato reconheceu Llewella como filha legítima. Ela nasceu fora do casamento, mas Oberon decidiu reconhecer a coitada. Todos os apoiadores de Eric a detestavam, pois enfraquecia a posição dele. Enfim, mais tarde, Faiella me deu à luz. Nascido de um casamento formal, fui o primeiro a ter direitos claros ao trono. Se conversar com qualquer um dos outros, pode ser que escute um raciocínio diferente, mas os fatos básicos são esses. De todo modo, já não deve ter tanta importância, agora que Eric está morto e Benedict parece indiferente ao trono... Enfim, essa é minha situação.

– Entendi... mais ou menos. Só mais uma coisa...

– Sim?

– Quem é o próximo? Quer dizer, se acontecer alguma coisa com você?

Dei outro suspiro.

– Fica ainda mais complicado a partir daí. Caine teria sido meu sucessor. Como ele morreu, imagino que vá para a prole de Clarissa: os ruivos. Bleys teria vindo na sequência, e depois Brand.

– Clarissa? O que aconteceu com sua mãe?

– Ela morreu no parto de Deirdre. Oberon só se casou de novo muitos anos depois da morte dela. E aí foi com uma ruiva de uma sombra distante do sul. Nunca gostei dela. E o próprio Oberon se cansou depois de um tempo e voltou a pular a cerca. Depois do nascimento de Llewella, em Rabma, os dois se reconciliaram uma vez, e o resultado foi Brand. Quando finalmente se divorciaram, Oberon reconheceu Llewella para provocar Clarissa. Pelo menos foi assim que sempre me pareceu.

– Então as mulheres não entram na linha de sucessão?

– Não, nenhuma delas tem interesse ou aptidão. Mas, se fosse o caso, Fiona precederia Bleys e Llewella viria em seguida. Depois dos filhos de Clarissa, seriam Julian, Gérard e Random, nessa ordem. Desculpe, Flora viria antes de Julian. As histórias dos casamentos são ainda mais complicadas, mas ninguém questionaria a ordem adotada. Deixemos assim.

– Com prazer – concordou Ganelon. – Então, Brand herda o trono se você morrer, certo?

– Bem... Ele é um traidor confesso e conseguiu se desentender com toda a família. Não creio que os outros o aceitariam, na atual conjuntura. Ainda assim, também não acho que ele tenha jogado a toalha.

– Mas a alternativa é Julian.

Fiz um gesto resignado.

– O fato de eu não gostar de Julian não o torna inapto ao trono. Na verdade, pode até ser um monarca muito competente.

– Sim, sim. E, para provar isso, ele o esfaqueou – debochou Random. – Venham comer.

– Ainda não acho que foi ele – argumentei, já de pé. – Antes de tudo, não sei como ele teria conseguido me alcançar. Teria sido óbvio demais. Além disso, se eu morrer em um futuro próximo, será Benedict quem decidirá a sucessão. Todo mundo sabe. Ele é o mais velho, além de inteligente e poderoso. Poderia até dizer "Dane-se toda essa picuinha, vou apoiar Gérard", e acabou-se a história.

– E se ele decidisse rever a própria posição e assumir o trono? – questionou Ganelon.

Nós nos sentamos no chão e pegamos os pratos de metal preparados por Random.

– Se quisesse, ele poderia ter tomado o trono há muito tempo – declarei. – Existem muitas formas de se considerar a prole de um casamento anulado e, no caso de Benedict, a mais favorável teria sido a mais provável. Osric e Finndo se afobaram e presumiram a pior das hipóteses. Benedict teve mais juízo. Apenas esperou. Então... é possível. Mas improvável, na minha opinião.

– Em condições normais, se acontecer alguma coisa com você, a questão talvez continue indefinida?

– Sim, isso mesmo.

– Mas por que mataram Caine? – perguntou Random. Entre uma garfada e outra, ele mesmo respondeu. – Para que, depois de eliminar a você, a sucessão passasse para os filhos de Clarissa. Chegou a me ocorrer que Bleys ainda deve estar vivo e é o próximo na fila. O corpo dele nunca foi encontrado. Minha hipótese é a seguinte: Ele usou um arcano para se juntar a Fiona durante seu ataque e voltou para Sombra para recuperar as próprias forças, na esperança de que você morresse nas mãos de Eric. Finalmente está pronto para agir de novo. Assim, mataram Caine e fizeram aquele atentado contra sua vida. Se estiverem mesmo aliados à horda da estrada negra, poderiam ter orquestrado outro ataque a partir dali. E adotariam sua tática: chegar na última hora, rechaçar os invasores e se instalar. E lá estaria ele, o próximo na linha de sucessão e o primeiro em força. Simples. Só que você sobreviveu e Brand foi resgatado. Se acreditarmos na acusação de Brand contra Fiona, e não vejo motivos para duvidar, toda essa estratégia coincide com os planos originais.

Concordei com um aceno.

– É possível. Perguntei tudo isso para Brand. Ele admitiu a possibilidade, mas negou saber se Bleys continua vivo. Na minha opinião, parecia estar mentindo.

– Por quê?

– Talvez queira combinar a vingança pela prisão e pela tentativa de assassinato ao eliminar o único obstáculo, além de mim, à sua ascensão ao trono. Acho que ele acredita que serei morto em algum esquema tramado para enfrentar a estrada negra. A destruição de seu próprio complô e a eliminação da estrada poderiam lhe dar certa grandeza, especialmente depois de toda a penitência à qual foi submetido. Assim, talvez ele tivesse uma chance... ou deve achar que sim.

– Então também acha que Bleys está vivo?

– Só uma impressão – admiti. – Mas sim, acho.

– E qual é a força deles, afinal?

– Um investimento em educação superior. Fiona e Brand se interessaram por Dworkin enquanto o resto de nós se satisfazia com as respectivas paixões em Sombra. Como resultado, parecem ter uma compreensão mais aprofundada dos princípios. Sabem mais do que nós sobre Sombra e o que existe para além dela, mais sobre o Padrão, mais sobre os arcanos. Por isso Brand conseguiu transmitir aquela mensagem para você.

– Uma ideia interessante... – murmurou Random. – Acha possível que tenham se livrado de Dworkin quando sentiram que já haviam aprendido o bastante com ele? Com certeza ajudaria a preservar a exclusividade dos ensinamentos, se algo acontecesse ao nosso pai.

– Essa hipótese não tinha me ocorrido.

Comecei a me questionar: por acaso poderiam ter feito algo para afetar a mente de Dworkin? Alguma coisa que o tenha deixado no estado em que o vi da última vez? Em caso afirmativo, por acaso sabiam que Dworkin ainda podia estar vivo em algum lugar? Ou apenas davam sua morte como certa?

– Sim, é uma ideia interessante – declarei. – Acho que é possível.

O sol avançou lentamente pelo céu, e a comida restaurou minhas forças. Nada restava de Tir-na Nog'th na luz matinal. Minhas lembranças da experiência já começavam a assumir o aspecto de imagens vistas em um espelho turvo. Ganelon pegou o único outro resquício de lá, o braço mecânico, e Random o guardou junto com a louça. À luz do dia, os três primeiros degraus pareciam menos uma escada e mais um punhado de pedras.

Random fez um gesto com a cabeça.

– Vamos voltar pelo mesmo caminho? – perguntou.

– Sim – respondi.

Com nossas montarias, refizemos a trilha que serpenteava ao redor da Kolvir em direção ao sul. Era mais longa, mas menos acidentada do que a rota do cume. Enquanto meu flanco protestasse, eu estava inclinado a me conceder todas as facilidades possíveis.

Avançamos para a direita, em fila única, com Random na liderança e Ganelon na retaguarda. A trilha descrevia um aclive sutil pouco antes de retomar a descida. O ar estava frio e portava o aroma de vegetação e terra úmida, algo bastante incomum naquele lugar árido, naquela altitude. Calculei que deviam ser correntes de ar saídas da floresta abaixo de nós.

Deixamos nossas montarias seguirem seu próprio ritmo tranquilo pela depressão e no aclive seguinte. Quando nos aproximamos do topo, o cavalo de Random relinchou e começou a empinar. Logo foi controlado pelas rédeas, mas dei uma olhada nos arredores e não vi nada que pudesse ter assustado o animal.

Uma vez no cume, Random reduziu a velocidade e gritou:

– Vejam só o nascer do sol!

Teria sido um tanto difícil ignorar um fenômeno tão abrangente, mas não teci comentários. Random raramente se entregava a sentimentalismos por causa de vegetação, geologia ou iluminação.

Eu mesmo quase interrompi a cavalgada ao alcançar o cume, pois o sol pairava como uma bola dourada fantástica no céu. Parecia ter quase o dobro do tamanho normal, com uma coloração peculiar diferente de tudo o que eu já tinha visto. Causava um efeito maravilhoso na superfície do mar além do aclive seguinte, e as nuvens e o céu também estavam tingidos com tons singulares. E ainda assim segui em frente, pois o brilho súbito era quase doloroso.

– Tem razão – respondi, seguindo-o pelo declive seguinte. Atrás de mim, Ganelon soltou um brado de admiração.

Depois de superar a ofuscação da claridade repentina, percebi que a vegetação naquele pequeno refúgio no céu estava ainda mais densa do que eu me lembrava. Imaginei que haveria apenas algumas árvores mirradas e trechos esparsos com líquen, mas na verdade eram dezenas de árvores, mais altas do que eu me lembrava, e mais verdes, com tufos de grama aqui e ali e uma ou outra trepadeira para amaciar o contorno das pedras. No entanto, desde meu retorno, eu só havia passado por ali à noite. E ao pensar melhor, concluí que aquela provavelmente era a origem dos aromas sentidos momentos antes.

Ao cruzar a paisagem, tive a impressão de que a pequena depressão era também um pouco mais larga do que me dizia a memória. Quando terminamos a travessia e começamos a subir de novo, tive certeza.

– Random! Este lugar passou por alguma mudança recente?

– Difícil saber – respondeu ele. – Eric não me deixava sair muito. A vegetação parece mais densa.

– Tudo parece maior... mais largo.

– É verdade. Achei que era só fruto de minha imaginação.

Quando chegamos ao cume seguinte, a vegetação encobria a claridade ofuscante. Um aglomerado de árvores ainda maior revestia a área à nossa frente, bem mais numerosas, mais altas e densas do que o arvoredo que havíamos acabado de atravessar. Paramos os cavalos.

– Não me lembro deste lugar – confessou Random. – Teria sido impossível não reparar, mesmo viajando à noite. Devemos ter seguido pelo caminho errado.

– Pouco provável. Ainda assim, temos uma certa noção de onde estamos. Prefiro continuar em vez de refazer a trilha e começar tudo de novo. De qualquer forma, é bom conhecermos as condições nos arredores de Âmbar.

– Sim, é verdade.

Random se encaminhou na direção das árvores, e seguimos logo atrás.

– Essa vegetação é bem incomum, nessa altitude... – comentou ele por cima do ombro.

– O solo também parece bem mais abundante.

– Acho que você tem razão.

A trilha fez uma curva para a esquerda quando adentramos o arvoredo. Não parecia haver motivos para esse desvio da rota direta. Mesmo assim, continuamos o avanço, o que aumentou a ilusão de distância. Alguns metros depois, a trilha deu outra guinada abrupta para a direita. A perspectiva de retroceder era peculiar. As árvores pareciam ainda mais altas, com folhagens cerradas a ponto de ser difícil enxergar qualquer coisa além. Na curva seguinte, a trilha se alargou e permaneceu reta por uma grande distância. Grande demais, na verdade. Nosso pequeno vale não era tão amplo assim.

Random se deteve de novo.

– Raios, Corwin! Isso é ridículo! – praguejou. – Você não está pregando peças, está?

– Nem se eu quisesse – respondi. – Nunca consegui manipular Sombra em nenhum ponto da Kolvir. Não devia ter nada manipulável por aqui.

– Também sempre tive essa impressão. Âmbar projeta Sombra, mas não é de Sombra. Não estou gostando nem um pouco. O que acha de voltarmos?

– Tenho a sensação de que não encontraremos o caminho de volta – declarei. – Deve ter algum motivo para essa mudança, e quero saber qual é.

– Pode ser uma armadilha.

– Mesmo assim – insisti.

Random assentiu e nós seguimos em frente, por aquela trilha sombreada, sob árvores ainda mais imponentes. O bosque à nossa volta era silencioso. O solo continuava plano, a trilha, reta. De forma quase inconsciente, fizemos os cavalos apertarem o passo.

Cerca de cinco minutos se passaram em absoluto silêncio. Por fim, Random o interrompeu:

– Corwin, isto não pode ser Sombra.

– Por que não?

– Tenho tentado influenciar o ambiente, e nada acontece. Você já tentou?

– Não.

– Pode tentar?

– Tudo bem.

Uma rocha pode aparecer logo atrás da próxima árvore, um punhado de flores naquele arbusto... Um trecho do céu deve despontar logo acima, com um fiapo de nuvens... E depois que venha um galho caído, com uma fileira de cogumelos na lateral... Uma poça cheia de lodo... Uma rã... Pena caindo, semente flutuando... Um graveto retorcido de determinado jeito... Outra trilha no nosso caminho, nova, marcada, depois do lugar onde a pena deve ter caído...

– Não adianta – declarei.

– Se não é Sombra, o que é este lugar?

– Algo diferente, claro.

Random balançou a cabeça e conferiu se a espada estava solta na bainha. Automaticamente, fiz o mesmo. Pouco depois, ouvi Ganelon emitir um pequeno estalo atrás de mim.

Mais adiante, a trilha pareceu se estreitar, e pouco depois começou a ficar sinuosa. Fomos obrigados a diminuir o ritmo outra vez, e as árvores se adensaram mais, e os galhos ficaram mais baixos do que nunca. A trilha se tornou um caminho. Era acidentado, serpenteante. Uma última curva e, então, acabou.

Random desviou de um galho, levantou a mão e interrompeu o galope. Paramos ao lado dele. Até onde a vista alcançava, não havia mais sinal da trilha. Olhando para trás, percebi que não havia mais nada ali.

– Sugestões são bem-vindas – anunciou Random. – Não sabemos onde estávamos, para onde estávamos indo e muito menos onde estamos. Minha sugestão é que se dane a curiosidade. Vamos sair daqui do jeito mais rápido que conhecemos.

– Os arcanos? – perguntou Ganelon.

– Sim. O que me diz, Corwin?

– Por mim, tudo bem. A situação também não me agrada, e não consigo pensar em uma alternativa melhor. Vá em frente.

Random tirou o baralho do estojo.

– Quem eu devo tentar? Gérard?

– Sim.

Ele folheou as cartas, achou a de Gérard e a fitou com atenção. Nós observamos a cena. O tempo passou.

– Não consigo entrar em contato com ele – anunciou, por fim.

– Tente Benedict.

– Tudo bem.

Cena repetida. Sem contato.

– Veja se consegue encontrar Deirdre – sugeri, pegando meu próprio baralho e procurando o arcano dela. – Vamos tentar juntos. Talvez faça alguma diferença.

E de novo. E de novo.

– Nada – concluí, depois de um longo esforço.

Random negou com a cabeça.

– Por acaso percebeu algo estranho nos seus arcanos? – perguntou.

– Percebi, mas não sei o que é. Estão diferentes.

– Os meus parecem ter perdido aquela frieza de antes.

Folheei o baralho lentamente. Passei a ponta dos dedos pelas cartas.

– Sim, tem razão. É isso mesmo. Mas vamos tentar de novo. Com Flora.

– Tudo bem.

Os resultados foram os mesmos. Com Llewella também, e Brand.

– Alguma ideia do que pode ter acontecido? – questionou Random.

– Não, nem um pouco. Não podem estar todos nos bloqueando. Não podem estar todos mortos... Ah, é uma possibilidade, claro. Mas muito improvável. Algo deve ter afetado os próprios arcanos. E eu nunca soube de nada que pudesse fazer isso.

– Bem, de acordo com o fabricante, eles não são cem por cento garantidos – comentou Random.

– O que você sabe que eu não sei?

Ele deu risada.

– Impossível me esquecer do dia em que alcançamos idade necessária para percorrer o Padrão. Eu me lembro como se fosse ontem. Quando concluí a travessia, ainda corado de alegria e orgulho, Dworkin me deu meu primeiro baralho de arcanos e me ensinou a usar as cartas. Eu me lembro claramente de perguntar se funcionavam em qualquer lugar. E não me esqueço da resposta: "Não. Mas devem servir em qualquer lugar onde você estiver." Ele nunca gostou muito de mim, sabia?

– Chegou a perguntar o que ele quis dizer com isso?

– Sim, e ele explicou: "Duvido que você chegue a alcançar um estado em que eles não sirvam. Agora, já pode ir embora." E eu fui. Estava ansioso para ir brincar com os arcanos sozinho.

– "Alcançar um estado"? Nada sobre "chegar a um lugar"?

– Não, nada. Minha memória é ótima para certas coisas.

– Estranho... mas não parece ajudar muito. Tem toda a pinta de metafísica.

– Aposto que Brand saberia.

– Saberia mesmo, mas de nada adianta agora.

– Devíamos fazer outra coisa além de debater metafísica – interveio Ganelon. – Se não conseguem manipular Sombra nem usar os arcanos, parece que a melhor solução é descobrir onde estamos. E depois procurar ajuda.

Assenti em concordância.

– Como não estamos em Âmbar, acho que podemos supor que estamos em Sombra... em algum lugar muito especial, bem perto de Âmbar, pois a mudança não foi tão repentina. Como fomos transportados sem cooperação ativa de nossa parte, deve ter havido alguma intervenção e supostamente alguma intenção por trás da manobra. Se vamos ser atacados, agora seria o momento ideal. Se a intenção é outra, precisa ser revelada, porque não estamos em posição de adivinhar.

– Então sugere que não façamos nada?

– A meu ver, só nos resta esperar. Não faz sentido perambularmos a esmo, correndo o risco de ficarmos ainda mais perdidos.

– Se bem me lembro, já o ouvi dizer que sombras adjacentes tendem a ser mais ou menos congruentes – observou Ganelon.

– Sim, parece algo que eu diria. Mas o que tem?

– Ora, se estamos tão perto de Âmbar assim, só precisamos seguir na direção do sol nascente até chegar a um ponto paralelo à cidade propriamente dita.

– Não é tão simples assim. Mas, se fosse, de que isso nos adiantaria?

– Talvez os arcanos voltem a funcionar no ponto de congruência máxima.

Random olhou para Ganelon, depois para mim.

– Pode ser que valha a pena tentar – sugeriu. – O temos a perder?

– A pouca orientação que nos resta. Vejam bem, não é uma ideia ruim. Se nada mais acontecer aqui, podemos tentar. No entanto, ao olhar para trás, a estrada parece se fechar de forma diretamente proporcional à distância percorrida. Não estamos apenas nos movendo pelo espaço. Nessas circunstâncias, só pretendo vagar sem rumo quando estiver convencido de que não existe qualquer alternativa. Se alguém deseja nossa presença em determinado lugar, cabe a essa pessoa expressar o convite de forma mais clara. Vamos esperar.

Os dois concordaram. Random fez menção de apear do cavalo, mas se deteve no meio do caminho, com um pé no estribo e o outro no chão.

– Depois de tantos anos... E eu nunca acreditei...

– O que foi? – sussurrei.

– A alternativa – respondeu, voltando à sela.

Random avançou a trotes lentos com o cavalo, e eu fui atrás. E então avistei, branco como havia sido no bosque, imóvel, parcialmente escondido entre um aglomerado de samambaias: o unicórnio.

A criatura se virou quando nos aproximamos e logo voltou ao seu esconderijo entre as árvores.

– Lá está! – sussurrou Ganelon. – E pensar que existe mesmo um animal desses... O emblema da sua família, não é?

– Sim.

– Deve ser um bom sinal.

Ainda em silêncio, avancei para não perder o unicórnio de vista. Não tive dúvidas de que a criatura desejava ser seguida.

O unicórnio conseguia permanecer parcialmente oculto o tempo todo, sempre nos observando de longe, passando de um esconderijo ao outro, deslocando-se com uma agilidade impressionante quando trotava, evitando espaços abertos para se refugiar entre árvores e penumbra. Nós o seguimos, cada vez mais embrenhados no bosque, já tão diferente de qualquer vegetação encontrada nas encostas da Kolvir. Parecia algum recanto de Arden, mais do que qualquer outra floresta perto de Âmbar, pois o solo era relativamente plano e pontilhado por árvores cada vez mais majestosas.

Estimei que uma hora havia se passado, depois outra, quando enfim chegamos à beira de um córrego límpido. Ali, o unicórnio se virou e seguiu leito acima. Conforme subíamos pela margem, Random comentou:

– Está começando a me parecer familiar.

– Sim, mas apenas em parte. Não consigo entender o motivo.

– Nem eu.

Entramos em uma ribanceira pouco depois, com uma descida cada vez mais acentuada. Os cavalos penaram para avançar pelo terreno íngreme, mas o unicórnio adaptou o ritmo ao deles. O solo se tornou mais pedregoso, as árvores ficaram menores. O chapinhar do córrego fez uma curva. Perdi de vista seus meandros, mas a essa altura já estávamos quase no topo da pequena colina.

Chegamos a uma área plana e avançamos em direção ao bosque onde o córrego emergia. Nesse ponto, tive um vislumbre oblíquo, à frente e à direita, através da encosta, de um mar azul gelado bem distante.

– Estamos em um lugar bem elevado – observou Ganelon. – Parecia uma planície, mas...

– O Bosque do Unicórnio! – interrompeu Random. – É isso que parece! Ali, vejam!

E ele não estava errado. Uma área coberta de pedregulhos estendia-se mais além e, entre eles, jazia a nascente do córrego. O lugar era maior e mais verdejante, e sua localização não parecia condizer com minha bússola interna. Entretanto, a semelhança não podia ser mera coincidência. O unicórnio subiu na rocha mais próxima da nascente, olhou para nós e se virou. Talvez estivesse contemplando o oceano.

Depois, conforme avançávamos, o bosque, o unicórnio, as árvores ao nosso redor, o córrego ao lado, tudo adquiria uma claridade atípica, como se cada elemento irradiasse um brilho especial, cuja cor tremulava de intensidade, bem nos limites da percepção. A cena despertou em mim uma sensação semelhante aos primeiros indícios de emoção de uma viagem infernal.

Depois, e depois e depois, a cada passo de minha montaria, algo se apagava no mundo à nossa volta. Ocorria de repente um ajuste nas relações entre objetos, corroendo minha noção de profundidade, destruindo a perspectiva, reorganizando o conjunto de elementos em meu campo de visão, de modo que tudo apresentava toda a superfície exterior sem parecer ocupar uma área ampliada: ângulos predominavam e tamanhos relativos pareciam subitamente ridículos. O cavalo de Random empinou e relinchou, colossal, apocalíptico, e imediatamente me remeteu a *Guernica*. E, para meu espanto, descobri que não havíamos sido poupados pelo fenômeno, pois Random, esforçando-se para dominar sua montaria, e Ganelon, ainda no controle de Dragão, assim como todo o resto, tinham sido transfigurados naquele espaço de sonhos cubistas.

Mas Estrela era veterano de muitas viagens infernais; Dragão também havia passado por várias. Assim, agarrados às rédeas, sentimos os movimentos que não podíamos aferir com precisão. E Random enfim conseguiu impor sua vontade à montaria, embora o panorama continuasse a se alterar durante nosso avanço.

A mudança seguinte foi nos valores de luz. O céu escureceu, não negro como a noite, mas como uma superfície lisa e opaca. E o mesmo aconteceu com certos espaços vazios entre objetos. A única luz que restava no mundo parecia emanar das próprias coisas, e tudo gradualmente desbotou. Várias intensidades de branco emergiram dos planos de existência, e o mais brilhante de todos, imenso, terrível, o unicórnio se empinou de repente e escoiceou o ar, preenchendo quase a totalidade da criação com o que se tornou um movimento em câmera lenta, impressionante a ponto de eu temer que nos aniquilasse se avançássemos mais um passo sequer.

E então só havia a luz.

E então, imobilidade absoluta.

E então a luz desapareceu e não restou nada. Nem mesmo escuridão. Um vazio na existência, com duração de um instante ou uma eternidade...

A escuridão retornou, e a luz. Mas estavam invertidas. A luz preenchia os interstícios, contornando lacunas que deviam ser objetos. O primeiro som que ouvi foi a correnteza, e imaginei que tínhamos parado ao lado da nascente. A primeira coisa que senti foi o tremor de Estrela. Em seguida, senti o cheiro do mar.

E então o Padrão surgiu, ou um negativo distorcido dele...

Inclinei-me para a frente, e mais luz transbordou das margens das coisas. Inclinei-me para trás e ela sumiu. Para a frente de novo, mais do que antes...

A luz se expandiu, introduziu diversos tons de cinza no panorama geral. Com os joelhos, então, delicadamente, sugeri que Estrela avançasse.

E a cada passo, algo retornava ao mundo. Superfícies, texturas, cores...

Atrás de mim, ouvi os outros começarem a me seguir. Abaixo, o Padrão não revelava nada de seu mistério, mas adquiria um contexto que, pouco a pouco, se posicionava na grande reformação do mundo à nossa volta.

Encosta abaixo, a sensação de profundidade ressurgiu. O mar, nitidamente visível à direita, sofreu uma separação talvez puramente óptica do céu, pois por um momento pareceu formar uma espécie de *Urmeer* das águas acima e das águas abaixo. Perturbador após reflexão, mas despercebido enquanto presente. Descíamos por um declive íngreme e rochoso que parecia ter se iniciado no fundo do bosque ao qual o unicórnio havia nos levado. Cerca de cem metros abaixo, estendia-se uma área perfeitamente plana, composta de uma única rocha sólida, vagamente ovalada, com duzentos metros de comprimento ao longo do eixo maior. A encosta fazia um desvio para a esquerda e retornava, descrevendo um arco vasto, um parêntese, envolvendo parcialmente a plataforma lisa. Além do promontório, à direita, não havia nada, e a terra despencava em um precipício súbito na direção daquele mar peculiar.

E à medida que avançávamos, as três dimensões pareciam se reafirmar de novo. O sol ainda se apresentava como aquele grande globo de ouro derretido visto horas antes. O céu era de um azul mais intenso do que o de Âmbar, livre de nuvens. O mar tinha um tom de azul semelhante, intocado por velas ou ilhas. Não vi pássaros, não ouvi nenhum som além dos que nós mesmos produzíamos. Um silêncio enorme revestia aquele lugar, aquele dia. Na esfera da minha visão, subitamente nítida, o Padrão enfim alcançou sua disposição na superfície abaixo. A princípio, pensei que estava entalhado na rocha, mas conforme nos aproximávamos, percebi que estava contido nela: recurvas de ouro e rosa, como veios de um mármore exótico, com aparência natural, apesar da óbvia intencionalidade do traçado.

Puxei as rédeas e os outros emparelharam comigo, Random à minha direita, Ganelon à esquerda.

Nós o observamos em silêncio por um bom tempo. Uma mancha escura e grosseira escondia uma parte do terreno logo abaixo, estendendo-se da borda externa até o centro.

Por fim, Random se pronunciou:

– Sabe, é como se alguém tivesse raspado o topo da Kolvir, com um corte mais ou menos na altura das masmorras.

– Sim, é o que parece.

– Então, se estamos buscando congruência, nosso Padrão deveria estar por ali.

– Sim, é o que parece – repeti.

– E aquela área manchada fica ao sul, de onde vem a estrada negra.

Fiz um gesto lento com a cabeça, conforme a compreensão brotava e se transformava em certeza.

– O que isso significa? – perguntou Random. – Parece corresponder à situação real, mas, fora isso, não vejo o menor sentido. Por que nos trouxeram para cá e nos mostraram isso tudo?

– Não corresponde à situação real – rebati. – É a situação real.

Ganelon se virou para nós.

– Naquela Terra de Sombra que visitamos, onde você passou tantos anos, ouvi um poema sobre duas estradas que se bifurcavam em uma floresta – declarou. – Ele termina assim: "Tomei a menos usada, e fez toda a diferença." Quando ouvi os versos, pensei em algo que você me disse certa vez, "Todas as estradas levam a Âmbar", e na ocasião me perguntei, tal como me pergunto agora, que diferença a escolha pode fazer, apesar da aparente inevitabilidade do fim para as pessoas do seu sangue.

– Você sabe? – perguntei. – Você entende?

– Acredito que sim.

Ganelon assentiu com a cabeça e apontou.

– Aquela lá embaixo é a Âmbar verdadeira, não é?

– Sim – respondi. – Lá está Âmbar.

LIVRO 4

A MÃO DE OBERON

Para Jay Haldeman, na amizade e nas alcachofras

UM

Na mente, uma intensa iluminação, comparável àquele sol peculiar...

Ali estava... Exposto no interior daquela luz, algo que até aquele dia eu só havia visto na escuridão, iluminado por sua própria luminosidade: o Padrão, o grande Padrão de Âmbar, projetado sobre uma prateleira ovalada abaixo e acima de um estranho céu-oceano.

...e eu sabia, talvez em virtude do que nos unia dentro de mim, que devia ser o verdadeiro. Portanto, o Padrão em Âmbar era apenas sua primeira sombra. Em outras palavras...

Significava que a própria Âmbar não era transportada aos lugares para além do domínio de Âmbar, Rabma e Tir-na Nog'th. Ou seja, esse lugar onde tínhamos acabado de chegar era, de acordo com as leis da lógica, a verdadeira Âmbar.

Virei-me para Ganelon, que estava sorridente, a barba e o cabelo derretidos sob a luz impiedosa.

– Como soube? – perguntei.

– Sempre dominei a arte dos palpites, Corwin – respondeu ele –, e me lembro de tudo o que me contou sobre o funcionamento de Âmbar, sobre como a sombra dela e a de seus conflitos são projetadas para outros mundos. Ao pensar na estrada negra, muitas vezes me perguntei se alguma coisa seria capaz de projetar uma sombra daquelas na própria Âmbar. Se possível, teria que ser algo extremamente fundamental, poderoso e secreto. Como aquilo.

E apontou para a paisagem à nossa frente.

– Prossiga, Ganelon.

Encolheu os ombros, uma nova expressão a lhe cruzar o rosto.

– Então devia existir uma camada de realidade mais profunda do que a sua Âmbar – continuou –, onde acontecia o trabalho sujo. Ao que tudo indica, seu animal padroeiro nos levou ao lugar em questão, e aquela mancha no Padrão parece ser o trabalho sujo. Ainda está de acordo com o raciocínio, não está?

Assenti.

– Fiquei mais surpreso com sua percepção do que com a conclusão em si.

– Estou um pouco atrasado – admitiu Random, à minha direita –, mas essa sensação também brotou nas minhas entranhas... para dizer de um jeito delicado. Estou convencido de que aquela coisa lá embaixo é a base do nosso mundo.

– Às vezes a situação parece mais clara para alguém de fora – sugeriu Ganelon.

Random me deu uma olhada antes de voltar a atenção ao espetáculo.

– Acha que as coisas podem mudar de novo – perguntou – se descermos para averiguar mais de perto?

– Só tem um jeito de descobrir – respondi.

– Fila única, então – determinou Random. – Eu vou na frente.

– Tudo bem.

Random conduziu sua montaria para a direita, depois para a esquerda e a direita outra vez, em uma longa série de guinadas serpenteantes pela maior parte da encosta. Ainda na ordem que tínhamos usado ao longo do dia todo, segui atrás dele, e Ganelon veio por último.

– Parece bem estável – gritou Random.

– Por enquanto, sim – concordei.

– Há uma espécie de abertura nas rochas mais abaixo.

Inclinei o corpo para a frente. Avistei uma entrada de caverna à direita, no mesmo nível da planície ovalada. Por conta da localização, não a tínhamos visto lá de cima.

– Vamos passar bem perto.

– Rápido, com cuidado, e em silêncio – acrescentou Random, sacando a espada.

Desembainhei Grayswandir e, na curva de cima, Ganelon sacou sua própria arma.

Uma nova guinada à esquerda nos impediu de alcançar a abertura. No entanto, passamos a quatro ou cinco metros da caverna, de onde emanou um odor desagradável que não consegui identificar. Os cavalos deviam ter um olfato mais apurado, ou eram naturalmente pessimistas, porque se tornaram relutantes e começaram a bufar, com as orelhas caídas e as narinas dilatadas, e só se acalmaram quando dobramos a curva e voltamos a nos afastar. Só tiveram uma recaída quando alcançamos o fim da descida e tentamos nos aproximar do Padrão danificado, pois se recusaram a chegar perto.

Random desmontou e avançou até a borda do traçado, onde se deteve para contemplar os detalhes. Depois de um tempo, ainda de costas, declarou:

– Com base no que sabemos, eu diria que os danos foram deliberados.

– Tive a mesma impressão – concordei.

– E está na cara que fomos trazidos aqui por algum motivo.

– Sim, também acho.

– Nesse caso, nem é preciso muita imaginação para concluir que a razão de estarmos aqui é determinar como o Padrão foi danificado e como pode ser reparado.

– É possível. Qual é o seu diagnóstico?

– Nenhum, por ora.

Ele contornou o perímetro da figura e avançou pela direita até o ponto onde começava o efeito manchado. Devolvi a espada à bainha e estava prestes a desmontar quando Ganelon estendeu a mão e segurou meu ombro.

– Eu consigo descer sozinho... – argumentei.

Mas, ignorando meu protesto, declarou:

– Corwin, parece haver uma pequena irregularidade no centro do Padrão. Parece deslocado dali...

– Onde?

Ganelon apontou e meu olhar seguiu o gesto.

De fato havia um objeto estranho perto do centro. Um graveto? Uma pedra? Um pedaço de papel...? Era impossível saber daquela distância.

– Já vi.

Desmontamos e fomos na direção de Random, que estava agachado na extremidade direita da figura e examinava a descoloração.

– Ganelon avistou uma coisa estranha no centro do Padrão.

Random assentiu.

– Sim, também percebi – respondeu. – Estava aqui calculando a melhor forma de ver mais de perto. Não me anima muito a ideia de percorrer um Padrão fragmentado. Por outro lado, não posso ignorar os riscos de tentar seguir pela área escurecida. O que acha?

– Se a resistência for semelhante à que temos em casa, levará algum tempo para atravessar o que resta do Padrão. Além do mais, aprendemos que é fatal nos desviarmos do caminho... e eu seria forçado a sair dele quando chegasse à mancha. Por outro lado, como você mesmo disse, ao andar no escuro corro o risco de alertar nossos inimigos. Então...

– Então nenhum dos dois vai tentar – interrompeu Ganelon. – Eu farei isso.

E, sem esperar resposta, correu e saltou por cima da área escurecida até alcançar o centro, deteve-se ali apenas para recolher um objeto diminuto, e em seguida retornou.

Logo depois, estava de pé ao nosso lado.

– Foi muito arriscado – disse Random.

Ganelon concordou.

– Mas se eu não tivesse feito, vocês dois estariam discutindo até agora – argumentou, e estendeu a mão. – Agora, o que acham disto?

Segurava uma adaga com um pedaço retangular de cartolina manchada espetado na ponta. Peguei os objetos da mão dele.

– Parece um arcano – sugeriu Random.

– Sim, parece mesmo.

Soltei a carta e alisei as partes rasgadas. O homem estampado ali era vagamente familiar, mas também vagamente estranho. Cabelo claro e liso, traços ligeiramente marcantes, sorriso pequeno e constituição um tanto esguia. Balancei a cabeça.

– Não sei quem é.

– Deixe-me ver.

Random pegou a carta de mim e franziu o cenho.

– Não – disse, depois de um tempo. – Eu também não conheço. Tenho a leve impressão de que me lembra alguém, mas... não.

Os cavalos retomaram as queixas, dessa vez mais enérgicas. E bastou nos virarmos um pouco para descobrirmos o motivo de tal desconforto, pois o responsável escolhera aquele momento para sair da caverna.

– Droga – praguejou Random.

Concordei.

Ganelon pigarreou, sacou a espada e perguntou:

– Alguém sabe o que é aquilo?

À primeira vista, o monstro se assemelhava a uma cobra, tanto pelos movimentos quanto pela cauda longa e grossa, que mais parecia uma continuação do corpo esguio e delgado em vez de um mero apêndice. Mas andava sobre quatro pernas biarticuladas, com pés grandes e garras ameaçadoras. A cada passo, balançava a cabeça estreita, com um bico na ponta, revelando seus olhos azuis de forma alternada. Asas grandes estavam recolhidas junto às laterais do corpo, arroxeadas e com aspecto coriáceo. Em vez de pelo ou penas, escamas revestiam parte do peito, ombros, costas e cauda. Parecia medir pouco mais de três metros, da ponta do bico-baioneta até a extremidade retorcida da cauda. Ao se mover, emitia um leve tilintar, e de repente vislumbrei um brilho fugaz em seu pescoço.

– A coisa mais parecida que conheço é uma criatura heráldica – comentou Random. – O grifo. Só que esse aí é pelado e roxo.

– Definitivamente não é o pássaro-símbolo de nossa nação – acrescentei, sacando Grayswandir para mirar a cabeça do monstro.

Depois de projetar a língua vermelha bifurcada para fora da boca, ele ergueu um pouco as asas e depois as abaixou. Conforme avançava, balançava a cabeça da esquerda para a direita, e a cauda fazia o movimento oposto, produzindo um efeito fluido e quase hipnótico.

O monstro, porém, parecia mais interessado nos cavalos do que em nós, pois sua trajetória levava ao lugar onde nossas montarias tremiam e escoiceavam o chão. Avancei para me colocar no caminho.

Nesse instante, o monstro empinou.

As asas dele se abriram como um par de velas enfunadas por uma rajada de vento. Apoiado nas patas traseiras, elevava-se acima de nós e parecia ocupar quatro vezes mais espaço do que antes. E então soltou um rugido pavoroso de caça ou desafio que ecoou em meus ouvidos, depois bateu as asas e saltou, subindo ao ar por um instante.

Os cavalos deram um pinote e galoparam para longe. O monstro estava fora do nosso alcance. Só então entendi a origem daquele brilho fugaz e do som tilintado. A criatura estava presa por uma longa corrente que desaparecia no interior da caverna. O comprimento daquela guia logo se tornou uma questão não apenas de interesse filosófico.

O monstro avançou aos sibilos, batendo as asas antes de despencar atrás de nós. Aquele breve impulso não lhe permitiu alçar voo. Ao me virar, vi que Estrela e Dragão recuavam para a extremidade da planície oval enquanto Iago, a montaria de Random, saíra em disparada na direção do Padrão.

Depois de outro salto, o monstro se virou como se estivesse decidido a perseguir Iago, então pareceu nos observar mais uma vez e estacou no lugar. Estava bem mais perto a essa altura, a menos de quatro metros, e inclinou a cabeça, revelando o olho direito, antes de abrir o bico e emitir um leve grasnido.

– Vamos atacar agora? – perguntou Random.

– Não, esperem. Há algo estranho no comportamento dele.

Enquanto eu falava, o monstro havia curvado a cabeça, mantendo as asas abertas, mas viradas para baixo. Tocou o chão três vezes com o bico e ergueu o olhar antes de dobrar parcialmente as asas junto ao corpo. A cauda se torceu uma vez e em seguida chicoteou o ar da direita para a esquerda. Por fim, abriu o bico e emitiu outro grasnido.

Naquele momento, porém, nossa atenção foi atraída para outro lugar.

Iago havia entrado no Padrão, bem ao lado da área escurecida. Depois de avançar por cinco ou seis metros, em posição oblíqua às linhas de poder, ficou preso perto de uma das pontas do Véu como moscas no mel. Relinchou alto quando as faíscas saltaram à sua volta, com a crina rígida de pavor.

Imediatamente, logo acima, o céu escureceu. Não se tratava de uma nuvem repentina de tempestade: era uma formação circular perfeita, vermelha no centro e amarela nas bordas, que girava no sentido horário. De repente, chegou aos nossos ouvidos um barulho alto como o de um sino, seguido de um estrondo cavernoso.

Iago ainda se debatia, aos relinchos. Primeiro conseguiu soltar uma das patas dianteiras, mas tornou a ficar preso enquanto libertava a outra. As faíscas já alcançavam seus flancos, e ele as sacudia do corpo e do pescoço como se fossem gotas de chuva, enquanto toda a figura assumia um brilho suave e cremoso.

O estrondo ficou mais alto e pequenos relâmpagos começaram a surgir do centro da estrutura vermelha acima de nós. Um som sacolejante chamou minha atenção e, ao olhar para baixo, vi que o grifo roxo havia rastejado até se posicionar entre nós e o fenômeno vermelho estrondoso. Como uma gárgula, agachou-se de costas para nós e contemplou o espetáculo.

Nesse instante, Iago empinou e conseguiu libertar as duas patas dianteiras. O brilho ao seu redor, assim como os contornos borrados e faiscantes, conferiam-lhe uma aparência um tanto fantasiosa. Talvez ainda estivesse aos relinchos, mas o rugido incessante das alturas abafava qualquer outro som.

Uma coluna afunilada desceu da nuvem ruidosa, clara, reluzente, uivante e incrivelmente rápida. Tocou o cavalo empinado e, por um instante, a silhueta do animal assumiu proporções imensas, tornando-se cada vez mais tênue. Em um piscar de olhos, o cavalo desapareceu. O funil permaneceu inerte por um breve intervalo, como um pião em perfeito equilíbrio. E então o som começou a diminuir.

A tromba se ergueu acima do Padrão, pouco a pouco, até alcançar uma pequena distância, talvez a altura de um homem, e em seguida se elevou tão rapidamente quanto havia descido.

O uivo cessou. O estrondo começou a arrefecer. Os relâmpagos em miniatura se desvaneceram dentro do círculo. A formação toda começou a se apagar e desacelerar. Um momento depois, não passava de uma mancha escura; mais alguns segundos e desapareceu.

Não restava nem sinal de Iago.

– Não adianta me perguntar o que aconteceu – antecipei-me quando Random se virou na minha direção. – Também não sei.

Depois de assentir, ele voltou sua atenção para nosso companheiro roxo, a essa altura ocupado em chacoalhar a corrente.

– O que vamos fazer com nosso camarada ali? – perguntou, tateando a espada.

– Tive a impressão de que ele tentou nos proteger – declarei, dando um passo à frente. – Fiquem de olho. Quero conferir uma coisa.

– Tem certeza de que consegue se mover rápido o bastante? Ainda está ferido...

– Não se preocupe – respondi, com um entusiasmo um pouco exagerado, e continuei andando.

Random tinha razão quanto ao corte no meu flanco esquerdo. A ferida ainda não havia cicatrizado por completo, então doía muito e parecia restringir meus movimentos. Com Grayswandir ainda firme na mão direita, tive a impressão de que podia confiar em meus instintos. Já havia me deixado levar por tal intuição no passado, sempre com sucesso. Há momentos em que esse tipo de aposta parece o caminho mais apropriado a seguir.

Random passou por mim e ficou mais afastado, à direita. Virado de perfil, estendi a mão esquerda bem devagar, como se tentasse ganhar a confiança de um cachorro desconhecido. Nosso companheiro heráldico havia se levantado e começava a se virar para trás.

Ao se ver de frente para nós, examinou Ganelon, à minha esquerda, depois abaixou a cabeça e voltou a bater no chão com o bico, soltando um grasnido suave e borbulhante. Em seguida levantou a cabeça e esticou o pescoço, agitando a imensa cauda, e tocou meus dedos com o bico antes de repetir os gestos. Com cuidado, pousei a mão na cabeça dele. A cauda chicoteou mais rápido; a cabeça permaneceu imóvel. Fiz um afago delicado no pescoço, e ele virou a cabeça devagar, como se estivesse gostando. Afastei a mão e recuei um passo.

– Acho que somos amigos – comuniquei, em voz baixa. – Sua vez, Random.

– Está de brincadeira?

– Não, tenho certeza de que não vai ter problema. Pode ir.

– E se estiver errado?

– Aí vou pedir desculpa.

– Claro, que ótimo.

Ele avançou e estendeu a mão. O monstro continuou amigável.

– Tudo bem – disse, meio minuto depois, ainda acariciando o pescoço da criatura –, o que isso prova?

– Que ele é um cão de guarda.

– E o que está guardando?

– O Padrão, aparentemente.

– Bem, preciso dizer que o trabalho dele deixa um pouco a desejar – observou Random, recuando, e então indicou a área escura. – O que é compreensível, se ele é simpático desse jeito com qualquer criatura que não coma feno nem relinche.

– Acho que ele é bem seletivo. Também é possível que tenha sido colocado aqui depois dos danos ao Padrão com o intuito de prevenir novas atividades indesejadas.

– Quem o colocou?

– Eu também adoraria de saber. Alguém do nosso lado, ao que parece.

– Pode testar sua teoria mais uma vez caso Ganelon se aproxime.

Ganelon nem se mexeu.

– Talvez os dois aí tenham um cheiro familiar – teorizou ele, por fim. – Pode ser que a criatura só goste de filhos de Âmbar. Então eu dispenso, obrigado.

– Sem problemas. Não é tão importante. Seus palpites foram certeiros até agora. Qual é sua opinião sobre os novos desdobramentos?

– Dos dois grupos que almejam o trono – começou Ganelon –, aquele composto por Brand, Fiona e Bleys estava mais bem informado sobre a natureza das forças dominantes em Âmbar, segundo seu relato. Brand não lhe forneceu detalhes, a menos que você tenha omitido alguns incidentes mencionados por ele, mas eu diria que este dano ao Padrão corresponde aos meios pelos quais os aliados deles obtiveram acesso ao seu reino. O trabalho foi feito por um ou mais deles e acabou por criar a rota escura. Se esse cão de guarda reage a um cheiro ou outra informação que identifica todos os membros da sua família, é bem possível que ele esteja aqui desde o início e não tenha achado necessário atacar os intrusos.

– É possível – concordou Random. – Alguma ideia de como pode ter acontecido?

– Talvez. Deixarei a demonstração a cargo de vocês, se estiverem dispostos.

– Como vai ser?

– Venham por aqui.

Em seguida, deu as costas e caminhou até a beira do Padrão.

Nós dois o seguimos. O grifo de guarda se encolheu ao meu lado.

Ganelon se virou e estendeu a mão.

– Corwin, pode me passar aquela adaga que encontrei?

– Aqui está.

Tirei a arma do cinto e entreguei a ele.

– Como vai ser? – repetiu Random.

– Devemos derramar o sangue de Âmbar – explicou Ganelon.

– Não sei se gosto dessa ideia.

– Basta espetar o dedo com a lâmina – instruiu Ganelon, estendendo a adaga – e deixar uma gota cair no Padrão.

– O que vai acontecer?

– Experimente e vamos descobrir.

Random olhou para mim e perguntou:

– O que acha?

– Vá em frente. Vamos descobrir. Estou intrigado.

Ele assentiu.

– Está bem.

Pegou a arma de Ganelon e fez um corte na ponta do mindinho, depois posicionou o dedo acima do Padrão e apertou. Uma gotinha vermelha apareceu, cresceu, tremeu, caiu.

Um fiapo de fumaça brotou do ponto onde ela atingiu o solo, acompanhado por um leve estalo.

– Quem diria! – exclamou Random, aparentemente fascinado.

Uma mancha minúscula surgiu ali e se expandiu gradualmente até ficar mais ou menos do tamanho de uma moeda.

– Pronto – disse Ganelon. – Foi assim que aconteceu.

O pontinho era mesmo uma réplica em miniatura da enorme marca à nossa direita, um pouco mais afastada. O grifo de guarda soltou um ganido e recuou, alternando-se entre olhar para nós três.

– Calma, amigo. Calma.

Estendi a mão para tranquilizar a criatura.

– Mas o que poderia ter causado tanta… – começou Random, mas interrompeu a frase com um meneio de cabeça.

– Eu me pergunto a mesma coisa – confessou Ganelon. – Não vejo nenhuma marca onde seu cavalo foi destruído.

– O sangue de Âmbar – declarou Random. – Está cheio de ideias hoje, hein, Ganelon?

– Pergunte a Corwin sobre Lorraine, o lugar onde vivi por tanto tempo, o lugar onde o círculo escuro cresceu. Embora eu só os tenha conhecido de longe, estou atento aos efeitos daqueles poderes. Essas questões vêm se tornando mais claras para mim a cada informação nova. E, sim, agora que entendo melhor os diferentes mecanismos, tenho algumas ideias. Pergunte a Corwin sobre a mente de seu general.

– Corwin, me dê o arcano furado.

Tirei a carta do bolso e a alisei. As manchas pareciam mais agourentas. Em seguida, outra coisa me ocorreu: não acreditava que a carta tinha sido criada por Dworkin, sábio, mago, artesão e antigo mentor dos filhos de Oberon. Só naquele momento me veio a ideia de que podia haver mais alguém capaz de produzir arcanos. Embora o estilo da carta me parecesse um pouco familiar, não era obra de Dworkin. Onde eu tinha visto aquele traço cuidadoso antes, menos espontâneo que o do mestre, como se cada movimento tivesse sido uma concepção intelectual antes de a pena tocar o papel? Havia outro detalhe curioso: um ar de idealização diferente daquele visto em nossos arcanos, quase como se o artista, em vez de ser inspirado por um modelo vivo, tivesse trabalhado a partir de lembranças antigas, vislumbres ou descrições.

– Passe o arcano, Corwin. Por favor – pediu Random.

Por um momento, hesitei. Algo no tom de sua voz parecia sugerir que ele estava um passo à frente de mim em alguma questão importante, e essa impressão não me agradou nada.

– Fiz carinho no monstrengo feio a seu pedido e dei meu sangue pela causa, Corwin. Passe para cá.

Entreguei-lhe o arcano. Minha inquietação aumentou enquanto ele o segurava e franzia o cenho. Por que de repente eu tinha virado o burro? Uma única noite em Tir-na Nog'th seria capaz de reduzir os estímulos cerebrais? Por que outra razão...

Random começou a xingar, uma série de profanidades incomparável a tudo que já ouvi em minha longa carreira militar.

– O que foi? – perguntei, enfim. – Não entendi.

– O sangue de Âmbar. Quem fez isso percorreu o Padrão antes, entende? Depois ficou ali no centro e entrou em contato com ele por meio deste arcano. Quando o contato foi estabelecido, a pessoa o apunhalou. O sangue dele caiu no Padrão e destruiu aquela parte, assim como o meu fez aqui.

Random ficou em silêncio por um bom tempo.

– Parece um ritual – observei.

– Malditos rituais! – exclamou ele. – Que vão todos para o inferno! Um deles vai morrer, Corwin. Vou matar o homem... ou a mulher.

– Eu ainda não...

– Sou um idiota por não ter percebido logo de cara. Olhe! Olhe com atenção!

Ele enfiou o arcano furado na minha frente. Observei com atenção. Ainda não entendia.

– Agora olhe para mim, Corwin! Olhe para mim!

Olhei para Random, depois para a carta.

Foi então que entendi tudo.

– Eu nunca fui nada além de um sopro de vida na escuridão. Mas usaram meu filho para isto – declarou Random. – Este retrato só pode ser de Martin.

DOIS

Parado ali diante do Padrão fragmentado, observando o retrato de um homem que poderia ser filho de Random, que poderia ter morrido apunhalado nos recônditos do Padrão, eu me virei e decidi rever os acontecimentos responsáveis por me levar àquela curiosa revelação. Em virtude das inúmeras descobertas mais recentes, as ocorrências dos últimos anos pareciam constituir quase que uma história distinta daquela que eu vivenciara. Essa nova possibilidade, com todas as implicações que suscitava, mudou mais uma vez minha perspectiva.

Eu não sabia nem meu próprio nome quando recobrei a consciência em Greenwood, aquela clínica particular no interior do estado de Nova York, onde passei duas semanas em coma depois do acidente. Orquestrado, como havia descoberto pouco antes, por meu irmão Bleys após minha fuga do sanatório em Albany, onde Brand, meu outro irmão e responsável por me contar essa história, havia me internado por meio de atestados psiquiátricos falsos. Ali, ao longo de vários dias, fui submetido a inúmeras sessões de eletrochoque, cujos resultados, apesar de duvidosos, supostamente me permitiram reaver parte de minha memória. Aparentemente, assustado por minha fuga e decidido a me eliminar de vez, Bleys havia atirado nos pneus do meu carro em plena curva. A tentativa teria sido bem-sucedida se não fosse por Brand, que o seguia de perto e estava determinado a proteger sua apólice de seguro: eu. Segundo me contou, alertara a polícia antes de me tirar do lago e prestar primeiros socorros até a chegada da ambulância. Pouco depois disso, seus antigos parceiros Bleys e Fiona o capturaram e o aprisionaram em uma torre vigiada nas profundezas de Sombra.

Havia dois conluios em jogo, tramando planos e contraplanos para tomar o trono, cada um no encalço do outro e desferindo todos os ataques possíveis àquela altura. Com o apoio dos irmãos Julian e Caine, nosso irmão Eric havia se preparado para assumir o trono, deixado vago havia muito após a ausência misteriosa de Oberon, nosso pai. Ausência misteriosa, de fato, para Eric, Julian e Caine. Para o outro grupo, composto por Bleys, Fiona e anteriormente Brand, não havia qualquer mistério, pois tinham sido os responsáveis por tal desaparecimento. Haviam providenciado as condições necessárias para garantir a ascensão de Bleys ao trono. No entanto, Brand cometera um erro tático ao tentar obter o apoio de Caine, que decidiu que seria mais vantajoso se manter ao lado de Eric. Com o equívoco, Brand passou a ser observado de perto, embora não tenha traído seus aliados logo de cara. Mais ou menos na mesma época, Bleys e Fiona decidiram convocar seus aliados secretos para lutar contra Eric. Temendo o poderio de tais forças, Brand se opusera ao plano. Como resultado, Bleys e Fiona o rejeitaram. Perseguido por todos, havia tentado perturbar o equilíbrio de poder ao viajar até a Terra de Sombra onde Eric me deixara para morrer séculos antes. Eric só descobrira muito mais tarde que eu não estava morto, mas padecia de uma amnésia absoluta, o que era quase tão bom quanto. Assim, dera ordens para que Flora vigiasse meu exílio, na esperança de que a história fosse enfim encerrada. Mais tarde, Brand me revelou que me internara no sanatório em uma tentativa desesperada de restaurar minha memória e garantir meu retorno a Âmbar.

Enquanto Fiona e Bleys lidavam com Brand, Eric mantivera contato com Flora. Do hospital para onde a polícia me levou, ela conseguiu me transferir para Greenwood, com ordens para me manter sedado enquanto Eric organizava os preparativos para sua coroação em Âmbar. Pouco depois, a existência idílica de nosso irmão Random em Texorami foi interrompida quando Brand conseguiu lhe enviar um pedido de socorro sem recorrer aos meios costumeiros da família, ou seja, os arcanos. Enquanto Random cuidava desse problema, tendo a sorte de viver em feliz neutralidade em meio à disputa de poder, eu consegui escapar de Greenwood, apesar de ainda sofrer de uma forte amnésia. Tendo obtido o endereço de Flora com o diretor assustado de Greenwood, fui até a casa dela em Westchester, dei início a um blefe elaborado e me instalei ali como hóspede. Nesse ínterim, Random tentava resgatar Brand sem muito sucesso. Após eliminar o carcereiro serpentino da torre, ele precisara usar uma das estranhas rochas móveis da região para fugir dos outros guardas. Os guerreiros, um bando vigoroso de indivíduos não muito humanos, conseguiram persegui-lo através de Sombra, um feito normalmente impossível para aqueles que não são filhos de Âmbar. Random então fugira para a Terra de Sombra, onde eu conduzia Flora pelos meandros da confusão enquanto tentava esclarecer as circunstâncias de meus próprios infortúnios. Depois de receber garantias de que estaria sob minha proteção, Random havia atravessado o continente para se juntar a mim, convencido de que seus perseguidores estavam sob meu comando. Ficou intrigado quando o ajudei a destruir as criaturas, mas não desejava tocar no assunto enquanto eu parecesse investido em alguma manobra particular visando ao trono. Na verdade, não precisei usar muitos truques para convencê-lo a me transportar de volta a Âmbar através de Sombra.

Essa iniciativa se mostrara benéfica em alguns aspectos, porém muito menos satisfatória em outros. Quando finalmente revelei minha verdadeira situação, Random e nossa irmã Deirdre, que havíamos encontrado no caminho, me conduziram a Rabma, a cidade-espelho de Âmbar sob o mar. Lá eu havia percorrido a imagem do Padrão e recuperado grande parte de minha memória e, ao mesmo tempo, resolvido a questão de saber se eu era mesmo Corwin ou apenas uma de suas sombras. De Rabma, transportei-me para Âmbar, usando o poder do Padrão para realizar uma viagem instantânea de volta ao lar. Após travar um duelo interrompido com Eric, recorri aos arcanos para alcançar meu amado irmão e pretenso assassino, Bleys.

Juntei-me a Bleys no ataque contra Âmbar, uma iniciativa equivocada e infrutífera. Durante o confronto final, ele desapareceu em circunstâncias que pareciam propensas a serem fatais, embora, mais tarde, novas descobertas e reflexões tenham me levado a pensar o contrário. Como resultado, fui feito prisioneiro e forçado a participar da coroação de Eric, depois da qual, a mando dele, fui cegado e jogado em uma cela. Alguns anos nas masmorras de Âmbar proporcionaram a regeneração dos meus olhos, enquanto meu estado mental se deteriorava com a mesma rapidez. Foi apenas o surgimento acidental de Dworkin, antigo conselheiro de meu pai, cuja mente se encontrava em condições ainda piores, que me forneceu uma escapatória.

Depois disso, tratei de me recuperar e decidi ser mais cauteloso em minha próxima investida contra Eric. Viajei por Sombra até uma terra antiga onde eu reinara no passado, Avalon, com a intenção de obter ali uma substância que somente eu dentre os ambáricos conhecia, um produto químico com a capacidade única de ser detonado em Âmbar. No caminho, eu havia passado pela terra de Lorraine, onde encontrei Ganelon, meu antigo general exilado de Avalon, ou alguém muito parecido. E lá permaneci por causa de um cavaleiro ferido, uma garota e uma ameaça local curiosamente semelhante a um fenômeno que vinha ocorrendo nos arredores da própria Âmbar: um círculo preto cada vez maior, de alguma forma relacionado à estrada negra que nossos inimigos percorriam, um tormento pelo qual eu me considerava parcialmente responsável, devido à maldição proferida por mim quando me cegaram. Venci a batalha, perdi a garota e segui viagem com Ganelon.

Mas a Avalon que alcançamos estava, como logo descobrimos, sob a proteção de meu irmão Benedict, e também ele vinha enfrentando seus próprios problemas potencialmente relacionados às ameaças do círculo preto e da estrada negra. Benedict tinha perdido o braço direito no último confronto, mas saíra vitorioso da batalha contra as donzelas infernais. Depois de me avisar que eu deveria ter intenções puras a respeito de Âmbar e Eric, ele nos oferecera a hospitalidade de sua mansão enquanto passava mais alguns dias em campo. Foi lá que conheci Dara.

Segundo ela mesma me revelara, era bisneta de Benedict, cuja existência fora mantida em segredo de Âmbar. Dara me convenceu a contar o máximo possível sobre Âmbar, o Padrão, os arcanos e nossa habilidade de atravessar Sombra. Era uma esgrimista extremamente habilidosa. Ao retornar de uma viagem infernal de onde obtive os diamantes brutos necessários para arranjar tudo de que precisaria para meu ataque a Âmbar, nós dois fizemos amor. No dia seguinte, equipados com nosso estoque de substâncias químicas necessárias, Ganelon e eu partimos rumo à Terra de Sombra onde vivi meu exílio, a fim de conseguir armas automáticas e munição fabricadas de acordo com minhas exigências.

Tivemos algumas dificuldades no caminho, ao longo da estrada negra que parecia ter estendido sua influência através dos mundos de Sombra. Enfrentamos os problemas e obstáculos oferecidos por ela, mas quase pereci em um duelo com Benedict, que nos perseguira por uma viagem infernal extrema. Furioso demais para ouvir minhas explicações, ele me atacara em um pequeno arvoredo. Ainda era melhor do que eu, embora empunhasse a espada com a mão esquerda, e para derrotá-lo precisei recorrer a um truque e invocar uma propriedade da estrada negra que ele desconhecia. Eu estava convencido de que ele queria minha cabeça por causa do meu envolvimento com Dara, mas não era isso. Nas poucas palavras que trocamos, ele alegou nunca ter ouvido falar da existência dessa pessoa. Na realidade, só nos perseguira porque estava convencido de que eu havia assassinado seus criados. Ganelon de fato havia encontrado cadáveres recentes no bosque junto ao solar de Benedict. Alheios a suas verdadeiras identidades e determinados a não complicar ainda mais nossa situação, porém, nós dois havíamos concordado em esquecer o assunto.

Tendo deixado Benedict aos cuidados de Gérard, a quem eu havia convocado de Âmbar via arcano, Ganelon e eu seguimos para a Terra de Sombra, onde nos armamos, depois recrutamos forças em Sombra e partimos para o ataque a Âmbar. Ao chegarmos lá, porém, descobrimos que Âmbar já estava sendo atacada por criaturas oriundas da estrada negra. Minhas novas armas logo deram vantagem a Âmbar, e meu irmão Eric morreu em batalha, deixando para mim seus problemas, sua hostilidade e a Joia do Julgamento, uma arma de controle climático empregada por ele quando Bleys e eu atacáramos Âmbar.

Naquele momento, Dara apareceu, cavalgou direto por nós, entrou em Âmbar, alcançou o Padrão e o percorreu, prova *prima facie* de que tínhamos mesmo algum parentesco. No decorrer da travessia, no entanto, ela exibira transformações físicas peculiares. Ao concluir o Padrão, ela anunciou que Âmbar seria destruída. E então desapareceu.

Cerca de uma semana mais tarde, o irmão Caine foi assassinado em circunstâncias orquestradas para me apontar como culpado. O fato de eu ter dizimado seu assassino pouco servia como prova de minha inocência, pois a única testemunha fora silenciada. No entanto, ao perceber que o indivíduo se parecia com as criaturas que haviam perseguido Random até a casa de Flora, finalmente encontrei tempo para me reunir com Random e ouvir a história de sua tentativa frustrada de resgatar Brand da torre.

Random, tendo sido deixado por mim em Rabma anos antes, quando eu partira para duelar com Eric em Âmbar, fora obrigado por Moire, a rainha de Rabma, a se casar com uma mulher de sua corte: Vialle, uma bela dama cega. Isso em parte pretendia ser um castigo para Random, que anos antes deixara Morganthe, a falecida filha da rainha, grávida de um menino. Era Martin, cujas feições aparentemente estavam estampadas no arcano danificado nas mãos de Random. Curiosamente, meu irmão parecia ter se apaixonado por Vialle, e ambos residiam juntos em Âmbar.

Depois de deixar Random, busquei a Joia do Julgamento e a levei até a câmara do Padrão. Uma vez lá, segui as instruções parciais que havia recebido a fim de sintonizá-la para meu uso. Vivenciei sensações incomuns durante o processo antes de conseguir dominar sua primeira função: a capacidade de controlar fenômenos meteorológicos. Em sequência, interroguei Flora a respeito de meu exílio. Seu relato me pareceu razoável e condizente com as informações a meu dispor. No entanto, tive a impressão de que ela tentava omitir certos detalhes sobre meu acidente. Mas ela prometeu identificar o assassino de Caine como uma das criaturas contra as quais Random e eu havíamos lutado em sua casa de Westchester e garantiu que me daria seu apoio em qualquer circunstância.

Quando Random me contou sua história, eu ainda não sabia da existência dos dois grupos e de seus complôs. Decidi então que se Brand ainda estivesse vivo, resgatá-lo era um projeto da maior importância, no mínimo porque ele estava em posse de informações que alguém queria manter em segredo. Elaborei um plano e posterguei a execução apenas para, com a ajuda de Gérard, levar o corpo de Caine de volta a Âmbar. Gérard, porém, aproveitou parte desse tempo para me espancar sem dó nem piedade, só para o caso de eu ter me esquecido do que ele era capaz, e para conferir mais peso a suas palavras, me informou que me mataria com as próprias mãos se descobrisse que os infortúnios de Âmbar tinham sido obra minha. Foi a luta em circuito fechado mais exclusiva que já vi, acompanhada pela família via o arcano de Gérard, uma precaução tomada por ele caso eu de fato fosse o culpado e decidisse me livrar da ameaça ao riscar o nome dele da lista dos vivos. Seguimos então ao Bosque do Unicórnio, onde exumamos Caine. Na ocasião, chegamos a vislumbrar brevemente o lendário unicórnio de Âmbar.

Naquela mesma noite, quase todos nos reunimos na biblioteca do palácio de Âmbar: Random, Gérard, Benedict, Julian, Deirdre, Fiona, Flora, Llewella e eu, a fim de testar minha ideia para localizar Brand. Consistia em todos os nove tentarmos alcançá-lo ao mesmo tempo via arcano. E conseguimos.

Estabelecemos contato e o transportamos de volta a Âmbar. No meio da empolgação, porém, quando todos o cercamos enquanto Gérard o carregava, alguém cravou uma adaga no flanco de Brand. Sem perder tempo, Gérard nomeou-se médico responsável e expulsou todos os demais do cômodo.

Depois descemos para um dos salões e trocamos farpas enquanto discutíamos a situação. Nesse período, Fiona me alertou a respeito da Joia do Julgamento, pois estava convencida de que o artefato podia ser perigoso em situações de uso prolongado, chegando a sugerir a possibilidade de que aquilo, em vez dos ferimentos, teria sido a causa da morte de Eric. Um dos primeiros sinais, imaginava ela, era uma percepção distorcida da transição do tempo, uma aparente desaceleração do fluxo temporal, que na verdade seria uma aceleração de eventos fisiológicos. Decidi ser mais cauteloso dali em diante. Fiona, antes uma aprendiz aplicada de Dworkin, estava mais familiarizada com essas questões do que o resto da família.

E talvez tivesse razão. Talvez tal efeito tenha se manifestado quando, mais tarde naquela noite, retornei aos meus aposentos. Pareceu-me, pelo menos, que a velocidade de meu agressor estava aquém do esperado em tais circunstâncias. E ainda assim o golpe quase foi fatal. A lâmina me atingiu no flanco e o mundo desapareceu.

Conforme a vida se esvaía de mim, acordei na minha antiga cama, na casa onde por tanto tempo eu havia residido na Terra de Sombra como Carl Corey. Não fazia a menor ideia de como chegara lá. Arrastei-me para fora da casa e me vi debaixo de uma nevasca. Aferrando-me precariamente à consciência, escondi a Joia do Julgamento em minha antiga pilha de compostagem, pois o mundo realmente parecia desacelerar à minha volta. Em seguida, fui até a estrada e tentei sinalizar para algum motorista de passagem.

Foi Bill Roth, um amigo e antigo vizinho, que me encontrou e me levou ao hospital mais próximo, onde fui atendido pelo mesmo médico que havia me tratado anos antes, na ocasião do acidente. Em virtude de meus registros médicos falsificados, ele suspeitou que eu fosse um caso psiquiátrico.

Por sorte, Bill apareceu algumas horas depois e esclareceu a situação. Ele era advogado e, motivado pela curiosidade, conduzira uma pequena investigação na época do meu desaparecimento. E assim descobrira sobre meus atestados psiquiátricos forjados e minhas fugas sucessivas. Sabia até certos detalhes quanto a essas questões e ao próprio acidente. Ainda achava que havia algo estranho a meu respeito, mas isso não chegava a incomodá-lo muito.

Pouco depois, Random me contatou via arcano para avisar que Brand havia recobrado a consciência e queria me ver. Com a ajuda de Random, voltei a Âmbar e fui ao encontro de Brand. Foi então que descobri mais sobre a disputa de poder que se desenrolava à minha volta, bem como a identidade dos participantes. A história dele, somada aos relatos de Bill na Terra de Sombra, finalmente conferiu alguma dose de sentido e coerência aos acontecimentos dos últimos anos. Também obtive mais detalhes sobre a natureza do perigo que estávamos enfrentando.

Passei o dia seguinte sem fazer nada, sob o pretexto de me preparar para uma visita a Tir-na Nog'th, mas na verdade almejava apenas ganhar tempo e me recuperar do ferimento. Para manter as aparências, porém, foi necessário seguir com os planos. Naquela mesma noite, visitei a cidade do céu, onde encontrei uma sucessão confusa de sinais e augúrios, talvez sem sentido algum, e no processo obtive um braço mecânico peculiar do fantasma de meu irmão Benedict.

Ao retornar dessa excursão nas alturas, fiz o desjejum com Random e Ganelon antes de cruzarmos a Kolvir a caminho de casa. Lenta e estranhamente, a trilha começou a mudar em nosso entorno. Foi como se estivéssemos caminhando por Sombra, algo praticamente impossível tão perto de Âmbar. Quando chegamos a essa conclusão, tentamos alterar nossa trajetória, mas nem Random nem eu fomos capazes de influenciar o cenário em transformação. Pouco depois, o unicórnio apareceu. Como deu a impressão de querer ser seguido, nós obedecemos.

Depois de nos conduzir por um verdadeiro caleidoscópio de mudanças, ele enfim nos abandonou naquele lugar, deixados à própria sorte. Tendo revisto todo esse turbilhão de acontecimentos, minha mente contornou as periferias, abriu caminho e por fim retornou às palavras que Random acabara de falar. Senti que estava ligeiramente à frente dele mais uma vez. Não fazia ideia de quanto tempo a situação duraria, embora já soubesse onde havia visto outras obras com o estilo peculiar do arcano furado.

Quando entrava em um de seus períodos de melancolia, Brand muitas vezes se dedicava à pintura, e quando pensei em todas as telas iluminadas ou escurecidas por ele, suas técnicas favoritas me voltaram à mente. E ainda havia a campanha liderada por ele anos antes a fim de obter memórias e descrições de todos que conheciam Martin. Embora Random não tivesse reconhecido o estilo, ponderei quanto tempo levaria até que ele, assim como eu, começasse a questionar qual seria o propósito das consultas de Brand. Mesmo que sua mão não tenha desferido o golpe, Brand era parcialmente responsável por ter fornecido os meios necessários, e eu conhecia Random bem o bastante para saber que não falara da boca para fora. De fato mataria Brand assim que percebesse seu envolvimento na história. Um ato capaz de piorar ainda mais a situação.

Não estava relacionado ao fato de Brand provavelmente ter salvado a minha vida, pois eu também o havia tirado daquela torre maldita e, portanto, considerava que estávamos quites. Não, não foi a sensação de dívida nem o sentimento de afeto que me levou a buscar formas de enganar Random ou atrasar seu avanço. Era o fato puro e frio de que Brand me era necessário. Ele havia se certificado de deixar as coisas desse modo. Os motivos dele para me tirar do lago, assim como os meus ao resgatá-lo da torre, não eram nada altruístas. Desde o início, Brand percebeu que tinha algo indispensável para mim àquela altura: informações. E por servirem como garantias de que teria a vida poupada, ele as racionava.

– Vejo a semelhança – admiti para Random. – E você tem razão. É bem possível que as coisas tenham acontecido como sugere.

– Sim, claro que tenho razão.

– Essa é a carta furada.

– Óbvio. Eu não...

– Nesse caso, ele não foi trazido pelo arcano. A pessoa responsável estabeleceu contato, mas não conseguiu convencê-lo a atravessar.

– E que diferença faz? O contato se tornou sólido e próximo o bastante para que o sujeito ainda conseguisse desferir o golpe. Pode até mesmo ter recorrido a uma trava mental para mantê-lo preso enquanto sangrava. O garoto não devia ter muita experiência com os arcanos.

– É uma possibilidade – concordei. – Llewella ou Moire talvez possam nos dizer o quanto ele sabia sobre os arcanos. Minha intenção, porém, era apontar a possibilidade de o contato ter sido interrompido antes da morte. Se Martin herdou sua capacidade regenerativa, pode ter sobrevivido.

– Pode ter sobrevivido? Não quero suposições! Quero respostas!

Comecei um malabarismo na minha cabeça. Estava convencido de que dispunha de informações não reveladas a Random, embora minha fonte não fosse das melhores. Além disso, eu não queria mencionar a possibilidade pois ainda não tivera oportunidade de discutir o assunto com Benedict. Por outro lado, Martin era filho de Random, e eu queria desviar sua atenção de Brand.

– Random, talvez eu tenha uma pista.

– Qual?

– Logo depois de Brand ser apunhalado, enquanto conversávamos no salão, por acaso se lembra de quando o assunto passou a girar em torno de Martin?

– Sim, ninguém tinha novidades.

– Eu poderia ter mencionado algo na ocasião, mas me contive porque todos estavam lá. E, antes de tudo, eu queria esclarecer o assunto com a pessoa em questão.

– Quem?

– Benedict.

– Benedict? O que ele tem a ver com Martin?

– Não sei. Por isso preferi não dizer nada até descobrir, mesmo porque a informação veio de uma fonte complicada.

– Vá em frente, diga.

– Foi Dara. Benedict fica furioso quando toco no nome dela, mas até agora diversas coisas que ela me contou se mostraram corretas... como a viagem de Julian e Gérard pela estrada negra, por exemplo, os ferimentos deles, os dias passados em Avalon. Benedict confirmou todas essas informações.

– E o que Dara falou sobre Martin?

Como responder sem entregar o envolvimento de Brand na história? Segundo Dara, Brand visitara Benedict em Avalon diversas vezes ao longo de anos. A diferença entre o tempo em Âmbar e Avalon era tal, pensando bem, que as visitas provavelmente haviam ocorrido na mesma época dos esforços incessantes de Brand para reunir informações sobre Martin. Sempre me perguntei o que motivara tantas visitas, já que ele e Benedict nunca tinham sido particularmente próximos.

– Não muito – menti. – Apenas que Benedict tinha recebido a visita de uma pessoa chamada Martin, que ela acreditava ser de Âmbar.

– Quando?

– Há algum tempo. Não tenho certeza.

– Por que não me contou antes?

– Não chega a ser uma informação relevante... e, além disso, você nunca pareceu muito interessado em Martin.

Random desviou os olhos para o grifo gorgolejante, acomodado à minha direita, e assentiu com um aceno.

– Agora estou. As coisas mudam. Se meu filho ainda estiver vivo, gostaria de conhecê-lo. Se não estiver...

– Tudo bem. Antes de tudo, porém, precisamos encontrar um jeito de voltar para casa. Já vimos tudo o que havia para ver, e eu gostaria de ir embora.

– Pensei a mesma coisa, e me ocorreu que provavelmente poderíamos usar o Padrão. Basta ir até o centro e fazer a travessia para lá.

– Vamos cruzar a área escura? – perguntei.

– Por que não? Ganelon já experimentou e não aconteceu nada.

– Esperem aí – interveio Ganelon. – Eu não falei que era fácil, e posso garantir que não vamos convencer os cavalos a irem por ali.

– Como assim?

– Você se lembra do ponto onde cruzamos a estrada negra, quando fugimos de Avalon?

– Claro.

– Bem, quando fui buscar a carta e a adaga, senti algo parecido com o choque que nos acometeu naquela ocasião. Esse foi um dos motivos por que corri tanto. Na minha opinião, seria melhor tentarmos os arcanos mais uma vez. Em teoria, afinal, este ponto é congruente com Âmbar.

Assenti com a cabeça.

– Tudo bem. Quanto mais fácil, melhor. Vamos buscar os cavalos.

Começamos a reunir nossas montarias e enfim descobrimos a extensão da corrente do grifo. A criatura se esticou até uns trinta metros da entrada da caverna e passou a emitir grasnidos queixosos que em nada facilitaram nosso trabalho, pois os cavalos continuaram agitados. Pelo menos, a cena me sugeriu uma ideia peculiar, que decidi guardar para mim.

Quando conseguimos controlar a situação, Random puxou seus arcanos e eu peguei os meus.

– Vamos tentar Benedict – sugeriu.

– Claro, quando quiser.

Percebi no mesmo instante que as cartas pareciam frias de novo, um bom sinal. Puxei a carta de Benedict e comecei os preparativos, seguido por Random ao meu lado.

O contato foi quase imediato.

– A que devo esta honra? – perguntou Benedict, passando os olhos por Random, Ganelon e os cavalos antes de pousá-los nos meus.

– Pode nos ajudar com a passagem? – perguntei.

– Os cavalos também?

– Tudo.

– Venham.

Agarrei a mão estendida por ele e todos nós avançamos em sua direção. Pouco depois, estávamos ao seu lado em um lugar rochoso elevado. Um vento frio agitava nossos trajes, e o sol de Âmbar cruzava o céu cheio de nuvens.

Benedict usava uma camisa amarela desbotada, colete de couro rígido e calções de camurça. Um manto alaranjado ocultava o coto de seu braço direito. Com o grande maxilar cerrado, ele me encarou de cima e disse:

– Lugar interessante esse de onde vieram. Tive um vislumbre da paisagem mais além.

Concordei com um gesto.

– Vista interessante daqui de cima também.

Reparei na luneta presa no cinto dele e logo percebi onde estávamos: a saliência rochosa de onde Eric havia comandado a batalha no dia de sua morte e de meu retorno. Ao me aproximar da borda, avistei a faixa escura que cortava Garnath lá embaixo e se estendia até o horizonte.

– Sim, os limites da estrada negra parecem ter se estabilizado na maioria dos lugares – informou Benedict. – Mas em outros estão cada vez mais amplos. Quase como se ela seguisse uma espécie de... padrão. Agora me diga, de onde vieram?

– Ontem à noite fui a Tir-na Nog'th – respondi –, e hoje de manhã nos perdemos enquanto percorríamos a Kolvir.

– Perder o rumo em sua própria montanha é um feito e tanto – observou ele. – Basta seguir para o leste. Geralmente é onde o sol costuma nascer.

Senti o rosto ruborizar e desviei os olhos.

– Houve um acidente. Perdemos um cavalo.

– Que tipo de acidente?

– Um grave... para o cavalo.

Random afastou o olhar do arcano furado e se pronunciou:

– Benedict, o que pode me contar a respeito de meu filho Martin?

Nosso irmão o observou por alguns instantes antes de responder.

– Por que o interesse repentino?

– Tenho razões para acreditar que ele pode estar morto. Se for verdade, quero vingar meu filho. Se não for... bem, digamos que a possibilidade me deixou abalado. Se Martin ainda estiver vivo, quero encontrá-lo para uma conversa.

– O que o levou a pensar nessa hipótese?

Random olhou para mim e eu assenti em concordância.

– Comece pelo desjejum – sugeri.

– Enquanto isso, vou providenciar o almoço – anunciou Ganelon, remexendo um dos fardos.

E assim Random deu início ao relato:

– Foi o unicórnio que nos mostrou o caminho...

TRÊS

Ficamos em silêncio. Random já havia concluído a história, e Benedict contemplava o céu acima de Garnath. O rosto dele não revelava nada. Havia muito eu aprendera a respeitar o silêncio de Benedict.

Passado um tempo, ele fez um gesto afirmativo brusco com a cabeça e virou o rosto para Random.

– Eu já desconfiava de algo dessa natureza há um bom tempo – declarou –, em virtude das coisas que nosso pai e Dworkin tinham deixado escapar ao longo dos anos. Tive a impressão de que existia algum Padrão primordial, criado ou encontrado por eles, situando nossa Âmbar a uma única sombra de distância para fruir de suas forças. Mas nunca tive a menor ideia de como viajar até lá.

Benedict se virou de novo para Garnath e fez um gesto com o queixo, depois acrescentou:

– E aquilo, na sua opinião, corresponde ao que foi feito lá?

– É o que parece – respondeu Random.

– Tudo causado ao derramar o sangue de Martin?

– Bem provável.

Benedict levantou o arcano entregue por Random durante o relato, o qual havia aceitado em silêncio.

– Sim, este é Martin – confirmou. – Ele veio me ver depois de sair de Rabma e me acompanhou por um bom tempo.

– Por que ele o procurou? – questionou Random.

Benedict esboçou um sorriso.

– Ora, ele tinha que ir para algum lugar. Estava farto de sua posição em Rabma e dividido quanto a Âmbar, era jovem e livre e tinha acabado de adquirir o poder pelo Padrão. Queria partir, ver coisas novas, viajar em Sombra... como todos já fizemos. Uma vez, quando ele era pequeno, eu o levei para Avalon e o deixei explorar a terra seca de verão, também o ensinei a cavalgar e lhe mostrei as colheitas. Quando ele de repente se viu dotado de uma habilidade que lhe permitia visitar qualquer lugar em um instante, suas opções ainda estavam limitadas aos poucos locais que conhecia. Claro, poderia muito bem ter imaginado algum lugar e se transportado para lá, um destino de sua própria criação, por assim dizer. Mas ele também sabia que ainda tinha muito a aprender para garantir sua segurança em Sombra. Por isso, decidiu me procurar e buscar meus ensinamentos. E eu os transmiti a ele. Martin passou quase um ano comigo. Eu o ensinei a lutar, a compreender os arcanos e Sombra, expliquei tudo que um filho de Âmbar precisa saber para sobreviver.

– Por que fez todas essas coisas? – quis saber Random.

– Alguém tinha que fazer. Como ele veio a mim, decidi me encarregar da tarefa – respondeu Benedict. – Mas eu também gostava muito do rapaz.

Random assentiu.

– Martin ficou quase um ano com você, como disse. Para onde ele foi depois?

– A necessidade de viajar, você a conhece tão bem quanto eu, levou Martin a querer testar suas habilidades assim que se sentiu mais confiante. Durante seu treinamento, eu mesmo o levei várias vezes em viagens por Sombra e o apresentei a conhecidos de diversos lugares. Depois de um tempo, porém, veio a vontade de voar com as próprias asas. Um dia, então, ele se despediu de mim e foi embora.

– Você o viu desde então? – perguntou Random.

– Sim, ele voltava para me visitar de tempos em tempos, e nessas ocasiões me contava suas aventuras, suas descobertas. Sempre ficou claro que era apenas passageiro. Com o passar dos dias, ele ficava inquieto e partia outra vez.

– Quando foi a última vez que o viu?

– Há muitos anos, no tempo de Avalon, nas mesmas circunstâncias de sempre. Martin chegou certa manhã, ficou por cerca de duas semanas e me contou tudo o que tinha visto e feito, além de tudo que ainda pretendia fazer. Depois, foi embora outra vez.

– E nunca mais teve notícias?

– Pelo contrário, ele sempre deixava mensagens com amigos em comum quando os encontrava. De vez em quando, até me contatava via arcano...

– Martin tinha um baralho de arcanos? – perguntei.

– Sim, dei a ele um dos meus.

– E você tinha um arcano dele?

Benedict negou com a cabeça.

– Eu nem sabia da existência deste arcano até agora – declarou, observando a carta antes de devolvê-la para Random. – Não tenho a maestria necessária para criar uma dessas. Random, por acaso tentou contatar Martin com este arcano?

– Sim, várias vezes desde que encontramos a carta. Na verdade, acabei de tentar há alguns minutos. Nada.

– Isso não prova nada, claro. Se as suposições estiveram certas e ele de fato sobreviveu, pode ser que tenha decidido bloquear quaisquer novas tentativas de contato. Ele sabe fazer isso.

– Mas e se não estiverem? Tem mais alguma informação relevante?

– Tenho uma ideia – disse Benedict. – Veja bem, Martin apareceu na casa de um amigo alguns anos atrás, em Sombra, com um ferimento no corpo causado por uma lâmina. Pelo que me contaram, ele se encontrava em péssimo estado e não deu detalhes do ocorrido. Permaneceu lá por alguns dias até conseguir viajar de novo e foi embora antes de se recuperar totalmente. Foi a última vez que tiveram notícias de Martin. E eu também.

– Não ficou curioso para descobrir o que havia acontecido? – perguntou Random. – Não saiu atrás dele?

– Claro que fiquei curioso. E ainda estou. Mas um homem tem o direito de levar sua própria vida sem a interferência de parentes, por melhores que sejam suas intenções. Martin havia superado a crise e não tentou entrar em contato comigo. Parecia capaz de seguir o próprio caminho. Mas deixou uma mensagem para mim com os tecys, dizendo para eu não me preocupar quando descobrisse o que tinha acontecido, pois ele sabia o que estava fazendo.

– Os tecys? – perguntei.

– Isso. Amigos meus em Sombra.

Tive que conter a língua. Até então, acreditava que eles não passavam de outra invenção de Dara, pois ela distorcera a verdade em muitas outras partes da história. Ela havia mencionado os tecys como se os conhecesse, como se tivesse ficado com eles, tudo com o conhecimento de Benedict. No entanto, não achei apropriado revelar a visão que tivera em Tir-na Nog'th na noite anterior, bem como os indícios do relacionamento dele com essa garota. Ainda não tivera tempo de refletir sobre o assunto e todas as suas implicações.

Random se levantou e caminhou até a beira da elevação rochosa, de costas para nós, com os dedos cruzados atrás do corpo. Depois de um tempo, ele se virou, voltou para onde estávamos e perguntou a Benedict:

– Como podemos entrar em contato com os tecys?

– Precisamos ir até eles. Não há outro jeito.

Random se virou para mim.

– Corwin, preciso de um cavalo. Você disse que Estrela já passou por algumas viagens infernais...

– Ele teve uma manhã agitada...

– Nada muito cansativo. Estava apenas assustado, mas agora se acalmou. Posso pegá-lo emprestado?

Antes que eu pudesse responder, ele se virou para Benedict.

– Você vai me levar, não vai?

Benedict hesitou.

– Não sei o que mais podemos descobrir...

– Qualquer coisa! Tudo que eles conseguirem lembrar. Talvez algo que não tenha parecido tão importante na época, mas agora se mostrou relevante, considerando o que sabemos.

Benedict me observou e eu assenti em concordância.

– Ele pode ir com Estrela, se você estiver disposto a levá-lo.

– Tudo bem. Vou buscar minha montaria.

Benedict se virou e caminhou para o lugar onde estava seu imenso cavalo listrado.

– Obrigado, Corwin – disse Random.

– Em troca, pode me fazer um favor.

– Qual?

– Empreste-me o arcano de Martin.

– Para quê?

– Acabei de ter uma ideia. É complicada demais para explicar agora, se quiser partir logo. Mas não vai fazer mal a ninguém.

Ele fincou os dentes no lábio.

– Tudo bem, mas quero de volta quando você terminar.

– Claro.

– Isso vai nos ajudar a encontrar Martin?

– Talvez.

Random me entregou a carta e perguntou:

– Pretende voltar para o palácio agora?

– Isso mesmo.

– Pode contar a Vialle o que aconteceu e explicar para onde fui? Ela deve estar preocupada.

– Claro. Pode deixar.

– Vou cuidar bem de Estrela.

– Eu sei. Boa sorte.

– Obrigado.

Fui montado no lombo de Dragão enquanto Ganelon insistia em avançar a pé. Seguimos o caminho que eu havia tomado ao perseguir Dara no dia da batalha. Talvez tenha sido isso, somado aos acontecimentos recentes, que me levou a pensar nela outra vez, a espanar a poeira de minhas emoções e as examinar com atenção. E assim percebi que, apesar dos jogos que ela fizera comigo, das mortes que sem dúvida causara de forma direta ou indireta e dos planos que declarara para o reino, eu ainda me sentia atraído por Dara, e não apenas por curiosidade. Não fiquei exatamente atordoado com a descoberta. Minha última inspeção surpresa no quartel de meus sentimentos revelara resultados semelhantes. Logo me perguntei quanta verdade haveria na última visão da noite anterior, segundo a qual Dara poderia ser descendente de Benedict. De fato havia certa semelhança física, e eu estava mais do que convencido. Na cidade fantasma, claro, o espectro de Benedict havia confirmado o fato ao erguer o braço novo e estranho em defesa dela...

– O que há de tão engraçado? – quis saber Ganelon, caminhando à minha esquerda.

– O braço que eu trouxe de Tir-na Nog'th... Fiquei um pouco preocupado com algum significado oculto, alguma força inesperada do destino, considerando o jeito como a coisa veio ao nosso mundo a partir daquele lugar de mistérios e sonhos. No entanto, o braço não durou nem um dia. Não sobrou nada quando o Padrão destruiu Iago. As visões de uma noite inteira foram reduzidas a nada.

Ganelon pigarreou.

– Ora, Corwin, não foi bem assim que aconteceu.

– Como não?

– O braço mecânico não estava no alforje de Iago. Random o guardou junto aos seus pertences, onde a comida estava. Depois da refeição, ele colocou os utensílios de volta no alforje dele, mas não o braço. Não cabia.

– Ah! Então...

Ganelon fez um gesto afirmativo e concluiu a frase por mim:

– Então está com Random agora.

– Tanto o braço quanto Benedict. Droga! Não gosto muito daquele troço, pois até tentou me matar. Antes disso, ninguém havia sido atacado em Tir-na Nog'th.

– Mas com Benedict não tem problema, certo? Ele está do nosso lado, mesmo que vocês tenham suas diferenças. Não é?

Não respondi.

Estendendo a mão, Ganelon pegou as rédeas de Dragão e o fez parar. Depois ergueu o olhar e me encarou.

– Corwin, o que aconteceu lá em cima, afinal? O que você descobriu?

Fiquei hesitante. De fato, o que eu tinha descoberto na cidade do céu? Ninguém entendia os mecanismos por trás das visões de Tir-na Nog'th.

Era bem possível, como já desconfiamos algumas vezes, que o lugar servisse apenas para materializar os medos e desejos ocultos de cada um, misturando-os talvez com especulações inconscientes. Uma coisa era compartilhar conclusões e conjecturas baseadas em indícios razoavelmente sólidos. Com suspeitas geradas por algo desconhecido, porém, provavelmente era melhor contê-las do que lhes dar crédito. Se bem que aquele braço era sólido o bastante...

– Como eu já disse, arranquei aquele braço do fantasma de Benedict. É óbvio que estávamos lutando um contra o outro.

– E encara isso como um presságio de um conflito futuro entre os dois?

– Talvez.

– Mas teve alguma razão para isso, não teve?

Deixei escapar um suspiro.

– Bem... Tive, sim. Foi afirmado que Dara era mesmo parente de Benedict, o que pode muito bem ser verdade. E se for, também é possível que ele não saiba. Portanto, isso é segredo até conseguirmos confirmar ou refutar a informação. Entendeu?

– Claro. Mas como isso poderia ter acontecido?

– A própria Dara explicou.

– Bisneta?

Fiz que sim.

– E de quem mais?

– Da donzela infernal que só conhecemos pela reputação: Lintra, a mulher que custou um braço a Benedict.

– Mas essa batalha foi muito recente...

– O tempo flui de forma distinta nos diversos domínios de Sombra, Ganelon. Nas regiões mais remotas... não seria impossível.

Ele meneou a cabeça e afrouxou o aperto nas rédeas.

– Corwin, eu realmente acho que Benedict deveria ser informado dessa situação. Se for mesmo verdade, o certo seria lhe dar a chance de se preparar em vez de descobrir tudo de repente. Sua família é tão infértil que a paternidade parece afetar todos vocês de forma mais intensa. Veja só Random. Passou anos decidido a ignorar o filho, e agora... tenho a impressão de que estaria disposto a arriscar a vida por ele.

– Eu também. Mas esqueça a primeira parte e prossiga com a segunda. Vá mais além em relação a Benedict.

– Acha mesmo que ele tomaria o partido de Dara contra Âmbar?

– Prefiro não lhe oferecer essa opção... se é que ela existe.

– Não me parece justo. Benedict não é uma criancinha emotiva. Chame-o pelo arcano e conte suas suspeitas. Dessa forma, ele pode ao menos pensar no assunto, em vez de correr o risco de enfrentar confrontos repentinos sem a devida preparação.

– Ele não acreditaria em mim. Já viu como ele fica quando menciono o nome de Dara.

– Essa reação por si só pode ter algum significado. É possível que ele desconfie do que aconteceu e rejeite a hipótese com tanta veemência por preferir que não seja verdade.

– Por ora, só serviria para aumentar uma rachadura que eu busco remediar.

– Esconder a verdade poderia provocar uma ruptura completa quando ele descobrir.

– Não, acho que conheço meu irmão melhor do que você.

Ganelon soltou as rédeas.

– Tudo bem. Espero que tenha razão.

Sem responder, instiguei Dragão a retomar o passo. Por acordo tácito, Ganelon tinha o direito de me perguntar o que quisesse, e também não seria preciso dizer que eu estaria disposto a ouvir qualquer conselho que ele me oferecesse. Em parte, isso se devia à posição única que ocupava. Não éramos parentes. Ele não era filho de Âmbar. Os conflitos e problemas de Âmbar lhe diziam respeito apenas por sua própria decisão. Muito tempo antes, tínhamos sido amigos, depois inimigos e, por fim, voltamos a ser amigos e aliados em uma batalha na terra que ele passara a chamar de lar. Uma vez resolvida a situação, ele pedira para se juntar a mim com o intuito de me ajudar com meus próprios problemas e os de Âmbar. A meu ver, ele não me devia mais nada, nem eu a ele, se tais contas fossem mesmo necessárias, de modo que estávamos unidos apenas por nossa amizade, um laço mais forte do que questões de honra e dívidas do passado: em outras palavras, isso lhe dava o direito de me perturbar em questões como essa, quando em situações semelhantes até Random eu já teria mandado para o inferno. Percebi que não havia motivo para me irritar com seus questionamentos, pois sempre eram feitos de boa-fé. Sem dúvida eu ainda era acometido por um antigo pensamento militar, remontando tanto ao começo de nossos laços quanto às circunstâncias atuais: detesto ver minhas decisões e ordens serem questionadas. Parte dessa irritação, presumia eu, vinha dos palpites astutos e das sugestões razoáveis oferecidos por ele nos últimos tempos, pois eu acreditava que deviam ter partido de mim. Ninguém gosta de admitir ressentimentos desse tipo. Ainda assim... era só isso? Um simples sentimento de insatisfação projetado por algumas ocorrências de incompetência pessoal? Um antigo reflexo do exército quanto à sacralidade das minhas decisões? Ou estava incomodado por alguma questão mais profunda que só naquele momento começava a vir à tona?

– Corwin, eu estive pensando...

Soltei um suspiro.

– Sim?

– Sobre o filho de Random... Considerando a capacidade regenerativa de sua família, acho possível que ele ainda esteja vivo por aí.

– Espero que seja verdade.

– Não se apresse tanto.

– Como assim?

– Pelo que sei, ele teve muito pouco contato com Âmbar e o resto da família, já que cresceu em Rabma.

– Sim, imagino que sim.

– Na verdade, além de Benedict e Llewella, lá em Rabma, o único outro parente com quem ele teve contato deve ter sido a pessoa que o apunhalou: Bleys, Brand ou Fiona. Por isso, pode ser que ele tenha uma ideia muito distorcida da família.

– Distorcida, mas talvez não injusta, se entendi onde está querendo chegar.

– Acho que entendeu, sim. Parece plausível que ele não só tenha medo da família, mas também queira prejudicar todos vocês.

– É possível.

– Acha que ele pode ter se juntado ao inimigo?

Balancei a cabeça.

– Não se ele souber que não passam de fantoches dos responsáveis por sua tentativa de assassinato.

– Mas será mesmo verdade? Eu me pergunto se... Bem, segundo me disse, Brand ficou assustado e tentou desfazer os acordos firmados com aquela turma da estrada negra. Se são tão fortes assim, será que Fiona e Bleys não se tornaram os fantoches *deles*? Se for esse o caso, talvez Martin queira encontrar uma maneira de controlá-los.

– Uma especulação complexa demais.

– Mas o inimigo parece conhecer todos vocês muito bem.

– É verdade, mas aprenderam com alguns traidores.

– Por acaso não poderiam ter obtido as mesmas informações que Dara?

– Bem pensado, mas é difícil saber.

Exceto pelo detalhe dos tecys, que logo me ocorreu. Mas decidi não tocar no assunto por ora, para descobrir até onde o raciocínio de Ganelon nos levaria. Em vez de sair pela tangente, acrescentei:

– Martin não estava em condições de revelar muito sobre Âmbar.

Ganelon permaneceu em silêncio por um instante, depois perguntou:

– Já teve a oportunidade de averiguar a questão que levantei naquela noite, quando estávamos perto de sua tumba?

– Qual delas?

– Se é possível grampear os arcanos. Agora que sabemos que Martin tem um baralho...

Foi a minha vez de ficar em silêncio enquanto uma pequena família de instantes cruzava meu caminho, enfileirada, e mostrava a língua para mim.

– Não, ainda não fui atrás disso.

Avançamos por uma boa distância até Ganelon se pronunciar outra vez:

– Corwin, na noite em que trouxeram Brand de volta...

– Sim?

– Segundo me disse, depois você tentou descobrir quem na família poderia ter desferido o golpe em seu flanco. E teve dificuldade em entender como o culpado poderia ter agido naquele intervalo de tempo.

– Ah, ah!

Ele confirmou com a cabeça.

– Agora será necessário acrescentar outro parente a esse escrutínio. Por ser jovem e inexperiente, pode ser que ele não tenha a sutileza da família.

Recolhido nos recônditos de minha mente, saudei o desfile silencioso de instantes que caminhava entre Âmbar e aquele momento.

QUATRO

Bati na porta. Ela perguntou quem era e respondi.

– Só um instante.

Ouvi os passos e então a porta se abriu. Vialle me encarava do outro lado, esguia e com pouco mais de um metro e meio de altura. Morena, traços delicados, voz muito suave. Vestia trajes vermelhos. Seus olhos cegos olharam através de mim, lembrando-me da escuridão do passado, da dor.

– Random me pediu para avisar que vai demorar um pouco a voltar, mas não há motivo para preocupações.

– Entre, por favor – convidou ela, afastando-se para terminar de abrir a porta.

Muito a contragosto, entrei. Minha intenção não era seguir à risca o pedido de Random, contar seu paradeiro e as últimas notícias a Vialle. Pretendia limitar meu anúncio àquelas poucas palavras e nada mais. Apenas depois de nos separarmos fui me dar conta do real significado do pedido de Random: eu deveria ir até sua esposa, com quem eu nunca havia trocado mais do que meia dúzia de palavras, para lhe contar que ele tinha saído em busca de seu filho ilegítimo, o rapaz cuja mãe, Morganthe, cometera suicídio, cuja punição resultara no casamento forçado com Vialle. O fato de tal união ter se mostrado harmoniosa ainda me surpreendia. Como não tinha a menor intenção de despejar aquela carga de informações constrangedoras, já entrei nos aposentos em busca de alternativas.

À minha esquerda, em uma prateleira alta, havia um busto de Random. Cheguei a passar direto e só depois percebi que meu irmão era o modelo. Do outro lado do cômodo, avistei o ateliê de Vialle, depois me virei e estudei o busto.

– Eu não sabia que você fazia esculturas.

– Faço, sim.

Corri os olhos pelo cômodo e logo observei outros exemplares de seu trabalho.

– São excelentes.

– Obrigada. Quer se sentar?

Acomodei-me em uma poltrona grande com braços altos, mais confortável do que parecia, e Vialle se sentou no divã baixo à minha direita, as pernas dobradas embaixo do corpo.

– Aceita alguma bebida? Talvez algo para comer?

– Não, obrigado. Não posso ficar muito tempo. A questão é que Random, Ganelon e eu fomos obrigados a fazer um pequeno desvio no caminho de volta para casa, depois encontramos Benedict e conversamos um pouco. No fim das contas, Random e Benedict tiveram que fazer outra viagem rápida.

– Quanto tempo ele vai ficar fora?

– Provavelmente a noite toda. Talvez um pouco mais. Se for demorar muito, ele deve entrar em contato via arcano, e nesse caso avisaremos você.

Senti uma pontada no flanco e, com toda a delicadeza, comecei a massagear o ponto dolorido.

– Random me falou muito sobre você, Corwin.

Dei uma risada.

– Não quer comer nada mesmo? Não seria nenhum incômodo.

– Por acaso ele falou que estou sempre com fome?

Vialle riu.

– Não, mas se teve um dia tão atribulado assim, ainda não deve ter parado para almoçar.

– Você não está de todo errada. Tudo bem. Se tiver algum pedaço de pão sobrando por aí, pode ser bom para forrar o estômago.

– Claro. Só um instante.

Ela se levantou e desapareceu no cômodo ao lado. Aproveitei a deixa para coçar com vontade minha ferida, pois começara a incomodar. Eu havia aceitado a oferta de Vialle em parte por esse motivo, mas também por perceber que estava mesmo faminto. Só depois me ocorreu que ela não teria como ver minhas tentativas de aplacar a coceira infernal. Os movimentos tranquilos e a postura confiante dela quase me fizeram esquecer de sua cegueira. Melhor assim. Era ótimo saber que ela conseguia viver tão bem com aquilo.

De longe, eu a escutei cantarolar "A balada dos cruzadores d'água", a canção de nossa grande marinha mercante. Âmbar não tem reputação manufatureira, e a agricultura nunca foi nosso forte. Mas nossos navios singram as sombras, transitam entre diversos lugares e comercializam tudo. Quase todos os filhos de Âmbar, nobres ou não, passam algum tempo na frota. Nossa família traçou há muito tempo as rotas comerciais percorridas pelas embarcações, e cada capitão conhece de cor os mares de duas dúzias de mundos. Eu mesmo contribuí para tais esforços no passado, e embora meu envolvimento nunca tenha sido tão intenso quanto o de Gérard ou Caine, fiquei profundamente comovido pelas forças das profundezas e pelo espírito dos homens que as atravessavam.

Depois de um tempo, Vialle voltou com uma bandeja cheia de pão, carne, queijo, frutas e uma jarra de vinho, a qual apoiou em uma mesa próxima.

– Por acaso pretende alimentar um batalhão? – perguntei.

– Melhor sobrar do que faltar.

– Obrigado. Não vai comer nada?

– Um pouco de fruta, talvez.

Seus dedos tatearam por um instante e encontraram uma maçã. Por fim, ela voltou ao lugar.

– Segundo Random, foi você quem compôs aquela canção.

– Foi há muito tempo, Vialle.

– Compôs mais alguma recentemente?

Comecei a balançar a cabeça, refreei o impulso e respondi:

– Não. Essa parte de mim está... adormecida.

– Que pena. É linda.

– Random é o verdadeiro músico da família.

– Sim, ele é muito talentoso. Mas execução e composição são duas coisas diferentes.

– São mesmo. Um dia, quando as coisas se acalmarem... Diga, você é feliz aqui em Âmbar? Tudo está do seu agrado? Precisa de alguma coisa?

Ela sorriu.

– Só preciso de Random. Ele é um homem bom.

Fiquei estranhamente comovido ao ouvir Vialle se referir daquele jeito ao meu irmão.

– Então estou muito feliz por você. Por ser menor, mais novo... talvez Random tenha sofrido um pouco mais do que o resto de nós. Nada é mais inútil do que um novo príncipe quando já existe um punhado deles à disposição. Eu tenho tanta culpa quanto os outros. Uma vez, Bleys e eu o abandonamos por dois dias em uma ilhota ao sul daqui...

– ...e Gérard foi buscá-lo quando descobriu – concluiu Vialle. – Sim, ele me contou. Deve pesar sua consciência, se ainda se lembra depois de tanto tempo.

– Deve ter afetado Random também.

– Não, ele o perdoou há muito tempo. Contou como se fosse uma piada. Além do mais, ele cravou um prego na sua bota e acabou furando seu pé.

– Ah! Então foi Random! Quem diria! Sempre achei que a culpa fosse de Julian.

– Ele ainda se culpa por essa história.

– Aconteceu há tanto tempo...

Balancei a cabeça e voltei a comer, dominado por um apetite voraz. Vialle me deu alguns minutos de silêncio para dominar a fome. Depois, me senti na obrigação de dizer algo.

– Estou melhor agora, bem melhor – comecei. – Passei uma noite difícil e peculiar na cidade do céu.

– Teve algum presságio útil?

– Não sei se terão muita utilidade. Por outro lado, acho que prefiro ter conhecimento deles. E por aqui, aconteceu algo de interessante?

– Um criado me contou que seu irmão Brand está cada vez mais forte. Conseguiu se alimentar bem hoje de manhã, um bom sinal.

– Sim, é verdade. Parece que ele está fora de perigo.

– Bem provável. Vocês... vocês foram submetidos a uma série terrível de acontecimentos. Sinto muito. Eu tinha esperanças de que sua noite em Tir-na Nog'th revelasse algo positivo em relação aos problemas.

– Não tem importância. Não sei se aquilo tem tanto valor.

– Então por que... Ah!

Estudei seu rosto com interesse renovado. As feições ainda não entregavam nada, mas a mão direita parecia inquieta, ocupada em torcer e repuxar o tecido do divã. E então, ao se dar conta da eloquência do gesto, Vialle deteve os movimentos. Obviamente havia respondido à própria pergunta e desejava que o tivesse feito em silêncio.

– Sim, eu só queria ganhar tempo. Já sabe do meu ferimento, imagino?

Ela confirmou com um aceno de cabeça.

– Não culpo Random por ter contado a você. Meu irmão sempre teve um bom senso afiado e dedicado à defesa, e não vejo motivo para também não confiar nele. Mas em prol de sua segurança e minha paz de espírito, preciso saber até que ponto ele lhe contou. Pois tenho certas suspeitas, ainda não reveladas.

– Eu entendo bem. Não é fácil avaliar uma negativa... quer dizer, as coisas que ele talvez não tenha me contado. Mas ele compartilha quase tudo comigo. Conheço a sua história e a da maioria dos outros. Random me mantém informada sobre acontecimentos, suspeitas e conjecturas.

– Obrigado – respondi, bebericando o vinho. – Se eu souber sua posição, fica mais fácil conversar. Enfim, contarei tudo o que aconteceu desde o início da manhã...

E comecei a história.

Vialle sorriu vez ou outra, mas não me interrompeu. Quando terminei, ela perguntou:

– Achou mesmo que falar sobre Martin me chatearia?

– Pareceu uma possibilidade.

– Não, de jeito nenhum. Veja bem, eu conheci Martin em Rabma, quando ele era bem pequeno, e o vi crescer. Sempre gostei dele. Mesmo se não fosse filho de Random, ainda teria meu afeto. Estou feliz em ver o interesse repentino de Random, e espero que tenha vindo a tempo de beneficiar os dois.

Acenei com a cabeça.

– Não encontro pessoas como você com muita frequência. Ainda bem que finalmente encontrei.

Ela riu e, passado um segundo, comentou:

– Você ficou sem visão por muito tempo.

– Sim, fiquei.

– Essa experiência pode ser motivo de amargura, ou pode ensinar a valorizar mais tudo o que ainda se tem.

Não precisei me recordar das emoções daquela época de cegueira para saber que me enquadrava na primeira categoria, mesmo sem contar as circunstâncias que haviam levado àquela situação. Lamento, mas sou assim, e lamento mesmo.

– É verdade. Você é uma pessoa afortunada.

– Na verdade, é apenas um estado de espírito... algo que um Senhor de Sombra pode entender com facilidade.

Vialle se levantou.

– Sempre me perguntei qual seria sua aparência. Random já o descreveu, mas não é a mesma coisa. Posso?

– Claro.

Ela se aproximou e pousou a ponta dos dedos sobre meu rosto. Com delicadeza, começou a tatear meus traços.

– Sim, você é exatamente como eu imaginava. E sinto o nervosismo em você. Essa tensão já está aí há bastante tempo, não?

– De certa forma, desde que voltei a Âmbar.

– Será que era mais feliz antes de recuperar a memória?

– Essa é uma daquelas perguntas impossíveis de responder. Se não tivesse recuperado a memória, eu poderia estar morto. Deixando esse detalhe de lado por um instante, naquela época ainda havia algo que me impelia, que me assombrava todos os dias. Eu estava sempre procurando formas de descobrir quem eu era, o que eu era.

– Mas você era mais feliz do que agora? Ou menos?

– Nem um nem outro – respondi. – Tudo se equilibra. Como você sugeriu, é um estado de espírito. E mesmo se não fosse, agora que sei quem sou, agora que encontrei Âmbar, eu nunca poderia voltar para aquela outra vida.

– Por que não?

– Por que está me fazendo essas perguntas?

– Quero entender você. Desde que ouvi seu nome pela primeira vez, lá em Rabma, antes mesmo de Random me contar as histórias, sempre tentei imaginar o que o motivava. Agora que tenho a oportunidade... não o direito, claro, apenas a oportunidade, achei que valeria a pena me atrever a ir além do que me convém só para lhe perguntar.

Uma risada quase me escapou.

– Justo. Vou ver se consigo ser sincero. No começo, o que me motivava era o ódio por meu irmão Eric e meu desejo pelo trono. Se você tivesse me perguntado, assim que cheguei, qual era o mais forte, eu teria dito que era o apelo do trono. Mas agora... agora eu teria que admitir que na verdade era o contrário. Só agora estou me dando conta disso, mas é a verdade. Eric está morto e o ódio de antes também se foi. O trono permanece, embora agora sinta emoções conflitantes a seu respeito. Existe uma possibilidade de que nenhum de nós tenha o direito a ele na atual conjuntura, e mesmo se todas as objeções da família fossem eliminadas, ainda assim eu não o reivindicaria agora. Prefiro restaurar a estabilidade no reino e conseguir algumas respostas antes.

– Mesmo se essas respostas mostrassem que o trono não pode ser seu?

– Sim, mesmo assim.

– Então estou começando a entender.

– O quê? O que há para entender?

– Lorde Corwin, meu conhecimento a respeito dos fundamentos filosóficos desse assunto é limitado, mas até onde sei, vocês são capazes de encontrar tudo o que desejarem em Sombra. Essa ideia me intrigou por muito tempo, e nunca compreendi por completo as explicações de Random. Se assim desejassem, não seria possível que cada um de vocês caminhasse em Sombra e encontrasse outra Âmbar para si? Outra idêntica a esta em todos os aspectos, exceto que nela vocês seriam os soberanos ou desfrutariam qualquer posição que desejassem?

– Sim, podemos muito bem encontrar tais lugares.

– Então por que não fazem isso, para dar um fim aos conflitos?

– Porque esses lugares seriam semelhantes a Âmbar, mas apenas na aparência. Todos nós somos tão parte de Âmbar quanto ela é parte de nós. Para ser digna, qualquer sombra de Âmbar teria que ser povoada com sombras de nós mesmos. Se decidíssemos ocupar um domínio pronto, poderíamos até mesmo suprimir nossa própria sombra. No entanto, os habitantes da sombra não seriam exatamente como as outras pessoas daqui. Uma sombra nunca é exatamente como aquilo que a projeta. Essas pequenas diferenças se acumulam e, na verdade, são até piores do que as grandes. Para nós, seria o mesmo que entrar em um país cheio de desconhecidos. A melhor comparação mundana que me ocorre é encontrar uma pessoa muito semelhante a outro conhecido seu. Nesses casos, costuma-se esperar que a pessoa se comporte como a outra, e o que é pior: temos a tendência a agir como faríamos com nosso próprio conhecido. Nós a abordamos com certa máscara, e as reações não correspondem ao que esperamos. É uma sensação desconfortável. Nunca gostei de conhecer pessoas que me lembravam de outras. A personalidade é o único elemento que não conseguimos controlar em nossas manipulações de Sombra. Na verdade, é graças a ela que podemos nos diferenciar de nossas próprias sombras. É por essa razão que, na Terra de Sombra, Flora passou tanto tempo indecisa a meu respeito: minha nova personalidade era um tanto diferente.

– Agora as coisas parecem mais claras – admitiu Vialle. – Para vocês, não é só Âmbar. É o lugar e todo o resto.

– O lugar e todo o resto... Esse é o significado de Âmbar.

– Você disse que seu ódio morreu com Eric e que seu desejo pelo trono foi refreado pela consideração de suas novas descobertas.

– É verdade.

– Acho que agora entendo suas motivações.

– O que me motiva é o desejo de restaurar a estabilidade de Âmbar, bem como uma vaga curiosidade... e a sede de vingança por nossos inimigos...

– Dever, é claro.

Reprimi uma risada irônica e respondi:

– Seria reconfortante atribuir tal rótulo, mas não pretendo ser hipócrita. Como filho de Âmbar ou de Oberon, tenho pouco senso de dever.

– Pelo seu tom, fica claro que não deseja ser considerado assim.

Fechei os olhos para me unir a ela na escuridão, para recobrar por um breve instante o mundo em que outras mensagens tinham precedência sobre as ondas luminosas. Percebi que ela tinha razão em sua conjectura. Por que eu atacara com tanta veemência a noção de dever à primeira sugestão? Gosto de ser julgado bom, elegante, nobre e generoso quando é merecido, e às vezes até quando não é... como qualquer um. Sendo assim, o que me incomodava na ideia de dever para com Âmbar? Nada. Então qual era o problema?

Meu pai.

Eu não lhe devia mais nada. Em última instância, era ele o responsável pela situação atual. Havia gerado muitos descendentes sem jamais estabelecer um critério sucessório adequado, tratara nossas mães com pouca gentileza e ainda esperara nossa devoção e nosso respeito. Bancava favoritismos e, para falar a verdade, parecia até bancar intrigas entre nós. E então acabou se envolvendo com algo que não conseguia dominar e deixou o reino um caos. Sigmund Freud me anestesiara havia muito tempo contra qualquer ressentimento esperado dentro da esfera familiar. Não tenho questões nessa seara. Já os fatos são outra história. Eu não desgostava do meu pai simplesmente porque nunca me dera motivos para gostar dele; na verdade, parecia que havia se esforçado para o contrário. Pronto. Descobri o que me incomodava na noção de dever: o objeto.

Abri os olhos e tornei a contemplar Vialle.

– Tem razão. E estou feliz que tenha me contado.

Fiquei de pé e pedi:

– Estenda a mão.

Ela ofereceu a mão direita, e levei-a aos meus lábios.

– Obrigado. Foi um bom almoço.

Dei as costas e caminhei em direção à porta. Quando olhei para trás, Vialle estava ruborizada e sorria, com a mão ainda suspensa no ar, e comecei a entender a transformação de Random.

– Boa sorte, Corwin – desejou ela assim que meus passos se calaram.

– Para você também – respondi, e saí rapidamente.

Embora eu tivesse planejado ver Brand em seguida, não consegui criar ânimo. Em parte porque não queria encontrá-lo com minha própria mente enfraquecida pelo cansaço. E, acima de tudo, porque a conversa com Vialle tinha sido a primeira coisa agradável que me acontecera em bastante tempo. Só daquela vez, decidi encerrar o dia com saldo positivo.

Subi a escadaria e atravessei o corredor até meus aposentos. Enquanto encaixava a chave nova na fechadura, naturalmente pensei nas punhaladas da outra noite. Lá dentro, fechei as cortinas para escapar do sol vespertino, tirei as roupas e me deitei na cama. Mais uma vez, o cansaço e a perspectiva de novos problemas afastaram o sono por algum tempo. Apenas me revirei e me debati de um lado ao outro do colchão, revivendo os acontecimentos dos últimos dias e alguns mais antigos ainda. Quando enfim adormeci, meus sonhos foram um amálgama do mesmo material, incluindo um período em minha antiga cela, arranhando a porta.

Estava escuro quando acordei, e de fato me sentia descansado. Livre de toda a tensão, meus devaneios foram bem mais pacíficos. Na verdade, um leve entusiasmo bailava pelos recônditos da minha mente, uma sensação bastante agradável. Era um imperativo na ponta da língua, uma ideia enterrada de que...

Isso!

Sentei-me na cama, peguei as roupas e comecei a me vestir. Encaixei Grayswandir na bainha, dobrei um cobertor e o segurei debaixo do braço. Claro...

Minha mente estava límpida e meu flanco tinha parado de latejar. Eu não sabia quanto tempo havia dormido, mas esse detalhe pouco importava àquela altura. Estava determinado a descobrir algo muito mais crucial, uma ideia que devia ter me ocorrido muito antes. Na verdade, ela até havia começado a se formar certa vez, mas a pressão do tempo e dos acontecimentos a expulsara da minha mente. Até aquele momento.

Tranquei a porta ao sair e avancei em direção às escadas. À luz bruxuleante das velas, o cervo desbotado que passara séculos morrendo na tapeçaria à minha direita olhava para os cães descoloridos que também o perseguiam desde então. Às vezes, meus sentimentos favorecem o cervo; normalmente, porém, fico do lado dos cães. Um dia desses preciso mandar restaurarem a peça.

Escada abaixo. Nenhum ruído nos andares inferiores. Tarde, então. Ótimo. Mais um dia, e continuamos vivos. Talvez até mais sábios. Sagazes o bastante para entender que ainda há muito a descobrir. Mas há esperança. Sim, há esperança. Algo que me faltava quando estava jogado naquela cela maldita, com as mãos pressionadas contra meus olhos destruídos, aos berros. Vialle... Quem dera eu pudesse ter conversado com você naqueles dias. Mas todos os meus aprendizados tiveram origens sinistras, e mesmo uma experiência mais branda não teria me proporcionado a sua dignidade. Ainda assim... difícil saber. Sempre me senti mais cão do que cervo, mais caçador do que vítima. Talvez você pudesse ter me ensinado algo que embotasse a amargura, temperasse o ódio. Mas teria sido melhor? O ódio morreu com seu objeto, assim como a amargura, mas, em retrospecto, eu me pergunto se teria perdurado sem o apoio de ambos. Não tenho tanta certeza de que teria sobrevivido ao aprisionamento sem a companhia desses parceiros horrendos, que de tempos em tempos me arrastavam de volta para a vida e a sanidade. Atualmente posso me dar ao luxo de me identificar com o cervo de vez em quando, mas naquela época talvez isso fosse fatal. Não sei mesmo, boa senhora, e duvido que algum dia descubra.

Silêncio no segundo andar. Alguns ruídos fracos vindo de baixo. Bons sonhos, minha senhora. Mais voltas e descidas. Por acaso Random teria descoberto alguma informação valiosa? Não, provavelmente não, caso contrário ele ou Benedict já teriam entrado em contato. A menos que tenham enfrentado problemas. Mas não. Nunca vale a pena procurar sarna para se coçar. O que tem que acontecer acontece na hora certa, e eu já tinha muito o que fazer.

Último degrau.

– Will, Rolf.

– Lorde Corwin.

Ao ouvir meus passos, os dois guardas haviam endireitado a postura, como convinha ao posto. O rosto deles me indicava que estava tudo bem, mas perguntei por mera formalidade.

– Está tudo em ordem, senhor. Tudo em ordem – respondeu o oficial superior.

– Ótimo.

E retomando meu caminho, atravessei o grande salão de mármore.

Se o tempo e a umidade não o tivessem apagado por completo, com certeza daria certo. E então...

Avancei pelo longo corredor, com suas paredes estreitas e empoeiradas. Escuridão, sombras, passos...

Cheguei à porta, abri, saí para o patamar. Depois, voltei a descer aquele caminho espiralado, uma luz aqui, outra ali, adentrando as profundezas cavernosas da Kolvir. Nesse momento, decidi que o palpite de Random tinha sido certeiro. Se alguém arrancasse tudo, até o nível daquele andar distante, veria uma correspondência bastante precisa entre o que restasse e aquele lugar do Padrão primordial que tínhamos visitado pela manhã.

...Cada vez mais fundo. Por curvas e trilhas sinuosas na penumbra. A tocha e a lanterna da guarita formavam um contraste teatral. Cheguei à base e avancei naquela direção.

– Boa noite, lorde Corwin – saudou a figura cadavérica, sorrindo atrás do cachimbo enquanto se apoiava na estante.

– Boa noite, Roger. Como vão as coisas no mundo inferior?

– Um rato, um morcego, uma aranha. Fora isso, tudo quieto. Pacato.

– Gosta deste serviço?

O sujeito assentiu.

– Estou escrevendo um romance filosófico repleto de elementos de horror e morbidez. Trabalho nesses trechos quando estou aqui embaixo.

– Um lugar muito apropriado – concordei. – Vou precisar de uma lamparina.

Enquanto Roger pegava uma e a acendia com a chama da vela, perguntei:

– O livro vai ter um final feliz?

Ele deu de ombros.

– Bem, eu vou ficar feliz.

– Quer dizer, o bem vai triunfar e o herói ficará com a heroína? Ou você pretende matar todo mundo?

– Isso não seria justo.

– Pouco importa. Talvez eu leia algum dia.

– É, quem sabe.

Peguei a lamparina e avancei por uma direção que não percorria havia muito tempo. Descobri que ainda conseguia medir os ecos na mente.

Logo depois, alcancei a parede e, ao identificar o corredor certo, embrenhei-me por ele. A partir daí, foi apenas uma questão de contar os passos. Meus pés conheciam o caminho.

A porta da minha antiga cela estava entreaberta. Pousei a lamparina no chão e usei as duas mãos para empurrar a grade. Ela cedeu aos poucos, rangendo do início ao fim. Depois, levantei bem a lamparina e entrei.

Senti a pele formigar e o estômago se contorcer um nó apertado. Comecei a tremer. Tive que lutar contra o impulso de correr para bem longe. Eu não havia previsto essa reação. Não queria me afastar daquela porta pesada com tiras de metal por medo de que ela se fechasse e me trancasse lá dentro. A cela estreita e imunda despertou em mim uma verdadeira onda de pavor. Então me forcei a me concentrar nos detalhes: o buraco que me servira de latrina, o ponto escurecido onde eu tinha acendido a fogueira naquele último dia. Passei a mão esquerda pela superfície interna da porta, encontrei e acompanhei as ranhuras feitas com a ponta da minha colher. Lembrei-me dos ferimentos que esses esforços haviam infligido a minhas mãos. Depois me curvei para examinar a escavação: comparada com a espessura da porta, não era tão profunda quanto tinha parecido na época. Só então compreendi quanto eu havia exagerado os efeitos daquela débil tentativa de liberdade. Avancei alguns passos e observei a parede.

Os traços estavam fracos, apagados por meses de poeira e umidade. Ainda assim consegui distinguir os contornos do Farol de Cabra, cercados por quatro cortes do cabo da minha antiga colher. A magia ainda estava lá, aquela força que finalmente me transportara para a liberdade. Não precisei invocá-la para sentir sua presença.

Em seguida me virei e fiquei de frente para a outra parede.

O esboço traçado ali tinha resistido menos do que o outro, mas havia sido executado com extrema pressa à luz dos meus últimos palitos de fósforo. Mal era possível distinguir todos os detalhes, embora minha memória fornecesse alguns dos que estavam ocultos: era a imagem de um escritório ou uma biblioteca, as paredes revestidas com estantes de livros, uma escrivaninha em primeiro plano, um globo bem ao lado. Eu me perguntei se deveria correr o risco de limpar seus contornos.

Pousei a lamparina no chão e voltei ao esboço na outra parede. Com a ponta do cobertor, esfreguei delicadamente a poeira acumulada na base do farol. A linha ficou mais nítida. Esfreguei de novo, dessa vez com mais força. Uma decisão infeliz. Destruí alguns centímetros do contorno.

Dei um passo para trás e rasguei uma longa tira do cobertor, depois dobrei o resto do tecido para formar uma almofada na qual me sentei. Aos poucos, com cuidado, comecei a limpar o farol. Eu precisava pegar o jeito antes de passar para o outro desenho.

Meia hora depois, fiquei de pé e me alonguei, depois me curvei para massagear minhas pernas dormentes. Os traços restantes do farol estavam limpos. Infelizmente, eu havia destruído cerca de vinte por cento do desenho até assimilar a textura da parede e adequar meus gestos. Parecia impossível avançar além daquele ponto.

A lamparina bruxuleou quando a mudei de lugar. Desdobrei o cobertor, sacudi o tecido e rasguei outra tira. Depois de fazer outra almofada, fiquei ajoelhado e comecei a trabalhar no outro desenho.

Passado um tempo, terminei de descortinar o que restava, percebendo que havia me esquecido do crânio sobre a escrivaninha até uma limpeza cuidadosa revelar seus contornos, assim como o canto da parede ao fundo e um castiçal grande... Recuei. Seria arriscado, talvez até desnecessário, prosseguir com a limpeza. A imagem parecia tão inteira quanto antes.

Mais uma vez, a lamparina crepitou. Amaldiçoando Roger por não ter conferido o nível do óleo, fiquei de pé e ergui a luz na altura do ombro esquerdo. Afastei todos os pensamentos e me concentrei na cena diante de mim.

Ela adquiriu certa perspectiva enquanto eu a observava. No instante seguinte, tornou-se totalmente tridimensional e preencheu todo o meu campo de visão. Dei um passo à frente e apoiei a lamparina na beirada da escrivaninha.

Passei os olhos pelo cômodo. Estantes de livros forravam as quatro paredes. Sem janelas. Duas portas ao fundo, à direita e à esquerda, frente a frente, uma fechada, outra entreaberta. Ao lado dessa última, havia uma mesa comprida e baixa, o tampo coberto de livros e papéis. Quinquilharias estranhas ocupavam os espaços vazios nas prateleiras, nichos e cantos ocasionais nas paredes: ossos, pedras, cerâmicas, tabuletas gravadas, lentes, varas, instrumentos de função desconhecida. O tapete imenso lembrava um Ardebil. Dei um passo rumo ao interior do cômodo e a lamparina vacilou outra vez. Quando me virei para alcançar a alça, ela se apagou.

Abaixei a mão, resmungando uma obscenidade, depois me virei devagar, na esperança de encontrar outra fonte de luz. Um objeto semelhante a um coral emitia um brilho fraco em uma prateleira mais adiante, e um fio sutil de iluminação brotava na base da porta fechada. Abandonei a lamparina e atravessei o cômodo.

Abri a porta com o máximo de silêncio possível. Ela dava em um espaço vazio, um quarto pequeno e sem janelas iluminado pelas brasas ainda incandescentes da única lareira do recinto. As paredes de pedra arqueavam-se acima de mim e, à minha esquerda, a lareira talvez fosse um nicho natural. Mais adiante, vi uma imensa porta reforçada com metal, com uma chave grande parcialmente virada na fechadura.

Adentrei o cômodo, peguei uma vela na mesinha e fui até a lareira para reavivar o fogo. Quando me ajoelhei e tentei alimentar as brasas, ouvi o som fraco de passos na direção da porta.

Ao me virar, eu o avistei logo depois do batente. Era baixo e corcunda, o cabelo e a barba ainda mais compridos do que eu me lembrava. Vestido com uma camisola que ia até os tornozelos, Dworkin segurava uma lamparina a óleo, e seus olhos escuros me fitavam por trás da chaminé suja de fuligem.

– Oberon – disse ele –, finalmente chegou a hora?

– Hora de quê? – perguntei, em voz baixa.

Ele deu uma pequena risada.

– O que mais seria? Hora de destruir o mundo, claro!

CINCO

Tomando o cuidado de esconder o rosto da luz, respondi, ainda em voz baixa:

— Ainda não. Ainda não.

Dworkin deu um suspiro.

— Você ainda não se convenceu.

Esticou o pescoço para a frente e inclinou a cabeça, estudando meu rosto.

— Por que você precisa estragar tudo? — perguntou.

— Não estraguei nada.

Ele baixou a lamparina e, embora eu tivesse virado a cabeça, enfim conseguiu distinguir minhas feições. Começou a rir.

— Engraçado. Rá, muito engraçado — disse. — Assumiu a aparência do jovem lorde Corwin, na intenção de me influenciar com sentimentos familiares. Por que não escolheu Brand ou Bleys? Foi a prole de Clarissa que nos serviu melhor.

Encolhi os ombros e me levantei.

— Sim e não.

Eu estava determinado a oferecer respostas ambíguas enquanto ele as aceitasse e continuasse a conversa. Talvez conseguisse obter informações valiosas, e parecia um jeito fácil de mantê-lo de bom humor.

— E você? — continuei. — Qual rosto gostaria de invocar?

— Ora, para conquistar sua boa vontade, vou escolher o mesmo — declarou, e tornou a rir.

Jogou a cabeça para trás e, enquanto os ecos de sua gargalhada ressoavam à minha volta, começou a se transformar. A estatura pareceu aumentar, o rosto encheu como uma vela a barlavento. A corcunda nas costas encolheu conforme ele se endireitava e ficava mais alto. Os traços do rosto se rearrumaram e a barba escureceu. Nesse ponto, já era óbvio que buscava redistribuir sua massa corporal, pois a camisola outrora comprida mal chegava nas canelas. Conforme respirava fundo, os ombros se alargavam, os braços cresciam, o abdômen volumoso se condensava, afinava. Logo sua cabeça alcançou a altura dos meus ombros, e depois continuou. E então me encarou nos olhos. Seus trajes só iam até os joelhos. A corcunda havia desaparecido completamente. Uma última convulsão cruzou seu rosto, os traços se estabeleceram e se firmaram. A gargalhada se reduziu a uma risadinha e sumiu, encerrada por um sorriso irônico.

De repente me vi diante de uma versão ligeiramente mais magra de mim mesmo.

– Está bom assim? – perguntou Dworkin.

– Nada mal. Espere enquanto eu coloco mais lenha na lareira.

– Eu ajudo.

– Não precisa.

Peguei algumas toras de uma pilha à minha direita. Qualquer desculpa para ganhar tempo me servia, no intuito de estudar suas reações. Enquanto eu cuidava do fogo, Dworkin foi até uma cadeira e se sentou. Quando lancei um olhar em sua direção, vi que se ocupava em contemplar a penumbra. Estendi o processo de avivamento das chamas, na esperança de que ele dissesse alguma coisa, qualquer coisa. Depois de algum tempo, enfim se pronunciou:

– Que fim levou o grande esboço?

Como eu não sabia se Dworkin estava se referindo ao Padrão ou a algum plano geral de Oberon do qual ele tinha conhecimento, limitei-me a uma resposta evasiva:

– Diga você.

Outra risadinha.

– Por que não? Por acaso mudou de ideia? Foi isso que aconteceu?

– E na sua opinião, como teria sido essa mudança?

– Não deboche de mim. Nem você tem o direito de debochar de mim. Principalmente você.

Levantei-me do chão.

– Eu não estava debochando.

Atravessei o cômodo, peguei outra cadeira e a arrastei para perto do fogo, de frente para Dworkin. Uma vez acomodado, perguntei:

– Como você me reconheceu?

– Poucos sabem de meu paradeiro.

– De fato.

– Muitos de Âmbar acreditam que estou morto?

– Sim, e outros imaginam que esteja apenas explorando Sombra.

– Entendo.

– Como tem se sentido?

Um sorriso malicioso despontou em seus lábios.
– Quer saber se ainda estou louco?
– Essa é uma forma mais grosseira de fazer a pergunta.
– Ora desaparece, ora se intensifica. Vem e volta. No momento, sou quase eu mesmo... quase. O choque da sua visita, talvez... Algo se partiu lá dentro, no fundo da minha mente, como bem sabe. Mas não pode ser de outra forma. Também sabe disso.
– Sim, acho que sei. Por que não me conta tudo de novo? A conversa pode lhe trazer alívio, talvez me fornecer detalhes que eu tenha deixado passar. Conte-me uma história.
Outra risada.
– Como quiser. Tem alguma preferência? Minha fuga do Caos até esta ilhota repentina no mar da noite? Minhas meditações sobre o abismo? A revelação do Padrão em uma joia pendurada no pescoço de um unicórnio? Minha transcrição do traçado pelo raio, pelo sangue e pela lira enquanto nossos pais se enfureciam em seu espanto, vindos tarde demais para me invocar enquanto o poema de fogo percorria aquela primeira rota no meu cérebro, espalhando em mim a determinação de se formar? Tarde demais! Tarde demais... Possuído pelas abominações geradas pela doença, além do alcance de seu amparo, seu poder, planejei e construí, aprisionado em meu novo ser. É essa a história que deseja ouvir de novo? Ou prefere que eu fale da cura?
Minha mente rodopiava com as implicações que Dworkin havia acabado de despejar aos montes. Não conseguia determinar se ele falava em termos literais ou metafóricos, ou se eram apenas delírios paranoicos, mas as informações que eu almejava e precisava ouvir estavam mais ligadas a tempos recentes. Assim, contemplando a imagem sombria de mim mesmo de onde emergia aquela voz ancestral, respondi:
– Fale de sua cura.
Dworkin juntou as pontas dos dedos diante do rosto.
– Eu sou o Padrão, no verdadeiro sentido da palavra. Ao passar pela minha mente para adquirir a configuração atual, os alicerces de Âmbar, ele me marcou tanto quanto eu o marquei. Um dia, compreendi que sou tanto o Padrão quanto eu mesmo, e ele foi obrigado a se tornar Dworkin no processo de se tornar o que deveria ser. Modificações mútuas afetaram a criação deste lugar e deste tempo, e aí reside ao mesmo tempo nossa fraqueza e nossa força. Pois me ocorreu que danos ao Padrão seriam danos a mim mesmo, e danos a mim seriam refletidos no Padrão. No entanto, eu não poderia ser realmente ferido porque o Padrão me protege, e quem além de mim poderia ferir o Padrão? Um belo sistema

fechado, cuja fraqueza é totalmente protegida pela própria força. Ou assim me parecia.

Dworkin se calou. Escutei o crepitar do fogo na lareira, sem saber quais sons lhe chegavam aos ouvidos.

– Mas eu estava errado – continuou ele, enfim. – Por um detalhe tão simples... Meu sangue, com o qual o tracei, era capaz de desfigurar o Padrão. Levei uma eternidade para perceber que o sangue do meu sangue teria o mesmo poder. Com ele, você também seria capaz disso, e poderia transformar... Sim, até a terceira geração.

Não me surpreendeu a descoberta de que éramos todos seus descendentes. De certa forma, parecia uma informação arraigada em mim desde o início, algo que eu sempre soubera, sem nunca trazer à luz. E ainda assim... tal fato suscitava mais perguntas do que respostas. *Obtenha uma geração de ancestralidade. Prossiga para a confusão.* Mais do que nunca, eu não sabia quem Dworkin realmente era. E a isso era preciso acrescentar o fato que ele mesmo havia admitido: a história estava sendo contada por um louco.

– Mas para repará-lo...? – questionei.

Vi um sorriso cínico torcer suas feições, que também eram minhas.

– Perdeu o interesse de ser um senhor do vazio vivo, um rei do caos? – perguntou.

– Quem sabe?

– Pelo Unicórnio, sua mãe, eu sabia que isso aconteceria! O Padrão é tão forte em você quanto o domínio maior. Qual é o seu desejo, então?

– Preservar o reino.

Dworkin balançou a cabeça, idêntica à minha.

– Seria mais simples destruir tudo e começar do zero, como eu já lhe disse tantas vezes.

– Sou teimoso – retruquei, tentando simular a aspereza de Oberon. – Então repita outra vez.

Dworkin encolheu os ombros.

– Destrua o Padrão e destruiremos Âmbar, assim como todas as sombras que gravitam em torno dela. Dê-me permissão para destruir a mim mesmo no meio do Padrão, e nós a aniquilaremos. Para tanto, preciso de sua palavra de que tomará a Joia que contém a essência da ordem e a usará para criar um novo Padrão, luminoso e puro, imaculado, extraindo da matéria de seu próprio ser enquanto as legiões do caos tentam distraí-lo por todos os lados. Prometa-me isso e me deixe acabar com ele, pois, arruinado como estou, prefiro morrer pela ordem a viver por ela. O que me diz?

– Não seria melhor tentar consertar o que já temos em vez de desfazer o trabalho de uma eternidade?

— Covarde! — gritou Dworkin, levantando-se de forma abrupta. — Eu sabia que você diria isso de novo!

— Ainda não me respondeu.

Ele começou a andar de um lado para o outro.

— Quantas vezes já discutimos esse assunto? — perguntou. — Nada mudou! Você tem medo de tentar!

— Talvez. Mas não acha que vale fazer algum esforço, um sacrifício adicional, por uma coisa pela qual se dedicou tanto, se ainda existir uma possibilidade, mesmo remota, de salvá-la?

— Apesar de tudo, você ainda não entende. Só me resta pensar que uma criação danificada precisa ser destruída... e, se possível, substituída. A natureza de minha própria lesão é tal que sou incapaz de conceber a possibilidade de reparação. Estou danificado exatamente desse jeito. Meus sentimentos estão predeterminados.

— Se a Joia pode criar um novo Padrão, por que não serviria para consertar o antigo, resolver nossos problemas, curar seu espírito?

Dworkin se aproximou e parou diante de mim.

— Perdeu a memória? Sabe muito bem que seria infinitamente mais difícil reparar os danos do que recomeçar do zero. A própria Joia poderia destruir o Padrão mais facilmente do que consertá-lo. Por acaso se esqueceu de como está a situação lá fora? — perguntou, e fez um gesto na direção da parede logo atrás. — Gostaria de dar mais uma olhada?

— Sim, eu gostaria mesmo. Vamos.

Fiquei de pé e precisei abaixar o rosto para encará-lo. Em sua irritação, começara a perder o controle sobre a própria forma. A estatura já diminuíra cerca de dez centímetros, a imagem do meu rosto dava lugar a seus traços de gnomo, uma protuberância perceptível crescia entre seus ombros e já estava visível quando ele gesticulava.

De olhos arregalados, estudou meu rosto.

— Se quer mesmo ir, tudo bem. Então vamos.

Deu as costas e caminhou em direção à imensa porta de metal, comigo em seus calcanhares. Usou as duas mãos para virar a chave, depois apoiou todo o peso do corpo na porta. Fiz menção de ajudar, mas ele me afastou com uma força extraordinária antes de dar um último empurrão na madeira. Com um rangido, a porta se abriu. No mesmo instante, fui atingido por um odor estranho, curiosamente familiar.

Dworkin cruzou a soleira e se deteve. Encontrou o que parecia ser um grande cajado apoiado na parede à sua direita. Agarrou o cabo e bateu a ponta algumas vezes no chão. A extremidade superior começou a brilhar e iluminou o espaço, revelando um túnel estreito por onde Dworkin começou a avançar. Fui atrás dele e a passagem se alargou, de modo que pudemos caminhar lado a lado. O odor ficou mais forte, tanto que eu quase conseguia identificar. Remetia a alguma coisa bem recente...

Foram quase oitenta passos até dobrarmos uma curva para a esquerda e começarmos a subir. Passamos então por um pequeno espaço semelhante a um apêndice, coberto de ossos quebrados. Mais adiante, a um ou dois metros do chão, havia uma argola grande de metal presa na rocha, de onde pendia uma corrente cintilante, caída ao chão e estendida como uma fileira de gotas fundidas se resfriando na penumbra.

A passagem tornou a se estreitar mais adiante, e Dworkin assumiu a liderança outra vez. Logo depois, desapareceu em uma curva abrupta, e eu o escutei murmurar algo. Segui pelo mesmo caminho e quase tropecei nele, agachado como estava na rocha, usando a mão esquerda para apalpar uma fenda sombria. Quando ouvi o grasnido suave e vi que a corrente desaparecia naquela abertura, entendi o que era e onde estávamos.

– Wixer bonzinho – ouvi-o dizer. – Não vou longe. Está tudo bem, Wixer bonzinho. Aqui, tome um petisco.

Em seguida arranjou algum tipo de guloseima sabe-se lá onde e jogou para o monstro. O grifo roxo, a essa altura visível em seu covil, aceitou a oferta com um gesto de cabeça e uma série de barulhos de mastigação.

Dworkin sorriu para mim e perguntou:

– Surpreso?

– Com o quê?

– Achou que eu tinha medo dele. Achou que nós nunca seríamos amigos. Sei que o deixou aqui para me manter lá dentro, longe do Padrão.

– Foi isso que eu disse?

– Não precisou dizer nada. Não sou idiota.

– Como quiser.

Ele deu uma risada, levantou-se e continuou a avançar pelo túnel.

Segui seus passos. O chão se nivelou de novo. O teto ficou mais alto e o caminho se alargou. Depois de um tempo, enfim chegamos à entrada da caverna. Dworkin parou por um instante, com o cajado erguido na frente do corpo, traçando sua silhueta contra a luz. Contemplei o céu noturno lá fora enquanto uma brisa salgada levava o odor almiscarado para longe de minhas narinas.

Mais um instante se passou, e Dworkin voltou a avançar, envolto por um mundo de veludo azul pontilhado de velas celestes. Perdi o fôlego diante daquela vista deslumbrante. Não era apenas pelo céu sem lua e nuvens, onde as estrelas ardiam com uma luminosidade transcendental, nem pela impossibilidade de distinguir o céu do mar outra vez. Acima de tudo, era porque o Padrão brilhava com um tom quase acetileno de azul junto daquele céu-mar, e todas as estrelas acima, ao lado e abaixo estavam dispostas com precisão geométrica, formando um fantástico entrelaçamento oblíquo que, mais do que tudo, dava a impressão de que estávamos imersos no meio de uma rede cósmica cujo centro verdadeiro era o Padrão, e o resto da trama radiante, uma precisa consequência de sua existência, configuração e posição.

Dworkin continuou a caminhar até o Padrão, parou ao alcançar a borda ao lado da área escurecida e passou o cajado por cima dela. Quando me aproximei, ele se virou para mim e anunciou:

— Aí está o buraco da minha mente. Meus pensamentos não conseguem mais transpor este lugar, apenas contorná-lo. Não sei mais o que precisa ser feito para reparar essa parte que me falta. Se por acaso achar que consegue, deve estar disposto a se submeter à destruição instantânea cada vez que sair do Padrão para transpor a ruptura. Destruição não pela parte escura. Destruição pelo próprio Padrão quando você interromper o circuito. A Joia pode ou não lhe fornecer apoio. Não sei. De qualquer forma, vai ser mais difícil a cada circuito, e sua força diminuirá do começo ao fim. Em nossa última conversa, você estava com medo. Quer dizer que se tornou uma pessoa mais ousada desde então?

— Talvez. Acha mesmo que não existe outra solução?

— Eu sei que pode ser refeito do zero, porque já fiz isso uma vez. Fora isso, não vejo alternativa. Quanto mais esperamos, pior fica a situação. Que tal buscar a Joia e me emprestar sua espada, filho? Não vejo outra solução.

— Não, preciso saber mais. Explique de novo como esse dano foi causado.

— Ainda não sei qual de seus filhos verteu nosso sangue ali, se é a isso que se refere. Mas o estrago foi feito e de nada adianta remoer a questão. Nossos lados mais sombrios emergiram neles com força. Deve ser porque estão muito próximos do caos de onde surgimos, e cresceram sem o esforço de vontade que suportamos ao derrotá-lo. Antes, eu acreditava que o ritual de atravessar o Padrão poderia bastar para eles. Não encontrei nada mais forte. Mas não funcionou. Eles atacam tudo. Pretendem destruir o próprio Padrão.

— Se conseguirmos criar um novo começo, esses acontecimentos não poderiam simplesmente se repetir?

— Não sei. Mas temos escolha para evitar o fracasso e o retorno ao caos?

— E se reiniciarmos tudo, o que será feito deles?

Dworkin ficou em silêncio por um bom tempo. Depois, encolheu os ombros.

— Não sei dizer.

— Como teria sido outra geração?

Deixou escapar uma risada.

– Como espera que eu responda a uma pergunta dessas? Não faço a menor ideia.

Peguei o arcano mutilado e o entreguei a Dworkin. Enquanto ele o observava à luz do cajado, declarei:

– Acredito que seja de Martin, filho de Random, o sangue que foi derramado aqui. Não sei se ainda está vivo. O que você acha que pode ter acontecido?

Ele voltou a contemplar o Padrão.

– Então esse é o objeto que o decorava. Como o tirou de lá?

– Foi recuperado. Não é criação sua, certo?

– Claro que não. Nunca cheguei a ver o garoto. Mas isso responde à sua pergunta, não? Se houver outra geração, seus filhos a destruirão.

– Assim como nós os destruiríamos?

Dworkin encontrou meu olhar e perguntou:

– De repente decidiu se tornar um pai amoroso?

– Se você não criou esse arcano, quem foi?

Ele olhou para a carta e a sacudiu com a unha.

– Meu melhor aluno, seu filho Brand. Esse é o estilo dele. Está vendo o que fazem assim que ganham um pouco de poder? Será que algum deles ofereceria a própria vida para preservar o reino, para restaurar o Padrão?

– Sem dúvida. Talvez Benedict, Gérard, Random, Corwin...

– Benedict carrega a marca da perdição, Gérard tem a vontade, mas não a astúcia, Random carece de coragem e determinação. Quanto a Corwin... Ele não caiu em desgraça e sumiu de vista?

Meu pensamento voltou ao nosso último encontro, quando ele me ajudara a escapar da minha cela e fugir para Cabra, e entendi que ele poderia ter repensado aquela situação, já que não sabia as circunstâncias que me haviam colocado lá.

– É por isso que assumiu essa forma? – continuou. – Trata-se de uma espécie de repreensão? Ou por acaso pretende me testar outra vez?

– Ele não caiu em desgraça nem sumiu de vista, embora tenha inimigos dentro e fora da família. Estaria disposto a fazer qualquer coisa para salvar o reino. Quais são as chances dele, na sua opinião?

– Ele não passou muito tempo longe?

– Sim.

– Então pode ter mudado. Não sei.

– Acredito que tenha mesmo mudado. Sei que está disposto a tentar.

Dworkin me estudou com atenção.

– Você não é Oberon – disse, por fim.

– Não.

– Você é quem meus olhos veem.

– Nada mais, nada menos.

– Entendo... Eu não sabia que você conhecia este lugar.

– Só descobri recentemente. Foi o unicórnio que me trouxe aqui pela primeira vez.

Ele arregalou os olhos.

– Isso é... muito interessante. Faz tanto tempo...

– E a minha pergunta?

– Hein? Pergunta? Que pergunta?

– Minhas chances. Acha que eu conseguiria reparar o Padrão?

Com movimentos vagarosos, Dworkin ergueu o braço e pousou a mão direita no meu ombro. O cajado oscilou na outra mão, a luz azul brilhando a centímetros do meu rosto, sem emitir qualquer calor. Em seguida fitou meus olhos e, passado um tempo, sussurrou:

– Você mudou.

– O suficiente para realizar a tarefa?

Ele desviou o olhar.

– Talvez o suficiente para valer a tentativa – declarou –, mesmo se estivermos fadados ao fracasso.

– E terei sua ajuda?

– Não sei se serei capaz. Esse mal que afeta meu humor, meus pensamentos... vem e vai. Agora mesmo, sinto que estou perdendo um pouco do controle. A agitação, talvez... É melhor voltarmos.

Ouvi um tilintar atrás de mim e, quando me virei, o grifo estava lá, com a língua para fora, balançando lentamente a cabeça da esquerda para a direita, e a cauda no sentido contrário. Depois de nos contornar, parou entre Dworkin e o Padrão.

– Ele sabe. Sempre sente quando começo a mudar. Nesses casos, não me deixa chegar perto do Padrão... Wixer bonzinho. Vamos voltar agora. Está tudo bem... Venha, Corwin.

Caminhamos em direção à entrada da caverna, com Wixer em nosso rastro tilintando a cada passo.

– A Joia... A Joia do Julgamento... acha que ela é necessária para consertar o Padrão? – perguntei.

– Sim, é. Teria que ser carregada por todo o Padrão, refazendo o traçado original nos lugares onde ele foi rompido. Para tanto, porém, é preciso estar em sintonia com a Joia.

– Eu estou.

Dworkin parou de repente.

– Como?

Wixer soltou um grasnido atrás de nós, e continuamos a caminhada.

– Segui as instruções que você deixou por escrito e as que Eric me transmitiu verbalmente. Levei a Joia comigo até o centro do Padrão e me projetei através dela.

– Ah, faz sentido. Como a conseguiu?

– Eric me entregou em seu leito de morte.

Adentramos a caverna.

– Está com ela agora?

– Fui obrigado a escondê-la em um lugar de Sombra.

– Sugiro que a recupere o quanto antes e a traga para cá ou de volta ao palácio. É melhor mantê-la perto do centro.

– Por quê?

– Ela tende a distorcer as sombras se permanecer muito tempo nelas.

– Distorcer? De que maneira?

– É impossível saber de antemão. Depende inteiramente do local.

Passamos por uma curva e continuamos nosso caminho pela escuridão.

– Quando alguém usa a Joia e tudo parece desacelerar ao redor... o que significa? Fiona me avisou que era perigoso, mas não sabia explicar o motivo.

– Significa que a pessoa atingiu os limites da própria existência, que suas energias logo serão exauridas e, se não agir depressa, morrerá.

– O que deve ser feito?

– A pessoa precisa começar a extrair poder do próprio Padrão, do Padrão primordial dentro da Joia.

– Como se faz isso?

– É necessário se entregar a ele, libertar-se, apagar sua identidade, desfazer os limites que o separam de tudo o mais.

– Parece mais fácil na teoria do que na prática.

– Mas pode ser feito, e é a única solução.

Limitei-me a assentir com a cabeça. Quando finalmente chegamos à imensa porta, Dworkin apagou o cajado e o apoiou na parede. Entramos e ele trancou a porta. Wixer havia se posicionado do lado de fora.

– Agora você deve ir embora – disse Dworkin.

– Mas ainda tenho muitas coisas a perguntar, e outras a lhe dizer.

– Meus pensamentos estão cada vez mais sem sentido, e suas palavras seriam em vão. Amanhã à noite, ou na noite seguinte, ou na próxima. Rápido! Vá!

– Por que a pressa?

– Pode ser que eu o machuque quando a transformação me dominar. No momento, apenas minha força de vontade a impede. Vá embora!

– Não sei como. Sei chegar aqui, mas...

– Existem vários arcanos especiais na escrivaninha do outro cômodo. Pegue a lamparina! Vá para qualquer lugar! Saia daqui!

Eu estava prestes a protestar, a dizer que não tinha medo da violência física a que ele poderia recorrer, quando suas feições começaram a derreter como cera. De repente, ele pareceu mais alto, com membros mais alongados do que antes. Peguei a lamparina e corri para longe, dominado por um súbito calafrio.

Avancei depressa em direção à escrivaninha, abri a gaveta com um solavanco e peguei alguns arcanos espalhados em seu interior. De repente ouvi os passos atrás de mim, vindos do cômodo de onde acabara de sair. Não pareciam os passos de um homem. Em vez de olhar para trás, levantei as cartas até o rosto e examinei a que estava por cima. Mostrava uma paisagem desconhecida, mas abri a mente na mesma hora e tentei alcançá-la. Uma montanha íngreme, algo indistinto logo atrás, um céu estranhamente pontilhado, um aglomerado de estrelas à esquerda... A carta estava ora quente, ora fria ao toque conforme eu a contemplava, e um vento forte parecia soprar através dela para reajustar o cenário.

No mesmo instante, a voz de Dworkin trovejou atrás de mim, bastante alterada, mas ainda reconhecível:

– Tolo! Escolheu a terra da sua perdição!

Uma imensa mão negra e nodosa com garras passou por cima do meu ombro, como se quisesse arrancar a carta. Mas a visão parecia pronta, e consegui me lançar nela. Virei a carta ao perceber que havia conseguido escapar. E então parei e fiquei imóvel, até que meus sentidos se ajustassem ao novo ambiente.

E eu entendi tudo. Por fragmentos de lendas e pequenas conversas entre a família, mas também pelas sensações que me invadiam, eu soube exatamente para onde havia acabado de me transportar. Não restavam dúvidas em minha mente quando ergui os olhos para contemplar as Cortes do Caos.

SEIS

Onde? Os sentidos são criaturas muito incertas, e a essa altura os meus estavam esgotados. A rocha em que eu estava, por exemplo... Se tentasse fixar meus olhos nela, assumia o aspecto de asfalto em uma tarde quente. Parecia oscilar e tremeluzir, embora meus pés estivessem firmes. E não se decidia quanto a que parte do espectro adotar. Pulsava e vibrava como a pele de um iguana. Quando olhei para cima, contemplei um céu diferente de tudo o que meus olhos já haviam visto. Naquele momento, ele estava partido ao meio: uma metade era o mais profundo breu, no qual as estrelas dançavam. Quando digo que dançavam, não era porque piscavam, não; elas pulavam e mudavam de magnitude, disparavam e rodopiavam, explodiam em brilho como novas, e depois se apagavam até desaparecer. Tomado por uma intensa acrofobia diante desse espetáculo assustador, senti meu estômago se contorcer em um nó, e desviar os olhos pouco me ajudou a melhorar a situação. A outra metade do céu parecia uma garrafa de areia colorida arrebatada por um movimento constante; cinturões de laranja, amarelo, vermelho, azul, marrom e roxo giravam e se torciam; manchas de verde, violeta, cinza e branco iam e vinham, às vezes se esticando para virar cinturões, substituindo ou se acrescentando às outras entidades revoluteantes. E essas também bruxuleavam e oscilavam, criando sensações impossíveis de distância e proximidade. Às vezes, algumas ou todas pareciam literalmente subir aos céus, e depois jorravam e preenchiam o ar à minha frente, brumas diáfanas e transparentes, borrões translúcidos ou tentáculos de cor sólida. Demorei um pouco a entender que a linha que separava o preto do colorido avançava lentamente da minha direita conforme recuava para a esquerda. Era como se toda a mandala celestial girasse em torno de um ponto exatamente acima de mim. Quanto à origem da luz na metade mais clara, era simplesmente impossível determinar. Da minha posição, eu observava o que a princípio me parecera um vale cheio de incontáveis explosões de cores, mas quando o avanço da escuridão expulsou essa paisagem, as estrelas dançaram e arderam tanto em suas profundezas quanto nas alturas, criando a impressão de um abismo infinito. Era como se eu estivesse diante do fim do mundo, do fim do universo, do fim de tudo. Mas longe, muito longe de onde eu estava, alguma coisa permanecia suspensa sobre um monte do preto mais absoluto, uma escuridão em si, mas delineada e temperada com toques quase imperceptíveis de luz. Na ausência de qualquer distância, profundidade ou perspectiva, não consegui estimar o tamanho. Seria uma edificação isolada? Um grupo? Uma cidade? Ou apenas um lugar? Os contornos variavam cada vez que a imagem tocava minha retina. Em seguida, lençóis difusos e enevoados flutuavam vagarosamente entre nós, retorcidos, como se longas tiras translúcidas estivessem suspensas por ar quente. Quando chegou a uma volta completa, a mandala cessou as revoluções. As cores estavam atrás de mim e só seriam perceptíveis se eu virasse a cabeça, uma ação que eu não tinha nenhum desejo de realizar. Era agradável ficar ali e contemplar a amorfia da qual tudo estava destinado a emergir... Até mesmo antes do Padrão, já existia. Eu sabia disso, de forma vaga, mas convicta, no centro da minha consciência. Eu sabia porque tinha certeza de que já estivera naquele lugar antes. Como filho do homem que eu me tornara, senti que havia sido levado até ali em algum dia remoto... por meu pai ou por Dworkin? Não conseguia me lembrar. E ali tinha permanecido ou sido mantido, bem naquele ponto ou em algum lugar muito perto, observando o mesmo cenário com, tenho certeza, uma incompreensão semelhante, uma apreensão parecida. Meu prazer era marcado por uma empolgação nervosa, uma noção de proibido, um sentimento de ansiedade duvidosa. Curiosamente, no mesmo momento, eu me senti atraído pela Joia que eu precisara abandonar na minha pilha de compostagem na Terra de Sombra, o objeto do qual Dworkin tanto havia falado. Seria possível que alguma parte minha buscasse uma defesa ou pelo menos um símbolo de resistência contra o que residia lá? Provavelmente.

Enquanto eu contemplava, fascinado, o abismo, foi como se meus olhos se ajustassem, ou se o panorama enfrentasse uma nova mudança. Pois de repente eu distinguia formas fantasmagóricas minúsculas circulando pelo espaço, como meteoros em câmera lenta ao longo das tiras translúcidas. Esperei ali, observando-as com cuidado, cortejando uma ligeira compreensão das ações das quais participavam. Depois de um tempo, uma das tiras flutuou muito perto. Logo em seguida, obtive minha resposta.

Havia movimento. Uma das formas voadoras cresceu e eu logo percebi que ela acompanhava a trilha retorcida que levava até mim. Em poucos instantes, ela tomou as proporções de um homem a cavalo. Conforme se aproximava, assumiu um aspecto de solidez sem perder aquela qualidade fantasmagórica que parecia se aferrar a tudo que se estendia diante dos meus olhos. Em seguida, contemplei um cavaleiro nu montado em um cavalo sem pelo, ambos mortalmente pálidos, correndo na minha direção. O cavaleiro brandia uma espada branca como osso; seus olhos, assim como os do cavalo, ardiam em vermelho. Tão sobrenatural era sua aparência que eu não sabia dizer se ele me via, nem se existíamos no mesmo plano da realidade. Mesmo assim, desembainhei Grayswandir e dei um passo para trás conforme ele se aproximava.

Uma chuva de partículas cintilantes se desprendia de seus longos cabelos brancos, e quando ele virou a cabeça, soube que vinha mesmo me confrontar, pois senti a pressão gélida de seu olhar no meu corpo. Fiquei de lado e levantei a espada em posição de guarda.

O cavaleiro continuou seu avanço. Naquele momento, percebi que tanto ele quanto sua montaria eram muito mais colossais do que eu imaginava. Não diminuíram o ritmo. Quando chegaram ao ponto mais próximo, talvez dez metros, o cavaleiro puxou as rédeas e o cavalo empinou e ficou imóvel. Os dois me observaram, balançando suavemente como se estivessem em uma jangada na superfície de um mar calmo.

– Seu nome! – gritou o cavaleiro. – Dê-me seu nome, você que vem a este lugar!

A voz dele, alta e monótona, produziu uma sensação crepitante nos meus ouvidos.

Com um meneio de cabeça, respondi:

– Darei meu nome por decisão minha, não por ordem alheia. Quem é você?

O cavaleiro soltou três brados curtos, o que interpretei como uma risada.

– Eu o arrastarei para as profundezas, onde você gritará por toda a eternidade.

Apontei Grayswandir para os olhos dele.

– Falar é fácil. Quero ver conseguir.

Senti uma leve frieza naquele momento, como se alguém manipulasse meu arcano, pensando em mim. Mas foi uma sensação vaga, fraca, para a qual eu não podia destinar minha atenção, pois a um sinal do cavaleiro, o animal empinou. Concluí que a distância era muito grande, mas esse pensamento pertencia a outra sombra. O cavalo lançou-se à frente na minha direção, deixando para trás a tênue estrada que tinha sido sua rota.

O salto o levou até um ponto relativamente distante de onde eu estava, mas em vez de cair e desaparecer, como eu esperava, o animal continuou o galope, e embora seu progresso não correspondesse totalmente aos movimentos, ele seguiu avançando pelo abismo.

Ao mesmo tempo, outra figura despontou ao longe. Parecia se encaminhar em minha direção. Nada a fazer além de resistir, lutar e torcer para conseguir me livrar desse oponente antes da chegada do segundo.

Conforme o cavaleiro avançava, seu olhar rubro passou pelo meu corpo e se deteve em Grayswandir. Qualquer que fosse a natureza da iluminação insana atrás de mim, voltara a infundir vida nas delicadas filigranas de minha espada, de modo que a porção do Padrão ali contida bailava e brilhava na superfície da lâmina. Poucos metros me separavam do cavaleiro quando ele puxou as rédeas e ergueu os olhos de repente para fitar os meus. Aquele sorriso horrível morreu em seus lábios.

– Eu conheço você! – gritou. – Você é aquele que chamam de Corwin!

Mas a essa altura estávamos prontos, eu e meu aliado: o embalo.

Os cascos dianteiros do cavalo tocaram a plataforma, e eu avancei. Apesar do puxão nas rédeas, os reflexos do animal o levaram a firmar também as patas traseiras. O cavaleiro levou a espada à posição de guarda quando me aproximei, mas inverti o lado e o ataquei pela esquerda. Enquanto ele descrevia um arco com a espada, eu já estava desferindo o golpe. Grayswandir rasgou a pele pálida, perfurando-o entre o esterno e as tripas.

Quando puxei a lâmina, labaredas de fogo jorraram como sangue da ferida. Seu braço empunhando a espada fraquejou, e o cavalo soltou um relincho quase chiado quando o jato ardente lhe atingiu o pescoço. Saltei para trás enquanto o cavaleiro tombava para a frente e o animal, já com todas as patas firmes, avançava contra mim, escoiceando. Arrisquei uma nova investida, reflexiva, defensiva. A lâmina cortou a pata dianteira esquerda, que também começou a queimar.

Recuei mais um passo quando o cavalo deu uma guinada para se lançar ao segundo ataque. No mesmo instante, o cavaleiro explodiu em uma coluna de luz. O animal relinchou em agonia, deu meia-volta e galopou para longe. Sem hesitar, saltou da beirada e desapareceu no abismo, deixando-me com a lembrança da cabeça incandescente daquele gato de outrora, cuja imagem sempre me fazia estremecer.

De repente me vi de costas para a rocha, ofegante. A estrada brumosa estava cada vez mais perto, a quatro ou cinco metros da beirada. Comecei a sentir câibras no lado esquerdo do corpo. O segundo cavaleiro se aproximava com rapidez. Não era pálido como o primeiro. Seu cabelo era escuro, e havia cor em seu rosto. Montava um alazão de crina vistosa e segurava uma besta engatilhada na mão. Olhei para trás: nenhuma saída, nenhuma fresta por onde eu pudesse recuar.

Limpei a palma da mão nas calças e agarrei Grayswandir na base da lâmina. Fiquei de lado, oferecendo um alvo o mais estreito possível. Ergui a espada como um escudo, com o punho na altura da cabeça e a ponta virada para o chão.

Ao chegar ao fim da tira translúcida, o cavaleiro parou, de frente para mim, e levantou a besta devagar, sabendo que se não me derrubasse com aquele único disparo, eu talvez conseguisse arremessar minha espada como uma lança. Nossos olhares se cruzaram.

Ele era magro, sem barba. Olhos possivelmente claros entre as pálpebras apertadas da mira. Controlava bem a montaria, apenas com a pressão das pernas. Tinha mãos grandes, fortes. Competentes. Uma sensação peculiar me tomou enquanto eu o observava.

O momento se estendeu até ser tarde demais para agir. Ele se balançou para trás e abaixou um pouco a arma, mas sua postura não perdeu nada da tensão.

– Ei, você – gritou. – Essa é a espada Grayswandir?

– Sim, a própria.

Enquanto ele me examinava, alguma coisa dentro de mim procurou palavras para vestir, sem sucesso, e fugiu nua noite adentro.

– O que você quer aqui? – perguntou.

– Ir embora.

Ouvi um *tchish-tchá* quando a seta da besta atingiu a rocha ao longe, bem à minha esquerda.

– Então vá – declarou. – Este lugar é perigoso para você.

Em seguida, virou a montaria na direção de onde tinha vindo.

Abaixei Grayswandir e disse:

– Não vou me esquecer de você.

– Não, não se esqueça.

E então galopou para longe, e instantes depois a tira translúcida também desapareceu.

Voltei a embainhar Grayswandir e dei um passo à frente. O mundo começava a girar à minha volta outra vez, a luz avançando pela direita, a escuridão recuando pela esquerda. Procurei algum caminho para escalar a saliência rochosa atrás de mim, pois seu cume se elevava a apenas dez ou quinze metros, e de lá a vista devia ser proveitosa. A plataforma onde eu estava se estendia para ambos os lados, mas um olhar mais atento revelou que o caminho à direita logo se tornava mais estreito, impossibilitando a escalada. Dei meia-volta e segui pela esquerda.

Atrás de um promontório rochoso, avistei um trecho estreito onde a escalada parecia possível. Antes de avançar, esquadrinhei os arredores em busca de uma possível ameaça à espreita. A estrada fantasmagórica havia se afastado ainda mais e não havia mais nenhum cavaleiro à vista. Comecei a subida.

Não foi difícil, embora a altura se revelasse maior do que parecera de baixo. Sem dúvida um sintoma da distorção espacial que parecia ter afetado minha visão tantas vezes naquele ambiente. Depois de um tempo, consegui alcançar uma rocha que me proporcionava uma ótima vista, de costas para o abismo.

Mais uma vez, contemplei as cores do caos, conduzidas pela escuridão à minha direita conforme dançavam sobre uma terra cravejada de rochas e crateras, onde não havia qualquer sinal de vida. Do horizonte distante até um ponto nas montanhas à minha direita, porém, era atravessada por uma linha sinuosa e escura que só podia ser a estrada negra.

Mais dez minutos de escaladas e manobras e enfim me posicionei para ver o fim dela. Estendia-se por um amplo desfiladeiro nas montanhas e corria direto para a beira do abismo, onde sua escuridão se fundia com a penumbra que reinava naqueles lugares, perceptível apenas pela ausência de estrelas. Em virtude dessa oclusão, parecia-me que ela se prolongava até a eminência escura por onde flutuavam as tiras diáfanas.

Deitei-me de bruços para distorcer o mínimo possível os contornos da pequena crista, no intuito de me proteger de quaisquer olhares invisíveis à espreita. Estirado ali, ponderei sobre a abertura daquele caminho, ocasionada pelos danos sofridos pelo Padrão, permitindo um acesso a Âmbar. Eu estava convencido de que minha maldição proporcionara o elemento que o precipitara. A essa altura já acreditava que teria acontecido sem mim, mas com certeza eu havia contribuído. A culpa ainda era minha, ao menos em parte, embora não mais exclusivamente como eu acreditara a princípio. Em seguida, pensei em Eric morrendo na Kolvir. Na ocasião, havia declarado que, por mais que me odiasse, reservaria sua maldição final para os inimigos de Âmbar, cujo território se estendia diante de meus olhos. Irônico. A partir daquele momento, todos os meus esforços estavam direcionados a cumprir o último desejo do meu irmão menos querido. A maldição dele para neutralizar a minha, tendo eu mesmo como agente. Apropriado, talvez, em algum sentido mais amplo.

Ao observar a estrada, percebi, com satisfação, a ausência de fileiras de cavaleiros reluzentes aglomerados ou em marcha. A menos que outro grupo invasor já estivesse a caminho, por ora Âmbar continuava em segurança. No entanto, havia outras fontes de preocupação. Em particular, se o tempo naquele lugar se comportava de forma tão estranha, como a possível origem de Dara indicava, então por que ainda não houvera outro ataque? Sem dúvida tiveram tempo de sobra para se recuperar e preparar outra investida. Por acaso algum outro elemento, certamente ocorrido no tempo de Âmbar, teria sido capaz de alterar a natureza de sua estratégia? Se sim, qual? Minhas armas?

A recuperação de Brand? Ou haveria outro o motivo? Também me perguntei até onde se estendiam os postos avançados de Benedict. Não até ali, com certeza, caso contrário eu teria sido informado. Será que meu irmão já estivera naquele lugar? Poderia algum dos outros ter estado ali em tempos recentes, no mesmo ponto onde eu me encontrava, diante das Cortes do Caos, ciente de algo que eu não sabia? Decidi questionar Brand e Benedict a esse respeito assim que voltasse.

Tais preocupações me levaram a ponderar sobre a maneira como o tempo vinha fluindo ao meu redor. Seria melhor não me demorar ali mais do que o necessário. Examinei os outros arcanos retirados da escrivaninha de Dworkin. Embora todos fossem interessantes, não reconheci nenhum dos cenários retratados. Puxei meu próprio estojo e procurei o arcano de Random. Talvez estivesse por trás da tentativa de contato de antes. Levantei a carta dele e a observei.

A superfície tremulou diante dos meus olhos, oferecendo um caleidoscópio indistinto de imagens em cujo centro flutuava a silhueta de Random, cercado de movimento e perspectivas distorcidas...

– Random? Sou eu, Corwin.

Senti a mente dele, mas não obtive resposta. Ocorreu-me então que ele estava no meio de uma viagem infernal, dedicando toda a concentração a manipular a matéria de Sombra a seu redor. Não seria capaz de responder sem perder o controle. Bloqueei o arcano com a mão e interrompi o contato.

Passei para a carta de Gérard e, um momento depois, consegui alcançar meu irmão. Fiquei de pé.

– Corwin, onde você está? – perguntou ele.

– No fim do mundo. Quero voltar para casa.

– Venha.

Gérard me estendeu a mão. Eu a segurei e dei um passo à frente.

Estávamos no térreo do palácio de Âmbar, na sala de estar onde havíamos nos reunido na noite do retorno de Brand. Parecia ser madrugada. O fogo crepitava na lareira. Não havia mais ninguém ali.

– Tentei estabelecer contato mais cedo – disse ele. – Acho que Brand também tentou. Mas não tenho certeza.

– Estou fora há quanto tempo?

– Oito dias.

– Fiz bem em me apressar. O que está acontecendo?

– Nada de ruim. Não sei o que Brand quer. Perguntou de você várias vezes e, como não consegui alcançá-lo, dei a ele um baralho e disse para tentar a sorte. Pelo jeito, não funcionou.

– Eu estava distraído, e o diferencial do fluxo do tempo era forte.

Gérard aquiesceu.

– Agora que Brand se recuperou, eu o tenho evitado. Está com aquele humor terrível de novo e insiste que consegue se cuidar sozinho. E tem razão, aliás, então tanto melhor.

– Onde está agora?

– Voltou para seus aposentos, e ainda estava lá cerca de uma hora atrás... rabugento como antes.

– Chegou a sair de lá?

– Para uma ou outra breve caminhada. Mas não nos últimos dias.

– Então acho melhor fazer uma visita. Alguma notícia de Random?

– Sim, Benedict voltou há alguns dias. Disse que encontraram pistas a respeito do filho de Random. Ele o ajudou a investigar algumas. Uma delas parecia promissora, mas Benedict achou melhor não se ausentar muito de Âmbar, dada a instabilidade da situação. Por isso, deixou que Random prosseguisse sozinho na busca. Mas não voltou de mãos vazias: agora tem um braço artificial, uma peça magnífica que lhe permite fazer tudo o que conseguia antes.

– É mesmo? Parece estranhamente familiar.

Gérard sorriu e tornou a assentir.

– Ele me disse que você o havia trazido de Tir-na Nog'th. Na verdade, quer discutir o assunto com você o quanto antes.

– Não duvido. Onde ele está agora?

– Em um dos postos avançados estabelecidos ao longo da estrada negra. Seria melhor entrar em contato pelo arcano.

– Obrigado, Gérard. Alguma novidade de Fiona ou Julian?

Um gesto negativo.

– Tudo bem – respondi, virando-me para a porta. – Acho que vou ver Brand antes.

– Estou curioso para saber o que ele quer.

– Vou me lembrar disso.

E, saindo do cômodo, caminhei em direção às escadas.

SETE

Bati na porta de Brand.

– Entre, Corwin.

Ao cruzar a soleira, resolvi não perguntar como ele sabia quem era. O cômodo estava escuro, iluminado por algumas velas parcas, embora fosse dia. As cortinas das três primeiras janelas estavam fechadas, e as da quarta estavam abertas pela metade. Brand se encontrava parado ao lado desta, admirando o mar. Usava trajes de veludo preto com uma corrente de prata pendurada no pescoço. O cinto, também de prata, consistia em uma corrente delicada. Ele brincava com uma adaga pequena e não olhou para mim quando entrei. Embora ainda estivesse pálido, parecia ter engordado um pouco desde nosso último encontro. Estava com a barba aparada e um aspecto limpo.

– Já parece bem melhor, Brand. Como se sente?

Ele se virou e me observou, com o rosto impassível e os olhos semicerrados.

– Onde raios você estava? – perguntou.

– Lá e cá. Por que queria me ver?

– Perguntei onde estava.

– Eu ouvi – respondi, reabrindo a porta atrás de mim. – Agora vou sair e entrar de novo. Que tal retomarmos esta conversa do zero?

Ele deu um suspiro.

– Espere um pouco. Sinto muito. Por que somos todos tão irritadiços? Não sei... Tudo bem. Talvez seja melhor voltar do começo.

Embainhando a adaga, ele atravessou o cômodo e se acomodou em uma poltrona robusta de madeira e couro escuros.

– Fiquei preocupado com todos os problemas que havíamos discutido – explicou-se –, e com alguns que ficaram de fora. Então esperei pelo que me pareceu um período adequado para lhe dar tempo de concluir seus assuntos em Tir-na Nog'th e retornar. Depois, perguntei a seu respeito e soube que ainda não tinha voltado. Esperei mais. Primeiro, fiquei impaciente, e depois comecei a recear que você tivesse sofrido uma emboscada de nossos inimigos. Quando perguntei de novo, mais tarde, soube que você havia voltado só pelo tempo de conversar com a esposa de Random, um assunto muito importante, imagino, e depois tirar um cochilo antes de partir outra vez. Fiquei irritado por não ter se dado ao trabalho de me comunicar as novidades, mas decidi esperar um pouco mais. Por fim, pedi para Gérard entrar em contato pelo seu arcano. Como ele não conseguiu, fiquei bastante preocupado. Eu mesmo tentei, e embora tenha chegado perto de alcançá-lo algumas vezes, não consegui completar o contato. Temi por sua segurança, e agora vejo que não havia motivos para me preocupar. Daí minha rispidez.

– Sim, entendo – respondi, sentando-me à direita dele. – Na verdade, o tempo corria mais depressa onde eu estava, então essa ausência, na minha perspectiva, foi muito breve. A essa altura, seu ferimento deve estar mais cicatrizado do que o meu.

Brand esboçou um sorriso fraco e assentiu com a cabeça.

– Já serve de algo, pelo menos. Por tudo o que sofri.

– Também sofri um pouco, então não me faça sofrer mais. Queria me dizer algo, não? Pois diga.

– Alguma coisa o está incomodando. Talvez seja melhor tratar disso antes.

– Como quiser.

Olhei para trás e contemplei o quadro na parede junto à porta. Uma pintura a óleo representando, de forma um tanto sombria, o poço de Mirata, perto do qual dois homens conversavam, de pé ao lado de seus cavalos.

– Seu estilo é bem distinto, Brand.

– Em tudo.

– Tirou as palavras da minha boca – acrescentei, entregando-lhe o arcano de Martin.

Ele o examinou, ainda impassível, lançou-me um breve olhar de relance e assentiu em concordância.

– Não posso negar que é obra das minhas mãos.

– Suas mãos fizeram mais do que essa carta, não foi?

Com a ponta da língua, traçou o contorno do lábio superior.

– Onde a encontrou?

– Bem onde você a deixou, no centro de tudo... na verdadeira Âmbar.

– Então...

Brand se levantou da cadeira e voltou para perto da janela, erguendo bem a carta como se quisesse examiná-la à luz do dia.

– Então – repetiu –, você sabe de mais do que eu imaginava. Como descobriu o Padrão primordial?

Neguei com a cabeça.

– Primeiro responda à minha pergunta: você apunhalou Martin?

Ele se virou e me encarou por um instante, depois assentiu com um gesto brusco, sem tirar os olhos do meu rosto.

– Por quê? – perguntei.

– Precisava ser feito... para abrir o caminho para os poderes de que precisávamos. Tiramos na sorte.

– E você ganhou.

– Ganhei? Perdi? – perguntou, indiferente. – Que importa agora? As coisas não saíram como planejado, e já não sou o mesmo daquela época.

– Você o matou?

– O quê?

– Martin, o filho de Random. Ele morreu? Vítima de sua punhalada?

Brand virou as palmas das mãos para cima.

– Não sei. Se não morreu, não foi por falta de tentativa. Não precisa ir atrás do culpado. Já o encontrou. E agora, o que pretende fazer?

Balancei a cabeça.

– Eu? Nada. Até onde sei, o garoto ainda pode estar vivo.

– Nesse caso, vamos passar para questões mais relevantes. Há quanto tempo sabe da existência do Padrão verdadeiro?

– Tempo o bastante – respondi. – Sua origem, suas funções, o efeito do sangue de Âmbar sobre ele... Sei de tudo isso há algum tempo. Prestei mais atenção a Dworkin do que você deve ter imaginado. Mas não vi nenhuma utilidade em danificar o tecido da existência. Por isso deixei Rover dormir quieto por muito, muito tempo. Aquela nossa conversa recente, porém, me levou a suspeitar que a estrada negra pudesse ter alguma relação com tamanho absurdo. Quando fui investigar o Padrão, descobri o arcano de Martin e todo o resto.

– Eu não sabia que você conhecia Martin.

– Nunca o vi.

– Como sabia, então, quem estava retratado no arcano?

– Eu não estava sozinho naquele lugar.

– Quem estava com você?

Abri um sorriso.

– Não, Brand. Ainda é a sua vez. Naquela ocasião, você me disse que os inimigos de Âmbar marchavam das Cortes do Caos, que tinham acesso ao reino pela estrada negra devido à intervenção feita por você, Bleys e Fiona quando ainda formavam um conluio para tomar o trono. Agora entendo o que fizeram. Mas Benedict tem vigiado a estrada negra e eu acabei de contemplar as Cortes do Caos. Não há tropas reunidas na estrada, nenhuma investida planejada contra Âmbar. Sei que o tempo flui de forma diferente naquele lugar. Eles tiveram tempo de sobra para preparar um novo ataque. Quero saber o que os está impedindo. Por que ainda não avançaram? O que eles estão esperando, Brand?

– Você superestima meu conhecimento sobre o assunto.

– Não, creio que não. Você é nosso maior especialista nesse quesito. Já lidou com eles. E esse arcano é prova de que nem sempre nos conta tudo. Não enrole, apenas diga de uma vez.

– As Cortes... Você andou ocupado. Foi tolice de Eric não se livrar de você o quanto antes... se estava ciente do seu conhecimento sobre essa questão.

– Eric era mesmo um tolo – confirmei. – Mas você não é. Vamos, estou ouvindo.

– Sou, sim. Um tolo sentimental, ainda por cima. Por acaso se lembra da nossa última briga, aqui em Âmbar, há muito tempo?

– Vagamente.

– Eu estava sentado na ponta da cama e você estava de pé ao lado da escrivaninha. Quando deu as costas para sair do quarto, tomei a decisão de matá-lo ali mesmo. Alcancei a besta engatilhada embaixo da cama, onde sempre a deixo. Eu já estava com a arma na mão, prestes a disparar, quando algo me impediu.

Brand se calou.

– E o que foi? – perguntei.

– Ali, perto da porta. Veja.

Olhei e não vi nada de especial. Comecei a menear a cabeça, e na mesma hora ele acrescentou:

– No chão.

Finalmente entendi a que se referia: ferrugem e oliva, marrom e verde, com um pequeno desenho geométrico.

Ele assentiu.

– Você estava em cima do meu tapete favorito. Não quis manchar o tecido de sangue. Depois disso, minha raiva passou. Como vê, eu também sou vítima de emoções e circunstâncias.

– Linda história... – comecei.

– ...mas você quer que eu pare de enrolar. Não foi minha intenção. Só queria deixar algo claro: só estamos vivos, todos nós, graças a uma tolerância mútua e acidentes fortuitos ocasionais. Em casos de extrema importância, seria melhor se deixássemos essa tolerância de lado e eliminássemos a possibilidade de acidentes. Mas antes de tudo, respondendo à sua pergunta, não sei o que os impede de avançar, mas posso arriscar um palpite muito bom.

Bleys reuniu um enorme exército para atacar Âmbar. Não vai chegar nem perto, porém, do ataque liderado por vocês dois. Veja bem, ele espera que a memória daquele último ataque influencie a reação ao novo. E antes disso, provavelmente haverá algumas tentativas de eliminar você e Benedict de vez. Mas toda essa história não vai passar de uma finta. Na minha opinião, Fiona entrou em contato com as Cortes do Caos, talvez esteja lá agora mesmo, e preparou as tropas para o verdadeiro ataque, que deve acontecer após a investida de Bleys, que será pura distração. Portanto...

Eu o interrompi:

– Disse que seria um palpite muito bom, mas nem temos certeza de que Bleys ainda está vivo.

– Bleys está vivo. Consegui comprovar isso e até mesmo obter informações sobre suas atividades atuais por meio do arcano, antes que ele tomasse ciência da minha presença e me bloqueasse. Ele é muito sensível a esse tipo de vigilância. Ainda assim, eu o avistei no campo com soldados que pretende usar contra Âmbar.

– E Fiona?

– Não, não me atrevi a buscar o arcano dela, e sugiro que também não se arrisque. Ela é extremamente perigosa e eu não queria me submeter à sua influência. Minhas estimativas quanto à sua situação atual se baseiam em dedução, não informações diretas. Mas não acho que estejam erradas.

– Entendo.

– Tenho um plano.

– Qual?

– A maneira como vocês me resgataram do cativeiro foi bastante engenhosa, combinando a força da concentração de todos daquele jeito. Poderíamos usar o mesmo princípio de novo, mas para outro propósito. Tal força seria capaz de atravessar as defesas de uma pessoa com relativa facilidade, até mesmo de alguém como Fiona, se o esforço tiver o devido direcionamento.

– Em outras palavras, com o seu direcionamento?

– Claro, com a seguinte sugestão: vamos reunir a família e abrir caminho à força até Bleys e Fiona, onde quer que eles estejam. Nós os restringimos e os imobilizamos fisicamente, apenas por um instante. Só o suficiente para eu atacar.

– Como fez com Martin?

– Melhor ainda, imagino. Martin conseguiu escapar no último segundo. Mas se todos me ajudarem, isso não vai se repetir. Três ou quatro pessoas já estariam de bom tamanho.

– Acha mesmo que vai ser tão fácil assim?

– Só sei que devemos tentar. Não temos tempo a perder. Você será um dos executados quando eles tomarem Âmbar. Eu também. O que me diz?

– Se me convencer de que é necessário, serei obrigado a concordar.

– É necessário, acredite. Além disso, vou precisar da Joia do Julgamento.

– Para quê?

– Se Fiona estiver mesmo nas Cortes do Caos, não será possível alcançá-la e mantê-la lá apenas por intermédio do arcano. Mesmo se todos estivermos juntos. No caso dela, vou precisar da Joia para concentrar nossas energias.

– Acho que seria possível, sim.

– Então quanto antes, melhor. Pode organizar tudo para hoje à noite? Já estou recuperado o bastante para cuidar da minha parte.

– De jeito nenhum – declarei, e fiquei de pé.

Brand agarrou os braços da poltrona, fazendo menção de se levantar.

– Como assim? Por que não?

– Eu disse que concordaria se me convencesse de que era necessário, mas você admitiu que boa parte disso não passa de especulação. Só isso já basta para não me convencer.

– Esqueça o convencimento, então. Está disposto a correr o risco? O próximo ataque será muito mais forte do que o último, Corwin. Eles sabem das suas armas novas e vão levar isso em consideração no planejamento.

– Mesmo se eu concordasse com seu plano, Brand, com certeza não conseguiria convencer os outros de que as execuções são necessárias.

– E acha mesmo que precisa convencer alguém? Basta dar a ordem! Tem todos eles na palma da mão, Corwin! Está no topo agora. Quer continuar aí, não quer?

Caminhei em direção à porta com um sorriso no rosto.

– Sim, e vou continuar... se fizer tudo do meu jeito. Vou levar sua sugestão em consideração.

– Essa decisão pode custar sua vida, Corwin. Mais cedo do que imagina.

– Estou em cima do seu tapete de novo.

Brand riu.

– Ótima tática, mas não foi uma ameaça. Entendeu muito bem a que me refiro, Corwin. Você é responsável por toda a Âmbar agora. Deve agir com sabedoria.

– E você também deve ter me entendido. Não vou matar dois de nossos irmãos com base em meras suspeitas. Preciso de motivos mais convincentes.

– Quando você os tiver, será tarde demais.

Encolhi os ombros.

– Veremos.

– O que pretende fazer agora? – perguntou-me ele quando cheguei à porta.

Com um meneio de cabeça, respondi:

– Eu nunca revelo tudo o que sei, Brand. É uma forma de garantia.

– Sim, entendo bem. Só espero que saiba o bastante.

– Ou talvez receie que eu saiba demais.

Um olhar de cautela dançou por um instante nos músculos sob seus olhos. E então ele sorriu e declarou:

– Não tenho medo de você, irmão.

– É bom não ter nada a temer.

Abri a porta.

– Corwin, espere.

– Sim?

– Ainda não me contou com quem estava quando encontrou o arcano de Martin.

– Ora, com Random.

– Ah, e ele está ciente dos detalhes?

– Se está perguntando se Random sabe que você apunhalou o filho dele, a resposta é não, ainda não.

– Entendo, entendo. E o braço novo de Benedict? Soube que você o trouxe de Tir-na Nog'th. Eu gostaria de mais detalhes.

– Agora não. Vamos deixar esse assunto para nosso próximo encontro. Não vai demorar muito.

Cruzei a soleira e fechei a porta atrás de mim, com um agradecimento silencioso ao tapete.

OITO

Depois de visitar as cozinhas e preparar uma refeição colossal que devorei em instantes, segui para os estábulos e encontrei o antigo alazão de Eric. Apesar disso, não tive problemas em formar um vínculo com o belo animal, e pouco depois já estávamos a caminho do acampamento, aos pés da Kolvir, onde agrupavam-se minhas forças de Sombra. Enquanto avançava e digeria o desjejum, tentei organizar os acontecimentos e revelações que, para mim, tinham ocorrido nas últimas horas. Se Âmbar de fato havia surgido como resultado do ato de rebelião de Dworkin nas Cortes do Caos, então éramos todos parentes das mesmas forças que nos ameaçavam. Claro, era difícil decidir até que ponto se podia confiar nas palavras de Dworkin, mas a estrada negra de fato se estendia até as Cortes do Caos, aparentemente um resultado direto do ritual realizado por Brand com base em princípios aprendidos com Dworkin. Felizmente, por enquanto, as partes mais questionáveis da narrativa de Dworkin não exerciam grande influência no cenário imediato. Ainda assim, a ideia de ser descendente de um unicórnio me despertava sentimentos conflitantes...

– Corwin!

Puxei as rédeas e abri a mente para o contato. A imagem de Ganelon se materializou diante de mim.

– Estou aqui. Onde arranjou um conjunto de arcanos? E como aprendeu a usar as cartas?

– Peguei um baralho na biblioteca um tempo atrás. Achei que seria bom ter uma forma de entrar em contato com você. E, bem, aprendi a usar só de ver o que você e os outros fazem: basta observar o arcano e pensar nele enquanto se concentra na pessoa escolhida.

– Eu deveria ter oferecido um baralho para você há muito tempo, Ganelon. Fico feliz que tenha corrigido esse meu descuido por conta própria. Decidiu testar as cartas agora? Ou aconteceu alguma coisa?

– Sim, aconteceu. Onde você está?

– Por acaso, estou chegando aí.

– Está tudo bem?

– Sim.

– Ótimo. Venha, então. Prefiro não trazer você por este troço, como costumam fazer. Não é tão urgente. Bem, até já.

– Certo, até já.

Quando Ganelon interrompeu o contato, eu sacudi as rédeas e segui caminho. Por um instante, fiquei irritado por ele não ter me pedido logo um baralho. Depois me lembrei de que eu tinha passado mais de uma semana fora, pelo tempo de Âmbar. Sem dúvida ele estava preocupado e, talvez com razão, não confiava nos outros a ponto de pedir um conjunto de arcanos.

A descida foi rápida, assim como o balanço da viagem até o acampamento. O cavalo, cujo nome era Tambor, parecia satisfeito com o passeio e tendia a galopar ao menor incentivo. Soltei as rédeas e deixei que cavalgasse livremente por um tempo até se cansar, e não demorou muito até o acampamento despontar no horizonte. Conforme avançávamos, percebi que sentia saudade de Estrela.

Fui alvo de olhares e saudações quando adentrei o acampamento. Um silêncio me seguia e todas as atividades cessavam conforme eu passava. Por acaso pensavam que eu havia chegado para convocá-los à batalha?

Ganelon saiu de sua barraca antes que eu desmontasse.

– Chegou bem rápido – comentou, apertando minha mão quando desci de Tambor. – Belo cavalo.

Entreguei as rédeas ao ordenança dele.

– Sim, é mesmo. Alguma novidade?

– Bem... Tive uma conversa com Benedict...

– Ele relatou alguma movimentação na estrada negra?

– Não, não. Não é nada disso. Ele me procurou depois de uma visita àqueles amigos, os tecys, para me avisar que Random estava bem e tinha começado a seguir uma pista sobre o paradeiro de Martin. Depois entramos em outros assuntos, e Benedict acabou me pedindo para contar tudo o que eu sabia sobre Dara. Como Random comentou sobre a travessia dela no Padrão, ele decidiu que muitas pessoas estavam cientes da existência da garota.

– E o que você revelou?

– Tudo.

– Até mesmo nossas conjecturas e especulações depois de Tir-na Nog'th?

– Sim, tudo.

– Entendo. E como ele reagiu?

– Pareceu animado. Até feliz, eu diria. Venha e converse com ele pessoalmente.

Concordei com um aceno. Ganelon se virou na direção da barraca, abriu a aba e se afastou para me dar passagem.

Benedict estava sentado em uma banqueta perto de um baú sobre o qual havia um mapa aberto. Traçava algo no papel com o longo dedo metálico da mão esquelética e cintilante, que estava presa ao braço mecânico letal com cabos prateados e rebites forjados que eu havia trazido da cidade do céu. O dispositivo estava encaixado no coto de seu braço direito, um pouco abaixo do ponto onde a manga da camisa marrom fora cortada. Estava tão parecido com o fantasma daquela noite que até me detive por um instante, tomado por um ligeiro estremecimento. Nossos olhares se encontraram. Com um gesto natural e perfeitamente executado, ele levantou a mão em saudação e exibiu o sorriso mais largo que eu já vira em seu rosto.

– Corwin! – exclamou, e então ficou de pé e estendeu a mão artificial.

Com muito esforço, apertei o dispositivo que quase me matara. Mas fazia muito tempo que Benedict não parecia tão simpático comigo, então segurei a mão nova, cuja pressão era impecável, e espantado pelo nível de controle adquirido em tão pouco tempo, quase consegui ignorar o toque frio e anguloso do metal.

– Eu lhe devo um pedido de desculpas, Corwin. Fui injusto. Por favor, me perdoe.

– Não tem problema. Eu entendo.

Benedict me abraçou por um instante, e apenas o aperto daqueles dedos precisos e letais em meu ombro obscureceu minha convicção de que o mal-entendido entre nós tinha se resolvido.

Ganelon deu uma risada e puxou outra banqueta, colocando-a do outro lado do baú. Fiquei irritado por ele ter trazido à tona o assunto que eu não queria ver discutido em nenhuma circunstância, claro, mas o resultado de tal deslize se sobrepôs ao ressentimento. Afinal, eu não me lembrava de já ter visto Benedict tão bem-humorado. Ganelon, por sua vez, parecia satisfeito por ter contribuído para essa reaproximação entre irmãos.

Aceitei a banqueta com um sorriso no rosto, soltando o cinto da bainha para pendurar Grayswandir no mastro da barraca. Ganelon arranjou três taças e uma garrafa de vinho e, enquanto as dispunha à nossa frente e servia a bebida, comentou:

– Para retribuir a hospitalidade da sua barraca naquela noite, em Avalon.

Benedict ergueu a taça com um tilintar quase imperceptível.

– O ar nesta barraca é mais leve. Não concorda, Corwin?

Assenti e ergui minha taça.

– Um brinde a essa leveza. Que ela sempre prevaleça.

– Fazia tempo que eu não tinha a oportunidade de conversar longamente com Random. Ele mudou bastante.

– Sim, é verdade.

– Estou mais inclinado a confiar nele agora do que já estive em dias passados. Tivemos tempo de conversar depois de nossa visita aos tecys.

– Como foram parar lá?

– Alguns comentários feitos por Martin ao seu anfitrião pareciam indicar que ele estava a caminho de um lugar bem distante em Sombra, do qual eu já tinha ouvido falar: a cidade de pedra de Heerat. Viajamos para lá e constatamos que era verdade. Martin de fato passara por ali.

– Não conheço Heerat.

– É um lugar de adobe e rochas, um centro de comércio na junção de algumas rotas mercantis. Lá, Random obteve informações que o levaram rumo ao leste e talvez para lugares mais afastados de Sombra. Nós nos despedimos em Heerat, pois eu não queria me ausentar de Âmbar por muito tempo. Havia também uma questão pessoal que eu pretendia resolver o mais rápido possível. Ele me contou que viu Dara percorrer o Padrão no dia da batalha.

– Sim, é isso mesmo. Eu também estava lá.

Benedict fez um gesto afirmativo com a cabeça.

– Como eu disse, Random me impressionou, e eu estava inclinado a acreditar em suas palavras. Nesse caso, era possível que você também tivesse dito a verdade. E assim, decidi que era necessário investigar as alegações referentes àquela garota. Como você não estava disponível, recorri a Ganelon alguns dias atrás e pedi que me contasse tudo o que sabia sobre Dara.

Lancei um olhar para Ganelon, que assentiu com leveza.

– Então agora você acha que descobriu uma nova parente. Uma mentirosa, sem dúvida, e possivelmente uma inimiga... mas ainda assim uma parente. Qual será seu próximo passo?

Benedict tomou um gole do vinho.

– Eu gostaria que fosse verdade – admitiu. – De alguma forma, a ideia me agrada. Por isso, quero tirar a história a limpo o quanto antes. Se for comprovado que somos mesmo parentes, eu gostaria de entender os motivos por trás de suas ações e descobrir por que ela nunca me revelou sua existência.

Ele abaixou a taça, ergueu a mão nova e flexionou os dedos.

– Antes de tudo – continuou –, eu gostaria de entender todas as coisas vivenciadas por você em Tir-na Nog'th e como se relacionam a Dara e a mim. Também estou extremamente curioso a respeito desta mão, que se porta como se tivesse sido feita sob medida para mim. Esta é a primeira vez que vejo alguém obter um objeto físico na cidade do céu.

Depois de cerrar o punho, abriu os dedos, girou o pulso, estendeu e levantou o braço, e por fim pousou a mão delicadamente sobre os joelhos.

– Random realizou uma cirurgia muito eficaz, não acha, Corwin?

– Com certeza.

– Então, pode me contar a história?

Concordei com um gesto e beberiquei o vinho.

– Aconteceu no palácio celestial. Sombras escuras e inconstantes se moviam por toda parte. Eu me senti impelido a visitar a sala do trono. Fui até lá e, quando as sombras se dissiparam, eu vi você à direita do trono, com esse braço. Quando a imagem ficou mais nítida, avistei Dara sentada no trono. Avancei e, ao tocá-la com Grayswandir, tornei-me visível aos seus olhos. Ela declarou que eu estivera morto esses séculos todos e rogou que eu retornasse ao meu túmulo. Quando exigi saber sua linhagem, ela respondeu que descendia de você e da donzela infernal Lintra.

Benedict respirou fundo, mas permaneceu em silêncio, de modo que continuei o relato:

– Dara me contou que o tempo corria a um ritmo diferente no lugar onde ela nasceu, então várias gerações já haviam passado por lá. Foi a primeira a possuir atributos humanos normais. De novo rogou que eu fosse embora. Nesse ínterim, você estudava Grayswandir com atenção. De repente, lançou-se em um ataque para proteger Dara, e lutamos. Você estava ao alcance da minha espada, e eu estava ao alcance da sua mão. Foi só isso. De resto, não passou de um duelo entre fantasmas. Quando o sol começou a despontar no céu e a cidade passou a desaparecer, você me agarrou com essa mão. Eu a decepei com um golpe da Grayswandir e escapei. Só a trouxe comigo porque ainda estava presa ao meu ombro.

– Curioso, de fato. Eu sabia que esse lugar produzia falsas profecias, os medos e desejos ocultos do visitante, em vez de uma imagem verdadeira do porvir. Por outro lado, muitas vezes ele também revela verdades desconhecidas. E, como em muitas outras situações, é difícil separar o joio do trigo. Como interpretou tais acontecimentos?

– Benedict, estou inclinado a acreditar na história de sua origem. Você nunca a viu, mas eu já. Dara realmente tem alguns traços seus. Quanto ao resto... sem dúvida é como você disse: aquilo que resta após a verdade ter sido revelada.

Ao ver sua leve anuência, percebi que ele ainda não estava convencido, mas não pretendia insistir na questão. Sabia tão bem quanto eu as implicações do resto da história. Se mantivesse sua pretensão ao trono e conseguisse concretizá-la, era possível que um dia viesse a abdicar em favor de sua única descendente.

– O que pretende fazer? – perguntei.

– Eu? Bem, seguirei os mesmos passos de Random com relação a Martin. Eu a procurarei, a encontrarei, ouvirei a história de sua própria boca e só então tomarei minha decisão. Antes disso, porém, o problema da estrada negra precisa ser resolvido. Esse é outro assunto que eu gostaria de tratar com você.

– Diga, estou ouvindo.

– Se o avanço do tempo é tão diferente assim nos domínios de nossos inimigos, eles já tiveram mais do que o necessário para planejar outro ataque. Não quero esperar de braços cruzados para travar mais uma batalha inconclusiva. Pretendo seguir a estrada negra até sua origem e atacar nossos inimigos em seu próprio território. Gostaria de fazer isso com sua anuência.

– Benedict, alguma vez já contemplou as Cortes do Caos?

Ele levantou a cabeça e olhou para a parede vazia da barraca.

– Muito tempo atrás, quando eu era jovem, fiz uma viagem infernal até onde fosse possível, até o fim de tudo. E ali, sob um céu dividido, vislumbrei um abismo impressionante. Não sei se o domínio deles fica lá ou se a estrada vai até tão longe, mas estou preparado para seguir esse caminho outra vez, se for o caso.

– Sim, é lá mesmo.

– Como pode ter certeza?

– Acabei de retornar daquela terra. Uma cidadela escura paira no centro. A estrada conduz até lá.

– O caminho foi difícil?

– Veja isto – declarei, entregando-lhe o arcano. – Encontrei a carta entre as coisas de Dworkin. Foi a responsável por me levar para lá. O tempo já flui depressa nesse ponto. Fui atacado por um cavaleiro em uma estrada flutuante que não aparece nessa carta. É difícil estabelecer contato via arcano por aquelas terras, talvez por causa do diferencial de tempo. Gérard me trouxe de volta.

Benedict examinou a carta.

– Parece o lugar que vi naquela vez – comentou, por fim. – Isso resolve nossos problemas de logística. Ao estabelecer uma conexão por meio dos arcanos, com um de nós de cada lado, podemos transportar as tropas como fizemos da última vez, entre a Kolvir e Garnath.

Concordei com um aceno.

– Esse é um dos motivos pelos quais lhe mostrei esta carta: provar que estou agindo de boa-fé. Mas talvez haja uma maneira menos arriscada de levar nossas forças rumo ao desconhecido. Por isso, peço que não tome nenhuma atitude enquanto eu me aprofundo nessa alternativa.

– De qualquer forma, estou de mãos atadas até conseguir mais informações sobre esse lugar. Ainda não sabemos nem se suas armas automáticas vão funcionar lá, não é?

– Não, não levei nenhuma para testar.

Benedict comprimiu os lábios.

– Devia ter cogitado levar uma para experimentar.

– As circunstâncias da minha saída não permitiram.

– Circunstâncias?

– Vamos deixar para outra hora. Não é relevante. Mas o que você dizia sobre seguir a estrada negra até a origem…

– Sim?

– Não fica naquele lugar. A origem da estrada reside na verdadeira Âmbar, no defeito do Padrão primordial.

– Sim, entendo. Tanto Random quanto Ganelon descreveram sua jornada ao Padrão verdadeiro, bem como o dano que encontraram lá. Entendo a analogia, a possível ligação…

– Você se lembra da minha fuga de Avalon e da sua perseguição?

Em resposta, ele se limitou a esboçar um sorriso.

– Em dado momento, nós atravessamos a estrada negra. Está lembrado, Benedict?

Seus olhos se estreitaram.

– Sim, você abriu caminho por ela. O mundo tinha voltado ao normal nessa parte. Eu tinha me esquecido.

– Foi um efeito exercido pelo Padrão, e eu acredito que possa ser aplicado em uma escala bem maior.

– Maior quanto?

– O suficiente para eliminar a estrada inteira.

Benedict endireitou a postura e observou meu rosto.

– Nesse caso, o que você está esperando?

– Preciso realizar alguns preparativos.

– Quanto tempo vai demorar?

– Não muito. Talvez só alguns dias. Ou umas poucas semanas.

– Por que não revelou isso antes?

– Só encontrei a solução há pouco tempo.

– E qual é?

– Basicamente, a ideia é restaurar o Padrão.

– Tudo bem, Corwin. Digamos que você consiga. O inimigo ainda está lá – teorizou, fazendo um gesto na direção de Garnath e da estrada negra. – Alguém já lhes deu passagem.

– O inimigo sempre esteve lá. Caberá a nós garantir que eles nunca recebam passagem de novo, se tomarmos as medidas adequadas com aqueles que a concederam.

– Concordo com você nesse ponto, mas não é a isso que me refiro. Eles precisam de uma lição, Corwin. Precisam aprender a dar o devido respeito a

Âmbar, de tal forma que, mesmo se o caminho voltar a ser aberto, eles terão medo de fazer a travessia. É a isso que me refiro. É necessário.

– Não faz ideia de como seria travar uma batalha naquele lugar, Benedict. É simplesmente impossível de explicar.

Com um sorriso, ele se levantou.

– Então acho melhor eu ir ver com meus próprios olhos. Vou guardar esta carta por ora, se você não se importar.

– Não, pode ficar com ela.

– Ótimo. Então vá cuidar dos seus assuntos com o Padrão, Corwin, e eu cuidarei dos meus. Isso vai levar algum tempo. Agora preciso dar ordens aos meus comandantes a respeito de minha ausência. Vamos fazer um trato: nenhum de nós deve tomar medidas decisivas sem antes consultar o outro.

– Combinado.

Terminamos de beber o vinho.

– Também vou seguir meu caminho muito em breve, Benedict. Então, boa sorte.

Outro sorriso cruzou seus lábios.

– Para você também. A situação melhorou, irmão – disse ele, com a mão apoiada em meu ombro.

Em seguida saiu da barraca e nós o seguimos para fora.

Ganelon avistou o ordenança parado sob uma árvore a poucos metros de distância e lhe pediu que trouxesse o cavalo de Benedict. Em seguida se virou e, estendendo a mão para meu irmão, disse:

– Também quero lhe desejar boa sorte.

Benedict assentiu e retribuiu o aperto.

– Obrigado, Ganelon. Por tudo.

Depois pegou seus arcanos e avisou:

– Posso atualizar Gérard enquanto minha montaria não chega.

Folheou as cartas, sacou uma e a estudou com atenção.

– Como pretende reparar o Padrão? – perguntou Ganelon para mim.

– Preciso ir buscar a Joia do Julgamento. Com ela, posso retraçar a área danificada.

– É perigoso?

– Muito.

– Onde está a Joia?

– Lá na Terra de Sombra, onde a deixei.

– Por que a deixou lá?

– Tive medo de minha vida se esvair por completo.

Uma careta impossível distorceu suas feições.

– Não estou gostando dessa ideia, Corwin. Deve haver outro jeito.

– Se eu conhecesse uma alternativa, com certeza a adotaria.

– E se você simplesmente seguir o plano de Benedict e encarar as forças inimigas? Você mesmo disse que ele é capaz de reunir legiões infinitas em Sombra. Também disse que ninguém supera seu irmão no campo.

– Sim, mas o dano permaneceria no Padrão, e alguma outra coisa surgiria para tomar seu lugar. Sempre. O inimigo do momento não é tão importante quanto nossa fraqueza interna. Se a situação não for resolvida, já podemos nos considerar derrotados, mesmo que nenhum conquistador de fora invada nossos muros.

Ganelon desviou os olhos.

– Não posso discutir. Afinal, você conhece seu reino melhor do que eu. Mas ainda acho que pode estar cometendo um erro grave ao assumir um risco que pode se revelar desnecessário em um momento em que precisamos tanto da sua ajuda.

Uma risada me escapou quando me recordei da conversa com Vialle, pois eu estava prestes a admitir algo que havia rechaçado quando fora sugerido por ela:

– É o meu dever.

Ganelon permaneceu em silêncio.

A uns dez passos de distância, Benedict parecia ter conseguido alcançar Gérard, pois se alternava entre murmúrios e pausas para ouvir a resposta. Continuamos ali, esperando o fim da conversa para podermos nos despedir.

– Sim, ele está aqui agora – ouvi-o dizer. – Não, duvido muito. Mas…

Benedict olhou para mim várias vezes e balançou a cabeça.

– Não, acho que não – continuou, e por fim: – Tudo bem, venha.

Estendeu a mão nova e Gérard a segurou, tomando forma diante de nossos olhos. Então se virou e, assim que me viu, caminhou na minha direção.

Esquadrinhou meu corpo dos pés à cabeça, como se tentasse encontrar algo ali.

– Qual é o problema? – perguntei.

– Brand – respondeu ele. – Não está mais em seus aposentos. Pelo menos a maior parte dele já não está mais lá, porque deixou um pouco de sangue para trás. E a julgar pelo estado do cômodo, deve ter havido uma luta.

Abaixei o rosto para avaliar meus trajes.

– E você está procurando manchas de sangue? Como pode ver, estas são as mesmas roupas de antes. Podem estar sujas e amarrotadas, mas só isso.

– Isso não prova muita coisa.

– Foi você quem quis olhar, não eu. Por que acha que eu…

– Você foi a última pessoa a ver nosso irmão.

– Sem contar a pessoa com quem ele lutou... se é que lutou com alguém.

– O que está insinuando?

– Ora, conhece bem o gênio dele, o temperamento. Tivemos uma pequena discussão. Pode ser que ele tenha começado a quebrar coisas depois que fui embora, talvez tenha se cortado, ficado furioso e usado um arcano para uma mudança de ares... Espere! O tapete! Por acaso havia algum respingo de sangue naquele tapetinho requintado perto da porta?

– Não sei... não, acho que não. Por quê?

– Sinal de que ele fez tudo sozinho. Brand adora aquele tapete. Não o estragaria de propósito.

– Não me convence – rebateu Gérard. – E ainda há algo estranho na morte de Caine, assim como na dos criados de Benedict, que podem ter descoberto seu interesse por pólvora. E agora Brand...

– Poderia muito bem ser outra armação para me incriminar. E, aliás, Benedict e eu nos acertamos.

Gérard se virou para Benedict, ainda a poucos passos de distância enquanto ouvia a conversa, com o rosto impassível.

– Corwin conseguiu explicar aquelas mortes? – perguntou Gérard.

– Não diretamente – respondeu Benedict –, mas o resto da história me parece mais claro agora, a ponto de eu estar disposto a acreditar em tudo.

Gérard balançou a cabeça e se virou para mim.

– Ainda não me convenceu, Corwin. Por que você e Brand estavam discutindo?

– Até que Brand e eu mudemos de ideia, isso é assunto nosso, Gérard.

– Se eu o resgatei da morte e cuidei dele, Corwin, não foi apenas para vê-lo morto em uma briga qualquer.

– Pense um pouco. De quem foi a ideia de procurá-lo daquele jeito? De trazê-lo de volta?

– Você queria alguma coisa dele e finalmente conseguiu. E agora Brand se tornou um incômodo.

– Não foi isso o que aconteceu. Mas, se fosse o caso, acha mesmo que eu seria tão óbvio? Se Brand tiver sido assassinado, foi pelo mesmo motivo de Caine: uma tentativa de me incriminar.

– Usou a desculpa da obviedade na morte de Caine, lembra? Poderia ser uma forma de sutileza... uma arte que você domina muito bem.

– Já tivemos essa conversa antes, Gérard...

– E você se lembra da minha resposta.

– Seria difícil me esquecer.

Gérard estendeu a mão e agarrou meu ombro direito, e na mesma hora acertei a barriga dele com um soco. Recuei e só então me ocorreu que talvez eu devesse ter contado o teor de minha conversa com Brand. Mas não gostei do jeito como ele tinha perguntado.

Quando ele fez uma nova investida, dei um passo para o lado e acertei um golpe rápido perto do olho direito. Desferi soco atrás de soco, acima de tudo para manter sua cabeça afastada. Eu não estava em condições de travar outro duelo com ele. Grayswandir estava dentro da barraca e eu não tinha nenhuma outra arma comigo.

Comecei a andar em volta dele. Meu flanco doía quando eu o chutava com a perna esquerda. Consegui acertar sua coxa com a direita, mas estava lento e sem equilíbrio, e não consegui aproveitar o golpe. Continuei a usar os punhos.

Por fim, Gérard bloqueou minha mão esquerda e conseguiu agarrar meu bíceps. Eu devia ter recuado nesse momento, mas ele estava exposto, então acertei um pesado de direita na boca do estômago, com todas as minhas forças. Sem fôlego, ele se curvou para a frente sem diminuir o aperto em meu braço. Usou a mão esquerda para bloquear minha tentativa de gancho e continuou o movimento até a base do punho atingir meu peito, jogando ao mesmo tempo meu braço esquerdo para trás e para o lado com tanta força que fui arremessado no chão. Se Gérard me pegasse ali, eu estaria perdido.

Sem perder tempo, ele se ajoelhou e estendeu a mão para agarrar meu pescoço.

NOVE

Quando eu me preparava para bloquear a mão dele, percebi que ela havia parado no meio do caminho. Virei a cabeça e vi que outra mão tinha agarrado o braço de Gérard e o segurava no lugar.

Rolei para o lado e uma segunda olhada me revelou o responsável: Ganelon conseguira conter Gérard que, apesar de um esforço violento, não foi capaz de se soltar.

– Não se meta, Ganelon – rosnou ele.

– Vá embora, Corwin! – gritou Ganelon. – Pegue a Joia!

Mal as palavras saíram de sua boca e Gérard já começou a se levantar. Ganelon deu-lhe um cruzado de esquerda no queixo que o jogou no chão, depois tentou acertar um chute nas costelas, mas Gérard agarrou sua perna e o derrubou. Eu me endireitei com esforço, apoiando o peso do corpo em uma das mãos.

Gérard se levantou e partiu para cima de Ganelon, que ainda recuperava o equilíbrio. Quando estavam a meros passos de distância, Ganelon o deteve com um soco duplo no tronco e em seguida seus punhos voaram como pistões contra o abdômen de meu irmão. Por alguns segundos, Gérard pareceu atordoado demais para se proteger, e quando finalmente se curvou e fechou os braços, Ganelon o acertou com um soco de direita no queixo que o fez cambalear para trás. Não satisfeito, avançou e usou ambos os braços para lhe agarrar a perna direita. Quando Gérard tropeçou e caiu, Ganelon montou em cima dele e o golpeou duas vezes no queixo, primeiro com a direita, depois com um cruzado de esquerda.

Benedict fez menção de intervir, mas Ganelon escolheu esse momento para se levantar. Gérard estava inconsciente, sangrando pela boca e pelo nariz.

Com grande dificuldade, também me pus de pé, cambaleante, e sacudi a poeira do corpo.

Ganelon sorriu para mim.

— Não enrole, Corwin. Não sei como eu me sairia em uma revanche. Vá buscar o adorno.

Lancei um olhar para Benedict, que assentiu em concordância. Voltei à barraca para buscar Grayswandir e, quando saí, Gérard ainda jazia imóvel no chão.

— Não se esqueça, você tem meu arcano e eu tenho o seu — disse Benedict, parado diante de mim. — Nenhuma decisão definitiva até termos uma conversa.

Enquanto concordava com a cabeça, cogitei perguntar por que ele tinha parecido tão disposto a ajudar Gérard, mas não a mim. E no último segundo mudei de ideia, sem querer prejudicar nossa amizade tão recente.

— Tudo bem.

Caminhei em direção aos cavalos. Quando passei, Ganelon me deu um tapinha amigável no ombro.

— Boa sorte, Corwin. Eu iria junto, mas sou necessário aqui, especialmente agora que Benedict vai viajar de arcano até o Caos.

— Muito bem, camarada. Mas não se preocupe comigo. Não devo ter nenhum problema.

Fui até o estábulo e logo já estava montado e pronto para ir embora. Ganelon me fez uma saudação quando passei, e eu retribuí. Benedict estava ajoelhado ao lado de Gérard.

Segui para a trilha mais próxima na direção de Arden. O mar estava às minhas costas, Garnath e a estrada negra à minha esquerda, a Kolvir à direita. Seria necessário me afastar um pouco antes de começar a manipular a matéria de Sombra. O dia clareou quando, depois de atravessar algumas colinas e vales, perdi Garnath de vista. Avancei pela trilha e acompanhei sua longa curva floresta adentro, onde sombras úmidas e gorjeios distantes me lembravam dos longos períodos de paz de outrora e da presença sedosa e cintilante do unicórnio materno.

Minhas dores se diluíram no ritmo do trote, e mais uma vez pensei no encontro que acabara de acontecer. Não era difícil entender a postura de Gérard, pois já havia externado suas suspeitas e me dado um aviso. Ainda assim, o desaparecimento de Brand foi tão inoportuno que só pude encarar o fato como mais uma ação destinada a desacelerar, se não impedir, meu avanço. Foi uma sorte ter contado com a presença de Ganelon, em boa forma e capaz de usar os punhos nos lugares e momentos certos. Tentei imaginar o que Benedict teria feito se fôssemos só nós três lá. Algo me dizia que ele teria esperado para intervir apenas no último segundo, para impedir que Gérard me matasse. Nosso acordo ainda não me agradava, embora sem dúvida fosse melhor do que a situação anterior.

Todas essas questões me levaram a ponderar, mais uma vez, sobre o destino de Brand. Será que Fiona ou Bleys finalmente tinham colocado as garras nele? Ou ele havia tentado executar sozinho os assassinatos propostos, sofrido um contragolpe e sido capturado pelo arcano da suposta vítima? Seria possível, ainda, que seus antigos aliados das Cortes do Caos o tivessem alcançado? Ou então um daqueles guardiões da torre, com suas mãos espinhosas? Ou será que foi o que sugeri a Gérard: um ferimento acidental em um surto de fúria, seguido pela decisão rabugenta de sair de Âmbar para remoer seus rancores e conspirar em outro local?

Quando um único acontecimento suscita tantas dúvidas, raras vezes a resposta pode ser obtida apenas pela lógica. No entanto, era necessário organizar as possibilidades, para ter algo a que recorrer quando novos fatos viessem à tona. Enquanto isso, tive o cuidado de examinar as alegações de Brand à luz do que eu havia descoberto até então. Exceto por uma coisa, eu não duvidava da maioria dos fatos. Habilmente construído, seu edifício não desabaria ao menor dos abalos. Por outro lado, ele tivera tempo de sobra para pensar em tudo. Não, foi na sua maneira de apresentar os acontecimentos que algo foi distorcido para esconder certas coisas de mim, como evidenciado por aquela sua última proposta.

A antiga trilha serpenteava e se alargava antes de se fechar outra vez, conforme descia a noroeste e entrava no bosque cada vez mais denso. A floresta pouco havia mudado, talvez cortada pela mesma trilha que um jovem havia percorrido séculos antes, cavalgando pelo simples prazer de cavalgar, explorando aquele vasto domínio verdejante que se estendia por quase todo o continente, a menos que se aventurasse por Sombra. Seria bom voltar a andar livre por aí sem motivo.

No decorrer de quase uma hora, eu já havia percorrido uma boa distância floresta adentro, onde as árvores se erguiam como gigantescas torres escuras. Alguns raios de sol se prendiam nos galhos mais altos como ninhos de fênix, enquanto a suavidade do ar sempre úmido e crepuscular amaciava os contornos de tocos e fustes, toras e rochas musgosas. Um cervo saltitante cruzou meu caminho, desconfiado da excelente cobertura da sarça à direita da trilha. Trinados de pássaros soavam à minha volta, nunca perto demais. De vez em quando, eu passava pelo rastro de outros cavaleiros. Alguns eram bastante recentes, mas não se estendiam muito na trilha. A essa altura, a Kolvir estava longe de vista havia um bom tempo.

A trilha subiu de novo, e eu sabia que logo chegaria ao topo de uma pequena saliência, passaria entre pedras e voltaria a descer. As árvores se tornaram cada vez mais escassas na subida, oferecendo uma vista parcial do céu. O horizonte aumentou conforme eu avançava, e quando cheguei ao cume ouvi o canto distante de uma ave de rapina.

Olhei para o alto e avistei uma grande forma escura, traçando círculos muito acima de mim. Corri pela crista rochosa e, assim que o caminho permitiu, agitei as rédeas para ganhar velocidade. Descemos a encosta em desabalada, correndo para recuperar a proteção das árvores mais altas.

Apesar dos grasnados do pássaro, alcançamos a penumbra, a escuridão, sem incidentes. Reduzi gradualmente a velocidade, ainda atento, mas nenhum som perturbador enchia o ar. Aquela parte da floresta era muito parecida com o trecho que havíamos deixado antes da saliência, salvo por um pequeno córrego que seguimos por algum tempo antes de aproveitar uma parte mais rasa para atravessar o leito. Mais adiante, por quase meia légua, a trilha se abria e um pouco mais de luz se infiltrava entre as árvores. Só mais um pouco e eu já poderia começar aquelas pequenas manipulações de Sombra que me levariam de volta à Terra de Sombra onde eu passara meu exílio. Seria mais fácil se eu retardasse meus esforços até um ponto mais distante, por isso decidi poupar o cavalo e a mim mesmo do desgaste e prosseguir rumo a um lugar mais adequado. Afinal, nada de ameaçador havia acontecido até então. Aquele pássaro podia ser apenas uma ave de rapina solitária.

Apenas um pensamento me atormentava em meu avanço.

Julian...

Arden era o território de Julian, patrulhado por seus homens, abrigo constante de diversos acampamentos de suas tropas, a guarda das fronteiras terrestres de Âmbar, contra incursões naturais, mas também contra tudo que pudesse surgir nos limites de Sombra.

Para onde Julian tinha ido quando saíra do palácio tão subitamente na noite do ataque a Brand? Se sua intenção era apenas se esconder, não havia necessidade de ir além da floresta. Ali ele era forte, apoiado por seus próprios homens e rodeado de um território que ele conhecia melhor do que todos nós. Era bem possível que, naquele instante, não estivesse muito longe. Além disso, gostava de caçar. Tinha seus cães infernais, seus pássaros...

Um quilômetro, dois...

E de repente ouvi o som que mais temia, perfurando o refúgio verdejante das árvores: o clamor de uma trombeta de caça. O ruído veio de trás, talvez do lado esquerdo da trilha.

Instiguei minha montaria a galope conforme as árvores passavam à nossa volta em um borrão. Felizmente, a trilha ali era reta e plana.

E então, bem atrás de mim, ouvi um rugido, uma espécie de estrondo gutural, um ronco poderoso como um intenso arquejo. Eu não sabia de qual criatura poderia ter vindo, mas certamente não era um cachorro, nem mesmo um cão infernal. Olhei para trás, mas não havia nada em meu encalço. Então mantive a cabeça baixa e sussurrei para tranquilizar Tambor.

Depois de um tempo, outro estrondo ressoou na mata à minha direita, mas o rugido não se repetiu. Lancei mais alguns olhares naquela direção e não consegui distinguir a origem de tal perturbação. Pouco depois, ouvi a trombeta de novo, muito mais perto, e dessa vez veio acompanhada daqueles latidos e uivos inconfundíveis. Os cães infernais estavam a caminho, feras rápidas, poderosas e ferozes que Julian havia encontrado em algum lugar de Sombra e treinado como caçadores.

Decidi que chegara a hora de começar os deslocamentos. Âmbar ainda estava forte à minha volta, mas agarrei-me a Sombra e comecei a movimentação.

A trilha começou a se curvar para a esquerda, e de ambos os lados as árvores diminuíram de tamanho e recuaram. Outra curva e o caminho nos levou por uma clareira com uns duzentos metros de largura. Ao erguer o rosto, vi que aquele pássaro maldito ainda voava em círculos no céu, perto o bastante para ser arrastado comigo por Sombra.

Essa complicação não estava nos meus planos. Precisava de um espaço aberto para guiar minha montaria e manusear a espada com liberdade, se chegasse a tanto, mas tal lugar revelava claramente minha posição ao pássaro, que estava se mostrando difícil de despistar.

Tudo bem. Chegamos a uma pequena colina e logo a cruzamos, e na descida passamos por uma árvore solitária destruída por um raio. No galho mais baixo empoleirava-se um gavião cinza, preto e prateado, para o qual assobiei. A ave saltou ao ar, emitindo um feroz grito de guerra.

Avançamos cada vez mais depressa, mas o latido distinto dos cães e as batidas dos cascos dos cavalos já chegavam aos meus ouvidos. Misturado a esses sons havia algo mais, como uma vibração, um tremor do solo. Olhei para trás, mas nenhum perseguidor havia atravessado a colina. Concentrei a mente na direção da fuga e, de súbito, nuvens encobriram o sol. Flores estranhas apareceram ao longo da trilha, verdes, amarelas e roxas, conforme trovões estrondeavam ao longe. A clareira se alargou e se esticou até ficar completamente plana.

Ouvi de novo o som da trombeta e me virei para olhar outra vez.

E então saltou para a vista e eu logo entendi que eu não era o alvo da caçada. Os cavaleiros, os cães e o pássaro na verdade perseguiam a criatura em meu encalço. Infelizmente, esse detalhe em nada me tranquilizou, visto que eu estava na dianteira e provavelmente era a presa *dela*. Inclinei o corpo para a frente, gritei um incentivo para Tambor e cravei meus joelhos em seus flancos, mas ao mesmo tempo soube que a abominação se aproximava mais depressa do que eu jamais conseguiria correr. O pânico tomou conta de mim.

Eu estava sendo perseguido por uma manticora.

Meu último encontro com uma criatura daquelas acontecera na véspera da batalha em que Eric morrera. Conforme eu liderava minha tropa pela base da Kolvir, ela aparecera para rasgar um homem chamado Rall ao meio. Na ocasião, nós a eliminamos com armas automáticas. Aquela criatura tinha quatro metros de comprimento e era em todos os aspectos semelhante a essa nova que me perseguia: um rosto humano na cabeça e ombros de leão, asas de águia dobradas ao lado do corpo e uma longa cauda pontuda de escorpião curvada acima das costas. Várias delas haviam emergido de Sombra para semear o terror em nossas tropas enquanto marchávamos para aquela batalha. Embora desde aquela ocasião não tivessem havido relatos de novos avistamentos nem qualquer sinal de que ainda corriam soltas pelos arredores de Âmbar, não havia motivo para crer que todas tinham sido encontradas e abatidas. Ao que parecia, aquela havia se embrenhado nas profundezas de Arden e estivera vivendo ali desde então.

Com uma última olhada, percebi que eu podia ser derrubado em instantes se não me defendesse, e vi ao longe uma avalanche escura de cães descendo a colina.

Eu não sabia qual era a inteligência ou a psicologia de uma manticora. Geralmente, um animal em fuga só ataca se provocado. O instinto de sobrevivência sempre fala mais alto. Por outro lado, eu não sabia se a manticora chegara a perceber que estava sendo perseguida. Talvez ela tivesse começado a seguir meu rastro antes de se tornar alvo de outra caçada, e por essa razão não pensasse em outra coisa. Mas não era hora de parar e refletir sobre todas as possibilidades.

Saquei Grayswandir e virei o cavalo para a esquerda, puxando as rédeas ao final do movimento.

Tambor relinchou e empinou nas patas traseiras. Senti que ia escorregar para trás, então pulei para o chão e dei alguns passos para o lado.

No entanto, eu tinha me esquecido da velocidade dos cães tormentosos, bem como a facilidade com que haviam alcançado o Mercedes de Flora quando Random e eu nos aventuramos na floresta. Ao contrário de cães normais correndo atrás de carros, aquelas feras haviam começado a arrebentar o veículo.

De repente, eles cercaram a manticora, uma dúzia ou mais, mordendo e atacando. Quando a luta começou, a criatura levantou a cabeça e soltou outro grito estrondoso. Com um golpe de sua cauda terrível, arremessou um cão pelo ar, atordoou ou matou outros dois e então empinou e se virou, atacando com as patas dianteiras.

Um dos cães se agarrou à pata esquerda da manticora em pleno movimento, outros dois a pegaram pelas ancas enquanto o quarto subia em suas costas para morder o ombro e o pescoço. O resto dos cães circundavam a criatura e, assim que ela partia para cima de um, os outros corriam e atacavam.

Com um golpe da cauda de escorpião, a manticora enfim alcançou o animal em suas costas, depois destripou o que roía sua pata esquerda. A essa altura, porém, o sangue jorrava de duas dúzias de ferimentos. Logo ficou nítido que a pata incomodava, tanto quando a usava para os ataques ou para sustentar o peso do corpo. Enquanto isso, outro cão tinha montado nas costas dela e destroçava seu pescoço. A manticora parecia estar com mais dificuldade para se livrar daquele. Outro chegou pela direita e arrancou sua orelha enquanto mais dois abocanhavam suas ancas. Quando ela empinou de novo, um cão avançou e cravou os dentes em sua barriga. Atordoada pelos latidos e rosnados, a manticora começou a atacar a esmo os borrões cinzentos que se moviam sem parar.

Eu tinha agarrado o freio de Tambor e tentava acalmá-lo para voltar à sela e dar o fora dali, mas ele apenas empinava e tentava recuar, obrigando-me a despender de uma dose considerável de persuasão só para deter sua fuga.

A manticora proferiu um grito agonizante terrível, pois havia atacado às cegas o cão em suas costas e cravado o ferrão no próprio ombro. Os cães aproveitaram dessa distração e avançaram para morder e rasgar cada naco de carne disponível.

Tenho certeza de que os cães a teriam matado, mas naquele momento os cavaleiros apareceram no topo da colina e desceram a encosta. Eram cinco, com Julian na liderança. Ele usava sua armadura branca de escamas, com a trombeta de caça pendurada no pescoço. Cavalgava o corcel gigantesco Morgenstern, um animal que sempre me odiou. Ergueu a lança comprida para me saudar, depois a baixou e gritou comandos para os cães. A contragosto, eles se afastaram da presa. Todos, até aquele montado nas costas da manticora, recuaram enquanto Julian preparava a lança e tocava as esporas nos flancos de Morgenstern.

A fera se virou para ele com um último brado desafiador e saltou adiante, com os dentes à mostra. Os dois se encontraram para o duelo, e por um instante minha visão foi bloqueada pelo flanco de Morgenstern. No instante seguinte, porém, o comportamento do cavalo me indicou que o golpe tinha sido certeiro.

Quando o corcel se virou, vi a criatura estendida no chão, com o peito perfurado, o sangue fluindo em volta do cabo escuro da lança.

Julian desmontou e deu instruções aos outros cavaleiros, ainda montados, depois direcionou seu olhar para a manticora, que estrebuchava no chão, antes de se virar para mim e sorrir. Foi até a fera, colocou um pé sobre ela, agarrou a lança com uma das mãos e a arrancou da carcaça. E então a cravou no chão e amarrou Morgenstern ao cabo. Ergueu a mão e acariciou o ombro do cavalo, olhou para mim de novo, virou-se e veio na minha direção.

Quando me alcançou, disse:

– Quem dera você não tivesse matado Bela.

– Bela? – repeti.

Meu irmão olhou para o céu e eu segui seu olhar. Não havia nenhum pássaro à vista.

– Era um dos meus preferidos.

– Sinto muito. Interpretei errado o que estava acontecendo.

Ele assentiu com a cabeça.

– Tudo bem, eu lhe fiz um favor. Em troca, pode me contar o que aconteceu depois que saí do palácio. Brand sobreviveu?

– Sim, e dessa vez você não precisa se preocupar. Segundo ele, foi Fiona quem o apunhalou. E ela não estava por lá para ser interrogada, pois também fugiu na calada da noite. É de admirar que vocês não tenham topado um com o outro.

Um sorriso cruzou seus lábios.

– Eu já imaginava.

– Por que fugiu em circunstâncias tão suspeitas? Não transmitiu uma ideia muito favorável.

Ele deu de ombros.

– Não teria sido a primeira vez que eu seria alvo de acusações ou suspeitas injustas. E, aliás, se o que vale é a intenção, tenho tanta culpa quanto nossa irmãzinha. Eu mesmo teria feito aquilo se pudesse. Na verdade, já estava até com a arma pronta. Só que fui afastado na agitação.

– Mas por quê?

Julian riu.

– Por quê? Tenho medo daquele canalha, por isso. Por um bom tempo acreditei que ele estava morto, e realmente era essa a minha esperança... de que ele enfim tivesse sido consumido pelas forças sombrias às quais havia se aliado. Será que você o conhece mesmo, Corwin?

– Tivemos uma longa conversa.

– E...?

– Ele admitiu que, com a ajuda de Bleys e Fiona, havia elaborado um plano para tomar o trono. Bleys seria coroado, mas o poder seria dividido entre os três. Usaram as forças mencionadas por você para garantir a ausência de nosso pai. De acordo com Brand, tentaram convencer Caine a se juntar à causa, mas ele acabou se aliando a você e Eric. Assim, vocês três formaram outra conspiração para tomar o poder antes deles e colocar Eric no trono.

Julian confirmou com um aceno.

– Os fatos estão corretos, mas não os motivos. Não queríamos o trono, pelo menos não de forma tão abrupta, e não naquele momento. Formamos nosso grupo para fazer oposição ao deles, pois era necessário para proteger o trono. A princípio, tivemos grande dificuldade em convencer Eric até mesmo a assumir a responsabilidade de um mero Protetorado, pois ele temia não viver muito se fosse coroado naquelas condições. Então você apareceu, com sua pretensão muito legítima. Não podíamos permitir que a perseguisse naquele momento, porque a turma de Brand ameaçava partir para a guerra aberta. Achamos que eles estariam menos inclinados a tomar essa iniciativa se o trono já estivesse ocupado. E não poderíamos ter coroado você, pois teria se recusado a ser um fantoche, um papel que teria sido forçado a desempenhar, visto que o jogo já estava em curso e muitos aspectos não eram de seu conhecimento. Então convencemos Eric a correr o risco e ser coroado. Foi assim que aconteceu.

– E quando cheguei, ele queimou meus olhos e me jogou na masmorra só por diversão.

Julian se virou para a carcaça da manticora antes de responder:

– Você é um tolo, Corwin. Foi um instrumento desde o início. Eles o usaram para nos obrigar a reagir, e você perderia de um jeito ou de outro. Se aquele ataque patético de Bleys tivesse dado certo, você estaria morto antes mesmo de perceber. Se falhasse, como de fato aconteceu, Bleys desapareceria, como realmente fez, e deixaria você para ser executado por tentativa de usurpação. Afinal, já havia cumprido seu propósito e só lhe restava morrer. Eles não nos deram muita escolha. Por direito, devíamos mesmo ter matado você, como bem sabe.

Mordi o lábio, porque havia muito a dizer. Mas se as palavras de Julian de fato se aproximavam da verdade, explicavam muita coisa. E eu queria ouvir mais.

– Sabendo como nos regeneramos – continuou ele –, Eric imaginou que, com o tempo, sua visão poderia voltar ao normal. Era uma situação muito delicada. Se Oberon retornasse, Eric poderia abdicar do trono e justificar todas as suas ações... exceto seu assassinato. Uma medida tão extrema teria colocado o reinado dele em risco quando os problema fossem resolvidos. E, francamente, a intenção de Eric era apenas condená-lo à prisão e esquecer da sua existência.

– Então de quem foi a ideia de me cegar?

Julian permaneceu em silêncio por um bom tempo. Depois, com uma voz muito baixa, quase um sussurro, acrescentou:

– Por favor, me deixe explicar. A ideia foi minha, e talvez tenha salvado a sua vida. Qualquer medida tomada a seu respeito precisava ser equivalente à morte, caso contrário o grupo deles teria se esforçado para eliminá-lo de vez. Não tinha mais nenhuma serventia para eles àquela altura, mas enquanto continuasse vivo e livre, representava um perigo em potencial. Poderiam ter usado seu arcano para cometer o assassinato, ou para garantir sua liberdade e depois sacrificá-lo em mais uma investida contra Eric. Como estava cego, no entanto, já não precisava ser morto e não teria utilidade em qualquer plano futuro. Esse infortúnio foi sua salvação, pois o tirou de cena por um tempo e nos impediu de cometer um ato mais odioso que um dia poderia nos condenar. Do nosso ponto de vista, não havia alternativa. Era a única opção. Também não havia possibilidade de agir com clemência, caso contrário poderiam suspeitar que ainda tinha alguma utilidade para nós. No instante em que você assumisse qualquer aparência de valor, seria um homem morto. Assim, só nos restava fazer vista grossa quando lorde Rein tentava lhe garantir algum consolo. De resto, estávamos de mãos atadas.

– Sim, agora vejo.

– É, você viu rápido demais. Ninguém esperava que conseguiria recuperar a visão tão depressa, nem que seria capaz de escapar. Como conseguiu tal façanha, aliás?

– Por acaso a Coca-Cola divulga a receita?

– Como é que é?

– É uma... deixe para lá. Enfim, o que sabe a respeito do aprisionamento de Brand?

Julian voltou a me estudar com atenção.

– Sei apenas que houve algum desentendimento no grupo deles. Não conheço os detalhes. Por algum motivo, Bleys e Fiona tinham medo de se livrar de Brand, mas também não queriam deixá-lo à solta. Quando o libertamos da solução dos antigos aliados, a prisão, Fiona deve ter percebido que tinha mais medo de deixá-lo livre.

– Segundo suas próprias palavras, você também o teme a ponto de planejar seu assassinato. Por que agora, depois de tanto tempo, quando essas intrigas já são águas passadas e o poder mudou de mãos outra vez? Brand estava fraco, praticamente indefeso. Que mal ele poderia causar a essa altura?

Julian suspirou.

– Não compreendo o poder de Brand, mas é considerável. Eu sei que ele é capaz de viajar por Sombra com a mente. Sentado em uma cadeira, pode encontrar o que deseja em Sombra e então trazer para si esse objeto pela força da vontade sem sair do lugar. Também consegue viajar fisicamente por Sombra de modo semelhante. Nessas ocasiões, direciona a mente para o lugar pretendido, forma uma espécie de passagem mental e simplesmente atravessa. Às vezes também desconfio que seja capaz de ler os pensamentos de outras pessoas. É quase como se ele tivesse se tornado um arcano vivo. Sei porque já o vi em ação. Perto do fim, quando o mantínhamos sob vigilância no palácio, certa vez ele conseguiu escapar dessa forma. Foi quando viajou para a Terra de Sombra e mandou você para o sanatório. Depois que o trouxemos de volta, um de nós sempre o acompanhava durante o tempo todo. Mas ainda não sabíamos que ele era capaz de invocar coisas de Sombra. Quando descobriu que você havia escapado, Brand invocou um monstro horrível para atacar Caine, que o vigiava na ocasião, e saiu em seu encalço outra vez. Bleys e Fiona aparentemente o capturaram pouco depois, antes de nós, e só fui vê-lo de novo naquela noite na biblioteca, quando o trouxemos de volta. Tenho medo de Brand porque ele tem poderes letais além da minha compreensão.

– Nesse caso, como os dois o mantiveram confinado naquela torre?

– Fiona tem habilidades semelhantes, e acredito que Bleys também tinha. Juntos, os dois devem ter conseguido neutralizar o poder de Brand, ao menos em partes, e criar um lugar onde ele não pudesse agir.

– Não totalmente – argumentei. – Brand conseguiu transmitir uma mensagem para Random. Na verdade, chegou a entrar em contato comigo uma vez, bem vagamente.

– Sim, não totalmente, então. Mas era o bastante, de qualquer forma, até furarmos as defesas deles.

– Por acaso sabe mais sobre as manobras que armaram contra mim? O sequestro, a tentativa de assassinato e depois os esforços para me salvar?

– Não tenho muito conhecimento sobre o assunto, exceto que tudo estava relacionado à disputa de poder interna no grupo deles. Houve um desentendimento, e um dos lados via alguma utilidade em você. Então, naturalmente, alguns tentavam matar você enquanto os outros lutavam para salvar sua pele. No fim das contas, claro, foi Bleys quem tirou mais proveito de você, no ataque que ele promoveu.

– Mas foi ele quem tentou me matar, lá na Terra de Sombra. Foi ele quem atirou nos meus pneus.

– É mesmo?

– Pelo menos foi o que Brand me contou, mas se encaixa com vários outros indícios.

Julian encolheu os ombros.

– Nesse caso, não tenho como ajudar. Realmente não sei o que aconteceu entre eles na época.

– Mas isso nunca o impediu de tolerar a presença de Fiona em Âmbar. Na verdade, sempre que ela estava por perto, você a tratava de forma bem cordial.

– Claro – respondeu ele, com um sorriso. – Sempre tive muito carinho por Fiona. Ela é de longe a mais bela e civilizada da família. Uma pena que nosso pai sempre tenha sido absolutamente contra casamentos entre irmãos, como bem sabe. O fato de sermos adversários por tanto tempo me incomodava. Mas depois da morte de Bleys, da sua prisão e da coroação de Eric, a situação praticamente voltou ao normal. Fiona aceitou a derrota com elegância, e acabou aí. A perspectiva do retorno de Brand sem dúvida a deixou tão assustada quanto eu.

– Brand contou uma versão diferente dessa história – observei –, mas é bem a cara dele fazer algo assim. Para começar, afirma que Bleys ainda está vivo, pois o rastreou com o arcano e descobriu que ele está em Sombra, treinando tropas para um novo ataque contra Âmbar.

– Uma hipótese plausível, mas estamos preparados para enfrentar suas forças, não?

– Brand também afirma que esse ataque vai ser mera finta – continuei –, e que o verdadeiro ataque virá diretamente das Cortes do Caos, pela estrada negra. Segundo ele, Fiona está lá agora mesmo cuidando dos preparativos.

Julian fez uma expressão de desgosto.

– Espero que seja tudo mentira. Seria péssimo se o grupo deles se restabelecesse para nos atacar de novo, dessa vez com a ajuda da escuridão. E eu detestaria ver Fiona envolvida nessa história.

– Brand me garantiu que estava fora da conspiração, que se arrependia de seus erros... e baboseiras penitentes do tipo.

– Ah! O monstro que acabei de matar era mais digno de confiança do que as palavras de Brand. Espero que você tenha tido o bom senso de mantê-lo sob vigilância... embora isso possa ser inútil se ele tiver recuperado os poderes.

– Mas qual seria sua próxima cartada?

– Ou ele reviveu o antigo triunvirato, uma ideia que não me agrada nem um pouco, ou elaborou outro plano sozinho. Mas escute o que eu digo: ele tem um plano. Brand nunca se contentou em ser um mero espectador. Está sempre tramando alguma coisa. Eu seria capaz de jurar que ele conspira até enquanto dorme.

– Talvez você tenha razão, Julian. É o seguinte, houve uma novidade, mas não sei dizer se é boa ou ruim. Acabei de duelar com Gérard. Ele acha que fiz algo contra Brand. Não é verdade, mas eu não estava em condições de provar minha inocência. Até onde sei, fui a última pessoa a ver Brand hoje. Gérard fez uma visita aos aposentos dele há algumas horas e disse que o lugar está arrebentado, com respingos de sangue por todo lado, e que Brand desapareceu. Não sei como interpretar isso.

– Nem eu, mas espero que dessa vez alguém tenha feito o serviço direito.

– Céus, quanta confusão! Se eu soubesse de todos esses detalhes antes...

– Nunca parecia ser a hora certa para contar tudo – explicou Julian. – Não teria sido prudente revelar nada quando você estava preso e ainda poderia ser atingido, e depois disso passou um bom tempo fora. Quando voltou com seus soldados e aquelas armas novas, eu não sabia quais eram suas intenções. E aí tudo aconteceu tão depressa e Brand ressurgiu. Era tarde demais. Tive que fugir para salvar minha pele. Sou forte aqui em Arden, onde posso enfrentar qualquer coisa que ele tente lançar contra mim. Mantive as patrulhas em formação de combate enquanto esperava a notícia da morte de Brand. Queria perguntar a um de vocês se ele ainda estava vivo, mas não sabia a quem perguntar, imaginando que ainda seria considerado suspeito caso ele de fato estivesse morto. Se descobrisse que Brand continuava vivo, no entanto, eu estava determinado a tentar dar cabo dele com minhas próprias mãos. E em relação a essa... novidade... O que pretende fazer, Corwin?

– Vou buscar a Joia do Julgamento onde a escondi em Sombra. Existe uma forma de usar os poderes dela para destruir a estrada negra e eu pretendo tentar.

– Como isso é possível?

– Não tenho tempo de explicar agora, pois uma ideia horrível acabou de me ocorrer.

– O que foi?

– Brand quer a Joia. Até me fez algumas perguntas sobre ela. E, bem... esse poder que lhe permite encontrar coisas em Sombra... É tão forte assim?

Julian pareceu pensativo por um instante.

– Brand está longe de ser onisciente, se é isso que quer saber. É possível encontrar qualquer coisa em Sombra do jeito como sempre fazemos: basta viajar até o lugar. Segundo Fiona, o poder dele simplesmente dispensa a caminhada. Portanto, Brand pode invocar *algum* objeto, não um objeto específico. Além do mais, considerando tudo o que Eric me contou, aquela Joia é um item muito estranho. Acho que Brand teria que ir buscá-la pessoalmente quando descobrisse onde está.

– Então devo retomar minha viagem infernal o quanto antes. Preciso chegar antes dele.

– Vejo que vai acompanhado de Tambor – comentou Julian. – É um bom animal, bem forte. Já enfrentou muitas viagens infernais.

– Bom saber. E você, o que pretende fazer agora?

– Vou entrar em contato com alguém de Âmbar, possivelmente Benedict, para descobrir qualquer informação que não tivemos tempo de discutir...

– Não adianta, vai ser impossível alcançá-lo. Ele viajou para as Cortes do Caos. Tente Gérard e aproveite para convencê-lo de que sou um homem honrado.

– Os ruivos são os únicos mágicos da nossa família, Corwin, mas farei o possível... Mas, espere, você disse Cortes do Caos?

– Isso mesmo, mas não posso me demorar aqui. Cada minuto é precioso.

– Claro, claro. Vá logo. Teremos tempo de discutir o assunto mais tarde, espero.

Ele estendeu a mão e segurou meu braço. Olhei para a manticora e para os cães sentados em círculo ao seu redor.

– Obrigado, Julian. Você... é um homem difícil de entender.

– Não sou. Acho que o Corwin que eu odiava morreu séculos atrás. Agora vá, irmão! Se Brand der as caras por aqui, vou pregar o couro dele em uma árvore.

Quando me acomodei na sela, Julian gritou um comando para os cães e eles atacaram a carcaça da manticora, lambendo o sangue e rasgando pedaços enormes de carne. Ao passar por aquele estranho e imenso rosto humano, vi que os olhos ainda estavam abertos, apenas vidrados. Eram azuis, e a morte não os privara de certa inocência sobrenatural. Ou isso, ou aquele olhar era o último regalo da morte, uma forma insensível de oferecer ironias, talvez.

Conduzindo Tambor de volta à trilha, comecei minha viagem infernal.

DEZ

Um avanço tranquilo trilha adentro, o céu escurecido de nuvens, os relinchos apreensivos ou ansiosos de Tambor... Uma curva à esquerda, a subida crescente... O chão tingido de marrom, amarelo, marrom outra vez... As árvores encolhidas, afastadas... O matagal ondulante entre os troncos sob o frescor da brisa mais e mais intensa... Uma labareda veloz no céu... Um estrondo derruba gotas de chuva...

Íngreme e pedregoso... O vento sacode meu manto... Mais alto... Outra subida até onde as pedras são raiadas de prata e as árvores recuaram... A relva, incêndio verde, controlado sob a chuva... Mais alto, para as alturas escarpadas, lustrosas, lavadas pela chuva, onde as nuvens voam e se agitam como um rio lamacento no auge da cheia... A chuva fustiga como chumbo grosso e o vento limpa a garganta para entoar seu canto... Escalamos e escalamos e a crista enfim aparece, como a cabeça de um touro assustado, guardando a trilha com os chifres... Relâmpagos se retorcem em volta das pontas, dançam entre elas... O cheiro de ozônio quando alcançamos esse lugar e avançamos depressa, a chuva de repente impedida, o vento desviado para longe...

Emergindo do outro lado... Nada de chuva, apenas ar parado, o céu suavizado e escurecido em uma penumbra pontilhada de estrelas... Meteoros rasgavam e queimavam, rasgavam e queimavam, e logo se cauterizavam em cicatrizes miraginais, apagando, apagando... Luas arremessadas como um punhado de moedas... Três tostões luminosos, uma pataca apagada, um par de centavos, um deles sujo e riscado... E para baixo, pelo longo caminho sinuoso... O bater nítido e metálico de cascos no ar noturno... Em algum lugar, uma tosse felina... Um vulto escuro cruzando uma lua menor, irregular e ágil...

Para baixo... Despenhadeiros de ambos os lados... Escuridão nas profundezas... Banhada pelo luar, a trilha avança pelo topo de um muro sinuoso, de altura vertiginosa... Descreve laços e dobras, torna-se transparente...

Em seguida flutua, diáfana, filamentosa, rodeada de estrelas... Para cima e para baixo, de um lado ao outro... Não existe terra... Existe apenas a noite, a noite e a trilha fina e translúcida que me era necessário percorrer, tentar descobrir a sensação, preparar para algum uso futuro...

E então o silêncio absoluto, e uma ilusão de vagarosidade se agarra a cada movimento... Pouco depois, a trilha se desfaz e avançamos como se nadássemos debaixo d'água a uma imensa profundidade, as estrelas como peixes brilhantes... É a liberdade, é o poder inebriante da viagem infernal, a exaltação a um só tempo semelhante e distinta da temeridade que às vezes surge durante uma batalha, da audácia de uma façanha arriscada e bem aprendida, o lampejo de inspiração quando se encontra a palavra certa do poema... É tudo isso e a própria perspectiva, o avanço incessante de nenhum lugar para lugar algum, através dos minérios e das chamas do vazio, livre da terra e do ar e da água...

Corremos contra um grande meteoro, tocamos em sua massa... aceleramos pela superfície esburacada, descemos, contornamos, subimos de novo... Ele se estica e forma uma vasta planície, adquire luz, tons amarelados...

De repente é areia, areia sob nossos movimentos... As estrelas desaparecem conforme a escuridão se dilui em uma manhã brindada com o sol nascente... Manchas de penumbra ao longe, árvores desérticas entre elas... Cavalgar até o escuro... Mergulhar na escuridão... Pássaros coloridos revoam, reclamam, repousam...

Entre as árvores frondosas... Mais escuro o solo, mais estreito o caminho... Folhas de palmeiras encolhem ao tamanho de um punho, troncos escurecem... Um desvio para a direita, uma amplitude na trilha... Os cascos levantam fagulhas nos paralelepípedos... A via se alarga, transforma-se em uma alameda... Uma sucessão de casinhas enfileiradas... Cortinas coloridas, degraus de mármore, telas pintadas, dispostas acima de calçadas de pedra... Uma carroça puxada a cavalo, carregada de hortaliças frescas... Pedestres humanos se viram para olhar... Um leve burburinho de vozes...

Em frente... Por baixo de uma ponte... Ao lado do córrego que enfim deságua no rio, descendo até o mar...

Passos fortes na praia sob um céu amarelado, nuvens azuis cortando o ar... O sal, as algas, as conchas, a anatomia suave da madeira flutuante... Borrifos brancos do mar esverdeado...

Depressa até o terraço onde as águas terminam de escoar... E então a subida, cada degrau desmorona, despenca, perdendo a identidade, unindo-se ao rugido das ondas... Mais alto e mais ainda, até o planalto arborizado, e ao longe uma cidade dourada cintilante, como uma miragem...

A cidade se espalha, escurece sob um guarda-chuva sombrio, as torres cinzentas esticadas para o alto, vidro e metal despejam luz através da penumbra... As torres começam a oscilar...

E então a cidade desmorona sobre si mesma enquanto passamos, sem fazer barulho... Torres tombam, nuvens de poeira se agitam e se elevam, tingidas de rosa por algum brilho inferior... Um som suave, como o de uma vela soprada, flutuando...

Uma tempestade de poeira, logo dissipada pela neblina... Através dela, o som de buzinas de carros... Uma névoa, uma ligeira trégua, uma ruptura no branco-cinza, no branco-pérola, deslocando... A marca dos cascos no acostamento de uma estrada... À direita, fileiras intermináveis de veículos inertes... Branco-pérola, branco-cinza, outra névoa...

Gritos e lamentos sem direção... Lampejos aleatórios de luz...

Outra subida... A neblina desce e recua... Grama, grama, grama... Céu limpo, azul delicado... Um sol correndo rumo ao poente... Pássaros... Uma vaca no pasto, ruminando, olhando, ruminando...

Um salto sobre a cerca de madeira e lá está a estrada rural... Um frio repentino além da colina... Capim seco, solo coberto de neve... Casa de fazenda com telhado de zinco no topo da colina, coluna de fumaça no alto...

Em frente... As colinas crescem, o sol desce, a escuridão se arrasta junto... Um borrifo de estrelas... Ali uma casa, bem afastada... Lá outra, uma longa rua sinuosa por entre árvores antigas... Faróis...

Beira da estrada... Um puxão nas rédeas, passagem concedida...

Enxuguei a testa e espanei a poeira das mangas e da frente da camisa. Acariciei o pescoço de Tambor. O veículo reduziu a velocidade ao se aproximar de mim, e percebi o olhar do motorista. Dei uma leve sacudida nas rédeas e Tambor começou a andar. O carro brecou e o motorista gritou algo para mim, mas continuei em frente. Instantes depois, eu o ouvi ir embora.

Por um tempo, avancei pela estrada rural a um ritmo tranquilo, passando por pontos de referência familiares, relembrando outras épocas. Alguns quilômetros depois, cheguei a outra estrada, melhor e mais ampla. Segui por ela, sempre próximo ao acostamento da direita. A temperatura continuou caindo, mas o ar frio tinha um sabor agradável, limpo. Uma lua partida brilhava acima dos montes à minha esquerda. Havia algumas nuvens pequenas passando no céu, tocadas por uma luz branda e poeirenta do quarto lunar. Ventava muito pouco, galhos às vezes balançavam, nada mais. Depois de algum tempo, alcancei uma série de depressões na estrada, um sinal de que eu estava quase lá.

Uma curva e mais alguns desníveis... Avistei o pedregulho ao lado da entrada da garagem, li meu endereço nele.

Puxei as rédeas e olhei para cima. Havia um carro estacionado na entrada e luz dentro da casa. Conduzi Tambor para fora da estrada e através do campo até chegarmos a um arvoredo. Amarrei as rédeas atrás de um par de árvores perenes, afaguei o pescoço dele e avisei que não demoraria muito.

Voltei para a estrada. Nenhum carro à vista. Atravessei e fui até a ponta da garagem, passando por trás do carro. A única luz da casa vinha da sala de estar, à direita. Contornei o lado esquerdo da construção e segui para os fundos.

Chegando à varanda, parei e olhei ao redor. Tinha alguma coisa errada.

O quintal estava diferente. As duas cadeiras de jardim decadentes, antes apoiadas no galinheiro quebrado que eu nunca me dera ao trabalho de jogar fora, não estavam mais lá. O próprio galinheiro também havia desaparecido. Tinham estado todos lá na minha última visita. Todos os galhos secos que viviam espalhados pelo quintal, assim como o amontoado apodrecido de tocos para alimentar a lareira, também tinham sumido.

E a pilha de compostagem não estava mais lá.

Onde deveria estar, restava apenas uma marca irregular sobre a terra vazia.

Ao me sintonizar à Joia, porém, eu havia descoberto que poderia sentir sua presença. Fechei os olhos por um instante e tentei vislumbrar sua localização.

Nada.

Comecei a procurar por todo canto, com cuidado, mas não havia nenhum brilho revelador de sua presença. Não que eu realmente esperasse ver qualquer coisa, não tendo sentido a Joia por perto.

Não havia cortinas no cômodo iluminado. Ao examinar a casa de novo, percebi que nenhuma das janelas tinha cortina, persiana, veneziana ou blecaute. Portanto...

Contornei a casa outra vez e, ao me aproximar da primeira janela iluminada, lancei um olhar furtivo para dentro. Lonas cobriam grande parte do chão. Um homem de boné e macacão pintava a parede oposta.

Claro.

Eu havia pedido que Bill vendesse o imóvel. Tinha assinado os documentos necessários enquanto era paciente na clínica local, depois de ter sido apunhalado e transportado, talvez por alguma propriedade misteriosa da Joia, de volta ao mundo de meu exílio. Algumas semanas deviam ter se passado desde então, considerando que um dia na Terra de Sombra equivaleria a aproximadamente dois e meio em Âmbar, e levando em conta os oito dias que as Cortes do Caos tinham me custado em Âmbar. Bill, claro, atendera ao meu pedido. Mas a casa estava em péssimo estado, depois de anos de abandono, vandalizada... Precisava de reforma nas janelas, no teto e nas calhas, uma demão de tinta, uma lixada, uma polida. E uma infinidade de lixos e quinquilharias a serem descartados, tanto de dentro quanto de fora...

Dando as costas para a casa, desci o caminho até a estrada, relembrando as circunstâncias da minha última visita: quase delirante conforme me arrastava, o sangue vertendo do corte no flanco. Aquela noite tinha sido muito mais fria, com neve por todos os lados. Passei perto do lugar onde eu me sentara, tentando usar uma fronha para sinalizar a algum carro. A lembrança desse episódio estava um tanto vaga, mas ainda não me esquecera dos motoristas que haviam passado direto.

Atravessei a estrada, cruzei o campo e retornei ao arvoredo. Soltei Tambor e me acomodei na sela.

– Ainda temos uma boa jornada pela frente – expliquei a ele. – Mas não vai demorar.

Voltamos para a estrada e começamos a avançar por ela, passando diante da minha casa. Se eu não tivesse pedido para Bill vender o imóvel, a pilha de compostagem ainda estaria lá, a Joia ainda estaria lá. A essa altura, eu já poderia ter retornado a Âmbar com a pedra rubra pendurada no pescoço, pronto para fazer o que era necessário. Mas lá estava eu, fadado a procurá-la, mais uma vez com a sensação de que o tempo estava prestes a se esgotar. Ao menos ali ele passava mais devagar, se comparado a Âmbar, o que era favorável para mim. Mesmo assim, não dava para desperdiçar o pouco que eu tinha. Estalei a língua, sacudi as rédeas e Tambor se pôs a galope.

Meia hora depois, eu já estava na cidade, seguindo por uma rua tranquila em um bairro residencial. As luzes da casa de Bill estavam acesas. Subi na entrada da garagem e deixei Tambor no quintal.

Alice atendeu a batida na porta, depois me encarou por um instante e exclamou:

– Meu Deus! Carl!

No instante seguinte, eu estava sentado na sala de estar com Bill, com uma bebida na mesinha ao lado. Alice, que havia cometido o erro de me oferecer algo para comer, estava ocupada na cozinha.

Bill estudou meu rosto enquanto acendia o cachimbo.

– Seu jeito de ir e vir continua bem peculiar.

Abri um sorriso ao responder:

– Só uma questão de praticidade.

– Aquela enfermeira na clínica... quase ninguém acreditou na história dela.

– Quase ninguém?

– A minoria a que me refiro, claro, sou eu.

– O que ela disse?

– Bem, alegou que você foi até o meio do quarto, ficou bidimensional e simplesmente desapareceu no ar, como o velho soldado que é, rodeado por uma espécie de arco-íris.

– Esses vislumbres de arco-íris podem ser um sinal de glaucoma. Ela deveria consultar um médico.

– Foi o que ela fez. Não deu em nada.

– Ah, que pena. Pode ser um distúrbio neurológico então, vai saber.

– Ora, Carl. Não há nada de errado com ela, você sabe.

Enquanto eu sorria e tomava um gole da bebida, Bill continuou:

– E você está parecendo a carta de baralho sobre a qual comentei aquele dia. Com espada e tudo. O que está acontecendo, Carl?

– Ainda é muito complicado – admiti. – Talvez até mais do que antes.

– Então ainda não pode me dar a tal explicação?

Neguei com a cabeça.

– Quando essa história acabar, você merece uma visita, com todas as despesas pagas, à minha pátria... se ela ainda existir até lá. Por ora, o tempo está cobrando seu preço.

– O que posso fazer para ajudar?

– Se puder me dar uma informação, por favor. Minha antiga casa... Quem é o sujeito encarregado da reforma?

– Ed Wellen, o empreiteiro da região. Acho que você o conhece. Não foi ele quem instalou seus chuveiros ou algo do tipo?

– Sim, sim... Eu me lembro.

– Enfim, ele expandiu bastante os negócios. Comprou uns equipamentos pesados e tem toda uma equipe agora. Eu fiz os trâmites da abertura da empresa.

– Por acaso sabe quem ele colocou para trabalhar na minha casa... neste momento?

– De cabeça, não. Mas posso descobrir em um instante – respondeu, e logo apoiou a mão no telefone da mesinha. – Quer que eu dê uma ligada para ele?

– Quero, por favor, mas a questão não é bem essa. Só estou interessado em uma coisa. Havia uma pilha de compostagem no quintal. Ainda estava lá na minha última visita. Agora sumiu. Preciso descobrir que fim ela levou.

Bill me lançou um olhar enviesado, sorrindo por trás do cachimbo, e por fim perguntou:

– É sério?

– Caso de vida ou morte! Escondi algo naquela pilha quando rastejei pelo quintal, decorando a neve com meus preciosos fluidos corporais. E agora preciso pegar aquilo de volta.

– Do que se trata, exatamente?

– É um pingente de rubi.

– Imagino que seja de valor inestimável.

– Tem razão.

Ele fez um gesto lento com a cabeça.

– Se fosse qualquer outra pessoa, eu acharia que era piada. Um tesouro na pilha de compostagem... Herança de família?

– Sim, exatamente. Quarenta ou cinquenta quilates. Estilo simples. Corrente pesada.

Ele tirou o cachimbo da boca e deu um assobio baixo.

– Posso perguntar por que decidiu guardar a joia lá?

– Se não tivesse feito isso, agora eu estaria morto e enterrado.

– De fato, um ótimo motivo.

Em seguida, pousou a mão no telefone.

– Alguém já demonstrou interesse na casa – continuou a dizer. – É um bom sinal, já que ainda não anunciei. O sujeito ficou sabendo por um conhecido de um conhecido. Fomos visitar hoje cedo e ele pareceu bem animado. Talvez não demore a fechar negócio.

Bill começou a discar.

– Espere! Diga como ele era.

Ele devolveu o fone ao gancho e olhou para mim.

– Um sujeito magro. Ruivo. Tinha barba. Disse que era artista e queria uma casa no campo.

– Filho da puta! – praguejei, bem na hora que Alice entrava na sala com uma bandeja.

Ela soltou um muxoxo de reprovação e sorriu quando me entregou a comida.

– Só uns hambúrgueres e um pouco de salada – anunciou. – Nada muito empolgante.

– Obrigado, Alice. Eu estava a ponto de comer meu cavalo, mas depois teria ficado com remorso.

– Imagino que ele também não teria gostado muito. Bom apetite, Carl.

Em seguida, ela retornou para a cozinha.

– A pilha de compostagem ainda estava lá quando vocês visitaram a casa? – perguntei.

Bill fechou os olhos e franziu o cenho, pensativo, depois respondeu:

– Não, o quintal já estava limpo.

– Pelo menos isso...

Enquanto eu devorava a comida, ele fez a ligação e passou alguns minutos ao telefone. Captei o tom da conversa a partir de suas respostas, mas ele logo desligou e me contou tudo em detalhes.

– Como não queria desperdiçar uma compostagem tão boa, ele carregou a picape com a pilha toda e levou para a fazenda. Despejou tudo perto de um terreno que pretende cultivar, mas ainda não teve chance de espalhar. Disse que não reparou em joia nenhuma, mas é bem possível que tenha deixado passar batido.

Assenti em concordância.

– Se você puder me emprestar uma lanterna, é melhor eu ir andando.

– Claro, eu dou uma carona.

– Não, não quero me separar do meu cavalo.

– Bom, vai precisar de um ancinho, uma pá ou um forcado. Posso levar de carro e espero por você lá, se souber onde fica.

– Sim, eu sei onde Ed mora. Mas ele deve ter ferramentas.

Bill encolheu os ombros e sorriu.

– Certo então. Se me permite, vou usar o banheiro, e depois é melhor irmos andando.

– Foi impressão minha ou você reconheceu o sujeito interessado na casa?

Deixei a bandeja de lado e fiquei de pé.

– Você já ouviu falar dele, como Brandon Corey.

– Aquele que fingiu ser seu irmão e mandou você para o hospício?

– "Fingiu" coisa nenhuma! Ele é meu irmão. Mas a culpa não é minha. Com licença.

– Ele esteve lá.

– Onde?

– Na casa de Ed, hoje à tarde. Bem, um ruivo com barba passou por lá, isso é certo.

– Foi fazer o quê?

– Disse que era artista. Pediu permissão para montar o cavalete e pintar em um dos campos dele.

– Ed deixou?

– Sim, claro. Achou que seria uma ótima ideia. Foi por isso que me contou. Quis se gabar.

– Pegue as ferramentas. Encontro você lá.

– Certo, tudo bem.

No banheiro, tirei a água do joelho e o baralho de arcanos do bolso. Eu precisava alcançar alguém em Âmbar o mais rápido possível, alguém forte o bastante para deter Brand. Mas quem? Benedict estava a caminho das Cortes do Caos, Random ainda estava procurando o filho, eu tinha acabado de me despedir de Gérard em termos nada amistosos. Quem dera eu tivesse um arcano de Ganelon.

Não me restava outra escolha: teria que recorrer a Gérard.

Peguei a carta dele, realizei as manobras mentais necessárias e, um momento depois, consegui estabelecer contato.

– Corwin!

– Só me escute, Gérard! Brand está vivo, se é que serve de consolo. Tenho certeza absoluta. Preste atenção, é importante. Uma questão de vida ou morte. Você precisa agir... depressa!

As expressões dele mudaram rapidamente enquanto eu falava: raiva, surpresa, interesse...

– Prossiga.

– É provável que Brand retorne muito em breve. Na verdade, talvez já até esteja em Âmbar. Ainda não o viu por aí, viu?

– Não.

– Precisamos impedir Brand de percorrer o Padrão.

– Não entendo o motivo, mas posso colocar um guarda do lado de fora do Padrão.

– Coloque o guarda dentro da câmara. Brand adquiriu meios estranhos de deslocamento. Coisas terríveis podem acontecer se ele conseguir atravessar o Padrão.

– Nesse caso, eu mesmo ficarei de guarda. O que está acontecendo?

– Agora não dá tempo de explicar. Outra coisa: Llewella voltou para Rabma?

– Voltou, sim.

– Entre em contato com ela pelo arcano. Ela precisa avisar Moire que o Padrão de Rabma também deve ser vigiado.

– Qual é a seriedade da situação, Corwin?

– Pode ser o fim de tudo. Agora, tenho que ir.

Interrompi o contato e atravessei a cozinha para sair pela porta dos fundos, parando apenas para agradecer a Alice e desejar boa-noite. Eu não sabia o que Brand faria se conseguisse obter a Joia e sintonizá-la, mas tinha um palpite e não era nada agradável.

Já na sela, enquanto conduzia Tambor na direção da estrada, avistei Bill tirando o carro da garagem, pronto para me ajudar.

ONZE

Atravessei os campos em muitos trechos onde Bill precisava acompanhar o curso da estrada, por isso chegamos quase juntos. Quando me aproximei, ele já conversava com Ed, que apontava na direção sudoeste.

Desmontei de Tambor e Ed o admirou por um tempo.

– Belo cavalo.

– Obrigado.

– Fazia tempo que você não aparecia.

– Sim, verdade.

Trocamos um aperto de mão.

– É bom ver você de novo. Eu estava agora mesmo falando para Bill que não sei quanto tempo aquele artista ficou aqui. Imaginei que ele iria embora quando a noite caísse, por isso nem prestei muita atenção. Agora, se ele estava mesmo procurando algo seu e sabia da pilha de compostagem, pode ser que ainda esteja lá. Se quiser, posso pegar minha espingarda e ir com vocês.

– Não precisa, obrigado. Acho que sei quem era. A arma não será necessária. Só vamos dar um pulo lá e cavar um pouco.

– Tudo bem. Posso ir junto para dar uma mãozinha.

– Não, não precisa se incomodar.

– E o cavalo? Posso oferecer água e um pouco de feno, talvez escovar seu pelo. O que acha?

– Tenho certeza de que ele ficaria grato. E eu também.

– Qual o nome dele?

– Tambor.

Ele se aproximou e começou a ganhar a confiança do animal.

– Tudo bem, então. Vou ficar lá no estábulo por um tempo. Se precisarem de mim, é só gritar.

– Obrigado.

Peguei as ferramentas no carro de Bill e, munido da lanterna, ele me conduziu para a direção apontada por Ed.

Segui o facho da lanterna conforme atravessávamos o campo, tentando avistar a pilha de compostagem. Quando encontrei o que pareciam ser os resquícios de uma, respirei fundo de forma involuntária. A julgar pela forma como os torrões estavam espalhados, alguém tinha revirado a pilha. Os resíduos não teriam caído de um jeito tão disperso ao serem despejados de uma picape.

Ainda assim... não significava que a pessoa tinha encontrado o que tanto procurava.

– O que você acha? – perguntou Bill.

– Não sei – respondi, largando as ferramentas para me aproximar do maior montinho à vista. – Vire a lanterna para cá, por gentileza.

Depois de passar os olhos no que restava da pilha, peguei um ancinho e comecei a desfazer e espalhar os torrões aglomerados pelo solo. Passado um tempo, Bill apoiou a lanterna em um ângulo bom e chegou para me ajudar.

– Estou com uma sensação estranha... – comentou.

– Eu também.

– ...de que talvez tenhamos chegado tarde demais.

Continuamos a desfazer e espalhar, desfazer e espalhar...

De repente, senti o formigamento de uma presença familiar. Endireitei as costas e esperei. O contato aconteceu em instantes.

– Corwin!

– Aqui, Gérard.

– Oi? Falou alguma coisa? – perguntou Bill.

Fiz sinal para ele ficar quieto e dei minha atenção a Gérard, à sombra da entrada luminosa do Padrão, apoiado em sua grande espada.

– Você tinha razão, Corwin – disse ele. – Brand apareceu aqui instantes atrás. Não sei como ele entrou. Emergiu das sombras à esquerda daqui – contou, apontando a direção. – Olhou para mim por um segundo, depois deu meia-volta e sumiu de novo. Não respondeu quando chamei. Então virei a lanterna, mas não o vi em lugar nenhum. Simplesmente desapareceu. O que devo fazer agora?

– Ele estava com a Joia do Julgamento?

– Não deu para ver. Só o vislumbrei por um instante, e a luz não ajudou.

– O Padrão de Rabma também está sendo vigiado?

– Sim, Llewella transmitiu o aviso.

– Ótimo. Fique de vigia, então. Vou entrar em contato de novo.

– Tudo bem. Corwin... sobre o que aconteceu mais cedo...

– Não pense mais nisso.

– Obrigado. Aquele Ganelon é bem forte.

– É mesmo. Mantenha a atenção redobrada.

A imagem dele desapareceu quando interrompi o contato, mas algo estranho aconteceu em seguida. Senti como se o caminho permanecesse aberto, sem propósito, como um rádio ligado que não estava sintonizado em nada.

Bill me observava com uma expressão intrigada.

– Carl, o que está acontecendo?

– Não sei. Espere um pouco.

De repente, o contato se firmou outra vez, mas não com Gérard. Ela deve ter tentado me alcançar enquanto minha atenção estava em outro lugar.

– Corwin, é importante...

– Diga, Fi.

– Não vai encontrar nada aí. Brand já pegou.

– É, eu estava começando a desconfiar.

– Temos que detê-lo. Não sei o quanto você sabe...

– A essa altura, nem eu sei – admiti –, mas dei ordens para que vigiassem tanto o Padrão de Âmbar quanto o de Rabma. Gérard acabou de me contar que Brand apareceu por lá, mas foi afugentado.

Fiona assentiu com aquele rosto pequeno e delicado. Atipicamente, suas madeixas ruivas estavam desgrenhadas. Ela parecia exausta.

– Eu sei, Corwin. Estou de olho nele. Mas você se esqueceu de outra possibilidade.

– Não. Pelos meus cálculos, Tir-na Nog'th ainda não deve estar acessível...

– Sim, mas não era a isso que eu me referia. Brand está a caminho do Padrão primordial.

– Para sintonizar a Joia?

– Pela primeira vez.

– Bem, para percorrer o Padrão, ele teria que atravessar a área danificada. Imagino que não vá ser nada fácil.

– Então já sabe dele... Ótimo. Vai nos poupar um bom tempo. Mas a área escura não o afetará tanto quanto a nós, pois Brand se alinhou àquela escuridão. Temos que impedir seu avanço agora mesmo.

– Por acaso conhece algum atalho para lá?

– Sim, venha até aqui. Eu o levarei.

– Só um minuto. Quero Tambor comigo.

– Para quê?

– Impossível saber. É por isso que eu quero.

– Tudo bem. Nesse caso, deixe-me passar. Tanto faz sairmos daí ou daqui.

Estendi a mão e, quase no mesmo instante, segurei a dela. Fiona deu um passo à frente.

– Deus do céu! – exclamou Bill, afastando-se. – Eu estava começando a questionar sua sanidade, Carl. Agora é a minha que está em jogo. Ela... ela está em uma das cartas também, não está?

– Sim, está. Bill, esta é Fiona, minha irmã. Fiona, este é Bill Roth, um grande amigo.

Fi estendeu a mão e sorriu, e deixei os dois lá e fui buscar Tambor. Poucos minutos depois, eu estava de volta.

– Bill, sinto muito por ter feito você perder seu tempo. Meu irmão encontrou o pingente. Agora vamos atrás dele. Obrigado pela ajuda.

Trocamos um aperto de mãos.

– Corwin – disse ele.

Abri um sorriso.

– Sim, é o meu nome.

– Conversei um pouco com sua irmã. Não tive tempo de descobrir muita coisa, mas sei que vai ser perigoso. Então, boa sorte. Ainda quero ouvir a história inteira algum dia.

– Obrigado, Bill. Vou garantir que eu esteja aqui para contar.

Montei na sela, inclinei-me para baixo e acomodei Fiona na minha frente.

– Boa noite, sr. Roth – despediu-se ela, depois acrescentou para mim: – Atravesse o campo bem devagar.

Obedeci.

– Brand disse que o golpe foi obra sua – comentei assim que estávamos longe o bastante.

– Foi mesmo.

– Por que o esfaqueou?

– Para evitar tudo isto.

– Tivemos uma longa conversa. Segundo me contou, a princípio, você, Bleys e ele formaram um complô para tomar o poder.

– Correto.

– Também me disse que tentou convencer Caine a se juntar à conspiração, mas ele não quis saber e alertou Eric e Julian. E isso levou à formação do outro grupo, para impedir que vocês tomassem o trono.

– Foi basicamente o que aconteceu. Caine tinha suas próprias ambições, claro... eram de longo prazo, mas não deixavam de ser ambições. No entanto, ele não estava em condições de ir atrás delas. Por isso decidiu que, se precisasse desempenhar um papel menor, preferia se aliar a Eric e a Bleys. E eu entendo.

– Brand também contou que vocês três tinham um acordo firmado com os poderes do final da estrada negra, nas Cortes do Caos.

– Sim, tínhamos mesmo.

– Você usou o verbo no passado.

– Para mim e Bleys, sim.

– Bem, não foi isso que Brand falou.

– Não me surpreende.

– De acordo com ele, você e Bleys ainda queriam explorar essa aliança, mas ele mudou de ideia. E por esse motivo, segundo me contou, vocês dois o traíram e o prenderam naquela torre.

– Teria sido mais fácil eliminá-lo de vez, não acha?

– Desisto. Explique.

– Brand era perigoso demais para continuar em liberdade, mas não podíamos matá-lo porque estava em posse de algo vital.

– O quê?

– Depois que Dworkin se foi, Brand era o único que sabia como reparar o dano que ele havia causado ao Padrão primordial.

– Mas vocês tiveram tempo de sobra para arrancar essa informação dele.

– Brand tem recursos inacreditáveis.

– Então por que o apunhalou?

– Repito, para evitar tudo isto. Se fosse necessário escolher entre a liberdade e a morte, seria melhor que ele morresse. Depois, correríamos o risco de encontrar uma forma de reparar o Padrão por conta própria.

– Sendo assim, por que aceitou colaborar no resgate dele?

– Mas eu não colaborei. Tentei impedir a tentativa, mas vocês eram muitos e estavam concentrados demais, então não tive sucesso. Além do mais, eu precisava estar lá para dar cabo dele caso o resgate desse certo. É uma pena que tenha acontecido daquele jeito.

– Então quer dizer que, ao contrário de Brand, você e Bleys estavam com um pé atrás em relação à aliança?

– Isso mesmo.

– Como essa indecisão afetou seu desejo pelo trono?

– Achamos que seria possível tomar o poder sem a ajuda de forças externas.

– Entendo.

– Você acredita em mim?

– Receio que esteja começando a acreditar.

– Vire aqui.

Avançamos por um vão na encosta da colina. A passagem era estreita e muito escura, com apenas um punhado de estrelas visíveis acima de nós.

Enquanto conversávamos, Fiona vinha manipulando Sombra. Do campo de Ed, descemos para um lugar pantanoso e enevoado antes de subirmos por uma trilha livre e pedregosa entre montanhas. Conforme atravessávamos o desfiladeiro penumbroso, senti que ela voltava a movimentar Sombra. O ar estava fresco, mas não frio. A escuridão era absoluta de ambos os lados, criando a ilusão de vastas profundidades, em vez de paredões de rocha imersos nas sombras. Essa impressão era reforçada, logo percebi, pela ausência de ecos e sobretons quando os cascos de Tambor atingiam o solo.

– O que posso fazer para conquistar sua confiança? – perguntou Fiona.

– Aí já está querendo demais.

Ela riu.

– Vou reformular. O que posso fazer para convencer você de que falei a verdade?

– Só me responda uma coisa.

– O quê?

– Quem atirou nos meus pneus?

Ela riu de novo.

– Já entendeu tudo, não foi?

– Talvez, mas quero ouvir de você.

– Foi Brand. Como não conseguiu arruinar sua memória, ele decidiu que seria melhor fazer um serviço mais completo.

– Segundo a versão que ouvi, foi Bleys quem atirou nos pneus e me abandonou no lago, e Brand chegou a tempo de me tirar da água e salvar minha vida. Na verdade, o boletim de ocorrência parecia corroborar essa história.

– Quem chamou a polícia? – perguntou Fiona.

– Dizem que foi uma ligação anônima, mas...

– Foi Bleys. Quando enfim entendeu do que se tratava, já não conseguiria chegar a tempo de salvar você. Por isso alertou a polícia, que felizmente chegou antes que fosse tarde demais.

– Como assim?

– Brand não o tirou dos destroços. Você saiu sozinho. Ele esperou para ter certeza da sua morte, mas de repente você emergiu do lago e alcançou a margem. Ele se aproximou para avaliar seu estado, sem saber se morreria de qualquer jeito ou se seria melhor jogá-lo de volta na água. Foi quando a polícia chegou e ele teve que fugir. Nós o alcançamos pouco depois e conseguimos dominá-lo e prendê-lo naquela torre. Deu bastante trabalho. Depois, entrei em contato com Eric e contei o que havia acontecido, e ele instruiu Flora a colocar você na outra clínica e garantir que ficasse detido até a coroação.

– A história se encaixa com o resto. Obrigado.

– Resto?

– Sim, em tempos mais simples, eu era apenas um clínico geral de uma cidadezinha do interior e raramente precisava lidar com casos psiquiátricos. Ainda assim, sei que não se usa terapia com eletrochoque para restaurar a memória de um paciente. Esse método costuma fazer justamente o contrário. Destrói parte da memória de curto prazo. Comecei a ficar desconfiado quando descobri que Brand me submetera a isso. Então concebi minha própria hipótese. Não foi o acidente de carro, nem os eletrochoques, que restauraram minha memória. As lembranças começaram a voltar de forma espontânea, não como resultado de algum trauma específico. Devo ter feito ou dito algo que indicasse essa melhora, pois de alguma forma Brand ficou sabendo e, nada satisfeito, decidiu tomar uma atitude. Então ele viajou para minha sombra e conseguiu me internar e me submeter a um tratamento na esperança de apagar as memórias que eu havia acabado de recuperar. E conseguiu apenas em partes, já que o único efeito duradouro foi me atordoar por alguns dias antes e depois das sessões. O acidente também pode ter contribuído. Em seguida escapei de Porter e sobrevivi ao atentado dele, e o processo de recuperação continuou quando recobrei a consciência em Greenwood. Depois, fugi de lá e me hospedei na casa de Flora, e a cada dia minha memória parecia melhor. Random agilizou o processo quando me levou para Rabma, onde percorri o Padrão. Ainda assim, agora estou convencido de que teria recuperado a memória de um jeito ou de outro. Levaria mais tempo, mas uma vez iniciada, a recuperação ficaria cada vez mais rápida, pois eu já havia rompido a barreira inicial. Então concluí que Brand estava tentando me sabotar, e isso se encaixa com o que você acabou de me contar.

Acima de nós, a faixa de estrelas havia se estreitado mais e mais até desaparecer por completo. Começamos a avançar pelo que parecia ser um túnel mergulhado em escuridão, mal distinguindo uma possível e parca fonte de luz bem ao longe.

– Sim, acertou em cheio – respondeu Fiona, escondida pelo breu. – Brand tinha medo de você. Segundo disse, tinha visto você retornar e frustrar todos os nossos planos certa noite, em Tir-na Nog'th. Na época, mal dei atenção ao assunto, pois nem sabia que você ainda estava vivo. Deve ter sido por aí que ele começou a procurar por você. Não sei se adivinhou seu paradeiro por algum meio místico ou se só viu na mente de Eric. Provavelmente a segunda opção. Ele às vezes é capaz de ler pensamentos. Seja lá como tenha acontecido, Brand conseguiu descobrir onde estava, o resto você já sabe.

– Foi a presença de Flora naquele lugar e a ligação estranha dela com Eric que despertou as suspeitas de Brand. Pelo menos foi o que ele me disse. Mas agora não importa. Se o encontrarmos, o que devemos fazer?

Fiona riu baixinho.

– Você está com a sua espada, Corwin.

– Pouco tempo atrás, Brand me contou que Bleys ainda está vivo. É verdade?

– Sim, é.

– Então por que estou aqui, em vez de Bleys?

– Ao contrário de você, Bleys não está sintonizado à Joia. Uma vez que isso é feito, é possível interagir com ela a certas distâncias. E se estiver em perigo, a Joia tentará preservar sua vida. O risco, portanto, não é tão grande – explicou ela, e passado um momento acrescentou: – Mas ainda é necessário agir com cautela. Um golpe rápido pode se antecipar à reação da Joia, então é possível morrer mesmo na presença dela.

A luz à nossa frente ficou maior, mais intensa, mas daquela direção não vinha nenhuma corrente de ar, nenhum ruído, nenhum cheiro. Enquanto avançávamos, eu pensava nas camadas e mais camadas de explicações fornecidas desde meu retorno, cada qual com sua própria trama de motivações e justificativas para tudo o que havia acontecido durante minha ausência, para o que havia acontecido desde então, para o que estava prestes a acontecer. As emoções, os planos, sentimentos e objetivos vislumbrados começavam a inundar a cidade de fatos que eu vinha aos poucos construindo sobre o túmulo de meu outro eu, e embora um ato seja um ato, na melhor tradição steiniana, cada nova onda de interpretações deslocava a posição de um ou mais elementos que eu julgara estarem firmemente ancorados, e com isso provocavam uma alteração do todo a ponto de toda a vida parecer quase uma interação inconstante de Sombra acerca da Âmbar de alguma verdade indecifrável. Ainda assim, eu não podia negar que a essa altura sabia mais do que alguns anos antes, que nunca estivera tão perto do cerne de tudo, que todas as ações pelas quais eu tinha sido conduzido desde meu retorno pareciam conduzir a uma conclusão definitiva. E o que eu desejava? A chance de descobrir a verdade e a oportunidade de agir em prol dela! Só me restava rir. Quem receberia a primeira, que dirá a segunda? Uma aproximação útil da verdade, então. Isso bastaria... E uma chance de brandir minha espada na direção certa: a maior compensação que um mundo de uma hora poderia me oferecer pelas mudanças produzidas desde o meio-dia. Ri outra vez e tomei o cuidado de deixar a espada solta na bainha.

– Brand me contou sobre o novo exército de Bleys...

— Mais tarde, mais tarde — interrompeu-me Fiona. — Estamos sem tempo.

E ela tinha razão. O ponto luminoso havia assumido as proporções de uma abertura circular e se aproximava a um ritmo desproporcional ao nosso progresso, como se o próprio túnel estivesse se contraindo. A luz do dia parecia invadir o que eu preferia encarar como a entrada da caverna.

— Tudo bem — concordei, e em instantes atravessamos a abertura.

Nós emergimos e eu pisquei algumas vezes para me ajustar à claridade. À minha esquerda estava o mar, que parecia se fundir ao céu da mesma cor. O sol dourado flutuava, pendia logo acima e mergulhava nele conforme despejava raios de fulgor por todas as direções. Atrás de mim já não havia nada além de um rochedo. Nossa passagem até aquele lugar havia desaparecido sem deixar rastros. Na minha frente, um pouco mais abaixo, a alguns metros de distância, repousava o Padrão primordial. Um vulto cruzava o segundo dos arcos externos, tão concentrado nessa atividade que aparentemente ainda não havia percebido nossa presença. Quando fez uma curva, um lampejo avermelhado riscou o ar: a Joia, pendurada em seu pescoço tal como estivera no meu, no de Eric, no de Oberon. O vulto, claro, era Brand.

Desci do cavalo, olhei para Fiona, pequena e consternada, e pus as rédeas de Tambor em suas mãos.

— Algum conselho, além de ir atrás dele? — sussurrei.

Ela negou com um aceno.

Então me virei, saquei Grayswandir e avancei.

— Boa sorte — desejou ela, em voz baixa.

Conforme caminhava rumo ao Padrão, avistei a longa corrente que ia da entrada da caverna até a forma inerte do grifo Wixer. Sua cabeça decepada jazia no chão a alguns passos do corpo, ambos vertendo sangue vermelho nas pedras.

Ao me aproximar do início do Padrão, fiz um cálculo rápido. Brand já havia completado quase três voltas na espiral do traçado. Se estivéssemos a apenas uma curva de distância, seria possível desferir um golpe com a espada assim que eu alcançasse uma posição paralela à dele. No entanto, o percurso ficava mais difícil quanto mais se enveredava pelo traçado, então Brand avançava a um ritmo cada vez mais lento. Então seria por pouco. Eu não precisava alcançá-lo. Bastava percorrer uma volta e meia para me posicionar no mesmo nível.

Adentrei o Padrão e avancei o mais rápido que pude. Faíscas azuis dispararam ao redor dos meus pés enquanto eu me apressava pela primeira curva, lutando contra a resistência cada vez maior. Quando alcancei o Primeiro

Véu, meu cabelo começou a ficar arrepiado, e o crepitar das faíscas já estava bastante audível. Comecei a direcionar minha força contra a pressão do Véu, sem saber se Brand já havia me avistado ali, incapaz de desviar minha atenção para os arredores e sanar essa dúvida. Usei todas as minhas forças para enfrentar a resistência, e depois de alguns passos atravessei o Véu e voltei a avançar com mais facilidade.

Levantei os olhos e vi Brand emergir do terrível Segundo Véu, cercado de faíscas azuis até a cintura. Com um sorriso de determinação e triunfo, ele se libertou e deu um passo firme à frente. E então me viu.

O sorriso desapareceu e ele hesitou por um instante. Um ponto a meu favor. Na medida do possível, nunca se deve parar no Padrão. Caso contrário, será necessário despender de bem mais energia para retomar o avanço.

– Você chegou tarde demais! – gritou ele.

Em vez de responder, segui em frente. Chamas azuis jorravam das linhas do Padrão na lâmina de Grayswandir.

– Você não vai conseguir atravessar a parte preta, Corwin.

Ainda assim não parei. A área escura estava a poucos passos de mim, e fiquei feliz por não ter afetado uma parte mais difícil do Padrão. Brand avançou lentamente e começou a se mover na direção da Grande Curva. Se eu conseguisse alcançá-lo ali, seria vitória na certa. Ele não teria nem força nem velocidade para se defender.

Conforme eu me aproximava da área danificada do Padrão, lembrei-me de como Ganelon e eu havíamos cruzado a estrada negra durante nossa fuga de Avalon. Na ocasião, eu havia conseguido romper o poder da estrada ao manter a imagem do Padrão na mente durante a travessia. Dessa vez, claro, o próprio Padrão estava à minha volta, e a distância era infinitamente menor. A princípio acreditei que Brand estava apenas tentando me intimidar com sua ameaça, mas logo me ocorreu que era bem possível que a força do lugar escuro fosse muito maior ali na fonte. Quando cheguei ao trecho, Grayswandir ardeu com uma intensidade repentina que superava o brilho anterior. Movido por um impulso, toquei a ponta da espada na margem da escuridão no lugar onde o Padrão acabava.

Grayswandir fendeu a escuridão de tal modo que parecia impossível separar as duas. Continuei avançando e a lâmina começou a retalhar a área diante de mim, deslizando ao longo do que parecia uma aproximação do traçado original. O sol pareceu escurecer enquanto eu percorria o solo escuro em seu encalço. De repente, tive consciência dos meus batimentos cardíacos. Gotas de suor brotaram na minha testa. Um filtro cinzento caiu sobre os arredores. Parecia que o mundo se apagava, que o Padrão desvanecia. Tive a impressão de que seria fácil dar um passo em falso naquele lugar, e eu não sabia se tal equívoco traria as mesmas consequências das partes intactas do Padrão. Não queria descobrir.

Mantive os olhos baixos, seguindo a linha traçada à minha frente por Grayswandir, e a chama azul da lâmina era a única cor que restava no mundo. Pé direito, pé esquerdo...

E de repente, eu me vi fora dessa parte. Grayswandir voltou a se libertar na minha mão e as chamas perderam um pouco de seu brilho, não sei se pelo contraste com o panorama reiluminado ou por algum outro motivo.

Olhando à minha volta, vi que Brand se aproximava da Grande Curva enquanto eu abria caminho rumo ao Segundo Véu. Em questão de minutos, nós dois estaríamos envolvidos nos esforços extenuantes que esses trechos demandavam. A Grande Curva, no entanto, era mais difícil, mais prolongada do que o Segundo Véu. Eu provavelmente estaria livre e voltaria a avançar mais depressa antes que ele superasse sua barreira. E depois eu teria que atravessar a área danificada de novo. Sem dúvida ele já teria se libertado a essa altura, mas estaria avançando mais devagar do que eu, pois teria chegado à área onde o progresso se tornava ainda mais difícil.

Uma estática constante surgia a cada passo meu, conforme uma sensação de formigamento permeava todo o meu corpo. As faíscas subiam até as coxas como se eu estivesse caminhando por um campo de trigo elétrico. Era possível sentir o movimento conforme os fios de cabelo se arrepiavam na minha cabeça, ao menos em partes. Olhei para trás e Fiona ainda me observava, imóvel no alto da sela.

Avancei rumo ao Segundo Véu.

Ângulos... curvas pequenas, fechadas... A força se intensificava mais e mais contra mim e demandava toda a minha atenção, todas as minhas energias. Veio então aquela sensação familiar de atemporalidade, como se eu sempre tivesse feito aquilo, como se estivesse destinado a repetir o ciclo para sempre. E a vontade... uma concentração de desejo de tal intensidade que todo o resto foi excluído... Brand, Fiona, Âmbar, minha própria identidade... As faíscas se elevaram ainda mais enquanto eu me debatia, virava, lutava, e cada passo cobrava mais esforço do que o anterior.

Enfim livre da travessia, alcancei a área escura mais uma vez.

Por reflexo, brandi Grayswandir para baixo e para a frente. Mais uma vez, o cinza, a bruma monocromática cortada pelo azul da lâmina abrindo caminho para mim como uma incisão cirúrgica.

Ao emergir na luz normal, vi que Brand ainda lutava contra a Grande Curva no quadrante ocidental, tendo percorrido dois terços do caminho. Se dedicasse todas as minhas forças, talvez conseguisse alcançá-lo na saída, e assim me esforcei para avançar o mais rápido possível.

Quando cheguei à extremidade norte do Padrão e me aproximei da curva do retorno, de repente me dei conta de minhas intenções.

Eu estava prestes a derramar mais sangue no Padrão.

Se chegasse o momento de escolher simplesmente entre danificar ainda mais o Padrão ou deixar Brand destruí-lo por completo, eu sabia o que teria que fazer. Mas algo me dizia que devia haver outra opção. Sim...

Diminuí um pouco o ritmo. Seria uma questão de sincronia. O avanço dele estava muito mais difícil àquela altura, o que me dava uma vantagem. Minha nova estratégia consistia em estabelecer nosso encontro no lugar exato. Por ironia do destino, naquele instante eu me lembrei da preocupação de Brand com o tapete. Evitar o derramamento de sangue onde estávamos, porém, era um problema bem mais complicado.

Brand se aproximava do fim da Grande Curva. Acompanhei o ritmo dele enquanto estimava a distância que nos separava da escuridão, decidido a deixar o sangue dele fluir sobre a área já danificada. Só havia uma desvantagem: eu ficaria à direita de Brand. Para minimizar o benefício que tal posição lhe traria quando nossas espadas se cruzassem, eu precisaria ficar um pouco para trás.

Com grande dificuldade, Brand avançou, todos os movimentos em câmera lenta. Encontrei menos resistência, mas tive o cuidado de manter o ritmo. Enquanto seguia, eu ponderava sobre a Joia, sobre a afinidade que partilhávamos desde a sintonização. Embora não a visse no peito de Brand, sentia sua presença à frente e à esquerda. Por acaso interviria para me salvar naquela distância caso Brand conseguisse se sobressair em nosso conflito iminente? Com a força de sua presença, eu quase conseguia acreditar que sim. Em certa ocasião, ela me afastara de um agressor e encontrara de alguma forma nos recônditos da minha mente, um refúgio, minha própria cama, e me transportara para lá. Eu a sentia e quase conseguia vislumbrar o caminho antes que Brand o terminasse, então tive certa confiança de que ela tentaria agir em meu nome de novo. Ao me lembrar das palavras de Fiona, no entanto, decidi não depender tanto da Joia. Ainda assim, considerei suas outras funções, especulei sobre minha capacidade de manipular seus poderes mesmo de longe...

Brand quase havia completado a Grande Curva. Um impulso se desprendeu de algum nível em meu âmago e estabeleci contato com a Joia. Irradiando minha vontade sobre ela, convoquei uma tempestade semelhante ao tornado vermelho que havia destruído Iago. Eu não sabia se era capaz de controlar tal fenômeno em tal lugar, mas ainda assim a invoquei e a direcionei contra Brand. Embora eu sentisse os esforços da Joia, a princípio nada aconteceu. Tendo chegado ao fim, Brand fez um último esforço e atravessou a Grande Curva.

Eu estava bem atrás dele.

De alguma forma, ele também sabia. Desembainhou a espada no instante em que a pressão cedeu e avançou alguns passos com uma velocidade surpreendente, esticou o pé esquerdo, virou o corpo e encontrou meu olhar acima de nossas lâminas.

– Conseguiu me alcançar, quem diria – declarou ele, roçando a ponta de Grayswandir com sua espada. – Mas nunca teria chegado tão rápido se não fosse por aquela vadia no cavalo.

– Belo jeito de falar da sua irmã – rebati, fazendo uma finta e atento aos seus movimentos para aparar o golpe.

Estávamos de certa forma obstruídos, pois nenhum de nós podia investir sem sair do Padrão. E eu ainda tinha uma desvantagem adicional: não queria derramar o sangue dele naquele lugar. Simulei um arresto e Brand recuou, deslizando o pé esquerdo ao longo do traçado logo atrás. Em seguida afastou o pé direito, atingiu o chão e, sem preliminares, desferiu um golpe contra minha cabeça. Maldição! Desviei e ripostei por puro reflexo com uma investida na altura do peito e, embora não tivesse a intenção de causar estragos, a ponta de Grayswandir traçou um arco debaixo de seu esterno. Ouvi um zumbido no ar acima de nós, mas não podia me dar ao luxo de tirar os olhos de Brand. Com um leve inclinar da cabeça, ele deu mais um passo para trás. Excelente. Uma linha vermelha decorava a parte frontal da camisa, onde meu corte havia acertado. Por enquanto, o tecido parecia absorver o sangue. Chutei, fintei, estoquei, desviei, arrestei, inverti, cruzei e descruzei, recorrendo a qualquer estratégia para forçá-lo a recuar. No âmbito psicológico, eu estava em vantagem, pois meu alcance era maior, e nós dois sabíamos que eu era capaz de executar coisas mais complexas e mais ligeiras. Brand se aproximava da área escura. Só mais alguns passos... Ouvi um som semelhante à badalada de um sino, seguido de um grande estrondo. Uma sombra caiu sobre nós de repente, como se uma nuvem tivesse acabado de cobrir o sol.

Brand olhou para cima. Teria sido fácil desferir o golpe naquele momento, mas ainda faltavam alguns metros para ele alcançar o local escolhido por mim.

Em um instante, ele se recompôs e me encarou.

– Maldito seja, Corwin! É obra sua, não é?

E então, dispensando toda a cautela que lhe restava, ele me atacou.

Infelizmente, minha posição não era das melhores. Tendo me aproximado cada vez mais para conduzir Brand pelo caminho que faltava, fiquei exposto e ligeiramente desequilibrado. Ao aparar o golpe, percebi que não seria suficiente, então torci o corpo e tombei para trás.

Enquanto eu caía, lutei para manter os pés no lugar. Amparei a queda com o cotovelo direito e a mão esquerda. Praguejei ao sentir a dor lancinante. Meu cotovelo derrapou para o lado, então foi o ombro direito que amorteceu minha queda.

Mas a investida de Brand errara o alvo, e meus pés, cercados por halos azuis, ainda tocavam a linha. Eu estava a salvo de um golpe letal, embora ele ainda pudesse me incapacitar.

Com Grayswandir ainda firme no punho, levantei o braço e comecei a me sentar. A formação vermelha, com bordas amarelas, estava girando logo acima de Brand em um crepitar de faíscas e pequenos relâmpagos, o estrondo transformado em uivo.

Brand segurou sua espada pela base da lâmina e a ergueu acima do ombro como se fosse uma lança, apontada na minha direção. Eu sabia que não conseguiria desviar ou evitar aquele golpe.

Com a mente, tentei alcançar a Joia e a formação vermelha no céu...

Houve um clarão intenso quando um filamento de relâmpago atingiu a espada...

Brand largou a arma e levou uma mão à boca enquanto a outra agarrava a Joia do Julgamento, como se tentasse anular minhas ações ao cobrir a pedra. Olhou para cima, chupando os dedos, e toda a ira se esvaiu de seu rosto para dar lugar a uma expressão de medo que beirava o terror. O cone estava começando a descer.

Ele então se virou, adentrou a área escurecida, olhou para o sul, levantou os braços e gritou algo que não consegui ouvir por cima da ventania.

Parecia que estava se tornando bidimensional conforme o cone se aproximava, os contornos trêmulos começando a encolher, não como se tivesse diminuído de tamanho, e sim como se estivesse cada vez mais distante. Brand minguou, minguou e desapareceu um segundo antes de o cone atingir a área onde estivera.

Tendo a Joia desvanecido junto, não havia como controlar a nuvem que pairava sobre mim. Eu não sabia se era melhor continuar abaixado ou seguir de cabeça erguida pelo resto do Padrão. Decidi pela segunda opção, pois o redemoinho parecia buscar tudo o que se desviasse da sequência normal. Eu me sentei de novo e me aproximei da linha. Em seguida inclinei o corpo para a frente, agachado, e a essa altura o cone começou a subir. O uivo diminuiu conforme ele recuava. As chamas azuis ao redor das minhas botas haviam se apagado por completo. Virei o rosto e olhei para Fiona. Ela fez sinal para que eu me levantasse e continuasse meu caminho.

Conforme eu me levantava lentamente, o turbilhão acima continuava a se dissipar, apesar dos meus movimentos. Avançando até a área onde

Brand estivera segundos antes, mais uma vez usei Grayswandir para guiar o caminho. Os restos retorcidos da espada de meu irmão jaziam perto da outra margem da área escura.

Eu gostaria que houvesse um jeito fácil de sair do Padrão, pois já não tinha motivos para completar a travessia. Uma vez que se coloca os pés nele, porém, não tem mais volta, e a ideia de sair pela rota escura me enchia de receio. Então segui em direção à Grande Curva. Para onde Brand havia se transportado? Se eu soubesse, poderia ordenar ao Padrão que me enviasse atrás dele assim que alcançasse o centro. Talvez Fiona tivesse alguma ideia. Mas sem dúvida ele iria para algum lugar onde tivesse aliados. Seria loucura persegui-lo sozinho.

Meu consolo era que, pelo menos, eu havia frustrado seus planos de sintonização com a Joia.

Enfim alcancei a Grande Curva e as faíscas saltaram ao meu redor.

DOZE

Fim de tarde na montanha: o sol vespertino lançava toda sua luz nas rochas à minha esquerda, esculpia sombras longas para as outras à direita, penetrava a folhagem ao redor da minha tumba e tentava rechaçar os ventos frios da Kolvir. Soltei a mão de Random e me virei para contemplar o homem sentado no banco diante do mausoléu.

Era o rosto do jovem no arcano perfurado, a essa altura com rugas traçadas acima da boca, um cenho mais pesado, uma exaustão entalhada na posição do maxilar e no movimento dos olhos que não aparecera na carta.

Então eu já sabia antes mesmo de ouvir as palavras de Random:

– Este é meu filho, Martin.

Quando me aproximei, o rapaz se levantou e apertou minha mão.

– Tio Corwin.

Uma leve mudança se insinuou em suas feições ao dizer isso, os olhos ocupados com uma análise minuciosa.

Era alguns centímetros mais alto que Random, mas tinha o mesmo físico esguio. O queixo e as maçãs do rosto eram mais ou menos do mesmo formato, o cabelo tinha uma textura parecida.

Abri um sorriso e declarei:

– Você passou muito tempo longe, assim como eu.

Ele confirmou com um aceno.

– Mas eu nunca cheguei a viver em Âmbar. Cresci em Rabma... e em outros lugares.

– Então permita-me dar-lhe as boas-vindas, sobrinho. Chegou em uma época interessante, como seu pai deve ter mencionado.

– Sim, ele me contou tudo. Por isso pedi que o encontro acontecesse aqui, não lá.

Olhei para Random, que me explicou:

– O último tio que ele conheceu foi Brand... em circunstâncias não muito agradáveis. Tem como culpar o rapaz?

— De forma alguma. Acabei de cruzar o caminho de Brand, e não posso dizer que foi uma experiência muito enriquecedora.

— Cruzou o caminho dele? — perguntou Random. — Estou confuso.

— Ele fugiu de Âmbar e encontrou a Joia do Julgamento. Se eu soubesse antes o que sei agora, ele ainda estaria trancafiado naquela torre. Brand é quem estávamos procurando, e ele é muito perigoso.

Random assentiu.

— Eu sei. Martin confirmou nossas suspeitas sobre o atentado... e foi Brand. Mas que história é essa da Joia?

— Ele chegou antes de mim ao esconderijo na Terra de Sombra. Para se sintonizar com a Joia, porém, é necessário percorrer o Padrão e se projetar através da pedra. Acabei de frustrar sua tentativa no Padrão primordial da Âmbar verdadeira, mas ele conseguiu escapar. Eu estava do outro lado da montanha com Gérard, de onde enviamos uma tropa de guardas para se juntar a Fiona lá e impedir que Brand volte e tente repetir a travessia. Nosso próprio Padrão e o de Rabma também estão sendo vigiados.

— Por que ele está tão interessado em sintonizar a Joia? Para provocar algumas tempestades? Ora, ele pode dar uma volta em Sombra e brincar com o clima o quanto quiser.

— Uma vez sintonizada, a Joia pode ser usada para apagar o Padrão.

— Ah, é mesmo? E depois, o que acontece?

— O mundo como o conhecemos acaba.

— Ah — repetiu Random. — E como você descobriu isso?

— É uma história muito longa e não tenho tempo, mas ouvi de Dworkin e acredito em muito do que ele me contou.

— Ele ainda está vivo?

— Assunto para outra hora.

— Tudo bem. Mas Brand teria que ser insano para fazer algo assim.

Concordei.

— Na minha opinião, ele acha que pode traçar um novo Padrão e recriar o universo a seu bel-prazer.

— É realmente possível?

— Na teoria, talvez. Mas o próprio Dworkin tem certas dúvidas quanto à possibilidade de replicar o feito. A combinação de fatores foi peculiar... Sim, Brand deve ter mesmo perdido a sanidade. Quando olhamos para trás e pensamos sobre suas mudanças de personalidade ao longo dos anos, as oscilações de humor, fica evidente que ele sempre teve tendências esquizofrênicas. Não sei se o acordo com o inimigo foi a gota d'água. Agora já não faz muita diferença. Quem dera ele não tivesse saído daquela torre. Quem dera Gérard não fosse um médico tão habilidoso.

– Por acaso sabe quem o apunhalou?

– Fiona. Mas ela mesma pode contar a história.

Random apoiou o corpo no meu epitáfio e balançou a cabeça.

– Brand... Aquele miserável. Qualquer um de nós poderia ter matado o canalha em várias ocasiões... nos velhos tempos. Mas bem quando a nossa raiva atingia o ápice, ele mudava. Depois de um tempo, começávamos a acreditar que ele não era tão ruim assim. Pena que nenhum de nós tenha perdido a cabeça com ele naquela época...

– Então imagino que a caça esteja aberta? – perguntou Martin.

Eu o encarei e vi a mandíbula retesada, os olhos semicerrados. Por um instante, as feições de todos nós se alternaram no rosto dele, como se as cartas da família desfilassem ali. Egoísmo, ódio, inveja, orgulho e violência pareceram fluir em sua expressão naquele instante, e ele ainda nem havia colocado os pés em Âmbar. Algo dentro de mim se rompeu, e ergui os braços e segurei Martin pelos ombros.

– Você tem bons motivos para odiar Brand, e a resposta à sua pergunta é sim. A temporada de caça começou. Não vejo alternativa senão matá-lo. Eu mesmo o odiei por muito tempo quando ainda era uma abstração. Mas agora é diferente. Sim, Brand deve ser aniquilado. Mas não permita que esse ódio permeie seu retorno ao seio familiar. Já houve muito disso entre nós. Quando vejo seu rosto... não sei... Sinto muito, Martin. A situação está muito atribulada neste momento, e você ainda é jovem. Eu já vivenciei muitas coisas na vida. Algumas dela me afetam... de um jeito diferente. É isso.

Recolhi as mãos e me afastei.

– Fale sobre você – pedi.

– Por muito tempo, eu tive medo de Âmbar – começou ele –, e acho que ainda tenho. Desde que Brand me atacou, eu me perguntava se ele voltaria. Essa preocupação me acompanhou por anos. Acho que vivi com medo de cada um de vocês. Para mim, quase todos eram apenas retratos nas cartas, com péssimas reputações. Eu disse a Random, meu pai, que não queria conhecer todos ao mesmo tempo, e ele me aconselhou a começar por você. Naquela época, nenhum de nós imaginou que eu tinha informações que lhe seriam valiosas. Quando eu as mencionei, porém, meu pai determinou que nosso encontro deveria acontecer o quanto antes. Ele me colocou a par dos últimos acontecimentos e... bom, eu sei algumas coisas que podem ser úteis.

– Comecei a suspeitar pouco tempo atrás, quando certo nome veio à tona.

– Os tecys? – perguntou Random.

– Sim, os próprios.

– Não sei por onde começar... – admitiu Martin.

– Eu sei que você cresceu em Rabma, percorreu o Padrão e então usou seu poder sobre Sombra para visitar Benedict em Avalon – respondi. – Benedict lhe contou mais sobre Âmbar e Sombra, ensinou o funcionamento dos arcanos, instruiu-o no manejo de armas. Mais tarde, você partiu para transitar em Sombra sozinho. E sei o que Brand fez com você. Meu conhecimento se resume a isso.

Martin anuiu em silêncio e deixou o olhar se perder no oeste.

– Depois de me despedir de Benedict, passei anos viajando por Sombra. Foi a melhor época da minha vida. Aventura, emoção, coisas novas para ver e fazer... No fundo, eu sempre soube que um dia, quando fosse mais forte e sagaz, mais experiente, eu viajaria para Âmbar e conheceria meus outros parentes. E então Brand me encontrou. Eu tinha me acomodado na encosta de uma pequena colina para almoçar depois de uma longa viagem, descansando antes de visitar meus amigos tecys. Foi quando Brand entrou em contato comigo. Eu já havia usado o arcano para alcançar Benedict durante suas lições, e em outras ocasiões em minhas viagens. Ele até me transportara algumas vezes, então eu sabia qual era a sensação, sabia o que significava. Senti a mesma coisa ali, e por um instante pensei que poderia ser Benedict. Mas estava enganado. Era Brand. Eu o reconheci pelo retrato na carta. Ele estava no meio do que parecia ser o Padrão. Fiquei curioso para descobrir como tinha conseguido me alcançar. Pelo que eu sabia, não existia nenhum arcano meu. Conversamos por um minuto ou mais... não me lembro de suas palavras... e quando tudo estava firme e nítido, ele... ele me apunhalou. Nessa hora, eu o repeli e recuei, mas ele foi capaz de manter a conexão. Foi difícil interromper o contato e, quando enfim consegui, ele tentou de novo algumas vezes. Continuei bloqueando, como Benedict havia me ensinado, e ele finalmente desistiu. Os tecys não estavam muito longe, então montei no cavalo e viajei para a terra deles. Achei que fosse morrer, porque nunca tinha sofrido um ferimento tão grave. Depois de um tempo, comecei a me recuperar. E então o medo voltou a me dominar, pois temia que Brand me encontrasse e terminasse o que havia começado.

– Por que não entrou em contato com Benedict para contar sobre o ataque e explicar seus temores?

– Pensei nisso – admitiu Martin –, e também pensei na possibilidade de Brand acreditar que tivera sucesso, que eu estava mesmo morto. Eu não tinha ideia de quais disputas de poder estavam acontecendo em Âmbar, mas me pareceu que aquela tentativa de me assassinar fazia parte dessas maquinações. Depois de tudo o que Benedict me contara a respeito da família, esse foi o primeiro pensamento que me ocorreu. Então decidi que talvez fosse melhor continuar morto. Ainda não havia me recuperado por completo quando fui embora da terra dos tecys e parti para me perder em Sombra.

Depois de uma pausa, ele continuou:

– Logo deparei com uma coisa estranha, algo que eu nunca tinha visto antes, mas que de súbito parecia quase onipresente: quase todas as sombras pelas quais eu passava eram atravessadas, de um jeito ou de outro, por uma peculiar estrada negra. Eu não a entendia, mas como parecia ser a única coisa capaz de transpor Sombra, fiquei intrigado. A curiosidade me levou a seguir seu curso e descobrir mais a seu respeito. Era perigosa, e logo percebi que não devia trilhar por ela. Vultos estranhos pareciam viajar por ali durante a noite. Animais que se aventuravam em seus domínios adoeciam e morriam. Então fui cauteloso, evitando me aproximar mais do que o necessário enquanto a mantinha à vista. A jornada me conduziu por muitos lugares. Logo ficou claro que sua passagem sempre deixava um rastro de morte, desolação ou infortúnio. Eu não sabia o que isso significava.

"Ainda debilitado pelo ferimento, cometi o erro de cobrir uma distância muito longa e extenuante em um único dia de cavalgada. Ao entardecer, perdi as forças e passei a noite inteira e boa parte do dia seguinte tremendo sob o cobertor. Nesse período, os delírios iam e vinham, então não sei quando ela apareceu. Por bastante tempo, parecia apenas um sonho. Era uma jovem bonita. Cuidou de mim enquanto eu me recuperava. O nome dela era Dara. Foi muito agradável poder conversar com alguém daquele jeito... Devo ter contado toda a minha história de vida para Dara, que em troca me revelou mais sobre si mesma. Não era natural daquela região onde estávamos. Disse que tinha chegado ali através de Sombra. Ainda não conseguia viajar por Sombra como nós, mas acreditava que seria capaz de aprender, pois dizia ser descendente da Casa de Âmbar por meio de Benedict. Na verdade, ela queria muito aprender a fazer a travessia. Até então, viajava pela própria estrada negra, cujos efeitos nocivos não a afetavam porque também descendia daqueles que residiam ao fim dela, nas Cortes do Caos. Como ela queria aprender nossos métodos, fiz o possível para lhe ensinar tudo o que eu sabia. Falei do Padrão e até desenhei um esboço. Mostrei os Arcanos do baralho que ganhara de Benedict, para que ela soubesse como eram nossos outros parentes. Ela ficou particularmente interessada no seu."

– Estou começando a entender – afirmei. – Prossiga.

– Dara revelou que Âmbar, no auge de sua corrupção e arrogância, perturbara uma espécie de equilíbrio metafísico com as Cortes do Caos. O povo dela agora tinha a obrigação de resolver a situação, e para isso seria necessário destruir a própria Âmbar. A terra deles não é uma sombra de Âmbar, e sim uma entidade sólida independente. Enquanto isso, todas as sombras intermediárias sofrem com a presença da estrada negra. Como meu conhecimento sobre Âmbar era limitado, só me restava ouvir em silêncio. A princípio, aceitei tudo o que ela dizia. Aos meus olhos, Brand combinava perfeitamente com sua descrição do mal presente em Âmbar. Quando externei esse pensamento, porém, Dara o rechaçou. Contou-me que Brand era considerado um herói no lugar de onde ela vinha. Não conseguiu me fornecer muitos detalhes, mas isso não a incomodou. Foi aí que me dei conta de como ela parecia convicta de suas palavras... e tudo o que dizia tinha um toque de fanatismo. De forma quase involuntária, eu saí em defesa de Âmbar. Pensei em Llewella, Benedict e Gérard, que eu tinha visto algumas vezes. Percebi que Dara estava ansiosa para saber de Benedict, o que acabou sendo o ponto fraco em sua armadura. Desse assunto eu podia falar com certa propriedade, e ela estava disposta a acreditar nas coisas boas que eu tinha a dizer. Então, não sei até que ponto toda essa conversa a afetou, mas perto do fim ela parecia um pouco menos segura de si...

– Perto do fim? – perguntei. – Como assim? Quanto tempo Dara ficou com você?

– Quase uma semana. Ela disse que cuidaria de mim até eu me recuperar, e cuidou. Ficou até alguns dias além do necessário. Disse que era só por precaução, mas acho que na verdade queria mesmo era continuar nossas conversas. Quando enfim avisou que precisava seguir viagem, pedi que ficasse comigo, mas ela se recusou. Então me ofereci para acompanhá-la, e mais uma vez recebi um não como resposta. Deve ter percebido que eu pretendia ir atrás dela, porque escapuliu na calada da noite. Eu não podia percorrer a estrada negra, e não fazia a menor ideia de qual sombra Dara visitaria em sua jornada rumo a Âmbar. De manhã, quando acordei e percebi que ela tinha ido embora, cogitei ir a Âmbar também. Mas ainda estava com medo, e algumas de suas revelações podem ter ajudado a reforçar meus receios. Por fim, decidi continuar em Sombra. Segui viagem, na esperança de ver e aprender coisas novas, até que um dia Random me encontrou e me pediu para voltar para casa. Mas ele me trouxe aqui primeiro, porque queria que você me conhecesse e ouvisse minha história antes dos outros. Disse que você conhecia Dara e queria saber mais sobre ela. Espero que meu relato tenha ajudado.

– Ajudou muito. Obrigado.

– Soube que ela finalmente percorreu o Padrão.

– Sim, é verdade.

– E depois se declarou inimiga de Âmbar.

– Isso também.

– Espero que nada de ruim aconteça com Dara. Ela foi boa comigo.

– Acho que ela consegue se virar sozinha... Mas, sim, de fato é uma moça agradável. Não posso prometer nada a respeito da segurança dela, porque ainda sei muito pouco sobre seu envolvimento nessa história. Mas o que você me contou foi muito útil. Dara parece alguém a quem eu ainda gostaria de conceder o benefício da dúvida, na medida do possível.

Martin sorriu.

– Fico feliz de saber.

Encolhi os ombros e perguntei:

– O que pretendem fazer agora?

– Vou levar Martin para ver Vialle – respondeu Random –, e depois para conhecer os outros, quando o tempo e as circunstâncias permitirem. A menos, claro, que você precise de mim agora. Alguma novidade?

– Sim, várias. Mas por ora não preciso de sua ajuda. De toda forma, vou colocar você a par de tudo. Ainda tenho um pouco de tempo.

Enquanto eu informava Random sobre os inúmeros eventos ocorridos em sua ausência, pensei em Martin. Para mim, ele ainda era uma incógnita. A história dele poderia muito bem ser verdadeira. E algo me dizia que era mesmo. Por outro lado, tive a vaga impressão de que o relato estava incompleto, de que Martin tomara a decisão deliberada de omitir uma parte. Talvez um detalhe inofensivo, talvez uma informação vital. Afinal, ele não tinha nenhuma razão para amar nossa família. Muito pelo contrário. E era possível que Random estivesse trazendo um Cavalo de Troia para dentro de casa. Mas provavelmente não era nada disso. A questão é que eu nunca confio em ninguém, a menos que seja necessário.

Ainda assim, nada do que eu dizia para Random naquele momento poderia ser usado contra nós, e eu tinha sérias dúvidas de que Martin fosse capaz de nos prejudicar seriamente, se essa fosse sua intenção. Não, o mais provável era que ele estivesse sendo tão cauteloso quanto o resto de nós, e por razões semelhantes: medo e autopreservação. Movido por uma inspiração súbita, perguntei:

– Por acaso chegou a encontrar Dara outras vezes?

Martin corou e respondeu, talvez rápido demais:

– Não, só naquela ocasião. Nunca mais.

– Entendi.

Random era um jogador de pôquer habilidoso demais para não ter percebido a hesitação. E assim consegui uma garantia instantânea ao preço modesto de fazer um pai desconfiar do filho do qual passara anos afastado.

Rapidamente trouxe o assunto de volta para Brand e, enquanto comparávamos nossas ideias sobre psicopatologias, senti aquele leve formigamento e a sensação de presença que prenunciam um contato via arcano. Levantei a mão e me virei para o lado.

Em um instante, o contato foi estabelecido e meu olhar encontrou o de Ganelon.

– Corwin, achei que já estava na hora de ver por onde anda. A esta altura, a Joia está com você, com Brand ou com nenhum dos dois?

– Está com Brand.

– Que pena – lamentou-se ele. – Conte como foi.

E foi o que fiz.

– Então Gérard não mentiu para mim – comentou Ganelon.

– Ele já lhe contou isso tudo?

– Não com tantos detalhes, e eu queria garantir que era mesmo verdade. Acabei de conversar com ele – explicou Ganelon, depois olhou para o céu. – Acho melhor você ir andando, Corwin, se bem me lembro de como a lua nasce.

Concordei com um aceno.

– Sim, irei para a escadaria em breve. Não é muito longe daqui.

– Ótimo. Esteja pronto para...

– Eu sei o que devo fazer – interrompi. – Preciso chegar a Tir-na Nog'th antes de Brand e impedi-lo de alcançar o Padrão. Caso contrário, mais uma vez serei forçado a perseguir Brand pelo traçado.

– Não é a melhor estratégia, Corwin.

– Por acaso tem alguma ideia melhor?

– Tenho. Está com seus arcanos?

– Estou.

– Ótimo. De todo modo, seria impossível chegar lá a tempo de interromper o avanço dele.

– Por que motivo?

– Seria necessário subir, caminhar até o palácio e depois descer até o Padrão. Esse trajeto leva tempo, mesmo em Tir-na Nog'th... especialmente em Tir-na Nog'th, onde o tempo tende a pregar peças. Pode ser até que alguma morbidez oculta sua o atrapalhe. Não sei. De qualquer forma, quando você chegasse ele já teria começado a percorrer o Padrão, talvez com uma velocidade que o impedisse de ser alcançado.

– Brand deve estar exausto. Isso deve atrapalhar um pouco.

– Não, Corwin. Ponha-se no lugar dele: se fosse Brand, não teria viajado para alguma sombra onde o fluxo do tempo fosse diferente? Em vez de uma tarde, pode muito bem ter descansado por alguns dias antes de retornar. É mais seguro partir do princípio de que ele estará em boas condições.

– Tem razão. Não posso contar com isso. Certo, então. A alternativa que considerei, mas que preferiria evitar, seria matar Brand de longe. Levar uma besta ou um dos nossos fuzis e simplesmente atirar nele no meio do Padrão. Mas não sei qual efeito nosso sangue pode exercer sobre o traçado. Pode ser que apenas o Padrão primordial seja afetado por ele, mas não tenho certeza.

– Exatamente. Não dá para saber. Além do mais, seria um risco confiar em armas normais lá em cima. Aquele lugar é peculiar. Você mesmo disse que parece um trecho estranho de Sombra pairando no céu. Embora tenha descoberto como disparar armas de fogo em Âmbar, pode ser que as regras não sejam as mesmas lá em cima.

– É um risco – admiti.

– Quanto à besta... e se cada seta que você disparar for desviada por uma rajada súbita de vento?

– Não entendi.

– A Joia. Brand percorreu parte do Padrão primordial em posse dela e teve algum tempo para se familiarizar com o artefato desde então. Acha possível que ele tenha se sintonizado parcialmente?

– Não sei. Não sou muito familiarizado com o processo.

– Se for esse o caso, pode ser que Brand consiga usar a Joia para se defender. E a pedra talvez até tenha outras propriedades que você desconhece. Então, não confie na possibilidade de matar seu irmão de longe. E se ele tiver obtido algum controle sobre a Joia, não conte com sua capacidade de invocar outro tornado.

– Você é mais pessimista do que eu.

– Mas talvez mais realista.

– Vou dar o braço a torcer. Continue, Ganelon. Você disse que tinha um plano.

– Isso mesmo. A meu ver, Brand deve ser impedido de alcançar o Padrão, caso contrário, a probabilidade de desastre é muito alta.

– E acha que eu não consigo chegar lá a tempo?

– Não se ele for mesmo capaz de se transportar de forma quase instantânea enquanto você precisa andar um bocado. Aposto que ele só está esperando a lua nascer e, assim que a cidade tomar forma, estará lá dentro, bem ao lado do Padrão.

– Entendo o problema, mas não a solução.

– A solução é esta: você não vai pôr os pés em Tir-na Nog'th hoje.

– Espere aí!

– Não me venha com objeções! Você importou um grande estrategista, então trate de ouvir o que ele tem a dizer.

– Tudo bem, estou ouvindo.

– Já concordou que provavelmente não conseguirá chegar lá a tempo, certo? Mas outra pessoa pode fazer isso.

– Quem e como?

– Pois bem... Conversei com Benedict. Ele voltou. Está em Âmbar agora mesmo, na câmara do Padrão. A esta altura, já deve ter feito a travessia e está esperando no centro. Você, Corwin, deve ir até a base da escadaria da cidade celeste. Espere lá até a lua nascer. Assim que Tir-na Nog'th tomar forma, entre em contato com Benedict via arcano dele e avise que está tudo pronto. Nesse momento, ele usará o poder do Padrão de Âmbar para se transportar até o ponto equivalente em Tir-na Nog'th. Por mais rápido que Brand seja, dificilmente chegará lá antes de Benedict.

– Consigo ver as vantagens da estratégia – admiti. – Essa é a maneira mais rápida de transportar alguém para a cidade celeste, e Benedict é um homem forte. Deve ser capaz de enfrentar Brand sem a menor dificuldade.

– Acha mesmo que Brand não tomará certas precauções? – perguntou Ganelon. – Considerando tudo o que ouvi falar do sujeito, ele é tão esperto quanto idiota. É bem capaz que preveja algo assim.

– Sim, é possível. Alguma ideia do que ele pode fazer?

Ganelon fez um gesto amplo com o braço e deu um tapa no próprio pescoço.

– Um bicho – explicou, sorrindo. – Desculpe. Coisinhas irritantes.

– Ainda acho que...

– Acho que você deve manter contato com Benedict enquanto ele estiver lá em cima. Se Brand conseguir alguma vantagem, pode ser necessário trazer Benedict de volta para salvar a vida dele.

– Claro. Mas aí...

– Mas aí teremos perdido uma rodada, é verdade. Mas não o jogo. Mesmo com a Joia totalmente sintonizada, Brand ainda teria que chegar ao Padrão primordial para fazer um estrago... e você já colocou guardas lá.

– Sim, parece que você pensou em tudo. Sua velocidade me surpreendeu.

– Tive muito tempo livre nos últimos dias, o que pode ser um problema, a menos que seja usado para pensar. Foi o que fiz. Acho melhor você ir logo, Corwin. A noite se aproxima.

– Tem razão, Ganelon. Obrigado pelos conselhos.

– Espere os resultados antes de me agradecer – declarou ele, e interrompeu o contato.

– Parecia um assunto importante – comentou Random. – Do que se trata?

– Pergunta pertinente, mas não tenho tempo agora. Vai ter que esperar o amanhecer para ouvir toda a história.

– Posso ajudar com alguma coisa?

– Na verdade, sim. Se puderem voltar juntos a Âmbar no mesmo cavalo ou via arcano, eu agradeço. Preciso de Estrela.

– Claro, claro. Só isso?

– Sim, tenho que me apressar.

Caminhamos até os cavalos e eu acariciei o flanco de Estrela antes de me acomodar na sela.

– Boa sorte, Corwin – despediu-se Random. – Estarei à sua espera em Âmbar.

– Sim, vejo você em Âmbar. Obrigado.

Dei as costas e avancei em direção à escadaria, seguindo a sombra crescente do meu túmulo rumo ao leste.

TREZE

No cume mais alto da Kolvir há uma formação rochosa com o aspecto de três degraus. Sentei-me no mais baixo e esperei até que os outros surgissem acima de mim. Sendo a noite e o luar essenciais para tal feito, metade dos requisitos tinha sido cumprida.

Estava ressabiado com as nuvens espalhadas ao oeste e ao nordeste, pois caso se acumulassem a ponto de encobrir a lua, Tir-na Nog'th se desvaneceria outra vez. Esse era um dos motivos pelos quais era sempre aconselhável ter alguém de prontidão em terra, para puxar a pessoa por arcano em segurança caso a cidade desaparecesse do céu.

Acima de mim, porém, o céu estava limpo e pontilhado de estrelas familiares. Quando a lua saísse e derramasse sua luz sobre a pedra em que eu repousava, a escada no céu surgiria, elevando-se a grandes alturas, conduzindo até Tir-na Nog'th, a imagem de Âmbar que pairava no ar intermediário da noite.

Eu estava exausto. Tinha enfrentado muita coisa em pouco tempo. Poder descansar de repente, tirar as botas e massagear os pés, recostar e apoiar a cabeça, mesmo na pedra, era um luxo, um prazer puramente primitivo. Apertei meu manto em volta do corpo para encarar o frio cada vez mais mordaz. Um banho quente, uma boa refeição e uma cama macia cairiam muito bem. Naquele lugar, no entanto, essas coisas assumiam uma qualidade quase mítica. Era mais do que suficiente apenas descansar daquele jeito, deixando os pensamentos correrem mais devagar, à deriva, como um observador, sobre os acontecimentos do dia.

Eram tantos... mas a essa altura eu ao menos tinha as respostas para algumas perguntas. Não todas, com certeza. Mas por ora bastava para saciar a sede da minha mente... Já tinha uma ideia melhor do que havia acontecido durante minha ausência, compreendia melhor a situação atual, sabia em parte o que era necessário fazer, o que *eu* deveria fazer... E tinha a vaga impressão de que sabia mais do que imaginava, de que já tinha as peças necessárias para completar o quebra-cabeça cada vez mais complicado diante de mim, bastava misturar todas elas, encaixar cada uma no lugar certo. O ritmo dos últimos acontecimentos, especialmente os daquele dia, não haviam me permitido um momento de reflexão. Mas de repente algumas das peças pareciam se virar em ângulos estranhos...

Uma agitação acima do meu ombro me distraiu, uma claridade diminuta nas alturas. Endireitei o corpo e fiquei de pé para contemplar o horizonte. Um brilho preliminar havia surgido no mar, bem no ponto de onde a lua começaria seu curso. Enquanto eu observava, um pequeno arco de luz surgiu. As nuvens também haviam se deslocado, mas não o bastante para ser motivo de preocupação. Ao erguer o olhar, percebi que o fenômeno celeste ainda não havia começado. Mesmo assim, peguei meus arcanos, folheei as cartas e escolhi a de Benedict.

Esquecida a letargia, passei a contemplar a lua que se elevava sobre a água, projetando um rastro de luz entre as ondas. Uma forma tênue começou a pairar nas alturas, bem nas fronteiras da visibilidade. Conforme a luz se intensificava, uma faísca a delineava aqui e ali. As primeiras linhas, diáfanas como teias de aranha, apareceram acima da rocha. Estudei a carta de Benedict. Busquei o contato...

Sua imagem fria ganhou vida, e eu o vi na câmara do Padrão, bem no centro do traçado, com uma lamparina acesa no chão à sua esquerda. Quando percebeu minha presença, perguntou:

– Corwin, está na hora?

– Ainda não. A lua está nascendo e a cidade começou a tomar forma. Não deve demorar muito. Eu queria ter certeza de que você estava pronto.

– Sim, estou pronto.

– Fez bem em retornar tão depressa. Descobriu algo interessante?

– Ganelon me chamou assim que soube o que havia acontecido. O plano dele me pareceu apropriado, por isso estou aqui. Quanto às Cortes do Caos, sim. Acredito ter descoberto algumas coisas...

– Só um instante..

Os feixes de luar haviam assumido um aspecto mais tangível. A cidade nas alturas adquirira um contorno nítido e a escadaria estava visível do começo ao fim, embora alguns pontos parecessem mais fracos do que outros. Estendi a mão para saciar a sede da minha mente...

Meus dedos encontraram o quarto degrau, frio e macio, que parecia ceder sob meu toque.

– Está quase na hora, Benedict. Vou experimentar a escada. Esteja preparado.

Galguei os degraus de pedra, um, dois, três. Levantei o pé e então o pousei no quarto, fantasmagórico, que afundou ligeiramente sob meu peso.

Com medo de levantar o outro pé, esperei e admirei a lua, respirando o ar frio da noite. O rastro na água se alargava à medida que a luminosidade se tornava mais intensa. Olhando para cima, vi Tir-na Nog'th perder um pouco da transparência. As estrelas atrás da cidade perderam brilho. No mesmo momento, a escada ganhou firmeza sob meu pé, não mais elástica, e tive a impressão de que poderia sustentar o peso do meu corpo. Deslizando o olhar por toda a sua extensão, eu a vislumbrei em plenitude, ora translúcida, ora transparente, sempre cintilante em sua ascensão contínua até a cidade silenciosa que flutuava acima do mar. Ergui o outro pé e subi no quarto degrau. Se eu quisesse, poderia dar mais alguns passos naquela escada celestial e alcançar o reino dos sonhos realizados, das neuroses ambulantes e profecias duvidosas, a cidade enluarada de aspiração ambígua, tempo distorcido e pálida beleza. Voltei a descer e olhei para a lua, equilibrada na borda úmida do mundo. Depois fitei o arcano de Benedict em sua luminosidade prateada.

– A escadaria está sólida, a lua subiu.

– Tudo bem, Corwin. Estou indo.

Diante dos meus olhos, ele levantou a lamparina com a mão esquerda e ficou imóvel por um instante, no centro do Padrão. No momento seguinte, desapareceu, assim como o traçado ao seu redor. Mais um segundo, e surgiu em uma câmara semelhante, dessa vez fora do Padrão, não muito longe do início. Ergueu a lamparina e olhou por todo o recinto. Estava sozinho.

Em seguida se virou, foi até a parede, depositou a fonte de luz junto dela. Sua sombra se esticou na direção do Padrão, mudou de forma quando ele deu meia-volta e recuou até sua posição inicial.

Aquele Padrão brilhava com uma luz mais sutil do que o Padrão de Âmbar, uma brancura prateada, sem o familiar toque de azul. A configuração era a mesma, mas a cidade fantasma produzia um efeito estranho de perspectiva. As distorções, ora estreitas, ora largas, pareciam perturbar a superfície do traçado sem motivo, como se eu contemplasse todo o piso por uma lente irregular, em vez do arcano de Benedict.

Recuei escada abaixo e parei de novo no primeiro degrau, de onde continuei a observar tudo.

Benedict desprendeu a espada da bainha.

– Sabe do efeito que o sangue pode causar no Padrão? – perguntei.

– Sim, Ganelon me contou.

– Alguma vez desconfiou... de algo assim?

– Nunca confiei em Brand – respondeu ele.

– E sua viagem às Cortes do Caos? O que descobriu?

– Mais tarde, Corwin. Ele pode chegar a qualquer momento.

— Espero que nenhuma visão apareça para distrair seus pensamentos — comentei, pensando em minha própria visita a Tir-na Nog'th e no papel desempenhado por ele em minha última aventura lá em cima.

Benedict encolheu os ombros.

— As visões só têm poder se lhes dermos atenção. E a minha está reservada para uma única coisa esta noite.

Ele fez uma volta completa, observando cada ponto da câmara, e enfim se deteve.

— Será que Brand sabe que você está aí? — perguntei.

— Talvez. Não importa.

Assenti com a cabeça. Se Brand não aparecesse, ganharíamos um dia. Os guardas protegeriam os outros Padrões, e Fiona teria a chance de demonstrar sua própria habilidade em questões místicas e descobrir o paradeiro de Brand. Feito isso, sairíamos em sua perseguição. Ela e Bleys já haviam conseguido impedir seu avanço certa vez. Será que Fiona seria capaz de repetir o feito sozinha? Ou teríamos que encontrar Bleys para convencê-lo a nos ajudar? Será que Brand encontrara Bleys? E por que raios Brand queria esse poder, afinal? O desejo de conquistar o trono era compreensível. No entanto... Bem, o homem estava louco, ponto-final. Uma pena, mas era o que era. Com um toque de cinismo, eu me perguntei: seria uma questão de hereditariedade ou do ambiente? Éramos todos, até certo ponto, loucos como ele. A bem da verdade, só poderia ser uma forma de loucura batalhar com tanta ferocidade para conseguir um pouco mais quando já se tinha tanto, para ganhar uma pequena vantagem sobre os outros. Brand só levava essa tendência ao extremo. Ele era uma caricatura dessa característica presente em todos nós. Cientes de tudo isso, importava tanto assim saber qual de nós era o traidor?

Sim, importava. Foi Brand quem deu vazão a esse impulso. Louco ou não, ele tinha ido longe demais. Fizera coisas que Eric, Julian e eu não teríamos feito. Bleys e Fiona haviam desistido da trama complicada no final. Gérard e Benedict estavam um nível acima de nós, em aspectos de moral, de maturidade e o que fosse, pois haviam se recusado a participar do mesquinho jogo de poder. Random havia mudado consideravelmente nos últimos anos. Seria possível que os filhos do unicórnio demorassem séculos para amadurecer, um processo lento que englobava todos da família e, por algum motivo, havia decidido ignorar Brand? Ou será que o próprio Brand, por meio de suas ações, contribuíra para acelerar esse fenômeno no resto de nós? Como em muitos casos, parecia mais interessante fazer tais perguntas do que buscar suas respostas. Éramos parecidos o bastante com Brand para que eu conhecesse um tipo especial de medo que nada mais poderia provocar. Mas, sim, importava. Sejam quais tenham sido seus motivos, Brand decidira ceder ao impulso.

A lua estava mais alta no céu, sua imagem sobreposta à minha visão interna da câmara do Padrão. As nuvens continuavam a se aproximar, fervilhantes no entorno da lua. Por um momento cogitei avisar Benedict, mas isso só serviria para distrair sua atenção. Acima de mim, como uma arca sobrenatural, Tir-na Nog'th singrava os mares da noite.

E de repente lá estava Brand.

Por reflexo, minha mão alcançou o cabo de Grayswandir, apesar de uma parte de mim ter percebido desde o início que ele estava perto do Padrão, diante de Benedict, naquela câmara escura projetada nas alturas celestes.

Minha mão recuou. Benedict logo percebeu a presença do intruso. Ele se virou e, sem fazer nenhuma menção de pegar a arma, limitou-se a encarar nosso irmão do outro lado.

Até então eu temera que Brand chegasse por trás e apunhalasse Benedict pelas costas. Teria sido uma manobra arriscada, porque até mesmo na morte os reflexos de Benedict poderiam ser capazes de eliminar o agressor. Ao que parecia, Brand também não era tão louco assim.

– Benedict, que surpresa ver você aqui... – disse ele, sorrindo.

A Joia do Julgamento cintilava em seu peito.

– Brand, não adianta tentar.

Ainda sorrindo, Brand desafivelou o cinto da espada e deixou a arma cair ao chão. Quando os ecos se calaram, ele respondeu:

– Não sou idiota, Benedict. Está para nascer um homem capaz de enfrentá-lo com uma espada.

– Eu não preciso da espada.

Brand começou a andar lentamente ao redor do Padrão.

– E ainda assim você a empunha como um servo do trono, quando poderia ter sido um rei.

– Nunca almejei o trono.

Brand parou de repente, tendo contornado apenas uma parte do Padrão.

– É verdade. Leal e modesto. Não mudou nada, Benedict. É uma pena que nosso pai o tenha condicionado tão bem. Você poderia ter chegado muito mais longe.

– Já tenho tudo de que preciso.

– Ter sido reprimido, sufocado, tão jovem.

– Não vai conseguir passar por mim na lábia, Brand. Não me obrigue a machucar você.

Ainda com um sorriso no rosto, Brand voltou a avançar a passos lentos. O que pretendia fazer? Não consegui descobrir qual era seu plano.

– Sabe muito bem que tenho habilidades únicas, Benedict. Se existir alguma coisa que sempre desejou e nunca julgou possível, agora é a sua chance. Basta me dizer do que se trata e verá o quanto se enganou. Eu descobri coisas incríveis, inacreditáveis.

Benedict deu um de seus raros sorrisos.

– Você escolheu a estratégia errada – declarou. – Posso alcançar tudo o que eu quiser, basta viajar até lá.

– Sombras! – vociferou Brand, parando de novo. – Qualquer um dos outros pode agarrar um fantasma! Estou falando de realidade! Âmbar! Poder! Caos! Não devaneios solidificados! Não arremedos!

– Se eu quisesse mais do que já tenho, saberia o que fazer. Nunca o fiz.

Brand riu e retomou sua caminhada, já tendo contornado um quarto do perímetro do Padrão. A Joia brilhava com mais intensidade em seu pescoço.

A voz dele reverberou pela câmara:

– Apenas um tolo usa correntes de bom grado! Mas se as coisas materiais não representam o menor apelo, e se o poder não exerce qualquer atração, o que me diz do conhecimento? Aprendi todos os segredos de Dworkin e desde então me dediquei a ir além, paguei caro para entender melhor os mecanismos do universo. Posso lhe transmitir todo esse conhecimento sem custo algum.

– Ainda haveria um preço, um que me recuso a pagar.

Brand balançou a cabeça e jogou o cabelo para trás. Um rastro de nuvens encobriu a lua naquele momento, e a imagem do Padrão vacilou por um instante. Tir-na Nog'th se desvaneceu ligeiramente e voltou à nitidez habitual.

– Está mesmo determinado, não é? Eu precisava tentar, mas não o testarei de novo – respondeu Brand, aparentemente alheio a tais mudanças. Interrompeu o passo outra vez, com um olhar vidrado. – Não desperdice seu potencial naquele caos de Âmbar, dedicado a defender algo fadado à ruína. Eu vou vencer, Benedict. Vou destruir Âmbar e construir uma nova. Vou apagar o antigo Padrão e traçar um a meu próprio modo. Pode se juntar a mim. Quero você ao meu lado. Vou criar um mundo perfeito, onde seja mais fácil alcançar Sombra. Vou fundir Âmbar com as Cortes do Caos. Vou expandir este domínio por toda Sombra. E você comandará nossas legiões, as forças militares mais poderosas de todos os tempos. Você...

– Se seu mundo novo fosse tão perfeito quanto diz, Brand, não precisaria de legiões. Se, por outro lado, é para refletir a mente de seu criador, não creio que represente uma melhoria em relação ao atual. Agradeço a oferta, mas prefiro continuar com a Âmbar que já existe.

– É mesmo um tolo, Benedict. Um tolo bem-intencionado, mas ainda assim um tolo.

Brand recomeçou seu percurso, dessa vez a passos casuais. Estava a quinze metros de Benedict. Dez... Seguiu em frente e se deteve a uns cinco metros de distância, prendeu os polegares no cinto e encontrou o olhar de Benedict. Ergui o rosto para contemplar as nuvens, cada vez mais aglomeradas e próximas da lua. Mas eu poderia retirar Benedict a qualquer momento. Por ora, não valia a pena incomodá-lo.

– Então por que não acaba comigo de uma vez? – provocou Brand, enfim. – Desarmado como estou, não deve ser muito difícil. Não faz diferença se o mesmo sangue corre em nossas veias, faz? O que você está esperando?

– Já disse que não quero machucar você.

– E ainda assim, está disposto a fazer isso para impedir minha travessia.

Benedict se limitou a assentir.

– Admita que tem medo de mim, Benedict. Todos vocês têm medo de mim. Mesmo quando me aproximo assim, desarmado, deve ter algo se revirando nas suas entranhas. Você vê minha confiança e não a entende. Deve estar com medo.

Benedict não respondeu.

– E tem medo de sujar as mãos com meu sangue – continuou Brand. – Tem medo da maldição que rogarei ao morrer.

– Por acaso teve medo de sujar as suas com o sangue de Martin? – rebateu Benedict.

– Aquele filhotinho bastardo? Ora, ele não era um de nós. Não passava de um fantoche.

– Brand, eu não quero matar um irmão. Entregue esse adorno em seu pescoço e volte comigo para Âmbar. Não é tarde demais para voltar atrás.

Brand jogou a cabeça para trás e gargalhou.

– Ah, quanta nobreza! Quanta nobreza, Benedict! Um verdadeiro lorde do reino! Vou acabar constrangido diante de tamanha virtude! E qual é o cerne da questão? – perguntou, com a Joia do Julgamento entre os dedos. – Isto aqui? Esta quinquilharia? – acrescentou aos risos, e tornou a avançar. – Se eu a entregasse, teríamos paz, amizade, ordem? Seria o suficiente para redimir minha vida?

Mais uma vez se deteve, a três metros de Benedict, segurou a Joia do Julgamento diante do corpo e a admirou.

– Tem alguma ideia dos verdadeiros poderes deste artefato? – perguntou Brand.

Benedict começou a protestar, mas sua voz ficou presa na garganta.

Com outro passo apressado, Brand se lançou à frente. A Joia brilhava diante dele. Benedict, que tinha começado a sacar a espada, ficou paralisado de repente, como se tivesse se transformado em uma estátua. Só então comecei a entender, mas já era tarde demais.

Nada do que Brand estivera falando importava. Tinha sido apenas uma série de frases sem propósito, uma distração oferecida enquanto ele aferia cuidadosamente o alcance correto. De fato havia sintonizado parcialmente a Joia e, embora limitado, seu domínio sobre a pedra lhe permitia produzir certos efeitos, todos desconhecidos por mim, mas certamente não por ele. Portanto, Brand tivera o cuidado de aparecer a uma boa distância de Benedict, de onde tentara usar a Joia, depois chegara um pouco mais perto para uma nova tentativa, e assim por diante até encontrar o ponto onde ela poderia afetar o sistema nervoso de seu oponente.

De onde eu estava, chamei:

– Benedict, é melhor você se juntar a mim.

Despendi todas as minhas forças, e mesmo assim ele não se moveu nem respondeu. Seu arcano ainda funcionava, pois eu sentia sua presença, vislumbrava a cena por seu intermédio, mas não conseguia alcançá-lo. Claramente, o efeito da Joia não se limitava ao seu sistema motor.

Olhei para as nuvens de novo. Elas ainda se aglomeravam, buscavam a lua. Não demoraria para que a encobrissem. Se eu não conseguisse resgatar Benedict antes disso, ele cairia no mar assim que a luz fosse totalmente bloqueada e a cidade desaparecesse. Brand! Se ele percebesse, talvez conseguisse usar a Joia para dissipar as nuvens. Para tal, provavelmente teria que libertar Benedict, e eu duvidava que estivesse disposto a ceder. Ainda assim... O avanço das nuvens pareceu desacelerar. Meu raciocínio poderia se revelar uma completa perda de tempo, mas por precaução, encontrei o arcano de Brand e o separei.

– Benedict, Benedict, Benedict – entoou Brand, sorrindo. – De que adianta ser o maior espadachim vivo se não consegue alcançar a própria espada? Eu disse que você era um tolo. Achou mesmo que eu caminharia em direção à minha própria morte? Era melhor você ter confiado no medo que deve ter sentido. Ora, devia ter adivinhado que eu não viria para cá de mãos abanando. Falei sério quando disse que ia vencer. Mas você foi uma boa escolha, porque é o melhor. Lamento que não tenha aceitado minha oferta. Mas agora não tem importância. Ninguém pode me impedir. Nenhum dos outros tem a menor chance e, quando você sair de cena, tudo será mais fácil.

Ele enfiou a mão por baixo do manto e sacou uma adaga.

– Leve-me para aí, Benedict! – gritei, mas não adiantou. Não houve resposta, nem força para me transportar até lá.

Em seguida agarrei o arcano de Brand, pensando no duelo que havia travado com Eric por meio das cartas. Se fosse possível atingir Brand pelo arcano, talvez eu conseguisse atrapalhar sua concentração por tempo suficiente para Benedict se libertar. Direcionei todos os meus esforços à carta, preparando-me para um enorme ataque mental.

Mas nada aconteceu. O caminho estava escuro e congelado.

Só poderia haver uma explicação: sua concentração e seu envolvimento mental com a Joia eram tão completos que impossibilitavam qualquer tentativa de contato. Todos os acessos estavam bloqueados.

De repente, os contornos da escadaria enfraqueceram. Ao olhar para a lua, vi que sua face estava parcialmente encoberta por algumas nuvens cúmulos. Maldição!

Voltei minha atenção para o arcano de Benedict. Depois do que pareceu uma eternidade, consegui recuperar o contato. Era um sinal de que, em algum lugar lá no fundo, Benedict ainda estava consciente. Brand, mais próximo do que antes, ainda o provocava. Suspensa na corrente pesada, a Joia irradiava o brilho de seu poder.

A essa altura, menos de três passos os separavam um do outro. Brand brincava com a adaga ao dizer:

– Sim, Benedict... Você provavelmente teria preferido morrer em batalha. Por outro lado, pode encarar isso como uma espécie de honra... uma honra singular. Afinal, de certa forma, sua morte permitirá o nascimento de uma nova ordem...

Por um breve instante, o Padrão desapareceu atrás deles, mas eu não consegui desviar os olhos para examinar a lua. De costas para o Padrão, em meio às sombras tremeluzentes da luz incerta, Brand parecia alheio a todo o resto. Ele deu outro passo à frente.

– Mas chega de conversa. Tenho coisas a fazer, e a noite não vai durar para sempre.

E então, ainda mais perto, abaixou a adaga.

– Boa noite, doce príncipe – declarou, pronto para desferir o golpe.

Naquele momento, o braço direito de Benedict, aquele estranho dispositivo mecânico oriundo daquele lugar de sombra e prata e luar, moveu-se com a velocidade de uma serpente dando o bote. Criação de planos metálicos cintilantes, como as facetas de uma pedra preciosa, o pulso uma trama maravilhosa de cabos de prata, salpicado com flocos de fogo, estilizado, esquelético, um brinquedo suíço, um inseto mecânico, funcional, mortífero, belo a seu modo, o braço disparou para a frente com uma velocidade tal que não consegui acompanhar, enquanto o resto do corpo permanecia imóvel como uma estátua.

Os dedos mecânicos agarraram a corrente da Joia em volta do pescoço de Brand e, de imediato, o braço subiu. Levantado do chão, Brand derrubou a adaga e tentou levar as duas mãos à garganta.

Atrás dele, o Padrão mais uma vez se desvaneceu, depois retornou com um brilho tênue. À luz da lamparina, o rosto de Brand era uma aparição mórbida e retorcida. Benedict, ainda imóvel, mantinha nosso irmão bem no alto, como um cadafalso humano.

O Padrão ficou mais escuro e, acima de mim, os degraus começaram a recuar. A lua estava parcialmente encoberta.

Contorcendo-se, Brand ergueu os braços acima da cabeça e agarrou as laterais da corrente da mão metálica que a segurava. Ele era forte, como todos nós. Vi seus músculos se contraírem e seu rosto escurecer. O pescoço logo não passava de uma massa de cabos retesados. Ele mordeu o lábio e, enquanto puxava a corrente, o sangue começou a escorrer pela barba.

Com um estalo alto seguido de um tinido, a corrente se rompeu e Brand caiu ao chão, lutando para respirar. Rolou uma vez, segurando o pescoço com as duas mãos.

Devagar, muito devagar, Benedict abaixou o braço estranho. Ainda segurava a corrente e a Joia. Dobrou o outro braço. Soltou um suspiro profundo.

O Padrão se tornava cada vez mais indefinido. Acima de mim, Tir-na Nog'th ficou transparente. Mal se via a lua no céu.

– Benedict! – gritei. – Está me ouvindo?

– Estou – respondeu ele, muito baixo, e começou a afundar no chão.

– A cidade está desaparecendo! Precisa voltar agora mesmo!

Estendi a mão.

– Brand – disse ele, virando o rosto.

Mas Brand também estava afundando, muito além do nosso alcance. Peguei a mão esquerda de Benedict e puxei com força. Desabamos juntos no chão, bem perto da saliência rochosa.

Eu o ajudei a se levantar e então nos sentamos na pedra. Ficamos em silêncio por um bom tempo. Quando ergui o olhar, vi que Tir-na Nog'th havia desaparecido.

Repassei todos os acontecimentos repentinos e acelerados daquele dia. O peso da exaustão se abateu sobre mim. Com as energias esgotadas, senti que eu precisava dormir o quanto antes. Mal conseguia raciocinar direito. Tudo tinha sido muito atribulado. Com a cabeça apoiada na pedra, admirei as nuvens e as estrelas. As peças... as peças que pareciam prestes a se encaixar, se fossem devidamente sacudidas, viradas, giradas... E naquele momento elas sacudiam, viravam e giravam quase por conta própria.

– Você acha que ele morreu? – perguntou Benedict, arrancando-me de um devaneio sobre formas emergentes.

– É bem provável. Ele estava em péssimo estado quando a cidade desabou.

– Mas a queda é longa. Pode ser que tenha escapado da mesma forma que chegou.

– Agora não faz muita diferença. O trunfo dele está com você.

Benedict soltou um grunhido. Ainda segurava a Joia, cujo brilho vermelho havia diminuído desde então.

– É verdade – concordou ele, por fim. – O Padrão está em segurança agora. Quem dera… quem dera pudéssemos voltar no tempo e impedir o que foi dito, o que foi feito, qualquer coisa que o tenha levado a seguir esse caminho. Quem dera pudéssemos tê-lo influenciado a crescer de outro jeito, a se tornar um homem diferente daquela criatura amargurada e distorcida que vi lá em cima. De fato é melhor que esteja morto. Mas é um desperdício de tudo que ele poderia ter sido.

Não respondi. Benedict podia estar certo ou errado, não importava. Brand talvez fosse praticamente psicótico, seja lá o que a palavra signifique, mas talvez não. Sempre há um motivo. Sempre que algo se estraga, sempre que algo horrível acontece, existe um motivo. Mas a situação não deixa de estar estragada, de ser horrível, e explicações não trazem o menor alívio. Se alguém comete um ato repugnante, há um motivo por trás. Descubra o motivo, se assim desejar, e descobrirá apenas as origens da calhordice do praticante. Mas o mal permanece. Brand seguira os próprios impulsos, e uma psicanálise póstuma não mudaria nada. Nossos pares nos julgam por nossas ações e suas consequências. Todo o resto só nos proporciona uma sensação fajuta de superioridade moral por acharmos que, na mesma situação, teríamos agido com mais nobreza. Então, para o resto, melhor deixar a cargo do céu. Não sou habilitado.

– É melhor voltarmos para Âmbar – disse Benedict. – Há muito a fazer.

– Espere.

– Por quê?

– Eu estava pensando.

Como não dei mais detalhes, ele enfim perguntou:

– E…?

Folheei os arcanos e, sem a menor pressa, guardei as cartas de Benedict e de Brand de volta ao baralho.

– Ainda não se questionou sobre a origem de seu novo braço?

– Claro que sim. Você o trouxe de Tir-na Nog'th, em circunstâncias estranhas. Serve em mim. Funciona. Teve a utilidade comprovada hoje.

– Sim, exatamente. Não parece excessivo atribuir esse último acontecimento ao mero acaso? Era a única arma capaz de enfrentar o poder da Joia lá em cima. E ela por acaso fazia parte de você… e você por acaso foi o escolhido para estar lá? Agora, junte todos esses fatos, volte e comece de novo. Não se trata de uma extraordinária... ou melhor, absurda... série de coincidências?

– Quando se analisa desse ângulo...

– Sim, como deve ser. E você também deve ter percebido, assim como eu, que não é só isso.

– Tudo bem. Vamos supor que tenha razão. Mas como? Como foi feito?

– Não tenho a menor ideia – admiti, pegando a carta que eu não olhava havia muito, muito tempo, sentindo a frieza na ponta dos dedos. – Mas o método não importa. Essa é a pergunta errada.

– Qual é a certa?

– Não "como", mas "quem".

– Acha mesmo que toda essa sequência de acontecimentos, até a recuperação da Joia, foi orquestrada por mãos humanas?

– Não sei. O que é humano? Mas de fato acho que alguém que nós dois conhecemos voltou e está por trás de tudo.

– Tudo bem. Quem?

Mostrei-lhe o arcano que estava na minha mão.

– Nosso pai? Que ideia absurda! Ele deve estar morto. Já faz tanto tempo...

– Sabe muito bem que ele poderia ter planejado isso tudo. Ele é calculista assim. E nunca compreendemos a verdadeira extensão de seus poderes.

Benedict se levantou, espreguiçou-se e balançou a cabeça.

– Acho que você está sofrendo os efeitos do frio, Corwin. Venha, vamos para casa.

– Sem testar minha hipótese? Ora! Não é justo. Sente-se e espere um instante. Vamos tentar alcançar o arcano dele.

– Ele já teria entrado em contato com alguém a esta altura.

– Não, acho que não. Na verdade... vamos. Um pouco de paciência. O que temos a perder?

– Tudo bem. Por que não?

Benedict se sentou ao meu lado, e eu segurei o arcano diante de nossos olhos. Relaxei a mente, tentei estabelecer contato. Consegui quase de imediato.

Ele estava sorrindo ao olhar para nós.

– Boa noite. Fizeram um belo trabalho – disse Ganelon. – Fico feliz que tenham recuperado meu adorno. Vou precisar dele em breve.

LIVRO 5

AS CORTES DO CAOS

Para Carl Yoke, Primeiro Leitor

De Lucetânia a Euclid Park,
de Sarcobatus Flat a Cygnus X-1 –
Que você viva por mais mil anos.
Que sua morada o proteja de trendélteis
Que as deidades diminutas arrebentem
a boca dos respectivos balões

UM

Âmbar: altiva e luminosa sobre a Kolvir em plena luz do dia. Uma estrada negra: baixa e sinistra através de Garnath, desde o Caos ao sul. Eu: xingando, andando e vez ou outra lendo na biblioteca do palácio de Âmbar. A porta dessa biblioteca: fechada e trancada.

O príncipe louco de Âmbar se sentou à escrivaninha e dirigiu sua atenção ao volume aberto. Soou uma batida à porta.

– Vá embora! – ordenei.

– Corwin. Sou eu... Random. Abra aí. Eu trouxe até comida.

– Só um minuto.

Levantei-me de novo, contornei a escrivaninha, atravessei o cômodo. Random fez um gesto afirmativo com a cabeça quando abri a porta. Ele segurava uma bandeja, que levou até uma mesa pequena perto da escrivaninha.

– Trouxe bastante comida, não?

– É, também estou com fome.

– Então faça as honras.

Ele fez. Cortou. Fatiou. Passou para mim um naco de pão e carne. Serviu vinho. Nós nos sentamos e comemos.

– Eu sei que você ainda está bravo... – retomou ele, depois de um tempo.

– Você não?

– Bom, talvez eu esteja mais acostumado. Não sei. Ainda assim... É. Foi meio abrupto, não foi?

– Abrupto? – repeti, e tomei um longo gole de vinho. – É exatamente como nos velhos tempos. Pior, até. Eu realmente tinha começado a gostar dele quando estava brincando de ser Ganelon. Agora que voltou ao comando, está mais autoritário do que nunca. Bradou uma série de ordens sem se dar ao trabalho de explicar e sumiu de novo.

– Ele disse que daria notícias em breve.

– Imagino que tenha dito a mesma coisa na última vez.

– Não tenho tanta certeza.

– E ainda não explicou a outra ausência. Na verdade, ele não chegou a explicar nada de nada.

– Deve ter seus motivos.

– Estou com algumas suspeitas, Random. Acha que a mente dele começou a se deteriorar de vez?

– Bem, ainda foi esperto a ponto de enganar você.

– Uma mera combinação de astúcia animal básica e a capacidade de metamorfose.

– Mas funcionou, não foi?

– É, funcionou.

– Corwin, talvez você não queira que ele tenha um bom plano, que ele tenha razão. Não acha?

– Isso é ridículo. Eu quero resolver essa confusão tanto quanto qualquer outro.

– Sim, mas não preferiria que a solução viesse de outro lugar?

– Como assim?

– Você não quer confiar nele.

– Não mesmo, admito. Eu não o vejo com sua verdadeira aparência há um tempo absurdo e...

Random balançou a cabeça.

– Não, não era isso. Você está com raiva por ele ter voltado, não está? Tinha esperança de que nunca mais o víssemos.

Desviei os olhos.

– É, talvez – respondi, enfim. – Mas não por causa do trono vago, ou não só por esse motivo. É ele, Random. Ele. Só isso.

– Eu sei, mas precisamos reconhecer que ele tapeou Brand, o que não é fácil. Usou algum truque que ainda não entendi ao fazer você trazer aquele braço de Tir-na Nog'th e providenciar que eu o entregasse a Benedict, e depois ao garantir que Benedict estaria no lugar certo na hora certa para que ele enfim recuperasse a Joia. Ainda é melhor do que nós nas manipulações de Sombra. Comprovou isso bem ali na Kolvir, quando nos levou para o Padrão primordial. Eu não sou capaz de tal coisa. Nem você. E ele conseguiu derrotar Gérard. Não acredito que esteja perdendo o jeito. Acho que sabe exatamente o que está fazendo, e, gostemos ou não, é o único capaz de resolver a situação atual.

– Quer me mostrar que eu deveria confiar nele?

– Quero mostrar que você não tem escolha.

Dei um suspiro.

– Acho que você acertou em cheio – admiti. – Não adianta ficar contrariado. Ainda assim...

– Está incomodado com a ordem de ataque, não é?

– Estou, entre outras coisas. Se pudéssemos esperar mais um pouco, Benedict conseguiria recrutar uma força maior. Três dias não bastam para preparativos dessa magnitude. Não quando temos tantas incertezas em relação ao inimigo.

– Talvez não seja o caso. Ele teve uma longa conversa a sós com Benedict.

– E essa é outra questão. Tantas ordens separadas. Tantos segredos... Ele só nos dá o mínimo de confiança.

Random soltou uma risada, e eu também ri antes de acrescentar:

– Tudo bem. No lugar dele, eu também não confiaria. Mas três dias para começar uma guerra! Espero que ele saiba mais do que nós.

– Tenho a impressão de que é mais uma manobra preventiva do que uma guerra.

– Só que ele não se deu ao trabalho de nos dizer do que estamos nos prevenindo.

Random encolheu os ombros, serviu mais vinho.

– Talvez ele explique quando voltar. Você não recebeu nenhuma ordem especial, certo?

– Só para esperar. E você?

Ele fez um sinal negativo.

– Apenas me disse que eu saberia quando chegasse a hora. Mas alertou Julian a manter as tropas prontas para avançar a qualquer momento.

– É mesmo? Não vão ficar em Arden?

Random confirmou com a cabeça.

– Quando foi isso?

– Depois que você saiu. Ele usou os arcanos para trazer Julian e transmitir o recado, e em seguida foram embora juntos. Ouvi nosso pai dizer que cavalgaria com ele por uma parte do caminho.

– Eles pegaram a trilha leste pela Kolvir?

– Isso mesmo. Eu os vi partir.

– Interessante. O que mais eu perdi?

Ele se ajeitou na cadeira.

– A parte que me incomoda. Depois que nosso pai montou e se despediu, ele se virou para mim e disse: "E fique de olho em Martin".

– Só isso?

– Só isso. Mas depois riu.

– Deve ser só uma desconfiança natural com alguém recém-chegado.

– Então por que rir?

– Desisto.

Cortei um pedaço do queijo e levei à boca.

— Se bem que talvez não seja uma ideia ruim. Pode não ser desconfiança. Talvez só ache que Martin precisa ser protegido. Ou as duas coisas. Ou nenhuma delas. Você sabe como ele é às vezes.

Random se levantou.

— Eu não tinha cogitado essa possibilidade. Venha, vamos sair um pouco — sugeriu. — Você passou a manhã inteira enfurnado aqui dentro.

Fiquei de pé e afivelei Grayswandir.

— Tudo bem. E onde está Martin, aliás?

— Ficou no primeiro andar conversando com Gérard.

— Então ele está em boas mãos. Gérard pretende continuar por aqui ou vai voltar para a frota?

— Não sei. Ele não quis comentar sobre as ordens.

Saímos da biblioteca e seguimos em direção à escadaria.

Enquanto descíamos, ouvi uma pequena comoção no andar de baixo e apertei o passo.

Debruçado sobre o corrimão, avistei um amontoado de guardas diante da sala do trono, acompanhados da figura imensa de Gérard. Estavam todos de costas para nós. Pulei os últimos degraus, com Random logo atrás.

Abri caminho pela multidão.

— Gérard, o que está acontecendo? — perguntei.

— Quem me dera saber. Veja com seus próprios olhos. Não tem como entrar.

Ele se afastou e eu dei um passo à frente. Depois outro. E só. Foi como se eu tentasse empurrar uma parede invisível e um tanto elástica. A visão do outro lado perturbou minha memória e minhas emoções. Fiquei paralisado pelo medo que me pegava pelo pescoço, que segurava minhas mãos. Um feito e tanto.

Martin, sorridente, ainda segurava um arcano na mão esquerda, e Benedict, aparentemente invocado havia pouco, estava diante dele. Uma garota se postava ao lado do trono mais atrás, de costas. Os dois homens pareciam entretidos em uma conversa, mas não consegui ouvir as palavras.

Finalmente, Benedict se virou e pareceu se dirigir à garota. Depois de um tempo, ela pareceu responder. Martin se deslocou para a esquerda dela. Benedict subiu na plataforma enquanto a garota falava. E então vi o rosto dela. O diálogo continuou.

— Aquela garota parece um pouco familiar — comentou Gérard, que havia se posicionado ao meu lado.

— Talvez a tenha visto de relance no dia da morte de Eric, quando ela passou por nós a cavalo. É Dara.

Ouvi sua inspiração repentina, arquejante.

— Dara! — exclamou. — Então você...

As palavras se perderam.

– Eu não estava mentindo – declarei. – Ela existe.

– Martin! – gritou Random, à minha direita. – Martin! O que está acontecendo?

Não houve resposta.

– Acho que ele não consegue ouvir – teorizou Gérard. – Essa barreira parece ter nos isolado completamente.

Random se inclinou para a frente, empurrando com as mãos algo invisível.

– Vamos todos empurrar ao mesmo tempo – sugeriu.

Então tentei de novo. Gérard também jogou o peso do corpo contra a parede invisível.

Depois de meio minuto sem sucesso, recuei e disse:

– Não adianta. Não vai ceder.

– Que diabos é essa coisa? – perguntou Random. – O que está segurando...

Eu tinha um mero palpite, nada mais, sobre o que poderia ser. E apenas por causa da sensação de *déjà vu* da cena toda. E então... Apalpei a bainha para ter certeza de que Grayswandir continuava presa ao meu corpo.

Ainda estava lá.

Então como eu poderia explicar a presença da minha espada, tão reconhecível por seu intrincado padrão na lâmina, brilhando à vista de todos, suspensa ali de repente, sem sustentação, no ar diante do trono, com a ponta quase encostada na garganta de Dara?

Impossível.

Mas as semelhanças com aquela noite na cidade de sonhos no céu, Tir-na Nog'th, eram muitas para se tratar de mera coincidência. Os adereços não estavam lá, a escuridão, a confusão, as sombras pesadas, as emoções tumultuosas por mim vivenciadas, e no entanto o cenário estava praticamente idêntico ao daquela noite. Era quase a mesma coisa. Mas não exatamente. A posição de Benedict parecia mais recuada, e seu corpo estava em um ângulo diferente. Embora não conseguisse ler seus lábios, ponderei se Dara repetia as mesmas perguntas estranhas. Não, eu duvidava. A cena, a uma só vez semelhante e distinta daquela outra, provavelmente havia sido tingida no outro lado, se houvesse mesmo qualquer ligação entre as duas, pelos efeitos dos poderes de Tir-na Nog'th em minha mente na ocasião.

A voz de Random me alcançou:

– Corwin, aquilo flutuando na frente dela parece Grayswandir.

– Parece mesmo, não? Mas, como pode ver, minha espada está bem aqui.

– Não pode haver outra igual a ela... pode? Sabe o que está acontecendo ali dentro?

– Estou cada vez mais desconfiado de que sei, sim – admiti. – Mas seja o que for, sou incapaz de impedir.

A espada de Benedict se libertou de repente e enfrentou a outra, tão parecida com a minha. Em um instante, ele lutava contra um adversário invisível.

– Acabe com ele, Benedict! – gritou Random.

– Não adianta – interrompi. – Ele está prestes a ser desarmado.

– Como você sabe? – perguntou Gérard.

– De alguma forma, sou eu quem está lá dentro lutando com ele – expliquei. – Este é o outro lado do meu sonho em Tir-na Nog'th. Não sei como ele conseguiu, mas este é o preço para nosso pai recuperar a Joia.

– Não entendi nada.

Balancei a cabeça.

– Não vou fingir que entendo como está sendo feito – continuei. – Mas só poderemos entrar quando aquelas duas coisas desaparecerem.

– Quais?

– Prestem atenção.

A espada de Benedict havia trocado de mãos, e a prótese reluzente disparou para agarrar um alvo invisível. As duas lâminas se chocaram e se travaram e persistiram, as pontas voltadas na direção do teto. A mão direita de Benedict não afrouxou o aperto.

De repente, Grayswandir se libertou e atravessou a outra lâmina. Atingiu o braço direito de Benedict com um golpe terrível, bem na junta com a parte metálica. Em seguida Benedict se virou, e por alguns instantes a ação se desenrolou longe de nossos olhos.

E então o campo de visão ficou claro de novo. Benedict apoiou um joelho no chão e se virou, agarrando o coto do braço. O braço e o punho mecânicos pairavam no ar perto de Grayswandir. Estavam se afastando de Benedict e descendo, assim como a espada. Quando ambos alcançaram o chão, não pararam, mas passaram direto, sumindo de vista.

Cambaleei para a frente, recuperei o equilíbrio, avancei. A barreira havia desaparecido.

Martin e Dara chegaram a Benedict antes de nós. Dara já havia rasgado uma tira do manto e a usava para envolver o coto de Benedict quando Gérard, Random e eu os alcançamos.

Random pegou Martin pelo ombro e o virou.

– O que aconteceu? – perguntou ele.

– Dara... Dara me disse que queria ver Âmbar – explicou o rapaz. – Como eu moro aqui agora, aceitei trazê-la e mostrar o lugar. Aí...

– Trazê-la? Com um arcano?

– Bem... sim.

– Seu ou dela?

Martin passou os dentes no lábio inferior.

– Então, é o seguinte...

– Passe para cá essas cartas – ordenou Random, pegando o estojo do cinto de Martin. Depois o abriu e começou a folhear o baralho.

– Aí pensei em contar para Benedict, já que ele estava interessado nela – continuou Martin. – E Benedict quis vir para ver...

– Que diabos! – exclamou Random. – Tem um arcano seu, um dela e outro de um sujeito que nunca vi antes! Onde arrumou essas cartas?

– Deixe-me ver – pedi.

Random me passou as três cartas.

– E então? – insistiu. – Foi Brand? Até onde sei, ele é o único capaz de criar arcanos agora.

– Eu não quero nada com Brand – respondeu Martin –, além de matá-lo.

Mas eu já sabia que as cartas não eram de Brand. Simplesmente não tinham o estilo dele. Nem o de qualquer pessoa cuja obra eu conhecia. Porém, minha maior preocupação naquele momento não era o estilo. Na verdade, eram os traços da terceira pessoa, aquela que Random dissera nunca ter visto. Mas eu já. Lá estava o rosto do jovem que me confrontara com uma besta diante das Cortes do Caos e, ao me reconhecer, decidira não atirar.

Estendi a carta e perguntei:

– Martin, quem é este?

– O homem que fez esses arcanos adicionais. Aproveitou para desenhar um dele próprio, não sei como se chama. É amigo de Dara.

– Você está mentindo – acusou Random.

– Então vamos deixar que Dara nos conte – sugeri, e me virei para ela.

Ainda estava ajoelhada ao lado de Benedict, a essa altura já sentado e com o curativo feito.

– E então?– continuei, agitando a carta na direção dela. – Quem é este homem?

Dara olhou para a carta e depois para mim. Sorriu.

– Você não sabe mesmo? – questionou.

– Se soubesse, eu perguntaria?

– Então olhe de novo e vá se olhar no espelho. É tão filho seu quanto meu. O nome dele é Merlin.

Não fico atordoado com facilidade, mas não foi uma situação nada fácil para mim. Apesar da vertigem, minha mente trabalhava depressa. Com o devido diferencial de tempo, era possível.

– Dara, o que você quer? – perguntei.

– Eu deixei claro enquanto percorria o Padrão: Âmbar precisa ser destruída. Só quero aquilo que eu mereço.

– Você merece minha antiga cela – respondi. – Não, a cela ao lado. Guardas!

– Corwin, está tudo bem – intercedeu Benedict, levantando-se. – Não é tão ruim quanto parece. Ela pode explicar tudo.

– Então que comece agora.

– Não, em particular. Só a família.

Fiz sinal para os guardas que se aproximavam.

– Muito bem. Vamos para uma das salas no fim do corredor.

Benedict assentiu e Dara o pegou pelo braço esquerdo. Random, Gérard, Martin e eu saímos atrás dos dois. Olhei uma vez para trás, para o lugar vazio onde meu sonho havia se concretizado. Assim são as coisas.

DOIS

Cavalguei até o cume da Kolvir e desmontei quando cheguei ao meu túmulo. Entrei e abri o caixão. Estava vazio. Ótimo. Eu estava começando a ficar na dúvida. Quase esperava encontrar meu próprio corpo estirado ali, prova de que, apesar de sinais e intuições, de alguma forma eu havia me aventurado por uma sombra errada.

Saí de novo e afaguei o focinho de Estrela. O sol brilhava e a brisa estava fresca. Tive um desejo súbito de ir ao mar. Em vez disso, sentei-me no banco e me distraí com o cachimbo.

Nós havíamos conversado. Sentada no sofá marrom, com as pernas embaixo do corpo, Dara sorrira e repetira a história de sua descendência de Benedict e Lintra, a donzela infernal, tendo crescido dentro e perto das Cortes do Caos, um domínio profundamente não euclidiano onde o próprio tempo apresentava estranhos problemas de distribuição.

– O que me contou quando nos conhecemos era mentira – acusei. – Por que eu deveria acreditar em suas palavras agora?

Com outro sorriso, ela contemplou as próprias unhas.

– Tive que mentir para você naquela vez – explicou-se – para conseguir o que eu queria.

– Que era...

– Conhecimento sobre a família, o Padrão, os arcanos, Âmbar. Para conquistar sua confiança. Para gerar seu filho.

– A verdade não teria servido da mesma forma?

– Duvido. Eu venho do inimigo. E minhas razões para desejar tudo isso não seriam do seu agrado.

– Suas habilidades com a espada...? Na ocasião, você me disse que tinha sido treinada por Benedict.

Seu sorriso retornou e chamas sinistras cruzaram seu olhar.

– Aprendi com o grande Duque Borel em pessoa, um Sumo Lorde do Caos.

– E sua aparência – continuei. – Ela se alterou algumas vezes quando a vi percorrer o Padrão. Como? E por quê?

– Todos aqueles cujas origens remetem ao Caos são metamorfos – respondeu ela.

Pensei no truque de Dworkin na noite em que ele assumira minhas feições. Benedict confirmou com um aceno.

– Nosso pai nos enganou com seu disfarce de Ganelon.

– Oberon é um filho do Caos – declarou Dara. – Filho rebelde de um pai rebelde, mas o poder permanece.

– Então por que não conseguimos? – perguntou Random.

Um leve encolher de ombros.

– Alguma vez já tentaram? Talvez consigam. Por outro lado, a habilidade pode ter sido perdida na sua geração. Não sei. Mas, quanto a mim, tenho certas formas preferidas às quais retorno em momentos de apreensão. No lugar onde cresci, a outra forma às vezes era a dominante. Essa era a regra. Continuou comigo como uma espécie de reflexo. Foi isso o que vocês presenciaram… naquele dia.

Voltei a me pronunciar:

– Dara, por que queria tanto essas coisas que mencionou… conhecimento sobre a família, o Padrão, os arcanos, Âmbar? E um filho?

Ela soltou um longo suspiro.

– Tudo bem. Certo. A esta altura, já devem saber dos planos de Brand: a destruição e a reconstrução de Âmbar…?

– Sim.

– Para tal, foi necessário ter nosso consentimento e colaboração.

– Até mesmo o assassinato de Martin? – perguntou Random.

– Não – disse ela. – Não sabíamos quem ele pretendia usar como… agente.

– Por acaso teriam continuado se soubessem?

– Uma pergunta puramente hipotética – rebateu ela. – Responda você mesmo. Estou feliz por Martin ainda estar vivo. É só isso que posso dizer.

– Tudo bem – cedeu Random. – E quanto a Brand?

– Ele conseguiu alcançar nossos líderes graças aos métodos aprendidos com Dworkin. Tinha ambições. Precisava de conhecimento, de poder. Ofereceu um acordo.

– Que tipo de conhecimento?

– Bem, ele não sabia como destruir o Padrão…

– Então vocês foram mesmo responsáveis pelos atos dele – acusou Random.

– Se quiser encarar as coisas desse modo…

– Sim, eu quero.

Dara se encolheu com indiferença, depois olhou para mim.

– Quer ouvir a história?

– Continue.

Lancei um olhar para Random, que assentiu.

– Demos a Brand o que ele queria, menos confiança – contou ela. – Havia o receio de que, assim que tivesse o poder de moldar o mundo de acordo com sua vontade, ele não se limitaria a governar uma Âmbar refeita. Tentaria estender seu domínio também sobre o Caos. Desejávamos uma Âmbar enfraquecida para que o Caos se tornasse mais forte do que antes. O estabelecimento de um novo equilíbrio, dando-nos mais das terras de Sombra que se estendem entre os nossos domínios. Há muito se sabe que os dois reinos nunca podem se fundir, nem um deles pode ser destruído sem também perturbar todos os processos que fluem entre eles. O resultado seria estase completa ou caos absoluto. No entanto, embora fosse visível a intenção de Brand, nossos líderes chegaram a um acordo com ele. Foi a melhor oportunidade que tivemos em séculos. Não poderia ser ignorada. Sentíamos que Brand poderia ser controlado, e por fim substituído, quando chegasse a hora.

– Então vocês também planejavam uma traição – observou Random.

– Não se ele cumprisse o combinado. Mas sabíamos que não seria fiel a suas palavras. Então preparamos a ação contra ele.

– Como?

– Nós o deixaríamos cumprir seus objetivos, e então ele seria destruído. Seu sucessor seria um membro da família real de Âmbar que também pertencesse à primeira família das Cortes, alguém que tivesse crescido entre nós e treinado para esse propósito. A linhagem de Merlin descende de Âmbar por ambos os lados, através do meu antepassado Benedict e diretamente de você: os dois principais pretendentes ao seu trono.

– Você é da família real do Caos?

Dara abriu um sorriso.

Eu me levantei e recuei alguns passos. Contemplei as cinzas na lareira.

– Acho um tanto perturbador ter sido envolvido em um projeto calculado de procriação – declarei, enfim. – Mas, seja como for, e por ora presumindo que tenha mesmo dito a verdade, por que decidiu nos contar tudo agora?

– Por receio de que os lordes do meu reino desejem ir tão longe por sua visão quanto Brand iria pela dele. Talvez mais. O equilíbrio ao qual me referi... Poucos entendem o quanto é delicado. Viajei pelas terras de Sombra perto de Âmbar e caminhei na própria Âmbar. Também conheci as sombras ao redor do Caos. Encontrei muitas pessoas e vi muitas coisas. E então, quando conheci Martin e conversei com ele, tive a impressão de que as mudanças que me foram apresentadas como boas não resultariam apenas em uma reformulação de Âmbar aos gostos de meus superiores. Na verdade, transformariam Âmbar em uma mera extensão das Cortes, e a maioria das sombras se sublimaria para se unir ao Caos. Âmbar se tornaria uma ilha. Alguns de meus superiores, ainda ressentidos por Dworkin ter criado Âmbar, de fato esperam um retorno aos tempos de antigamente. Caos absoluto, de onde tudo surgiu. Considero as condições atuais uma melhoria e quero preservá-las. Meu desejo é que nenhum dos lados saia vitorioso em conflito algum.

Eu me virei a tempo de ver o meneio de Benedict.

– Então você não está do lado de ninguém – declarou ele.

– Gosto de pensar que estou do lado de ambos.

– Martin, por acaso concorda com ela? – perguntei.

Ele assentiu.

Random deu risada.

– Vocês dois? Contra Âmbar e as Cortes do Caos? O que pretendem com essa história? Como planejam alcançar essa ideia de equilíbrio?

– Não estamos sozinhos – rebateu Dara –, e o plano não é nosso.

Colocou os dedos no bolso e, quando os tirou, algo reluziu no ar. Ela girou o objeto na luz. Era o anel com o sinete de nosso pai.

– Onde arranjou isso? – perguntou Random.

– Ora, onde mais?

Benedict se aproximou e estendeu a mão, depois examinou o anel oferecido por Dara.

– É mesmo dele – confirmou. – Tem as pequenas marcações na parte de trás que já vi antes. Por que está com você?

– Antes de mais nada, para convencê-los de que minhas ações são corretas ao transmitir as ordens dele.

– E como o conhece? – perguntei.

– Eu o conheci durante um... período difícil que ele enfrentou algum tempo atrás – contou Dara. – Na verdade, pode-se dizer que o ajudei a escapar. Foi depois de meu encontro com Martin, quando eu estava mais inclinada a nutrir certa simpatia por Âmbar. E seu pai é um homem carismático e persuasivo. Decidi que não poderia ficar de braços cruzados e deixá-lo permanecer como prisioneiro de meu próprio povo.

– Sabe como ele foi capturado?

Ela negou com a cabeça.

– Sei apenas que Brand projetou sua presença em uma sombra longe o bastante de Âmbar para que seu pai fosse até lá. Envolvia, se bem entendi, uma missão falsa em busca de um artefato mágico inexistente capaz de restaurar o Padrão. Ele agora entende que apenas a Joia tem tal poder.

– Sua ajuda na fuga dele... Como isso afetou seu relacionamento com seu povo?

– Não foi nada favorável. Estou temporariamente sem lar.

– E quer um aqui?

Dara sorriu de novo.

– Depende do desenrolar da situação. Se meu povo tiver sucesso, prefiro voltar... ou ficar nas sombras remanescentes.

Puxei um arcano e observei a imagem na carta.

– E Merlin? Onde ele está agora?

– Com os outros – respondeu ela. – Receio que Merlin esteja do lado deles agora. Embora conheça sua linhagem, passou muito tempo sob os ensinamentos deles. Não sei se seria possível afastá-lo de lá.

Levantei o arcano e o encarei.

– Não adianta – alertou-me Dara. – Não vai funcionar entre aqui e lá.

Lembrei-me da dificuldade de estabelecer comunicação via arcano quando visitei as margens daquele lugar. Mesmo assim, decidi fazer uma tentativa.

A carta ficou fria na minha mão enquanto eu buscava contato. Houve uma sugestão de presença em resposta, tão sutil que mal estava lá. Eu me concentrei com mais afinco.

– Merlin, aqui é Corwin. Consegue me ouvir?

Tive a impressão de escutar uma resposta: "Não consigo..." E depois mais nada. A carta perdeu a frieza.

– Você o alcançou? – perguntou Dara.

– Não tenho certeza, mas acho que sim. Só por um instante.

– Já é mais do que eu esperava – admitiu ela. – Ou as condições estão adequadas, ou a mente dos dois é muito semelhante.

– Quando nos mostrou o anel de Oberon, você mencionou algo sobre ordens – retomou Random. – Quais? E por que ele as transmitiu através de você?

– É uma questão de tempo.

– Tempo? Mas que raios! Ele só partiu esta manhã!

– Ele precisava resolver um assunto antes de passar para outro. Não fazia ideia de quanto tempo ia levar. Mas eu o contatei pouco antes de vir para cá e agora ele está pronto para a próxima fase. Eu só não estava preparada para a recepção que encontrei...

– Como estabeleceu contato? – perguntei. – Onde ele está?

– Não faço ideia de onde está. O contato partiu dele.

– E...?

– Ele deseja que Benedict ataque de imediato.

Gérard finalmente se mexeu na poltrona imensa de onde estivera escutando. Ficou de pé, enganchou os polegares no cinto e encarou Dara.

– Uma ordem dessas teria que vir diretamente de Oberon.

– E veio – respondeu ela.

Ele negou com a cabeça.

– Não faz sentido. Por que buscaria você, alguém em quem mal temos motivo para confiar, em vez de contatar um de nós?

– Creio que ele não seja capaz de alcançá-los no momento. Comigo, porém, foi diferente.

– Por quê?

– Ele não usou um arcano. Não tem uma carta minha. Recorreu a um efeito de reverberação da estrada negra semelhante ao que Brand usou para escapar de Corwin.

– Está bem informada do que tem acontecido.

– Sim, estou mesmo. Ainda tenho algumas fontes nas Cortes, e Brand se transportou para lá depois do seu confronto. Eu recebo notícias.

– Por acaso sabe onde nosso pai está agora? – perguntou Random.

– Não, não sei. Mas acredito que tenha ido até a verdadeira Âmbar para se aconselhar com Dworkin e reavaliar os danos ao Padrão primordial.

– Com que propósito?

– Não sei. Provavelmente para decidir seus próximos passos. O fato de ele ter me alcançado e ordenado o ataque deve ser um sinal de que já tomou sua decisão.

– Quando essa conversa aconteceu?

– Há algumas horas... no meu tempo. Mas eu estava longe daqui, em Sombra. Não sei qual é o atraso temporal. Ainda não sou muito versada nesse assunto.

– Então pode ser bem recente. Talvez alguns momentos atrás – teorizou Gérard. – Por que recorreu a você, em vez de chamar um de nós? Não acredito que ele seria incapaz de nos alcançar se quisesse.

– Talvez para mostrar que tem uma boa impressão de mim – sugeriu Dara.

– Pode ser tudo verdade – declarou Benedict. – Mas não vou mover um dedo até receber uma confirmação dessa ordem.

– Fiona ainda está no Padrão primordial? – questionou Random.

– Até onde sei, ela montou acampamento lá – respondi. – Entendi o que você está pensando...

Procurei a carta de Fi.

– Das outras vezes, tivemos que juntar esforços para conseguir contato a partir de lá – observou Random.

– É verdade. Então me ajude aqui.

Ele se levantou e veio ficar ao meu lado. Benedict e Gérard também se aproximaram.

– Não há a menor necessidade disso – protestou Dara.

Ignorei o comentário e me concentrei nos traços delicados da minha irmã ruiva. Pouco depois, o contato foi estabelecido.

Ao observar a paisagem ao fundo, percebi que ela ainda estava no coração de tudo.

– Fiona, nosso pai está aí?

Com um sorriso forçado, ela respondeu:

– Sim, ele está lá dentro com Dworkin.

– Preste atenção, o tempo urge. Não sei se já conhece Dara, mas ela está aqui...

– Sei quem é, mas nunca a encontrei.

– Bom, segundo diz, ela recebeu ordens do nosso pai para Benedict atacar. Está com o sinete de Oberon para validar suas palavras, mas ele não deixou ninguém avisado. Por acaso você tem alguma informação sobre isso?

– Não, nada. Trocamos uma ou outra palavra quando ele e Dworkin vieram para cá mais cedo para olhar o Padrão. Mas na hora tive minhas suspeitas, e isso as confirma.

– Suspeitas? Como assim?

– Acho que nosso pai vai tentar reparar o Padrão. Ele está com a Joia, e entreouvi parte de sua conversa com Dworkin. Se ele tentar, as forças das Cortes do Caos logo vão descobrir e tentar impedir seu avanço. Ele quer atacar primeiro para distrair os inimigos. Mas...

– O quê?

– Ele vai morrer, Corwin. Isso eu sei. Seja qual for o resultado, ele será destruído no processo.

– Acho difícil de acreditar.

– Que um rei daria a própria vida pelo reino?

– Não, que nosso pai esteja disposto a sacrificar a dele.

– Nesse caso, ou ele mudou ou você nunca o conheceu de verdade. Mas acredito mesmo que ele tentará.

– Então por que usar uma pessoa na qual mal confiamos para transmitir a ordem mais recente?

– Para mostrar que vocês devem confiar nela, imagino, quando ele confirmar a ordem.

– Parece uma forma convoluta de conduzir a situação, mas concordo que não devemos agir sem essa confirmação. Consegue descobrir alguma coisa para nós?

— Vou tentar. Dou um retorno assim que tiver falado com ele.

Fiona interrompeu o contato.

Olhei para Dara, que só havia escutado o nosso lado da conversa.

— Sabe o que Oberon pretende fazer agora? — perguntei.

— Algo relacionado com a estrada negra. Ao menos, ele me deu essa impressão. Mas não entrou em detalhes.

Desviei o olhar. Ajeitei minhas cartas e as guardei de volta no estojo. Não estava gostando do rumo que os acontecimentos estavam tomando. O dia já começara mal, e desde então tinha sido só ladeira abaixo. E ainda mal era hora do almoço. Balancei a cabeça. Quando conversamos, Dworkin me descrevera os resultados de qualquer tentativa de reparar o Padrão, e todos pareceram horrendos. E se Oberon tentasse, fracassasse e acabasse morto? O que seria de nós? A situação permaneceria a mesma, mas estaríamos sem um líder, na iminência da batalha, e de novo às voltas com o problema da sucessão. Essa questão desagradável persistiria nos nossos pensamentos quando seguíssemos para a guerra, e todos começaríamos a fazer nossos arranjos para lutarmos uns contra os outros mais uma vez assim que o inimigo atual fosse despachado. Tinha que haver outra forma de lidar com a situação. Melhor Oberon vivo e coroado do que uma renovação das disputas pelo trono.

— O que estamos esperando? — perguntou Dara. — Confirmação?

— Sim — respondi.

Random começou a andar pelo cômodo. Benedict sentou-se novamente e examinou o curativo no braço. Gérard se apoiou na lareira. E eu fiquei ali, perdido em pensamentos. Uma ideia tinha acabado de me ocorrer. Tratei de afastá-la, mas ela voltou. Minha aversão não tinha nada a ver com os fatos em si. Mas eu precisaria ser rápido, antes que tivesse a chance de mudar de ideia. Não. Eu ficaria com aquela. Droga!

Houve uma insinuação de contato. Pouco depois, voltei a ver Fiona. Ela estava em um lugar familiar, que levei alguns segundos para reconhecer: a sala de estar de Dworkin, atrás da porta pesada nos fundos da caverna. Oberon e Dworkin estavam com ela. Nosso pai havia abandonado o disfarce de Ganelon e retomado a aparência de antes. Avistei a Joia em seu pescoço.

— Corwin, é verdade — confirmou Fiona. — Nosso pai enviou mesmo a ordem de ataque por Dara e já esperava esse pedido de confirmação. Eu...

— Fiona, me leve para aí.

— O quê?

— Você me ouviu! Agora!

Estendi a mão direita. Ela estendeu a dela e nos tocamos.

— Corwin! — gritou Random. — O que está acontecendo?

Benedict se levantou, e Gérard já vinha caminhando na minha direção.

– Vão descobrir daqui a pouco – respondi, e dei um passo à frente. Apertei a mão de Fiona antes de soltar e sorri.

– Obrigado, Fi. Oi, pai. Oi, Dworkin. Como estão?

Olhei de esguelha para a porta pesada e vi que estava aberta. Em seguida, passei por Fiona e fui na direção deles. Oberon estava com a cabeça baixa, os olhos semicerrados. Eu conhecia aquela expressão.

– O que é isto, Corwin? Veio aqui sem permissão – esbravejou ele. – Já confirmei a porcaria da ordem, agora espero que seja cumprida.

– E será – respondi. – Não vim aqui para discutir esse assunto.

– Por que veio, então?

Cheguei mais perto, calculando tanto minhas palavras quanto a distância. Fiquei satisfeito por ele ter permanecido sentado.

– Por um tempo, cavalgamos como companheiros – declarei. – Eu realmente passei a gostar de você na época. Nunca cheguei a gostar antes, sabia? E também nunca tive coragem de confessar isso em voz alta, mas você sabe que é verdade. Gosto de pensar que as coisas poderiam ter sido assim se não fôssemos quem somos um para o outro.

Por um ínfimo instante, a expressão dele pareceu se atenuar enquanto eu assumia a posição certa. E então continuei:

– Seja como for, prefiro acreditar em você naquela forma em vez desta, porque existe algo que eu jamais faria por você em circunstâncias diferentes.

– O quê? – perguntou Oberon.

– Isto.

Com um movimento rápido, agarrei a Joia e puxei a corrente por cima da cabeça dele. Girei sobre os calcanhares e corri porta afora, fechando-a com um estrondo. Não vi nenhuma forma de bloqueá-la por fora, então continuei a correr pela caverna, refazendo o caminho daquela noite em que havia seguido Dworkin. Atrás de mim, ouvi os gritos esperados.

Avancei pelas curvas. Tropecei só uma vez. O covil de Wixer continuava impregnado com seu cheiro. Segui em frente e uma última curva me proporcionou a claridade do dia lá fora.

Corri na direção dela enquanto pendurava a corrente da Joia no pescoço. Senti o peso da pedra junto ao peito e a procurei com a mente. Ecos soaram pela caverna atrás de mim.

O lado de fora!

Corri na direção do Padrão e me infiltrei na Joia, transformando-a em um sentido adicional. Além de Oberon e Dworkin, eu era a única pessoa totalmente sintonizada com a pedra. Segundo Dworkin, o Padrão poderia ser reparado se alguém percorresse o Grande Padrão em tal condição de sintonia, queimando a mancha a cada passada, substituindo-a pela imagem do Padrão que trazia dentro de si e eliminando a estrada negra no processo. Nesse caso, melhor eu do que meu pai, então. Eu ainda acreditava que a estrada negra devia parte de sua forma final à força proporcionada por minha maldição contra Âmbar. Também pretendia me livrar disso. De qualquer forma, meu pai seria mais capaz de organizar as coisas depois da guerra. Naquele instante, percebi que eu não desejava mais o trono. Mesmo se ele estivesse disponível, a perspectiva de administrar o reino ao longo dos séculos intermináveis à minha frente era insuportável. Talvez morrer nesse esforço fosse uma saída mais fácil. Eric estava morto e eu não o odiava mais. Minha outra motivação, o trono, de repente só parecia desejável porque ele o desejara muito, ou assim me parecera antes. Renunciei a ambos. O que me restava? Eu tinha rido de Vialle, e depois me enchido de dúvidas. Mas ela tinha razão. O velho soldado dentro de mim falava mais alto. Era uma questão de dever. Mas não apenas dever. Havia mais...

Alcancei a beira do Padrão e avancei depressa para o começo do traçado. Olhei de relance para a entrada da caverna. Oberon, Dworkin, Fiona... nenhum deles tinha saído ainda. Ótimo. Jamais chegariam a tempo de me impedir. Quando eu colocasse os pés no Padrão, eles não teriam escolha a não ser esperar e observar de longe. Por um breve instante, pensei na dissolução de Iago, afastei o pensamento, tratei de acalmar a mente ao nível necessário para a empreitada, relembrei minha batalha com Brand naquele lugar e sua estranha fuga, afastei a lembrança também, desacelerei a respiração e me preparei.

Fui tomado por uma certa letargia. Era hora de começar, mas demorei mais um momento para concentrar meus pensamentos na grande tarefa que me aguardava. O Padrão rodopiou por um instante na minha visão. Vá logo! Droga! Agora! Chega de preliminares! Comece, ordenei a mim mesmo. Ande!

No entanto, permaneci plantado, contemplando o Padrão como se fosse um sonho. Esqueci-me da vida por um bom tempo enquanto o observava. O Padrão, com a longa mancha negra a ser eliminada...

Já não parecia importante a possibilidade de acabar morto. Minha mente divagou, perdida na beleza daquela cena...

Ouvi um barulho. Devia ser Oberon, Dworkin, Fiona a caminho. Algo precisava ser feito antes que eles me alcançassem. Eu precisava começar a travessia, e logo...

Desviei os olhos do Padrão e me virei na direção da entrada da caverna. Os três haviam saído, descido parte da encosta e parado. Por quê? Por que tinham parado?

E o que me importava? Eu tinha tempo suficiente para começar. Levantei o pé, pronto para dar um passo à frente.

Mal consegui me mexer. Avancei o pé com um esforço tremendo. Esse primeiro passo estava se revelando mais difícil do que percorrer o Padrão do início ao fim. Mas a impressão não era tanto de enfrentar resistência externa, e sim a apatia do meu próprio corpo. Era quase como se...

E então me veio a imagem de Benedict ao lado do Padrão de Tir-na Nog'th, de Brand se aproximando, debochando, com a Joia chamejante em seu peito.

Antes mesmo de olhar para baixo, eu já sabia o que veria.

A pedra vermelha pulsava em sincronia com os batimentos do meu coração.

Malditos!

Oberon ou Dworkin ou ambos se projetaram para dentro dela naquele instante e me paralisaram. Não havia dúvidas de que qualquer um deles conseguiria sozinho. Ainda assim, daquela distância, não valia a pena se render sem lutar.

Continuei persistindo em meu avanço, deslizando o pé lentamente na direção da beira do Padrão. Uma vez lá, não imaginava que eles...

Sonolência... Senti que começava a cair. Eu havia dormido por um instante. Aconteceu de novo.

Quando abri os olhos, vi uma parte do Padrão. Quando virei a cabeça, vi pés. Quando olhei para cima, vi meu pai segurando a Joia.

– Vão embora – disse ele para Dworkin e Fiona, sem se virar para olhar.

Os dois recuaram enquanto ele pendurava a Joia no próprio pescoço. Depois, com o corpo inclinado para a frente, ele me estendeu a mão e me ajudou a ficar de pé.

– Foi uma grande estupidez se arriscar assim – declarou.

– Quase consegui.

Ele assentiu.

– Claro, você teria se matado e não adiantaria nada. Mas foi uma boa tentativa mesmo assim. Venha, vamos dar uma volta.

Ele me pegou pelo braço e juntos começamos a contornar a periferia do Padrão.

Observei aquele estranho céu-mar sem horizonte à nossa volta enquanto avançávamos. Tentei imaginar o que teria acontecido se eu tivesse conseguido começar o Padrão, o que estaria acontecendo naquele instante.

– Você mudou – observou ele, enfim –, ou eu nunca o conheci de verdade.

Encolhi os ombros.

– Um pouco dos dois, talvez. Eu estava prestes a dizer o mesmo de você. Posso fazer uma pergunta?

– Qual?

– Foi difícil para você ser Ganelon?

Ele deu uma risada.

– Nem um pouco. Talvez até tenha tido um vislumbre do meu eu verdadeiro.

– Eu gostava dele. Ou melhor, da sua versão dele. O que terá acontecido com o Ganelon verdadeiro?

– Morreu há muito tempo, Corwin. Eu o encontrei depois que você o exilou de Avalon, séculos atrás. Não era um mau sujeito. Eu não teria confiado nem um pouco nele, mas eu nunca confio em ninguém, a menos que seja necessário.

– É de família.

– Lamentei ter que matar o coitado. Não que ele tenha me dado muita opção. Tudo isso aconteceu há muito tempo, mas eu me lembrava claramente dele, então deve ter me impressionado.

– E Lorraine?

– O país? Um bom trabalho, creio eu. Manipulei a sombra certa. Ela cresceu em força só com a minha presença, como qualquer outra se um de nós se demorar lá por tempo o bastante, como foi com você em Avalon, e depois naquele outro lugar. E exerci minha vontade sobre a corrente temporal para garantir que tivesse bastante tempo lá.

– Eu não sabia que isso era possível.

– A partir da iniciação no Padrão, a força começa a crescer lentamente. Você ainda tem muito a aprender. Sim, fortaleci Lorraine e a tornei muito vulnerável ao impulso de crescimento da estrada negra. Cuidei para que ela permanecesse em seu caminho, não importava para onde você fosse. Depois da sua fuga, todas as estradas levavam a Lorraine.

– Por quê?

– Foi uma armadilha que lhe preparei, e talvez um teste. Eu queria estar por perto em seu primeiro encontro com as forças do Caos. Também queria passar um tempo viajando ao seu lado.

– Um teste? Por qual motivo? E por que viajar comigo?

– Não consegue adivinhar? Tenho observado todos vocês ao longo dos anos. Nunca apontei um sucessor. Deixei a questão incerta de propósito. São tão parecidos comigo... Então eu sabia que me declarar a favor de um seria o mesmo que assinar a sentença de morte do escolhido. Não. Foi uma decisão deliberada deixar as coisas como estavam até o último instante. Mas, agora, decidi. Será você.

– Tivemos um breve contato lá em Lorraine, quando me procurou na sua própria identidade. Disse que me queria no trono. Se já estava decidido naquele momento, por que continuou com a farsa?

– Mas eu ainda não estava decidido. Foi apenas uma manobra para garantir sua perseverança. Por puro receio de que você viesse a gostar demais daquela garota, e daquela terra. Quando emergiu como herói do Círculo Preto, poderia ter decidido se estabelecer por lá. Eu queria plantar as noções que o fariam prosseguir em sua jornada.

Fiquei em silêncio por um bom tempo. Nós havíamos percorrido uma boa distância em volta do Padrão.

Por fim, retomei:

– Tem algo que eu preciso saber. Antes de vir para cá, conversei com Dara, que está no processo de tentar limpar a própria barra conosco...

– E já está limpa – interrompeu ele. – Eu me encarreguei disso.

Meneei a cabeça.

– Eu me abstive de acusá-la de algo que já venho pensando há algum tempo. Tenho uma boa razão para acreditar que ela não é digna de confiança, apesar dos protestos dela e do seu apoio. Duas boas razões, na verdade.

– Eu sei, Corwin. Mas ela não matou os criados de Benedict para assegurar sua posição na casa dele. Fui eu, para garantir que ela chegaria a você como chegou, no momento certo.

– Foi você? Esteve envolvido na trama dela desde o início? Por quê?

– Ela será uma boa rainha, meu filho. Confio na força do sangue do Caos. Era hora de uma nova infusão. Quando ascender ao trono, você já terá um herdeiro. E Merlin, quando estiver pronto para assumir, já terá superado há muito tempo sua criação.

Nós havíamos andado até o lugar da mancha preta. Parei ali e me agachei para examinar mais de perto.

– Acha que isto vai matar você? – perguntei, enfim.

– Eu sei que vai.

– Não se incomoda de assassinar pessoas inocentes para me manipular. E ainda assim, sacrificaria a própria vida em nome do reino.

Encarei meu pai e voltei a falar:

– Minhas mãos também não estão limpas, e certamente não pretendo julgar suas escolhas. Mas alguns instantes atrás, enquanto me preparava para enfrentar o Padrão, refleti sobre a mudança nos meus sentimentos... em relação a Eric, em relação ao trono. Suas ações, creio eu, são motivadas pela noção de dever. Eu também, agora, sinto um dever para com Âmbar, com o trono. Mais do que isso, na verdade. Muito mais. Também percebi outra coisa, porém, algo que não é imposto pelo dever. Não sei quando nem como eu mudei tanto, mas não quero mais o trono, pai. Sinto muito se isso atrapalha os seus planos, mas não quero ser o rei de Âmbar. Lamento.

Desviei os olhos de volta para a mancha e o ouvi soltar um suspiro.

E então:

– Vou enviá-lo de volta para casa agora – determinou. – Prepare seu cavalo e reúna suprimentos. Vá até um lugar fora de Âmbar… qualquer um, desde que seja isolado.

– Minha tumba?

Ele bufou e deu uma risada fraca.

– Serve. Vá até lá e me aguarde. Tenho que pensar um pouco.

Quando me endireitei, ele estendeu a mão direita e a apoiou no meu ombro, depois me olhou no fundo dos olhos. A Joia pulsava.

– Ninguém pode ter tudo o que deseja e da forma como deseja – declarou ele.

E houve um efeito de distanciamento, comparável ao poder de um arcano, mas agindo às avessas. Ouvi vozes e então ao meu redor vi a sala de onde eu havia saído pouco antes. Benedict, Gérard, Random e Dara ainda estavam lá. Senti Oberon soltar meu ombro. Ele então desapareceu, e me vi entre os outros de novo.

– Qual é a situação? – perguntou Random. – Vimos nosso pai mandá-lo de volta. Aliás, como aconteceu?

– Não sei – respondi. – Mas ele confirma as palavras de Dara. Entregou a ela o sinete e a mensagem.

– Por quê?– questionou Gérard.

– Ele queria que aprendêssemos a confiar nela.

Benedict se levantou.

– Nesse caso, cumprirei as ordens.

– Oberon quer que você ataque e depois recue – instruiu Dara. – Depois disso, será necessário apenas conter os inimigos.

– Por quanto tempo?

– Ele disse apenas que isso ficará óbvio.

Benedict deu um de seus raros sorrisos e assentiu. Abriu o estojo de cartas com a única mão, tirou o baralho, separou o arcano especial que eu lhe dera para as Cortes.

– Boa sorte – desejou Random.

– Sim, boa sorte – concordou Gérard.

Acrescentei meus bons votos e o vi se desvanecer aos poucos. Quando sua imagem residual iridescente sumiu por completo, virei o rosto e reparei que Dara chorava em silêncio. Não comentei nada.

– Também tenho ordens a cumprir agora… por assim dizer – declarei. – É melhor eu ir andando.

– E eu vou voltar ao mar – avisou Gérard.

Ouvi o protesto de Dara enquanto eu me dirigia à porta.

Parei no meio do caminho.

– Você deve ficar aqui, Gérard, e garantir a segurança da própria Âmbar. Não haverá ataques pelo mar.

– Mas achei que Random estivesse encarregado da defesa local.

Ela negou com a cabeça.

– Random deve se juntar a Julian em Arden.

– Tem certeza? – perguntou Random.

– Tenho.

– Certo, então. É bom saber que ele pelo menos pensou em mim. Sinto muito, Gérard. Paciência.

Gérard se limitou a fazer uma expressão confusa.

– Espero que ele saiba o que está fazendo – comentou.

– Já discutimos isso – argumentei. – Adeus.

Ouvi passos quando saí da sala. Dara estava ao meu lado.

– O que foi agora? – perguntei.

– Pensei em ir com você, seja qual for o destino.

– Só vou subir para buscar algumas provisões. Depois, seguirei para os estábulos.

– Eu o acompanho.

– Vou cavalgar sozinho.

– Eu não poderia ir junto de qualquer forma. Ainda preciso conversar com suas irmãs.

– Elas fazem parte do plano?

– Sim, fazem.

Caminhamos em silêncio por algum tempo, e então ela disse:

– A questão não foi tão friamente calculada quanto pareceu, Corwin.

Entramos na despensa.

– Qual delas?

– Você entendeu.

– Ah. Isso. Ora, que bom.

– Eu gosto de você. Poderia se tornar algo maior um dia, se os sentimentos forem mútuos.

Meu orgulho ofereceu uma resposta mordaz, mas segurei a língua. Aprendemos algumas coisas ao longo dos séculos. Sim, Dara havia me usado, mas suas ações não pareciam ter sido exatamente livres na ocasião. Na pior das hipóteses, acho, meu pai queria que eu a desejasse. Mas não deixei meu ressentimento interferir no que eu de fato sentia, nem no que poderia vir a sentir.

Assim, respondi apenas:

– Também gosto de você.

Olhei para ela. Parecia que precisava ser beijada naquele momento, então a beijei.

– É melhor eu me aprontar agora, Dara.

Ela sorriu e apertou meu braço. E depois se foi. Decidi não avaliar minhas emoções naquele instante. Em vez disso, separei alguns suprimentos.

Selei Estrela e cavalguei ao cume da Kolvir até chegar à minha tumba. Sentado do lado de fora, fumei o cachimbo e observei as nuvens. Parecia ter sido um dia agitado, mas ainda era começo de tarde. Premonições corriam soltas pelas grutas da minha mente, e nenhuma eu me daria ao trabalho de cortejar.

TRÊS

O contato veio de repente enquanto eu estava sentado, sonolento. Fiquei de pé em um instante. Era meu pai.

– Corwin, tomei minhas decisões e chegou a hora – anunciou. – Arregace a manga do braço esquerdo.

Obedeci enquanto a forma dele ganhava substância, tornando-se cada vez mais régia. Exibia uma estranha tristeza no rosto, de um tipo que eu nunca tinha visto antes.

Ele me segurou com a mão esquerda e sacou a adaga com a direita.

Observei-o cortar meu braço e então embainhar a lâmina. O sangue verteu e ele o recolheu com os dedos em concha. Soltou meu braço, cobriu a mão esquerda com a direita e se afastou de mim. Levando as mãos ao rosto, deu um sopro nelas e as separou rapidamente.

Um pássaro do tamanho de um corvo, com crista e penas vermelhas tingidas da cor do meu sangue, repousava em sua mão. Em seguida foi até seu pulso e olhou para mim. Até os olhos dele eram vermelhos, e havia um ar de familiaridade quando inclinou a cabeça para me observar.

– Ele é Corwin, aquele que você deve seguir – instruiu meu pai ao pássaro. – Lembre-se dele.

E então pousou a criatura no ombro, de onde ela continuou me observando, sem fazer qualquer esforço para voar para longe.

– Precisa partir agora, Corwin. E rápido. Pegue seu cavalo e vá para o sul, entrando em Sombra o quanto antes. Faça uma viagem infernal. Afaste-se o máximo que puder.

– E para onde devo ir, pai? – perguntei.

– Para as Cortes do Caos. Conhece o caminho?

– Em tese. Nunca fui pela rota longa.

Oberon fez um gesto lento com a cabeça.

– Então vá logo. Estabeleça o maior diferencial de tempo possível entre você e este lugar.

– Tudo bem, mas não entendo.

– Vai entender tudo quando chegar a hora.

– Mas existe um jeito mais fácil – protestei. – Posso viajar mais rápido e sem complicações. Basta entrar em contato com Benedict pelo arcano e ser transportado para lá.

– Não adianta. Será necessário seguir pelo caminho mais longo porque você levará algo que lhe será entregue ao longo da jornada.

– Entregue? Como?

Meu pai levantou a mão e acariciou as penas do pássaro vermelho.

– Por este seu amigo aqui. Ele não conseguiria voar até as Cortes... pelo menos não a tempo.

– O que ele vai levar para mim?

– A Joia. Duvido que eu consiga realizar a transferência sozinho quando encerrar minha missão. Os poderes dela podem nos ser úteis naquele lugar.

– Entendo, mas ainda assim não preciso fazer a viagem toda. Posso ir de arcano depois de receber a Joia.

– Não, creio que seria impossível. Uma vez concluída minha missão, todos os arcanos ficarão inoperantes por algum tempo.

– Por quê?

– Porque toda a malha da existência passará por uma mudança. Vá agora, raios! Suba no cavalo e comece sua jornada!

Continuei onde estava, sem tirar os olhos dele.

– Pai, não existe outra solução?

Ele apenas balançou a cabeça e levantou a mão em despedida. Aos poucos, começou a desaparecer.

– Adeus.

Dei as costas e me acomodei na sela. Ainda havia muito a dizer, mas era tarde demais. Conduzi Estrela na direção da trilha que me levaria para o sul.

Ao contrário do meu pai, eu não seria capaz de manipular a matéria de Sombra no topo da Kolvir. Precisava me distanciar mais de Âmbar para realizar os deslocamentos.

Ainda assim, sabendo que era possível, senti que precisava tentar. E então, enquanto eu avançava por pedras nuas e desfiladeiros rochosos onde o vento sibilava, tratei de torcer a malha da existência à minha volta conforme descia pela trilha que conduzia a Garnath.

...um pequeno aglomerado de flores azuis do outro lado de uma saliência rochosa.

Essa visão me encheu de ânimo, pois elas eram uma parte modesta de minha manipulação. Continuei exercendo minha vontade no mundo para chegar além de cada curva do caminho.

A sombra de uma pedra triangular na trilha... Uma rajada de vento...

Alguns dos menores de fato funcionavam. Um retorno no caminho... Uma fenda... O ninho de um pássaro antigo, empoleirado no topo de uma plataforma rochosa... Outro aglomerado de flores azuis...

Por que não? Uma árvore... Mais uma...

Senti o poder se agitar dentro de mim. Fiz outras alterações.

Então me ocorreu um pensamento sobre essa força recém-descoberta. Parecia possível que razões puramente psicológicas tivessem me impedido de realizar tais manipulações. Não muito tempo antes, eu ainda considerava Âmbar a realidade única e imutável a partir da qual todas as sombras se formavam. Mas a essa altura eu sabia que ela era apenas a primeira das sombras, e que o lugar onde meu pai se encontrava representava a realidade superior. Portanto, embora a proximidade dificultasse as mudanças, não as impossibilitava. Em outras circunstâncias, contudo, eu teria poupado as forças até chegar a um lugar onde fosse mais fácil começar os deslocamentos.

Por ora, o tempo urgia. Seria necessário me esforçar, correr, para atender ao pedido do meu pai.

Quando cheguei à trilha que descia pela face sul da Kolvir, a natureza da paisagem já havia se transformado. Contemplei uma série de encostas suaves, em vez da descida íngreme habitual. Estava prestes a adentrar terras de Sombra.

A estrada negra ainda se estendia como uma cicatriz escura à minha esquerda, mas o Garnath por onde passava estava com um aspecto ligeiramente melhor do que aquele que vim a conhecer tão bem. Seus contornos estavam mais suaves graças aos amontoados verdejantes nas proximidades da porção morta. Era como se minha maldição sobre a terra tivesse sido um pouco atenuada. Uma sensação ilusória, claro, pois aquela já não era mais minha Âmbar. Quase em oração, mentalizei um recado aos meus arredores: *Sinto muito pelo papel que desempenhei nesta desolação. Estou a caminho para tentar reverter. Perdoe-me, ó espírito deste lugar.* Meus olhos se voltaram na direção do Bosque do Unicórnio, muito afastado a oeste, oculto por inúmeras árvores, impossibilitando sequer um vislumbre daquele arvoredo sagrado.

A encosta ficou mais suave conforme eu descia, transformando-se em uma série de sopés brandos. Deixei Estrela acelerar o ritmo quando os atravessamos rumo ao sudoeste e, por fim, direto para o sul. Mais baixo, e mais ainda. Bem ao longe, à esquerda, o mar brilhava e reluzia. Logo a estrada negra surgiria entre nós, pois eu descia para Garnath na direção dela. Por mais que eu manipulasse Sombra, não seria capaz de eliminar aquela presença ameaçadora. Na realidade, o caminho mais rápido a seguir seria paralelo à estrada.

Enfim chegamos ao fundo do vale. A Floresta de Arden se erguia imponente à minha direita, estendendo-se a oeste, imensa e venerável. Segui viagem, produzindo todas as alterações possíveis para me afastar ainda mais de casa.

Apesar de não perder a estrada negra de vista, mantive uma boa distância dela. Era necessário, já que era a única coisa que eu não podia mudar. Deixei arbustos, árvores e morros entre nós.

Estendi meu alcance, e a textura do cenário mudou.

Veios de ágata... Montes de xisto... Relvas escurecidas...

Nuvens nadando pelo céu... O sol bruxuleando e dançando...

Apertamos o passo outra vez. O terreno se afundou mais ainda. Sombras se prolongaram e se fundiram. A floresta recuou. Um paredão rochoso emergiu à minha direita, outro à esquerda... Um vento frio me acossou por um desfiladeiro acidentado. Camadas estratificadas passaram de relance, em tons de vermelho, dourado, amarelo e marrom. O solo ficou arenoso. Redemoinhos de areia rodopiaram à nossa volta. Inclinei o corpo mais para a frente à medida que a trilha começava a subir de novo. Os paredões penderam para dentro, quase encostados.

O caminho ficou cada vez mais estreito. Era quase possível tocar os dois paredões...

Enfim, os topos se juntaram. Avancei por um túnel sombrio, reduzindo o ritmo conforme escurecia... Desenhos fosforescentes brotaram à minha volta. O vento fez um barulho lamuriento.

E fora!

O brilho das paredes me ofuscava, e cristais gigantescos se erguiam por todos os lados ao nosso redor. Persistimos em frente, subindo por uma trilha que nos tirou daquela região e nos conduziu por uma série de vales cobertos de musgo, onde reluziam pequenos lagos perfeitamente redondos, inabaláveis como vidro verde.

Samambaias altas surgiram diante de nós, mas as contornamos e seguimos em frente. Ouvi um ruído de trombeta distante.

Viramos, caminhamos... E de súbito samambaias vermelhas, mais largas, mais baixas... Para além, uma vasta planície que o entardecer tingia de rosa...

Adiante, sobre a relva pálida... Cheiro de terra fresca... Montanhas ou nuvens escuras ao longe... Uma rajada de estrelas à esquerda... Um rápido borrifo de umidade... Uma lua azul saltando ao céu... Centelhas entre massas escuras... Lembranças e murmúrios trepidantes... Cheiro de tormenta e lufada de ar...

Um vento forte... Estrelas encobertas por nuvens... Uma árvore empalada por um risco luminoso à direita, reduzida a chamas... Formigamentos... Cheiro de ozônio... Cortinas de água sobre mim... Uma sequência de luzes à esquerda...

O som de cascos por uma rua de paralelepípedos... A aproximação de um veículo estranho... Cilíndrico, barulhento... Nós o evitamos e vice-versa... Um grito me persegue... Atrás de uma janela iluminada, o rosto de uma criança...

Barulhos... Respingos... Vitrines e residências... A chuva diminui, míngua, acaba... A neblina se espalha, perdura, engrossa, ilumina-se com reflexos perolados à minha esquerda...

O terreno fica macio, vermelho... A claridade na névoa se intensifica... Uma nova rajada de vento por trás, um calor crescente... O ar se desfaz...

Céu amarelado... Sol alaranjado voando rumo ao meio-dia...

Um tremor! Não do meu desígnio, totalmente inesperado... O solo se move debaixo de nós, mas há mais. O céu novo, o sol novo, o deserto ferruginoso em que acabei de entrar, tudo se expande e se contrai, desaparece e ressurge. Vem um ruído crepitante, e a cada desvanecimento me vejo sozinho com Estrela, mergulhados no vazio branco, personagens sem cenário. Marchamos sobre nada. A luz vem de todos os lados e só tem a nós como alvo. Um crepitar constante enche meus ouvidos, como o degelo da primavera no rio russo que eu acompanhara certa vez. Estrela, que já transpôs muitas sombras, emite um relincho assustado.

Contemplo os arredores. Contornos borrados aparecem, ganham foco, ficam nítidos. Meu entorno se restaura, embora com uma aparência um tanto desbotada. Parte do pigmento foi escoada do mundo.

Viramos para a esquerda, corremos na direção de uma pequena colina, escalamos e enfim alcançamos o topo.

A estrada negra. Também parece deturpada... e ainda mais do que o restante. Tremula ao meu olhar, quase parece ondular diante de mim. O crepitar persiste, torna-se mais alto...

Um vento surge do norte, gentil a princípio, mas logo ganha força. Olhando naquela direção, vejo nuvens escuras se formando.

Sei que preciso avançar como nunca antes. Ápices de destruição e criação acontecem no lugar que visitei... quando? Pouco importa. As ondas se deslocam para longe de Âmbar, e ela também pode desaparecer... assim como eu. Se meu pai não conseguir consertar tudo.

Agito as rédeas. Corremos para o sul.

Uma planície... Árvores... Construções dilapidadas... Mais rápido...

A fumaça de uma floresta em chamas... Uma muralha de fogo... Sumiu...

Céu amarelo, nuvens azuis... Uma frota de dirigíveis atravessando...

Mais depressa...

O sol despenca como ferro incandescente em um balde d'água, estrelas se tornam riscos... Uma luz fraca sobre a trilha reta... Sons condensados em manchas escuras, uivos... Quanto mais clara a luz, mais débil a paisagem... Cinza à direita, à esquerda... Mais clara de repente... Nada além da trilha meus olhos percorrem... Os uivos crescem, viram gritos... Vultos correm juntos... Corremos por um túnel de Sombra... Ele começa a girar...

Voltas e rodopios... Só a estrada é real... Mundos passam... Renunciei ao meu controle sobre o cenário e passei a cavalgar pela potência do próprio poder, dedicado apenas a me distanciar de Âmbar e me arremessar rumo ao Caos... Estou cercado pelo vento, meus ouvidos, pelo brado... Nunca antes forcei meu poder sobre Sombra até os limites... O túnel se torna liso e uniforme como vidro... Sinto que estou cavalgando por um vórtice, um redemoinho, pelo olho de um tornado... Estrela e eu estamos encharcados de suor... Tenho uma sensação desesperada de fuga, como se estivesse sendo perseguido... A estrada se torna uma abstração... Meus olhos ardem quando pisco para afastar a transpiração... Não consigo aguentar essa viagem por muito mais tempo... A base do meu crânio começa a latejar...

Puxo delicadamente as rédeas. Estrela começa a ir mais devagar...

As paredes do meu túnel de luz ficam granuladas... Borrões de cinza, preto, branco, não tanto uma uniformidade de tons... Marrom... Um toque de azul... Verde... Os uivos se aquietam até um zumbido, um ronco, amainando... Mais leve o vento... Vultos vêm e vão...

Mais devagar, mais devagar...

Não há trilha. Cavalgo sobre terra e musgo. Céu azul, nuvens brancas. Tomado pela vertigem, puxo as rédeas. Eu...

Pequenino.

Fiquei espantado ao baixar os olhos. Estava nas cercanias de um vilarejo de brinquedo. Casas que caberiam na palma da minha mão, estradas minúsculas pontilhadas por veículos diminutos...

Olhei para trás. Nós havíamos esmagado algumas daquelas residências diminutas. Observei os arredores. Havia menos pela esquerda. Com cuidado, conduzi Estrela naquela direção e avancei até sairmos daquele lugar. Senti remorso por seja lá o que fosse aquele vilarejo, por todos aqueles que viviam lá. Mas não havia nada a fazer.

Continuei a jornada, atravessando Sombra, até chegar ao que parecia uma pedreira deserta sob um céu esverdeado. Senti meu peso maior ali. Desmontei, tomei um pouco de água, estiquei as pernas.

Respirei fundo o ar úmido que me envolvia. Eu estava longe de Âmbar, tanto quanto qualquer pessoa jamais precisaria ir, e me aproximava do Caos. Raras vezes eu havia viajado até tão longe antes. Embora tivesse escolhido descansar ali porque o lugar representava o mais próximo de normalidade que eu poderia obter, as mudanças logo ficariam cada vez mais extremas.

Eu estava alongando meus músculos dormentes quando escutei o grito vindo de cima.

Levantei o rosto e vi o vulto escuro descendo. Por reflexo, Grayswandir foi parar na minha mão. Mas a claridade o iluminou em pleno voo, e o vulto voador se acendeu em chamas avermelhadas.

Meu familiar alado voou em círculos e pousou no meu braço estendido. Aqueles olhos assustadores me observaram com uma inteligência peculiar, mas não lhes dei a mesma atenção que poderia ter dado em outra ocasião. Apenas embainhei Grayswandir e estiquei a mão para receber a carga do pássaro.

A Joia do Julgamento.

Então eu soube que os esforços de meu pai, qualquer que tenha sido a conclusão, tinham chegado ao fim. Ou o Padrão fora reparado, ou arruinado. Ou meu pai estava vivo, ou morto. Das duas, uma. Os efeitos do ato dele deviam estar se espalhando por Sombra a partir de Âmbar, como as ondas de um lago metafórico. Não demoraria até me alcançarem ali. Enquanto isso, eu tinha ordens a cumprir.

Pendurei a corrente em volta do pescoço e deixei a Joia repousar sobre meu peito. Voltei para a sela. Meu pássaro sanguíneo emitiu um grito curto e se alçou ao ar.

Seguimos viagem.

E avançamos por uma paisagem onde o céu clareava conforme o solo escurecia. O terreno então se iluminou e o céu se obscureceu. E depois o contrário. E de novo... A cada passo, o efeito se alternava, e à medida que ganhávamos velocidade a cena se tornava uma série estroboscópica de imagens estáticas ao nosso redor, uma animação cada vez mais espasmódica, até adquirir a qualidade acelerada dos filmes mudos. Por fim, não passava de um borrão.

Pontos de luz voavam por nós, como meteoros ou cometas. Comecei a ter uma sensação convulsiva, como uma palpitação cósmica. Tudo ao meu redor passou a girar, como se eu estivesse preso em um redemoinho.

Algo estava errado. Parecia ter perdido o controle. Será que os efeitos das ações de meu pai já haviam alcançado a região de Sombra por onde eu passava? Não parecia nada provável. E ainda assim...

Estrela tropeçou. Agarrei as rédeas com força durante a queda, para não nos separarmos em Sombra. Bati com o ombro em uma superfície dura e fiquei atordoado por um instante.

Enquanto o mundo se recompunha à minha volta, eu me sentei para observar o ambiente.

Reinava uma luminosidade crepuscular uniforme, embora livre de estrelas. Apenas grandes rochas de formatos e tamanhos variados pairavam e flutuavam pelo ar. Fiquei de pé e olhei para todos os lados.

Pelo que pude ver, era possível que a superfície rochosa irregular onde eu estava fosse apenas um pedregulho do tamanho de uma montanha flutuando com os demais. Estrela se levantou e parou ao meu lado, trêmulo. Um silêncio absoluto nos cercava. O ar parado era frio. Não havia nenhum outro ser vivo à vista. Não gostei do lugar. Eu não teria parado ali por vontade própria. Ajoelhei-me para examinar as patas de Estrela. Queria partir o quanto antes, de preferência montado.

De repente, ouvi uma risada baixa que poderia ter saído da garganta de um ser humano.

Fiquei imóvel, com a mão no punho de Grayswandir, e tentei encontrar a origem do som.

Nada. Em lugar nenhum.

E no entanto eu escutara com clareza. Virei-me lentamente, olhando em todas as direções. Não...

O som veio de novo. Dessa vez, porém, percebi que a origem ficava no alto.

Procurei nas rochas flutuantes. Cobertas de sombras, era difícil distinguir...

Ali!

Dez metros acima do solo e cerca de trinta à minha esquerda, algo com uma silhueta humana empoleirava-se em uma ilhota no céu, com os olhos pousados em mim. Estudei a figura com atenção. Fosse o que fosse, parecia distante demais para constituir uma ameaça. Eu tinha certeza de que conseguiria escapar antes que aquilo me alcançasse. Fiz menção de montar em Estrela.

— Não adianta, Corwin — anunciou nesse instante a voz que eu menos queria ouvir. — Está preso aqui. Só poderá sair com a minha permissão.

Sorri enquanto me acomodava na sela e saquei Grayswandir.

— É isso que vamos ver. Venha, tente me impedir.

— Como quiser — respondeu ele.

Labaredas brotaram da rocha nua e se ergueram por toda a minha volta, línguas de fogo que dançavam e cresciam, silenciosas.

Estrela entrou em pânico. Guardei Grayswandir na bainha, cobri os olhos de Estrela com meu manto e o tranquilizei aos sussurros. Enquanto isso, o círculo se alargava, as chamas recuavam para as bordas da pedra imensa onde estávamos.

– Entendeu agora? – perguntou a voz. – Este lugar é pequeno demais. Cavalgue em qualquer direção. Sua montaria entrará em pânico de novo antes mesmo de você conseguir se deslocar para Sombra.

– Adeus, Brand – retruquei, e comecei a me afastar.

Tracei um grande círculo em sentido anti-horário pela superfície rochosa, protegendo o olho direito de Estrela contra as chamas nas periferias. Ouvi Brand rir outra vez, alheio às minhas intenções.

Um par de pedras grandes... Ótimo. Continuei em frente, mantendo meu curso. Lá estava, uma saliência irregular de pedra à minha esquerda, uma elevação, um declive... Uma confusão de sombra projetada pelas chamas no caminho... Ali. Para baixo... Para cima. Um toque de verde naquela porção de luz... Senti o deslocamento começar.

Seguir em linha reta poderia ser mais fácil, mas não era o único caminho. No entanto, avançávamos assim com tanta frequência que tendíamos a nos esquecer da possibilidade de progredir andando em círculos...

Senti o deslocamento com mais força quando voltei para perto das duas pedras grandes. Nesse momento, Brand também se deu conta.

– Pare, Corwin!

Mostrei-lhe o dedo do meio e me esgueirei entre as rochas, descendo por um desfiladeiro estreito pontilhado de flocos de luz amarela. Melhor que a encomenda.

Afastei o manto da cabeça de Estrela e agitei as rédeas. A passagem fez uma curva abrupta para a direita. Seguimos por ali e chegamos a uma via mais iluminada que ficava mais larga e mais clara conforme avançávamos.

...Debaixo de uma saliência, um céu leitoso e perolado por trás.

Mais profundo, mais rápido, mais distante... Um penhasco entrecortado coroava o talude superior à minha esquerda, adornado com a vegetação de arbustos distorcidos sob um céu rosáceo.

Cavalguei até os verdes se azularem sob um céu amarelo, até o desfiladeiro subir para uma planície lavanda onde rochas alaranjadas rolavam enquanto o solo estremecia ao ritmo dos cascos. Atravessei a paisagem sob cometas rodopiantes, chegando à beira de um mar vermelho-sangue em um lugar de perfumes intensos. Conforme eu avançava por aquela praia, o céu recebeu e perdeu um sol verde grandioso, depois um bronze pequeno, enquanto frotas esqueléticas se digladiavam e serpentes das profundezas contornavam embarcações alaranjadas de velas azuis. A Joia pulsava em meu peito, e extraí força dela. Uma ventania desenfreada surgiu e nos arremessou por um céu de nuvens acobreadas sobre um abismo estridente que parecia se estender pela eternidade, sem fundo, marcado por faíscas, exalando odores inebriantes...

Atrás de mim, os estrondos incessantes de trovões... Ao nosso lado, linhas finas, como o craquelê de uma pintura antiga, espalhavam-se por toda a parte... Frio, um vento matador de fragrâncias persegue...

Linhas... As rachaduras se alargam, a escuridão avança para preencher cada uma... Riscos escuros disparam adiante, para cima, para baixo, para dentro deles próprios... A formação de uma rede, os esforços de uma aranha gigantesca invisível, capturando o mundo...

Para baixo, mais ainda, outra vez... O solo de novo, enrugado e coriáceo como o pescoço de uma múmia... Silenciosa nossa passagem latejante... Mais suave o trovão, mais brando o vento... O último suspiro de meu pai? Mais rápido, mais distante...

Linhas se estreitam, com a finura de um rabisco, e depois se derretem no calor dos três sóis... E ainda mais depressa...

Um cavaleiro se aproxima... Mão no punho da espada ao mesmo tempo da minha... Eu. Meu retorno? Cumprimentos simultâneos... Um através do outro, o ar como uma cortina líquida naquele instante seco... Que espelho de Carroll, que efeito de Rabma, de Tir-na Nog'th... Contudo, à esquerda, distante, tão distante, algo preto retorcido... Acompanhamos a estrada... Ela me conduz...

Céu branco, chão branco, nada de horizonte... Sem sol e sem nuvens o panorama... Apenas aquele fio escuro, remoto, e pirâmides reluzentes por todos os lados, imensas, desconcertantes...

Vem a exaustão. Não gosto deste lugar... Mas escapamos de qualquer processo em nosso encalço. Um puxão nas rédeas.

Apesar do cansaço, sentia em mim uma estranha vitalidade. Parecia brotar dentro do peito... A Joia. Claro. Fiz um esforço para extrair mais energia de seu poder. Começou a fluir para meus membros, mal parando nas extremidades. Quase como se...

Sim, era isso. Projetei minha vontade no entorno vazio e geométrico. O ambiente começou a se alterar.

Era um movimento. As pirâmides deslizaram para o lado, escurecendo ao passar. Encolheram e se fundiram, tornaram-se cascalho. O mundo virou de ponta-cabeça e permaneci como se estivesse sob uma nuvem, observando as paisagens voarem por cima e por baixo de mim.

A luz fluía para cima e me atravessava, vinda de um sol dourado sob meus pés. Isso também passou, e o solo felpudo escureceu, disparando jatos de água para erodir o terreno acima. Relâmpagos saltaram para atingir e destruir o mundo sobre minha cabeça. Em alguns pontos, ele se estilhaçou, e pedaços despencaram à minha volta.

Começaram a rodopiar conforme uma onda de escuridão passava.

Quando a luz retornou, dessa vez azulada, não tinha nenhuma origem, não descrevia nenhum terreno.

...Pontes douradas cruzavam o vazio em grandes serpentinas, uma delas cintilando aos nossos pés naquele mesmo instante. Avançamos por seu caminho sinuoso, permanecendo imóveis feito estátuas... Por uma eternidade, talvez, o momento se prolonga. O fenômeno, não muito diferente da hipnose da estrada, penetra meus olhos e me embala perigosamente.

Faço o possível para acelerar nossa travessia. Outra eternidade passa.

Por fim, ao longe, uma mancha turva, enevoada, nosso destino final, crescendo muito devagar, apesar da nossa velocidade.

Quando o alcançamos, é gigantesco... uma ilha no vazio, florestada por árvores douradas metálicas...

Interrompo o movimento que nos levou até ali e avançamos com nossas próprias forças, entrando naquele bosque. Talos de grama como papel-alumínio estalam sob nossos pés conforme passamos entre aquelas árvores. Frutos estranhos, pálidos e lustrosos pendem ao meu redor. A princípio, nenhum ruído animal. Abrindo caminho pela mata, chegamos a uma pequena clareira por onde corre um riacho de mercúrio. Lá, desço do cavalo.

– Irmão Corwin – diz a voz de novo. – Estava esperando a sua chegada.

QUATRO

De frente para a floresta, eu o vi emergir por entre as árvores. Não desembainhei a espada, pois ele não havia sacado a dele. Mas projetei a mente até a Joia. Depois do esforços recentes, percebi que poderia fazer muito mais com ela do que apenas controlar o clima. Qualquer que fosse o poder de Brand, eu acreditava ter adquirido uma arma à altura para um confronto direto. A Joia pulsou com mais intensidade.

– Que tal uma trégua? – propôs Brand. – Podemos conversar?

– Não sei o que mais temos a discutir.

– Se não me der uma chance, nunca vai saber, não é?

Ele parou a uns dez metros de distância, jogou o manto verde por cima do ombro esquerdo e sorriu.

– Tudo bem – cedi. – Diga o que tem a dizer.

– Eu tentei impedir seu avanço lá atrás para pegar a Joia. É óbvio que agora você sabe o que ela é, compreende sua importância.

Continuei em silêncio.

– Nosso pai já a usou – continuou Brand. – E lamento informar, mas a iniciativa dele foi um fracasso.

– O quê? Como sabe?

– Eu consigo enxergar através de Sombra, Corwin. Pensei que nossa irmã o tivesse instruído melhor a esse respeito. Com pouco esforço mental, agora sou capaz de perceber o que quiser. Naturalmente, eu estava preocupado com o resultado dessa questão. Então fiquei observando. Ele morreu, Corwin. O esforço foi excessivo. Nosso pai perdeu o controle das forças que estava manipulando e foi destruído por elas pouco depois da metade do Padrão.

– É mentira! – gritei, tocando a Joia.

Brand meneou a cabeça.

– Admito que não sou avesso a mentir para alcançar meus objetivos, mas desta vez estou falando a verdade. Nosso pai está morto. Eu o vi cair.

O pássaro lhe trouxe a Joia em seguida, como ele desejara. Estamos agora em um universo sem Padrão.

Eu não queria acreditar nele. Mas era possível que Oberon tivesse fracassado. O único especialista no assunto, Dworkin, havia me garantido a dificuldade da tarefa.

– Presumindo que seja mesmo verdade, o que acontece agora? – perguntei.

– Um colapso. Neste exato momento, o Caos cresce para preencher o vácuo em Âmbar. Um vórtice gigantesco surgiu e não para de crescer. Está em constante expansão, destruindo os mundos de sombra, e só vai parar quando alcançar as Cortes do Caos, encerrando toda a criação, e o Caos voltará a reinar soberano.

Fiquei atordoado. Será que eu havia lutado desde Greenwood, enfrentado tudo só para chegar até ali e ver tudo acabar daquele jeito? Eu veria todo o significado e conteúdo, toda a forma e toda a vida desaparecer, logo quando tudo fora levado a uma espécie de conclusão?

– Não! – protestei. – Não pode ser.

– A menos que... – murmurou Brand.

– O quê?

– A menos que seja traçado um novo Padrão, que se crie uma nova ordem para preservar a forma.

– Pretende voltar para aquela confusão e tentar terminar o serviço? Acabou de me dizer que o lugar não existe mais.

– Não, claro que não. O local não é importante. Onde há um Padrão, há um centro. Eu posso fazer aqui mesmo.

– Acha que terá sucesso onde nosso pai fracassou?

– Preciso tentar. Sou o único entendido o bastante sobre o assunto e com tempo suficiente antes da chegada das ondas do Caos. Escute, eu admito tudo o que Fiona certamente lhe contou a meu respeito. Conspirei e agi. Lidei com os inimigos de Âmbar. Derramei nosso sangue. Tentei aniquilar a sua memória. Mas o mundo como conhecemos está sendo destruído, e eu também moro nele. Todos os meus planos, tudo! Tudo vai desaparecer se não for preservada alguma noção de ordem. Talvez eu tenha sido enganado pelos Lordes do Caos. É difícil admitir, mas agora reconheço a possibilidade. Ainda não é tarde demais para intervir. Podemos construir o novo bastião da ordem aqui mesmo.

– Como?

– Preciso da Joia... e de sua ajuda. Este será o local da nova Âmbar.

– Digamos, hipoteticamente, que eu a entregue. O novo Padrão seria idêntico ao antigo?

Brand negou com um gesto.

– Não poderia ser, e o do nosso pai também não teria sido como o de Dworkin. Dois autores não podem escrever a mesma história aos mesmos moldes. Diferenças estilísticas individuais são inevitáveis. Por mais que eu tente reproduzir o Padrão, minha versão seria ligeiramente distinta.

– Como seria possível, se não está totalmente sintonizado à Joia? – perguntei. – Você precisaria de um Padrão para completar o processo de sintonização... e, como você mesmo disse, o Padrão foi destruído. O que se passa?

– Eu falei que precisaria da sua ajuda. Existe outra maneira de uma pessoa se sintonizar à Joia. É necessário o apoio de alguém que já esteja sintonizado. Você teria que se projetar através da Joia mais uma vez e me levar junto, para dentro e através do Padrão primordial do outro lado.

– E depois?

– Ora, ao final do processo, estarei sintonizado, você me entregará a Joia, eu traçarei um Padrão novo e tudo voltará ao normal. As coisas vão se manter unidas. A vida continuará.

– E o Caos?

– O novo Padrão estará imaculado. Eles não terão mais a estrada de acesso a Âmbar.

– Com nosso pai morto, como a nova Âmbar seria governada?

Brand deu um sorriso sombrio.

– Eu deveria receber alguma recompensa, não acha? Arriscaria minha própria vida nessa empreitada, e as chances não são das melhores.

Retribuí o sorriso e devolvi:

– Considerando a recompensa, o que me impede de correr o risco eu mesmo?

– A mesma coisa que impediu o sucesso de nosso pai: todas as forças do Caos. São invocadas por uma espécie de reflexo cósmico assim que tal ato é iniciado. Tive mais experiência com aquelas criaturas. Você não teria a menor chance. Eu, talvez.

– Vamos ver... Digamos que você esteja mentindo para mim, Brand. Ou, para ser generoso, digamos que não viu nada com muita clareza nessa turbulência. E se nosso pai teve sucesso? E se já existir um novo Padrão neste mesmo instante? O que aconteceria se você criasse outro aqui agora?

– Eu... Isso nunca foi feito. Como eu posso saber?

– Tenho algumas dúvidas. Será que assim você ainda conseguiria criar sua própria versão da realidade? Isso representaria a divisão de um novo universo, de Âmbar e Sombra, para seu próprio benefício? Será que anularia o nosso? Ou seria um mundo à parte? Ou ainda haveria alguma sobreposição? O que acha, Brand, com base nessa situação?

Ele encolheu os ombros.

– Já respondi. Isso nunca foi feito antes. Como eu posso saber?

– Mas acho que você sabe bem, ou pelo menos tem um ótimo palpite. E acho que é esse seu plano, seu objetivo... porque é tudo o que lhe resta. Para mim, suas atitudes são um sinal de que nosso pai concluiu a missão, e essa é sua última cartada. Para conseguir, porém, você precisa de mim e da Joia. E não pode ter nenhum dos dois.

Ele suspirou.

– Eu esperava mais de você, Corwin. Mas tudo bem. Está equivocado, uma pena. Só me escute. Em vez de ver tudo perdido, vou dividir o reino com você.

– Brand, dê o fora. Você não terá a Joia nem a minha ajuda. Ouvi o que tinha para dizer e acho que é tudo mentira.

– Está com medo de mim, eu sei. Não o condeno por não querer confiar em mim. Mas está cometendo um erro. Precisa de mim agora.

– No entanto, já me decidi.

Ele deu outro passo na minha direção. E outro...

– Pode ter tudo o que desejar, Corwin. Basta pedir e eu lhe darei.

– Eu estava com Benedict em Tir-na Nog'th, observando através dos olhos dele, escutando com seus ouvidos, quando você lhe fez a mesma proposta. Pode enfiá-la naquele lugar, Brand. Vou prosseguir com minha missão. Se acha mesmo que consegue me impedir, fique à vontade para tentar.

Comecei a andar na direção dele. Eu sabia que o mataria se o alcançasse. E também tinha a sensação de que não o alcançaria.

Ele se deteve. Deu um passo para trás.

– Está cometendo um grande erro, Corwin.

– Acho que não. Pelo contrário, sinto que estou fazendo exatamente a coisa certa.

– Não vou lutar com você – acrescentou, com afobação. – Não aqui, não sobre o abismo. Mas você teve a sua chance. Da próxima vez que nos encontrarmos, terei que tomar a Joia.

– De que ela lhe serviria, se não estão sintonizados?

– Pode ser que haja outra forma de usá-la... mais difícil, porém possível. Repito: você teve a sua chance. Adeus.

Brand recuou para dentro da floresta. Fui atrás, mas ele havia desaparecido.

Saí daquele lugar e segui viagem por uma estrada sobre o nada. Não gostava de considerar a possibilidade de que Brand tivesse falado a verdade, ou pelo menos em parte. Mas suas palavras insistiam em voltar para me atormentar. E se nosso pai tivesse fracassado? Nesse caso, meus próximos passos seriam em vão. Tudo já havia acabado e era só uma questão de tempo. Não olhei para trás, com medo de ver alguma coisa em meu encalço.

Estabeleci uma viagem infernal a um ritmo moderado. Queria alcançar os outros antes de as ondas do Caos se espalharem tanto, só para mostrar que eu havia me mantido fiel, para mostrar que, no fim das contas, eu tinha me esforçado ao máximo. E então tentei imaginar como estavam os preparativos da batalha. Ou já teria começado, considerando a escala do tempo?

Cruzei uma ponte, que se alargou sob um céu cada vez mais claro. Enquanto ela assumia o aspecto de uma planície dourada, refleti sobre a ameaça de Brand. Por acaso teria dito todas aquelas coisas só para semear dúvidas, aumentar meu desconforto e reduzir minha eficácia? Era possível. Contudo, se ele precisava da Joia, teria que preparar uma emboscada para mim. E eu nutria certo respeito por aquele poder estranho que ele havia adquirido sobre Sombra. Parecia quase impossível me preparar para um ataque de alguém capaz de observar todos os meus movimentos e se transportar de imediato ao lugar mais vantajoso. Demoraria muito? Imaginei que não aconteceria tão cedo. Antes de tudo, ele tentaria abalar meus nervos... e eu já estava exausto e não pouco atarantado. Mais cedo ou mais tarde, teria que descansar, dormir. Era impossível percorrer aquela distância toda de uma vez só, por mais acelerada que fosse a viagem infernal.

Névoas em tons de rosa e laranja e verde voavam por nós, rodopiavam à minha volta, preenchiam o mundo. O chão tinia como metal sob os cascos. Notas musicais, como toques de cristal, surgiam de tempos em tempos vindas de cima. Meus pensamentos dançavam. Lembranças de diversos mundos iam e vinham ao acaso. Ganelon, meu amigo-inimigo, e meu pai, inimigo-amigo, fundiam-se e se apartavam, e se apartavam e se fundiam. Em algum lugar, um deles me perguntou quem tinha direito ao trono. Na ocasião, eu achara que era Ganelon, interessado em conhecer nossas inúmeras justificativas. A essa altura eu sabia que era meu pai, interessado em conhecer meus sentimentos. Ele havia julgado e tomado sua decisão. E eu estava recuando. Seria uma interrupção no avanço, um desejo de me libertar de tamanho fardo, ou uma súbita iluminação baseada em minhas experiências dos últimos anos, crescendo lentamente dentro de mim, concedendo-me uma perspectiva mais madura da função onerosa de um monarca para além dos momentos de glória? Não sei. Relembrei minha vida na Terra de Sombra, seguindo e dando ordens. Rostos flutuavam diante de mim, pessoas que eu conhecera ao longo dos séculos, amigos, inimigos, esposas, amantes, parentes. Lorraine parecia chamar meu nome, Moire ria, Deirdre chorava. Lutei de novo com Eric. Recordei minha primeira travessia pelo Padrão, quando menino, e a posterior, quando minha memória me foi restituída a cada passo. Assassinatos, roubos, artimanhas, seduções retornaram naquele momento porque, como disse George Mallory, eles estavam lá. Não me era possível sequer situar os eventos em ordem cronológica.

Não havia nenhuma grande ansiedade porque não havia nenhuma grande culpa. Com tempo, tempo e mais tempo se atenuaram as arestas dos aspectos mais brutos e se incutiram transformações em mim. Eu via minhas versões anteriores como pessoas diferentes, conhecidos que eu havia superado. Depois me perguntava como fora possível que alguns daqueles eus tivessem feito parte de mim. Durante nosso avanço, cenas do meu passado pareciam se solidificar nas brumas à minha volta. Sem licença poética aqui. Batalhas passadas assumiram forma tangível, exceto por uma absoluta ausência de som... o clarão de armas, as cores de uniformes, estandartes e sangue. E pessoas, a maioria já morta há muito tempo, saíam da minha memória e ganhavam vida na animação silenciosa que me cercava. Nenhuma delas fazia parte da minha família, mas todas tinham sido importantes para mim em algum momento. E no entanto, não existia nenhum padrão especial naquilo tudo. Havia tantos feitos nobres quanto vergonhosos; tantos inimigos quanto amigos... e nenhum dos envolvidos se deu conta da minha passagem; todos estavam presos em alguma série de ações do passado distante. Então comecei a refletir sobre a natureza do lugar que eu atravessava. Seria alguma versão diluída de Tir-na Nog'th, com alguma substância sensível nos arredores capaz de se alimentar de mim e projetar à minha volta aquele panorama "Esta é a sua vida"? Ou seria apenas o começo das alucinações? Estava cansado, apreensivo, perturbado, preocupado e seguia por um caminho que proporcionava aos sentidos um estímulo monótono e brando capaz de produzir devaneios... Na verdade, percebi que havia perdido o controle sobre Sombra algum momento antes e me limitava a avançar em linha reta por aquele cenário, aprisionado pelo espetáculo em função de uma espécie de narcisismo externalizado... Entendi então que precisava parar e descansar, talvez até dormir um pouco, apesar das minhas apreensões quanto ao lugar onde estava. Eu teria que me libertar e seguir para algum ponto mais pacato, mais deserto...

Rechacei os arredores. Retorci os elementos. E me libertei.

Logo me vi cavalgando por um terreno montanhoso e pouco depois encontrei a caverna que tanto procurava.

Passamos para dentro e eu cuidei de Estrela. Comi e bebi só o bastante para enganar a fome. Não acendi fogueira. Enrolei o manto e outro cobertor sobressalente ao redor do meu corpo. Com a mão direita no punho de Grayswandir, eu me deitei de frente para a escuridão além da entrada da caverna.

Senti um pouco de náusea. Embora soubesse que Brand era um mentiroso, suas palavras ainda me atormentavam.

No entanto, sempre tive facilidade em dormir. Fechei os olhos e pronto.

CINCO

Fui despertado pela sensação de presença. Ou talvez tenha sido um barulho e a sensação de uma presença. De um jeito ou de outro, acordei e tive certeza de que não estava sozinho. Apertei com mais força o punho de Grayswandir e abri os olhos. Fora isso, não me mexi.

Uma luz fraca como o luar se infiltrava na caverna. Havia um vulto, talvez humano, parado logo na entrada. A iluminação não me permitia distinguir se o vulto estava virado para mim ou para fora. De repente, ele deu um passo na minha direção.

Fiquei de pé, a ponta da lâmina voltada para seu peito. A figura se deteve.

– Venho em paz – anunciou uma voz masculina, em thari. – Eu apenas me abriguei da tempestade. Posso partilhar da sua caverna?

– Que tempestade? – perguntei.

Como se para responder, um trovão estalou, seguido de uma rajada de vento com cheiro de chuva.

– Tudo bem. Até agora, disse a verdade. Fique à vontade.

O homem avançou e se sentou com as costas apoiadas na parede direita da caverna. Dobrei o cobertor para fazer um travesseiro e me acomodei de frente para ele. Estávamos separados por uns cinco metros. Encontrei meu cachimbo e o enchi, e então tentei riscar um fósforo que estava comigo desde a Terra de Sombra. A ponta acendeu, o que me poupou de muito trabalho. O fumo tinha um cheiro bom, misturado com a brisa úmida. Escutei os barulhos da chuva e observei o contorno escuro do meu companheiro anônimo. Considerei alguns perigos possíveis, mas eu não havia sido abordado pela voz de Brand.

– Essa tempestade não é natural – observou o outro.

– Ah, é? Por que não?

– Um motivo é ela vir do norte. As tempestades nunca vêm do norte nesta época do ano.

– É assim que a história é escrita.

– Outro motivo é que nunca vi uma tempestade se comportar desse jeito. Passei o dia todo acompanhando o avanço dela... uma formação em linha reta, flutuando lentamente, como se fosse uma cortina de vidro. Tantos raios que parece um inseto monstruoso com centenas de patas luminosas. Muito surreal. E, por trás, as coisas ficaram muito distorcidas.

– Sempre acontece quando chove.

– Não assim. Tudo parece mudar de forma, fluir. Como se ela estivesse derretendo o mundo, ou esmagando seus contornos.

Estremeci. Achei que estava longe o bastante das ondas de escuridão para descansar um pouco. Ainda assim, talvez ele estivesse errado e aquela fosse só uma tempestade atípica. Mas eu não queria arriscar. Fiquei de pé e me virei para os fundos da caverna. Assobiei.

Nenhuma resposta. Fui até lá e apalpei as paredes.

– Algum problema?

– Meu cavalo sumiu.

– Será que ele saiu da caverna?

– Pode ser. Mas achei que Estrela tivesse mais bom senso.

Fui até a entrada da caverna, mas não consegui ver nada. Bastou um instante ali para me deixar encharcado. Voltei à minha posição na parede esquerda.

– Essa tempestade me parece bem normal – comentei. – Às vezes elas ficam mais fortes nas montanhas.

– Pode ser que conheça esta região melhor do que eu, então.

– Não, estou só de passagem... e logo devo retomar minha jornada.

Pousei a mão na Joia. Projetei a mente para ela, e através dela, para todos os lados. Senti a tempestade ao meu redor e ordenei que se retirasse, com pulsações vermelhas de energia que correspondiam às batidas do meu coração. E então me recostei, peguei outro fósforo e reacendi o cachimbo. Com uma tormenta daquela magnitude, ainda levaria algum tempo até que as forças que eu havia manipulado agissem.

– Não vai durar muito – declarei.

– Como sabe?

– Informação privilegiada.

O sujeito riu.

– Em algumas histórias, é assim que o mundo acaba: a partir de uma tempestade estranha vinda do norte.

– Isso mesmo, e é essa. Mas não precisa se preocupar. De um jeito ou de outro, tudo estará acabado em breve.

– Essa pedra no seu pescoço... Ela emite luz.

– Sim.

– Mas era brincadeira quanto a este ser o fim do mundo... certo?

– Não.

– Você me faz pensar naquele versículo do Livro Sagrado: *O Arcanjo Corwin passará diante da tempestade, com raios no peito...* Por acaso seu nome não seria Corwin, seria?

– Como é o resto do versículo?

– *...quando lhe perguntarem para onde viaja, ele dirá "Aos confins da Terra", para onde vai sem saber qual inimigo o ajudará contra outro inimigo, nem a quem o Chifre tocará.*

– Só isso?

– Sim, só se fala isso sobre o Arcanjo Corwin.

– Já enfrentei essas dificuldades com as Escrituras no passado. Dizem o bastante para prender nosso interesse, mas nunca para ter qualquer utilidade imediata. Parece que o autor tem prazer em propor enigmas. Um inimigo contra outro? O Chifre? Não faço ideia.

– Para *onde* você viaja?

– Não muito longe, a menos que encontre meu cavalo.

Voltei para a entrada da caverna. A tempestade começava a diminuir com um brilho enluarado atrás de algumas nuvens ao oeste e outro ao leste. Observei os dois lados da trilha, depois a encosta que descia até o vale. Nenhum cavalo à vista. Recuei para o interior cavernoso e, no mesmo instante, ouvi o relincho distante de Estrela lá embaixo.

Gritei para o desconhecido na caverna:

– Preciso ir, mas pode ficar com o cobertor.

Não sei se ele me respondeu, pois logo saí para a garoa fina e comecei a descer a encosta. Mais uma vez impus minha vontade através da Joia e a chuva parou, substituída pela neblina.

As pedras estavam escorregadias, mas consegui descer metade do caminho sem cair. E então parei por um instante, tanto para recuperar o fôlego quanto para me situar. Daquele ponto, não tive certeza de qual direção viera o relincho de Estrela. O brilho do luar estava um pouco mais intenso, melhorando a visibilidade, mas não vi nada enquanto examinava o panorama diante de mim. Passei alguns minutos de ouvidos atentos.

E então escutei de novo o relincho, vindo de baixo, à esquerda, perto de uma massa escura que devia ser um rochedo, uma pilha de pedras ou uma saliência. Parecia haver sinais de movimento nas sombras da base. Avançando o mais rápido que eu me atrevia, tracei curso naquela direção.

À medida que o solo se nivelava e eu corria rumo à ação, atravessei focos de neblina baixa, agitada ligeiramente por uma brisa do oeste, dançando sinuosa e prateada em volta dos meus tornozelos. Ouvi sons de raspagem e trituração, como se alguma coisa pesada tivesse sido empurrada sobre uma superfície rochosa. E de repente tive um vislumbre de luz na parte baixa da massa escura da qual me aproximava.

Mais perto, avistei pequenas formas humanas contrapostas a um retângulo de luz, dedicadas a mover uma grande placa de pedra. Ecos fracos de estrondos e outro relincho vieram daquela direção. E então a pedra começou a se mexer, deslizando como a porta que provavelmente era. A área iluminada encolheu até se tornar uma fenda estreita, e então sumiu com um estrondo depois de todos os vultos esforçados terem desaparecido lá dentro.

Quando finalmente alcancei a massa rochosa, o silêncio voltara a reinar. Apoiei o ouvido contra a pedra, mas não escutei nada. No entanto, quem quer que fossem, haviam levado meu cavalo. Nunca gostei de ladrões de cavalo e já havia matado vários no passado. E raras vezes precisei tanto de uma montaria quanto precisava de Estrela naquele momento. Assim, comecei a tatear aquele portão rochoso, procurando as bordas.

Não foi muito difícil acompanhar os contornos com as pontas dos dedos. Devo ter encontrado mais rápido do que teria sido em plena luz do dia, quando toda a superfície está mesclada e dissolvida para confundir a vista. Conhecendo sua posição, procurei alguma alavanca que me permitisse forçar uma fresta. Como as figuras tinham parecido diminutas, comecei pela base.

Finalmente encontrei um apoio promissor e o agarrei. Dei um puxão, mas a pedra se recusou a ceder. Ou aquelas criaturas tinham uma força desproporcional, ou eu estava ignorando algum macete.

Não importava. Existe hora para sutilezas e hora para força bruta. Eu estava com raiva e pressa, então a decisão foi tomada.

Comecei a puxar a placa outra vez, flexionando os músculos do braço, dos ombros, das costas, desejando que Gérard estivesse ali para me ajudar. A porta rangeu. Não diminuí a força. Ela se mexeu ligeiramente, pouco mais de dois centímetros, talvez, e parou. Sem hesitar, continuei o esforço. Outro rangido.

Endireitei a postura, transferi o peso do corpo para a outra perna e firmei o pé esquerdo na parede rochosa ao lado do portal. Empurrei com o pé enquanto puxava com a mão. Com mais rangidos e estalos, a fresta se alargou mais uns dois centímetros. E ali ficou, sem ceder a novas tentativas.

Soltei a porta, recolhi o pé e relaxei os braços. Depois, apoiei o ombro na pedra e a empurrei de volta para a posição fechada. Respirei fundo e peguei de novo.

Coloquei o pé esquerdo de volta no mesmo lugar. Nada de pressão gradual daquela vez. Puxei e empurrei ao mesmo tempo.

Ouvi um estalo e um barulho vindo de dentro, seguidos por um rangido quando a porta avançou cerca de quinze centímetros. Parecia mais solta, então virei o corpo e assumi a posição contrária, de costas para a parede, e arranjei apoio suficiente para empurrar a porta para fora.

Passou a se mover com mais facilidade, mas não resisti e firmei o pé quando ela começou a girar, empurrando com todas as minhas forças. A porta girou cento e oitenta graus e, com um estrondo enorme, bateu na rocha do outro lado. Estilhaçou-se em vários lugares, balançou e desabou no chão e o fez tremer, soltando mais fragmentos no impacto.

Mesmo antes da queda, Grayswandir já estava de volta na minha mão. Agachado, espiei pela beirada da porta.

Luz... havia iluminação do outro lado... Fornecida por pequenas lamparinas dependuradas ao longo da parede... Ao lado a escadaria... Descendo... Até um lugar mais claro de onde emanavam ruídos... como música...

Não havia ninguém à vista. Imaginei que a barulheira horrível que eu tinha causado teria chamado a atenção de alguém, mas a música continuou. Ou o som não se propagara, ou eles não deram a mínima. A essa altura, não fazia diferença.

Em seguida, passei pelo limiar. Meu pé acertou um objeto de metal, e eu o peguei para ver mais de perto. Era um ferrolho retorcido. Eles haviam trancado a porta depois de entrar. Joguei-o por cima do ombro e comecei a descer a escada.

A música aumentou conforme eu avançava, vinda de violinos e flautas. Pela agitação na luz, percebi que havia uma espécie de salão à minha direita, aos pés da escada. Os degraus eram pequenos e numerosos. Corri em direção ao patamar, sem me dar ao trabalho de avançar em silêncio.

Quando me virei para o interior do salão, fui surpreendido por uma cena que devia pertencer aos sonhos de um irlandês bêbado. Em um ambiente esfumaçado à luz de tochas, hordas de pessoas de um metro de altura, com rosto vermelho e roupa verde, dançavam ao ritmo da música ou entornavam o que pareciam ser canecos de cerveja enquanto batiam os pés, esmurravam mesas e uns aos outros, sorriam, riam, gritavam. Barris enormes revestiam uma das paredes, e alguns dos festeiros estavam enfileirados diante do que havia sido aberto. Uma fogueira imensa ardia em um buraco nos fundos do salão, e a fumaça escapava por uma fresta na parede rochosa, acima de duas aberturas que levavam para algum lugar qualquer. Estrela estava amarrado a uma argola na parede junto ao fogo, e um homenzinho robusto com avental de couro amolava e afiava alguns instrumentos suspeitos.

Vários rostos se viraram na minha direção, gritos soaram e a música parou de repente. O silêncio foi quase absoluto.

Ergui a espada para assumir uma postura *en garde* elevada, apontando a lâmina na direção de Estrela. A essa altura, todos os olhares estavam voltados para mim.

– Vim buscar meu cavalo – anunciei. – Ou vocês o trazem para mim, ou eu mesmo o pegarei. Haverá muito mais sangue na segunda opção.

Da minha direita, um dos homens pigarreou, maior e mais grisalho do que a maioria.

– Com licença – disse –, mas como entrou aqui?

– Vão precisar de uma porta nova. Pode ir conferir, se quiser, se for fazer alguma diferença... e pode ser que faça. Eu espero.

Dei um passo para o lado e fiquei de costas para a parede.

O sujeito assentiu.

– Farei isso.

E saiu correndo.

Senti minha força colérica fluir para dentro e para fora da Joia. Uma parte de mim queria abrir caminho pelo salão a cortes e rasgos e estocadas, outra queria uma conciliação mais humana com pessoas tão menores do que eu. Uma terceira parte, talvez mais sábia, sugeriu que os pequeninos podiam não ser tão frouxos quanto pareciam. Então esperei para ver se minha façanha com a pedra na entrada impressionaria o porta-voz deles.

Pouco depois, ele voltou, passando bem longe de mim.

– Tragam o cavalo do homem!

Um burburinho de conversa se propagou pelo salão. Abaixei a espada.

– Peço desculpas – continuou a dizer. – Não queremos problemas com gente da sua espécie. Vamos buscar nosso alimento em outro lugar. Sem ressentimentos, sim?

O sujeito de avental de couro havia soltado Estrela e começara a vir na minha direção. Os festeiros recuaram para dar passagem conforme ele conduzia minha montaria pelo salão.

Soltei um suspiro.

– Vou dar o assunto por encerrado e perdoar a ofensa.

O homenzinho pegou um caneco de uma mesa próxima e passou para mim. Ao ver minha expressão, ele deu um gole.

– Gostaria de tomar algo conosco, então?

– Por que não?

Aceitei a bebida e a entornei enquanto ele fazia o mesmo com outro caneco.

Ele soltou um arroto baixo e sorriu, depois acrescentou:

– É uma dose muito pequena para um homem do seu tamanho. Vou buscar outra, para a viagem.

A cerveja era agradável e eu estava com sede depois de todo o esforço com a pedra, então aceitei a oferta.

Ele providenciou a bebida enquanto me entregavam Estrela.

– Pode pendurar as rédeas naquele gancho – ofereceu, apontando para uma saliência baixa perto da entrada. – Seu cavalo vai ficar seguro lá.

Concordei com um aceno e resolvi a questão quando o açougueiro recuou. A essa altura, mais ninguém olhava para mim. A jarra da bebida chegou e o homenzinho voltou a encher nossos canecos. Um violinista começou uma nova melodia. Logo em seguida, outro o acompanhou.

– Sente-se um pouco – convidou meu anfitrião, empurrando um banco na minha direção com o pé. – Pode ficar à vontade de costas para a parede, se preferir. Não vai ter nenhuma gracinha.

Quando me acomodei, ele contornou a mesa e se sentou na minha frente, com a jarra entre nós dois. Foi bom descansar por uns instantes, tirar a viagem da cabeça, aproveitar a cerveja escura e ouvir uma melodia animada.

– Não vou pedir desculpas de novo – continuou meu companheiro –, nem fornecer explicações. Nós dois sabemos bem que não houve nenhum mal-entendido. Mas você está com a razão, isso é evidente.

Ele sorriu e deu uma piscadela, depois arrematou:

– Por isso, também sou a favor de esquecer o assunto. Não vamos passar fome. Só não vamos nos banquetear hoje. É uma bela joia que tem aí. Quer me falar dela?

– É só uma pedra.

A dança recomeçou. As vozes ficaram mais altas. Esvaziei o caneco e ele o encheu outra vez. As chamas oscilaram. O frio da noite sumiu dos meus ossos.

– Lugar confortável este aqui – comentei.

– Ah, é verdade. E nos serve desde tempos remotos. Gostaria de conhecer o resto?

– Não, obrigado.

– É, bem imaginei. Mas era meu dever como anfitrião oferecer. Pode entrar na dança também, se quiser.

Neguei com a cabeça e ri. A ideia de me divertir naquele lugar me fez pensar nos livros de Jonathan Swift.

– Obrigado, mesmo assim.

O homenzinho sacou um cachimbo de barro e tratou de preencher com fumo. Limpei o meu e fiz o mesmo. Todo o perigo parecia ter sido evitado. Ele era um sujeitinho bastante simpático e os outros pareciam inofensivos, ocupados com a música e os passos de dança.

E no entanto... eu sabia das histórias de outro lugar muito, muito distante dali... Acordar de manhã, sem roupa, no meio de um campo, todos os vestígios daquele lugar desaparecidos... Eu sabia, e no entanto...

Beber um pouco não me pareceu nenhum grande risco. A bebida estava me esquentando, e as lamúrias das flautas e os lamentos dos violinos estavam agradáveis depois de esgotar o cérebro com as distorções da viagem infernal. Inclinei o corpo para trás e soltei a fumaça do cachimbo, distraído com os dançarinos.

O homenzinho tagarelava sem parar. Todos os outros me ignoravam. Ótimo. Eu estava escutando alguma lorota fantástica sobre cavaleiros e guerras e tesouros. Embora eu mal estivesse prestando atenção, a história me embalou, até me fez dar umas risadas.

Por dentro, contudo, meu lado mais desagradável e sábio me alertava: Tudo bem, Corwin, já chega. É hora de ir embora...

Como em um passe de mágica, meu copo estava cheio de novo, e o peguei e bebi. Mais um, só mais um não faz mal.

Não, disse meu outro lado, ele está lançando um feitiço em você. Ainda não percebeu?

Eu duvidava que um anão qualquer fosse capaz de me superar na bebedeira. Mas eu estava exausto e quase não tinha comido. Talvez fosse mais prudente...

Percebi que estava cabeceando. Pousei o cachimbo na mesa. Cada vez que minhas pálpebras se fechavam, pareciam demorar mais e mais para se abrirem de novo. Senti um calor agradável, uma dormência leve e deliciosa nos meus músculos cansados.

E então cabeceei mais duas vezes. Tentei pensar na missão, na minha segurança, em Estrela... Murmurei alguma coisa, ainda vagamente acordado por trás das pálpebras fechadas. Seria tão bom ficar daquele jeito só por mais meio minuto...

A voz do homenzinho, melódica, tornou-se monótona, um zumbido maçante. Não importava muito o que estava dizen...

Estrela relinchou.

Pulei no lugar, costas eretas e olhos arregalados, e o cenário diante de mim afastou toda a sonolência da minha mente.

Os músicos continuavam a tocar, mas ninguém dançava. Todos os festeiros avançavam em silêncio na minha direção. Cada um estava munido de algum objeto, uma garrafa, um porrete, uma espada. Aquele com o avental de couro brandia o cutelo. Meu companheiro tinha acabado de se armar com um bastão robusto, antes apoiado na parede. Alguns levantavam pequenos móveis. Outros emergiram das cavernas perto da lareira, empunhando pedras e clavas. Todos os traços de alegria haviam desaparecido de seus rostos, a essa altura inexpressivos, retorcidos em caretas de ódio ou adornados por sorrisos muito cruéis.

A raiva voltou, mas já não era aquela fúria incandescente de antes. Ao ver a horda diante de mim, não tive a menor intenção de enfrentá-la. A prudência havia chegado para acalmar meu temperamento. Eu tinha uma missão. Não arriscaria a vida ali se encontrasse outra maneira de lidar com a situação. Mas eu tinha certeza de que não conseguiria me safar só na lábia.

Respirei fundo. Percebi que estavam prontos para me atacar, e de repente me lembrei de Brand e Benedict em Tir-na Nog'th, quando Brand ainda não estava totalmente sintonizado à Joia. Mais uma vez extraí força daquela pedra flamejante, alerta e preparado para revidar se necessário. Antes de tudo, eu tentaria afetar o sistema nervoso deles.

Como não sabia como Brand procedera, apenas exerci minha vontade pela Joia, como fazia para influenciar o clima. Curiosamente, a música ainda tocava, como se os preparativos de ataque dos homenzinhos fosse apenas uma continuação sinistra de sua dança.

– Não se mexam! – ordenei em voz alta e exprimi o desejo, ficando de pé. – Parem. Virem estátua.

Senti uma forte pulsação dentro e acima do peito. As forças vermelhas se moviam para fora, assim como nas minhas outras experiências com a Joia.

Meus pequenos agressores continuaram firmes. Os mais próximos estavam imóveis, mas ainda havia movimento entre os de trás. De súbito, as flautas emitiram um guincho estridente e os violinos se calaram. Ainda assim, era impossível saber se eu os havia atingido ou se eles tinham parado por conta própria ao me ver de pé.

E então senti as grandes ondas de força emanando de mim, prontas para envolver todo o grupo em uma rede cada vez mais apertada. Quando todos estavam presos nessa expressão da minha vontade, estendi a mão e soltei as rédeas do gancho.

Mantendo os homenzinhos no lugar com uma concentração tão pura quanto aquela usada ao transpor Sombra, conduzi Estrela até a entrada. Dei uma última olhada no grupo petrificado e impeli Estrela a subir a escada. Prestei atenção enquanto o seguia, mas não ouvi nenhum ruído de atividade vindo de baixo.

Quando saímos, a alvorada já começava a clarear o céu a leste. Curiosamente, ouvi o som distante de violinos quando me acomodei na sela. Logo depois, as flautas se juntaram à melodia. Ao que parecia, para eles pouco importava o sucesso ou o fracasso dos planos: a festa ia continuar.

Enquanto eu me virava para o sul, uma figura pequena me chamou da porta de onde eu tinha acabado de sair. Era o líder deles, com quem eu estivera bebendo. Puxei as rédeas para ouvir melhor.

– E para onde viaja? – gritou ele para mim.

Por que não?

– Aos confins da Terra! – gritei em resposta.

Ele desatou a dançar em cima da porta destruída.

– Boa sorte, Corwin! – bradou o homenzinho.

Acenei para ele. De fato, por que não? Às vezes é muito difícil distinguir o dançarino da dança.

SEIS

Avancei menos de mil metros na direção que havia sido o sul, e tudo parou: o chão, o céu, as montanhas. Eu estava diante de uma cortina de luz branca. Logo pensei no desconhecido da caverna, em suas palavras. Para ele, aquela tempestade correspondia a uma lenda apocalíptica da região e estava ali para apagar o mundo. Talvez fosse verdade. Poderia ser a onda de Caos mencionada por Brand, vindo por ali, passando, destruindo, perturbando. Mas aquela ponta do vale estava intacta. Por que seria preservada?

E então me lembrei das minhas ações ao sair para a tempestade. Eu havia usado a Joia, o poder do Padrão dentro dela, para interromper a tormenta naquela parte. E se tivesse sido mais do que uma tempestade comum? O Padrão já havia superado o Caos antes. Será que o vale onde eu havia impedido a chuva tinha se tornado apenas uma pequena ilha no mar de Caos? Se fosse o caso, como eu poderia continuar?

Olhei para o leste, de onde o dia raiava. Ainda não havia sol no firmamento, apenas uma grande coroa, polida a ponto de ofuscar, atravessada por uma espada cintilante. De algum lugar, ouvi o canto de um pássaro, notas semelhantes a uma risada. Inclinei o corpo para a frente e cobri o rosto com as mãos. Insanidade...

Não! Eu já visitara sombras perturbadoras. Quanto mais longe se ia, mais estranhas elas podiam ficar. Até... O que eu tinha pensado naquela noite em Tir-na Nog'th?

Duas frases de um conto de Isak Dinesen me vieram à mente, palavras que haviam me impactado a tal ponto que as decorei, apesar de ainda ser Carl Corey na época: "...poucos podem se dizer livres da crença de que o mundo que veem ao seu redor é na realidade obra de sua própria imaginação. Estamos satisfeitos, orgulhosos, afinal?" Um resumo do passatempo filosófico preferido da família. Nós criamos os mundos de Sombra? Ou eles existem, independentes de nós, aguardando nossos passos? Ou existe algum intermediário excluído injustamente? Será uma questão de mais ou menos, em vez de um ou outro? Uma risada seca brotou de mim quando percebi que talvez jamais descobrisse a resposta. Como eu havia pensado naquela noite, no entanto, existe um lugar onde o Eu chega ao fim, um lugar onde o solipsismo deixa de ser a resposta plausível aos locais que visitamos, às coisas que encontramos. A existência desse lugar, dessas coisas, indica que pelo menos ali existe uma diferença, e se existe mesmo, talvez ela também se estenda por nossas sombras e as informe do não eu, fazendo nossos egos recuarem a um estágio menor. Pois tive a impressão de estar em um lugar assim, um lugar onde "Estamos satisfeitos, orgulhosos, afinal?" não precisava se aplicar, ao contrário, talvez, do vale devastado de Garnath e da minha maldição, mais perto de casa. Qualquer que fosse a minha crença, eu sentia que estava prestes a entrar na terra do absoluto não eu. Era bem possível que meus poderes sobre Sombra fossem anulados para além desse ponto.

Endireitei a postura na sela e forcei a vista contra a claridade. Dei ordens a Estrela e sacudi as rédeas, e então avançamos.

Por um instante, foi como adentrar um nevoeiro. Só que esse era imensamente mais luminoso e livre de qualquer som. E de repente estávamos caindo.

Caindo ou flutuando. Depois do choque inicial, era difícil definir. A princípio, foi uma sensação de descida, talvez intensificada pelo pânico imediato de Estrela. Mas não havia nada para escoicear, e depois de um tempo Estrela parou de se mexer e se limitou a tremer e respirar com esforço.

Segurei as rédeas com a mão direita e agarrei a Joia com a esquerda. Não sei o que invoquei ou como projetei minha vontade, ciente apenas de que desejava passar por aquele lugar de vazio luminoso para encontrar meu rumo e retomar minha jornada até o fim.

Perdi a noção do tempo. A sensação de descida havia desaparecido. Eu estava me movendo ou apenas flutuando? Impossível saber. O brilho ainda era mesmo luz? E aquele silêncio mortal... Estremeci. Era uma privação sensorial ainda pior do que nos meus dias de cegueira, na minha antiga cela. Não havia nada, nem mesmo os ruídos de um rato em fuga, nem o raspar da minha colher contra a porta; sem umidade, sem frio, sem texturas. Continuei a projetar a mente...

Pisca.

Parecia haver uma interrupção momentânea no campo de visão à minha direita, quase subliminar em sua brevidade. Projetei a mente e não senti nada.

Veio e foi tão depressa que eu não sabia se havia acontecido mesmo. Podia ter sido uma alucinação.

Mas pareceu acontecer de novo, dessa vez à minha esquerda. Não consegui mensurar o intervalo entre um e outro.

E então escutei uma espécie de gemido, sem direção. Também foi muito breve.

Depois e certamente pela primeira vez, surgiu uma paisagem cinza e branca como a superfície lunar. Estava ali e, em apenas um segundo, desapareceu em um pequeno espaço do meu campo de visão, do lado esquerdo. Estrela bufou.

À direita, uma floresta cinza e branca tombada para o lado, como se nos cruzássemos em um ângulo impossível. Um fragmento de interferência, por menos de dois segundos.

Destroços de um edifício em chamas abaixo de mim... Incolor...

Lamentos interrompidos vindos de cima...

Uma montanha fantasmagórica, uma procissão à luz de tochas por um caminho sinuoso na encosta mais próxima...

Uma mulher dependurada de um galho, corda esticada no pescoço, cabeça torcida para o lado, mãos amarradas nas costas...

Montanhas, viradas, brancas; nuvens negras abaixo...

Clica. Uma sensação ínfima de vibração, como se resvalássemos algo sólido... os cascos de Estrela sobre pedras, talvez. E acabou...

Pisca.

Cabeças rolando, vertendo sangue negro... Uma risada saída de lugar nenhum... Um homem pregado em um muro, de cabeça para baixo...

A luz branca de novo, girando e pulsando, como uma onda...

Clica. Pisca.

Por um mero instante, avançamos por uma trilha sob um céu riscado. Assim que ela desapareceu, eu a alcancei de novo, projetando a mente através da Joia.

Clica. Pisca. Clica. Treme.

Uma trilha rochosa conduzindo por um passo montanhoso elevado... Ainda monocromático, o mundo... Atrás de mim, um estrondo de trovão...

Girei a Joia como o botão de um sintonizador quando o mundo começou a se desvanecer. Ele recuperou sua força... Dois, três, quatro... Contei passos, palpitadas, em meio ao entorno ronronante... Sete, oito, nove... O mundo ficou mais claro. Respirei fundo e soltei um grande suspiro. O ar estava frio.

Entre o trovão e seus ecos, ouvi o som de chuva. Mas nem uma gota caiu em mim.

Olhei para trás.

Uma vasta cortina de chuva se erguia a uns cem metros da nossa retaguarda. Mais além, só era possível distinguir o contorno vago de uma cadeia de montanhas. Estalei a língua para Estrela e avançamos um pouco mais depressa, subindo até um trecho quase nivelado entre dois cumes semelhantes a torretas. O mundo à nossa frente ainda era um esboço em preto e branco e cinza, o céu diante de mim dividido por faixas alternadas de luz e escuridão. Adentramos a passagem.

Comecei a tremer. Quis puxar as rédeas, descansar, comer, fumar, desmontar e andar um pouco. No entanto, a proximidade com aquela parede tormentosa me impedia de tais luxos.

Os cascos de Estrela ecoavam pela passagem, onde paredões rochosos se erguiam absolutos de cada lado sob aquele céu zebrado. Minha esperança era de que aquelas montanhas segurassem a tempestade, mas eu tinha a sensação de que não conseguiriam. Não se tratava de uma tempestade comum, e me embrulhava o estômago pensar que ela devia se estender até Âmbar e que, se não fosse a Joia, eu teria ficado preso e perdido para sempre dentro dela.

Enquanto eu contemplava aquele céu estranho, uma nevasca de flores pálidas começou a cair à minha volta, iluminando o caminho. Um aroma agradável encheu o ar. O trovão atrás de mim se atenuou. As rochas aos lados ostentavam veios de prata. O mundo estava tomado por uma sensação crepuscular em sintonia com a luz. Ao emergir da passagem, estava no alto de um vale de perspectiva peculiar, onde era impossível mensurar distâncias, cheio de colunas e minaretes de aparência natural que refletiam o luar dos riscos celestes, reminiscente de uma noite em Tir-na Nog'th, intercalado por árvores prateadas, entremeado de lagos espelhados, transposto por espectros flutuantes, de aspecto quase aplainado em alguns pontos, natural e ondulante em outros, cortado pelo que parecia ser uma extensão da trilha pela qual eu viera, subindo e descendo, suspenso por uma qualidade elegíaca, pontilhado de brilhos inexplicáveis, desprovido de qualquer sinal de habitação.

Não hesitei em começar a descida. O solo era seco e pálido como osso... e não seria o contorno tênue de uma estrada negra bem ao longe, à esquerda? Eu mal conseguia distinguir.

Diminuí o ritmo, pois vi que Estrela estava cada vez mais fatigado. Se a tempestade não chegasse muito cedo, eu achava que poderíamos descansar um pouco junto aos lagos no vale abaixo. Eu também estava cansado e faminto.

Permaneci alerta durante a descida, mas não vi pessoas nem animais. O vento soava como um delicado suspiro. Flores brancas se agitavam em trepadeiras nas margens da trilha quando cheguei aos patamares inferiores onde começava uma vegetação normal. Olhei para trás e vi que a tempestade ainda não havia passado pelo cume da montanha, embora as nuvens continuassem a se acumular por trás.

Segui descendo para aquela terra desconhecida. Já fazia muito tempo que as flores haviam parado de cair ao meu redor, mas um perfume delicado persistia no ar. Não havia qualquer som além dos nossos e daquela brisa constante à minha direita. Formações rochosas de formatos curiosos se erguiam por todos os lados, e a pureza de seus contornos era tal que pareciam quase esculpidas. As brumas ainda pairavam. Os capins pálidos cintilavam com orvalho.

Conforme eu seguia a trilha na direção do centro florestado do vale, as perspectivas continuavam a se deslocar em meu entorno, distorcendo distâncias, curvando paisagens. Saí da trilha para a esquerda rumo ao que parecia ser um lago próximo, e a impressão foi de que ele recuava conforme eu avançava. Porém, quando enfim alcancei suas margens, desmontei e mergulhei um dedo para experimentar a água, que era gelada, mas doce.

Exausto, esparramei-me no chão depois de saciar a sede, e observei Estrela pastar enquanto eu devorava uma refeição fria do meu farnel. A tempestade ainda lutava para ultrapassar as montanhas. Contemplei de longe por um bom tempo, entregue a ponderações. Se meu pai tivesse mesmo fracassado, então aqueles eram os rosnados do Armagedom e aquela viagem toda seria inútil. De nada adiantava pensar daquele jeito, pois eu sabia que precisava prosseguir naquela jornada de um jeito ou de outro. Mas não conseguia evitar. Talvez eu chegasse ao meu destino, visse a batalha vencida, e então testemunhasse tudo ser devastado. Inútil... Não. Não inútil. Eu teria tentado, e teria seguido em frente até o fim. Isso bastava, mesmo se tudo estivesse perdido. De qualquer forma, maldito Brand! Por ter começado...

Som de passos.

Em um instante, curvei o corpo e me virei na direção dos ruídos, com a mão na espada.

Contemplei uma mulher, pequena, vestida de branco. Os cabelos eram pretos e compridos, os olhos eram escuros e descuidados, e ela sorria. Segurava um cesto de vime, que colocou no chão entre nós.

– Deve estar com fome, infortunado – disse ela em thari com um sotaque estranho. – Eu vi sua chegada. Trouxe isto.

Abri um sorriso e assumi uma postura mais normal.

– Obrigado. Estou mesmo faminto. Meu nome é Corwin. E o seu?

– Dama.

Levantei uma sobrancelha.

– Obrigado... Dama. Mora perto daqui?

Ela assentiu com a cabeça e se ajoelhou para destampar o cesto.

– Sim, minha morada fica um pouco mais longe, perto do lago.

Com um meneio de cabeça, apontou para o leste... na direção da estrada negra.

– Entendi.

A comida e o vinho no cesto pareciam genuínos, frescos, apetitosos, melhores do que minhas provisões de viagem. Naturalmente, fiquei desconfiado.

– Vai partilhar a refeição comigo? – perguntei.

– Se assim desejar.

– Desejo.

– Pois bem.

Ela estendeu uma toalha, sentou-se diante de mim, retirou a comida do cesto e a dispôs entre nós. Em seguida serviu os pratos e experimentou rapidamente cada iguaria. Eu me senti um tanto ignóbil diante do gesto, mas só um pouco. Era um local estranho para uma mulher viver, aparentemente sozinha, pronta para socorrer o primeiro desconhecido que surgisse. Dara também havia me alimentado em nosso primeiro encontro; e como minha jornada devia estar quase no fim, eu estava mais perto dos locais de poder do inimigo. A estrada negra estava muito próxima, e percebi Dama olhando para a Joia em algumas ocasiões.

E ainda assim, foi uma refeição agradável, e nos conhecemos melhor enquanto comíamos. Ela era uma ouvinte perfeita, rindo de minhas piadas e me incentivando a falar mais sobre mim. Manteve contato visual durante grande parte do tempo, e de alguma forma nossos dedos se tocavam sempre que a comida era passada. Se era alguma artimanha, ela estava sendo muito agradável.

À medida que comíamos e conversávamos, continuei de olho no avanço daquela tempestade inexorável, que enfim ultrapassara o cume da montanha e começara uma lenta descida pela grande encosta. Ao recolher tudo da toalha, Dama percebeu a direção do meu olhar e assentiu com a cabeça.

– Sim, ela está vindo – anunciou, guardando os últimos utensílios de volta no cesto e vindo se sentar ao meu lado, com a garrafa e nossas taças. – Vamos beber a ela?

– Beberei com você, mas não em homenagem àquilo.

Ela serviu a bebida.

– Não tem importância – declarou. – Não mais.

Então pousou a mão no meu braço e me passou a taça.

Olhei para Dama, que sorriu e tocou sua taça na borda da minha. Brindamos, depois bebemos.

– Agora, venha ao meu pavilhão – convidou-me ela, pegando minha mão –, onde nos deleitaremos com prazer nas horas que nos restam.

— Obrigado. Em outras circunstâncias, esse deleite teria sido uma bela sobremesa para uma magnífica refeição. Infelizmente, preciso seguir viagem. O dever atormenta, o tempo urge. Tenho uma missão a cumprir.

— Como quiser. Não é tão importante. E conheço bem sua missão. Ela também já não é tão importante.

— Não? Devo admitir que esperava um convite seu, ciente de que, caso aceitasse, pouco depois eu acabaria vagando pálido e sozinho no frio de alguma colina.

Dama riu.

— E devo confessar que essa era minha intenção, Corwin. Porém, não mais.

— Por que não?

Ela gesticulou na direção da linha de destruição cada vez mais próxima.

— Já não há necessidade de atrasar sua jornada. Vejo ali um sinal de que as Cortes venceram. Não há nada que possa ser feito para impedir o avanço do Caos.

Senti um leve calafrio enquanto ela voltava a encher nossas taças.

— Mas prefiro que não me deixe tão cedo — continuou a dizer. — A tempestade deve nos alcançar em questão de horas. Existe maneira melhor de passar esses últimos instantes? Nem precisamos ir até minha casa.

Abaixei a cabeça e ela se aproximou. Que se danasse! Uma mulher e uma garrafa de vinho... era assim que eu sempre havia desejado passar meus instantes finais. Tomei um gole da bebida. Ela provavelmente tinha razão. No entanto, pensei na criatura mulher que havia me agarrado na estrada negra enquanto eu saía de Avalon. A princípio, eu tentara socorrê-la, mas logo havia sucumbido àqueles encantos sobrenaturais... e depois, quando a máscara dela caiu, vi que não havia nada por trás. Muito assustador. Sem querer exagerar na filosofia, porém, todo mundo tem uma grande variedade de máscaras para diferentes ocasiões. Por anos ouvi psicólogos de araque alertarem contra seu uso. Ainda assim, já conheci pessoas que me causaram uma primeira impressão favorável e depois passei a odiar ao descobrir o que escondiam por baixo daquela fachada. E às vezes elas eram como aquela criatura mulher: não tinham nada por trás. Com frequência, logo descobri, a máscara é muito preferível ao resto. Então... Aquela dama podia ser um monstro por dentro. Provavelmente era. Não somos quase todos? Se eu quisesse jogar a toalha naquele momento, com certeza havia maneiras piores de morrer. Gostei dela.

Esvaziei a taça e, quando ela fez menção de me servir mais, segurei sua mão.

Dama olhou para mim, e eu sorri.

— Quase me convenceu — declarei.

E então fechei seus olhos descuidados, meu beijo a acalentou, e fui montar em Estrela. O junco não estava seco, mas ele tinha razão quanto ao silêncio dos pássaros. Era, no entanto, uma bela maneira de andar nos trilhos.

– Adeus, Dama.

Avancei para o sul conforme a tempestade fervilhava vale adentro. Havia outras montanhas no horizonte, e a trilha me conduzia naquela direção. O céu permanecia riscado de preto e branco, e essas linhas pareciam se mexer um pouco; o efeito crepuscular ainda se fazia presente, embora nenhuma estrela brilhasse nas áreas escuras. Ainda a brisa, ainda o perfume à minha volta... e o silêncio, e os monólitos retorcidos e a folhagem prateada, ainda orvalhada e cintilante. Fiapos de neblina dançavam diante de mim. Tentei manipular a matéria de Sombra, e a dificuldade era agravada por minha exaustão. Nada aconteceu. Extraí forças da Joia e tentei infundir um pouco em Estrela. Seguimos a um ritmo constante até o terreno enfim se inclinar para cima. Começamos a escalar em direção a outra passagem, uma formação mais íngreme do que aquela pela qual havíamos entrado. Parei para contemplar o caminho já trilhado. Um terço do vale devia estar por trás da cortina bruxuleante daquela coisa tempestuosa que avançava. Logo me perguntei que fim teriam levado Dama e o lago, seu pavilhão. Balancei a cabeça e continuei meu avanço.

A encosta ficou mais íngreme conforme nos aproximávamos da passagem, e perdemos velocidade. No alto, os rios brancos no céu assumiram uma tonalidade avermelhada que se intensificava à medida que avançávamos. Quando alcancei a entrada, o mundo inteiro parecia tingido de sangue. Ao passar por aquela trilha larga e rochosa, fui atingido por um vento pesado. Persisti através do vendaval, com dificuldade, emborra o terreno fosse menos íngreme. Mesmo daquela altura, eu ainda não conseguia ver o que jazia do outro lado.

Algo ricocheteou nas pedras à minha esquerda. Virei o rosto na direção do som, mas não vi nada. Apenas uma pedra solta, concluí. Meio minuto depois, Estrela deu um solavanco, soltou um relincho terrível e deu uma guinada abrupta para a direita, depois começou a tombar para a esquerda.

Saltei para longe da sela e, enquanto caíamos, vi uma flecha cravada perto de seu ombro direito. Rolei o corpo ao atingir o solo e voltei o olhar para a direção de onde a flecha devia ter saído.

Avistei uma figura armada com uma besta no cume à minha direita, a uns dez metros de altura, já pronta para disparar outro tiro.

Percebi que não conseguiria chegar a tempo de impedir a flechada, então procurei alguma pedra do tamanho de uma bola de beisebol, encontrei uma na base da escarpa e tentei não deixar que minha fúria interferisse com a pontaria. Não interferiu, mas a raiva deve ter impulsionado meu arremesso.

A pedra o atingiu no braço esquerdo, e o sujeito deu um grito e largou a besta. A arma bateu nas rochas e se estatelou do outro lado da trilha, a poucos passos de mim.

– Seu filho da puta! – vociferei. – Você matou meu cavalo! Vou arrancar a sua cabeça por isso!

Ao atravessar a trilha, procurei o caminho mais rápido em direção ao cume. Encontrei um mais para a esquerda e corri até lá para começar a escalada. Um momento depois, com a luz e o ângulo favoráveis, consegui enxergar melhor o sujeito, todo recurvado, massageando o braço. Era Brand, os cabelos ainda mais avermelhados naquela iluminação sanguínea.

– Acabou, Brand. Quem dera alguém tivesse feito isso muito tempo atrás.

Ele se endireitou e observou meu avanço. Não fez menção de pegar a espada. Quando cheguei ao topo, a pouco menos de dez metros dele, eu o vi cruzar os braços e abaixar a cabeça.

Saquei Grayswandir e avancei. Admito que estava disposto a matá-lo naquela posição ou em qualquer outra. A luz vermelha havia se intensificado a ponto de parecer que estávamos cobertos de sangue. O vento uivava à nossa volta, e o estrondo de um trovão ressoou do vale abaixo.

Brand simplesmente desapareceu diante dos meus olhos. Sua silhueta se tornou menos distinta e, quando alcancei seu esconderijo, ele já não estava lá.

Parei por um instante e praguejei, depois pensei naquela história de que ele havia se transformado em um arcano vivo, capaz de se transportar para qualquer lugar em um piscar de olhos.

Ouvi um barulho vindo de baixo...

Corri até a beirada. Estrela ainda escoiceava e vertia sangue, e a cena partiu meu coração. Mas essa não foi a única visão perturbadora.

Brand também estava lá. Reunido com sua besta, já começava a preparar mais um tiro.

Procurei outra pedra, mas não havia nenhuma por perto. E então vi uma mais afastada, na direção de onde eu tinha vindo. Embainhei a espada e corri até lá. A pedra era mais ou menos do tamanho de uma melancia. Refiz meus passos e tentei localizar Brand lá embaixo.

Nem sinal dele.

De repente, eu me senti muito exposto. Brand podia ter se transportado para qualquer lugar vantajoso, onde pudesse me manter sob sua mira. Eu me joguei no chão, caindo por cima da pedra. Um segundo depois, escutei a seta bater à minha direita. O som foi acompanhado da risada satisfeita de Brand.

Levantei-me de novo, ciente de que ele demoraria um pouco para rearmar a besta. Olhei na direção da risada e o avistei sobre uma saliência do outro lado da trilha, uns cinco metros mais alto do que eu, e a uns vinte de distância.

– Sinto muito pelo cavalo – disse ele. – A intenção era acertar você, mas essa ventania desgraçada...

Encontrei um recuo e fui até lá, levando a pedra para servir de escudo. Daquela fenda côncava, eu o observei encaixar o projétil na arma.

– Um tiro difícil – gritou, levantando a besta. – Vai ser um desafio para a minha pontaria. Mas com certeza vale o esforço. Ainda tenho muitas flechas.

Com outra risada, ele suspirou e disparou.

Encolhi o corpo e segurei a pedra na altura do tronco, mas a seta atingiu a superfície rochosa à minha direita, a cerca de um metro de distância.

– Imaginei que pudesse acontecer – admitiu Brand, começando a preparar um novo disparo. – Mas eu precisava avaliar a direção do vento.

Olhei ao redor em busca de pedras menores para me servirem de munição. Não havia nenhuma por perto. Então pensei na Joia. Até onde eu sabia, ela devia me proteger em caso de perigo iminente. Mas eu estava com a sensação curiosa de que a proteção exigia proximidade física, e Brand, ciente disso, tirava proveito dessa particularidade. Ainda assim, será que a Joia não me ofereceria recursos para frustrar suas tentativas? Ele parecia afastado demais para o truque da paralisia, mas eu já o havia derrotado uma vez ao controlar o clima. A que distância estaria a tempestade? Tentei alcançá-la. Percebi que não tinha o tempo necessário para estabelecer as condições essenciais para lançar raios nele. Mas os ventos eram outra história. Eu os busquei, depois os senti...

Brand já estava quase pronto para atirar de novo. O vento começou a uivar pelo desfiladeiro.

Não vi onde o novo disparo se alojou, mas não chegou nem perto de mim. Brand voltou a carregar a arma. Comecei a preparar os fatores para um relâmpago...

Quando ele ficou pronto, quando levantou a arma, aumentei os ventos mais uma vez. Eu o vi mirar com cuidado, inspirar e prender a respiração. Em seguida, abaixou a besta e me encarou.

– Acabou de me ocorrer que tem os ventos ao seu dispor, não é? Isso é trapaça, Corwin – declarou, depois observou os arredores. – Mas acho que consigo encontrar um ponto onde isso não faça diferença.

Continuei os preparativos para incinerá-lo com um raio, mas as condições ainda não eram ideais. Olhei para o céu riscado de vermelho e preto, e algo nebuloso se formava acima de nós. Em breve, mas ainda não...

Brand se desvaneceu e sumiu de novo. Eu o procurei em todos os cantos, tomado pelo desespero.

E então ele se materializou a poucos metros de mim, ao sul, com o vento a seu favor. Eu sabia que não conseguiria deslocar a ventania a tempo. Pensei em jogar minha pedra. Ele provavelmente se esquivaria, e eu perderia o escudo. Por outro lado...

Brand levou a arma ao ombro.

"Enrole!", gritou minha voz interior, enquanto eu continuava a manipular o firmamento.

– Antes de atirar, Brand, pode me responder uma coisa?

Ele hesitou, depois abaixou a arma alguns centímetros.

– O quê?

– Era verdade o que me disse naquela ocasião? Sobre nosso pai, o Padrão, a vinda do Caos?

Ele jogou a cabeça para trás e gargalhou, uma série de brados curtos.

– Corwin, não tenho palavras para dizer quanto me agrada ver que você morrerá sem saber algo que julga tão importante.

Soltou outra risada e começou a levantar a arma. Eu havia acabado de me posicionar para arremessar a pedra, mas nenhum de nós chegou a concluir nossas ações.

Um grito poderoso soou das alturas e um pedaço do céu pareceu se soltar e cair sobre a cabeça de Brand. Com um berro, ele soltou a besta. Levantou as mãos para afastar a coisa que o acossava. O pássaro vermelho, o portador da Joia, nascido do meu sangue pela mão do meu pai, havia voltado para me defender.

Soltei a pedra e avancei contra meu irmão, sacando a espada. Brand atingiu o pássaro, que se afastou e ganhou altitude, voando em círculos antes de mergulhar outra vez. Ele ergueu os braços para proteger o rosto, mas não antes que eu visse o sangue que escorria do seu olho esquerdo.

Ele começou a se desvanecer de novo enquanto eu corria em sua direção. Mas o pássaro desceu como uma bomba e mais uma vez o atingiu com suas garras, bem na cabeça. E então o pássaro também começou a desaparecer. Brand lutava contra o agressor rubro e suas garras afiadas e, no instante seguinte, ambos sumiram de vista.

Quando cheguei ao local da batalha, restava apenas a besta caída, que destruí com a bota.

Ainda não, ainda não acabou, droga! Por quanto tempo vai me atormentar, irmão? Até onde preciso ir para dar um fim a essa luta?

Voltei para a trilha. Estrela ainda não estava morto, então tive que terminar o serviço. Às vezes me pergunto se escolhi o caminho errado na vida.

SETE

Uma tigela de algodão-doce.

Depois de atravessar o desfiladeiro, contemplei o vale que se estendia à minha frente. Pelo menos foi o que inferi da paisagem. Não dava para ver nada por baixo daquela camada de nuvem, neblina, bruma.

No céu, um dos riscos vermelhos estava ficando amarelo; outro, verde. A visão me acalentou, pois o céu tinha se comportado de maneira semelhante em minha última visita às margens de tudo, diante das Cortes do Caos.

Pendurei meu fardo nos ombros e comecei a descer a trilha. Os ventos diminuíram enquanto eu avançava. Ao longe, ainda era possível ouvir os trovões da tempestade da qual eu estava fugindo. Onde Brand estaria? Eu tinha a sensação de que não o veria tão cedo.

Na metade da descida, quando a neblina começou a envolver minhas pernas, avistei uma árvore antiga e cortei um galho para usar de cajado. O tronco pareceu gritar quando o arranquei.

– Maldito! – soou uma espécie de voz.

– Você é consciente? – perguntei. – Sinto muito...

– Levei muito tempo para desenvolver esse galho. Imagino que agora vá servir de lenha...

– Não, eu precisava de um cajado. Tenho uma longa caminhada pela frente.

– Por este vale?

– Isso mesmo.

– Chegue mais perto para que eu possa sentir melhor sua presença. Algo reluz em seu corpo.

Dei um passo à frente.

– Oberon! – exclamou a árvore. – Conheço sua Joia.

– Não, não sou Oberon. Sou filho dele. Mas a uso para cumprir ordens de meu pai.

– Então leve meu galho, assim como minha bênção. Já abriguei seu pai em muitos dias estranhos. Veja bem, ele me plantou.

— É mesmo? Plantar árvores... uma das poucas coisas que nunca vi meu pai fazer.

— Não sou uma árvore comum. Ele me colocou aqui para marcar uma fronteira.

— Qual?

— Eu sou o fim do Caos, ou da Ordem, a depender de como me vê. Eu marco uma divisão. Depois de mim, vigoram outras regras.

— Quais regras?

— Quem vai saber? Eu não. Sou apenas uma torre crescente de madeira consciente. Meu cajado, no entanto, pode lhe trazer consolo. Uma vez plantado, pode florescer em climas estranhos. Ou talvez não. Quem vai saber? Seja como for, leve-o consigo, filho de Oberon, para o destino de sua jornada. Sinto que uma tempestade se aproxima. Adeus.

— Adeus... e obrigado.

Dei meia-volta e continuei a descer pela trilha neblina adentro. Os tons rosados se esvaíam conforme eu progredia. Meneei a cabeça enquanto pensava na árvore, mas o cajado dela se mostrou útil pelas centenas de metros que percorri em seguida, onde o caminho era particularmente difícil.

E então a paisagem clareou um pouco. Pedras, um lago espelhado, algumas árvores pequenas e desoladas, enfeitadas com cordas de musgo, um cheiro de decomposição... Avancei mais depressa. Um pássaro escuro me observava de um dos galhos.

Alçou voo quando o vi, batendo as asas sem pressa na minha direção. Um pouco ressabiado com pássaros após acontecimentos recentes, dei um passo para trás enquanto ele voava em círculos acima de mim. Mas então ele desceu e pousou na trilha à minha frente, inclinou a cabeça e me observou com o olho esquerdo.

— Sim, é você — anunciou, enfim.

— Sou eu o quê? — perguntei.

— Aquele que devo acompanhar. Não se importa de ser seguido por uma ave agourenta, não é, Corwin?

Então deu risada e executou uma dancinha.

— À primeira vista, não sei como poderia impedir. Afinal, como sabe meu nome?

— Eu o espero desde o início do Tempo, Corwin.

— Deve ter sido um pouco cansativo.

— Não demorou tanto assim, neste lugar. Tempo é o que fazemos dele.

Retomei minha caminhada. Passei pelo pássaro e segui em frente. Pouco depois, ele voou por mim e pousou em uma pedra à minha direita.

– Meu nome é Hugi – declarou. – Estou vendo que carrega um pedaço da velha Ygg.

– Ygg?

– Aquela árvore velha e maçante que aguarda na entrada deste lugar e não deixa ninguém descansar em seus galhos. Aposto que ela gritou quando você arrancou esse galho!

E então emitiu uma gargalhada.

– Ela foi bastante razoável.

– Não duvido. Afinal, ela não teve muita escolha depois que você arrancou. Se acha que vai ter alguma utilidade...

– Tem servido bem – respondi, agitando o cajado de leve na direção dele.

O pássaro bateu as asas para se esquivar.

– Ei! Não teve graça!

Dei risada.

– Para mim teve.

Retomei minha jornada.

Por um bom tempo, atravessei uma área pantanosa. Às vezes uma rajada de vento dispersava a neblina e abria o caminho, e eu passava pelo lugar antes de as névoas o cobrirem de novo. De vez em quando, tive a impressão de ouvir um fragmento de música de origem desconhecida, lenta e um tanto imponente, produzida por um instrumento com cordas de aço.

Ao longo daquele caminho dificultoso, fui chamado por algo à minha esquerda:

– Homem desconhecido! Pare e olhe para mim!

Desconfiado, obedeci. Mas era impossível distinguir qualquer coisa naquela neblina.

– Olá – respondi. – Onde está?

Naquele momento, a névoa se dissipou e revelou uma cabeça imensa, cujos olhos estavam na mesma altura dos meus. Pertenciam ao que parecia ser um corpo gigantesco, afundado até os ombros em um atoleiro. A cabeça era calva, a pele de uma palidez leitosa, com aspecto de pedra. Pelo contraste, os olhos pareciam ainda mais escuros do que deviam ser de fato.

– Ah, entendo – continuei. – Pelo jeito, está em apuros. Consegue liberar os braços?

– Se fizer um enorme esforço – foi a resposta.

– Bom, vou arranjar algo estável para lhe servir de apoio. Você deve ter um bom alcance.

– Não, não é necessário.

– Não quer sair? Achei que era o motivo dos gritos.

– Ah, não. Só queria que você olhasse para mim.

Cheguei mais perto e arregalei bem os olhos, pois a neblina começava a se mover de novo.

– Tudo bem. Já o vi.

– Consegue sentir minha aflição?

– Não muito, já que você não se ajuda nem quer ser ajudado.

– De que adiantaria eu me libertar?

– A pergunta é sua. Responda você.

Fiz menção de ir embora.

– Espere! Qual é o destino da sua viagem?

– O sul, para desempenhar meu papel em um auto de moralidade.

Bem nessa hora, Hugi emergiu da neblina e pousou em cima da cabeça gigante. Ele a bicou, deu risada e declarou:

– Não perca tempo, Corwin. Aqui há muito menos do que parece.

Os lábios gigantes repetiram meu nome em silêncio, depois perguntaram:

– É ele mesmo?

– Sim, o próprio – respondeu Hugi.

– Escute, Corwin – continuou o gigante atolado. – Você vai tentar impedir o Caos, não vai?

– Vou.

– Não faça isso. Não vale a pena. Quero que tudo acabe. Desejo me libertar desta condição.

– Já ofereci ajuda, mas você recusou.

– Não esse tipo de liberdade. O fim de tudo.

– É fácil. Basta afundar a cabeça e respirar fundo.

– Não desejo apenas exterminação pessoal, mas o fim de todo esse jogo tolo.

– Acredito que outras pessoas por aí podem preferir ter uma escolha nesse assunto.

– Deixe que acabe para elas também. Chegará um momento em que elas vão estar na minha posição e sentir a mesma coisa.

– Nesse caso, vão ter a mesma opção. Tenha um bom dia.

Dei as costas e continuei andando.

– Você também! – gritou ele para mim.

Hugi me alcançou e se empoleirou na ponta do cajado.

– É muito agradável me acomodar no galho da velha Ygg agora que ela não... Ai!

Hugi saltou ao ar e voou em círculos.

– Queimou minha pata! Como ela conseguiu?

Comecei a rir.

– Nem imagino.

Ele voejou por um instante e então pousou no meu ombro direito.

– Posso descansar aqui?

– Fique à vontade.

– Obrigado – disse, e se acomodou. – O Cabeça é mesmo um doido varrido, sabia?

Encolhi os ombros e o vi abrir as asas para se equilibrar.

– Ele tenta se agarrar a alguma coisa – continuou Hugi –, mas erra ao responsabilizar o mundo inteiro por suas próprias falhas.

– Não, ele não quer sair da lama.

– Quis dizer de um ponto de vista filosófico.

– Ah, esse tipo de lama. Paciência.

– O problema todo é o eu, o ego e a relação dele com o mundo por um lado e com o Absoluto por outro.

– É mesmo?

– Claro. Veja bem, saímos da casca e flutuamos na superfície dos acontecimentos. Às vezes, sentimos que exercemos alguma influência sobre as coisas, daí que vem o empenho. Um erro grave, porque cria desejos e desenvolve um falso ego quando o mero ser já deveria bastar. Essa condição leva a mais desejos e mais empenho, e aí pronto, ficamos presos.

– Na lama?

– De certa forma. É preciso manter o olhar fixo no Absoluto e aprender a ignorar as miragens, as ilusões, a falsa noção de identidade que o diferencia como uma falsa ilha de consciência.

– Já tive uma identidade falsa que me ajudou a me tornar o absoluto que sou agora: eu mesmo.

– Não, isso também é falso.

– Então o eu de amanhã vai me agradecer por isto, assim como eu agradeço ao outro.

– Você não entendeu. Esse também será falso.

– Por quê?

– Porque ainda estará cheio daqueles desejos e empenhos que o separam do Absoluto.

– E qual é o problema disso?

– Vai permanecer sozinho em um mundo de estranhos, o mundo dos fenômenos.

– Gosto de ficar sozinho. Até me acho bastante agradável. E também gosto de fenômenos.

– No entanto, o Absoluto sempre estará lá, chamando você, causando desassossego.

– Ótimo, então não há necessidade de se apressar. Mas entendo a que se refere. Ele assume a forma de ideais. Todo mundo tem alguns. Se está dizendo que eu deveria ir atrás deles, concordo.

– Não, esses são distorções do Absoluto, e você só alude a mais empenho.

– Isso mesmo.

– Vejo que ainda tem muito a desaprender.

– Se você se refere ao meu vulgar instinto de sobrevivência, pode esquecer.

A trilha subiu até enfim alcançarmos um trecho liso e plano, com aspecto quase pavimentado, embora ligeiramente coberto de areia. A música ganhou força e continuou a aumentar conforme eu avançava. E então, através da neblina, avistei alguns vultos indistintos entregues a movimentos lentos e ritmados. Levei alguns instantes para me dar conta de que dançavam em sintonia com a música.

Segui em frente até consegui ver as figuras com mais clareza: pessoas de aspecto humano, elegantes, vestidas com trajes refinados, cujos passos eram embalados pela cadência morosa de músicos invisíveis. Era uma dança intrincada e bela, e parei para assistir.

– Qual é o propósito de uma festa no meio do nada? – perguntei a Hugi.

– Eles dançam para celebrar a sua passagem, Corwin. Não são mortais, e sim espíritos do Tempo. Começaram esse espetáculo inútil quando você entrou no vale.

– Espíritos?

– Sim. Observe.

Hugi saiu do meu ombro, voou por cima das figuras e defecou. Seus excrementos passaram direto por alguns dançarinos, como se fossem apenas hologramas, sem manchar uma manga bordada ou camisa de seda, sem tirar o embalo de nenhuma das figuras sorridentes. Depois de soltar alguns grasnidos, o pássaro voou de volta para mim.

– Não era necessário – protestei. – Esta é uma bela apresentação.

– Decadente! E não a encare como um elogio, pois eles preveem seu fracasso. Mas querem celebrar uma última vez antes de a festa acabar.

Mesmo assim, admirei a dança por algum tempo, usando o apoio do cajado para descansar. A figura descrita pelos dançarinos se deslocou lentamente, até que uma das mulheres, uma beldade ruiva, chegou bem perto de mim. Ora, em nenhum momento os olhos dos dançarinos cruzaram com os meus. Era como se eu não estivesse ali. Mas essa mulher, com um gesto perfeitamente sincronizado, lançou com a mão direita algo que caiu aos meus pés.

Ao me abaixar, percebi que era sólido. Uma rosa de prata, meu emblema. Endireitei os ombros e a prendi na gola do manto. Hugi desviou os olhos sem dizer nada. Como eu não tinha chapéu para retirar, fiz uma mesura para a dama. Pensei ter visto um leve tremor em seu olho direito quando me virei para ir embora.

Conforme eu caminhava, o solo perdeu a lisura e a música enfim se calou. A trilha se tornou cada vez mais irregular. Sempre que a neblina clareava, eu não via nada além de pedras ou planícies áridas. Extraí forças da Joia para não sucumbir e reparei que seus efeitos estavam cada vez menos duradouros.

Depois de um tempo, senti fome e parei para devorar as provisões que me restavam.

Pousado no chão ali perto, Hugi me observou comer.

– Confesso que sinto certa admiração pela sua persistência, e até pelo que insinuou quando falou de ideais – admitiu ele. – Nada mais. Há pouco, quando conversávamos sobre a futilidade do desejo e do empenho...

– Foi você quem disse isso. Não é uma grande questão na minha vida.

– Pois deveria.

– Já vivi muito, Hugi. Você me ofende ao presumir que nunca considerei essas notas de rodapé de filosofia básica. O fato de julgar estéril a realidade consensual me diz mais sobre você do que sobre a questão em si. Se acredita mesmo no que diz, lamento, pois algum motivo inexplicável o leva a tentar influenciar esse meu falso ego em vez de se libertar dessa bobagem e seguir para seu Absoluto. Se não acredita, deve ter sido colocado no meu caminho para me atrapalhar e intimidar, e nesse caso só está perdendo seu tempo.

Hugi fez um barulho gorgolejante, depois respondeu:

– Não é tão cego a ponto de negar o Absoluto, o começo e o fim de tudo?

– Não é indispensável para uma educação liberal.

– Mas admite a possibilidade?

– Talvez eu saiba mais disso do que você, pássaro. O ego, a meu ver, existe em um estágio intermediário entre a racionalidade e a existência reflexiva. Mas eliminá-lo é um retrocesso. Se você vem desse Absoluto, de um Tudo que anula a si mesmo, por que deseja voltar para casa? Sente tanto desdém por si próprio que tem medo de espelhos? Por que não aproveitar o passeio para se desenvolver, aprender, viver? Se foi enviado em uma jornada, por que desistir e voltar correndo para seu ponto de partida? Ou será que seu Absoluto cometeu um erro ao mandar algo do seu calibre? Admita essa possibilidade, e é o fim da história.

Hugi me encarou com raiva, depois saltou ao ar e saiu voando. Deve ter ido consultar um manual...

Quando me levantei, ouvi o estrondo de um trovão. Comecei a andar. Não tinha tempo a perder.

A trilha se estreitou e se alargou algumas vezes até desaparecer por completo, e passei a vagar por uma planície coberta de cascalho. Estava me sentindo mais deprimido a cada passo, tentando manter minha bússola mental apontada na direção certa. Quase me alegrei com os sons da tempestade, pois me davam uma vaga ideia da direção norte. O nevoeiro ainda deixava tudo um pouco confuso, claro, então não dava para ter tanta certeza. E os estrondos ficavam cada vez mais altos... Céus!

...E eu estava triste com a perda de Estrela, incomodado pelo futilitarismo de Hugi. Sem dúvidas, não tinha sido um dia nada bom. Comecei a me questionar se conseguiria completar minha missão. Se algum residente anônimo daquele lugar obscuro não me atacasse logo, havia uma boa chance de que eu continuasse a vagar até perder as forças ou ser alcançado pela tempestade. Eu não sabia se ainda seria capaz de repelir aquela tormenta aniquiladora. Comecei a ter minhas dúvidas.

Tentei usar a Joia para dispersar a neblina, mas os efeitos pareciam embotados. Talvez pela minha própria morosidade. Limpava apenas uma área reduzida, mas logo a atravessava no meu passo. Minha noção de Sombra foi amortecida naquele lugar que parecia, em algum sentido, a essência de Sombra.

Muito triste. Teria sido legal morrer com uma ópera, um grande final wagneriano sob céus estranhos, contra adversários dignos, em vez de me arrastar por uma desolação enevoada.

Passei por uma saliência rochosa de aspecto familiar. Será que eu estava andando em círculos? Acontece quando se está completamente perdido. Tentei escutar o trovão para me situar de novo. Fui saudado por um silêncio perverso. Caminhei até a saliência e me sentei no chão, apoiando as costas na pedra. Não adiantava perambular sem rumo. Seria melhor esperar por algum sinal do trovão. Peguei meus arcanos. Meu pai avisara que eles ficariam inoperantes por um tempo, mas eu não tinha nada melhor para fazer.

Passei um por um e tentei estabelecer contato com todos, exceto Brand e Caine. Nada. Meu pai tinha razão. As cartas não estavam com aquela frieza familiar. Embaralhei todas elas e tirei minha sorte ali na areia. Obtive uma leitura impossível e guardei tudo de volta. Fiquei mais confortável e lamentei não ter mais água. Por um bom tempo, apenas tentei ouvir a tempestade. Apenas leves murmúrios chegavam até mim, desprovidos de qualquer direção específica. Os arcanos me fizeram pensar na minha família. Estavam em algum lugar mais distante, à minha espera. Por que me esperavam? Eu estava transportando a Joia. Para quê? A princípio, acreditei que seus poderes seriam necessários no conflito. Nesse caso, e se eu fosse mesmo o único capaz de recorrer a eles, estávamos em maus lençóis. Pensei em Âmbar e fui tomado de remorso e uma espécie de pavor. Âmbar nunca deveria acabar, jamais. Tinha que haver uma maneira de fazer o Caos recuar...

Joguei longe uma pedrinha com a qual estava brincando. Quando a soltei, ela se mexeu muito devagar.

A Joia. O efeito de desaceleração outra vez...

Extraí mais energia e a pedrinha disparou. Senti que de fato havia retirado forças da Joia. Embora esse processo energizasse meu corpo, minha mente ainda parecia enevoada. Eu precisava dormir... com muitos movimentos oculares rápidos. Aquele lugar talvez parecesse muito menos peculiar se eu estivesse descansado.

Quanto faltava para alcançar meu destino? Será que ficava logo depois da próxima cordilheira, ou ainda faltava uma distância imensa? E qual era a minha chance de continuar à frente daquela tempestade, qualquer que fosse a distância? E os outros? Partindo do princípio de que a batalha já havia terminado e nós tínhamos perdido? Tive visões de chegar tarde demais, de servir apenas como coveiro... Ossos e solilóquios, Caos...

E onde estava aquela maldita estrada negra quando finalmente me seria útil? Se a encontrasse, poderia seguir seu curso. Eu tinha a sensação de que ela ficava em algum lugar à minha esquerda...

Projetei minha vontade de novo, apartando a neblina, afastando o nevoeiro... Nada...

Uma forma? Algo em movimento?

Era um animal, talvez um cachorro grande, avançando para continuar dentro da neblina. Por acaso estava me perseguindo?

A Joia começou a pulsar quando fiz a névoa recuar ainda mais. Exposto, o animal pareceu se encolher. E então ele veio direto até mim.

OITO

Fiquei de pé enquanto ele se aproximava. Já dava para ver que era um chacal dos grandes, e mantinha os olhos fixos nos meus.

– Chegou um pouco cedo – comentei. – Só estou descansando.

Ele riu.

– Vim apenas para contemplar um Príncipe de Âmbar – respondeu o animal. – Qualquer coisa além disso seria bônus.

Riu outra vez, e eu também.

– Então admire à vontade. Para mais do que isso, vai perceber que já estou bastante descansado.

– Não, não – protestou o chacal. – Sou um admirador da Casa de Âmbar, bem como da Casa do Caos. Sangue real me agrada, Príncipe do Caos. E conflito.

– Acaba de me atribuir um título que desconheço. Minha relação com as Cortes do Caos é puramente uma questão de genealogia.

– Penso nas imagens de Âmbar passando pelas sombras do Caos. Penso nas ondas de Caos se espalhando pelas imagens de Âmbar. Entretanto, no coração da ordem simbolizada por Âmbar reside uma família extremamente caótica, assim como a Casa do Caos é serena e plácida. Os dois lados, no entanto, têm suas ligações, assim como seus conflitos.

– No momento, a busca por paradoxos e jogos de terminologia não me interessam. Preciso chegar às Cortes do Caos. Por acaso sabe o caminho?

– Sim, eu sei – confirmou o chacal. – Não é longe, basta esticar as canelas e fazer uma curta travessia. Venha, vou colocá-lo na direção certa.

Ele se virou e começou a se afastar. Fui atrás.

– Estou indo rápido demais? Você parece cansado.

– Não. Continue. Deve ficar além deste vale, não?

– Sim. Há um túnel.

Segui o chacal, sobre areia e cascalho, sobre a terra dura e seca. Nada crescia nos arredores. Durante o caminho, a névoa rareou e assumiu uma tonalidade esverdeada, mais uma cortesia daquele céu riscado, imaginei.

Passado algum tempo, perguntei:

– Ainda falta muito?

– Não tanto. Está perdendo as forças? Deseja um descanso?

O chacal olhou para trás ao falar. A luz esverdeada dava àqueles traços feios um ar ainda mais tenebroso. Ainda assim, eu precisava de um guia. Avançávamos por um aclive, o que parecia adequado.

– Tem água por perto? – questionei.

– Não. Seria necessário voltar por uma distância considerável.

– Deixe para lá. Não tenho tempo.

Ele encolheu os ombros, riu e continuou andando. A neblina ainda se dispersava aos poucos, e de repente vi que estávamos entrando na serra baixa. Apoiei-me no cajado e mantive o ritmo.

Avançamos a um passo constante por cerca de meia hora. O solo ficou mais pedregoso, a subida se tornou mais íngreme. Comecei a respirar com esforço.

– Espere! – gritei. – Agora eu quero descansar. Não me disse que era perto?

– Por favor, perdoe meu chacalocentrismo. Calculei a distância com base no meu ritmo natural. Um equívoco de minha parte, claro, mas estamos quase lá. Fica entre as rochas mais adiante. Por que não descansar lá?

– Tudo bem – respondi, e retomei a caminhada.

Logo chegamos a um paredão de pedra que percebi ser a base de uma montanha. Depois de contornamos os detritos rochosos espalhados no entorno, enfim encontramos uma abertura voltada para a escuridão.

– Aí está – anunciou o chacal. – O caminho segue reto, sem bifurcações para atrapalhar. Faça a travessia e boa sorte.

– Obrigado. Agradeço muito.

Desistindo de qualquer ideia de descanso, avancei em direção ao túnel.

– Foi um prazer – disse ele atrás de mim.

Dei mais alguns passos e algo estalou sob meus pés, com um ruído sacolejante quando o chutei para o lado. Não era um som muito fácil de esquecer. O chão estava coberto de ossos.

Ouvi um barulho abafado atrás de mim e percebi que não teria tempo de sacar Grayswandir. Então me virei e ergui o cajado para desferir um golpe.

A manobra bloqueou o salto do animal, acertando-o no ombro. Mas também me fez cair para trás, entre os ossos. O impacto arrancou o cajado das minhas mãos, e no breve momento de hesitação proporcionado pela queda do meu oponente, decidi recorrer a Grayswandir em vez de tentar recuperar o galho.

Consegui tirar a espada da bainha, mas foi só isso. Ainda estava caído de costas com a ponta da lâmina à esquerda do corpo quando o chacal se levantou para outro salto. Com todas as minhas forças, bati o pomo da espada na cara dele.

O choque se propagou pelo meu braço até o ombro. A cabeça do chacal se dobrou para trás, e o corpo se torceu à minha esquerda. Ergui a ponta da lâmina, segurando o cabo com as duas mãos, e consegui me apoiar no joelho direito antes que ele rosnasse e avançasse de novo.

Ajustei a mira e, com todo o peso do corpo, cravei a lâmina bem fundo no corpo do chacal. Depois soltei a espada e rolei para longe daquela mandíbula ameaçadora.

O chacal guinchou, tentou se levantar, caiu de novo. Continuei caído no chão, ofegante. Senti o cajado embaixo de mim e o peguei, segurando-o diante do corpo enquanto recuava até a parede da caverna. O animal ainda se debatia, mas não se levantou. Na penumbra, percebi que ele estava vomitando. O cheiro era abominável.

E então o chacal virou os olhos na minha direção e ficou imóvel.

– Teria sido esplêndido devorar um Príncipe de Âmbar – sussurrou, debilmente. – Sempre me perguntei... como seria o gosto de sangue real.

Em seguida, os olhos se fecharam, a respiração parou e me restou apenas o fedor.

Ainda de costas para a parede, com o cajado diante do corpo, eu observei o chacal. Levei um bom tempo para me forçar a recuperar a espada de seu corpo inerte.

Uma rápida exploração revelou que aquilo não era um túnel, apenas uma caverna. Quando saí, a neblina se tingira de amarelo e passara a ser soprada por uma brisa que vinha das partes inferiores do vale.

Recostei-me na rocha e tentei decidir qual rumo tomar. Não havia nenhuma trilha à vista.

Por fim, segui para a esquerda. O terreno parecia um pouco mais íngreme, e eu queria alcançar as montanhas e me elevar sobre a neblina o quanto antes. O cajado continuou muito útil. Fiquei atento a qualquer som de água corrente, mas não ouvi nada.

Avancei com esforço, sempre subindo, e a névoa escasseou e mudou de cor. Enfim pude ver que estava escalando na direção de um amplo platô. Acima dele, comecei a captar vislumbres do céu, multicolorido e revolto.

Alguns trovões soaram atrás de mim, mas ainda era impossível distinguir a situação da tempestade. Apertei o passo e, passados alguns minutos, comecei a sentir vertigem. Parei e me sentei no chão, arfando. Fui dominado por uma sensação de fracasso. Mesmo se conseguisse chegar ao platô, eu tinha a suspeita de que a tempestade se derramaria sobre ele imediatamente. Esfreguei os olhos com a base das mãos. De que adiantava seguir em frente se eu não tinha a menor chance?

Uma sombra se moveu entre as brumas cor de pistache e desceu na minha direção. Levantei o cajado, mas logo vi que era só Hugi. O pássaro pousou aos meus pés.

– Corwin, você percorreu um longo caminho.

– Mas talvez não seja o bastante. A tempestade está cada vez mais próxima.

– Acredito que sim. Depois de refletir um pouco, eu gostaria de lhe dar o benefício da...

– Se quer me dar qualquer benefício – interrompi –, posso dizer o que devia fazer.

– Pois não?

– Voe até a tempestade e descubra a distância e a velocidade. Depois venha me dizer.

Hugi pulou de um pé para o outro.

– Tudo bem – concordou, enfim.

Saltou ao ar e bateu asas na direção do que me parecia ser o noroeste.

Usei o cajado de apoio para me levantar, determinado a pelo menos tentar manter um bom ritmo na escalada. Extraí forças da Joia de novo, e a energia me preencheu como um relâmpago vermelho.

Enquanto eu subia a encosta, uma brisa úmida emergiu da direção tomada por Hugi. Outro estouro de trovão. Nenhum estrondo ou eco.

Aproveitei ao máximo a dose de energia, percorrendo algumas centenas de metros com rapidez e eficiência. Se estava destinado ao fracasso, ao menos queria alcançar o topo antes. Assim, poderia ver onde estava e descobrir se ainda me restava alguma alternativa.

A aparência do céu ficava cada vez mais nítida conforme eu subia. Estava bem diferente de antes. Metade consistia em escuridão contínua e a outra era tomada por aquelas massas de cores flutuantes. E toda a abóbada celeste parecia rodopiar em torno de um ponto localizado bem acima de mim. Comecei a ficar animado. Era o céu que eu buscava, o céu que me cobrira em minha última viagem ao Caos. Com esforço, continuei a escalada. Queria proferir palavras de incentivo, mas minha garganta estava seca demais.

Ao me aproximar da borda do platô, ouvi um bater de asas, e de repente Hugi pousou no meu ombro.

– A tempestade está prestes a morder seu traseiro – anunciou. – Vai chegar a qualquer minuto.

Continuei o avanço e enfim alcancei um terreno plano. Parei por um instante, tentando recuperar o fôlego. O vento devia ter varrido a neblina para longe, pois era uma planície alta e lisa, o céu visível por uma grande distância. Avancei para encontrar um ponto onde pudesse ver além da borda. Os sons da tempestade chegavam a mim com mais clareza.

– Vai ser impossível atravessar sem se molhar – observou Hugi.

– Sabe muito bem que essa não é uma tempestade comum – murmurei. – Se fosse, eu agradeceria pela oportunidade de beber água da chuva.

– Eu sei. Quis dizer no sentido figurado.

Resmunguei alguma grosseria e continuei andando.

Pouco a pouco, a vista diante de mim se ampliou. O céu ainda estava entregue àquela dança insana com véus, mas a iluminação era mais do que suficiente. Quando cheguei a uma posição onde tinha certeza do que havia à minha frente, parei e apoiei o peso do corpo no cajado.

– Qual é o problema? – quis saber Hugi.

Mas eu não conseguia falar. Apenas apontei na direção da terra devastada que começava na beira do platô lá embaixo e se estendia por pelo menos sessenta quilômetros antes de colidir com outra cordilheira. E bem longe, à esquerda, corria a estrada negra, ainda firme e forte.

– A terra devastada? – perguntou o pássaro. – Eu poderia ter dito que estava aí. Por que não me perguntou?

Soltei um grunhido quase soluçado e me deixei cair lentamente no chão.

Não sei bem quanto tempo permaneci assim. Estava delirante. No meio de tudo, tive a impressão de vislumbrar uma possível resposta, mas algo dentro de mim se rebelou. Por fim, fui tirado do devaneio pelos estrondos de trovão e pela tagarelice de Hugi.

– Não consigo atravessar antes da tempestade – sussurrei. – É impossível.

– Acha que fracassou, mas não é verdade. Não existe fracasso nem sucesso no empenho. Tudo não passa de uma ilusão do ego.

Devagar, aos poucos, eu me ajoelhei.

– Não disse que fracassei.

– Mas disse que não consegue chegar ao seu destino.

Olhei para trás. Relâmpagos riscavam o céu conforme a tempestade se aproximava.

– Não mesmo, ao menos não assim. Mas se meu pai fracassou, preciso tentar algo que Brand quis me convencer de que só ele poderia fazer. Tenho que criar um novo Padrão, e precisa ser bem aqui.

– Você? Criar um novo Padrão? Se Oberon fracassou, como um homem que mal consegue ficar em pé conseguiria? Não, Corwin. Resignação é a maior virtude que você poderia nutrir.

Levantei a cabeça e coloquei o cajado no chão. Hugi pousou ao lado dele, e eu o observei.

– Não quer acreditar em nada do que eu lhe disse, não é? – perguntei. – Mas não tem importância. O conflito entre nossas opiniões é irreconciliável.

Considero o desejo uma identidade oculta, e o empenho, seu crescimento. Você, não.

Apoiei as mãos nos joelhos e continuei:

– Se para você o bem máximo é a união com o Absoluto, então por que não voa para se juntar a ele agora mesmo, na forma do Caos onipresente que se aproxima? Se eu fracassar aqui, ele se tornará Absoluto. Quanto a mim, preciso tentar, até meu último suspiro, erguer um Padrão contra ele. Faço isso porque sou o que sou, e sou o homem que poderia ter sido rei de Âmbar.

Hugi abaixou a cabeça.

– Você ainda vai ter que me engolir – declarou ele, com uma risada.

Com um movimento rápido, estiquei a mão e arranquei sua cabeça, lamentando não ter tempo para acender uma fogueira. Embora ele tenha passado a impressão de se oferecer como sacrifício, era difícil determinar a quem pertencia a vitória moral, pois eu já planejava fazer isso de qualquer maneira.

NOVE

Cassis e o perfume das flores de castanheira. Ao longo de toda a Champs-Elysées, castanheiras revestidas de espuma branca...

Pensei na dança dos chafarizes na Place de la Concorde... E pela Rue de la Seine e pelos cais, o cheiro de livros antigos, o aroma do rio... O perfume das castanheiras em flor...

Por que eu me lembraria de repente de 1905 e Paris na Terra de Sombra, exceto por ter sido um ano feliz para mim e por eu buscar, em reflexo, algum antídoto para o presente? Sim...

Absinto branco, Amer Picon, granadina... Morangos silvestres, com Crème d'Isigny... Partidas de xadrez no Café de la Régence com atores da Comédie-Française, do outro lado da via... As corridas em Chantilly... Noites na Boîte à Fursy, na Rue Pigalle...

Coloquei o pé esquerdo com firmeza na frente do direito, o direito na frente do esquerdo. Na mão esquerda eu segurava a corrente da Joia, bem elevada para que pudesse fitar as profundezas da pedra, para ver e sentir o nascimento de um novo Padrão que eu traçava com cada passo. Meu cajado fincado no solo marcava o início do Padrão. Pé esquerdo...

O vento cantava ao meu redor, os trovões bradavam nas proximidades. Não enfrentei a resistência física do Padrão antigo. Não havia resistência alguma. Em vez disso, o que era pior em muitos sentidos, uma deliberação peculiar guiava todos os meus movimentos, tornando-os mais lentos, ritualizados. Parecia que eu gastava mais energia na preparação de cada passo, ao perceber, executar e ordenar o comando ao corpo, do que na realização física do ato. Contudo, a própria lentidão parecia ser desejada, imposta a mim por alguma força desconhecida que determinava a precisão e o andamento de adágio para todos os movimentos. Pé direito...

...E assim como o Padrão de Rabma havia ajudado a restaurar minhas lembranças perdidas, aquele que eu tentava criar atiçava e instigava o aroma das castanheiras, das carroças de hortaliças a caminho do Halles ao amanhecer... Eu não estava apaixonado por ninguém em particular naquela época, embora houvesse muitas garotas, Yvettes e Mimis e Simones, os rostos se misturavam, e fosse primavera em Paris, com bandas ciganas e coquetéis no Louis... As lembranças voltaram e meu coração saltou com uma espécie de alegria proustiana enquanto o Tempo dobrava à minha volta como um sino... E talvez fosse esse o motivo da lembrança, pois essa alegria parecia se transmitir aos meus movimentos, informar minhas percepções, fortalecer minha vontade...

Concebi o passo seguinte e o executei... Tinha completado a primeira volta, estabelecendo o perímetro do meu Padrão. Conseguia sentir a tempestade às minhas costas. A essa altura, devia ter alcançado a borda do platô. O céu escurecia conforme a tempestade cobria as luzes coloridas que dançavam e rodopiavam. Clarões de relâmpagos brotavam aqui e ali, e não pude ceder energia e atenção para controlar os elementos.

Ao final da primeira volta, percebi que o novo trecho percorrido no Padrão estava gravado na rocha e brilhava com uma suave luz azulada. Mas não havia faíscas, formigamento nos pés, correntes de arrepiar os cabelos, apenas a lei constante da deliberação, como um grande peso sobre mim... Pé esquerdo...

...Papoulas, papoulas e centáureas e choupos elevados ao longo de estradinhas rurais, o sabor da sidra da Normandia... E a cidade outra vez, o perfume das flores de castanheira... O Sena cheio de estrelas... O cheiro das velhas casas de tijolos na Place des Vosges em uma manhã chuvosa... O bar debaixo do Olympia... Uma briga aqui... Punhos sangrentos, enfaixados por uma garota que me levou para casa... Qual era o nome dela? Flores de castanheira... Uma rosa branca...

Respirei fundo. A rosa na gola do manto já perdera quase todo o perfume. Surpreendente que ainda restasse um pouco. A descoberta me animou. Persisti adiante, fazendo uma curva suave para a direita. Pelo canto do olho, acompanhei o avanço da muralha de tempestade, lisa como vidro, assolando tudo por onde passava. O rugido de seus trovões estava ensurdecedor.

Direito, esquerdo...

O avanço dos exércitos da noite... Meu Padrão resistiria a eles? Queria ir mais depressa, mas em vez disso parecia avançar cada vez mais devagar. Tive uma sensação curiosa de bilocação, como se estivesse dentro da Joia, traçando o Padrão também ali enquanto caminhava do lado de fora e a observava, reproduzindo seu progresso. Esquerdo... Curva... Direito... A tempestade de fato se aproximava. Logo alcançaria os ossos do velho Hugi. Senti o cheiro da umidade e do ozônio e pensei naquele estranho pássaro escuro que dissera ter me esperado desde o início do Tempo. Teria esperado para discutir comigo ou para ser devorado por mim naquele lugar sem história? Fosse o que fosse, dados os exageros típicos dos moralistas, era adequado que, incapaz de incutir meu coração de pesar pela minha condição espiritual, ele acabasse consumido em companhia do trovão teatral... A essa altura havia trovões distantes, trovões próximos e mais trovões. Quando me virei naquela direção, os clarões dos relâmpagos eram quase ofuscantes. Apertei a mão em torno da corrente e dei outro passo...

A tempestade alcançou a borda do meu Padrão, e ali se abriu. Começou a se espalhar à minha volta. Nem uma gota sequer caiu em mim ou no Padrão, mas aos poucos fomos completamente engolidos por ela.

Tive a sensação de estar preso em uma bolha, no fundo de um mar revolto. Muralhas de água me cercavam e vultos escuros passavam voando. Era como se todo o universo estivesse reunindo forças para me esmagar. Voltei minha atenção para o mundo vermelho da Joia. Esquerdo...

As flores de castanheira... Uma xícara de chocolate quente na calçada de um bistrô... A apresentação de uma banda no Jardin des Tuileries, os sons se elevando pelo ar ensolarado... Berlim nos anos 1920, o Pacífico nos 1930... houve prazeres lá, mas de outra natureza. Talvez não fosse o passado verdadeiro, mas uma dessas lembranças passadas que surgem mais tarde para nos consolar ou nos atormentar, homens ou nações. Não fazia diferença. Do outro lado da Pont Neuf, ao longo da Rue Rivoli, ônibus e táxis... Pintores diante de seus cavaletes no Jardim de Luxemburgo... Se tudo corresse bem, talvez algum dia eu buscasse uma sombra como aquela de novo... Ela rivalizava com minha Avalon. Eu tinha me esquecido... Os detalhes... Os toques que lhe davam vida... O perfume das castanheiras...

Avancei... Completei outra volta. O vento uivava e a tempestade rugia, mas eu permanecia intacto. Enquanto eu não me deixasse distrair, enquanto eu me movesse e mantivesse a concentração na Joia... Era necessário persistir, avançar com aqueles passos lentos, cuidadosos, sem parar nunca, cada vez mais devagar, mas em movimento constante... Rostos... Rostos enfileirados pareciam me observar de fora da borda do Padrão... Grandes, como a Cabeça, mas distorcidos... sorridentes, debochados, desdenhosos, no aguardo de um obstáculo, de um passo em falso... Na esperança de que tudo aquilo se desintegrasse ao meu redor... Relâmpagos riscavam suas órbitas e bocas, as risadas feito trovões... Sombras rastejavam entre eles... Falavam comigo, palavras como rajadas de vento de um oceano escuro... Eu fracassaria, era o que diziam, eu fracassaria e seria destruído, esse fragmento de Padrão, destroçado em seguida e consumido... Eles me amaldiçoaram, cuspiram e vomitaram na minha direção, mas nada me atingia... Talvez não estivessem ali... Talvez minha mente tivesse cedido à tensão... Então, de que adiantavam meus esforços? Um novo Padrão formado por um louco? Hesitei, e eles incrementaram o coro, "Louco! Louco! Louco!" nas vozes das intempéries.

Respirei fundo e inalei o perfume remanescente da rosa e mais uma vez pensei nas castanheiras, nos dias cheios de alegrias da vida e da ordem orgânica. As vozes pareciam se abafar conforme minha mente recorria aos acontecimentos daquele ano feliz... E dei outro passo... E outro... Estavam se aproveitando das minhas fraquezas, sentiam minhas dúvidas, minha ansiedade, minha fadiga... Seja lá o que fossem, agarravam-se ao que viam e tentavam usar contra mim... Esquerdo... Direito... Pois sintam a minha confiança e apodreçam. Cheguei até aqui. E seguiram em frente. Esquerdo...

Eles rodopiavam e se inflavam à minha volta, ainda balbuciando ameaças. Mas pareciam ter perdido parte da força. Avancei por outro arco, vendo-o se expandir diante de mim com o olho vermelho da minha mente.

Pensei na minha fuga de Greenwood, no meu engodo para tirar informações de Flora, no meu encontro com Random, nossa luta contra seus perseguidores, nosso regresso a Âmbar... Pensei em nossa fuga para Rabma e minha caminhada pelo Padrão invertido a fim de restaurar grande parte da minha memória... No casamento forçado de Random e minha passagem para Âmbar, onde lutei com Eric e fugi para Bleys... Nas batalhas que se seguiram, na minha cegueira, na minha recuperação, na fuga, na viagem para Lorraine e depois para Avalon...

Com um ritmo mais elevado, minha mente transitou pela superfície de acontecimentos subsequentes... Ganelon e Lorraine... As criaturas do Círculo Preto... O braço de Benedict... Dara... O retorno de Brand... A punhalada nele, em mim... Bill Roth... Arquivos de hospital... Meu acidente...

...E desde o início em Greenwood, passando por tudo, até esse momento da minha luta para garantir cada manobra perfeita tal qual aparecia para mim, senti a crescente expectativa que eu já conhecia, quer minhas ações fossem direcionadas rumo ao trono, à vingança ou à minha noção de dever, tomei ciência de sua existência contínua ao longo de todos aqueles anos até esse momento, quando enfim veio acompanhada de algo além... Senti que a espera estava prestes a acabar, o alvo da minha expectativa e dos meus esforços estava a ponto de acontecer.

Esquerdo... Muito, muito devagar... Nada mais importava. Destinei toda a minha força de vontade aos movimentos. Minha concentração se tornou absoluta. Esqueci tudo o que pudesse existir além do Padrão. Relâmpagos, rostos, ventos... Não tinha importância. Só havia a Joia, o Padrão crescente e eu... e eu mal tinha consciência de mim mesmo. Talvez esse fosse o mais perto que eu chegaria do ideal de Hugi de se fundir com o Absoluto. Curva... Pé direito... Outra curva...

O tempo perdeu todo o significado. O espaço se reduziu ao desenho que eu estava criando. A força fluía da Joia sem minha intervenção, como parte do processo ao qual me dedicava. Em certo sentido, fui destruído e me tornei um ponto em movimento, programado pela Joia, desempenhando uma função que me absorvia tão plenamente que não me restava nenhuma atenção para dedicar à autoconsciência. Contudo, em algum nível, percebi que também fazia parte do processo. Pois eu sabia que se outra pessoa executasse o trabalho, daria origem a um Padrão diferente.

Eu tinha uma vaga noção de que havia passado da metade. O caminho se tornara mais complicado, e meus movimentos estavam ainda mais lentos. Apesar da velocidade, de alguma forma fui lembrado das minhas experiências ao me sintonizar à Joia, naquela estranha matriz multidimensional que parecia ter sido a fonte do próprio Padrão.

Direito... Esquerdo...

Não havia resistência. Eu me sentia leve, apesar da lentidão. Uma energia ilimitada parecia fluir por mim. Todos os sons ao meu redor tinham se fundido em estática e desaparecido.

De repente, a sensação de morosidade desapareceu. Não como se tivesse cruzado um Véu ou alguma barreira, mas sim que havia sofrido algum ajuste interno.

Parecia avançar a um ritmo mais normal, traçando o caminho por voltas cada vez mais apertadas, aproximando-me do que logo seria o fim do desenho. Permanecia impassível, embora meu intelecto soubesse que, em algum nível, crescia uma sensação de glória prestes a irromper. Outro passo... Mais um... Talvez mais meia dúzia...

O mundo escureceu de repente. Tive a impressão de estar no meio de um grande vazio, sem nada diante dos meus olhos além do brilho tênue da Joia e do Padrão, iluminado como uma nebulosa espiralada por onde eu caminhava. Hesitei por um instante. Seria a última prova, o ataque final. Minhas forças teriam que bastar para a distração.

A Joia me mostrou o processo e o Padrão me mostrou o lugar. Só me faltava a visão de mim mesmo. Esquerdo...

Continuei meu avanço, atento ao menor movimento. Uma força oposta enfim começou a se levantar contra mim, como no Padrão antigo, mas os anos de experiência haviam me preparado. Lutei por mais dois passos contra a barreira cada vez mais intensa.

E então, dentro da Joia, vi o fim do Padrão. Eu teria perdido o fôlego com a percepção repentina de sua beleza, mas a essa altura até minha respiração era regulada pelos meus esforços. Lancei todas as minhas energias no passo seguinte, e o vazio pareceu estremecer ao meu redor. O próximo passo foi ainda mais difícil. Eu me sentia no centro do universo, caminhando sobre as estrelas, lutando para transmitir um movimento essencial com o que era, acima de tudo, um ato voluntário.

Meu pé avançou lentamente, embora eu estivesse privado da visão. O Padrão começou a se iluminar. Logo seu brilho era quase ofuscante.

Só mais um pouco... Eu me esforcei mais do que jamais precisara no Padrão antigo, pois a resistência parecia absoluta. Era necessário confrontá-la com uma firmeza e uma constância de vontade que excluía todo o resto, embora tivesse a impressão de imobilidade, embora todas as minhas forças parecessem desviadas para a iluminação do traçado. Pelo menos, eu morreria em um cenário esplêndido...

Minutos, dias, anos... Não sei por quanto tempo isso se estendeu. Parecia não ter fim, como se eu tivesse passado toda a eternidade envolvido nesse único ato...

E então avancei, e não sei quanto tempo isso levou. Mas completei o passo e comecei outro. E mais um...

O universo girava ao meu redor. Eu havia atravessado.

A pressão desapareceu. A escuridão se dissipou...

Por um instante, fiquei no centro do meu Padrão. Sem um momento de contemplação, desabei de joelhos e me curvei para a frente, o sangue pulsando nos meus ouvidos. A cabeça girava, eu arfava. Comecei a tremer. Vagamente, eu me dei conta de que havia conseguido. Quaisquer que fossem as consequências, havia um Padrão. E ele perduraria...

Ouvi um som onde deveria haver silêncio, mas meus músculos atordoados se recusaram a reagir, mesmo por reflexo, até que foi tarde demais. Somente quando a Joia foi arrancada de meus dedos inertes que levantei a cabeça e endireitei o tronco. Ninguém havia me seguido pelo Padrão, eu certamente teria percebido. Portanto...

A luz estava quase normal. Abri os olhos e contemplei o rosto sorridente de Brand acima de mim. Ele usava um tapa-olho preto e segurava a Joia na mão. Deve ter se transportado para lá.

Seu golpe me atingiu assim que levantei a cabeça, e caí para a esquerda. Em seguida, ele me deu um chute violento na barriga.

– Bom, você conseguiu – declarou. – Não achei que fosse capaz. Agora tenho mais um Padrão para destruir antes de consertar as coisas. Mas antes preciso disto para virar a maré da batalha nas Cortes – acrescentou, mostrando a Joia. – Adeus, por enquanto.

E desapareceu.

Fiquei caído, ofegante, com a mão apoiada no torso. Ondas de escuridão surgiam e desabavam sobre mim, mas não sucumbi completamente à inconsciência. Uma sensação de imenso desespero me recobriu, então fechei os olhos e gemi. Não havia mais nenhuma Joia para me dar forças.

As castanheiras...

DEZ

Enquanto agonizava ali, tive uma visão de Brand, com a Joia pulsando no pescoço, aparecendo no campo de batalha onde as forças de Âmbar e do Caos se enfrentavam. Ao que parecia, ele acreditava ter controle suficiente sobre ela para virar o jogo a favor do inimigo. Eu o vi lançar raios sobre nossas tropas, invocar ventos prodigiosos e tempestades de granizo para nos açoitar. Quase chorei. E durante todo esse tempo, ele ainda podia ter se redimido se viesse para o nosso lado. Mas vencer já não lhe bastava. Precisava vencer sozinho e de acordo com seus próprios termos. E eu? Fui um fracasso. Havia criado um Padrão contra o Caos, algo de que nunca me imaginei capaz. No entanto, isso não adiantaria de nada se a batalha fosse perdida e Brand voltasse para destruir minha criação. Ter enfrentado todas essas provações, ter chegado tão perto, só para ver tudo ruir... Queria clamar contra a injustiça, embora soubesse que o universo não seguia minhas noções de igualdade. Rangi os dentes e cuspi um pouco da terra entranhada na boca. Nosso pai me havia encarregado de levar a Joia até o local da batalha. Eu quase tinha conseguido.

De súbito, uma sensação de estranheza me tomou. Algo chamava minha atenção. O que era?

Silêncio.

Os ventos furiosos e o trovão haviam cessado. Tudo parecia quieto. Até o ar estava frio e fresco. E, do outro lado das minhas pálpebras, eu sabia que havia luz.

Abri os olhos e avistei um céu tingido de branco, intenso e uniforme. Pisquei algumas vezes, virei a cabeça. Havia algo à minha direita...

Uma árvore. Havia uma árvore onde eu havia fincado o cajado, feito com um galho da velha Ygg. Já estava mais alta do que o próprio cajado. Parecia crescer diante dos meus olhos. E estava adornada com folhas verdes, salpicada de brotos brancos. Algumas flores tinham desabrochado. Daquela direção, a brisa me trouxe um aroma sutil e delicado que me ofereceu certo conforto.

Apalpei as laterais do corpo. Nenhuma costela quebrada, ao que parecia, embora meu estômago ainda estivesse embrulhado por causa do chute. Esfreguei os olhos com as juntas dos dedos e passei as mãos pelo cabelo. Dei um suspiro profundo e me apoiei em um joelho.

Virei a cabeça e contemplei meus arredores. O platô permanecia inalterado, mas de alguma forma não era mais o mesmo. Ainda era vazio, mas não era mais desolado. Talvez um efeito da nova iluminação. Não, não era só isso...

Continuei a observar o horizonte. Não era mais o lugar onde eu havia começado minha jornada. Identifiquei diferenças sutis e gritantes: formações rochosas alteradas, uma depressão onde antes havia uma colina, uma nova textura nas pedras sob meus pés e ao meu redor, algo que parecia ser terra mais além. Fiquei de pé e tive a impressão de sentir o cheiro do mar. O lugar tinha um aspecto totalmente distinto de quando eu havia escalado... parecia ter se passado uma eternidade desde então. Mudanças muito drásticas para terem sido causadas por aquela tempestade. O cenário me despertou uma lembrança.

No centro do Padrão, dei outro suspiro e continuei a examinar meus arredores. Apesar de tudo, meu desespero começava a se esvair, substituído por um sentimento de... renovação. Sim, essa parecia ser a melhor palavra para descrever. O ar estava puro e doce, o lugar parecia novo, intocado. Eu...

Claro. Era como o lar do Padrão primordial. Voltei a observar a árvore, já mais alta. Igual, mas diferente... Havia algo novo no ar, no solo, no céu. Aquele era um lugar novo. Um Padrão primordial novo. Tudo ao meu redor era resultado do Padrão em que eu estava.

De repente, percebi que não era apenas renovação. Também havia uma certa euforia, uma espécie de alegria que fluía através do meu corpo. Era um lugar limpo, novo, e de alguma forma eu era o responsável.

O tempo passou e permaneci ali, ocupado em admirar as árvores e os arredores, saboreando a euforia que havia tomado conta de mim. Ainda era uma vitória, de certa forma... pelo menos até Brand aparecer para destruir tudo.

Logo recuperei a sobriedade. Eu tinha que deter Brand. Precisava proteger aquele lugar. Estava no centro de um Padrão. Se esse se portava como o outro, eu poderia usar seu poder para me projetar para onde quisesse. Poderia ir encontrar os outros.

Sacudi a poeira do corpo. Soltei a espada na bainha. A situação talvez não fosse tão desesperadora quanto parecera antes. Eu tinha sido incumbido de levar a Joia ao local da batalha. Bem, Brand a levara por mim. De um jeito ou de outro, ela estaria lá. Assim, só me restava ir recuperar a Joia e garantir que tudo acontecesse como deveria.

Dei uma última olhada no meu entorno. Seria necessário voltar ali para investigar a nova situação em outro momento, se ainda estivesse vivo até lá. O lugar era cercado de mistério. A sensação pairava no ar, flutuava na brisa. Poderia levar uma eternidade para desvendar tudo o que havia ocorrido durante a criação do Padrão novo.

Fiz uma saudação à árvore. Ela pareceu se balançar em resposta. Ajeitei minha rosa e a remendei. Estava na hora de seguir caminho, mas ainda havia algo a resolver.

Abaixei a cabeça e fechei os olhos. Tentei me lembrar do terreno diante do abismo final nas Cortes do Caos. Enfim o visualizei sob aquele céu insano e o preenchi com meus parentes, com soldados. Tive a impressão de escutar os sons de uma batalha distante. O cenário se ajustou, ficou mais nítido. Mantive a visão por mais um momento, e então determinei que o Padrão me levasse lá.

...Em um piscar de olhos, eu me vi no topo de uma colina ao lado de uma planície, enquanto um vento frio sacudia meu manto. O céu tinha a mesma aparência bizarra, riscada e rodopiante da última vez, uma metade tomada pela escuridão, a outra por arco-íris psicodélicos. Vapores desagradáveis pairavam no ar. A estrada negra corria para a direita, atravessando a planície para se estender além do abismo em direção à cidadela escurecida, toda pontilhada por brilhos tremeluzentes de vaga-lumes. Pontes diáfanas flutuavam no ar, estendendo-se de longe naquela escuridão, e formas estranhas viajavam tanto por ela quanto pela estrada negra. No campo abaixo de mim estava o que me pareceu a concentração principal das tropas. Atrás de mim, ouvi algo diferente do carro alado do Tempo.

Ao me virar para o que deveria ser o norte, de acordo com minhas estimativas anteriores a respeito de seu curso, contemplei o avanço daquela tempestade diabólica por entre montanhas distantes, ardendo e rosnando, elevando-se como uma geleira do tamanho do céu.

Então o novo Padrão não servira como obstáculo. Pelo jeito, a tempestade havia passado direto pela minha área protegida para perseguir seu destino. Minha esperança era de que ela fosse seguida pelos impulsos construtivos emanados pelo Padrão novo, com a reimposição de ordem pelos locais de Sombra. Tentei imaginar quanto tempo levaria até a tempestade chegar ali.

Ouvi o som de cascos e me virei, sacando a espada.

Um soldado com chifres se aproximou no lombo de um grande cavalo preto, e seus olhos pareciam arder em chamas.

Ajeitei minha posição e esperei. Ele devia ter vindo de uma daquelas vias diáfanas flutuantes, mas nós dois estávamos um pouco afastados da ação principal. Fiquei observando conforme ele subia a colina. Era um belo cavalo. Flancos fortes. Onde raios estava Brand? Eu não pretendia arranjar brigar com qualquer um.

Estudei o cavaleiro, reparei na lâmina torta em sua mão direita. Mudei de postura enquanto ele se preparava para me abater. Quando brandiu a arma, eu já estava pronto com um bloqueio que trouxe seu braço para meu alcance. Com um puxão, eu o arranquei da montaria.

– Essa rosa... – começou a dizer conforme caía.

Não sei o que mais teria acrescentado, porque lhe cortei a garganta, e suas palavras se perderam com ele naquele rasgo flamejante.

Girei em seguida, libertando Grayswandir, corri por alguns passos e agarrei o freio do cavalo preto. Falei com o animal para acalmá-lo e o conduzi para longe das chamas. Depois de alguns minutos, estávamos mais amigos, então me acomodei na sela.

A princípio ele estava inquieto, mas só o fiz circular pela colina enquanto continuava a observar os arredores. As forças de Âmbar pareciam posicionadas na ofensiva. Cadáveres fumegantes jaziam espalhados por todo o campo. A força principal dos nossos inimigos estava recolhida em um trecho elevado perto da borda do abismo. Fileiras dela, ainda cerradas, mas sob grande pressão, recuavam lentamente. Por outro lado, outras tropas cruzavam o abismo para se juntar às que defendiam a elevação. Após uma rápida estimativa dos números crescentes e da posição deles, concluí que também deviam estar preparando uma ofensiva. Não havia nem sinal de Brand.

Mesmo descansado e de armadura, eu teria pensado duas vezes antes de cavalgar até o conflito lá embaixo. Minha preocupação imediata era encontrar Brand. Duvidava que ele fosse se envolver diretamente na batalha. Procurei pelas margens da batalha propriamente dita, em busca de alguma figura solitária. Não... Talvez do outro lado do campo. Eu teria que contornar em direção ao norte, pois daquele ponto quase não enxergava o lado oeste.

Virei minha montaria e comecei a descer a colina. Teria sido tão agradável escorregar da sela, cair em um buraco e dormir... Suspirei. Onde raios estava Brand?

Chegando ao pé da colina, enveredei por uma ravina para encurtar o caminho. Precisava de uma posição que me permitisse ver melhor...

– Lorde Corwin de Âmbar!

Esperando por mim logo depois da curva estava um sujeito grande de tonalidade cadavérica e cabelos ruivos, montado em um cavalo das mesmas cores. Usava uma armadura de cobre com detalhes esverdeados e estava de frente para mim, imóvel como uma estátua.

– Eu o vi no topo da colina – anunciou. – Não está com cota de malha?

Bati no peito.

O cavaleiro fez um gesto brusco com a cabeça. E então levantou o braço, primeiro até o ombro esquerdo, depois ao direito, depois nas laterais do corpo, abrindo fivelas do peitoral. Depois de soltá-las, ele removeu a armadura, abaixou-a à sua esquerda e a deixou cair no chão. E fez o mesmo com as grevas.

– Há muito desejo conhecê-lo – continuou. – Meu nome é Borel. Que não se diga que me aproveitei de qualquer vantagem injusta quando o matei.

Borel... Esse nome me era familiar. E então me lembrei. Ele era objeto de respeito e afeto de Dara. Tinha sido seu professor de esgrima, um mestre da espada. Mas, a meu ver, era um idiota. Perdera meu respeito ao se livrar da própria armadura. Batalhas não são jogos, e eu não tinha nenhum desejo de me colocar à mercê de qualquer imbecil presunçoso que pensava o contrário. Ainda mais um imbecil habilidoso, esgotado como eu estava. No mínimo, ele poderia me dar uma canseira.

– Agora resolveremos uma questão que me incomoda há muito tempo – declarou ele.

Respondi com uma vulgaridade peculiar, virei minha montaria e galopei de volta por onde tinha vindo. Sem demora, o cavaleiro disparou em meu encalço.

Conforme avançava pela ravina, percebi que não conseguiria escapar. Estava com as costas vulneráveis, e ele me alcançaria em instantes, determinado a me abater ou a me obrigar a lutar. Entretanto, embora minhas opções fossem limitadas, ainda me restavam alguns recursos.

– Covarde! – gritou ele. – Vai mesmo fugir da luta? Esse é o grande guerreiro de quem tanto ouvi falar?

Levei a mão ao pescoço e soltei meu manto. Dos dois lados, a borda da ravina se elevava até a altura dos meus ombros, depois da cintura.

Pulei da sela para a esquerda, rolei uma vez e me firmei. O cavalo continuou seu galope. Virei para a direita, de frente para o canal.

Segurando o manto com as duas mãos, agitei as pontas em uma manobra de verônica invertida um ou dois segundos antes que a cabeça e os ombros de Borel alcançassem meu nível. O tecido o encobriu com espada e tudo, abafando sua cabeça e retardando seus braços.

E então lhe dei um chute forte. Mirei no rosto, mas acertei o ombro esquerdo. O movimento o jogou para fora da sela, e seu cavalo também galopou para longe.

Saquei Grayswandir e pulei em sua direção. Alcancei-o assim que ele se livrava do meu manto e tentava se levantar. Desferi um golpe ali mesmo e vi sua expressão de espanto quando a ferida começou a se incendiar.

– Ah, golpe vil! – gritou ele. – Eu esperava mais de sua pessoa!

— Ora, não estamos nas Olimpíadas — argumentei, espanando algumas faíscas do meu manto.

E então corri até meu cavalo e montei na sela. Isso me tomou alguns minutos. Conforme retomei meu avanço na direção norte, subi para um terreno mais alto. De lá, avistei Benedict liderando a batalha e, em uma canhada mais atrás, vislumbrei Julian diante de suas tropas de Arden. Ao que parecia, Benedict os deixara de reserva.

Continuei em frente, rumo à tempestade que se aproximava por aquele céu metade escuro, metade pintura giratória. Logo cheguei ao meu destino, a colina mais alta à vista, e comecei a escalada. Parei algumas vezes no caminho para olhar para trás.

Avistei Deirdre de armadura preta, brandindo um machado; Llewella e Flora estavam entre os arqueiros. Fiona não parecia estar em lugar nenhum. Gérard também não estava lá. E então vi Random, a cavalo, empunhando uma espada pesada enquanto liderava um ataque contra o terreno elevado do inimigo. Perto dele havia um cavaleiro de verde a quem não reconheci. O homem brandia uma maça com eficiência letal. Levava um arco nas costas, e de sua cintura pendia uma aljava de flechas cintilantes.

Os sons da tempestade ficaram mais altos quando alcancei o cume da colina. Os relâmpagos ardiam com a regularidade de um tubo de neon e a chuva caía como uma cortina de fibra de vidro, a essa altura já tendo ultrapassado as montanhas.

Abaixo de mim, monstros e homens e uma porção de homens-monstros se aglomeravam em focos de batalha. Uma nuvem de poeira pairava sobre o campo. Entretanto, ao avaliar a distribuição de tropas, não me pareceu que seria possível repelir muito as forças crescentes do inimigo. Na verdade, tive a sensação de que estavam prestes a lançar o contra-ataque. As forças inimigas pareciam preparadas em seu terreno irregular, só esperando pela ordem.

Errei por apenas meio minuto. As tropas avançaram encosta abaixo para reforçar suas fileiras, fazendo nossas tropas recuarem conforme abriam caminho. E havia mais vindo do outro lado do abismo escuro. Nossas próprias forças começaram a fazer uma retirada razoavelmente ordenada. O inimigo pressionou e, quando a situação estava prestes a degringolar, alguém deve ter dado uma ordem.

Ouvi o som da trombeta de Julian e pouco depois o vi cavalgar Morgenstern à frente dos homens de Arden para o campo. O equilíbrio entre as forças adversárias foi quase restaurado, e o barulho das lutas cresceu sem parar conforme o céu girava acima de nós.

Por cerca de quinze minutos, observei o conflito e testemunhei a retirada lenta de nossas forças pelo campo. E então avistei um vulto de um braço só aparecer no topo de uma colina distante, montado no lombo de um cavalo de listras flamejantes. O homem levantou a espada, de costas para mim, virado para o oeste. Ficou imóvel por alguns segundos. E então abaixou a lâmina.

Ouvi trombetas naquela direção, e a princípio não vi nada. E de repente, para meu espanto, uma fileira de cavalaria surgiu. Por um momento, achei que Brand estivesse lá. E então percebi que era Bleys liderando suas forças para atacar o flanco exposto do inimigo.

E, em um piscar de olhos, nossas tropas no campo não estavam mais em retirada. Mantiveram a posição e em seguida começaram a avançar.

Bleys e seus cavaleiros desceram, e percebi que mais uma vez Benedict tinha a situação sob controle. O inimigo estava prestes a ser destroçado.

Um vento frio vindo do norte me atingiu em cheio, e voltei a olhar naquela direção.

A tempestade tinha feito avanços consideráveis e parecia se mover mais depressa. Estava mais escura do que antes, com clarões mais brilhantes e rugidos mais altos, além do vento frio e úmido cada vez mais intenso.

Na hora me perguntei... será que a tempestade apenas varreria o campo como uma onda aniquiladora e pronto? E os efeitos do Padrão novo? Por acaso viriam em seguida para restaurar tudo? De alguma forma, eu duvidava. Se aquela tempestade nos destruísse, eu tinha a sensação de que os danos seriam permanentes. A força da Joia seria necessária para sobrevivermos aos estragos até que a ordem fosse restaurada. Nesse caso, o que restaria? Impossível saber.

Então qual era o plano de Brand? O que ele estava esperando? O que pretendia fazer?

Avaliei o campo de batalha mais uma vez...

E avistei uma coisa.

Em um lugar sombreado na parte alta onde o inimigo havia se reagrupado, recebido reforços e descido para o ataque... lá estava a coisa.

Uma minúscula fagulha vermelha... Com certeza eu tinha visto.

Continuei observando, à espera. Precisava ver de novo para determinar o local exato...

Passou um minuto. Dois, talvez...

Ali! E de novo.

Virei o corcel negro. Parecia possível contornar o flanco da retaguarda do inimigo e alcançar aquela elevação supostamente vazia. Desci a colina às pressas e comecei a seguir para lá.

Tinha que ser Brand com a Joia. Ele havia escolhido um lugar seguro e abrigado, de onde podia ver todo o campo de batalha e a tempestade iminente. De lá, ele poderia lançar os raios contra nossas forças conforme elas avançassem. Comandaria uma retirada no momento certo e nos atacaria com as estranhas fúrias da tempestade, depois a desviaria para longe de seus aliados. Parecia a forma mais simples e eficaz de usar a Joia naquelas circunstâncias.

Eu precisava me aproximar o quanto antes. Meu controle sobre a pedra era superior ao de Brand, mas diminuía com a distância, e ele devia estar com a Joia no corpo. Minha melhor opção era partir para cima dele, chegar ao alcance do controle a todo custo para assumir o comando e usar os poderes da pedra contra ele. Por acaso estaria acompanhado de um guarda-costas lá em cima? A possibilidade me preocupava, porque poderia me causar um atraso desastroso. E mesmo se estivesse sozinho, o que o impediria de se teletransportar para longe se a situação apertasse? O que me restaria fazer? Teria que começar tudo de novo, retomar a caçada. Seria possível usar a Joia para impedir suas tentativas de se transportar? Mesmo sem saber, decidi tentar.

Talvez não fosse a melhor estratégia, mas era a única que eu tinha. Não dava mais tempo para tramar outros planos.

Enquanto eu cavalgava, vi que outros também se encaminhavam para aquela elevação. Random, Deirdre e Fiona, montados e acompanhados de oito cavaleiros, haviam atravessado as linhas inimigas, seguidos por alguns outros soldados a galope. Não soube dizer se esses últimos eram amigos ou inimigos, talvez ambos. O cavaleiro de verde parecia ser o mais veloz de todos e ganhava cada vez mais terreno. Não reconheci o sujeito, ou a mulher, seja lá o que fosse. Mas eu não duvidava do objetivo daquela vanguarda, não com a presença de Fiona. Ela devia ter detectado a presença de Brand e estava levando os outros até ele. Uma ponta de esperança tocou meu coração. Talvez ela fosse capaz de neutralizar os poderes de Brand, ou quem sabe minimizá-los. Com o corpo inclinado para a frente, ainda virado para a esquerda, apressei meu cavalo. O céu continuava a girar. O vento assobiava à minha volta. Um estrondo enorme de trovão ecoou. Não olhei para trás.

Era uma corrida. Eu não queria que eles chegassem antes de mim, mas receava que fossem conseguir. A distância era grande demais.

Se ao menos se virassem e me vissem, provavelmente me esperariam. Lamentei não ter conseguido anunciar minha presença antes e amaldiçoei a impotência temporária dos arcanos.

Comecei a gritar, a berrar, mas o vento dispersou minhas palavras e o trovão as atropelou.

– Esperem por mim, droga! Sou eu! Corwin!

Nem uma olhada na minha direção.

Passei pelos combates mais próximos e contornei o flanco do inimigo, fora do alcance de projéteis e flechas. Tive a impressão de que eles estavam recuando mais rápido e que nossas forças estavam se espalhando por uma área maior. Brand devia estar se preparando para o ataque. Parte daquele céu rotatório estava coberto por uma nuvem escura que não estivera sobre o campo alguns minutos antes.

Virei-me para a direita, por trás das forças em retirada, em direção às colinas que os outros já estavam subindo.

O céu ficava cada vez mais escuro conforme eu me aproximava da base da elevação. Temi pelos meus parentes, a essa altura muito próximos de Brand. Sabia que ele arriscaria alguma manobra, a menos que Fiona fosse forte o bastante para impedir...

Meu cavalo empinou e fui arremessado ao chão em meio a um clarão ofuscante. O trovão se rompeu antes que eu atingisse o solo.

Fiquei caído ali por alguns instantes, atordoado. O cavalo tinha disparado por uns cinquenta metros, e então parou e começou a perambular sem rumo. Virado de bruços, olhei para a encosta da colina. Os outros cavaleiros também estavam caídos, provavelmente vítimas da mesma descarga elétrica. Alguns se mexiam, outros, não. Nenhum havia se levantado. Acima deles, vi o brilho vermelho da Joia, debaixo de uma saliência, mais forte e constante, assim como a silhueta indistinta de quem a portava.

Comecei a rastejar para a frente, subindo pela esquerda. Queria sair do campo de visão daquele vulto antes de me aventurar a ficar de pé. Levaria muito tempo para rastejar até o topo e seria necessário contornar os outros, porque a atenção de Brand estaria concentrada neles.

Avancei com cautela, bem devagar, aproveitando cada esconderijo disponível, sem saber se um raio cairia no mesmo lugar em breve... e, caso contrário, quando Brand começaria a lançar desastres contra nossas tropas. Imaginei que não demoraria muito. Uma olhada rápida para trás me informou que nossas forças estavam espalhadas pelo outro lado do campo, e que o inimigo havia recuado na minha direção. Na verdade, parecia que em breve eu teria que me preocupar com eles também.

Cheguei a uma vala estreita e rastejei cerca de dez metros rumo ao sul. Saí do outro lado para aproveitar uma elevação, depois me escondi atrás de algumas rochas.

Quando levantei a cabeça para avaliar a situação, não encontrei o brilho da Joia. A fresta onde ela havia aparecido estava bloqueada pela própria barreira de pedra do lado leste.

Ainda assim, continuei me arrastando de bruços, perto da beira do grande abismo, antes de me virar para a direita de novo. Cheguei a um ponto onde pareceu seguro me levantar, e assim fiz. Esperei cair outro clarão, outra trovejada, perto de mim ou no campo, mas nada aconteceu. Comecei a me perguntar... por que não? Projetei a mente e tentei sentir a presença da Joia, sem sucesso. Corri até o lugar onde eu tinha visto o brilho.

Depois de espiar o abismo para ter certeza de que nenhuma ameaça se aproximava por ali, saquei minha espada. Quando alcancei meu destino, fiquei perto da escarpa e segui para o norte. Chegando à beirada, agachei-me para espreitar pela fenda.

Nenhum brilho vermelho. Nenhum vulto vago. O recesso na rocha parecia vazio. Não havia nada suspeito por perto. Teria ele se transportado de novo? Se fosse o caso, por quê?

Endireitei a postura e contornei a elevação rochosa. Retomei a caminhada nessa mesma direção. Tentei sentir a Joia de novo, e dessa vez fiz um fraco contato com ela... em algum lugar elevado à minha direita, ao que parecia.

Em silêncio, atento, avancei até lá. Por que ele havia deixado o esconderijo? Aquela posição tinha sido perfeita para suas intenções. A menos que...

Ouvi um grito e um impropério. Duas vozes diferentes. Comecei a correr.

ONZE

Passei pela fenda e continuei a avançar. Mais adiante, encontrei uma trilha natural que levava para o alto. Subi por ela.

Ainda não tinha visto ninguém, mas minha percepção da presença da Joia ficava mais forte a cada passo. Pensei ter ouvido um único passo à minha direita e me virei nessa direção, mas não havia ninguém ali. A Joia também não parecia tão próxima, então segui em frente.

À medida que ia me aproximando do topo, com o pano de fundo negro do Caos por trás, ouvi vozes. Não consegui distinguir o que diziam, mas pareciam agitadas.

Reduzi a velocidade ao chegar mais perto do cume, e ali me abaixei e espiei de trás de uma pedra.

Random estava um pouco à frente, acompanhado de Fiona e dos lordes Chantris e Feldane. Com exceção de minha irmã, todos estavam com armas em punho e pareciam prestes a usá-las, mas permaneciam completamente imóveis. Contemplavam a borda de tudo, um patamar rochoso ligeiramente mais elevado a uns quinze metros de distância, o ponto onde começava o abismo.

Parado lá, Brand segurava Deirdre na frente do próprio corpo. Ela estava sem elmo, o cabelo se debatendo ao vento, com a adaga dele bem rente ao seu pescoço, onde já parecia haver um pequeno corte. Tornei a me abaixar.

Ouvi os murmúrios de Random:

– Não pode fazer mais nada, Fi?

– Posso mantê-lo onde está – respondeu ela. – E a essa distância, posso atrapalhar os esforços dele para controlar o clima. E só. Ele tem alguma sintonia, e eu não. E a proximidade também é uma vantagem dele. Não importa o que eu tente, ele pode rebater.

Random fincou os dentes no lábio inferior.

– Abaixem suas armas – gritou Brand. – Agora, ou Deirdre morre.

– Se matar nossa irmã, vai perder o único motivo para ainda estar vivo – argumentou Random. – Faça isso para ver onde vou enfiar a minha arma!

Brand resmungou algo inaudível, e então:

– Tudo bem, vou começar com mutilações.

Random cuspiu.

– Vá em frente! – retrucou. – Ela consegue se regenerar tão bem quanto todos nós. Arrume uma ameaça de verdade ou cale a boca e venha lutar!

Brand permaneceu imóvel. Achei melhor não revelar minha presença. Devia haver algo que eu pudesse fazer. Arrisquei outra olhada para ter um retrato mental do terreno, depois me abaixei de novo. Havia algumas rochas mais para a esquerda, mas não eram grandes o suficiente. Não vi nenhum jeito de me aproximar escondido.

– Acho que vamos ter que partir para o ataque e aceitar os riscos – ouvi Random dizer. – Não vejo alternativa. E vocês?

Antes que alguém respondesse, aconteceu algo estranho: o dia começou a clarear.

Observei os arredores em busca da origem da luz e por fim olhei para cima. As nuvens ainda estavam lá e, atrás delas, o céu insano continuava a fazer seus truques. Mas a luminosidade vinha das nuvens. Mais claras, brilhavam como se estivessem cobrindo o sol. Era perceptível o aumento do brilho.

– O que ele está fazendo agora? – perguntou Chantris.

– Nada que eu saiba – respondeu Fiona. – Não acredito que seja obra dele.

– De quem, então?

Não escutei nenhuma resposta.

As nuvens ficavam cada vez mais luminosas. A maior e mais clara de todas passou a rodopiar, como se tivesse sido revirada. Formas se agitavam dentro dela, depois se acomodaram. Um contorno começou a ganhar nitidez.

Abaixo de mim, no campo, os sons da batalha diminuíram. A própria tempestade se calou à medida que a visão ganhava forma. Sem dúvida algo se formava no espaço luminoso acima de nós: os traços de um rosto enorme.

– Não sei, já disse – insistiu Fiona em resposta a um murmúrio alheio.

Antes mesmo de estar completo, percebi que era o rosto do meu pai no céu. Belo truque. E eu não fazia a menor ideia do que aquilo representava.

O rosto se mexeu, parecendo olhar para todos nós. Havia rugas de esforço ali, o semblante contorcido com certa preocupação. A luminosidade aumentou um pouco mais. Os lábios se moveram.

Quando a voz dele chegou até mim, de alguma forma tinha o volume de uma conversa normal, e não o estrondo portentoso esperado.

– Envio esta mensagem a todos antes de realizar o reparo do Padrão – anunciou ele. – Quando a receberem, já terei obtido sucesso ou derrota.

Ela precederá a onda de Caos que deverá acompanhar minha empreitada. Tenho motivos para crer que o esforço será fatal para mim.

Os olhos dele pareceram vasculhar o campo de batalha.

– Celebrem ou lamentem, como quiserem – retomou –, pois este é o começo ou o fim. Enviarei a Joia do Julgamento para Corwin assim que ela já não me for útil. Eu o encarreguei de levá-la até o local do conflito. Todos os seus esforços serão em vão se a onda de Caos não puder ser contida. Em posse da Joia, porém, Corwin poderá preservá-los até ela passar.

Ouvi a risada de Brand. Soava como um homem louco.

– Com minha morte – continuou a voz –, o problema da sucessão recairá sobre seus ombros. Eu tinha intenções a esse respeito, mas agora percebo que eram vãs. Portanto, não tenho escolha além de deixá-la no chifre do Unicórnio. Meus filhos, não posso dizer que estou plenamente satisfeito com vocês, mas imagino que seja mútuo. Que assim seja. Deixo-lhes minha bênção, que é mais do que uma mera formalidade. Vou agora percorrer o Padrão. Adeus.

E então o rosto dele começou a se dissipar enquanto a luz se esvaía das nuvens. Pouco depois, desapareceu de vez. O silêncio reinou sobre o campo.

– E como todos podem ver – começou a dizer Brand –, Corwin não está com a Joia. Larguem suas armas e fujam para longe. Ou fiquem com elas e vão embora. Não quero saber. Deixem-me em paz. Tenho mais o que fazer.

– Brand, você também consegue fazer o que nosso pai esperava de Corwin? – interveio Fiona. – Consegue usar a Joia para nos livrar da ameaça?

– Eu poderia se quisesse. Sim, eu poderia desviá-la.

– Se fizer isso, será um herói – declarou ela, com tom delicado. – Terá nossa gratidão. Todos os erros do passado serão perdoados. Perdoados e esquecidos. Nós...

Brand começou a gargalhar desenfreadamente.

– *Você* vai *me* perdoar? – perguntou. – Você, que me largou naquela torre, que me apunhalou pelas costas? Obrigado, irmã. É muita bondade sua me oferecer seu perdão, mas peço licença para recusar.

– Ora, então o que você quer de nós? – interrompeu Random. – Um pedido de desculpas? Riquezas e tesouros? Um cargo importante? Todas as anteriores? É tudo seu. Mas deixe de lado este jogo tolo. Vamos dar um basta nessa história e voltar para casa, fingir que foi tudo um pesadelo.

– Sim, vamos dar um basta nessa história – concordou Brand. – Podem começar largando as armas. Depois, Fiona vai me libertar desse feitiço e todos vão dar meia-volta e marchar para o norte. Façam isso, ou vou matar Deirdre.

– Então acho melhor tirar a vida dela de uma vez e se preparar para me enfrentar – rebateu Random –, pois se fizermos suas vontades, cedo ou tarde vamos todos morrer, inclusive Deirdre.

Ouvi a risada de Brand.

– Acha mesmo que eu os deixaria morrer? Preciso de vocês, de todos que eu conseguir salvar. Deirdre também, espero. Afinal, são os únicos que podem reconhecer meu triunfo. Eu os protegerei do holocausto que está prestes a começar.

– Não acredito em você – declarou Random.

– Então pare e pense por um instante. Você me conhece bem o suficiente para saber que vou querer esfregar isso na sua cara. Quero todos vocês como testemunhas dos meus feitos. Nesse sentido, sua presença em meu novo mundo será necessária. Agora, saiam daqui.

– Pode ter tudo o que quiser, além de nossa gratidão, se... – começou Fiona.

– Saiam!

Eu sabia que não podia esperar mais. Precisava agir. Também sabia que não conseguiria alcançar Brand a tempo. Minha única opção era tentar usar o poder da Joia contra ele.

Projetei a mente e senti a presença dela. Fechei os olhos e invoquei meus poderes.

Quente. Quente. Está queimando você, Brand. Está fazendo cada molécula do seu corpo vibrar cada vez mais rápido. Você está prestes a se tornar uma tocha humana...

Ouvi seus gritos.

– Corwin! – urrou ele. – Pare, onde quer que esteja! Vou matar Deirdre! Olhe!

Ainda incentivando a Joia a queimá-lo, fiquei de pé. Meu olhar o fustigava por toda a distância que nos separava. Suas roupas estavam começando a soltar fumaça.

– Pare agora! – gritou Brand.

Em seguida, levantou a adaga e cortou o rosto de Deirdre.

Dei um grito, com a visão turva, e perdi o controle da Joia. Mas Deirdre, com a bochecha esquerda ensanguentada, cravou-lhe os dentes na mão quando ele fez menção de desferir um novo golpe. E então conseguiu soltar o braço e fincou uma cotovelada nas costelas dele ao tentar se afastar.

Assim que Deirdre se mexeu, assim que sua cabeça se abaixou, um borrão prateado cruzou o ar. Brand arquejou e soltou a adaga. Uma flecha havia atravessado sua garganta. Outra voou logo em seguida e se cravou no peito dele, um pouco à direita da Joia.

Com um som gorgolejante, ele começou a recuar em direção à beira do abismo, até não ter mais onde pisar.

Seus olhos se arregalaram quando ele começou a cair. E então sua mão direita se esticou para a frente e agarrou o cabelo de Deirdre. Nessa hora eu já estava correndo, gritando, mas sabia que não os alcançaria a tempo.

Deirdre, com uma expressão aterrorizada no rosto sujo de sangue, gritou e estendeu os braços na minha direção...

E então Brand, Deirdre e a Joia caíram da beirada e desapareceram de vista, perdidos para sempre...

Acho que tentei me jogar atrás deles, mas Random me segurou e precisou me nocautear. O mundo escureceu ao meu redor.

Quando acordei, estava deitado no solo pedregoso, um pouco afastado do lugar onde tinha caído. Alguém havia dobrado meu manto para servir de travesseiro. A primeira visão que tive foi do céu giratório, o que me lembrou do meu sonho com a roda no dia em que Dara e eu nos conhecemos. Senti a presença de outras pessoas à minha volta, ouvi suas vozes, mas não virei a cabeça para olhar. Apenas continuei ali, ocupado em contemplar o firmamento enquanto lamentava minha perda. Deirdre... ela tinha sido mais importante para mim do que o resto da família junto. Não dava para evitar. Era assim. Quantas vezes eu havia desejado que ela não fosse minha irmã. No entanto, eu havia me conformado com a realidade de nossa situação. Meus sentimentos por ela nunca mudariam, mas... com sua morte, esse pensamento era mais doloroso do que a destruição iminente do mundo.

Ainda assim, eu precisava descobrir o andamento das coisas. Sem a Joia, era o fim de tudo. E no entanto... projetei a mente, tentando sentir a presença dela, onde quer que estivesse, mas não consegui nada. Comecei a me levantar, então, para ver a que ponto a onda de Caos havia avançado, mas de repente um braço me segurou.

– Descanse, Corwin – disse a voz de Random. – Está esgotado. Parece que acabou de atravessar o inferno. Não há nada que possa fazer. Apenas descanse.

– Que diferença faz o estado da minha saúde? – respondi. – Em pouco tempo, não vai ter importância.

Tentei me levantar de novo, e dessa vez o braço me ajudou.

– Como quiser. Mas não tem muita coisa para ver.

Acho que ele tinha razão. A luta parecia ter acabado, exceto por alguns bolsões isolados de resistência inimiga, e esses estavam sendo cercados rapidamente, os combatentes capturados ou mortos, todos recuando na nossa direção, fugindo do avanço da onda que já havia alcançado a extremidade do campo. Em pouco tempo nossa colina estaria coberta de sobreviventes dos dois lados. Olhei para trás. Nenhuma força nova vinha da cidadela escura. Será que poderíamos nos refugiar ali quando a onda enfim nos alcançasse? E depois? O abismo parecia ser a resposta definitiva.

– Em breve... – sussurrei, pensando em Deirdre. – Em breve...

E por que não?

Observei a cortina da tempestade, relampejando, cobrindo, transformando. Sim, em breve. Com a Joia perdida como Brand...

– Brand... – comecei a dizer. – Quem foi que o acertou, afinal?

– Essa distinção cabe a mim – declarou uma voz familiar que não consegui identificar.

Virei a cabeça, com os olhos atentos. O homem de verde estava sentado em uma pedra. O arco e a aljava estavam apoiados no chão ao seu lado. Ele lançou um sorriso malicioso na minha direção.

Era Caine.

– Quem diria! – exclamei, massageando o queixo. – Aconteceu uma coisa estranha comigo no caminho para o seu velório.

Ele riu.

– Pois é. Fiquei sabendo. Já se matou alguma vez, Corwin?

– Não recentemente. Como conseguiu tal proeza?

– Caminhei até a sombra certa, abordei minha versão de lá. Foi ela quem forneceu o cadáver – contou Caine, e estremeceu. – É uma sensação esquisita. Não gostaria de repetir.

– Mas por quê? – perguntei. – Por que forjar sua morte e tentar me incriminar?

– Eu queria descobrir os problemas em Âmbar e cortar o mal pela raiz. Para isso, decidi que seria melhor desaparecer. E que melhor maneira do que convencer todo mundo de que eu estava morto? E acabei conseguindo, como você viu.

Hesitou por um instante, depois continuou:

– Mas sinto muito por Deirdre. Não tive escolha. Era a nossa última chance. Não achei que ele a levaria junto.

Desviei o olhar.

– Não tive escolha – repetiu Caine. – Espero que entenda.

Assenti com a cabeça.

– Mas por que tentou me incriminar por sua morte? – questionei.

Nessa hora, Fiona e Bleys se aproximaram. Cumprimentei os dois e me virei para Caine, esperando a resposta. Eu tinha algumas perguntas para Bleys também, mas elas podiam esperar.

– E então? – insisti.

– Queria tirar você do caminho – admitiu ele. – Pois ainda acreditava que podia estar por trás de tudo. Você ou Brand. O resto eu já havia descartado. Achei até que os dois podiam ser cúmplices... especialmente por ele ter se esforçado tanto para trazer você de volta.

– Entendeu errado nesse ponto – interrompeu Bleys. – Brand queria manter Corwin longe. Quando descobriu que a memória dele estava voltando, decidiu...

– Sim, agora entendo – respondeu Caine –, mas na época foi o que pareceu. Então quis mandar Corwin de volta para a masmorra enquanto eu procurava Brand. Assim, eu me escondi e entreouvi todas as conversas nos arcanos, na esperança de descobrir alguma pista sobre o paradeiro de Brand.

– Era a isso que nosso pai se referia – observei.

– O quê? – perguntou Caine.

– Ele deu a entender que havia alguém entreouvindo os arcanos.

– Não vejo como ele saberia. Aprendi a executar a manobra de forma completamente passiva. Descobri um jeito de dispor o baralho todo e encostar de leve em todas as cartas ao mesmo tempo, esperando qualquer vibração. Quando acontecia, eu deslocava minha atenção para os interlocutores. Se pegasse uma de cada vez, descobri até que às vezes era possível entrar na mente de vocês quando não estavam usando os arcanos... desde que estivessem distraídos o bastante e eu evitasse produzir qualquer reação.

– Ainda assim, nosso pai sabia – insisti.

– É perfeitamente possível. Até provável – comentou Fiona, e Bleys concordou com um aceno.

Random chegou mais perto e se pronunciou:

– O que quis dizer ao perguntar sobre o flanco de Corwin? Só poderia saber disso se...

Caine se limitou a assentir. Avistei Benedict e Julian ao longe, dando ordens para suas tropas. Após o gesto silencioso de Caine, esqueci os dois.

– Você? – murmurei. – Foi você quem me esfaqueou?

– Beba um pouco, Corwin – sugeriu Random, entregando-me seu odre.

Engoli o vinho diluído. Minha sede era imensa, mas parei depois de alguns bons goles.

– Conte como foi.

– Tudo bem. Você merece saber – concordou Caine. – Quando vi a mente de Julian e descobri seu plano para trazer Brand de volta para Âmbar, concluí que uma de minhas hipóteses estava certa: você e Brand eram cúmplices. Ou seja, os dois tinham que ser destruídos. Usei o Padrão para me projetar para seus aposentos naquela noite. Ali, tentei ceifar sua vida, mas você foi rápido demais e deu um jeito de fugir usando os arcanos antes que eu tivesse uma segunda chance.

– Ora, maldito seja! – exclamei. – Se conseguia tocar a nossa mente, não podia ter visto que eu não era quem você estava procurando?

Ele negou com a cabeça.

– Só era possível captar pensamentos superficiais e reações ao entorno imediato. E mesmo assim, não era sempre. Além disso, eu tinha escutado a sua maldição, Corwin. E ela estava se concretizando. Dava para ver à nossa volta. Senti que ficaríamos muito mais seguros se você e Brand estivessem fora do caminho. Eu sabia do que ele era capaz, com base nas ações dele antes de seu retorno. Mas não tive como chegar até ele na hora, por causa de Gérard. Então ele começou a ficar mais forte. Fiz uma tentativa mais tarde, mas não deu certo.

– Quando foi isso? – quis saber Random.

– Foi o atentado pelo qual Corwin levou a culpa. Eu me disfarcei. Caso ele também saísse ileso, tal como Corwin, eu não queria que ele soubesse que eu ainda estava vivo. Usei o Padrão para me projetar para os aposentos dele e tentei eliminá-lo. Nós dois saímos feridos e teve muito sangue derramado, mas ele conseguiu escapar pelo arcano. Então entrei em contato com Julian há um tempo e me juntei a ele para esta batalha, porque Brand certamente viria para cá. Mandei fazer flechas com ponta de prata porque tinha quase certeza de que ele não era mais como nós. Queria matá-lo rápido, de longe. Treinei com o arco e vim atrás dele. Finalmente o encontrei. Agora todo mundo me diz que eu me enganei sobre você, Corwin, então acho que a sua flecha não vai ser usada.

– Muito obrigado.

– Talvez eu até lhe deva um pedido de desculpas.

– Seria bom.

– Por outro lado, achei que tinha razão. E só agi dessa forma para salvar o resto...

Nunca cheguei a ouvir o pedido de desculpas de Caine, porque naquele momento o mundo inteiro pareceu sacudido pelo estrondo de uma trombeta. Um som abrangente, alto, prolongado. Observamos os arredores em busca da origem.

Caine se levantou e apontou com o dedo.

– Ali está! – exclamou.

Meus olhos acompanharam o gesto. A cortina da tempestade se rompeu ao noroeste, de onde emergia a estrada negra. Um cavaleiro fantasmagórico em um corcel preto havia surgido ali e soprava sua trombeta. Levou algum tempo para que as próximas notas nos alcançassem. Pouco depois, outros dois trombeteiros, também pálidos e montados em corcéis pretos, juntaram-se ao espetáculo. Os dois ergueram seus instrumentos e amplificaram os sons.

– O que será aquilo? – perguntou Random.

– Acho que eu sei – respondeu Bleys, e Fiona assentiu.

– E o que é? – questionei.

Mas eles não responderam. Os cavaleiros partiram novamente pela estrada negra, e outros apareciam atrás deles.

DOZE

Observei de longe. Um vasto silêncio reinava na elevação ao meu redor. Todas as tropas tinham parado para assistir à procissão. Até os prisioneiros das Cortes, cercados por aço, voltaram a atenção para a cena.

Atrás dos trombeteiros pálidos vinha uma massa de cavaleiros montados em corcéis brancos, munidos de estandartes, alguns dos quais não reconheci, liderados por uma criatura humana que portava o estandarte do Unicórnio de Âmbar. Depois vieram outros músicos, alguns com instrumentos que eu nunca tinha visto.

Mais adiante marchavam criaturas de aspecto humano, com chifres e armadura leve, dispostas em longas colunas, e uma a cada vinte ostentava uma grande tocha diante do corpo, estendida acima da cabeça. Um ruído grave nos alcançou nesse momento, lento, ritmado, estendendo-se sob as notas das trombetas e dos outros instrumentos... Percebi que era o canto dos soldados de infantaria. Muito tempo pareceu se passar enquanto esse exército avançava pela estrada negra bem abaixo de nós, mas nenhum de nós se mexeu, nenhum de nós falou. A horda passou, com as tochas e os estandartes e a música e a cantoria, e finalmente chegou à beira do abismo e continuou pela extensão quase invisível daquela estrada escura, as tochas ardendo contra a escuridão, iluminando o caminho. A música ficou mais intensa, apesar da distância, e cada vez mais vozes se juntavam ao coro, conforme a guarda continuava a emergir daquela cortina relampejante da tempestade. De vez em quando um trovão ecoava, sem abafar a música e os cantos, assim como os ventos fortes pareciam incapazes de apagar as tochas. O desfile tinha um efeito hipnótico. A impressão era de que eu tinha observado a procissão durante dias intermináveis, talvez anos, ouvindo a melodia que só então começava a reconhecer.

De repente, um dragão emergiu da tempestade, e outro, e mais um. Verdes e dourados e pretos como ferro velho, eu os vi voar nos ventos, com a cabeça virada para soprar pendões de fogo. Os relâmpagos estouravam por trás das criaturas, revelando sua magnificência e esplendor de proporções incalculáveis. Mais abaixo vinha um pequeno rebanho de gado branco, sacudindo a cabeça e resfolegando, batendo os cascos no chão. Cavaleiros conduziam a boiada, estalando grandes chicotes pretos.

Em seguida veio uma procissão de soldados verdadeiramente bestiais, originários de uma sombra com a qual Âmbar às vezes comercializa, seres pesados, com escamas e garras, tocando instrumentos que lembravam gaitas de fole, cujas notas agudas nos alcançavam, vibrantes e comoventes.

Marcharam em frente, seguidos por mais tochas e mais soldados com suas cores, de sombras remotas e próximas. Observamos a passagem deles, rumo àquele céu distante, como uma migração de vaga-lumes em direção à cidadela preta chamada de Cortes dos Caos.

Parecia não ter fim. A essa altura, eu já havia perdido a noção do tempo. Mas a tempestade, curiosamente, não avançou. Fiquei tão enlevado pela procissão que quase me esqueci de mim mesmo. Sabia que era um espetáculo que jamais se repetiria. Criaturas coloridas voavam por cima das colunas e outras escuras flutuavam mais alto.

Figuras fantasmagóricas tocavam tambores, seres de pura luz e uma revoada de máquinas flutuantes; vi cavaleiros vestidos de preto montados em uma variedade de montarias; uma serpe pareceu pairar no céu por um instante, como parte de um espetáculo de fogos de artifício. E os sons, cascos e passos, cantos e apitos, batidas e trombetas, acumulavam-se em uma onda poderosa e nos cobriam. E a procissão avançou cada vez mais pela ponte de escuridão, suas luzes marcando uma imensa distância.

E então, conforme meus olhos sondavam essas fileiras, outra forma emergiu da cortina cintilante. Era uma carroça toda coberta de preto, puxada por uma parelha de cavalos escuros. De cada canto subia um cajado que ardia com uma chama azul, e sobre o teto jazia o que só podia ser um caixão, recoberto com nossa bandeira do Unicórnio. O condutor era um corcunda vestido com trajes roxos e alaranjados, e mesmo daquela distância eu soube que era Dworkin.

Então é assim, pensei. *Não sei por quê, mas parece adequado que você esteja a caminho do Velho Mundo. Havia muitas coisas que eu poderia ter dito quando você estava vivo. Algumas eu disse, mas poucas das palavras certas chegaram a ser pronunciadas. E agora já é tarde, pois você está morto. Morto como todos os que o precederam rumo àquele lugar para onde o resto de nós também deve partir em breve. Sinto muito. Foi só depois de todos esses anos, depois de você assumir outro rosto e outra forma, que finalmente o conheci e o respeitei, e até passei a gostar de você... embora também nessa forma você fosse um grande velho ardiloso. A figura de Ganelon era sua essência verdadeira esse tempo todo, ou foi apenas mais um disfarce adotado pela conveniência, Velho Metamorfo? Nunca saberei, mas gosto de acreditar que finalmente o vi como realmente era, que conheci alguém de quem eu gostava, alguém em quem podia confiar, e que esse alguém era você, pai. Lamento não termos nos conhecido melhor, mas fico grato pelo que tive...*

– Pai?... – sussurrou Julian.

– Ele desejava ser levado para além das Cortes do Caos, para a escuridão eterna, quando sua hora finalmente chegasse – contou Bleys. – Ao menos foi o que Dworkin me disse certa vez. Para além do Caos e de Âmbar, para um lugar onde não reinasse nem um, nem outro.

– É verdade – confirmou Fiona. – Mas existe ordem em algum lugar atrás daquela muralha de onde vieram? Ou será que a tempestade continua para sempre? Se ele teve sucesso, essa é só uma questão passageira e não corremos perigo. Caso contrário...

– Não importa se ele teve sucesso ou não, porque eu tive – declarei.

– Como assim? – perguntou ela.

– Acredito que nosso pai tenha fracassado em sua missão, que tenha sido destruído antes de restaurar o Padrão antigo. Quando vi essa tempestade se aproximar, até cheguei a sentir uma parte dela, percebi que eu jamais conseguiria chegar aqui a tempo com a Joia, que ele tinha me enviado depois da tentativa. Durante toda a jornada, Brand tentou tirar a pedra de mim, segundo ele, para criar um Padrão novo. Mais tarde, isso me deu uma ideia. Ao ver que nada mais adiantaria, usei a Joia para criar um Padrão novo. Foi a coisa mais difícil que já fiz, mas consegui. O mundo deve se restabelecer depois que essa onda passar, mesmo se não sobrevivermos. Brand roubou a Joia de mim assim que o completei. Quando me recuperei do ataque dele, usei o Padrão novo para me projetar aqui. Então ainda existe um Padrão, não importa o que aconteça.

– E se nosso pai tiver conseguido, Corwin? – questionou Fiona.

– Não sei.

– Pelo que Dworkin me contou, dois Padrões distintos não poderiam coexistir no mesmo universo – observou Bleys. – Os de Rabma e de Tir-na Nog'th não contam, já que são meros reflexos do nosso...

– O que aconteceria? – perguntei.

– Acho que haveria uma ruptura, a criação de uma nova existência... em algum lugar.

– E quais seriam os efeitos na nossa realidade?

– Ou catástrofe absoluta, ou nada – respondeu Fiona. – Daria para especular em qualquer sentido.

– Então estamos de volta à estaca zero – declarei. – Ou tudo vai ruir em breve, ou tudo vai continuar.

– É o que parece – confirmou Bleys.

– Não faz diferença se não estivermos aqui depois que a onda nos alcançar – continuei. – E certamente vai nos alcançar.

Voltei minha atenção para o cortejo fúnebre. Mais cavaleiros haviam surgido atrás da carroça, seguidos por uma marcha de tambores. Depois vieram flâmulas e tochas e uma longa fileira de soldados de infantaria. O coro de vozes ainda nos alcançava, e ao longe, muito além do abismo, a procissão enfim parecia ter chegado à cidadela escura.

Eu o odiei por tanto tempo, e o culpei por tantas coisas. Agora acabou, e nenhum desses sentimentos existe mais. Até desejava que eu fosse rei, uma função para a qual, agora entendo, não sou adequado. Percebo que devo ter sido importante para você, afinal. Nunca contarei aos outros. Já me basta saber. Mas nunca mais o verei da mesma forma. Sua imagem já começou a se apagar. Vejo o rosto de Ganelon onde deveria estar o seu. Ele foi meu companheiro. Arriscou a vida por mim. Ele era você, mas uma versão diferente, uma que eu ainda não conhecia. Quantas esposas, quantos inimigos pereceram antes de sua partida? Houve muitos amigos? Acho que não. Mas havia tanto sobre você que nunca soubemos. Jamais imaginei que veria sua morte. Ganelon, pai, velho amigo e inimigo, eu me despeço. Você se junta a Deirdre, a quem amei. Você preservou seu mistério. Descanse em paz, se assim for de sua vontade. Dou-lhe esta rosa murcha que levei através do inferno, e a lançarei ao abismo. Deixo-lhe a rosa e as cores retorcidas do céu. Sentirei sua falta...

Finalmente, a longa procissão chegou ao fim. Os últimos soldados emergiram da cortina e se afastaram. Os relâmpagos ainda ardiam, a chuva caía forte e os trovões rugiam. E ainda assim, nenhum dos membros da procissão parecera molhado. Continuei na beira do abismo, de onde os tinha visto passar. Senti uma mão pousada no meu braço. Não sei por quanto tempo ela estivera ali. Com o fim do cortejo, a tempestade retomou seu avanço.

A rotação do céu parecia nos trazer mais escuridão. Vozes ecoavam à minha esquerda. Tive a impressão de que falavam havia um bom tempo, mas as palavras não chegavam aos meus ouvidos. Eu estava trêmulo, percebi, com o corpo todo dolorido. Mal conseguia parar em pé.

– Venha descansar – aconselhou Fiona. – A família já encolheu o bastante por um dia.

Deixei que ela me afastasse do abismo.

– Faria mesmo diferença? – perguntei. – Quanto tempo acha que ainda nos resta?

– Não precisamos esperar a tempestade nos alcançar aqui – argumentou ela. – Vamos atravessar a ponte escura para as Cortes. Já penetramos a defesa deles. A tempestade talvez não chegue tão longe. Pode ser que ela pare aqui no abismo. Seja como for, deveríamos nos despedir do nosso pai.

Assenti de leve.

– Parece que não temos outra escolha além de cumprir nosso dever até o fim.

Sentei-me no chão com um suspiro. Eu me sentia ainda mais fraco do que antes.

– Corwin, suas botas...

– Sim.

Fiona as tirou. Meus pés latejavam.

– Obrigado.

– Vou trazer algo para você comer.

Fechei os olhos e adormeci, com a mente muito atribulada para formar um sonho coerente. Não sei quanto tempo isso durou, mas um antigo reflexo me despertou ao som dos cascos de um cavalo que se aproximava. E então uma sombra passou sobre minhas pálpebras.

Ergui o rosto e contemplei uma pessoa mascarada, silenciosa e imóvel conforme me observava.

Retribuí o olhar. Não houve nenhum gesto ameaçador, mas havia antipatia naquele semblante frio.

– Aqui jaz o herói – disse uma voz baixa.

Não respondi.

– Seria muito fácil acabar com sua vida agora.

E então reconheci a voz, embora não entendesse as origens de tal hostilidade.

– Encontrei Borel à beira da morte – declarou ela. – Ele me contou sobre a maneira desprezível como você o derrotou.

Não consegui evitar, incapaz de controlar a risada seca que brotou da minha garganta. Tantos motivos idiotas para se irritar e foi escolher justo esse! Eu poderia ter explicado que Borel estivera mais guarnecido e descansado e mesmo assim viera arranjar briga comigo. Poderia ter dito que não sigo as regras quando minha vida está em risco, ou que não considero a guerra um jogo. Poderia ter alegado inúmeras coisas, mas se ela já não soubesse ou se recusasse a entender as explicações, não faria a menor diferença. Além do mais, seus sentimentos já eram bastante óbvios.

Por isso, eu me limitei a repetir um dos grandes clichês verdadeiros:

– Geralmente toda história tem mais de um lado.

– Fico com o que já tenho – retrucou ela.

Pensei em encolher os ombros, mas estavam muito doloridos.

– Você me custou duas das pessoas mais importantes da minha vida – acusou-me ela.

– É mesmo? Ora, então sinto muito.

– Achei que você seria diferente. Pelo que diziam, eu o imaginava como alguém de grande nobreza: forte, mas também compreensivo e às vezes gentil. Honrado...

A tempestade, bem mais próxima a essa altura, explodia em raios logo além. Uma palavra vulgar escapou dos meus lábios. Ela a ignorou como se não tivesse escutado.

– Vou embora – anunciou. – Vou voltar para o meu povo. Vocês podem ter sido vitoriosos até agora... mas lá jaz Âmbar.

E fez um gesto na direção da tempestade. Só tive forças para olhar, não para a tormenta inclemente, e sim para ela.

– Duvido que reste algo para renunciar da minha nova aliança – acrescentou.

– E Benedict? – sussurrei.

– Não... – começou a dizer, e se virou. Ficou em silêncio, e então: – Acho que nunca mais nos veremos.

E com isso ela partiu a cavalo na direção da estrada negra.

Um cínico talvez concluísse que ela apenas havia decidido se bandear para o que considerava o lado vencedor, já que era provável que as Cortes do Caos sobrevivessem. Eu simplesmente não sabia. Só me restava pensar na visão revelada por seu gesto. O capuz tinha se afastado e eu vislumbrara o que ela havia se tornado. A figura parada nas sombras não tinha um rosto humano. Ainda assim, eu a segui com o olhar até que tivesse desaparecido ao longe. Com a morte de Deirdre, Brand e meu pai, e a despedida de Dara naquelas circunstâncias, o mundo se tornou mais vazio... ou pelo menos o que restava dele.

Com um suspiro, voltei a me deitar. Por que não ficar ali quando os outros fossem embora, dormir e esperar a tempestade me cobrir... e me dissolver? Pensei em Hugi. Será que eu havia absorvido também sua fuga da vida, além da carne? Eu estava tão cansado que essa parecia a opção mais fácil...

– Aqui, Corwin.

Eu tinha cochilado de novo, mas só por um instante. Fiona estava ao meu lado, com comida e um odre. Alguém a acompanhava.

– Não quis interromper sua conversa – comentou. – Então esperei.

– Você ouviu? – perguntei.

– Não, mas consigo imaginar como deve ter sido, já que ela foi embora. Aqui, beba isto.

Tomei um pouco de vinho e voltei minha atenção para a carne, o pão. Apesar do meu estado de espírito, estavam apetitosos.

– Vamos partir em breve – avisou Fiona, observando a tempestade furiosa. – Consegue cavalgar?

– Acho que sim.

Tomei outro gole do vinho.

– Mas tanta coisa aconteceu, Fi – continuei. – Estou emocionalmente esgotado. Fugi de um sanatório em um mundo de Sombra. Enganei algumas pessoas, matei outras tantas. Calculei e lutei. Recuperei minha memória e tentei reordenar minha vida. Encontrei e aprendi a amar minha família. Consegui me reconciliar com nosso pai. Lutei pelo reino. Tentei de tudo para resolver a situação. E agora parece que foi tudo a troco de nada, e não tenho mais energia para lamentar. Estou esgotado. Perdoe-me.

Ela me beijou.

– Ainda não fomos derrotados, Corwin. Você voltará a ser quem era.

Neguei com um aceno.

– É como no último capítulo de *Alice* – declarei. – Se eu gritar "Vocês são só cartas de baralho!", tenho a sensação de que vamos todos sair voando, como um punhado de cartões pintados. Não partirei com vocês. Podem me deixar aqui. Afinal, eu sou só o coringa.

– Neste momento, sou mais forte que você, Corwin. E digo que vai, sim, nos acompanhar.

– Não é justo – resmunguei.

– Termine de comer. Ainda dá tempo.

Enquanto eu comia, Fiona continuou:

– Seu filho Merlin está à sua espera. Quero chamá-lo aqui agora.

– É um prisioneiro?

– Não exatamente. Ele não lutou. Chegou aqui agora há pouco, pedindo para falar com você.

Assenti com a cabeça, e ela se afastou. Desisti da comida e tomei outro gole de vinho. Estava apreensivo. O que dizer a um filho adulto cuja existência acabou de descobrir? Quais eram os sentimentos dele em relação a mim? Por acaso sabia da decisão de Dara? Como eu deveria me portar diante dele?

Eu o vi se aproximar de onde meus irmãos estavam agrupados, mais para a esquerda. Até então, eu não tinha entendido por que eles haviam me deixado sozinho daquele jeito. Quanto mais visitas eu recebia, mais óbvia se tornava a resposta. Por acaso estariam protelando a retirada por minha causa? Os ventos úmidos da tempestade sopravam com força renovada. Ele me encarava enquanto se aproximava, sem esboçar muitas reações naquele rosto tão parecido com o meu. Como Dara se sentia naquele momento, quando sua profecia de destruição parecia ter se concretizado? Em que pé estaria o relacionamento dela com o garoto? As dúvidas enxameavam minha cabeça.

Ele se inclinou para segurar minha mão.

– Pai...

– Merlin.

Olhei-o nos olhos. Fiquei de pé, sem soltar sua mão.

– Não precisa se levantar.

– Está tudo bem.

Eu o abracei, depois o soltei e disse:

– Fico feliz. Beba comigo.

Ofereci o vinho, em parte para suprir minha carência de palavras.

– Obrigado.

Ele pegou o odre, bebeu um pouco e devolveu.

– À sua saúde – brindei, e também dei um gole. – Sinto muito por não poder oferecer uma cadeira.

Acomodei-me no chão e ele fez o mesmo.

– Nenhum dos outros parecia capaz de explicar o que você andou fazendo – comentou. – Exceto Fiona, que se limitou a dizer que tinha sido muito difícil.

– Não tem importância. Fico feliz por ter chegado até aqui, nem que seja apenas por este momento. Fale um pouco sobre você, filho. Como você é? Como a vida o tratou?

Ele desviou os olhos.

– Ainda não vivi o suficiente para ter feito muita coisa.

Fiquei curioso para saber se ele era metaformo, mas segurei a pergunta por ora. Não fazia sentido procurar nossas diferenças quando havíamos acabado de nos conhecer.

– Não tenho ideia de como deve ter sido crescer nas Cortes.

Pela primeira vez, ele sorriu.

– E eu não tenho ideia de como seria crescer em outro lugar – respondeu. – Por ser diferente, passei um bocado de tempo sozinho. Aprendi tudo o que um cavalheiro devia saber: magia, armamentos, venenos, cavalos, dança. Disseram que um dia eu governaria Âmbar. Isso já não é verdade, certo?

– Não me parece muito provável no futuro próximo.

– Ótimo! Era a única coisa que eu não queria fazer.

– E o que você quer fazer?

– Percorrer o Padrão de Âmbar como minha mãe fez e adquirir poder sobre Sombra, para que possa caminhar por lá, ver cenas estranhas e fazer coisas diferentes. Acha que sou capaz?

Tomei outro gole de vinho e lhe entreguei o odre.

– É bem possível que Âmbar não exista mais. Tudo depende do sucesso ou fracasso de seu avô em uma missão... e ele não está mais entre nós para dizer o que aconteceu. No entanto, seja lá o que aconteça, existe outro Padrão. Se sobrevivermos a essa tempestade demoníaca, prometo que encontrarei um Padrão e lhe darei todas as instruções para completar a travessia.

– Obrigado. Agora poderia me contar sobre a sua jornada até aqui?

– Mais tarde. O que lhe disseram sobre mim?

Merlin desviou os olhos.

– Fui ensinado a detestar muitos aspectos de Âmbar – admitiu, por fim. E então, depois de um instante de silêncio: – Fui ensinado a respeitar você, no entanto, por ser meu pai. Mas sempre destacavam que você estava do lado do inimigo.

Permaneceu quieto por um tempo antes de continuar:

– Eu me lembro daquele dia, em patrulha, quando o encontrei aqui depois da sua luta com Kwan. Fiquei dividido. Você tinha acabado de matar um conhecido meu, e no entanto... admirei sua postura. Vi meu rosto no seu. Foi estranho. Tive vontade de conhecê-lo melhor.

O céu deu uma volta completa, lançando a escuridão sobre nós enquanto as cores cobriam as Cortes. A cena enfatizava o avanço contínuo da tempestade relampejante. Estendi os braços e comecei a calçar minhas botas. Estava quase na hora de bater em retirada.

– Vamos continuar nossa conversa em seu território – sugeri. – Precisamos fugir da tempestade.

Merlin se virou e estudou as intempéries, depois voltou a contemplar o abismo.

– Posso invocar uma travessia pelicular, se preferir.

– Uma daquelas pontes flutuantes como a que usou no dia em que nos encontramos?

– Sim, elas são muito convenientes. Eu...

Ouvimos um grito da direção onde meus irmãos estavam reunidos. Quando os observei, não vi sinal de ameaça. Fiquei de pé e dei alguns passos até eles, e Merlin se levantou para me acompanhar.

E então a vi. Uma forma branca parecia pisar o ar conforme emergia do abismo. Os cascos dianteiros finalmente tocaram a borda e ela avançou, e então parou, olhando para todos nós: nosso Unicórnio.

TREZE

Por um instante, minhas dores e minha fadiga se dissiparam. Senti uma pontada ínfima de esperança ao contemplar aquela figura branca formosa diante de nós. Uma parte minha queria correr até ela, mas algo muito mais forte me manteve paralisado, à espera.

Não sei dizer por quanto tempo ficamos assim. Abaixo, nas encostas, as tropas estavam prontas para marchar, tendo acorrentado os prisioneiros, carregado os cavalos e armazenado os equipamentos. De súbito, esse vasto exército interrompeu os preparativos. Não era natural que todos tivessem se dado conta da presença com tanta rapidez, mas cada cabeça que eu via estava virada para lá, na direção do Unicórnio à beira do abismo, a silhueta delineada contra aquele céu insano.

O vento tinha parado de soprar às minhas costas, embora os trovões ainda rugissem e explodissem e os clarões de relâmpago lançassem sombras dançantes diante de mim.

Pensei no meu último vislumbre do Unicórnio, quando fomos recuperar o corpo de Caine de Sombra, no dia em que Gérard me derrotou na luta. Pensei nas histórias que já havia escutado… Será que ela conseguiria nos ajudar?

O Unicórnio deu um passo à frente e parou.

Era tão bela que, por alguma razão, eu me senti acalentado só de observá-la. Mas era uma sensação dolorosa essa que ela despertava; aquela beleza devia ser assimilada em pequenas doses. E, de alguma forma, eu conseguia sentir a inteligência sobrenatural que residia naquela cabeça alva. Eu ardia de vontade de tocá-la, embora soubesse que não podia.

Passou a observar os arredores. Seus olhos pousaram em mim, e eu teria desviado os meus se fosse capaz. Mas era impossível, então retribuí aquele olhar, onde vi uma compreensão para além da minha. Era como se ela soubesse tudo a meu respeito e nesse instante tivesse absorvido todas as minhas provações recentes, como se visse, entendesse, talvez se compadecesse da situação. Por um segundo, pensei ter visto ali o reflexo de piedade e de um amor intenso, e talvez um toque de humor.

E então a cabeça dela se virou e o contato visual foi interrompido. Soltei um suspiro involuntário. No repentino clarão dos relâmpagos, pensei ter vislumbrado um brilho na lateral de seu pescoço.

O Unicórnio avançou mais um passo e se posicionou diante dos meus irmãos, para onde eu estava me dirigindo. Abaixou a cabeça e deu um pequeno relincho. Bateu no solo com a pata dianteira direita.

Senti a presença de Merlin ao meu lado. Pensei no que eu perderia se tudo acabasse ali.

Com alguns passos saltitantes, ela avançou. Depois sacudiu e abaixou a cabeça. Parecia que não gostava da ideia de se aproximar de um grupo tão grande de pessoas.

Com o passo seguinte, vi o brilho de novo, um pouco mais nítido. Uma fagulha minúscula de vermelho cintilava na pelagem do pescoço: estava com a Joia do Julgamento. Eu nem imaginava como ela a havia recuperado. E não tinha importância. Se ela estivesse disposta a me entregar a pedra, eu acreditava que seria capaz de desfazer a tempestade, ou pelo menos de nos proteger até ela passar.

Mas aquele olhar havia bastado, pois não me dirigiu mais atenção. Com passos lentos e cautelosos, como se estivesse pronta a fugir a qualquer provocação, ela avançou para o ponto onde Julian, Random, Bleys, Fiona, Llewella, Benedict e alguns nobres aguardavam.

Eu devia ter percebido na hora o que estava acontecendo, mas não percebi. Estava distraído com os movimentos do animal esguio conforme caminhava, contornando a periferia do grupo.

Mais uma vez, ela parou e abaixou a cabeça. Em seguida sacudiu a crina e se ajoelhou com as patas dianteiras. A Joia do Julgamento pendia de seu chifre espiral dourado. A ponta do chifre quase encostava na pessoa diante da qual ela havia se ajoelhado.

E então, com o olho da mente, avistei o rosto do nosso pai no firmamento, e suas palavras voltaram a mim: "Com minha morte, o problema da sucessão recairá sobre seus ombros... não tenho escolha além de deixá-la no chifre do Unicórnio."

Um burburinho se espalhou pelo grupo, pois o mesmo pensamento deve ter ocorrido aos outros. O Unicórnio permaneceu impassível diante da comoção, uma estátua branca e delicada, sem sequer parecer respirar.

Lentamente, Random estendeu a mão e retirou a Joia do chifre dela. O sussurro dele chegou até mim.

– Obrigado.

Julian desembainhou a espada e a colocou aos pés de Random ao se ajoelhar. Depois foi a vez de Bleys, Benedict e Caine, Fiona e Llewella. Fui até eles e fiz o mesmo, seguido por meu filho.

Random ficou em silêncio por um bom tempo, e então declarou:

– Aceito o voto de lealdade de vocês. Agora, levantem-se todos.

Enquanto obedecíamos, o Unicórnio se virou e disparou encosta abaixo, sumindo de vista em instantes.

– Nunca imaginei que tal coisa pudesse acontecer – continuou Random, ainda segurando a Joia diante dos olhos. – Corwin, pode pegar isto aqui e impedir aquela tempestade?

– Ela é sua agora – respondi –, e eu não sei qual é a dimensão dessa tormenta. Na minha atual condição, talvez eu não consiga resistir por tempo suficiente para proteger todos nós. Acho que esse será seu primeiro ato como rei.

– Então vai ter que me mostrar como funciona. Achei que seria necessário um Padrão para me sintonizar à Joia.

– Não, creio que não. Brand insinuou que, uma vez sintonizada, a pessoa poderia repetir o processo com outra. Tenho refletido sobre o assunto desde então, e acho que sei como proceder. Vamos nos afastar para algum canto.

– Certo. Venha.

Algo novo já havia surgido na voz e na postura dele. A função súbita havia começado a exercer mudanças imediatas, ao que parecia. Eu me perguntei que tipo de rei e rainha ele e Vialle se tornariam. Minha mente parecia desconectada. Havia acontecido muita coisa em um intervalo muito curto. Não consegui reunir todos os eventos recentes na mesma linha de raciocínio. Minha vontade era me arrastar para algum buraco e dormir um dia inteiro. Em vez disso, segui Random até um lugar onde as brasas de uma pequena fogueira ainda fumegavam.

Ele atiçou o fogo e jogou alguns gravetos nas chamas. E então se acomodou por ali e me chamou com um meneio da cabeça. Cheguei mais perto e me sentei ao seu lado.

– Sobre essa história de ser rei... – começou. – O que vou fazer, Corwin?

Fui pego de surpresa.

– O que vai fazer? Ora, um trabalho excelente, imagino.

– Acha que os outros ficaram ressentidos?

– Se for o caso, ninguém demonstrou. Você foi uma boa escolha, Random. Tanta coisa aconteceu nos últimos tempos... Na verdade, nosso pai nos protegeu, talvez mais do que seria saudável. O trono não vai ser tarefa fácil, claro. Ainda tem muito trabalho pela frente. A essa altura, acho que os outros sabem disso.

– E você?

– Bem, eu só almejava o trono porque Eric o queria. Não sabia disso na época, mas é a verdade. Era o revide perfeito em um jogo que já durava anos. Ou melhor, a conclusão de uma vingança. E eu o teria matado para conquistar o trono. Estou feliz que ele tenha arranjado outro jeito de morrer. Compartilhávamos mais semelhanças do que diferenças, ele e eu. Só fui me dar conta disso muito mais tarde. Depois da morte dele, encontrei vários motivos para não assumir o trono. Não. Pode ficar. Seja um bom soberano, irmão. Tenho certeza de que será.

– Se Âmbar ainda existir, eu tentarei – declarou ele, depois de um tempo.
– Venha, precisamos resolver a questão da Joia. A proximidade daquela tormenta está começando a incomodar.

Peguei a pedra de suas mãos e a segurei pela corrente diante do fogo. A luz a atravessou; o interior dela parecia nítido.

– Chegue mais perto e contemple o interior da Joia comigo – instruí.

Random obedeceu, e enquanto observávamos a Joia, acrescentei:

– Pense no Padrão.

Também me concentrei, tentando trazer à mente suas curvas e espirais, o brilho fraco de suas linhas.

Logo tive a impressão de detectar um ligeiro defeito no centro da pedra. Observei com atenção enquanto evocava as voltas, as curvas, os Véus... Imaginei a corrente que me cobria sempre que eu percorria aquele caminho intrincado.

A imperfeição na Joia se tornou mais perceptível.

Investi minha vontade para invocar o contorno em sua plenitude. Fui tomado por uma sensação familiar, a mesma de quando eu havia me sintonizado à Joia. Eu só esperava ter forças o bastante para sobreviver ao processo outra vez.

Estendi a mão e segurei o ombro de Random.

– O que vê ali? – perguntei.

– Alguma coisa que lembra o Padrão, mas parece ter três dimensões. Está no fundo de um mar vermelho...

– Então venha comigo. Temos que ir até ele.

Mais uma vez aquela sensação de movimento, primeiro à deriva, depois em queda livre em velocidade crescente na direção das sinuosidades nunca totalmente vistas do Padrão dentro da Joia. Impeli nosso avanço, sentindo a presença do meu irmão junto de mim, e o brilho rubi que nos envolvia se escureceu, assumiu o tom negro de um céu noturno. Aquele Padrão crescia a cada batida do coração. Por algum motivo, o processo parecia mais fácil do que antes, talvez porque eu já estivesse sintonizado.

Conduzi Random à medida que aquela forma familiar crescia e o ponto de partida se tornava visível. Conforme avançávamos nessa direção, mais uma vez tentei acolher a totalidade daquele Padrão e mais uma vez me perdi no que pareciam ser convoluções extradimensionais. Grandes curvas, espirais e tracejados se desdobravam diante de nossos olhos. O maravilhamento de antes me dominou, e tive a impressão de que também se manifestava em Random.

Fomos arrastados até a porção do início, cercados por um brilho cintilante atravessado por faíscas conforme éramos imersos na matriz luminosa. Dessa vez, minha mente foi totalmente absorvida pelo processo, e Paris parecia muito distante...

Meu subconsciente me lembrou das partes mais difíceis e ali empreguei meu desejo, minha vontade, se preferir, para nos levar mais rápido pelo curso ofuscante, extraindo forças de Random de forma ousada para acelerar o processo.

Era como se estivéssemos transitando pelo interior luminoso de uma concha imensa e convoluta. Mas nossa passagem era silenciosa, e nós mesmos não éramos nada além de pontos descarnados de consciência.

Nossa velocidade parecia crescer a um ritmo constante, assim como uma dor mental que eu não me lembrava de ter sentido na outra travessia. Talvez tivesse relação com meu cansaço, ou com meus esforços para apressar as coisas. Atravessamos as barreiras e fomos cercados por muralhas firmes e fluidas de luz. Senti que estava começando a ficar fraco, tonto. Mas não podia me dar ao luxo de perder a consciência, nem podia protelar nosso avanço quando a tempestade estava tão perto. Com relutância, extraí mais forças de Random, dessa vez apenas para nos manter no jogo. E assim continuamos.

Não senti aquele formigamento flamejante de ser moldado. Deve ter sido um efeito da minha sintonização. A última travessia pode ter me proporcionado certa imunidade nesse aspecto.

Depois de um intervalo atemporal, tive a impressão de que Random havia perdido forças. Talvez eu representasse um peso exagerado para suas energias. Ainda haveria forças suficientes para manipular a tempestade se eu continuasse a me apoiar nele? Decidi não extrair mais do que já havia tomado. Estávamos bem adiantados. Se necessário, ele teria que continuar sem mim. E eu o seguiria pelo máximo possível. Era melhor eu me perder do que nós dois.

Seguimos em frente, meus sentimentos em revolta, a tontura recorrente. Impus minha vontade ao nosso progresso e afastei todo o resto da minha mente. Devíamos estar nos aproximando do fim quando a escuridão surgiu. Eu sabia que não fazia parte da experiência. Resisti ao pânico.

Não adiantou. Senti que estava caindo. Tão perto! Eu tinha certeza de que estávamos quase no fim. Teria sido tão fácil…

Tudo desapareceu ao meu redor. Percebi a preocupação de Random, e então mais nada.

Lampejos de laranja e vermelho brilhavam entre meus pés. Estaria preso em alguma dimensão infernal? Continuei a assimilar os arredores enquanto minha mente clareava. A luz era cercada por escuridão e…

Ouvi vozes familiares…

O mundo ficou mais nítido. Eu estava deitado de costas, com os pés apontados para uma fogueira.

– Está tudo bem, Corwin. Está tudo bem.

Era Fiona quem falava. Olhei para ela. Estava sentada no chão ao meu lado.

– Random…? – perguntei.

– Ele também está bem… pai.

Merlin estava sentado à minha direita.

– O que aconteceu?

– Random o trouxe de volta – explicou Fiona.

– A sintonização deu certo?

– Ele acredita que sim.

Com dificuldade, endireitei o tronco. Ela tentou me empurrar de volta, mas eu me sentei mesmo assim.

– Onde ele está?

Ela apontou a direção com a cabeça.

Random estava sobre uma saliência rochosa a uns trinta metros de distância, de costas para nós e de frente para a tempestade cada vez mais próxima. O vento sacudia seus trajes e relâmpagos riscavam o céu diante dele, embalados pelo rugido quase incessante dos trovões.

– Há quanto tempo ele está lá? – perguntei.

– Só alguns minutos – respondeu Fiona.

– Esse é o tempo que passou… desde que voltamos?

– Não, você ficou inconsciente por um bom tempo. Random conversou com os outros antes, depois deu ordens de retirada para as tropas. Benedict levou todos para a estrada negra. Estão fazendo a travessia.

Virei a cabeça.

Havia movimento ao longo da estrada negra, uma coluna escura que marchava rumo à cidadela. Fitas translúcidas pairavam entre nós; faíscas cintilavam na outra extremidade, perto do colosso escurecido. O céu havia se invertido por completo, e estávamos envolvidos pela metade escura.

Mais uma vez tive aquela sensação estranha de ter estado ali havia muito, muito tempo, para descobrir que, em vez de Âmbar, aquele era o verdadeiro centro da criação. Tentei capturar o fantasma daquela lembrança, mas ela desapareceu.

Observei a penumbra riscada de relâmpagos à minha volta.

– Todos... foram embora? – perguntei. – Você, eu, Merlin, Random... somos os únicos aqui?

– Sim – respondeu Fiona. – Quer se juntar a eles?

Neguei com um gesto.

– Vou ficar aqui com Random.

– Eu sabia que diria isso.

Nós dois nos levantamos ao mesmo tempo, seguidos por Merlin. Fiona bateu palmas e um cavalo branco se aproximou trotando.

– Como não precisa mais de meus cuidados, vou me juntar aos outros nas Cortes do Caos – declarou, e apontou para o lado. – Seus cavalos estão amarrados naquelas pedras. Você vem, Merlin?

– Vou ficar com meu pai e com o rei.

– Como quiser. Espero ver os três lá em breve.

– Obrigado, Fi – agradeci.

Depois a ajudei a montar e a observei ir embora.

Fui me sentar perto do fogo, de onde observei Random, ainda imóvel, de frente para a tempestade.

– Temos bastante comida e vinho – disse Merlin. – Aceita um pouco?

– Boa ideia!

A essa altura, apenas uma caminhada breve nos separava da tempestade. Ainda era impossível determinar se os esforços de Random tinham rendido frutos. Dei um suspiro profundo e deixei a mente divagar.

Era o fim. De um jeito ou de outro, todos os meus esforços desde Greenwood tinham chegado ao fim. Não havia mais necessidade de vingança. Não. Tínhamos um Padrão intacto, talvez até dois. Brand, a causa de todos os nossos males, estava morto. Quaisquer resquícios da minha maldição estavam fadados a ser desfeitos pelas convulsões violentas que se expandiam através de Sombra. E eu havia me esforçado para compensar seus danos. Havia encontrado um amigo em meu pai e feito as pazes com ele em sua própria pele antes de sua morte. Nós tínhamos um novo rei, com a aparente bênção do Unicórnio, e lhe havíamos jurado lealdade. Para mim, pareceu sincero. Eu estava reconciliado com toda a minha família. Senti que tinha cumprido meu dever. Nada mais me impelia. Não tinha mais causas pelas quais lutar e estava tão perto da paz quanto me era possível. Com tudo isso no passado, eu sentia que se tivesse que morrer, não havia problema. Eu não reclamaria tanto quanto teria feito em qualquer outra ocasião.

– Sua mente está longe daqui, pai.

Concordei e sorri. Aceitei um pouco de comida e comecei a mastigar. Enquanto isso, observei a tempestade. Ainda era muito cedo para ter certeza, mas parecia não avançar mais.

Eu estava cansado demais para dormir. Todas as minhas dores tinham diminuído. Fui tomado por um atordoamento maravilhoso, como se estivesse embrulhado em algodão morno. Acontecimentos e reminiscências mantiveram os mecanismos do meu cérebro em movimento. Era, em muitos aspectos, uma sensação deliciosa.

Parei de comer e alimentei o fogo. Beberiquei o vinho e contemplei a tempestade, como uma janela enevoada na frente de um espetáculo de fogos de artifício. A vida parecia boa. Se Random conseguisse resolver a situação, eu cavalgaria para as Cortes do Caos no dia seguinte. Não sabia o que me aguardaria lá. Poderia ser uma armadilha gigantesca. Uma emboscada. Um golpe. Descartei a ideia. Por algum motivo, naquele instante, nada disso importava.

– Você tinha começado a me contar sua história, pai.

– Tinha? Não me lembro do que disse.

– Quero conhecê-lo melhor. Fale mais.

Estalei os lábios e encolhi os ombros.

– Por exemplo, isto aqui – continuou Merlin, mostrando os arredores. – Todo esse conflito. Como começou? Qual foi a sua participação nele? Segundo Fiona, você passou muitos anos em Sombra, sem se lembrar de nada. Como recuperou a memória e encontrou os outros, e como voltou para Âmbar?

Deixei escapar uma risada. Olhei para Random e a tempestade de novo. Tomei um gole do vinho e ajeitei o manto para me proteger do vento.

– Tudo bem, por que não? – respondi. – Quer dizer, isso se você tiver paciência para ouvir uma longa história... Acho que o melhor jeito de começar é com a Clínica Particular Greenwood, na Terra de Sombra onde fui exilado. Sim, aconteceu assim...

QUATORZE

O céu virou e revirou enquanto eu falava. Resistindo à tempestade, Random foi vitorioso. Ela se desfez diante de nós, partindo-se ao meio como se fendida pelo machado de um gigante. Avançou pelas laterais e enfim se desviou para o norte e o sul, depois se dispersou, diminuiu e acabou. A paisagem que ela ocultava permaneceu, ao contrário da estrada negra. No entanto, Merlin me diz que isso não será um problema, pois ele invocará uma ponte translúcida para nossa travessia.

Random não está mais lá. O esforço que ele fez foi imenso. Em repouso, já não parecia mais o mesmo, o irmão caçula impetuoso que adorávamos atormentar, pois tinha rugas no rosto que eu nunca havia visto, sinais de uma profundidade na qual eu não havia reparado. Talvez minha visão tenha sido influenciada por acontecimentos recentes, mas de alguma forma ele parecia mais nobre e forte. Será que uma nova função produziria certa alquimia? Nomeado pelo Unicórnio, consagrado pela tempestade, parecia mesmo ter assumido o porte de um rei, mesmo dormindo.

Também me rendi ao sono, e até Merlin passou a cochilar, e fico feliz de ser, neste breve instante, o único ponto de consciência neste penhasco à beira do Caos, contemplando um mundo sobrevivente, um mundo que foi varrido, um mundo que perdura...

Podemos ter perdido o funeral de nosso pai, sua jornada para algum lugar inominável além das Cortes. Uma pena, mas eu já não tinha forças para avançar. E ainda assim testemunhei a pompa de sua morte, e carrego dentro de mim muito de sua vida. Já disse meu adeus. Ele entenderia. E adeus também, Eric. Despeço-me assim depois de todo esse tempo. Se ainda estivesse vivo, teríamos resolvido nossas questões. Poderíamos até ter nos tornado amigos, tendo superado todas as causas de nossos conflitos. De todos, nós dois éramos mais parecidos do que qualquer outro par na família. Com exceção, em alguns aspectos, de Deirdre e eu... Mas essas lágrimas já foram derramadas há muito tempo. Adeus de novo, querida irmã, você sempre viverá em algum lugar do meu coração.

E você, Brand... Com amargura reflito sobre sua memória, meu irmão louco. Você quase nos destruiu. Quase derrubou Âmbar de sua posição altiva no seio da Kolvir. Teria destruído Sombra. Quase desfez o Padrão e recriou o universo à sua imagem. Você era louco e maligno, e chegou tão perto de realizar seus intentos que mesmo agora eu estremeço. Fico feliz que não esteja mais aqui, que a flecha e o abismo o tenham levado, que não macule mais o mundo dos homens com a sua presença, nem que caminhe mais sob o doce ar de Âmbar. Lamento que tenha nascido, ou ainda, que não tenha morrido mais cedo. Basta! Eu me rebaixo ao dar vazão a tais ideias. Continue morto e não venha mais perturbar meus pensamentos.

Espalho vocês como uma mão de cartas, irmãos e irmãs. É doloroso e ao mesmo tempo satisfatório generalizar assim, mas vocês, assim como eu, parecemos mudados, e antes de me lançar em movimento preciso dar uma última olhada.

Caine, eu nunca o apreciei e ainda não o julgo digno de confiança. Você me insultou, me traiu e até me apunhalou. Esqueça. Não gosto dos seus métodos, mas não posso questionar sua lealdade desta vez. Paz, então. Que o novo reino comece em panos limpos para nós.

Llewella, você é dotada de reservas de caráter que a situação atual não trouxe à luz. Sou grato por isso. Às vezes é agradável emergir de um conflito sem ter sido posto à prova.

Bleys, você ainda é uma figura luminosa para mim: valente, exuberante e temerário. Para o primeiro, meu respeito, e para o segundo, meu sorriso. E o último pelo menos parece ter sido embrandecido nos últimos tempos. Ótimo. Fique longe de conspirações no futuro. Elas não lhe caem bem.

Fiona, você foi quem mais mudou. Devo substituir meus velhos sentimentos por novos, princesa, pois pela primeira vez nos tornamos amigos. Receba meu afeto, feiticeira. Estou em dívida com você.

Gérard, meu lento e fiel irmão, talvez nem todos tenhamos mudado. Você permaneceu firme como uma rocha e se aferrou às suas crenças. Que você seja menos ingênuo no futuro. Que eu nunca mais precise enfrentá-lo em uma luta. Vá para o mar com seus navios e respire o ar fresco e salgado.

Julian, Julian, Julian... Será que nunca o conheci de verdade? A magia verdejante de Arden deve ter amaciado aquela antiga vaidade durante minha longa ausência, deixando para trás um orgulho mais apropriado e algo que muito me agradaria chamar de justiça... algo distinto de misericórdia, claro, mas um acréscimo ao seu arsenal de traços que não condenarei.

E Benedict, os deuses sabem que sua sabedoria aumenta conforme o tempo arde em seu caminho à entropia, e no entanto em seu conhecimento sobre pessoas você ainda negligencia exemplos individuais da espécie. Talvez eu o veja sorrir agora que a batalha acabou. Descanse, guerreiro.

Flora... Dizem que a caridade começa em casa. Você não parece pior do que costumava ser muito tempo atrás. É mero sonho sentimental refletir assim sobre você e os outros, calculando o balanço, procurando créditos. Não somos mais inimigos, nenhum de nós, e isso deve bastar.

E o homem vestido de preto e prata, com a rosa prateada? Ele gostaria de acreditar que aprendeu algo sobre confiança, que lavou os olhos em alguma fonte de pureza, que poliu um ou outro ideal. Deixe para lá. Talvez ele ainda seja apenas um intrometido espirituoso, com grande habilidade sobretudo na arte menor da sobrevivência, cego como as masmorras o conheceram para as nuances mais sutis da ironia. Deixe para lá, esqueça, deixe estar. Talvez ele nunca me satisfaça.

Carmen, *voulez-vous venir avec moi*? Não? Então adeus para você também, Princesa do Caos. Poderia ter sido divertido.

O céu gira mais uma vez, e quem pode prever que feitos sua luz de vitral banhará? A partida de paciência foi aberta e jogada. Onde antes havia nove de nós agora são sete, tendo sido um deles coroado rei. No entanto, Merlin e Martin estão conosco, participantes novos em um jogo constante.

Minhas forças retornam conforme contemplo as cinzas e reflito sobre a estrada que percorri. O caminho adiante me intriga, do inferno ao paraíso. Recuperei meus olhos, minha memória, minha família. E Corwin será para sempre Corwin, até o Dia do Juízo Final.

Merlin começa a se inquietar durante o sono, e isso é um bom sinal. É hora de ir andando. Ainda há muito a fazer.

Após derrotar a tempestade, o último ato de Random foi se juntar a mim para extrair poder da Joia e alcançar Gérard pelo arcano. Estão frias de novo, as cartas, e as sombras voltaram a si. Âmbar resiste. Anos se passaram desde que a deixamos, e talvez muitos outros se passem até meu retorno. Os outros já devem ter voltado de arcano para casa, como Random, que foi assumir suas obrigações. Mas preciso visitar as Cortes do Caos porque prometi a mim mesmo que iria, e talvez eu até seja necessário por lá.

Estamos preparando nosso equipamento agora, Merlin e eu, e logo ele invocará uma estrada diáfana.

Quando tudo estiver terminado naquele lugar, e quando Merlin tiver percorrido o Padrão para reivindicar seus próprios mundos, uma jornada me aguarda. Voltarei ao lugar onde plantei o galho da velha Ygg para visitar a árvore que ele se tornou. Preciso descobrir o que aconteceu com o Padrão que tracei ao som dos pombos da Champs-Elysées. Se ele me levar a outro universo, como acredito que fará, devo ir até lá e descobrir o que acarretei.

A estrada paira diante de nós, subindo até as Cortes ao longe. Chegou a hora. Montamos e avançamos.

Cavalgamos pela escuridão em uma estrada diáfana como tule. Cidadela inimiga, nação conquistada, armadilha, lar ancestral... Veremos. Ameias e terraços despontam no horizonte. Talvez até cheguemos a tempo de um funeral. Endireito as costas e afrouxo a espada. Estaremos lá em breve.

Adeus e olá, como sempre.

1ª edição	AGOSTO DE 2025
impressão	GEOGRÁFICA
papel de miolo	IVORY BULK 65 G/M²
papel de capa	CARTÃO SUPREMO ALTA ALVURA 250 G/M²
tipografia	RICHMOND TEXT